Albert Paris Gütersloh
Sonne und Mond

SERIE PIPER
Band 305

Zu diesem Buch

»Das Abenteuer ist lohnend, sich diesem fürstlichen Erzähler in die Hand zu geben, sich die Muße zu nehmen, ihm auf allen Stegen und Irrwegen zu folgen, bald in halsbrecherischem Galopp durch Welten und Zeiten, bald behaglich an der Stelle tretend«, schrieb Urs Jenny 1962 zu dem damals erschienenen großen Roman des Malers und Dichters Albert Paris Gütersloh.

Die Geschichte dieser »universalen« Chronik nimmt ihren Ausgang vom Testament des Baron Enguerrand, der seinem Neffen ein baufälliges Schloß vermacht, um diesen Windbeutel und Prometheus (denn das ist Graf Lunarin in einer Person) zu einem seßhaften Menschen umzuerziehen. Dieser findet, auf der Suche nach einem Verwalter, den Großbauern Till Adelseher, dem er das Schloß zur Instandsetzung übergibt, und flüchtet, nicht willens, selbst Verantwortung zu übernehmen, für ein Jahr in ein Liebesverhältnis. Zurückgekehrt, schenkt er dem treuen Verwalter das Schloß und das dazugehörige Land.

Im politischen und theologischen Kern dieses Romans hat Gütersloh eine kühne Vision vom Untergang alter Herrschaftsordnungen entworfen. Till Adelseher und Graf Lunarin, »Sonne und Mond«, sind zwei Funktionen einer einzigen Person, in ihnen wird die Einheit zweier im Grunde unvereinbarer Prinzipien gerungen. Das baufällige Schloß ist Österreich, der Verwalter der republikanische Erbe, doch wie auch immer: Gütersloh geht es um die Idee des Königtums überhaupt und um die Frage nach deren Ablösung. Geburt steht hier gegen Tugend, der ontische Mensch wird gegen den logischen Menschen ausgespielt, die zweckfreie Gebärde gegen die angewandte.

»Welch ein Buch, dieses schillernd-bombastische Sprach-Konvolut, dieses europäische Resümee, diese Kapuziner-Predigt eines hochgebildeten Mannes, der seinen Nestroy so gut wie seinen Thackeray kennt und doch immer Albert Paris Gütersloh bleibt...« Walter Jens

Albert Paris Gütersloh (Albert Conrad Kiehtreiber), 1887 in Wien geboren, war zunächst Schauspieler, dann auch Regisseur und Bühnenbildner. Seit 1910 wirkte er als Journalist. Literarische Arbeiten erschienen in der »Aktion«, und nach der Veröffentlichung des ersten Romans »Die tanzende Törin« gab Gütersloh zusammmen mit Franz Blei 1918/19 die Zeitschrift »Die Rettung« heraus. 1923 erhielt er den Fontane-Preis. Schriftstellerische und malerische Arbeit gingen in der Folgezeit nebeneinander her, vor allem nach der Berufung an die Wiener Kunstgewerbeschule, wo Gütersloh die Gobelinkunst wiederbelebte. 1938 aus dem Lehrfach entfernt, wurde er 1945 an die Akademie der Bildenden Künste in Wien berufen. Gütersloh starb 1973 in Baden bei Wien. Seine berühmtesten Bücher sind, neben »Sonne und Mond«, »Der innere Erdteil«, »Der Lügner unter Bürgern«, »Die Fabel von der Freundschaft« und »Fabeln vom Eros«.

Albert Paris Gütersloh

SONNE UND MOND

Ein historischer Roman
aus der Gegenwart

Mit einem einleitenden Essay von
Helmut Heißenbüttel

Piper
München Zürich

Von und über Albert Paris Gütersloh
liegen in der Serie Piper außerdem vor:
Der innere Erdteil (798)
Allegorie und Eros (Hrsg. v. Jeremy Adler) (682)

ISBN 3-492-10305-7
Neuausgabe Januar 1984
3. Auflage, 11.–14. Tausend Mai 1991
(2. Auflage 6.–9. Tausend dieser Ausgabe)
© R. Piper & Co. Verlag, München 1962
Umschlag: Federico Luci,
unter Verwendung des Aquarells
»Bildnis des Malers Obdeturkis (Mene Tekel)« von A. P. Gütersloh
Satz: R. Oldenbourg Graphische Betriebe, München
Druck und Bindung: Clausen & Bosse, Leck
Printed in Germany

*Ein Haufen auf's Geratewohl hingeschütteter Dinge
ist die schönste Weltordnung.*
HERAKLIT

Zu Albert Paris Gütersloh »Sonne und Mond«

Auch die Kenner abgelegener literarischer Provinzen sind sich im Jahre 1962 darüber einig, daß es nicht mehr allzuviel zu entdecken gibt. Die Zeit der großen Jagd ist vorbei. Die Trophäen in den Verlagsmuseen aufgereiht. Man beginnt zur Klein- und Pionierarbeit zurückzukehren, zum geduldigen lektoralen Begießen unscheinbarer Sprößlinge und zur Aufzucht mittlerer Ernten zu mächtigen Gewächsen durch propagandistisches Kraftfutter.

Und nun zeigt sich doch noch unverhofft eine große Beute. Sie kommt aus Österreich, dem Land, das man trotz Hofmannsthal und Musil und obwohl sich Doderer ganz gut verkauft und Herr Qualtinger den Herrn Karl auf die Beine gestellt hat, nicht ganz auf der Rechnung hat. Dabei war der Name des Autors durchaus bekannt: Albert Paris Gütersloh alias Albert Conrad Kiehtreiber (wobei man auf den ersten Blick schwer entscheiden könnte, welcher Name nun mehr nach einem Pseudonym aussieht, und man den Verdacht nicht los wird, der richtige Name müßte noch ganz anders lauten). Es gab ja schon jenen von Doderer angezeigten Fall Gütersloh, es gab auch, in Wien und daher in Deutschland nicht registriert, zwei Sammelbände mit Erzählungen, Parabeln, Legenden, von denen vor allem der zweite, kürzlich im Luckmann Verlag, Wien erschienene »Laßt uns den Menschen machen« sehr gut geeignet wäre, auf den Roman vorzubereiten. Es war auch bekannt, daß Gütersloh seit soundsoviel Jahren an einem umfangreichen Werk arbeite. Aber offenbar hat niemand recht vermutet, daß dieses Werk auch gelingt und, gelänge es, auch etwas wäre, was man beachten müsse. Eines von jenen Büchern, die wie die hohen luftigen Gestelle trigonometrischer Punkte die Landschaft der Mittelmäßigkeit überragen.

Aber es ist gelungen. Der Roman ist da. Er ist eines dieser Bücher. Sein Titel heißt lapidar »Sonne und Mond«. Es ist sogar bekannt, daß ein ebenso umfangreiches Wörterbuch zu Begriffen, Orten und Figuren des Romans im Manuskript vorhanden ist und, mit etwas Geduld, ebenfalls vom Leser erwartet werden darf. Obwohl ein scheinbar ähnliches Schicksal dazu verleiten könnte, Güterslohs Werk mit dem seines weiteren Landsmannes Musil zu vergleichen, obwohl die persönliche Verbundenheit Doderers nahezulegen scheint, bei diesem anzuknüpfen, wäre es falsch, den Roman auf eine solche Weise im »Österreichischen« anzusiedeln. Wenn schon durch Vergleiche etwas vom Wesen des Buches angedeutet werden soll, würde ich eher zu so heterogenen Autoren wie Gadda und Simenon raten. Bei aller Verschiedenheit im Thema und im Stil hat nämlich Gütersloh eines mit diesen gemeinsam, das ist die Verbindung von psychologischer Erzählung und allegorischer Parabel. Das ist der Umschlag der radikal phänomenologisierenden Menschenbeschreibung in die hintergründige allegorische Doppeldeutigkeit, ein Vorgang, der in gewisser Weise sogar den Motor der Erzählung bildet. Aber es wäre verwirrend, schon jetzt auf Details einzugehn. Wichtiger ist es, wie bei allen umfangreichen literarischen Erzeugnissen, erst einmal zu sagen, was denn etwa erzählt wird und welchen Verlauf diese Erzählung nimmt. Das ist bei »Sonne und Mond« einfach und schwierig zugleich. In bestimmter Hinsicht kann man sagen, der Roman befasse sich mit einem nach Minuten zu messenden Zeitraum an einem Tag, dessen Datum man sogar rekonstruieren kann. Es ist der Morgen des 27. Juli 1930. Sechs Dienstboten verschiedenen Ranges warten vor einem verfallenen Schloß, das der verstorbene Baron von Enguerrand aus Bosheit dem jüngeren Grafen Lunarin vererbt hat, auf eben diesen Erben, der sie am Abend vorher flüchtig angeheuert hatte. Aber der Graf hat sich, was die Wartenden noch nicht wissen, gleichzeitig um die Erbschaft gedrückt und einen Stellvertreter geworben. Dieser erscheint nun in Gestalt des jungen Till Adelseher, eines reichen Bauern der Gegend. Er führt, nach einigen Zwischenfällen, die Bediensteten ins Schloß ein, zusammen mit dem Mann, der für die Ausbesserungen zuständig ist, dem Bauunternehmer, Architekten und Bildhauer Strümpf.

Das wäre eigentlich schon alles. Um diese Einführung (deren allegorische Hintergründigkeit bereits in der Abkürzung anklingt) dreht es sich. Das andere (und das natürlich der seitenmäßig größte Teil des Buches) ist Vorgeschichte und (ganz zum Schluß) ein Stück Nachgeschichte zu diesem einen Moment der Einführung ins Schloß.

Und da kann man natürlich auch umgekehrt sagen, diese Vorgeschichte sei die Hauptsache und ihr fast unabsehbares, von immer neuen Abschweifungen verstelltes und in mehrere große Szenerien auslaufendes Panorama der eigentliche Roman. Dagegen und dafür steht das Wort Gütterslohs, der sagt: »Woran uns wirklich liegt, ist zu zeigen, daß, um zu entstehn, ein so unbeachtliches Bauwerk wie der eingangs beschriebene Turm, weniger eines kleinen Kapitals und einiger Maurer bedarf als einer langen Geschichte –.« Die lange Geschichte umfaßt alles, was zur vollständigen Dokumentation des einen Moments notwendig scheint. Es geht dabei nicht um die Kontinuität von Ereignissen (vielfach wird in solchen Fällen die Geschichte nur bis zum Kulminationspunkt geführt und dann für immer abgebrochen), es geht auch nicht um die vollständige Bekanntgabe der Schicksale der einzelnen Figuren (diese werden vielmehr oft nur als anekdotisches Material für die Erläuterung des psychologischen Trieb- und Spielwerks der Figuren verwendet), es geht darum, daß die entscheidenden Fäden und Farben sichtbar werden, die zu dem beabsichtigten Gewebe zusammenschießen. Gütersloh sagt: »Im Einverständnis mit dem idealen Leser, der ebensowenig wie wir irgendwo verweilen will, weder auf dem weichen Pfühl der Liebe, noch auf dem schmerzlichen Nagelbrett des Büßers (obwohl die Welt meint, man müsse unbedingt für das eine oder für das andre sich entscheiden), sondern bestrebt ist, mit Hilfe dauernder Unruhe, das der erahnten Komplettheit von Leben gemäße Fiebern, Schillern, Ineinanderfließen zu erleiden oder zu genießen – was aber in der Länge aufs selbe hinausläuft –, brechen wir jetzt eine Beschreibung, die eigentlich keine, sondern der Kommentar einer solchen, ab, um einen Sprung über neun Monate auszuführen.«

Diese Unruhe, die der erahnten, aber nicht der faktischen Komplettheit gemäß ist, trägt die Erzählung. Sie hat, wie in dem Mosaik aus Erzählbruchstücken, räsonierenden Abschweifungen und topographischen Schilderungen, ihre Entsprechung in einem Sprachstil ganz eigener Art. Schweifende und wieder punktuell zusammengedrängte Perioden, Koppelungen aus treffender Benennung und bis ins Akrobatische getriebener Metaphorik zeigen gleichsam das molekulare Bild der Unruhe. Dabei bleibt die Verwendung jeden Mittels immer leicht, gleich spielerisch ungezwungen.

(Ein paar Beispiele für die Metaphorik: »mit wahren Hausschuhen von Pfoten« – »die rindszungenlangen Scheckhefte« – »auch hier herrscht, nur diskreter, der Betrieb des Triebs« – »so unwiderstehlich nämlich die blutige Tasche des Metzgers, in der er das Fleisch austrägt, die Hundeschnauze anzieht, also hingebungssüchtig legt sich das Bedeutende – so unbedeutend es zuerst scheinen mag – unter die zum Schreiben sich erhebende Feder«.) Ein anderes Mittel, die Unruhe in Gang zu halten, ist der häufige, extreme Tempuswechsel innerhalb weniger Sätze, wie etwa in dieser Stelle: »Und dieses Was hatte eine verdammte Ähnlichkeit mit dem Angelhaken im Gaumen des Fisches. Das Einholen der Schnur und das verzweifelte Umsichschlagen des Fangs werden die bloße Ähnlichkeit zur Identität vervollkommnen. Es galt demnach nur noch, die Dame also zu reizen, daß auch den letzten Rest von Bitterkeit sie ausbräche. Nachher wird sie wohlauf sein und dem jetzt gehaßten Arzte mit all ihrer wiedergewonnenen Süßigkeit danken; der Herr kannte natürlich das unfehlbare Vomitiv. Ob er's zufällig bei sich hatte, oder ob er das es Beisichhaben nur überzeugend fingierte, wissen wir im Augenblick nicht zu sagen.«

Die Elemente dieses Sprachstils sind so geartet, daß der Leser sich ständig wie von einer syntaktisch und parabolisch bewegten Strömung fortgeführt fühlt. Die Sprache wird ständig als etwas gleichsam eben erst Entstehendes suggeriert. Eine Art stilisierter Improvisation läßt die Welt, die dem Leser geöffnet wird, als etwas stets noch im Begriff des

Werdens Befindliches erscheinen, und auch als etwas, an dem der Leser selber aktiven Anteil nehmen kann durch Weiterdenken und Ergänzen (»unsere eigentliche Aufgabe ist nur«, sagt Gütersloh, »das selbständige Denken des Lesers in Gang zu setzen –«). Eine der großartigsten Stellen dieses »offenen« Erzählens scheint mir der Schluß des Turmkapitels zu sein.

Mehr oder weniger ironische Hinweise auf die eigene Methode sind über das ganze Buch verstreut. »Aber: hindern Sie, lieber Notar, einen meisterhaften Miniaturisten sein Blättchen bis ins Letzte gleichmäßig auszupinseln!« Oder: »– wir, die wir natürlich immer alles gesehen haben müssen –«. Oder: »– wir sind keine Schauspieler, imitieren nicht die Gehetztheit des Ephemeren, halten im Durchschnitt vom Aus-der-Rolle-Fallen mehr als vom angeblich herkulischen Festhalten der fiktionsschweren Maske –«. Diese Hinweise, die auch den sowieso schon naheliegenden Rückblick zur gebrochenen Erzählweise Jean Pauls und der Romantiker verstärken, könnten den Verdacht erwecken, das Methodische sei Gütersloh unter der Hand zum Selbstzweck geworden. Das Bild würde, gäbe man diesem Verdacht Raum, einen gewaltigen Alexandriner der abendländischen Erzählweise zeigen, einen geistreichen und spöttischen Erfinder von immer neuen sprachlich-fabulatorischen Eldorados, der alle überlieferten Mittel der Syntax, der Rhetorik und des Stils mit überlegener Ironie für seine unglaublichen Kunststücke zur Verfügung hält.

Die Vorstellung ist verführerisch. Aber sie würde, nähme man sie ernst, nur eine Seite des Autors ins Licht rücken. Denn gerade bei diesem Roman ist es wichtig, zu erkennen, daß seine Bedeutung sich nicht in seiner sprachkünstlerischen Dimension erschöpft. Der Roman hat, altmodisch gesagt, einen Inhalt. Wie kann man ihn bezeichnen?

Schon in der Skizze des einen entscheidenden Moments der Einführung ins Schloß ließ sich eine allegorische Doppeldeutigkeit erkennen. Das verfallene Schloß stünde da etwa für die verfallende Herrschaft, Graf Lunarin wäre der

Vertreter des Privilegiums, der seine Erbschaft nicht antreten kann und sie vorerst (und schließlich endgültig) dem bäuerlich-volkstümlichen Adelseher überläßt, der aber schon im Kampf mit dem präfaschistischen Clan des antisemitischen Ariovist von Wissendrum steht. Dazwischen spielen etwa Regierungsrat Mullmann (Verkörperung des Beamtentums) und Oberst von Rudigier, der Militarist. Manche privat eingeführten Ereignisse, wie der Brand der Wiener Oper, nehmen den Charakter von historischen Stationen an. In dem Maler Andree und dem Ehepaar Mendelsinger erscheint der Widerstreit von Kunst und Wirtschaft. Und so ließe sich aus dem figuralen Inventar des Romans so etwas wie eine komplette Allegorie des Österreich zwischen 1913 und 1938 herstellen.

Doch auch diese strikte allegorische Aufschlüsselung würde zu weit führen. So wenig das allegorisierende Element (das ja schon in den Emblemen des Titels »Sonne und Mond« erscheint) von der Hand zu weisen ist, so wenig darf es strapaziert werden. Es ist lediglich ein Hinweis. Hinweis dafür, daß die Geschichte, die »lange Geschichte«, die erzählt wird, mehr bedeutet als die Schilderung einiger privater Erlebnisse, mehr als nur ein paar dramatische Begegnungen, das Verhältnis zweier Generationen, ein Bündel Liebesstorys. Um Sonne und Mond wird ein menschliches Planetarium versammelt, ein österreichisches überdies, denn, wie Gütersloh sagt: »In einer anderen Landschaft, so lautet unsere Behauptung, wäre den Genannten ihr ganz spezielles Unheil nicht widerfahren.«

Dieses Planetarium, dieses Sternbildertheater hat eine allegorische Seite, wie es eine sprachliche hat. Es hat aber ebenso eine fabulatorische, in der das Menschliche und das Allzumenschliche regiert, ohne sich um Hintergründigkeiten zu bekümmern. Hier gilt allein der Blick, der gleichzeitig den bunten Schein nachmalt und durchdringt, der die Oberfläche der Phänomene mit ihrem Triebwerk zusammenkettet und sich ein ganzes Arsenal fabulöser, anekdotischer Beispiele für die Einsichten seiner bis auf die letzten Gründe gestoßenen Menschenkenntnis ansammelt. Und es gibt noch jene Seite, die sogar der sonst alles durchsetzenden Ironie Einhalt tut, die Seite der weitgespannten gesellschaftlichen und politischen Diagnosen, wie sie am deutlichsten werden in der Rede des fiktiven Anklägers am Ende der Vorgeschichte.

Phänomenologisches Fabelbrevier, gesellschaftlich-politische Diagnosen und allegorisches Panorama durchdringen sich. Diese Durchdringung wird von dem eigentümlichen Sprachstil ermöglicht und schafft sich eine neue, in bezug auf die Faktizität des Alltäglichen irreale Dimension. Die Dimension dieser, wenn man so will, puren Sprachwelt stellt ein eigentümliches Korrelat zur Realwelt dar; die Dinge und Fakten spiegeln sich und sind zugleich in ihre eigenen Bezüglichkeiten verschoben. Gütersloh drückt es so aus: »Will eine Figur, entweder im Guten oder im Bösen, gleichviel, aus ihrer Welt, aus unserem Buche nämlich, heraus, so muß ihr gleich auf den Kopf geschlagen werden, daß sie wieder schön ins Relative eintauche, das, weil wir nicht Gottes Endgewißheit besitzen, die dem Menschen einzig gemäße Zuständlichkeit ist.«

Diese Zuständlichkeit der Relativität zu demonstrieren und zu exemplifizieren, diese Tätigkeit des schreibenden Autors ließe sich als der Blickkreis, der Horizont des Romans von Gütersloh bezeichnen. Und so gesehen, erscheint es nur selbstverständlich, daß die Erzählung, die »lange Geschichte« von einem ebenso umfangreichen Wörterbuch ergänzt werden muß, denn es kann ja nur ein Teil des Wißbaren sein, was sich binden läßt.

Die Zuständlichkeit der Relativität als das Wesen des Menschen kommt im Buch aber auch an den Stellen unmittelbar zur Sprache, an denen das bunte Durcheinander der menschlichen Aktionen an seine Grenzen gelangt. Eine solche Stelle ist die, in der sich die Vorgeschichte des Malerturms der Maske einer ironisierten Heiligenlegende bedient und am Beispiel des wundersüchtigen törichten Mädchens jene Grenze unverdeckt ausspricht. Es heißt dort: »Gleich einem unsichtbaren Hochwasser steht die herabgebrochene übersinnliche Welt uns bis zum Halse, und während wir dauernd zu ertrinken meinen, sitzt die übrige Menschheit vollzählig auf dem Trockenen und erfreut sich der heidnischen Sonne. Schneller, als wir zu laufen vermöchten, gleitet die Erde unter unseren Füßen weg, es ist ein Wunder, daß wir nicht sterben *hic et nunc*, wir ringen nach Atem im knatternden Wind der Ewigkeit und hören doch unsere Taschenuhr ticken, und können so gut achtzig wie dreihundert oder zehntausend Jahre in einem steten letzten Augenblick leben, immer in Todesfurcht, immer in tiefster Reue, immer im Zustand der fleckenlosesten Vollkommenheit, ohne das Einzigartige solchen Zustands zu empfinden, ohne jetzt den Stolz, dann die Verzweiflung zu umklammern, die abwechselnd auftauchenden Endspitzen der Psychologie – «

Mit diesem speziellen Hinweis möge der allgemeine Hinweis auf das Buch Güterslohs enden. Es kann nicht beschrieben, es muß im Lesen, wie eine reale Erfahrung, bewältigt werden. *1962*

Nachsatz 1984

Zwanzig Jahre später erinnere ich mich an die Lektüre dieses Buches wie an etwas, das mir real passiert ist. Was hätte für den Autor Gütersloh bestätigender gewesen sein können, hätte er von dieser Vermischung von Lesen und Leben, Phantasie und Erfahrung gehört. Aber hat er nicht selber so geschrieben und gelebt? Zwanzig Jahre nach dem Erscheinen von »Sonne und Mond« ist der Name des Autors geläufiger geworden, das Buch wie untergegangen in einer Schicht des Vergessens, die wie abgelagerter Staub unmerklich dicker wird. Darum muß das Buch entstaubt werden. Zwanzig Jahre nach dem Erscheinen von »Sonne und Mond« hat es hier und da Ausstellungen, Abbildungen, eine Monographie gegeben. Der Maler Gütersloh ist ein Begriff, wenn auch eingesunken in die Vielfältigkeit des Gesamtkonzerts der Künste, Linien, die von ihm ausgegangen sind, liegen nicht länger im Dunkeln, aber wer forscht ihnen nach? Und die Literatur? Nicht nur »Sonne und Mond«? Die Erzählungen »Laßt uns den Menschen machen« sind vollends verschollen. Der Lese- und Verbreitungsprozeß ist abgebrochen worden, versickert, verkümmert. Auch wenn ich annehme, daß es unverändert eine Schar von älter werdenden Lesern gibt, für die, wie für mich, »Sonne und Mond« einen unverrückbaren Platz einnimmt, welkt die Erinnerung nicht mit uns hin? Es gilt einen neuen Anfang zu machen. Laßt uns Gütersloh neu entdecken! »Sonne und Mond« lesen wie eine Neuerscheinung! Und vor allem sollte nun die vollständige Veröffentlichung des Wörterbuchs zu »Sonne und Mond« in Angriff genommen werden. Robert Musil, Robert Walser – schön und gut – was soll's? Es geht um Gütersloh.

Helmut Heißenbüttel

DAS TESTAMENT DES BARONS ENGUERRAND

oder

I. KAPITEL

Dem ohne zuverlässigen Aufenthalt durch die fünf Erdteile schweifenden Grafen Lunarin fällt während einer seiner periodischen Abwesenheiten durch Erbschaft das Schloß seines Onkels, des Barons Enguerrand, zu. Nicht willens, mit dem verfallenden Besitz eine Verantwortung zu übernehmen, welche ihn unwiderruflich an einen Ort fesseln würde, forscht er nach einer Person, die würdig wäre, an seiner statt jene Seßhaftigkeit zu beweisen, zu der ihn selbst eigentlich die Erbschaft verpflichtete, die ihm jedoch zutiefst wesensfremd. Mit Hilfe des Wirtes vom Gasthof »Zur blauen Gans« im nahegelegenen Recklingen findet er diesen mythisch zu nennenden Stellvertreter in Gestalt eines Großbauern aus der Gegend, Till Adelseher geheißen. Diesen setzt er unter dem Vorwand, er werde allenfalls drei Tage abwesend sein, in die eigenen Rechte und Pflichten ein und flüchtet unter Zurücklassung bereits gedungenen Personals in ein Liebesverhältnis, das ihn ein Jahr fernhalten soll.

Die aufgehende Sonne des siebenundzwanzigsten July, der ein ebenso schöner wie heißer Tag zu werden versprach, beschien in der verschlafenen Gegend, welche wir zum dauernden Schauplatz unserer Geschichte zu erheben leider gezwungen sind, vor allem sechs schwarzgekleidete Personen, drei Männer und drei Frauen, die vor dem Gittertor eines verwilderten Parks standen und jenen verzweifelten Leuten glichen, die, mit dem Gesicht zur Wand, ihre Füsilierung erwarten.

Diese treffende Beobachtung machte ein Wirt, der durch einen Spalt des Fensterladens nach dem Wetter guckte. Jedoch: das Enguerrandsche Schloß, wofern man die Ruine solcherart benennen und mit einem vor fünfzehn Jahren verstorbenen Besitzer noch verbinden konnte, lag recht einsam. Weshalb auch der Einkehrgasthof »Zum Taler von Frankreich« (weiß Gott, auf welchen Auslandswegen der gute deutsche Theoderich Ganswohl zu dem wälschen Schilde gekommen ist) dasselbe tat. All das zusammengerechnet – und ein Wirt ist ja immer dabei, aus mehreren Posten eine überraschende Endsumme zu ziehn –, machte die erst nur treffende Beobachtung auch ein wenig unheimlich. Immerhin hat ein richtiger Wirt auch eine Wirtin. An welcher Stelle wir zu bedenken geben, daß ein richtiger Schriftsteller niemals eine Schriftstellerin hat. Es weckt also der männliche Verstand, der übertrieben deutlich beschreiben kann, was ihm rätselhaft bleibt (wie etwa dem in Latein vorzüglichen Schüler die Mathematik), den weiblichen Instinkt, der hinwiederum ganz natürlich zu deuten weiß, was er zu schildern nicht imstande wäre.

»Das sind ohne Zweifel Leute«, sagte Babette, eine geborene Elsässerin – und nun fällt uns ein, daß wir dem »Taler von Frankreich« weit näher sind, als wir eben noch geglaubt haben –, »das sind ohne Zweifel Leute, die der Notar geschickt hat. Wie, wenn man den Erben gefunden hätte?«

Wirklich hatte sich vor etlichen Tagen bei jenem Notar, der das Testament des schon genannten Enguerrand verwahrte, ein Mann gemeldet, der mit einer dem ernsten, seit fünfzehn Jahren auf der Lauer liegenden Augenblick gar nicht angepaßten, übermütigen Miene zuerst die Schlüssel des Schlosses verlangte und dann behauptete, der neue Herr zu sein, was er weniger mit den Urkunden bewies, die ihm natürlich zur Hand waren, als durch seine Kunst, sie genau in die Mitte des Tisches unter die Augen des Notars zu werfen, ohne das würdige Tintenfaß zu streifen oder ernste Papiere aufflattern zu lassen.

Er ist ein Taugenichts und ein guter Schütze, dachte, nein, bestätigte der Notar. Denn aus dem Testamente, das nur widerwillig – es wird sich später die Gelegenheit finden, die Umstände seiner Abfassung bekanntzugeben – einen gewissen Grafen Lunarin zum Erben setzte, war der Notar hinlänglich unterrichtet. Ja, mehr als hinlänglich.

Zwei Dinge nämlich machen einen Menschen, der sein Auskommen für gewöhnlich ohne die Feder findet, zu einem Schreibenden, und sogar zu einem von Talent: die Liebe, wenn sie plötzlich kommt, und der Tod, wenn er etwas zögert. Der erste Fall scheint im Leben des Herrn von Enguerrand nicht stattgefunden zu haben; wenigstens nicht in seiner ganzen Schwere. Man würde sonst krankhafte Aufzeichnungen in seinem Nachlaß entdeckt haben. Es wären nach seinem Ableben vielleicht Frauen und Kinder erschienen, weinend und fordernd. Der alte Herr von Enguerrand aber ist ebenso einsam gestorben – wenn man von einem Kaplan absieht –, wie er einsam gelebt hat. Weder zeit seines Lebens, das immerhin sechsundsiebzig Jahre gewährt, noch zeit seiner Unsterblichkeit, die nun schon fünfzehn Jahre dauert, hat der lüsterne Tratsch ihm was am Zeuge zu flicken vermocht. Ganz im Gegensatz zu jenem Lunarin. Von welchem wir bisher nicht einmal wissen, ob und welch einen Vornamen er besitzt. Und ob die Ungewißheit hierüber überhaupt sich zerstreuen lassen wird. Es gibt nämlich Männer, die nur unter ihrem Taufheiligen hingehn: Es sind solche, nach deren Familiennamen die von ihnen geliebten Frauen nicht fragen. Ebensogut könnten sie eine Wolke Hans und einen Quell Heinz nennen. Das Beglückende hat eben keinen Namen und nur zufällig ein Gesicht. Andererseits gibt es Männer, deren Hauptverdienst darin besteht, daß sie aus einem berühmten Geschlechte stammen oder sich selbst einen berühmten Namen gemacht haben. Sei es, daß sie in eine bekannte Skandalgeschichte verwickelt worden, sei es, daß sie ihrer Epoche um etliche Nasenlängen vorausgeflogen sind. Diese Unglücklichen können nie und nimmer, nicht einmal in der zärtlichsten Umarmung, zu einem Vornamen kommen. Das Glück, ein nicht näher definierbares Stück Natur zu sein, bleibt ihnen versagt. Sie sind, so sehr sie sich auch um süße Vergessenheit bemühen, ihre Geschichte, ihre Bedeutung. Selbst in Unterhosen. Und auch ohne dieselben. Nun fürchten wir sehr – nach allem, was wir gehört haben –, daß wir den Grafen Lunarin in die Reihe der zuletzt Geschilderten werden stellen müssen. Wir werden also, aller Voraussicht nach, niemals aus leidenschaftlich aufgerissenem Frauenmund, weder gehaucht noch geschrien, erfahren, wie ihn seine Mutter gerufen hat. Und da sind wir bei dem Punkte, den wir zunächst abhandeln müssen. Denn von seiner Mutter – unschuldigerweise – ging sein Unheil aus. Und ganz und gar unschuldigerweise auch die höchst bemerkenswerte Abneigung, die Herr von Enguerrand seinem sehr entfernten Neffen, jenem Lunarin eben, entgegenbrachte, als es Zeit geworden war, über das Irdische zu verfügen.

Wir haben weiter oben gesagt, daß allein zwei Dinge die Kraft haben, aus einem ohne klar bewußten Formwillen dahinlebenden Menschen – und aus solchen setzt sich doch jene Menschheit zusammen, die je nach politischer Laune den dezidierten Menschen kreuzigt oder zu Altarehren erhebt – einen Schriftsteller zu machen: die mit der Tür in's Zimmer fallende Liebe oder der draußen auf dem Gange mit seinen Knochen ankündigend klappernde Tod. Die erstere hat, wie wir bereits wissen, Herrn von Enguerrands Feder rosten lassen. Der Letztere, besser gesagt, der Letzte, der Allerletzte, hat ihr, die stets nur Zahlen geschrieben, Bitt- oder Mahnbriefe, einen aus nichts sonst als aus ihm selber erklärbaren, das Tiefste und das Höchste berührenden Schwung verliehen. Zum Erweise dieser unserer Behauptung setzen wir aus dem Enguerrandschen Testament – das Herrn Lunarin, obwohl der recht pressiert schien, vorzulesen, von der ersten bis zur letzten Zeile, der Notar boshaft oder grausam genug war – eine ebenso bezeichnende wie unterrichtende Stelle hieher und bitten den wohlerzogenen Leser, dem es sicher schon peinlich ist, sechs schwarzgekleidete Personen, unter ihnen drei Frauen, am Gittertor eines verwilderten Schloßparks, also ziemlich aussichtslos, warten zu sehen, seine Entrüstung noch zurückzuhalten und seine Neugierde zu zähmen. Und gütigst folgendes zur Kenntnis nehmen zu wollen: Wenn wir wie im Ritt über einen Acker erzählen, das eine Mal Kraut, das andre Mal Rüben mit der

Hinterhand unseres Pferdes aus der Scholle schleudernd, so treiben wir den Unfug nicht etwa, weil die schwärmende Bienenfülle des Gewußten und zu Sagenden uns des Gesichts beraubt hätte und der sonst an uns zu beobachtenden Gemessenheit von Schritt und Haltung, sondern einzig und allein der Luftlinie wegen, die wir zu unserm eigentlichen Ziele verfolgen. Besagter Absatz also des Enguerrandschen Testaments lautet:

»Ich hätte nun dem drängenden Kaplan genug getan und könnte bis zu meinem Ende von jeglicher Schreiberei ausruhen. Gott weiß, daß mir nichts zuwiderer ist – Verwandte ausgenommen! –, als auf dem Papiere von meiner Hand zu lesen, was Hinz und Kunz in ähnlichen Lagen so ähnlich zu sagen pflegen. Nein, wer je sein gutes privates Hirn und die Maische, in die es sich durch das Moment der Öffentlichkeit verwandelt, miteinander verglichen hat, und wer kein Lump ist – was, wie mich dünkt, von ausschlaggebender Bedeutung! –, der rührt keine Feder mehr an und schwingt um so begeisterter sein Handwerkszeug. Dieses nämlich kann nie und nimmer zum stümperhaften Ausdruck eines innersten Gedankens verführen. Kurz: auch ich – ei ja, gewiß, auch ich – habe meine eigenen Gedanken, meine eigenen Gefühle, scharf und bestimmt und, wie die Träume, bald mehr, bald weniger unsinnig. Wie nun komme ich dazu, mir durch ein Convenu der Mitteilung, das ich nicht beherrsche, den zweifellosen Besitz einer Persönlichkeit abstreiten zu lassen? Dieser Lunarin zum Beispiel ist sicher ein Wohlredner. (Der Teufel soll mich holen, wenn ich irre!) Auch ich wär' einer, wenn ich silberne Löffel gestohlen hätte und folglich alle Worte und jegliche mit ihnen verbundene und mögliche Kunst dazu brauchte, das verräterische Klimpern in meinem Frackschwanz plausibel zu machen. Das ist allerdings – und wenn ich ihn auch nur *symbolice* meine – ein ungeheuerlicher Vorwurf. Überdies einem Manne gemacht, den ich nie in meinem Leben zu Gesicht bekommen habe. Ich muß mich ihm und dem Notar also näher erklären. Etwa so:

Ei, was tritt da für ein monströser Mensch in's Zimmer? Monströs, sagen Sie, mein Herr? Wo haben Sie Ihre Augen? Eigentlich ganz und gar nicht monströs. Sondern ein hübscher, schlanker, etwas dunkelhäutiger junger Mann, der – das ist aber auch der einzige Schritt, den ich in die Nähe Ihrer vorgefaßten, bösen Meinung machen kann – sicherer sich bewegt, als er sich fühlt, ungleich charmanter sich benimmt, als ihm um's eiskalte Herz ist, und ängstlich – ich sage mit Absicht: ängstlich! – die schönste Frau des Abends sucht; warum sollte er nicht? Was finden Sie daran Bedenkliches? Weil er dies nur deshalb tut, um das *nulla dies sine linea* eines verfluchten Kerls unter Beweis zu stellen und den täglichen Lorbeerkranz auf einen maßlosen Appetit sowie auf ein recht begrenztes Vermögen drücken zu können? Monströs, mein Herr, nenne ich – und nun werden Sie mich verstehen – das Mißverhältnis zwischen dem großen Rachen dieses Mannes und den kleinen Fischen, die er zu verspeisen vermag. Und ich will verdammt sein, wenn nicht im Augenblick seines Auftritts allen Löwen des Salons dieser gut verborgene Makel wie durch einen elektrischen Schlag evident wird. Gegen diese Evidenz nun setzt der Herr Graf – ich bin mit dem Recht einer unendlich plumperen Zunge nur ein Baron – seine ganze Suada ein. Er muß ja einfach alles entschuldigen, *omnia sua,* die er mit in's Zimmer bringt. Zum Beispiel: daß er mehr Geist hat als die andern. Was nicht sagen will, daß er die tieferen Gedanken hätte, o nein. Er versteht es nur, ihnen in dem das Gespräch oder das Abenteuer entscheidenden Augenblicke eine scheinbar endgültige Form zu geben. Er ist also nicht eigentlich geistvoll, sondern nur geistesgegenwärtig. Ferner: daß er hübscher ist als die andern. Ich sage nicht: ›schöner‹, o nein! Seine vollkommen regelmäßigen Züge – die das Spannungsfeld zwischen einer exotischen Mutter und einem europäischen Vater sozusagen im zerrissenen Zustande darstellen – werden, im Schlafe überrascht, sogar von abominabler Häßlichkeit sein. Wie Rom an einem grauen Tag.

Da bin ich also bei des verfluchten Kerls Mutter und kann gleich zur Hauptsache abschweifen. Diese höchst unschuldige Mutter nämlich ist an allem schuld. Gewiß hat auch mein Vetter Lunarin ein zum Überfließen volles Maß an erhabenen Widrigkeiten und widrigen Erhabenheiten bereits in sich getragen, ich möchte, um bei der Szenerie zu bleiben, sagen: eine ganze Schiffsladung Pandorabüchsen, als er, ich weiß nicht mehr ganz sicher wo, auf Cuba oder auf Portorico, landete und in den weißen Sand sein Tedeum stolperte. Zwei Matrosen und ein blinder Passagier von seltener Zähigkeit – erst die eindringenden Wasser hatten ihn an Deck getrieben –: das war mit Lunarin dem Älteren alles, was von dem schmutzigen Spanier ›Rey Jaimes‹ die Palmen des Lebens, wenigstens dieses Küstenstrichs, wiedererblickte. So weit, so gut. (Sie werden übrigens schon bemerkt haben, lieber Notar, daß ich bereits ein Argusauge ausgerechnet auf den blinden Passagier geworfen habe, der mich heftig an die Griechen in ihrem Trojanischen Pferd erinnert, oder an den Teufel, der hinter dem Reiter in den Sattel fällt. Hier nimmt die Sache bereits eine bedenkliche Wendung in's Romantische und Grausliche, und ich möchte auf diese Abzweigung einen für später bedeutungsvollen Finger legen.)

So weit, so gut, habe ich gesagt. Auch andern schwindet der Schiffsbauch unter den Füßen, und sie gehen ehrlich unter oder – zum Grog in's nächste Strandwirtshaus. So schlicht jedoch hält's unser Vetter nicht. Sein Schöpfer muß in dem Augenblick, da meiner Mutter Schwester dies Kind zur Welt gebracht hat, in einer dramatischen Laune gewesen sein. Wie sie uns selber aus dem Blauen befällt, wenn dieses plötzlich sich verfinstert, große Kugeln Staubes das Schloß bombardieren, die gemächliche Stube bacchantisch aufhüpft im ersten Wetterleuchten, die menschenfreundlichen Bäume gesträubte Schuppen zeigen, als schäumten sie aus tausend giftigen Mündern, und das erste Fenster herabklirrt wie eine silberne Maske von einem entlarvten Gesicht. Wahrscheinlich ist's die elektrische Spannung in den Lüften, die uns beseligt und befähigt, weit über erworbene Stumpfheit und angeborene Begabung, über unsere Jahre und Mittel hinaus den Sieg, das Glück noch einmal leibhaft und erreichbar zu erblicken. Wir halten eine zur Faust geballte Hand auf unserem müden Herzen und machen ein Bulldoggengesicht. Eine Viertelstunde später scheint wieder die Sonne, gutmütige Bäume tropfen wie die Ohren der Hühnerhunde, wenn sie aus dem Wasser steigen, die neue Magd, um mir zu zeigen, wie sie meine Interessen wahrnimmt, kehrt die Glassplitter zusammen, und die längst verlorene Geliebte ist so verloren und abhanden wie ein Kragenknopf im hohen Gras.

Welche Folgen nun eine dramatische Laune des Schöpfers nach sich zieht, werden Sie gleich sehen, lieber Notar. Nicht genug an dem Unglück draußen auf dem Meere, herrschte drinnen im Lande eben Revolution. Alles war aus dem Haus und aus dem Häuschen. Und so fanden die vier Geretteten weder eine gute noch eine böse Seele, die ihnen den Weg gewiesen oder verlegt hätte. Sie hielten drei elende Hütten für eine bereits verlassene Siedlung und bahnten sich mit dem Buschmesser, das der eine Matrose aus seinem Seesack zauberte, einen Schlupf durch eine Pflanzung. Zu ihrer Beschämung hackten sie dem Haziendero in die Kniescheibe. Zugleich blickten sie in Gewehrläufe, auf hochbeladene Maultiere und über eine Koppel unruhiger Pferde einer schnell wandernden Rauchsäule nach. Es bestand kein Zweifel, daß die Besitzung dem Feinde preisgegeben werden sollte. Dennoch drohte der Herr vor höchstens noch einer Viertelstunde mit dem Erschießen, dem Auspeitschen und dem Aufhängen und hätte sie sicher eine dieser Wonnen kosten lassen, wenn der blinde Passagier – den ich mir übrigens schwarzgekleidet vorstelle, sehr lang und mit einem bei jedem Schritte nach vorne pickenden Kopfe – die gemeinsame Sache nicht gut auf Spanisch hätte darstellen und mein Vetter nicht eine damals noch wohlgefüllte Brieftasche hätte zeigen können. Auch die schon recht schief liegende ›Rey Jaimes‹ und das an den Strand gezogene Boot.

Einige Minuten später befanden sie sich bereits auf der Flucht mit fremden Leuten vor einem unbekannten Feinde. Das war nun durchaus nicht die rechte Lage für unseren blinden Passagier. Der da in's Blaue ritt, ohne zu wissen, ob nicht das Rote besser wäre, auf einem geliehenen stolzen Schimmel, den er, in Sicherheit, wieder gegen Schusters Rappen würde tauschen müssen, und neben einem Glückspilz wie Lunarin, den ganz und gar zu verspeisen solch armen Teufel natürlich der Mund wässerte. Aber: ich will nicht zu viel vom Vater erzählen, den ich kenne, sondern vom Sohne, den ich nicht kenne. Und Kraft und Tinte für diesen sparen, den ich beschwören muß, wogegen ich jenen gemächlich beschreiben könnte. Was gar nicht meines Amtes ist.

Sie merken, lieber Notar, daß ich, bei einigem Talente mich auszudrücken, der Gefahr, es irgendeinem meiner geliebten Engländer gleichzutun, Thackeray oder Swift etwa, dezidiert ausweiche, was niemand dem ungebildeten alten Enguerrand zugetraut hätte. Er sich selbst am allerwenigsten.

Ich glaube, besser gesagt, ich weiß es, und eben jetzt, da ich diese erste geordnete Aufzeichnung meines Lebens verfasse, gewinne ich die Gewißheit, daß siebenzig vergeblich hingebrachte Jahre (wie die in allerlei Verbindungen verstrickten Menschen sagen würden), daß siebenzig also ohne Frau und Kind und Freund auf einem verschuldeten Schlosse als der unfreiwillige Castellan desselben gelebte Jahre die höheren Seelenkräfte zu einer Art von unterirdischer Tätigkeit zwingen. Statt des nicht erbauten Nestes, das sonst alle Strohhalme brauchte, bildet sich im Felsengrunde der Person eine Grotte, die den See unserer angesammelten Weisheit enthält. Nicht ein Tropfen davon ist auf geliebte Blumen versprengt worden. Deswegen fehlt nichts: Die ganze Welt erblickt sich und erblicke ich in diesem Spiegel. Ja, ihre und unsere Fundamente ragen klar zur Oberfläche wie die einer in's Meer versunkenen Stadt, und man braucht nur zu schöpfen – freilich mit ruhiger Hand –, um alles herauszuholen, was auf den gegenwärtigen Augenblick paßt und auf den jeweiligen Fall. Auch das Niegelernte. Und das ist das Wunderbare. Ich bin glücklich, lieber Notar, diesen merkwürdigen Zustand noch rasch an den Rand des Testaments bemerkt zu haben.

Doch nun zurück zu meinem Vetter, der auf der ersten Station, wo ein Zug unter Dampf und nicht übel aussehendes Militär tapfer in der Sonne der dortigen Plaza del Sol stand, am Echappieren war. Genauso, wie's unser blinder Passagier vorausgefürchtet hatte. Ein Glück, daß weder auf dem Waggondache, wo mit jeder Minute Verspätung und Bestrahlung die ländlichen Familien um etliche Kinder und Bündel sich zu vermehren schienen, noch auf dem Trittbrette, das von Beinen starrte wie ein Ast von Bananen, Lunarin auch nur für seine kleine Zehe Platz fand. Nicht zu reden von der Behinderung, die dem kühnen Unternehmen durch den südlichen Pessimismus des Bahnpersonals widerfuhr, das mit Laufen und Schreien, Pfeifen, Winken und Telegraphieren die Gefahren der Strecke schamlos malerisch den Perron entlang darstellte, und ganz zu schweigen von dem verführerischen Beispiel, das einige Caballeros und ihre Damen gaben, die, wie man durch die maurischen Torbogen des luftigen Bahnhofsgebäudes sah, den Truppen sich anschlossen, ohne Zweifel deswegen, um standesgemäß, aber auch sicher, eine vor ihnen sich beruhigende Provinz zu erreichen. Dort lag nun durchaus nicht das Ziel des langen und schwarzen Mannes mit dem nach vorne pickenden Kopf eines übermäßig nachdenklichen Gelehrten – er ist, wie ich mich jetzt erinnere, gehört zu haben, trotz seiner Natur und der ihr entsprechenden Gemütsverfassung Koch gewesen, bis zu dem begreiflichen Ende, daß er nämlich von dem kurzbeinigen und behaglichen Stande ausgespien worden wie der selige Jonas von dem Wal – aber: an Lunarins Seite wäre er auch in des Teufels Arschloch geritten und: unterwegs würde sich schon Rat's finden. Kurz, mein Vetter bemannte (wenn ich so sagen darf) seine Truppe, also auch die zwei Matrosen, und befand sich über Ja und Nein auf seinem ersten Feldzug. Es überraschte ihn nicht – wie er mir gestand –, daß er nun töten würde, und bereit sein müßte, getötet zu werden. Er war vielmehr sofort dabei und niemals Zivilist gewesen. Den Anderen ging es nicht anders. Sie ballten Fäuste in die Richtung ihres Marsches, stießen dieselben Flüche aus wie die Sergeanten, die gleich nach dem Verlassen der Ortschaft ihr Kreuz mit dem uniformierten Halbblut hatten, und stimmten überraschend falsch in die einfachen Gesänge ein; denn etwas wie das Jaulen eines Hundes, der vor Freude auf dem Bauche kriecht, würgte sie in der Kehle. Der eine Matrose zerfetzte mit dem Buschmesser Bäume und Sträucher, die ihm nahe kamen, und zeigte bereits den wütenden Ausdruck eines Mannes, der ein unersättliches Weib beschläft. In eine Kugel Wahnes eingeschlossen, flogen sie den Anderen voraus. Sie verloren den zweiten Sohn des Neptun an die Erde und merkten's nicht. Sie hörten Schüsse knallen und glaubten, es seien die Caballeros, die im nämlichen Übermut ihre Revolver abfeuerten. Der blinde Passagier erlitt einen heftigen Schlag gegen seinen rechten Schenkel und hielt, was ihm das ganze Bein taub machte, für die Wirkung eines unschuldigen Steinwurfs aus der Hinterhand des Lunarinschen Pferdes. Als er an dem brombeerfarbenen Fleck auf seiner Hose, der fast so schnell sich vergrößerte, wie ihr Besitzer ritt, den Irrtum merkte, war's schon zu spät. Hinter ihm warfen sich Leute in den deckenden Staub der Straße, nachzuschießen, und vor ihm dräute plötzlich die grüne Wand mehrerer umgelegter Platanen, die er durchsprang, er wußte nicht, wie es hatte glücken können. Pferdenase an Pferdeschweif ging es stracks auf ein schloßähnliches Gebäude zu. Dieses stand durch eine hohlwegartige Senkung, in der sie wie in Daunen versanken, etwas erhöht, umgeben von einer mäßigen Mauer, die sie leicht übersprangen, und neben hohen alten Bäumen, von denen die Schüsse aus den Fenstern Zweige splitterten. Ob sie nun nach dem Schlosse flohen oder es angriffen, war im rasenden Zug des Schicksals nicht zu ergründen. Sie jagten unter den schützenden Blätterriesen hin. Der Matrose mit dem Buschmesser wollte oder konnte sein Pferd nicht zügeln. Als wären Roß und Reiter aus dem Erz eines lebendig gewordenen Denkmals, stürzten sie durch die nur schwach vergitterte Glastüre des Schlosses. Ihnen nach mein Lunarin. Und zwar allein. Weil sein Pferd sich draußen auf dem Sattel wälzte.

Nun sind, lieber Notar, die spanischen Fußböden mit ebenso schönen wie harten Fliesen belegt, und es muß mein meteorgleich in's Haus fallender Vetter zumindest marmorne Kniescheiben gehabt haben. Ich bin mir über diesen schmerzlichen Punkt seiner Erzählung nie ganz klar geworden. Wahrscheinlich fehlt's mir in Hirn und Gliedern gerade an dem, was die Lunarins im Übermaß besitzen: an Schwung. Und so auch an Vorstellung und Erfahrung, wie's in jenen höheren Regionen zugeht, wo das Gesetz der Schwere fast nichts mehr gilt. Trotzdem glaub' ich solchen Leuten auf's Wort. Je absurder scheint, was sie vorbringen, desto wahrer ist's. Leider. Denn sie sind ja keine Aufschneider. Ja, wären sie's nur! Dann klopfte man ihnen wohlwollend auf die Schulter, wie dem bramarbasierenden Veteranen oder lateinernden Oberförster auch, und ginge, ihres recht bescheidenen Erlebens sicher, getrost seines Wegs. Sie werden, alter Freund, selbst noch durch mich, den Interpreten, merken, daß mein Vetter, der Graf, kein Baron Münchhausen gewesen ist. Es gibt da nämlich ein untrügliches Kennzeichen, das allerdings besser vom Gefühl als vom Verstande wahrgenommen werden kann, wie etwa der Unterschied zwischen einer echten Rose und einer aus Wachs täuschend nachgemachten. Und nun merken Sie den einmal aus einer gewissen Entfernung! Haben Sie aber immer mit Blumen gelebt, so wird Ihnen bald der starre Blick des künstlichen Geschöpfes auffallen, und obwohl die Töchter Floras keine wogenden Brüste haben, werden Sie dennoch sehen: es atmet nicht. Einen ähnlichen Erweis halte ich zum Beispiel jetzt in Händen. Gleich nach dem unglaublichen Kniefall bricht der Graf in schallendes Gelächter aus über den mehr wie betrunken als wie sterbend daliegenden amokgelaufenen Matrosen und über seinen ihm schicksalähnlichen Gaul, der, den Schädel auf einem gobelinüberzogenen Fauteuil, diesen mit Blut beröchelt. Sagen Sie selbst: Wozu wohl sollte er dies ungeheuerliche Bild, dies gellende Tongemälde erfunden haben? Nein, nein, er war ein echter, ein durch und durch närrischer, ein kristallheller Narr, ohne ein einziges eingebackenes Bläschen Vernunft, und ist in dem von ihm so wahr, so klinisch wahr geschilderten Augenblick eben auf dem Gipfel gewesen – wie wir gewöhnlichen Menschen vor dem Abgrund –, wo endlich der schon lange lauernde Göttervater ihn bei den Locken packen konnte wie seinerzeit den Knaben Ganymed. Es muß ihn aber auch etwas wahrhaft Übermächtiges hinaufgezerrt haben, ich meine: über die Treppe dieser bis unter's Dach reichenden Halle, in der – wie der treffliche Beobachter, der er war, angibt – die himmelschlankste Palme Platz gehabt hätte. Und es muß ihn – auf daß er ein für ihn erst später verderbliches Ziel erreichte – dasselbe Übermächtige unverwundbar gemacht haben für jetzt. Sie können sich ja ungefähr vorstellen, lieber Notar, wie das im allgemeinen so wohlgerüstete Schloß den unerwartet possenhaften und daher um so gefährlicheren Einfall gerade an seiner schwächsten Stelle erwiderte. Nun, so ungefähr war es auch. Die wilden Schüsse der rasch in's Innerste des Hauses geworfenen Besatzung trafen merkwürdigerweise nicht, hingegen wohl die nicht weniger wilden des Vetters und des Kochs, der seines Beines wegen, das er kaum mehr schleppen konnte, auf einen Diwan zuhinkte, von wo aus er die den vorstürmenden Infanteristen deckende Artillerie spielte. Im Dampf und im Lärm – sie verfeuerten damals noch ein äußerst malerisches Pulver unter kriegerischem Getöse – verloren sich Gestalt und Stiefeldröhnen meines Vetters.

Was der nun da oben im ersten Stocke wollte, den er denn auch so heil, wie ich ihn wiedergesehen habe, erreichte, oder besser gesagt, weder wollte noch nicht wollte, sondern wollen mußte, von der tückischen Nemesis gestachelt und beschützt, das ist beinahe schon zu sehen wie der erste Segelzipfel des Schiffs von Delos, nach dessen Ankunft Sokrates sterben wird. Es ist doch schließlich ein ebenso lächerliches wie abscheuliches Verbrechen, das durch nichts sonst verursacht wird als durch gar keinen Widerstand gegen das Gesetz der Trägheit: in ein Haus zu springen wie der Zirkuslöwe durch den brennenden Reifen, bloß weil es auf dem Wege liegt, Menschen zu verwunden und zu töten, deren Gesinnung man nicht kennt, deren wie immer geartete Parteinahme dem eben gelandeten Fremdling gleichgültig zu bleiben hat, und ohne wenigstens den Versuch zu machen, ein offenbares Mißverständnis aufzuklären! Wer so handelt, in dem oder durch den handelt ein Größeres, das ihm wie ein Krebsgeschwür aufsitzt und Tag und Nacht dabei ist, die schönen wohlgezählten Zellen einer Person zu spalten, in's Unmeßbare zu vermehren, zu einem Monstrum zu stapeln und dieses an die Sterne rühren zu machen, die denn dann auch nicht anders können, als ihrer widrigen Kräfte sich zu entladen. Jetzt liegt klar am Tag, was ich den Lunarins aller Grade vorwerfe: ein Schicksal! Ja, entsetzen Sie sich nur, lieber Notar, über den Banausen Enguerrand. Aber ich sehe nichts erhaben Poetisches in der mächtigen Beule, die sich so ein Kopf-durch-die-Wand an der Himmelsdecke schlägt. Sondern das Gegenteil. Wenn Sie mich fragen, was mir, der ich zeitlebens jeder Versuchung zu einem sogenannten Schicksal weit aus dem Wege gegangen bin, der ich also – und angesichts des Todes wirft man einen recht unbestechlichen Blick auf sich selbst – um soviel mehr Mensch bin, als weniger ich Götterliebling oder Götterspielzeug gewesen, was mir als die dümmste Dummheit erscheint, als die purste *stultitia*, der nicht Lorbeer und Ergriffenheit, nein, der unendliche Trachten Prügel gebühren, so antworte ich Ihnen: jene idiotische, aller wahren Intelligenz entbehrende Folgerichtigkeit, womit (sozusagen am verkehrten Ariadnefaden) die Lunarins in das Labyrinth stürzen, um unfehlbar dahin zu kommen, wo es am finstersten und am verwickeltsten ist. So!! Und nun lassen wir meinen Vetter mit dem wuchtigsten Fußtritt seines Lebens – er ist nämlich eher ein Tänzer als ein Athlet gewesen und hatte die zartesten oder schönsten Beine, die je statt einen Frauen- einen Männerleib getragen haben (er war überhaupt ein schöner Mann) –, nun lassen wir ihn die erste Türe, die ihm sich zeigt (es wird jene der Treppe gegenüberliegende sein) aufsprengen, lassen wir auch die Kugel, die ebenfalls das erste war, was aus so gewaltsam geöffnetem Raume dem Räuberhauptmann entgegenflog, an seinen und unseren Ohren vorbeipfeifen, und stehen wir gleich ihm starr vor dem schönsten Mädchen, das er und ich je gesehen haben. Es hielt die noch rauchende Pistole in der Hand und fletschte vor Wut die herrlichsten Zähne. Begreiflich! Ist es schon überaus fatal, einen offenbar zu Mord und Totschlag Entschlossenen zu fehlen, so womöglich noch fataler, gleich der Kätzin in einem Schober ohne andern Ausgang als den Eingang, den prächtigsten Kater von der Welt diesen Ein- und Ausgang sperren zu sehen. Kurz: die Natur hatte für diese beiden und für diesen Augenblick den natürlichsten Zustand des Einanderfindens wiederhergestellt. Hier Mann und Räuber, dort Weib und Opfer! Hier Römer, dort Sabinerin! Und nun, lieber Notar, entkomme einer dieser urkupplerischen Situation! Wenn überdies noch ein von Rasse her halbwildes und von seiner verzweifelten Lage zum Äußersten getriebenes Geschöpf an unserer Gurgel hängt, um sie durchzubeißen, und unsere Hände vollauf zu tun haben, die entzückenden Formen einer wahren Tigerin mit allen Muskeln abzuwehren und mit allen Sinnen zu genießen. Ja, einmal im Netze der Nemesis, verknäueln sich die darin Gefangenen, und ob sie nun aussehen, als schlügen sie einander, oder so, als ob sie miteinander sich vertrügen: auf jeden Fall sind sie nicht mehr voneinander zu unterscheiden und unlösbar miteinander verbunden. Da hörten die Schüsse draußen und drinnen plötzlich auf. Und statt ihrer erhob sich Geschrei. Lunarin wußte sehr wohl, was das bedeutete. Die Regierungstruppen waren in Sicht gekommen. Die Parteinahme des Schlosses lag klar am Tage. Das schöpferische Mißverständnis war zu Ende.

Wir zwei nun, wir alten Schulkameraden, die wir einander also nichts vormachen können, wir zwei nun würden da in der Spitze des Bockshorns höchstwahrscheinlich gefragt haben: was nun? Und uns um den Hals und das schönste Mädchen gefragt haben. Denn: in der Halle und auf der Treppe liegen Tote und Verwundete. Wir selber sind ohne Zweifel – bedenken Sie unser Entrée, das melancholische Galgengesicht des Kochs, die wüsten Matrosen, die Kniescheibe des Haziendero und meine wohlgefüllte Brieftasche! –, wir selber sind ohne Zweifel Meuterer, die ihr Schiff versenkt, oder Piraten im Pech, die den nicht gewöhnlichen Witz besessen haben, es *stante pede* wieder in Glück zu verwandeln. Ha, einem spanischen Kommißgehirn weismachen wollen, daß wir nicht die Vorhut jener Kerle von der Straße sind, die den Koch beinahe in sein *insignum*, in die Pfanne nämlich, gehauen hätten, sondern wirkliche Caballeros, von feurigen Pferden und ebensolchen Kräften über den Trott der Heiligen Hermandad hinausgerissen, vom selbstmörderischen Wahnsinn eines Matrosen zu Eroberern eines Schlosses gemacht, das mit seinem ersten Anblick frühestens für uns zu existieren begonnen hat und – da ist es, wie Sie wissen, auch schon zu spät gewesen, es von außen zu betrachten! Nein, mein Vetter hat – und Sie sehen da wie im Blitzlicht den prädestinierten Menschen gipfeln, sozusagen auf der Hatz sich vermählen (die jetzt gegen seine leibliche Brust gerichteten Bajonettspitzen der Sterne lassen ihm gar keine andere Wahl) –, mein Vetter hat zugleich das Klügste wie das Dümmste getan, was man nur tun konnte: er ist einfach der Verbrecher geblieben, der er nie gewesen. Der Augenblick war auch unglaublich günstig. Die Eindringlinge schienen tot, zumindest kampfunfähig. Über die glatte Rasenfläche rund um das Schloß ritten quer, doch ohne Eile – man winkte ja Sieg aus allen Fenstern –, die ersten Edelleute und Offiziere. Aus dem ferneren Hohlweg stieg, verheißungsvoll wie Dampf aus einem Suppentopf, der Staub des anrückenden Entsatzheeres. Das sah auch mein Lunarin aus seinem Fenster, während er, abgefeimter Schurke bis in die gefühlvollen Fingerspitzen, mit Manuelas Taschentuch die ihn zu henken kamen grüßte und mit der andern Hand der Gefangenen Arme so fest auf ihrem Rücken zusammenschnürte, daß sie, wie aus verliebten Schmerzen lächelnd, an seine Schulter sank. Dies nichts als grausame und theatralische Zwischenspiel war natürlich vollkommen unnötig. Er hätte ebensogut alsogleich tun können, was wir einen Augenblick später ihn ohnehin tun sehen werden. Wie wäre sonst das wildfremde spanische Mädchen des verfluchten Kerls Mutter geworden? Aber: hindern Sie, lieber Notar, einen meisterhaften Miniaturisten, sein Blättchen bis in's Letzte gleichmäßig auszupinseln! Doch gleich zu diesem nächsten Augenblick.

Die süße Last, der er ein wenig die Kehle zudrückte, in den Armen – während diese nicht wenig an seinen Haaren riß und an seinen Ohren drehte – stürzte er, immer zwei Stufen und einen Gefallenen auf einmal nehmend, hinunter in die Halle, als müßte dort oder davor das rettende Pferd stehn. Und es stand, lieber Notar, es stand! Ja, ja, ich weiß, es klingt ganz und gar unglaublich. Wie aus einem schlechten Roman, wo, es koste, was es wolle, den Autor jede Reputation und uns einen Fluch über den Schmierfinken, der Held gerettet werden muß.

Aber es ist Tatsache. Und den Beweis halten Sie in Händen: diesen Bericht, den ich, trocken wie eine gesunde Fußsohle, nicht hätte abfassen können ohne ein Modell, das auf die geschilderte wunderbare Weise seinem Biographen sich erhalten hat. Über kurz oder lang – je nachdem nämlich, wo auf dieser Erdkugel den Herrn die Nachricht von meinem Ableben trifft, und ob er grade bei Kasse ist oder nicht – werden Sie auch noch den Hauptbeweis bei Ihnen eintreten sehen: einen jungen Mann von etwas olivenfarbenem Teint, mit einem Kopf voll *accroche cœur*, welche Öl und Bürste auf Hochglanz geschliffen und zu langen Teufelszungen ausgebügelt haben, coiffiert à la Rabenfittich sozusagen. Als Südländer, den er selbstverständlich über den Deutschen setzt (wenigstens bei uns, wo vom gespaltenen Blute die Damen sich schaurige Genüsse versprechen), wird er, je nach der Jahreszeit, in einem weißen oder in einem schwarzen Anzug stecken, und mit Recht, denn in jeder anderen Farbe sähe er wie der leibhaftige Katzenjammer aus. Schon jetzt, lieber Freund, muß ich Sie darauf vorbereiten, daß er auf Ihrem ernsten Amtsschreibtisch Platz nehmen wird, was so viel ist, als setzte Ihnen ein Räuber die Pistole auf die Brust. Sie können und werden solche Vornewegintimität nicht erwidern, aber – und das muß ich Ihnen gleich sagen – Sie können ihr auch nicht entrinnen. Ich kenne das von seinem Vater her. Da mögen Sie zugeknöpft sein, so weit Sie wollen: Im Geiste halten Sie doch die Hände hoch und lassen sich die Taschen Ihres Herzens ausplündern.

Ich könnte jetzt das Porträt des Niegesehenen in einem Zuge vollenden. Ich verlasse mich aber ganz auf die schwatzhafte, vom Hundertsten in's Tausendste kommende Art eines alten Mannes, die an jene der nesterbauenden Vögel erinnert: Die einzelnen Halme in ihren Schnäbeln sind zwar kaum sichtbar, alle zusammen jedoch ergeben ein Heim. Dieser junge Mann also, dessen Taufnamen ich nicht gegenwärtig habe (aber Sie werden ihn schon ausfinden), ist der zweite und Hauptbeweis, den ich und die Umstände, unter denen er erzeugt worden, Ihnen liefern: zwischen Zuckerrohren oder Kaffeestauden, neben dem wunderbaren, jetzt alle Viere von sich streckenden

Pferde, und kaum drei Reitstunden weit von dem schon auf einem anderen Planeten liegenden Schlosse. Und all das müssen Sie diesem Patenkinde der Nemesis unbedingt ansehn. Oder ich habe zeit meines Mannslebens Schindluder mit dem Fleische getrieben, das dann wohl umsonst in Abhängigkeit gehalten worden wäre, umsonst und recht törichterweise vor der Jungfräulichkeit gezittert, umsonst das ganze Gewicht des Himmels auf den heiligen Braut- und Eh'stand gelegt hätte! Halten Sie mich um Gottes willen nicht für einen Spießer, weil ich mit des Pfarrers Vokabular klappere, das schon längst keinen mephistophelischen Pudel mehr aufscheucht, schliefe er auch dicht hinter dem Hochaltar. (Bei Gebrauch der selben Worte meinen der Pfarrer und ich so wenig dasselbe wie ein Chinese und ein Eskimo.) Aber: ist der Weg zur Hölle mit abwegigen Umständen, mit den Lavablöcken der leidenschaftlichen Ausbrüche, mit Interessantheiten, ja mit all den Katzengoldstücken, die zu einem Ruhm gehören, gepflastert, wie das Gesicht eines Studenten mit den Gedenkkreuzen der Mensuren (woran ich fest glaube), so muß der Sproß jenes Paares, das nie und nimmer eins hätte werden sollen, einer Summe von Gegenständen gleichen, die man in einem zersplitterten Spiegel sieht, oder die Physiognomik soll der Teufel holen! Es ist unmöglich, hören Sie, unmöglich, daß man dem verfluchten Kerl den ungeheuerlichen Kuß nicht ansieht, mit welchem Räuber und Geraubte sich aneinanderketteten – da waren sie kaum so lange unterwegs, als meine Magd von hier nach dem Schoppen braucht –, bloß deswegen selbstverständlich, weil auf demselben Sattel nur ein Herz und eine Seele Platz haben und der rasende Galopp des wunderbaren Pferdes das einträchtigste Zusammenhalten nötig macht. Reden Sie jetzt nicht von der Allgewalt der Sinne! Und wenn ich mit Weibern wie in einer Sardinenschachtel läge, würde auch das noch lange kein Kind geben. Nun setzen Sie überdies den Fall, wir hätten vor einer halben Stunde noch aufeinander geschossen! Halt! Da bin ich endlich und endgültig bei dem jungen Manne. Weil – ja weil er jetzt auch wirklich im Werden ist. Worüber nach oben Gesagtem kein Zweifel mehr herrschen kann.

Diesem Portoricaner also vermache ich mein Haus! Und welch ein Haus! Es gleicht einer löchrigen Zither, die am mächtigsten Baum meines Parks hängt. Das ist, wie Sie wissen, kein poetisches Bild, sondern beinahe die Wahrheit. Nach der kleinen Melitta, dem Töchterchen des Majors von Rudigier, besteht ein Schloß – sie hatte das meine im Aug' und kein andres je gesehn – aus unbewohnbaren Zimmern. So richtig oder so verständnislos denkt die allerjüngste Generation, deren Ideal ein halbwegs geräumiges Schneckenhaus sein wird, über die Bauart der Ahnen. Wenn ich dieser treffenden Beschreibung – denn wirklich wohne ich im Bette und nur an schönen Tagen vor meinem Schreibtische und da eigentlich in einem Mantel –, wenn ich ihr also noch zufüge, daß viele Fenster ohne Scheiben auskommen müssen, manche Wände mit einer romantischen Bresche, etlichen Zimmern auch diese fehlt, weil sie zusamt der Mauer schon längst in den Garten gestürzt ist, so werden Sie sofort die merkwürdige Art begreifen, mit welcher der Stolz meines Besitztums, sein Baumbestand, sich zur Geltung bringt. Schaffen Sie einmal von Ihrem Kleiderstocke die guten Anzüge in's Leihhaus und lassen Sie nur einen verbeulten Hut und einen löchrigen Rock daran. So wie dann Ihr ökonomisches Nichts im Zimmer stünde – eine vom Tischler gemodelte Abstraktion des verdorrten Lebensbaumes –, so etwa ragt das einzige schöne Etwas, das ich besitze, mein Park, in mein Nichts, und so etwa sieht dieses vor jenem aus. Trügen meine Ulmen und Eichen Äpfel oder Birnen, ich könnte sie mir durch einen Türspalt zum Frühstück holen. So manche Höhle, die zu meines Vaters Lebzeiten noch geheizt und gelüftet worden, füllen die Äste mit ihren Fittichen und mit einem grünen Unterwasserlichte. Ein Glück, lieber Notar, im Unglück dieses Bauzustandes, daß ich unzählige Tauben habe oder ihrer hätte, wenn wir nicht Jagd auf sie machten, was leider recht häufig geschieht. Was Jagd! Man wirft einen Korb oder einen alten Teppich in's Zimmer. Darunter krabbelt unser Mittagessen. Nun halten Sie sich, bildlich gesprochen natürlich, den Bauch vor Lachen, denn Sie stellen sich meinen Erben vor, den verflixten und verfluchten Kerl, wie er, in seinem interessanten schwarzen oder weißen Anzug, aus meinem Schlosse sich verköstigt! Und ich gestehe Ihnen jetzt: Nicht nur dem Kaplan oder dem lieben Gott zuliebe hinterlasse ich dem einzigen Verwandten, der mir noch lebt, was viel mehr schon den Elementen als mir gehört. Es ist – Sie wissen es nur zu gut – ein zweifelhaftes, ein verderbliches Geschenk. Ich würde mir lieber die Hand abhacken, als es einem geliebten oder auch nur geachteten Wesen zu verschreiben. Diesem Lunarin aber vermach' ich's mit Wonne. Während der Kaplan von den Christenpflichten eines Erblassers sprach – wie er's gelernt hat und ohne was Hintergründiges auch nur denken zu können –, war mir plötzlich, als redete aus dem dunklen Garten ein Passant, der mich, den Schloßherrn, gar nicht kennt, in gewöhnlicher Sprache das gesuchte, aber doppelsinnige Wort zu mir herauf. Ein milchweißes Licht ergoß sich plötzlich um mich herum, in dem ich, nur den Kopf heraus, schwamm. Was der Pfarrer tief unten balberte, das meinte ich auch, nur hoch oben. Und ganz, ganz anders. Ihr alter Enguerrand, den Sie als einen gutmütigen Polterer kennen, der nichts so schlimm meint, wie er's sagt, der vor lauter schließlichem Nachgeben zuerst rabiat wird, dieser zeit seines Lebens ziemlich verschwommene Geist – wir gewöhnlichen Menschen denken doch meistens so, wie man die Uhr aufzieht, nämlich gedankenlos, ganz auf den Mechanismus des Denkens vertrauend –, dachte mit einem Male etwas Scharfes und Bestimmtes, das überdies weder einen Vorteil noch einen Nachteil hatte, sondern in gemeinem Sinne völlig nutzlos war wie etwa ein Bild, ein schönes, gemaltes Bild. Ausgestopfte Adler blicken so aus einer Zimmerecke in größere Weiten als je zu ihren Lebzeiten. Ich sah nämlich, daß ich so lange gelebt und so übel gewirtschaftet habe, um endlich dem herangewachsenen Lunarin eine wahre Mausefalle zu hinterlassen, in die er gehen wird. Er, der so ausdauernd und glücklich sich am Bettelstabe über Gräben und Abgründe geschwungen – in welche Bessere gestürzt sind, und bloß deswegen, weil ihre Zeugung nicht auf einem wunderbaren Pferde begonnen worden –, wird hier zusammenbrechen. Ja, in der Fremde hilft der Zauber einer gezeichneten Person über jene ersten drei Tage hinweg, die der benommene Gastwirt einem betäubend sicher auftretenden Habenichts kreditiert. Werden Lieferanten und Mädchen dringend – ein Zeichen, daß der Schwindelmünze Goldglanz schwindet –, reist man [...], und mit Recht. Ein doppelter Schelm, wer mehr lügt [...] eug hält. Das kann man in der Heimat nicht. Oder [...] ell. Oder was dasselbe ist: nicht rechtzeitig. Und ich [...] Notar, bin so boshaft, so grausam (jetzt fehlt mir das [...] treffende Wort, meine kalte, unerbittliche, nicht un- a[...] menschliche Empfindung zu kennzeichnen), ich also bin [...] s gierig darauf, ihm diese Heimat zu geben, diesen hei[...]en Boden, der hin so lange festhalten wird, bis die Büttel [...], diese Scholle, die er sich gleich selber auf den Sarg werfe[...]. Wenn Sie's so ausdrücken wollen – ich habe nichts dageg[...] sehe ich den Sinn dieser Erbfolge (wenn sie überhaupt ange[...] wird, was ich aber glaube: denn die Ruine ist immerhin die e[...] hlosses, und wer sie Rechtens bewohnt, kann unter mein[...]lichen Namen den ramponierten seinigen verbergen) darin, verfluchte Geschlecht der Lunarins auszutilgen, zu ihrem und der Menschen Heil.

Ich hasse den jungen Mann nicht, denn ich kenne ihn nicht. Ich habe ihn nie gesehn. Während meiner gelegentlichen Besuche bei den Lunarins ist der Teufelsjunge immer wie zufällig an einer Kinderkrankheit zu Bett gelegen oder in der Schule gewesen. Dann beim Militär. Und später auf Reisen. Von einer Verschiedenheit unserer Naturen zu sprechen, wäre lächerlich in Anbetracht der vielen Jahre, die uns trennen, und der schon erwähnten Unmöglichkeit, Erfahrungen aneinander zu machen. Nein, es muß da von Anfang an ein wahrhaft planetarischer Unterschied vorgelegen haben, der ihn zwang, vom Firmament abzutreten, sobald ich aufging, und mich verhielt, unter'm Horizonte zu bleiben, wenn er gerade gipfelte. Jetzt, als alter Mann und genötigt, diesen Bericht für Sie zu verfassen – einen gründlich zu bedenkenden und wahrhaft entscheidenden: denn ich maße mir Richterwürde an –, jetzt erst steigt der echte Sachverhalt mir zu Kopf wie eine neue Insel aus dem Wasser.

Es ist eben alles in dem Lunarinschen Hause ungewöhnlich gewesen und nicht so wie bei uns, wo es wirklich gar nichts auf sich hat, wenn ich Sie etwa, lieber Notar, daheim nicht antreffe. Ihr unvorhergesehener Spaziergang ist – verzeihen Sie mir! – von keiner besonderen Bedeutung. Außer für Ihre geschätzte Gesundheit oder für Ihre kleine Nichte, der Sie das notwendige Zuckerwerk zum Aufbau der kindlichen Knochen bringen. Ganz anders war es Königinstraße Nummer zwei. Das sah das eine Mal aus wie ein Mordhaus, das andere Mal wie ein Vergnügungsetablissement. Das dritte Mal wie ein Kloster, darin Sie plötzlich einen nicht gesuchten Frieden fanden. Bald waren die Fensterscheiben blind – in überraschend kurzer Zeit erblindet: Straßenstaub und Dienerträgheit in emsigstem Vereine konnten solches nicht zu Wege bringen –, die braun oder schwarz politierten Flächen der Möbel gleichmäßig grau, die schweren dunklen Vorhänge mit offenbarer Gewalt zugezogen, die Blumensträuße so dürr, daß sie Ihren Schritt durch die verlassenen Gemächer mit dem raschelnden Fall einer Herbstwanderung begleiteten, und Herrschaft wie Gesinde fanden Sie, wenn Sie sie fanden, in einem wahren Dornröschenschlafe, für den es eine andere als eine märchenhafte Erklärung eben nicht gibt. Kamen Sie jedoch am nächsten Tage besorgt vorbei, um, wie begreiflich, zu sehen, welche Fortschritte der unbekannte düstere Anlaß gemacht hat, ob nicht vielleicht gar der Schlaf in Tod übergegangen, so sog ein Wirbel von Licht und Lärm Sie in ein von Grund auf verwandeltes Haus. Einer endlosen Wagenreihe entstiegen mehr der guten Freunde, als der athenische Timon in seiner besten Zeit besessen haben kann, und von den Kutschböcken lud man ganze Kisten voll des lustigsten Klatsches ab. (Mir wenigstens kam's so vor.) Derselbe Diener, der gestern um keinen Preis der Welt sich Ihrer doch so nahen verwandtschaftlichen Beziehung zur herrschaftlichen Familie entsonnen hätte – wie einen Exekutor ließ er Sie, schweigend und lauernd, zwischen den erloschenen und bereits preisgegebenen Schätzen umhergehen –, kennt heute schon von weitem den Platz, den Sie in zwei Herzen einnehmen, und einen spärlich beleuchteten, vertrauten Weg in die Privatgemächer, wo Sie, wenn Sie wollten, die geheimsten Briefschaften des Herrn

Grafen einsehen könnten, oder ein Perlenhalsband der Frau Gräfin stehlen, das, mir nichts, dir nichts, auf dem Ankleidetischchen liegt.

Glauben Sie mir, alter Freund – und um so lieber, als ich's selber lange nicht geglaubt und als eine böswillige, ja verrückte Insinuation zurückgewiesen habe –, daß ich dem unberechenbaren und weitausschwingenden Auf und Ab des Lunarinschen Hauses meine, übrigens harmlose, Menschenfeindlichkeit, besser gesagt, Menschenscheu verdanke, und dieses viel Wichtigere: daß ich mich auf dem verlorenen Posten meines Schlosses mit der ungewöhnlichen Aufgabe abplagen konnte, ein ganz gewöhnlicher Mensch zu werden; der ich denn auch geworden bin. Was gerade Sie mir bestätigen müssen, der Sie sich doch von mir so vieles versprochen haben, das ich dann alles nicht gehalten habe, und mit einer gewissen Ostentation. Es ist für mich, und vielleicht nur für mich, außerordentlich lehrreich gewesen, zu sehen – andere haben einen solchen Anschauungsunterricht eben nicht nötig und schwänzen ihn und wissen, unverzeihlicherweise, von Ebbe und Flut des menschlichen Gemütes noch weniger, als die stumpfste Landratte von demselben Phänomene des Meeres weiß –, welch einen gewaltigen und immer gefährlichen Einfluß eine große Seele ausübt. Oder vielleicht eine jede Seele, die aus der rechten Lage in ihrem Körper geraten ist. Weiß der Teufel, wann und wo ich also für die Normalität eingenommen worden bin, daß ich den besten und gescheitesten Menschen – denn das sind die Lunarins gewesen! – meine Freund- und Verwandtschaft habe aufkündigen müssen. Eines Tages rannte ich Hals über Kopf davon. Ich hielt es einfach nicht mehr länger aus, auf einem Schiffe zu fahren, das von seinem Konstrukteur her eine ewig schwere Schlagseite hat, oder in einem gewitterreichen Lande bei einem Pulverturm Wache zu stehen. Nennen Sie das nicht Feigheit. Sie müßten sonst – ich werde breit, nicht wahr, ich irre vom eigentlichen Gegenstande dieser meiner ersten und letzten Darlegung, welcher nämlich noch immer der junge Lunarin ist, scheinbar ab; jedoch ich will, daß Sie mich auf die Sekunde einer Bogensehne genau verstehen, das heißt:

ich will mich selber verstehn. Und deswegen wühle ich vor Ihren Augen in dem alten Enguerrand herum wie in einem Koffer, dessen kaleidoskopartige Unordnung durch beharrliches Durcheinanderschütteln wieder auf die ursprüngliche Konstellation und Ordnung zu bringen sein muß. Sie müßten also sonst, sagte ich, Ihren Freund auch ein Monstrum von Unbarmherzigkeit nennen, weil er um die malerischsten Bettler und um die ärgsten Krüppel einen gewaltigen Haken schlägt; weil das Angebot einer Straßendirne ihn zu Tätlichkeiten, ganz anderen als der gewünschten Art, hinzureißen vermag; weil ihn der Anblick eines Liliputaners in Wut versetzt; und weil er noch heute einen sinnlos betrunkenen Knecht ebenso sinnlos verprügeln könnte. (Leider hat mir der Arzt dies Justifizieren *hic et nunc* und das Machen höchst bedeutsamer Umwege längst und streng verboten. Es könnte ihren Enguerrand noch vor dem Tod das Leben kosten.) Nein! Nein! Ich bin nicht roh, ich bin nicht unbarmherzig, ich bin nicht fühllos gegen die menschlichen Leiden. Soweit sie heilbar sind, wohlgemerkt, soweit sie der Kunst des Arztes und des Priesters zugänglich sind. Insolange sie noch nicht die Substanz angefressen, die Ebenbildschaft Gottes für immer zerstört, den anfänglichen Charakter in einen ganz andern umgebogen haben. Das Übermaß – ob nun der Schmerzen oder der Freuden –, das ist das wahre, das unheilbare Leiden, und es ausbrennen, das einzige Heilmittel! Hier haben Sie, in, wie ich glaube, wohlgeschliffenen Worten, mein Bekenntnis zur Lunarinschen Sache. Ich bin also, wie sich jetzt herausstellt – und wenn dies nicht meine letzten Worte wären, würde ich bestimmt noch lange Zeit das Maul über sie halten –, unter der christlichen Tünche ein frommer Heide. Erschreckend, nicht wahr, einen Mann in Gehrock und Zylinder zu sehen, der das Haus der Atriden flieht. Das Haus der Atriden! Wieder eine der ungeheuerlichen Beschuldigungen oder maßlosen Übertreibungen des alt und daher immer giftiger gewordenen Junggesellen, werden Sie denken! Nun, ich will den Beweis sogleich erbringen. In den Sie sogar persönlich ein wenig verwickelt sind, alter Freund! Oder: erinnern Sie sich vielleicht gar nicht mehr jenes prächtigen Kranzes – er hat mich eine Krawattennadel gekostet, die ich bei unserm Juden versilberte –, den Sie vor eineinhalb Jahren, am zwanzigsten Dezember, über meine Bitte, in das Haus des Atreus sandten oder gar selber an Manuelas Katafalk gelehnt haben, um einen Blick auf ein Gesicht zu werfen, das wahrscheinlich weder wächsern noch steinern, sondern überhaupt nicht vorhanden gewesen sein dürfte? Sie werden bei dieser Gelegenheit – wenn Sie sie ergriffen haben, woran ich aber nicht zweifle: Denn der Verlockung, das Taschentuch unserer Erinnerungen in den Saft zu tauchen, der von einem Hochgerichte rinnt, können wir Spießer wohl kaum widerstehn –, Sie werden also bei dieser funebren Gelegenheit sicher auch den Grafen gesehen haben, der zwei Tage und zwei Nächte unbeweglich neben dem Sarge gestanden und nur verächtlich die langen und dicken Kerzen gewechselt haben soll, wenn sie herabgebrannt waren. Was Kerzen eben zu tun pflegen, nicht aber Lunarins. Denen, wie dem Prometheus die Leber, immer wieder eine ganz unbegreifliche, durch nichts zu erschütternde Zähigkeit nachwächst, die einen solchen Helden noch unheimlicher erscheinen läßt, als jenes furchtbare Los schon ist, das die Götter ihm geworfen haben. Man fragt sich, welch einen Streich denn noch diese Eiche oder dieses eherne Unkraut erwartet, und ob dieser Mensch da denn wahrhaftig auf eine unvorstellbare Weise blind und taub und also außerstande ist, die deutlichsten Zeichen und Mahnungen weder zu sehen noch zu hören? Und ob er denn wirklich nicht wisse, daß er schon längst sich auf gar keinem Wege mehr befände, sondern tief bereits im Wegelosen? Über das Wasser schritte, wie der Apostel Petrus, aber ohne zu glauben, und wie Simon Magus durch die Luft segelte, aber ohne abzustürzen? Und daß die Vorsehung ihn entweder für ein furchtbares Gericht aufgehoben, oder – was noch furchtbarer! – einfach vergessen hat? Ich weiß nicht, ob Sie das alles bemerkt haben, auch wenn Sie damals in dem Trauerhause gewesen sein sollten. Kaum. Obwohl Sie die Lunarins kennen wie meine Tasche, in der bekanntlich nichts ist; mit welcher Feststellung diese meine Tasche für den gesunden Menschenverstand einfach nicht existent wird. Ihre Leere muß also erst interpretiert werden – von einem tiefer forschenden Geiste, wie der Ihre einer ist –, um es mit der Fülle aufnehmen zu können, um am Rande des Verstehbaren gerade noch rechtzeitig einen Sinn zu bekommen, den etwa, dem jungen Lunarin hinterlassen zu werden. Ich halte es also mit der jüngsten Geschichte seines Hauses wie mit meiner Tasche. Ich nehme Sie, lieber Notar, bei der Hand und frage Sie in der Art des unangenehmsten Atheners – wir stehen, nicht wahr, vor dem Sarge Manuelas, der ganz aus Silber ist, weil sie Silbernes geliebt und Goldenes gehaßt hat; wir sehen dem portoricanischen Räuber in sein der entrissenen Beute adlerhaft nachstarrendes Profil; und wir schwören drauf, daß der kalte Duft der gelben Rosen und der hitzige des schmelzenden Wachses den Geruch verbrannter Schleier und gerösteten Fleisches nicht zu unterdrücken vermögen –, ich frage Sie also: Nun, und wo ist der Sohn? Wo, zum Teufel, ist der verflixte Kerl? Der entweder an einer Kinderkrankheit zu Bett gelegen, wenn ich gekommen bin, oder auf einer Reise gewesen, oder beim Militär? Er ist auch dieses Mal nicht da. Seine Nichtvorhandenheit ist so auffallend, daß die Trauergäste, auch die stumpfsten und über die Lunarinschen Umstände am wenigsten unterrichteten, in der vollkommenen Windstille des schwarzen Gemaches aufgeregt durcheinanderwogen und die Hälse recken, um als ganz sicher festzustellen, daß neben der entseelten Mutter und dem entgeisteten Vater der braunhäutige, interessante junge Mann fehlt.

Sie fragen mich, woher ich das alles weiß? Der ich doch schon seit Jahren keinen Fuß in das Haus Königinstraße Nummer zwo gesetzt habe? Nun, erstens haben die Zeitungen – wie auch Ihnen nicht entgangen sein dürfte – des Skandales sich bemächtigt (ich nenne derlei Unglücksfälle ›Skandale‹, weil sie sozusagen eine Beule aufstechen, ein schon lang und gut unterminiertes Gebäude zum Einsturz bringen, einen reichlich übertragenen Wechselbalg endlich zur Welt kommen lassen), und zweitens ist da ein gewisser Mullmann, ein geduldig bohrendes, aber auch geschäftig hin und her webendes Subjekt und Insekt, das von fein beobachteten Einzelheiten lebt wie der

Baumwurm vom gemahlenen Holze, ein Wesen, halb Freund, halb Faktotum, bald weggeschickt, bald gerufen, nie böse, nie belohnt, das sich seine fixe Idee, eine unterirdische Verbindung zwischen mir und dem Lunarinschen Hause aufrechtzuerhalten, was kosten läßt. Wahrscheinlich sind mein Vetter und ich ihm höhere Wesen, und es ist dem für ewig subalternen Geschöpfe unbegreiflich, warum gerade solche miteinander zerfallen sein sollen. Weswegen seine Darlegungen immer sozusagen eine Versöhnungsspitze haben. Er gehört eben zu jenen guten, nicht glücklichen, nicht unglücklichen Menschen mit schwächlichen Trieben, aber recht viel *pietas*, denen unversöhnliche Gegensätze tief gegen den christlichen Strich gehn und die überall einen faulen Frieden zu stiften suchen. Dieser Mullmann nun, ein dickliches Männchen mit einem bedeutungslosen Gesichte, das seinesgleichen weit und breit sucht, ist am Abend des Brandes zufällig in der Stadt gewesen und ebenso zufällig natürlich in der Nähe der Oper. Nebenbei gesagt: Sie lernen da, lieber Notar, an dem Mullmannschen Schulbeispiele, was wir überhaupt von den Zufällen zu halten haben, die welche sind und bleiben nur dann, wenn sie als ganz fremden Menschen zugestoßen uns berichtet werden. Hingegen vollkommen klar ist, daß ein passionierter Päckchenträger zwischen dem Lunarinschen und dem Enguerrandschen Hause, ein wie der Postbote so regelmäßiger Hintertürchenschlüpfer, gar keiner wäre, wenn er gerade an dem denkwürdigen Abend sich was anderes zu tun gemacht haben würde, das heißt, wenn er vom Flügelschlage des Schicksals – uns Andern unhörbar und unspürbar – nicht rechtzeitig Wind bekommen hätte. Aber er hat den Wind bekommen und war da. Und das ist eigentlich überaus unheimlich. Denken Sie doch: Dieser einfältige und unscheinbare Mullmann hat seine guten Beziehungen zu den Unterirdischen! Zu ihm, nicht zu uns, die wir doch die viel gescheiteren Gesichter haben, redet der Warner! Und dieses Mullmanns Auftreten muß nicht, aber kann und wird einmal seine höchst unangenehme Bedeutung für uns selber haben. Kurz:

Der peinliche Mullmann war eben dabei, seine ferngelenkten Füße über den Platz setzen zu lassen, um einen Blick auf den Theaterzettel und in das goldbeschlagene Foyer zu werfen, als an den Fenstern der Oper eine Art von Beleuchtung erschien, die man gleich auf den ersten Blick für ganz unmöglich halten mußte in einer Zeit wie der unsern. Es war, als ob Giganten mit Fackeln in den Händen von unten her in das Haus gedrungen wären und es nun mit der Fleischfarbe ihrer Gestalten, mit der Flamme des Kienspans und mit dem selchenden Rauche desselben bis zur Decke erfüllten. Es ist ein geradezu einzigartiges Vergnügen – und da ihm nichts geschehen ist, dürfen wir's genießen –, den kleinen Mullmann jetzt zu sehen, wie er vor einem der aufknallenden Eingänge den Bock macht und die erste Koppel der Wahnsinnigen über sich hinwegspringen läßt. Wie er sich in die Phalanx der Verzweiflung bohrt, die von allen Treppen herabtobt, kopfüber, bäuchlings, ärschlings, wie's grad geht, schäumend von dem Gischt zerrissner, blütenweißer Wäsche und wie Hochwasser mit willenlos treibenden Ästen und Ochsenhörnern, so mit ausgewurzelten Armen und Beinen sintflutlich geschmückt. Nun, es kam, wie nur zu begreiflich, nicht weit, dieses kostbare Schulbeispiel von Hörigkeit der Lunarinschen und Enguerrandschen Sache. Die wie Dynamit explodierende Todesfurcht schleuderte den guten Mullmann mit andern Menschen oder Stücken von Menschen in irgendeine marmorne Ecke, wo er mit brummendem Schädel und getretenen Därmen erst eine Weile liegen mußte, um einzusehen, welch eine mühselige und zitternde Feststellung oder Errungenschaft der Einzelne oder das Persönliche doch ist. Selbst das unvergeßbare Gesicht der Gräfin, gesetzt, es hätte sich unter den das Freie Gewinnenden befunden, wäre – sagte Mullmann, der's ja erlebt hat – dort nicht zu erkennen gewesen, wo auch eine nackte Brust ein Gesicht gewesen ist und ein Gesicht nicht mehr als eine eingeschlagene Trommel. Alle diese Menschen, sagte Mullmann, der, da er mir's erzählte, zwei Stunden nach dem Brande, auch einen um etwa zwei Zentimeter höheren Wasserspiegel der Intelligenz und des Aussehens aufwies, alle diese Menschen, die gleich ineinander verbissenen Krokodilen im schmutzigsten Mühlwasser der Welt und in breitester Front sich gegen die sechs kleinen Abflußlöcher wälzten, seien nur nach unserm trägen Sprachgebrauche Menschen gewesen. In Wahrheit – und Herr Mullmann bemühte sich in seiner Sphäre wirklich mit Erfolg um einen Ausdruck –, in Wahrheit hätten sie da und dort geplatzten Würsten geglichen, die mit noch lebendigem, heftig gestikulierendem Fleische gefüllt waren. Feuerwehr und Polizei bereiteten diesen ganz ausnahmehaften Einblicken einer wanzenplatten Seele ein jähes Ende. Mit demselben unbestechlichen Blicke, den auch die Kellner und die Billetteure haben, erkannten sie den Zaungast und stießen ihn in's Freie, wo er eine noch weit gräßlichere Versammlung als die eben verlassene vorfand. Hatte jene wie ein mänadisch angestecktes Irrenhaus gewütet, so heulte diese wie ein Hundejahrmarkt zu zehntausend Monden auf. Hunderte riefen Marie! oder Theodor!, andere Hunderte Fritz! oder Anna! Die Kinder – auch die gab es; sie mußten blitzschnell aus ihren Betten und hiergewesen sein – Papa! und Mama!, und etliche, deren Köpfe wie gereckte Wasserspeier ganz vorne (an dieser Hinterlandsfront) in einer Achselhöhle oder zwischen zwei Beinen staken, schrien überhaupt nur einen Schrei. Auch Mullmann hätte gerne mitgebrüllt. Wer schon vermag sich dem schamlosen Beispiel lauter und öffentlicher Verzweiflung zu entziehen? Ebensowenig wie dem auf dem Markte getriebenen Beischlafs. Zum Glück versagte ihm die Stimme. Es wäre auch, meinte er an dieser Stelle seiner Erzählung (er war noch recht heiter, der Arme), ganz unziemlich gewesen für einen halben Bedienten und Achtelfreund der Lunarins, Manuela! zu rufen. Oder hätte er, wo alle Leute Brüder und Schwestern, Väter und Söhne gewesen seien, diese wahre Demokratie vor dem gemeinsamen Unglück durch den Titel einer Gräfin stören sollen? Man sieht jedenfalls, lieber Notar, daß es Augenblicke geben kann, wo zwischen einen hohen und einen subalternen Menschen die Taktfrage tritt und jenen ruhig in den Abgrund stürzen läßt, weil dieser nicht das hochherrschaftliche Schlafittchen zu erwischen wagt. Nun, in unserem Falle ist's ohne Mullmann so weit gekommen. Die Gräfin ist schon tot gewesen, als mein Gewährsmann die erwähnte Überlegung angestellt und eine neue Hoffnung drauf gesetzt hat, Manuela bereits zu Hause zu finden. Reiche Leute müssen ja, wie Sie wissen, ihr Billett nicht absitzen und gehen oft nach dem ersten oder nach dem zweiten Akte weg. Gestützt auf diese immerhin mögliche Tatsache, eilte oder vielmehr hinkte der schon als Unglücksbote Gezeichnete eine Parallele zu den Laubengängen, die unsere Oper besonders an Regentagen so nützlich und angenehm erscheinen lassen. Quer wie laichende Heringsschwärme standen die vom Brand der Oper, vom großstädtischen Inbegriff eines Brandes – der eine mystische Weihe und eine paradoxe Bedeutung dadurch erhält, daß eine Scheinwelt von wirklichen Flammen verzehrt wird – zaubrisch angezognen Menschenmassen, und unser armseliges Wrack hatte es nicht leicht, den jeweils einzigen Schritt vorwärts zu kommen. Es gibt, wie bekannt, nichts Stumpferes als neugierige oder balzende Leiber. Plötzlich aber stak er endgültig fest. Und zwar zwischen, wenn auch zäh, doch noch wogendem Fleische und einer ganz harten Geschwulst von Rücken, die um einen tief im Boden sitzenden Zahn sich gebildet hatte. Verzeihen Sie, lieber Notar, daß ich den Vergleich aus der schmerzenden Backe nehme, die weit größer ist als der Kopf, dem sie anhängt, und als das Universum, aus welchem sie hinauswill, aber: es sind erst acht Tage her, daß man mir den rechten, letzten Strunk gezogen hat unter dem entsetzten Geschrei meiner Magd, die bei dieser Gelegenheit das prachtvollste Gebiß entblößte. Es war einfach der gesunde Abscheu des Lebens vor der Krankheit. Unser Mullmann stak also rettungslos fest und hätte, wenn woanders, etwa Königinstraße zwo, sein Sinn gelegen wäre, ruhig verzweifeln können. Daß er dies aber nicht vermochte, beunruhigte ihn. Seine innere Stimme, seine Nase sagte ihm, daß er hier, gerade hier im engsten Gewürgse des Gordischen Knotens, das dazugehörige Schwert eingeflochten finden würde, ihn zu durchhauen. Wenn nämlich die Mullmanns ihr eigenes kleines Denken stillegen oder, wenn es ihnen abgestellt wird wie das geschäftige da- und dorthin Zeppeln auch, erst dann, behaupte ich, erwachen sie zur Kette der lebendigen

Wesen, die das anorganische All kränzt, als ein wahrhaft verbindendes Glied. Wie erst im Einkochglase der Laubfrosch uns und das Wetter in eine Relation setzt. Kurz und demzufolge: Des Mullmanns Nase ward zu einem Horne, das die härtesten Rücken zerfleischte. Und was glauben Sie nun, lieber Notar, fand der rhinozerosische Mullmann im innersten Gekröse? Nein, Sie können es nicht erraten! Und Sie sollen es auch nicht! Sie würden mir sonst die ganze boshafte Freude daran verderben, Ihnen und mir das ausschlaggebende Verhängnis meines erblasserischen Lebens recht deutlich und behaglich unter die Augen führen zu können. Ich möchte mich noch einen Augenblick lang innig daran weiden, daß den Mullmanns gelingt, was den Enguerrands versagt bleibt. Es läßt sich daraus so viel herzstärkender Schnaps gegen eine dilettantische Vorsehung zapfen. Ja, sogar die Ruhe zu einem epikurischen Sterben ziehn! Denken Sie doch, welche Wogen aufgetürmt werden, Sie zu hindern, einen Floh zu fangen, den das Schicksal begünstigt. Daß Sie aber nur die abgelegten Hemden der Lunarins zu tragen brauchen, ihn da drinnen zu finden. Und Sie wollten nicht gern von einer Lustspielbühne abtreten, welche die Götter zum Amüsement eines unbekannten Dritten errichtet haben?! Es scheint ja wirklich, als hätte ich mein früheres Leben nur gelebt und mein spätres damit zugebracht, den jungen Lunarin bei einem vollgültigen Beweise seines Daseins, sozusagen bei diesem Dasein selber, zu ertappen – was mir, wie Sie wissen, nicht gelungen ist –, und ich erschrecke, natürlich in heitrer Art, darüber, daß es sich wirklich so verhält. Sprechen diese ersten und letzten bedeutsamsten Aufzeichnungen meines Lebens nicht nur von ihm? Der mich ganz und gar nichts angeht und doch jenem (höchst gleichgültigen) Floh gleicht – einem Exemplar aus Millionen von Exemplaren –, um den zwischen mir und dem Schicksal das gewaltige Ringen geht? Was habe ich, frage ich rhetorisch in die Luft hinaus – denn weder Sie noch ich selber könnten was Kopf- und Fußhabendes darauf antworten –, was habe ich verbrochen und abzubüßen, daß ich nicht Kinder in die Welt setzen oder wenigstens ein unfruchtbares Weib zur Witwe machen durfte, sondern jetzt in letzter Minute den nächsten Bock zum Gärtner bestellen muß. Heißt das nicht, mit einem Furz aus dem Leben zu fahren, statt mit allen Registern der ersten Orgel, die ich gewesen zu sein geglaubt habe?

So, lieber Notar, nun habe ich, dank diesem mir freiwillig aufgehaltsenen Denk- und Schreibprozesse, Frieden geschlossen mit der Tatsache, daß ein unvorhergesehenes Gelächter siebenzig stur oder stoisch durchgeochste Jahre mühelos in einen Witz verwandelt, der, gleich dem dünnen Rauchfähnchen des Morgenkaffees, kaum aus dem Schornstein schon an der kalten Unsterblichkeitsluft zergeht. Ich bin mit gekreuzten Armen in die Gruft und Form der komischen Figur eingegangen, als welche mein Schöpfer mich gedacht hat, und kann ohne Erbitterung meinen Nacken dem Komödienstreiche bieten. Ja, es wird dieser geradezu zum Ritterschlage meiner neuen und wahren Natur! Denn jetzt erst, dank solcher Adelung, werfe ich die gerunzelte Haut eines alten Bosnickels ab und schlüpfe legitim in die pralle jenes pädagogischen Narren, der ein verfallendes Schloß, einen verwilderten Park und eine bedrohlich verschuldete Landwirtschaft eben dem, und mit Recht, hinterläßt, der das mir fehlende Zeug hat, dies alles ganz zusammenzuschinden, und also auch den nötigen dummen Spieler- und Meisterschützenstolz, mit dem letzten Pulver sich selber zu erschießen. Und jetzt, lieber Notar, ist der große Augenblick gekommen – ich fühle mich, obwohl in einer Joppe schreibend von der Farbe alten Spinates, schwarz gekleidet und stehe, im Geiste die Hände an der Hosennaht, aufrichtig gerührt stramm vor dem herrschaftlichen Schicksal (das mein eignes Erdenwallen mit einer schwachvergoldeten Dienstbotenmedaille abfindet) –, da ich das magische Tüchlein von dem Zylinderhut ziehe und endlich zeigen kann, mit welch überraschendem Inhalt sich derselbe dank dem Brand der Oper und der somnambulischen Gehilfentätigkeit Mullmanns gefüllt hat. Übrigens: keine Spur von Geschicklichkeit bei diesem Experimente – wie Sie nach all dem Gehörten wohl zugeben müssen –, sondern die reinste Zauberei! Da haben Sie ihn denn, den verfluchten Kerl, den Mann ohne Vornamen! Den silbernen Löffeldieb! Den bis zu Sagenhaftigkeit verwaisten, allen normalen Zufällen entrückten, in eine uns gewöhnlichen Sterblichen unbekannte Zeit zwischen den Zeiten entschlüpfenden, in einen Raum zwischen Tapete und Wand mühelos hinüberwechselnden Menschen! Den Katzenhai der südlichen Gewässer, durch einen Kanal in der Erdachse zum nördlichen Asphalt emporgespült! Ich kann es eigentlich noch immer nicht fassen, daß ich ihn sehe, wenn auch nur mit Mullmanns Augen. Ich habe denn auch Mullmann – nachdem wir beide wieder vom Diwan aufgesprungen waren – bei den Schultern gepackt und ihm in die Augen gesehen, die meinen Erben gesehen haben. Es ist eigentlich zum Lachen: Die etwas vorquellenden Augen unseres freiwilligen Mittelsmannes stellen die höchste Nähe dar, die ich zu Manuelas Sohn erreichen durfte. Und während ich in den unschuldigen Mullmann starrte, in welchem ebensowenig zu sehen war wie in einem leeren, von einem Mann mit roter Flagge rangierten Waggon (der aber wunderbarerweise – ach, wir Armen! – zwischen Konstantinopel und Paris verkehrt), fiel mir ein, daß die Männer, die man nach Delos mit den Weihgeschenken oder nach Delphi um's Orakel geschickt hat, nicht anders ausgesehen haben werden. Wie denn auch?! Wenn mit einem Exekutionsbefehl in der Hand ein etwas robuster Herr bei Ihnen eintritt, erblicken Sie in ihm nicht den Staat?

Unterdessen ist Ihnen, wie ich weiß, nicht die Geduld gerissen, weil ich's mit meinem leckeren Erben halte wie mit den Hasen und Fasanen, die man ein paar Tage vor dem Fenster hängen läßt, daß sie jenen schmackhaften Gestank acquirieren, der uns eigentlich den Magen umdrehen sollte. Sie sind wie ich Gourmet und lieben es nicht, einen Ohrenschmaus halb gar zu verschlingen. Nun aber ist der Braten mürbe, und ich kann ihn auftragen. Übrigens – ich muß *a parte* sagen, daß ich's geradezu wunderbar finde, wie ein aus Notdurft Schreibender immer auf dem rechten Vehikel zum rechten Ausdruck fährt – übrigens lag der junge Graf auch wirklich da wie ein appetitliches, allerdings kannibalisches Gericht, wie eine zum Jüngling gewordene Antilope etwa, um bei der exotischen Speisekarte zu bleiben, die aber dem auf Portorico oder Jamaica Gezeugten in die Seele gedruckt worden sein muß; wenngleich ich das botanische Argument, das mir Herr Mullmann in's Enguerrandsche Gesicht zu schleudern wagte –, aber er erlebte eben auf's Neue und im stärksten Grade die zauberische Vergiftung durch das Lunarinsche und war daher nicht bei Sinnen –, weit schöner finde. Mullmann behauptete nämlich, und mit zwiefachem Rechte, wie ich nur zu gut weiß, wörtlich folgendes: ›Lassen Sie aus einem Chrysanthemenstrauße eine Blume fallen! Wo immer sie zu liegen kommt, wird sie schön sein. Kein Sturz kann sie aus ihrer Anmut stürzen.‹ Das ist so wahr – auch wenn's einem Mullmann einfällt –, daß ich noch heute zittere. Bedenken Sie doch, lieber Notar, was das heißen will! Vor allen Dingen, nicht wahr, dieses: daß ich den im süßen Schatten des Zuckerrohrs Gezeugten auch unter meinem zusammenbrechenden nordischen Schlosse nicht begraben werde! Leben, das nicht aus dem Leben kann, weil dieses Leben einen Affen an diesem einen seiner Stücke gefressen hat, wie wir hiezulande sagen, wird auch mit hundert Pfunden eigenen Gewichts über den rettenden Strohhalm klettern. Und mache ich ihn, den Lunarin, mit allen meinen nachgelassenen Kräften, besser gesagt, Schwächen, zu einem Bettler – das Äußerste also, was ich gegen den tropischen Vegetationstrieb des verfluchten Kerls zu erreichen vermag –, so wird's ein romantischer Bettler sein, einer, der sein unförmiges Mißgeschick sofort in gefällige, handliche Stücke schlägt, sich's im Kostüm des heimkehrenden Odysseus bequem macht wie ein Hofschauspieler, der's nur für diesen Abend und gegen Honorar trägt, kurz: ein Kunstwerk von einem armen Mann! Nach dem Evangel geschnitten und rührend koloriert! Einer, dem sogar die Armut zu Gesicht steht, weil er unter keinen Umständen sich kleinkriegen läßt; wie ihn auch die Hautabschürfungen und Rußflecken kokettisch zieren, die er natürlich nicht sich selber beigebracht und aufgemalt, obwohl kein Pinsel, der einen geschundenen Adonis, einen gegeißelten Christus, einen ohnmächtig von den Barrikaden getragenen Studenten darzustellen hat, sie besser hätte setzen können.

Es waren übrigens gleich auch zwei Augenzeugen an der Bahre – der vollendete Lügner hat ja wie das Baumchamäleon immer das Glück, einige Blätter zu finden, die darauf schwören, daß es nicht weniger ein Blatt sei –, die neben ihm geboxt, getreten und gewürgt hatten, und nun, kaum gerettet, schon wieder einen selbstlosen Helden feierten, meinen Lunarin nämlich, der (wie denn auch anders möglich, lieber Notar, bei einem so eitlen Menschen!) der Einzige in dem näheren höllischen Umkreise gewesen sei, der einen lieben Nächsten in den Armen und hoch über die so gefährlich sich decouvrierende gute Gesellschaft gehalten habe. Was sagen Sie dazu!? Nun, was seine Selbstlosigkeit anlangt, so war's ein junges Mädchen. Und Mullmann riß bei der von den unbestechlichen Augenzeugen gelieferten Beschreibung des durch einen echt Lunarinschen Zufall geretteten Geschöpfs die Augen weit auf, als sähe er noch einmal Manuela, natürlich etwas verjüngt – aber was vermögen ein Schreck und ein Weib zusammen nicht, und überdies bleibt im Auge eines Subalternen eine schöne Herrin unwahrscheinlich lange jung. Ja, Manuela, des verfluchten Kerls (der wie eine vollentfaltete Chrysantheme daliegt) Mutter, die doch, wie wir wissen, verbrannt ist. Aber gleich dieser hatte das Geschöpf einen hellbraunen Teint, der wahrscheinlich wie beim Original von einer sozusagen schwarzen Blässe bis zu rotem Pfirsich in bernsteinfarbenem Wermut gespielt hat mit dem grünen Reflex des ewigen Palmblatts, blauschwarzes, frischgefirnißtes Haar, das in Schwaden – Locken waren's nicht – niederwallte, und vor allen Dingen Augen; denn wir Europäer haben ja keine, wie Sie selbst schon bemerkt haben werden. Unsere blauen wirken wie Löcher im Kopf, durch die man in einen ausgewaschenen Himmel blickt, und die dunklen wie eingeschrumpfte Hummeln. Manuelas Augen jedoch – nun, Sie haben ja selber unter der Wirkung dieser großen Tierlichter gestanden, von denen Sie übrigens sagten, sie rußten wie qualmende Petroleumlampen in einer tropischen Sommernacht. Erstaunlich, nicht wahr, was alles und wie gut die Augenzeugen, denen es doch auch an den Kragen gegangen ist, beobachtet haben. Das kommt, lieber Notar – ich spreche ja von einem Lunarin, und bei einem dieses Geschlechtes geht's immer so hoch her, wie in der schicksalsschwangeren Antike, die den Ossa hatte, um ihn auf den Pelion zu türmen – dies kommt also von der noch viel erstaunlicheren Tatsache her, daß jene zweite Manuela (ich werde sie, deren Namen nicht bekanntgeworden, bezeichnenderweise so nennen müssen) ebensowenig gerettet oder, anzüglicher geredet, entführt, geraubt werden wollte wie die erste. Die Augenzeugen, denen an dieser Stelle ihres Berichtes der Verstand noch einmal sichtbar stille stand, konnten der uns nur zu begreiflichen Verwunderung nicht genugtun und unterbrachen einander mit immer treffenderen Schilderungen eines Wesens, das ohne Zweifel – was sich auch gleich als die Hauptmeinung des ringsum festgeschwollenen Zahnfleisches herausstellte – bei einer glücklich gefügten Gelegenheit, Selbstmord zu begehn, sich gehindert gesehen hat. Wir beide, und selbstverständlich auch Mullmann, können zu einer solchen Meinung natürlich nur lächeln. Denn auch wir sind sozusagen Augenzeugen gewesen, und zwar des grundlosen Überfalls auf ein portoricanisches Schloß. Wir haben die erste Manuela von den Flammenzungen ihres Schicksals erfaßt gesehen und wissen, daß und wie man sich, wenn man ein starkes, freies, jungfräuliches Wesen ist, gegen den Brand des Herzens wehrt, nicht minder heftig als gegen den Brand einer Oper. Wir glauben also – und hier wird's seltsam wie in der höheren Mathematik – jenes geraubte oder gerettete Mädchen zugleich in zwei Lagen oder zwischen zwei Schicksalen zu sehen, die durchaus miteinander verglichen, ja vertauscht werden können; was eine Wahl fast unmöglich macht und die den Augenzeugen so unbegreifliche Verzweiflung begreiflich. Mit tieferem Verständnis und mit einer innigen Genugtuung, so wenig frei von Schadenfreude wie ein Kuhstall von Fliegen, blicken wir deswegen auf einen verfluchten Kerl, der ohnmächtig geworden ist in ebendem Augenblick, da er endgültig gerettet oder geraubt zu haben geglaubt hat. Stellen Sie sich seinen Vater in derselben Lage vor: Er wäre von den Regierungstruppen unverzüglich in eine hängende gebracht worden! Der Sohn fiel barmherzigen Brüdern in die Hände und konnte der zweiten Manuela – wenn sie überhaupt eine solche gewesen – das ihr gebührende Schicksal nicht bereiten. Welch fundamentaler Unterschied zwischen zwei hart aufeinanderfolgenden Generationen! Die eine teilt die Hiebe noch aus, die die andere bereits empfängt. Jetzt sehen Sie wohl deutlich, lieber Notar, warum der alte Enguerrand gerade den jungen Lunarin zum Opfer sich erkoren hat: Mit dem Panther aus Portorico, dem die Moira selber noch den Kopf kraulte, würde er nicht anzubinden gewagt haben, aber seinem zahnlosen Welpen kann er das Fell über die Ohren ziehn. Denn auch ich gehöre nunmehr zum Schicksal dieses Burschen. Wie überhaupt ein jeder, der nur mag, an der Geschichte eines sogenannten interessanten Mannes mitarbeiten kann. Er braucht ihm nur ein Bein zu stellen oder zuzulächeln, ja, wirklich nicht mehr, und schon hat er ihn in eine wahrhaft neue Lage gebracht, wie etwa einen Columbus, den man in einer Kiste nach Amerika spedierte und dort freiließe, daß er es entdecke. Fix und fertig entspringt er dem Haupte einer jeden Situation. Schade nur, oder besser höchst bedeutsam, daß alle diese Situationen miteinander nicht im mindesten zusammenhängen. So wenig, wie das Menü eines Hundes unter Wirtshaustischen eine kulinarische Richtung hat. Welchen Geschmackscharakter aber kann man einem Wesen beilegen, dessen Ernährung zwar regelmäßig und reichlich statthat, jedoch durchaus im bestimmenden Schatten höherer Esser, dessen Mahl also nicht von der Logik eines gebildeten Appetits, sondern durch heißhungriges Umherspringen zusammengesetzt wird?

Merken Sie, lieber Notar, worauf ich hinauswill? Daß ich den Windbeutel zu definieren suche? Den in allen Luftzügen so entzückend taumelnden Schmetterling, daß er einen lange glauben läßt, er tanze nach einer mit Absicht gefügten, höchst schwierigen kontrapunktischen Musik? Hingegen er doch nur ein Spielball ist, dessen ganze, allerdings glänzende Kunst darin besteht, jene Hände in die Höhe zu ziehn, die ihn auffangen sollen. Miede zum Beispiel eine gewisse Gesellschaft eine gewisse Wiese, wo er mit sich selber seinen Elfenreigen aufführt, ist Hundert gegen Eins zu wetten, daß er toter denn tot zwischen den Gräsern liegt. In Ansehung dieser Gefahr gibt es also immer mehrere Wiesen, beziehungsweise Häuser, wo man mit sechs müßigen Frauen Tee trinken und die man mit einer großen Leidenschaft verlassen kann, wenn man grade keine hat oder eine neue will. Das ist ja das Kennzeichnende der verfluchten Kerle, der interessanten jungen Leute, der glänzenden Spielbälle, die der nach allen Seiten hingehaltene Inbegriff einer Backe für Schicksalsstreiche sind, daß sie an Liebe wie an Schnupfen erkranken, wo immer nur ein Keim dieses *morbus* kreucht. Wir gewöhnlichen Menschen fliehen diese Störerin unseres Eigenwillens, diese Dampfwalze über all die wilden Mannigfaltigkeiten eines Mannslebens, und müssen wahrhaftig wie der Weih aus der Luft herabgeholt werden mit einem seltenen Meisterschuß, um schmählich vor den kleinen Füßen der Jägerin zu liegen zu kommen. Der junge Lunarin aber macht sich noch weit appetitlicher, als er's schon von Natur ist (hingegen es keinen einzigen Vogel gibt, der den Leim für die Rute mit sich führt), und geht, voll einer kunstgerechten Leere – wie die ausgenommenen Kälber und Schweine aufgespreizt beim Metzger hängen – in die Oper. Und dort nicht etwa in die elterliche Loge, sondern auf einen Sperrsitz. Denn man ist ja auf dem Anstand. Im Röhricht unter dem Schnepfenstrich. Und Geld spielt keine Rolle. Merken Sie, lieber Notar – und ich hoffe, Sie sind dicht hinter mir her auf dem abwegigen Schleichpfad –, wie da ein lächerlich gottverlassener Tourist einen wackeligen Bau von Kisten türmt, um auf diesem babylonischen Gerüste, statt über die Treppe (die noch sein Vater hinangestürmt ist), in den ersten Stock zu gelangen, durch den Fußboden sozusagen in das Zimmer der Nemesis? Die denn auch gebührend überrascht gewesen und ihm gleich eins auf den Kopf gegeben hat. In der Reihe vor ihm saß ein weibliches Wesen, dessen Nacken ihn blendete. Blenden ist hier zwar nicht das richtige Wort, denn dieser Nacken war braun oder gelblichbraun. Um so mehr aber blendete er ihn – Sie sehen, daß man ein falsches Wort zu Tode hetzen kann, ohne es auf das Knie des rechten zu zwingen –, weil es einen solchen oder einen ähnlichen in der ganzen Residenz nur im Lunarinschen Hause gab. Des ebenfalls braunhäutigen jungen Mannes Blut, ohnehin immer über einer kleinen Flamme, begann zu sieden. Begreiflich! Mitten im Dezember und im an sich schon kalten Europa taucht vor einem mehr schlecht als recht akklimatisierten Mischling die Schicksalsgenossin auf, oder vielleicht gar das Schicksal selber, jenes, das auch seinen Vater geholt hat wie der Teufel die arme Seele. Grund genug also, auf dem Sitze zu wetzen, den man, wenn man durch und durch Köder ist wie unser Lunarin, natürlich am liebsten dicht neben dem exotischen Fische hätte, und verzweifelt umherzusehen nach einer jener fabelhaften, im Nichts müßig herumlungernden Ideen, die uns den Schlüssel zu fremden Türen grinsend in die Hände spielen. Zu seinem Unglück – Sie wundern sich natürlich, lieber Notar, über die ungeschlachten, abträgerischen, jeden Hoffnungsschimmer ganz und gar ausschließenden Bezeichnungen, die ich immer wieder, sichtlich von vorneherein zu ihnen entschlossen, auf jedes Rencontre meines mir aufgezwungenen Helden mit der Welt anwende, von seiner Empfängnis an, die unter den ausgesucht unordentlichsten Umständen stattgefunden hat, bis zu dem jetzigen Punkte meines Berichts, der wohl der springende, der in die Augen springendste von allen ist; Sie wundern sich, sage ich, über meine erbarmungslose Konsequenz und über die in ihr sich ausdrückende eintönige Schwarzweißmalerei eines ohne Zweifel farbenblinden Pinsels. Wie? Es sollte gar keine anderen Töne geben? (Es brauchen ja nicht gleich rosige zu sein, aber doch hellere!) Und gar keine Milderungsgründe? Ist nun der alte Enguerrand, sofern er nicht wahnsinnig, am Ende gar der bis jetzt vergeblich gesuchte gerechteste aller Menschen, sozusagen der einzige nicht mysteriöse nächste Verwandte des lieben Gottes, oder – wie's dann unbedingt den Anschein hat – nur eben ein Büffel, der das arme unschuldige Kind ohne Vornamen immer wieder aufspießt und immer wieder in die Luft schleudert? Ich bin, glaub' ich, lieber Notar, weder jener noch dieser. Sie sehen, ich distinguiere scharf. Ich bin weder größenwahnsinnig noch ebenso krankhaft bescheiden. Ich bin – ja, das ist nun die Schwierigkeit. Sagen Sie doch, mein Bester, welche Farbe die unverdorbene Luft hat, und wie ein reines Wasser schmeckt! Ich bin nichts als nüchtern. Ich bin ein Kopf ohne jedes Geweih. Ein Schädel, von dem auf der Platte eines schlechten Photographen nichts übriggeblieben ist als das Blitzen hochgradiger Brillengläser. Ich tauche einen Finger in Schnee und finde den immer noch wärmer als jenen. Ich finde also an einem absteigenden Aste keinen Punkt, der höher läge als irgendein Punkt, der schon hinter ihm liegt. Innerhalb des Unglücks mag es kleine Paradiese geben, Einsprengsel anderer, glücklicherer Welten: Was aber vermag ihr schwacher Flügel gegen die ungeheure Fallsucht des gezeichneten Planeten? Sie fahren mit ihm zur Hölle! Es ist, wenn man nicht gerade ein Eiapopeiatropf, ganz überflüssig, sich mit den Sprüngen eines eingesperrten Frosches zu beschäftigen. Er wird in seinem Glase sterben! Es ist müßig, sich um die Genies eines Volkes zu kümmern (und sie weiter so zu nennen), das sichtlich verkommt. Blumen, die in einem umzugrabenden Stück Erde stehen, haben ihre zärtliche Aufgabe eben verfehlt, aber genau dieselbe Art darf in einem botanischen Garten, gehegt und gepflegt, das Lob des Schöpfers singen und bewundert werden. Was wollen wir also, lieber Notar, mit unserer einfühlsamen Gerechtigkeit, oder wie immer wir diese mitleidige Denkschwäche nennen, die wider eignes, bessres Fühlen tiefverschuldeten Ichbesitzern weiter Kredit gibt, ihnen nicht und Niemandem zum Heil. Sterbend, wie ich bin – aber weil ich stückweis sterbe und eigentlich nicht schmerzlich, erlebe ich ziemlich gespannten Leibes und sogar zunehmenden Geistes den Prozeß des Todes –, sterbend also schreibe ich wie ein sehr hochgestiegener Ballon (so mögen Sie sich das vorstellen) über der wirklich zur Kugel gewordenen Erde. Und da soll mir eine offenbare Krümmung wie die Lunarinsche einreden können, sie sei eine Gerade, oder habe gar – du wirst's schon sehen, alter Bosnickel! – eine aufsteigende Senkrechte in sich? Nein, der ganze Kerl ist (von oben gesehn) ein Unglück; und rolle er auch geölt dahin und glatt, juchhe! zwischen Szylla und Charybdis hindurch, und merkten nicht einmal seine nächsten Reißschienen etwas von der unentwegt schiefen Linie, die er in den Raum legt! Wenn er ein Taschentuch kauft, so nenn' ich's ein Unglück. Wenn er in die Badewanne steigt, auch. Wenn er an einer gefrorenen Fensterscheibe mit dem Nagel des kleinen Fingers kratzt, genauso. Auch wenn er sich räuspert, oder wenn er schnarcht. Ja, auch wenn er schnarcht. Es ist ganz gleichgültig, ob er was tut oder was läßt. Weder sein Tun noch sein Lassen ändern das Geringste an seiner absteigenden Richtung, ebensowenig wie ein der Zeit vorauseilender Gedanke im Eisenbahnwagen die Schnelligkeit der Lokomotive befördert. Ich meine also, wie Sie jetzt schon begreifen werden – oder sollten Sie schon früher, lieber Notar, begriffen haben, früher als ich, der ich schwerfällig wie ein Lastwagen denke und über seinem Gerumpel ganz vergesse, daß man mich schon von weitem hört? –, ich meine also ein sozusagen unparteiisches Unglück, ein Unglück, das man trägt wie den Vatersnamen, aus- und einatmet wie Odem, wie eine Farbprobe an alles streicht, was ein Brett ist, und von jeder Bank, darauf man gesessen, mit dem Hosenboden nach Haus nimmt. Nach diesen Ausführungen ist also gar nicht mehr ein besonderes, ein hervorstechendes Unglück, kurz: eben ein Unglück zu nennen – Sie sehen, wie ich von meinen eigenen Darlegungen in die Enge getrieben werde! Wie das Wort, so lange anphilosophiert, höhnisch merken läßt, daß es doch kein anderes, besseres gibt! –, daß in dem Augenblick, da mein ahnungsloser Erbe an Parterre und Ränge sich wandte (mit dem Blick eines weihrauchgeschwärzten, spanischen Crucifixus), bettelnd um die Gnade eines kupplerischen Zufalls (der Schönen vor ihm wollte leider kein Handschuh entfallen), seine Mutter ihre Loge betrat und von den nämlichen Schultern einen Hermelinmantel fallen ließ.

Sie schnalzen jetzt mit Daumen und drittem Finger und rufen »Autsch!« oder »Pech!« Sie sind also im Bilde. Sie wagen nicht mehr von Zufall zu sprechen, was Sie in Unkenntnis meiner längeren Ausführungen getan haben würden, sondern blicken verständnisvoll in's sachlich arbeitende Gestänge der Atridenfabrik. Sie sehen bereits deutlich, wie die untergehenden Figuren einander in die Hände spielen, wie die Zündschnur, die nicht weiß, daß sie glimmt, sich zum Pulverfaß schlängelt, dem seine gefährliche Natur nicht bekannt ist, wie das trockene

Gebälk enger um den künftigen Brandherd zusammenschnurrt, und wie ein staubkräuselndes Windchen sich erhebt, um als Sturm rechtzeitig dreinblasen zu können. Das Erscheinen der ersten Manuela in der Oper – an sich ein ganz gewöhnliches: sie hatte eben ihre Loge und liebte diese theatralische Musik, mehr Rahmen als Gemälde – an dem nämlichen Abend, da die zweite dicht vor dem Sohne saß, war das des Verhängnisses selber. So unschuldig und selbstverständlich, aus einem ähnlich gewöhnlichen Grund begibt sich die tragische Heldin von ihren Schminktöpfen in den ominösen fünften Akt, vor welchem jeder Zuschauer, auch der blödeste, sie hätte warnen können. Auch wir. Denn wir ahnen bereits den Konflikt, der da unten im Parkett hinter einem braunen Nacken, in einem braunhäutigen jungen Mann, dem in keiner Haut wohl ist (am wohlsten vielleicht beim Sprung in die noch dunklere Rasse seiner Mutter, weil er in diesen Sprung seine ganze Verzweiflung, das Beste und Eigentümlichste, was ein Bastard hat, zu legen vermöchte), ausbrechen wird, wenn jene Katastrophe eintritt, die wir kennen, und weil wir wissen, daß Katastrophen die wahren Verhältnisse zwischen den von ihnen Betroffenen mit einem Schlage, und sei's der letzte des Herzens, aufdecken.

Lassen Sie mich jetzt auf eine diabolische Sache kommen, die das Ungeheuerliche meines Helden und das Schaurige des Königspalastes, davor er agiert, erst in das rechte, schwefelgelbe Licht setzt. Oder: verwechsle ich höllische mit himmlischen Farben, wenn ich diabolisch nenne, daß die Gattin meines Vetters bis zu ihrem Tode auch seine Geliebte gewesen ist? Ich frage nun – rhetorisch selbstverständlich, denn ich habe die Antwort bereits in der Backentasche –, was die unheimlich lange Dauer jenes ersten Affekts, dem der gewisse Jüngling sein Leben und, vor allen Dingen, die Möglichkeit, mich zu beerben, verdankt, für einen Effekt auf eben diesen Erben geübt haben mag? Wohl den, nicht wahr, daß er nie zu Hause gewesen, wenn ich angekommen bin, oder an einer Kinderkrankheit zu Bett gelegen ist, oder grad beim Militär oder auf einer Reise. Er wird wohl lange nicht (wenn überhaupt jemals) erraten haben, was ihn so beharrlich außerhalb des Stammhauses umhergetrieben, mit Mumps, Masern oder Scharlach unter die Bettdecke, und mit einem Köfferchen in die Nord- und Südbahnhöfe hatte schlüpfen lassen. Es war eben kein Platz für ihn da. Ich meine: kein legitimer. Wenn wir nämlich annehmen, daß den Kindern die ihnen natürlich unbekannt bleibende Aufgabe zufällt, den Eltern die Fackel des Eros aus den Händen zu winden. Oder den Gebrauch derselben wenigstens auf einen feier- oder samstägigen einzuschränken, kurz: auf einen moderierten. Meinen Sie nicht auch, lieber Notar, daß eine zwanzigjährige Leidenschaft – mich überläuft's bei der Zahl – zu der selben Frau und zu dem selben Manne etwas der göttlichen Absicht im ehelichen Leben durchaus Zuwiderlaufendes hat?

Ich habe mich, wie Sie jetzt zugeben werden, recht gut in meinen Erben eingelebt. So gut, glaub' ich, daß ich's bei Gelegenheit meiner nächsten Wiederkunft – wenn eine solche möglich und wünschenswert wäre – ruhig als Lunarin probieren könnte. Ich würde bestimmt keinen schlechtern Schiffbruch machen. Ich sitze also im wogenden Röhricht – dahinter vom Meer der Musik eben etliche Probestrahlen in die Wanne des Orchesters gelassen werden, ich meine: das Trillern der Geigen, das Dudeln der Fagotte, das Prallen der Trompeten –, von ebensoviel Aufpassern oder Kerkermeistern umgeben wie festlichen Menschen. Hier nämlich, auf Fauteuil sechzehn oder dreiundzwanzig links, hab' ich's zu vollenden. Denn vor mir sitzt das Mädchen meiner Rasse, meiner Farbe, meines Herzens und – meiner engsten Familie. Das Letztere natürlich weiß ich noch nicht, hab' ich noch nicht wörtlich feststellen können. Und hinaus, beziehungsweise zurück, kann ich nicht. Eine Flucht, dicht vor Beginn der Oper und an ärgerlich aufstehenden Sitzern vorbei, hat übrigens etwas so Deprimierendes, daß man seines Gerettetseins sicher nicht froh werden würde. Ganz abgesehen davon, daß auch das Zivilleben seine Heldentaten bereithält. Nur sind sie danach: wie etwa das Wasserabschlagen sich verkneifen, weil in dieser Tugend die anwesenden Damen mit einem beinahe überirdischen Beispiele vorangehn. Kurz: ich sitze in der Falle. In der Schicksalsfalle. Auf dem Backpfeifenstühlchen. Gleich werden rechts und links die Einsichten klatschen. Da betritt meine Mutter ihre Loge. Was sag' ich! Meine Mutter? Nein, das Portoricomädchen Nummer Eins! Manuela die Erste! Des glücklicheren Vaters unentwegte Geliebte! Die Raumverdrängerin von Königinstraße zwo! Des schwächeren Sohnes Ideal vom Weibe, nur – leider – seit einem guten Vierteljahrhundert schon im Besitze des stärkeren Räubers! Da bebt das Backpfeifenstühlchen. Mit einem Schlage ist dem interessanten jungen Manne klar, was ihn so interessant macht. (Unter anderm natürlich, denn er ist ja immer und überall interessant. Jetzt allerdings ganz besonders.) Die zufällig – ha! zufällig, lieber Notar! – hereingeschneite, in ihrer weißen Abendflocke vor ihm sitzende zweite Manuela zeigt dem ebenfalls zweiten Lunarin die tiefere Bedeutung der ersten Manuela. Das ist ja – nun weiß er's – der schwere Felsblock vor seiner Lebenshöhle, den er nie hat wegwälzen können. Nun aber bieten sich ihm die genauso braunen Arme wie seinem Vater. Um jeden Preis also, nicht wahr, werde ich mich ihrer Hilfe versichern. Um jeden Preis! Das halten Sie bitte fest, lieber Notar. Zwar: die Dame da oben ist meine Mutter. Ich habe ungezählte Beweise ihrer Mütterlichkeit erhalten. Ich bin als rosiger Bambino auf ihrem Schoße gesessen, Ringellocken drehend um meinen dummen Finger aus ihrem schweren Haar, in dem noch immer die Kralle des Adlers wühlte, der sie einstens dran emporgerissen. Ich habe aus ihrem exotischen, vollippigen Munde die ersten deutschen Märchen vernommen. (Ihr Harz-, Meiler- und Elfenwiesengeruch wird recht angestrengt, zitternd wie eine dürftige Vision über dem öligen Prachtfluß des südländischen Parfüms gestanden haben.) Sie hat alle meine Schmerzen empfunden, beweint, gelindert, oh, gewiß, ihre kostbare Gesundheit an meine Krankheiten gewagt, ohne jede Überlegung, dem Soldaten gleich, der beim Weckruf des Horns in die Kommißhose fährt. Sie hat auf die Sekunde des höheren Appells ihr Privatleben unterbrochen. Aber – sie hatte eins. Sie ist nicht wie andere Mütter (ich will nicht sagen, daß diese die besseren Wesen sind) auf der ewigen Lauer gelegen nach dem leisesten Schrei des Kindes – wie nach dem Schritt eines Passanten der sonst recht untätige Kettenhund –, nein, erst das Löwengebrüll der Pflicht hat sie für schmerzliche, aber mit tapfer zusammengebissenen Zähnen durchgestandene Stunden jener nie aussetzenden fiebrigen Tätigkeit des Fühlens, Denkens, Sichspiegelns und -schmückens, des Hoffens, Glaubens und Verzweifelns entrissen, die uns den leidenschaftlichen Menschen in steter, rasender Fahrt zu neuen Zielen der Selbsterkenntnis und auch der Wirkung zeigt. Kaum am Waggonfenster sichtbar, doch im Aug' des Weichenwärters noch lange da, ist eine solche Person bereits astronomisch weit von jedem geographischen Ort und nie wirklich an einem gewesen. Ich liebe meine Mutter. O ja! Obwohl ich silberne Löffel gestohlen habe. Aber – und ich steche mit einem Taschenlampenblick, wütend und mißtrauisch, wie einer, der einen Dieb sucht, in das hintere Halbdunkel ihrer Loge, wo sie als verräucherte Büste auf unsichtbarem Sockel sitzt – ich würde sie mehr lieben, ja sicher über alles lieben (ja, auch damit, mit knochenzerbrechendem Opfer und ausgeblutetem Kloster kokettiert mein Lunarin!), wenn sie weniger schön, nein, wenn sie gar nicht schön, wenn sie alt, häßlich, zahnlos wäre. Ich neide ihr also das Dämonengeschenk einer ziemlich ewigen Jugend und die solchem Wunder entsprechende Liebe des Mannsbilds. Ich fühle mich (um die abscheuliche Wahrheit nur rasch zu bekennen) durch diese beiden Tatsachen in einer Möglichkeit beeinträchtigt, die nie und nimmer die meine sein kann, und sei ich auch der interessanteste aller interessanten jungen Männer, und ich empfinde somit etwas, was ich gar nicht zu empfinden bräuchte. Ich löcke sozusagen gegen den Ödipus und weite mir einen zahnlosen Mund aus an einem inkommensurablen Knochen. Um so natürlicher also das Wasser, das mir in genau demselben, aber siehe da, wieder elfenbeingeschmückten Munde zusammenläuft beim höchst vertrauten Anblick des braunen Mädchens. (Ich möchte natürlich dahingestellt sein lassen, ob die zweite Manuela der ersten wirklich so ähnlich gesehen hat wie ein Ei dem andern, und ob die Vertrautheit den dritten oder vierten gründlicheren Blick hätte überleben können. Da es ohne Zweifel rasch dunkel wurde im Zuschauerraum – Herrschaften kommen nie zu früh –, blieb's bei jenem ersten Eindruck, den ganz allgemeine Merkmale bestimmen.)

Es wird im zweiten Akt gewesen sein – denn im zweiten Akt sind die Theaternarren, ein gutes Stück vorausgesetzt, nicht mehr bei sich, sondern im Bilde, und somit in jenem mir so zuwideren Zustande des Chloroformiertseins, der die kathartische Operation ermöglicht –, als der erste Brandgeruch geschnuppert wurde. Man kennt das, ohne es je selbst erlebt zu haben. Wahrscheinlich gehört das Phänomen des panischen Schreckens zu den ältesten Erinnerungsschätzen der Menschheit. Zuerst stutzen zwei oder drei, da und dort, so sichtlich oder auf eine so ungewöhnliche Art, daß dieses Überschreiten des gewöhnlichen Stutzens dem (doch benommenen) Auditorium als ein elektrischer Schlag in die Magengrube sich mitteilt. Eine raschelnde Unruhe erhebt sich, als ob eine Versammlung plumper Wesen heimlich mitgebrachte Hühnerflügel aus raschelnden Papieren schälte. Schon in diesem Augenblick steht es schlecht um den gesunden Verstand und um alles Leben in dem Hause. Richten sich jetzt auch noch die ominösen drei Herren und die zwei Damen auf, von denen jeder und jede glaubt, allein auf den guten Gedanken gekommen zu sein, die andern sterben zu lassen, ist es bereits zu spät. Kaum erblicken die niederträchtigen Hasenfüße einander, haben sie auch schon einander durchschaut. Sie erkennen in ihren Konkurrenten sich selbst, und eine rasend schnell über alle Grade hinauskletternde Angst sprengt den Deckel ihrer ohnehin nur recht mühevoll in eine menschliche Fassung gepreßten Unmenschlichkeit. Wie Springer von Bord in's Meer werfen sich jetzt diese gefährlichsten aller Lebewesen, die Feiglinge nämlich, in die von schon halb gehobenen Ärschen und bereits quer verteilten Rücken verstopften Reihen; wie Maurerlatten fallen sie in die Menge. Hier gibt es die erste Leiche. Vielleicht eine alte Dame oder einen Backfisch. Nun sage noch einer was gegen den Krieg! In dem doch wenigstens gezielt wird, wenn schon nicht auf einen Einzelnen, so doch auf ein Grabenstück oder auf ein Stadtviertel. So sinnlos ganze Feldzüge oft sein mögen, so sinnvoll ist jede ihrer Teilaktionen. Diese stumpfen Mastochsen und Fettschweine jedoch, diese entnervten Musikhurer und abendlichen Quatschplätscherer, diese auf Kredit- und Ehrabschneiderei, auf feinste Übervorteilung, wohlberechnete Arroganz und ertragreiche Wohlerzogenheit Gedrillten haben ja schon lange verlernt, mit den Fäusten zu kämpfen und einen elastischen Körper aus der Beißrichtung eines Haifisches zu schnellen. Kein Wunder also, daß sie sich als die ärgsten kriegerischen Dilettanten benehmen und zum letzten Mittel zuerst greifen. Stümpern im ältesten und echtesten Handwerk der Menschen bleibt eben nichts anderes übrig, als zu töten, sofort, gleichgültig, wen, auch ohne jede Notwendigkeit, durchaus schlächtermäßig.

Ich wandle mich jetzt wieder in den alten Enguerrand, weil ich Gedränge nicht leiden kann und weil mein schlechtes Herz das hochdramatische Getümmel nicht verträgt. Ich möchte nicht an der Beschreibung einer Sache sterben, die zu erleben mir erspart geblieben ist. Übrigens liegen ab diesem Augenblick ganz genaue Berichte und Geständnisse vor, von Mullmann, von den Augenzeugen und vom jungen Grafen selbst, der, wie Sie sich wohl denken können, ein geradezu rücksichtsloser Confessor geworden ist und noch lang' nachher an allen schwarzumflorten Teetischen die Komödie dessen gespielt, was er wirklich empfunden und getan hat. Ich kann also, auf dem Boden sicherer Geschichte stehend, ohne Erregung und ohne mich in unbeweisbaren Beschuldigungen zu ergehn – was ich bis nun wegen des Lustwandelns auf der Fährte einer mich erquickenden Abneigung nur zu gern getan habe –, das *crimen* für sich selbst sprechen lassen.

Die Verwirrung war ausgebrochen und somit etwas der portoricanischen oder cubanischen Revolution Ähnliches. Auch der Sohn des Rebellen wider Willen mußte also jetzt etwas Geistesgegenwärtiges tun. Und er tat's. Das Parterre wogte, in der oben geschilderten, hindernisreichen und rücksichtslosen Art, mehr auf dem Platze, der sich merklich und grausig (wie der Fuß des Tragöden durch den Kothurn) durch die zu Boden Getrampelten erhöhte, als den wenigen Ausgängen zu, in denen bereits statt der Türflügel die Menschen hingen, doch fester als diese. Noch hatte niemand eine Flamme erblickt. Nur die Lichter schauten schon trübe durch unbekannt woher gedrungenen Rauch. Ich gebe hier und Ihnen, der Sie mit mir ein Zeitgenosse des Ereignisses gewesen sind, keinen Bericht über das Ende unseres Opernhauses, das, wie Sie gleichfalls wissen, bis auf die vier oder vierundzwanzig Granitwände – das Labyrinth des gräßlichen Minos, wenn's je entdeckt und bloßgelegt wird, muß so ausgeschaut haben – niedergebrannt ist; man weiß heute noch nicht, warum überhaupt und warum so gründlich. Ich bin kein schreibender Scharfschütze, der, weil er schon so weit gegangen, jetzt auch den Vogel mit einer furiosen Darstellung des höllischen Schauspiels abschießen müßte. Ich habe nur meinen Lunarin auf dem Korne und keine andere Aufgabe, als ihn in's Schwarze zu treffen, was sogleich geschehen soll, denn: ich sehe ihn glücklich, daß seine unglückliche Mutter ihn nicht sieht. Natürlich hatten's die Logengäste leicht – so schien es wenigstens –, noch eine Weile (in Wahrheit wird's nur ein Augenblick gewesen sein) an der Brüstung zu stehn und das Beispiel von Kapitänen auf sinkenden Schiffen zu geben. So hielt's auch Manuela. Was da unten im Zwischendeck passierte, konnte unmöglich Passagieren erster Klasse ebenfalls vermeint sein. Auch aus Katastrophen müssen reiche und vornehme Leute einen Privatausgang haben. Oder es geht mit dem Teufel zu! Aber: wann merken den die verparfümierten Nasen?! Nun, von der einzigen Manuela glaub' ich (wie von der tragischen Heldin, die's ja in ihrer Rolle geschrieben gefunden), daß sie genau gewußt hat: Das ist mein Ende, und von keiner andern Art hätte es sein können. Unvermittelt wie der Ansprung des schwarzen Panthers in der tropischen Natur einer Oper, ferne von dem Geliebten, ohne den kein Leben. Es gibt, lieber Notar, Erinnerungen, die vor aller Zeit erworben worden, also früher in uns vorhanden sind, als das, was sie erinnern, geschieht. Große Seelen fühlen auch in dem Urwalde, den sie als erstes weißes Wesen betreten, daß sie in Tapfen steigen, die vor einer Ewigkeit dem üppigen Dunge eingedrückt worden, und daß es die ihren sind. Möglich immerhin, daß in diesem, wahrlich von unten, aus dem Schöpfungsanfang, aus dem Feuerkern erleuchteten Augenblicke auch die Mutter erwachte, wie ja bekanntlich – ich werde bald Näheres hierüber wissen – der sterbende Mensch zu einem summarischen wird. Und wer sollte, wenn's an's Sterben geht und die allernatürlichsten Beziehungen ganz von selber sich wieder einrenken – man hat doch hundertmal das ängstliche Wiederherstellen des arg zerzausten göttlichen Ebenbilds gesehn und auf dem letzten Lager die unglaublichsten Conversionen oder Umdrehungen knarren gehört – einer Mutter näherstehen als ein Sohn? Er sei zur Hand oder nicht? Festgestellt ist allerdings, daß beide Herrschaften unabhängig voneinander sich zum Besuche der Oper entschlossen haben. Aber: es kann etwas in einem Blicke liegen, ja auf der Netzhaut erscheinen, das zur selben Zeit eine objektive Existenz hat. Möglich aber ist – ich zwar lege für die sichere Gewißheit meine Hand noch nachträglich in das Feuer der Oper –, daß sie ebenso ihn erblickt hat, wie er sie. Und wenn ja, was sagen Sie dann, lieber Notar? Macht denn dieses Teufelsvieh von Sohn nicht die mindeste Anstrengung, statt den Ausgang die Loge zu gewinnen? Oder wenigstens mit einem Schrei, mit einer wilden Gebärde der zur Statue Entgeisteten anzuzeigen, daß das Leben, einmal dem verfluchten Kerl geschenkt, jetzt alles daran setzt, rettend in sie zurückzukehren? Verstehen Sie jetzt, lieber Notar, warum das bleiche und erstarrte Stehn des Mutterbilds da oben auf der Spitze seines Scheiterhaufens – während rechts und links die Modepuppen bereits aus ihren Schachteln fliehn – mir so furchtbar auf die Seele fällt? Weil den marmornen Kopf ein entsetzlicher Gedanke zu sprengen begonnen haben muß. Nun rechnet er mit mir ab. Nun vergilt er mir, der Raumverdrängerin, daß ich ihn an die Wand gedrückt habe vom ersten Tage an. Nun läßt er mich alle Nächte auf einmal bezahlen, die ich nicht an seinem Bette gesessen, sondern in dem seines Vaters gelegen bin. Nun wirft er die Last ab und in's Feuer, die sein Leben lang ihm den Nacken gedrückt hat. Nun sieht er das Mauseloch, durch das er endlich in's Freie schlüpfen kann, während die zu große Katze verbrennen muß. Jetzt lockt die unschuldigste Gelegenheit von der Welt, den erlösenden Muttermord zu begehn, und er wird sie nützen, die seltene Gelegenheit des frevellosen Frevels, den immer die großen Elemente für die kleinen Seelen – wenn sie Glück haben – begehn, und er wird interessant werden bis zur Hölle hinunter. Ich aber verdiene, von Kain erschlagen zu werden.

Nun, lieber Notar und Jurist, ist es für die Beurteilung des in Rede stehenden *crimen* ziemlich gleichgültig, nicht wahr, ob das Opferlamm über den Sinn seiner Schlachtung, über die besonderen Beweggründe seines Henkers Bescheid gewußt hat oder nicht! Es genügt vollkommen, zu wissen, daß der obenerwähnte Gedankengang stattgefunden hat. Nun: nicht nur Mullmann bestätigt, nein, auch aus andern Häusern ist mir zugetragen worden, daß mein Lunarin genau das, was ich seiner armen Mutter in den Kopf gelegt habe, gedacht hat oder gedacht haben will. Denn Confessoren, wenn nicht Heiligkeit sie vor einem schweinischen Sichwälzen in begangenen Sünden bewahrt, schießen sehr gerne über's Ziel und bedauern, einmal im Zuge, endlich noch, daß der Schöpfer es bei bloß zehn Geboten hat bewenden lassen. Das mag sich nun so oder anders verhalten: Fest steht, was der junge Graf, bald da, bald dort, zwischen zwei Schlucken Tee oder angenehm entsetzten Zuhörerinnen, oder am Arm des subalternen Mullmann, den er durch solche Geständnisse geradezu geadelt hat – ich glaube, der Gute träumt nun oft, selber in der gefährlichen Oper gesessen und eine herrlich verwegene Mutter gehabt zu haben –, was er also mit bald größerer, bald geringerer Gewissenhaftigkeit, ohne zu wissen, für wen, nämlich für mich, deponiert hat. Er gibt also zu, von dem Blicke der Mutter getroffen worden zu sein. Er gibt zu, sich verborgen zu haben vor diesem eindeutigen Blicke der portoricanischen Sonnenuhr, die genau das letzte Stündlein zeigte, sich verborgen zu haben wie des Abel Bruder vor der Stimme des Herrn, nur um vieles feiger, nämlich schon vor der abscheulichen Tat. Er gibt zu, aufgeatmet zu haben, daß die aufgetürmten Leiber ihn der Möglichkeit beraubten, seiner Mutter beizuspringen. Das alles gibt er zu, der

Verbrecher. Und er könnte dafür von einem subtileren Gerichte, als wir Gesittete eins besitzen, gehenkt werden, wenn er nicht, der Schläuling – und nun erleben Sie, Sie Armer, aus nur einem Wurstzipfel von Dasein bestehender Notar, die kugelrunde, universale Fülle einer Lunarinschen Natur! Die, wo immer sie steht oder rollt, mit jedem Punkte ihrer Wölbung immer gleich weit vom Wesenskerne abgelegen bleibt, also immer in Ordnung sich befindet und nie in wirklicher Gefahr. Oh, was gäbe ein Kreis darum, einmal ein verquetschtes Polygon zu sein, und was ein Lunarin, einmal in eine echte Sackgasse zu geraten! Er hätte dann nicht nötig, sich interessant zu machen, sich Blässe anzuschminken oder vulkanisches Feuer. Er würde, gebrannt oder durchfroren, die kokette Hand von den Elementen lassen und das geschickte Wort nicht mehr lächerlicherweise in's Ungeheure schießen wie die spanischen Tierquäler ihre bebänderten Pfeile in den Nacken des Stieres. Er hätte etwa zu schweigen; und das ist die gewaltigste Rede, die ein Mensch mit sich führen kann.

Ich habe mich jetzt wieder verfahren, sehe ich, weil der verfluchte Kerl, wenn auch sonst nichts, doch ein kaum auszudenkender Gegenstand des Nachdenkens ist. Wenn er nicht – sagte ich oben –, der Schläuling, für eben dieses Alles eine dieses Alles wieder ganz und gar aufhebende Entschuldigung hätte! Das braune Mädchen! Manuela Nummer zwo! Und nun nennen Sie mir noch einen Mörder, der für das abzuschlachtende Wesen gleich ein doppelgängerisches zur Hand hat! (Sie werden weiland Abraham zitieren und seinen Widder. Aber der Vergleich stimmt nicht ganz. Denn Isaac bekam den Laufpaß, dieses Sohnes Mutter hingegen ist verbrannt.) Wir sind zwar keine Damen, denen man Bären aller Größen, auch der vorsintflutlichsten, aufbinden kann, aber selbst wir müssen diesmal zugeben, daß wir einfach platt sind. Oder gibt es eine interessantere Lage, in die ein wirklicher junger Mann – aber da liegt der Hund begraben: er ist wohl gar nicht wirklich, sondern wie die Geistererscheinung auf dem Zaubertheater eine Reflexwirkung versenkter Spiegel und bettuchbehängter Statisten – geraten kann? Und wenn ja, wird sie's an Logik, an wahrhaft absolvierender Folgerichtigkeit, an ehernem tragischen Schritte mit der unsern aufnehmen können? Ich sage auf's Nachdrücklichste: nein!

Und nun, lieber Notar, da Sie, von meinen außerordentlich glatten (wie ich glaube) Deduktionen verführt, bereits zum vernichtenden Urteil über meinen Erben ausholen, bedenken Sie, daß das braune Mädchen, das sich so verzweifelt gegen sein Geraubt- und Gerettetwerden wehrte, ohne ihn – wie die Augenzeugen bestätigen – ebenfalls verbrannt wäre!! Mein nichts weniger als herkulisch gebauter Lunarin mußte es wie ein arg mitgenommenes, aber immerhin noch brauchbares Stück aus einem wahren Fetzenbündel menschlicher Leiber ziehn und mit der wild um sich Schlagenden eine Bresche sprengen. Das ist nun weder Verbrecher- noch Feiglingsart und reißt uns den schon zu Halsform geschürzten Strick aus den Händen. Wenn wir den nichtsnutzigen Generalbaß, der nur so profund tut, nicht kennten, könnten wir sogar das Lied vom braven Mann drauf singen.

Ich habe Sie, alter Freund, jetzt sicher zur Verzweiflung gebracht! Ich sehe und höre, wie Sie diese Papiere auf den Tisch knallen und Ihren alten Enguerrand gerne in jene Wolke Staubes aufgelöst sähen, die seine so heftig niedergelegten Bekenntnisse emporwirbeln. Da hat nun, denken Sie, der Narr einen, wie ich zugeben muß, glänzenden Prozeß gegen einen gewissen Lunarin geführt. Von Anfang an kein gutes Haar an ihm gelassen. Ihn des Löffeldiebstahls und der Großmäuligkeit, der kalten Gier nach Interessantheit und inzestiöser Wünsche, des Vaterhasses und des Muttermordes, der Unfähigkeit zu lieben, ja sogar des über allem wichtigen Umstandes, gar nicht wirklich zu existieren, bezichtigt und auch überführt – nie hat ein nach vorgefaßten Meinungen, dumpfen Ahnungen, pythischen Verknüpfungen und glatten Zuträgereien verfaßter Steckbrief lebendiger, leibhafter (man sah geradezu, wie der geriebene Staatsanwalt bei besonders eingängigen Wendungen der Beweisführung sich schadenfroh am Hinterkopf kratzte) vor den Geschworenen gestanden – und ebenfalls von Anfang an kein Hehl daraus gemacht, für welch ein besonderes Gericht er den Höllenbraten betrachte, also und nicht anders zubereite, auslöse und salze, würze und spicke: Und nun, wo bereits mit den Messern gewetzt, mit den Lippen geschmatzt, mit den Tellern geklappert wird, die Pfaffen und Pharisäer zum sicheren Schmause ausholen, der Galerie das Wasser aus den Mäulern läuft, die Damen zarte Brötlein zücken, sie in die von der Justiz vergoßne Sauce zu tunken, in diesem schönsten Augenblicke, plötzlich, hast du nicht gesehn!, eskamotiert er ihn uns aus den Zähnen, rollt er Hauptgang und Zuspeis' in's Tischtuch und zurück in die Laden, Töpfe, Säcke und Dosen, pfeift er auf die eigne Mühe, die wahrlich keine geringe gewesen, und läßt uns ernste, gediegene Leute, die wir auf ihn gewettet haben, wie der erste beste nasführende und dann Reißaus nehmende Spitzbube in der Weißglut sitzen, in die er uns mit allen Künsten gebracht hat! Und warum nun dieser skandalöse Unfall? Der durch das hohe Alter des Staatsanwalts und seine immerhin recht nahen verwandtschaftlichen Beziehungen zum Inkulpanten nur noch skandalöser wird? Weil diese erste, einzige und letzte Heldentat seines Lunarin, die übrigens, wie er selber nur zu gut weiß, eine durchaus abgeleitete, zwei- und vieldeutige ist, ihn zu Tränen gerührt und zur Annullierung des ganzen Verfahrens bewogen hat? Kurz: weil der geringste göttliche Akt, den ein Mensch setzt, alle seine früheren und späteren diabolischen Akte aufwiegt? (Was Ansicht des ewigen Richters sein dürfte, nie aber die Haltung eines irdischen bestimmen kann, oder: wir legen mit allen Geräten auch die Waage nieder und greifen zur Schale des Bettelmönchs.) Nun, so unrecht haben Sie, trotz der Ihnen den Blick benehmenden Wogen des Zorns, nicht, mein lieber Notar. Ein Quentchen Zutreffendes ist in allem, was Sie da aussprudeln. Besonders der Vorhalt meiner nahen verwandtschaftlichen Beziehungen, die allein mich ja trotz des öffentlich geführten Prozesses zu einer Art von Privatjustiz haben abschwenken lassen, und die Erwähnung der alles auslöschenden Macht eines einzigen göttlichen Aktes treffen mich tief. Gewiß möchte ich meinen Lunarin, für den ich (obwohl ich ihn nie gesehn und nun doch vor mir stehn habe) so was wie Schöpferliebe besitze, einer seinem und meinem Stande würdigen Strafe zuführen, und einzig von dieser Absicht handeln die von Ihnen eben so mißhandelten Blätter.

Es muß meinen Erben, als er auf einer Bahre vor der Oper lag, ganz heil zwar, aber doch wie ein schwer Verwundeter – das Chamäleon trifft nun einmal immer die Farbe des Blatts, das heißt das Kostüm der Stunde –, eine Ahnung von dem angeschlichen haben, was ihm immer wieder blühen wird, und endlich auch auf diesem Schlosse, das ihm damals allerdings noch nicht vermacht gewesen ist. Denn: die interessante Tat (mit allen ihren unausrechenbaren Dezimalstellen) war geschehen und – verpufft, was nun einmal das Schicksal jeder interessanten Tat. Das braune Mädchen nämlich, der Lohn für die perfide und grausame Dahinopferung seiner Mutter, war, kaum in's Freie gerettet, dort sogleich aus des Ohnmächtigen noch gerundetem Arm wie aus einem schmutzigen Förderkorbe gestiegen und verschwunden. Die Augenzeugen, eben noch die rohesten Gesellen von der Welt, standen baff. Weder Dankeschön zu sagen, noch nach dem Namen des Ritters zu fragen! (Welcher Name allerdings eine Stunde später schon durch die Extrablätter eilte und in eine gewisse Unsterblichkeit.) Das muß ihm, der so ohnmächtig nicht gewesen sein wird, aufgefallen sein. Deswegen wird er sich so mäuschenstill und käferstarr verhalten haben. Und jetzt, lieber Notar, sehen Sie, o sehen Sie doch, nach solcher Schärfung des Blicks, da, rechts und links von der Chrysanthemenbahre, hängen diese Hände, die bedeutsam leeren Hände eines, der auf ein eingebildetes oder auf das falsche Kreuz gestiegen ist, aus Ruhmsucht, weil ihn die innere Leere juckte wie ein Ausschlag, weil er auf ein echtes nicht hat steigen können, er hätte denn selber echt sein müssen, sehen Sie doch diese schönen Hände: ohne Stigmata!!! Die bei unsern Heiligen aus dem gemarterten Gemüte brechen, ohne Nagel und Schinderknecht! Sehen Sie, dieser Beweis dafür, daß trotz aller Leiden nur ein Schaum von Leiden geschlagen, ein bloß gasförmiger Opferberg gebläht, auf allen Flammen der Oper und der Leidenschaft nur reines Pech gesotten worden, dieser Beweis ist bereits Strafe, und es bedarf keiner weiteren. Es bedarf nur eines weitausschauenden Mannes – und der bin ich in meinem löchrigen Horste geworden! –, ihn immer neuen Beweisen derselben Art zuzuführen, bis endlich das lächerliche Scheingebilde, von den Zugriffen der Wirklichkeiten durch und durchgewalkt, das bißchen Lebensodem eines Jahrmarktschweinchens winselnd ausstößt und Nichts in Nichts aufgeht.«

Der jetzt schon recht ungeduldige Leser ist nun hinreichend im Bilde sowohl über ein Schloß, das wir vom »Taler von Frankreich« aus erblicken, wie über einen Erben, den die Wirtin des Gasthofs – ein weil resolutes, auch ganz hübsches Weib (denn die Gewißheit grader Glieder und regelmäßiger Züge fördert sehr das Vertrauen in eine ähnliche Wohlgeborenheit des Hirns) –, gefunden zu haben glaubt. Wir stoßen also die grünen Läden auf, begeben uns hinunter in die biersäuerliche Schankstube, öffnen weit die gastliche Türe, nicht nur, weil die sechs schwarzgekleideten Personen unmöglich schon gefrühstückt haben können, sondern auch symbolisch. Denn mit der Wiederbesiedlung und, natürlich, auch Wiederherstellung des verfallenden Schlosses hört auch der »Taler« auf, so abgelegen zu liegen, wie er liegt, und mit den ersten Gästen des siebenundzwanzigsten July muß ja auch eine neue Zeit eintreten.

DIE DOMESTIKEN HABEN DAS WORT

oder

II. KAPITEL

»Hat der junge Blödsinnige schon seinen Cacao getrunken?«
»Nein. Aber die Frau Gouverneur wartet im chinesischen Pavillon auf ihren Schuhmacher.«
(Aus einem Lehrbuch der portugiesischen Sprache)

Die Strahlen der aufgehenden Sonne des siebenundzwanzigsten July kreuzten sich mit denen eines Horns, weil dieses beinahe ebenso schmetternd geblasen wurde, wie Helios funkelte.

»Wir werden hier Garnison haben!« rief, zwar nicht laut, aber auch nicht leise, immerhin vernehmlich genug, um die Aufmerksamkeit von fünf schwarzgekleideten Personen auf einen Stein zu lenken, der der sechsten eben vom Herzen fiel, Frau Biedermann, eine stattliche Dame. Und in der Tat: das markige Instrument konnte nur aus einer Kaserne tönen. Es blies die Tagwache.

»Ich möchte die Verallgemeinerung ablehnen«, sagte Herr Murmelsteeg, ein wohlgenährter Herr, dem das Schwarzblau gestern und heute nicht rasierten Bartes hochwürdig um's halbe Gesicht stand. »Sie meinen wohl, Frau Friederike, daß Sie die Garnison haben werden.« Man sieht, daß auch ein Butler – das Amt eines solchen bekleidete Herr Murmelsteeg seit seiner inneren und äußeren Festigung – viel auf Ordnung des Gedankengangs und des sprachlichen Ausdrucks halten kann. Jemand kicherte. Es war Julie, das Geschirrmädchen, die sich auf ihrem

Köfferchen krümmte. Frau Biedermann nahm weder Herrn Murmelsteegs allzu richtige Bemerkung übel noch des Trampels taktlosen Erweis von Unreife. Im Gegenteil: Sie fühlte sich verstanden. Ihre weißblauen, rötlichblond bewimperten Augen bekamen einen schwärmerischen Ausdruck.

»Sehen Sie doch: wie schön!« sagte sie, in's Romantische fortsetzend, was im Soldatischen sie so angenehm berührt hatte, »Diese verwachsenen Wege!« Man erblickte durch das Gittertor, unter gewuchertem Gestrüpp, Runen oder Runzeln von Wegen, die ohne Zweifel dereinst zum Schlosse geführt haben, das auf einer sanften Anhöhe stand.

»Unser Graf wird es schwer haben, da einzufahren«, meinte mit etwas hohler Stimme ein schwarzer Spaßvogel. Die Vorstellung eines hochmütigen Wagens, der in einem wohlberechneten Bogen von der gemeinen Straße abzweigt und unaufhörlich schnurrend hinan bis zur Freitreppe fährt, um dort, wie der brave Jagdhund dem Jäger die Schnepfe, so den Herrn seinem Schlosse zu Füßen zu legen, diese Vorstellung war in der Tat absurd angesichts einer Wildnis, die nach rodenden Kolonisten schrie. Trotz der Eingängigkeit dieser Äußerung würdigte Frau Biedermann den Materialisten keines Worts. Erstens natürlich wegen seiner Weltanschauung und zweitens, weil er in der strengen Ordnung hochherrschaftlicher Dienstleute so gut wie keinen Platz einnahm. (Frau Biedermann hingegen haben wir einen sehr mächtigen und sehr klaren Rang sofort angesehn.) Der Mann war nämlich ein Mann für alles, und das ist fast nichts in einer Welt, wo die Begabungen oder die Berufe säuberlich gegeneinander abgegrenzt daliegen wie die Felder auf dem Schachbrett. Er konnte elektrische Leitungen legen, verstopfte Spülanlagen wieder zu glattem Schlucken des widrigen Einlaufs bringen, jedes Schloß öffnen, die ältesten Uhren in Gang setzen – nein, es würde viel zu weit führen, die nur durch einen jähen Weltuntergang abzubrechenden Möglichkeiten eines veropielten technischen Kindskopfs herzuzählen. Es sei nur noch verraten, daß er wußte, bei welchem Futter die Sittiche am besten gedeihen, wieviel ein Brief nach San Domingo kostet und – wo der Barthel den Most holt.

»Und daß wir im oder am Walde liegen! Und an welch einem Walde!« jubelte Frau Biedermann. »Haben Sie je einen solchen Wald gesehn, Herr Murmelsteeg? Ich meine: so dicht beim Hause? Ich werde den Kuckuck ja geradezu im Zimmer haben!«

Herr Murmelsteeg schüttelte sich, als ob er einer unappetitlichen Schicht von Vogelfedern und Vogelkalk ledig werden wollte, und sein Gesicht färbte sich dunkelrot wie das des Hebers einer schweren Last.

Das ist kein Wald«, sagte er hart, »das ist der Park!« Man sah deutlich, daß er um die Ehre seines neuen Dienstplatzes rang und noch keineswegs gesonnen war, die durch den kurzen Augenschein schon bewirkte gründliche Enttäuschung zuzugeben. Der einer materialistischen Weltanschauung huldigende Mann zuckte zu dieser rein formalen Feststellung nur die Achsel; aber so hoch und das Mißgebilde so lang reckend, daß er ganz einem verwachsenen Narren glich und da oben auf dem malerischen Schlosse ohne weiteres seinem frühmittelalterlichen Berufe hätte nachgehen können.

»Alles Quatsch!« ließ sich da eine weibliche Stimme vernehmen; eine jener weiblichen Stimmen, die uns unverzüglich zu Boden der Wirklichkeit sinken lassen. Damit war den feinen Unterscheidungen Murmelsteegs und den poetischen Vorstellungen Friederikes ein jähes Ende bereitet. »Das ist kein Wald, und das ist kein Park! Das ist ein Besenzirkus! Ja, sind wir denn in ein Bauernhaus engagiert, wo das Brennholz auf dem Dach wächst, oder beim Geist eines alten Raubritters, um seine Gespensterleintücher zu waschen? Oder was?! Und Sie – ha – mit Ihrem Kuckuck im Zimmer!!«

»Aber, aber, Frau Dumshirn!« griff Herr Murmelsteeg ein, nicht, um des tieferen Gemütes Anrecht an einem Kuckuck zu verteidigen, sondern als Anwalt der Disziplin. Jedoch Frau Dumshirn, die uns ihre breite Front gleich mutig zugekehrt hatte, und also in jeder Weise gegen das Schloß plädierte, war nicht mehr aufzuhalten.

»Fledermäuse werden Sie im Zimmer haben, wenn Sie überhaupt ein Zimmer haben, und wenn Sie ein Bett in diesem

Zimmer haben! Und was Sie dann in diesem Bette haben werden, davon will ich gar nicht reden. Oder glauben Sie, die Baracke steht seit, ich weiß nicht wie vielen, Jahren leer und offen – jawohl, auch offen – und die Ratten und die Mäuse, die Würmer und das hörnerne, krachende Krabbelvolk, die haben untereinander geflüstert, pst, das ist des Grafen Haus, da dürfen wir nicht hinein? Herr!« – und sie wandte die jetzt groß entfachte Schlachtenflamme gegen den klerikalfriedlichen Murmelsteeg – »ich habe Küchen gesehen, die mit Kakerlaken gepanzert waren!!« Sie zog aus solcher Augenzeugenschaft keine weiteren Folgerungen. Wozu auch? Stand sie doch unbezweifelbar vor allen da als das, was sie war: Sachverständige der äußersten Verwüstung und einer apokalyptischen Unreinlichkeit. »Wo Sie aber Ihre Augen haben, Frau Biedermann, Herr Murmelsteeg, das weiß ich nicht. Eine geschlagene Viertelstunde stehn Sie da, wo für einen Blinden die Welt mit einer Ruine verschlagen ist, und meinen noch, es ginge von hier nach wohin. Ich habe bis jetzt geschwiegen. Ich dränge mich nicht auf. Ich lasse dem Nachbar die erste Bemerkung. Ich will auch keinem seinen Star stechen, wenn ihm ohne den Vogel im Hirn die Stube nicht gemütlich ist. Aber: wenn das Maulhalten anfängt, den gesunden Menschenverstand zu überschrein, dann red' ich. Da bin ich noch ein kleiner Fratz gewesen, als die Leute schon von mir gesagt haben: Die Malvin, die sieht doch auch alles! Ich hab' wirklich schon von weitem gesehn, ob ein Brief im Postkasten steckt. Aber nicht, weil er vielleicht aus dem Schlitz geschaut hat. O nein! Das Aug' allein macht's nicht, man muß auch einen Blick haben. Und hier nun« – mit einem Daumen, dick und abenteuerlich verbogen wie der gespannte Hahn einer altertümlichen Flinte, wies sie über die Schulter zurück auf Enguerrands subtiles Schloß –, »hier bin ich in meinem Element. Den Ast, der durch's dritte Mansardenfenster von rechts ragt (ich brauch' mich gar nicht mehr umzudrehn) – natürlich strengt sich der Morgennebel an, den recht ungräflichen Zustand zu verschleiern –: Die Malvin hat ihn gleich gesehn. Und in der Mansarde sollen wir wohnen? Ja, man lernt nie aus. Ich zum Beispiel habe nicht gewußt, daß wir am siebenundzwanzigsten July den ersten April haben! Alle Narren sollen leben! Prost!!« Sie war nun bis zu der ihr gesetzten Grenze aufgegangen, dick wie ein Sperling im Sandbad, nur nicht so flaumig, und rot wie ein neues Kupferbecken, kurz: auf der Höhe der Beweisführung. Und auf der Höhe der Beweisführung wendet man sich in der Regel nach dem bereits erschöpften Demonstrationsobjekte um, ihm den wissenschaftlichen Todesstoß zu versetzen. Da geschah etwas Unerwartetes.

Frau Dumshirn konnte nur sagen: »Dort...!« und den dahin bohrenden Finger nicht mehr aus der Luft nehmen. Vom linken Mundwinkel einer schwarzen, kreuz- und daher auch glaslosen Fensteröffnung im zweiten Stockwerk löste sich in ebendiesem Augenblicke, still wie ein Komet vom Himmel, ein beträchtliches Stück Mauerwerk. Eine ziegelrote frische Wunde klaffte neckisch in dem erstorben gescholtenen Bau. Dann stieg von unten, wo schon viel Schutt liegen mochte, eine Kräuselsäule Staubes auf.

Frau Biedermann schloß die Augen und sog die Lippen ein. Herr Murmelsteeg zuckte zusammen wie einer jener armen Männer, die vom puren Gewicht des Happens überwältigt werden, den eine lieblose Hand ihnen in den Blechnapf haut. Auf unseren Materialisten hingegen wirkte der peinliche Vorgang – das Schloß hätte mit der Fortsetzung seines Zerfalls doch wirklich noch eine Stunde zuwarten können! – geradezu erlösend. Je schlechter die Welt gefügt erscheint, um so höher stimmt sie die boshafte Lebenslust eines Prothesenkünstlers. Und er lebt rosig bis in's höchste Alter oft, nur um noch mehr über die niederträchtige Windigkeit dieser Welt zu erfahren. Mit einem verächtlichen Lächeln wandte sich der Mechaniker ab von Enguerrands geistreichem Schloß und dem mit ihm auf einer Ebene liegenden »Taler von Frankreich« zu, der zur selben Zeit schon innerlich rumorte. Die noch mit dem verruchten Bilde einer Garnison beschäftigte Julie starrte erschreckt in die Richtung des Dumshirnschen Fingers (ohne etwas wahrzunehmen), und die sechste schwarzgekleidete Person, von der wir bis jetzt noch nichts haben berichten können, weil sie sehr klein ist, klein wie ein Hackstock, und außerdem von einer tiefbegründeten Schweigsamkeit, hielt, wie ein von Affen entzücktes Kind die Käfigstangen, die des Parkgitters fest mit den Fäusten und den Manschetten überlanger Ärmel. So glichen der Platz vor dem verwilderten Park und die Gesellschaft, die auf ihm nur wenige und gleich wieder ersterbende Schritte machte oder den Kopf drehte oder nur etwas bewegter stand, einem stillen trägen Weiher, in dem ein träumender Knabe mit einem Stocke umrührt, und etlichen Wasserrosen, die an ihren Ankerketten taumeln. Selbst nicht der eben jetzt der Sonne und den mutmaßlichen Gästen sich öffnende feuchte »Taler«, nicht die in der Tür und an einem Fenster erscheinenden wurstroten und semmelweißen Gestalten des Wirts und der Wirtin, ja nicht einmal das auf dem grünlichen Hintergrunde der Schank gleißende Gläservolk vermochten, eine unglückliche Gruppe, die, wenn sie früher zur Füsilierung verurteilt gewesen sein sollte, nun, allem Anschein nach, zu Deportation begnadigt worden war – aus ihrem oberweltlichen Tartarus zu befrein.

Trotzdem gelang das gute Werk; doch nicht dem »Taler«, sondern einem Ereignisse, das auch in dem bescheidensten Dörfchen keines gewesen wäre.

Auf dem Kamm des Hügels oder des etwas höher gelegenen Landes, das im Rücken der zu füsilierenden, jetzt allerdings nur mehr zu deportierenden Gesellschaft – denn sie hatten jenen bereits dem Schlosse zugekehrt – zur Biber (über die noch zu reden sein wird), zur Parkmauer und zur Straße abfiel, erschien ein strohhutbedeckter Pferdekopf. Diesem folgten, nach spürbar großen Bemühungen, ein Pferdehals und ein schwieliges Pferdeknie, das deutlich bebte. Mehr erschien nicht. Ein Hüh! aus unsichtbarem Munde blieb ohne Wirkung. Die Mähre tat sowieso ihr Bestes. Wahrscheinlich stieg die drübere Seite des Grenzwalls noch steiler zum Rande, als die herübere von ihm sank, und das Unternehmen, den Kamm gerade hier zu zwingen, war wohl sehr kühn. Auch ein zweimaliger Peitschenknall förderte das steckengebliebene Werk nicht. Erst einem schallenden Gelächter, das von der Mähre mit einem ebensolchen gelbfletschenden beantwortet wurde – ohne Zweifel bestand zwischen dem guten Tiere und seinem Lenker ein selten kameradschaftliches Verhältnis –, gelang es, Roß und Wagen auf den Kamm zu bringen, und im selben Augenblick auch anzuhalten. Es war der kostbare Augenblick des feinst ausgewogenen Gleichgewichts. Jetzt konnte das Pferd der Gruppe unserer Verdammten nicht in's Gesicht springen, der Karren den glücklich verräderten Abhang nicht wieder hinunterrutschen.

Die Art des Stellungnehmens war virtuos und erinnerte Herrn Murmelsteeg, der gedient hatte (allerdings nur im Militärkasino), an das Auffahren und Abprotzen von Artillerie in schwierigem Gelände. Sie entsprach also allen Gesetzen einer nun einmal herausgeforderten Physik, aber nicht im Mindesten denen der Schönheit und des Ernstes. Das ein steiles Dach bildende Gefüge von Pferdehintern und Karrenvorderteil würde unbedingt jählings den Blitz der Lächerlichkeit auf sich gezogen haben, wenn der junge Mann, der mit gestrafften Zügeln, steil wie der Mittagszeiger, in der Kiste stand, nicht selber herzlichst und laut über den vertrackten Triumph gelacht hätte.

DER JUNGE GRAF UND BENITA
oder
III. KAPITEL,

welches Babettens scharfsinnige Vermutung bestätigt und als das bedeutendste Auftreten von der Welt (dieser Geschichte) das Auftreten eines nichts weniger als delphischen Wagenlenkers erweist; überdies uns zu unserer ersten größeren Abschweifung zwingt. Weil aber noch etliche Abschweifungen folgen sollen, tut der Leser gut, schon jetzt an sie sich zu gewöhnen und nicht zu verlangen, daß schnurgerade fortgefahren werde. Wir haben, wie der Leuchtturm, den Kopf voll Augen und drehen uns um uns selbst, sehen alles und bleiben am Platze. Diesen Platz wird der geduldige Leser, sooft auch er ihn schon endgültig verloren zu haben glaubt, immer wieder unter seinen Füßen finden.

»Das sind sie!« sagte der junge Mann, als er zu Ende gelacht hatte. Die für heute bestellten Dienstleute meinte er.

Zugleich mit dieser richtigen Meinung und Bemerkung senkte er den Blick zu einem Bunde sehr großer und sehr rostiger Schlüssel, die während des Querfeldeinholperns die tollsten Freudensprünge halb schon befreiter Gefangener gegen nur mehr bretterne Kerkerwände vollführt hatten. Der heitere Kutscher schob, um wenigstens bei der Talfahrt frei Ohr zu haben und nicht ohne einige Verrenkungen vornehmen zu müssen – wegen des nach vorne abschüssigen, nach links schiefen Kistenbodens –, die Fußspitze in den Schlüsselring, und wir, dem Beispiel der Mähre folgend, die das Weilen zwischen zwei ungleichen Schrägen der endlich erreichten Höhe zur Beantwortung der Frage nützt, wie, trotz weitgegrätschten und zitternden alten Beinen doch noch das Gras des Lebens gerupft werden könne, tun Ähnliches. Wir schieben die Begegnung des Erlösers und der Erlösten, die der mathematischen Zeit nach spätestens in einer halben Minute stattfinden würde, um eine gute Stunde in die psychologische hinaus, und zwar mit Hilfe eines eingehenden Berichtes von dem Warum dieser Begegnung.

Um aber *ab ovo* erzählen zu können – was wir für unsere Pflicht ansehen –, begeben wir uns in einen Ort namens Recklingen, wo jenes Ei gestern gelegt wurde.

Für den ersten Augenblick – um auch für den zweiten und dritten noch Vorrat zu haben – wollen wir nur sagen, daß Recklingen, ein Markt, der zur Stadt erhoben worden und das Gänsedorf geblieben ist, in einem sehr stark sich windenden und daher engen Tal liegt und, diesem Umstand zufolge, nur eine einzige Straße, die Hauptstraße, besitzt, neben welcher die Biber sich windet, ein Flüßchen, das nur selten aus Wasser besteht.

In der Regel nämlich, die ebenso regelmäßig zur Zeit der Schneeschmelze und der herbstlichen Regengüsse übertreten wird, oder für etliche Stunden nach einem sommerlichen Wolkenbruch – befinden sich im Bette der Biber, statt der Biber selbst, stämmige, blankgeschälte Äste vom Aussehen primitiver spanischer Reiter, große und kleine Polster vergilbten Mooses, ersoffene Kätzchen, ausgediente Schuhe, gebleichte Knochen und Kinnladen von Schweinen, zerbeulte Blechbüchsen, Scherben von Tellern oder Töpfen und zwischen echt steinernem Gerölle zu Theatergranit erstarrte Wäschefetzen. Wo aber befindet sich die abwesende Biber? Sie hätte ja keinen Namen bekommen und keine Linie auf den Karten, wenn sie nur ein ab und zu unter Wasser gesetzter Abfallgraben wäre von der Länge und der gleichgültigen Verwickeltheit fader Romane. Nun: sie befindet sich in der feuchten Luft, den schieferschwarzen nassen Flecken an den Felswänden, in den Krötentümpeln ohne jede Verbindung miteinander, im versumpften Grase hinter den Häusern und in den Mauern derselben, natürlich auch in den Kellern, vor allem aber in drei Fischteichen, welche die geringe subterrestrische Speisung der Biber derart rücksichtslos sich zu Nutze machen, daß für die eigentliche Biber fast nichts übrigbleibt. Wer sich die Mühe nimmt, ihrem nur euphemistisch so zu nennenden Laufe zu folgen oder entgegenzugehen, was er, und schliche er wie eine Stunde Wartezeit auf einem Landbahnhof, immer noch schneller tun wird, als der Lauf läuft – kann nach eigener erstaunlicher Erfahrung feststellen, daß die Bio- oder Kartographen der Biber sie entweder weit über ihr Verdienst gut behandelt oder sträflich ungenau studiert haben. Gehört sie doch gar nicht zur Gattung der Flüsse, Flüßchen oder Bäche, die wo entspringen oder wohinein münden und nur die Richtung ihres Sichfortbewegens von der zufälligen Neigung des Erdbodens empfangen. Vielmehr benimmt sie sich wie der übergeschäumte Gerstensaft auf dem Servierbrett eines Kellners. Das heißt: sie rinnt einmal dem einen, einmal dem andern Rand der geschaukelten Fläche zu. Und das heißt: sie ist eigentlich ein See. Und zwar ein See sehr unebenen Grundes. Welcher Grund, wenn ausnahmsweise mit Wasser gleichmäßig bedeckt, dann die Ursache für die wahrhaft oberflächliche Täuschung abgibt, der wohl auch die zu wenig diffizilen Geographen erlegen sein dürften: daß die für gewöhnlich stehende Biber strikt von West nach Ost, oder von Nord nach Süd, oder umgekehrt fließe, je nachdem, woher der Wind weht und wohin die verlogenen Wellen zum Meineid eilen. Um den stichfesten Beweis dieser Behauptung zu erhalten, braucht ein Zweifler nur Anfang und Ende der Biber aufzusuchen. Dieses mit jenem, oder jenes mit diesem vergleichend, wird er sofort sehen, daß sie unvergleichbar sind, weil ein und dasselbe. Dort steckt das restliche Wasser wie der Kiel eines längst vermorschten hölzernen Bootes im Schöpfungsschlamm, der zwei, drei Libellengleitflüge weiter schon unsere harte Erde ist, hier gleitet es mit melancholisch harfenden Händen in den Saitenwald der Binsen hinein, um nicht wieder aufzutauchen.

Nun glaube der Leser ja nicht, daß wir Recklingen in der Absicht betreten haben, unsere besondere Aufmerksamkeit der

Biber zu schenken. Wir sind nur das Opfer jener Wünschelrute geworden, die sehr oft gegen uns den Ausschlag gibt. So unwiderstehlich nämlich die blutige Tasche des Metzgers, in der er das Fleisch austrägt, die Hundeschnauze anzieht, also hingebungssüchtig legt sich das Bedeutende – so unbedeutend es zuerst scheinen mag – unter die zum Schreiben sich erhebende Feder. Der Appetit kommt mit dem Essen (und die Liebe in der Ehe). Es ist uns die symbolische Rolle, welche die Biber für das ziemlich ausgedehnte Parterre unserer Geschichte spielt – nicht vertretungs-, sondern begreiflicherweise –, eben erst in ihrer physischen Nähe, in ihrem unvergeßlich fauligen Geruche, so recht zu Bewußtsein gekommen.

Erlauben Sie uns denn, verehrte Zuhörer – denn mehr an Ohren als an Augen wenden wir uns jetzt –, den stillen Spaziergang, den wir Arm in Arm mit der Biber gemacht haben, laut werden zu lassen!

Es ist doch wohl anzunehmen – nicht wahr? –, daß der Schoß unserer Mutter Erde, geschützt nur von einer dünnen, leicht zu durchschlagenden Decke Humus vor den Treffern des unsichtbaren Bombardements, das in einem schöpferisch und zerstörerisch geladenen Universum alle Körper gegen alle Körper dauernd aufführen, nicht nur solche astrischen Schätze hütet, die schon in seinem jungfräulichen Zustand ihm eigen gewesen, sondern auch etliche, vielleicht sogar sehr viele – doch hierüber können nur die Gelehrten genaue Auskunft geben –, die ihm erst in seinem späteren, als glückliche oder fatale, eingeschossen sind. Wir müssen also, scheint uns, sehr scharf distinguieren zwischen dem Wenigen, das wir zu autochthonem Besitze haben, über den wir denn auch, ihn verschwendend, verfügen können, und jenen, wie wir glauben, weit zahlreicheren Segnungen oder Verfluchungen, die von den Brüderplaneten wie von dem Gesamt der Gestirne, in welchem wir nun einmal leben müssen, für oder wider uns geschleudert werden und die inappellable Urteile sind. Zu den inappellablen Urteilen gehört zum Beispiel die Tatsache, daß auf genau bestimmbaren Erdböden die Menschenhaut weiß, braun, gelb, rot oder schwarz wird.

Nun: wenn Sie dieser unserer Meinung zustimmen, dürfen wir wohl bitten, einsehen zu wollen, daß die kosmischen Pinsel auch dann geschwungen werden und die irdischen Farbtöpfe auch dann herumstehen, wenn kein künftiger Europäer oder Neger zufällig an ihre Borsten prallt oder über ihre Palette stolpert. Was sie tun, wenn sie anscheinend nichts zu tun haben? Oh, sie kolorieren trotzdem, allerdings in unsichtbaren, sozusagen in infraroten und ultravioletten Tönen, Epidermis und Viscera der Erde. Weil also ihre Tätigkeit im eigentlichen Vollzugsorgan des Gesamtwillens der Schöpfung, im Menschen, nicht immer zum Ausdruck kommt – als verändertes Bewußtsein oder als wahrzunehmende Veränderung –, wäre es unphilosophisch, ja idealistisch im schlechtesten Sinne, zu meinen, daß sie überhaupt unterlassen worden sei. Wir aber sind Materiologen! Das heißt, wir erforschen die Welt unter der Fiktion, nicht in ihr zu leben, und zwar deswegen, um den jedem Denken integralen Fehler, welcher der Denkende selbst ist, bei möglichster Geringfügigkeit zu halten. Daher wir auf unsere eigene Vorhandenheit viel weniger Wert legen als auf die aller anderen Wesen, die unsichtbaren nicht nur miteingeschlossen, sondern vielmehr an der Spitze!

Jetzt können wir, Ihres Verständnisses, werter Zuhörer, schon sicherer und der Ablehnung unser durch die Idealisten gewiß, zum Thema der inappellablen Urteile also fortfahren: Wie in einem gewesenen Schlachtfelde die Blindgänger stecken und trotzdem einem furchtbaren Kinderspiel entgegensehen, und über ein künftiges, das der Bauer noch pflügt, bereits die feinen Strategen eines eben erst geborenen Generalstabes sich ziehen, also ist jeder Buckel Bodens, den wir niederer stampfen, wie ein Nadelkissen bestickt mit den seit Trillionen von Jahren und Tag und Nacht ihn anschwirrenden astrischen Pfeilen. Und wir sollten den einen oder den andern, der lockerer sitzt, uns nicht unaufhörlich in die Sohlen treten? Wir sollten in einer katalaunischen Gefildeluft, ungeritzt von den Dornen, die uns Kronen der Schöpfung dauernd zufallen, auch nur die Hand heben können, mit der wir dem Boten winken, der die Schicksalspost zustellt?

Wenn die eben getane Aussage von allen ober- und unterirdischen Orten unseres Planeten gilt, und von allen Wesen und Dingen, die auf oder in demselben sich befinden – woran jetzt wohl nicht mehr zu zweifeln –, so gilt sie, wie schon von der Akribie, derer wir uns bei Beschreibung der Biber beflissen haben, vorbedeutet worden ist, in verschärftem Maße von Recklingen und Umgebung. Recklingen, Alberting, Elixhausen, Mundefing, Amorreuth – um nur jene Siedlungen zu nennen, über die wir ein stahlfädenstarkes Sprungtuch für die irgendwo abgestürzten und hier einschießenden und einzubauenden Schicksalstrümmer und Gesimsstücke gespannt haben – stehen, mit immer wieder durchbrennenden Isolierschichten an den fundamentalen Füßen, auf einem Boden, der – und nun heißt's einen treffenden Vergleich wählen – schon seit unvordenklichen Zeiten einem schlechten Saturn als Exerzierplatz gedient hat. Und was das heißt, im Kreuzfeuer der verderblichsten Strahlen seinen Kohl bauen zu müssen, wird jeder begreifen, der einmal versucht hat, an einer zugigen Straßenecke ein Bündel Banknoten nachzuzählen oder ein Pülverchen einzunehmen.

Das erste nun, was auf einem vom saturnischen Brennglase angeblendeten Erdenpunkt entzweigeschmolzen wird, ist der geschichtliche Leitfaden durch einen Ort und einen Menschen, ohne welchen Faden weder jener das Licht der wirklichen Oberwelt erblickt, noch dieser das Oberlicht der Unsterblichkeit. Ja, das heilsnotwendige Continuum! Es ist zwar dem vorigen Pfarrherrn, den seine vielen Mußestunden dazu verdammt hatten – begreifliche Mußestunden bei dem oft jäh einsetzenden Intermittieren der Laster- und Tugendübungen der Pfarrkinder!! –, das Danaidenfaß der hiesigen Heimatkunde zu füllen, gelungen, im dreizehnten Jahrhundert ein Gemeinwesen namens Reckilinge auf dem Boden des heutigen Recklingen nachzuweisen. Allein: auch in dem einzigen vom Stammbaum Recklingens gefallenen Apfel saß der ferngezeugte Wurm. Die Urkunde, mit welcher der fromme und eben vom selben tückischen Gestirn, dem er eins hat auswischen wollen, verfolgte Mann seine Entdeckung gestützt hat, befindet sich zwar noch im Handschriftenverzeichnis, nicht aber mehr im Besitz der residenzlichen Bibliothek. Unauffindbar! sagte der verzweifelte Bibliothekar nach monatelangem Stöbern. Verschwunden wie die Biber! setzte er mit einer witzig sein sollenden Miene hinzu. Wie aber war sie kreuz und quer verzerrt vom Hineinwerfen ausgetretener Stiefel, verbeulter Blechbüchsen, ersoffener Kätzchen! Gestohlen oder vom Teufel geholt! Das Letztere dünkte ihm wahrscheinlicher. (Uns auch.)

Um das Unglück des pfarrherrlichen Forscherglücks vollzumachen, ist nicht nur in früheren Zeiten, sondern auch später nie ein Spaten oder Krampen auf einen Baurest oder auf eine Scherbe aus dem dreizehnten Jahrhundert gestoßen, ja nicht einmal auf solche aus dem achtzehnten. Von den dazwischen liegenden Epochen ganz zu schweigen. Dies muß um so mehr wundernehmen, als gerade in dem geschichtsstillen Recklingen eine dermaßen rege Bautätigkeit herrscht, daß, allen reaktionären und retardierenden Bestrebungen zum Trotz, kein Haus älter wird und kein Sippenverband länger besteht als fünfzig Jahre. Und das nun muß uns wieder wundernehmen! Ein Landstrich, der das Grundstücksspekulantentum nicht kennt, aber mehr als einen Grund hat, es magnetisch anzuziehen! Ein Landstädtchen ohne die geringste *cupiditas novarum rerum!* Eine mäßig zeugende und rechtzeitig sterbende Gemeinde, die ob solchen Inordnungseins weder unter Überbevölkerung noch unter Überalterung leidet! Und wenn die Ursache des merkwürdig kurzfristigen Bestandes jeder Behausung, jedes Stalles, jedes Schobers, jeder Laube und jedes Kramladens (in ihrer heutigen Gestalt), der Liebe überhaupt und deswegen ihrer Penatenmacht in der Geschichtslosigkeit dieses Durchhauses von Ortschaft liegen sollte, deren einzige Straße von der beiderseits zugebundenen Sackgasse der Biber parodiert wird, woher dann die Geschichtslosigkeit? (Denn der metaphorisch herbeigezogene Saturn befriedigt nur den Astro-, nicht den Materiologen!) Ist sie vielleicht die erste und wesentlichste Auswirkung eines bloß spalierbildenden Existierens von Häusern auf diese Häuser selbst, auf die sie bewohnenden, und infolgedessen ebenfalls nur spalierbildenden Leute? Dann aber ist Geschichte, das heißt geballtes Leben, ausschließlich das,

75

was an Maulaffen feilhaltenden Römern im Triumphe vorbeizieht. Dann kann man sichergehen, daß kein Legionär oder Pferdewärter, der nur im Mindesten in das eben historisch werdende Ereignis verwickelt gewesen, die Straße säumt! Und wenn diese Straße die einzige ist – wie in Recklingen –, was bleibt dann ihren Anrainern anders übrig, als die Mauern des Roten Meeres zu bilden und jeden Frächter oder Automobilisten, der trockenen Fußes zwischen ihnen hindurchzieht, für einen Angehörigen des auserwählten Volkes zu halten, das Heilsgeschichte macht? Unaufhörlich Lorbeer durch's Fenster zu werfen, selber aber unbelaubt dazustehen? Manche, wie etwa René von Rudigier, den wir demnächst aus einem Komposthaufen schaufeln werden, fliehen vor dem Schicksal eines Spalierbilders in die Einsamkeit als den andern Pol des Ruhms, dessen spärliche Bevölkerung erstens im dezidiert Unhistorischen lebt, zweitens von so weithin gedehnten Wüsten dichter Bewohntheit am miteinander Kommunizieren gehindert wird, daß sie die Gefahr der Masse gar nicht laufen kann, die Gefahr nämlich, durch willkürlich wo und wann erfolgende Zellteilung in Führer und Geführte, in Held und Bestauner von Helden auseinanderzufallen, das heißt: durch Mißbrauch des Ordnungsbegriffs künstlich Raum zu schaffen, obwohl natürlicherweise jeder Fußbreit Bodens eine Schuhsohle zur Bedeckung hat. Trotzdem wissen wir von keinem Recklinger, der Franziskaner oder – was nähergelegen haben würde – Kartäuser geworden wäre. Oder Dichter, Maler, Musiker. Und einen dieser absonderlichen Berufe ergriffen hätte, nur um nicht eines der vielen Schulbeispiele zu sein, die Recklingen der Reihe nach an die Felstafeln seiner gewundenen Enge kreidet. Wohl aber wissen wir – abgesehen von den stummen Tragöden, die vor leerem Zuschauerraum ihre schlechte Räuberflinte in's gemalte Korn werfen und für immer von der bloß unaufhörlich zugrunde gehenden Bühne abgehen – von vielen, die, ohne hier jemandem zu fehlen, in einem amerikanischen oder australischen Dorf es zu dem dortselbst metaphysisch nicht unbedingt Unmöglichen gebracht haben: berühmt zu werden, oder eine Dynastie von Jobbern zu begründen. In der zwar nahen, aber dem Saturn nicht mehr unterstehenden Residenz zum Beispiel gibt es eine beträchtliche Anzahl Vereine ehemaliger Recklinger, Albertinger, Mundefinger, Elixhauser, Amorreuther – eine so beträchtliche, daß man gut sagen kann, die Bevölkerung dieser Orte bevölkere andere Orte –, die in ihren Wirtshaustempeln beinahe christlich erlöst der geprellten fünf heidnischen *genius loci* lachen und, entgegen der Physik, vom gerissenen Heimatbande fester umschlungen werden, als sie vom nicht zerrissenen umschlungen gehalten worden sind. Andere hinwiederum, die etwas weniger anfällig sind für den feinen Zug oder Föhn, der aus einem, unbegreiflich warum, nicht gestopften Loche des Universums bläst, bleiben mit dem einen Fuß auf dem tückischen Boden und stehen mit dem andern auf einem harmlosen, so bewirkend, daß Zerstörung und Entstehung einander die Waage halten, dezidierte Entschlüsse nicht gefaßt zu werden brauchen, Demenagement oder gar Emigration vermieden werden können.

Zu den eben beschriebenen Leuten, klugen und starken, die sich's erlauben dürfen, mit dem Ortsgeist Haschen zu spielen, oder Schwächlichen und Schlauen, denen es gelungen ist, ein sie immun machendes Serum zu komponieren – denn alles Doktern richtet sich mit der Frage, ob abwendbar oder nicht, an das Schicksal –, gehört auch das Fräulein Melitta von Rudigier, ein schönes, dunkles Mädchen von sechsundzwanzig Jahren – die meisten allerdings halten es für viel jünger, aber doch schon für eine Frau –, ziemlich selbständige Tochter des Herrn und der Frau Oberst von Rudigier, die jedes Jahr ein gutes halbes auf der »Laetitia« sitzen. Diese Melitta nun nimmt fast in jedem Monat für drei bis acht Tage Reißaus, und niemand weiß, wohin. Die Unwissenheit hierüber, die ebenfalls niemand – mit Ausnahme eines Herrn Adelseher – zu beheben wünscht, versteht sich zum größten Teil aus dem Geheimritus, den jedermann beim Prellen des schlechten Saturns unwillkürlich anzuwenden pflegt. Jedermann – mit Ausnahme wieder des Herrn Adelseher – ruft ihr öffentlich oder in Gedanken eine gute Reise zu und ist beinahe traurig, wenn sie noch schöner, noch brauner und behender zurückkehrt. Daß sie, zum Teufel, die Gelegenheit, für immer zu echappieren, nicht genützt hat! Daß dort, in dem nahen oder fernen Mykenai, kein Paris sie nach seinem Troja geholt hat! Über die seltsame Veranlagung zum Reißausnehmen von der Bindung an hier und vom ungebundenen Zurückkehren von dort wird später so viel Exemplarisches gesagt werden, daß es vorerst genügt, ihrer Erwähnung getan zu haben.

Und nun zum Kronzeugnis für die weder sicht- noch hör-, nur erfühlbare Verfluchtheit der Gegend, das, Gottseidank, nicht im Aktenschrank der residenzlichen Bibliothek deponiert, sondern vor dem Notare Doktor Hoffingott abgelegt worden, zum Testamente des Herrn Baron von Enguerrand! Kann ein Schriftstück aus der Hand eines Nichtschriftstellers, eines Mannes also, der keinen Staat mit seinem Dabeigewesensein macht, überzeugend für das Bleigewicht der Imponderabilien sprechen? Spricht es überhaupt davon, dafür, dawider? Mit keinem Wort! Verklagt es den Saturn wegen subversiver Bestrebungen? Mitnichten! Schreit es nach Gerechtigkeit für den Verfasser? Ebensowenig! Was tut es also, wenn nicht das, was die confessorischen Testamente tun?? Es ahmt die Biber nach, wenn sie Wolkenbruchwasser führt, dank Wind und Gefälle ein hinreißendes Aussehen annimmt und zum Hineinwerfen einen ordentlichen Haushalt kompromittierender Sachen verlockt, um nach der nur kurzen Zeit, die sie zum Wiederversiegen braucht – womit merkwürdigerweise nie gerechnet wird –, dieselben Haushalte mit denselben, ziemlich erhalten gebliebenen Sachen doch zu kompromittieren. Es liegt in der Natur der Ironie, besonders der Selbstironie, von welch letzterer die des Herrn Barons reichlich tangiert gewesen ist, ein Geschäft nicht nach dem irdischen Nutzen zu beurteilen, den es unmittelbar abwirft oder nicht abwirft, sondern nach den hintergründigsten Absichten des Sterns oder Unsterns, unter dem es steht. Wir, die wir den Herrn Baron von Enguerrand gut gekannt haben, können uns mit Leib und Seele für die Wahrheit der folgenden Aussage verbürgen: daß ab dem Tage, an dem er die Unmöglichkeit erkannte – aber bei vollkommener Gleichgültigkeit gegen die ressentimentalen Hetzreden ihrer möglichen Ursache –, auf einem wie oben beschriebenen Boden auch ein mit größerer Dauer als der ortsüblichen von vornherein ausgestattetes Besitztum, nämlich ein adeliges Schloß und eine adeliges Nichtstun hinlänglich subventionierende Ökonomie, über das hier kritische fünfzigste Jahr zu retten – zu schweigen von dem schon genug anstrengenden Überleben all der kleinen täglichen Unfälle, die ebenfalls nur hier gleich zum Quadrat erhoben werden –, daß er ab diesem Tage, wohl mit einigem Ingrimm, nicht aber ohne eine gewisse freudige Einstimmung in den abscheulichen Mißton, der durch die Löcher seines Schlosses und seiner Taschen pfiff, sich damit begnügte, das Schloß, an dem schloßherrlich zu bauen so offenkundig für die Katz ist, rastelbinderisch und heimlich zu einer vollkommenen Mausefalle zu machen. *Ultra posse nemo tenetur*, sagte er mit dem Römer und ging, statt ein Weib zu freien und Kinder zu zeugen, denen man, was sie nie und nimmer verdienen, hinterläßt, daran, die Maus zu suchen, die ihren Speck reichlich verdient hat. Sind dieses Kehrtmachen auf der Stelle, eine Sekunde nach der Wahrnehmung, daß sie die empfindlichste sei, und das starke Marschieren in die genau entgegengesetzte Richtung nicht großartig? Kann ein Heiliger den innerlichsten Befehlen Gottes gehorsamer sein, als der nichts weniger denn heilige Enguerrand dem Wink des Schicksals, und nicht einmal dem des eigenen – das ja schon vollendet war und nur mehr zuckte wie ein sterbender Kohlweißling –, sondern eines Grafen Lunarin und all jener Leute, die, ohne mit dem Grafen in Berührung zu kommen, auch nicht zu diesem ihren Schicksal gekommen wären? Und nun eine Frage an uns selbst! Hätten wir von dem Punkte aus, von dem wir jetzt in die Zukunft unserer Geschichte feuern, nicht eigentlich auch das Schloß niederkartätschen sollen? Wäre es nicht richtig gewesen, zu den Einschüssen der astrischen Pfeile die Einschläge unserer Granaten zu fügen? Diese ganze Geschichte wäre ungeschehen geblieben! Wir säßen nicht am Schreibtisch und verfaßten, notgedrungen, geistvolle Kondolenzbriefe an die nächsten Verwandten der reihenweis hingestreckten Opfer des unschuldigen Baron Enguerrand, und der Leser bräuchte dieses schon jetzt nie endende Buch nicht in die Ecke zu werfen, wo es sich von selber weiterliest; eine unheimliche Eigenschaft, allen großen Werken eigen! Hauptsächlich der Umstand ist Ursache, daß eine Welt, die weder den Homer kennt, noch den Cervantes, noch die Bibel, doch von ihnen erzogen wird. Diesen Schriften, aber nur diesen, geht's wie dem Wasser, das wir abschlagen. Es wird zu Regen und füllt in erneuerter Reinheit unsere Zisternen. Sie, die man für endgültig abgetan hält, kommen auf einem allerdings sehr weiten Bogen, und natürlich bis zur Unkenntlichkeit verwandelt, wieder zu uns zurück. Das Geschriebene kehrt als Schrift nicht wieder. Es ist als solche entweder nicht gelesen, oder, wenn gelesen, dann gründlich vergessen worden. Dafür liegt es jetzt in der Luft, die wir atmen müssen. Weswegen wir immer gebildeter werden, ohne zu wissen, wieso. Also rächen sich die Dichter und der Heilige Geist! Doch nun wieder zu unserer Beweisführung.

Unter einem so weithin und so lückenlos in die Runde blinkenden Leuchtturmschicksal wie dem des Baron Enguerrand schwindet selbstverständlich jeder Anreiz, auf dem nur zufällig trockenen Boden des Roten Meeres mit einer Geschichte zu beginnen, wenn auch stets lebhaft bedauert wird, daß keine vorhanden. Im entscheidenden Augenblick der Abstimmung für die Dauer gegen die Vergänglichkeit, und obwohl alle zum Bau einer Pyramide nötigen Steine bereitliegen, erhebt sich im Gemüte unserer Nichtägypter mit Gewißheit ein alle Pläne verwehender Wüstenwind, trocknet, statt überzugehen wie der Nil, die Biber aus, schallen alle Wege in eine begründetere historische Zukunft unter den benagelten Schuhen der fortmarschierenden Maurer und wird statt der ersehnten Burg doch nur das leicht abbrechbare Zelt errichtet. Man sieht, daß die besten Vorsätze nichts wider die Determination vermögen, und daß, wenn wir bleiben, wie und wo wir sind, wir nicht unsere Geschichte machen, sondern die der Grundherren des Bodens, die, ob Dämonen oder unpersönliche Kräfte, ihr Indianerterritorium zäher verteidigen als wirkliche Indianer. Selbst ein so gebildeter wohlhabender und konservativer Mann wie Melittens Vater, der Herr Oberst, den Geschmack, Vermögen und Gesinnung wider sein Ruhebedürfnis zwingen, einen fortwährenden Kampf gegen die Eintagsfliegenplage zu führen, so in unseren Tagen Wirtschaft, Kunst und Staat heimsucht, ist nicht im Stande, jenes schon erwähnte Sommerhaus, die »Laetitia«, dessen er seit dem unglücklichen Ausgang des Krieges als seiner Tonne des Diogenes, und mit Ostentation als einer solchen, sich bedient, in ein festes, auch den Winter bewältigendes Quartier zu verwandeln. Mit den äußersten Anstrengungen, etwa eines neapolitanischen Lungerers, der in der Mittagshitze des July Holz zum Kochen seiner Nudeln sammelte, wurde der grauviolette, lange schon morsche Lattenzaun auf der Straßenseite des Gartens abgerissen und durch ein schwarzes, engmaschiges Eisennetz ersetzt. An die »Laetitia« selber aber wagte sich nicht einmal der frechste aller Umbaugedanken. Sie wird, wahrscheinlich unbewußt, für so heilig gehalten wie der Schlaf, den sie auch verbreitet und der in den Villen genannten Häusern seine noch immer geachtete Kultstätte besitzt. Diese konnte hier und in den Augen einer älteren Generation als eine der anmutigsten gelten. Die anderswo verglaste Veranda erhebt sich hier nackt auf vier viereckigen, grobbemörtelten Pfeilern, die ein Gebälk tragen, das von Luft getrennt, von wildem Wein zusammengehalten wird, zur Würde einer Pergola. Der Erbauer der »Laetitia« mußte noch im Stil des Empire gelebt haben oder hatte ihn, später lebend, nicht übel kopiert. Die Fassade beweist das. Allerdings beweist sie auch, daß er mit schlechten Stoffen und mit Windbeuteln von Maurern und Zimmerleuten gearbeitet hat, denn so alt, wie sie aussieht, die »Laetitia«, kann sie unmöglich sein, selbst dann nicht, wenn man ihr zweimal fünfzig Jahre gibt und die Spuren der Erschütterung auf das unverhoffte Erleben des Überlebens der ersten fünfzig zurückführt. Das Dach ist so nieder, daß schon manchen Beobachter gedeucht hat, sie hätte gar keins, die »Laetitia«, sondern sei wie das Haus von Loreto, ohne andere Umstände als bloß wunderbare, aus dem tiefsten, würfelliebenden Süden nach dem spitzgiebeligen Norden versetzt worden, ein gleich dem poetischen aus Wahrheit und Täuschung gewonnenes Dafürhalten, denn: die Frau Oberst ist

Dalmatinerin. Die Rückseite der »Laetitia« – für die Bewohner die Hauptseite –, an der auch die Pergola, den Himmel teils zu tragen, teils durchblicken zu lassen, sich emporstemmt, rollt, gewissermaßen mit den Füßen, einen Blumenteppich auf, der aber, nicht weil der Stoß zu schwach war, sondern weil der Raum zu klein ist, seine für einen größeren entworfenen Ornamente nicht voll entfalten kann. Ziemlich genau in der Mitte bricht er ab, wie eine antike Figur knapp über dem Nabel. Man hatte zwar den steilen Hang, der mit ineinander verhakten Brombeer- und Himbeersträuchern bis fast vor des Doktor Torgglers Tür rutschte, durch Aufführen einer Stützmauer und Zuschütten der so entstehenden Grube zum Fortsetzen des Gartens nützen wollen, und zum Zeichen dieses festen Wollens die Einzelheiten des Fragmentes gleich in den Maßen des künftigen Ganzen angelegt, ja sogar von einer, wenn auch noch so provisorischen Begitterung des jähen Randes Abstand genommen –: wann aber wird in hiesiger Gegend ein Begonnenes, es sei denn, daß es sofort, noch im blühenden Kraftfeld des Initialaffektes, fertig wird, wirklich vollendet? Was gestern Marmor gewesen, zerbröckelt einem heute als Sandstein unter der Hand, oder dieselbe Hand erschlafft am Marmor zum Handschuh. Die Weichheit der Schicksalsluft fächelt den eisernsten Mann zu Tode. Der Geist, ohne seine Schärfe einzubüßen, wendet sich, wie auf einem Carrouselpferd reitend, mit jedem Holzhuftritt einer andern Sicht zu, und unter dem schrillen Orgeln dieses Vergnügens wird das logische Folgern zum Assoziieren. Man glaubt zu denken und wird gedacht.

Ihre eigentliche Schönheit jedoch empfängt die »Laetitia« – die wir so genau beschreiben, weil sie das Hauptquartier ist, von dem aus ein mit Extramundanität getarnter Generalstab, den der Herr Oberst und der Herr Regierungsrat Mullmann bilden, seine Truppen, ohne es zu wollen, leitet – von ihrer Lage sowohl hoch über der Recklingenschen Verkehrsschlucht wie hoch über den Ereignissen in Alberting. (Die eine ist jedermann sichtbar, die anderen bemerken nur Eingeweihte.) Von dieser Höhe aus sieht man, wenn der schwarzgrün und gelbgrün gesprenkelte Wald, der den einen Abhang kühl und feucht und zu einem Labsal für die trockene Biber macht, sich entlaubt, die lange und langweilige Wahrheit der windungsreichen Straße, deren beide Seiten mit bereits verglasten Augen einander anstarren, weil der gewohnte Triumphzug des Verkehrs woandershin zur Heldenehrung sich begeben hat.

An dieser Stelle der Erzählung ist es, mit einer leisen Drehung der Leuchtturmkuppel, an der Zeit, den geneigten Leser durch eine nur scheinbare Abschweifung mit dem Doktor Torggler bekannt zu machen. Während seine Mutter ihn gebar, stand hinter der Hebamme der Gerichtsvollzieher, und der Vater, ein verabschiedeter Linienschiffsleutnant, schlechter Wirtschafter, aber guter Zecher, fragte sich, ob er die Entwürdigung des einen Ereignisses durch das andere überleben solle. Wieder einmal war die Gelegenheit – man brauchte sie nur ein bißchen zu übertreiben! – günstig, mit der Offiziersehre Ernst zu machen. Aber: man macht bei ihrer ersten Kränkung Ernst oder nie. So entschloß er sich denn, nur eine gute Zigarre zu rauchen, etliche Treberne zu trinken und an seines Vaters Bruder einen Brief zu schreiben, in dem er die beiden Ereignisse so glücklich miteinander verflechten wollte, daß sie das Musterbild eines echten Unglücks würden abgeben müssen, gestickt auf die Leinwand einer allzu zarten Seele. Was alles er, und mit der gewünschten Wirkung, auch tat. Hart an der Kante des Abgrunds – aber nur dort – hatte er die besten Einfälle, verfügte er über die größten Energien. Auf solche Weise sorgte er, wenn man Sorglosigkeit, die nur sich ermannt, um ihrer süßen Schwäche weiter frönen zu können, Sorge nennen darf, für seine Familie und erwartete, Halbkünstler, der er den spirituellen Mitteln nach war, Verständnis und Dank, die ihm, wie begreiflich, nicht wurden; infolgedessen er sich verkannt fühlte und aus der Verkennung sich einen Genius bewies. Nur mit Selbstrettung beschäftigt (ein solcher Mensch glaubt zu leben, weil er um sein Leben ringt) und weil ihm immer wieder gelang, das Zweideutige eindeutig darzustellen, kam er nie dazu, einzusehen, daß ein lusches Ingenium keines ist. Seine Frau, die ihn des Charmes wegen, der ja nur ein veredelter übler Geruch ist

– Parfum und Gestank liegen ja dicht nebeneinander, nur durch die Breite eines Nasenhärchens voneinander geschieden –, leidenschaftlich geliebt hatte, verachtete ihn bereits, die Dienstleute arbeiteten nicht mehr nach seinen Befehlen, sondern nach ihrem Kopf, und im Dorf lüpfte man den Hut nur noch wenig vor ihm. Er sah das alles gut und beherrschte sich von Tag zu Tag besser und bewunderte sich ob seiner Beherrschtheit, statt in sich zu gehn, aus sich herauszugehn und ein öffentliches Gericht über sich zu halten, was gar kein so gewagtes und erfolgloses Schauspiel, als man geneigt ist, zu glauben. Haben nämlich die Leute einmal hinter jene Linie sich zurückbegeben, die mit derselben unsichtbaren Tinte gezogen auch zwischen empirisch und transzendental verläuft, so sind sie wie die gekränkten Götter auf dem Olymp zu behandeln: nur durch das kostbarste, uns in die tiefste Verarmung stürzende Opfer zu versöhnen. Sie erwarten's, finden in ihrer Göttlichkeit nichts gewöhnlicher als das Außergewöhnliche, nehmen es unter ungewöhnlichen Freuden an und nehmen uns, indem sie es annehmen, von den Folgen, die es natürlicherweise sonst für uns gehabt haben würde, aus.

Das Kind der Bredouille mit dem Exekutor wurde Paulus getauft und beeilte sich, ein Saulus zu werden. Was bei solchem Vater, der das echte Metaphysische durch eins aus der psychologischen Konfektion beschämte, und bei solcher Mutter, die nach ihrer großen Enttäuschung in die trostlose Nüchternheit einer von Rauschgift Entwöhnten fiel, hätte es sonst werden sollen?! Der Abscheu vor dem Religiösen wird zum wesentlichen Teile von dem Zerfall der säkularisierten *arcana* in Gift verursacht, und die Verachtung des Poetischen beruft sich als auf ihren Rechtstitel auf die statt der Liebe liebgewordenen schlechten Erfahrungen. Ohne Gott kein Atheismus, und ohne Urväterrausch kein Enkelkatzenjammer!

Man merke, wie begreiflich in einer aus dem prästabilierten Zusammenhang gesunkenen Welt alles ist, wie logisch, wo von Logik keine Rede mehr, und wie pünktlich aus der Ursache die Wirkung eintrifft, wenn die eigentlichen Fahrpläne in Unordnung geraten sind! Die Lehre vom Milieu und die Lehre von der Prädestination haben, so weit sie auch zeitlich auseinanderliegen, eines gemein: eine schlechte Kinderstube! – begreiflich also, daß der junge Torggler das medizinische Fach wählte: Es steht mit den vier Beinen eines Viehs, und zwar des Goldenen Kalbs, prachtvoll fest auf dieser Erde. Die verdächtige Nüchternheit der Mutter und der nicht minder verdächtige Renegatenhaß des Vaters gegen das Metaphysische konnten nirgendwo inniger vereint und zu nützlicherer Verwendung gekoppelt angetroffen werden. Ab Paracelsus ist jede Beamtung (wir vermeiden das Wort Beruf, weil, seitdem man einen haben muß, um von was zu leben, der Akzent der Berufung die Toga gerafft und die Flucht ergriffen hat) in stetem Niedergleiten aus der Universalität zu einer Praktik, die, so hilfreich sie sein kann, nur dem nicht hilft, der sie übt.

Im Umgang mit den Gipsköpfen, als die ihm, wie sie in der Aula wirklich standen, die großen Schriftsteller des Altertums auch erschienen, und mit den auf einer ähnlichen Familienbank gedrechselten Hohlköpfen seiner Lehrer und Mitschüler bildete er sich zu einem Charakter: Die natürliche Opposition gegen den Vater und die respektvolle Hilflosigkeit seiner Intelligenz vor der nicht weiter rückführbaren Nüchternheit der Mutter hatten vorgearbeitet. Man muß, doch *modice*, zugleich für wen und wider wen sein, um ein Charakter zu werden, um das Experiment der Magdeburger Halbkugeln so dauernd wie auf dem zeitgenössischen Kupferstiche es physikalisch sich vollzieht, moralisch ausführen zu können. Es ist niemals eine zitternde Freude; denn der Experimentator weiß, daß das Experiment gelingt. Das macht die römische Tugend so langweilig, und das ist es, was einen sogenannten Charakter mit dem (unausgesprochenen) Epitheton versieht: gottlos.

Warum der fertige Arzt die Gegend zwischen Alberting und Recklingen wählte, eine langgestreckte Talmulde, in der nicht nur die Wasser zusammenrannen, sondern auch die Leute zusammenkamen, aus Elixhausen, Amorreuth, Obertrum, Loosdorf und Paygarten, die miteinander bereits in dem natürlichen Verkehr eines von der Vorsehung geplanten einheitlichen Gemeinwesens standen, um seinen Penaten den Herd und dem

Asklepios ein Tempelchen zu errichten, das hatte dermaßen rationale Gründe, daß der einzige und vielleicht irrationale, den wir aber für den ausschlaggebenden halten, neben ihnen, wenigstens für den Augenblick, gar nicht in Betracht kommt. Erstens befanden sich außer einem reichlich überalterten Medizinalrate, der sein zweifelloses Recht auf *otium* mit wenig *dignitas* verteidigte, und einem Wunderdoktor, der aus dem Uringlase diagnostizierte, keine Heilkundigen in dem mit obigen Ortsnamen abgesteckten Umkreise. Zweitens lag das elterliche Gut, das nicht mehr schieflag, seitdem jener gütige Onkel – frau- und kinderlos, weil er eben viel zu gütig gewesen ist und wahre Güte auch an einem Neffen, reiner vielleicht sogar an einem Neffen als an einem Sohne, sich exemplifizieren kann – das Zeitliche gesegnet und die nüchterne Mutter wider den nun dauernd trunkenen Vater die beträchtliche Erbschaft und die Zügel ergriffen hatte, in jener nicht allzu nahen Nähe oder nicht allzu fernen Ferne, die einen, der unabhängig sein will, nicht mehr einbegreift, und einen, der rasch Hilfe braucht, noch nicht von ihr ausschließt. Drittens denkt ein auf dem Lande geborener Landdoktor auch an die Landwirtschaft. Und da müssen wir sagen, daß er einen besseren Boden nicht hätte finden können. Reich bewässert, ohne irgendwo sumpfig zu werden, ohne Erlen- oder Weidenbestand, der große Strecken verholzt und das durchaus heiter gemeinte Tal mit einer traurig hinschleichenden Prozession verunziert haben würde, vor den Winden geschützt, die besser als Besen die eine Straße Recklingens fegen, und die Kartause, Alberting, und was sonst noch an Örtern und Weilern auf der Hochtafel liegt, oft bis zur stäubchenfreien Klarheit des alpinen Charakters scheuern, war er der rechte für den Gartenbau, welchen ein hoffentlich vielbeschäftigter Arzt, der auch zur Bukolik neigt, sich leisten durfte. Die mäßigen Hügel, so mit gelegentlich sehr schroffen Abstürzen, die einem Troge gleichende Mulden bildeten, in dem eine dicke, blonde, ländliche Schöne von Sonne badete, trugen auf ihren ziemlich gerade hinstreichenden Kämmen entweder dichtes Buschwerk oder sehr schlanke, edel geschwungene, doch schütter stehende, wie mit Vorbedacht in einen Park gesetzte Tannen, diese auf der Recklingenschen Seite, wo auch die »Laetitia« steht; Ding und Name ohne Umdrehung des Herzens auch heute noch nicht aufeinander zu beziehen! Sie stand schon auf der Recklinger Höhe, als der frischgebackene Doktor Torggler von dem noch jungfräulichen Talgrunde, den er, seine Mauern aus ihm zu erregieren, eben gewählt hatte, die Talwände hinanblickte. Wir allerdings wissen, daß diese Villa, während er noch Gartenerde und Bewässerung, Bestrahlung und Beschattung, Beschwerlichkeit oder Bequemlichkeit der Patientenwege prüfte, auf ihn niedergeblickt hat durch die Fugen ihrer noch winterlichen Verschalung wie eine Blinzelnde, Zielende, wie Venus oder wie Diana; wie welche von beiden werden wir ja bald erfahren. Was der hier nur spazierengehende, dann gleich und leicht vom *genius loci* überwältigte Doktor Torggler, weil orts- und leuteunkundig, unmöglich schon wissen konnte, war, daß sie dem Herrn von Rudigier gehörte, damals Oberleutnant beim vierundachtzigsten Infanterieregimente, das in der Residenz garnisonierte, und also auch seiner Frau, einer Landsmännin des alten Diokletian, die er zwei Jahre zuvor, anläßlich einer Urlaubsfahrt, in Ragusa kennengelernt und kurz darauf geheiratet hat. Des Oberleutnants Rückreise, zugleich Hochzeitsreise, soll, Gerüchten zu Folge, für die aber Herren wie der biedere Baron Enguerrand, der in südlichen Angelegenheiten zuständige alte Graf Lunarin, der durchaus reelle Ware führende Neuigkeitenkrämer Mullmann sich verbürgen, ein Triumphzug des Ares und der Demeter gewesen sein. Wer das Paar sieht, begreift das. Begreift, daß die beiden einander entgegenfliegen mußten, wahrscheinlich sogar schon seit Jahrmillionen aus den entlegensten Weltraumwinkeln einander entgegengeflogen sind: der geborene Prätorianer, dem, was immer er trug, Uniform oder Zivil, ansaß wie eine Haut gewordene Rüstung, hinter welcher als zweite Rüstung, die erste prägend, und zwar dauernd und sichtbar, bei jedem Schritt, ja bei jedem Atemzug, der Körper eines Antinoos oder Alexander alle bildhauerischen Vorzüge und Feinheiten eines marmornen Fleisches regte, und sie, die in der Cella ihres Tempels vom Sockel gestiegene, noch archaische

Göttin mit den etwas weiter als später für zulässig befundenen, auseinanderliegenden mandelförmigen Augen, den hoch und schiefgezogenen Nachtschmetterlingsfühlern der Augenbrauen jener insektischen Menschenart, die ein seeliges Eintags- oder Stundenleben zu führen droht (wenn sie es nicht schon führt), und dem aus kleinen Wirbeln eines gewiß nicht lieblichen, nein, grausamen Lächelns rechts und links entspringenden, den Delphinsprung heißen Mittags vor- oder nachbildenden Munde. Mit solchem Gesichte, das einst schwarze Schlangen gewesene Haare, nun mit Schwanenschnäbeln auf breiten Schultern und starkem Nacken sitzende umrahmten, mit einem Gange wie auf unsichtbarem Kothurne, so daß sie stand, auch wenn sie schritt, und auf Walzen gerollt zu werden schien von einem Heiligtum zum andern, unter den notwendig kleineren und agileren Leuten, den Landsleuten, den Schiffspassagieren und auch den Bewohnern der Residenz, die ihr von vornherein, selbstverständlich, unbewußt des Garnichtandershandelnkönnens, mit jener lang den rechten Altar entbehrt habenden Verehrung entgegenkamen, die, was immer sie darbringt, eigentlich sakrale Gefäße sind, in geweihtes Öl getränkte Binden und das von den athenischen Frauen alljährlich der Jungfrau Parthenos gewobene Kleid. Ein ganzes Volk, also halb Ragusa, hatte auf der Mole unter den fremd glotzenden Bullaugen des Dampfers sich versammelt, um dem Abtransport und dem Verladen der von dem Prätorianer entdeckten archaischen Statue beizuwohnen, die hoch und schwer geschoben wurde, oft schief, wie an kurzer Stange eine Kirchenfahne getragen wird, und auch das schmale Fallreep nicht allein zu ersteigen vermochte, vielmehr der Steinschwere und des überlebensgroßen Umfangs wegen hinangestützt werden mußte. Das schien natürlich nur so, aber es mußte so erscheinen: wie ein noch so junger Zelebrant levitierten Amtes, der von anderen Priestern bedient wird, ein hilfloser Greis ist.

Die Beschreibung der Reise würde uns weiter führen, als die Reisenden je gekommen sind. Es ist eine Eigentümlichkeit, um nicht zu sagen (was zu sagen dem Leser vorbehalten bleibt) eine Fehlleistung unseres Darstellens, daß es sehr bald, ja auf weite Strecken sogar mit jedem Schritt auf einen Punkt gelangt, wo es um keinen Preis in's Breite will, sondern um jeden Preis in die Tiefe. Wir finden einen Augenblick schön, in ihm einen noch schöneren, und so fort – bei gleichzeitiger Zusammenziehung der mathematischen Zeit bis auf Null und sofortiger Ausdehnung derselben unter Null in's ziemlich Unendliche, so daß eine negative Zeit entsteht, in der, wie wir glauben, auch all das geschieht, was in den Welträumen geschieht: das viel mehr als blitzschnelle Fallen des Lichtstrahls oder die Flucht fernster Sternhaufen fort von unserm Universum in ein anderes –, und so läßt dieses Darstellen unsere Gestalten wie angeschnittene Torten stehn oder wie ihrer Fassaden beraubte Häuser. Die Leute jedoch wollen jene aufessen, und in diesen nicht vor den Augen der Passanten sich ausziehen. Da kommt es denn zur Revolte der psychologischen Zeit gegen einen titanischen Chronisten, der Chronos entmannt. Der empörte Leser klappt das Buch zu, und dicht vor der Stelle, die den Doktor Torggler wieder auf den Plan führt, den endgültig verlassen zu haben man uns im Verdacht gehabt hat. Wie aber anders denn hätten wir das entscheidende Ereignis des Torgglerschen Lebens, das Nahen der Nemesis, einem ganz Unschuldigen vorbereiten, und wie, ehe sie eintritt, ihr Eintreten bereits glaubhaft machen sollen? Mußten nicht zu diesem Zwecke ein vollbesetztes Schiff, eine tausendköpfige Familie, eine ganze halbe Stadt auf den Beinen, eine von Meersalz und Landstaub, von Fisch-, Käse-, Öl-, Kirchen-, Kutten-, Rosen- und Glyzinien-, Coiffeur- und Garküchen-, Mädchenbett- und Männerbocksgerüchen, süßlichen und ranzigen, erfüllte Luft in zyklonischem Durcheinander, eines Prätorianers goldstrotzende Uniform, und durch sie scheinend eines Prätorianers kraftstrotzende Leiblichkeit, und statt einer menschlichen Jungfrau, die schwimmt und Tennis spielt, so gern in die Kirche geht wie in eine *pasticceria* und zum Haarkünstler, eine ausgegrabene, frühgriechische Demeter vorgestellt werden! Die Motte ist nicht weniger von der Natur als die Lampe, an der sie sich versengt.

Niemand konnte der dem Süden immanenten Theologie

hilfloser gegenüberstehen – der vorchristlichen so gut wie der nachchristlichen – als der von zwei nüchternen Psychologien (daß die eine den Fehlschluß des Trinkens zog, machte sie nicht zu einer dionysisch trunkenen) in die Welt gesetzte Doktor Torggler, der zu Recht Materialist war, wenn auch kein widerlicher, und der, mit der offenen Butte seines Vacuums auf dem Rücken euphorisch daherspazierend, jeden Augenblick gewärtig sein mußte, ein Stück des geleugneten Himmels in diese seine Butte poltern zu hören. Wenn ein so glückhaft-unglücklicher Hineinsturz sehr selten geschieht – wodurch das Vorhandensein der vielen Materialisten erklärt wird –, so weniger aus dem Mangel eines auf dem Buckel der Seele getragenen Vacuums, sondern wegen der im ungeheuer großen physikalischen Raum weit verstreut und zahlenmäßig außerordentlich geringen *disjecta membra celestes*.

Während der bereits heimlich zerfallende Ragusaner Palazzo Demeters Mutter verblieb, einer sichtlich werdenden Ruine – denn die Südländerinnen leben rascher, und ihr Altern tritt, zum Erstaunen der langsamer lebenden nordländischen Weiber, fast übergangslos ein –, erhob sich langsam, nach dem ein wenig zurückgefallenen Gang des Stundenzeigers einer Zeit, die Geld ist (für den Arbeiter) und daher keine Ewigkeit enthält, das Haus des Doktors auf dem beschriebenen Talgrund, dicht an dem von den künftigen Patienten austretbaren Weg, und unterhalb der »Laetitia«, die eben damals ihren Namen bekam, doch noch keine Bewohner. Schon im halben Balkan war die »Laetitia« der Laetitia geweiht worden. Aber des Eros Pfeil stak, auf seinem überschlanken Leibe in winzigen gräzisierenden Buchstaben die Kriegserklärung an den friedliebenden Doktor tragend, plötzlich in einem Pfosten der Veranda. Vollzieher des äußeren Vorgangs war – man könnte beinahe sagen: natürlich! – der junge Herr Strümpf, aus dessen Ektoplasma schon damals ebensogut galante Blumensträuße wie zu Schneeschipperfäustlingen vergrößerte Fehdehandschuhe sich bilden ließen. Eines schönen Nachmittags nämlich gewahrte der Doktor, von dem neuen Bau aufblickend zu dem alten – wie er das öfter tat –, an der grell leuchtenden Vorderwand des letzteren die Fliege Strümpf, die mit haarigen Pfoten und mit der deutlich merkbaren Liebe des Dilettanten gelbgeränderte schwarze Buchstaben unter das Gesimse des einzigen Stockwerkes malte. Dieses Malen eines fremdländischen Namens klang wie das Blasen einer einsamen Flöte, wie das Blasen der Syrinx (mit den Satyrlippen, wulstigen, des Strümpf), und so kam denn auf den abkürzenden Ziegenpfaden der Assoziationen das unheimlich Archaische auch in dieses heimelige Tal. Erst zwei Jahre später trafen zum Sommeraufenthalte Ares und Demeter auf der vorausgeweihten Höhe ein, nebst zwei Exoten, einem Mägdlein und einem Knäblein.

Gleich nach ihrer Ankunft in der »Laetitia«, doch schon in ihrem Kultkleide, dem weißen, trat Laetitia an den nicht begitterten Rand des wüsten Abhangs, um auf das für das leicht bewegte dalmatinische Meer stehende erstarrte terrestrische einen schmerzlichen Blick zu richten unter schiefer denn sonst hochgezogenen Fühlern eines Nachtschmetterlings. Vielleicht stand sie auf einem Steine von zwei Fuß Dicke – den aber nur der *genius loci* illyrischen Bodens sie hatte besteigen heißen –, vielleicht schob sich in eines Gymnasiasten Erinnerung das Schiff, das von Delos kommt, eben über die Kimme und machte die Speerspitze der Athena Parthenos aus: jedenfalls erschütterte den Doktor, der öfter als gemeinverständlich zur noch unbewohnten »Laetitia« emporgeblickt hatte – vielleicht war's auch die plötzliche Bewohntheit –, jedenfalls ein Irgendwas so sehr, daß er das Begießen eines Blumenbeets, als wär's eine ehr- oder schamlose Handlung, jäh unterbrach und in's Haus eilte, demselben Fehlschlusse folgend, der den Vogel Strauß seinen Kopf in den Sand stecken läßt. Das hätte er nicht tun sollen. Ein bißchen Überlegung würde diesen Fehlschluß und so alle später ihm entspringenden Schlüsse – Fehlschlüsse zeichnen sich durch kaninchenhafte Fruchtbarkeit aus – verhindert haben. Wenn man ein vernünftiger Mensch ist, wie unser Doktor Torggler, und darauf, ein solcher zu sein, den einzigen Wert legt, muß man einen unvernünftigen Akt, den man trotzdem setzt, und der demzufolge aus unbekannten Tiefen hervorgegangen ist, für ein außerordentliches Ereignis ansehen und was er sagt wie ein Orakel aufnehmen und es hin und her deuten: Denn dieser solitäre und anscheinend abwegige Akt könnte uns unser eigentlich wahres Wesen verraten wollen. Wir müssen nur möglichst erstaunt darüber sein, daß wir ihn zu setzen vermocht haben. Erstaunt aber war der Doktor ganz und gar nicht. Ihm fehlte der diagnostische Blick für sich selber. Er hatte, wie alle Materialisten, eine leichte Schulter, auf die er das Schwere nahm und gleich einer Flaumfeder trug. Obwohl er also in das Haus geflohen war, nannte er sich keinen Feigling und auch keinen Neurastheniker. Er nannte sich überhaupt nichts. Und somit duldete er im Continuum seiner Person eine Leere. Das war – gelinde gesagt – eine Unordentlichkeit und eine Unhöflichkeit gegen Laetitien, die ihm doch gar nichts getan hatte. Gut! Nun wußten die biederen Recklinger, was sie der angesehenen Familie von Rudigier, der einzig namhaften, die hier übersommerte, schuldig waren. Sie veranstalteten zu Ehren des jungen Ehepaares ein Gartenfest in der »Blauen Gans«. Auch der Doktor wurde geladen, der den Vorfall seiner Flucht bereits vergessen hatte. Nicht aber hatte die Physik der Leere im Continuum des Doktors vergessen. Mit diesem Luftloch in seiner Seelenmaterie ging unser Saulus nach Damaskus. Dort aber stand, die vom Irgendwas Erschütterten seinerzeit weggestellte Gießkanne in der Hand, die Physik, das unterbrochene Geschäft, wenn auch nicht mit Wasser und Pflanzenerde, zu Ende zu bringen. Nach einem Mahle an kleinen Tischen, das der noch nicht berühmte Doktor Torggler ferne den Hauptpersonen des Festes einnahm, und ohne von Laetitia, deren schöner Kopf nur dann und wann das sowohl geistige wie leibliche Überragen seiner Trägerin bekundete, im Mindesten beunruhigt sich zu fühlen – der Augenblick der Begnadung oder Verfluchung war eben noch nicht gekommen, und wer sich der unselig-seligen Ruhe eine Sekunde vor der Liebe auf den ersten Blick zu erinnern vermag, wird, als an einem Schulfalle, die Genauigkeit bestaunen können, mit der die verdiente Dosis Schierlingssaft in den unbewußt hingehaltenen Becher des Fehlschlusses tropft –, erhob man sich zum ländlichen Vergnügen des Kegelschiebens, das nur für eine einzige

Person den Reiz des Fremdländischen oder des Ridikülen hatte: für Laetitien. Alle, auch der Prätorianer, in gemütlichem Zivil natürlich und durchaus Konnationale der Kegelbrüder, waren auf kindliche oder kindische Weise begierig zu erfahren, welchen Reiz für eine Schwester von Diskuswerfern das niedere Gleiten der plumpen nordischen Kugel haben würde. In einem einfachen, mit zarten Blumen und Blättern bedruckten Kleide war die jetzt gesehene Laetitia, obwohl sie auf den gewohnten hohen italienischen Absätzen ging, lange nicht so groß wie die vor etlichen Wochen geschaute; ja, jene und diese waren verschiedene Personen, wenigstens jetzt noch, für den Doktor. So verschieden, daß der jähe Flüchtling von früher weder Furcht empfand vor dieser Dame, noch Neigung zu ihr verspürte und als ein der gnädigen Frau Baronin vorgestellter Herr ihr die Hand küssen konnte, ohne einen elektrischen Schlag zu erhalten. Auch das – nach dem, was schon vorgefallen war – hätte ihn warnen sollen. Man denke doch an den bei Levitation überraschten Heiligen, einen schwebenden, also wenigstens einen halben Meter über dem Zellenboden schwebenden, und wie richtig der zu unrechter Zeit in die Schau hineingeplatzte Klosterbruder sich beträgt, wenn er dem demütigen Mann ab da nicht mehr traut, denn: kann nicht jetzt und jetzt der göttliche Unfug von neuem losgehn? Und was wird in einem himmlischen Gewitter, das Gnadenströme niederregnet, aus einem armen Erdenwurm? Ein Ersoffener. Aber der arme Doktor hatte weder das Schulbeispiel eines Ekstatikers bei der Hand, noch schien er zu wissen, daß die Katzen, wenn sie die Ohren zurücklegen und einen kleinen Kopf bekommen, gewillt sind, uns in's Gesicht zu springen. Daß die Athena Parthenos trotz der Gewohnheit, wenigstens innerlich den Gorgopanzer, die Statuette der Nike, Speer und Helm zu tragen, sehr schlank und sehr wendig war, wie ihr rasches Aufstehn und ihr ebenso rasches Wiedersichsetzen, ihr bald da, bald dorthin Eilen, um ihr Bowlenglas an ein anderes zu stoßen, bewiesen, auch einer ausgelassenen Lustigkeit fähig war und eines lauten (natürlich wohlklingenden) Lachens, fernerhin mit durchaus mädchenhaften Gebärden (trotz zweier Kinder) nicht nur nicht geizte, sondern sie geradezu um sich her verstreute gleich Rosen an langen Stengeln oder wie die Sombreros, Mantillas und Fächer, die von den begeisterten Spanierinnen in die Stierkampfarena geworfen werden: Alle diese harmlosen Eigenschaften, die sicher nur deswegen an den Tag traten, weil etwas Gefährliches in's Dunkel getreten war, wo es den unwiderstehbaren Überfall vorbereitete, hätten den Doktor zum Vergleichen der jetzt überaus menschlichen Person mit jener gipsern starren und weißblendenden, auf schoßbreitem Sockel stehenden, steil, verkürzt, wahrzeichenhaft, unpersönlich wegweisend, zum Tempeldach der Veranda ragenden herausfordern sollen. Er würde dann wohl gemerkt haben, daß er sich auf der falschen Fährte zu der rechten Falle befand. Die Materialisten aber sind eben Leute, die, zum Unterschiede von uns, die wir von der Wahrheit auf organische Weise in den Irrtum geraten (den wir seiner saftigen Anschaulichkeit wegen dann Sünde nennen), in aller Unschuld mit einem Trugschluß, beziehungsweise mit einer Apperzeptionsverweigerung beginnen, aus denen dann lauter streng logische Folgerungen sich ziehen lassen, die begreiflicherweise unansprechbar machen für die einzig wahre *prima origo*. Demnach befand sich der Doktor in der blühenden Form der Stupidität und bei vollster, schamlosester Gesundheit. Und schon war jener einzige Augenblick da, der die bisher wie eine Tapete von ihrer Stange abrollende, mit unräumlichen und lautlosen Handlungen bedruckte Gegenwart zerteilt unter einem schwachen Knall wie anläßlich der Befreiung verstopften Ohres: Die Wässer rauschen zum ersten Mal aus Gottes gießender Hand, die Bäume plätschern wie überquellende Krüge, des Käfers Krabbeln kracht wie eines Gepanzerten Tritt auf Nußschalen, der tierische Pelz des Stumpfsinns fällt ab wie Schorf von geheilter Wunde, und noch ungebräunt von der Erfahrungssonne liegt die Seidenhaut der Neugeborenen rosig an Tag; ein Fliegenbein kann sie schlitzen.

Die Reihe war also an dem heut' so zart und harmlos erscheinenden südlichen Weibe, sein Glück mit der nordisch schweren Kugel zu versuchen. Die Kegelbrüder traten als

Areopag zusammen, geboten dem Buben alle neun aufzustellen, daß wenigstens einen die Anfängerin träfe, gaben ihr Ratschläge, die sie vergeblich wußten, und erwarteten den Fehlschuß. Der einzige, der diese Erwartung nicht teilte, weil er Laetitien als einen wahren Quell unvorherzusehender Entscheidungen, so Rechts- wie Unrechtsquell, nur zu gut kannte, war der Gatte. Hinter den sachverständigen Spießern stand er auf den Zehenspitzen des Hauptinteressenten. Niemand sah, wie er seine Ehre in die Hand Laetitiens legte und dieser die Gunst der launischen Götter zuzuwenden suchte. Kindisch, nicht wahr? Bei doch bloßem Spiel und Spaß? Oh, nein! Dem Liebenden geht es jederzeit und allerorten um alles. Kein Sieg, auf welcher Bahn immer, und sei er auch nur zufällig in die oder jene geraten, darf unerrungen bleiben, weil er ja in jeder die heroischeste sieht. Und schlußendlich rechtfertigt obigen Unsinn, der Freudensprung in die vom würdebärtigen Bewußtsein verachtete Metaphysik und durchstößt der zum Denkerhaupt gewordene Kopf den Thronsaalboden, auf dem Gottes Füße ruhen, besetzt mit allen Diamanten und Perlen theologischer Definitionen.

Als Laetitia die, natürlich, schwerste Kugel wählte – denn unter dem irreführenden Kostüm einer Grazie war sie (wie am besten der Prätorianer wußte) Athletin, und die zarten Hände, schlanken Beine und kleinen Füße dienten gar nicht, wie das kurzsinnige Fleisch natürlich glauben mußte, dem kleinen Eros zum Spielen und dem heillos großen als Werkzeug zum Bruch von Eiden und zu Einbrüchen in die Schatzhäuser rechts und links vom rechten Wege des phallischen Überflusses, sondern dem höheren Zwecke: die edlere Rasse zu bezeugen –, nichts sonst wollte denn die ununterbrochene Traditionslinie kräftig nachziehen, so vom Werfen des griechischen Diskus zum Rollenmachen der germanischen Kugel führt, aber auch beweisen, daß sie absteigendem Aste gleicht, hatten ihrerseits die Götter den Felsblock, der den Leugner der Götter zerschmettern sollte, an den Rand des Abgrunds gewälzt. Das Weib, Fortunas Weltball in der Hand unter'm Halt der olympischen Fäuste, am südlich blauen Himmel das unheimliche Sichöffnen eines fahlen

Lochs, aus dem jetzt und jetzt die Kommandostimme der Ananke schallen wird –: es ist der spannendste Augenblick in der gemeinsamen Geschichte des Universums und seiner Geschöpfe, was immer die vernünftigen Leute dagegen vorbringen mögen!

Vor einigen Tagen hatte der Doktor seine Frau zu erwürgen versucht. Nun, nun, das klingt arg, wie alles, was gegen die Zehn Gebote geht, ärger als es wirklich gewesen ist; denn die Sünde geschieht ja im Metaphysischen, und das Physische tut nur so als ob. Aus dem selben Grunde kommt auch das vom Gesetz konstruierte, angeblich innige Zusammenhängen des Mörders und seines Verbrechens. Die bösen Leute wissen viel besser, als sie glauben, von der Unsterblichkeit des Menschen und lassen sich von einem Toten nichts Endgültiges vormachen.
Im Falle des Doktor Torggler hat der dem Gebildeten (in der Regel wenigstens) eigentümliche Dilettantismus des Wollens und des Könnens den bösen Ausgang der Affekthandlung verhindert. Die sogenannten Gebildeten wollen und können nämlich das Böse weder vollendet noch halbwegs (sondern bleiben trotz ihrer besten Anstrengungen immer unter jenem höllischen Durchschnitt, den jeder Berufsanalphabet leicht überbietet), weil sie der Wirklichkeit die volle Wirklichkeit nicht mehr zubilligen, welcher Umstand oder Fehler weniger im Guten – das, um zu sein, einer nur geringen Zutat Stoffes bedarf – als im Bösen in Erscheinung tritt, das, um sein Pseudosein überzeugend zu gestalten – vor dem fremden, aber auch dem eignen Aug' –, einen beträchtlichen Aufwand an Materie treiben muß.
Nun, mit der Materie war's bei dem Materialisten Torggler – wie seine Tat, die in einer Nichttat kläglich geendet hat – nicht weit her. Die dem heutigen *individuo*, da mag es noch so grobstofflich sich gebärden, schicksalmäßig zubedingte Auflösung zu Geist war auch in dem Doktor schon sehr vorgeschritten. Ja, ja, es gibt eine über diesen Äon verhängte Krankheit – die Spiritualität, die eine Folge des Umstandes ist, daß unsere Vorväter das dem Menschen zugestandene Maß an Sünde überschritten hatten –, wider die auch die heilkundig-

sten Materialisten nichts vermögen. Ihre feinen Theorien von der Materie befinden sich in einem groben Widerspruch zu der Materie. Das richtigste Denken über die Materie wäre das Nichtdenken.

Wir müssen nun, was wir auch schon früher oft gemußt haben, ein bißchen zurückgreifen.

Nicht ganz zwei Jahre nach dem Gesetztwordensein des äußeren Schlußpunktes seiner unglücklichen Liebe zu Laetitien – während welcher Zeit der Doktor mit nichts anderem als mit Doktern, der Mensch mit nichts anderem als mit Eingezogenleben beschäftigt geschienen – hatte er plötzlich geheiratet. Und zwar ein gesundes, leidlich hübsches, echt weibliches, aber auch sehr gewöhnliches Mädchen, das, weil einerseits Gastwirtstochter, andererseits von Nonnen für's Höhere erzogen, den hie zu Lande noch kostbaren Akademiker nicht nur gerne, sondern um so lieber genommen, als er gleich und immer von Ehe und nie von Liebe gesprochen hatte; was mit der klösterlichen Lehre übereinstimmt. Durchaus katholisch, das heißt richtig denkend, hielt es diese für jene, über diese zu schweigen, über jene zu reden für eine Weise von Diskretion, welche wohl eine war, aber nicht die gemeinte und gesollte, eindeutig-zweideutige: Der unkatholische Doktor verabsäumte einfach, der Braut das Vorleben des Bräutigams zu erzählen. Er durfte dieses peinliche Kapitel straflos vernachlässigen – wenigstens für die kurze, falsch freiheitliche Frist, die allem Bauen auf Menschenwort, das entweder geradezu gebrochen wird, oder auf eine heimlich umwegige Art seiner Schwäche Bahn bricht, gesetzt ist –, weil die nämliche Diskretion über dieselbe Sache (doch aus einem viel edleren Grunde, wir möchten sagen: zwecklos) von einem Ehrenmann wie dem Herrn von Rudigier und von einer alle marktgängigen Maße tief unter sich lassenden weiblichen Person wie der Frau Laetitia gewahrt wurde. Besser würde gewesen sein – auch die strahlendste Tugend, solange sie im Fleische wandelt, wirft einen Schatten –, wenn im Rudigierschen Hause weniger dichtgehalten worden wäre. Der Doktor hätte dann geredet, menschlich, wenn auch nicht sehr männlich, aus dem nichts als verständlichen Grunde des Befürchtens eines Redens von der andern Seite und, im blakenden Licht der Beichte, aber doch, würde Agathe ihre Position von der Laetitiens dependieren gesehen haben.

Nun erst versteht man recht, was eigentlich unsere Behauptung behaupten will, daß nämlich Oswald Torggler und Agathe Taubensamer einander nicht aus dem Blasrohre ihrer beiden Amoren entgegengeflogen sind, daß der vernünftige Grund, den sie hatten, einander zu lieben, der unvernünftige war und daß, was falsch vereint ist, die wunderbare Vereinigung, natürlich, nicht zuwege bringt. Das bißchen Sexualität, so groß es auch an sich sein mag, genügt nicht, den mächtigen ideologischen, perlmutternen Bau, den die sogenannte Liebe über das in ihr Fleisch gedrungene Sandkorn errichtet, zu erschüttern, oder einen, diesen erfolgreich konkurrenzierenden zu errichten. Wenn der glückliche Bräutigam in den Hof seines Hauses trat, der wegen des nicht ohne Bedacht ihn überspannenden Weins von der Höhe her nicht oder nur schlecht einzusehen war, und zur »Laetitia« hinaufsah – bei welch' ausgesuchter Gelegenheit (denn er gönnte sie sich nur selten; er wußte mit der bittern Wollust zu sparen) er niemals Laetitien erblickte (geliebte Personen haben die Eigenschaft, restloser zu verschwinden als ungeliebte, dem Zufall der Begegnung zu gebieten) –, so dünkte er sich einen Prometheus, der den Schlüssel zu seinen Ketten in Händen hält und, Erzgenießer der Freiheit, die höchste Stunde, die Hochzeitsstunde erharrt, ihn in's Schloß zu stechen. Statt schon geheilt zu sein – was er beim ersten Anblick der neuen Heilgöttin hätte sein müssen –, erwartete er die Heilung von einer Kur, die man an irgendeinem, von uns selbst zu bestimmenden Tage antritt, und infolgedessen (das hätte er aus dem schließen sollen) auch an irgendeinem Tage, an einem früheren oder späteren, beendet, mit Erfolg, ohne Erfolg, gleichviel, jedenfalls beendet, und damit den Arzt oder die Ärztin überflüssig macht, ein Effekt, heiter zu erhoffen von der gewöhnlichen Liebschaft, von dem immer Ungewöhnlichen einer Ehe aber immer nur zu befürchten.

Es war ein in's tiefste italienische Blau lodernder Herbst.

Von der »Laetitia«, von der er einmal heruntergekollert

war, rannten, Wirbel schreiend vergilbten Unkrauts um ihre zurückgelassenen Tapfen, die verbrannten Brombeerstauden nieder, von den eigenen Peitschen gepeitscht, mit Blutstropfen dran, und die vielen kleinen Höcker des Abhangs, die dem Rücken so weh getan und den weichen Seiten, hatten, wie Ellenbogen einen schon fadenscheinigen Ärmel, angeflogene Erde durchgescheuert und taten, als verknöcherter Schmerz, dem Auge eines Märtyrers wohl, der in der Glorie sich wähnte, weil infolge einer atmosphärischen Laune der Nerven die Folterwerkzeuge mit einer Art von Edelrost sich überzogen und daher älter schienen, als sie waren, und gebrauchsunfähig. Also gibt es wohl auch mitten im Sterben eine Insel Leben, auf der gelacht wird, aus silbernen Kehlen, und um welche Insel herum das schwarze bittere Meer in weiße Brandungshände klatscht. Nichts endet so jäh, daß unter dem Mikroskop des letzten Augenblicks es nicht langsam hinschwimmende Stücke zeigte, ohne jedes Vorzeichen, die ebensogut *disjecta membra* eines neuen Anfangs sein können. Denn die Natur geht durch uns hindurch mit Pauken und Trompeten oder mit den trompetend geschneuzten Nasen der Leidtragenden auf einem Friedhof: Wer, der schon ein Ohr für den All-Einton hat, mit dem wir durch die Unendlichkeit geblasen werden, als originale Melodie oder als ihr Echo, wer wollte, könnte unterscheiden?

Hier muß angemerkt werden – für den, der's aus obiger Art, zu sehen, nicht bereits gemerkt hat –, daß der Doktor Torggler ein bißchen torkelte; allerdings nur in der Seele; denn mit dem Studentenleibe vertrug er viel; überdies stammte die Familie aus dem südlichsten Lande, wo ein Ranken Weißbrot und ein Schoppen Rotwein eine Mahlzeit geben; und von seinem Vater wissen wir, daß er aus den Diensten Neptuni in die des Bacchus getreten war. Den zu einer großen Laube zugesponnenen Hof – um, wie gesagt, von der Laetitia nicht eingesehen zu werden; um aber doch, wie noch nicht gesagt, sie zu sehen (indem man zwei Blätter lüpft, wie der nympenbelauschende Faun, und sie nun stehen hat auf einem grünen Obstteller, die fern auf dem ganz nahen, oh, schmerzliche Unverträglichkeit *par excellence*, von zwei spannenden Fingern in ein Spielzeugdasein gerufen!) –, den Hof hatte er mit den großen, ungleichmäßigen Steinschollen pflastern lassen, die, wie er sie braucht, der Südländer im nächsten Steinbruch findet oder von einem Fragmente Römerstraße holt, der Nordländer genau quadratisch von einer prosaischen Firma geliefert bekommt und selbst verstümmeln muß, und die nötige Gischt Gras selber in die abgrundtief sein sollenden Zwischenrinnsale gesät. Hatte er gemeint, während er also gebaumeistert und gegärtnert – denn dem Hofe ward erst nach der unglücklichen Liebesgeschichte die heutige Gestalt verliehen –, daß Laetitiens antikische Füße je diesen ihren pseudovaterländischen Boden betreten würden? Gibt es ein Später, das ohne zu wissen, was eigentlich es tut, ein Früher einholen will, und manchmal auch wirklich einholt? Gibt es ein Erdienen dessen, das man nicht hat erherrschen können, weil man groß als Knecht ist, aber als Herr klein gewesen? Nur Gott weiß, und nur der Materiologe ahnt, was die Sprache der Dinge *a parte* flüstert.

Kurz: da lag, wie einem Pompeji entgraben und auf Alt-Neu hergerichtet von einem archäologisch gesteuerten Unterbewußtsein, dieser poetische Hof inmitten einer trotz Siedelns Natur gebliebenen, bestenfalls zu gerodetem Urwald gewordenen Natur, und also auch mitten im Gemüse des Materialisten und Mediziners Torggler. Ein mokantes Einglas kann die Gesichtshälften nicht ungleicher voneinander abheben. Und so war das Torkeln in dem Torggler schon von lang her. Er bedurfte des Weines eigentlich gar nicht, oder er bedurfte seines nur, um die verschobenen Hälften energisch auseinanderzureißen und ihr wirkliches oder angebliches Nichtzueinanderpassen aus der gehörigen Distanz auf sich wirken zu lassen, welche Distanz oder Brennweite des sichselbsterkennerischen Blicks im vollen Rausch am größten. Die einen fallen in's heulende, die andern in's lachende Elend, Elend jedenfalls, der Doktor wurde auf eine dionysische Weise rabiat. Mit sich selbst, dem Instrumente und Objekte des Erkennens, das wegen seiner eigenen Unvollkommenheit weder die Unvollkommenheit des andern wahrnimmt, noch (um an dem wenigstens sich selbst verwerfen zu können) das mindeste Maß für Vollkommenheit besitzt und der wegen dieses gänzlichen Abgangs einer Eigenschaft und der daraus sich ergebenden Unmöglichkeit, sie zu vermissen, an einer Schöpfung sich erlustiert (hell verzweifelt und dumpf idiotisch zugleich wie ein stumpfes Messer, aber voll Verstand eines wahnsinnigen Bildhauers, an dem nicht und nicht Figurwerden eines harten Holzes) und sich zu erlustieren vermag, weil sie, diese Schöpfung, über eine Sprache geht, die in uns nicht spricht, über eine Grammatik, die uns nicht durchherrscht, oder außerhalb einer Sprache und Grammatik bleibt, die viel zu wenig Vokabeln oder Tentakel hat, um das dauernd auf uns eindeklamierte Gedicht des Urgeists bei jedem Hintersinn und bei allen seinen Versfüßen zu pakken; und, natürlich abfolgender Weise, auch mit der Schöpfung (soweit man aus ihr sich lösen und dann aus einiger Entfernung sie betrachten kann, was nicht leichtfällt und wenig Erfolg verspricht, bei der geglaubten Ein- und Selbheit von Denken und Sein), weil man ihr eine Sinnlosigkeit verliehen hat, die mit der genauen Errechnung von immer größeren Massen Materie dermaßen (in Quantensprüngen) zunimmt, daß sie von neuem – und diesmal auf dem Wege der exakten Wissenschaft – jenes Ungeheuer wird, jenes entsetzlich unbegreifbare, launische, tyrannische, allüberall auf uns und in uns lastende, das Größte wie das Kleinste mit der nämlichen Pranke zu gleich bedeutender oder unbedeutender Vorhandenheit zerquetschende Ungeheuer, für das die sogenannten Primitiven, damit es aus dem Dunkel, darin man es nicht treffen kann, in's Licht trete, wo man ihm wenigstens in's blutunterlaufene Aug' zu sehen vermag, den Namen Gott erfunden haben, nicht, um das Wort oder die Sache anzubeten oder die Empfindung, die man beim Aussprechen empfindet – so zwangsläufig taten sie erst später, als ihre Brunst, von deren Glut wir Schwächlinge und Kalten je wieder eine Vorstellung zu gewinnen nicht hoffen dürfen, auf alles, was ist, sich ausdehnte, von welch uferloser Ausdehnung uns noch etliche Götzen, Amulette, magische Rezepte, Volksgebräuche, zu Lastern herabgesunkene Arten der Liebe Zeugnis geben –, sondern um sie, die Schöpfung, abzutun ein für allemal, als die einwandfrei festgestellte Unbegreiflichkeit Nummer Eins, um einen Anfang zu machen, nicht mit dem Lösen von Rätseln, sondern mit dem Ausrotten von unbeantwortbaren Fragen: es war – wie der Doktor Torggler heute sagen würde – ein Verdrängen mit dem Lianenmesser und mit dem Kolonistenbeil.

Auf einem rohgezimmerten Tischchen, das selbstverständlich wackelte, wenn man etwas an ihm verrichtete, standen eine Caraffe gelben Weins und das kleine, in einem Zuge, und daher immer wieder zu leerende, Glas und lag als das Szepter, womit nach der profanen Wirklichkeit geschlagen wird, der Heber, mit dem schon zweimal in die weit geöffnete Grotte des Kellers gestiegen worden war, deren Inwendiges aus Pappe zu sein schien, vom Theatermaler mit dem schwärzlich grölenden Strichen eines angedeuteten Gequaders versehen: der alte Moor hätte in jedem Augenblicke dieser Höhle enttauchen können. Und in der Tat – wenn wir mit der uns sich aufdrängenden Vorstellung den zu Lektüre Geladenen eine kleine Vorstellung geben – hat ein mit sich selbst ringender Mensch (und ein solcher war jetzt der Doktor) etwas Theatralisch-Unwahrscheinliches, Unmöglich-Mögliches, Mirakulös-Komisches, wie etwa, wenn wir, leicht getrübten Verstandes zu sehen glaubten, daß ein Scheit Holz sich selbst spaltete oder sich zu spalten versuchte.

Er blickte zur »Laetitia« hinauf, frech, schamlos, wie zum entgötterten Olymp ein später Hellene, und die »Laetitia« blickte herunter, als die im Stil der gerade noch aufgehaltenen Baufälligkeit errichtete übliche Villa, flankiert von zwei fuchsroten Birken, die zu marktschreierisch die Vergänglichkeit predigten, um diese tiefer denn malerisch empfinden zu lassen –: Nur mehr wenige Weinblätter und gar keine Trauben hinderten das Gekreuz des Einander-Erblickens, und dem Doktor kam wirklich vor (so selbständig macht sich in der Berauschtheit durch Wein, Poesie oder Philosophie die Metapher), als läge er, junger Fuchs, in einer jener Säbelmensuren, von denen drei Schmarren die untere linke Wange trug. Nun wohl: dort oben stand sie, zum ersten Male nur außer ihm, die Zwingburg, nicht mehr, wie bisher, zwiefach, das eine Mal in ihm auf dem Grat des Herzens, das andere Mal auf dem des Abhangs, das eine Mal täuschend ähnlich errichtet aus dem Materiale der hörigen Seele – wie die Hysterika Ausschläge, Geschwüre, gereizten Blinddarm und Schwangerschaft dem gesunden, unbefruchteten Fleische zu entzaubern vermag –, das andere Mal als objektivierte Materie, deren jeder an sich gleichgültige Stein, Balken, Dachschieferglanzpunkt aber kostbar ist, als handelte es sich um Edelsteine, Edelhölzer, und um den Geist selbst in Gestalt einer zu Weißglut erhitzten Rednerzunge, und genau gezählt erscheint wie (nach der Bibel) das Haar auf dem Haupte, von dem keins fällt ohne Gottes Willen, was, dies wie das, doch nur eine bewußt böswillige, kraß augenfällige Entstellung der Wahrheit sein kann von Seiten jener, die aus der Fähigkeit der Materie, auch Lügen über die Materie hervorzubringen, das Walten einer außerweltlichen Macht beweisen wollen.

Während er auf dem steingetäfelten Erdboden hin und wider eilte – scheinbar der vorbildlich ungeduldige Bräutigam vor der noch verschlossenen Tür des Brautgemachs –, quer, wie die Diagonale durch's Parallelogramm, von der einen Ecke des Hofes in die andere, und dann und wann einen Fangarm, gleich wie im Augenblick produziert aus dem Plasma niedersten Lebewesens, nach Flasche und Glas abschoß, um mit einer Chamäleonzunge von Hand zwei Fliegen auf einmal zu treffen – so schnell wurde eingeschenkt und getrunken –, war er bereits nichts weiter, nicht mehr, nicht weniger, als eines schon lang und reißfest gesponnenen Gedankenfadens Weberschifflein, das in dem uferlosen Bildteppich (solchen denkend), den es durchfuhr, gar keinen Schiffbruch erleiden konnte, denn, wie bereits oben gesagt, war (für den Torggler) die Wahrheit so gut eine Illusion wie, natürlich, die Illusion selbst, und was, und wäre es noch so fragil, könnte an einem gemalten Felsen scheitern, in einem gemalten Meere untergehn? Daher auch – des Weines Wirkung abgerechnet – die Euphorie, auf deren Schaum unser Doktor schwamm, Brust heraus, die nüchtern gesunde, das nasse Haar poetisch um den Kopf geringelt, während in langen Stößen, wie man was Wollüstiges oder was

Ekliges ejakuliert, er die Liebe, unter der er so sehr gelitten (und nun nicht mehr zu leiden meinte), von der nämlichen Natur erkannte wie den guldengroßen Stein, den er in der linken Hand hielt und darin hin und her bewegte, scheinbar gedankenlos, scheinbar nervös, einen Speckstein, dessen Materie einmal weich, und noch früher flüssig gewesen war, und damals weder zur Ausübung eines harten, dauernden Drucks auf ein *punctum minimae resistentiae* noch zum vielleicht tödlichen Wurf nach einer verabscheuten Person hatte dienen können. Es handelt sich also für das heutige Opfer der in irgendeiner Vorzeit (vor zwei, vor zehn, vor zwanzig Jahren) verhärteten Materie – wenn es die dem gedachten Steine innewohnende Wirkung aufheben oder wenigstens mildern will – darum, erstens den Denkmut des freien Geistes zu haben, ihren jetzigen Zustand nicht für den von Uranfang her gesollten zu halten und also auch die vernünftigerweise unabsehbare Dauer irgendeines Zustandes, irgendeiner Gestalt, irgendeiner Vorstellung nicht für ein Synonym des irgendwo im Nibelheim residierenden Wahren, Schönen, Guten (und Bösen), zweitens, ohne Rücksicht auf die sogenannte autobiographische Wahrheit, die um das zweifellos Nichtwahre, weil Gewordene und Weiterwerdende und sich Verändernde sich gebildet hat, und die Kürze des individuellen Lebens zum bestechenden Vorwand nimmt, innerhalb ihrer jeder Erkenntnis von der Relativität jeden Aktes, gesetzt oder erlitten, sich zu verschließen, das eigene Ich aus dem Kerker, in dem es bereits denselben organischen Anwuchs gesehen hat, den der Schneck in seinem Hause sieht, zu befreien, dadurch, daß man es lehrt, das Petrifizierte, Verhornte, physikalisch und ethisch endgültig Scheinende zurückzuverwandeln, von hart über zäh zu weich, von Stadium zu Stadium der Erkrankung an seiner derzeitigen Elefantiasis und Nekrosis, also gesundheitwärts bis zu dem noch unbeschriebenen Orte, auf dem es mit harmlos geöffneter Hand, um die Wundmale, mit offner Muschel, um das Sandkorn zu empfangen, gesessen ist; man könnte auch sagen: als ein Hungriger, dem eine Schlange, als ein Dürstender, dem Nektar vermischt mit Galle gegeben worden. O nirgendwo eingezeichneter, kaum aufzufindender, und doch unbedingt anzuwandernder Zeitortpunkt, auf dem man gesessen ist, wie ein junger Gott auf dem ersten, von ihm geschaffenen Weltstück sitzt, erstem Baustein des Alls, dem er, der Gott, selber ganz und gar noch nicht ansieht, wie das fertige Haus aussehen wird!

Ob nun das verzweifelt sich windende Bemühen Recklingens, zu einer eigenen Geschichte zu kommen, oder dann und wann wenigstens einen Happen fremder zu erwischen, von Erfolg gekrönt wird oder nicht: die »Laetitia« fühlt sich darüber erhaben. Nicht nur deswegen, weil ihre Bewohner ihren ordentlichen Wohnsitz woanders haben, oder für das Horoskop der Gegend weniger anfällig sind, oder immer noch rechtzeitig ihm entwischen, sondern – und vor allem – wegen einer zweiten Aussicht, die so ziemlich ihnen allein zur Verfügung steht. Man soll gar nicht glauben, welch ein Luxus eine solche zweite Sicht ist, und welch eine Bedeutung sie für das nur allzugern in Einseitigkeit sich verrennende Gemüt hat. Dem Fenster in den Hof muß ein Fenster auf die Gasse entsprechen, der nun einmal gegebenen Verzweiflung die genau ihr entgegengesetzte Hoffnung: der Blick auf Parallelen, die erst im Unendlichen einander schneiden. Die Hintertüre ist so wuchtig wie die Vordertüre. Nur so, durch das Üben zur Fähigkeit der Ambivalenz, bewahrt die Seele ihre Gesundheit. Diese Seelengesundheit bewahren sich die Leute der »Laetitia« trotzdem dadurch, daß sie, denen die Schattenseite des Lebens, auf der Recklingen liegt, sommers ohnehin verborgen bleibt, ausschließlich auf der Sommerseite wohnen, auch wenn es noch so heiß ist, und obwohl sie weit bequemer lebten, wenn sie gleichmäßig über's Haus sich verteilten und weniger gefährdet wären durch das Fehltreten am jähen Rande des Gartenfragmentes, welches Fehltreten immer wieder geschieht, als notwendige Folge des Obsiegens der von uns hervorgebrachten Einbildungskraft über die nicht von uns hervorgebrachten Tatsachen. Weil nämlich in allen hier beschäftigten Köpfen der Garten bereits zu seiner endgültigen Gestalt gediehen war, schritt bald der, bald die, den festen Boden der eigentlichen wirklichen Welt unter den Füßen, immer wieder in's Leere der weit weniger wirklichen, um an den Dornen der verstaubten Sträucher ein Läppchen des Kleides zu lassen oder etliche Blutstropfen, was aber niemandem das Anziehen guter Röcke oder Hosen verleidete, noch die Welt, wie sie nun einmal ist. Ein überzeugender Beweis, nicht wahr?, für die Macht des Individualismus, von der die herrschende Klasse beherrscht wird, sehr zum Nachteil der von dieser beherrschten! Was aber kümmern uns das unmutige Komparsengemurmel und der noch etwas blecherne Waffenlärm, die in der sozialen Tiefe geprobt werden, wenn wir, noch gut ein Jahrzehnt vor der Premiere des gegen uns verfaßten Proletendramas, auf dieser Höhe stehen, die Pergola im Rücken, und vor uns – und nun würden wir am liebsten auf jede Beschreibung verzichten – die Zukunft! Denn: wie das Wasser in einem durchsichtigen Glase dieses Glas nur als des Wassers festere Materie erscheinen läßt, also ist auch die Ferne zwar noch nicht vorhanden, aber *incognito* schon da. Die Höhe bildet die andere sanftere, daher auch bewohn- und begehbare Wand der Verkehrsschlucht und erhebt sich wie ihre felsige Schwester, ohne mit einem Bühel oder auch nur einem Maulwurfshügel anzukündigen, östlich von der Kartause aus der Ebene, um hinter Enguerrands Schloß ebenso plötzlich, nachkommenlos, zu enden. Nur noch zwei andere Familien, die, wie die Rudigiersche, eigentlich in der Residenz wohnen, und ein reicher Junggeselle, der mit niemandem Umgang pflegt und durch nichts von sich reden macht, weswegen er, obwohl jahraus, jahrein hier lebend, so gut wie weder hier noch überhaupt zu leben scheint, haben Häuser auf dieser Höhe, die Platz genug für ein viel größeres Recklingen hätte, wenn das kleine Recklingen nicht, unbegreiflicherweise, großen Wert darauf legte, geschient von seinen Wänden wie gewisse Wildenkinder von Brettlein, klein zu bleiben. Die glücklichste Folge des Recklingenschen Verzichts auf die Hauptrolle eines noch so sehr nebensächlichen Bergstädtchens, um welche, vor einem gleich amphitheatralischen Schauplatze, die kopfzahlmäßig ärmsten, aber malerisch reichsten Dörfer Italiens oder Südfrankreichs sich reißen, ist das unangetastete Fortbestehen des uralten dichten Laubwaldes, in dem die sehr bescheidenen Herrschaftsvillen der zwo Familien und des einen Einsiedlers ohne jede Gemarkung wie in einem englischen Parke unbekannten Besitzers ruhen. Nicht das leiseste Geschrei dringt von der einen Siedlung zur andern, ja sogar die Hunde und Katzen verschiedenen Geschlechts finden nicht hier oben zusammen, sondern erleben die Liebe in dem oder in jenem Tale. Wer keinen Mann oder kein Weib nach da mitbringt, oder nicht tut wie Hund und Katz, kann vor eigenen Kindern sicher sein wie unser Junggeselle, der sozusagen durch ein senkrecht zur Erdmitte gebohrtes Loch dasselbe Ziel, nämlich das Wiederlanden bei sich selbst, ohne den unnötigen Umweg über die Zweisamkeit, zu erreichen sucht. Daher die Stille, die hier herrscht. Die Stille nach ausgekämpftem Kampfe und der Verteilung der Lose oder des ein kurzes Leben lang dauernden Experimentes um die Walstatt, auf der bloß die Nieten aus den Panzern gezogen werden. Verdeutlicht wird der Tiefsinn dieser tiefen Stille, der sonst kaum an's lärmende Licht des Tages und des Verstandes treten würde, durch ein so geisterhaftes Geräusch, wie das leicht unregelmäßige, ein schweres, aber erlösendes Wort vergeblich zu artikulieren versuchende Aufklatschen der feinen Säule des Springbrunnens, oder durch das silberblasse Rauschen des Regensprengers, das auf dem Ohr ruht wie ein später Sonnenstrahl auf einer alten Spitze von Valenciennes. Gegen den englischen Park zu hat auch das Rudigiersche Besitztum keine sichtbare, nur eine gedachte Grenze. Doch wird sie – um den Vorrang des Unsichtbaren vor dem Sichtbaren, des mühevoller zu Denkenden vor dem automatisch als wirklich Wahrgenommenen auch hier zu achten – von den Erwachsenen nie, von den Kindern nur im leidenschaftlichsten Indianerspiel überschritten. Durch die bloß gedachte Mauer oder Drahteinzäunung schaut der Urwald, käfiglos wie der Löwe aus seiner Heimatwüste, in den Feldstecher des Jägers, zwar künstlich nahe gebracht, aber so natürlich, wie er im natürlichsten Tiergarten nicht sein kann: ein An- oder Einblick, den, inmitten der hoffnungslos zivilisierten Landschaft, mit der doch auf dem ordinärsten Dufuß gestanden wird, nur so rücksichtslose Idealisten wie die Rudigiers sich zu verschaffen vermögen. Jedermann begreift nun, daß die wenigen Nadelhölzer, die unter's Laub sich mischen, den Rudigiers, weil katholisch, selbstverständlich wie schwarze Mönche erscheinen, die mutwillig ihre Klausur verlassen haben und in einer nicht koniferisch sprechenden Umgebung jetzt weder aus noch ein wissen. Man begreift auch, daß die Riesenhand, so vor unausdenklichen Zeiten diese nur von drüben her, vom Himmel herabholbar gewesenen Granitblöcke in die Nesseln oder unter die Glockenblumen geworfen hat, auf die Daumen- und Zeigefingerspanne einer Eidechse verkümmert ist, welche nur noch symbolisch umklammert, was sie zu einem titanischen Zwecke nie mehr umklammern kann. Man sieht, daß in einer religiös gewordenen Welt das lange und zarte Kleid der Poesie nur deswegen vom nackten Denken getragen wird, um des Denkens herrlichen Gliederbau deutlicher, ja gleichsam unter Orchesterbegleitung hervortreten zu lassen, wie dies, zum Beispiel, die gotischen Figuren tun, die mehr Körperlichkeit besitzen als der hüllenloseste griechische Gott. Der Vergleich enthält *in nuce* oder *in poetice* die wahre Geschichte vom Zustandekommen des Verglichenen. Die Samen zu Tannen oder Föhren sind natürlich vom Wind unter die Platanen, Linden und Birken gesät worden: aber das dezidierte Bild vom klerischen Fehltreten weist durch den nichtssagenden Wind hindurch auf den Urheber dieses Windes hin, auf Einen also, der im Uranfang gehandelt hat. Und das Unwissen über die Herkunft der Granitblöcke, kann es besser ausgedrückt werden als durch die Setzung einer Person, von der man ebenfalls nichts weiß? Nirgendwo deutlicher als in der Poesie, die zu unserer Beschämung so heißt, verrät der Mensch, daß es Gott gibt.

Nun aber zur Prosa, die in einem anderen Hause beheimatet ist! In diesem nicht weniger wohl verborgenen, doch wie ein Räuberwirtshaus oder Stabsquartier verborgenen, empfangen an ihren fünfzigsten Geburtstagen die Recklingschen Baulichkeiten den Befehl zu sterben, und ihre neue Gestalt, die nur neu, nicht verschieden von der alten ist, oder nur unwesentlich, denn: das phönixartige Vergehen und Entstehen geschieht hier, erstens, in dem schon erwähnten, mit nur fünfzig Jahren geladenen Rhythmus, und, zweitens, aus dem Grunde der Verwendung nur solchen Materials durch die Firma Schoißwohl und Söhne – die immer wieder Söhne zeugt –, dessen Lebensdauer bestenfalls ebenfalls nur fünfzig Jahre beträgt. Ob nun die außergewöhnlich niedere Schwingungszahl des gedachten Rhythmus das an sich vielleicht vortreffliche Material der Firma Schoißwohl und Söhne in solche Mitleidenschaft zieht, oder ob die Geschäftstüchtigkeit der jeweiligen Firmeninhaber schuld daran ist, daß ein an sich vielleicht methusalemisch langer Rhythmus über das Mannesalter nicht hinauskommt: diese Frage kann ebensowenig beantwortet werden wie jene, wer früher gewesen, das Huhn oder das Ei. Reicht der Bestand des Schoißwohlschen Unternehmens auch nicht bis zu dem Augenblick zurück, in dem die Ursache zu ihrer Wirkung fortgeschritten ist, oder die Wirkung eine Ursache sich gegeben hat – wie ein Mensch unedler Abkunft sich eine edle gibt –, so doch in eine für hier mythische Zeit: die ältesten Leute erinnern sich nicht, von ihren Großeltern, wenn von einem Baumeister die Rede war, der die wie durch sich selbst existierende Recklingensche Welt geschaffen haben soll, je einen anderen Namen gehört zu haben als den Schoißwohlschen. Diesem Umstande zu Folge muß die Familie Schoißwohl schon vor der Existenz des Ortes existiert haben, und kann sie, als sein Schöpfer, dem Gesetze des Ortes, das ihr Zugrundegehen oder ein nur kümmerliches Leben, ihr Emigrieren oder ihr gelegentliches Auskneifen fordert, nicht unterliegend gedacht werden. Ein schönes *ad hominem* argumentierendes Beispiel vom Zustandekommen des Gottesbegriffs! Wie immer nun die Sache sich verhalten möge, steht fest, daß das Recklingensche Stadtbild von einem zweiten oder dritten Schoißwohl entworfen worden ist und von dem jeweiligen Schoißwohl restauriert wird. Und jetzt werfen wir durch das große Fenster und über den großen Zeichentisch, der davor steht – und auf dem, in der wesensverwandten Gesellschaft der Lineale, Zirkel, Dreiecke, eine Statuette der Ananke, sofern es eine solche gibt, nicht fehlen sollte –, den Blick, den auch der baumeisterliche Demiurg wirft – und zwar fast senkrecht hinunter dank dem hier haarscharf drei Meter breit ausgeschnittenen Gehölze –, auf das ihm zu Riesenfüßen liegende Recklingen! Wir sehen, daß die einzige und Hauptstraße nicht weniger als fünf Schlingen macht und mit der ersten – aber auch nur das erste Mal! – die Vorstellung erweckt, hinter der zweiten müsse das von früherer Zeit auf den engsten Raum zusammengedrängte altertümliche Städtchen beginnen. Aber eine Enttäuschung folgt der anderen. Und nach der fünften hat jeder Reisende das Gefühl, ein Museum durchstreift zu haben, in dem nichts gezeigt worden ist. Die einmal erweckte Vorstellung lockt zum Weitervordringen, die zweite Enttäuschung läßt eine dritte fürchten, nach der vierten gibt man die Hoffnung auf und eilt, so schnell man kann, aus der fünften Schlinge, eilte auch dann, wenn erst sie das Sehenswerte böte, was sie aber nicht tut! Der immer sehr rege Verkehr – weil neben dem umwegigen Schienenweg kein geraderer in die Residenz führt – empfängt also während seines Zugs durch Recklingen eine zusätzliche Schnelligkeit, die nicht von den Geschäften verursacht wird, die er besorgt, ja, in gemeinem Widerspruche zu den fünf Engpässen steht, sondern von dem Zustande, in dem das Passieren des Recklingen genannten Zustandes jedermanns Gemüt versetzt. Ein Sieg des Seelischen über das Stoffliche, dem nicht unähnlich, den vor zeitgenössischen Kunstwerken das Verständnis für den Maler den Widerwillen gegen seine Malerei besiegt, oder dem, den eine der wenigen uralten Situationen über eine der vielen neuen erringt, und zwar dadurch, daß wenigstens hierorts das sekündlich sich beschleunigende Durcheilen der Verkehrsschlucht am sicheren Faden der Enttäuschungen nichts anderes eigentlich wiederholt als des Theseus Durcheilen des minoischen Labyrinths und damit überzeugend dartut, daß nicht die Sache wechselt, sondern nur der Sinn der Sache, beziehungsweise nur die Anschaulichkeit zu- oder abnimmt des konkret Uralten hinter dem bloßen Schein des Neuen! Es ist sehr bemerkenswert, daß der Schoißwohlsche Materialismus, und zwar durch seine konsequente Anwendung, jenen immateriellen Effekt hervorbringt, den der im Hauptberufe darauf ausgehende Idealismus heute nicht mehr hervorzubringen vermag.

So weit von unserem Standort aus der Blick reicht – und er reicht feldherrenweit –, liegt alles Bewohnbare unter hellroter Hut. Kein einziger schieferblauer oder rostbrauner oder moosgrüner Fleck verrät ein noch protestfähiges Individuum. Die eine Tatsache, und zwar des starken Verkehrs, den Recklingen mit der ganzen Provinz und besonders mit der Residenz hat, und die andere, daß dieser ganze Verkehr nicht mit Recklingen verkehrt, haben die zwei Häuserzeilen zu keinem deutschen Städtchen sich entwickeln lassen – ein welch deutsches Städtchen, je mehr die Zeit fortschreitet, immer altertümlicher wird, die Zukunft also im Krebsgang erreicht – was paradox, aber auch einzig organisch! –, sondern in die Rolle des unformierten Kollektivs gedrängt, die immer nur aus den Händen des Diktators empfangen wird, eines Mannes, der nichts weiter macht, als das, was leider ist, zu manifestieren. Das, und nicht mehr, tut auch der jeweilige Herr Schoißwohl. Ihm und seinem politischen Bruder Titanismus zuzuschreiben, wäre ein Denkfehler. Beide erkennen – mit dem scharfen Auge des schadenfrohen Kindes – nur den gefährlichen Neigungswinkel einer Mauer von unanschaulich gewordenen Urteilen und bringen sie mit einem einzigen Fingerstoße zum Umfallen. Das Labyrinth, plastisches Abbild des dunklen Lebens, stürzt ein, und der heimliche Ariadnefaden liegt geheimnislos am hellen Tage. Von diesem Ariadnefaden, und die schlingenreiche Straße meinend, die nichts mit ihm fängt, sagt der oft feinsinnige Herr Oberst, daß ihn sehen, statt ihn bloß spüren, auf eine ebenso subtile wie ruchlose Art gegen die Natur der Natur verstoße. Auch er, pflegt der Oberst dann fortzufahren, würde, obwohl er hier wohne, und hier, wenn er einen Wagen besäße, haltmachen sollte, doch der Gewalt des Schoißwohlschen Gleitmittels, das in dem Recklingen genannten Verdauungstrakt rumort, nicht widerstehen können. Es zieht jeden, kaum eingezogen, auch schon wieder hinaus. Kein Wunder demnach, daß an diesem Orte kein Mensch es zu etwas bringt!

Nun, nach so vielen abträglichen Behauptungen, ist es höchste Zeit, ein sie alle begründendes Beispiel zu geben. Zuvor aber müssen wir noch bemerken – und zwar im Interesse des Lesers, der ein Recht darauf hat, zu wissen, wo zu jeder Zeit jede unserer Figuren sich befindet, damit er dem Schachspiel, das wir mit ihnen treiben, verständnisvoll zu folgen vermöchte –, daß Herr Mullmann, der immer dort lebt, wo die Geschicke des Atridenhauses entschieden werden, jetzt also in Recklingen, nämlich ruheständlerischerweise, gerade heute, Sonntag, neun Uhr abends, nicht bei dem Brand einer Oper zugegen ist, sondern, als geschähe nicht, was mehr ihn als uns, die wir natürlich anwesend sind, angeht, eben zu Bett geht, Haupt- und einzige Straße Nummer zweiundsechzig, nur drei Häuser weit vom Gasthof »Zur blauen Gans«, der diesmaligen Stellvertreterin des musikalischen Unglücksgebäudes. Ein neuerlicher Beweis für ein in hiesiger Gegend herumspukendes Unwesen, das sogar die doch von der Übernatur zum Zeigen nach dem Lunarinschen Nord geschaffne Mullmannsche Magnetnadel Fehlleistungen hervorbringen läßt.

Es regnete, wie es nur im schönsten July und sonntags regnen kann: anhaltend und boshaft. Die Bauern grölten schon hinter den ihre alkoholische Aufregung rotsignalisierenden Fenstern der »Blauen Gans«. Auf der Straße, zwischen den aus zahlreichen Dachtraufen in gebogen dastehenden Säulchen übergossenen Gehsteigen, zogen die Wagen der enttäuschten Ausflügler dahin, dichter als sonst wegen der allerorten so ziemlich gleichzeitig beschlossenen Heimkehr, und langsamer als an schönen Tagen oder Abenden, wegen des Wasservorhangs, der das nackte Erscheinen der fünf Enttäuschungen glücklich verhinderte. Nichts ließ erwarten, besser gesagt, hoffen, daß, wie durch's offene Kirchenfenster ein erlösender profaner Laut, das Schelten der Pfarrersköchin oder das Geschrei eines geilen Esels in die heilige Unnatur des gregorianischen Singens, so in die gewohnte motorisierte Litanei eine deutlich skandierte fußgängerische Störung hineinspringen würde. Das Unerwartbare geschah dennoch! Ohne jede Vorankündigung, die in der Regel mit einem Winker, Blinker oder mit der Hand geschieht, brach aus dem würdig und schweigsam gleitenden Kondukte ein schwarzer Wagen, wie ein Sarg, der nicht auf den Friedhof will, und verquerte in einem fast rechten Winkel einem gelben, in dem dann nur das hinterbliebene Leben sitzen konnte, den Weg in ein fröhliches Witwentum.

Einen Augenblick lang sah es trotz der Dunkelheit so aus, als würde der von dem einen geflohene Ort gleich von einigen andern schnurstracks erreicht werden. Gekreisch der Bremsen, wütendes Gehup und Geschimpf erhoben die geschichtslose Recklingensche Luft zu der über katalaunischem Gefilde. Im zweiten Augenblick sprangen aus dem schwarzen Wagen ein Mann, aus dem gelben eine Frau und liefen aufeinander zu, er mit gezogenem Hute, sie mit zu Fäusten geballten Händen. Die Höflichkeit nach dem Gewaltakt empörte die Dame noch mehr. Sie rang nach Worten und konnte sie, wie deutlich zu merken, nicht finden. Inzwischen hatten die sprachbegabteren Automobilisten die ihren verbraucht und das wohl für eine gewisse Dauer sich etablierende Hindernis zu umfahren begonnen.

»Ich würde dir sehr gerne helfen, zu sagen, was du gegen mich zu sagen hast, wenn in einer Debatte zum Zwecke der Wahrheitsfindung die Nächstenliebe so weit gehen dürfte«, meinte der Herr, zu dem gezogenen Hut eine Verbeugung fügend, die unter spanischen Granden sich hätte sehen lassen können.

Der schön gebaute Satz, in dem, der leidenschaftlichen Handlung zum Trotz, ein richtiger Gedanke saß, die kalte Sanftmut, womit er ausgesprochen wurde, das edle Benehmen des Herrn, von dem die Bosheit des Herrn abstach wie das Äffchen vom Savoyarden, trieben der Dame Tränen aus den Augen.

»Ein Teufel bist du! Ein Teufel!« stieß sie hervor. Wie's aber dem Mönch zu gehen pflegt, der gegen den Gottseibeiuns geifert, daß er diesem bei solcher Beschäftigung weit ähnlicher sieht, als dem, für den er die vom Tod am Kreuze bereits überflüssig gemachte Polemik führt, so ging's auch der Dame. Angesichts des in christliche Ruhe gehüllten Strauchritters, der, nach so perfider Verwendung guter Erziehung und nach so billigem Siege über die nun einmal weit beschränktere Ausdrucksgewalt eines Weibes, voll stolzen Mitleides niederschaute von seiner falschen Höhe auf diese echte Verzweiflung, glich das doch unschuldige Geschöpf einem beim Blutsaugen gestörten Vampir. Nun verträgt eine ohnehin schon Rasende nichts weniger, als sich zum Gegenstande seelenkundlichen Studiums gemacht zu wissen. Denn außer jedem Zweifel steht, daß jetzt ein sonst sehr diskreter Herr einer sonst ihn sehr bezaubernden Frau hinter die Kulissen blickt, er gewissermaßen absichtlich überraschend die vormittags unordentliche Werkstätte einer nur abendlich präzise arbeitenden Magierin betritt. Deswegen stürzt die Besitzerin des gelben Wagens auf den schwarzen Wagen los und betrommelt ihn ganz undamenhaft mit ihren rehledernen kleinen Fäusten.

»Laß mich durch! Laß mich fort! Warum hältst du mich auf?« Ihr Schreien macht aus ihrem einen und schönen Gesicht im Nu eine Scherbensammlung vieler Masken, tragischer und komischer. Und wenn einmal eine Frau soweit ist, Hand an ihre so mühevoll aufgebaute sittliche und an ihre so teuer erworbene äußere Haltung zu legen, besteht die Gefahr, daß, wie sonst unter ihrem Sonnenschirme, sie auch unter der Brandfackel hingehe und zerstöre um des bloßen Zerstörens willen. Diesem leidigen Hange des Weibes, bei allen ihm über-die Hutschnur gehenden Gelegenheiten seiner wahren Natur zu frönen, dem peinlichen Etwas, so winzig es auch sei, das totale Nichts entgegenzusetzen, mußte gleich Abbruch getan werden. Dies geschieht am besten ebenfalls mit einer Nichtigkeit.

»Welch eine Frage, Benita! Du weißt doch, daß mein Wagen, wenn ich einen habe, immer um vieles schwächer und älter ist als der deines Gatten, der nur den neuesten und schnellsten fährt. Oder hat er, nach seinem letzten Heldentod, ich glaube: in Monza, diesen Ehrgeiz aufgegeben? Kurz: ich hätte dich nie mehr einholen können.«

»Du sollst mich auch nicht einholen! Du sollst mich in Ruhe lassen! Du sollst dich zum Teufel scheren! Du sollst...« Unter der Überlast so vieler Wünsche und Verwünschungen brachen ihr Stimme und Herz. Sie schluchzte zum Erbarmen in einen rasch vorgehaltenen Arm und suchte mit dem andern tief unten im Staubmantel nach dem Taschentuch, welche Zwieschaltung des Tuns von erfreulicher Vorbedeutung war.

Der marmorschöne und kalte Mann, der wie alle schönen und kalten Männer Beträchtliches auf dem Gewissen haben mußte und auch ruhig haben konnte – denn Stein trägt Stein, wie die Karyatiden zeigen, und verträgt sich mit dem Stein des Anstoßes, weil von selber Natur –, war jetzt aus Klugheit so taktvoll, nicht zu vermuten, wohin, zum Kuckuck, das dumme Taschentuch sich verschloffen haben möchte. Mit bewundernswürdiger Teilnahmslosigkeit oder Diskretion nahm er keine Notiz von dem, was in und an der Dame vorging. Seine tiefste Sorge – nach einem Blick zu Boden, und nach einem gen Himmel zu urteilen – schien neuerdings einer Nebensächlichkeit oder Nichtigkeit zu gelten: den zarten, kaum Schuhe zu nennenden Schuhen der Feindin, die sichtlich sich verfärbten und fältelten, und dem für sie beide bisher gar nicht existenten Regen, der aber – sei nebenbei bemerkt – ihn, den schon sehr schönen Mann, noch mehr imbellierte, insofern nämlich das, bei völliger Windstille, senkrecht herabströmende Naß die nüchterne Rechtwinkeligkeit löste, in die Schneider und Coiffeur den Herrn gepreßt hatten, und ein ursprünglich romantisches Element wieder hervortreten machte.

Es war vielleicht ein sehr kühnes Experiment, die Dame so nahe ihrem angeblich viel schnelleren Wagen und noch mitten in der Krise allein weinen zu lassen, das Finden des Taschentuchs nicht abzuwarten, die Türe der »Blauen Gans« – vor welcher der Überfall unternommen worden – nicht gerade schüchtern zu öffnen, mehr als nur die Nase in die Gaststube zu stecken, kurz, so zu handeln, als sei man ausdrücklich ermächtigt, der Lokalität Würdigkeit, eben jene Dame aufzunehmen, gründlichst zu prüfen. Vielleicht war aber dies wie gewagt wirkende Handeln nur das Ergebnis einer kalten und schön geschriebenen Rechnung des kalten und schönen Mannes, welche aus lauter sicheren Posten bestand: die mit Bug und Breitseite einander gegenüberstehenden Wagen, die immerhin schon späte Stunde, der Regen und das von ihm verursachte Derangement der weiblichen Toilette, der eben erst begonnene Streit – oder man kennte den Schoß der Eris schlecht, wenn man glaubte, er wünsche die Frucht nicht auszutragen – und, doch nicht zuletzt, die, wenn auch noch so oft unterbrochene, nie jedoch wirklich unterbrechbare Intimität zweier Menschen, die ein Liebespaar sind oder gewesen sind. Die Liebe, auch wenn sie sich in Haß verwandeln sollte, ja sogar die bloße Fleischessünde, auch wenn sie aufrichtig bereut wird, verleihen, wie die Taufe oder die Priesterweihe, der Seele einen *character indelebilis*. Was es nun immer gewesen sein möge: Die Dame folgte dem Herrn, nachdem dieser ohne ein Wort gesprochen oder ein gegnerisches verursacht zu haben – welch neuer Zwischenfall doch zu hoffen oder zu fürchten war –, erst den Wagen der Dame, dann den seinen parallel zum Straßenrande gestellt hatte. Allerdings folgte sie ihm so, als müßte sie nicht durch die Türe, sondern durch das Schlüsselloch: auf jene Fadendünne zusammengezogen, die man bei jeder Art von Korpulenz unwillkürlich annimmt, wenn man in die peinliche Lage kommt, vor Gericht zu erscheinen oder in eine Verschwörung sich zu verwickeln, deren Programm man nicht billigt. Man zuckt die Achseln, ehe man sie bis zum Halswirbel abwirft, um auch durch die schmalste Hintertüre, sofern eine solche – aber Gott gebe sie! – vorhanden sein sollte, gleich wieder hinauszufahren. Zuvor hatte die Dame – natürlich! – das psychologisch nun nicht mehr bedeutende Taschentuch gefunden und den im Augenblick der eintretenden Trockenheit vollkommen überflüssigen Mantelkragen hochgeschlagen.

Das Aufsehen, das die Ortsfremden, nicht nur wegen des unerhörten Widerspruchs ihres Erscheinens gegen die traditionelle Befluchung Recklingens mit keinem Verkehre – den ohne Halt durchrollenden ausgenommen –, sondern auch wegen des disparaten Anblicks, den sie boten – der weiße Anzug des Mannes glich dem eines Schiffbrüchigen, der aus nassen, grauen Segeln die Feigenblätter für seine Blößen geschnitten hat, das Hütchen der Dame, eine Handvoll sprießender Blumen, einem Lappen Moos, von einem Dach auf ihr Haupt gefallen –, bei den in Bierdunst und Tabaksqualm doppelt einheimischen Lebewesen erregten, war dementsprechend groß: es streifte mit schon halb materialisiertem Geisterfinger die Haut und machte sich an den Haarwurzeln zu schaffen. Jeder, der zur Zeit der Abenddämmerung eine von Fledermäusen bewohnte Höhle betritt, erlebt Ähnliches. In einem bloß metaphorischen Falle, wie der unsere einer ist, mildert der Mittler zwischen Faß und Kehle, die niederste, aber immer noch halbgöttliche Erscheinungsform des Eros, der Wirt, die urtümliche Feindseligkeit der angestammten Gäste gegen die zugereist barbarischen. Sein gewerbliches Schwatzen und Dienern läßt die etwa halbe Minute des Spießrutenlaufens zwischen offenen Mündern und dämlich getarnten scharfen Beobachteraugen zu einigen wenigen Sekunden gerinnen: natürlich nur für die Fremden; für die Einheimischen bleibt's bei der halben Minute, dem geringsten zum allseitigen Herumzeigen der Delinquenten nötigen Zeitraum. Wie ein Wirt dieselbe Zeit in zwei verschiedene teilt und zwei Bedürfnisse auf einmal stillt: das Fast-nach-Blut-dürsten der sich bedroht fühlenden Stammgäste und das vor ihm schützende Platz-Suchen der Zufallsgäste; das gehört zu den Geheimnissen eines Mittlers und Dämons.

Rechts hinten, dicht neben der bei schon blakendem Lichte zuckenden Küche, in der man eine über dem Walkbrett eingeschlafene Köchin sah, stieg recht steil eine braungestrichene hölzerne Treppe hoch, die vor einer Tür, deren Gesimse an die Decke der Wirtsstube stieß, als Galerie oder Kanzel endete. Zu der empor wies der Wirt mit dem Schweif der Serviette, die aus längst vergangenen Nobelkellnerjahren zufällig jetzt ihm angeflogen war, und die Herrschaften – die Dame schnell, um kundzutun, daß man ihr die Zeit stehle, langsam der Herr, um keinen Zweifel darüber zu lassen, daß eben diese Zeit er in der Tasche habe und nicht herzugeben gedenke – erklommen sie unter Krachen wie von tausend bohrenden Holzwürmern. Schneller aber als die doch pressierte Dame war das, in fast jeder ländlichen Gastwirtschaft vorhandene, acht bis zehn Jahre alte Mädchen mit dem spärlichen blonden Haar, gerade noch hinreichend zum Flechten eines Zopfes von der wegstehenden

Steife eines Foxterrierschweifchens, uneheliches Kind der Magd, des Wirts oder bitterarmer Nachbarsleute, die es zum Auflesen fremder Brosamen leider anhalten müssen. Dieser kleine Genius, zu allem bestimmt, was groß genannt werden kann – ob er's erreicht, ist eine andere Frage! –, flog also auch hier voraus, mehr ein Luftzug als ein Körper, nicht nur freundlich, sondern die Freundlichkeit selber, öffnete die Tür des Extrazimmers wie eine Triumphpforte, sprang wie eine Balletteuse, auf künstlich verdrehten flachen Beinen und mit graziös verbogenen Fingern den vor allen Dingen und Wesen niederhangenden Isisschleier lüpfend, in die dunkle Tiefe des Gemachs, dort, kaum sichtbar, gleichsam unter dem Wasserspiegel des Styx, auf einen Hocker oder Stuhl, um die Petroleumlampe anzuzünden. Das vorsichtige Klirren des Zylinders, das Gestrichenwerden eines Zündhölzchens, die wie zum ersten Male zaghaft sich bewährende Erfindung des Lichtes und der menschenwarme Geruch des Öles –: alle Schatten der Umwelt drängten sich und einander aus einem Raume, von dem, nach vielen echt Recklingenschen geschichtslosen Jahren (oder sollen wir sagen, auf zählbare Letheflaschen abgefüllten Ewigkeiten?) der Gott des dialogisch geführten Lebens, Apoll, wieder Besitz ergriffen hat in der Gestalt seiner hier verkannt hausenden Priesterin, die ihr hohes Amtieren sogleich vergessen zu machen suchte dadurch, daß sie ein ordinär blauweiß gewürfeltes Tuch über den Tisch breitete – dabei in voller Magerkeit und Bloßfüßigkeit sich zeigte –, und dann, wie gekommen als bloßer Luftzug, als solcher auch wieder verschwand. Der Herr, mit gänzlich anderem beschäftigt, oder von uns mit diesem beschäftigt gedacht – denn wir sind, wie's sich gehört, naiver als unsere Figuren, glauben ihnen zuerst alles, zuletzt, begreiflicherweise, gar nichts –, hatte keinen Blick von dem doch gewöhnlichen Kinde gelassen, wie der Bildhauer den Meißel nicht eher von dem Steine läßt, als die erschaute Figur aus der Natur der Natur herausgetreten ist und zum Geiste ihres unnachgiebigen Urhebers sich bekannt hat. Nicht oft, wenn aber, dann ohne Widerstand zu finden, dringt unser Blick durch das Fleisch einer Person und läßt nicht ab, chirurgisch scharfes Instrument, zu dem er plötzlich geworden, zu schneiden und zu bohren, bis er an die Knochenwand des immer nur einen Begriffs stößt, auf dem dann die gestaltete Materie ein Parasitendasein führt.

Mit einem solchen Manne, der, wie dies Beispiel verrät, mehr beim Begriff einer Sache als bei der Sache ist, der, wenn andere Mannsbilder zum Affekte greifen oder zum Schnaps, einen erfrischenden Schluck aus der Nabelschnur zum Metaphysischen tut und deswegen die breitesten Gemütswüsten heil durchquert, mit einem solchen Manne Streit anzufangen, kann für einen, der bloß anschaulich zu argumentieren vermag, ein gutes Ende kaum nehmen. Man sieht dies an den Philosophen, die, während die Welt erfolgreich unrecht hat, zwar erfolglos recht haben, das aber schließlich behalten.

Ohne den nassen Mantel und das vernichtete Hütchen abzulegen, hatte die Dame während des eben erzählten, ihr nichts, uns vieles sagenden kleinen Vorspieles weit genug vom Tische Platz genommen, um keinen Zweifel darüber aufkommen zu lassen, daß sie hier nicht länger als unbedingt nötig bleiben und von dem sicher zu erwartenden Mahle keinen Bissen zu sich nehmen werde. Aber so fest ihr Entschluß auch war, hätte er doch noch der Unterstützung durch hartnäckiges Schweigen bedurft. Aus nichts nämlich ziehen die Frauen mehr Macht als aus dem Nichtsreden. Die damit vorgetäuschte Fülle verführt den Mann, die leere Kasse anzubohren und auf das ohnehin schon gesetzte Vergehen gegen des Weibes Freizügigkeit im Unlogischen noch das Verbrechen des Einbruchs in seine sogenannte Seele zu türmen. Leider war die Benita geheißene Dame nicht so vollkommene Dame, wie sie hätte sein müssen, um alle jene gewaltigen Vorteile, die das außermenschliche Verhalten eines bis auf's Haar menschenähnlichen Automaten bietet, auch nützen zu können. Sie war, unter dem chimärischen Aufputz oder Aufsatz, der die Frauen zu wandelnden Metaphern nicht erschaffener Geschöpfe macht, ein echter Mensch und ein guter. Sie hatte nur, wie wir alle, Fehler, doch diese Fehler nicht – wie eben die Damen tun – zu Sternbildern erhoben, um sich an ihnen zu desorientieren. Diesem nicht begangenen größeren Fehler zufolge, beging sie den größten, der in dem so gerne angestrengten Prozesse für oder gegen Imponderabilien zu begehen ist: sie ergriff, statt im geschlossenen Munde das letzte Wort schon jetzt bereit zu haben, das erste.

»Und jetzt, da du wieder deinen Willen durchgesetzt hast gegen ein Lamm wie mich: Was soll das?«

»Begreifst du denn nicht, Benita, daß wir so nicht auseinandergehen können?!« Was zu vermuten gewesen, ist jetzt gewiß geworden: die beiden sind heute schon einmal aufeinander getroffen. Dadurch wird das Reden der Dame und von einer schon früher erreichten sehr hohen Höhe ihrer Stimme herab verständlicher: es ist Fortsetzung, allerdings nur eines ersten Kapitels; denn weit scheinen sie vorher nicht gekommen zu sein.

»Nein? Wir können nicht? Und warum können wir nicht? Und auf welche Weise sollen wir denn? Mit einem Kuß! Nicht wahr? Nach einer leidenschaftlichen Umarmung! Mit nassen Augen! Mit einem für morgen, nein, was sag' ich! für übermorgen – deine berühmten drei Tage! – verabredeten Stelldichein? Nicht wahr? Und daß du dann zwei Jahre lang nichts von dir hören läßt, nichts, nicht ein Wort!«

Es mußte noch andere, und von woandersher zu betretende Räume in dem Anbau geben, denn hinter der Wand zur Linken hustete jemand schallend und aus immer gereizterer Kehle.

»Du sollst nicht immer wieder auf die wirklich einzige große Schuld meines Lebens zurückkommen, die ich ja bekenne, tief bereue und in allen künftigen Jahren zu tilgen entschlossen bin«, sagte zur Dame sich neigend wie der Arzt zum eigensinnigen Kranken sanft und bittend der Herr.

Jäh brach das Gehuste ab, fast mit einem Schrei, dem Aufschluchzen einer Henne ähnlich. Aber an die Stelle der Stille trat das Rufen einer Kuckucksuhr. Es war ein recht bewohntes Gemach! Der Mann lächelte wie zu einer komischen Szene. Was er eben so ernst gesagt hatte und was er eben so heiter empfand: dieses, wider die einfache Natur, Zusammengehen von Gegensätzen, empörte die gute Benita noch mehr.

»Immer: du sollst! Und: du sollst nicht! Das hab' ich jetzt satt! Und: ich rede wie's mir paßt! Ich lasse mir nichts befehlen! Von niemandem! Von dir am allerwenigsten, der du das geringste Recht dazu hast! Oder: hab' ich dich verlassen? Hab' ich dir Eide geschworen? Hab' ich eine Schuld zu bekennen, zu bereuen, zu tilgen?, deren Gestern dem Heute nicht in's Gesicht schlägt, ehedem du wagst – ich weiß nicht was –, mein Lippenrouge zu rot zu finden! Und überhaupt: ich will frei sein! Ich hielte ein Leben an deiner Seite nicht mehr aus! Nein! Nicht mehr! Und: ich möchte die Frau sehen, die dich Monstrum auf die Dauer erträgt! Die gibt es nicht, die ist noch nicht geboren und wird auch nicht geboren werden, oder ein Schaukelpferd müßte Weibsgestalt annehmen. Bin ich da, soll ich dorthin! Bin ich dort, soll ich nach hier! Komm ich voll Freude zu dir, bist du übler Laune! Habe ich Sorgen, die ich um deinetwillen vor dir verberge, glaubst du, ich liebe dich nicht, und quälst mich mit Eifersucht halb zu Tode! Nein, ich kann nicht mehr! Ich gehe! Ich muß gehen!« Sie schritt so schnell, wie für sie zwingend ihr Gedankengang gewesen war, zur Tür, daß ihr nasses Gewand wie eine Kutte knallte. Der Mann vertrat der Frau den Weg und hatte oder machte ein Gesicht, als wollte er sie nicht lebend aus dem Zimmer lassen. Man kann wie Maler, so auch Totschläger werden. Das steht nicht bei uns, sondern bei der Moira. In diesem Augenblick hob glücklicherweise das unglückliche Gehuste wieder an mit der Ausdruckskraft fast einer primitiven, vokalarmen, trotz Unübersetzbarkeit leicht verständlichen Sprache. In diesem Hottentotenidiom verfolgte der Nachbar den verdammten Reiz durch alle Stockwerke der kranken Brust, um ihn heute für jetzt und immer aus dem Gehäuse zu werfen. Wieder lächelte der Herr, diesmal wie ein Stück Sonne, das zwischen Gewitterwolken scheint. Die Moira hatte anders sich besonnen.

»Wie gut, Benita«, sagte er, »daß wenigstens die Kuckucksuhr gesund ist! Sonst würde sie jetzt auch die Minuten von sich geben!«

Der Dame Geduld – wenn man Geduld nennen darf, bei der einen Raserei zu bleiben und in keine andere zu verfallen

– mit ihrem Bedroher, der die Bedrohung so deutlich simulierte, daß sogar ein Held zu zittern begonnen hätte, war bewunderungswürdig. Wer von seinem Eigensinn gepanzert ist wie ein Pfirsich im Wasser von Luftbläschen, sieht nur Rot vor den Augen.

»Laß mich fort!« schrie sie, doch mehr wie ein Waschweib als eine Dame. Sie besaß also, Gott sei Dank, noch beträchtlich viel von der im Bette nötigen Ordinärheit, und man begreift den Herrn, der nicht von ihr lassen will. »Ich will zu meinem Mann! Zu meinem Kind!« Die in der Bedrängnis beschworenen Gestalten taten ihre Wirkung. Sie brach in die ihnen entsprechenden Tränen aus. Der, seiner antikischen Schönheit wegen oder vielleicht auch aus einem andern Grunde, sehr dezidiert sprechende und sehr gemessen sich gebärdende Herr würdigte schweigend, aber mit einem, wie wir jetzt sehen, sehr beweglichen, den genauesten Satz überflüssig machenden Gesicht dieses formale Bekenntnis zum Legitimen und Natürlichen. Es war wie das Hutabnehmen vor der Kirche, die man nie betritt. Selbstverständlich wußte er, daß auch eine gewisse Dame sie nicht betritt. Plötzlich fiel ihr ein, sie mochte den Herrn, den sie so gut zu kennen meinte, vielleicht doch nicht so gut kennen. »Oder – willst du Gewalt gegen mich brauchen?!« Ihr Blick spaltete sich in zwei Blicke: in einen das Gräßliche fürchtenden und in einen es erhoffenden.

»Gewalt?« sagte er, wie aus allen Himmeln einer unschuldigen Person fallend. »Gegen dich? O Benita«, rief er mit einer Stimme voll langgezogener Vokale. Man kann nicht schöner lügen und nicht liebevoller jene Person auf's Glatteis führen, der am allerwenigsten man einen Knöchelbruch wünscht. Aber die Strategie erfordert auch niederträchtige Unternehmungen. »Ich, der ich die Freiheit so hoch schätze, daß ich sie mir sogar auf Kosten meines Glücks genommen habe – oder glaubst du, ein anderer Grund als der, die deine nicht einzuschränken, solange ich im Mißgeschick gefangen sitze, also tabu und unheilbringend bin, hat mich bewogen, zwei Jahre dich zu entbehren?! –, ich sollte gerade jetzt, im Glücke – wissend allerdings, daß auch es wieder vorbeigeht –

sie nicht achten? Welch' Unsinn, Benita! Aber geh, wenn du mußt! Geh, wenn ein Stärkerer als ich, der dich nicht zwingt, zwingt! Geh, eh' du mich zu Ende gehört hast, und bedaure in Zukunft nicht – das wünsche ich dir von Herzen – den übereilten Schritt! Geh, wenn du glaubst, mit deinem Gehen so gerecht an mir zu handeln, wie unrecht mit dem meinen ich an dir gehandelt habe!« Er trat zur Seite, um seinen edlen Worten die edle Tat folgen zu lassen, von welcher Folge er erwartete, daß sie wirkungsvoller sein werde als ihre Ursache. Der leidenschaftlich Liebende hatte verdächtig richtig geschlossen. Die Dame benützte ihre so überaus hoch geachtete Freiheit nicht. Sie hatte nämlich – wie von dem Herrn vorausgewußt – noch etwas auf der Zunge. Und dieses Was hatte eine verdammte Ähnlichkeit mit dem Angelhaken im Gaumen des Fisches. Das Einholen der Schnur und das verzweifelte Umsichschlagen des Fangs werden die bloße Ähnlichkeit zur Identität vervollkommnen. Es galt demnach nur noch, die Dame also zu reizen, daß auch den letzten Rest von Bitterkeit sie ausbräche. Nachher wird sie wohlauf sein und dem jetzt gehaßten Arzte mit all ihrer wiedergewonnenen Süßigkeit danken; der Herr kannte natürlich das unfehlbare Vomitiv. Ob er's zufällig bei sich hatte, oder ob er das Esbeisichhaben nur überzeugend fingierte, wissen wir im Augenblick nicht zu sagen.

»Ich habe dich nicht verfolgt wie der wilde Jäger, als den du mich sehen willst, sondern wie der Bote, der einen mir wichtigen Brief dir zuzustellen hat, oder – besser – wie der Gehülfe des Farbenhändlers, der einem vergeßlichen Maler die eben gekauften Tuben und Pinsel auf die Gasse nachträgt. Womit sollst du mein Bild fertigmachen, eh' du's in's ewige Feuer wirfst? Oder willst du ein Fragment, in dem aber der Keim zum Ganzen steckt, das also gar kein Fragment ist, zu Unvollendbarkeit verurteilen, Frau Königin Salomo? Ich habe dich reden lassen, du mußt auch mich reden lassen! Meinst du denn wirklich, während der zwei Jahre hätte nichts weiter sich begeben als die alte Unordnung im alten Gleis, gleichwie der Tramwagen heute dieselbe Strecke befährt, die er gestern befahren hat? Wer stünde still, auch wenn er steht? Und du, Benita? Hast du stille gestanden, obwohl du glaubst, nur meiner geharrt und die Zeit, als sie zu lange geworden, mit meiner Fluchen abgekürzt zu haben? Wer bei dem bleibt, was er liebt, wenn es auch ihn nicht zu lieben scheint, geht weiter als einer, der aus einem leidigen Umstand die letzten Konsequenzen zieht. Was er nicht erlebt, den Ersatz nämlich, und dessen er schmerzlichst ermangelt, des Originals nämlich, dies erst und das machen reich, gut und liebenswert. Die übliche Treue, Benita, aus Armut der Phantasie und des Geistes, entwickelt sich im Nu zur Untreue. Die eisernsten Ketten rascheln als papierene, wie der Carneval sie wirft um Hälse, die allzu hoch nach dem Neuen sich recken. Wer aber gewartet hat, hat warten können und sollen, denn: der Rechte ist schon gekommen!« Seine Stimme klang hart, nicht wie die eines Liebhabers einer ehebrecherischen Frau, sondern wie eines zölibatär lebenden Verteidigers der unlösbaren Ehe. »Soviel von dir, Benita, damit du mir nicht Vorwürfe machst aus einer Natur, die nicht die deine, und die ich nicht liebte, wenn sie die deine wäre!«

Der Mann da, sieht man und hört man, verdreht die Lüge, die eigene oder die fremde, so lang', bis sie – nach so vielem Schleifen an jedem Stein des Anstoßes, der auf dem Wege liegt – blitzende Wahrheit wird. Sie blendet dann dermaßen daß sie, als was immer, nicht eingesehen werden kann. Weswegen – um die Frage nach der Ursache des merkwürdigen Phänomens nicht zu Wort kommen zu lassen – im Drehen und Blenden fortgefahren werden muß.

»Und nun zu mir, der ich als einer schuldig war, der ich nicht mehr bin! Es gibt Überraschungen, die der phantastischste Kopf nicht erfinden kann! Das Leben«, rief er mit der stets sehr fragwürdigen, trotzdem aber – im entscheidenden Augenblick wenigstens – überzeugenden Leidenschaft eines geschickt plädierenden Anwalts, »das Leben selbst begnadigt, und wenn auch hundert wie Benita so strenge Richter auf der kapitalen Strafe bestehen!«

Das Stichwort für das letzte Auftreten der Dame in der Rolle der Enttäuschten heut' abend war gefallen: Überraschung. Die Büchse der Pandora ist älter als das Füllhorn der

Fortuna. In der telegraphischen Nachricht von dem Zugefallensein einer reichen Erbschaft oder von der Geburt unseres ersten Kindes schwingen Verlust und Tod stärker als der Gewinn und das Leben. Liegt's nun am Charakter der Post, der als Amtscharakter nicht gutartig sein kann, oder ist's der unbeherrschbare echte Ausdruck der Wahrheit, der nämlich, daß wir einen unausrottbaren Hang zum Mißgeschick haben und erst diesem nachzugeben trachten, ehe unser Antlitz widerwillig sich verklärt? Benita jedenfalls demonstrierte die Stichhaltigkeit der zweiten Ansicht und wurde so – wie's der Bettstratege vorausgewußt – des letzten Restes Bitterkeit ledig.

»Ich will auch keine Überraschungen!« rief verzweifelt die Dame. »Auch keine angenehmen! Ich will nur endlich, endlich nichts von dir wissen! Hörst du? Verstehst du?«

Der sonst sowohl recht gesprächige wie fast vollendet sprechende Herr blieb stumm.

»Begreifst du denn nicht, daß, was lange, allzulange man ertragen hat, man plötzlich nicht mehr erträgt? Sei's eine Last auf dem Rücken, sei's ein Sandkorn im Schuh. Bilde dir aber jetzt nicht ein, du seist die Last oder auch nur das Korn. Oh, ich kenne dich!! Wenn du nicht glücklich machen kannst, so willst du wenigstens unglücklich machen. Wenn nicht charmantester aller Menschen, mit dem zu verkehren man Tag und Nacht sich zu sehnen hat, so großartigstes aller Monumente, das jeden Verkehr mit jedem, der kleiner ist als du, aber nicht erzern, hindert. Verhält sich's nicht so? Rede!«

Das Monument gab, begreiflicher und weiser Weise, keinen Laut von sich.

»Sag: ja! Sag: nein! Schweig! Gleichgültig, was oder was nicht du antwortest, denn: es ist einmal so gewesen. Gewesen! Und ist nicht mehr so!! Von jetzt ab: tu, was du willst! Begeisterndes oder Abscheuliches. Geh endlich unter oder erst auf! Stirb, oder werde zweihundert Jahre alt! Mich kümmert's nicht. Mich kümmert nichts mehr, was dich angeht. Mir ist alles gleich, ich will nur Ruhe haben! Hörst du? Ruhe will ich haben. Endlich Ruhe, Ruhe, Ruhe!!« Sie rang die Hände vor der Wand, hinter welcher der unbekannte Kranke das einzige

Mittel gefunden zu haben schien, den die Lungen zernagenden Wurm wenigstens für einige Zeit zu lähmen: kein Wort der angeregten und für ein Bauernwirtshaus höchst seltsamen Unterredung zu verlieren. Die beiden Höllenkinder mußten ihm wie Sendboten des Himmels vorkommen. So falsche Urteile verursacht eine Zimmerwand!

Eben wollte Benita gen Himmel ausholen, um ihrer relativen Aufrichtigkeit die Krone der absoluten aufzusetzen, das heißt, die Hände an die Schläfen pressen, an die zwei Enden eines nur kurzen Verstandes, der aber alles, was er hat, hergegeben hat, als geklopft wurde. Höflich, wie ein Gläubiger klopft, der zum erstenmal kommt. Der Herr war weder erfreut über die Störung, die nicht glücklicher hätte zufallen können, noch ungehalten über die Unterbrechung einer schon einmal unterbrochenen Debatte. Statt, wie zu erwarten gestanden, so oder so sich zu benehmen, ward er undurchsichtig gleich dem Wasser rund um einen gefährdeten Tintenfisch. Eine nicht genug zu empfehlende Reaktion! Die Dame ließ die zu stärkstem bildlichen Ausdruck des *ultra posse nemo tenetur* gespannten Hände sinken mit der jachen Gleichgültigkeit einer sich beobachtet fühlenden Diebin. Kein Künstler würde dem nahen Gipfel der Inspiriertheit so schnell den Rücken kehren! Eine Frau aber kann's! Eine Frau kann intermittieren wie ein Genius musizieren! Der Herr rief: Herein!

Der Eintretende war der Wirt. Gebeugt, als ob er's auf dem Rücken trüge, trug er das Tablett mit den Tellern und dem Besteck, mit des Hauses zartesten Gläsern, die wie auf der Bleiche gefrorene Elfenhemdchen aneinanderklingelten, mit der frisch bestaubten Weinflasche, mehreren Speisen, von denen eine bäuerisch dampfte, und einem Kruge Blumen, knapp über denen sein Gesicht den feixenden Vollmond der faunischen Nächte machte. Ein zum gegenwärtig irdischen Augenblick recht unpassendes Himmelsereignis.

Das wandelnde Stilleben befand sich noch gut einen Meter weit von dem Tische, an dem, als ob nicht von ihm und dem Bette sie soeben sich geschieden hätte, die so trefflich wie der Herr falsch spielende Dame gelassen Platz nahm, und schon wandte sich der Darsteller dieses Herrn – so wenig wissen wir bis jetzt von letzterem, daß wir sein Sein und sein Tun weit auseinanderhalten müssen –, dem Monddarsteller zu, eitel Sonne das Gesicht. Die Komplizin, die keine sein wollte, blickte trotzdem gespannt, also eine jener Überraschungen erwartend, wider welche sie sich verschworen hatte, in die strahlende Miene. Was wird der Zauberer aus dem leeren Zylinderhute ziehen? Den üblichen feisten Hasen? Und wenn den, wie wird er ihn zubereiten, der in Ermangelung aller einfachen Kochkenntnisse als komplexer Alchimist aufzutreten gezwungene Mann? Ein solches, das Interesse am Wahren an sich weit übertreffendes Interesse an der wahren Darstellung von gleichgültig was kann nur eine bekunden, die vom gleichen Theater ist, so sehr lenkt Kunst von Wahrheit ab! So mächtig verbrüdert die gemeinsame Welt des Scheins den Richter mit dem Angeklagten! Was tat er also, der interessante Kollege? Er half dem ehemaligen Nobelkellner auf's Freundlichste beim Besetzen des Tisches mit den Gaben und Beigaben und den zu ihrer Bewältigung nötigen Instrumenten. *Si duo idem faciunt*, sagt der Lateiner, *non est idem*. Wenn ein anderer als unser besonderer Herr getan haben würde, was dieser tat, so wäre das Übertreffen auch eines Wirts in der Kunst des Tafeldeckens doch nur – und zwar im Hinblick auf die den gastlichen Raum dick verqualmende, weil ungeklärt gebliebene Stellung der Liebenden zueinander – ein Verlegenheitsnaturalismus gewesen. Man kennt ihn von der Bühne her, wo er schon des längeren für den wirklich komödiantischen Einfall in die Bresche des bereits demoliert gebauten Textes springt. Nein, des Herrn große Kunst war, so zu tun, als bediente er den Diener. Und: als stiege er nicht nur nicht herab, sondern nur noch steiler empor.

›Eine seiner christlichen Tugendübungen!‹ dachte – natürlich nur in Heniden –, verächtlich die Geliebte, fasziniert die Kollegin. ›Jetzt wäscht der von Geburt und Beruf Hochmütige im Dom zu St. Stephan zwölf lächerlichen Greisen demütig die ohnehin schon gewaschenen Füße! Wie groß er sich wissen mag über so vielen eingeschrumpften Zehen! Wie bis zum

Heil erhöht durch die von einem göttlich liebenden Wesen ausgesonnene Erniedrigung! Ha, wie er Honig aus Galle zieht, der Gemütschemiker! So auch kann er – oh, ich hab's erlebt! – den unschuldigen Apfel des Paradieses, ohne seine Schale zu verletzen, vergiften, um aus dem begreiflichen Verzehren desselben einen unbegreiflich schweren Sündenfall zu machen. Der Lump! Der Zauberer! Der Koch scharf gewürzter Gerichte für sonst erlöschende Appetite!«

Wenn aber Benita geglaubt haben sollte – wie wir geglaubt haben –, mit dieser Probe der hausfraulichen, einem Mann und Adligen aber nicht anstehenden Kunst des Tafeldeckens sei, wenigstens für den heutigen Abend, alle Kunst des Herrn erschöpft gewesen, so würde sie, als eine bloße Anfängerin im Komödiespielen, während der folgenden Szene auf die Bühne geeilt sein, um den einfallsreichen Schauspielerkopf, in dem das Nichts immer neu Gestalt annahm, stürmisch zu küssen. Sie hat das natürlich nicht geglaubt!

Des Herrn und des Wirtes leicht komischer Versuch, einen ländlich einfachen und nur für zwei Personen bestimmten Tisch vierhändig zu decken, ließ voraussehen, daß beider Köpfe den Raum, den auf einmal nur ein Kopf einnehmen kann, einander bald werden streitig machen. Und jetzt war's soweit: Die borstige Ohrmuschel des Wirts kam an die glatte Wange des Herrn zu liegen. Ehe noch der Wirt höflich zurückprallen konnte, hatte der Herr bereits begonnen, liebreich in die Muschel zu sprechen: »Sie sollten Ihren Herrn Vater – hören Sie doch, wie er hustet (der zur Zeit unbekannt, welchen Verwandtschaftsgrad oder ob überhaupt aufweisende Zimmernachbar war glücklicherweise wieder zur Hand mit seinem Pfeifen auf dem letzten Loch), in eine trockenere Gegend bringen! Recklingen ist zu feucht!«

Der Wirt, in's Sohnesherz getroffen von dem instinktsicheren Wahrsager oder von einem mit dem befreundeten Zufall fest rechnenden Hasardeur und Falschspieler – wir wissen nicht von wem und lassen daher die Frage unparteiisch offen –, versuchte zuerst das leider mehr als nichtssagende Lächeln eines an längst vergessene Schuld Gemahnten und erstarrte sodann. Mit dem Feingefühl des Malers für die beste Farbwirkung der einander bestimmenden Gegenstände eines Stillebens gab der Herr dort einem Teller einen Wink, da einer Gabel die letzte Ausrichtung, strich er das Tischtuch, wo es ein wenig sich bauschte, glatt und, um das Überflüssige nicht zu unterlassen, über's ohnehin untadelig geglättete hin; stellte er das Salzfaß auf den Heldenplatz, das Senftöpfchen, aus dem Benita fast nicht, er reichlich schöpfen würde, neben sein Gedeck, lockerte er, zart und geziert wie ein Damencoiffeur, den zu einem dicken Schopf gedrehten Bauernblumenstrauß. Aus diesen ihm leicht aus scheinbar unversieglichen Händen quellenden Verrichtungen, die, nachdem die Notwendigkeit derselben spontan erfunden worden, als wirklich notwendig gewesen wirkten, und unter öfterem Aufblicken zu einer gedachten Galerie von Zuschauern, sagte er, begleitet, statt von dezenter Musik vom begreiflich nervösen Trommeln weiblicher Finger und auch vom Auf- und Niederklappen weiblicher Fußspitzen, mit der präzisen Beiläufigkeit und der betonten Unbetontheit eines Meisters naturalistischer Darstellung:

»Ich habe einmal, als Student, ein möbliertes Zimmer bewohnt, dessen Vermieter ein alleinstehender Herr gewesen ist, genauer gesagt, ein solcher zu sein mir geschienen hat. Ich schlief dort recht gut, auch tagsüber, wenn ich nachts gebummelt hatte, denn in der weitläufigen Wohnung, die ihr Besitzer nur auf den Zehenspitzen durchschritt – weniger aus Rücksicht auf mich, obwohl er sehr taktvoll war, als um sich selbst nicht aufzufallen –, herrschte immer die tiefste Stille, auch wenn Mädchen in derselben sich befanden, ja, dann eine noch tiefere.

Eines Nachts jedoch hörte ich – oder glaubte ich, zweifelnd nämlich ob Traum, ob Wirklichkeit – in dem gemeinsamen Vorraum ein Fahrrad, oder es gibt auch unter den Geräuschen weitere und engere Verwandtschaften! – ein altes Skelett umfallen zu hören. (Skelette sind, wie begreiflich, immer alt.) Nun aber wußte ich, daß mein Herbergsvater weder eine Strampelmaschine besaß – denn eines Fußleidens wegen ging er, widersprüchlicher Weise, zu Fuß – noch einen Knochenmann. Er war nämlich kein alter Hausarzt der alten Schule, sondern ein im besten Alter stehender Buchhändler, blond wie eine Haarbürste (Haarbürsten sind immer blond, nicht wahr?) und nur der Lichtseite des Lebens zugewandt, auch im Dunkel des Alkovens. Übrigens stöhnt ein Fahrrad nicht, wenn es auf dem Boden liegt, und ein Gerippe kann, seinem Begriffe nach, unmöglich einen Ton lebenden Fleisches von sich geben. In wenigen Worten: der mit so irreführend mechanischem Lärm niederstürzende oder zusammenbrechende Gegenstand ist des wie gemeint vollkommen anhanglosen Buchhändlers uralte und halbgelähmte, vielleicht auch der Sprache beraubte Großmutter gewesen. Am Leben erhalten von dem guten Enkel, gegen jedermann aber verschwiegen wie ein heimliches und nicht ehrenvolles Leiden – als ein welches allen Idealisten (und Buchhändler sind sogar gewerbsmäßige) alles Private erscheint –, ist sie wenige Minuten vor ihrem Tode Pyrrhussiegerin über ihre gelähmten Glieder geworden und, um nicht allein zu erleben, sondern vor dem nächstbefugten Zeugen, dem korrekten Kerkermeister, was keinem erspart bleibt, aus ihrem Hinterzimmer gebrochen, hiezu befähigt von jener einzigartigen Euphorie, die nur dem geschenkt wird, dem kurz darauf alles genommen wird. Stöcke und Schirme, einen Sessel, den vollbehängten Kleiderständer und die unaufgezogene Wanduhr, in deren Ketten sie sich verwickelt hatte, mit sich reißend, stürzte sie vor meiner Tür zusammen. Sie starb in meinen Armen, ohne wegen der Finsternis den zu erkennen, den auch bei Licht sie nicht erkannt haben würde. Es ist zu hoffen, daß die Großmutter geglaubt hat, in den Armen des um ihr diskretes Existieren auf den Zehenspitzen herumschleichenden Enkels zu sterben. Sofern Sie würziges Bauernbrot im Hause haben sollten – die gnädige Frau zieht es dem langweiligen weißen vor –, senden Sie, bitte, etliche Schnitten herauf.«

Der Wirt, kein wie üblich beleibter, sondern ein dürrer, war während der überaus pädagogischen Erzählung des Herrn ganz Ohr, wie's sich gehört, wenn gepredigt wird, und höflich vorgeneigt dagestanden, ohne aber zu hören oder das doch Gehörte auch aufzufassen, zu welch letzterer Unternehmung ein eigener Willensakt nötig ist. Und den hatte er, einerseits wegen des vorhin ihm eingefahrenen Schreckens, andererseits wegen des, in der Regel, gar nicht Wissenswerten in dem, was zu einem Landmann sich herablassende Städter diesem mitzuteilen pflegen, nicht gesetzt. Schließlich auch wehrt sich, und besonders wenn nützliche Belehrung gewittert wird, der gemeingesunde Menschenverstand gegen eine Erweiterung seines Horizonts. Begreiflich: das Mehrumgreifen würde ein Mehrleistenmüssen zur Folge haben. Da bleibt man lieber stumpf und dumm – und unter der Einfaltsgestalt der Taube klug wie eine Schlange. Plötzlich geschah, was nur selten geschieht, vor einer *conversio* etwa. Die vermeintlich nur erduldeten und abgeglittenen Worte drangen von innen her, als ob sie dort einer Schallplatte entliefen, an sein Ohr. Und zugleich mit wiederkehrendem Krach des Fahrrads oder Skeletts stürzte das Gleichnis zusammen und auseinander, das Vergleichen entblößend, wie ein zur Ruine werdendes Gebäude seine obdachlosen Bewohner. Ein kalkweißer polizeilicher Strahl traf den Wirt als den Schuldtragenden an dem sich zu Tode hustenden Mann. Es gibt ein Gelegenheitsverhältnis, das, so schnell, wie es mit uns begonnen worden, wir nicht zu lösen vermögen. Und Indizienbeweise gibt es, die auch den unschuldigsten Verbrecher überzeugen. Denn: Schuld an allem haben wir alle. Und zu dem, dessen Täter nur zufälligerweise nicht wir gewesen sind, uns zu bekennen, hängt nur von der Dichte oder Dünne der Wand ab, die das immer angeklagte Ich von dem immer anklagenden Du trennt. Und in diesem Augenblick war die Wand durchsichtig wie Pauspapier. Selbstverständlich bei so trüber Durchsichtigkeit oder ungenauer Deutlichkeit – die einen Millionär die Nichtigkeit der irdischen Güter einsehen lassen –, daß des Buchhändlers Großmutter des Wirtes Vater wurde, das Gemach, in dem doch eine gemütvolle Kuckucksuhr hängt, zum abgelegensten Zimmer einer weitläufigen Wohnung und ein braver Mann ein böser Kerkermeister! So stark auf den Armen drückte die verhexte Analogie, daß tiefunten, im Seelenbauche, wo, wenn auch der Zunge beraubt, die wahren Verhältnisse, für gewöhnlich wenigstens die stummen Hände zu ringen noch im Stande sind, die Ruhe und die Starre eines Gipsfigurendepots herrschten. Über den Rand des Gedächtnisses in's Nichts gestürzt, erschien die einfache Wahrheit: der fremde Herr. Der die Kraft hatte, das objektiv Gegebene so zu verändern – wie mit wenigen Bewegungen den ohnehin richtig gedeckten Tisch –, daß es dem augenblicklichen dunklen Zweck eines sogenannten Subjekts zu dienen vermochte. Und auch das solch' magischem Tun genau entsprechende Gesicht. Unter wahrscheinlich sehr vielen anderen Zwecken entsprechenden Gesichtern. Denn dieses, das während des zweiten Teils seiner Erzählung er dem des armen Hörers immer mehr zugewendet hatte, um plötzlich bei den blöden Augen wie bei Ochsenhörnern es zu packen und auf den Sand zu werfen, war nicht nur um etliche, gerade noch begreifliche Grade verschieden von jenem sanft undurchdringlichen, mit fast fraulich glatter Haut überspannten, das er Beniten zu zeigen für passend erachtet, sondern ein kapitaler Fund aus sehr ferner Erde und Zeit, eben der Schaufel des Archäologen entrollend. Genug schon für einen ohnehin Geschreckten, dem jede Pore im Antlitz des Femerichters zur Krateröffnung sich vergrößert, daß in dem pelzigen Dunkel jenseits des ätnaflankenbreiten Deckenlampenschirms, der das traurige Licht aus dem Öl der Witwen und Waisen mit sehr schräg angelegten Linealen begrenzte, das indisch-braune Gesicht des furchtbaren Gastes schwarz-violett war wie das ausgekühlte Erz eines in seinem Feuerofenbauche Menschenopfer verdauenden Götzen! Wenn aber eine noch vor kurzem natürlich faltenlose Stirne – der Mann ist schlimmstenfalls ein fünfundvierzigjähriger Jüngling – drei gewaltige, Meereswogen gleichende Sorgenfalten wirft und über herausgemergelten Jochbeinen erstaunlich hoch zu ziehende Augenbrauen die bittere Weisheit von mindestens achtzig wohldurchlebten Jahren einwölben, wenn also – um's auf antikisch zu sagen – ein sittlicher Ernst von zeushaften Ausmaßen auf Zustände herabblickt, die, obwohl an sich gut, aus irgendwelchen providentiellen Gründen diesem Ernste nicht passen, so werden diese

Zustände, weil der Gott es will, schlechte. Einer Dame – und nicht nur der gleich ihm zauberkundigen Benita – hätte er ein solches Gesicht nicht zeigen dürfen. Die Dame würde hell aufgelacht haben. Wem die Unsittlichkeit – in ihrer vollen Erstreckung: von der unsittlichen Hörigkeit bis zur unsittlichen Freiheit – Lebensgesetz ist, der lacht sowohl der echten wie der geheuchelten Sittlichkeit, weil ja das Lachen der Sache gilt, nicht dem Vertreter der Sache. Deswegen spielt diese kleine Szene, Absprengsel des großen Stücks Geschichte, zwischen Männern. Nur Männer können Männern den Kopf so gründlich verdrehen, daß sie Meineid, Totschlag, Versklavung für erlaubte Dinge halten und über sie noch philosophieren. Wie die theologischen und staatsrechtlichen Auseinandersetzungen dartun, die ohne Faszination auf das gleichzeitige Geschlecht nicht möglich wären.

Jetzt – endlich – griff der Wirt sich an die Stirn. Aber diese Geste, die so oft den Einfall fördert, sonst wäre sie längst ausgestorben, behebt nicht den Mangel eines solchen. Und konnte ihn schon gar nicht hier beheben, denn: zwischen hilfesuchendem Hirn und helfender Hand befand sich ja die eisengraue Masse des hypnotischen Schraubstocks, den der fürchterliche Herr mit merkwürdigen Worten und noch merkwürdigeren Blicken immer enger anzog. Gott sei Dank aber glimmt der herabgebrannte Docht des Bewußtseins immer noch ein bißchen in den Füßen, jenen Gliedmaßen, die unsere Willensfreiheit zu Gutem, zu Bösem in der Regel erfolgreich gegen den Zwang des Kopfes verteidigen. Zuerst mit der, dann mit jener Ferse strebte er rückwärts, wie die Fliege aus dem Honig, der sie am Rüssel festhält. Die Hauptgefahr jedoch war ein gewaltiger Schlaf, der mit Armen voll Plumeaus ihn zu ersticken versuchte! Wider den gab's nur ein Rettungsmittel: sich aus sich selber zu ziehen, wie den Pfropfen aus dem Flaschenhals. Fast mit einem Knall – vorrätig im Ohr eines Kellners oder Wirtes – gelang's. Bäuchlings eingeknickt, Knie an Knie, mit grimmig verschluckten Lippen und energisch geschlossenem After entkam er.

»Du sagst mir das alles im ungeeignetsten Augenblick!«

setzte der Herr mit derselben beleidigend rücksichtsvollen Stimme, die er zwischen Auftritt und Abgang des zum Idioten gemachten Wirtes hatte hören lassen, das vor einer Viertelstunde unterbrochene Gespräch fort. Daß nicht mehr und nicht weniger an die Unterhaltung mit dem liebevollen Sohn eines sterbenden Vaters verschwendet worden war (oder ist sie im Feldzug gegen die Dame vielleicht notwendig gewesen?), bestätigte der Kuckuck, der eben sie ausrief.

Während dieser Unterhaltung hatte die Dame durch's einzige Fenster des Hauses hochmütig in's sternenlose Dunkel geschaut, des Hofes oder Gartens. Also angeredet jedoch entdeckte sie – wie der Zorn die Sinne schärft! –, daß in das begreiflicherweise Sternenlose eines schwarzen und nur etwas lackglänzenden Rouleaus sie gestarrt hatte. Wütend über sich selbst konnte sie doppelt gegen den Mann wüten, die eigentliche Ursache ihrer Fehlleistung. Diese Ursache stand in höchster Unschuld, also mit fast blöder Einfältigkeit da. Kann man besser gewaffnet sein als gar nicht gewaffnet?

»Wie?« rief die Dame mit der hermaphroditisch gespaltenen oder brüchigen Stimme eines Obstweibes, in dem ein schon heiser geschrierner Feldwebel steckt. »Wie? Von dem abscheulichen Gerippe kommst du zu mir? Von deines faden Buchhändlers gräßlicher Großmutter zu deiner holden Benita?« Das war ein Schulbeispiel für wildestes Assoziieren und für das erfolgreiche Bestreben, um jeden Preis gekränkt zu sein. Ein Dummkopf von Liebhaber würde einen Oberlehrerzeigefinger auf den gordischen Nervenknoten gelegt und sich den Hals gebrochen haben. Nicht so tat der Herr. Er war zu gescheit, um jetzt noch gescheiter sein zu wollen als die Geliebte. Er nahm den nur immer halben Menschen Weib für voll. Ein immer glückender Mißgriff im immer unfairen Kampf der Geschlechter!

»Meine Geschichte ist genau so abscheulich«, sagte er ruhig, »wie gewisse Menschen abscheulich sind.« Und tief bekümmert über die Schlechtigkeit der Menschen wies er ihr die Wand, dahinter wieder erbärmlich gehustet wurde. Das windige Argument war für die Dame überzeugend.

»Sie ist aber auch schön, die abscheuliche Geschichte«, nützte er gleich den kleinen Fortschritt aus, den in seiner Sache er gemacht zu haben glaubte. »Zwanzig Jahre, nachdem sie sich begeben hat, sprang sie mir fertig von den Lippen und schwerelos wie die Primaballerina von der Trittbretthand ihres Tänzers.«

Benita saß in ihrer Opernloge. Man gab die »Puppenfee«. Eine weiße Puderquaste fiel zu Boden und hob sich selber auf.

»Lenke nicht ab!« rief mit Recht Benita, aber schon recht schwach. Haben die Frauen nur bereits einigermaßen in den Schleier der Verwirrung sich verwickelt, wird er schnell zu jenem Kleide, das ihre Reize auf die geheimnisvollste Art zur Schau stellt.

»Lassen wir die Frage, wer abgelenkt hat, in Schwebe«, sagte der Herr mit der bewundernswerten Delikatesse eines Beichtvaters, der selber ein sehr schlechtes Gewissen hat, aber amtierend über es hinweggehen muß. Benita, in der nämlichen Lage, sog die Aufforderung der für das Sündigen notwendigen Autorität erleichtert ein. In diesem schönen Augenblick der Verständigung zweier an sich sehr verständiger Menschen über etwas Unverständiges – dicht vor dem Eingehen eines Verhältnisses also – klopfte es wieder. Dank dem doppelten Schweigen, das zwei eben im Erreichen der Mündung des vollen Redens Begriffene so jach hoch und dick aufführen wie Jerichos Bewohner ihre nur von Trompetensalven umzuwerfenden Mauern, wurde gehört – was sonst sicher ungehört geblieben wäre –, daß aus dem Angemach das Husten fortgetragen wurde. Gleich nach dieser – besonders für unseren Argumentator – wichtigen Wahrnehmung trat, unter einem Strohkranz von Haar und in einem noch wie naß an überquellende Formen geklatschten Entkleidungsstück, mehr Hemd nämlich als Kittel, die Magd ein und stellte mit einer Pfote aus violettem Leder ein Brotkörbchen auf den Tisch, aber so nahe an seinen Rand und zugleich so weit von dem ihr gewiß als fürchterlich geschilderten Manne, daß nur durch Benitens Zugriff es vor dem Falle bewahrt werden konnte, und nur durch den Nichtfall der Mann verhindert wurde, ihres

Herrn Schicksal auch der Dienerin zu bereiten. Denn schon war er im Begriff gewesen, für einen Augenblick sich hinter die Szene zu begeben, in den Schatten des Lichtkegels, um sein edles Haupt in jenes blutgierige Löwenhaupt zu verwandeln, das niemand, der ihn liebt oder den er liebt, je gesehen hat!

»Sie können gehen!« sagte Benita hart.

Sofort und schnalzend wie Zungen von Gaumen lösten sich die bloßen Füße des noch rechtzeitig geretteten Geschöpfes vom bereits sich erhitzenden Boden. Der Laut des nackten Fleisches blieb nicht vergeblich eine kleine Weile in Ohren, die schon genug Gescheites und Törichtes, also Nebensächliches, gehört hatten, gemessen an der unbeschreiblich schönen, tiefen und bündigen Mitteilung etwa eines zärtlich stolzen Klapses auf einen rassigen Popo.

»Ich habe nicht die Absicht gehabt«, sagte der Herr, wieder abgeschwollenen oder abgeschminkten Gesichts, von der sich schließenden Tür zur Dame zurückblickend, »den Trampel für den Harem des Sultans von Marokko anzuwerben.« Das Lächeln, mit dem er diese *captatio benevolentiae* begleitete, war allerdings blond und anämisch. Es fehlte darin eben das Blut des Opfers.

»Doch nun zu Tisch!« ermannte er sich, als ob man mit bloßer Ermahnung zu was anderem über ein bedenklich Eines hinweggehen könnte; aber: der interessante Mann bewegt sich, wohl immer neu interessant, doch immer auf derselben Ebene. Vermöchte er zu transzendieren, entschwände er dem Publikum, das diese mit ihm teilt und das er braucht. So bleibt's also beim Wechseln der Rollen. Und er schwang eine unangebracht verschwenderische Hand über ein einfaches Mahl, dem, wie er jetzt mit Dankbarkeit sah, ein Hündlein von schier unglaublicher Artenmischung, das hinter der Magd in's Zimmer geschlüpft war, seine Aufwartung machte. War's auch nicht viel, eben nur ein Hündlein, so doch Zufallvorrat genug, das Gespräch, wenn nötig, vom drohenden Treffen in's Schwarze abzulenken. Die meisten erzählen bei Alarm einen guten Witz. Einige wenige jedoch entdecken Amerika, um nicht dort, wo sie zu Hause sind, ihrem Gewissen Red' und Antwort stehen zu müssen. Auf solchen Leuten beruht jeglicher Fortschritt. Ihnen gelingen, weil ihnen das Eigentliche mißlingt, jene bewunderten Erfindungen, dank denen man schneller tötet und leichter lebt.

»Oh, du hast nie die Absicht! Nie! Niemals! Nicht einmal eine Sekunde früher, als du sie hast!« rief Benita bitter über die Speisen hinweg, sie einschließend in alles gründlich Verdorbene ihres Lebens und dieses Mannes. Der neigte den Kopf. Den nun wieder schönen Kopf eines schlimmen Kindes. Er gab sich gar keine Mühe, zu leugnen, durchschaut zu sein. Wozu auch? Erstens muß man hie und da seine Wahrheitsliebe dadurch unter Beweis stellen, daß man seine wesentliche Unwahrhaftigkeit – für die man nichts kann, man hat sie vom Schicksal – schweigend eingesteht. Ein solches, mehr als kluges Tun macht das erschütterte Vertrauen fester als eines, das nie erschüttert worden ist. Zweitens gibt es Leute, die auch zu Tode getroffen nicht sterben. Das sind die Götter und die Windhunde. Gleich wieder schließt sich über dem Stich narbenlos die glänzende Haut.

»Ich rede im Ernst!« fuhr Benita, jetzt gar nicht mehr höhnisch, fort. Ihre Worte, die den geschilderten Eindruck auf den Mann gemacht haben, hatten deswegen einen noch größeren auf sie gemacht. Der sonst wie blind darauflos pickenden Henne war bestätigt worden, daß sie diesmal das Urkorn gefunden hatte.

»Ich kenne dein Wesen!« durfte sie nun auch mit Recht sagen. »Gut! Oh, nur zu gut!« Dem Herrn war die Wirkung seines Wesens oder Unwesens, besonders die, den lieben Nächsten zum Philosophieren zu reizen oder gar zu einem religiösen Menschen zu machen, um ihn dann (auf diese erlauchte Weise) loszuwerden, noch viel besser bekannt. Er konnte daher nichts gegen Benitens Fund einwenden. Und wollte es auch nicht. Er hätte durch eine Widerrede die Bedeutung desselben und damit die eigene geschmälert. Zugleich aber sah er mit jenem schwer lidgedeckten, die Seele von der Hüfte an aufschlitzenden Seitenblick, den hoch oben die mißtrauischen

Tyrannen gen ihre Gefolgschaft abschießen, tief unten die geilen Lungerer in die Dienstbotenschöße stechen, und der, weil sachlich wie das Operations- oder Mordmesser, bis zum Sitz der Krankheit oder des Lebens vordringend weder abgelenkt noch enttäuscht werden kann, er sah also, daß die Dame jetzt auf dem Stühlchen der Pythia saß, ein Anblick, der ihn ergriff wie den Archäologen der endliche Anblick der goldenen Totenmaske des nun nicht mehr sagenhaften Agamemnon. Benitens etwas kurzsichtige braune Augen, für gewöhnlich halbverschattet von den langen Wimpern, die das Erblickte oder Gedachte – ob wirklich erblickt oder gedacht, diese Frage kann bei einem Geschöpfe, das wesentlich Gegenstand von Wahrnehmungen und Denken ist, also weit mehr Objekt als Subjekt, nicht zweifelsfrei mit Ja beantwortet werden – in jenem geheimnisvollen Dunkel ließen, das die bohrenden Psychologen, wenn sie nichts Gescheiteres zu tun haben, anlockt und die geborenen Einbrecher in den Nebenmenschen weiblichen Geschlechts zu stets neuem Knacken leerer oder seichter Kassen verführt, waren jetzt, was sie eigentlich sind, oder wie sie sein werden, wenn die Wahrheit des Todes über sie kommt und nichts Nichtvorhandenes mehr zu verbergen ist, zwei sehr große, dickverharzte Bernsteinkugeln im weißen Atlasfutter einer voll aufgeklappten Schatulle. Sie sahen nichts, sondern schauten etwas. Der so ziemlich allwissende Herr – deshalb so ziemlich allwissend, weil eine nie bestandene und auch zukünftig nicht zu bestehende Schlußprüfung ihn zum dauernden Repetieren ein und derselben Klasse verhält – wußte, daß jetzt gleich eine der vielen peinlichen Überraschungen des Hades statthaben würde. Die unreine Hand des einen schöpft klarste Kenntnis aus der trüben Hand des andern. Nun, die einander zu lieben Verdammten, nicht aber für einander Bestimmten – und für die Seligen schreiben wir nicht – kennen dieses plötzliche Sichbefinden in jener luftlosen grauen Staubwolke, die der Einschuß eines Stückes Höllenewigkeit in der noch oberweltlichen Zeit aufwirbelt. Die schwersten Zungen sind auf eine grell unnatürliche, unterwunderbarere Weise gelöst. Auch in die banalste oder ärmste Sprache fährt – wie in einen noch nie getragenen Handschuh eine Hand – für einen Augenblick, der gut stundenlang dauern kann, das sonst nur vom reichsten Vokabulare angezogene Ingenium. Der Zwang zu Wahrheit, alleinherrschend in der infernalen Foltergegend, zwingt den ledernsten Magen, alles auszuspeien, was er zwar apperzipiert, aber nicht verdaut hat.

Knie gegen Knie gedrückt unter dem schmalen Tisch und die Gesichter an das (unsichtbare) Gitter eines unsichtbaren Beichtstuhles, saßen sie da, er aufgerissener Brust, um die zu erwartende Anklage nebst den *corpora delicti* zu erharren, halb über's Haupt die Tarnkappe einer Cruxifixusmiene gezogen, um vorbildlich, wie's dem Erlöser ansteht, der ja auch Mensch ist, sich weh tun zu lassen –, sie bis zum Kinn eingeknöpft in den ihr eben angegossenen Talar der strengen Seherin, um ihm weh zu tun, aber zum Heil seiner Seele, wie man einen lebenden Hund seziert zum Heil der Kranken: Ein scharfsichtiger, doch tauber Beobachter würde haben glauben müssen, ein höriger Mann picke die wenigen Liebesbrosamen von der schmalen Lippe seiner Herrin, und ein grausames Weib sei eben dabei, das vom Schlachtopfer heiß gewünschte Ausweiden zu zelebrieren.

»Jetzt, zum Beispiel, weiß ich«, sagte sie und erhob einen Finger, wie überlebensgroß wohin deutend man ihn auf allegorischen Deckengemälden findet, »daß du in diesem Augenblick – halte diesen Augenblick an und überzeuge dich selber von seiner Leere! – nicht weißt, was du im nächsten mir sagen wirst; so bestimmt, und wie genau vorausberechnet mir sagen wirst, als hättest du wochenlang nachgedacht. Du denkst aber nicht nach. Das hast nämlich du nicht nötig. Denn dir wird's plötzlich einfallen. Fix und fertig. Aber nur dir! Der du eingelassen in deine Schädeldecke den ewig heiteren, den verschwenderischen Himmel deines Geburtslandes trägst wie eine hohe Halle das Glasdach, durch welches du, gemächlich unten Sitzender, nur deine Netze hinaufzuwerfen brauchst in die blaue Unerschöpflichkeit, um jedes Fanges voll sie zurückzubekommen. Du bist eben ein Erfinder! Einer, dessen bloßer Blick was immer für Teile, auch wenn sie ganz und gar nicht zu einander passen, zu einem vollkommenen Ganzen gerinnen macht! Versteh mich recht: ein Erfinder! Kein Lügner, o nein! Keiner jener Schwächlinge, die unfähig zu eigenem Werk, die wahren Werke anderer verändern! Du bist« – und ein jäh aufsteigender Widerwillen, wie kurz vor dem Erbrechen, ließ ihre bis jetzt so gleichmäßige, einem Diktate folgende Stimme in den hinschwindenden Laut des sich entlüftenden Dudelsacks entschwinden – »ein Schöpfer!!«

Der Stuhl knarrte unter dem Herrn.

»Aber«, schrie sie scheinbar recht unvermittelt auf – denn ohne Zweifel hatte sie des Schöpfers der Welt gedacht; anders nämlich wäre der Gedankensprung von einer noch möglichen Beschuldigung zu einer nicht mehr möglichen unerklärbar –, »mit einem Wesen, das überall ist und nirgends, das mich durchdringt, ohne mich zu besitzen« – jetzt rächten sich die vielen beischlaflosen Nächte –, »das mich beherrscht, obwohl ich ihm nicht diene, auf Schritt und Tritt mich hindert, ohne wirklich dazusein« – klarer ist der Atheismus des Weibes kaum je dargelegt worden – »kann ich nicht leben!«

Der Herr, ohnehin schon des Staunens voll, sowohl über sich selber – das weit interessanter, als er geglaubt hat, ihm nun erst erscheinende Selbst –, wie über eine unerwartet tief bohrende Abbildnerin desselben, bewunderte zusätzlich, vom extramundanen archimedischen Punkte her, den der an den Leidenschaften nicht beteiligte Verstand mitten in der Schlacht oder knapp vor der Hinrichtung plötzlich beziehen kann, wieviel die Dame, die wir doch damenhaft genug geschildert haben, zugleich wollend und nichtwollend, gar nichts- und hellsehend, von dem wußte, von dem sie habituell nichts wußte, und bis zu welch definitorischer Schärfe der Geist eines Weibes sich zu schleifen vermag, wenn es gegen den Geist geht.

»So! Und nun erfinde dir was!« sagte Benita wieder mit ihrer gewöhnlichen Stimme. Und um zu zeigen, daß sie nicht mehr amtiere, keine pythische Begabung mehr besäße, griff sie zu Messer und Gabel. Es war ein jäher Fall aus größter Höhe in die latente Gemeinheit, einem Liebenden oder Gatten vertrautes, weder mit positivem noch mit negativem Vorzeichen bespanntes Phänomen – das der qualitätslosen Schlafzimmerintimität.

Der Mann lächelte schmerzlich (er hätte auch freundlich lächeln können: an einem Kreuzweg im Nichts kann man ebenso gut nach links wie nach rechts gehen), und die ebenfalls im Nichts sich befindliche Dame (wo so gut das eine wie das andere, das Böse wie das Gute, das Vernünftige wie das Unvernünftige den Uranfang machen kann) stellte mit innigem Vergnügen am Unlogischen fest, daß ihre lieblose Aufforderung die schnurgerad' gegenteilige Wirkung übte. Die Dornenfalten nämlich dieses schmerzlichen Lächelns verklärten das an sich schon sehr schöne Antlitz des Mannsbildes bis zu dem des eben auferstehenden, noch grabesblassen und von winterharten Schollen geritzten Adonis. Ermutigt vom Signal des erhobenen Bestecks näherte sich unbeirrbar, Beinchen vor Beinchen setzend, wie eine Karawane durch den Wüstensand zieht, die unter ihrem hiesigen Hundeleben leidende Hundekreatur dem Tische.

»Ich habe die afrikanischen Hammel verkauft, Benita«, sagte mit seiner allertiefsten Stimme, so leise wie rauh, der auch äußerlich baritonalgefärbte Herr. (Kein anderer als unser Herr würde nach dem eben Vorgefallenen überhaupt noch was zu sagen gewagt haben. Wenn nämlich die Erfundenheit, gleichgültig welcher Aussage, von vorneherein feststeht, oder festzustehen scheint, wer wird da in dem vernichtenden Glanz der Negation um ihrer selbst willen die Kostbarkeit des zufällig Wahren zücken? Der Herr aber tat's. Ohne Bedenken. Weil er den endlichen Sieg des Wahren über alle Indizien des Gegenteils für grundsätzlich beschlossen hielt, oder weil hinsichtlich auch des ungeeignetesten Stoffes – siehe etwa den Wirt – er eben ein wahrer Schöpfer war.)

Die Dame lachte grell auf. Das Hündchen floh in seine Ecke zurück, wo es erbärmlich zitterte.

»Von denen du mir seinerzeit sagtest, daß sie dich reich machen würden!« frisch wie am Tage seines Gesprochenwordenseins sprang der Satz aus dem Kühlschrank des nur für schöne Zukunftsbilder gebauten weiblichen Gedächtnisses.

»Du wolltest mich in ihr Goldenes Vlies kleiden!« Das war ohne Zweifel peinlichste Texttreue.

Der Mann – das war ihm vom glattmarmornen Gesichte abzulesen – betrachtete seine damalige metaphorische Schneiderkunst auch heute noch, trotz angeblichen Fehlens des kleidsamen Fells, aber wegen der gleichbleibenden Zeitlosigkeit antiker Mode als unübertrefflich.

»Kannst du leugnen, dies überschwengliche Bild gebraucht zu haben?«

Der Mann richtete sich auf, wie bei leisestem Geräusch ein auf Vorposten Hockender. Die Dame verstand ihn sofort: Um keinen Preis der Welt wird er, obwohl Erfinder, und also Verächter, Plünderer und Verbraucher auch der heiligsten Umstände, die Urheberschaft eines Wortes leugnen. Nur zu begreiflich, denn: der Zauber, der eigentliche Zauber, weht im Wort. (Daß er zu Zeiten, und oft während langer Zeiten, wie während der unseren, nicht wirkt, gehört auf ein anderes Tapet.)

»Du siehst«, sagte mit weitauseinandergespreiteten Fingern, zwischen denen alles, was man auf sie gießen kann, verrinnen würde, die Dame, »deine gewählten Worte überleben deine Versprechungen.«

Das ist der Lauf der Welt! dachte der Philosoph und hatte den im Gespräch mit einem geliebten weiblichen Wesen sehr seltenen Mut, sein Schritthalten mit diesem Lauf der Welt durch ein Achselzucken zu neglegieren.

»Du hättest Dichter werden sollen!« sagte Benita. Einen schimpflicheren Beruf zu ergreifen, kann eine Frau einem Manne nicht zumuten. Man hört also hier, an der Quelle eines unzählige Male schon so ähnlich geführten Gesprächs, aus welchem der beiden Geschlechter, die weitverbreitete Meinung, Geist und Phantasie hätte Einer nur *ex defectu*, in die Welt sich ergießt. Die Wirkung dieser Zumutung auf den Herrn widerlegte jedoch die Richtigkeit obiger Meinung: nicht nur nicht fühlte er sich getroffen, sondern sogar noch stärker gerüstet. Und zwar dank der Eingebung, die schnurgerade geschleuderte Invektive zum Bumerang gebogen zurückzuschleudern.

»Dann würdest du die dich lächerlich machende Nebenbuhlerschaft deiner Taten nicht zu fürchten haben!« schloß sie überraschend logisch.

Es kam so, wie es zwischen Diplomaten – denn was anderes sind jetzt unsere Liebesleute nicht, weil sie, statt einander an die Brust zu sinken oder einander umzubringen, sich an den Verhandlungstisch gesetzt haben – kommen muß: Der eine und der andere gehen in den andern und den einen ein, um inmitten seiner Viscera ihn aus den Angeln zu heben.

»Vielleicht bin ich ein Dichter geworden, dort unten!« sagte der schöne, ein so trauriges Schicksal nicht verdienende und deswegen zum tragischen Helden aufrückende Mann im melodischen Tone des gewohnten Resignierens. Das »Vielleicht« war verführerischer, als das »Gewiß« je sein kann, das nichts als Meisterwerke erwarten läßt: Die strenge Determiniertheit eines poetischen Vorgangs hindert uns nämlich, im Gewohnten das Außergewöhnliche zu sehn. Weswegen der Stümper mehr für's Wunder des Schaffens zeugt als der Könner. Die Richtigkeit dieses Satzes bewies nun die Dame. Denn: einen genialischen Dilettantismus, bar aller Schattenseiten des wirklichen Genius, traute sie dem Geliebten schon zu. Ja, nicht ungern sah sie ihn, den Gefährlichen, mit ihr, der ungefährlichen Auszeichnung, geschmückt. Jetzt natürlich war noch nicht die rechte Zeit, diesen Ballorden an die Brust ihres Tänzers zu heften. Zuerst mußte sie mit den Schattenseiten fertig werden. Die Sophisterei der Weibnatur, diese hinter jedem Gesicht einer Geliebten verborgene unwiderlegliche Verknäuelung von Rechthaben und Nicht-Rechthaben, verlangte, durch ein brillantes Argumentieren *ad hominem* als die Stimme des gesunden Menschenverstandes sich zu bestätigen. Und folge solchem Argumentieren, was da wolle, auf dem Pferdefuße!

»Um von nun an überhaupt kein Wort mehr halten zu müssen! Nicht wahr? Und wegen dieser Großzügigkeit soll ich dich noch bewundern? Weil der Windbeutel endlich zugibt, einer zu sein? Und jetzt, wo Ehrlichkeit keinen Sinn mehr hat, er so ehrlich ist, mir Nichts mehr vorzumachen? Mit einem solchen Geständnisse kannst du einen Beichtvater beglücken, aber keine Frau!« Über des Mannes nicht nur bewegliches – das marmorne ist bloß ein Halt auf der Fahrt, um Betriebsmittel und Post einzunehmen –, sondern auch tiefgestaffeltes Gesicht – mit Hofwohnungen, Garten, Lusthäuschen, Hauskapelle und Stall für edle Pferde oder auch gemeine Schweine – zog ein Schleier, hinter dem eine Umgruppierung der Streitkräfte stattfand. Es ist nicht leicht, wissen wir vom Felde her, aus der Verteidigung zum Angriff überzugehn.

»Jetzt mit leeren Händen zu kommen, weil früher mit erborgtem Gute sie gefüllt gewesen sind: hältst du das für eine moralische Leistung oder gar für eine angenehme Überraschung? Geh, und suche die Welt aus nach dem englischen Geschöpf, das dein Nichts von Geschenk, gewickelt überdies in Spinnwebe, als das höchste und schönste empfindet. Ich bin ein irdisches Geschöpf!« In diesem subjektiv richtigen Ausfall lag der Fehler des unrichtigen Objekts. Denn der Gegner sah niemandem weniger ähnlich als einem Engelspartner. Der Augenschein war auch so grell, daß sie von ihm wegschauen mußte. Erst nach Unterdrückung der eigentlichen Wahrheit vermochte sie auf der höheren Ebene der uneigentlichen wieder fortzufahren.

»Wie konntest du, der gescheiteste Mann, den ich kenne«, – der Mann hörte das Lob nur ungern, weil aus einem gerade hinsichtlich dieser Eigenschaft unzuständigen Munde kommend – »glauben, eine Frau sei fähig, einen zugrunde gegangenen Liebhaber zu begreifen? Muß ich dir sagen, daß der Erfolg, den ein Mannsbild hat, die größere Hälfte seiner Wirkung ausmacht? Und um das dir sagen zu lassen, hast du mich bis hieher verfolgt? Das ist deiner nicht würdig gewesen! Das hättest du dir und mir ersparen sollen! Geh! Geh mir aus den Augen!!!« Nun litt sie endlich so schmerzlich wie gewünscht, auch auf die Gefahr hin, den Geliebten ihrer Aufforderung gehorchen zu sehn, unter jener in einer Gummizelle des Gewissens vergeblich tobenden Erbitterung, die uns bestätigt, daß wir inmitten der weiten Welt, unbefreibar aus ihr, eingeschlossen sind. Und Beniten bewies sie, daß sie liebe: den wahrscheinlich Unwürdigen, sicher Verhängnisvollen, aber von ganzem

Herzen. Wenn man den Palast verläßt, den die Kraft seiner Quadern durch die Jahrhunderte trägt, beginnt das Sichsorgen um die Hütte, die bestenfalls das Leben ihres armen Bewohners durchdauert. Um nun das Verzichten auf das sichere Haus noch eine Weile zu verbergen und das Sichbegnügen mit einem baufälligen doch nicht zu leugnen – es ist ein Treten auf dem Orte der Verhandlung –, werden die bittersten Vorwürfe und die süßesten Empfindungen, wie zwei Glasplatten mit demselben Bilde, das eine negativ, das andere positiv, langsam übereinandergelegt und endlich zu Deckung gebracht.

»Muß ich nicht, nach allem, was du mir angetan hast – ohne es mir antun zu wollen; des bin ich gewiß –,« der Mann bestätigte heftig ihre gute Meinung, und gab damit zu, sie nicht gehabt zu haben, »die Luftlöcher, in die du immer wieder fällst, für den Stoff halten, aus dem du gebildet worden bist? Muß ich nicht, weil ich Arges nicht glauben will,« – der schöne Mann blickte sie mit einer sengenden Dankbarkeit an – »glauben, daß das Scheitern dein wahres Ziel ist und dein stolzes Segeln bis zur Klippe nur ein Intermezzo?«

Der Herr schien sein Verwechseln des Uneigentlichen mit dem Eigentlichen nicht für unmöglich zu halten. Ja, wer ist schon seines wirklichen Wollens vollkommen sicher?! Dieser Anschein eines demütigen Zweifelns und einer beginnenden Einkehr bestärkte Beniten in der Überzeugung, ihre zum Teil doch nur aus dem Windzug des Gesprächs gehaschte Darstellung der Mannsseele sei die richtige. Glücklich, in dem zufällig so tiefen Sacke immer noch was Unglückliches zu finden, fuhr sie, hart an der Wahrheit vorbei, aber doch an der Wahrheit, und bereits selbst ergriffen, gleich dem Schauspieler, der schließlich auch an einem gemalten Feuer erbrennt, fort: »Bist du bei Geld und im Glück nicht immer traurig, wie ein falscher König, der die geraubte Krone auf seinem Haupte zittern fühlt, und bis zum Becher hinunter, den er, statt in den Mund, in den Bart schüttet? Gerade die friedlichsten Landstriche, durch die ich mit dir gegangen bin, um endlich frei von der Zentnerlast der Liebe eines ungeliebten Mannes zu sein, und mit dir, dem Geliebten, zu schweben, ja, zu schweben, sogar hoch über den Blumen, denn nichts sonst begehrte ich, als das Gewicht einer Flaumfeder zu spüren, die du bläst und die in deiner Willkür selig tanzt –: haben sie dich nicht finster und wortlos gemacht, als ob der Segen deines Bruders Abel, den du hassest, auf ihnen ruhte? Als ob du Unrecht tätest, ihre stille Luft zu atmen, ihre ruhigen Wege zu bewandeln, ihren Hüttenrauch gottwohlgefällig steigen zu sehn, das Rauschen der Mahd zu hören und den dumpfen Drusch in den unsichtbaren Scheunen? Warum, o sag, warum wird alles unter deinen Händen zu geraubtem Gut? Warum an deinen Lippen das Süße bitter? Warum klagt gerade dich die Unschuld an, und muß doch fallen und fällt auch, und niemandem auf die Seele als dir?«

Er horchte atemlos. Er war erschüttert: aber von der Schönheit ihrer Darstellung. Er war gerührt: aber über die Eigentümlichkeit seiner Verfassung.

»Wenn du noch eine Mutter hättest, würde ich dir raten: geh zu ihr! Bekenne ihr deine Verluste: den Verlust deines Vermögens, deiner Hammel, und auch deiner Person. Sie wird die Arme strecken, so weit die Welt ist, und dich wieder zusammenfassen.« Sie hatte ein Töchterchen von sechs Jahren. Sie wußte also Bescheid.

»Sie wird aus der Schwelle des Zuchthauses noch deinen Schritt über's Gesetz verstehn, noch in den Mauern deiner Zelle dich liebevoll umarmen, aber von einer Frau, die du liebst, verlange nichts, wenn du nichts zu geben hast!« Streng die Natur einer Mutter und einer Geliebten voneinander scheidend, als ob solches möglich wäre vor dem ausschließlich ehelichen Gotte, und mit dem von seinen Saiten gespannten Gesichte eines virtuosen Geigers, der eben höchste Töne greift, wo für Anfänger gar keine sind, hoffte sie – das Hoffen wie eine anstrengende Tätigkeit übend –, ihre Sache gut vorgetragen zu haben. Der Mann, von dem sie das ihm Unmögliche und das ihr Zuwidere verlangte, hätte ein Heiliger sein müssen oder ein abgebrühter Theaterbesucher, um nach Erlöschen des bengalischen Rampenlichts das zugleich schöne und begabte Weib laufen zu lassen.

Mit dem Vogelaug', das, bei Angst oder bei lobsüchtiger Aufmerksamkeit, man an der Schläfe hat, bemerkte sie, daß er in ihr Profil starrte. Sie hatte ja, ihm abgewandt in jedem Sinne, wie auf der Breitseite eines weit draußen vorüberziehenden Schiffes gesprochen und gewünscht, er möchte es ob der Schärfe bewundern, mit der sein Bug, was etwa noch sie verbände, durchschnitt. Jetzt hörte sie, wie mit endlich entpfropftem Ohre, das windige Rauschen und hörnerne Klopfen des Regens, der aus letztem Wolkenkübel – weil am Sonntag nichts mehr zu verderben war – den aufwaschenden Rest goß. Die Blätter der Bäume, des Kohls und des Salats klatschten als Meereswellen an der Mole eines kleinen Hafens zwischen steil abfallenden Felswänden. Dorthin, in dieses natürliche Kloster, zwischen Amalfi und Positano, wo man von außen, nicht von innen, mit Einsamkeit, Armut und Enthaltsamkeit bedrängt wird, gedachte sie zu entschwinden. Es ist der Nirgendwoort, welch' bestimmten Namen er auch trüge.

»Du hättest, als ich von den idiotischen Hammeln zu erzählen beginnen wollte, mich ausreden lassen sollen!« sagte der so heftig angegriffene, vollkommen entwertete Herr mit seiner ruhigsten und tiefsten Stimme; eine doppelte Unhöflichkeit, denn: er würdigte die Anklagen der Dame nicht nur keiner Widerlegung, sondern fegte durch den Wechsel des Themas den ganzen Gerichtshof in das Nichts. Ein kühnes Stück? Nein! Nicht in einem Gespräche, dessen Vordergründigkeit nicht auch seine Hintergründigkeit ist, in einem welchen also man von der Wand abliest und nicht vom Munde, worüber eigentlich gesprochen wird. Die Dame schloß auch sogleich wie mit zehn Fenstern das Rauschen des Regens fort. Und jene von tausend zurückgehaltenen Atem hervorgebrachte Stille begann zu herrschen, die einen Zirkus mit sich duckenden Feiglingen auspolstert, wenn hoch oben in der Kuppel die Artisten nach dem Faden haschen, an dem ihr Leben hängt. Dieser Augenblick dünkte dem Herrn der rechte, sich zu erheben. Wer inmitten einer Vorstellung sich erhebt, um die Vorstellung zu verlassen, hat – ausgenommen die zwingende Notdurft – andere Gründe, als alle haben, die sitzen bleiben. Welche? Absolut oder nur relativ zwingende? Darauf kommt es nicht an. Auf die Störung kommt es an! Auf das Phänomen selbst! Auf das derzeit nicht Ergründbare! Auf die ohne Wurzel blühende Pflanze! Was wird er tun? fragte sich Benita. Sie zog die Zehen ein in den der Nässe wegen leicht beweglichen Schuhen.

Sie erriet nicht, welch ein Ziel er, der immer Überraschende, sah, und zu welch einer Tat er sich erhoben hatte, zu der, die sie hoffte, aber fürchtete, oder zu der, die sie fürchtete, aber insgeheim forderte, oder zu was unvorstellbar Drittem. Diese Qual einer nicht zu treffenden Wahl kommt von dem überzeugten Sagen dessen her, wessen man nicht wirklich überzeugt ist. Sie hätte sich gerne an den Kopf gegriffen. Aber sie erreichte nur das Kinn. Und ab dem begann die fühllose, eiskalte Maske Gelähmtsein. Plötzlich sah sie das unvorstellbar gewesene Dritte, das Überraschende, das keine Überraschung duldet, das die Sprache vernichtet, ehdenn sie das Gedachte zu artikulieren vermag: Er wird mich und sich töten. Sie wollte aufspringen. Doch fehlte sogar für diesen Augenblick die winzigste Zeit.

»Höre, Benita!« Sie zuckte wie beim Knacken eines Gewehrhahns. Und war bereit, hinzufallen. Aber ihre Haltung als Sitzende hinderte sie im Fortsetzen des Wahns.

»Ich bin nicht zugrunde gegangen!« Zweige schlugen hart an's Holz des geschlossenen Fensterladens. Ein trockener Windstoß fuhr durch die Spalten, die lockeren Glastafeln drückend, die das Vergnügen, vielleicht zu zerspringen, in den Lauten platzender Nähte vorkosteten.

»Ich bin gerettet!«

Das gesträubte Gefieder des schönen Vogels, der so häßlich hatte schreien können, senkte sich. Das Herz trommelte nicht mehr. Der von einer nichtgelernten Rednerin nur schlecht verteilte Atem strömte wieder in weit hinaus verflachenden Zügen. Das von zurückgehaltenen Tränen aufgeschwollene Innere der Nase schwoll ab, und die Luft durchflog es ohne anzustreifen. Es ist also all das, was so notwendig zu sagen gewesen war, unnötig zu sagen gewesen. Es gibt also Personen, zwischen denen, und Gespräche, in denen das Wahre zugleich unwahr ist. Es kann also hinsichtlich eines gewissen Mannes eine gewisse Dame in dem einen Augenblicke, der ihren optimistischen Sensualismus hungern läßt, Recht haben, und in dem nächsten, der ihren Pyrrhonismus füttert, – gleichgültig womit, ob mit natürlicher oder chemischer Speise – auf das zweifellose Rechthaben verzichten, ohne den mindesten Wahrheitsverlust zu verspüren. Einen weiblichen Baumeister erstaunt oder stört nicht im Geringsten, wenn nach Abtragen der Gerüste ein Gebäude sichtbar wird, das nicht – wiewohl alle Ziegelträger und Maurer einen Eid darauf ablegen könnten – aus den granitgrauen Bündeln von bösen Prozeßakten errichtet worden ist. Im Gegenteil! Der weibliche Baumeister wird sofort rufen: So soll es sein! Ja, sogar: So hat es kommen müssen!! Die Dame ist nämlich nicht für's Causieren, sondern für's – materielle – Transzendieren. Nicht für die Veränderung – und sei's auch eine zum Guten –, sondern für die Verwandlung, wenn auch eine zum Bösen; was noch lange nicht eine zum Schlechteren bedeuten muß. Mehr für die Angel, in der eine Tür sich dreht, als für die Tür, welch ein Gemach sie auch immer öffne oder schließe. Mehr für den frösteln machenden Reiz einer Gespenstererscheinung des Geliebten als für sein schönstes natürliches Erscheinen. Sie karrt zum Hause, in das ihre Seele einheiraten oder auch nicht einheiraten will – was, wie man gleich sehen wird, auf's selbe hinauskommt – nur das gerade bereitliegende physio- und psychologische Material herbei, und beginnt einen Plan zu verwirklichen, der schon mit dem ersten Spatenstiche nicht mehr der ihre ist und mit jedem weiteren immer mehr ihr sich enthänelt. Während nämlich vom Keller empor sie Wirkung auf die Ursache türmt, verwirklicht vom nur erst gedachten First herab der Schöpfer seinen Plan, indem er vorläufig den ihren mit einem dicken trüben Glas überzieht. Bald darauf bricht er Pfosten wie Binsen, steift er Streichhölzer zu Säulen, engt er ein oder schlägt er breit, Ausdehnung oder Punkt, wie's seiner Unerforschlichkeit gefällt, die, obwohl nur angenommen und als außer uns vorhanden nicht beweisbar, dennoch eine so gewaltige Überzeugungskraft besitzt, daß wir unter dem erhabnen Namen Schicksal ertragen, was wir als unseres Eigenwillens Mißgeburt in den Irrenhäusern verbergen sollten. Und da saß nun, wie der Igel in seinem Nichtwettlauf mit dem Hasen, die Frau, diese besondere Verehrerin der Unerforschlichkeit, die so gescheite Frau Benita wieder so lieblich töricht da – ein Anblick von bodenloser Untiefe, den nur die wahre Schönheit bietet –, als hätte sie nicht, wenn auch nur wie im Traume, selber alle Hebel des Zaubertheaters in Bewegung gesetzt! Glücklich, beschämt worden zu sein von einem Jemand, der, mit ihrer stillschweigenden Erlaubnis ausgestattet, zusammenfügt, was nicht zusammengehört, das gewisse End' eines Gedankenfadens an die ungewisse Länge des Lebensfadens knüpft! Gestillt durch ein bißchen Zuckerwerk vom süßen Mark der Welt, blickte sie dankbar zu einem Menschen auf, der gerettet worden ist, der da also geht, wo nach neunundneunzig von hundert Gesetzen er nicht hätte gehen sollen, und eben deswegen jener begegnet, die nur diesen Weg bewandelt. Nicht weniger dankbar, aber aus anderen Gründen, blickte der Mann auf die Frau.

»Allerdings, Benita«, sagte er, über sie geneigt, und mit den nach hinten gestreckten Händen sich festhaltend am rauhen Rechts und Links der Mauerkante, »bin ich nicht wegen meiner Verdienste gerettet worden. Sondern – durch Gnade!«

Dieses Wort ist eines der größten und verpflichtendsten unter den Wörtern. Wer sich der Gnade rühmt, ist nicht mehr sein eigenes Werk. Ein bedenkliches Geständnis für einen, der nicht schon Mönch ist, sondern noch Mann! Es war also des gestehenden Herrn Stellung die des Atlas, der die Weltkugel trägt, die nicht selbstgeschaffne, ihm allein auferlegte fremde schwere Last. Trotzdem kann der mächtigste König nicht königlicher dastehn, als gebeugt von soviel Ehre der oberste aller Sklaven des Schöpfers. Höchsten Ruhm dem, der eine solche Erhabenheit aus einer solchen Erniedrigung zu ziehn vermag! Der Herr war ohne Zweifel ein Meister der Alchimie, des Verwandelns jedes Elements in jenes, dessen er eben bedurfte. In diese Behauptung darf aber nicht mit dem gut etliche Stockwerke tiefer beheimateten mentalen Vorbehalte eingestimmt werden, der so hoch Betitelte löge eben nur so vollendet, damit an Stelle der alten, abgebrauchten, gar nicht mehr als wahr empfundenen Welt eine neue wahre, genauer gesagt, höchstwahrscheinlich wahrere Welt sich etablieren könne. Ein solches Interpretieren der leidigen Tatsache brächte jenes gewisse Kind, das mit dem Bade sonst nur ausgegossen wird, im Bade um. Nein, was mit unbeholfener Zunge gegen unsern Mann spricht, ist einzig und allein die Sprache. Ist der in einer schon recht schäbig gewordenen Zeit sehr ungewöhnliche Glanz des Wiedererfindens der ersten Worte bei vollem Besitz der späteren Grammatik. Kurz: das kunstvolle Wie erschüttert die Glaubwürdigkeit des schlichten Was. Wenn jetzt ein vollsinniger Zeuge anwesend wäre – denn die Dame zählt nicht –, würde er unsere Behaupterehre dadurch retten, daß er das sichtbare Zeichen, womit der delphische Gott das überaus seltene Einanderdecken Inhalts und Ausdrucks zu schmücken pflegt, bestätigte. Der schöne Mann war in dieser seiner tiefsten Erniedrigung, zu der er's natürlich nur mit der Hilfe des Himmels hatte bringen können, nämlich noch um vieles schöner als früher. Das vordringlich Klassische seiner (wie jeder) Schönheit lag nach innen zurückgekehrt in den unendlich ahnungsreicheren Höhlungen ihres Abgusses oder Negativs. Sie wölbte sich gewissermaßen in die vierte Dimension hinaus. Deswegen schien er auch – scheinend mit zusätzlichen Strahlen – noch liebenswerter und noch edler. Der Betrachter und Bedenker des Phänomens sieht sich gezwungen, eine Gnade in der Gnade anzunehmen, einen Kern im Kern, und so fort bis zur letzten, aber noch immer nicht letzten ultramikroskopischen Einheit.

Benita, die gerade in diesem Augenblicke ihre Augen nicht zu dem Manne erhob, brauchte sie nicht zu erheben: ihr blindes Dasitzen machte nur einer besseren, allerdings auch sehr der Diskretion bedürftigen Wahrnehmungsweise die fensterlose Mauer. Durch das Aug' des Schoßes und von dem Punkt aus, wo im Unendlichen zwei parallele Linien einander schneiden, erschaute sie das so lang' und so innig gewünschte Verschmelzen von Innen und Außen des geliebten vielpersonigen Mannsbilds.

Weil eine also zusammenfassende Schau die auf rasche Einzelheiten abgewogene Zeit liturgisch dehnt, begann in der engen Stube die geräumige Stille eines Saals zu herrschen, wo eben geadelt worden ist: Nach-Tisch-Stille. Den erotischen Emblemen zu Trotz, die hier herumhängen, befinden wir uns in einer katholischen Welt, in jener einzig wirklich adeligen, die weder was von der Eigenbedeutung der Talente hält noch von einer erdienten Rangerhöhung. Wenn schon die Gabe, nicht nichtzusein, sondern zu sein, grundlos vergabt worden ist, kann nichts, was in dem ebenfalls grundlosen Dasein uns zustößt oder nicht zustößt, einen zureichenden Grund haben. Entweder ist alles Gnade oder nichts. Macht nicht die kurz zuvor noch so unbestechlich gewesene Richterin ein geschmeicheltes Madonnengesicht? Fühlt sie nicht ebensosehr in ihrem angestammten Glauben sich bestätigt wie in der ihr angeflogenen Liebe? Und: sind Glaube und Liebe nicht gleich süchtig nach dem aus jenseitigen Trauben gepreßten Getränke? Mit welchem im Leibe man den nämlichen Menschen doppelt sieht? Einmal, wie er ist, und einmal, wie er sein könnte und sollte? Und: zieht der trunken Scharfäugige den Gesollten nicht dem Gemußten vor? In der katholischen Welt nimmt eben ein geretteter Windbeutel einen unvergleichlich höheren Rang ein als ein stets ehrlich gebliebener Kaufmann. Und wenn Gott mit dem leuchtenden Beispiel einer nicht zu begründenden Ausnahme vorangeht, darf da das Geschöpf sich lumpen lassen? Die einzige Regung, die der weibliche Verstand vor so viel unverständlicher, aber leidenschaftlich gebilligter Gunst sich noch gestattete, war ein leichtes Mißtrauen, nicht in den Herrn da oben, o nein, sondern in den Herrn da unten, ob seines oft schon bewiesenen Hanges, sich selbst zu täuschen.

»Ist's aber auch wahr, daß du gerettet bist?« fragte Benita. »Wenigstens du?« setzte sie hinzu. Dem Klang der Stimme nach – einem krankenzimmerhaft sordinierten – hatte die Liebende für die Nächstenliebe sich entschieden. Es war auch ihr Gesicht auf ein Gesichtchen zusammengezogen vom zitronensauren Biß in's wenig anschauliche Glück des Andern. Dieser Umstand, mit dem unbestechlichen innern Aug' wahrgenommen, erschreckte den allzu vorbildlichen Schiffbrüchigen und allzu vorbildlich Geretteten, der als ein solcher natürlich nicht an eine öde Küste geschwemmt zu werden gewünscht hatte, vielmehr an die Füße von Palmen und zum Empfang eines Ulyß herbeigetrippelten königlichen Mädchens. Zugleich aber – und das ist das unvermeidlich Widersprüchliche eines in der erotischen Welt katholisch, oder in der katholischen erotisch sich Betragenden – beseligte ihn der fromme Anfall, den Beniten erlitt, oder zu erleiden sich bemühte, als der Erweis des Möglichseins einer bis zum Urmutterschoß hinabdringenden Liebe, woselbst alle Grade von Nähe und Ferne zum Du in den ersten Adam zurückschmelzen, dem auch wieder die erste Eva sich gesellt. Begreiflich, daß unser Herr Atlas unter der Weltkugellast zu einem Knotengebilde aus allen Muskeln und Adern aufschwoll, unbegreiflich jedoch, daß er, solchem Kräftezuwachs entgegen, auch weiterhin tiefgebeugt dastand! Diese nicht mehr zu begründende Haltung des mythischen Vorbilds wie des gegenwärtigen Nachbilds ist befriedigend nur so zu erklären, daß beide, neben ihrer Hauptbeschäftigung, zu tun, was man eigentlich nicht tun kann und soll, auf dem Boden ihrer erdichteten Existenz die fadendünne Spur doch einer Wahrheit verfolgten.

»Genau das!« sagte er, statt traurig und demütig, freudig und stolz. »Nicht mehr und nicht weniger!« Der schöne Mann mit der noch schöneren Phantasie hat die Kühnheit gefühlt und ihr nachgegeben, mit nur dem unbedingt Vertretbaren das Auslangen zu finden, ob im rechten Augenblick, das steht noch dahin. Man setzt auch viel öfter, als man glaubt, sein ganzes Vermögen auf eine einzige Karte. Allerdings ließ er gleich im nächsten Satze Beniten den Vortritt auf dem Wege des sich Desillusionierens. Und das würdigte des Mannes Kühnheit um ein Beträchtliches wieder herab.

»Bist du bescheiden geworden, Liebste, so bin ich nüchtern geworden. Jedenfalls sehe ich seit dem arabischen Malheur die Sachen so wie sie sind, das heißt, so wie du, die auf der Erde Lebende und das kurze Erdenleben restlos Auslebende, stets gewünscht hast, daß ich sie sähe.« Der vorbildlich Schiffbrüchige hatte also tatsächlich nur noch das Hemd am Leibe.

Daß es ein reines und trockenes, dem Kostümschrank des Theaters eben entnommenes war, versteht sich aus der zwischen Naturtreue und Dezenz, ohne da oder dort anzustoßen, hindurchfinden müssenden Kunst. Benita nickte lebhaft, wie oft Weinende nicken, die zwischen zwei herzbrechenden Schluchzern bereits sich getröstet fühlen. Auch jetzt noch nicht blickte sie zu dem Manne auf. Hätte sie aufgeblickt, würde sie einen gesehen haben, den die so selten genossene neunziggrädige Wahrheit berauscht hat. Abraham, den Patriarchenbart und die langen Greisenlocken über den Isaac schwingend, wird nicht glänzender, schweißperlender, gottverwirrter ausgesehen haben! So also turnten beide an dem nämlichen Seile, aber aus grundverschiedenen Nöten – in dem einen Haus ist die Stiege der Logik eingestürzt, in dem andern wütet das Dachfeuer der Leidenschaft –, hinunter zur sicheren Erde. Es dauerte natürlich eine Weile, bis die luftigen Sohlen an den festen Boden sich gewöhnt hatten. Dann sagte Benita: »Es hat lange, sehr lange gebraucht, bis es dahin gekommen ist.« Das sagte sie aber nicht aufatmend, sondern feststellend und abschließend. Auch ein dümmerer Mann hätte gemerkt, daß die Frau als Frau der Exzesse des Wahrredens (gleichgültig, ob wirklich Wahres oder nur ein höchst Wahrscheinliches geredet worden) bereits überdrüssig sei und auf dem Boden der jetzigen Tatsachen, welchen Vorzeichens immer, so schnell als möglich sich zu etablieren wünsche. Nichts konnte unserm Herrn, der ja nur seine stark erschüttert gewesene Glaubwürdigkeit hatte wiederaufrichten wollen – zu welchem Zwecke er an jedem Finger eine Wahrheit hatte, in der Hand allerdings keine –, willkommener sein als dieser echt weibliche Wink, zur Tat zu schreiten, zu jener neuen Tat, die, obwohl die ewig gleiche, durch ihre bloß zeitliche Neuheit die früheren Taten, als gültig bereute und vergebene, auslöscht. Daher die Frauen nichts weniger leiden können, als ein Reden, das, ob töricht oder geistvoll, nicht mit jedem Worte die einzig erregende Sache, nämlich sie selber, anzielt. Die Frauen sind also sowohl zu Dummheit wie zu Intelligenz exemt.

»Im Ganzen: zehn Jahre!« sagte er mit erhaben gleichgültiger Miene und mit einer den hohen Zeitbetrag verschwenderisch entgleiten lassenden Hand. Wer von uns gemeinen Seelen würde dasselbe wagen? Einen so großen Teil seines Lebens der Nichtigkeit zu zeihen und in den Korb zu werfen, in den auch die Köpfe der Guillotinierten fallen!? Dank dieser großartigen Übertreibung war aber auch – wie gewünscht – das Thema gefallen.

Vor der Türe zirpte ein kindliches oder weibliches Wesen. Es war die Magd, die nach dem im Zimmer vermuteten Hündlein rief mit der gedrosselten Stimme der Weckerin eines Reisenden in der Gasthofnacht.

»Der Schnurz ist hier und kann hier bleiben!« sagte sehr laut Benita. Der Mann atmete auf. Weil sie weder Hund noch Katze liebte, war's ohne Zweifel ein Akt der Zustimmung zur Situation. Trotzdem trachtete er gerade jetzt, während der letzten Schritte aus dem Wasser an Land, noch nicht mehr dazusein, als einem glücklich Geretteten ansteht. Wenn auch die Dame bereits merklich, sozusagen mit freiem Auge sichtbar, in die Figur hineinwuchs, die von Anfang an, der seinen entsprechend, er ihr zugeformt hatte, so gebot doch die um's volle Gelingen des Werks besorgte Vorsicht dem Magier, die Bezauberte für erst halb bezaubert zu halten, das heißt, für noch immer fähig und willens, im Magier den Betrüger zu entdecken. Daß die Vorsicht viel zu weit ging, nämlich über ein gar nicht Anklagbares hinaus, wie die Aussage des echten Confessors weit über seine wirkliche Schuld hinausgeht, kam ihm jetzt nicht zu Sinn. Wird doch jedes Bildwerk aus dem Überflüssigen herausgehauen. Wer nicht Abfall hinter sich läßt, oder wer gar einen zu kleinen Stein nimmt, der hatte noch weniger zu geben, als er gegeben hat. Nein, unser schöner Mann war nicht nur kein Betrüger, sondern das stracke Gegenteil eines Betrügers. Er bezahlte ja Blei mit Gold. Er schlug sich um ein Weib mit dem Aufwand eines Feldherrn und Verantwortlichen für hunderttausend Männer. Er rang um die eine seit Urmutter Eva unveränderte und unveränderbare Gestalt mit der Gestaltenfülle des Proteus. Er schüttelte das Kaleidoskop der Welt so lange, bis es die der Geliebten wohlgefallende Konstellation zeigte.

Er war ein Mann, den das Höchstmaß eingeborenen Charmes zwingt, die jeweils in Schuß kommende Wahrheit so darzustellen – wie mit dem Schattenpinsel des Chinesen –, daß ihr ordinäres Gewicht zu fast nichts sich verringert; ein Mann, den die pure Freude zu leben, die keiner Gründe bedarf, befähigt, auf der Kerkerkugel, die einen bloßen Daseinsgefangenen zu Boden des fatalen Ortes lasten macht, wie auf Münchhausens Kanonenkugel nach allen Orten zu fliegen. Und wie immer zu geschehen pflegt, wenn von Zweien miteinander Befaßten das Äußerste geleistet worden ist am Weghauen des Überflüssigen, tritt die vorgegebene Situation, wie ein Fluß, aus ihren Ufern und trägt das Paar mit Leichtigkeit zielwärts.

Die vornehme Dame legte in der ihr plötzlich vertrauten bäuerlichen Stube, allerdings noch innerhalb ihrer Aura wie in einem die volle freie Bewegung noch hindernden Glassturz, das vernichtete Hütchen ab und den trotzig anbehaltenen Mantel, zückte das Spiegelchen, um den Zustand der Malerei auf der Seide des Gesichts zu prüfen, die Haare zu ordnen, das heißt, die ihnen vom Coiffeur verliehene, etwas steife Ordnung ein bißchen zu derangieren, und ergriff mit dem nämlichen Ernste, der auch den leichtsinnigsten Künstler beim Sichselbstporträtieren befällt, den Miniaturphallus des Lippenstifts. Der Herr hinwiederum, der nichts abzulegen hatte, legte auf einer höheren Ebene das Kostüm des majestätischen Büßers ab, der in seinem Canossa, unter den Fenstern seines Papstes, weiblichen Geschlechts und diesmal Benita genannt, im Dauerregen gestanden ist. Und wahrhaftig, das nun erst zum Vorschein kommende Unterkleid, der feuchte weiße Anzug, plättete sich selbst. Und was das Merkwürdigste war: sie hörten beide nicht mehr die Rufe der Kuckucksuhr. Dann rückten sie die Stühle, sie ja schon sitzend, er noch stehend, bequemer und luden einander zu Tisch, zu Konferenztisch, der in militärisch kriegerischem Falle statt Sardinen, Schinken, kaltem Huhn, Butter, Käse und Weißbrot, Tinte, Papier und Feder getragen haben würde. Nach den ersten Bissen in die leckeren Friedensbedingungen – der Herr mit dem müh'voll gezügelten Hunger eines in eine noble Gesellschaft verschlagenen Schiffbrüchigen, die Dame, nur ein Fischmäulchen öffnend, mit dem Engelsappetit einer Erstkommunikantin – fand Benita es an der Zeit (während sie nicht tief genug in ein Hühnerschenkelein schnitt, obwohl sie die größte Aufmerksamkeit dieser Operation zu widmen schien), den Inbegriff aller amourösen Wiedergutmacherei festzustellen.

»Du bleibst also jetzt hier?«

»Ich bleibe hier und bei dir«, sagte er, bei etwas zu vollem Munde von der Frage getroffen. Als er geschluckt hatte, sagte er: »Und für immer! Ich bin ja...« Er unterbrach sich, weil er glaubte, noch sich hüten zu müssen vor einem zu schönen und zu flüssigen Reden. Aber der Sprung, zu dem der großartig Versprechende angesetzt hatte, war nicht mehr zurückzuhalten.

»Ich bin ja ein Gefangener der Gnade!«

Sein Antlitz leuchtete wie das des Heiligen Franz Xaver bei den witwenverbrennenden Indern (auf einem Bilde in dem Jesuitenkloster, wo er erzogen worden war), und das andere Schenkelchen des Huhnes, an dem er genagt hatte, hielt er, wie ein begeisterter Evangelist die inspirierte Rohrfeder, weit hinaus in die so gar nicht weihrauchige Luft.

Von ihrem früheren Zusammenleben mit dem treulosen Liebhaber an solche Übertreibungen gewöhnt und sie schmerzlich vermissend beim nichts als treuen Gatten, sagte Benita heimlich entzückt in etwas weniger Entzückendes:

»Ist dies Wort nun wieder eins vom Range des Goldenen Vlieses?« An solche Stiche in seine prächtigen Seifenblasen war hinwiederum er gewöhnt. Sie schmerzten ihn nicht, weil er unerschöpflich war im Hervorbringen solcher. Nur ihr Nichtbewundertwerden hätte er übelgenommen.

»Nein!« lachte er bühnenschön. »Es hängt nicht mit mythisch-kolchischen, sondern mit wirklichen Hammeln zusammen.«

»Welch ein seltener Glücksfall!« lachte auch sie. »Nämlich bei dir!« setzte sie anzüglich hinzu. Aber diese Anzüglichkeit war nur der umgekehrte Stolz auf die Ausnahme. Sie fühlte sich im Überfluß jenes seligen Blaus, das die gen Himmel fahrenden Madonnen umgibt, und warf dem irdisch schmutzigen

Hündchen ein großes Stück fetten Schinkens zu. Allerdings: sie liebte Fett nicht.

Als sie ihr Duett zu Ende gelacht hatten, sah sie die nächste Zukunft entschleiert vor sich liegen. Weil er aber fürchtete, seine ziemlich wahrheitsgetreue Behauptung könnte durch's genaue Erzählen des Zustandekommens der wunderbaren Rettung beträchtlich erschüttert werden, fand er's für notwendig, diese auf die einzige Ursache jeder Geschichte, Anfang jeder Schuld und aller Gnade, zurückzuführen.

»Natürlich hängt's nur so zusammen, wie wir alle mit Adam und Eva zusammenhängen.« Heiter gesagt, meinte er es ernst. So ernst wie keiner, der ihn zu kennen glaubt, glauben würde, daß er's meinen könnte. Sie verstand den Ernst begreiflicherweise als Scherz. Auch: weil sie nun einmal – nicht wahr? – im Scherzen waren. In die Hände klatschend, rief sie: »Eine lange Geschichte, die Geschichte deiner Rettung!« Er beobachtete sie mit derselben leeren, nur gespielten Aufmerksamkeit, mit der ein Arzt, die Diagnose schon kennend, einen Kranken beobachtet, der sich für gesund hält. »So lang wie die Geschichte der Menschheit!« Sie glaubte, übertrieben zu haben.

»Du hast richtig gemessen«, sagte er mit fremder, kalter Stimme, welche Stimme überdies noch wie durch's Telephon aus weiter Ferne hergemittelt klang. Dem untersten Sinne nach war's die des Richters, die zum geschickt verhörten Delinquenten sagt: Damit haben Sie sich selbst das Urteil gesprochen! Diesen Sinn faßte sie natürlich nicht, und jene Klangfarbe war ebenso natürlich nicht auf ihrer jetzigen Palette. Und als der vielstimmige Herr, dem ein bißchen vor sich selber graute, gleich wieder seine bronzene, wüstenheiße Stimme an die Lippen setzte, merkte auch dann nicht die Dame, daß vor diesem doch ein ganz anderes Instrument geblasen worden war.

»Wenn man den Luftlinien nachreist«, setzte er die Geschichte seiner Geschichte fort, »ist sie blitzkurz. Zu Fuß allerdings«, und er beugte sich bedeutsam über gut die Hälfte des Tisches, »hat sie fünfzehn Jahre gebraucht.«

»Wird die Lebensdauer dieses Gasthofes reichen, sie zu erzählen?« fragte Benita, die noch immer nicht an den Ernst der

Länge glaubte, und beugte sich über die andere Hälfte des Tisches, um dem Geliebten in die sowohl großen wie maßlos vergrößernden Augen zu sehn, die ihr die Dinge zeigten, wie sie sein sollten, wie sie aber leider oder Gottseidank nicht sind. Doch eine Sekunde früher hatte der schöne Mann die immer zu viel sagenden Augen niedergeschlagen.

DER VERTRAG

oder

IV. KAPITEL

das, während als übergeordnete Aktion des Grafen entscheidendes Gespräch mit Till Adelseher abläuft, dasselbe nur beiläufig sich widerspiegeln läßt im Firnis über einem Miniaturporträt Benitens oder auch in der erheblichen Besorgnis des Lunarin, sie könnte Ohrenzeugin dieser Absprache werden.

Mit dem begehrten Wesen so rasch wie möglich an einen heimlichen Ort gelangen und das dringendste Wünschen dort ausgiebig oder wenigstens notdürftig befriedigen wollen: dieses Bestreben führt in dem liebenden Paar eine neue Zeit- und Rangordnung herauf. Der Sekundenzeiger verschlingt Stunden, wie der Moloch Kinder, die Vergangenheit, einschließlich des heutigen Vormittags, wird eine einzige Prähistorie, die Gegenwart ist voll von Zukunft, wie voll von Wasser ein untergehendes Schiff, dieses bestehend nur noch aus Planken, die schon im nächsten Augenblick auseinanderschwimmen können, Buddha, Julius Cäsar, die Entdeckung Amerikas, der Dreißigjährige Krieg und die Pragmatische Sanktion sind lauter Nichtigkeiten, und Abdullah, ja Abdullah kann sich noch bedanken, daß er zugleich mit so vielen Größen und großen Tatsachen, während der Auseinandersetzung Benitens mit Lunarin, vergessen wurde. Denn – Hand auf's Buch! – in Ihrem Gedächtnis, verehrter Leser, ist er nicht zu finden. Nun könnten wir, wenn wir Autoren wie andere Autoren wären, diesen Verlust als einen Gewinn buchen, abgezogen von einer meisterhaften Darstellung der Leidenschaft. Jedoch: wir gehören nicht zu jenen blinden Hühnern, die von dem zufällig gefundenen Korne sich einreden lassen, sie hätten es gesehen. Von Kunst also keine Rede! Nur von einem *lapsus memoriae!* Gewiß wäre, wenn unser Held und unsere Heldin nicht ein weit tieferes Trachten zu befriedigen gehabt hätten als in chronologischer Folge unsere Neugierde, er erwähnt worden.

Wir aber müssen von Abdullah reden, dem Diener des Grafen und hilfreichen Freund, dem allein es der Erbe zu danken hat, daß er sein Erbe antreten kann.

Der scharfäugige Leser sieht bereits etwas blitzen. Ein silbernes Geschlängel durch's bohrend gelichtete Uferdickicht. Einen bessern Bach! Ein lächerliches Flüßchen!! Dem wir aber den unheilumwitterten Namen Halys geben müssen. Ja, Abdullah ist unser Halys, oder wäre beinahe unser Halys geworden. *Si Halyn transgrisses, imperium magnum destruisses.* Wenn wir die einem Abdullah karg zugemessene Zeit überschritten hätten, würden wir das große Reich unserer Erzählung zerstört haben. Weil es gleich Eingangs derselben zu nichts gekommen ist, wäre es auch später zu nichts gekommen, und in aller Ewigkeit auch zu nichts.

Jedoch: ein Lapsus bleibt ein Lapsus, so notwendig, in einem höheren Sinne, er uns unterlaufen ist, und so wohltätig er, wie die Hefe den Teig, unsere Erzählung durchsäuert, wir müssen also, was wir literarisch vortrefflich gemacht haben, moralisch gut machen. Am Rande brav nachtragen, was wir in Foliomitte vorbildlich versäumt haben. Umso lieber unterziehen wir uns einer so aufhaltenden Beschäftigung – eigentlich sollten wir's schon gar nicht mehr erwarten können, den ersten Blick in's sagenhafte Enguerrandsche Schloß zu werfen –, als bei der Gelegenheit noch einmal ein Licht auf den Zufall fällt und zugleich in ein Gehäuse, wodrinnen er schon des öftern das Licht der Welt erblickt hat, wenn man etwa Luthern glauben darf, der seine Ansicht von der Rechtfertigung durch den Glauben allein über dem Loch der *cloaca* gefunden haben will.

Jawohl, Sie täuschen sich nicht, empfindsame Dame, gestrenger Herr! Es ist hier wirklich und wahrhaftig von jenem, in den feinen Romanen entweder nicht vorhandenen oder ängstlich gemiedenen Örtchen die Rede, das die armseligen Witzbolde seiner Sphäre weit ärger besudeln, als die heftigste letzte Konsequenz eines pantagruelischen Appetites dies zu tun vermöchte. Obwohl nun *naturalia non turpia* sind, erbitten wir trotzdem Pardon, und beschwören den Leser, uns ja zu glauben, daß wir uns niemals dahin begeben haben würden, wenn es irgendwoanders etwas Zufälliges gegeben hätte, das noch zufälliger gewesen wäre als die Tatsache, daß Abdullah mit einem bedruckten Papiere raschelt, das vom vierten Oktober neunzehnhundertzwounddreißig datiert ist, dieweil der unschilderbare Vorgang am zweiundzwanzigsten July dreiunddreißig sich abspielt. Das bejahrte Papier stammte aus Paris, war von einem Exemplar des *Matin* genommen und lag in dem heißen Lesekabinett in einem Zustande auf, der jeden einigermaßen gebildeten und einen rächenden Gott wahrhaben wollenden Menschen an die gerechte Strafe für Zeitungen denken lassen muß: geviertelt und mit Hilfe eines Spießes an die Wand geheftet zu werden.

Nun fällt kaum ein Blick – soferne was vorhanden, worauf er fallen kann – so sicher auf's Richtige, als ein leerer, sturer, weder was Bestimmtes, noch überhaupt Was erwartender Blick. Es würde zu weit führen, wenn wir jetzt unsere hohe Meinung von der Zufallslektüre über einem mit den Unterirdischen Verbindung pflegenden Loche oder Schlunde und vom tiefen Blick eines leeren Blickes stichfest begründen wollten.

Wovon also sprach das pariser Orakel zu dem jetzt nicht mehr hingebungsvoll an seine Verrichtung gebundenen Abdullah?

Von einer der abgelegensten Gegenden Europas, von Enguerrands Schloß und von dem gesuchten Erben, dem Grafen Lunarin. (Ohne Vornamen auch im französischen Text!)

Nicht möglich! ruft der unbelesene Leser.

Wieso nicht möglich?! rufen wir. Ja, zum Kuckuck, was soll denn der Zufall sonst sein als ein Zufall?! Wohnt ihm *ab initio* eine sehr geringe oder gar keine Glaubwürdigkeit inne:

ist das nicht nur nicht seine Schuld, sondern geradezu die zu seinem vollen Begriffe gehörende Unschuld? Wollen Sie als den Zufall einen Zufall sehen, der unter dem Joch der Kausalität einherwankt? Oder haben Sie schon einmal einen Zufall kennengelernt, der mehr oder minder die Regel gewesen wäre? Es ist hoffentlich überflüssig zu bemerken, daß wir nicht von den gewöhnlichen Zufällen reden; von den Wald- und Wiesenzufällen, die, weil sie zu oft vorkommen, gar keine echten Zufälle mehr sind; nur einen sehr echten Überraschungscharakter noch besitzen; auf dem besten Degenerationswege sich befinden, die Regel zu werden. Nein, wir reden hier, und zwar an Hand eines Schulbeispiels, von dem reinrassigen, dem Schooße der Vorsehung eben entsprungenen, jungfräulichen uns in die Glieder fahrenden Zufall, der nur zufällig die Bezeichnung Zufall führt. Wir sprechen also von jener höchsten Art Zufall, die nur zufällig ein Zufall ist!!

Doch nun zurück zum leeren Blick, der da glaubt, nicht recht gesehen zu haben; und mit Recht: denn noch vor einer Sekunde hat er gar nichts gesehen! Und jetzt versuche man sich vorzustellen, mit welch' erhabenen Gemütsbewegungen das unwürdige und häßliche Gehäuse sich erfüllte! Der gesuchte Erbe in Rufweite, in einer Bredouille, aus der heraus schon zehn Franken geholfen haben würden, und er, Abdullah, Besitzer des papierenen Schlüssels zu der Herrn und treuen Diener auf Lebenszeiten versorgenden Schatzkammer! Den Bauzustand derselben allerdings nannte die Zeitung romantisch. Was aber versteht schon ein Araber unter romantisch!

Oh, hätten wir die erlösende Nachricht aus einem Strohsack krempeln, aus einem Mülleimer ziehen, aus der Luft schnippen können! O glückliche Autoren, deren Schlösser keine Nullkabinette haben! Wir hingegen, wir Unglücklichen und Furchtsamen, die wir kein Fädchen der Wirklichkeit anders zu färben wagen, als es vom göttlichen Webemeister durch die Kausalkette geschossen worden, wir sind das Opfer unserer Aufrichtigkeit. Infolgedessen können wir jetzt nicht Abdullah – wie's seinem Temperament und der Sachlage entsprechen würde – aufspringen lassen. Ist er doch durch die derzeit ihm obliegende Beschäftigung an eine hockende und abwartende Stellung gebunden. Sowohl als mitfühlende Menschen wie als gewissenhafte Schriftsteller müssen wir die notgedrungene Pause respektieren.

Der im Verlaufe unserer Ausführungen über die fatale Situation Abdullahs unterrichtete Leser wird so gut wie vorhin unser Lunarin eingesehen haben, daß die Geschichte zu undelikat für das nur mit Lieblichem eingerichtete Begreifen der geliebten Frau gewesen wäre. Der Herr Graf stürzte also, um mit der von ihm begehrten Dame auf dem guten Fuße eines eilends hypostasierten durchschnittlichen Verstandes zu bleiben, den kompromittierenden Abdullah in die Zisterne des *lapsus memoriae*. Begabte Schauspieler verführen ähnlich mit einem zu dummen oder zu gescheiten Stück. (Gescheite Stücke stammen nie von einem echten Dramatiker!) Sie vergeistigen allzu blödsinnige Sätze und verschleiern noch dichter tiefsinnige, verschlucken Worte, in denen, am falschen Orte, der Autor das sagt, weswegen allein er das Megaphonmaul aufgemacht hat, oder schlagen sie zu einem Haufen unbedeutender zusammen. Und all das tun sie mit dem uns alle faszinierenden Eifer, die normale Dummheit, zu einer welchen im Verlaufe eines Theaterabends der untätige Verstand aufsteigt, als die bereits erste Intelligenzstufe erscheinen zu lassen.

Jedoch: aus so tiefer, unter der Schwelle des Bewußtseins sprudelnder Quelle ein Lapsus auch an den Tag gestiegen sein mag, um dem von sengender Logik und blendender Wahrheit bedrohten Tage gleichsam mit einem Sonnenschirme beizuspringen, ihn von dem einen zu dem andern Dunkel zu geleiten, er selber, der Lapsus, kann der Einsicht, die ihn begangen hat, nicht lange widerstehen. Sofort nach Vollbringung seiner Kavalierstat verliert er seine Gespanntheit, faltet er grübelnd sich zusammen, erkennt er sich selbst. Aus ist's mit der entwaffnenden Unbefangenheit, die ein sogenannter genialer Schachzug aufweisen und bewahren muß, will er nicht als der Zug eines kalt berechnenden Charakters vor die viel feurigeren Hunde gehen. Daß der wirkliche Genius dieselbe Ordinärheit im mythischen Rausche trifft, gehört auf eine Seite, die hier fehlt. Aber: unser Lunarin lebt nur, was wir schreiben. Er ist eine sich durchschauende Maschine, die als solche den jedem technischen Gebilde integrierenden Fehler erblickt, weil aber Maschine, ihn nicht zu beheben vermag. Ihn beheben kann nur ihr Erfinder: also Gott.

Es blickte nämlich der Herr Graf, während er unten in der Gaststube heimlich, eindringlich und schnell mit dem Abelfächer, Eichelhäher, Nadelseher, kurz mit dem Manne verhandelte, dessen Namen er nicht sich merken konnte – immer wieder zu der hochgelegenen Tür des Extrazimmers empor, als fürchtete er im Rahmen derselben das Erscheinen einer zwar geliebten, jetzt aber sehr peinlichen Dame, so wie der Herausgeber einer gestern eingegangenen Zeitung vor dem Besuche der gewissenhaften Leserin zittert, die auf dem leider noch nicht kodifizierten Rechte, zu wissen, was in den nicht mehr gedruckten Romankapiteln vorgeht, besteht. Sie hat nun einmal in die saftigen Figuren sich verbissen und will hinunter zu den bereits verschluckten Gliedmaßen auch die noch unverschluckten senden. Begreiflich. Kein Menschenfresser wird beim mageren Hals seines gutgebratenen Feindes haltmachen, und kein Logiker, auch keiner des Unsinns, früher denn an den Grenzen der Vernunft oder in der Spitze des Bockshorns. Das Erscheinen Benitens also war die Gefahr, die den Herrn Grafen zwang, einesteils jene Türe nicht aus dem Auge zu lassen, andererseits die wichtige Verhandlung mit dem Herrn Adelseher so flüchtig zu führen, als beträfe sie in der Tat die nur für genau drei Tage geplante Abwesenheit des Besitzers eines noch gar nicht in Besitz genommenen Schlosses und eine bloß ehrende, zu nichts Ernstlichem verpflichtende Vertreterschaft. Und alle diese kleinen, annoch fast unschuldigen Verfälschungen der Wahrheit unternahm der Herr Graf, damit ja nicht, wenn die eine Wahrheit herauskäme, auch die andere herauskomme: daß nämlich nicht der Liebende die Geliebte verfolgt hat – wie Benita, der Leser und der Herr Graf selbst glauben –, sondern der Erbe die schon in Afrika gefaßte Absicht, mit dem Schloß seinen elenden Finanzen aufzuhelfen. Welch' große

Fallensteller doch der Teufel in ihren eigenen kleinen Schlingen fängt!

Unterwegs – auf dem Schiffe von Algier nach Marseille –, flüchtend aus der soundsovielten Bredouille seines Lebens, diesmal einer afrikanischen, erscheint dem interessanten Manne, der, wegen des Gerettetseins durch offenbare Gnade jetzt auch sich selber sehr interessant ist (es war doch nur das Gegenteil zu erwarten gewesen! Wie lebt sich's also mit dem ihn, zweifelsohne, gar nicht gemeint haben könnenden Zufall? Wie verschweig' ich dem Gotte, daß er, Gottseidank, sich geirrt hat?), der Beweggrund seiner Reise doch allzu profan, recht wenig einem Lunarin anstehend, und so sucht er für den einzigen eigentlichen einen noch eigentlicheren zu setzen, was eigentlich unmöglich ist; unmöglich jedenfalls in einer Wirklichkeit, die noch keine dialektische. Aber: die frommen Leute, die hinter der Physik etwa eines gebrochenen Beins die metaphysische Führung auf den Weg des Nichtgehenkönnens spüren wollen, die, an den Stuhl gefesselt, vom Weltlichen zum Geistlichen sich befreit fühlen – und ohne ihren Sturz vom Trittbrett des Trambahnwagens in die Hölle gestürzt wären –, tun sie nicht genau dasselbe? Ist die Setzung einer dialektischen Wirklichkeit nicht die unerläßliche Voraussetzung religiösen und theologischen Denkens? Nun: zu diesem auf seine Art ebenfalls nicht unedlen Zwecke läßt unser Lunarin, aus einem Fonde, der ihm zu Gebote steht (einem sogenannten Charakter nicht), heiße, sehnsüchtigste Liebe sich einschießen zu einer Frau, die er vor zwei Jahren, um ja in die afrikanische Bredouille geraten zu können, treulos verlassen hat, welch' unedle Tat doch eine rechte Parodie auf den edlen Zweck ist; aber er erkennt sie nicht als solche, darf sie nicht erkennen, weil ja der allein ihm, dem Grafen Lunarin, anstehende edle Zweck jeden andern unedlen und jede Parodie verdrängen muß. Vielleicht sieht man im Halbdunkel dieser schwierigen Seele deutlicher als in der uninteressanten Klarheit einer aristokratisch bereits kristallisierten, wie Adel entsteht, nämlich aus Nichtadel – woraus oder wogegen denn sonst? –, und unter welchen in der Wahl der Mittel nicht sehr wählerischen Sinngebungskämpfen! Was befähigt ihn nun, die echtesten Gefühle so zu zielen, daß sie jene Person treffen, von der sie dann erst (angeblich) erregt werden, die zwängischen Umstände seinerseits zu zwingen, und die zu verschieblichen Coulissen gewordenen so zu stellen, daß sie genau die Szene grenzen, bebildern, erläutern, auf der er, dieser Dichter, leider nicht von Literatur, sondern von Leben, wieder eines seiner Stücke, und meisterhaft – nach solch' präzisem Zuschneiden der Rolle auf den Leib –, aufführen will und kann; was also befähigt ihn, einesteils wie beschrieben zu tun, andernteils, inmitten dieser anregenden und sicher nicht genug zu schätzenden Putzmachertätigkeit oder Ladenarrangeurkunst nicht mit der – den in sich gewiß organischen Bau schöner Nichtigkeiten elefantisch zertrampelnden – Erkenntnis zusammenzustoßen, daß nicht das übermächtige Schicksal ihn, sondern er ein recht artiges, selbstverfertigtes Schicksal triebe, sozusagen eine lammfromme Eselin zu Markt und auf ihrem Rücken die in den Lunarinschen Gott Eros magdlich ergebene, sonst fürchterliche Ananke? Wir können nur antworten: eine wahrhaft schöpferische Art von Selbsttäuschung! Dieselbe, die dem Kunstgewerbler ermöglicht, einer zu sein, als Künstler sich zu gebärden, Weinlaub im Haar zu tragen, ruhig zu schlafen, und beim Anblick eines Werkes der großen Kunst nicht vor Gram zu sterben. Man sollte meinen, daß die Geltendmachung eines Erbrechts, das so überraschend, ja lebensrettend in's Haus gestanden ist, und dazu noch bei einem Notar wie dem monströsen Doktor Hoffingott, einen Grad von Wirklichkeit in's Glas der Sanduhr unseres verrinnenden Lebens ritzte, unter welchem Grade jedes auf dem Weg zu solchem Gipfel der Konkretheit anfliegende Motiv notwendig bleiben müsse, es könne in der dicken Luft, die – im Unterschied von der dünnen um Alpengipfel – da oben herrscht, nicht atmen. Für wenigstens einen Augenblick wird, hofft man, die von der erwähnten schöpferischen Selbsttäuschung ausgedünstete Wolke der neuen Befangenheit zerreißen und die Sonne des echten Motivs durchleuchten lassen! Aber nein, es ist und bleibt so, wie wir von dem Kunstgewerbler gesagt haben: Das Meisterstück der Wirklichkeit bringt ihn nicht zur

Verzweiflung über das Kunststück aus zweiter, wenn auch eigener Hand. Gegen welches Gesetz nun versündigt sich – zu schweigen von der Versündigung gegen ein ungekünstelt liebendes Geschöpf, das er künstlich zu einem geliebten macht, ja macht, wie der Schuster Leder zu Schuh – ein solcher Mensch? (und so lange straflos, wie er jung ist, und den komplexen Vorgang, wenn er den vorzeitigen Ausgang alles eigentlich Unorganischen genommen hat, wiederholen kann). Man kann, wer immer man sei, auch ein Dichter, und was immer man wolle, auch eine Frau, eine Erbschaft durchaus zu Fuß antreten. Um sich in den Besitz des Selbstverständlichen zu setzen, braucht man nicht das hohe Roß der metaphorischen Betrachtungsweise zu besteigen. Und man soll es auch nicht, wie der Fall Lunarin lehrt. Denn eben durch die Anwendung des Außergewöhnlichen auf das Gewöhnliche, durch das Schleudern von Jovis' Blitz auf einen Sperling, durch das Zusammenspannen des Pegasus und des Droschkengauls entsteht im Beschauer, im Nebenmenschen, der, wenn wir ihm die entzauberte Blöße unseres Alters zeigen, die Lichtung eines ausgeschlagenen Waldes, unser strenger Richter sein wird, jenes nie mehr vergeßbare Flimmern des sonst so sicheren Blicks, und im Hörer unserer (falschen) Eide und (übertrieben) leidenschaftlichen Reden jene physikalisch nicht zu erklärende Dumpfheit des Ohrs, die bewirken, daß man nicht recht gesehen und nicht recht gehört zu haben glaubt, was, weil zur Zeit dann keine Gegenbeweise zu Gebote stehen, eine chimärische Welt begründet und dem carnevalistischen Unfug des Originellen, des Interessanten, des Charmierens und Charmiertwerdens Tür und Tor weit öffnet. Die von Gott gestiftete Welt der *ratio*, die Welt der zu ihrem Zweck (sofern sie ihn einsehn) geschickten Körper, der rechten Maße, der richtigen Proportionen, der klaren Perspektiven dreht sich da in den Lunarinschen Angeln, von diabolischen Fingern bewegt, wie eine Meistertafel in's Schiefe der allzu kühnen Verkürzungen und Überschneidungen, in's allzu Iniduelle, aber gekonnt Verzeichnete, und in's allzu kompreß Gemalte, in jene »Modernität« hinein, die der vom rechten Weg Gelangweilte (weil er ja *a priori* ihm tief vertraut ist) natürlich mit einem Seufzer der Erleichterung begrüßt. Und: welcher Mann und welches Weib sind also gefeit gegen die falsche Erlösung durch Bezauberung, daß sie ihn noch niemals ausgestoßen hätten? Und: wer, dessen Aug', das fernhinzielende, mit vielem Sinne, der zu treffen sucht, geladen ist, wie das Lunarinsche, aber beim Anvisieren der Zehn Gebote ebenso viele Flimmerskotome erleidet, wird den sinnbringenden Pfeil des Blicks nicht mit bedeutsamer Vorliebe in den Unsinn senden? Zeichnet nicht den feinen, den um seine Stellung im orthodoxen Salon noch besorgten Häretiker vor dem groben aus, der sich selber aus einer Kirche auch voll mündlicher Tradition auf eine, wie wiederum er glaubte, unfehlbar zur Wahrheit führende Straße und in die unmöglich drallen Arme eines volksnahen, buchstabentreuen, korangewordenen Evangeliums geworfen hat, daß er, unter diskreter Berufung auf eine unbekannte Barmherzigkeit Gottes, auch den Teufel einmal erlöst wissen will, als ob es in dem schon genug Esoterischen noch eine innerste Esoterik gäbe, geben dürfe? Wird derselbe nicht auch den Unsinn zu Sinn bekehren wollen? Und da sind wir nun in der Gesamthaltung gewordenen Undezidiertheit! Setzen wir – *in integro* restaurierend – für Unsinn Sünde, und sehen wir zu, welche Rolle der hohe Begriff des Problems zum Beispiel im Drama des Ehebruchs spielt: eine lächerliche, herabgewürdigte! Wollen wir doch endlich wahrhaben, daß Sünden (als Tatsachen unter Tatsachen) uns nicht nur nicht zu Sinngebung verpflichten, sondern von Gott weiß gelassene Gebiete der sittlichen Landkarte sind, und daß uns ihre Bewohner, ihre Gebräuche, ihre »Probleme« und Psychologien nichts angehn. Hinsichtlich ihrer könnte unser Forschungs- oder Sinngebungsdrang guten Gewissens jeder Expedition sich für überhoben erachten, wenn – ja, wenn nicht die dauernde Versuchung bestünde, eine solche doch zu unternehmen. Nun muß allerdings auch ein Widerstandszentrum gegen diese ebenso zentral regierte Versuchung vorhanden sein, gerade – und schnurgerade – (das gehört unbedingt zum »Erlebnis«, zum Gelingen der Täuschung, es handle sich da um das echte Schicksal. In Wahrheit handelt sich's um eine echte *anima diabolica fraude captata*) auf ein Objekt des Tabu zurückzuführen, wie eben den Lunarin ohne Vornamen auf eine Benita ohne Nachnamen; begreiflich: er hat, aus sehr trüben Gründen, keinen heiligen Patron, der um ihn sich kümmerte, sie hat einen Gatten, den sie aus sehr lautern betrügt, also auch um den Namen; – ja, so bezeichnend sind unsere Bezeichnungen! Wie soll nun in der Physik geschehen, was eigentlich gegen die Physik ist – die vom göttlichen Vater zwar den Auftrag hat, seinen Söhnen zu gehorchen, welche Söhne aber als willensfreie auf keine Weise gezwungen werden, ihr zu befehlen – nämlich: daß trotz ihrer Tendenz zum Falle sie Möglichkeiten bietet, ihn aufzuhalten? Wir glauben nicht fehlzugehen, wenn wir sagen, daß eben jene so überaus glücklichen Möglichkeiten oder sich bietenden Anlässe (so unglückliche oder bloß gleichgültige sie in einem anderen Koordinatensystem sein würden), als da sind: das Antreten einer Erbschaft oder Reise, das Beziehen einer Universität oder Pension, das Abheben von Zinsen, das Einheben von Tributen (bei Frauen und Freunden) und überhaupt alle Angelegenheiten, die aus der bedürftigen Nutzung von Occasionen und Talenten sich ergeben, wie etwa aus der Tatsache, daß wir ein hübsches, begierliches Weib auf gültige Weise geheiratet haben, oder ein Laster besitzen, das noch weit mehr uns besitzt – der eheliche Beischlaf muß nur zur traulichen Gewohnheit geworden sein, und dem Vollzuge lasterhafter Handlungen darf kein Kampf mit der Versuchung voraufgehn wie auch keine Reue folgen –, die Eingangspforten zu den wenigen Paradiesen des Automatismus darstellen, in denen wir uns des Amtes der Sinngebung legal und ferial entbunden fühlen können, wie auch versichert fühlen dürfen, daß er, der Sinngebungsdrang, bei immerhin möglicher Regung, doch kein Objekt des Tabu treffen wird. Wenn nicht Einladungen die Sache wieder halbleibs aus der Versenkung des Unterbewußten tauchen lassen, und wenn man nicht zu jemands Ehren ißt und trinkt, erfreuen wir uns, schmausend und zechend, nicht allein der materiellen Gaben Gottes, sondern auch einer Errungenschaft des Geistes der Physik, nämlich: der Freiheit von jeder metaphorischen Bedeutung unserer

Tafelei, also zweier Freuden auf einmal. Die Sache ist nicht immer so einfach gewesen. Der Braten ist nicht immer so maulgerecht dagelegen. Man stelle sich doch die ergriffene Esserei des Götzenpriesters vor, der von dem Opferfleische leben muß, man gedenke der magischen Mahlzeiten der sogenannten Primitiven, der rituellen, mit Gott und der Hygiene verbundenen der orientalischen Völker, des unbequemen Verzehrens des Passahlammes! Und nun bewundere man die schon beträchtliche Ausdehnung eines sinngebungsdrangfreien Gebietes mit Hilfe des Automatismus, der wirklich so etwas wie eine Geistestat der Physik und ein rechtes Gnadengeschenk dem Menschen ist, der durch dasselbe aus einer bloßen Beute der Physik zu einem Gliede der Physik wird. Und eben dieser Aufnahme als Mitglied – mit Sitz und Stimme – in die Physik widersetzt sich ein Lunarin, und zwar deswegen, weil ihm das Überladen des Selbstverständlichen mit exotischen, häresierenden, geistvollen, poetischen Hintersinnen kunstgewerbliche Lust ist, ihm die zu seinen Handlungen notwendige Euphorie des Atheisten verschafft wie ein bißchen Erfahrung von mystischen Wonnen und theologischen Genüssen auch. Nun können wir, des Verständnisses sicher, aussprechen, wogegen ein Lunarin sich versündigt: gegen die Sonntagsruhe in der Physik; gegen die Krönung des sinngebungsdranggeladenen Sechstagewerks durch den siebenten Tag, der einige wenige Funktionen dem Bewußtsein entrückt, um so die endliche Entrückung aller Funktionen anzudeuten, vorzubedeuten und einige wenige Institutionen ins Sakrosankte erhebt, um den von der Psychologie Verfolgten Tempel und Asyle zu schaffen, wo sie mit blutig respektierter Rechtswirkung die Knie der Götter umklammern können. Keiner drängt zur Ehe, keiner schwört zur Treue, keiner meidet lieber das Geliebteste, wenn er das ihm heilig Anvermählte verließe, den die Himmlischen nicht zu einem Flüchtling gemacht haben von Anbeginn, zu einem Proskribierten undankbar-unbekannter Vaterstadt, zu einem Opfer irgendwann einmal gebeugten Rechts und zum Sucher eines unbeugbaren. Heilig ist oder wird die Ehe durch die asylsuchende, zum Zeus als zum Schützer der Eide flehende Person. Durch die leidvolle

Vergangenheit, die diese von Poseidon verfolgte Person auf dem ungeheuren Ozean der entfesselten Psychologie schiffbrüchig umhergeworfen hingebracht hat, zu dem nicht mehr gehofften gnadenvollen Ende, an der Phaiaken Strand zu stolpern und vor Nausikaa niederzufallen. Weh dem, der das leibhafte Gleichnis der Gnade, der Nausikaa antastet! Er streckt seine Hand in den Schatten eines Gottes und wird sie nur versengt zurückziehn.

Bei dieser Gelegenheit erhalten die Leute ein Miniaturporträt Benitens, obwohl wir vor einer Minute noch gar nicht im Sinn gehabt haben, eins zu malen. Wer ist Benita? Die allein auf einem Wagen in unsere Erzählung hineinfährt, um gleich, und nicht mehr allein, wieder aus ihr hinauszufahren? Wie sich's gehört für eine vom Geschlecht der Reisenden im eigenen, sowohl sächlichen wie sachlichen, Artikel, auf zufälligen Wegen, deren einzger zweiter *de jure* Bewandler der torkelnde Schmetterling. Und wie's am heilsamsten für den Mann, der nicht länger und anders mit dem drolligen Wesen sich beschäftigen soll als mit einem Buch. Denn: Liebe ist versetzte Lektüre. Noch nicht gebundene (geschriebene und bekanntgemachte) Dichtung. Man erfährt aus ihr, was ein großer Autor, der nicht nur bei Abfassung kanonischer Schriften der Feder sich bedient hat, einer Taubenfeder, in Heniden, in einer bald Musik, bald Lärm, nie aber Sprache zu nennenden Sprache, über uns denkt. Genug, Wind davon bekommen zu haben, woher er weht! Und fort mit dem nächsten Zuge! Und daß man ja nicht vergesse, das Buch, das jeweilige Lieblingsbuch, in einem Zuge zu vergessen! So hat's (immer) Lunarin gemacht, das in's Weibchen passende Männchen, der Spieler mit dem Spielzeug, der Vertraute aller berufsmäßigen Enttäuscherinnen des Vertrauens, der die von sich unwissende Unwissenheit ihrer wissend besitzt, die Alpengipfelhöhe ihrer qualitätslosen Unschuld (am Bösen) durch Häufung von Schuld (saftigster Qualität) erreicht – welche Schuld auf solcher Höhe in Unansprechbarkeit umschlägt, in eine halkyonische Ruhe des Gewissens, in eine wahrhaft nicht grundlose Interessantheit –, und dem die Bösen nicht böse sein können, ohne Gefahr zu laufen, ihre Natur erkennen und verdammen zu müssen, was aber dank dem Bösen, der die Seinen schon nicht im Stiche läßt, nicht vorkommt. –

Wer nun ist Benita, von der wir nicht mehr wissen als unsere Leser? Trotzdem sollen und müssen wir über unsere Nebenpersonen genausoviel in Erfahrung zu bringen suchen wie über unsere Hauptpersonen. Auf der Leinwand eines Malers gibt es keinen unbedeutenden Fleck, so wenig die Bedeutung desselben der Laie erkennen wird. Was aber kümmert uns der Laie? Schreiben oder malen wir für ihn? Tun wir dies nicht vielmehr zur Beruhigung des Gewissens, um unsere seltsame Art, das Leben zwei Male zu erleben, das eine Mal in der Gegenwart, das andere Mal in der Erinnerung, und in dieser erst mit jener Intensität, die jener gefehlt hat – sehr zum Schaden des Komplizen unserer Tat, sicher aber zu unserem Heil –, durch eine Anstrengung zu rechtfertigen, die der geduldigste Zughund nicht, ohne zu beißen, sich zumuten ließe? Unsere Genauigkeit an Schreibtisch und Staffelei ist der hohe Preis, den wir für unsere Ungenauigkeit am Modell, als es noch nicht Modell war, und an uns selber, als wir, statt zu malen oder zu schreiben, im Leben dilettierten, und zwar notwendig dilettierten – wie könnten wir sonst außerhalb seiner und wider es Meisterschaft anstreben, wie könnte solches uns überhaupt beifallen? –, bezahlen wollen, ja müssen, insoferne nämlich der freie Wille, um kein Verdienst sich zuzusprechen vor Gott an einer eigentlich unverständlichen, uneigentlich aber für schön geltenden Handlung als Zwang auftritt, und sogar den täuscht, der die undurchdringliche Maske vorgebunden hat. Wer also ist Benita? Eines ist sicher: nicht Melitta, von der wir später noch einiges zu hören bekommen werden. Oder: wenn Melitta die Sonne, dann der Mond. Ein Kind, das die bösen Kinder von ihren Spielen ausgeschlossen haben, und das nun abseits, gleichweit entfernt von den faden Erwachsenen und den braven Kindern mit den aus Holz, nicht aus Haar geflochtenen Zöpfen, an dem Parkbaum des Heiligen Sebastian lehnt, gemartert für das nur ein bißchen Bessere, während die so ziemlich vollkommen Guten ungestraft an der Hand ihrer

Mütter gehn. Es schmerzt Beniten, von denen ungerecht behandelt zu werden, die, wenn sie objektiv unrecht tun, subjektiv recht tun; und noch viel mehr schmerzt sie, nicht teilnehmen zu dürfen an den Mysterien des prästabilisierten und privilegierten Unrechttuns, in welche ebenfalls eingeweiht zu werden, sie das natürliche Anrecht des Weibes hätte, wenn sie dasselbe nicht wieder verloren haben würde durch einen mysteriösen Mangel an natürlicher Neigung zu Bösheit. Seit jener bittern Kränkung auf dem Kinderspielplatz ist die Arme auf der Jagd nach dem ihr vorenthaltenen Bösen, nach dem tückisch immer wieder entflatternden Losungswort, das die dichte *testudo* der ihr zugewendeten Esoterikerinnenrücken ein wenig lockerte, nach dem Stein der Weisen, den die Unweisen zu besitzen scheinen, nach dem Fehler, den sie für einen Vorzug achtet. Ihr Gesicht fragt jeden, von dem sie glaubt, daß er ein Lianenmesser zwischen den Hosentaschen trage, ob sie vielleicht gar schon im herzhaften Urwald sich befände, und es schmollt dann sichtlich mit der noch immer vorhandenen Civilisation, wenn verruchte Pfadfinder das, was so gerne sie Abenteuer genannt gehört hätte, belächeln. Dies' Fragen in der verfänglichsten Situation beweist, daß der dichteste Höllenforst ihr nicht den, ach, so ersehnten Eindruck macht (sie hingegen, wie vor einem Bild des Rembrandt stehend, den einer die Kunst hoffnungslos Liebenden), und das Schmollen verrät jedem geborenen Knecht der Sünde, daß er's eigentlich mit einer Freifrau von der ihn peinigenden Sinnlichkeit zu tun hat; mit einer, die es nie zu einem ordinären Fluch wider die Tugend und zu einer echten Komplizenfreude an der Schweinerei bringen wird. Sie ist von dem Stoffe, aus dem die Natur Hausmütterchen bildet, und wäre unter Bauern oder Kleinbürgern auch eins geworden; ein liebliches, wo wenig zu lieben, sehr liebendes, rasch verblassendes, früher oder später an die Mauer gepreßtes Blümchen. In der Klasse, der sie von Geburt und durch Heirat angehört, in jener vornehmen, kraft eigener Leistung (die immer unvornehm) vornehmen Welt, die, intelligent genug, vom Adel der Arbeit nichts zu halten, und genügend inkonsequent, den faulenzenden Adel zu verachten, das Adligsein säkularisiert und zu einem neuen Stil gemacht hat (wie die Renaissance den griechischen, aber ohne wie diese zu glauben, er sei unter ihren Händen der nämliche geblieben), zu einer neuen Atmosphäre, die man wie Parfum herstellt, verkauft und auf's Taschentuch schüttet, in dieser Klasse ist Benita eine Dame geworden, das heißt, eines jener hybriden Wesen ohne jeden Grund zu Hybris, denen die sonst so natürliche Neigung zu Sklaverei nun natürlich nicht mehr ansteht, und der sie weiterhin nur unter dem schamlos gelüfteten Deckmantel der sexuellen Hörigkeit nachgehen dürfen, das Nichtzunennende straflos tuend im weltlich heiligen Namen des Pathologischen. Die Wissenschaft des neunzehnten Jahrhunderts hat ja immer ein nettes Wort für die Sünde; und in ihrem dienstfertigen Bestreben, das durch eine affektlose, langweilige Gottlosigkeit schal gewordene Leben zu würzen bis zum Erröten der Pfeffernelken, verleiht sie auch dem Natürlichen und, wenn es legitim vollzogen wird, Erlaubten jenen angenehm widerlichen Geschmack, der den abgelegenen Rehbraten und den gärenden Käse auszeichnet. Wenn nun eine wie beschriebene Dame mit nur wenig oder mit so gut wie keinem Unterleib auf die Welt kommt, oder gar mit einem, der nur zu gerne ein Tempel der Einehe geworden wäre, in Ermangelung eines Priesters aber, unter dessen Händen das täglich selbe Opfer sich täglich wunderbar erneut – und in dieser wunderbaren Erneuerung der einen, ein für alle Male vollzogenen, auf der Ebene, auf der zum ersten Male sie vollzogen wurde, begreiflicher Weise nicht wiederholbaren, nur auf der der Verklärung und Erinnerung, wohl *de facto*, doch nicht minder *symbolice*, zu wiederholenden Hingabe, haben wir, dünkt uns, das tiefste Geheimnis (wenn auch nur wie in einem Spiegel) der ehelichen Liebe zu sehen –, ungereicht und unbenützt geblieben ist, oder von einem zwar bestallten, doch pflichtvergessenen und nur gelegentlich und zu einem kurzen Abendgebet betreten wird, so findet sich diese Dame ungeschriebenen Forderungen gegenüber, Pflichten ihres phantasmagorischen Standes, die sie, bei sonstigem Verlust der eingebildeten Würde, erfüllen muß und, weil kurz von Verstand, auch erfüllen will, obwohl die Natur mit noch ziemlich starker, und Gott mit schon sehr leiser Stimme sagen, daß jene luschen Verhältnisse mit jenen vielen luschen Männern in so gar keinem Verhältnisse zu dem einen Manne stehen, den, weil er nicht erschienen, für ein Fabelwesen zu halten besser, als alle Männer, diesen inbegriffen, für Tiere, von denen dreizehn auf's Dutzend gehn; wer nicht krank noch Apotheker, für den hat die Arznei keinen Wert. So treffen wir denn in der sogenannt guten Gesellschaft, deren Kerntruppe die Lunarins und die in Kapitel VI auf uns wartenden Mendelsingers bilden, zu der aber nicht, zum Beispiel, die von Rudigiers gehören, die Soldaten so wenig wie die Beamten, weil man nicht zugleich draußen und drinnen, der Staat und zugleich der *nucleus* des Staates sein kann, die Karyatide und der Balkon, den sie trägt, gleichgültig, welche Leute der Balkon trägt, treffen wir also wohl nicht oft, doch öfter, als eine echte Ausnahme sich treffen lassen würde, Frauen, die ein offenkundig heimliches Geschlechtsleben nur zu führen scheinen, um bei hellem Tages- oder Kerzenlicht die unbezweifelbare Tatsache, daß sie es führen, mit einer Unschuld aus der Welt zu schaffen, die dieser Welt den Kopf wirbeln und den schärfsten ihrer Blicke flimmern macht. Wie, die Taube soll eine Schlange sein? Diese holde Unfähigkeit, auch nur bis drei zu zählen, schon mit dem hundertsten Liebhaber abgerechnet haben? Das glaube, wer mag! Auch zum Glauben an das absolut Unglaubliche gehört ein bißchen Wahrscheinlichkeit, und die geht einem Engel, der, statt uns zu erscheinen, vor unserm Erscheinen schon immer hier zu Hause gewesen ist, Null zu Null ab. Wir glauben dem Engel das Fleisch nicht, nicht etwa aber, weil wir noch keinen Engel fallen gesehen hätten, sondern aus einem Grunde, der bisher für gar keinen gegolten hat: weil nämlich wir der Logik des puren Augenscheins, und mit tiefstem Rechte, mehr folgen als dem unanschaulichen Verdachte unseres psychologischen Wissens oder gar dem immer ausgetretenen Wege – und wenn nur eine Fee, die keine gewesen, ihn beschwebt haben würde – unserer bösen Erfahrung mit dem Gelichter des himmlischen Lichts. Wir leugnen einen Menschen in dem Engel, der nur nach dem Sprachgebrauche einer ist, auf daß wir nicht Gefahr laufen, in dem wirklichen Engel, sofern er einmal uns entgegentreten sollte, einen Menschen zu erblicken. Unsere Leichtgläubigkeit ist eine pfundschwere Gläubigkeit. Wir halten die Begriffe so rein, daß da, wo sie miteinander vermischt, also verunreinigt vorkommen, was die Regel, wir wider die Regel und zu Gunsten der Ausnahme, uns für den einen oder den andern entscheiden, wohlwissend natürlich, daß die in der Subjektivität vollzogene Operation die objektive Verzwillingtheit nicht durchschneidet.

Was ist der eigentliche Grund der Furcht des Grafen vor dem Erscheinen unseres Modells? Doch gewiß nicht der Unmut allein zur Fortsetzung eines alten Romans, und weil diese den Beginn des neuen hinauszögern könnte. Auch nicht die sehr berechtigte Furcht vor dem Ertapptwerden bei Vorspiegelung falscher Tatsachen. Schon öfters hat der Zufall einer Neubegegnung eine alte Liebe wieder in Brand gesteckt und die plötzliche Feuergarbe aus der Aschenurne eine sich Witwe Glaubende so hoch entzückt, daß sie die Frage nach dem Warum und Woher des Phänomens weder stellen gewollt, noch zu stellen vermocht hätte. Nein, der Urgrund liegt als eben der Urgrund viel tiefer! Er liegt in einer durch und durch tugendlichen Tugend der mit den Tugenden der Keuschheit und der Gattentreue nicht ausgezeichneten Dame. Wenn auch gegen dieses oder jenes göttliche Gebot sie sündigt, und zwar gegen die von aller Welt ohne jedes diabolische Pathos übertretenen Gebote, gegen das Sechste und das Neunte, ist sie doch nicht im Mindesten geneigt oder fähig, wider die übrigen ebenso zu handeln. Nein, dazu ist sie durchaus nicht im Stande! Zu einer solchen Überschwemmung der übrigen von Gott für tabu erklärten Gebiete mit Schmutzwasser, das für gewöhnlich mäßig aus zwei Röhren und gleich in die Senkgrube rinnt, kommt es nur bei einem bösen Geiste, den der Dienst des Satans zu einer pedantischen Genauigkeit im Unsittlichen verpflichtet und den ein höllisch-heldischer Sittlichkeitsbegriff zwingt, noch auf der Folter eines schon längst nicht mehr organischen Verhaltens wie bei bester Laune gemütlich zu frühstücken! Von all dem ist bei Benita gar keine Rede. Sie glaubt inbrünstig an Gott, an einen lieben und anthropomorphen, kurz an den eine gütige Greisengestalt angenommen habenden Inbegriff der alles vermögenden, omnipotenten Impotenz. (Wir glauben, hiemit den Gott der Damen ziemlich gut definiert zu haben!) Sie nennt seinen Namen so wenig eitel wie den ihres hochverehrten Vaters – er fiel als einer der wenigen Generäle, die fallen, auf dem Felde der Ehre –, dem sie alle Rechtlichkeiten zuschreibt, auch jene, die ihr fehlen. (Jetzt wissen wir, warum gerade die Damen so überaus pietätvoll sind!) Sie tut ferner keiner Fliege ein Leid, es sei denn ihrem Gatten. (O begreifliche, wenn auch nicht entschuldbare Verflachung, ja Hinabwürdigung unter jeden Wert des Sakraments der Ehe durch leichtsinnige Erteilung desselben!) Weiters begehrt sie, mit Ausnahme eines künftigen Beischläfers, weder des Nächsten Kuh, Kalb, Esel, Vermögen, Stellung; erfüllt sie jene Mutterpflichten, die den kostbaren Leib, die guten Manieren und ein glänzendes Fortkommen ihres Kindes betreffen, auf's Genaueste. (Nur die Einprägung des christkatholischen Charakters überläßt sie, weil ihr Wandel ihren Lehren widerspräche, mit einigem Recht dem zölibatär lebenden Pfarrer, der als solcher ja nicht mit sich selbst in Konflikt kommen kann. Man sieht also, aus welcher Gegend die religiöse Erziehung kommt, der die Kinder feiner Leute in Pensionaten und Konvikten unterworfen werden!) Sie stiehlt nicht und legt kein falsches Zeugnis ab. Sie lügt auch nicht, sondern wird einfach fischstumm, wenn Geschwätzige und Subalterne unter dem Zwange zur Wahrheit sich winden und auf der Bauchseite in allen Farben, die richtige ausgenommen, zu schillern beginnen. Sie beraubt weder Witwen noch Waisen ihres letzten Kreuzers und übt nicht nur nicht das übliche Laster der Reichen, den gerechten Lohn der Dienstleute zu drücken, sondern hält vielmehr Köchin und Zofe wie etwas idiotische Schwestern, und zwar wegen ihrer Enterbtheit und wegen der wunden Stellen ihrer Intelligenz. Oh, wie leicht würde sich's als Ehebrecherin oder als Verführer auf Kosten von nur *in sexualibus* mündigen, in allen andern Angelegenheiten aber zeitlebens unmündig bleibenden Geschöpfen leben lassen, dürfte man als mit der unausbleiblichen Folge partieller Überreife oder Verkommenheit, mit der totalen Verschlampung des sündigen Menschen rechnen! Aber niemand, der bei Vernunft ist, kann das. Ein apriorisches Wissen tief in der Magengrube sagt uns, daß wir, also rechnend, die Summe aller Wirkungen des *peccatum* weit überschätzen! So mächtig ist das Böse nun wieder nicht. Und der Einschlupf in die belagerte Liebesburg eng. Ohne Vorweis abgeschundener Häute verleiht der Teufel den Preis der Sünde nicht. Jedoch: das übrige dekalogische Gemäuer steht fugenlos da. Keinen Finger breit weicht, wegen des einen falschen Weges durch jenes Loch, die Gesamtperson vom rechten Weg. Die gewöhnliche Fleischessünde schwimmt in einer sozusagen bakteriziden Flüssigkeit, die sie zwar nicht vor stinkender Verwesung bewahrt, die wohl aber die sittliche Umgebung vor Ansteckung schützt. Das nun weiß der Graf, der auf allen für ihn nicht lustbetonten Gebieten ein ebenfalls frommer Mann ist, sehr gut. Weil er den Weibern im Bett gefällt, deswegen muß er außerhalb desselben ihnen nicht auch gefallen. Im Bett – das sagt ihm sein gutes Hirn – erfreut er sich natürlich unverdient der nicht rational zustande kommenden Zustimmung des Fleisches, welche Zustimmung, obwohl sie den Busen bis zum Umfang einer Kirchenkuppel anschwellen macht, jeder Qualität entbehrt. Aber schon mit einem Fuße neben dem Bette, wie bei jedem folgenden Sprunge, hat der Bock, weil sein Gärtneramt intermittiert, den Stock des nämlichen Wesens zu fürchten, das, kurz zuvor Genossin der Verwüstung, ohne jeglichen Übergang als Wächter der dem Schutz des Publikums empfohlenen öffentlichen Anlagen erscheint. Und ebendiesen Stock fürchtet ein Mann wie der Graf, der das Ehebrechen nicht fürchtet. Denn: Gott, von der Welt aus betrachtet, starrt von Stöcken und wird um keinen unbewaffneter, wenn man des einen oder anderen ihn beraubt. Das wäre wahrhaft eine gottverlassne Welt, in der die eine Sünde zwangsweise die andere entfesselte, Logik und Ethik zugleich auflodertem und zu Asche zerfielen, weil zwei Leiber ohne den Segen des Priesters einander umfingen! Wenn solches notwendig geschähe, dann brauchten die Zehn Gebote nur ein einziges zu sein, und auch dieses einzige könnte bleiben, von wannen es gekommen ist! Nein, und nochmal nein! Die geliebte Benita ist trotz und jenseits des einen Fehlers, den die bösen Zungen zu Unrecht, die guten Tempelbewohner zu Recht und der verzweifelte Gatte begreiflicherweise übertreiben – wie ja auch ein Sandkorn, das in's Auge fällt, Schmerzen verursacht, die in gar keinem Verhältnis zur Winzigkeit des Erregers stehen –, ein Muster vernünftigen Denkens und Handelns. Und ein großer Esel wäre, wer von eines Weibes Unzurechnungsfähigkeit in Sachen des Geschlechtes auf seine totale Unzurechnungsfähigkeit schlösse. Unser Lunarin ist kein solcher Esel. Unser Lunarin weiß sehr wohl, daß der unterleibliche Fluß der Sünde gleich einem Kanal gut abgedichtet ist, gegen das Erdreich und gegen die andre Stoffe zirkulieren lassenden Kommunikationsröhren, und daß man seinen Durst nach Wahrheit unbesorgt aus einem Brunnen stillen kann, der dicht neben dem tief hinunterreichenden *lokus* der ontologischen Verlogenheit liegt. Die so verschiedene Inhalte befördernden Leitungswege durchschneiden einander niemals auch in der längsten Zeitlichkeit, und wenn doch irgendwo dann nicht in Beniten.

Deswegen also steht der Graf nur mit einem Fuße unten in der Gaststube, stemmt er den andern oben auf der kleinen Kanzel gegen die Tür des Extrazimmers. Und er bräuchte nicht vor unserm innern Aug' eine so verrückt herkulisch bogenspannende Haltung einzunehmen, wenn hinter jener Tür ein Flitscherl, ein Dirnchen, ein Lockenkopf ohne Hirn, ein unbedeutendes, bloßes Inundationsgebiet alles Bösen und Dummen gewordenes Persönchen säße.

Wenn nämlich – und das hält des Grafen schlechtes Gewissen für durchaus möglich – die gute Benita, besten Gewissens, jene Tür öffnete, um vom etwas lang ausbleibenden Grafen das eheste Zurückkommen zu fordern, gleichgültig, welchen Bären er ihr aufzubinden willens sein sollte, nur einen Spalt weit öffnete, den berühmten Spalt der Lauscherinnen, den sie dann unmöglich mehr verringern können, begreiflich, weil unerwartet neue Wellen an ihre Ohren schlagen, die groß werden wie Elefantenohren und steinern wie Anubisohren, so würde sie gerade das hören, was, daß gerade sie es nicht höre, unten in der Gaststube wie auf einem anderen Planeten gesprochen wurde. Das wäre ein Unglück. Das wäre sogar ein großes Unglück! Aber das noch viel größere wäre das diesem folgende Explodieren von Benitens Gewissenhaftigkeit!! Da ginge es dann zu wie in einer Seelenmetzgerei anläßlich der Geburt eines Menschen. Die *disjecta membra* des Grafen flögen nur so herum, und aus wär's mit dem Herumfliegen, weil sie ihren richtigen Örtern zufielen, dort die falschen Flügel verlören und die echten Füße bekämen. Und der Graf, statt verabschiedet zu werden, was für einen losen Vogel noch ein Glück wäre, müßte unter der Traufe dieser Taufe bleiben, und ränne ihm das Wasser der Wahrheit bei allen Leibesöffnungen hinein, so daß er oben nach Luft schnappte und unten klistirt würde. Er müßte auf den Teufel komm 'raus sich verändern, wie einer wegen Spielschulden sich erschießen muß. Kurz: er müßte, Hand an der Hosennaht wie ein Rekrut, die folgende Standpauke über sich ergehen lassen.

›Wie? Hör' ich recht? Du hast ein Schloß geerbt? Ein veritables Schloß? Entzückend! Herrlich!! Wunderbar!!! Du wirst also endlich wurzeln, wirst bleiben? Aber sag', sag' schnell: Wo? Hier? Nicht hier? Wo denn? Was? Dicht daneben? Keine halbe Stunde weit? Nicht möglich! Welch ein Zufall!! Welche Fügung! Welch' pünktliche, unverdiente, über alles gütige Zustimmung Gottes zu unseren Plänen!! Doch: halt! Wie verhält sich's jetzt mit deiner leidenschaftlichen Verfolgung meiner reizenden Person? Bin ich von Anfang an das Ziel deiner Jagd gewesen oder bin ich deinem Bogen nur in die Quere geflogen, und hast du, statt auf das noch ferne Ziel, auf das nähere geschossen, Occasionalist? Bist du hier, wo du Wichtiges zu tun hast, so nebenbei, und weil du immer noch nebenbei was machst, zum romantischen Wegelagerer geworden, zum Menschenräuber aus plötzlich empfundener Liebe? Sind's die zwei Fliegen auf einen Schlag gewesen, die so waidgerecht dicht beisammen gesessen sind, daß kein wahrer Nimrod auf das doppelte

Jagdglück hätte verzichten können? Oder: hättest du auch mit einer Fliege dich begnügt? Mit dem Schlosse, wenn die künftige Schloßherrin dir entwischt wäre? Doch: lassen wir das! Lassen wir die Frage an ein bereits vollzogenes Schicksal ungefragt, das bestenfalls mit unserer eigenen Stimme bauchrednerisch antwortete. Ich liebe dich! Ich liebe dich sehr! Und vielleicht kommt die Mehrzahl der entscheidenden Begegnungen auf eine so unreine Weise zustande. Zu unserem Unglück oder unserem Glück! Gleich gleichgültig! Die Wirkungen ergründen die Ursache nicht! Geben wir's also auf, in die Küche der Natur zu blicken, wie wir's schon längst aufgegeben haben, die göttlichen Ratschlüsse weiter als bis zur nächsten Straßenecke zu verfolgen, oder den Inhalt der Depeschen aus dem Gesang der endlosen Telegraphendrähte zu erhorchen. Vertrauen wir nur fromm der Natur des Feuers, die aus Blut und noch ärgeren Sachen das unsern jeweiligen Hunger stillende Gericht bereitet! Und so greifen wir denn in die Schüsseln!! Das heißt: marsch aufs Schloß! Wie? Du zögerst? Maulst? Blickst nach Hilfe umher? Windest dich zu einer Tapentur? Siehst süchtig nach dem Zuckerwerk in meinem Kleide? Möchtest für zwei, drei Tage irgendwohin, wo du nicht unbedingt nötig bist, verschwinden? Lieber in's Bett gehen als auf's Schloß? Pfui, schäm dich! Du willst ein Mann sein, eh' du einer sein darfst? Bist du ein Hurenkerl, dem keine Geschäfts- und keine Küchenuhr schlägt? Und: für welch eine Frau hältst du mich? Glaubst du, mir pressiert's wider dein Wohl, wider deine fernste Zukunft, wider deine nächste Pflicht? Bin ich Carmen, die den Posten von seinem Posten lockt? Wenn wir einander lieben, wirklich lieben, nämlich für immer, kommt's da auf drei Tage an? Ja, auf drei Jahre, wenn's drei Jahre sein müßten? Und: gleich mit einer neuen Liederlichkeit willst du dein neues Leben beginnen? O nein, daraus wird nichts! Du gehst jetzt, wie du da stehst, hin und baust auf, was du während zehn Jahren Abenteuerei niedergerissen hast, zimmerst das Dach, unter dem ich mit dir leben kann, gibst mir die Ruhe, die ich brauche, dich Schwerverdaulichen zu verdauen, oder – du hast mich heute zum letztenmal geküßt!!!‹

Diese Rede wurde leider nicht gehalten, weil der zaubrische Herr Graf seinen Druidenfuß so fest gegen das Ausfallpförtchen der Wahrheit stemmte, daß die hinter demselben, im Bade sozusagen eines grenzenlosen Vertrauens zu dem Manne – der soeben wohl nicht ihr, aber sich untreu wurde, was *à la longue* auf's gleiche hinausläuft – Sitzende nicht hörte, was der Mann sprach.

DAS DOMESTIKENFRÜHSTÜCK
oder
V. KAPITEL

Bei Poeten und Verschwendern krönt das Überflüssige erst das Zufällige. Deshalb beschreiben wir hier das einsame Phänomen eines fortwährend sich verzögernden Frühstücks, ferner an Hand von vielen Einzelheiten, wodurch wir uns von anderen Autoren unterscheiden, das Erscheinen des gewissenhaften Agronomen Till. Es trägt ihm sowohl Sympathien als auch Autorität ein und verbreitet Optimismus, was dem Windbeutel von Grafen wohl kaum widerfahren wäre. Insbesondere nicht angesichts des verfallenden Schlosses, dessen rieselnder Trostlosigkeit durch den Auftritt eines einzigen Maurers namens Strümpf eine beiläufige Besserung winkt.

Jetzt also endlich geht es wirklich nieder von der bescheidenen Höh', auf der wir unseren einen Helden so lange haben stehenlassen müssen, um unsern andern Helden einzuführen! Aber sollten wir die Gelegenheit zu einem Rundblick, die der junge Mann da oben hat und nützt, nicht auch selber nützen? Wer weiß, wann wieder, und ob je überhaupt, wir uns mit ihm so *procul negotiis* befinden werden? Gesetzt, wir müßten Hals über Kopf in die Unterwelt stürzen und an die Illusionsmaschine, um die Oberwelt hervorzubringen: wäre es da nicht recht und billig, sie, die bald nur mehr unser mühevolles Werk sein wird, ein letztes Mal ferialen Gemütes zu betrachten?

Wir sagten: Rundblick. Der Mensch verbindet mit diesem Worte die Vorstellung ungehemmten Schweifens des Aug's von rechts nach links, nach hinten und geradeaus. Macht der Blikkende kehrt, so bleibt die Begriffsbedingung dieselbe.

Nun, in so flacher Proskynesis, wie vor dem Perserkönig Land und Meer von Salamis, liegt die Gegend nicht vor dem jungen Manne, dessen frank und freies Umherschauen auf seinem pferdegeschmückten Throne uns die Abwesenheit eines ihn weit überragenden Hindernisses nicht hat vermuten lassen. Wir stehen nämlich als derzeit ausschließliche Beobachter der eben erschienenen Person mit dem Rücken gegen diese und hätten demnach unbedingt so zu tun, als wüßten wir nichts von seiner Existenz. Wir lassen aber jetzt die Maske eines Abgewandten fallen. Vor unserem ländlichen Phoibos Apollon, der im Morgenwinde mit Hemd und Hose wie ein Gerüttelter flattert, erhebt sich, jenseits eines Einschnittes von etwa acht Metern Höhe, beziehungsweise ziemlich steil abgleitender Tiefe, aus der die sechs Personen schauen (doch halt! Es sind im Augenblick nur fünf zu sehen!), ein trotz seines Baucharakters felsiges Gebilde von beinahe pyramidischer Form auf der Basis einer Terrasse. Auf dieser schief zur graden Gegend gedrehten Terrasse hatten im siebzehnten Jahrhundert die Herren von Enguerrand ihr Schloß erbaut, das deswegen einer vor tropischer Insel im Anlegemanöver erstarrten spanischen Karavelle gleicht. Nach dem Deck oder Dache, das einesteils schwarz von den Löchern der Kanonenkugeln des Chairos, anderteils noch heiter schieferblau, stieg, wie eben der botanischen Arche Noah entronnen und zugleich zu dem schönsten Strauße geordnet, den die gnädig wiedererweckte Welt dem nicht mehr zornigen Schöpfer darbietet, ein wahrer Urwald heimischer Bäume die Pyramidenseiten hinan.

Seltsam, was der Besitz von Schlüsseln – wenn auch nur zur Stellvertretung ihres rechtmäßigen Besitzers übergebenen – vermag! Erfüllt der Rahmen um ein Bild, das ungerahmt theoretisch nirgendwo endet, nicht denselben Zweck? Auch wenn wir's nur betrachten, nicht erwerben wollen? Er erst macht den bis nun willkürlichen Ausschnitt legitim, unterbindet das geheimnisvolle Kommunizieren des Gemalten mit dem Nichtgemalten, und grenzt dadurch, daß er eine früher nicht vollziehbare Vorstellung nun zu Evidenz erhebt, unsern Verstand gegen die umfassende Nachbarschaft des Zerstreuenden ab. Till, dem die Vergleiche eines Malers nicht zur Hand waren, konnte sich keine Rechenschaft darüber geben, daß er das zerfallende Schloß und die geordnete Wildnis des Urwalds zum erstenmal sah, zum erstenmal in ihrer gründlichen Unterschiedenheit, obwohl er das ganze Gemälde oft, aber eben nur ungerahmt gesehen hatte. Waren heute sein Blick schärfer, sein Geist frischer? Und warum gerade heute? Im Alter von dreißig Jahren, gesund, kräftig, mehr als wohlhabend (auch für städtische Verhältnisse), ledig (obwohl verliebt; aber das stellt ja nur die genannten Eigenschaften unter einen neuen Beweis) und ohne lasterhafte Neigungen, ist die Welt, wie sie ist. Das Kind sieht sie noch nicht, der Greis nicht mehr in ihrem einzigartigen Gleichgewicht zwischen Inhalt und Ausdruck. Wenn es erlaubt ist, zu sagen: Gott muß ungefähr dreißig Jahre alt gewesen sein, als er die Welt geschaffen hat. Doch dies Wichtige nur nebenbei. Heute jedenfalls und jetzt war vor sein gutes Aug' ein noch besseres Glas geschoben worden. Gewiß: der Standort war trefflich gewählt. Er hatte auch noch nie so lange gerade auf diesem verweilt. Hier nämlich stoßen die Adelseherschen Äcker und Wiesen an ihre nördliche Grenze. Und so verschwindend klein im Verhältnisse zur Erdoberfläche auch eines großen Bauern Grundbesitz ist, hat er doch seine Säulen des Herkules; und an die schifft man nur selten heran. Gewiß auch, daß der junge Mann heute einen Anteil an dem Schlosse nimmt, den er vor dem gestrigen Abend noch nicht genommen hatte; keinen eigennützigen, also simplen, sondern einen übertragenen, also komplizierten. Jedoch auch dieses jetzige Interesse war kein letztes, keine Drüse sozusagen, die den nicht mehr weiter rückführbaren Lebenssaft speichelt, sondern noch immer eine Folge. Aber von was eben? Sollte die heute eingeschossene Klarheit jene sein, die sich im Alter bis zur Weitsichtigkeit des Adlers steigert? Sollte gestern abend jenes wunderbare Gleichgewicht, das dank der Jugend ihres Betrachters die Welt zeigt, angefangen haben, sich zu verschieben? Es nützt nichts, sich unter'm Haar zu kratzen. Er kam nicht auf den Grund der Klarheit. Jedenfalls wußte er für bestimmt, daß die Tür des bretternen Schuppens, vielleicht Stalles, der an das Glashaus stößt (merkwürdig auch, daß die Scheiben heil sind), vor sechs Wochen – ja, so lang' ist's her, seit der letzten, uninteressierten Umschau – noch nicht offen gestanden hat; doch nicht etwa wie von einem Windstoß aus schlotterndem Schloß gerissen und an die Wand geschlagen. Nein, genau der Länge eines vernünftigen Arms entsprechend, stand sie offen. Jetzt und jetzt in ihrem Rahmen konnte der Knecht erscheinen, den demütigen Pferdekopf hinter sich. Es ist die Nase, nicht der Verstand; es ist der vor alters in sie verlegte Nasengenius gewordene Verstand, der feststellt: hier ging ein Mensch, und zwar vor kurzem. Ja, auch eine Uhr hat diese Nase. Die Schlüssel (zum unbewohnten Schloß) unter Tills Schuhsohle schwollen zu dicken, stählernen Adern auf. Das Interesse eines Reisenden an seinem Ausflugsziel verlor ein gutes Achtel Ferialität und bekam im selben Maße zwar nicht Besitzer-, aber Gendarmenernst nachgepumpt. Kraft dieses Ernstes war er nicht nur darauf vorbereitet, sondern noch mehr darauf erpicht, weitere Verdachtsmomente wahrzunehmen. Hat die kommissarische Nase einmal Witterung genommen, verhält sie sich wie das instinktbegabte Tier. Es folgert nicht, es wird gefolgert. Und da müßte es mit einem in die reine Physik verirrten Teufel zugehn, wenn es, das absolut nicht denkt, nicht absolut richtig schlösse. Also kennt nur Gott den Weg, den Tills durch Beamtung entselbsteter Blick zu einem Bassin lief, in dessen Rund wilder Hafer wuchs und an dessen östlichen Rand ein kakaobraunes, vor kurzem also erst begossenes Viereck Erde stieß, mit Gestecken jungen Salates geschmückt. Der weiße Zipfel eines Gespenstes, das aus dem Zimmer schlüpft, wenn wir's betreten, kann nicht mehr die Haare sträuben machen als die für Abwesenheit der Erben eingenistete Anwesenheit eines Nichtbesitzers des Besitzes. Ein Mehr ist wohl zu ertragen, nicht aber noch auf gleicher Höhe zu empfinden. Es hätte jetzt auch eine Karosse sich zeigen können, die Kind und Kegel des kühnen und beinahe nützlichen Nichteigentümers eines verwilderten Parks und eines verfallenden Schlosses spazierenfährt. Es ging daher nur bis zur Hutschnur und nicht über diese, daß auf dem unbewirtschafteten Schlosse auch Kaninchen gezüchtet wurden. Gut ein Dutzend saß oder hoppelte hinter einem vitriolblauen, verbeulten Drahtnetz, das wie ein Gewand von Kos an die vielen Körperchen sich schmiegte und um die vier Einbeine der es tragenden vier Tannen geklatscht war.

Die Entdeckung war so überraschend, sowohl für den Anrainer des bisher totgewähnten Enguerrandschen Besitzes als für den Stellvertreter des ohne Zweifel überaus lebendigen Erben, daß Till, Herr und Diener in einem, die Schwierigkeit der Doppelrolle wahrlich nicht besser ausdrücken konnte als durch den feinen Pfiff eines Übertölpelten, der zugleich den Schlaukopf hebt. Bist du heute oben, bin ich's morgen! Es ist noch nicht aller Tage Abend. Genau das sagte der Pfiff.

Leider glich der einen ganz andern Gedankengang vokalisierende Pfiff auf ein Pferdehaar jenem, der – neben dem kräftigeren Hüh (die Peitsche gebrauchte Till niemals) – die treue und gehorsame Stute in Bewegung zu setzen pflegte. Wenn wir nun bedenken, in welch einem empfindlichen, künstlich-kostbaren Gleichgewichte die Karre sich befand, parallel zum Meeresspiegel dank dem Zufall zweier die Unebenheit des Standorts ausgleichenden großen Erdbuckel, und daß demzufolge schon eine nur etwas heftige Bewegung des Stehenden in derselben hätte genügen müssen, die sozusagen mit äußerster Anstrengung ruhenden Räder von der Höllenstrafe ihrer Seiltänzerei zu erlösen, so können wir, ohne hinzusehn, niederschreiben, was geschah, als das allzu brave Tier seine Kräfte in Anwendung brachte. Ja, ohne hinzusehn, denn: erstens benimmt sich unser Pferd, das vor einer Equipage keine sehr gute Figur gemacht haben würde, wie eine Bergziege. Und wie eine solche den Abstieg antritt, holen wir prompt aus dem Bilderschatz des Gedächtnisses. Zweitens überhebt uns die Hauptperson durch den Umstand plötzlichen Verschwundenseins der Mühe, sie zu porträtieren. Sie liegt in der Kiste, bald mit den Füßen, bald mit dem Kopf zum Himmel, und stößt in so kurzem Hintereinander entweder oben oder unten an, daß für die Mitte, welche zum Wiedersicherheben Zeit braucht, keine bleibt, sich zu betätigen. Niemand bewunderte den stumpfsinnigen Scharfsinn, womit die Stute die ihr irrtümlich übertragene Aufgabe zu lösen suchte, und die Anstrengungen, dank welchen sie die Hindernisse, von denen sie hätte gehemmt werden sollen, meisterte. Es wäre allerdings ein wahres Wunder, wenn einer, der zum Füsiliertwerden verurteilt ist, kurz vor dem *articulo mortis* sich für die Feinheiten der Gewehrkonstruktion interessierte. Thekla, das Stubenmädchen, hatte sich vor ihrem Köfferchen in den Staub geworfen, aus tausendundeiner Erwägung, wie sie in der Sekunde höchster Gefahr durch- und übereinanderzuschießen pflegen, und erwählte die törichteste (oder tiefste) zum Vollzug: daß, wenn man sich totstellte, man den nur auf Lebendes erpichten Tod zu prellen vermöchte. Sie erstreckte sich genau nach der Elongatur des niemandem andern als ihr vermeinten Deichselstoßes, zu dem die vom Überwinden der Gruben und Schwellen siegestrunkene und den glatten, steilen Hang mit gierigen Blicken vorausgenießende Stute eben ansetzte.

Frau Biedermann, die so hoch erröten wie tief erbleichen konnte – eine Fähigkeit, die das Alter des verlorenen seelischen Gleichgewichts kennzeichnet, und vom raschen Wechsel der Beweggründe für und wider eine bereits objektivierbare Sinnlichkeit entwickelt wird, bevor diese für immer untergeht als die endgültig abgestoßene Mondnatur –, Frau Biedermann erblich bis in die Kalkgrube und schlug ihre Hände nach hinten an die Luft wie an eine Mauer. Sie war, obwohl für eine ganze Garnison zu leben willens, doch zum Märtyrertod entschlossen, soferne die Deichsel ihren Schoß durchbohren sollte. Aus dem linken Mundwinkel sickerte bereits der Blutfaden eines schmerzlichen Lächelns, und die Augen zeigten mehrere Sterne, wie eine in Vergißmeinnichtform zerstobene Rakete.

Herr Murmelsteeg sprang trotz seiner Behäbigkeit gen den »Taler« zur Seite, auf so überraschend elastisch jugendlichen Beinen und mit so sachlichem, nur der Kühnheit des Sprungs, nicht der Gefahr zugewandtem Gesichte, daß viel von einem Taugenichts und ein Etwas von einem Künstler in ihm stecken mußte. Denn wer, wenn es hart um Ja oder Nein geht, seinem gewöhnlichen Wesen widerspricht, hat das eigentliche aus der Scheide gezogen und dem Kreuzwegweiser die zweite Hand abgehackt. Zwischen dem Herrn und der Dame unserer Truppe lief, wie hindurch zwischen Szylla und Charybdis, ehe sie wieder zusammenprallen, prächtig vor dem Winde unseres Phoibos Apollon, der Mann für alles, Hadrian Weinstabel, bis zum ersten Tümpel des feuchten Forstes, dessen künftige Bretter die dasige Welt vernagelten. Ihm am allerwenigsten nämlich drohte das katastrophale Pferd, und doch floh er am schnellsten und am weitesten. Kann einer so eitel sein (und diese Eitelkeit mit Furchtsamkeit verwechseln), daß er jede Kugel, die irgendwo verfeuert wird, auf sich bezieht? Gäb' es sonst Hunderte, die auseinanderstieben, wenn nur einer auf dem Platze bleibt? Muß von einem Manne, dessen Apostolikum die mechanistische Erklärung der Welt formuliert, von einem, der alles, was nicht geht, von Uhr bis Mensch, auf einen reparablen Fehler zurückführt, muß von einem solchen nicht gedacht werden, daß die mindeste Unordnung, die über das Vermögen seiner atheistischen Instrumente geht, ihn sofort irremacht in seinem Glauben und, wo ein Pferd eigene Pfade wandelt, ihn die furchtbare Gewalt des geleugneten Metaphysischen fühlen läßt? Ist vielleicht unser Hadrian Weinstabel, was der Lichtspalt zwischen den Knüppeln eines Zaunes, wichtig für den Begriff desselben, selber aber nur der Begriff der Leere? Und als solcher eben ein gerade noch denkbares Nichts?

Nun aber – wir können es nicht länger verschweigen, weil es sonst früher offenbar würde, als unsere Erzählung bei ihm einträfe – zum eigentlichen Ziel der Deichsel (denn das ist und bleibt die saubere, jetzt nur vom Staube schmutzige Thekla), zu Frau Dumshirn, die viel mehr dem Pferde droht als es ihr. Wer je eine Obstlerin thronen gesehen hat und für alle Majestät empfindlich ist, nicht nur für jene eine, die mit Szepter und Krone jedem Dummkopf eingeht, kennt die Befangenheit der Kreatur, die solch zornig-elektrisch knisternder Glorie in der Absicht sich naht, ein Pfund Äpfel einzuhandeln, statt niederzufallen und anzubeten. Ein ungeheuerliches Begehren, dem fast gleich, aus dem Rachen des gähnenden Löwen den hintersten

Stockzahn zu reißen. Auf eine Weise stand sie da, die jedem deutlich sagte, vor allem dem lächerlichen Pferd unter seinem wie betrunken verschobenen Strohhute und dem Nichts von einem Kutscher, daß dies' Denkmal, das sie war, ihr nicht errichtet worden ist, weil sie in einem Kriege gesiegt hätte (was die Möglichkeit, besiegt zu werden, wenigstens eine Zeitlang offengelassen haben würde), sondern weil sie wegen absoluter Unangreifbarkeit in gar keinen Krieg verwickelt werden kann. Den einen Fuß bereits erzern gesetzt in's Land des bösen Nachbarn, die maria-theresianisch-mütterlichen Arme in die breiten Staatshüften gestemmt, um bequem und gründlich dem ungehorsamen politischen Kinde die Leviten lesen zu können, den durch nahrhaften Dienst und das Nachlassen der Spannung mit fünfzig Jahren um Fett und Falten vergrößerten Kopf erhoben zur höchsten Auffassung ihrer Pflicht, den Bauch von einer altmodischen Kanonenkugel schwanger, die nur drei starke Männer aus diesem Zeughaus hätten tragen können, und hinter den Zähnen des bis zu Blutleere bissig verschlossenen Mundes statt der stolzen Reiterei der Proklamationen das Urbild derselben, das gemeine Fußvolk der Schimpf- und Scheltworte, tief gestaffelt bis zum Gaumenzäpfchen, ja, bis in den Schlund hinunter. Kurz: die küchenkaiserliche Person ahnte so gut wie nichts, wie das untertane Mädchen alles. Zu welchem Zwecke die Deichsel auf die Thekla zielte und die berechtigte Ahnungslosigkeit der Dumshirn bis zu dem Wahne steigerte, durch Erscheinung und Machtwort einer Furie die selbständig und furchtbar gewordene Pferdenull zum Platzen bringen zu können, wird der Leser sogleich erfahren. Denn in ebendem Augenblick – wenn wir an den vorhergegangenen wieder anknüpfen, den wir zu einem Bande zerdehnt haben, um Hasenfuß und Löwin draufzupinseln – spüren Tier, Räder und Till das endgültige Ermatten des mit Gruben und Schwellen ringenden Bodens. Die Schiefe schießt unter dem begeistert rutschenden Pferde weg, die Räder wölben sich mächtig nach vorn, und Till, eng gefatscht von der Schwerkraft und dem Soge, ein Lazarus, der lebt, aber nicht auferstehen kann, erblickt für einige Sekunden über dem Rand der Kiste und über die

Kruppe des vermaledeiten Rosses hinweg ganz Jerusalem, das nicht sein Erscheinen im Gruftspalt, sondern seinen Todessturz erwartet, nämlich: das jetzt nicht einfallende, sondern auffahrende Schloß, die wie Staubwedel gebeutelten Bäume, das mit noch schwach vergoldeten Lanzenspitzen ihn aufzuspießen schräg entgegengespreitete Gitter, die fünf schwarzgekleideten Personen in den so vielsagenden Stellungen eines stark gelichteten Schachspiels, und natürlich auch die eine, links, halb außen, die Elsässerin, deren schrille französische Schwalbenschreie ihn eigentlich hätten umkrächzen sollen wie die von Raben. Kraft der Raumlosigkeit des Gedankens fiel ihm auf dem Minusstrich von Zeit, den entlang er fuhr, allerlei ein; so – zu seiner Mannesehre sei's gesagt – ein Fräulein Melitta, das im besten Morgenschlummer hinter musselinenen Vorhängen nicht weiß, welch' schwarze vor Till niederfallen, und – was jetzt wichtiger, weil dadurch der oben unterbrochene Rundblick, wenn auch nicht mehr ferialen Gemütes, doch fortgesetzt wird – die außerordentlich genaue Geographie des engeren Unglücksortes, an welchem, sollte sonst alles gutgehn, ein Brücklein über die hier schon zum Bache abgezehrte Biber die Rolle des Nadelöhrs spielte, in das unbedingt getroffen werden mußte, oder man gelangte statt auf den Platz vor dem Schloß, wo es unsanfte, aber doch Bremsgelegenheiten gab – die Dumshirn, die bröckelnde Gartenmauer, das Torgitter –, in den Himmel; denn so seicht die Biber ist, genügt ihr Bett, um dem Pferd die Beine und dem Kutscher das Genick zu brechen. Tills schöne, blonde Haare hatten sich noch nicht zu Ende gesträubt – sie waren vielleicht ein bißchen zu lang und zu weich, um die Bürstenstrammheit zu erreichen –, als das Konglomerat von Hufen, Rädern, schallenden Kistenbrettern, nebst den zwischen ihnen polternden Menschenknochen, glücklich über die lotternden Bohlen donnerte.

Nach menschlichem Ermessen mußte jetzt, weil das eine Unglück vermieden worden, das andere sich ereignen: der Zusammenstoß mit der Dumshirn. Nun es wider alle ungeschriebenen Gesetze, die ein Marktweib von den geschriebenen ausnehmen, doch zu einem solchen kam, zureichende Abwehrmittel aber weder theoretisch (wegen des Charakters eines reinen Aggressors) noch praktisch (wegen des schreienden Mißverhältnisses mehlspeisweichen Körpers und eschener Deichsel) vorhanden waren, mußte der Küchengötze entweder entmachtet fallen oder blitzschnell die Hilfsglocke bei ihm übergeordneten Dämonen ziehn, soferne welche im Raume anwesend sein und einen Klingelzug herausragen lassen sollten. Nun: es gab den Onkel Dämon, und die barmherzige Glocke war zur Hand! Und genau dort, wo sie, ihrer Natur nach, hingehört, am Gittertor!! Der Graf, sieht man, hatte alles wohl überdacht und so, *in nuce,* auch diesen besondern, ausgefallnen Fall vorausgesehn. Wie allerdings es der vom zwischen Zuckerrohrstauden und brennenden Haziendas gezeugten interessanten jungen Manne recht abgelegen geborenen Dumshirn gelingen konnte, pünktlich auf die kritische Sekunde in's Schwarze der vorgebohrten Lunarinschen Gedankengänge zu treffen, beziehungsweise welch' eigene, ganz und gar ungewohnte Gedankengänge die vierschrötige Person durchstürmt haben mußte, um, bei der Unmöglichkeit jeder Rettung, in einem einzigen Augenblick das einzige zu erfinden: das bleibt das Geheimnis der Geistesgegenwart, für die wir ja nur das Wort haben, die den Gipfel der Sache dauernd verhüllende Sprachwolke. Ein Griff rückwärts, an's Gitter wie um einen Hendelhals, und zugleich mit dem einstimmigen Schrei aus fünf Kehlen, der schon der selig gewähnten Dumshirn galt, fuhr die Deichsel über die Dumshirn hinaus. Die Deichsel schnellte in der erreichten Höhe auch sofort zurück wie das Ruder des seinen Kahn abstoßenden Gondoliere, und aus der hintenüber kippenden Kiste flog in sackträgem Bogen eines geprellten Hampelmannes der Kutscher. So standen sie einander einen monumentalen Moment gegenüber, Bauch wider Bauch, das vor Entsetzen hoch sich bäumende, zähnefletschende Pferd und die zu wesensfremder, obwohl geglückter Defensive verurteilte, wütende Obstlerin aller Obstlerinnen.

Es kann nicht geleugnet und muß nachgetragen werden, daß unsere fünf Personen – die sechste, von der gleich die Rede sein wird, hatte sich an dem ganzen Auftritte nicht beteiligt und war auch jetzt nur in der Leidensform an demselben tätig gewesen; die siebente, die elsässische Talerin, empfand, obwohl verheiratete Ganswohl, von vorneherein unbedingt für einen gewissen Adelseher, obwohl der Unrührbare sein Bier bei Storchingers Nachfolger trank –, daß also unsere fünf Personen, die einer der vielen siebenundzwanzigsten Julys, die es seit Bestand der Welt schon gegeben hat, vor dem Gittertore eines verfallenden Schlosses ziemlich grundlos, wie es scheint, versammelt sah, den jungen Mann, der unbewußt sein Möglichstes getan hat, dem Sonnengotte zu gleichen, auf den ersten Blick nicht sehr sympathisch fanden. Bei seiner Lichtnatur, über die wir dank unserer kurzen Beschreibung keinen Zweifel gelassen haben, ja, bei seiner, wenn auch auf's Ländliche reduzierten, Ähnlichkeit mit dem rosselenkenden Phoibos Apollon nimmt uns das geradezu wunder. Aber auf eine so billige Erklärung wie die, daß Leute, die das für heute früh versprochene Eintreffen des hochgeborenen Dienstgebers erwarten, und zwar in einem schwarzen, langgestreckten, mit fast unhörbarem Motor arbeitenden Wagen, den in die Schloßgarage zu fahren der Mechaniker schon süchtig bis zu Abstinenzerscheinungen ist, und was das Erscheinen eines Cabkutschers anlangt, der, halb tölpelhafter Spaßmacher, halb ernster Artist, eine unerwünschte halsbrecherische Vorstellung gibt, statt der intelligenten, edlen, durchaus im eigenen Lot sich befindenden, die sie vom Grafen haben wollen, nur bis in's Gekröse geärgert werden können, verzichten wir natürlich, obwohl nicht von der Hand zu weisen ist, daß auch ein Mann wie unser Lunarin für Stunden, ja oft für mehrere Tage gegen die Wirkung anderer Männer abstumpft. Den Grafen nämlich, der an einer unsichtbaren Stelle vom Schöpfer nicht vollendet worden, haben die von solchen Fragmenten gereizten Eudämonen – das sind, wenn sie Menschengestalt annehmen, die Übersetzernaturen, die Kunstgewerbler, die Virtuosen und die Regisseure – durch Anstückelung von dem, was wir Zauber nennen, mehr als fertiggemacht. Kein Wunder demnach, wenn jene, die das Kreuz eines Charakters tragen, ohne einem Simon von Cyrene oder einer Veronika zu begegnen, die auf dem Lunarinschen Wege mit Kissen gegen das harte Holz und mit aromatischen Tüchleins für seine Nase Spalier stehn, beim Anblicke des kostbaren Mosaiks aus allem, was recht und was unrecht ist, sich sagen: sieh, es geht auch ohne Kreuz, und in dem Grafen eine Art von Heiland erblicken, den einzigen, den die natürliche Frömmigkeit ersehnt und annimmt, jenen nämlich, der vom Kreuze erlöst, indem er es, wie der Taschenspieler die Karte, eins, zwei, drei, verschwinden läßt und dann entzückend leere Hände zeigt, ohne Wundmale, gepflegt, zu Zärtlichkeit geschaffen. Kann's dem einer gleich tun? Nein! Das ist rein unmöglich! Kann ihm einer widerstehn? Nein! Ohne den wahren Heiland zu kennen: keiner!

Da naht nun einer, im Grunde nicht unhübscher, nur von ganz andrer Art als der zauberische Graf, getreideähnlicher, nicht so olivenfarbig, und sogar viel jünger, um gut zehn Jahre, sofern es überhaupt möglich, das Alter des im Altern wunderbarer Weise gehinderten Erben von Beruf (wie wir diese Sorte Glückskinder nennen wollen) ungefähr richtig zu schätzen – geben wir ihm also mit Vorbehalt vierzig bis fünfundvierzig, was, je nach ihrer Gourmandise, die eine Frau nicht glauben, die andere begeisternd finden wird –: da naht nun einer, der, wenn wir die Summe seiner Talente rein objektiv überschlagen (das heißt, es geht um die Beantwortung der Frage, ob es das Einhorn gibt, ein nur wegen seines märchenhaften Auswuchses in die tiefsten Wälder verscheuchtes, sonst durch und durch normales Tier), auf denselben Beifall Anspruch hätte wie der Lunarin, ja eigentlich auf einen noch stürmischeren, weil er doch weder sich noch den Leuten jene geistigen Schwierigkeiten bereitet, die ein Mann von so dramatischer Erzeugung, und daher auch so problematischer Verfassung wie der Graf dauernd vor sich her wälzt, wie der Skarabäus die Kugel mit seiner Nachkommenschaft oder der Goldfisch den zu großen Semmelbrocken; da naht nun einer seinesgleichen, kommt sozusagen in sein eigenes Haus, ist befähigt und gesonnen – wenigstens glaubt er's zu sein, und auch, daß er gar nicht anders könne –, dieselbe Sprache zu reden, und schwenkt dazu noch die Sonnenfahne, das gemeinverständlichste *symbolon*, sehr zum

Unterschiede von dem Halbwestindier, der, man sollte es kaum für möglich halten, auch seine breiten Erfolge (siehe unsere Dienstleute!) dem maurischen Zeichen des Mondes verdankt, und wird aus fünf Herzen von fünf kalten Strahlen begossen.

Woher kommt das? Diese nicht vorauszusehende und, wie es scheint, bare Ungerechtigkeit? Unserer Meinung nach daher, daß jedermann für die Begegnung mit dem andern Jedermann, der für den Augenblick jener ersten Begegnung ebenfalls mit einer nie mehr wiederholbaren allerfeinsten Aufnahmefähigkeit ausgestattet ist; daß der Dümmste so gut wie der Gescheiteste – die Urphänome explodieren außerhalb und über der jeweiligen Intelligenz und gehören deswegen, als *quantitas*, wenn auch als sehr geballte, zum wunderbaren Umschlagen in *qualitas* bestimmt, durchaus noch der Physik an – seine ganze Vorgeschichte mitbringt, die selbstgetane wie die ihm angetane, und diese bei unserm Till aus lauter Charakterstücken zusammengesetzt ist, die wegen der Unanschaulichkeit eines fliegenden Pfeils das dauernde Sichbewußtbleiben seines Abgesendetwordenseins und das dauernde Sichvergegenwärtigen der fernen Scheibe voraussetzen, was ein trübes Schulstuben- oder kahles Exerzierfeldlicht in den geistigen Raum spreitet, da mag die der Person eignende Sonne noch so stark den materiellen durchstrahlen. Es kann also von echtem Charme da keine Rede sein, wo zwar die gehörigen Mienen und die entsprechenden Gesten gemacht werden, die kaleidoskopischen Splitter aber sich nicht fugenlos aneinanderpassen lassen – trotz der gewaltigsten Anstrengung – und der melancholisch schwarze Grund der Figur überall zwischen ihnen hervorschaut. Nun, und eine so gewaltige Anstrengung, nie pausierend, weil vollautomatisiert, dauernd die ganze Person erschütternd, die sich ganz ruhig zu verhalten meint, kann nicht gemerkt werden von jener übrigen Welt, die, auf welche Art immer sie mit sich zerfallen oder hinter sich her ist, aber doch nicht dilemmatisch klafft oder einem ewig uneinholbaren Vorsprung nachjagt. Ihr Übel wäre, auch wenn es nicht geheilt wird, heilbar. Dieses Mannes Übel jedoch ist gar kein Übel, so sehr, im Einzelfalle, es ein solches erscheint oder gar als ein solches sich auswirkt, sondern eine Aufgabe, ein Amt (oder wie sonst man nennen will, was einen auf ehrbare Weise zugrunde richtet), an welchem und in dem man mit ihm arbeiten muß, oder aber man schwänzt die herakleische Schule mit Orpheus-Lunarin, unter dessen Leierschlag die lernaeische Schlange auch ihren Kopf verlöre, aber nur so wie eine sich verliebende Frau. Sehr bitter gesagt – um die Sache abschließend auch Kurzsichtigen zu verdeutlichen, nicht, um ihn auf der Vergrößerung eines lächerlich kleinen Kreuzes festzunageln (die Leute, die mit ihm zu tun bekommen, werden sehr schnell erfahren, daß seine Lächerlichkeit praktisch gar keine Rolle spielt, es sei denn für ihn selbst, wenn er mit sich in *camera intimissima* ist – aber davon erfahren sie ja nichts) –, gleicht Till einem jener frischen, sicher, allzu sicher auftretenden jungen Leute, denen im müßigen Gedränge ein Bösling dann gern den bekannten Zettel des Inhalts anheftet: Ich bin ein Esel! Der Spaß dabei ist, zu sehen, wie der zwar nicht *de jure*, aber auch nicht ganz unschuldig Getroffene sich nicht erklären kann, warum die viel dümmeren Passanten ihn beschmunzeln oder ankichern, entgegen dem vorderen Augenschein, den er doch für allein maßgebend hält. Jetzt, nach dem einführenden Vorvergleiche, können wir, des Verständnisses gewiß, mit Tills eigentlichem Mißgeschick herausrücken. Hinter unserm Phoibos Apollon steht, viel größer als er selbst, sein gehobener Oberlehrerzeigefinger. Alle sehen, beziehungsweise fühlen ihn in jenem beschriebenen ersten Augenblick; nur er, Till, weiß zu keiner Zeit, aus welchem langhingestreckten Schatten er nie herauskommen wird.

Ein Glück nun für Till (und so auch für unsere Geschichte), daß das sieghafte Erscheinen dermaßen unglücklich geendet hat! Kaum nämlich saß er auf dem Gesäße, und mit diesem auf den Schlüsseln zum Schlosse, die ein Winziges früher desselben Wegs geflogen waren, als die Antipathien sich in Sympathien verwandelten. Natürlich standen die der Elsässerin, weil sie schon von jeher solche gewesen, an der Spitze. Doch, nach den Charakteren gestuft und nach dem Geschlechte getönt, folgten die Frischbekehrten williger. Herr Weinstabel zum Beispiel, der das eigentliche Ziel seiner Flucht plötzlich im »Taler« erblickte, aus dessen Schornstein Reisigrauch wehte (vom Feuerchen unter der Kaffeekanne), machte auf der Stelle kehrt, um als Samariter die erste Hand an den ausgekühlten Sonnengott zu legen, gut eine römische Nasenlänge lang vor dem Till viel näheren Herrn Murmelsteeg, den es dann allerdings auch drängte, wenigstens die zweite anzulegen, eine priesterliche, also mehr symbolische, was seiner Würde besser entsprach. Von den drei schwarzgekleideten Damen, die ihre Schreckposituren ebenso jäh wie eingenommen aufgegeben und die Hemisphären der Gesichter um neunzig Grad in's Warme gedreht hatten – was so schnell nur die der jetzt gewitternden und gleich darauf wieder lächelnden Natur verbundenen Damen zu Wege bringen (während die Herren auch weiterhin ernst bleiben) –, stiegen, in Sopran, Alt und beinahe Baß, gleich gutgemeinte Seufzer zum Himmel, wie zum Wasserspiegel die silbernen Luftblasen aus Fischesmund. Ja, ja, man sieht, es tut einer oft gut daran, so zu tun, als fiele er von hohem Rosse, um Leute, die leider zu Fuß auf die Welt gekommen und also von vornehern gegen die Berittenen sind, versöhnlicher zu stimmen.

Was aber ist nun Ursache des wohltätigen Sturzes gewesen? Wir wollen sie ein wenig zu erklären suchen! Ohne einen Lunarin, der aus seiner Natur, wie die Spinne aus ihrem Bauche, den Faden spinnt und als eine viel feinere und verschlungenere Kausalkette laufen läßt, die er mit einigem Hohne auf den simpleren Schöpfer dicht neben dessen gemeine und straffgespannte legt (an der wir so exakt-geometrisch tanzen), daß die Dumshirn wirklich nur einfach daneben zu greifen braucht, um einen jener eisernen Strohhalme zu erwischen – ohne einen solchen, die Welt ein bißchen korrigierenden Untergott, käme ein Unglücksfall der beschriebenen Art nie zustande. Es wäre ja der Proteus bereits mit der Erfindung einer neuen Mausefalle für Menschengeschicke beschäftigt, und in der alten hängt kein Köder mehr.

Als der Graf nach der Vorlesung beim Notar, die ihn, wie den komplexen Schriftsteller eine etliche Spalten füllende Rezension gleichgültig welchen Endurteils – hat der Mann so viel zu sagen, wie viel muß ich ihm zu sagen gehabt haben! –, dermaßen befeuert hatte, daß er, besten Willens, es mit dem abgründigen Schlosse aufzunehmen und, natürlich, zu obsiegen, zu dem herrschaftlichsten Stellenvermittler der Stadt geeilt war, um mit dem Engagement der ihm persönlich attachierten Dienstleute den reichlich ausgekühlten Fehdehandschuh aufzunehmen (mehr ließ sich im Augenblick nicht tun, denn doppelläufig, wie der göttliche Büchsenmacher ihn geschaffen hatte, mußte fast zur selben Zeit auch aus dem zweiten Rohre und woandershin geschossen werden), sah er, die Klinke schon in der Hand und die fünf uns bekannten Personen bereits vertraglich in der Tasche, die sechste Person auf der Wartebank sitzen, und ohne die geringste Erwägung stand in ihm fest, daß sie jene sei, um deretwillen er hierhergekommen. Bei Poeten und Verschwendern krönt erst das Überflüssige das Notwendige, ist der Umweg der kürzeste Weg, das Durchfressen des Kuchenbergs die *conditio sine qua non* der eigentlichen Mahlzeit, der Einnahme nämlich des ersten Maulvolls frischer Geniusluft jenseits des materiellen Bergs, und überdies – doch nicht zuletzt! – setzte diese abschließende sechste Person eine dunkle Tradition des Lunarinschen Hauses fort; die Pietät geht oft seltsame Wege.

Diese sechste Person oder besser: dieses sechste Persönchen – denn es war nicht größer als ein großer Hackstock – hatte gleich nach seiner Ankunft auf dem Vorplatz die Stäbe des Gittertores umklammert und sein Gesicht, vielleicht nicht ohne Grund, zwischen dieselben gepreßt. Unter nichts als Erwachsenen fühlt sich ein Kind – warum es länger verschweigen?, das Persönchen war ein Kind, möglicherweise acht, möglicherweise vierzehn Jahre alt – nicht wohl. Und kommt es gar aus der Stadt, wo die Parks leider nicht verwildert und die Schlösser noch keine Ruinen sind, wird es sein Näschen in das ersehnte romantische Wildwestbild stecken, wo prinzessinnenbewachende Drachen und skalphungrige Indianer auf den Bäuchen kriechen und die seitlichen Handhaben eines etwa tückisch zusammenschlagen wollenden Vorhangs um keinen Preis loslassen.

Aber, aber!! Seit wann ist ein Kind ein panisches Schreckmittel für ein Pferd (es sei denn ein neurasthenisches; welches Attribut der ländlichen und gutbefriedigten Stute jedoch unmöglich beigelegt werden kann)? Und noch dazu das letzte und überraschendste, nach dem in der höchsten Lebensgefahr gegriffen wird? Und außerdem: trauen Sie, meine Damen (die Herren kommen da nicht in Betracht), die Sie, Hand auf's Herz, jede Minute für vergeudet erachten, die sich nicht mit Ihrem Lunarin beschäftigt, trauen Sie dem halbspanischen, bald olivengrünen, bald quittengelben, dazwischen rauchgeschwärztem Bernstein gleichenden Grafen zu, daß ihn ein Kindergesicht, ausgenommen das eines Velazquezschen Zwergs, so auf die Stelle in der Agentur festgebannt haben würde? Sie vergessen die weit gespannten Gedankengänge, die der interessante Luftschloßarchitekt immer dort hinüberschlägt, wo die meisten Leute nicht durch das schärfste Verstandesglas das andere Ufer des Handlungsflusses zu erblicken vermögen, weswegen sie die besagten Bögen beängstigend lang unvollendet, ja unvollendbar, allen Gesetzen der Physik hohnsprechend, in der Luft hängen sehen, welch scheinbarer Unsinn den nicht zu unterschätzenden Vorzug besitzt, erst sehr spät mit Sinn niederzukommen, und oft, wie hier, gerade dann, wenn diesen Sinn die Leute am nötigsten haben. Es sieht wirklich so aus, als hätte ein vorbildlicher Hausvater so ziemlich alles bedacht, was den seiner Obhut anvertrauten Hausgenossen je würde zustoßen können. Ja, es sieht sogar so aus, als läge, um das Fehlen eines guten Dutzend handfester Tugenden wettzumachen, ein Gran unbewußter Allwissenheit in dem Manne, wie ein solches auch in den ältesten Griechen gelegen haben muß, die sicher zu dem selben Zwecke, sollten nämlich ihre Nachfahren einmal außergewöhnlicher Hilfe bedürfen, den Perseus haben das Haupt der Medusa abschlagen und die Athena es auf ihrem Brustschilde haben befestigen lassen. Jetzt also ist es beinahe schon am Tag, daß ein Kind, das während des ganzen ersten

Kapitels, und während des langen Anfangs dieses fünften, dauernd sein Gesicht verborgen, dies uns zuliebe getan hat, erstens, um uns in der Erledigung unserer vordringlichsten Angelegenheiten nicht zu stören – was es durch das Hervorrufen von Veränderung oder gar Empörung über einen nach solch optischem Affront doppelt abwesenden Grafen hätte tun müssen –, zweitens, aber hauptsächlich, damit das augenrollende Pferd nicht schon von weitem an den schrecklichen Anblick sich gewöhne, daß es in ihm kein Hindernis mehr sähe, um, wie es wolle, zu wüten. Das Kind – nun muß es heraus! – ist kohlrabenschwarz. Die sechste Person ist ein Mohr.

Nachdem Till genügend beklopft, bedauert (statt beglückwünscht), aufgerichtet und auch befragt worden war, ob er sich was gebrochen hätte (dies von der Elsässerin, die ihn im Ja-Falle sofort und gleichnisweise in das Bett ihres Mannes gelegt haben würde) – während welcher christlichen Handlungen und unchristlichen Nebengedankengängen der Statthalter des Grafen, keinen Augenblick vergessend, daß er der sei, trotz des sehr schmerzlichen Abdrucks des Schlüsselbundes eifrigst über das Negerlein reflektierte, wie vorhin über die Hasen, das er mit untrüglicher Nase zwar für eine Lunarinsche Hand im Spiel hielt, doch ohne Erfolg; wenn er wenigstens gewußt hätte, was nur das noch zitternde Pferd und die dämonische Dumshirn wußten! –, schlug, wie Herr Murmelsteeg fürchtete, dem angenehmen Störenfried die Stunde des Aufbruchs und würde die gottverlassene Gegend bald wieder so einsam werden, wie sie gewesen. Sechs zusammengewürfelte und unausgeschlafene Domestiken, eine hübsche, aber durch deutlichen Liebesjammer blind und taub gewordene Wirtin, ein unbewohnbares und doch versperrtes Schloß, und weit und breit noch immer kein Graf, welches Grafen bloßes Erscheinen – soviel wußte im untersten Gekröse auch Herr Murmelsteeg von dem Manne, der nur knappe zehn Minuten auf ihn gewirkt hatte – genügte, unverglaste Fenster für verglast und ein abgedecktes Dach für gedeckt halten zu lassen: das ist zu viel.

»Sagen Sie, mein Bester«, fragte Herr Murmelsteeg, »gehören Sie vielleicht zu dem Hause da?« Wenig hoffnungsvoll wies er auf das Schloß.

»Aber! Aber«! rief Babette. »Das ist ja der Adelseher!« Sie meinte, alle Welt müßte ihren Till kennen, und war aufrichtig gekränkt für den reichen Bauern oder Gutsbesitzer. Letzteres hätte sie ihn lieber nennen gehört. Er und das Schloß! Ha! Das er mit einem Griff in die Brieftasche kaufen könnte! »Der«, lachte sie stolz, »hat nichts mit dem alten Kasten zu tun!«

»Nicht so wenig, wie Sie glauben, Madame!« sagte Till, der einen ganz anderen Stolz hatte, kalt. Die lachende Babette ging sichtbarlich auf eine arme, graue Babette ein. Till zog die Augenbrauen hoch und fragte dann vom Katheder solcher Stirne die gedemütigte Schülerin: »Na, was liegt denn dort?« Mit dem gewissen übergroßen Finger lenkte er ihren Blick auf die Folterwerkzeuge.

»Ihr Schlüsselbund, Herr Adelseher«, lautete die gehorsame Antwort (fehlte nur der Knicks), zur Verwunderung Murmelsteegs, der so nonnenhafte Ergebenheit noch bei keiner freilebenden Frau gesehen hatte.

»Der meine nicht, der meine nicht, Frau Ganswohl!« triumphierte er. »Sondern der zum Schloß. Jawohl zum Schloß!« Sie fühlte, nicht zum ersten Male, daß er sie nicht leiden konnte. Aber, was macht das einem echten Weibe aus, das, zwar persönlich kurzlebig, wie der männliche Mensch auch, doch mit der Ewigkeit rechnet! Und was kann in der nicht alles noch geschehen oder sich ändern! Haben nicht sogar Todfeinde verschiedenen Geschlechts, auf eine einsame Insel verschlagen, der friedenstiftenden Begierde sich beugen müssen, wie sie unlängst in einem roten, pikanten Heft gelesen hat? Sie faßte sich in Geduld und trat auch wirklich aus dem Rahmen, der mit den andern Personen sie bis jetzt umschlossen hatte. Doch habe nun niemand Mitleid mit einer sinnlichen Frau: bis zu dem endlich glückenden Griff nach dem Leckerbissen wird sie sich mit Hausbrot trösten.

»Die Sorge wären wir nun los«, meinte, mehr zu sich selber, Herr Murmelsteeg, dem der Schulstubenauftritt, was er nicht zu hoffen gewagt, zugesagt hatte.

»Und die meine beginnt«, murmelte Till, der feine Ohren hatte, aber natürlich nicht wußte, was die des anderen gewesen waren. Lachend auf dem falschesten Zeitpunkte – denn die Sache war ernst –, bückte er sich nach den Schlüsseln. In dieser Beschäftigung unterbrach ihn eine forsche Stimme.

»Also her mit den Dietrichen, junger Mann! Ich habe mir nun genug Beine in den Leib gestanden. Es könnte doch wohl noch einen guten Sessel in der Ruine geben!« Das feriale Lächeln schwand jäh. Die Gegend verfinsterte sich. Ein böser Seitenblick aus erstarrter Beuge stellte als den Eigentümer der respektlosen Stimme den Samariter fest.

»Ja, jetzt wollen wir uns das Museum ansehn! Das Museum da!« rief aufgeeifert die Dumshirn. Ruine und Museum, das waren Stiche, die mit dem Herrn auch seinen Stellvertreter durchbohrten. Daß von treffenden Bezeichnungen gestochen wurde, entschuldigte den Angriff nicht. Es gibt Fehler, die jene, die sie sehen, als gemeine Leute entlarven. Weil er über der rechten Antwort zögerte – sie war nicht leicht zu finden für einen Nichtgrafen, der sich als Graf beleidigt fühlte –, konnte die forsche Stimme ihm noch eines über den Buckel hauen.

»Oder sollen wir dem gnädigen Herrn den Vortritt lassen beim Halsbrechen?« Nein, so wird nicht geredet, weder bei Adelsehers auf dem Hofe, noch vor einem, wenn auch fremden Schlosse. Herr bleibt Herr, und Knecht Knecht, und die Kluft zwischen ihnen immer und überall gleich groß, und stünden sie einander auch in Schwimmhosen gegenüber. Jetzt erhob er sich und straffte sich.

»Die Schlüssel führe ich«, sagte er, »ich allein. Ich öffne und sperre, wenn es mir beliebt, und welche Tür.« Eine nicht unterbrochene kleine Pause bewies, daß man ihm das Recht, so zu reden, bereits zubilligte. Ja, die wohl am meisten zu fürchtende Person, die Dumshirn, schien bereits am weitesten von jedem Zweifel an diesem Recht entfernt zu sein: Sie hatte ein Stück Zucker aus dem Ridikül geholt und auf die flache Hand gelegt und schob diese eben unter's Maul der Stute. Trotz dieses zu Versöhnlichkeit stimmenden Aktes sagte Till: »Das Museum werden Sie jetzt gleich zu besichtigen haben. Und zwar dienstlich, Frau. Und mit mir als Führer.« Die Dumshirn öffnete den Mund, kaum, um etwas Böses zu reden – denn sie war sichtlich nicht bei ihrem Geiste –, und eigentlich so, wie nach langer Reise die auf alles und noch eins gespannten Leute die Coupétürchen öffnen, bevor der Zug noch steht.

»Sie schweigen, Frau Dumshirn!« rief Herr Murmelsteeg. Die Wendung kam überraschend. Till horchte hoch auf, als wollte er feststellen, was ihm unter'm Hemde krabbelte.

»Der Herr kommt ohne Zweifel vom Herrn Grafen«, fuhr Herr Murmelsteeg fort, indem er, Till den Rücken kehrend, sich an die volle Zahl der dienenden Personen wandte. »Der Herr hat ohne Zweifel bestimmte Aufträge; und damit – basta!« Till wollte diese Wahrheit durch ein Nicken bekräftigen, verkniff es sich aber. Der plötzliche Bundesgenosse war ihm nicht genehm. Erstens brauchte er keinen, zweitens einen domestikalen schon gar nicht, und drittens empfand er ein deutliches Mißbehagen bei der Mutmaßung, hier schlage sich nicht die verwandte Seele, sondern der größere Schlaukopf auf die Seite der Autorität. Bei seinem unbeholfenen Stande und in Ansehung eines so schwierigen Auditoriums hätte ihm der rasche Erfolg seines Auftretens schmeicheln können, aber: er war ja nicht in eigener Unzulänglichkeit hier, sondern in fremder Vollkommenheit. Also schrieb er den Erfolg in den gräflichen Kamin.

»Und Sie, Frau Biedermann«, redete Herr Murmelsteeg eine wirklich Unschuldige an – sie ließ eben wieder das Trompetensignal erklingen, erwog seine Bedeutung, ihre Entfernung vom Orte seines Aufstiegs und war, mit Ausnahme des Ohres, das eine notdürftige Verbindung mit der Umwelt unterhielt, traumverloren in einer kräftig riechenden Selchkammer voll herabbaumelnder, wurstpraller Soldatenhosen – »kein Vornehmtun!« Die nicht beim rechten Inhalt ihres Traums Ertappte sah ihn ebenso verständnislos wie liebreich an (das Liebreiche galt noch dem rechten Inhalt) und eben deswegen sehr vornehm aus. »Wir sind auf dem Lande«, er warf mit einem Halbbogen von Armbewegung die schönsten Gegenden zum Gerümpel, »und finden außergewöhnliche Verhältnisse vor.« So diplomatisch umging er die von den Herren Enguerrand und Lunarin geschaffene Situation, dem Stellvertreter des Letzteren nicht zu reiner Freude. Die ordinäre Aufrichtigkeit der zwei andern Personen war Till jetzt lieber.

»Aber Herr Murmelsteeg!« empörte sich auf reizendste Weise – indem sie wie eben neugeboren in die Welt, und in eine überaus zufriedenstellende, blickte – Frau Biedermann. »Ich fühle mich ja bereits wie zu Hause.« Alle, nur der Mohrenknabe nicht, starrten sie an. Die lügt wie gedruckt, dachten alle. Für sich notierte jeder noch folgendes: Achtung! Feine Nase! Durchtriebene Person! Beispiel! Studieren!! »Land! Land! Ach!« Sie schöpfte tief Atem. Man sah überdeutlich, daß sie dem, was der Städter die würzige Luft nennt (und so gerne gegen die eines vollgepfropften Theaters vertauscht), ein vorbildliches Kompliment machte. Man sah auch, daß sie einen vollen Busen hatte. »Wie ich das Land liebe! Die einfachen, gesunden Menschen! Ihre schlichten Gebräuche! Und diese Stille! Diesen himmlischen Morgen!« Ihre blauen Augensterne verschwanden zu guten Hälften unter den oberen, rotbewimperten Lidern. Keiner glaubte ihr ein Wort, keiner aber auch wagte, sie zu unterbrechen. Es war wie in der Kirche. »Und außerordentliche Verhältnisse? Sie machen ein besorgtes Gesicht? Aber Herr Murmelsteeg!! Haben Sie denn nie durchbrennen, nach Amerika auswandern, ein Stück Urwald roden, eine Blockhütte zimmern, mit Rothäuten kämpfen wollen? Nun, hier«, sie blickte begeistert und schnell hintereinander, wie ein junger Foxterrier einen alten Hut beutelt, nach rechts und links, »hier ist Amerika!!« Herrn Murmelsteeg schwindelte von solcher Blitzreise, auch blendete ihn das Licht des neuen Erdteils, das die Biedermann auf die dubiose Sache warf. »Ohne Schiff, ohne Seekrankheit«, malte sie mit fliegendem Pinsel eine Vorstellung fertig, die zu fein war, um sich länger zu halten als ein Atemhauch auf einem Spiegel, »mit dem Frühzug, in kaum zwei Stunden, sind wir drüben angekommen! Sie verstehen doch, Herr Murmelsteeg?« rief sie schmerzlich und fast flehend und hielt ihm die geballten Hände – das Innere nach oben – vor die Brust.

Till empfand etwas wie Widerwillen und etwas wie Bewunderung für diese Person, die, gleich einer atemlos Steigenden in einem Turme, bald hinter der, bald hinter jener Luke sichtbar wurde, nie ganz und kein zweites Mal in derselben Haltung. Er hätte gerne ihre Hände ergriffen, um ihre Finger zu entkrampfen. Ausgehaltene Töne und Höhepunkte machten ihn schamrot.

»Ich verstehe«, sagte Herr Murmelsteeg, sehr langsam, weil er, wohl begreifend, was die Biedermann meinte – das glückliche Zusammentreffen von Außersichgeraten und unmittelbar Hineingeraten in die schon bereitgelegte neue Haut –, nicht begriff, warum der Gedanke der Dame ihm wie ein Migränestift erhellend über die Stirne fuhr. Gleich darauf wurde ihm leicht übel, sei's aus dem Magen, der ohne Frühstück, sei's aus dem Hirn, das mit dem Biedermannschen Amerika überladen war. Er wußte hinter sich den stämmigen jungen Mann, oder jungen Baumstamm, von dem er sich entfernt hatte, nur um im ersten rechten Augenblick, wenn auch mit unrechten Mitteln, die ihm rechtens zustehende Oberherrschaft anzutreten, und an den zu klammern als an das Urszepter, von dem das seine absproßte, ihm auch wegen seiner plötzlichen Schwäche zustand. Leider – weil er die letztere verbergen zu müssen glaubte (Könige dürfen den Kopfschmerz nicht zeigen, den der Druck der Krone verursacht) – ließ er den ordinären Muskel der Wortverdreherei spielen.

»Gestatten Sie eine Frage, Herr – Herr Aufseher!«

»Adelseher«, sagte Till und schüttelte heftig verneinend den Kopf. Die Wiederholung des gräflichen Scherzes von gestern abend durch eine dienende Person und heute an diesem Morgen, der, entgegen dem ferialen Gefühle, mit dem er noch bis auf die Hügelhöhe kutschiert hatte, finster von Ernst geworden war – als ob der milchfrische Wind ihm den heitern Himmel wie eine blaue Arbeitsschürze über den Kopf geschlagen hätte –, paßte ihm nicht. »Adelseher!« sagte er noch einmal und stampfte mit einem Fuße auf. Sein Gesicht, das auf den ersten Blick nur zum Strahlen und Lachen geschaffen schien, sah nun wie ein Sonnenfleck aus, wirblicht verdreht, dunkler im Hellen. »Ich heiße Adelseher!« In des so energisch Belehrten jetzt etwas blutleerem Kopfe erhob sich ein ohnmächtiges Haschen nach den zwei Stücken eines (nicht genau wahrgenommenen) gerissenen Zusammenhangs.

»Mein Gott! Ja! Die Ähnlichkeit der zwei Wörter!« rief, zu spät und viel zu laut, Herr Murmelsteeg. Dann lachte er schallend und falsch und schlug sich leicht an die Stirn.

»Natürlich wollte ich Ihnen Ihren Namen geben. Weil ich ihn aber nur flüchtig gehört habe, gab ich Ihnen beinahe einen Titel!« Seine Begründung überzeugte niemanden. Alle erwarteten alles – sie hätten das Alles nur nicht detaillieren können – von diesem jungen Manne, obwohl ihn nichts weiter legitimierte, als was und wie er bis jetzt gesprochen hatte. Er hatte offenbar sein ganzes Sein bei sich, zum Unterschied von den Vielen, die zwar nicht weniger ihr Sein gaben, es aber in den verschiedensten Diasporen besitzen und *omnia sua* erst herbeipfeifen müssen. Herr Adelseher war nicht mehr, als er ist, ein Mann, ein reicher Bauer (oder Gutsbesitzer), eines Grafen Stellvertreter, aber er war's in jenem Augenblick bis in die Fingerspitzen und, was das eigentlich Ausschlaggebende, um keines Fingernagels Spanne über jene hinaus.

»Sie wollten mich etwas fragen, Herr!« sagte, nun wieder ruhig, Till, und ging, mit fast geschlossenen Augen, an Herrn Murmelsteeg vorbei, auf sein Pferd zu, an dessen Bauch er sich lehnte wie der Lehrer an das Katheder, während ein stummer Fisch von Schüler im leeren Wasser seines Nichtwissens umherpeitscht. Einige Sekunden später bemerkte Herr Weinstabel, der Till genau beobachtete – er hätte nicht sagen können, warum; aber es mußte wohl ein streng mechanisches Ablaufen zu einem noch unbekannten Ziele sein, wie in einem Automaten, den sein Erfinder zum erstenmal vorführt, was den begeisterten Installateur an das Tun und Lassen dieses vom Himmel gefallenen Korrektors ihrer aller Untugenden fesselte –, eine beunruhigende Tatsache. Sie schlug auf eine selten so glücklich treffende Weise in sein Fach. Wie etwa der Atheismus in das des Theologen. Er sah nämlich, oder glaubte zu sehen – wir lassen die Frage nach der Richtigkeit seiner Beobachtung offen, weil die Zweifelsfreiheit, wie jede Art von Vollendung, die Lebendigkeit des Sehens in Zweifel setzen würde –, er sah nämlich, daß der junge Mann, dem nur der Zeigestab fehlte, mit welchem er jetzt hätte spielen sollen, gar nicht wirklich an dem Pferdebauch lehnte, sondern entgegen der Physik an der Luft zwischen seinem Rücken und dem Wanst der Stute. Wäre Herr Weinstabel ein Besucher der Ballettabende in der Oper gewesen – die nach dem Brande natürlich wieder aufgebaut worden ist –, so würde er sich jetzt nicht über die gekünstelte Haltung, nur darüber gewundert haben, sie von einem Landmann angenommen zu sehn. Seine Beobachtung hätte dann das Erschreckende verloren und, nach dem Glätten des gesträubten Gefieders der Vernunft, einem ziemlich richtigen Urteile Platz machen können: daß nämlich ein Mann, der kein Pantomimiker von Beruf ist, bei aller geäußerten Ruhe, schon in einer verzweifelt neuen und verzwickten Lage sich befinden müsse, wenn dessen nichts weniger als trainierter Körper den einzig treffenden Ausdruck des aufgehobenen, heimlich aber weiterwirkenden Gleichgewichtes vollkommen unbewußt hervorbringt. Es war jetzt sozusagen der Augenblick der Entwurzelung des alten Menschen und der Einpflanzung des neuen. Die auszutauschenden Pflanzen schwebten in eben diesem Augenblick über seinem Kopf. Der für einen echten Mechaniker beunruhigende Eindruck wurde aber Gott sei Dank – weil er ohnedies zu nichts geführt haben würde – rasch verwischt von Murmelsteegs für einen Hungrigen noch viel eindrucksvolleren Worten.

»Ja, ich wollte fragen«, sagte der sowohl römische wie englische Herr Murmelsteeg, indem er mit großer Kunst eine etwas täppische Verbeugung machte (er war also noch immer nicht genügend des Unzuständigen seiner allzu einfachen Ironie wider einen, der gerade anfing, kompliziert zu werden, belehrt), »ob Sie uns erlauben würden, dort drüben«, er warf einen Daumen über die Schulter, »zu frühstücken. Wir haben nämlich seit gestern abend nichts gegessen.«

»Hören Sie, Herr!« sagte Till, nein, sagte seine Stimme, die für ihn, der aus Konzilianz vielleicht anders, sicher unbestimmter, geredet haben würde, das Wort nahm (ein schönes Beispiel dafür, daß wir uns nie als Ganzes fortbewegen, sondern stets nur mit dem im Augenblicke vorgeschrittensten Teile unseres Wesens, durch rasche Verlagerung unserer Substanz oder, wie in den niedersten Tierchen, des Plasmas. Und überdies lehnte er jetzt, für jeden sichtbar, der hingesehen hätte – aber es sah jetzt niemand dahin –, wirklich an der Luft). »Es ist besser, Sie wissen's gleich: ich bin nicht so dumm, wie ich vielleicht aussehe oder, wenn schon dieses nicht, wie ich mich vielleicht betrage.« Ihm selber kam vor, als redete ein sehr bekannter Herr namens Till, der wachen Zustands nicht über wohlgesetzte Worte verfügt, aus dem unendlich begabteren Schlafe. »Mir persönlich ist's gleichgültig, wofür Sie mich halten. Ich habe nicht auf diesen Morgen gewartet, um mich, den Herrn Adelseher, endlich kennenzulernen.« (Das stimmt nicht ganz, dachte es in ihm. Wie du redest, widerlegt, was du redest. Aber er hatte keine Zeit, und auch keine Apothekerwaage zur Hand, die Flaumfeder eines eben aus dem Ei brechenden Kückens zu wägen.) »Verstehen Sie mich recht!« fuhr er milder fort. Bei diesen Worten aber rückte sein Blick hart abzählend von einem zum andern, was jeden beinahe mit Feldwebelfinger und an der Brust berührte; die Damen natürlich mit einer anderen Wirkung als die Herren. »Ich sage das nicht, weil ich mir etwa einbilde, mehr zu sein als Sie, oder etwas ganz Besonderes, sondern nur wegen des guten Einvernehmens, das für drei Tage zwischen uns herrschen muß, oder – wir können einander gleich eine gute Reise wünschen; Sie mir mit viel größerer Aussicht auf Erfüllung als ich Ihnen, weil ich in einer Viertelstunde schon daheim und die Sorgen los bin. Also!« Er trat einen Schritt vor, über die gedachte Sehne des Halbkreises, der unwillkürlich sich gebildet hatte. (Frau Ganswohl stand, sowohl als Nichthineingehörende wie als Bewunderin des Schauspiels, außerhalb seiner; desgleichen, doch aus anderen Gründen, der Muhnenbub.) »Ich werde heute und morgen allerlei anzuschaffen haben und deswegen – hören Sie: nur deswegen! – der Gescheitere sein müssen. Paßt Ihnen die Rollenverteilung nicht – es ist nur eine solche, und außerdem bin ich ganz unschuldig dran –, so ergreifen Sie wieder Ihre Koffer, der nächste Zug geht ein paar Minuten nach Mittag, und beklagen Sie sich bei dem Herrn Grafen, wenn Sie ihn finden, was ich bezweifle, weil ich sonst nicht hier wäre und das Vergnügen, Ihre Bekanntschaft zu machen, nicht hätte.« Jetzt lächelte er. Vielleicht nur aus Höflichkeit, der festesten Maske der Intransigenz, vielleicht aus Freude über das Selbstlob, so gut, so klug, so unnachgiebig und so sanft geredet zu haben. In Musik übersetzt wäre schon dies Lächeln der höchste Ton eines berühmten Tenors gewesen und als solcher Signal der Arena zum begeisterten Toben mit Händen und Füßen. Im Leben, das um so mehr Leben, je dezidierter es Nichtkunst ist, blieb es bei einer bis zu Tränen gestiegenen heißen Dankbarkeit. Wofür? Dafür bloß, daß es einen gibt, dem es gegeben ist, ein in den psychologischen Automatismus geratenes Göttliches wieder in seiner ursprünglich eingenommenen Sphäre zu zeigen, wie's dem gewöhnlichen Weizenbrote geschieht, wenn es vom Priester verwandelt gehoben wird über die Grenze zwischen dem Sinnlichen und dem Übersinnlichen. Begreiflich, daß der Halbkreis der Kommunikanten und Kommunikantinnen sich verengte. (Das Heidenkind blieb natürlich weiterhin ausgeschlossen.) Alle, auch das ausgeschlossene Heidenkind, hingen – ohne von der Abhängigkeit zu wissen – an Tills nicht sonderlich vollen Lippen. Gemalt wären unsere sechs Personen als eine Flottille laichender Fische erschienen (hinsichtlich ihrer beschaulichen Stille), oder als ein Wurf Ferkel, der am Mutterschwein schmatzt (hinsichtlich ihrer Lage).

»Und nun endlich zu Ihrer Frage, Herr!«, sagte Till, indem er den Römer oder Engländer so stark, doch bei freundlichstem Gesichte, in's kalte, blaue Auge faßte, daß dieser sich unrasiert fühlte, was er auch war. »Entschuldigen Sie, daß ich Hungrige habe warten lassen.« Er erstaunte über seine neue, eigentlich boshafte Höflichkeit, wie über fremdes Eigentum, das man, ohne es gestohlen zu haben, in der eignen Tasche findet. »Also: zu erlauben oder zu verbieten habe ich natürlich gar nichts. Sie bleiben freiwillig und gehen auf's Schloß oder vor dem Abreisen in's Wirtshaus! Ein jeder ist nur an den Grafen gebunden. Sie sehen: noch ist es Zeit zurückzutreten!« In die Freiheit ladend, öffnete er die Arme. Niemand rührte sich. Er hob den rechten Arm und ließ den Zeigefinger aufschnellen. »Eine Minute später wird es zu spät sein.« Das sagte er in einem Tone und mit einer Miene, als ob er scherzte. Jeder spürte hinter dem Scherz den Ernst, der, nach Überschreiten einer haarfeinen Linie, die mit dem inneren Auge, aber im Außen, auf dem Erdboden, vor den Zehenspitzen, gesehen wurde, sofort zu herrschen beginnen wird. Auch der Negerknabe nahm, wenn auch unvollkommen, teil an dieser Vision; er blickte nämlich außerordentlich angestrengt, wie dicht vor des Rätsels Lösung, und doch noch weit davon – denn entweder löst man's oder löst man's nicht; – zum Zufall gibt es keine Nähe! –, auf den durch seine Gesten ihm beinahe verständlichen Mann, der ohne Zweifel ein Hauptmann, nein, ein Häuptling, vielleicht gar ein Medizinmann war, der irgendwen oder irgendwas beschwor. Jeder aber dankte kniend auf der Schwelle des Unbewußten und des Bewußten, dem Gotte, der nun einmal das Leben, von dem man lebt, nämlich das Geschäftsleben, regelt, für den süßen Leim des Scherzes, der ihnen, ohne daß sie sich was vergäben, erlaubte, auf die Spindel des Scherzes zu fliegen. Es wollte doch der Allmächtige alle Herren mit derselben Geschicklichkeit, die Gewichte so zu vertauschen, daß Schwer leicht scheint, und Leicht schwerfällt, wie unser Till sie besitzt, ausstatten, oder noch besser, solche Herren schaffen, die nur für einen andern, abwesenden oder unsichtbaren Herrn dastehn, dessen bevorzugte Diener sie unter nichts als bloß Dienern sind. Die Welt, aus dem Wagen selbst gelenkt, wie dies bei dem Lunarinschen Automobil, der neumodischen Erfindung, bereits, allerdings nur rein mechanisch, geschieht, würde ordentlicher und flinker laufen als von dem hohen Bocke her, wo einer sitzt, der glaubt, ein wirklicher Kutscher zu sein, weswegen er auch glaubt, mit der Peitsche ohrenzerreißend knallen und auf die armen Pferde eindreschen zu müssen!

»Sie bleiben also!« stellte Till fest, nachdem er jede Person durch einen tief in sie eindringenden Blick gleichsam unter Eid genommen hatte. Niemandem, bei der angespannten Aufmerksamkeit, die man auf das zwischen den Zeilen Stehende, um es lesen zu können, wendet, war seine Absicht entgangen, auch dem Mohrenknaben nicht, ihrer aller Bindung an den Grafen auf sich zu übertragen.

»Fein! Das freut mich!« rief er. Die Dienstleute freute das auch. Im Nu standen sie, wie in ihrem Behältnis derangierte Zahnstocher, durcheinander. Jetzt, nach so unwillkürlichem Ausdruck von Pause oder Feierabend noch ein Wort dienstlich zu reden, würde einen sträflichen Mangel an Takt gezeigt und den Erfolg des fast mit keinen Mitteln ausgeführten Kunststücks gröblichst gefährdet haben. Herr Murmelsteeg stellte sich selbst und die anderen vor. Statt zu wissen, was nun zu tun, wie der Diplomat, empfand Herr Adelseher einen plötzlich nicht mehr ertragbaren Ekel, wie nie ein Diplomat, vor seiner ihm im selben Augenblick bewußt gewordenen und nicht geringen Geschicklichkeit, eine auf eine komplizierte Sache gerichtete einfache Sache wie eine doppelläufige Flinte zu handhaben: das eine Rohr mit verblüffender Offenheit geladen, das andere mit in ihrer Wirkung ebenso verblüffender Heimtücke. Er mußte sich, wie der gequälte Träumer im Bette, schnell von der linken Seite auf die rechte werfen (oder umgekehrt).

»Und nun«, er klatschte, sich selber weckend, in die Hände, »zum Frühstück!« Auf das erfreuliche Kommando hin setzten alle einen bergsteigenden Fuß in die Richtung zum »Taler«. In der halben Kehrtbewegung hielt Till sie auf. »Aber nicht, wie Sie glauben, auf Ihre Kosten, sondern auf die des Herrn Grafen! *Allez donc, Babette! Vite, vite!*« rief er über die Köpfe der Dienstleute hinweg, Frau Ganswohl, eine geborene Desmoulins, an, die in Bewunderung des heute sich offenbarenden Herrn Adelseher zu einer sockellosen Figur erstarrt war, die Füße, eigentlich Wurzeln, verborgen unter dem zu lang herabwallenden, groß- und buntgeblümten, bügelfrischen Schlafrock. »*Préparez un repas abondant, s'il vous plaît; c'est á mes frais naturellement!*« Darüber, daß sie hocherrötete, auch auf der Brust, davon ein Dreieck der Schlafrock zeigte, darüber nämlich, daß der heimlich Geliebte das Französische überhaupt und jetzt zu ihr sprach, ist wenig, ist nichts zu sagen, und doch läßt sich im Augenblick von einem Stück polychromierten Steins oder Tons nicht mehr und nichts Treffenderes behaupten. Als sie im nächsten Augenblick mit sehr wohlgeformten Beinen, die jetzt aus dem zu Bündeln geschoppten Schlafrocke sichtbar wurden, dem »Taler« zueilte, schnell wie ein Wattenläufer vor der Flut, und mit den roten Pantöffelchen auf den zwei grauen Stufen, die zur Türe führten, erregend klapperte – in einer verschlafenen Gegend, wo man entweder nur unhörbare Filzschuhe trägt oder nur genagelte lederne –, blickte jeder – nicht aber der unbegreiflich keusche Adelseher – ihr nach. Die Damen, jene Fortbewegungsmittel mit den eigenen vergleichend, die Herren, das gemeinsame Fühlen sittsam verschweigend. Diesen Nebenbeschäftigungen, aber vollkommen, hingegeben, überhörten sie eine weitere Wirkung der französischen Sprache. Der arme kleine Mohr nämlich, den wir von allem, was bisher geredet worden ist, hatten ausnehmen müssen, öffnete den Mund, weil ihm die wenigen Worte, die er in jener reden konnte und glücklicherweise seine unglückliche Verlassenheit betrafen, eingefallen waren. Während die fünf Personen bereits wieder die Fußspitzen hoben, den »Taler« anzumarschieren, schob sich eine längliche und kühle Hand in die herabhängende warme Tills.

»*Restez ici, cher monsieur!*« sagte der Mohr mit einer für seine wenigen Jahre – es sind eben afrikanische Jahre – ziemlich tiefen Stimme, die eigentlich unpassend zum Ausdrücken der kindlichen Verzweiflung war. Und Till blickte ein bißchen erschrocken durch den Gebrauch derselben Sprache, die allein er zu beherrschen glaubte – man wird's dem Bauern verzeihen, daß er den Butler Murmelsteeg noch nicht kennt, der gleich drei fremde Idiome beherrscht –, in's Porzellanweiße des Negerleinaug's.

»*Restez chez nous!*« bat nochmals das schwarze Kind.

»*Je reste!*« sagte ruhig Till und drückte die Hand. Gleich danach verspürte er einen schlechten Geschmack auf seiner zwiesprachigen Zunge: Er hatte ja jetzt ein Geheimnis mit dem Mohren. Und mitten im guten Gewissen erschien ihm sein Hof. Wenn der Teufel los ist, werden sicher von zehn zu zehn Minuten ein Knecht oder eine Magd, ein vom Nachbarn oder aus Recklingen geschickter Bub, der Gehilfe des Bürgermeisters oder dieser selbst die Türe zum leeren Kontore öffnen. Es ist ja schon eine richtige Gutsverwaltung! Man sieht demnach, daß »gut« nicht immer gut bedeutet, sondern wie beim entscheidenden Zug im Brettspiel es auf die Stelle ankommt, wo die an sich bedeutungslosen Figuren stehn. Eine Meinung, die wir durch alles, was wir in diesem Berichte vorbringen, zu erweisen hoffen. Eine Ahnung von dem endlichen Ergebnisse unserer Beweisführung mochte Till gestärkt haben, denn er verwarf das mahnende, im Hinblick auf sein dem Grafen gegebenes Versprechen (davon das dem schwarzen Pudel gegebene abhing) nicht ganz zu Recht mahnende Bild als ein – wie wir sagen würden – neben dem ordnungsmäßigen logischen Ablauf verführerisch entstandenes, und weil er überhaupt nicht gern im Schatten stand, sei es im eigenen, den Selbstvorwürfe werfen, sei es in dem von anderen Personen, die eine für sie gehegte Leidenschaft größer macht als sie sind: Um im Dampfe und Rauche sowohl zugefügter wie erlittener Empfindungen sich wohl zu fühlen (dank eines vorgeburtlichen Lebens auf unsicheren Böden, als Reblaus an der Flanke eines Vulkans), war seine Natur zu licht, drängte es ihn zu sehr, selbst zu leuchten (womöglich ohne das kleinste Sonnenfleckchen), aus welchem Drange, zum Beispiel, seine Ironie sich erklärt, das Bedürfnis nämlich, gelegentlich sich selbst zu bestrahlen, wenn durchaus nichts und niemand da ist, das oder der ihn von dem umgebenden Dunkel abdefinierte, wie eben jetzt, wo die Leute – wenn man sie auf Herz und Nieren prüfte – weder den delphischen Gott noch den göttlichen Heiland zu sehen wünschten, sondern, endlich! nur das Frühstück. Aber da ist er nicht zu halten, unser Phoibos Apollon! Das letzte Wölklein muß vom Himmel gesogen, das letzte, vom letzten Regen noch feuchte Erdkrümelchen zu Staub getrocknet werden! Jeglicher Erscheinung muß die lechzende Zunge aus dem Halse hängen!

»Doch in der Sache selbst haben Sie vollkommen recht, Herr – – – Herr Murmelsteeg, wenn diesmal nicht ich falsch gehört haben sollte!« rief Till.

Sein Zurückkommen auf eine Sache, die für gründlich abgehandelt gegolten hatte, verblüffte, ja entsetzte wegen des nun wieder sich entfernenden Frühstücks alle so sehr, daß sie, auf genau dem halben Wege zum »Taler«, mit dem archaisch steifen Gehorsam Untergebener Kehrt machten und wie zwischen Schlaf und Erwachen ein Ungeheuer anblinzten, das zu Tisch bittet, aber die Geladenen hindert, Platz zu nehmen.

»Obwohl Sie«, fuhr Till fort, »gerade davon nicht geredet haben, davon nämlich: wie ich dazu komme, dazuzukommen?! Das möchten Sie doch wissen? Was? Das müssen Sie wissen! Die Aufklärung bin ich Ihrem Herrn und ist der Herr Ihnen schuldig. Erwarten einen Grafen, und fällt ein Bauer aus dem Mistkarren!!« Alle lächelten, etwas wehe, aber auch verständnisvoll. Der Mohr weißbleckend, weil begeistert für den Mann, doch verständnislos.

»Ich erzähle Ihnen die Geschichte während der zehn Schritte, die wir noch zum ›Taler‹ haben. So lang und nicht länger ist sie: weil ich selber nur wenig weiß. Aber das für Sie Wichtigste wohl. *A propos!*«, unterbrach er nun auch sich, wie er vorhin die andern unterbrochen hatte. Das französische Wörtchen ließ den Pudel erwartungsvoll wedeln. (Verstehen Sie doch, verehrter Leser: einen hungrigen Hund, umgeben von nichts als ungenießbaren Brocken, und daß er nach dem kleinsten genießbaren schnappt!) »*A propos*«, sagte also Till, weil eben Herr Weinstabel, den weder diese noch sonst eine Geschichte interessierte – um für jeden mechanischen Reiz, der auf ihn ausgeübt werden sollte, empfänglich zu bleiben, unterhielt er in seinem Kopfe eine dauernde Leere –, seinem Köfferchen zustrebte. »Ihr Gepäck, Herr, können Sie ruhig liegen lassen, wo es liegt! Hier stiehlt niemand was! Allerdings: hieher bringt auch niemand nichts! Es ist eine gottverlassene Gegend!!« Das war, wie er gleich merkte, zu offen gesprochen gegenüber ohnehin schon ziemlich mutlosen Leuten. Einzig die Biedermann blickte unentwegt zukunftsfroh. Nun, sie schöpfte ihr Vertrauen ja auch nicht aus den Tatsachen der Oberwelt, sondern aus dem noch heißen Kern ihres Schoßes, mit, sozusagen, gegen die Erfahrung kochenden Magmas abgehärteten Händen. Sie befand sich also zum augenblicklichen Zustande ihrer Kollegenschaft, die aus den traurigen Mienen von übernächtigen Primussen das wirklich großartige Schulbeispiel von Gottverlassenheit, das Schloß, anstarrte, in einem transmundanen.

»Halt!« rief Till, obwohl noch niemand sich bewegt hatte, auch nicht weiter in die Richtung seines Köfferchens Herr Weinstabel. Aber das Halt signalisierte ja auch nur das Verschwinden des alten und das Auftauchen eines neuen Demonstrationsobjektes. Die gequälten Hörer blickten ihren unermüdlichen Lehrer weniger aus Augen als aus offenen Mündern an, in denen der schwarze Vorwurf des Geprelltwordenseins um das Frühstück stockte. »Halt!« also rief Till, der über seiner augenblicklich wichtigsten Aufgabe (ein eben erst gewordenes, daher noch leicht und gern revoltierendes Kollektiv wenigstens äußerlich verschmelzen zu machen in ein wohl sechsköpfiges, aber doch einziges Wesen durch jenen Halbschlaf, den pneumatische Blicke zu erzeugen vermögen) die nächste, nicht weniger wichtige Aufgabe keineswegs vergessen und hie und da auch in die Ferne gespäht hatte.

»Dort naht«, sagte er, »pünktlich wie immer, ein Mann namens Strümpf. Das, meine Herrn und Damen, ist – daß Sie's wissen – der von mir bestellte Maurer, auch Zimmermann, auch Glaser, auch Elektriker, auch Anstreicher, kurz: der Tausendsassa des Orts. Er wird auf dem Schlosse nach dem Rechten sehn.« Man wandte sich, schon sehr müde – und je müder man wurde, desto unwiderruflicher wußte man sich in der Gewalt dieses dahergelaufenen Herrn Adelseher, der gar keine Gewalt brauchte, nur Einfälle hatte und Zufälle herausforderte, die aber eben zwangen –, am wegweisenden Arme Tills entlang auf die Recklinger Straße zu blicken, die mit schnurgerader Energie und hochmütiger Schnellzugseile, als wollte sie erst weit draußen, im wieder brettflachen Lande, bei einer ihrer wieder würdigen Stadt Station machen, statt dessen aber gleich hinter dem »Taler«, zwischen Tannen, im ersten Tümpel, der Gelegenheit zu Selbstmord bot, ruhm-, spur- und lautlos versank. (Die zweite Sehenswürdigkeit der gottverlassenen Gegend!)

Auf dieser Straße nun, im blendenden Morgengolde, das auch als Staub aufwölkte gleich Weihrauch zur Monstranz, schritt, den Kopf wie auf das Capricepölsterchen eines Schaukelstuhls zurückgelegt, ein so gut wie kalkweißer Mann, weißhaarig oder – wenn der hohe Schopf nicht von lebendem Filze sein sollte – mit einer weißen phrygischen Mütze bedeckt. Über der Schulter, an einem weißen Gurte trug er eine ebenfalls weiße Fleischhauertasche aus Leinen, wie die Jäger ihr Gewehr tragen, nämlich: die hohle Hand nachlässig auf dem Laufe, kurz so, wie lesende Damen auf der Chaiselongue zu liegen pflegen. Ihm folgte ein zwar auch weißer, doch minder weißer Bub, der zwei Kübel schleppte und nach Schornsteinfegerart mit dem zwischen zwei Sprossen heraus- und herabhängenden Arme eine kleine, gen Himmel gerichtete Leiter an den Leib preßte. Der Bub, sehr klein (wahrscheinlich noch weit mehr Kind als schon Knabe), blieb, wie junge Hunde tun, die immer wieder der Leine vergessen, an der sie seit gestern erst hängen, zurück, um gleich darauf wieder rasch vorwärts gerissen zu werden an gewürgtem Halse und bei vergangenheitwärts gedrehtem Kopfe, und blieb sofort von neuem stehen, wenn und solang' die noch nicht wieder bis zur Geraden gespannte Sklavenkette das Pseudofreisein (beglückender als das wirkliche) es gestattete. Man sah, auch aus der beträchtlichen Entfernung, daß eine Wiesenblume, ein gaukelndes Kohlweißlingpaar, eine Schnecke auf taunassem Blatte ihn mehr beschäftigten als die Beschäftigungen, denen nachzugehen er gezwungen wurde von der Armut seiner Eltern und von einem Manne namens Strümpf, der schlechte und schlechtbezahlte Lehrlingsarbeit der guten und gutzubezahlenden eines kräftigen Gesellen vorzuziehen schien.

Unsere fünf Personen – die sechste kohlrabenschwarze, weil von der Ruine und dem verwilderten Parke fasziniert, daher nicht in der nüchternen Lage, die lächerliche Kleinheit der Hilfe an dem monumentalen Ernste des Zusammenbruchs zu messen, begibt sich für die Dauer der jetzt zu schildernden Empfindung in eine gewisse Nichtvorhandenheit – unsere fünf Personen also, ohnehin tief erschüttert von dem Bauzustande des Schlosses (eine jede auf ihre Weise, die Biedermann auf die beste: aus einem alten Rock einen neuen zu machen durch radikales Wenden), verzweifelten. Der Anlaß war unbedeutend. Aber was ist unbedeutend, wenn in Hinblick auf das Meer (oder ein Schloß) ein Tropfen genügt, einen vollen Krug zum Überlaufen zu bringen! Nun, diesen hochbedeutend unbedeutenden Tropfen stellten – und: hätte die Moira bessere Darsteller finden können? – Herr Strümpf und sein Bub überzeugend dar. Unter anderen Umständen, als unter denen, dank diesem Herrn Adelseher herrschenden, hätten sie hell aufgelacht; der Reifen eines nur etwas schwächeren hypnotischen Schlafes würde von ihrer Stirne klirrend in alle Ecken des Vorplatzes zersprungen sein; sie wären, trotz wieder anhebender Postenlosigkeit, und ohne das Gratisfrühstück einzunehmen, auseinandergegangen.

Man sieht, was sich ereignet haben würde, wenn statt des schlichten Landmannes Till der komplizierte Graf Lunarin auf dem Vorplatze erschienen wäre! Und wie gut oft ist, wenn gute Vorsätze nicht zur Ausführung gelangen! Gerade sein Nichterscheinen schlägt zu seinem Vorteile aus. Denn: die Sache mit dem Schloß war ja, Gott sei Dank, nicht bei einem gewissenlosen Grafen anhängig, sondern bei einem, wie man schon hatte sich überzeugen können, gewissenhaften Agronomen, der außerdem sehr sympathisch gefunden wurde. Man sieht ferner, daß dieser gewissenhafte Agronom nebenbei ein Narr ist, weil er statt wenigstens zehn Maurern nur einen einzigen bestellt hat; und was für einen! Denn: da naht einer, gut Sechzig, klepperdürr, aber im Stechschritt, Brust heraus, Kopf zurück, Schopf oder Mütze himmelan, sichtlich der Aufgabe sich gewachsen fühlend, die er Zeit seines vermutlich noch währenden Lebens, zehn Jahre etwa, nie und nimmer zu bewältigen vermögen würde, also gleichfalls ein Narr – das machte die Lunarinsche Sache, zu ihrem Glück und zu dem des alten Enguerrand, der solcher Art vielleicht doch noch zu seinem Erben kommt, nicht, wie man glauben sollte, hoffnungslos, sondern (statt lustig, was Erwachen aus der Trance verursacht hätte) bloß tieftraurig (wegen des keinen Ausschlag nach keiner Seite hin gebenden vollendeten Gleichgewichts, das Tills Vorzüge und Fehler einander hielten), und das war der Sache Rettung. Ja, unter den Dingen, die da kommen wollen oder sollen, hängen die, so da kommen müssen, immer an den feinsten Fäden. Je dünner und unsichtbarer, je weniger sie scheinbar überhaupt vorhanden sind, desto weniger Theater machen sie uns vor. Wir hoffen also, einen der allerfeinsten Fäden, jenes oft zitierte Haar, an dem eine Sache, die auf sich hält, hängt – ein Prozeß, ein Weltkrieg, eine Liebesgeschichte, die Geschichte von Enguerrands Schloß –, jetzt vorgezeigt zu haben. Im übrigen kennt ein jeder, der schon einmal mit einem ausgepichten Zufall zusammengestoßen ist, mit dem in Amerika geglaubten Manne etwa, dem er Geld schuldet und den er auf einem tirolischen Alpengipfel trifft, das Gefühl, an das Netz einer schon längst verstorbenen Spinne zu prallen. Verfluchte Feinheit, der dicksten und härtesten Stahltrosse spottend! Uralte Ursache (längst sanft entschlafen gewähnt im feixenden Enkelkreise immer rascher degenerierender Wirkungen), die, in einer Altweibermühle verschrotet, neu zusammengesetzt, wieder aufgeladen, verjüngt wurde und dich jetzt angrinst wie das Kinderbildnis deines Großvaters.

Wir haben uns in diese schauerlich apokalyptische Stimmung begeben, um unsere fünf (bis sechs) Personen, die, weil sie nun endgültig gesonnen zu bleiben, auch entschlossen sind zu frühstücken, und unsern Leser, der nichts sehnlicher wünscht, als dieses Frühstück, an dem er leider nicht teilnehmen kann, endlich eingenommen zu wissen, darauf vorzubereiten oder dagegen abzuhärten, daß, wenn nicht ein kleines Wunder geschieht, und zwar wider unsern Wundertäter, wider den bisher so erfolgreichen Dompteur der schwer erziehbaren *bestiae* aus dem Dienerstande, wider diesen, dank anderswo gefeierter Saturnalien hier zum Herrn aufgerückten Bauernburschen, den wir bereits als einen unerbittlichen Logiker, Pedanten, Insistierer, Haarspalter kennen (der die Welt noch immer zu Ende dächte, auch wenn sie ihr Ende schon lange genommen hätte), daß wir also unsere Füße aus dem verteufelt magnetischen Boden vor Enguerrands Schloß nicht werden reißen können. Denn dem bei jedem Fortschreitenwollen unseres Berichtes (den andere, weniger geduldige, aber viel unzuverlässigere Autoren längst durch ein ungenau poetisches, die Damen begeisterndes, Logik und Grammatik niederrennendes Querfeldeinreiten, holterdipolter, durch Kraut und Rüben, beendet haben würden) ein schallendes Halt! zurufenden und auf jedes fehlende Komma im Konzept der strengen Determination, die geniale Nachlässigkeit natürlich nicht sich leisten darf, eigensinnig zurückkommenden Oberlehrer Till könnte die eben gesetzte und gleich zu inkriminierende Handlung Strümpfs und seines Buben unabsehbare Wirkungen zeitigen, zum mindesten eine neuerliche Verzögerung des Frühstücks zur Folge haben, von welcher Gefahr oder Strafe aber Gott in seiner Güte uns bewahren wolle.

Obwohl, wie schon gesagt, die Sonne eben erst aufgegangen und der Tag versprechend, ein heißer zu werden, noch recht angenehm war, Meister und Lehrling ihre Betten also erst vor kurzem verlassen und noch nicht die geringste Müdigkeit oder Erhitzung erworben haben konnten, hatten doch beide, nicht wie nach Abrede, sondern plötzlich, wie im zwingenden Gleichtakte zweier gleich arbeitsunwilliger Wesen, auf einem Schotterhaufen des Straßenrandes sich niedergelassen, im morgenzarten, kaum Schatten zu nennenden Gitterschatten eines Baumes, unter welchem Schatten nun die zwei weißen Kübel standen, als enthielten sie Milch, die des Helios unabgeschirmte Pfeilschüsse gerinnen machen würden, und an welchen Baumes Stamm die Leiter lehnte, als wären Greis und Knabe so frühe ausgezogen, nicht um ein seit fünfzehn Jahren verfallenes Schloß zu erneuern, sondern um einen Apfel- oder Birnbaum der Stadt Recklingen zu plündern.

Man muß nur in die Verfassung unserer fünf bis sechs Personen sich versetzen, die – um ihre so ziemlich einzigartige Lage einmal auch vom materiologischen Gesichtspunkte aus zu kennzeichnen, sie also nicht aus ihnen, sondern an ihnen, und zwar als das Eigentliche, Wesentliche, allein wirklich Vorhandene oder Reale zu erklären, wie am schuldlosen tragischen Helden die unbegreifliche Psychologie der Götter, sei anschaulich vom Unanschaulichen geredet –, die also in den unsichtbaren Hornissenschwarm der heute begonnenen Auseinandersetzung des Barons Enguerrand mit dem Grafen Lunarin geraten sind und Stich nach Stich empfangen, ohne zu wissen für welch eine unvorsichtige Tat oder sträfliche Unterlassung, um absehn zu können, wann sie, wenn das so weitergeht, anfangen würden zu schreien wie Philoktet oder rasend zu werden wie Herakles im Hemde des Nessus.

Schon öffnete Till den Mund, mit der deutlichen Absicht, über das unvorhergesehene Ereignis oder gar über den Begriff des Nichtvorauszusehenden zu perorieren, als – Gott sei Dank! – in demselben Augenblick Herr Strümpf die Fleischhauertasche öffnete und ihr zwei große Stücke Brot und zwei nur etwas kleinere Würste entnahm.

Wenn je etwas erlösend gewirkt hat – die Erfindung des Feuers durch den Prometheus, das Erscheinen des Perseus vor dem Felsen der Andromeda, der endlich wiedergefundene Kontakt der Sohle des Antaios mit dem Erdboden –, so gehört die im prähistorischen Morgen unserer Geschichte so kurz nach Sonnenaufgang schon gesetzte Tat der zweiten Mahlzeit in die Ordnung der halbgöttlichen Taten, ob sie nun auch andere befreit oder nur den, der sie vollbringt. (Die echte Erlösung – und eine solche haben wir wohl vor uns – befreit zwei zugleich.) Der Erfolg des kleinen Wunders, das wir – wie der Leser sich erinnern wird – weiter oben erbetet haben, weil ohne ein solches der Vorplatz in eine Sackgasse sich verwandelt haben würde, der wir nie mehr hätten zu entrinnen vermögen, war, wie andere Autoren gerne sagen würden, ein unbeschreiblicher; für uns aber gibt es nichts Unbeschreibliches; oder wir machen uns an etwas, das keine, oder doch keine eindeutigen Worte absondert, gar nicht erst heran. Es war also, als ob von einer Quelle der seit ihrem Vorhandensein sie verschließende Stein (derselbe, der uns vom Herzen fällt) gewälzt worden wäre. Begreiflich! Wenn man den einzigartigen Augenblick, der soeben wie das Magnesiumpulver des Photographen aufblitzt, recht versteht! Und wer von uns allen, die wir nichts sehnlicher wünschen und die wir keinen überzeugenderen Beweis kennen für das Zusammenklingen von Köpfen und Herzen, von Außen und Innen als: daß uns ein anderer das Wort aus dem Munde nähme oder schon genommen hätte, hat ihn nicht recht verstanden? Da denken sechs Personen in ihrem Unterbewußtsein, das vom Oberbewußtsein etwa zwischen Stomakus und Abdomen siedelnd gedacht wird, nichts als den Begriff Frühstück, und ein Herr Strümpf nimmt ihnen nicht, oh nein! das Wort aus dem Munde, sondern zückt die Sache selbst. Der Leser hätte sie sehen sollen, unsere Personen!! Wie sie alle mit einem Finger, dem Inbegriff von zwölf Händen und sechzig Fingern, auf das zeigten, was Herr Adelseher ihnen vorenthält, ohne es ihnen vorenthalten zu wollen; auf die einladende Wurst, die von der Einladung sprach, von der sie, die Eingeladenen, ohne unzart zu werden, nicht hätten sprechen können! Wie sie froh waren, schallend lachten (mit Ausnahme des Herrn Murmelsteeg, der römisch fett schmunzelte), ja übermütig wurden (wie die Thekla Freudensprung, die auf der Stelle ihrem Namen Ehre machte, und der Herr Weinstabel, der sich selber schwang wie einen Thyrsosstecken), weil die Objektwelt einmal so gütig oder so schwach gewesen ist, ihre und der Subjektwelt Ein- und Selbstheit zuzugeben! Wir nennen, was auf dem *punctum minimae resistentiae* der Objektwelt über uns hereinbricht, nachdem auf dem gleichen Punkte es aus uns herausgebrochen, *Zufall*, und Zufall ist: der seltene Zusammenfall von Einfall und Ausfall, das Aneinanderprallen über derselben Schwelle des nach Hause Kommenden und des das Haus eben Verlassenden, das Haus nämlich einer gemeinsamen Angelegenheit tief unter der Schwelle dieses Hauses, Haus im Sinne der astrologischen Häuser.

Nun bedurfte es von seiten Tills keiner Aufforderung mehr, den Zug zum »Taler« anzutreten: der Kosmos selber war auf seiten der Hungernden; der von ihnen verübte Scherz hatte dem in ihm drohenden Ernst als weit überlegen sich erwiesen. Ja, gegen die Gewalt der *rerum argumenta ad hominem*, komischer wie tragischer Natur, kämpfen sowohl die Betrübten wie die Heiteren vergeblich an. In dem Zufall eben ballt sich die physische Kraft, von der wir in der schon recht ausgeleierten

Gesetzlichkeit nicht mehr allzuviel merken (wenn auch noch genug, sie, gelegentlich und mit Schrecken, als die letzte und sinnlose Ursache unseres Glückes oder Unglückes zu erraten), zur Faust des Demiurgen, die unsere Lachmuskeln bedrischt oder unseren Tränensack schlägt, ohne jede Rücksicht darauf, welch' andern Gebrauch von der Ausdrucksfähigkeit des Gesichtes die Seele gerade hatte machen wollen!

Nun, nach Überwindung des soundsovielten Hindernisses (während des Verlaufes einer einzigen Stunde), in die Erbrechte des Grafen Lunarin stellvertretend einzutreten, beginnt, weil endlich auch einmal die Umstände, die uns bedingen, Atem schöpfen müssen – ein Umstand, der gegen die Behauptung eines stets konstant bleibenden Druckes der Umstände spricht und für die Möglichkeit der Willensfreiheit –, ein neuer Abschnitt unserer Geschichte.

Babette erscheint auf der Schwelle des »Talers«, Till mit Augen suchend, die, wenn man sie zeichnen müßte, groß wie Wandteller wären, und ruft, natürlich nur für Tills Ohren, sirenenschrill: »*Venez! Venez donc!*«

»Wir kommen! Kommen schon!« rufen so oft in so kurzer Zeit vier Personen, als schrien zwölf, und setzen, nach dem Scharren gemutmaßt und wegen des ungleichen Ausschreitens zu gleicher Zeit, mindestens vierundzwanzig Füße in Bewegung. Noch nie ist auf diesem zivilen Platze die militärische Übung des Schwenkens so *a tempo*, vollzogen worden.

Die Marschordnung ist die folgende: an der Spitze des Zugs Fräulein Freudensprung und Herr Weinstabel, die beide etwas Geflügeltes haben – sie von flatternden Schürzenbändern und aufgequirlten Röcken wie die Nike beim Niedersitzen, er, der was vom trunkenen Bacchus hatte –, und die schon jetzt ein gutes Paar abgäben – wie wird das erst auf dem Schlosse werden, wo das Vorhandensein eines geschickten Mechanikers die Reparaturbedürftigkeit auch intakter Apparate geradezu herausfordert?! –; dann (die einfache Unnatur in zwei Personen) Frau Dumshirn und Frau Biedermann, laut miteinander monologisierend, jede wissend, daß keine hört, was eine, die so gut wie keine ist, sagt (man sollte mehr Momentaufnahmen von

Weibern machen! Man würde dann, jene zusammensetzend, sehen, daß sie ohne Zusammenhang sind, wohl einen Ablauf darstellen, nie aber den einer Person); hinter ihren Sätzen, als Punkt, der Mohr. Schluß! und eine schöne Spanne Leere; denn: Herr Adelseher und Herr Murmelsteeg gehören so wenig zum Zuge wie Leutnant und Hauptmann, die, wenn der Zug vom Exerzieren in die Kaserne rückt, Wert auf eine sichtbare Feststellung legen, daß sie bereits *procul negotiis*. Adelsehern geht die ganze Sache eigentlich nichts an, und wenn er sie sich tiefgehen ließe, wär' er erst recht der Herr; also versteht sich die von ihm eingehaltene Autoritätsdistanz von selbst. Weniger bei Murmelsteeg, dessen *odi profanum vulgus* etwas erkrampft wirkt, obwohl oder eben weil er eine Miene aufsetzt, als wäre er der Onkel aller Welt und bezahlte das Frühstück. Till merkt's und merkt's nicht, findet's ein bißchen komisch und ein bißchen anmaßend, macht sich nur einen halben Gedanken darüber, und der ist bereits geviertelt, kurz: Till ringt mit Worten. Erstens wegen Unbegabtheit zur Rednerei, und zweitens – dies zweitens folgt aus dem erstens zwingend –, weil er nur wie gestochen reden kann; er hat's mit der Kalligraphie; noch kürzer: – Halt! Wir müssen erst die Situation schildern. Das Warum wird der Leser bald einsehn.

Links, noch außerhalb unserer jetzigen Geschichte, aber schon in ihrem Gravitationsfelde, das ein Kartoffelfeld, an dessen Rand und an dem der Straße, unter jenem Baume, von dem die Geschichte der Menschheit Ausgang genommen hat, einem Apfelbaume, sitzen, wie aus verknittertem Zeichenpapier schlecht nachgebildet und doch leibhaftig, Strümpf und sein Bub und verzehren ihr soundsovieltes Frühstück mit den Kinnladen von Kühen, essend, als ob sie wiederkäuten; nun, man kennt ja die gedankenlose Wichtigkeit, die Schwerarbeiter dem Vespern zu geben pflegen. Von dorther also fließt jene Ruhe des Hintergrunds, die dem ferialen Tumulte des Vordergrunds die Mauer macht. Vor uns, in der Morgensonne des so bedeutungsvollen siebenundzwanzigsten July, steht der grünfeuchte, nie austrocknende »Taler« – ihm fehlt die Nachmittagssonne, in deren maisgelber Hitze das Schloß bis zum letzten Strahle dörrt, fiebert, knackt, duftet (von Harz wie ein Holzplatz, da nach Zwiebeln, dort nach Wagenschmiere, gegen Abend aus geöffneten Rosenbeeten und unverstöpselten Nelkenpfefferbüchsen, daß einem schwül und würzig zu Mute wird), weswegen die Leute vom Haus, solang's eins war, immer Strohhüte trugen, Enguerrand den breitesten, die des »Talers«, wie auch heute noch, filzene, welch' streng determinierte Art, den Kopf zu bedecken, tief in diesen blicken läßt, so tief wie nur Religion und Hautfarbe –, steht also der »Taler« und verqualmt aus einem Schornstein, weiß wie eine holländische Tabakspfeife, einen blendend weißen Knaster. Besonders schön findet Herr Murmelsteeg die drei aus verrostetem oder rot gestrichenem Blechdach geschnittenen Mansardenfenster, von denen zwei geschlossen sind und mit weißen, blau zur Seite gebundenen Vorhängen (wahrscheinlich Musselin), geziert, hingegen aus dem dritten das Bruststück eines Burschen schaut, der lange Haare kämmt, ohne Zweifel nasse. Und plötzlich riecht's auf dem Platze nach Kaffee! Oh, was wäre ein prachtvoller Morgen wie dieser ohne diesen prachtvollen Duft, der (wenigstens uns) an nichts Geringeres erinnert als die ersten Schritte des eben erwachten Denkens!? Ein Pfirsich ohne Flaum, eine Landschaft ohne Luft! Sind's vorher vernünftige und untervernünftige Erwägungen gewesen, die hin zum »Taler« gezogen haben, so ist's nun die Nase, die am Gesichte zieht wie ein junges Traberroß an seinem leichten Wägelchen, das gleich einer ohnmächtig gewordenen Balletteuse bei den zarten Füßen davongeschleift wird. Hinter dem Rücken unserer Herrschaften ragte das Schloß und der es überragende verwilderte Park. Sie werden in Kürze die Szene betreten, genau auf ihr Stichwort. Aber noch ist's nicht gefallen. Es ist vom Schloß wohl sehr oft die Rede gewesen, es selber aber hat noch nicht gesprochen. Sehen sie jetzt, verehrter Leser – den wir ja das Lesen lehren wollen, daß er's bei Gelegenheit eines Meisterwerks von Geschichte (diese da ist ja nur eine Stümperarbeit, nicht wahr?) anwendete –, welch ein Unterschied, wenn man den Pinsel, womit was gemalt wird, nur ein bißchen haarspaltet, zwischen Darstellung und Darstellung herrschen kann?

Sie glauben, das Schloß bereits zu kennen? Sie kennen es noch gar nicht! Sie kennen nur Bilder von ihm, Berichte von Augenzeugen, nicht es aus dem eigenen Augenschein. Sie halten, es Ihnen *in natura* vorzuzeigen, für unmöglich? Sie sitzen, weiß Gott wo auf der Welt, in einem tiefen Fauteuil, und sollen sich nur umzudrehen brauchen, und zwar auf dem beschriebenen Vorplatze, um das wirkliche Schloß zu sehen? Sie werden sehen!

Und jetzt kommen die zehn Schritte zum »Taler« – es sind aber ihrer mehr –, während welchen Till sein Versprechen, Herrn Murmelsteeg das Auftreten eines Bauern statt eines Grafen zu erklären, einlösen wird; denn Till hält Wort; und eben diese Eigenschaft verursacht ihm ja die Pein mit dem Wort, von der diejenigen keine Ahnung haben, die leicht vergessen und gerne sich drücken. Bei anderen Autoren, als wir welche sind, würde Herr Murmelsteeg bereits vor Neugierde bersten, zu erfahren, warum und wohin, auf die Minute seines Einstands, der eigentliche Herr des Schloßes verschwunden ist. Dies, obwohl es nur in der Ordnung wäre, tut Herr Murmelsteeg bei uns nicht. Und zwar deswegen nicht, weil Till das Pech hat (oder die Sterne mit demselben fest an seinem Geburtshimmel kleben), den Zeitpunkt, zu dem Angebot und Nachfrage *al pari* stehn, regelmäßig zu verpassen. Gleichgültig, ob der Kaffeeduft Herrn Murmelsteegs dienstliches wie menschliches Interesse vom Schlosse zum Wirtshaus wendet, oder ob die Rolle, die er bereits zu spielen beginnt – er ist sich des Heraustretens aus sich selber, der Absonderung des Ektoplasmas seiner künftigen Figur natürlich gar nicht bewußt –, den völligen Entzug der Herrn Adelseher bisher gewidmeten Aufmerksamkeit erfordert! Er würde, wenn es nicht Tills Bestimmung wäre, sein jeweiliges Vorhaben stets unter den ungünstigsten Umständen anzutreten, weniger oder gar nicht ablenkbar sein. Man sieht, daß die fatale Schwäche eines Menschen mehr Durchschlagskraft besitzt, als der Physik nach ihr eignen sollte, und daß so starke Kerle wie Herr Murmelsteeg von einem so stillen, weil subtilen Schicksal, wie Herr Adelseher eins hat, leicht aus ihrer Bahn geworfen werden.

DER TURM

oder

VI. KAPITEL

So weit, so gut! wie der Notar zu sagen pflegt, wenn alles, wackelig oder gerade, seinen Weg gegangen ist. Solange der Maikäfer kriecht, weiß man voraus, wie er die Hindernisse, ein Stück vom Baum gefallener Rinde, einen Grashalm, bewältigen wird, entweder umgeht er oder übersteigt er sie. Wählt er aber das ihm mögliche dritte, das Fliegen, kann unsere Erdbodenerfahrung ihm nicht folgen. Wir haben dann nur das spannende Nachsehen. Und wissen: die Hand des Schöpfers wühlt im Lostopf. Welches Los wird er ziehen? Das katastrophale des Endens im Vogelschnabel? Oder? Da versagt unsere Phantasie.

Es ist daher keine Konzession an den bis zum Hals in den privatesten Affären steckenden Leser, wenn gute wie schlechte Schriftsteller auch ihre Figuren in dem nämlichen Schwitzbade zeigen. Sie bemühen sich vielmehr, unbewußt zeitgemäß – seitdem das zum Jagdgebrauch im Jenseitigen verfertigte Gewehr der Metaphysik entladen an der Wand des Materialismus hängt –, im Diesseitigen ein Gebiet ausfindig zu machen, in dem die Leute selber so wunderlich sich benehmen, wie eh'dem nur ihre Gedanken sich benommen haben. Und entdecken – und sehen peinlichst auf die Erhaltung seiner prächtigen Unordnung – als einen Urwald von Willensfreiheit: die Liebe.

Die Ahorn- und Tannenhalle heißt ein mehr Zwischenräume als Bäume enthaltendes Wäldchen, das ein schwungvolles Fragezeichen von Straßen hinter ein Gebäude setzt, das *weder ein Wohnhaus noch eine Mühle ist, obwohl es die Form dieses und das Aussehen jenes hat. Die Einheimischen nennen es den Turm.*

Der Turm also erhebt sich zwischen Adelseherhof und Wäldchen. Als Alberting noch ein berühmter Wallfahrtsort gewesen war, ist der Turm, im Einverständnis mit Tills Vater, dem Besitzer des Grundstücks, von einem Maler errichtet worden, der ob seiner schlechten Malereien sich selber zum Photographen degradiert hatte. Ein viel zu wenig nachgeahmtes Beispiel des Büßens am Ort des Sündigens! Denn: Atelier bleibt Atelier! Und kann daher auch wieder zurückgetauscht werden.

Diese wiederum aufgeblähte Randbemerkung geht von einem Gebäu aus, das, wenn es Flügel hätte, in Holland für eine kleinere Windmühle gelten könnte. Hier in Alberting und ohne Flügel ist es das Riesenmodell einer Pfefferbüchse oder die Rohform einer Pagode oder der Traum eines größenwahnsinnigen Baumkuchens von sich selber, kurz: ein Muster- und Meisterstück jener lemurischen Architektur, die, nirgendwo zu Hause und überall zu finden, gewissen Gedichten an einen unbestimmten Mond, an den Frühling im allgemeinen und an die unbekannte Geliebte entspricht. Unnötig zu sagen, daß man einem solchen, von unbefriedigter Durchschnittsphantasie ersonnenen Bauwerk seine Bestimmung nicht ohne weiteres ansieht. Glaubt man aber, sie auf den ersten Blick erraten zu haben, so wird man beim zweiten in der Regel finden, daß man sich gröblichst getäuscht hat. Tritt dieser Fall ein, der, wie gesagt, der gewöhnliche, so lacht sich der lemurische Architekt in's schattenhafte Fäustchen, denn: allen Ernstes hält er die Fähigkeit des Vexierbildes, zu foppen, für identisch mit der Vergleichskraft der Poesie und sich für den wahren Sohn Apolls.

Im Munde weniger, aber gewichtiger Leute – also: des verstorbenen und des gegenwärtigen Besitzers der Pagode, der Dame, die dem letzteren nahesteht, und der jeweiligen Magd, der die Reinigung des geheimnisvollen Pfefferbüchseninnern obliegt – heißt der Baumkuchentraum: der Turm. Wir wollen uns dem Sprachgebrauche anschließen; doch nicht, weil er ein

Bild von der Sache gibt, was er ganz und gar nicht tut, sondern weil er eine von den Vorstellungen, die oberwähnte Leute mit der Sache verbinden, in die Landschaft malt.

In aller Welt ist ein Turm ein Bauwerk, das um so mehr in die Höhe ragt, je weniger Grund es auf dem Erdboden einnimmt. Eine augenfällige Hochstapelei auf bescheidenster Basis gehört zum Wesen eines Turms, wie zum Wesen eines Storches gehört, daß er auf einem Beine zu stehen vermag; nicht aber, daß er wie selbstverständlich auch ein zweites besitzt. An diesem schönen Mißverhältnisse nun hat unser Turm genanntes Gebäu so gut wie gar keinen Teil. Nicht viel höher als breit, gleicht es am ehesten noch einem um eine lange Stange geschichteten Heuhaufen, dem man mit der flachen Schaufel eine scharf achteckige Form gegeben hat. Einzig und allein eine leichte Geschweiftheit nach oben unterscheidet es (abgesehen von der Natur seines Stoffes: Holz, das auf einem Ziegelsockel sitzt) von den plumpen Tumuli auf gemähten Wiesen. Unmöglich also konnte der Turm seinen Namen wegen der Ähnlichkeit mit einem Turm erhalten haben. Bleibt nur, um vielleicht doch noch eine Begründung zu finden, die Untersuchung seines Innern. Doch halt! Wir haben dem Leser ja eine Beweisführung versprochen! Da diese wohl dem Turme gilt, nicht aber, warum er so geheißen wird, müssen wir die Vorliebe für geheimnisvolle Hohlräume, unser Steckenpferd, dicht vor der Pforte, in die wir bereits einen feinen Schlüssel, wie ihn Damen in ihren Handtäschchen zu tragen pflegen, gesteckt haben, jäh herumreißen.

Ohne einen Blick zurückzusenden nach dem lemurischen Bauwerk, das jetzt schön schiefergrau – wegen der alten Schindeln, die seine acht Lenden schuppen – sich abhebt von den hellgrün quellenden Ahornen und den dunkelfelsig aufstarrenden Tannen seines unmittelbaren Hintergrundes, galoppieren wir durch die einzige Straße von Alberting schnurstracks zum wahren Anfang unserer Geschichte. Bald erblicken wir ihn aus dem Sattel, drin wir Tinte und Feder führen. Wir halten, auf einer mäßigen Bodenschwellung, der letzten übrigens vor einer kaum merklich gewellten weiten Ebene, in die unser

Weg sich hinauswindet, ohne aber sein Ziel zu erreichen, das im meergrünen Grase wie eine erste coloniale Siedlung an ferner Küste erscheint: ein weißer Streifen, den gut ein Dutzend gelblich durchschimmerter Zuckerhüte krönen, deren mittelster die andern deutlich überragt. Es ist die Kartause.

Feine Nerven, wie ein andächtiger Landschaftsmaler und ein spürsamer Chronist sie haben, empfinden das Besondere sogleich als das Wesentliche. Warum, fragen wir – natürlich nur rhetorisch, denn wir wissen ja schon Bescheid –, warum schwebt wie eine schneebedeckte Alpenkette *en miniature* das Kloster über dem Wiesengrunde, obwohl kein Bodennebel seine Füße gelockert hat? Warum leuchtet's von seinen fensterlosen Mauern dermaßen stetig her, daß mit einem Male die Überzeugung sich bildet, man würde auch nach Jahr und Tag, gesetzt, man beobachtete so lange und gründlich, nicht das schwächste Dünnerfließen des unbekannten Lichtquells wahrzunehmen vermögen? Wer also scheuert jene zwölf oder dreizehn Zuckerhüte, jene durch und durch zuckrigen Kapuzen, in deren innerster Süßigkeit je ein namenloser Mensch der Welt erstorben ist, da wir doch wissen, daß der Regen und die Staubwehen der Trockenzeit, die drosselnden Fröste und der tiefeinwirkende Tau so vieler Morgenfrühen ihren Schimmel anlegen müssen? Ist's eine Fata Morgana der Wüste? Die tröstliche Widerspiegelung vertraut menschlichen Zeltlagers am Oasenrande des Jenseits? Ist's der Geist Bernhards, des Cluniazensers selber, der als weiße verklärte Substanz das urgotische Gehäuse seiner Söhne durchdringt, mit dem schützenden und symbolischen Kalke der Muschel überzieht?

Nein; die Kartause steht leer. Seit genau fünfzehn Jahren. Man mag Zufall nennen, daß die einsiedlerischen Mönche vor einer in die Welt sie verstrickenden Begnadung die gemeinsame Flucht ergriffen haben, heimlich, nachts und ohne zu hinterlassen, wohin, zur selben Zeit, da nur wenige Kilometer weiter nach Osten der alte Herr von Enguerrand, um den Erben in's Gericht zu fordern, sein Schloß verlassen hat, die Füße voraus: Aber das heißt doch wohl, nur ein dunkles Wort für einen dunklen Zusammenhang setzen, der jedem so lange klar ist, als er nicht bemüßigt wird, über ihn zu traktieren. Gesegnete Gegend jedenfalls!, in welcher zwei so bedeutende Ereignisse (die später in eines zusammenfließen sollen) bei ganz geringem räumlichen Abstande und fast gar keinem zeitlichen haben stattfinden können.

Doch: zurück zur Kartause oder hin zu ihr – denn wir stehen mit unserem Steckenpferde noch immer auf jener mäßigen Bodenschwellung –, die jetzt nur mehr das gelegentliche Ziel feinschmeckerischer Touristen aus der Residenz, keines Falles aber das der Leute von Alberting oder Recklingen ist. Denn, weil diese dort nichts mehr zu verehren und zu verdienen finden, sind sie der entzauberten Wunderstätte gram. So kommt zu ihrer verständlichen Leerheit eine gewissermaßen unverständliche Verlassenheit, jener nur vergleichbar, in der die alten Mütterchen leben, obwohl die Söhne und Enkel dicht daneben es sich wohlsein lassen.

Das Kirchentor trägt zuoberst seiner kreuzblumigen Spitze in eingemeißelten, frühesten Lettern den Wahlspruch der echten Reaktionäre, jener Engel nämlich, die niemals sich von Gottes Thron gerührt haben: *crux stat, dum volvitur orbis*.

Ein Pförtchen steht offen, so gelassen von irgendeinem, der vor einem Jahre oder vor sechs Jahren – was auf's selbe hinausläuft bei des Ortes abgestellter Uhr – hier gewesen ist.

Der schon lange vergangene Herbst hat eine Menge hinfälligen Laubs der verschiedensten Formen, vom Röllchen eines heuschreckdünnen Zwergs bis zur Hemdbrust eines Säuglings, hereingeweht, das nun, von unseren Fußspitzen geteilt, scharrt wie unter dem schattenhaften Huf eines schattenhaften Pferds.

Auch ein Sturm des jetzigen Sommers – jener vielleicht, der dem Sonntagregen vorausgegangen – hat Proben seiner grünen Kunst, die hierinnen auf den kalten Fliesen viel göttlicher wirken denn draußen, wo sie in geselliger Dichte vor der warmen Bläue starren, in besonders schönen Exemplaren abgelegt: Blätter der Platanen und Obstbäume, die noch immer mit ordentlichem Blühen und Reifen über die ganz verwilderten Gärtlein der Einsiedeleien herrschen.

Ein prächtiger Hirschkäfer humpelt zwischen den Proben

zweier Jahreszeiten, glücklich unwissend und daher unbekümmert, selig mit dem Raschelnden ringend und die frischen Blätter langsam drehend auf ihrem schon leicht gerundeten Rücken, unbeirrbar dem Altare zu, der nur mehr ein Stein ist, eine Kiste aus Stein, ohne Fürtuch und Polster, ohne Leuchter und ohne Tabernakel. Eine an die Rückwand gelehnte viereckige Marmorplatte von der Größe eines amtlichen Schreibens zeigt, daß auch die Reliquien auferstanden sind aus ihrem heiligen Grabe. Und doch sind noch vor fünfzehn Jahren – oh, geheimnisvolle Zahl, die über dem frühvollendeten Genius schwebt, über dem Knaben, der zur Liebe erwacht, über der durchschnittlichen Dauer einer guten Ehe und über dem zeitlichen Vorraunen unserer Geschichte, die ja genau so lange in dem dunklen Schoße der Ananke sich gebildet hat! – hier, auf denselben Fliesen und mit denselben, nur nicht ganz so sehnigen Bewegungen, wie jetzt unser einzelgängerischer Hirschkäfer sie macht, die Wallfahrer gekrochen, Männer und Weiber, Greise und Kinder, Stiefel oder Opanken an den Füßen, schwarzes, schweres Tuch mit talergroßen Silberknöpfen an den Leibern oder steifabstarrende, vielgefältete weiße Röcke unter bunten Schürzen, und auf dem Rücken den hellen prallen Ballen ihrer Reisehabe, eine in's Maßlose geschwollene Mistelbeere germanischer oder slawischer Wälder. Nichts hängt oder steht in dem grauen Kirchenschiff, das durch unbemalte Fenster von der Farbe der geseihten Kamille ein nüchternes Licht empfängt, keine Ampel und kein Betstuhl, keine Taube und kein Kreuz, nichts, was einem Heiden die Art des einstens dort getriebnen Kults verriete, als hoch über dem Altare, an der Spitze eines dreieckigen großen Staubflecks, der die ungefähre Gestalt eines abgerissenen Aufbaus wiederzeichnet, ein windschiefes Bild. Der Letzte, der da oben demolierend gewirkt hat, muß es angestoßen haben, und ein Zweiter, der es hätte geraderichten können, ist nicht mehr auf die Leiter gestiegen. Wenn man nun die eigenen Beine bedachtsam über den gottessüchtigen Hirschkäfer hebt, der eben schon zum dritten Male die erste Altarstufe zu erklettern sucht und zum dritten Mal auf den Rücken fällt, und wenn man ihm voraneilt zur steinernen

Kiste mit der sauber ausgenommenen Schatulle der verehrungswürdigen Knochensplitter, und wenn man dann aus größtmöglicher Nähe emporblickt, so sieht man (oder glaubt man zu sehen) unter dem schwermütig gesenkten Lide einer verräucherten Gottesmutter das Weiße ihres Aug's.

Die Geschichte der Kartause nimmt, wie wahrscheinlich jede Geschichte, darin noch ein Glied des einstigen Lebens sich regt, um an den Sargdeckel pochen zu können, Ausgang von ebenfalls einem Turme; aber von einem seinem Begriffe gerechten, wie dies zu den Zeiten der Ritter, die auf den geringen Raum ihrer Burgen angewiesen waren, gar nicht anders möglich gewesen ist. Ein bequemes Verlies voll von Frauen, unbotmäßigen Mägden, aufgegriffenen Landstörzerinnen, entlaufenen Nonnen, die in morgenländischer Art gehalten wurden, bei bestem Fraße, um sie fett und geil zu machen, von einem Verschnittenen behütet, der die Peitsche zu gebrauchen wußte, diente dem Grafen Heinrich zur steten Vergegenwärtigung der schönsten und größten Reise seines Lebens, zu den Mauren nämlich, die er im Auftrage des Papstes unternommen hatte, um gegen heidnischen Mammon christliche Gefangene einzuhandeln. Die Fügung wollte, daß er sich einen Freund aus dem Sultan machte und länger, denn seiner Seele guttat, in dem Land der unsichtbaren Frauen lebte. Viele Weiber zu haben und als ihr einziger Mann, ganz offiziell geheim und daher ohne galante Umwege, auch ohne etwa auf die Migräne der jeweils begehrten Dame Rücksicht nehmen zu müssen: das alles gefiel ihm baß. Die gelehrten und die herrischen, die zarten und die züchtigen Frauen, so daheim die Schlüssel zu den Kammern schwangen oder den Krummstab der Äbtissin, die Zither schlugen oder den Hirschen, und das inmitten der Männerwelt, wie Mäuslein, die im Rachen eines Löwen Haschen spielen – wobei unbestimmt bleibt, was mehr zu bestaunen: die freche Unschuld der Mäuse oder die entartete Geduld des Löwen –, sie wurden ihm ein Greuel angesichts der reinlichen Scheidung der Geschlechter vom Tische und ihrer ausschließlichen Vereinigung im Bett. Andere kehren aus fernen Ländern mit der üblichen grob-materiellen Beute heim;

dieser, ein stummer und schwerer Mann – dessen Bildnis Lippen zeigt von der Ringelgestalt und Gekerbtheit eines angesoffenen Regenwurms, des herabschnüffelnden Rüssels des Ebers und Augen von der Farbe und der klebrigen Feuchte der verfaulenden Weintraube – brachte mit leeren Händen nicht mehr und nicht weniger als die uranfängliche Ordnung wieder zurück in eine schon sehr vorgeschrittene Zeit. Ohne sich näher zu erklären – wer auch vermöchte aus der Tiefe der Jahrhunderte zur Oberfläche des heutigen Tags zu dringen, um da ein lächerliches Fischmäulchen zu öffnen? –, fing er den geschilderten Harem zusammen, setzte die Mutter seiner Kinder auf einem anderen Turme fest und sagte jedem grimme Fehde an, der persönlich oder mittels Sendschreiben kam, die Sitten des Abendlandes einzumahnen. Nun: solange die Kräfte reichten – und er hatte ihrer einen schier unerschöpflichen Vorrat –, ging der Ritter wie die Sonne auf und unter, so regelmäßig und so feurig, in dem maurischen Turme. Fast schien's, als büßte er durch so berserkerische Lust umfassend und stellvertretend für die zahllosen Verbrechen der Seele an dem Leibe. Allein es kam zum Sterben. Und obwohl der Tod bei dem ungestümen Grafen nur langsam und mühevoll seine Arbeit zu verrichten vermochte, eine gemäßigte Schwelgerei also noch eine gute Weile hätte hingehen können, handelte das echte Mannsbild auch jetzt gleich wieder aus der anschaulichen Fülle des Augenblicks. Schon in der Stunde des Entschlusses, ohne zu fragen, wohin sie sich wenden würden, die jeden Falles Heimatlosen, und wie, bei ihren gereizten Appetiten, sie sich zurechtfinden sollten in der deutschen Dürre, dran Herr und Pfaff gesogen, bis eben nur die in Dreck und Mist versunkenen Dörfer übriggeblieben waren, ließ er die Kebsen aus dem Schlosse werfen: nackt, die grade geschlafen hatten, in ihren morgenländischen Gewändern jene, die sich zu schmücken im Begriff gewesen, alle aber unmäßig dick.

Es gehört nicht zur vorgenommenen Aufgabe – von der das ganze Kapitel eine einzige Abschweifung –, dem Schicksal jeder einzelnen Haremsdame, das in der nordischen Gegend und in der eisigen Kälte, die am Tage des heilsamen Entschlusses herrschte (lange Laken gefrorenen Schnees streckten sich statt schwellender Pfühle unter den noch bettheißen Sitzgelegenheiten), nur höchst vertrackt hat sein können, nachzugehn. Überdies entheben uns die ausgehungerten und wütenden Pauren, die gleich Schakalen überall umhertrabten und nach Äsern schnüffelten, der immerhin großen Versuchung, den saftigen Fleischtrümmern auf der rosigen Ferse zu bleiben und so dem trockenen Dozieren von Geschichte zu entrinnen. So traurig es ist, daß wir statt vieler dicker Kapitel über die falschen Sulamiths, Fatmes und Deborahs nicht einmal die Beschreibung eines einzigen geölten Löckchens zu bieten vermögen, so erfreulich wirkt auf den rascheren Fortschritt unserer Geschichte das jähe Ende der liebenswürdigen Geschöpfe, die, weil sie des Glücks der Tiere genossen hatten, auch an ihrem ruhmlosen Ausgange teilnehmen mußten.

Dem Leser, der jetzt neben seiner Abendmahlzeit unser Buch liegen hat, schwant nichts Gutes. Er ahnt bereits. Die nahrhaften Damen kamen nicht weit. – Und hätten keines Falles weit und schon gar nicht irgendwohin kommen können. Denn, wie oben erwähnt, befinden wir uns nicht nur im strengsten Winter und auf einem der unwirtlichsten Plane Deutschlands (die heutige landschaftliche Verfassung der selben Gegend wird wohl zu gerechten Hälften von einem Wechsel des Klimas zum Bessern und von einer Milderung des Charakters ihrer Bewohner herzuschreiben sein), sondern auch im dreizehnten Jahrhundert. Wie sehr dieses jener uns selbstverständlichen, auch auf das Fremdartige und Nichtgebilligte sich erstreckenden Humanität ermangelte – die dem dereinstigen erkenntnismäßigen Erfassen des ganzen Erdballs um einen Takt des Herzens vorauseilt –, beweist das gleichzeitige Verhalten der Wächter auf den Türmen. Die Rüpel legten nämlich hohe Wetten auf die Lebensdauer jeder einzelnen menschlichen Walroßstute, die da unten kroch, sich wälzte oder schon zu erlahmen schien, und waren aus der Härte ihres Gemütes und aus der Kenntnis des damaligen Weltlaufs mit Recht der Überzeugung, es könne das ergötzliche Schneckenrennen kein anderes Ende nehmen als das unbarmherzigste. Sie irrten sich nur im Wie, nicht im Daß. Dieses stand ja leider fest, so fest, als wäre der Erlöser noch niemals durch den grauen Panzer eines Winter- und Dreizehntenjahrhunderthimmels gedrungen. Wohl waren die meisten ganz ungehindert schon bocksteif gefroren und wurden von den Pauren, die der Hungerstachel ahndungsvoll gemacht hat für den gustiösen Abfall einer frommen Handlung, an den Säulen ihrer Beine saumäßig weggeschleppt. Einige jedoch mußten erst erschlagen werden. Und ihretwegen ging unter den Herrschaften am Totalisator ein lebhaftes Streiten darüber an, ob die auf gewaltsame Weise ausgeschiedenen *bestiae* als regelrecht gelaufen zu gelten hätten oder nicht. Während also die Burgknechte einander fast ermordeten, und in den beinahe ausgestorbenen Hütten der Landleute ein lebenrettendes Ausweiden und Wurstmachen anhob – demzufolge auch wieder das Kindermachen (daran man den tiefen Sinn des Opfertodes, den die unzüchtigen Geschöpfe gestorben sind, ermessen mag) –, lag, als wäre nichts geschehn, es sei denn, der kleine Kunibert hätte in der Nase gebohrt, was nicht streng genug geahndet werden konnte, der Graf in dem ehrbaren Turme zu Tisch und Bett, umgeben von der lieben Familie, die kein Wort des Vorwurfs hören ließ wegen ihrer zehnjährigen Verstoßenheit. Vielleicht auch deswegen nicht, weil er dauernd selber redete, und zwar sehr fromm und sehr lehrreich. Man sieht deutlich: Gott war mit dem Manne, und die Psychologie, die uns das Leben und das Schreiben so mächtig erschwert, hatte damals noch nicht Umgang mit den Menschen. Denn: wäre seine Bekehrung keine elementare gewesen, sondern mit dem abgegriffenen seelischen Wechselgelde von heute mühsam erstottert worden, er würde nicht so rücksichtslos mit der Vergangenheit haben brechen können. Er wäre auch nicht, ohne einen demütigen Gang anzunehmen und einige grundschürfende Erklärungen abzugeben (diese besonders sind's, die uns nach jedem dezidierten Akte auf's Schamloseste peinigen!), in den heiligen Familienkreis eingetreten. Ja, er würde auch – und das ist der springende Punkt in unserer Geschichte! – keine Kartause gestiftet haben.

Im Jahre 1213 nämlich errichtete er auf dem Grundstück

eines gewissen Heimo von der Säul, das ihm als Pfand nach einem wucherischen Geschäfte zugefallen war – und man geht auch sonst kaum fehl, wenn man so ziemlich jeden Erdenfleck, der ein Werk der Spiritualität trägt, für einen vormaligen Teufelsacker hält –, jene dreizehn Zuckerhüte, die das Jahr seiner Umkehr in die böse Landschaft schreiben sollten und zugleich die (nach des Judas Verrat nun bleibende) Zahl der Apostel, aber vermehrt um ihren Herrn und Heiland. An dieser Stelle sei offen bekannt – wenn man uns auch der Abschweifung innerhalb der Abschweifung zeihen sollte –, daß wir für die ungriechische Schönheit und für die drückend dogmatische Wucht der sakralen Bauten des angeblich finsteren Zeitalters durch eine Tatsache eingenommen werden, die noch nicht genug gewürdigt worden ist. Die vielen Klöster und Kirchen entsprachen in der Regel ebenso vielen Schandtaten ihrer Stifter. Wo heute kaum ein mattes Verlangen kriecht, verdurstend zwischen den zwei Bronnen auf der Strecke zwischen Gut und Böse, dort herrschte damals ein reger und eiliger Verkehr. Oh, wie gerne hätten wir, die Flitter aller *minutiae* dafür gebend, in jener Zeit der zwischenfarbenlosen, der sittlichen Schwarz-Weiß-Malerei gelebt! Wie quietschte da noch der Saft in den Lenden des rohen Mannsbilds, und welch ein betäubender Geruch ging noch von der Lilie des nicht weniger klobigen Heiligen aus! Es konnte damals kaum einer an einer Kirchenpforte vorübergehn, ohne des Schuftes zu gedenken, der sie den Manen seines Opfers, den Nachkommen desselben und den Augenzeugen der bereuten Sünde so weit geöffnet hatte. Es brauchte auch der nämliche Schuft, wollte er etwa gar rückfällig werden, nur einen Blick in die inzwischen aufgelaufenen Baurechnungen tun, um alsogleich wieder von den besten Vorsätzen sich gestützt zu fühlen und der Versuchung, noch ein zweites Mal mit dem teuren Mammon zu büßen, sich enthoben zu sehn. Wir verlassen jetzt diese ungeschlachte Zeit, in deren kahlen Räumen Gott und Teufel miteinander gerauft haben wie zwei Bauernlümmel, und begeben uns in die unsre, die von so sinnlichem Gebalge nur vom Hörensagen auf der Flöte spielt. Wir sind auch da so glücklich, keine langweilige Fußwanderung unternehmen zu müssen, um zu unserem Turme zu gelangen, sondern ebenfalls mit einem abkürzenden Fluge dienen zu können, der, bei aller Verschiedenheit der Personen, die ihn unternehmen, und der Gründe, die zu ihm bewegen, dennoch zwei wesentliche Eigenschaften mit jenem des Grafen Heinrich in dem Himmel gemein hat: die geistliche und die blasphemische, selbstverständlich auch diese sehr gemildert durch die, wie schon gesagt, flötenspielende Zeit. Nur schüchtern präsentieren wir die Heldin dieser Geschichte, die von der Kartause zu erzählen ist. Keinen Helden mehr, sondern eine Heldin! Daran allein schon erkennt man, wie sehr wir uns mit dem ganzen wunderbaren Baume auf dem absteigenden Aste befinden. Auch dann, wenn er den reinsten Quell berührt oder nur in ihm sich spiegelt. Denn so stille, gläserne Bilder entstehen nur an den windgeschützten Stellen der Resignation, wenn der Männerkampf verebbt ist und woandershin sich verzogen hat. Dann erscheint, so dramatisch auch sie sich gebärden mag, die doch wesentlich sanfte Frau, das feinfühlige Medium, statt des überwältigenden Barbaren; es hebt statt des wilden Ringens zweier Besessener ein Lispeln süßen Einverständnisses an zwischen dem gänzlich Unsichtbaren und dem erst Schattenhaften, zwischen dem Unvergänglichen und der personifizierten Vergänglichkeit, zwischen dem Ungewordenen und dem schon wieder Entwerdenden, kurz, es ist, als legten im Äther die Ideen zweier Küsse ihre verdunstenden Lippen aneinander.

Ob nun die beiden jungen Leute, die an einem ebenso herrlichen Sommervormittage, wie wir einen heute über unserer Skizze blauen haben, durch das noch recht kümmerliche Alberting des Jahres 1887 wanderten, nur in einem augenblicklichen Streite begriffen waren oder schon des längeren uneins gewesen sind; ob ihre Beziehung gerade jetzt die erste Gold- oder die letzte Feuerprobe zu bestehen hatte, ob sie seiner, ob er ihrer überdrüssig geworden, und all das sozusagen unter der Haut, bei zweideutigem Halbton noch eindeutiger Wörter, im Dunkel hinter dem Ohre, und nachdenklichen, statt grimmigen Gesichts – davon wird nichts in den mageren, von keinem Autor gezeichneten Ausführungen berichtet, die dem kleinen Andachtsbilde vorausgehen, das wir als einziges Dokument zur Vorgeschichte dieser Geschichte in Händen halten. Ja, nicht einmal der Name des Jünglings wird erwähnt. Daraus sieht man, wie schon ganz gering der Anteil des Männlichen gewertet wird, selbst da, wo es doch bis zum Heiligtume mitläuft, allerdings nur mitläuft, um dann, an der spirituellen Grenze, ganz von selber, aus eingeborenem Rang, das heißt Nichtrang, in jenes Hündlein sich zu verwandeln, das, nur durch eine Leine mit dem Göttlichen verbunden, vor der Kirchenpforte, in der stillen Messe der heidnischen Natur, zu verharren hat. Kurz: sie wollte die Kartause besichtigen, er unter demselben Baume, einer Akazie, deren kümmerlichen Schattens wir soeben uns erfreuen (vermehrt allerdings um den des Schirmes unserer reizenden Begleiterin), sein Wurstbrot essen. Ob nun ihr Hunger wirklich so rein nach dem Geistigen gestanden, der seine wirklich so ausschließlich nach dem Materiellen: darüber läßt sich heute natürlich nicht mehr entscheiden. Aber es wird gewesen sein, wie es immer ist, wenn zwei Leute einander nicht mehr verstehn, doch nicht zukunftsträchtig genug sind, *hic et nunc* der ärmlich gewordenen erotischen Versorgung zu entrinnen. Statt mit dem Taschentuche ein reinliches Lebewohl, winkt man einander mit dem Zaunpfahl der eigenen, noch gar nicht erreichten Bedeutung zu und rennt die verschiedenen Berge der äußersten Gegensätzlichkeit hinan, um das geschwundene Einverständnis durch die Blume einer touristischen Leistung auszudrücken. So wird's auch in diesem alltäglichen Falle gewesen sein: sie aß ihm zu Trotz das trockne Brot des Geistes, er biß, ohne Hunger, nur um sie zu ärgern, in das saftige des Stoffs. Sie, die in den erzbischöflich gutgeheißenen Ausführungen ein Fräulein Benedikta Spellinger genannt wird, sie war – das mußte der über's metaphorische Wurstbrot ihr nachschielende Jüngling zugeben – ganz reizend und überdies von einer Anmut, der die gelegentlichen Liebesstunden noch nichts anzuhaben vermocht hatten; von einer Unschuld also, an der ihr Verführer sich unschuldig fühlte. In ihrer Rechten schwang sie den großen florentinischen Strohhut wie den messinggelben Perpendikel einer Uhr, die nicht weiß, wem sie schlägt; gehoben und gesenkt und halb verborgen von den Bodenschwellungen glitt sie sanft dahin und fort und zeigte, eine auf eindringliche Art Entschwindende, je kleiner sie wurde, um so handlicher und begehrungswürdiger ihre Gestalt. Dem Jüngling schwoll der boshafte Bissen im Munde.

Die hübsche Benedikta betrat das durchaus nicht sehenswürdige Gotteshaus, darin es nach Weihrauch, Kutten, Schnupftabak und Bauern roch, mit der zarten Fußspitze jener sonntäglichen Museumsbesucher, denen sechs Wochentage lang jede Art von Kunst gestohlen werden kann. Sie nahm das geweihte Wasser, wie man daheim, im Vorzimmer, den Schirm in seinen vernickelten Umfänger stellt, und bedauerte hinter dem rechten Ohr (wo die Gedankenflucht beginnt und das Ahnungsvermögen ausstrahlt) das Fehlen eines Spiegels, der ihr erlaubte, das Haar zu ordnen, ehe sie dem Allessehenden vor sein hiesiges Aug' träte. Sie hatte eben, wie die meisten Mädchen ihres Alters und ihres Schönheitsgrades, die Seele einer Gans und war hier so fehl am Orte wie das nahrhafte Tier unter Vegetarianern. Wir erwähnen dies, nicht um das Fräulein Spellinger herabzusetzen – es würde sonst auch ein Lehrer, der über Leibes- und Geistesbeschaffenheit seiner Schüler gerechte Zeugnisse ausstellt, sich der Ehrenbeleidigung schuldig machen –, sondern um es im runden Einverständnis mit fast unserer ganzen christlichen Welt zu zeigen, die damals, 1887, bereits so gründlich durchgetauft war, daß ihr der Kirchenglauben nur mehr als ein allerdings sehr hohes Bildungs- oder Zivilisationsgut erschien, wie der Parthenonfries oder die Lokomotive, deren gründliche Kenntnis man selbstverständlich und neidlos den Archäologen und den Mechanikern überließ. Der Laie staunte in jener feierlichen Langeweile, die er für den gerade noch spürbaren Anhauch der göttlichen Majestät hielt, die geweihten Örter und Personen an und beging im ästhetischen Behagen an der Liturgie den, wie er glaubte, besten und höchsten religiösen Exzeß. In dieser üblichen und üblen Verfassung befand sich also auch das ahnungslose Fräulein Spellinger, als es die Stätte des ebenso vertrauten wie nie begriffenen Kults betrat. Vom Theater her – wenn eine Historie gegeben wurde, bei der's ohne Reibung des Panzers an der Kutte kaum abgeht – kannte sie das hinter der Szene vollführte Rhabarber-Rhabarber der Mönchstatisten, und von einer kleinen italienischen Reise hatte sie das erfrischende Klatschen der Springbrunnen alter Palasthöfe noch im Ohr. Hier tönte, sonor und monoton, die erwähnten Erinnerungen aufrufend, des Chorgebetes heilige Wassersäule durch die rotverhüllten Türen rechts und links vom Altare. Das heute schief hängende Bild hing damals gerade, weil es noch fest umschmolzen war von silbernen Wolken oder Austernschalen, die goldne Strahlen, wie Spazierstöcke gebündelt, nach allen Seiten stießen. Mit spitzer, frecher Nase und mit dem überlegenen Körper großartige Kurven durch den bescheidenen Raum schneidend, besichtigte das selber besichtigungswürdige Geschöpf Einzelheit und Gesamtheit, ohne mehr Ahnung von dem verbindenden Geiste zu haben als von einer gemalten Landschaft eine eben darüberkriechende Stubenfliege. Mit obigen Sätzen ist wohl so ziemlich alles gegen die Auffassung der erzbischöflichen Kanzlei eingewendet, die unser Fräulein Spellinger (das wir in eindeutig männlicher Begleitung angetroffen haben) von vornherein bei den süßen Lämmern, in der theologisch und psychologisch bequemen Schar der einfältigen Bauernmädchen sieht. Wir legen, wie man sieht, sehr großen Wert auf den Unterschied zwischen bäurischer und städtischer Dummheit. Jene wird zu schnell des Gottes, diese zu leicht des Atheismus Beute. Wir halten Anfälligkeit nicht für den rechten Fruchtboden der Dezisionen. Und meinen, daß nur zwischen den beiden der Bereich der wahren und verdienstlichen Intelligenz sich dehne. Kurz: das hübsche Püppchen aus einem noch natürlichen, dialektschweren Vorort der Residenz war in jener bekannten, von einem verunglückten Sonntag erzeugten Verfassung, nur in jener nicht, die der erzbischöfliche Konstrukteur des Kausalnexus zwischen dem Wunderbaren und dem Gesetzmäßigen ihr unbedenklich zuschrieb, ein von demselben Gotte, dem er die Eselsbrücke zur Welt der Erscheinungen errichten wollte, verlassener Techniker. Das Püppchen besichtigte eben den Altar mit großer Schamlosigkeit, aber weit geringerem Interesse, als es in Versailles das Bett der Pompadour beäugt haben würde – da schlug das Bild die Augen auf. Wie immer, wenn das so totale Unsichtbare einen deutlichen Sprung bekommt und vom jenseitigen Theater eine überraschte Szene sichtbar wird, war niemand zugegen. Ob sich die Erde auftut oder der Himmel – der Schreck über unsere erschütterte Physik bleibt der gleiche und entwurzelt immer denselben Glauben: den an die Festgegründetheit der irdischen Wohnstätte und den an die Unbeweisbarkeit einer jenseitigen. Ob Tote erscheinen oder Engel, furchtbare oder tröstliche Geister – die treuherzige Unschuld, in der wir dieses Leben als die einzige Art von Leben (allen Transzendentalphilosophien zu Trotz) gelebt haben, ist verloren, und obwohl wir auch fernerhin nur einen einzigen Leib besitzen, müssen wir doch von da ab auf zwei Gleisen fahren. Wir können zwar, wie vorher, schlafen, aber das innere Auge nicht mehr schließen. Ein unbezwingbarer Krampf zwängt es auf, daß es die einmal wahrgenommene Zerstörung immer wieder wahrnehme und ihrer keinen Augenblick vergäße. Gleich einem unsichtbaren Hochwasser steht die herabgebrochene übersinnliche Welt uns bis zum Halse, und während wir dauernd zu ertrinken meinen, sitzt die übrige Menschheit vollzählig auf dem Trockenen und erfreut sich der heidnischen Sonne. Schneller, als wir zu laufen vermöchten, gleitet die Erde unter unseren Füßen weg, es ist ein Wunder, daß wir nicht sterben *hic et nunc*, wir ringen nach Atem im knatternden Winde der Ewigkeit und hören doch unsere Taschenuhr ticken und können so gut achtzig wie dreihundert oder zehntausend Jahre in einem steten letzten Augenblick leben, immer in Todesfurcht, immer in tiefster Reue, immer im Zustand der fleckenlosesten Vollkommenheit, ohne das Einzigartige solchen Zustands zu empfinden, ohne jetzt den Stolz, dann die Verzweiflung zu umklammern, die abwechselnd auftauchenden Endspitzen der untergehenden Psychologie, ja, wie im Alltag einer fliegenden Kanonenkugel, eines fallenden Sterns, eines brodelnden Kraters leben wir, denn auch der höchste Zustand, wenn er dauert, ist notwendig Alltag und der Sonntag nur eine phantasierte Entspannung, ein Gaukelspiel der unscharfen Sinne, ein Unding in der keine Sekunde lang ruhenden Schöpfung. So ist auch gleichgültig, wie lange die Gottesmutter von Alberting das Fräulein Spellinger angesehen hat, ob nur einen Augenblick, oder länger. Denn: für diesen Augenblick war die Zeit aufgehoben, und infolge dieser Aufhebung gab es auch keinen Augenblick.

Die erste Wirkung der mysteriösen Ursache war, daß die arme Benedikta alle Knochen und Knöchlein ihres bis nun so hochgeschätzten Leibes gebrochen fühlte und noch einmal gebrochen und stückchenweise hinausgeworfen aus ihrem gleich einem angelhakenerfüllten Karpfenmaule blöd geöffneten Munde. Der Schrei, den sie ausgestoßen, während sie zu Boden gesunken war, wo sie jetzt in Kreuzesform ausgebreitet lag (natürlich ohne diese Art der Proskynesis bewußt bewerkstelligt zu haben), hatte die Mönche herbeigelockt, die, weil es sich um ihre Kirche und eine Pflicht der Nächstenliebe handelte, nicht umhin konnten, die Ordensregel zu übertreten – unter der sichtlichen Mißbilligung des Abtes – und die Unglückliche nach dem Wie ihres Unfalls zu fragen. Kaum auf den Beinen, stürzte sie zum Altare und brandete wie eine Welle an ihm empor und mit dem Katzenkopf zum Bilde, in dem weißen, weiten, um sie wehenden Sonntagssommerkleide eine dionysischem Zug entflatterte Choribantin. Aber die Augen des Bildes waren schon wieder geschlossen (oder in einem tatsächlichen Sinne nie offen gewesen). Ihre tiefe, verzweifelte Untröstlichkeit über den nun nicht mehr erbringbaren Erweis des gehabten Gesichts dauerte nur wenige Sekunden. Dann trat sogleich in Wirksamkeit, was wir nur sehr schwach die innere Gewißheit zu nennen, leichter schon nach der oberflächlichen Erscheinung zu beschreiben vermögen als eine ungute Mischung von Hochmut, Narrheit, und Bauerneinfalt, Neigung zu Glossolalie, wissendem Lächeln und demütigster Zerknirschung. In einer so zusammengesetzten Verfassung geschehen die meisten Offenbarungen, ob sie nun von einem Volksredner ausgehn, der auf geheimnisvolle Weise zur Kenntnis des Massenwillens gelangt ist, oder von einer Gans wie Benedikta, die sich bereits als Adoptivtochter der Madonna fühlte und mit bewunderungswürdiger Frechheit – wir gebrauchen absichtlich profane Worte, um nicht in ein frömmelndes Stilisieren zu geraten – die angeflogene Gnade festhielt wie eine am Meer spazierende Landratte das zufällig daherschwimmende Strandgut. Ihre Verkündigung des Wunders geschah auf der Epistelseite, auf der obersten Stufe des Altares, mit marktschreierischen Gebärden, wie sie vor den Praterschaubuden üblich und notwendig sind, von woher Benedikta, eine leidenschaftliche Genießerin der Geisterbahnschrecken und Wachskabinettscheußlichkeiten, sie auch hatte. Der Abt, ein noch junger Mann mit einem Gesicht, das wie aus Tauen gedreht erschien, hätte sie, von so angemaßtem Höhepunkt weg, gern kurzerhand aus dem Gotteshaus werfen lassen. Wer der härtesten Regel gehorsamt und, wie der Schriftsteller, alle Hoffnung auf die genaueste Einhaltung eines Methodus setzt, erwartet nichts von gelegentlichen Genieräuschen, da mag zufällig wirklich einmal auch ein erhabenes Wort auf dem unmäßig genossenen Weine einhersegeln. Die Mehrzahl der Mönche jedoch war wie jede Mehrzahl nur recht ungefähr das, was der Eine und Einzelne sehr dezidiert ist. Sie hätten – ihr Verhalten bewies es – statt Söhne des Heiligen Bernhard gemütliche Franziskaner sein können. Und weil der Abt wie unbeteiligt abseits stand, das Mädchen keines Blickes würdigte, ja, in die unterbrochene Kontemplation wieder versunken schien – vielleicht aber wollte er den Fehler seiner Brüder nur bis zum Äußersten gedeihen lassen, um ihn dann desto schrecklicher an die Wand malen zu können –, geleiteten die Mönche das begnadete Geschöpf, indem sie es auf eine geistlich-zärtliche Weise, also mehr symbolisch als wirklich, stützten, zum Ausgang. Inmitten der Prozession, die auch wie eine solche sich bewegte, feierlich und langsam, schwebte die verwandelte Gans mehr als sie ging und war, wie sie meinte, in ihrem ganzen Leben noch nie so rasch und mühelos vorwärtsgekommen. Man muß sie nur gesehen haben! – und wir, die wir natürlich immer alles gesehen haben müssen, sind auch damals dabeigestanden. Welch ein schöner Tag ist das doch gewesen! Ein Vermählungstag Josephi und Mariae von der Tafel eines alten Meisters. Der Himmel, im Übermaße seines Blaus, fast gewittrig. Die Bäume kreidegrün. Die Grasspitzen aus Gold. Der Wind beinahe sichtbar, wenn er wo was kräuselte oder aus einer tanzend verdrehten Baumgruppe sich erhob. Und in der Mitte des Bilds die aus ihrem Pferch gequollenen Mönchslämmer, nachschnuppernd dem Geruch einer neugewordenen Jungfrau. – Man muß sie nur gesehen haben, wie sie unter einem atmosphärischen Schleier, der auf ihrem gesegneten Scheitel zu entspringen schien, unnahbar schon, an dem niederen Jüngling, den das Wurstbrot schließlich doch nicht gefreut hatte, vorüberwallte, unter einer starken Bedeckung von Engeln sozusagen, oder unter einer Glasglocke, dahinein die Worte der andern nur dumpf hallten, und man muß gehört haben, was und wie sie zu dem eigentlich gar nicht mehr vorhandenen Liebhaber redete, nämlich in Fragmenten einmal gelesener Andachtsbücher und in einem entzückt hinsterbenden Tone, also gewissermaßen chinesisch für den armen Kommis, der, weil den Vokativen kein nennenswerter Mitteilungsgehalt innewohnt, bis heute nicht erfahren haben dürfte, welch seltsamer Unfall ihm die Freundin geraubt hat. Und wenn die Dinge einmal im Flusse sind, so sind sie's meistens in einem reißenden. Kurz: es bot sich nicht einmal die karge Gelegenheit, die offenbar plötzlich Geistesgestörte wenigstens stark zu rütteln. In der kürzesten Zeit war der unglückliche Liebhaber für ewig von seinem verrückten Mädchen abgedrängt und, wenn man genau hinsieht, durch einen – Hund. Jawohl, durch einen Hund!

Aus dem zunächst liegenden Gehöft, das unter seinem Eichbaum recht unschuldig dreinsah, sprang, bald sich quer stellend wie eine toll gewordene Schranke, bald grad daherschießend wie ein geschleudertes Brett, ein großer, zottiger, brauner Hund, mit wahren Hausschuhen von Pfoten, die ihm auf wunderbare Weise nicht vom Leibe flogen, auf Benedikta los, die in ihrem früheren Leben, das aber kaum eine Viertelstunde hinter ihr lag, zeternd davongelaufen wäre. Jetzt – doch da versagt unsere Darstellungskraft, und wir wissen nicht, wie den Leser bekannt machen mit jenem paradiesischen, die krasseste Ignoranz streifenden und etliche Dosen Idiotie enthaltenden Zustand, welcher der Tatsache, daß Feuer brennt, so blöde wie erfolgreich lächelt und glühende Kohlen für einen farbensatten Perserteppich hält. Jedenfalls fällt beim Anblick einer alle je gemachten Erfahrungen gleichmäßig überschwemmenden Unschuld die teuflische Schlange entgiftet (was bei ihr so viel heißen will, wie: vergiftet) vom Baum, der lebergewohnte Adler des Prometheus frißt Vogelfutter aus der Hand, die auf hundert gräßliche Häupter geeichte Hydra bringt nur ein einziges blondgelocktes Kinderköpfchen hervor, und die abgründige und pompöse Schöpfung begreift nicht, wozu ihr Aufwand an Ursach' und Wirkung, wenn im Publikum plötzlich ein so krasses, subversives Fassungsunvermögen ausbricht. Statt zu donnern, macht sie verblüfft Ei-Ei. Wie unser Hund. Der ohne Zweifel gesonnen gewesen, dem städtischen Wesen einen Happen Busen oder Popo zu entreißen oder wenigstens es umzurennen, jäh aus dem bösen Konzept gekommen und milde geworden war, gleich einem Darsteller des Jago, der sich um Hilfe an die Souffleuse wenden muß. Der Hüter und Freund des Hundes, die gerissne Kette schwingend, tauchte erst auf zwischen den elektrisch bläulichen Kohlrabenblättern, da lag das Tier schon wie ausgeweidet zu der Menschin Füßen, kaum daß die Zunge zu lecken versuchte und die Rute, den Boden zu fegen. Wir wollen der Sache nicht näher nachgehn, schon deswegen nicht, weil hinter dem Buben auch gleich ein Mann kam – hier legt der Mechaniker Zufall Draht und Beißzange weg und empfiehlt sich, denn die Pole sind ja nun wieder aneinander geschlossen –, der hinwiederum auf den Buben achtzugeben hatte, daß der nicht zu weit in die damals noch recht menschenleere Prärie sich hinausverlöre –: Doch siehe, da standen zwei fremde Leute (der eine war der vergeblich perorierende Jüngling), und der Knabe stürzte eben (so magisch angezogen wie der Hund oder über diesen? Wer kann das wissen?) in die ausgebreiteten Arme Benediktas, und drüben vor der Kirchenpforte, die mit zwei Anlegestufen in's Grasmeer steigt, standen, zu Schemen vergeistigt durch die hitzig zittrige Luft, die noch nie gesehenen Eremiten, alle herübergestikulierend wie verspätet Auferstandne, denen der letzte zwischen Erde und Himmel verkehrende Nachen davongeschwommen ist. Wäre der Mann ein Tropf, ein schlechter Wardein oder ein Asket gewesen, hätte er sich wieder über die Kohlrabihäupter gebeugt und die so bedenklich angeschwollene Welle da draußen auf dem Grasozean verrinnen lassen. Denn nichts dauert, was vergängliche Gestalt angenommen hat. Leider aber – Gott sei Dank im Hinblick auf unsern Turm – beunruhigte ihn das so überaus freundliche Schicksal des Hunds und des Kinds und die einem Kometen vergleichbare einmalige Erscheinung der Abgeschiedenen. Also folgte auch er der Spur der vorausgerannten Geschöpfe, nicht unbemerkt, wie er sah, von den Kartäusern, die deutlich Hoffnung an den Zuwachs knüpften, den die Gruppe erhielt. Das aus dem Nichts gezauberte Publikum wirkte außerordentlich erhebend auf die kleine Putzmacherin oder Stenotypistin. (Der fromme Biograph vergaß, uns zu sagen, welch albernem Berufe die Gans bisher nachgegangen war.) Verzückt trompetete sie etliche in der Höhe überschnappende Fanfarentöne von dem Wunder, wie der Elefant Staub oder Wasser über seinen Rücken bläst. Der unentwirrbare Sprachknäuel im Munde eines Hundertvokabelwesens erlaubt eben, wenn es um's Ganze geht, keine andere Mitteilungsart als die des Ausspeiens des vollständigen Haarbeutels. Gerade deswegen erfuhr der Mann das Nötige. So unverständlich und widerlich die Glossolalie ist – wegen ihres nicht selbstverdienten spirituellen Charakters, wegen des Geistes als Katastrophe –, so sicher und ohne alle Ekelregungen findet das gleichgestimmte, der dezidierten Sprache feindlich gesinnte Volk in dem hervorgestoßenen Gewölle sich zurück. Und weil nun der brave Mann einen guten Freund hatte, dessen alte Mutter seit vielen Jahren gelähmt im Rollstuhle saß und vergeblich zu allen Ärzten der näheren und weiteren Umgebung gefahren worden war, lag nichts näher, als sie in diesen neuen Teich Bethesda zu schleppen, dessen Wasser der Engel Benedikta eben aufrührte. Er sagte dem Engel in's Gesicht, daß er ihn für einen Engel halte, aber nun hinweg eile, die himmlische Bestätigung zu holen. So kurz nach dem unbegreiflich hohen Wink der Gottesmutter – den für sich zu behalten, als nur dem tiefsten eigenen Inneren vermeint, frömmer gewesen wäre – war die niederste irdische Ebene schon erreicht! Es ging um die Glaubwürdigkeit einer Person, der in weit geringeren Angelegenheiten keine innewohnte! Diese Person nickte hochmütig und blaß vor Eifer. In ihrer Herzgrube umkrampfte eine Elsternkralle den blitzend angeflognen Wert. Sie zweifelte nicht, zu sein, was der brave Mann, dem eines Freundes Mutter am Herzen lag, sie geheißen hatte, aber wie der kleinste Krämer ein Anfangskapital, brauchte sie die Entscheidung. Wann er zurück sein werde? fragte sie mit der Stimme einer, die inzwischen ihr Blut verströmt. »In einer Stunde«, antwortete er. Eine Ewigkeit! dachte sie.

Aber eine halbe Stunde nach dem wunderbaren Ereignis lag die Stute Benedikta bereits so gut im Felde, daß wir an ihrem endlichen Siege – den Zufall eines boshaft gestellten Beins außer Betracht gelassen – nicht mehr zweifeln können. Überraschend schnell hatte ihr vor kurzem noch so kitschig rosafarbenes Schicksal einen überzeugend grauen Ernst angenommen, durch den das leichtfertige und gänsliche Gesicht nur schwach schimmerte wie durch den Brodem des Kuhstalls die fliegenbesetzte Laterne. Ein jeder konnte sehen – und der Augenzeugen gab es plötzlich und pünktlich so viele, als wäre das Schauspiel angesagt worden –, daß unter dem Eingriff des Göttlichen die hübsche Mamsell auf vorbildliche Weise alterte und verfiel. All die Charakteristika des späteren Andachtsbildes waren an einem Modelle, das erst selber eins wurde, bereits zu sehen, allerdings nur wie unter seichtem Wasser, das noch irdischen Ufersaum und blauen Himmel spiegelt (die spitze Knochigkeit der ekstatisch Erschöpften, die übermäßige, süßliche Lieblichkeit eines der geschlechtlichen Begierde jach entspannten Gesichts, die im religiösen Mondlicht zu Blaßgrün erstorbene Haut, die geröteten Augenlider der passionierten Büßerinnen und, anstatt des koketten Herbsthütchens, das zur

Zeit im Gemüse der Modistinnen sproß, die Anprobe der Dornenkrone), da brachte man sie im Hause des Bürgermeisters eben erst die Treppe hinauf, eine enge, knarrende Holztreppe voll Backwerksgeruch, der Herr des Hofs nebst Gattin, das Postfräulein, ein städtischer Tourist, der an der Bergung einer Verunglückten teilzunehmen glaubte, der Mesner, den die pflichtvergessen neugierigen Kartäuser abgeschickt hatten, vier Bauern und drei Bauernweiber, Knechte und Mägde und der bekehrte Hund, der Stifter des ganzen Unfugs. Es wimmelte also von Samaritern wie bei einem bedeutenden Unfall oder von Leidtragenden wie beim Begräbnis der Erbtante. Die Spellinger selber tat alles, was in ihren nicht geringen Einbildungskräften stand, den Armen und Schultern sich schwer zu machen als Anfang zu einem gebrochenen Bein oder als die ungeschickt zu manövrierende Sargkiste. Daß sie sich leicht fühlte wie ein Vöglein und wohl wie noch nie – war sie doch, wenigstens *symbolice*, gestorben –, ist ihr und unser Geheimnis. Wenn man denken nennen kann, was in ihrem Köpfchen vorging, das, weich wie ein Filzhut, schon für einen größeren Kopf geweitet wurde, dachte sie folgendes: So trägt kein Mann, überhaupt kein persönliches Wesen, und sei's das stärkste und geliebteste, so trägt allein – der Ruhm! Man sieht, sie faßte den neuen Zustand zwar im großen und ganzen richtig, aber noch ein bißchen äußerlich auf. Als man sie oben über die Schwelle von Bürgermeisters guter Stube hob, trat schon jener kaum jemals genau beschriebene Zug in ihr Gesicht, den man am besten wohl den eines auf abstrakten Besitz gerichteten Geizes nennt. Die Unterlippe wird vorgeschoben, und somit sucht sich auch das Kinn eine Stellung weiter draußen. Die Nase tritt aus dem Fleische, exemplarisch abgemergelt von den zerstörerischen Strahlen übersinnlicher Sonnen. Die Augen verlieren ihre aufnahmewillige Gewölbtheit, das süße Überschmolzensein von den heimlichen und von den unbewußten geschlechtlichen Erregungen, ihr Geleuchte und ihr finsteres Drohen, auch die Fähigkeit, im tiefsten Schmerze schön zu bleiben für eine neue Freude wie die jungen Witwen, die heut' hinreißend weinen und morgen bezaubernd lächeln, sie stecken unwahrscheinlich klein, wie ausgeronnen nach innen, die Farbe eines Veilchens in verwässertem Eifer zeigend, in einer nie heilenden Schnittwunde und haben wie Krateröffnungen nichts Lebendes im Umkreise, nicht Wimpern noch Brauen, nur lavagerötete Ränder und sturmgefegte Knochenbuckel. Alle organische Natur ist mit den Wurzeln ausgewaschen worden von den stürzenden Tränenströmen göttlicher Liebe und übermenschlicher Reue. Und mit dem irgendwo sich stauenden Gestrüpp haben die Feuersbrünste der Visionen aufgeräumt. Der gegenwärtige Fall (einer erst werdenden Religiösen) ist deswegen besonders lehrreich, weil er vor unseren Augen den Beweis dafür führt, daß lang' vor dem eigentlichen Weinen und Schauen, vor dem Gemartert- und Entzücktwerden durch das allerhöchste Liebesgut der sündige Körper schon seine Bereitschaft und Befähigtheit zum Außerordentlichen durch die Umkehrung der Kausalität kundtut: es tritt nämlich die Wirkung – wenn auch nur andeutungsweise – früher auf als die Ursache.

Dies war die merkwürdige Erfahrung, die wir machten, als Benedikta in einem großväterlichen Stuhle niedergelassen wurde, gar nicht wie ein junges Mädchen, dem übel geworden, sondern wie ein berühmter alter Feldherr, von dessen wächsernem Kopf der Erfolg der draußen vor sich gehenden Schlacht abhängt. Und schließlich verhielt es sich auch wirklich so. Der Stein war in den Tümpel geworfen worden und dehnte seine Kreise. Der Freund lief zum Freunde und ließ sein Spruchband hinter sich herwehen, davon die am Wege wohnten die wunderbare Depesche lasen. Diese nun wurden wieder zu Boten, zu summenden Bienlein zwischen den Ohresblüten, und bald klopfte eine ganze Gegend an Fenster und Türen, glücklich, die lastende und eigentlich fremdartige, weil nämlich göttliche Ruhe des Sonntags fast gebotener Weise stören zu dürfen. Man holte vom Mahle, auch aus dem Bette, die Kinder tanzten wie Mücken durcheinander, manche bespannten ihr Wäglein und holperten in Einöden, wo sie einen Kranken wußten oder eine besonders ausgehungerte und gierige Klatschbase, die meisten aber strömten nach dem Hause des Bürgermeisters, weil über diesem der heimliche Stern einer eben geschehenen Wiedergeburt aus dem Geiste stand. Das wogte um Klausens Vierkant (der, wie die Bezeichnung sagt, damals noch frei stand und auch noch kein Gasthof war), das drängte sich auf der Treppe und quetschte sich im Türrahmen, um eine Heilige zu bestaunen oder eine Dirne, die für eine Heilige sich ausgab, scharf zu bewachen für den zu rufenden Büttel. Jedenfalls fällten Gläubige und Zweifler, oder beide in einer Person, gleichermaßen die Bajonette ihrer Blicke gegen den Stein gewordenen Mädchenkörper, der da, hinter einer gedachten Absperrungsschnur, zur Schau saß, während draußen sein Urteil die Instanzen der gezogenen Kreise durchlief. Alle diese Leute, die so einig schienen, waren zu Doppeltem entschlossen: die Begnadete nicht ziehn zu lassen, sondern hierzubehalten als Geisel wider die Bedrängungen Gottes und wenigstens in Gedanken an ihre Dachfirste zu nageln, wie's in Wirklichkeit die heidnischen Vorfahren mit den Pferdeköpfen getan haben, oder die Betrügerin, die Schlampe, das Modepüppchen wie eine zu rupfende Gans durch die grausamen Hände der frommen Bäuerinnen gehen zu lassen. Benedikta, die halb vom selben Schlage war – in der Residenz geboren, aber von einer dort verführten Dienstmagd –, wußte, daß das um sie gespielte Spiel nur diese zwei Karten kannte. Trotzdem wäre falsch, zu sagen, sie setzte auf diese oder jene, hoffte den glücklichen, fürchtete den unglücklichen Ausgang, vertraute der Madonna, die einen überzeugenden Gnadenbeweis gegeben, blindlings, oder bezweifelte, wegen der ebenso sicheren Schwäche der menschlichen Sinne, das gehabte Gesicht. Begreifen, wie es mit ihr stand, wird nur, wer selber über Nacht, über eine Viertelstunde, in einem Augenblick, an einer gewissen Biegung des Wegs nach Damaskus, aus weitgestreckter und viel verknüpfter Bedeutungslosigkeit (die ihm jetzt als das unerträglichste aller Paradiese erscheint) zu einer vollkommen runden, doch gleichgültig, ob großen oder kleinen, rings von Äther umgebenen, einsamen und eigenen Welt emporgeschnellt ist, gleich einem losgegangenen Kinderballon, der im Nu dem letzten nachhaschenden Händchen entwischt. Ob das Phänomen des sei-

251

nem alten Selbst Entrücktwordenseins von dem eben erst gebildeten neuen Selbst auch schon begriffen, mit dem Speer der Distanz an die Wand der genauen Beobachtung geheftet werden kann, diese Frage muß im Hinblick auf den Begriff eines Phänomens verneint werden. Es wäre keins, wenn es *in statu nascendi* nicht unendlich größer erschiene; denn daß hier eine bedingte Täuschung obwaltet, wird, *per analogiam*, jedem begreiflich sein, der den Mond das eine Mal mit freiem Auge, das andere Mal durch ein sehr starkes Fernrohr betrachtet. Erscheint dem unbewaffneten Auge auch der volle Planet niemals größer als das allerdings entsprechende Spundloch eines ungeheuren Fasses, darin eine überaus strahlende Kerze brennt, so erblickt das mit der kunstvollen Linse bewehrte von dem, was zuvor so fern und übersehbar gewesen, nur einen vielnabeligen, gewaltig sich wölbenden Bauch, der, *horribile dictu*, sich an unsere Stirne lehnt. Wie groß der Mond wirklich ist, das sagt die mathematische Physik, aber sie sagt es unanschaulich. Kurz und gut: das Glück, wer zu sein, ist in dem nach alltäglichem Maße gemessenen, gar nicht glücklichen Geburtsaugenblick eine nur der Kugel des Atlas zu vergleichende Last, die, weil sie Heroenkräfte von ihrem Träger fordert, keine philosophischen übrigläßt, Gunst oder Ungunst der Götter zu erwägen. Das Glück liegt eben noch ganz darin, daß es nichts als Glück und somit auch der Empfindung seiner noch nicht zugänglich ist. Blöde schwebt es im mütterlichen Chaos, völlig ununterscheidbar von den ebensogut verschlossenen und sich selber unbewußten Pandorabüchsen. Man kann daher sagen: Die Sache hätte auch ein ganz anderes Ende nehmen können, und es würde die im stumpfsten Zustande einer wie immer gerichteten Personwerdung sich befindende Benedikta ebensowenig berührt haben. Zufällig – wir setzen mit Bedacht dies Wort; denn wo sonst, wenn nicht hier, vor einer so wirklich wie symbolisch igelhaft zusammengerollten, also durchaus eine eigene Welt darstellen wollenden Person, soll sich der Zufall nackter als die von uns geglaubte außerkosmische Kraft enthüllen, die mit den im Kosmos enthaltenen Dingen zu einem Zwecke verfährt, dem diese Dinge ursprünglich nicht zugeordnet gewesen sind? –, zufällig also ging die Sache zum Vorteil unseres Turmes aus, der, wie wir jetzt einsehen, richtig wohl nur auf eine beispielhaft undezidierte Art (sie ist aber die dezidierte des Zufalls) hat zustande kommen können. Denn kein Gesetz vermag die allerseligste Jungfrau als eine über den Gesetzen stehende, doch trotzdem sittliche Macht, zu zwingen, ihre Gnadenerweise zu perennieren. Weder ein zu befürchtender Sturz in's Leere des eben wunderbar ausgezeichneten Menschen, noch das Erbarmen mit den Armen und Kranken, die, seit die Erde zum Prüfungsort geworden, auf der Lauer nach dem erlösenden Mirakel liegen, haben, so widersprüchlich das auch klingen mag, Gewalt über die allgütige Gottheit und über die Mittlerin ihrer Gaben.

Die Sache ging also, wie schon verraten, gut aus. Schon beim ersten Blick auf das Bild, das der Ladnerin oder Schreibmamsell Aug' genarrt oder weise gemacht hat (wir wollen das noch immer nicht entscheiden), lösten sich dem Mütterchen die Glieder. »Wie bei Tauwetter!« stammelte es, weil das einfache Sinnengeschöpf, etwas brüsk auch mit dem Übersinnlichen konfrontiert, von der Art, wie die Nerven den neuwallenden Lebensstrom dem Gehirn meldeten, richtigerweise weit mehr ergriffen wurde als von dem Wunder, das ja, auch wenn es sich ereignet, doch nur geglaubt, nicht aber eingesehen werden kann. Der gebrechliche Tanz, den es jetzt, kaum von seinem Schragen gestiegen, zu gröbster Bestätigung des Wunders ausführen mußte, über das fast brutale Geheiß der Träger und mitgeschwärmten Verwandten und Bekannten, die in der neuen Gnadenkirche sich betrugen wie besoffene Goldgräber, dauerte wegen der rekonvaleszenten Schwäche und der nun einsetzenden religiösen Rührung nur kurz, aber doch lange genug, um in dem Abte, der nun auch zugegen war, einen Gedanken voll ausreifen zu lassen, der für's erste so allein stand, wie eine eben erst sich ballende rotglühende, noch nicht in den schon ehrwürdig grauen Planetenreigen aufgenommene Erde. Es gibt nämlich Gedanken, die, weil sie noch nie (oder nicht in unserem Gesittungskreise) gedacht worden sind, dem Denkenden nicht als sein legitimes Kind, sondern als ein wild chimärisches Gebild' erscheinen, vor dem er die Hände ringt, das eine Mal in dem leidenschaftlichen Wunsche, es zu adoptieren, das andere Mal aus Verzweiflung über seine Monströsität. In diesem vom Blitze eines noch winzigeren Augenblicks gespaltenen Augenblick stellt ein dämonischer Zug gleich einem brandgeschwärzten Mauerrisse auch auf dem frömmsten Gesicht die zerbrochene schöne Einheit dar und die außerordentliche Aufgabe vor alle Augen, den klaffenden Erweis solcher Erschütterung zu überbrücken. Die Hände weit in den Ärmeln, das Haupt wie gegen südlichen Sonnenbrand tief in der Kapuze geborgen, die Füße auf eine marmorne, griechischzierliche Art gekreuzt, lehnte der Abt, wohlberechnet nachlässig wie ein Tänzer, der auch auf eine tänzerische Art zu ruhen versteht, an der Evangeliumseite des Altares. Offensichtlich wollte er durch das Benehmen eines Reisenden von Distinktion, dem als hochgeehrter Gastfreund niederer Völker ein Protest gegen ihre götzendienerischen Gebräuche nicht zusteht, die stille Wahrung der eigenen Anschauung aber strenge geboten bleibt, die Entwürdigung des geweihten Orts anzeigen und den oder jenen, der seine sonst rätselhafte, ja unziemliche Haltung recht verstehen sollte, für die Dauer des pöbelhaften Schauspiels gleichfalls von der gebührenden Dezenz entbinden. Der entgegengesetzten Ansicht waren seine Mönche. Vor dem besessenen schlechten Stück Malerei lagen sie flach ausgestreckt auf ihren Angesichtern, so das Grundgebälk eines ganz anderen religiösen Lebens entblößend, über welches die heidnischen Laien stiegen und sprangen wie nächtlicherweile die Mäuse über die Dippelbäume eines Dachbodens. Als der Arzt, den die Nachricht von dem unbefugten Eingriff des nichtexistierenden Übersinnlichen in das einzig existierende Sinnliche aus dem Nachmittagsschläfchen des besten Gewissens gerissen hatte, in den Exzeß trat, als der bekannte Freigeist prustend eintrat, der erste und letzte Heilkünstler auch, dem die nun kurierte Alte zugeschafft worden war, natürlich vergeblich, flog ihn der Blick des Abtes an, wie der Windstoß ein Stück Papier fortreißt und gegen eine Mauer klatscht, wie die geschnellte Zunge des Chamäleons eine weit draußen auf dem

Zweige sitzende Fliege schnappt. So begierig suchte, als hätte er ihn herbeigesehnt und bereits verschwunden gefürchtet, der fromme Mann den berühmten, kaum je fehlenden spöttischen Zug um den Mund des gelehrten Fleischers und seichten Feindes der Kirche, von welchem Zuge, sonst verabscheut, er jetzt – ja, ja, so seltsame Wege geht der lemurische Architekt! – alles hoffte. Er war, Gott sei Dank, da, der gottlose Zug, gröber natürlich als auf den kardinalischen Professorengesichtern der Stadt, die, wo der Landdoktor wahre Bulldoggfalten materialistischen Galgenhumors zeigte, mit zwei feinsatirischen Messerschnitten das Auslangen fanden. Jedoch, *hic et nunc*, in dem Fastnachttreiben einer durch den ersten Zugriff des Wunderbaren schon formlos, also unkatholisch und unkartäuserisch gewordenen Laien- und Mönchsmenge konnte er gar nicht tief und deutlich genug sein, war er doch schließlich – *sine ira et studio* betrachtet – das handfeste Zeichen einer ebenso handfesten, zwar unfrommen und daher beschränkten, aber auf ihrem kleinen Plane vollkommen sauberen und äußerst widerstandskräftigen, weil metaphysischer Volten unfähigen Geisteshaltung, die als Hilfsskelett überall da eingesetzt zu werden verdient, wo wegen der allzugroßen Nähe der berauschenden und entfesselnden Gottheit die so mühsam aufgestrahlte Kristallform des Menschen wieder in's Rinnen zu kommen droht. Allein: was vermag der verbissenste Arzt und Freidenker, wenn er einen Kranken, den er verloren gegeben, gerettet findet, anderes zu sein als baff? Wohl fuhr er, in der ersten Zornesregung beleidigten Unglaubens, das Mütterchen, das, freudezirpend und gewiß auch sehr befriedigt über die geblüffte Wissenschaft, gerade ihm so energisch wie möglich entgegentaumelte, barsch an, als trüge es Schuld an seiner Genesung, aber eine Schwindlerin konnte er die Gelähmtgewesene nicht heißen, ohne sich selber einen sträflich schlechten Diagnostiker. Aller Augen wandten sich von dem blamierten Arzte ab und dem Abte zu, der, deutlicher Vertreter der andern Partei in dem alten Schwarzweißkampfe des bloßen Verstandes gegen die hinzukommende Offenbarung, jetzt in einem jeden Betrachte auf seinem höchsten Punkte stand (wenn auch recht wider Willen, wie es schien): sowohl im physischen Kirchenraume – dem Kanzel und Chorempore fehlten; es wurde vom Altar aus gepredigt und hinter demselben psalmodiert – als auch im geistigen. Der Arzt hingegen traute den seinen nicht, er mochte sie reiben, so viel er wollte, die ihn in dem sonst feindlichen Abte durchaus einen Genossen seiner zu sehen zwangen. Unterwürfe ich mich diesem Zwange – so etwa dachte er zu sich selbst –, wozu ich aber noch gar nicht entschlossen bin, denn ich halt' ihn für Blendwerk, wenn auch nicht des Teufels, an den ich nicht glaube, aber einer schwachen Minute meines Hirns, dann, ja dann wäre dieser, von unterdrücktem Zorn, wie mir vorkommt, leicht verzogene Mönch, der da in dem Gotteshause wie in einem Trödlerladen lehnt, den proletischen Käufer verachtet und mit den adeligen Trümmern fühlt, das eigentliche Wunder und das weitaus größre. Viel tiefer, ob dieser Wahrnehmung, als die Heilung des Weibleins beunruhigte ihn die Furcht, auf der Gegenseite statt des erwarteten Pfaffen vielleicht einen außerordentlichen Menschen sehen zu müssen, einen, der nicht revolutionär nach außen bricht, was billig, sondern innre Ketten sprengt, ohne aber ihr Klirren für einen delphischen Laut zu halten. Nichts erschüttert mehr das Vertrauen in welche Orthodoxie immer, als auf allen Wegen der denkerischen Windrose vollendete Seinsverfassungen anzutreffen.

»Ist es also gewiß?« fragte der Abt, ohne Vorrede und mit so warmer und gehobener Stimme, als befände er sich bereits des längeren in einer interessanten Diskussion mit dem Doktor. Auf so ungewohnten zivilen Laut aus dem Munde eines so strengen Soldaten der Kirche erstarb mit einem Male jeder rauhe und rohe in der Laienmenge. Man hörte die Sperlinge vor der Pforte piepsen.

»Gewiß? Gewiß?« höhnte der sonst recht gelassene Doktor, weil er den unerwarteten Stoß von geistlicher Seite gegen das Herzstück seines Glaubens oder Unglaubens geführt fühlte, gegen die absolute Geltung der Relativität alles zu Erscheinung Kommenden und hierüber zu Meinenden.

»Es ist ja das Wesen des Zweifels«, brauste er auf, »daß er

überall ist, auch im Sichersten! Und wäre er nicht auch da drinnen, er würde nicht er selber sein, nicht bei seinem Begriffe, nicht die letzte verzweifelte Waffe des keuschen und mageren Intellekts wider die Versuchungen durch die Wahnbilder der üppigen Phantasie, sondern ein Afterbild seiner und eine Kinderpistole. Das ist ja sein wesentlichstes Wesen, daß er ätzt und bohrt und schneidet und nicht eher Ruhe gibt, und sei's dann auch die Gräberruhe der schönsten Welt, die je vom Himmel des Truges stürzte, bis er den Ast abgesägt hat, darauf er sitzt und seinen einzigen Beobachtungsstand hat!« Er mäßigte sich gewaltsam und raffte sich fast sichtlich zusammen, wie ein Weib, das über einen Zaun steigen will, seine Röcke zusammenrafft. »Aber in Ihrer Sprache, nicht in der meinen«, sagte er dann mit ruhiger Grobheit, »ist es ein Wunder!«

Niemand von den gespannt, aber vergeblich Horchenden (keiner verstand der Worte Sinn) empfand die Respektlosigkeit solchen Redens an solchem Ort, jeder hatte seiner schon gründlich vergessen, alle jedoch wußten – und das versetzte sie in die hier schlecht, in einer Arena gut angebrachte Spannung –, daß jetzt ein Mann der Kirche einem Feind derselben, außerhalb der Gesetze, in der Wildnis, wo man tötet, wenn man nicht getötet werden will, begegnet. Was man in der Postille gelesen, das mutige Bekennen des schändlichen Kreuzes vor dem Augustus, oder in der Geschichte, des Ketzers stoischen Gleichmut auf der Folterbank des inquisitorischen Mönchs, das war jetzt (wohl nur als verkleinertes Bild des umgekehrten Opernglases) lebendig geworden, und einzig auf die unberechenbare Entscheidung der Moira zwischen zwei wirklich historischen Zeiten schien's anzukommen, welches der beiden blutigen und einander gleichwertigen Schauspiele alsbald zur Aufführung gelangen würde. In unserer modernen, nur antiquarisch erregten, historisierenden Zeit jedoch (die wir deswegen nicht schmähen wollen, hat sie doch ihre Meriten mehr in sich als außer sich) kam's zu nichts als zu einem dramatischen, aber das grausame Volk nicht befriedigenden und es daher langweilenden Händeringen über eine als unüberspringbar erkannte Kluft. Das eigentliche Drama liegt für Augen und

Ohren, die bereits sehen und hören können, wie mit dem Publikum auch die Schauspieler verlaufen und das gemeinsame Velum über dem Theater zerreißt, in der vergeblich gerüttelten Unaufhebbarkeit der beiden Standpunkte, die sozusagen bereits zu Böcke- und Lämmerseite erstarrt sind, um die Sperrsitze für's Jüngste Gericht abzugeben, und demzufolge in der ganz allein auf sich selber angewiesenen Gewissenhaftigkeit, die sich also nicht mehr im Dialoge, der noch viel unlauter psychologisch Ermannendes mit sich führt, abspielt, sondern auf den schneeigsten Alpengipfeln des rettungslos einsam gewordenen Ichs.

Der auf's Wunder vereidigte Mönch gab dem skeptischen Doktor nichts nach, ja, er übertraf ihn sogar um eben des Wunders willen (wie es schien). Er fragte noch eindringlicher:

»Ist sonach jede Täuschung ausgeschlossen?« Die verstärkte Frage eines offenbar nur nach übersinnlichen Sicherheiten Gierigen (er hatte sich also getäuscht), bei ohnehin schon schmerzlich genug zugegebenen Grenzen des Fünfsinneverstandes, empörte den gerechten Doktor wie den unterlegenen Feind eine neue Bedingung nach geschlossener Kapitulation.

»Herr!« fuhr er auf, »wir sind in die oberste Kruste der Natur kaum noch daumendick eingedrungen, dank Ihrer Verhinderung durch dunkle Jahrhunderte! Was also kann ich vom Zentrum sagen, das sicher (aber wie?) alle Erscheinungen der Peripherie hervorbringt und speist, auch die unerklärlichen? Wie soll ich, ohne in den Wäldern am Amazonas gewesen zu sein, wissen, welche Völkerschaften die weißen Flecken der Landkarte behausen? Aber dasselbe Land wird auch dort sich regen, und nach dem Gesetz des freien Falls wird der erlegte Vogel zu Boden stürzen.«

»In diesem Falle jedoch, der nicht am Amazonas, sondern mitten unter uns sich ereignete«, sagte, wie ein höflicher Beamter, der einer rabiaten Partei ein für den ferneren Aktenweg erforderliches Zugeständnis entreißen muß, der Abt, »sind Sie mit Ihrem sicherlich großen Wissen zu Ende, nicht wahr? Und Sie können's, wenn man Sie bitten wird, auch schriftlich geben?«

»Ja, in des Teufels oder wessen Namen immer: Sie sollen mein gutnachbarliches Testimonium haben! Sachlich macht's mir nichts aus. In mir ist eben die Wissenschaft vorübergehend besiegt. Ich wälz' es auf ihre mächtigere Schulter. Sie wird es tragen. Mich persönlich aber – ich rede offen – kommt's hart an.« Und bitter setzte er nach einer winzigen Pause, in der ihm wahrscheinlich das fette Gebiet seiner Praxis wie von den Blitzen der silbernen Stäbe, die aus den Austernschalenwolken rings um das Muttergottesbild fuhren, verheert erschien, fort: »Es sind – diese neue Erfahrung werd' ich wohl machen müssen – nicht immer Konkurrenten aus Fleisch und Blut, die einem braven Doktor das Wasser abgraben.«

»Doktor«, sagte der Abt, mehr für die allerseligste Jungfrau gekränkt als um des Arztes Zukunft besorgt, »Sie sehen zu schwarz. Sie reden auch nicht mehr zur Sache, um die allein es geht und gehen soll, was immer unten auf der irdischen Ebene, für Sie und mich, aus so unvorhergesehener Begebenheit entstehen mag. Sie gleiten aus auf der weggeworfenen, und nichts als wegzuwerfenden Bananenschale des Ephemeren und fallen hin, und fallen, o weh!, tief in den Kohlenkeller unserer Diskussion. Wir sprachen – bitte, sich zu erinnern, oder kam's mir nur so vor? – vom ersten Augenblicke an von den Äpfeln der Hesperiden, und nicht von denen der Obstlerinnen.«

»Ausgezeichnet! Ganz vortrefflich, Herr Abt!« rief der Doktor, der den strengen, aber nicht zurechtweisend zu nennenden Worten mit immer leuchtenderen Augen gefolgt war, und schlug sich auf die Schenkel, denn er war schon recht verbauert. Aus solcher Durchschüttelung des bereits gesetzten Blutes erstand aber auch wieder der Student, die eigentliche Wesensfigur jedes Aufgeklärten, insoferne nämlich, will man's bis zu einem solchen bringen, bei der atheistischen Euphorie der Jugendjahre haltgemacht werden muß. »Wie Zeus-Aquila den Knaben Ganymed, fassen Sie mit theologischen Krallen das Problem und entführen es aus dem dumpfen Bezirke, der immer nach dem frischgebackenen Brote unserer täglichen Sorge riecht, in jene ewig feiernden Höhen, wo man nicht mehr hungert und dürstet, es sei denn nach dem schon nahen Himmel.« Und seine plötzlich feucht-fröhliche Laune, die ihm selber wunderlicher Gegensatz zu seinem schwergerüsteten Eintritt schien, ironisch entschuldigend, aber mit dem Untertone echter Demut: »Ganz natürlich wird der ein unwürdiger Partner, zu dem einer, und ein hochwürdiger überdies, von einem hohen Dache herabredet. Soviel, und gar nicht boshaft gemeint, auf Ehrenwort, über Ihren Vorwurf, der mich recht getroffen hat. Leb' ich auch wie Candide, mehr den nahrhaften Kohl- als den philosophischen Kahlhäuptern zugewandt, so hab' ich doch nicht des schönsten Ehrgeizes meiner Studententage vergessen: mit dem Säbel wie mit dem Worte disputierend zu bestehn.«

»Bravo, Doktor!« rief der Abt, der eine besondere Kraft, fühlte der Belobte, aufwandte, seine Stimme nicht zu jugendlich hell und überschwenglich zustimmend klingen zu lassen, »so lerne ich Sie denn gleich beim ersten Male – denn wir sonderbaren Pflanzenesser hatten Ihre Hilfe noch nie nötig – in Ihrer besten Verfassung kennen.«

Der Doktor machte seine schönste Verbeugung (man sah an ihr, wie ungelenk er, zum Beispiel, geworben haben muß), und das scheinbar ganz in's Private geratene Gespräch wirkte noch sonderbarer in der Kirche, als der vorige, immerhin von ihr dependierende Streit. Doch es schien nur so. Die Kämpen waren nicht müde und auch nicht durch's gerissene Band der Spannung auf's Blachfeld der leichter zu formenden Höflichkeiten verlockt worden, sondern spürten erst jetzt ihre warmen Ringerhände an ihren Körpern. Inzwischen hatte sich nämlich ihr Antagonismus vollendet, und es konnte zum Überspringen des Funkens kommen, ja, zum Wechsel der Pole. Der Abt war eindeutig der Herausforderer, der Arzt ebenso eindeutig der Angegriffene. Das drängte ihn in die Verteidigung, und der, auch räumlich erhöhte, Standpunkt des Gegners schrieb ihm, der von unten her focht, eine um so geducktere Haltung vor. Wie immer in einem agonalen Gespräche, etwa über Theorien des heutigen Staatsrechts, die bereits Abstraktionen dritten Grades sind, und den lebenden Menschen, der zu ihrer

Verwirklichung etwa kommandiert werden könnte, vollkommen aus dem Aug' verloren haben, der schwächere Disputant endlich den verzweifelten Regreß zum *jus naturale* macht, so tat auch der Doktor. Hob der Mönch seine Hände in die ihm nähere Requisitenkammer des Himmels, ein Stück tiefen Blaus herabzustürzen, so ergriff der dezidierte Nichtasket einen ihm gemäßen Kloß Erde.

»Doch, Herr Abt«, sagte der Doktor und neigte den Kopf nachdenklich zur Schulter (eine liebe, schonungsbedürftige Haltung), »es gibt noch eine andere Wahrheit und eine andere Höhe, auch im zwergigsten Ding, und man lernt sie, die anfänglich für unwürdig, für undiskutabel gehaltenen, erst später würdigen und als Argumente erkennen, die eben deswegen, weil sie nicht im Wortkampf eingesetzt, sondern nur als Geschosse geschleudert werden können, ihren Elementarcharakter verraten. Es ist die Wahrheit oder Höhe der Dinge, wie sie sind!!« Seine Stirne runzelte sich, und den untern Teil des Gesichts zogen schwere Gewichte herab. Das war schon ein Probestück der Elementarargumente. Zu denen Weinen und Schreien, Hungern und um Erbarmen Flehen gehören, auch das Lächeln der Frau, das Sichentschleiern ihres Busenmonds und die geschwellte Wade. Für den Abt war der Doktor in der tiefsten Debauche.

»Es ist«, fuhr der Doktor mit dem blinden, unbelehrbaren Eigensinn eines Menschen, der vom Leiden überwunden, eines vom Leiden als von der einzig stichhaltigen Aussage über ein demzufolge auch nur niederes Leben Bekehrten fort, »die unpoetische Wucht der Butter- und Holzpreise, der Sünden unserer Väter und der selbsterworbenen, kurz, die Wucht des gänzlich eigenständigen Kosmos jedes Einzeldaseins, so frei in ihm, scheinbar, die Gedanken und Willensentschlüsse sich bewegen; es sind die wenigen, aber ausgiebigen, materiell-harten Hammerschläge, die uns an jenes wahre Kreuz heften, davon noch niemand auferstanden ist: das Freien eines Weibs, Geburt oder Tod des geliebten Kinds, des ganzen Bargelds Aufwendung für Haus und Garten in einer bestimmten und uns von da ab bestimmenden Gegend. Und so seh' ich's und wag's zu sagen, daß meine Ordination sich leeren und die Ihre sich füllen wird.« Er war von Stufe zu Stufe, von etwas, das noch einer Definition glich, bis zu Handgreiflichkeiten an fremdem Gehirn gesunken und fühlte selber dumpf unter dem Bleipanzer des materialistischen Stolzes auf das Nichts-als-Materielle, daß der echte Grund seiner Bitterkeit in der absichtlich großen, jede andere Interpretation gewaltsam ausschließenden Bedeutung, die er als Partisan des Stoffs gerade dem herabziehenden stofflichen Gewichte geben muß, lag, weswegen er das zum Weinen saure Gesicht eines machte, der lobt und verklärt, was ihn peinigt und eigentlich zu verfluchen reizt. »Ich hatte mich in meinen Jugendtagen geschämt«, setzte er ingrimmig hinzu, um zu retten, was noch zu retten ist von einer zu Bruch gegangenen Person (durch Umwinden mit dem Strick, an dem man sich aufgehängt), »die Krippe, aus der einer frißt, für die Lade auch seines geistigen Brots zu halten, heute aber prätendier' ich triumphierend diesen Kurzschluß als den einzigen von allen Schlüssen, der wirklich restlos zu vollziehen ist.« Er war mit seinem dankenswert offenen Bekenntnis, einer Meisterleistung des Diminuierens der Gedankenkräfte zum Zwecke der engsten Angleichung an das zu Beweisende, tatsächlich in's spitzeste Ende des Bockshorns gelangt. Dort saß er nun, so vorbildlich klein wie nur möglich, immer aber noch viel zu sehr da im Verhältnis zu der virtuos geübten Selbstvernichtung.

»Doktor!« sagte der Abt, und eine liebevolle Gelassenheit, wie sie auch dem Seelenhirten ziemt (hier will das »auch« sagen, daß er nun über des anderen flacher Tiefe seinen Gipfel erreichte und endlich die gesuchte Hochluft atmete), »mein Haus ist kein Spital. Hier soll der ehrlichen Heilkunde nicht Abbruch getan werden. Nein! Hier nicht! So wenig ich sonst, im allgemeinen, der Gottheit die Örter und die Weisen ihres gelegentlich die Physik aufhebenden Wirkens vorzuschreiben mich unterfangen würde. Hier lebt eine Gesellschaft von Religiosen«, fuhr er mit stärkerer Stimme fort und wies auf seine Mönche hin, welche allerdings in diesem Augenblick ihn gründlich widerlegten, »die für sich die besondere Gnade in

Anspruch nehmen, mit den naturgegebenen Mitteln – aus denen, wie unsere Kirche lehrt, ja auch der Schöpfer restlos erkannt werden kann – das Auslangen zu finden bei dem Geschäfte der Entsagung und Vervollkommnung. Sie haben, wie auf die erhebenden Reize der Welt, so auch auf die wunderbaren Hilfen der Überwelt verzichtet und wollen alles nur einem durch nichts gestützten Glauben verdanken. Der Starke, Doktor, geht ohne Stab. Und das größte Wunder Christi oder des Glaubens an ihn ist, daß er uns von den Krücken des Wunders befreit hat, ohne die bisher Religionen sich nicht haben halten können oder eben nur Philosophien gewesen sind.«

Der Doktor wich gut drei Schritte zurück und trat bei dem zweiten einem ausgebreiteten Mönch auf die Finger, der aber märtyrerhaft stillhielt. Freudiges Erstaunen und tiefer Schrecken – denn schließlich lebten sie ja nicht auf dem Monde und hatten sie doch ein bürgerliches Geschäft, daraus man den Kopf nicht in's Absolute strecken darf – kulminierten rasch hintereinander auf seinem zu so einander gegensätzlichen Ausdrücken nicht genug beweglichen Gesichte, der Schrecken jedoch, als die von der größeren Anschaulichkeit herrührende Empfindung, blieb.

»Hochehrwürden!« stammelte er. »Mich geht's nichts an. Ich habe nicht mitzureden in Glaubensdingen. Trotzdem sollte ich Ihnen zustimmen. Aber ich kann's nicht.« Er trat die drei Schritte wieder näher. (Beim zweiten hob er vorsichtig die Beine.) »Ich habe Sie zu sehr verehren gelernt in dieser merkwürdigen Viertelstunde, um –«, er rang jetzt sichtlich mit den Wörtern nach dem treffenden Wort, »um durch die geringste Zustimmung«, und nun sprach er ganz leise, »Ihnen etwa gar noch die Hand zu bieten zur Überschreitung der von Ihnen beschworenen, üblichen Disziplin. Um Ihretwillen, um Ihres menschlichen Schicksals willen, entsetzen mich Ihre Worte!«

»Ich erwidere Ihre Schätzung«, der Abt verneigte sich leicht, »und würdige Ihre Sorge«, er verbeugte sich tiefer, »aber ich werde meine Meinung zu vertreten wissen.«

»Ja, vor Ihrem Gewissen! Vor Ihrem Gotte!!« eiferte der

Doktor. »Vielleicht auch vor Kardinälen! Aber vor denen schon nur vielleicht. Katholisch geboren und erzogen, habe ich eine ziemlich unbestechliche Nase für den Geruch der Häresie. Den Glauben kann man verlieren, die Nase nicht. Und wenn sie mich auch täuschte: Sie vergessen des Orts, wo Sie reden – verzeihen Sie, daß ich ihn einzumahnen wage –, und der Leute, vor denen Sie reden!«

»Ich bin mir seiner noch nie so bewußt gewesen. Ich rede, was ich rede, ja vor dem göttlichen Heiland, an dessen geglaubter Anwesenheit in diesem Tabernakel ich mein Genügen finde und finden will. Mögen keine Strahlen daraus brechen und möge nicht das allerheiligste Kind mir in dem zarten Teige erscheinen! Ich habe den härtesten Weg gewählt. Und was diese Leute anlangt, deren heidnisches Fest wir zwei ungleichen Brüder, aber auf dieselbe Art, gestört haben, so sind sie an diesem Orte fehl und so gut wie nicht vorhanden. Ihre Kirche liegt in Recklingen. Ich bin nicht ihr Pfarrer. Ich bin nur der Hirte meiner Schafe.« Und er wies noch einmal auf seine Mönche hin.

Nach diesen Worten entstand ein Gemurmel wie aus vielen Selbstgesprächen, das aber schnell, durch den Tausch der Meinungen, sich verstärkte. Die von Benedikta erweckte Menge, eben noch weit über ihre objektive Würdigkeit erhoben durch eine wunderbare Herablassung der allerseligsten Jungfrau selber, und nun durch einen bloßen Diener ihrer, heidnisch genannt, des geheiligten Orts als dahin unzuständig verwiesen und überdies in die glatte Nichtexistenz erklärt, eiferte um ein Recht, das mit der Gnade sie empfangen zu haben glaubte, und fühlte sich ermächtigt, für die Gottheit, die ohne Vermittlung sich gespendet, und gegen den, der sonst allein ihre Schätze verwaltet und austeilt, Partei zu ergreifen.

»Herr Abt!« rief der Doktor, dem die Empörung (wenn auch aus anderen Gründen), still, unter gebildeten Formen, behagt, jetzt, laut und roh aus hundert Hydrenköpfen brechend, mißfiel. Und weil die Entweihung des Ortes bereits bis zu einem, der Politik entnommenen Akte, dem revolutionären, gediehen war, entzog sich die himmlische Elektrizität dem gedachten Gitter zwischen Kirchenschiff und Altar, und der besorgte Arzt (katholisch geboren und erzogen, wie er bekannt hatte) konnte in einer Art von *absentia mentis* den Altar ersteigen. Er tat's auf der Epistelseite. »Sie sehen, wohin unsere Erörterung führt! Sie gehört wirklich nicht hierher.«

»Und Sie sehen, wohin das Unmaß führt! Die Überschreitung der Grenzen des Verstandes, sowohl durch die Gottheit als durch die nur allzu willige Menschennatur!«

Der Doktor rang die Hände gegen das Tabernakel, dem er in jeder Weise jetzt so nahe stand wie der Abt.

»Jetzt sind ja Sie der Arzt und Freigeist!!«

»Und Sie, Doktor, sind von Ihrer Unwissenheit in Ihrer Wissenschaft jetzt ebenso ergriffen und verwirrt, wie jene da von ihrem unnötigen Wissen um das Wunderbare.«

»Möglich. Ich geb's zu. Es ist höchst seltsam, ich hätt's nie geglaubt: Hier berühren einander Welten, die einander nie verstehn.« Er blickte fassungslos über die Leute hin, die schrien, und das alte Weiblein, ihr Beweisstück, wie einen Schild wider die giftigen Pfeile der beiden Feinde vor sich her schoben.

»Was vermögen Sie«, sagte mit bebender Stimme der arme Doktor, der, treuer Hofhund, der er wesentlich war, mehr für den Abt als für sich selber fürchtete, obwohl die Revolutionäre nicht mehr unterschieden und das Einverständnis der beiden für viel sicherer fühlten, als die beiden selber es fühlen konnten, »was vermögen Sie gegen das Wunder?!«

»Mehr als Sie glauben!« erwiderte der Abt und stieg, eng zusammengefaltet in dem Habite, vom Altare, was genügte, die Menge wie Schaum zurückzublasen und die Fontäne ihrer wirren Laute zu drosseln. »Ich vermag sehr viel. Ich bin Theologe!«

»Also ein noch größerer Zauberer«, flüsterte der Arzt, der glücklich wieder in seine Anschauungen versank nach flüchtigem Kulminieren auf dem höchsten Punkte des parabolischen Bogens, den das Gespräch beschrieben hatte, dem Abte nach, »als diese da«, und er zeigte mit kurzem (allzu kurzem) Finger hinauf zur Madonna, »eine Zauberin ist?!«

»Das Gegenteil, lieber Doktor, das Gegenteil!« sagte fast

lustig, aber sehr laut und mit dem hellen Klange eines, der frühmorgens, wolkenlos ausgeschlafen, die anderen weckt. »Ich bin nur ein Kenner des Wegs, mit vernünftigen Mitteln das unvernünftig-erbsündliche Dasein zu überwinden.«

Auf den besonderen Schall dieser Worte hin, den sie aus vieler Einübung kannten, erhoben sich, wie Schafe über ein Zeichen des Leithammels, alle Mönche. Wer jemals ungetrübten Aug's die ernüchterte Heimkehr durchfrorener Nachtschwärmer beobachtet hat, wird wissen, wie sie ausgesehen haben, die mageren Söhne des Heiligen Bernhard, die wachen und schweigen nach dem Beispiele einer idealen *ratio:* stetig wachen über jede Apperzeption und dauernd schweigen, statt zu reproduzieren. Der ungewohnte Wein, der dionysische vom christlichen Stocke, hatte sie erschlafft. Wie verregnete Gewänder hingen sie in der Luft. Aber das Gestänge der Zucht drückte sie nur noch nackichter durch das verkrüppelte Tuch. Sie glichen abenteuernden Helden, die auf Krücken zum Appelle angetreten waren. Die uns Weltleute so harmlos und andernteils ganz eigentlich spirituell erscheinende Ausschweifung mit dem Wunderbaren lag auf solchen Gesichtern wie erschöpfte Lasterhaftigkeit und wegen ihrer asketischen Bleiche wie Milch, die über einen rußigen Herd geflossen ist. Es brauchte keines Winkes mehr (der aber doch geschah, wenn wir die Haltung, die der Abt nun einnahm, mit der eines Feldherrn vergleichen, der nun gesonnen ist, die Parade sich vollziehen zu lassen), sie an ihm vorbei- und in die Sakristei einmarschieren zu machen.

Jetzt überlassen wir die Menge ihrem ephemersten Geschäfte, dem, sich zu verlaufen, und den Vater Abt einer recht notwendigen Sitzung mit seinen außer Form geratenen Kindern, die unter dem disziplinaren Donnerwetter auch gehorsamst zusammenschnurrten – dann allerdings in einem theologischen Zephire wieder die aufgeheitert-zeitlose Gestalt von Lämmerwölklein annahmen –, und begeben uns, weil die geistigen Fundamente des Turms glücklich gelegt sind, gemütlich zu dem Bauplatze desselben.

Es gehört zu den erfreulichsten Möglichkeiten eines Chronisten, in der Zeit auch zurückgehen zu können, und dort, wo heute karmische Häuser stehn, die unschuldigen Wiesen von damals zu erblicken. Das danken wir der unerschöpflichen Kraft der Begriffe und der Unpersönlichkeit der Natur. Wir brauchen nur aus dem unerschöpflichen Bilderabgrunde, wo immer alle Jahres- und Tagzeiten, alle Klimata und alle Stimmungen zugleich herrschen, viel Gras, einige Margeriten und Kamillen, etwas Klee und Salbei zu holen, auf einen unebenen braunen Teppich zu streuen, eine kleine Essenhitze über ihm zittern, die schwerfällige Hummel an einem schon zum Knicken sich biegenden Halme klettern zu lassen, und gleich breitet sich da, wo vierzig Jahre gewirkt zu haben vorgeben, ein seit Menschengedenken unberührter Erdenfleck aus. Ja, ein Fleck auf dem auch sonst sehr scheckigen Hosenboden unseres Planeten. Daß er der Gemeinde, der er gehörte, zu nichts nütze dünkte – sie mähte ihn nicht einmal ab, und der Ärmste von Alberting war so arm nicht, um dahin seine Ziege führen zu müssen –, auch von dem alten Adelseher nicht erworben wurde, obwohl er mit ihm sein derzeitiges Besitztum bis zur natürlichen Grenze einer Ahorn- und Tannenhalle, die der hindurchlaufenden Landstraße kurze, aber königliche Ehren bereitete, abgerundet haben würde, begreift sich aus der Mißform eines spitz zugequetschten Vierecks, das von den gelegentlichen Bewanderern zweier Indianerpfade, die es ziemlich genau umschrieben, zu einer jener unantastbaren Insel erhoben worden ist, deren es unzählige selbst in den bebautesten Landschaften gibt, ja gerade dort. Sind es doch eben die nach einer stillen Übereinkunft, wie es scheint, vorgehenden Menschenfüße, die da, wo ein gerades Queren die natürlichste Fortbewegung wäre, zwei ausgesprochene Umwege einschlagen und so, was inmitten bleibt, als etwas unbegreiflich Kostbares herausheben. Manchen wird jetzt dünken, wir wendeten für ein höchst undezidiertes Stück Wiese eine allzu dezidierte Beschreibung auf. Ist doch nirgendwo in der Welt jemals eine Wiese zu Kristallform geschossen! Demzufolge völlig gleichgültig ist, wie ein späterer Bauplatz im Zustand der Unschuld ausgesehen haben mag! Nicht so ganz, verehrter Leser, der du vielleicht auch

schon einmal in der Absicht, ein Haus zu bauen, zwischen
Zäunen, die den annoch brachen Schauplatz deiner künftigen
Geschichte eingerahmt, über stille Waldblößen, die dein Ruhebedürfnis zu phantasieren verlockt, und über Bühel, die das
flache Land und den blauen Kranz der Berge dahinter dir wie
aus einem sanftrückigen Lehnstuhl gezeigt haben, gegangen
bist und daher wissen wirst, daß es, wie geborene Fürsten
oder geborene Lastträger, auch geborene Bauplätze gibt, die,
auf dem Punkte ihrer Entwicklung, den sie eben, in diesem
von dir gewählten Augenblicke, kunstvoll balancierend gleich
Seiltänzern, einnehmen, unbedingt nahe daran sind, einem
Architekten oder Maurermeister in's Netz zu fallen. Plätze, die
– du fühlst es! – ihre Quellengöttinnen und Baumgeister haben, denen deine künftigen, jetzt noch beschäftigungslosen
Penaten zerstreuende Gesellschaft leisten. Solche Örtlichkeiten
sind auch für den Laien ohne weiteres erkennbar. Nicht aber
etwa, weil er bei Ruysdael oder Claude Lorrain die Landschaft,
bei Palladio das schwungvolle Hinsetzen einer Villa gelernt
hätte, oder gar, weil er, empfindsam bis in die Fingerspitzen,
die überträufende Beseelung des fraglichen Grundstücks wahrzunehmen imstande gewesen wäre. Oh, nein! Es verhält sich
vielmehr so, daß die Menschheit in nichts eine ältere und größere Übung besitzt – jene ausgenommen, sich in Felle zu hüllen oder ein Feigenblatt von Abendkleid vor das Ärgste zu
hängen –, als ihre Höhlen zu wählen und ihre Raubritterburgen anzulegen. Was also Hinz und Kunz, diese Banausen und
Buschklepper, wie feingebildete Künstler erscheinen läßt, wenn
sie ihr Landhaus träumen oder verwirklichen, das gerade ist
stracks das Gegenteil des Künstlerischen, es ist das Allgemeinste, Selbstverständlichste und Zwangsläufigste von der
Welt. Sie können gar nicht anders, so wenig wie die Vögel bei
ihrem Nestbau und die Dachse bei ihrem Gängegraben. Der
Instinkt für die nützlichste und poetischeste Sache zugleich
sitzt uns von Adam her im Blute. Nie und nimmer also würden diese Menschen, die, ohne es zu wissen, das Tier zum Vetter und Geleitstern haben, und vorausgesetzt natürlich, daß
sie über genug Geld verfügen, sich den Luxus uralter Instinkte

leisten zu können, auf jenen Grasfleck verfallen, den wir, wie sich nun herausstellt, mit Recht, einer so dezidierten Beschreibung gewürdigt haben. Er ist – das ging schon aus ihr hervor – weder nützlich, noch – und das müssen wir jetzt nachtragen – poetisch. Angenommen, das lemurische Bauwerk stünde schon! Was dann würden wir aus seinem obersten Stockwerke (sollte es überhaupt ein solches erhalten) erblicken? Zunächst einmal den adelseherischen Ententümpel, der wie ein patiniertes Kupferdach zum Himmel aufschaut. Generationen von Enten haben in ihm gebadet – stammt doch der Hof aus dem sechzehnten Jahrhundert. Fünfzehnhundertsechsundfünfzig nennt als das Baujahr ein oberhalb dem Tore eingemauerter Stein. – Die jetzige jedoch hat ihm den Steiß gekehrt und watschelt soundso oft am Tage ausgerechnet über unseren Grasfleck, beziehungsweise an unserm Turm vorbei, nach einem erst unlängst in der Ahorn- und Tannenhalle entsprungenen und seines endgültigen Betts noch nicht sicheren, die ferneren Wiesen in wählerischen Doppelschlingen durchfließenden Bächleins, das überraschende Begegnungen und weitere Ausflüge ermöglicht. Der ungestörte grüne Schaum des Tümpels ist daher zur größten Mückenbrutanstalt der engeren Umgebung geworden und zum pausenlosen Aufführungsort der schönsten Libellenballette. Wem also dies und das begreiflich leidenschaftliche Betragen der Habitués, der Singvögel und Schwalben, die aus den Blätterlogen der Bäume und von den harten Galeriesitzen der Dächer oder unmittelbar aus dem spanisch blauen Arenahimmel unter die stählernen Tänzerinnen stürzen, ein genügend dramatischer Anblick deucht, der wird reichlich belohnt in eine Tiefe blicken, die nichts weniger als schwindeln macht, ja sogar noch erlaubt, die Haare auf dem Buckel einer Katze zu zählen – die ihn fauchend wölbt, weil der häßliche Hund des Wirts von der »Kaiserkrone« nach den Hinterbeinen eines eben eingetriebenen Kalbes schnappt – oder zu bemerken, daß auf dem Kopf des alten Adelseher, der die Schnecken von den Salatblättern liest, fast gar keine mehr wachsen; dann an den versumpfenden Ententümpel stößt, gegen diesen, wie auch rechts und links von einem violetten Zaun umgeben, ein viereckiger, nicht zu großer, nicht zu kleiner Küchengarten, der übliche. Brütet die Sonne auf ihm, so steigt zur Luke des genügsamen Beobachters ein Mahlstrom scharfer Gerüche, in dem der welk machende des Zwiebels und der pfeffrige der Nelken vorherrschen. Augen und Nase eines armen Städters würden, wenn zwischen Hinterhoffronten ein solches Idyll sein ringsumher schon überwundenes Dasein weiterfristete, kein besseres Blickfeld und Riechkissen finden können für baumeisterliche Ekstasen. Auf dem Lande jedoch hat man nicht nötig, mit des Nachbars Schönheiten im Ehebruch zu leben. Und schon gar nicht in Alberting, wo einem freiersfüßigen Bauherrn – auch heute noch! – die jungfräulichsten und von ihrer Mutter, der Natur, reich ausgestatteten Örtlichkeiten zur Wahl stehen. Nur von dem Turme aus (gesetzt, er wäre schon errichtet) nimmt man so gut wie nichts von den schönen Beischläferinnen wahr. Wegen seiner bloßen Kniehöhe ist er außerstande, über das adelseherische Dach zu blicken. In dieser Richtung muß er mit den sechs Fenstern des ersten und einzigen adelseherischen Stockwerks sich begnügen, das die Staatszimmer enthält, unbewohnte Stuben, die aber allemal dann von Leben erfüllt sind, wenn zu ebner Erde einer gestorben ist, was natürlich recht selten geschieht, denn die Adelsehers pflegen zäh zu sein. Ist unten der Pfarrer gegangen und der Schreiner mit dem peinlichen Maß gekommen (das er aber von einer so gewichtigen Person meistens schon im Kopfe hat), so hebt also gleich ein Ameisenzug der Dienstleute an, treppauf, treppab, die den Hausrat des Ahns, wenn er besonders wertvolle, eigentümliche oder geliebte Stücke umfaßt – was noch immer der Fall gewesen ist –, nach oben schleppen, wo – da dies eine mehrhundertjährige Übung – die irdischen Besitztümer der Verblichenen schon recht übereinanderliegen, wie auf dem Recklinger Friedhof ihre Knochen. Jedoch: der Erbe hat es eilig, sowohl mit der Pietät als mit seinem eigenen Leben. So innig nun diese Gewohnheit des adelseherischen Geschlechts mit dem traurigen Lose aller Menschen zusammenhängt, fällt doch für unsern Turmbewohner, den wir wegen seines Mißgeschicks, inmitten der schönsten Landschaft fast ohne eine solche dazusitzen, mit dem tröstlichen Bildungstriebe ausstatten wollen, viel Erfreuliches von ihr ab. Es hat ja nicht jeder das Glück, und gerade da, wo er's am wenigsten vermutet hätte, einem kleinen Museum gegenüber zu wohnen, und alle fünfzig Jahre (wenn er nur zweihundert durchsteht; sonst merkt er kaum was davon) zu sehen, wie ein Museum zustande kommt. Man nenne uns doch gleich ein anderes Haus (ein bewirtschaftetes natürlich, kein starres Grab verstaubter Trachten und Möbel, zwischen denen ein schnapsnasiger Leichenwäscher abgestumpft hin und her wandelt, auch kein vornehmes, in dem das ägyptische Conservieren sich von selbst versteht), das – bei geöffneten Fenstern seines Obergeschosses, und es sind deren sechs – einen ebenso lehrreichen Anblick böte wie das Adelsehersche! Reichen doch einzelne Stücke sehr weit in die Geschichte zurück. Ein gotischer Schrank zum Beispiel, der fast drei Viertel der ihm zugewiesenen Stube einnimmt und als ein unheimlich leibhafter und leibeskräftiger Besucher aus dem vierzehnten Jahrhundert strenge durch's Fenster das zwanzigste in's Auge faßt. Zum Zeichen, daß er aber doch abgestorben und nur eine Erscheinung, trägt er das edelste Verwesungsmerkmal seiner Art, einen ganzen schwarzen Sternenhimmel von Wurmstichen, der sogar dem Astronomen in unserem Turme, über Ententümpel und Küchengarten hinweg, deutlich sichtbar ist. Aus einem anderen Raume, den eine ziegelstaubfarbene, lustig bebilderte Tapete schmückt (von einer Walze des Meisters Oberkampff in Jouy en Josas), blickt die kirschholzene Lehne eines kornblumenblauen Sofas, um das den jeweiligen Erben so manche stolze Besitzerin eines chinagelben Kleides beneiden würde, ahnte sie sein unbenütztes Dasein. An einer dritten Wand, grün wie alter Spinat, über einer gebauchten, reich eingelegten Kommode, darauf ein Bücherstapel lastet, hängt ein dicker, viereckiger Kuchen aus Gold mit halbeingebackenen Pflaumen aus Gold und etwas wackeligen Tortenstrahlen aus Gold. Wären die Zeiger nicht grade und schwarz und hinge kein Perpendikel herab, könnte niemand – und unser immerhin ferner Beobachter schon gar nicht – den Mammonpflasterstein für eine Uhr halten. Kurz – weil es ja nicht unsere Absicht ist, ein Inventarium der adelseherischen Schatzgruft aufzustellen, sondern nur, dem gedachten Bauplatz das Recht abzusprechen, einer zu werden. Kurz also: ein jedes dieser hier auf dem Dorfe besonders überraschenden Fenster führt das gelehrige Gegenüber, das ein so billiges Studium vor sich sieht, in eine andere Epoche, manches sogar in zwei oder drei zugleich, das letzte aber, das Eckfenster rechts, in keine geringere als in die griechisch-antikische. Entzweigeschnitten von der rechten Leibung steht daselbst, ein wenig im Hintergrunde, damit es weder von der Straße noch aus dem Garten gesichtet werden könne, ein weißmarmornes Weib, halb lebensgroß, dem beide Arme, fast ein ganzes Bein und der Kopf fehlen. Der lange Hals, ohne Zweifel stark gewendet, ist sehr schief durchgebrochen und reckt sich mit seinem transparenten scharfen Rande auf wie ein Packeisstück. Die edlen Brüste und der mehr als schön geschwellte Unterleib sind heil. Die unzerstörte Gestalt hat sicher die eine Hand vor die Scham gehalten und mit der andern ihre Anbeter aufgefordert, sich deswegen nicht abschrecken zu lassen. Es war – dies geht aus der zweideutigen Bewegung eindeutig hervor – ein Abbild der Schaumgeborenen. Denn nur die Götter verbieten und locken und machen den Menschen, indem sie ihn zerreißen, erst ganz. Man sieht, welch eine Fülle des Anschauungswertes und des Erkennenswürdigen, wenn man nur die pechvogelartige Begabung besitzt, an irgendeinem der gutgetarnten Reißzähne des jede Erscheinung bewachenden problematischen Drachens sich zu verfangen, auch eine Aussicht enthalten kann, die gar keine Aussicht ist. Und wie's stracks in die Tiefe ginge, hinunter in's Wurzelwerk weit sich verzweigender Forschungen, und schließlich fast endlos weiter in den unbekanntesten Höhlen neuer und immer spannenderer Chroniken – da brauchte man, fürchtend, eine Minute so reichen Tags zu versäumen, den anfänglich so langweiligen und aussichtslosen Turm überhaupt nicht mehr zu verlassen, sondern hätte ihn gepreßt voll bis unter's Dach mit den Gewürzen aller sinnlichen und übersinnlichen Zonen –, wenn man, eines schönen Spätnachmittags etwa, wo die Göttin in einem doppelten Schatten steht, in der dichteren Atmosphäre der abgestandenen Zimmer- und der schon die puren Blumenfarben verschwelenden Gartenluft, sich die Frage vorlegte, unter welchen Umständen und unter welchem Ahn die sündige Griechin in den christlich deutschen Hof gefunden, und was das wohl für ein Kerl gewesen sein mochte, der neben dem Herrgott im Winkel die nackte Schlampe geduldet oder gar mit der dem Götzenbild geheimnisvoll anhaftenden Meeresunendlichkeit gegen die staubtrockene Enge der eignen Sippe aufgetrumpft hat, und welchen Umgangs man dann den Mann (ist's der, ist's jener, der, steifsitzend und schlecht gemalt mit fast immer demselben wächsernen, allzugut rasierten Gesichte über der wechselnden Tracht, an den Wänden des Museums hängt?) bezichtigen müßte, oder welch' abweiger Neigungen, eine Frage überdies, die etwas anders gewendet, auch an die Nachfahren zu richten wäre, wie sie's denn, die doch nichts der Göttin verpflichtete, doch mit ihr ausgehalten hätten, und warum wir die Teufelinne, statt auf dem Misthaufen oder wenigstens in der Clausur einer verspinnwebten Stallecke, oben in dem Privattempel, zwar schamhaft zurückgestellt, aber doch vorfinden?! Eine Frage, die gerade vom Turm aus, dem Schnittpunkt zweier sehr verschiedenen Lebensgeleise, in die Welt gesandt (wir könnten auch sagen: von dem lemurischen Rekapitulanten der Geschichte des hier in Rede stehenden Landstrichs), eine tiefere Berechtigung hat, als sogar uns, nach der ersten flüchtigen Durchstöberung der trojanischen Schichten des Adelseherschen Stammes – deren eine auch die heidnische Madonna hergegeben – bewußt gewesen ist. Wenn wir auch von der Kartause, dem jetzigen Quartiere der Christlichen, kein Zipfelchen ihrer Zuckerhüte erblicken – wie schon gesagt, behindert uns in der Richtung dahin das Adelsehersche Dach –, so sehen wir wenigstens rechter Hand, gegen Recklingen zu (das, selber tiefer liegend in der von der Biber eben gar nicht ausgenützten Mulde, unsichtbar bleibt), aber sehr fern und nur mit einem scharfen Glase – und das ist eine touristische Aussicht, keine also, um derentwillen man Seßhaftigkeit erwählt – auf einem laubbeschuppten Hügel, ähnlich dem Enguerrandschen, einen hohlen Zahn aus Stein. Das ist alles, was von der Burg des Grafen Heinrich noch in unsere Zeit ragt. Aber es ist genug, um unserem forschenden Geiste einen bedeutsamen Wink zu geben. Es erklären sich der Gegend Neigung zu schroffen Gegensätzen und der hiesigen oder zugereisten Menschheit Anfälligkeit für's Extreme auf die natürlichste Weise aus des uranfänglichen Grafen zweigleisiger Natur. Ohne jeden Einfluß allerdings auf die erstaunliche Tatsache, daß gerade die dionysische Aphrodite und nicht die apollinische hier Zuflucht gefunden, bleibt, unserer Ansicht nach, das Ergebnis der noch nicht studierten Frage, ob es sich bei dem kariösen Gebäu um den Turm handle, der zu Mästung und Gebrauch der orientalischen Weiber gedient, oder um jenen, wo der bekehrte Pascha, das Wort des christlichen Allah auslegend, am Familientische gesessen hat. Wie immer nun die Spezialuntersuchung ausgehen mag, eines steht fest, es hat der erlauchte Herr sowohl mit seinem fast unstillbaren Lebens- und Liebesdrange als auch durch den gewaltigen Akt der jähen Umkehr und der ihm folgenden Errichtung der Kartause den damals noch kindlichen *genius loci* für unabsehbare Zeiten (soferne nicht eine Art von Erlösungswerk geschieht) so zwiespältig geformt. Spricht nicht der Benedikta Spellinger spontane Enthüllung ihrer überzwerchen Natur, hier und jetzt, für das ungeschmälerte Weiterwirken der gräflichen Lichtseite in unserer Landschaft, die jedem, der Neigung zu einem Extreme empfindet, bereitwilligst an die Hand geht?

Sicher mußte von einer dieser beiden moralischen Strömungen oder Windrichtungen wohl auch schon der Fremde erfaßt worden sein, den wir vor zwei Tagen in der »Kaiserkrone« – dem schönsten der drei Gasthöfe, die seit dem Wunder und dicht hintereinander aus dem Boden geschossen sind – haben absteigen, aber bis jetzt noch keiner der hier in Schwang gekommenen Beschäftigungen haben nachgehen sehen, als da sind: Predigt und Amt hören, Beten vor dem heiligen Bilde, Beichten und Kommunizieren, Erhandeln von geweihtem Kram in den Buden der janitscharisch grellen Zelt- und Bretterstadt, die jetzt das nüchterne Fort des Heiligen Bernhard belagert, Teilnahme an der abendlichen Lichterprozession, und was sonst noch aus der Folge religiöser Pflichten und Vergnügungen, denen der Ort von früh bis spät dient, zu nennen wäre, wenn wir den Vollständigkeitswahn hätten. Uns aber interessiert mehr der Fremde, der nicht zu Fuß oder gar barfuß wie die meisten der jetzt so zahlreichen und oft morgenländisch bunt zu nennenden Besucher von Alberting, sondern in einer jener alten verwitterten, verrunzelten und verstaubten Lederkaleschen, wie sie damals noch den Honoratiorenverkehr zwischen zwei Landstädtchen besorgten, gekommen war und mit Hilfe des Hausknechts eine seltsame Art von Gepäck, eigentlich von Hausrat, abgeladen hatte: Holztafeln und auf Rahmen gespanntes Linnen, mehrere Staffeleien von verschiedener Größe, Schachteln, bindfadenumwunden, und polierte Kästchen, verschließbar, auch einen Ballen sehr bunter, aber ohne Zweifel wertloser Tücher – denn der Reisende achtete gar nicht darauf, daß sie dem ungeschickten Knechte in den Staub fielen – und einen Handkoffer billigsten Preises und langen Dienstes, der zusammen mit dem beschriebenen Gerümpel den Verdacht weckte, das eigentliche und letzte Besitztum eines Demenagierenden zu sein. Und so war es auch, obwohl es nicht gleich an Tag kam und nur als jäh eingeschossene Vermutung im Gemüt des Wirtes schwelte, der aber keinen Anlaß fand, sein Hirn an seinem Scharfsinn in Brand zu setzen, denn der Herr Kunstmaler, der wacker aß und trank – allerdings über's Zugestandene hinaus düster und schweigsam –, zahlte sogleich aus einer wohlgefüllten Brieftasche. Erkundigungen gegenüber, wie sie die Höflichkeit und die Neugierde anstellen, blieb er taub, und über's Wetter sprach er unbedeutend, kaum mehr als Aha! oder So! So! Bestand oder Wechsel desselben schienen ihm gleichgültig zu sein. Nur zu einer Magd, zu einer sehr schönen allerdings, deren wie naßgemachter und angeklatschter Kittel wahre Schlangenbewegungen des vollen Fleisches zeigte, und die auffallend oft im Eiskeller, in der Milchkammer, in den (tagsüber fast leeren) Ställen und in den finsteren Scheunen zu tun hatte, wo sie dann so lange verweilte, daß man nicht umhin konnte, gespannt auf ihr Wiederauftauchen zu warten – zu der also soll der Fremde geäußert haben, daß er bald zu arbeiten beginnen wolle, und gerade von dieser Seite sei ihm keine Antwort zuteil geworden. Was nun diese einzige und deswegen so getreu überlieferte Äußerung anlangt, so scheint es sich bei ihr doch nur um die etwa einem Vokativ gleichzuhaltende Mitteilung eines jener uns wohlbekannten trügerischen Entschlüsse zu handeln, die nicht aus uns selber kommen, so fest wir's im Augenblick auch glauben, sondern uns anfliegen aus einer fremden, gewaltigen, ihres beseligenden Tuns sich gar nicht bewußten Lebenskraft und uns aufplustern wie einen Gockel, der in den luftigen Strudel eines entbrausenden Schnellzugs geraten ist, denn, solange wir den Mann zu beobachten Gelegenheit haben – die sich uns seit zwei Tagen fast dauernd bietet –, sehen wir ihn in der Einfahrt der »Kaiserkrone« an einem dortselbst für die zusprechenden Fuhrleute bestimmten Tischchen sitzen, mehr aber noch herumstehn und mit einem nicht sehr geistvollen Ausdrucke (oft fällt ihm sogar das Kinn auf's Schlüsselbein) in's Weiß der Straße starren, in's zarte Rosa des Adelseherschen Hauses, das gerade gegenüber liegt, oder – und das ist der einzige Anblick, der ihn, der da weder kräftig steht, noch maßvoll behaglich sitzt, sondern geknickt von der Wand welkt, oder formlos über das Tischchen sich ergießt, zu aufmerksamer Hagerkeit strafft – in das wirklich lebhafte und ungewöhnliche, auch hier noch immer ungewöhnliche Bild, das von Zeit zu Zeit, vor hohen Muttergottesfesten von Stunde zu Stunde, draußen vorbeizieht. Zuerst erhebt sich Gesang – immer in derselben Entfernung, dort nämlich, wo die in der königlichen Ahorn- und Tannenhalle Heranwandernden das auf dem Grasozean schwimmende Kloster zum erstenmal schauen –, ein harter, blecherner, meistens ein-, selten zwei- oder mehrstimmiger Gesang, darin die Stimmen der Weiber und Kinder wie schrille Pfeifen oder junge Birken stecken. Die Einfahrt, wo unser Mann steht und keinen Skizzenblock zückt, verdunkelt sich wie unter einem von der Wölbung sich lösenden großen Stück Bewurfs, und ein Teil der schweren, meist roten, windgeblähten heimischen Kirchenfahne, von einem nach hinten ausgelegten Burschen nicht nur getragen, sondern auch gesteuert, wallt vorbei. Ein schwitzender Priester taucht auf im eben überzogenen Chorhemd, und hinter ihm, gierig nach Küche und Keller, nach der Kühle des Heiligtums und nach Vergebung der Sünden, auch nach – vielleicht! – einem wunderbaren Blicke der Gottesmutter, läuft, unter bunten, kurzen quirlenden Weiberröcken, weißen faltigen oder schwarzen engen Männerhosen, in einer mächtigen Staubwolke eine eilfertige Gänseherde nackter Füße. Und bei jedem der fast lautlosen Tritte schaukeln die über den Habersack geschulterten Röhrenstiefel. Es sind die Wallfahrer. Als das Wunder noch neu gewesen war, hat es nur die Kranken und Neugierigen der Umgebung, die noch halbbäurischen Vororte der Residenz und einige wenige fromme und heimgesuchte Paläste des Stadtkerns angezogen. Den Armen kostete die Reise nur wenig, und dem Reichen half sie sparen. Aber trotz des geringen Aufwands an Barmitteln konnte ihr Erfolg ganz außerordentlich sein. Und das Geld floß nicht in's Ausland, sondern kam sogar der engeren Heimat zugute. Man sieht: ein großer Anreiz zu der schnell einsetzenden Förderung des neuen Unternehmens, mit dem man, ohne Zustimmung und nicht zur Freude des Abts, den Namen des betroffenen Ordens verband, durch die Kanzeln und Kanzleien, kam von recht irdischen und doch ganz einwandfreien Erwägungen her. Es sind eigentlich immer die Tugenden und Qualitäten zweiten und nicht die Laster und Untaten ersten Ranges, die den Abstieg einleiten, der zum Zusammenbruche führt. Und nichts ist schwerer, als auf das Nah- und Nächstliegende zu verzichten. Mit dem weder guten noch bösen Opportunismus also marschierte in den eher fromm als unfromm gewesenen Ort das pure Weltliche ein. Die Bummelbahn, an der zwar nicht Recklingen selber lag, nur ein paar vorausgeschickte Häuser den hier Aussteigenden über die gute halbe Stunde trösteten, so noch zu Fuß zurückzulegen war, mußte aus dem Trott in den Galopp fallen und ihre drei schon wackeligen Waggons auf sechs bis zehn neuere steigern. Ein hierorts bislang unbekanntes Gewerbe, die Lohnfuhrwerkerei, machte die öde Sandfläche vor dem zartzirpenden Stationsgebäude zu einem dichten Markte, wo es verkehrsfroh nach heißem Leder, Wagenschmiere und Roßäpfeln roch wie auf den Standplätzen der großen Stadt. Weitaus die Mehrzahl unter den Kranken bildeten jene, die nicht krank genug waren, um lieber doch einen der schon berühmten und daher kostspieligeren Gnadenorte aufzusuchen. Sie begaben sich also zu einer minderen Madonna, wie zum Hausarzt statt zum Spezialisten. Ja, sehr viele verbanden mit der Kur auch die Sommerfrische. Diese vor allem waren es, die mit ihrer Halbheit hier wie dort, weder ganz der Gottheit noch ganz der Natur hingegeben, gleich von Anfang an jene laue Luft erzeugten, in der aus der Devotion die Devotionalienhändler entsprangen, die natürliche Spannung zwischen Welt und Überwelt, zwischen Amt und Geschäft, geweiht und profan, erschlaffte und die Ansicht entstand, so solle es sein. Blieb die Madonna hart, nun, so ist wenigstens die Kost in der nobleren »Kaiserkrone«, beim mittleren Klaus oder beim unteren Wirten bekömmlich und preiswert gewesen. Wichen aber die Beschwerden nach ebenso täglichem Besuch im Hause des Herrn, so nenne man uns eine zweite Sommerfrische, wo neben den frischesten Bächlein zum Fußbaden und zum Forellenfangen mit der Hand der Strom der Gnade fließt!! Wir sprechen hier – um nicht mißverstanden zu werden, sei deutlich die Zeit angegeben, der ein so unschuldiges, selbstverständliches Tanzen auf zwei Hochzeiten eigentümlich gewesen ist – von Achtzehnhundertneunzig etwa, und von einer Menschenklasse, die, nicht etwa, weil sie schon angegriffen worden wäre, sondern wegen kleinlichster Vorteile, den ungeheuren ideologischen Apparat in Bewegung setzte, vom Bürgertum (und von dem auf dieses bereits heruntergekommenen Adel). Wir weisen nachdrücklich auf dieses (und auf jenes) hin, weil wir die Gottesmutter, deren Verehrung uns sowohl innerstes Bedürfnis ist als auch strengste Vorschrift, nicht mit ihren damaligen Verehrern verwechselt wissen wollen. Unserer Auffassung nach sind durch das Auftreten des oikumenischen Christus, sind die eleusinischen Einweihungen, dereinst nur wenigen zugänglich und mit tiefstem Schweigen bedeckt, auf alle, die guten Willens, ausgedehnt und zur Pflicht gemacht worden. Das heißt: das höchste Maß ist das gültige. Nur wer selber nach seiner inneren Erscheinung den Lilien auf dem Felde gleicht und den Vögeln des Himmels, wer zum Vater also in einem wahrhaft sorgenlosen Abhängigkeitsverhältnisse steht und den Sicherungen des gewöhnlichen Lebens zu dem einzigen Zwecke entschreitet, die Güte des Schöpfers als eine wirkliche und wirksame Macht zu erkennen, nur der allein darf einem Wunderorte sich nahen, weil er allein, kraft seines maßlos kindlichen Vertrauens auf die väterliche Macht, nicht weiß, was er ihr zumutet, welche Überwindung welcher Schwierigkeiten, und wo die Erde endet und der Himmel beginnt. Und jenes lasche und törichte, nur mehr diskursiv sich durch die niederste Gedankenwelt redende Bürgertum, dem wir selber entsprossen sind – an den mitbekommenen Fehlern lernten wir ja erst den nie gedacht wie weiten Umfang der Taufgesundheit mühselig wiederherstellen! –, sollte ein solches Vertrauen besessen haben? Dieses mit stolz geblähten Segeln im sichern Hafen vor Anker liegende Schiff mit seinen scheinexerzierenden Matrosen und nicht vom Wellengange schwankenden Kapitänen, mit seiner unnützen, thesaurierten, nicht wohin verfrachteten Last Gold im Bauche, schallend vom Bramarbasieren der seebraungeschminkten Landratten und tönend von gar nicht so gemeinten Anrufungen Poseidons, als befände sich der alte, nur täglich auf neu lackierte Kasten dauernd in den Stürmen um Kap Horn, sollte Teil gehabt haben an jenem berauschten Nichtwissen, womit ein Christoph Columbus sich in's Meer wirft, Indien entgegen, und ein Heiliger in den Abgrund Gottes? Nein! Und noch einmal Nein! Diese laute und äußerliche Welt war schon lange von der Gottheit abgetrennt, ja von ihr vergessen worden. Sie aber ist weiter in das Haus Gottes gegangen, aus purer Gewohnheit und viel zu großer Trägheit zum Bösen, und hat, betend zu ihrem Richter, vom Strick geredet, mit dem man sie vor Zeiten gehangen, und von der Klinge, über die sie bereits gesprungen. So ist jenes merkwürdige, dem ausgehenden neunzehnten Jahrhundert eigentümliche Mißverhältnis zur Religion – dem wir schon bei Betrachtung der Benedikta Spellinger einige Aufmerksamkeit geschenkt haben – entstanden, das, als eins der Pappendeckelgewichte zum hundsmageren Athleten, der es stemmt und der so tut, als platzten ihm die Adern, zu den sicheren Paradestücken der primitiven *vis comica* gehört. Leider Gottes bietet die tragische Bühne dasselbe Schicksal (nur ist es nicht mehr zum Lachen): Alles, was der Bürger, dieser umgekehrte König Midas berührt, wird wertlos und knochenlos, entgiftet und schal, verniedlicht, in's billig Erreichbare gezogen, um jede Elongatur gebracht. Wie dieser Bürger, mit der fluchwürdigen Fähigkeit begabt, die wahren Maße nie und nirgends zu sehen, auch wenn sie vor ihm auf dem Tische liegen; genau dort zurückzuzucken, wo die Besorgung durch die Gottheit beginnt, die Nichtigkeit des Geschöpfs sich erweisen wird und ein unverdientes, gnadenweises Leben anheben könnte; wie dies' empfindlichste und begrenzteste Barometer für den Bereich der Erdatmosphäre dennoch in *articulo mortis* seine zugeschmolzene Röhre zu sprengen vermag, bleibt unerfindlich. Wahrscheinlich gibt es eine unbekannte Barmherzigkeit Gottes.

Ein Glück für unsern Maler, daß, als er vor der »Kaiserkrone« seinen problematischen Hausrat ablud, die hier gegeißelten Zustände nicht mehr herrschten. Er hätte sonst spinnenschwarze giftige alte Damen, brüchige Exzellenzen, Fabrikanten, die wie elegante Kutscher aussahen, an der Ehrbarkeit verblühte Frauen, subalterne Beamte und Lehrer, die ihre Tuberkulose der nagenden Sehnsucht nach der unerreichbaren Gehaltsaufbesserung verdankten, kurzbeinige Handwerkerfamilien mit ebensoviel kleinen Leiden als Köpfen, blutarme Nichten, die durch hingebende Pflege das Leben einer dicken Erbtante verlängern mußten, und noch viele andere ähnliche Gestalten aus dem milden Hades der Griechen, statt des tierpfotig weichen Trabens primitiver Stämme im allmenschlichen Staube und ihres vom Weltenmorgen noch grünen Gesanges wahrnehmen müssen und würde ohne den rettenden Strohhalm, der in der Erscheinung so frischer und bunter Weiber stak, Alberting ohne Zweifel sofort wieder verlassen haben. Zum Glück also für unsern Maler war damals der Ruf des Heiligtums schon so weit gedrungen, daß die nahe und nähere Umgebung ihn nur mehr schwach hörte. Die städtischen Herrschaften hatten sich wieder weltlichen Kurorten oder den berühmteren geistlichen zugewendet, und die Leute aus Recklingen, Amorreuth, Mundefing, und wie all' die lieblichen Weiler sonst hießen, ihre eigene, so oft bewiesene Frömmigkeit der Ausbeutung der Zureisenden geopfert. Es ist nämlich nicht leicht, ja es ist fast unmöglich, wenn man auf Gold gestoßen ist, auch auf himmlisches, so zu tun, als wäre nichts vorgefallen, und den Fund dauernd im Bewußtsein unter Druck zu halten. Mit dem Erreichen des Höhepunktes beginnt notwendig die Talfahrt. Und man müßte die Kräfte des alten Atlas haben, um das Irdische unentwegt hoch in die Wolken stemmen zu können. Unsere neuzeitlichen Mitbürger jedoch waren zu nichts unfähiger als zu solch mythischer Halbgottat. So entstanden denn auf der blühenden schiefen Ebene die bereits genannten drei Gasthöfe, eine Kaffeeschänke, die sogar ein Billard besaß, zwanzig Krambuden vor der Kartause, zwei Wachszieherläden, ein Rasier- und Frisiersalon, ja auch ein Modegeschäft, dessen stets just verjährte Eleganz kläglich durch zwei staubige Schaufenster auf die Dorfstraße und in den nahen Wald blickte. Wir sagten oben, daß der Ruf des Heiligtums schon sehr weit gedrungen war. Wir können hinzusetzen, daß er durch die immer mehr zunehmende Entfernung von seinem Ursprungsorte auch immer feiner, silberner, seiner würdiger geworden war. Denn je weiter der Ruf scholl, zu desto echteren religiösen Zuständen stieß er vor. Hier muß dem Leser, dem jugendlichen besonders und dem außereuropäischen selbstverständlich – denn auch an den letzteren wendet sich diese universale, das heißt, katholische Chronik! –, in Erinnerung gebracht werden, daß das Reich, dessen so ziemlich verlorenste Gegend wir zum Schauplatz unserer Geschichte erhoben haben, von einem traulichen Walle slawischer Völker umlagert gewesen ist, die wegen des Glanzes ihrer eben erst aufgehenden Sonnen der langen und wohltätigen Abendschatten, die von dem mächtigen, aber schon alternden Adler der Staatsmitte über die Provinzen fielen, inniger sich erfreuten, als sie's hätten zugeben wollen oder können. Es ist darum ohne weiteres klar, daß diese jungen Stämme wegen ihrer noch kindlichen Abhängigkeit von Bildung, Kunst und Sitten des Reichsschoßes dem Auftauchen der Gottesmutter gerade dort eine noch größere Bedeutung zuschrieben, als ihm schon an sich innewohnte. Der eine Akzent zog auch den zweiten herab. Wo der Kaiser wohnt, wo die Musen sitzen, wo vom hohen Adel die Bändigung nicht mehr starker Triebe fast als ein öffentliches Schauspiel vorgeführt wird – in jenen glänzenden Gesellschaften, wo die Frauen nur mit den Fächern atmen wie die Fische mit den Kiemen und die Brust der Männer vom kostbaren Aussatz der Ordenssterne glitzert, in den festlichen Theaterlogen, die ebenso viele Avants eines sehr exclusiven Lupanars zu zeigen scheinen, bei den einen zahmen oder kranken Eros an einer hochmütigen Leine hinter sich herführenden staatserhaltenden Vermählungsfeiern zweier Titel und Vermögen – auf dieser teppichbedeckten Erde, unter diesem blitzgereinigten Himmel ist von Anfang an auch der Königin der Engel ein Thron bereitet. Nach dem unbewußten Dafürhalten ebenso gott- wie staatsgläubiger Völker kann die Madonna nirgendwo würdiger erscheinen als im Mittelpunkte der Macht, als geistliche Landesmutter neben dem weltlichen Landesvater. So verlangt es die noch nicht zur Phrase gewordene Verbindung von Thron und Altar. Nun vermag unser über so abgelegene und kaum mehr vorkommende Dinge nicht unterrichteter Leser wohl einzusehen, welch eine Art von Einfluß jene äußersten und kindlichsten Untertanen des Kaisers der allerseligsten Jungfrau von Alberting zuschrieben: es war eigentlich der der höchsten Dame des Reiches. Nach der Lehre eines heute verpönten Staatsrechts nahm der Monarch seine Gewalt aus der Plenipotenz der Gottheit. Nach der unbelehrten schlichten Auffassung so liebenswürdiger Völker nahm die Gottesmutter ihre Plenipotenz aus der Gewalt des Monarchen. Eine seltsame und irrige, auf tiefer Ergriffenheitsstufe stehende, und doch überaus katholische Auffassung, insoferne in ihr Himmlisches und irdische Macht, Rechtsquell und Rechtskünder, Herr und Stellvertreter des Herrn ineinander verschwammen! Wie weit doch von so herzlicher Verblendung waren jene Stadt- und engeren Landsleute entfernt; wie unfähig, in ihrem Gemüte jenen das Hier und das Drüben zusammenbeugenden allgemeinen Friedensregenbogen zu errichten; wie unwissend trugen sie kleine oder törichte Leiden an eine so viel mehr vermögende Stätte!! Dafür waren sie auch grau und schwarz! Nie in Euphorie, auch losgesprochen und gesegnet nicht! Und weiterhin ohne Sinnlichkeit auch im erbetenen Wiederbesitze der fünf gesunden Sinne! Und wie waren die slawischen Brüder und Schwestern; da kamen sie erst zu beten, gesund und bunt, obwohl auch sie das allgemeine Kreuz bedrückte! Doch: welch eine andere Art von Kreuz! Sie führten nämlich keine Kranken mit oder pilgerten, hatten sie solche daheim, stellvertretend, was an und für sich schon eine beträchtliche Milderung des sonst recht grob-materiellen Vorgangs war und von einem viel tieferen Vertrauen in die Gnadenmutter zeugte, deren Orts- und Personengebundenheit da leise wieder aufgehoben schien, zu Gunsten der fern- und freiwirkenden Allmacht. Die Mehrzahl jedoch der bei der Gottesmutter vorzubringenden Anliegen betraf Umstände, die zu beseitigen, eintreten zu machen oder bloß zu regeln, von jeher und wahrhaftig wie das Geben des täglichen Brots, in den Händen Gottes gelegen ist, als da sind: Erntesegen und Abbruch der schädlichen Dürre, Finden des rechten Gatten und der rechten Gattin, Behebung der Unfruchtbarkeit Manns wie Weibes, Urwünsche also, ewige, zeitlose, unmittelbar das Wohl der Generation und nur mittelbar das des Individuums anzielende Wünsche, die das Ebenbild der Gottheit dem Urbilde durchaus vortragen darf, ja soll: denn es ist formvoller, vom Himmel zu empfangen, worum man ausdrücklich gebetet hat, als vom Zufall, was man vage gewünscht. Die Beschämung über das plötzlich in's Haus stehende Gute wird um so größer sein, je weniger ein auf solche Art Beglückter sich beflissen hat, für die Gottheit wie auch für sich selber eine klare Vorstellung von dem Gnadenstande seiner Sehnsucht zu bilden. Der Bauer jedoch weiß, was er will, und die ewig selbe Not und seine ihm nur zu gut bekannte Abhängigkeit von dem Herrn über Sonnenschein und Hagel haben ihn gelehrt, genau zu beten, ebenso genau vor wie nach Erhalt der Gabe. Deswegen befanden sich unter den Wallfahrern sehr viele – ja, wir glauben, sie machten die Mehrzahl aus –, die nur Dank zu sagen gekommen waren. Sie hatten bereits empfangen und, ehe sie empfangen hatten, Pilgerschaft nach einem Gnadenorte gelobt, der, je ferner er ihrer Heimat lag, einer um so größeren Begabung entsprach. Unser Maler also konnte sicher sein – und er war es, obwohl ihm der wahre Grund des heilsamen Gefühls, das ihn durchflutete, noch unbekannt blieb –, daß, was da vorüberzog, das Aug' mit Farbigkeit sättigend, auch die Seele nicht hungern ließ. Ein Malerauge und eine Malernase – die letztere ganz besonders – sind ziemlich unbestechliche Organe. Sie haben die feinste Witterung für alle jene Dinge und Geschehnisse, die oberhalb des Nullpunktes der Negation und der Resignation sich befinden und sich zutragen. Es ist nahezu unmöglich – und da vertraue man blindlings unseren langjährigen und gründlichen Erfahrungen in den schönen Künsten! –, daß ein Pinsel, und ein so unglücklicher noch dazu, tagelang in einer zugigen Einfahrt herumsteht, durch's erste Signal, das die oben geschilderte Erscheinung gibt, von seinem traurigen Geschäfte, das er eigentlich vorhat, sich abbringen läßt, um fürder, mit prüfend zusammengekniffenen Augen, energisch geblähten Nasenlöchern, mit ekstatisch offenem Munde und an den Leib gepreßten Sphinxtatzen, in einen Vorgang zu starren, dem keine innere Sonne leuchtet. Das ist unmöglich.

Unser Maler, dem wir jetzt endlich seinen Namen geben wollen, der Maler Andree also, war ganz und gar ahnungsloser Weise in ein volles Kulminieren von Gesundheit und Heilkräften hineingeraten und nahm, ohne noch zu wissen, was, eifrig von den beiden Drogen. In den Pausen, des Schauspiels wie der wieder keimenden Euphorie, während er am Fuhrmannstischchen niedersaß oder drinnen im Gastzimmer seine schweigsame Mahlzeit nahm, schwankte er allerdings noch ernsthaft zwischen dem absolut sichern Strick und einer nur relativen Erlösung durch Kauf eines Billetts nach den Galapagosinseln. Nur die schöne Magd, wenn sie mit einem eben geschlachteten, noch flatternden Huhn über den Hof ging, oder in den Keller, wo sie, wie er nun wußte, die Blutwürste machte – doch waren Kleid und Hände immer rein, und kein Zug in dem dunkelrosenrot blühenden Gesichte deutete auf die grausamen Beschäftigungen oder gar auf solche Neigungen hin –, sprach ihn aus demselben Grunde an wie die Wallfahrer. Unter ihnen die Weiber natürlich ganz besonders. Ihm war nämlich noch nicht als große oder als eine der allergrößten Sünden wider das Leben bewußt geworden, daß er sich in der Wahl einer Frau entscheidend vergriffen hatte, und somit und ab dem Punkte auch in jedem Werke, bei jeder Antwort, bei jeder Wahl des Orts, des Freunds, des Anzugstoffes und des Huts, des Parfums und des Hunds. Demzufolge umsaß ihn binnen kurzem dämonisch eine Larvensammlung von Bildern, die zwar sein Signum trugen, aber nicht seine Hand wiesen, und von baufälligen Definitionen, die der steten Sorge bedurften, zum Unterschiede von den gut gezimmerten, die gar keine brauchen und in den heftigsten Stürmen feststehn. Er bereiste Gegenden, die ihn, wenn er seine innersten Neigungen behorcht hätte, nie angezogen haben würden, und schloß Bünde mit Menschen, deren Bekanntschaft er nur nach dem mühevollen Niederreißen der natürlichsten Hindernisse hatte machen können. Das Unheil kam auf eine Weise zustande, die vielleicht so manchen an seinen eigenen herrlichen glückhaften Weg über Land zum Schiffbruch in fremdem Meer erinnert.

Eines gewissen Tages erhielt der unbekannte und noch ungeschliffene Maler, über Empfehlung eines Kunstfreunds, der mit seinen gesellschaftlichen Beziehungen zu prunken liebte, aber wie man jetzt sah, nicht geizte, die überraschende, selbstverständlich nicht wörtlich zu nehmende Mitteilung, daß Herr und Frau von Mendelsinger sich freuen würden, ihn am Soundsovielten um soundsoviel Uhr in ihrem Hause begrüßen zu dürfen. Man werde daselbst zugunsten der Armen – es war gerade bitterster Winter (auch im Atelier) – essen, tanzen und opfern. Von letzterem sei er natürlich befreit, ließ man ihm durch den Protektor sagen. Unrichtigerweise empfand Andree die Ausnahme, die man mit ihm wegen seiner Armut machte, nicht als beschämend. Im Gegenteil: er sah sich höher geehrt als die vollsten Taschen. Nun: manchesmal beginnt das Unheil eben mit dem verwirrenden Hokuspokus, den die Eitelkeit treibt, das Lieblingskind verschwommenen Denkens. Je länger er die mit Gold auf Elfenbeingelb gedruckte Nachricht, überragt von der frischen Baronskrone des Bankiers, in zitternden Händen hielt, die, schmutzig von Farben, auch schon einen Daumenabdruck gefertigt hatten, desto deutlicher hörte er zwei warme, liebe Stimmen, besonders deutlich hörte er die der Frau: »... geben sich die Ehre, Euer Hochwohlgeboren einzuladen, und würden sich sehr freuen ...« Tierisch hungrig, wie er war, nach Anerkennung und Zärtlichkeit, nahm er diese Worte wörtlich. Er mußte sie wörtlich nehmen: er hatte sonst nichts zu beißen. Vergessend, daß in dem Öflein nicht das kleinste Feuerchen glomm, wölbte er die eisigen Hände um diesen selber armen Freund der Ärmsten, und die teegelbe Wärme des Mendelsingerschen Hauses, die er jetzt, geschlossenen Aug's, durch vornehme Wolkenvorhänge sah, stieg langsam hoch in dem schlecht genährten Leibe. Er kannte das Haus sehr gut. Es lag, natürlich, in der Königinstraße, doch nicht als Nummer Zwo, wie das Lunarinsche, nämlich im ältesten Teile, sondern mit Nummer fünfundachtzig im neuesten, und dem Baustile nach in der Renaissance. Oft ist der kleine Andree an der Hand seiner Großmutter, die noch das ländliche Kopftuch trug, durch diese Straße getrippelt. Er kannte sie besser als viele andere, denn die Großmutter hatte lange Jahre einem ebenfalls hier unter den niedern Nummern residierenden fürstlichen Geschlechte, von dem sie nun die kleine Pension bezog, trefflich gekocht und verwob, den Enkel lehrend, mit der Geschichte der Paläste die eigne, nicht weniger stolze, auf einprägsam anekdotische Weise. Also beugten ihn schon frühzeitig Reichtum und Macht unter ihr Joch, weil eine ehemalige Dienerin ihn unterrichtete. Nur vor einem Hause blieb in der drückenden goldenen und erzenen Kette eine Lücke – unbegreiflich, denn gerade da schüttete das historische Füllhorn das schönste architektonische Geschmeide aus –, durch welche Lücke es teils weiß von Empörung zischte, teils kalt aus dem Nichts blies. Es war das Mendelsingersche. Vor diesem geschah's regelmäßig, daß die sonst recht untertänige Frau die Nase hoch über ihrem Stande rümpfte, die ohnehin dünnen Lippen zu einem Schnitt an einer Glasscherbe schloß, durch Schrumpfung sozusagen von der da wohnenden Herrschaft abrückte. So rollt sich ein Igel zusammen, den im Herbstlaub die Fußspitze eines Spaziergängers aufstöbert, so zieht sich die Schnecke in ihr Haus zurück, gerinnt Wasser auf Ölpapier. Möglich, daß die geheime Abneigung der Anrainer auch auf die gehorsame Köchin sich übertragen, möglich, nicht minder, daß die bäuerliche Großmutter den beim niederen Volke nicht so ungewöhnlichen Schrecken noch geradewegs aus den germanischen Urwäldern bezog, wo einer ihrer flachsschopfigen Ahnen zum erstenmal eine in Teppichfetzen gehüllte, türkensäbelbeinige, braune Gestalt erblickt hatte, deren verzweifelt kühnes Gesicht in einen blauschwarzen Bart hing wie in eine versehentlich herabgerutschte Maske. Die Wirkung der immer wieder aussetzenden großmütterlichen Zustimmung zu eben diesem Gebäude auf den empfindsamen Knaben war außerordentlich. Schließlich bezweifelte er sogar den edlen Steincharakter des Renaissancepalastes. Zweimal vorspringend, um dazwischen einen fürstlichen Hof zu bilden, ruhte er auf einem hohen gequaderten Sockel roh behauenen Granits und stieg dann noch zwei, für riesenhafte Bewohner geschaffene Stockwerke empor zu einem steilen blaugrauen Dach. Der geschliffene rötliche Marmor der vielen Säulen glänzte fett, in die verwickelten Kapitäle war Goldstaub geblasen. Über den langgestreckten Fenstern aus reinstem Glase – der arme Bub gedachte der verzeichnenden, blasigen daheim – wuchteten griechische Tempelgiebel, in denen das Gekröse einer mythologischen Darstellung wogte. Das Haupttor, genügend weit zurückliegend, um völlig unbetretbar zu erscheinen und der Einlaß zu Mysterien zu sein (man hätte den schwarzvergitterten, wie mit Maschinengewehrfeuer leergefegten Vorhof passieren müssen, auf dem man eine Ameise bemerkt haben würde), glich einer faltenreichen Felsenhöhle, in der die nackten, muskulösen Männer, so sie gehauen haben, erstarrt standen in der Haltung des letzten Schlags. Dem Knaben aber dünkte das alles aus Pappe, er mochte gegen die entwertende Vorstellung sich wehren, soviel er wollte. Doch das zauberhafte Zerstörungswerk der Großmutter vermochte noch mehr, als den schweren Stein geheimnisvollen Substanzverlust erleiden zu lassen, weil er das Dach eines Juden trug, oder den böhmischen Türhüter zu zeigen (die Alte kannte ihn), der breit und dick im Tartarus der Einfahrt hin und wider wandelte, über und über behängt mit den silbernen und goldenen Litzen Herrn von Mendelsinger verschuldeter Offiziere und Beamter, mit dem Abfall unaufgehaltener Degradationen. Da mochten ihm später, als die Großmutter längst nicht mehr ihre Saat betreute, jene, die in den peinlichen Fragen nach Väterblut und Ursprungsland lässiger dachten und demzufolge auch gröber und weniger fanatisch, nicht naturwissenschaftlich genug, nämlich nicht bis zu den Atomen hinunter, die einen jeglichen aufbaun, sagen, was sie wollten: daß die Mendelsingers und noch einige andere reiche jüdische Familien, nach überallhin wohltätig seien, nicht nur die Armen jeder Konfession unterstützten, sondern auch Künste und Wissenschaften förderten und – aber nicht zuletzt – die Kräfte besäßen, auf selbstgeschaffener Insel in Schönheit zu leben, was, wenn man gerecht sein will, doch einen hohen persönlichen Zustand der angefeindeten Herrschaften voraussetze (und was dergleichen Einwände mehr sind, denen pünktlich, als das durchschlagendste, das zeitgemäße Argument der wirtschaftlichen Bedeutung so vielfältigen Geldverschwendens folgte) – ihm bedeuteten, bestenfalls, alle diese Gründe nichts; war er aber übel, das heißt weltanschaulich, aufgelegt, erblickte er in ihnen ebenso viele Beweise für das also argumentierende schlechte Gewissen der eignen Rasse gegenüber, das zu entschuldigen sucht, was es zu beschuldigen aus Mangel an sittlicher Unbedingtheit nicht fähig ist. Begreiflich, daß kein Einwand der Vernunft eine nicht auf Vernunft gegründete Ansicht zu erschüttern vermag. Was als vielleicht verfehltes, aber immerhin schöpferisches Bild der tiefsten Abneigungen aus den orakelnden Dämpfen des Bluts auf die Oberwelt steigt – sie sogar massakrierend mit dem ungemäßen Maß –, das trägt entweder den Stempel des Persönlichen, das immer größer, oder der Rasse, die immer kleiner ist als das allgemein Menschliche. Ja, das mochte für die Eintagsfliegen ihres Volkes alles sich so verhalten! Für Andree jedoch, der weder durch Erfahrungen noch durch objektive Studien der Frage, sondern nur durch eine instinktstarke Großmutter in's finstre Reich der Wurzeln des hier bodenständigen Volkes eingeführt worden war, die bei fragender Betastung mit dem von eigenem oder fremdem Blut beschmierten Finger eindeutig Antwort gaben, zustimmend unbewegt blieben oder angewidert sich zusammenrollten, für ihn war ohne weiteres gut nicht gut, schön nicht schön, edel nicht edel, wohltätig nicht wahrhaft wohltätig, wenn es sich um einen Juden handelte. In einem solchen Falle deckten sich ihm die, wie man glauben sollte, doch ein für allemal eindeutigen Worte nicht mit den in Rede stehenden Sachen. Diese vielmehr schienen ihm täuschende Nachbildungen des nur dem Nichtjuden möglichen wahren Verhaltens zu sein, woraus er die Lehre zog, nicht der auch einem Neger zugängliche Zustand höherer Moralität, sondern der begnadete Besitz nordischen Blutes allein bedinge Wohlgeborenheit und Tugend. Von der äußeren Ähnlichkeit der da wie dort geübten Heldentaten und Selbstlosigkeiten ließ er sich nicht irremachen. Der Komödiant, der den König spielt, ist meistens königlicher als jeder König. Begabt mit dem bösen Blick für das Auseinandergehn von Sache und Begriff, wenn er das Aug' nur sehr weit in die Ferne auf ein fremdes, ihm widriges Volk richtete, sah er die Mendelsingerschen Vorzüge als Potemkinsche Dörfer, hinter deren zweidimensionalen Fassaden das Eigentliche vorging, jener unsaubere, diabolisch-chemische Prozeß nämlich, in dem aus Dreck Gold gemacht wird. Und nur als ein Nebenprodukt dieses Prozesses betrachtete er die paar Tropfen altruistischen Öles, mit denen – auf daß sie nicht verlorengingen (was der Geiz des Hebräers nicht zuließe) – die Stirnen der Armen und Künstler gesalbt würden in einem Sakrament der Verblendung für den wahren Tatbestand. Man sieht: die Sache hat einen originellen Kopf und einen hübschen Pferdefuß. Nun: es ist nicht unsere Absicht, zur Erklärung des Antisemitismus in Geschichte und Gegenwart, des europäischen wie des außereuropäischen, Grundsätzliches beizutragen. Hiezu fühlen wir uns weder im Stande noch befugt. Ganz zu schweigen davon, daß der liebe Gott – was unsre wahre Meinung! – bei seiner Schöpfung es ganz sicher nicht auf Rassen und Nationen, auf Weltanschauungsbünde und Vereine abgesehen hatte, sondern auf Personen. Nur uns schwache Köpfe hat ihre Zahl und schließliche Unübersichtlichkeit (eine Bagatelle für den himmlischen Vater, der sogar weiß, wieviel Haare jedes seiner Kinder besitzt!!), ihre begreiflichen Ähnlichkeiten und ihre ebenso begreiflichen Verschiedenheiten zu der irrigen Ansicht verführt, das jeweils Trennende oder Verbindende sei das Entscheidende, und nicht die möglichst reine Vereinzelung Urabsicht und Endziel.

Es würde uns allzuweit von dem Turme entfernen, wenn wir jetzt die dem eben Vorgebrachten eigentlich zugrunde liegende Behauptung tiefer unterbauen wollten, die nämlich, daß alle gedanklichen Verschwommenheiten ihre Ursachen in den Pluralen haben. So zum Beispiel *die* Tische beinahe Phantome sind, *der* Tisch hingegen eine schon sehr konkrete Erscheinung ist. Doch möge jeder auf eigne Faust nachsinnen! Uns ist nur daran gelegen gewesen, die charakterlich sehr gradlinige, denkerisch sehr verworrene Empfindung des noch wortunfähigen Buben in ein späteres Deutsch zu übertragen, um so die Voraussetzung für ein allgemeines Verstehen des Vorväterzustands zu schaffen, in den der seit gut zwanzig Jahren völlig erfolglose Maler gestürzt worden war, nachdem das Mendelsingersche Billett die ideologische Trutzburg des Großmutterschülers von Dach bis Keller glatt durchschlagen hatte. Eine Viertelstunde nach Empfang war die weise Lehrerin seiner Kindheit eine dumme Köchin, der gelehrige kleine Andree ein dummer Bub, und der Renaissancepalast nicht mehr von

Pappe. Auch die interessante Vorstellung von dem fugierten Verhältnisse, in welchem die jüdischen zu den christlichen Tugenden sich befinden sollten, war ob dem euphorischen Augenblicke nicht mehr zu halten. Sie hatte zwar die Welt reicher gemacht (wie alles, was der Einsame, Sehnsüchtige, Unbefriedigte, Verkannte denkt), aber: das Bild des Erfolgs verlangt eine einfache Palette. So trat er denn, mit einem falschwehen Blicke zum Himmel (beinahe die wollüstige Träne eines Greuzeschen Mädchens weinend) und das bestechende Billett als den Freibrief in der Hand, die arme Großmutter unter die Erde, um von nun an fester auf dieser Erde stehn zu können. Er beklagte das bereits gebrachte Opfer seiner Anschauungen als noch zu bringen und gab Gott die Schuld, daß er Meinung und Haltung ihm auseinanderzwänge durch das Übergewicht der Not. Er war, wie man sieht, in der Versuchung nicht nur kein Held, sondern empfing sie mit fliegenden Fahnen und der längst gestopften Friedenspfeife. Die abscheuliche Tat an der Großmutter hatte die Planung einer noch greulicheren zur Folge. Er saß in der Haltung eines mit Rebschnüren enggefesselten Orientalen dort auf dem befleckten Diwan, wo jede Sprungfeder fehlte, in der symbolischen Grube, die er sich selbst gegraben, und wälzte, wie ein Kranker die Fiebervision, also den Mendelsingerschen Reichtum kopfauf, kopfab. Als des unverdaulich großen Goldbrockens Umdrehungen endlich sich verlangsamten und die gelungene Imagination in jenes matte, wollüstige Träumen überging, das mit den Glücksumständen verfährt, als wären sie bereits tatsächlich eingetreten, stellte er sich die Frage, ob es nun nicht an der Zeit und notwendig sei, bei dieser vom Himmel gefallenen Gelegenheit seine ganze niedere Verwandtschaft als die eigentliche Ursache des jetzt schon vierzigjährigen Niedergezogenwerdens in die kleinsten Verhältnisse mit einem Schlage umzubringen, und ebenso die schmutzigen Wirtshäuser, in denen er aß (wenn er Geld hatte), den Wanzenmittel- und Kohlgeruch des leicht schon verfallenden Vorstadthauses, wo er einen windig abgemauerten Teil des Dachbodens bewohnte, das verbrannte Gras der Uferböschung, die ihm Sommerfrische war, und den Umgang mit ebenfalls halbverhungerten Modellen, denen nach dem anstrengenden Posieren eine schnelle Umarmung auf dem befleckten Diwan eine verzweifelte Erfrischung bedeutete. Er beantwortete die Frage mit einem unbedingten Ja. Und das Generationswissen der Armen um die Mechanik des Aufschwungs, die fast immer nur mittels eines verbrecherischen Hebels (wie man ihn *in actu* nennt; später heißt's Glück, Fleiß, Tüchtigkeit) in Bewegung zu setzen ist, sagte ihm, daß die Göttin Fortuna von ihrem Adepten, ehe sie den geringsten Vorschuß bewilligte, noch etlicher Proben von grausamen Opfern bedürfe. Wer künftig erfolgreich sein will, muß zuerst im engsten Kreise einige Beispiele gesunder Unbarmherzigkeit geben. Bevor man auf die gleichgültige Menge losgelassen wird, sie nach Strich und Faden zu betrügen, muß man die geliebten Menschen betrogen haben. Das Geld verlangt noch mehr Überwindungen als der Himmel. Es ist ja auch das unnatürlichere Ziel. Nun, nach der Hinschlachtung der Großmutter saß das priesterliche Blutmesser bereits locker, und die nächsten Delinquenten erschienen zwangsläufig. War er nicht der Sohn einer Mutter, die beim besten Willen nicht mehr geheißen werden konnte als die Tochter einer Köchin? Und Sohn eines Vaters, der dreiviertel seines Lebens in demütig gebückter Haltung hinter der Theke eines Tuchladens zugebracht hatte? Diesen deckte die Erde, jene lebte noch, beide aber sogen gleichmäßig mit horoskopischer Kraft ihm die günstigen Sterne vom Himmel. Er liebte seine Eltern wirklich; so wirklich eben, wie einer, der nicht wahrhaft zu lieben vermag, nur lieben kann, also in sklavischer Nachahmung äußerer Formen, und er wies die einzige echt diabolische Absicht, das vierte Gebot aus dem Dekalog zu streichen, weit von sich. Jedoch: der bisherigen Zustimmung zu seiner Abkunft – wie oft hat er sich ihrer wider höhere Geburt und feinere Sitte gebrüstet! – ein Ende zu machen, muß, wenn sie erlaubten Aufschwung hindert, gestattet sein. Jagt man nicht auch einen regennassen Hund aus einem reinen Zimmer, ohne deswegen hartherzig zu sein? Hält man in verpesteter Luft nicht den Atem an? Nun also: auch bei dem symbolischen Elternmorde, der des Vaters Andenken unbefleckt läßt und der Mutter Dasein weder verkürzt noch trübt, handelt es sich um einen nirgendwo als böse bezeichneten Akt. Was geschieht, das ist ein in aller Stille ausgeübter Kunst- oder Handgriff, der weitere Determination hemmt, ohne mit ihr verbundene Pflichten aufzuheben. Der vom Mendelsingerschen Reichtum bezauberte Elende war, ohne je sein Hirn geschliffen zu haben, zu einem bestechenden Sophisten geworden – man sieht, welch' unreinen Ursprung philosophische und literarische Leistungen haben können, und wie notwendig die Einführung eines außerphilosophischen und außerliterarischen Maßes, eben des sittlichen oder religiösen, ist! – und wagte sich, vom puren Hunger getrieben, sogar auf das Gebiet der reinen Spekulation, wo, seitdem es fern vom angeblich wirklichen Leben liegt, also seit dem Herbste des Mittelalters, die Wölfe friedlich neben den Lämmern weiden, jetzt also auch unser Andree. Es muß möglich sein, dachte der nichts als Fühlende, mit dem Geiste und ausschließlich im Geiste natürliche Bande schmerz- und schuldlos zu zerreißen, um dann das so freigewordene Schwergewicht der Determination leicht wie einen Akzent zu verschieben. Von der athletischen Vorstellung auf eine pathetische Höhe gehoben, von der aus der ungelehrte und eher dumm als intelligent zu nennende Pinsel eine die Durchsicht von Bibliotheken ersetzende Weitsicht hatte, schloß er weiter, wie ein Meditierender hockend (so täuschende Haltungen kann der robuste Aufschwungswille des Proleten einnehmen): Was in der Geschichte als groß und notwendig gepriesen wird, der Bruch von Eiden und Verträgen, das kann, wenn es im Leben des Einzelnen geschieht und zu dem gleichen Zwecke, nicht unverträglich geheißen werden und verpönt sein. Natürlich trägt der schwache Eine und Einsame den Ruhm eines Herostrat oder Ephialtes schwerer und unter größeren Gefahren für die Seele als eine Genossenschaft, die dank dem Begriff der juristischen Person eine individuelle Verantwortung nicht zu kennen braucht. Er aber, der arme, erfolglose Maler Andree werde eine solche vor seiner Gottheit schon tragen, die er jetzt, weil es mit dem Heiland der Mühseligen und Beladenen nicht mehr ging, als im Bunde mit dem Tüchtigsten sich vorstellte. In diesem denkwürdigen Augenblick war die christlich-heidnische Gottheit, die ihm verschwommen vorschwebte, zum energischen Wüstengotte des biblischen Volks geworden. Nach dem Gelingen auch des theologischen Anschlusses, als des letzten noch zu vollziehenden, an die erlösende Mendelsingersche Welt schlief er in der beschriebenen Stellung jählings ein.

Eine Woche später – seine Vorbereitungen, nicht weniger große, nur von anderer Art als die des Herrn von Mendelsinger, waren erfolgreich abgeschlossen – begab er sich, genau auf Großmütterchens Spuren (wie dieselbe Feder, die das fehlerhafte Wort geschrieben, es auch durchstreicht), zum Hause des Bankiers. Die Paläste, vor denen die intransigente Alte den respektvollen Finger erhoben hatte, waren ihm nur noch niedere, sture Stirnen. Hätten nicht gerade sie, die stammverwandten Burgen, den Hifthornruf der Not eines ihres Bluts vernehmen sollen? Ihnen also die Schuld für diesen Weg zum Hebräer! Und er verwarf sie mit der furchtbaren Gebärde des Christus vom Jüngsten Gericht des Michelangelo. Hingegen erschien ihm das Mendelsingersche Haus, dessen schwarzes Gitter nun, rechter Hand – links dehnte sich ein fürstlicher Garten –, das Fassadengrau durchbrach, als ein Hospiz, wo man Wunden pflegte, die man nicht geschlagen. Oder hat ein ungeschriebenes Gesetz die Heimischen von der Pflicht, für den Genius zu sorgen, ausgenommen und sie dem Zugereisten aufgebürdet? Er war sehr froh über diese seine Erbitterung. Sie befreite ihn von den letzten Schneiderfäden der schon vor acht Tagen zerschnittenen gemeinsamen Bande.

Die Seele trug das interessante Kainsgewand, der Leib den entliehenen, gutsitzenden Frack: So trat, der noch nie so kostümiert gewesen, vor einen der scharfen Spiegel des saalgroßen Vorzimmers und fand, daß er über kurze acht Tage eine merkwürdige Eigentümlichkeit gewonnen habe. Begreiflich! Es war die wie denkerische Gespanntheit aussehende Zerwühltheit eines schlechten Gewissens.

Der Eintritt des frischen Renegaten, dem eine unsichtbare Läuferreihe kleiner Dämonen vorauseilt, ist immer bewegter und ehrenvoller als der eines hochverdienten, aber von jeher getreuen Dieners. So war's auch hier und jetzt. Man könnte auch sagen: ein Mann ohne Ruf und Rang, mit nichts als einem unbekannten Namen, aber auf den ersten Blick wirkend, als hätte man wo was über ihn gelesen, erregt ein ganz natürliches Aufsehen unter Leuten, die fast alle eine Geschichte haben, eine bekannte, festsitzende, unabwaschbare, eine gute oder schlechte, eine amouröse, politische oder merkantile, auf den Stufen zum Lupanar, zum Thron oder zum Kriminal verfaßte. Die größte Überraschung zeigte Herr von Mendelsinger. Daran mochte die vorauseilende Läuferreihe schuld sein; insoferne nämlich, imaginieren wir, die dämonischen Putten von dem servilen Blutbade, das der Maler unter seinen Ahnen, weitschauend, angerichtet hatte, dem Gastgeber eine kurze Nachricht zugeflüstert hätten. Möglich ist durchaus, daß große Herren fremden Bluts, die als Eroberer kommen, solch' schaurige Vorgänge für stattgehabt in allen jenen annehmen, die, kurz zuvor noch kämpfend, nun mit Brot und Salz vor dem Sieger erscheinen. Auch die roheste Gewalt bedarf, will sie legal werden, was allein ihr einige Dauer verschafft, der Erfüllung einer sehr feinen Voraussetzung: der Nackenbeuge muß unbedingt der Selbstmord des Charakters vorausgehn. Vielleicht hat Herr von Mendelsinger die (bereits vollzogene) Unterwerfung noch nicht erwartet, und wenn ja, dann doch keinen Janitscharen des neuen Glaubens, sondern einen sanften Rekonvaleszenten vom alten, dem man Rückfälle noch zutrauen darf. Aber der neue Gast war ja geradezu entflammt. Das heißt: er leuchtete vom Widerscheine der Opferfeuer, die während der achttägigen Vorbereitung auf das festliche Abschwören heute ihm, statt Holz und Kohle, das eisige Atelier geheizt hatten. Und so war Herr von Mendelsinger, der für außergewöhnlich liebenswürdig galt, nun die Liebenswürdigkeit selbst. Natürlich: man ist nicht abgründig liebenswürdig, nicht verwirrend charmant wie der Teufel, wenn man zuvor nicht schonungsloser Psychologe gewesen. Nun, nach bestandener kältester Prüfung, die nur eine Sekunde gedauert hatte – welche Schnelligkeit aus dem ungeheuren Erfahrungsschatze einer tausendjährigen Händlerahnenreihe bewirkt wurde –, konnten lang' getrennt gewesene Verwandte einander umarmen. Und wahrhaftig: der Händedruck, den Herr von Mendelsinger dem Maler erteilte (was spielte sich nicht zwischen den feinen Fingerspitzen und der berührten rauheren Fläche ab! Glühende Darbringung und ebenso glühende Entgegennahme des Verrats, unter der Sprachschwelle, bei chthonischem Fackelschein!), riß auf einmal die Zyklopenmauer zwischen den Ständen und den Rassen ein. Die Sonne der gemeinsamen Gotteskindschaft schien, und Herr von Mendelsinger war der Josua, der sie stillstehen machte über dem Tal Gibeon dieses denkwürdigen Abends. Es war bei solcher Zauberei nur selbstverständlich, daß Andree dem Manne, dem die Pflichten eines so großartigen Hausherrn kein längeres Verweilen mit einem einzelnen Gaste gestatteten, nach überallhin folgte. Er ging hinter ihm her und stand hinter ihm – doch auf eine, vom hohen Augenblick und nicht von der Erziehung eingeflößte Weise, die ebenso diskret war, wie tiefe Bewunderung verriet –, wenn er Neuankömmlinge begrüßte, alte Freunde in's Gespräch zog, einer schönen Frau das schönste Kompliment sagte, einem erstaunten Schriftsteller mit drei Sätzen die Essenz seines Buches, dem geschmeichelten Politiker den eben erfundenen Gedanken seiner gestern gehaltenen vollkommen gedankenlosen Rede, alles im Tanzschritt, mühelos sprudelnd wie ein Quell, immer der Gebende, des besseren Scherzes, der geschmeidigeren Antwort, des reizenderen Lächelns. Aber auch Herrn von Mendelsinger schien der neue Gefolgsmann mehr als nur sehr gut gefallen zu haben. Denn: wie jener ihm nicht von den Fersen wich, sah dieser immer wieder sich nach jenem um, als dem Einen unter allen, auf dessen Urteil es ankäme und von dessen Beifall er lebte. Ob Wahrheit nun oder Einbildung – der Maler, unfähig, sich zu entscheiden, errötete bald vor Scham, bald vor Stolz. Als es zu Tisch ging, erlebte Andree die zweite Auszeichnung. Obwohl es Minister, Generäle, Generaldirektoren, hohe Beamte und Professoren, Leute ohne Titel, doch mit viel Geld und sogar wirklich berühmte Künstler genug gab, fand er seinen Platz neben dem Hausherrn, das heißt, fast neben ihm, nur durch einen Stuhl getrennt, der unbesetzt war und während des ganzen Mahles auch blieb. Es war – der Leser ahnt es schon – der Sitz der Hausfrau. Der leere, aber bedeutende Platz zwischen dem bekannten Herrn von Mendelsinger und dem Herrn ohne Namen, den man noch nie hier gesehen hatte und gleich an der Spitze erblickte, wurde peinlich interessant wie etwa eine Zahnlücke im Munde einer Aphrodite. Und da den beiden Männern gleichmäßig etwas fehlte, nämlich die Frau in der Mitte, brachte man sie miteinander in den engen natürlichen Zusammenhang zweier Wände ein und desselben Zimmers, die vom darin glühenden Öfchen unparteiisch gerötet werden. Es ging die Frage um, wer der Herr mit dem ungewöhnlich zerklüfteten Gesichte sei, den der Gastgeber so außerordentlich bevorzuge, und welch eine Beziehung die unerklärliche (vom Gatten nicht erklärte) Abwesenheit der Frau von Mendelsinger zu der Anwesenheit des Unbekannten habe. Jemand, der bei der Vorstellung des Neueingeführten den Namen verstanden hatte, flüsterte ihn seinem Nebenmanne zu, und so ging denn als eine große Erleichterung der Name Andree um den Tisch, Arm in Arm mit dem der Hausfrau natürlich, weil der Zufall es so gefügt hat. Er hatte zwei Menschen verschiedenen Geschlechtes, die einander vollkommen fremd waren, zusammengestellt, und die gedankenlose Lüsternheit paarte sie. Allerdings muß zugegeben werden, daß das anonyme kupplerische Werk durch zwei Umstände sehr gefördert wurde: erstens durch das – je nachdem man die Sachlage beurteilen will – unschuldig heitere oder schadenfrohe, gleichgültig überlegene oder heroisch-überwinderische Schweigen des Gatten den herausfordernd leeren Stuhl betreffend, und zweitens durch des Herrn von Mendelsinger fast dauernde Hinwendung zu dem Maler, der kaum einen Bissen essen konnte (obwohl er rasenden Hunger hatte und der bloße Anblick der köstlichen Gerichte ihm das Hirn entleerte), weil er höflich zuhören, treffend antworten, herzlichst lachen und das Frösteln einer wahrhaft geistigen Wonne unterdrücken mußte. Jedenfalls wirkte die auffallend hartnäckige Art – obwohl keine Mechanik im geringsten knarrte –, womit der Bankier den Maler in's Gespräch zog und zwang, öffentlich, was er nie getan, zu sprechen, schlagend auf jene, die in der gemeinten Situation sehr erfahren waren, so, als wollte der Ehemann, nach erbitterter Nebenbuhlerschaft hinter den Kulissen den Liebhaber wenigstens *in foro externo* ausstechen, auf andre wieder so, als wären die beiden einiger miteinander, denn der Frau, die Feindschaft setzen muß, lieb gewesen, weswegen diese die durchdringende stumme Sprache des leeren Platzes redete. Eigentlich wußte also niemand, worum es zwischen den Herren ging, und niemand wagte demzufolge, nach dem Verbleib der Dame sich zu erkundigen. Und da Herr von Mendelsinger das Schweigen über diesen Punkt auch auf's Nachdrücklichste zu wünschen schien, endete das Mahl, von dem der Maler sich Sättigung bis übermorgen versprochen hatte, zur vollsten Zufriedenheit des Bankiers – man hatte ihn nicht immer so gut gelaunt gesehn – und bei höchster, kaum mehr erträglicher Gespanntheit der Gäste. Sollte es sich nun vielleicht bei Herrn von Mendelsinger um die kalte Erzeugung dieser Gespanntheit gehandelt haben – worüber wir bald Näheres zu erfahren hoffen –, so könnte man das aufgewendete Mittel zum Zweck mit bestem Willen nicht fein nennen, und wir würden nach eitel Vorzügen jetzt zum erstenmal den der Großmutter visionär bekannt gewordenen Pferdefuß erblicken. Ja, fanatische Liebhaber der Wahrheit werden in der geheimnisvollen Schaffung eines Umstandes, der leicht mißdeutet werden kann und der daher die Mißdeutung herausfordert, eine ebenso verwerfliche Handlung erblicken wie im deutlichsten Bein- und Fallenstellen. Andererseits jedoch: wer beweist uns, daß ein widriger Tatbestand wirklich vorliegt? Was wie abgekartet aussieht, kann es seine verführerische Erscheinung nicht einer Reihe von echten Zufällen verdanken? Wessen aufrichtigste Handlungsweise ist vor dem Verdachte gefeit, eine bloße Spiegelung unbekannter Vorgänge zu sein? Und: befinden wir uns nicht in dem Hause eines Juden? Wo nach der Ansicht der Großmutter – sie drückte sich allerdings viel gröber aus – eine andere Psychologie herrscht? Ja, vom Standpunkt der Großmutter aus sind unsere Fragestellungen falsch. Oder: so primitiv, wie wir selber sind, gemessen an den Subtilitäten dieses uralten Volks. Die rohen Kreuzritter gegen das Semitische richten ihre Angriffe immer nach dorthin, wo das Wesentliche des Gegners sich gar nicht zum Kampfe gestellt hat, und auch gar nicht sich zu stellen vermag, weil es in einer anderen Dimension heimisch ist und daher auch einer anderen Physik angehört. Kurz: die vergifteten Pfeile treffen niemals in das Herz dieses Gegners, weil dieses Herz in der besonderen Optik des nun einmal schlecht gewählten Schlachtfelds immer woanders steht, als wo das schlichte Aug' des Kämpfers es erblickt.

So weit, so gut, sagen wir mit dem damals noch jungen Herrn von Enguerrand. Herr von Mendelsinger warf die Serviette hin und strebte, geschäftiger, als er sich bis nun gezeigt, ja sogar ein wenig unhöflich, den Geladenen nämlich voraus, nach dem anstoßenden Saale, dessen hohe Türen die Diener eben geöffnet hatten. Im letzten Augenblick aber erwischte der große Mann noch die Hand seines Schattens, und so betraten beide zuerst, und zugleich die unerklärte Zwillingsbrüderschaft erneut vor aller Augen stellend, die Szene des zweiten Akts. Eng angeschlossen so an diese vor kurzem eigentlich noch für mythisch gehaltene Leiblichkeit fühlte der Maler, daß ihre früher sauber und überlegen arbeitende Mechanik nun, unter dem Druck der Erregung, unregelmäßig stampfte. Herr von Mendelsinger war, wie ein jeder bedeutende Mensch, auch ein wenig kindisch und erlag den Reizen des von ihm selbst arrangierten Festes.

Vor der einen Längswand des auf Gold in allen Abstufungen gestimmten Saales standen schwachen aber weiten Schwungs die vielen üblichen rotgepolsterten Sessel, von der andern, deren Türen die Überraschungen bargen, bis zu den Fußspitzen der Sitzenden dehnten sich ornamentierte Leere und Glanz des Parketts. Rechts waren die Pulte der Musiker angeordnet. Links posierten zehn Bediente die Säulen des Herakles der bewohnten Welt. Hinter ihnen, unerforscht und gleichgültig, wimmelte, was nicht geladen worden, also fast das ganze Reich. Das war der Raum, wo zur Strafe für solche Bevorzugung die Brieftaschen erleichtert werden sollten. Und Herr Andree vermochte nichts wider die Vorstellung, daß er, weil ausgenommen vom noblen Angebetteltwerden, der offizielle Vertreter der Enterbten sei. Aus der glücklichen Fiktion, die zarten Rechte der Unglücklichen zu wahren, zog er den idealen Stock, der, geschluckt, Haltung und Inhalt gibt. Und dank diesem Stock vermochte er die ihm so dauernd widerfahrende Ehrung wenn auch nicht zu begründen, doch ohne das beschämende Gefühl, törichter Gaukler auf Fortunas Kugel zu sein, zu genießen, wohl als noch unverdient, nicht aber als für immer unverdienbar. Er kam sich vor wie ein Arbeiter, der frühmorgens vor einem Bau antritt, in die Hände spuckt und frisch an's Werk geht, ohne in dem euphorischen Zustand zu bedenken, auf wieviel Monate oder gar Jahre ihn die Zustimmung zu dem, was eigentlich böse Fron, verpflichte. Wieder saß er an zweiter Stelle, neben dem leeren Sessel, und Herr von Mendelsinger, den reichlich Speis und Trank zerdehnt und gelockert hatten, neigte sich nun noch schiefer und näher ihm zu; fast beschattete er dauernd den Platz seiner Frau. Jetzt lernte Herr Andree jeden Kräuseldraht des mohnblauen Backenbartes kennen, die schöne Nase, die in der Nähe doch ein bißchen Hammelnase war, die allzu vollen und roten Lippen zwischen den leicht hinabgezogenen Mundwinkeln, in denen ein verachtender Unernst saß, oder ein ernster, zu fürchtender Schalk, die fast kindlich weichen und blühenden Wangen, die nur durch Haarflucht groß gewordene Stirne, die sanften Augen einer orientalischen Frau, mehr glasiger Schmuck als zweckmäßiges Organ, von keiner Seele, auch vom Lächeln nicht bewegt, und das glühende Ohr zu klein, zu rund, mehr Schild des Hopliten als der Nymphe Echo schmal lauschende Hand, eigentlich eine am Baumstamm parasitierende Morchel. Der Mann war – aus solcher Nähe gesehen und mit dem intellektuell zwar schon überwundenen, aber im Blute noch kreisenden großmütterlichen Widerwillen empfunden – ein Götze und sonderte die schaurigen Reize eines Produktes der alpbedrückten menschlichen Phantasie ab. Der arme Maler, Beauftragter der Enterbten, Antisemit und Abtrünniger vom Antisemitismus, erzitterte unter der Forscherfreude, einen blutsaugerischen He-

bräer solchen Maßes, so nah wie ein Priester des kinderfressenden Moloch den heilig prutzelnden Ofen erblicken zu dürfen, und fühlte sich hocherhaben über seine, nur nach Hörensagen schimpfenden Wirtshauskumpane. Ein Rest der großmütterlichen Angst des germanischen Urwalds vor dem asiatisch-griechisch-römischen Zivilisationsgespenst würzte ihm die ungewohnte Opfermahlzeit.
Der gefeierte Dirigent, ein schwarzhaariger Mann mit dem Kopf eines Mathematikers oder Asketen, blitzend von Brille und Strenge, erhob sich unter den Gästen und schritt im klatschenden Regen der Hände an's Pult. Andree, der wie fast alle unbegabten Künstler des Pinsels oder der Feder sehr die Musik liebte und aus solcher Unglücksliebe unterrichteter über sie war als über die stumme Malerei – deren Stummheit eben schöpferischer Verzicht auf die üppigeren und intellektuelleren Mittel ist –, erwartete (auch von dem vorbildlich intransigenten Mann mit dem Stäbchen) einen Beethoven. Aber das Orchester der Oper exekutierte ein tosendes Stück kapellmeisterischer Herkunft, das an die Körperkräfte der Musiker die größten Anforderungen stellte. Der Erfolg des affenschnellen Turnens auf den Violinen, des leidenschaftlichen Sägens der Celli und Contrabässe, des Löwengebrülls der Trompeten, des virtuosen Übereinanderpurzelns der Holzbläser und der fast komischen Spannweite des Kalbfells, von zärtlichem Beben bis markerschütterndem Donner, war enorm und Andreen unverständlich. Wie nach einer gelungenen Christenverfolgung die Römer sprangen die Reichen, Mächtigen und Berühmten von ihren Sitzen und rasten Beifall den wilden Tieren dieser Musik. Andree, gezwungen, mitaufzustehn und die Hände zu regen, suchte Mendelsingers Blick. Der lag zwischen den halb zugekniffenen Lidern des linken Aug's – das rechte war geschlossen – als ein Wink, den ein Komplize dem andern gibt. Aber worauf er sich bezog, konnte Andree nicht herausfinden, auch deswegen nicht, weil die große Sängerin auftrat, zwischen New York und Melbourne nur frei für den Abend in Mendelsingers Haus. Das dicke Weib, einem Waschtrog entlaufen, mit einer Perlenkette bis zu den Knien und ein Königinnendiadem

auf dem Bedienerinnenkopf, öffnete einen Geschäftsladen von Mund, in einem Atem die kostbare Ware erzeugend und anpreisend; es war ein Geschrei von Diamanten. Dieses zweite Wunder einer Musik ohne Musik – Andree gedachte des böhmischen Dienstmädchens von gegenüber, das beim Kartoffelschälen sang, wie ein Quell gluckst – fand noch rauschenderen Lohn als das erste, und Herr von Mendelsinger küßte ihm die Hand. Auf seinen Sitz zurückgekehrt, stieß er Andree ziemlich derb in die Seite. Andree wußte nicht, wie er die übermäßige Ehrung, so öffentlich von dem reichsten Manne der Stadt in die Seite gestoßen worden zu sein, deuten sollte: als das Auspuffen gehabten Genusses oder still nicht voll zu genießender Schadenfreude. Das eindringende Studium des Mendelsingerschen Gesichtes half diesmal nichts. Es blieb gutmütig verschlossen wie das des guten Onkels vor Öffnung der Bonbontasche. Der ordinären Aphrodite der Oper folgte der schwammige Dionysos des Schauspielhauses. Andree sah sofort, daß auch er gesonnen war, die aetherischen Damen und die feingeistigen Herren durch seine weit derbere Physik zu erschüttern. Wie merkwürdig, dachte der Maler, der wegen seines Fastens keineswegs über die Kräfte eines Möbelpackers verfügte, aber im Geheimen doch mehr von der Gewalt als von der Überredung hielt, daß diese Künstler, Musiker, die Sängerin und der Mime ihre Ahnen in den Gladiatorenschulen der Römer sitzen haben! Der Schauspieler donnerte einen Monolog zu den Blitzen, Flüchen und mörderischen Griffen seiner Hände. Sein in der Ruhe des imperatorischen Auftritts marmoredel gewesenes Gesicht drückte nun, weil die hehren Worte des Dichters Maß und sicheres Reagens waren, die gewöhnlichsten Empfindungen aus. Er entblößte unwillkürlich die Seele – wenn man die apparatlos hervorgebrachte Wirkung einer unsichtbaren Ursache so nennen darf – eines beleidigten cholerischen Hausmeisters, aber die vornehm Geborenen oder Gewordenen merkten nicht den zwischen Sprache und Sprecher klaffenden Widerspruch und überschütteten ihren kommenden Überwinder mit Beifall. Der Teufel kann mich nicht so reiten, sagte sich Andree, den wir jetzt von einer besseren Seite kennenlernen, daß ich Lärm wegen einer gewissen wohltönenden Ordnung, das melodische Gegröl' eines Marktweibs und den Wutausbruch eines fehlgegangenen Athleten für das hielte, was ich in meinem Atelier, wo noch nie jemand in die Hände geklatscht hat, Kunst nenne! Ich glaube auch nicht, daß der entzückende Herr von Mendelsinger, der, das hab' ich schon heraus, ein Labyrinth in der Brust trägt, darin er an tausend Ecken ungestört kichern kann, die Meinung seiner Gäste teilt. Liegt doch etwas sie geradezu und bewußt Beleidigendes in diesem unentwegten Aufwand an nur flüchtig zugeschliffner Roheit. Ja, unser Maler war eben noch sehr frisch als Renegat und besaß daher noch nicht die Büffelhaut und die Schweinsohren der schon des längeren Abgefallenen. Dank dieser und jener merken und hören sie nicht, daß der echte Sohn seines Volkes sie verachtet und, wenn er kann, parodiert, und daß sie, weil ertaubt für die eigene Musik, auch des kritischen Organs für alle fremde verlustig gegangen sind. Der durch solches, ihm eigentlich unerlaubtes Denken kühn und unvorsichtig Gewordene beschloß, noch im Laufe des Abends eine zarte Seele zu finden, die er mit seiner Entdeckung bekannt machen könnte, um sie und vor allem natürlich sich selbst aus dem Kreise der Dupierten zu nehmen. Er wollte also vor sich und vor wenigstens einem Menschen besser dastehn, als er's bereits verdiente. Er wollte noch seinen Verrat verraten. Jetzt erschien der König der Magier, wie er auf dem Programm des Wintergartens sich nannte, zu rechter oder zu unrechter Zeit, wie man will; denn Andree hatte ihn schon einmal die rätselhaftesten Dinge verrichten sehn. Übermäßig dürr und lang, als hätte er dem Teufel statt der Seele all' sein Eingeweide verpfändet für die verblüffendste Anhänglichkeit, die jemals tote Gegenstände an einen lebenden Menschen gezeigt haben – Tische und Stühle liefen ihm wie Hunde zu, die Teppiche küßten seine Fersen, Bilder und Lampen flogen ihn wie Vögel an; er hatte Mühe, der Chimären sich zu erwehren –, übte er seine Künste mit der Miene eines zum Tode Verzweifelten. Diese einem echten Zauberer gebührende Gemütsverfassung zeigte er auch jetzt, aber keiner seiner ungewöhnlichen Zaubereien. Wir fürchten beinahe, die Glaubwürdigkeit unseres Berichtes zu erschüttern, wenn wir sagen – aber es ist die reine Wahrheit –, daß er Dukaten vom Hosenbein und von den Ellenbogen zog, ein Frühstück des Lucullus aus dem Zylinderhute servierte und, nachdem er sich seines Schuhs entledigt hatte, ein dickes Kaninchen in demselben fand. Die Maulaffen eines Wirtshauses hätten nicht gemäßer traktiert werden können. Herrn Andree wurden so zwei der obersten Leitsätze über das Leben der Reichen sehr anschaulich: Mit der ungerechten Häufung von Besitztümern steigt die Fähigkeit der Künste zu Satire und Betrug, und: Mit der Kraft, womit die Verachtung durch den Geist ertragen wird, mindert sich die Feinheit der Empfindung für das Wahre und Schöne. Die Gäste waren durch die pure Illusionistik des Magiers so entspannt und flach geworden, daß zum Nachtisch nichts anderes folgen konnte als ein Augenschmaus. Der entspannte, unkeusche Zustand des Aug's läßt eben die Malerei zum Beispiel nicht mehr als spirituell erscheinen. Der private und dauernde Orgiasmus hat es für den seltenen und liturgischen verdorben. Deswegen tanzte jetzt, als niederste Malerei, das Ballett herein und stellte für die Tiefsinnigen solcher Untiefe eine kultische Handlung, für Andree und für uns das Gerupftwerden einer Gans dar. Die peinliche Vorstellung war nicht abzuwehren. Wie in einem Spiegelkabinette kam sie hundertfach auf ihn zu und zog nicht nur in die Augen, sondern auch in den tausendfenstrigen Taubenkogel des porenlöchrigen Leibes ein. Die niederen Füße, krankhaft abscheulich verlängerte Steißbeine, ruderten, die Arme renkten sich gleich Hälsen mit Schnäbeln in die karge Ferne, und in dem kurzen, breit wegstarrenden Röckchen saßen sie festgeklemmt wie zwischen Lende und Schenkel einer Bäuerin. Die letzte Pose bedeckte den Boden mit Haufen leicht blutgeröteten, weißen Flaums. Das symbolische Martyrium erregte den ästhetischen Blutdurst der feingebildeten Wucherer, der im Nebenamte konstitutionell regierenden hohen Beamten und der poetischen Hyänen beiderlei Geschlechts. Nur unter einem großen Aufwand von charmanter Zimperlichkeit konnten die von keiner Rampe geschützten Mädchen sich in Sicherheit bringen. Jetzt werde, meinte Andree, den der ironische Widerstand hatte erkalten lassen für die Reize trikotgehöhten Fleisches, die Devise des Festes vollzogen werden; denn mit den Augen klafften ja auch die Börsen. Stehend applaudierend gleich den Andern erwartete Andree den die Lüsternheit zu Nächstenliebe entflammenden Appell des Hausherrn und das Auffangen des abschmelzenden Goldes durch die Dienerschaft. Welch' Irrtum über einen in's Wasser gesteckten Spazierstock!! Herr von Mendelsinger kommandierte die gefährlichen Gäste auf ihre Stühle zurück wie ein Dompteur seine brüllenden und mit den Tatzen wassertretenden Bestien. Zwei ziegelstaubrote Wangenflecke zeugten von einer überraschenden Aufstockung des Programms. Er trippelte wie ein Boxer vor dem ersten Schlag. Seine Augen waren erloschen für die Anwesenden, auch für Andree. Es gab also etwas, was auch dieser unbeschränkte Herrscher nicht beherrschte; einen kindlichen Rest, ein neues Glücksspiel mit nur einer siegreichen Karte. Dicht vor Andrees Gesicht schleuderte er das Fünffingerbouquet einer Gebärde. Die schon lauernden Diener fingen es auf. Pfeifend und gurgelnd erlosch das Gas in den Kronleuchtern. Die plötzliche Dunkelheit schien die Folge des pöbelhaften Tumults und der schlechten Gedanken, ja, der Vollzugsernst nach den Anklagereden der Ironie, die Schiefertafel für des Menetekels Leuchtschrift zu sein. Einige wollten einen Erdstoß verspürt haben, etliche mutmaßten einen Anschlag der Anarchisten. So echt wirkte, nicht nur auf das ahnungslose Publikum, sondern auch auf ihren Urheber, die Komödie. Man sieht: das Wissen um das Fingierte einer Kausalreihe schützt nicht vor Empfindungen, wie sie sonst nur aus einer wirklichen abfolgen. Schöpfung bleibt Schöpfung. Groß wohl ist der Unterschied, fein jedoch die Grenze zwischen Gottes- und Menschenwerk. Man trug Kerzen herein. Ihr schwach schimmerndes Spinngewebe, in zwei Ecken des weiten Saals, behob nicht, sondern vollendete die Zerstörung. Es ist also doch ein unvorhergesehener Zwischenfall! sagte sich Andree, der eben noch Augenzeuge der arrangierenden Geste gewesen war. (Falsche und echte Würfel kollern durcheinander, auf granitne

Felsen werden täuschend ähnliche aus Pappe getürmt!) Herrn von Mendelsingers feuchte Hand, die jetzt über die Andrees sich schob, wie im finstern Bett die des Liebhabers über die der Geliebten: bedeutete sie am Ende gar abwegige, abscheuliche Gefühle? Andree wäre gerne davongelaufen. Für gekünstelte und ungeklärte Situationen besaß er kein Maß und nur ordinäre Worte. Das war, wie er jetzt merkte, ein Bildungsfehler. Seinetwegen eigentlich wurde er schamrot und hätte gerne Reißaus genommen. Der ihm plötzlich bewußt gewordene Automatismus seiner Apperzeptionsverweigerung ließ ihn die wahre Andreesche Kleinheit (unter anderen Umständen: Größe), jedenfalls das bindend Abgesteckte des Andreeschen Personsbezirks erkennen, eines heiligen durchaus, trotzdem er um einen Zentralkern von Dummheit (das mildere Wort wäre Befangenheit) sich schloß. Aber er blieb an seinen Stuhl geheftet, blinder Passagier der Gesellschaft, auf deren Auswandererschiff nach allen ihm ungemäßen Horizonten er sich nun einmal unvorsichtigerweise geschlichen hat. Wohl hörte er den Befehl des Gewissens, dieses Haus sofort zu verlassen; und auch den Grund (nur nicht so deutlich, wie wir ihn hören, sondern des Gedankencharakters beraubt von einem Assoziationsgeklimper): nun einem Verstehen zu entgehen, dem man nicht entgehen kann, wenn man bleibt.

Die Rechtfertigung einer falschen Position überdehnt den Intellekt und verleiht ihm eine ebenso falsche Elastizität. Mit Hilfe dieser falschen Elastizität entflieht der Intellekt dem Kraftfeld des ihn beschränkenden Charakters und ist nun so frei, seine Freiheit denken zu können. Ein unendlich dehnbares Band vermag natürlich alle Dinge zu messen (der Grammatik nach). Wenn allem, was lebt und wie es lebt, das Recht zu leben und so zu leben, aus der bloßen Tatsache, daß es lebt, zugesprochen wird; wenn das irdisch höchste Gut, eben dieses Leben, von den Denkern und den Gesetzgebern behandelt wird, nicht wie eine kostbare Droge, die man auf der Apothekerwaage, sondern wie zahllosen Schutt, den man nach Tonnen wiegt; wenn man es nicht mehr in jedem Augenblicke verwirken kann oder erwerben muß, nun, dann ist auch schon das Messer des Naturvandalen an die Wurzel der Dialektik gelegt und die Blume des Denkens schon so gut wie ausgerottet. Das Verstehen, ein gar nicht häufiger, sondern sehr seltener Akt, der den Charakter verklärt, aber nicht verändert, wird zu dem nervenzerrüttenden Spiele des Schlüpfens in fremde Häute, des Sicherblickens aus fremden Augen und des Sichselberbegegnens an Orten, denen die personswidrigsten Sternbilder zugeordnet sind. Dann kommt man, sozusagen unschuldig, auf den Schindanger und ins Lupanar, wo man den Verbrecher seinem Henker und die Hure ihrem Berufe entreißt, weil, wer keine eigene Dialektik mehr hat, zerstörerisch in die fremde eingreift, wo man also, weil man ungebunden versteht, gar nicht mehr versteht.

Der Maler blieb und öffnete, fast hingebungsvoll, den nunmehr genügend gedehnten Verstand, der Meinung, ein Spazierstock sei wesentlich dazu da, ins Wasser gesteckt zu werden und da drinnen geknickt zu erscheinen. Eine Meinung übrigens, die nicht nur so verhängnisvoll Bevorzugten wie etwa Andree, sondern auch Gruppen und Völkern notwendig gemeinsam ist, die auf allzu demokratischer Grundlage mit horoskopisch und rassisch fremden Einzelnen, Gruppen oder Völkern zusammenleben. Zu dieser grotesken Meinung kommt es durch den Zerfall des dialektisch nicht mehr gespannten Intellekts. Eine bedenklich große Menge seiner Substanz wird frei, sozusagen arbeitslos, und stürzt sich in die feriale Tätigkeit des Begreifens und Rechtfertigens der Gegensätze. Eine anstrengende Tätigkeit trotz ihrer Ferialität! Zu vergleichen nur mit dem Schwitzen und Schnaufen, dem Fressen und Saufen, dem Streiten und Sichbegatten und der endlichen, völligen Erschöpfung der Sonntagsausflügler, die, verwelkte Blumen in den feuchten, schmutzigen Händen, noch zuckende Schmetterlinge an den Strohhut gespießt, Pyrrhussieger über die Natur, sich stadtwärts wälzen. Und doch würden die aufgewandten Kräfte der Versteher wie der Verwüster, so groß ihr Anschein, nutzbar gemacht, nicht hinreichen, eine elektrische Birne zum Glühen zu bringen.

Da wurde eine Harfe gezupft, gerupft wie ein mageres,

schwachbefiedertes Huhn. Keine goldene Harfe also, aus einem Konzertsaal oder aus einem Exlibris, von dem malerischen Mädchen sächlichen Geschlechts geschlagen, sondern eine hölzerne, echte, von dem Urdichter selber gezimmerte, wie man sie damals, Achtzehnhundertneunzig etwa, in Höfen und an verkehrsreichen Straßenecken noch sehen und hören konnte. Alte, gichtische, dreckverkrustete Finger stolperten über die hervorgebrachten Töne. In der unendlichen Melodie des musikalischen Bettelns gab es auch seltsam stumme Stellen, nicht Pausen, o nein, denn die Hände spielten weiter, und die Passanten rüttelten mit einem Finger das Ohr, weil sie ertaubt zu sein glaubten: zwischen den Metallsaiten gab es auch solche aus Bindfaden. Dieselbe ebenso schlichte wie schlechte Harfe und derselbe alte, ein geflicktes Bahrtuch von Mantel kaum bewegende Knochenmann mit dem Haarkranz eines von Kopfjägern präparierten Schädels waren auch hier zu sehen. Während des Dunkelmachens und während des geängstigten Durcheinanderwirrens hatten sie sich eingeschlichen. Der Alte saß auf seinem gewöhnlichen Schemelchen in der Türöffnung zum finsteren Speisesaal und schlug die Harfe mit der außerweltlichen Unbeirrtheit des endgültig Hoffnungslosen und gänzlich Erblindeten. Denn er war – das sahen die Sehenden (vermöge des feinen Schuldgefühls der Gesunden) sofort – auch blind. Herrn von Mendelsinger entzückte das von ihm gestellte und aus lauter wahren Elementen zusammengetragene, dem Murillo trefflich nachempfundene Bild dermaßen, daß er ächzend, weil etwas schwerfällig nach dem reichlichen Essen, in seinem Stuhle sich zurückwarf, um aus noch künstlerischerer Distanz bewundern zu können und dem wirklichen Maler neben ihm einen brühheißen Satz unverständlicher, sozusagen auf den Kopf gestellter Wörter in's Ohr zischte. Hierauf sank er zu einer lobenswürdigen Menschlichkeit zusammen, wie ein Schöpfer, der sich erschöpft hat. Der empfindsame Ausbeuter hielt mit dem tiefsten Rechte diesen Hiob für eines seiner Meisterstücke.

Die Gäste raschelten überaus angeregt: Sollte ihr Verführer und Herr, dem sie, wenn es sein müßte, auch zum Himmel folgen würden, heute zu einer moralischen Lehre ausholen? Sie machten sich in demselben Vertrauen, das sie dem Wunderkind der Finanz entgegenbrachten, bereit, auch den Mendelsingerschen Genius der Ironie bis in die unbequemste aller Einsichten zu begleiten. Ihre gottlose Klugheit sagte ihnen: man muß an einen Gott glauben, weil er existieren könnte. Und: in Anbetracht einer gewissen, schon öfters bemerkten Verrücktheit der Welt ist es immerhin möglich (wenn auch wenig wahrscheinlich), daß auch die Spiritualität ihren Lohn findet. Da möchte man denn doch dabeisein. Aber sie brauchten, Gott sei Dank, den ihnen ganz ungemäßen Weg nicht zu gehn.

Hinter dem Harfenspieler, der seinem Geschäfte, das trotz der Vielfalt der zimperlichen Töne sehr eintönig war, gleichmütig oblag, das heißt, weder eine richtige Melodie aus den Saiten griff, noch, um eine solche vielleicht doch merken zu lassen, das Zeitmaß änderte, erschien, im schwachen Schein einer zur guten Hälfte abgeblendeten Laterne, die wohl ein verborgener Diener hielt, ein Mädchen. Es war bläulich bleich, in Lumpen gehüllt, barfuß. Die von den Windstößen seines gewöhnlichen Aufenthaltes, der Straßen und Plätze, dauernd verwirrten und vom geschmolzenen Schnee nun durchnäßten schwarzen Haare klebten in Bänderbreite an Stirn und Wangen. Sehr rote geschwollene Lippen mit den branstigen Kerben der Fiebersprünge, in denen ziegelrosa das neue junge Fleisch lag – so deutlich sah natürlich nur der die Miniatur pflegende Maler –, klaffen, um einander nicht zu berühren, und verengten andererseits, durch die Hautspannung des Heilschmerzes, die Mundöffnung zu einem idiotischen oder kindischen Loch. Die Augen, weit aufgerissen wohl schon seit dem Eintritte in das glänzende, warme, von Speisengerüchen und Blumendüften erfüllte Haus, waren nahe daran, das Gesicht zu sprengen oder mit ihrer stetig nachquellenden Materie zu überschwemmen. Wer weiß, wofür Herr von Mendelsinger das Mädchen und den Mann gemietet hatte! Jener war blind, dieses aber sah. Jenem konnte hinter dem aufgeschwatzten Zweck der eigentliche verborgen bleiben; diesem nur bis zu dem gegenwärtigen Augenblicke die Täuschung erhalten werden. Und dieser Augenblick des Mißbrauchs, zu dem hin die sanften Teppiche gelegt worden sind, war nun da. Die Arme hatte vielleicht einen einsamen und kuriosen Mäzen erwartet, der in einer Art von verbotener Stille am Anblick einer jugendlichen Lumpengestalt sich zu erregen und durch das gleichzeitige Hören eines heiseren Bettlerliedes seinen Eros weinen zu machen wünschte. Es gibt ja Leute, die ihre böse Lust mit der sentimentalischen Träne christlich getauft zu haben glauben. Und die Elenden fragen in der Regel nicht viel danach, wie sie zu ihrem Brote kommen. Aber eine äußerste Grenze, von unserer Erfahrung vielleicht noch nie erreicht, kennen auch sie. Man wird eine Straßendirne nur schwer dazu bringen, zum Ergötzen des zahlenden Mannsbilds sich mit einer Frauensperson zu erlustieren, und als Maler ebensoviel Mühe haben, einen echten Verzweifelten zum Posieren zu bewegen. Gelingt das eine oder das andere Vorhaben, so ist der Fall kein reiner. Das Weib neigte zum Weibe, und der Verzweifelte wäre nicht verzweifelt genug. Gesetzt jedoch, es würden die beiden Ansuchen an Personen von höchster Idealität gestellt, an eine käufliche Frau, die sich nur zum Manne unmittelbar verhält, und an einen Verzweifelten, der zum absoluten Nein ein absolutes Ja sagt, an Personen also von größtem Pathos und klarster Reinheit im ethisch Bösen, so käme es ohne Zweifel sofort zum flammenden Protest der Hölle gegen ihr Betrachtetwerden unter der ästhetischen Kategorie.

Das zerlumpte Mädchen hätte jede Art von Schändung seines willenlosen Leibes ertragen; in dem geschlechtlichen Wüten würde es dieselbe vertraute Furie erblickt haben wie im nagenden Hunger, im beißenden Frost, im Gebrüll der Asylaufseher, in den Unflätigkeiten und Roheitsexzessen der Mitverdammten. Aber sich zur Schau gestellt zu sehen, außerhalb des vom Schicksal zugeschnittenen Rahmens, nicht als dreidimensionalen Körper, sondern als zweidimensionales Bild, nicht bei einer ethischen Funktion, gleichgültig welchen Vorzeichens, sondern bei einer pur ästhetischen, nicht in der gewohnten, direkten Entwürdigung, auf die es den verzweifelten Rechtsanspruch hat, sondern in der ungewohnten, unverdienten, seine einzige Bedeutung entwürdigenden Entwürdigung: das war zuviel des Elends, das war, trotz des begreiflichen Entsetzens des noch am häßlichsten Leben hängenden Fleisches, schon das Martyrium. Und, wahrhaftig nur nach Umfang und Form schied sich diese moderne Arena von der antiken, in der man zeigte, wie sich der Goldfisch auf dem Sande fühlt, wie der Heilige, wenn er unrasiert und im Sträflingskittel den Bestien vorgeworfen wird, das die Gewissen nicht erschütternde Polizeibild des echten Verbrechers bietet; wie man stirbt, ohne auch nur einen merken zu lassen, wofür. Das Halbrund der bis zum Kinn schwarzweißen Herren und der halbnackten bunten Frauen glich dem Femegericht irgendeines Ausnahmezustands. Sein bloßer Anblick raubt dem Delinquenten den Atem, verwirrt ihm den Verstand, schlägt ihm das große Argument der Unschuld aus den zitternden Händen und macht ihn des Todes so gewiß, daß er weder auf die Lüge eine verzweifelte Hoffnung setzt, noch den edlen Zwang, die Wahrheit zu reden, spürt. Er schweigt, weil er an dem Schrecken würgt wie der Fiebernde an seinem inkommensurablen Wahn. Seine Augen schauen weniger die Ursache des Entsetzens als das Entsetzen selber, wie der Philosoph die Begriffe schaut, unter ihnen auch den des Entsetzens, allerdings bei ganz anderer Verfassung. In den Händen hielt das unglückliche Mädchen, als die Symbole der Werkzeuge seines Martyriums, höchst kunstvoll, wenn man die bescheidene Zahl von nur zehn Fingern bedenkt, je ein Dutzend Zündholzschächtelchen.

Der allgemeine Schrei, der ausgestoßen wurde, etwas gedämpft natürlich, wie etwa bei der Enthüllung eines Meisterwerks von Denkmal, konnte für unsern Maler nur einen ethischen Sinn haben; war er doch selber arm; auch viel zu frisch unter noblen und reichen Leuten, um schon zu wissen, daß diese weder imstande sind, noch je willens zu werden vermögen, auf ein Ding hin sich geradezu zu äußern. Ein Busen von schwarzer Empörung kochte in ihm, und zu spät, obwohl nur eine Sekunde später, erkannte er die ihn verratende und die Gesellschaft eigentlich beleidigende Andersartigkeit seines

Schreis. Man bleibt auch nicht sitzen, wenn man also schreit, und nicht stehen, wenn man schon aufgesprungen ist. Die Beine wollen den Ort des Schreckens betreten, die Augen ganz nahe sehen, was sie entsetzt hat. Man ist nicht mehr Herr über die Anziehungskraft des gestürzten Pferds, des überfahrenen Passanten. Unter der Maske des heftigsten Mitgefühls genießt das zum Du gewordene Ich der abgründigen Wollust, doch nicht jenes Du zu sein. Er war sonach – wie peinlich! – der Einzige, der über's Parkett eilte auf das lebenswahre Bild zu, und mit mehr Recht als die Vögel, die das des Apelles angeflogen haben; denn: es besaß dieselbe Natur, nur anderen Geschlechts. Jedenfalls, es lobte seinen Meister, den Herrn von Mendelsinger, der seinen weniger naiven Gästen begeistert den Begeisterten zeigte, als hätte er auch ihn für den heutigen Abend geschaffen. Ja, Herr von Mendelsinger verstand es eben, schnellstens sich in den Sattel der jeweiligen Situation zu schwingen. Er ließ das hohe Roß seiner geistvollen Geistesgegenwart ein bißchen courbettieren und den Reiter bewundern von den pflichtbewußten Bewunderern und lenkte so, als vortrefflicher Hausherr, die Aufmerksamkeit des Publikums von einem tölpelhaften Burschen ab (der ihn, privatim, entzückte), zugleich aber, als unkluges Mannsbild, die volle Aufmerksamkeit des Burschen auf das Mädchen. Man kann zwischen zwei Feuern oder zwei Heubündeln eben immer nur vor dem einen sich decken oder für das andere sich entscheiden. Wie immer man sich verhält, bekennt man Farbe. Da mochte nun der Hausherr so geistesgegenwärtig sein wie nur möglich, und der Schöpfer des lebenden Bilds so stolz auf die Wirkung desselben, wie er es wirklich war, eines konnte er sich nicht verhehlen, eines nagte mit feinstem Schlangenzahn – wir möchten's mit einer kühnen Metapher sagen – an der Kuppel seines Bewußtseins: daß ein Zwischenfall ein Zwischenfall bleibt. Ob er aber auch das Ausmaß desselben ahnte? Wir glauben: nein. Wie wohl fast alles, was uns wie aus heiterm Himmel geschieht, von uns selber geschaffen wird, und eine wenigstens hauchzarte Erinnerung seines Zustandekommens den logischen Gang der Dinge ganz gewiß begleitet. Wie dem immer in dem gegenwärtigen Falle sein möge: das Unvorhergesehene gleicht der grünenden Spitze des gesunden Baums. Ohne Wipfelknospe kein Wachstum. Diese Geschichte wär zu Ende, ja, sie wäre nie erzählt worden, wenn unter dem Sessel des Herrn Andree nicht jene Explosion der miteinander unverträglichen Elemente, Arm und Reich, erotische Obdachlosigkeit und allnächtliches Prassen in schon selbstverständlichem Bette, der Grundbaß einer germanischen Großmutter und die luftigen Konfigurationen eines orientalischen Mäzenas stattgefunden haben würde, die den (in die falsche Kanone gestopften) Maler das entscheidende Stückchen Weges, unbegehbar für seine verwirrten Beine, geschleudert hätte. Eine jede allzugroße Nähe hat etwas Furchtbares, ob man den Mond durch ein scharfes Fernrohr betrachtet oder mit einem mikroskopischen Blick das Aug' der Geliebten. Man dringt, wenn man die gewohnte Distanz überschreitet, in eine fremde und daher unheimliche Art des Wahrnehmens ein. Man sieht insektisch. Der Schmelz der Beseelung löst sich in Narben, Körner, Falten, Borsten, Blutgerinnsel, eitrig gelbliche, milchig bläuliche Massen auf; das tröstliche Gestirn wird zu einem schwangeren Gesteinsbauch, der jetzt und jetzt platzen und seine reichlich übertragenen Trümmer auf uns herabprasseln lassen kann; das Aug' der verehrten Frau zum weißemaillierten Schreibzeugtöpfchen mit tintenschwarzer Öffnung: der grobgemalte Hintergrund des auf entferntes Schauen berechneten Welttheaters hängt dicht vor unserer Nasenspitze, das Verständlichste ist unverständlich, weil die Dimensionen vertauscht worden sind; man krabbelt als ein Marienkäferchen auf einer Hand und sucht vor dem blendenden Lichte eines Streichholzes den Schatten eines Härchens.

Eine solche Umlagerung fand im Kopf des Herrn Andree statt, als er aus der Nähe von etwa einem Meter die Elendsgestalt anstarrte. Zuerst vermochte er nicht zu glauben, was er sah. Er hielt's für Blendwerk. Die Eisnadeln des Schrekkens, die einem ein weltraumkalter Geist in seinem schneeigen Habite (wenn es einen solchen gibt, und wenn er sich so kleidet) aus den Poren zieht, spannten ihm das entliehene steife

Hemd und den entliehenen Frack. Dem Kinde, das ein zartgrünes Zweiglein knickt und die trügerische Gottesanbeterin zwischen den Fingern hält, läuft der gleiche Schauder über den Leib; den mit Schild und Speer bewehrten Wilden, der einen gelblichen, kürbisblattbedeckten Erdhaufen stürmt, trifft im selben Augenblick der erkannten Täuschung das Geschoß aus dem trefflich getarnten Kampfwagen, und unser armer Wilder wird, wenn ihm einige letzte Minuten gegönnt sind, sie auf den Wogen einer gründlichen Umwälzung seiner Welt zubringen. Was Herr Andree aus der Nähe des Souffleurs zum Schauspieler sah und nicht glauben wollte, und weil er's sah, doch glauben mußte, war folgendes: Das von oben bis unten geflickte, befleckte, zerrissene, durchlöcherte, in entfärbten Farben gefärbte Kleid der Streichholzschachtelverkäuferin erwies sich als eine überaus kostbare und überaus verrückte Robe, Modell *pauvreté extrême* aus einem der ersten Salons, vielleicht sogar aus der Werkstatt eines sublimen Dekorateurs. Der Künstler, oder die extravagante Schneiderin, hatte die höhere Naturwahrheit, die künstlerische eben, auf dem indirekten Wege der Metaphorie erreicht, zu welchem Ziele die Mendelsingerschen Agenten nur zu befehlen und die dienernden Antiquitätenhändler nur in ihre Laden zu greifen brauchten, wo die verschossensten und fadenscheinigsten Brokate lagen. Aus entweder absichtlich kühn verschnittenen oder in diesem Zustande schon vorhanden gewesenen Stücken solcher Stoffe – von Meßgewändern, Möbelbezügen, Wandbespannungen – war das Kleid zusammengesetzt. In der nicht bedachten Nähe von einem Meter stießen ihre sehr verschiedenen Ornamente noch scharf genug aneinander, wie etwa auf Landkarten von Afrika die terrain- und vegetationsgetreu bewegten Bilder der einstigen Kolonien gegen ihre von den Engländern mit dem Lineal gezogenen politischen Grenzen, und zeigten das von Proben jeder möglichen Flora enthüllte Mädchen als eine unmögliche, nämlich totale Dryade. Das verwirrte nur das Auge und mochte noch hingehn. Man reißt es auf, schließt es, blinzelt: Vor modernen Bildern macht man es ebenso. Aber eines, ob sie gefallen oder nicht, sind sie: nämlich Bilder. Und das beruhigt wieder und sogar tiefer, als die ästhetische Beunruhigung beunruhigt hat. Wenn man aber aus der fatalen Nähe von einem Meter bemerkt, daß die erschütternden Löcher in dem einzigen Kittel der Armen aufgenähte Rubine sind, deren köstliche Rotweintiefe sowohl die Schwärze der Brandspur als auch den Funken, der sie gezogen, enthält; wenn man, ferner, mit dem nicht unangenehmen, also sich selbst widersprechenden Entsetzen des Blicks, der unvorbereitet, sozusagen aus dem Himmel der Geschlechtsruhe, auf eine pornographische Darstellung fällt, wahrnimmt, wahrnehmen muß, daß die inmitten der kunstvollen Täuschung wirklich gerissenen Risse und wirklich geschlitzten Schlitze, statt des ungewaschenen, verschwitzten, gelben oder grauen Fleisches das rosigste und reinste von der Welt zeigen, rosig und rein wie aus eben geöffneter Muschel, und wenn einen, der von eigenem Elend die Nase voll hat, die Lebensdüfte des Badewassers, der Hautcreme, des Puders und eines schneidenden Parfums anwehen aus den Schrunden und Spalten des als geborsten, abgestorbenen, zur Axt verurteilten dryadischen Baumes: dann verwandelt sich das anfänglich sogar noch ein wenig ehrfürchtige und auch verständnisinnige Staunen des schlauen Landjunkers oder Roßtäuschers über eine ihm bis nun unbekannt gewesene Art von Betrug in die hellste sittliche Entrüstung über die komplexe Parodie einer für ihn so eindeutigen Sache wie der Armut. In Rom gibt es Brunnen, über deren barocke Formen ständig ein Schleier von Wasser fällt. Das Wasser ist mehr Schleier als Wasser, und welche Formen er verhüllt, wird nie deutlich. Ein solcher Brunnen war jetzt Herr Andree. Ein duftendes Badewasser schleierte um die barocken Formen seiner Empörung. Der schon reichlich depravierte Enkel vermochte den tiefen, echten und frommen großmütterlichen Schrecken vor der blasphemisierten Armut nicht durchzuhalten bis zum Ausrufen des magisch rettenden Worts: *apage Satanas!* Der Künstler erlag der Kunst.

Es gibt eine Versuchung zur Dezision, die nicht von den Vorteilen ausgeht, die im andern Lager zu sehen sind, sondern von den bloßen Reizen des Fahnenwechsels, von der puren Lust, ein Verbot zu übertreten, von dem überaus seltenen Akt des freien

Willens selber, der da – wenngleich im Bösen; aber was kümmert einen entschlossenen Sensualisten schon das Vorzeichen! – gesetzt zu werden vermag. Was nun noch geschaut wird, das hat die Wasserscheide der Dezision bereits hinter sich, gehört zur Landschaft des Tales, in welcher man sich seßhaft zu machen wünscht, obwohl der Wunsch noch nicht einmal artikuliert worden und auch kein herrenloser Bauplatz zu erblicken ist: das von keinem unbarmherzigen Windstoß, sondern von den feinen Fingern des Coiffeurs nach klassischen Mänadenköpfen verwirrte, dann lackierte und so gefestigte Haar, die hungerbleiche Schminke des Gesichts, die Ochsenblutröte des Munds, die Graubläue der Augenhöhlen und der von keinem Kot der Straße verunzierte nackte, edle, wie eine Hand so ausdrucksvolle und gepflegte Fuß. Hat man die allen schlichten oder hausbackenen Menschen (und Herr Andree fällt nur mit einem Viertel, dem malenden, aus ihrer Reihe) eigene Abneigung gegen die Parodie überwunden, so kann man gleich in einer solchen mitspielen. Welche Rolle beim Verlieben, sowohl im Manne als im Weibe, die vom umsichtigsten Vorausdenker des Möglichen nicht vorauszusehende, sozusagen von einem viel längeren Stab gebrochene Distanz von etwa nur einem Meter spielt, soll nur erwähnt, nicht näher untersucht werden. Eines Hinweises aber könnte die Sache vielleicht doch noch bedürfen: daß, wie die noblen Dinge lagen, also in dem hellsten Bewußtsein (auch bei Andree) ihres fiktiven Charakters, die größte Überraschung und die sittlichste Empörung nicht hinzureichen scheinen, die Störung der Vorstellung, den Sprung über die Rampe und das rücksichtslose Eindringen in die Werkstatt der Täuschung zu begründen. Es muß da zur Erklärung des Aufspringens und über's Parkett-Eilens denn doch noch eine andere, und zwar außerrationalistische und außersensualistische Macht, die des Schicksals oder der übertrchtigen Schlagseite, angenommen werden, und für die eigentlich unbegreifliche Tatsache, daß es auch nach dem sakrilegischen Zerreißen des illusionistischen Schleiers nicht zum peinlichen Erwachen kam, sondern zum Versinken in eine noch tiefere Befangenheit, eine zweite, allerdings bereits in der ersten verwurzelten Ursache. Als das Mädchen und der Mann einander aus so großer Nähe, unter'm Umstand der Ausnahme, unvorbereitet, bei offenen Türen und rasenden Perspektiven, erblickten, gab es nicht das kleinste Bröselchen von Zeit, das Verdächtige zu verbergen. Herr Andree erkannte – nicht mit dem Eindrücke ordnenden Verstand, sondern mit dem Instinkt des Fehlerhaften für Fehler, des Kranken für Krankheiten, des Armen für die unvertilgliche Schweißspur der Armut –, daß die Person da so gut wie er selber, wenn nicht noch viel besser, Bescheid wüßte um das, was sie parodierte. Und die Person, von einem erkannt, der, wie sie sofort merkte, gründliche Erfahrungen in dem Ernste hatte, den sie parodierte, machte sich ihn zum Komplizen.

Unser guter Leser, der schon draufgekommen ist, daß wir hier nicht Histörchen um der Histörchen willen erzählen, sondern nur und immer noch die Fundamente des Turms legen, wird uns nicht gram sein, wenn wir weiter keine Verschwendung mit Anekdota treiben. Er und wir haben ja nicht das mindeste Interesse an den Herrschaften Mendelsinger, beziehungsweise daran, wie der Maler Andree die immerhin lange Zeit bis zu seinem Auftreten in Alberting, wo erst wir ihn brauchen, sich vertrieben hat. Woran uns wirklich liegt, ist zu zeigen, daß, um zu entstehn, ein so unbeachtliches Bauwerk wie der eingangs beschriebene Turm weniger eines kleinen Kapitales und einiger Maurer bedarf als einer langen Geschichte; daß Weltliches und Geistliches, Ritterliches und Vorstädtisches, die Kreuzzüge, der Mohammedanismus und der Heilige Bernhard, Christliches und Jüdisches, die palästinensische Gottesmutter und die arische Großmutter, die Muse der Malerei und die Antimuse der Photographie (welch' letztere hier nur antizipiert wird) zusammen wirken müssen, um gerade in Alberting, einem unbekannten, unbedeutenden Orte, zu Erlustierung und Belehrung der Nachwelt einen wahren Teppich des Lebens aufrollen zu können. Der Leser, über unsere eigentliche Absicht nun unterrichtet, wird nachsichtig lächeln (hoffentlich!), wenn wir jetzt, entgegen unserer Versicherung des Nichtinteresses, doch noch ein wenig zu dem mohnblauen Backenbarte des Herrn von Mendelsinger zurückschweifen. Dieses Abschweifen liegt ja jetzt in einem ganz anderen Lichte da.

Also bloß unseres Turmes wegen sehen wir den jungen Mendelsinger, zwar reich, vom Vater her, doch noch nicht einflußreich, und natürlich auch noch nicht geadelt, über die Marienbrücke eilen, so lieblich benannt, weil auf derselben eine Statue der allerseligsten Jungfrau ihr Haupt zu einem der einträglichsten Bettlerposten neigt. Es war Winter, nicht sehr kalt, dafür nebelig; ein nicht Regen zu nennendes Zergehen der Luftfeuchtigkeit machte frösteln bis in's innerste Mark. Die Passanten schwebten ohne ein richtiges Oben und Unten in einer Mitte, die keine Mitte, und wegen dieser leichten Verrücktheit schienen statt der Schuhe, die aus Lehm, die Zylinderhüte und Schirme mit glänzender Wichse bearbeitet. Über diese Brücke eilte, obwohl er hätte fahren können, Baruch Mendel Singer, mit, man möchte sagen, schwatzenden Füßen und mit der dauernden Neigung, nach rechts aus einem Gedränge zu brechen, das gar nicht herrschte. (So äußerte sich auf feriale Weise der berufliche Drang, den Vordermann oder Konkurrenten zu überholen. Ein Drang, den man am deutlichsten bei den Automobilisten ausgebildet findet.) Er war zur einen Geisteshälfte zerstreut und mit der gesammelten andern in die scharfe Beobachtung der unscharfen versunken, ganz nach der Regel eines bedeutenden Mannes und Katers, der bei Halbdunkel des Gehirnspeichers auf die Maus der Henide lauert. Die Haltung war gut, die Methode richtig: nur zwischen einem bloßen Einfall und einem Gedanken vermochte er nicht zu unterscheiden. Er sah sich als einen Gelehrten (seitdem sogar die Psychologen in weißen Arbeitsmänteln und mit Meßapparaten hantieren, leidet dieser Titel an einer schon sich selbst entschwindenden Elefantiasis), und praktische Nationalökonomie, deren Theorie er Doktor war, nannte er seine Wissenschaft, durch wirtschaftliches Denken – man könnte, wenn man das arme, also geschundene Denken in's Auge faßt, sagen: durch höchst unwirtschaftliches Denken – den grauslichen Raffakt der Geier- und Elsternkralle zu einer ganz natürlichen Reflexhandlung zu machen und die

Unzahl der Auszubeutenden zu einer höheren Art von anorganischer Natur, der gegenüber der mitleidlose Exekutionsbefehl ebenso am Platze wie in einem Kohlenbergwerk die Spitzhaue. Man muß nur den Einwand, daß es sich hier doch bloß im übertragenen Sinne um Anorganisches handelt, als einen unwissenschaftlichen hinweglächeln.

Eben, als er über die Marienbrücke eilte, spielte er wieder das aussichtslose, aber aufregende Spiel der Teilung seines Selbstes in zwei Häuflein: Das eine, kleinere, stellte die Erbmasse dar, das andere, größere, den undeterminierten Komplex der Person, auf welche die genialen Blitze jetzt herabzuckten. Und wie schon gesagt, vollzog sich die Auseinandersetzung der künstlich geschaffenen Hälften eines unteilbaren Ganzen in den Formen von Zerstreutheit und Schärfe des Geistes. Zufällig (oder auch nicht zufällig) in einem euphorischen Augenblick, als nämlich das rein persönliche Ingenium wieder einmal den Fuß siegreich auf den Kopf der Rassengnade setzte, bot ihm eine Mädchenstimme Streichhölzer zum Kaufe an, und Harfengeklimper versuchte, den lächerlichen Preis der Ware in die Höhe zu treiben. Wir verzichten nun auf eine Beschreibung der ihre Ware und vielleicht auch sich Feilbietenden, weil wir eine solche der Frau von Mendelsinger bereits gegeben haben. Da aber vertreten uns wohl so ziemlich alle Leser den Weg, in den Ernst ihrer Ansicht gehüllt wie die alten italienischen Briganten in ihren Radmantel, und rufen: Halt! Die Beschreibung her, oder wir werfen das Buch in die Ecke! Hier handelt es sich doch, bei Gott, beinahe um zwei verschiedene Personen: um das verhungerte Mädchen von der Marienbrücke, und um die reiche Dame aus der Königinstraße! Zwischen beiden liegt, vergessen Sie das nicht über Ihrer Vertrautheit mit Ihrer Figur, eine die Identität fast aufhebende, einen Bogen von hundertachtzig Grad schlagende Entwicklung! Ja, für Ihre Augen und Anschauungen, erotische und geschäftliche, auch philosophische, meine Herren und Damen, antworten wir, nicht aber für die unseres Baruch Mendel Singer, aus dem heraus wir erzählen. Oder hättet ihr, männliche Leser (wir betonen männliche), die Mizzi Staracek, wie sie damals hieß, geheiratet? Ohne den Nachweis einer Entwicklung, die sie erst unter den zärtlichen, aber behaarten Händen ihres Gatten genommen hat? Nein, und abermals nein!! Da sehen Sie denn, meine Herren – das sonst so unsaubere *argumentum ad hominem* wirkt hier, im Unreinen, überraschend rein! –, wie gering der Unterschied zwischen der Mizzi Staracek und der Genia von Mendelsinger, und wie groß der von uns behauptete zwischen Ihnen und dem nachmaligen Baron. Nein, der komplizierte Herr von Mendelsinger findet die Frau Genia nicht schöner und begehrenswürdiger als der noch etwas einfachere Baruch das Fräulein Mizzi Staracek gefunden hat. Es bedurfte keiner Entwicklung, weder des Objektes seiner katastrophal angenehmen Empfindungen noch des Subjektes derselben, die deutlich und langsam, gleichsam für Kurzsichtige und Begriffsstutzige, abhaspelt, was doch *in nuce* unbedingt vorhanden sein muß, wenn die Entwicklung nicht vergeblich darauf brüten soll.

Was ein echter Kaufmann ist, hat ein echtes Liebesverhältnis zur Qualität, und ein um so intensiveres, je weniger Lust er verspürt, das fast künstlerisch erregende Erkennen des Wertes und den Wertgegenstand selber mit dem zufälligen Laien vor der Theke zu teilen. Ihm genügt zu wissen, daß er weiß. Er ist im Hinblick auf den Urstoff alles Handels, die Qualität, ein hochmütiger Mystiker. Er kam am nämlichen Abend, obwohl es bis zum Schluß des Bettlergeschäftes noch reichlich Zeit für ein Wiedersehen gegeben hätte, und obwohl es ihn mächtig zog, nicht mehr zurück. Es war nicht männlicher Stolz, es war auch nicht die schäbige Gewißheit (wann hätte ein Verliebter je eine solche gehabt?), der unter Lumpen aufgestöberte Schatz würde ihm schon nicht weggeschnappt werden, es war nicht ausschließlich, aber vordergründlichst, der mächtige Takt seines geschäftlichen Lebens, der ihn zwang, sich kostbar zu machen. Er kam erst am nächsten Abend, auf die Minute pünktlich zur Stunde wie gestern, und kaufte – o nein, nicht alle Streichholzschachteln und noch eine drüber, wie's ein systemloser Liebhaber wohl getan haben würde, um sich von der besten Seite zuerst zu zeigen (für die Demonstration der schlechteren ist dann die Ehe lang genug) –, sondern nur eine, und die zu dem verlangten Preis. Pfui, der Geizige! rufen die gefühlvollen Gemüter. Nein! rufen wir, der Korrekte, der Lautere! Ein auszuhaltendes Mädchen darf man bestechen: man ist da Schaumschläger, und es ist Schaum. Womit man das Ephemere formt, ist selber ephemer. Aber ein Weib, das man zur Gattin erheben will, muß mit den Mitteln erworben werden, die es im Kreise seiner unschuldigen Kinder unbedenklich zu rühmen vermag. Als er am übernächsten Tage die Marienbrücke passierte, sprach er nicht, wie man glauben sollte, endlich mit dem Mädchen, sondern mit dem Harfenspieler, der weder der Vater noch sonst ein Verwandter, sondern ein auf der Bettlerbörse angeheuerter Genosse war. Warum nun mit dem Alten und nicht mit der Jungen? Und warum hat er zwei Nächte und zwei Tage gezögert, zu tun, wozu er doch, wie wir wissen, im ersten Augenblick schon entschlossen gewesen ist, und warum dann statt des Ganzen kaum ein Halbes getan? Aus Schüchternheit? Er gehörte doch zu den Frechsten! Von wegen der noch nicht ausgetragenen schöpferischen Qual um das richtige Wort? Es lag ihm so blank auf der Zunge wie ein Silbergulden auf dem Zahlbrett! Oder hatte er, für sich persönlich zwar entschlossen, Rücksicht zu nehmen auf eine Familie? Er besaß diese nicht und würde jene nicht genommen haben! Er war nach hinten und nach vorn so frei wie ein gewisser General Bonaparte zwischen Anarchie und Legitimität. Er war, könnte man sagen (natürlich mit der selbstverständlichen Einschränkung), der freie Wille selbst. Und das ist nun sehr schwer, vielleicht gar nicht zu begreifen von so orts- und geschichtsgebundenen, weit mehr determinierten als undeterminierten Menschen, wie wir westlichen Europäer nun einmal sind. Wir nämlich haben die Kämpfe der Dualität so restlos nach außen verlegt, daß wir die Entscheidungsschlachten zwischen Gut und Böse und zwischen allen ihren Metastasen, Schön und Häßlich, Nützlich und Verderblich, Gesund und Dekadent, und wie die Gegensatzpaare sonst heißen mögen, von Klüngeln, Parteien und Herren schlagen lassen und ihren Ausgang von vornherein als für uns verpflichtend anerkennen. Nur der Abendländer hat eine wirkliche Politik. Denn nur er will, daß das Schicksal von außen komme und ihn überwältige. Anders der Morgenländer, der, da kann man wider ihn einwenden, was man will, ein ewig uneinholbares *bonum* uns voraushat: daß er dem Schöpfungsbeginn am nächsten steht, jedenfalls auch heute noch so nahe, daß es bei ihm zu der erwähnten, entscheidenden Dislokation noch immer nicht gekommen ist. Er trägt, Mystiker von Geburt, die Ormuzd- und Ahrimankämpfe in sich selber aus und läßt die von uns so gepeinigte Umwelt in glücklich geschichtsloser Ruhe. Nun wird man vielleicht doch begreifen, warum der mohnblauschwarze Bankier sich nicht sofort, also der erotische Pfeil den Pfahl in seinem Fleische durchbohrte, ins Handeln stürzte. (Das Sichkostbarmachen ist ja nur ein aus der Geschäftspraxis abgeleiteter Psychologismus.) Das Gemälde seiner Leidenschaft hing nämlich bereits fix und fertig, gefirnißt und gerahmt, im Museum des Kismetischen. Baruchs und Mizzis Positionen waren schon im Weltei festgelegt worden; das Toben einer Entwicklung konnte sie nur karikaturistisch verzerren, nicht wesentlich verändern.

Der Nebel hatte sich gehoben. Vom schwarzblauen Himmel blitzten grimmig die Sterne. Auf den vereisten Straßen schlugen die Passanten hin. Die über die Marienbrücke eilen mußten, taten es gegen den Willen eines beißenden Nord. Jetzt war der malerische Mantel des Harfenspielers nur mehr dekorativ, und des Mädchens Umhangtuch bestand aus nichts als aus Luftlöchern. Es handelte sich nur noch um Minuten nutzlosen Durchhaltens. Dann würde man in die Bettlerkneipe fliehen und verschollen sein. Für den Westler, der nie um seine rechte Zeit weiß, der mit zu früh abfahrenden Zügen, mit zu spät ankommenden Briefen rechnet, mit Vacua und Interregna, mit dem Negativen als mit einem neuen Wert und einer neuen Welt hinter Null, die richtige, dramatische Situation! Nichts von einer Schlagseite nach außen, Richtung Marienbrücke, zeigte sich im Gange B. M. Singers, dem genau so ruhig ein Fiaker folgte. Würde man in unruhigen Zeiten gelebt haben, hätte ein ängstlicher Beobachter die Szene verdächtig finden können. Der Mann im Pelz (mit bis zur Hutkrempe aufgestelltem Kragen) ohne Zweifel ein Spürhund der Polizei und das finstere Coupé der Abdeckerwagen, ein Wild von Rang zu verschleppen. Die auffällige Gemessenheit (die orientalische Ruhe, wie wir sagen möchten), womit die kleine Karawane daherzog, ließ auf eine bereits gelungene oder sicher gleich gelingende Überraschung schließen. Vielleicht ist es das Paar, dort, im dunkleren Kern zwischen zwei Laternen – er besticht mit scharfen Worten ihr Gesicht, sie, ihm verfallen und doch nicht willens, ihm zu gehorchen, verhundertfacht durch schwirrende Verneinung die zwei winzigen Schutzschilder ihrer Hände –, um das des Schinders Schlinge geworfen werden soll. Der Alte war eben dabei, die Harfe in einen Sack zu stecken, das Mädchen, eine ausgemusterte Aktentasche zu schließen. Wenn jemand sich in Bewegung setzt, also den Entschluß zum Ortswechsel gefaßt hat, ist es nicht allzuschwer, ihm eine andere Richtung zu geben. Die Standfestigkeit macht viel größere Schwierigkeiten. Man sieht, daß unser Orientale, ohne intrigante Vorausberechnung oder westlich-unreife Eile, auf die Minute, ja auf die Sekunde zurechtkam, einfach aus dem Grunde des Gleichtakts seiner Person und des ihr gemäßen Fatalen. Eine solche Konkordanz stimmt auch die Saiten der Objektwelt harmonischer. Das rein zur Darstellung gelangte Kismetische zieht da ungestört seine Kreise und in sie hinein, was einem dramatischen Angriff vielleicht widerstanden haben würde. Und es hat nur die Bedeutung einer unbedeutenden Nachhilfe, daß der natürlich nicht mehr unschuldigen Mizzi und ihrem angeheuerten Großvater die Empfindungen des Gabe wie Wort so sparsam und ehrbar Dosierenden durchaus bekannt waren. Sie stiegen in den Wagen, dessen Türchen nebst einem respektvoll gezogenen Hute der Kutscher hielt, wie Ausgehungerte ein Stück Fleisch verschlingen, also besinnungslos. Der Überraschungscharakter (oder die kismetische Faszination) war zu groß. Er blieb auch weiterhin bei demselben Grade. In dem Wagen, der auf Gummireifen sprang – man hatte damals noch keine asphaltierten Straßen, sondern granitene – und dessen Sitze mit tiefblauem, zu kleinen schwellenden Kissen abgestepptem Samt bezogen waren, auch ein

Spiegel befand sich drinnen und ein schlankes Glas für Blumen (jetzt, Ende Februar, Mimosen von der Riviera), kurz: in diesem galanten Wagen fuhr ein Onkel mit seiner Nichte, oder ein Seelenretter mit seiner frommen Beute. Der abgefeimte Alte wußte nicht, ob er einen wahren Christen bestaunen sollte oder einen selten Blöden belächeln. Auch das Mädchen hätte sich ähnliche Gedanken machen sollen (wenigstens nach den bisher es bestimmenden Gesetzen). Aber es schwebte, wie etwa eine geflügelte Schlange sich in den Lüften häutet, über den schon abgeworfenen Lumpen, also im Märchenhaften, genauer gesagt, im Kismetischen. Es hörte aus dem All das Schlagen seiner großen Stunde (oder das Echo der des Herrn Mendelsinger), auf deren Schallwellen es dem atmosphärisch-astrischen Katarakte zutanzte, der, indem er tosend in die Tiefe der Verwirklichung stürzt, die Mitgerissene mit den gleichfalls mitgerissenen Gaben überschüttet. Woran ein Mensch merkt, daß jetzt, und nur jetzt, der unwahrscheinlichste Himmel offen steht, und warum einer, der nicht die geringste Hoffnung gehabt hat, jetzt so mühelos das Absurdeste glaubt, und woher die Gewißheit kommt, nun sei man sowohl Masse wie Spitze eines kristallisch-durchsichtigen Gipfels und werde nie mehr in den trüben amorphen Brei der eben erst verlassenen Ebene zurücksinken: das wird immer unerkundbar bleiben. Wir müssen uns mit dem begnügen, daß die Mizzi fühlte oder wußte, nun ginge es, unter dem wirklichen Peitschenknall eines wirklichen Kutschers, über den eigenen Gipfel hinweg, talwärts, wärmeren und wohlhabenderen Gefilden zu. Man fuhr in Baruchs damals noch bescheidene Wohnung, wo sich ein noch bescheideneres Zimmer für die Mizzi fand, gut genug, sie eine bedeutende Wendung zum Bessern, aber keine grundsätzliche Veränderung merken zu lassen, und wo ein genau bemessener Betrag bereit lag, für die solchen Namen nicht mehr verdienenden Zuhälterdienste des Alten. Wiewohl Baruch die erdenklichste Mühe hatte, sein von der Leidenschaft geschaffenes gutes Herz im Zaum zu halten, dosierte er auch jetzt mit den leidenschaftslosen Fingern eines Apothekers, der das berauschende Gift auf dem niederen Wohltätigkeitsgrade von Medizin hält. Nicht nur nichts Zudringliches, auch nichts Zärtliches oder gar Caritatives geschah im Wagen. Nein, Mendelsinger liebte als großer Kaufmann und mühte sich heroisch, nach den Gesetzen eines solchen zu handeln. Seine Versuchung war nämlich nicht ohne weiteres die böse Lust, wie sie's bei uns gewesen wäre, die wir ein Privatleben haben, das in keinem Zusammenhange mit unserem Geschäftsleben steht. Seine Gefahr war, daß er aus dem Begriffe der Qualität Weib, als dessen vorzüglichste Inkarnation, durch die geschmackloseste Emballage hindurch, ihm das Mädchen von der Marienbrücke erschienen, in ein konkretes Detail des Mizzi Staracek genanntes Wesens abstürzte, dieses anknabbernd, jenen entwertete, vor sich selber sowohl wie vor der Gesellschaft, die, trotz Verkommenheit, auf einen reinen Brautstand Wert legt und mit sicherem Instinkte keine Wiederherstellung der lädierten Qualität erblickt, wenn jemand – was zweifellos sehr ethisch ist – seine Geliebte heiratet. In dem Wagen, den eine nüchterne Kontorluft erfüllte (als schleppten Herr und Gehülfe eine bei einer Versteigerung erstandene wertvolle, aber bis zur Unkenntlichkeit verschmutzte Statue heimwärts), geschah also nichts, wenigstens nichts für die Augen eines sehr wohlsehenden und gar nicht romantischen Harfners. Trotzdem geschah etwas Gewaltiges oder – um es nicht zu seinem Schaden an den Maßstab eines wirklich Gewaltigen zu stellen – etwas Ungeheuerliches. Vor Mendelsingers innerem Blicke erschien der Renaissancepalast Königinstraße fünfundachtzig genau in der Gestalt, die er später annehmen sollte, bis auf das hohe Tuileriengitter mit den vergoldeten bourbonischen Lilienspitzen. Die äußerste Armut an der einen Mendelsingerschen Seite trieb an seiner andern die vollste Protzblüte des Reichtums hervor. Die fleischigen Hände, die am Leibe der Geliebten nicht sich betätigen durften, schufen als muskulöse und feinnervige ihm das bewundernde Gehäuse: Mit Quadern und kunstvoll geschmiedetem Eisen durfte er ihn berühren. Wer über einem toten Kanarienvogel ein Mausoleum errichtet, wird durch das aufgewendete Geld einen wenigstens nachrechenbaren Begriff von der Größe des erlittenen Verlustes zu geben vermögen. Und auf den doch ungefähr gelingenden Ausdruck in Maß und Gewicht eines eigentlich nicht ausdrückbaren Wertes kommt es an in der materiellen Welt. Man muß, erstens, ihre Sprache beherrschen (die man richtig nur erlernt, wenn man der Complice ihrer Vorstellungen ist), zweitens, soviel wie möglich von der des Geistes in sie übersetzen (was man nur kann, wenn man auch zu ihm in einem Gelegenheitsverhältnisse steht). Wir sahen einmal in einem Laden der rue de la Boethie ein kaum mehr als metzgerhandgroßes Stück Leinwand des Degas: etwa ein achtel Pfund kalbshirnzarter Wolken auf einem Emailschüsselchen persisch blau-grünen Himmels; ohne Zweifel aus einem angefangenen Bilde größeren Formats geschnitten, das als solches so gut wie nicht zu verkaufen gewesen wäre. Wohingegen der zu einer vollendeten Kostbarkeit eingeschrumpfte Teil eines wertlosen Ganzen zehntausend Franken kostete. Wir begriffen sofort (und ließen uns auf das Perorieren des entrüsteten guten Geschmacks gar nicht ein), mit wie vielem Rechte ein scheußlicher, aus Hirschgeweihen, Rehkrickeln, zertrümmerten alten Bretzen und adamsapfelgroßen Marmelsteinen zusammengesetzter vergoldeter Rahmen den halben Raum des sonst nichts zeigenden Schaufensters füllte. Das unwillkürliche Wegschaun von der kränkenden Fassung wird zum ebenso unwillkürlichen Beschauen des also gefaßten Kleinods. Es gibt eben Leute, deren ganze und gar nicht kleine Kunst darin besteht, die vom Schöpfer gemalten Bilder in die entsprechenden Rahmen zu stecken.

Soviel und nicht mehr über den Herrn von Mendelsinger, einen anderen und anders gearteten in diese Chronik hineingeschneiten Notar! Der gründliche Leser wird übrigens selber merken, daß der Doktor Hoffingott ein Phänomen ist, wie etwa ein Gewitter, das auch ohne Beobachter niedergeht, der Bankier Mendelsinger hingegen ein ausgerechnetes hint' und vorn causaliertes und causalierendes Stück *ratio*, das eine Welt in Bewegung setzt, um als ein Phänomen zu erscheinen.

Und nun noch einige Zeilen über die à la Windstoß coiffierte, brokaten schäbige und halbedelsteingelöcherte ehemalige Bettelmaid, deren Geschichte so allgemein bekannt war wie die der Habsburger, weshalb sie diesen an Adel fast gleichkam. (Ein genialer Schachzug des Börsianers, diese der unmöglich aufzuhaltenden Enthüllung zuvorkommende Indiskretion!) Nachdem sie ihr Geschäft besorgt hatte, die teuersten Zündhölzer der Welt zu verkaufen – die sie nun natürlich einem Korb entnahm, den ein Diener trug – und auf dem eigenhändig getragenen Silberteller einen wahren Baumkuchen von Banknoten zu häufen, zog es sie zu dem Herrn im entliehenen Frack, den sie beim Absammeln mit einem Verständnis, das schon Einverständnis war, übergangen hatte. Sie erwartete von dem unverhofften Eindringling aus ihrer früheren, nur golden überwölbten, nicht aber verschütteten Tiefe das Gegenteil dessen, was ihr alle andern sagten (wie schön sie sei! Wie geistvoll! Welch ein Engel den Armen!), ohne allerdings präzise Wünsche hinsichtlich dieses Gegenteils zu hegen. Es fiel furchtbarer aus, als sie beim besten Willen es sich hätte vorstellen können. Der ebenso verliebte wie verhungerte Maler schäumte auf dem Zusammenprall zweier Meere wütend durcheinander und litt bereits bis zum heftigsten Drang zum neptunischen Opfer an jener Seekrankheit des Gemütes, die wir Ressentiment nennen. Liebes- und Schimpfworte, Samtpfötchen und Fäuste, pralle Geldbeutel und leere Kassen, klapperdürre Staffeleien und dumpfgepolsterte Fauteuils, die Gebeine der germanischen Großmutter und die Knochen der israelitischen Erzväter stürzten im Laderaum seiner Seele drunter und drüber und stürmten um so steifer die bedrohliche Schlagseite, je näher der ahnungsvoll-ahnungslose Engel des caritativen Exzesses kam. Er wußte gar nicht, wie richtig er gehandelt haben würde, wenn er ihr die Ohrfeige gegeben hätte, die in ihm brauste wie in einer Pappschachtel eine gefangene Hummel. (Um dann, natürlich, sofort mit ihr in's Bett zu steigen und sie hundertfach zu karessieren.) Sie hatte schon lange keine bekommen, seit ihrer Himmelfahrt in den Renaissancepalast nicht, was schon sieben Jahre her war, so daß sie oft fürchtete, ein Geist zu sein. Der Schlag wäre, in diesem seltenen Falle, nicht beleidigend, sondern wohltätig empfunden worden von einer Bedrückendes Träumenden, die aus eigenem Willen nicht zu erwachen vermag; das Klatschen wohl als ein harter Laut, aber der Muttersprache. Nun, so arg kam's nicht – die noble Gegenwart hemmte doch beide zu sehr: sie in ihren nur henidären Erwartungen, ihn in seinem weit deutlicheren Mögen –, aber noch arg genug. Der Maler, der über die berühmte Geschichte nun auch schon unterrichtet war – sie lag ja hier in der Luft und als das Negativ eines Geheimnisses auf allen Gesichtern –, mußte, um nicht durch Verschweigen derselben die gröbste Taktlosigkeit zu begehn (so kühn hatte Mendelsinger die natürliche Ordnung umgestürzt!), mit ihrer Kenntnis prunken. Dies aber konnte der Mund des Proleten, der brüllt, auch wenn er flüstert, nicht auf die selbstverständliche Weise jener tun, die sich schon längst daran gewöhnt hatten, in der Marienbrücke einen sagenhaften Ort zu sehen, ebenso weit zurückliegend wie etwa der Felsen der Andromeda. Ihn fror noch vom ungeheizten Atelier, ihn hungerte noch von den Rinden gestrigen Brotes, oft heutigen Tages einzige Nahrung. Was sind sieben Jahre Reichtum neben zwanzig des Elends! Was Seife und Parfum, wenn man in Dreck geboren! Was bedeuten die Sterne auf der Brust neben den Sternen in ihr! Die Toga über dem Leib des Freigelassenen mag alle täuschen, nur ihn selber nicht und den Genossen aus der *suburbs*. Nein, wie der Christ am Kreuze, der Adelige am adeligen Namen, der von hündischen Leckern umwinselte Krösus am vogelperspektivischen Blicke hielt er fest am einmal aufgedrückten Sklavenmale als an seinem Orientierungszeichen in der sonst wegelosen Welt, durch keinen Glückszufall tilgbar, nur für ihn lesbar und untrüglich erkennbar an jedem, der es gleichfalls trägt. Nein, ihm machte die Genia von Mendelsinger nicht vor, sie sei nur verkleidet auf der Marienbrücke gestanden und hätte für die Dauer des interessanten Abenteuers sich den Schäfernamen Mizzi Staracek beigelegt, wie das die andern glaubten unter dem Magierblick des Gatten und unter den praktischen Wirkungen der Theorie von der eigentlichen Bestimmung eines in's Wasser gesteckten Spazierstocks. Als sie zusammentrafen, hatte Andree einen ganz schiefen Mund, aus dessen tieferem Winkel er dann die Worte wie

Kirschenkerne spuckte (eine für Vorstadtmädchen sehr männliche Art des Redens mit dem Kroppzeug von Weib, (mit Genia, die kleiner war als er), verschwommene Augen, nicht eine Spur von Selbstgefühl und gar kein Geld: sie hätten genau so auch an einer Holzplatzplanke der Peripherie stehen können, aber den Weltmittelpunkt verschluckt im Bauch. Als akademischer Maler und ehemaliger Gymnasiast drückte er das Ordinäre klassisch aus und nannte ihr Kostüm das Nessushemd ihrer früheren Existenz. Sie spürte, ohne vom Kentauren zu wissen, brennend die boshafte Rache des Kentauren. Das war der erste Schlag. Und sie hob den Kopf nun noch himmelnder dem zweiten entgegen. Er nannte, was sie heute abend getrieben, die schamloseste Leichenschändung der heiligen Armut. Das war der zweite Schlag, und er bereitete ihr ein großes Vergnügen. »Wirklich?« sagte sie, als hätte er ihre Schönheit gelobt. In diesem Augenblicke fielen ihrer beider Masken offiziell. Sie haßten gemeinsam die Armut; er, wie begreiflich in erster Frische, sie, wie nur reichen Tölpeln unbegreiflich, die glauben, der Goldstrom sei der Lethe des Hades, mit täglich erneuerter, als der ansteckendsten aller Krankheiten; er noch im Fieber und jetzt in der Krisis, sie, wohl auf wunderbare Weise genesen, aber dauernd von der Angst gefoltert, sich neuerdings zu infizieren. Und da streckte plötzlich ein Träger dieser Pest seine Hände nach ihr, der nur für eine Galgenfrist Gesundeten, und war doch unter der Schmutzkrätze der Mann von der Holzplatzplanke. Solche, die eine Hausmeisterloge für einen genügend tiefen Geburtsort halten, hätten über einen Andree, der also sich decouvrierte, mildesten Falls die hoffnungslos vornehm gewordene Nase gerümpft, in der Regel jedoch ihn hinauswerfen lassen. Wer aber am wirklich äußersten Ende der Armut, dort, wo sie Elend heißt, zur Welt gekommen ist, hat und behält den Adel des Unadels, der zwei der fast wichtigsten Eigenschaften mit dem adeligen Adel gemein hat: das unbestechliche Agnoszieren von seinesgleichen und die unbedingte Treue zu dem einwandfrei Erkannten. Es gab also, da ein Schicksalstreffen verschwisterter Naturen verschiedenen Geschlechtes außer Zweifel stand, nur eines, um ihn zu heilen, sich nicht anzustecken: die Schutzimpfung der Liebe. Um es roh (doch nicht moralistisch gemeint) zu sagen: die Dirne hatte den Zuhälter gefunden, den notwendigen, natürlich phallischen, Vermittler – Heiland, Dämon würde ihn der Sokrates eines neuzeitlichen Gastmahls nennen – zwischen den allzuweit klaffenden Welten des Elends und des Reichtums, durch dessen Hände das revolutionäre Geld laufen muß, um tief da unten im urzuständlich Tellurischen legitim zu werden. Trotzdem bitten wir den Leser, dem allein zuliebe wir uns jetzt so schwarzweiß ausgedrückt haben, nicht zu vergessen, daß Frau von Mendelsinger eine sehr vornehme Dame und Herr Andree ein Künstler, beide also weit mehr und auch weit weniger waren, als eine Dirne und ein Zuhälter. Wir beneiden Autoren (wenn wir sie auch nicht schätzen), denen nur reine Fälle in die Arme laufen. Wir sind nicht so glücklich. Und deswegen können wir auch unser Paar nicht glücklich werden lassen. Die Imponderabilien des unreinen Falls überwiegen.

Weil Andree malte – was ein Ruf war, der zwischen einem guten und einem schlechten auf der Schneide stand, also im Gleichgewicht der Interessantheit –, fanden die Leute das ehebrecherische Weib glücklicherweise ihrem sonst schneidenden Urteile entrückt. Genia liebte eben den Künstler. Und da sieht man über den Mann hinweg, der an solchem Titel hängt. Auch Herr von Mendelsinger profitierte von der günstigen Wahl. Man sah den Gehörnten nur schwach durch den Mäzenas schimmern. Somit war alles in jener bestmöglichen Ordnung, zu welcher es die vorübergehend manifest gewordene Unordnung immer wieder bringt. Ebenso natürlich, aber nach außernatürlichen Gesetzen, wuchs in dem schönen Sündenapfel, den die beiden – anfänglich sehr oft, später schon seltener – einander reichten, der dramatische Wurm heran und bohrte den Weg, der Herrn Andree nach der damals noch gar nicht existierenden »Kaiserkrone« führen sollte.

Ehe wir uns nun der Szene des großen Ausbruchs zuwenden, bitten wir den verständigen Leser um eine Verschnaufpause, die wir dazu nutzen wollen, von Andrees Rückfall auf die ewig unbeleuchtete Mondseite der Mutter zu berichten.

Der den Rudigierschen Garten rings umheckende Rhododendron war gerade dort, wo, hinter ihm und im hohen, sich selber scheitelnden Grase der rund um's Haus sanft ansteigenden Höhe, der Knabe René, Melittens Bruder, saß – die grünen Wellen schlugen über dem nackten Knie des aufgestellten rechten Beins zusammen –, so stark verzweigt und so dicht verblättert, daß Andrees doch recht kräftiger Arm (er war gerade noch durch das immerhin sehr weitmaschige Drahtgitter gegangen; vielleicht aber geht er nicht mehr zurück?!) Mühe hatte, in eine Leibung voll eng gesperrter Vacua ein Fern- und Sprachrohr zu bohren. Vom Rascheln des Laubs und vom Knacken eines abgedorrten Zweigs sicher gewiesen, wie ein mäuschenstilles Tier des nur ein wenig lauteren Weges eines sonst ebenso mäuschenstillen andern Tiers, traf der Blick des Knaben genau in's täuschend natürliche Loch und als den rückwärtigen Verschluß desselben auf die silbergerandete Muschel des Mannsaug's. Womit kurz zuvor der Knabe beschäftigt gewesen war, läßt sich nicht sagen. Seine Hände hielten nichts, und hatten nichts gelassen. Sein Gesicht, das Überraschung hätte zeigen sollen, zeigte nicht einmal Aufmerksamkeit. Eine seit Jahrhunderten unbeweglich auf bemoostem Tuffstein hockende Brunnenfigur, die eben jetzt, nach lautlosem Zermalmen des Halswirbels, den Kopf in die von ihrem Bildhauer bestimmt nicht gewollte Richtung wendet, würde nicht gleichgültiger in die neue haben schauen können, als sie in die alte geschaut hat.

Es war etwa drei Uhr eines wolkenlosen heißen Sommertags. Das Blau des Himmels stand zu Aderbruch geschoppt ab vom einschnürend roten Dach. Sechs safrangelbe Damenstrümpfe und vier weiße Pyknikerhandschuhe hingen an einem vor dem wilden Wein der Veranda gespannten Faden vom Schwunge kräftig durchgedrückten Geigenbogens und wiesen zum Mittelpunkt der Erde. Irgendwoher, bestimmt nicht aus diesem Hause, vielleicht aus einem andern, das man aber nicht sah, weil man überhaupt kein zweites sah, kam die Stimme eines Lehrers oder Erzählers, jedenfalls eines Vortragenden (vor vielen Leuten oder vor keinen). Das Vortragen klang wie liturgisches Beten; doch nicht wie eins, das mit dem heiligen Zeremoniell bereits Ernst gemacht hat, sondern wie eins, das es erst einübt. Es war eine etwas langweilige Etüde für zwei auseinandergefaltete Hände auf dem theologischen Klavier.

»René«, sagte Andree.

»Ja«, sagte René.

Obwohl sie immerhin eine schwache Rufweite voneinander entfernt waren, hatten sie ihre Stimmen nicht erhoben und hatten sie einander doch gehört. Gewiß: die Straße hinab, rechts nach Recklingen hinunter, links nach Alberting ist menschenleer; die genannte Stunde die schläfrigste auf dem Lande, eines heißen Tags, einer dem *otium* geweihten Gegend, einer Villengegend (bar aller Villen mit Ausnahme der »Laetitia« und zweier nicht Villen zu nennender bretternen Hütten). Diesen Umständen zufolge, die, mit an die Lippen gelegten Fingern von überall herkommen, ihn verengen, ist der Schauplatz, auf dem allein René und Andree sich befinden, genauer: endlich miteinander allein sich befinden, ein Zimmer, dessen Wände und dessen Decke die draußen Modell stehende Natur gemalt zeigen. Eine konsequent illusionär-unendliche, in der Wirklichkeit bloß ihres Materiales auf die platonische Höhle beschränkte Welt hat den Vorzug, daß unsere schönsten Worte, unsere tiefsten Klagen, unsere innigsten Hilferufe und unsere zartesten Eidesformeln in ihr nicht also verhallen, verschellen wie in der wirklich unendlichen der Physik. Sie müssen gehört werden, *expressis verbis* verschmäht oder entgegengenommen, gerichtsnotorisch verstanden oder nicht verstanden werden. Diese glückliche Täuschung hat natürlich auch etwas Beunruhigendes. Eine ungeheuer große Welt, die sich klein stellt, kann nur eine Falle sein, und so allein mit ihrem einzigen Nochbewohner, wie Andree mit René, der, wenn er irgendwas spielt, grenzenlose Freiheit und vollkommenes Nichtinteresse spielt, ist nur die Ratte mit dem Köder! Wenn doch aus der echten dritten Dimension ein Mensch, ein Hund, ein dem Wanderzirkus entflohener Löwe, ja, der sagenhafte Lindwurm – er muß in seinem Bauche mehr Raum haben, als die Himmelskuppel über der »Laetitia« enthält – in die gemalte einbrächen!

Andree blickte die Straße nach Recklingen hinunter. In einer Entfernung von etwa dreißig Schritt lief – oh, niemand, niemand –, nur eine ebenso häuserleere Straße quer, aber ein die eine Ecke – oh, Ecke!, Ecke! Bei nichts als weichem Laub gepflegten Urwalds! – weit überhängender Holunderbuschpolster könnte, sollte, in drei Teufels Namen, den einen Passanten, der kommen muß und sicher kommt, wenn er zu stören kommt, nur etwas länger, denn bei scharf senkrechter Häuserecke, verborgen haben, und jetzt, eben jetzt, freigeben. Die Stelle, der schon eine bloße Fußspitze den Charakter dichtbesiedelten Bodens verliehen hätte, blieb ratzekahl wie ein Kopf nach Typhus. Wiederum stieß Andree seinen starken Arm durch's Gitter und durch die dicke grüne Wand. (Er hatte ihn also doch herausziehen können.)

Warum eigentlich bin ich nicht einfach hineingegangen in den Garten? fragte er sich in der Taubstummensprache des bloßen Artikulierens von Worten, was bei einem des Hörens und des Redens Mächtigen tiefes Denken oder idiotisches Nichtdenken kündet. Das Türchen ist sicher nur verklinkt, nicht versperrt. Und wär's versperrt gewesen – welch' unverschämte Vertraulichkeit liegt doch in einem Namen ohne Artikel oder ohne Titel, und vor allem in der Fürgewißhaltung einer Reaktion des Du! –, würde René geöffnet haben. Die letztere Ansicht war, im Hinblick auf eine Brunnenfigur, die schon das bloße Kopfwenden einen Knochenbruch gekostet hatte, sicher eine irrige.

»Hast du unsere Verabredung vergessen?« fragte Andree durch's unbegründete Sprachrohr, und noch weniger laut, als er vorhin geredet hatte.

René verneinte träge mit dem Kopfe, wie ein von Pfeil oder Kugel nicht getroffenes, nur gestreiftes Ziel, ein Baumblatt, ein Huhn in der Schießbude, verächtlich sich bewegt. Eine so gute Weile später, daß es mit dem chinesischen Kopfschütteln fast gar nicht mehr zusammenhing, gerade noch für Andree, der dem Renéschen Widerwillen gegen das Sichbeziehen des einen auf das andere die größten Konzessionen machte, sagte der Knabe auch das Nein. Aber einen Entschluß, zu gehen, zu bleiben, je nach der Verabredung, die sie miteinander getroffen hatten, gestern, vor Tagen – Himmeldonnerwetter! Es herrscht, hol' sie der Teufel!, eine solche Zeitlosigkeit jetzt und hier, daß man weder auf die Uhr sehn, noch in den Kalender schauen kann und einem der gesammelte Schweiß mindestens eines regenarmen Hochsommers aus allen Poren bricht. Wie der verschnaufenden Lokomotive auf dem leise klingelnden Recklinger Bahnhof der Dampfsporn aus den Lendenzapfen zischt – faßte der Knabe ohne alle positiven, sagen wir männlichen Eigenschaften eines Knaben nicht. Oder soll man Folge eines Entschlusses nennen, daß er den Kopf, den Kopf eines schönen Tiers, eines Pardels etwa, den man durch's Menageriegitter betrachtet hat (mit der Empfindung, ihn gestreichelt zu haben), wieder abwendet von dem für sein Hirn irrationalen Menschen? Nein, die Brunnenfigur war nach der für sie selbst unbegreiflichen, in der Geschichte von Statuen noch niemals dagewesenen wunderbaren Episode ursachelosen Wirbelbruchs, als wäre er nicht geschehen, ebenso ursachelos zum streng kausalierten Einfall ihres Schöpfers zurückgekehrt. Klick! – Laut ohne Laut; gesollter, nicht geschehener! – war der Hals für ewig wieder in's Scharnier geschnappt. Eine Sinnfolge etwa wie ›Sakrament! Ich bin doch kein Liebhaber, der unter ein mit Zentnerschwere schmollendes Mädchen einen Hebebaum schiebt!‹ dachte Andree und trat von einem Bein auf's andere, um, ohne den Standort zu wechseln, doch von seiner Person abzurücken, die eine Lüge sagte, in der eine Wahrheit murmelte, eine einzige Mundhöhle war, über deren Zunge eine *reservatio mentalis* eine Betonbrücke zieht.

Dann stapfte er auf (hoffentlich hilft das!) und erhob die Stimme.

»Auf! Auf! Mach vorwärts! *Allons! Vite!* (er lernte damals gerade Französisch). Du hast mir's versprochen. Ich hole dich zum Malen!«

»Warum willst du mich malen?« klagte es aus dem Knaben, der ohnehin posierte, allerdings für den abwesenden Bildhauer, und so unbewegt, als hämmerte der gerade an der nach Alberting gespitzten, gar nicht griechischen Nase. Die Klage klang körperlos, oder zumindest unterleiblos, wie von einem Irrlicht hervorgebracht oder von einer zur Pflanze verzauberten Prinzessin, die unter den Fingern eines Jätenden weinerlich fragt: Warum reißt du mich aus meiner Erde?

»Das hab' ich dir doch schon erklärt!«

»Ich habe es nicht verstanden!«

»So! – du hast aber gesagt, daß du verstanden hast!«

»Ich habe aber wieder vergessen, warum ich verstanden habe!« – –

Ja, nun stand der Knabe vor ihm, und in fast derselben Haltung, die er auf den Stufen zu der Kirchenpforte eingenommen hatte, auf einer höheren die tiefer stehenden Buben überragend, und von den höher stehenden sich abhebend, dieses wie jenes tuend nicht bloß aus dem Zufall des Orts, wo der fromme Marsch (von der Pfarrkirche zur Kartause am Tage Mariae Himmelfahrt) erstarrt war – weil die Mütter mit dem Zurechtrücken und -zupfen der Kränzchen und weißen Kleidchen ihrer noch jungfräulichen Töchter nicht und nicht fertig werden wollten –, sondern auch durch Rasse, Stand und jenes zusätzliche Etwas, das bei einem Mädchen Schönheit heißt, bei einem Wesen männlichen Geschlechts aber eher als ein Brand- und Schandmal empfunden wird, das dem Musenkuß oder dem *crimen* – man vermag noch nicht zu sagen, wem; und dieses Schulbeispiel angespanntester Ungewißheit eben lockt die Verführer an – um viele Jahre vorausgeeilt ist. Er hatte damals eine Kerze in der weißbehandschuhten Hand gehalten und so nahe an die Wange, daß trotz des Sonnenscheins der Leichenschein der Kerze den lebensmüden Schatten unter'm Aug' vertiefen konnte und die Wange elfenbeinern machen, vom Bein abgegriffener Crucifixe. Lebend, doch wie tot, aber schöner als lebend, Knabe zweifellos, noch zweifelloser Mädchen, so allerdings, wie Mädchen nie sind, nämlich, mit den Wasserrosen der Intelligenz bedeckte stille Teiche: Kein Wunder, daß im Kopf eines Malers das Einanderwidersprechen von *nomen* und *numen* hermaphroditische Gestalt annahm. Allein auf diese Weise kommt ja, was wir Gestalt nennen, zustande: das unentrinnbare Leibgefängnis von Thesis und Antithesis, in das sie geworfen worden, als dem Schöpfer die Geduld des Denkers gerissen war. Möge das Geschöpf mit den zwei Seelen fertig werden, die das Geschöpf konstituieren! Möge es nach seinem Bilde seine Welt schaffen, und in dieser selbstgeschaffenen Welt wie ein Gott sich betragen! Und so blitzt ein bißchen vom prometheischen Lichte in jeder Aberration auf. Daß die Lasterhaften, wenn sie zugleich auch Idioten – und jede Lasterhaftigkeit ist idiotisch, kommt aus dem Idioten in uns und führt zum Vollidioten –, ihre süßvioletten Neigungen für bedingt durch ihre Natur und also für eine menschliche Eigenschaft halten, beweist nur, wie wenig oder wie gar nicht sie bei dem Apperzipieren von Gestalt mit dem Geiste anwesend gewesen sind, und für wie feinsinnig, um nicht zu sagen, verschmockt, für wie liberal und unproblematisch sie diese Natur wissen möchten, die durch ihr Teilen der Menschheit in zwei Geschlechter nicht nur nicht das Gröbste, davon dann erst auszugehen wäre, sondern das Äußerste, Kühnste und Sublimste, dem das abgründigste Philosophieren kaum folgen kann, geleistet hat. Nun: Herr Andree war kein Idiot. Herr Andree ist bei dem Apperzeptionsvorgange mit allen Sinnen und noch einem anwesend gewesen, und alsogleich dessen sich bewußt geworden, daß er aus dem gegenwärtigen Weiberschutte keine archaische Veranlagung grübe, sondern einer Fata Morgana aufzusitzen im Begriffe sei. Er war aber – und das ist nun ein Moment, das weder eine besonders tiefe psychologische Tiefe hat, noch einen eigentlich moralischen Aspekt besitzt – zu sehr Maler, um nicht aufzusitzen. Als Maler wußte er, daß das Zusammendrücken der Augen bis auf einen schmalen Sehschlitz die Lokalfarben in den sogenannten Ton übergehen läßt. Bei einem Maler kann diese Art des so und nicht mehr anders Sehenwollens zu einer Leidenschaft werden (und nach ihrem Vorbilde das Bild zu einer zweiten Natur, von der die erste lernen sollte); kein Wunder dann, daß diese Leidenschaft auch den nichtmalenden Maler ergreift, und daß der nun auch alle übrigen, noch nicht Modell sitzenden Einzelheiten oder Einheiten bald zu einem glitzernden Sternhaufen, bald zu einem trüben Brei zusammenzieht. Aber auch in seiner psychologischen Metastase bleibt der geschilderte Vorgang ein artistischer, das heißt: der Sündenfall, wenn er zufolge meisterhaften Imitierens der echten, nämlich echt lasterhaften Ergriffenheit eintreten sollte – was gelegentlich geschieht; kein Zauberer ist vor sich selber sicher; der spekulativste Kopf hat Stunden, in denen auch er der Erfahrung, die der Dummkopf machen muß, weil er sonst gar nichts erführe, nicht entraten zu können meint –, kommt nie, so theologisch der malende oder dichtende Mensch sich bemühte, über den Rang eines Nebeneffekts des Hauptaffekts, der Begierde nämlich, komplex zu sehen und das Komplexe metaphorisch, hinaus. Es ist das etwa so, als ob man auf der echten Schale der gemalten Banane ausglitte und aus diesem glitschigen Grunde hin- und sich eine Beule schlüge, deren Wirklichkeit unter Beulen und Beulenträgern allerdings nicht zu leugnen; aber: in welch' einem fernen und verdünnten Verhältnisse steht doch diese, nur durch einen lächerlichen *accident de la rue* zu erlebende Wirklichkeit zu der ohne zufälliges Mißgeschick, apollinisch schönen und würdigen Schreitens, erreichbaren und erreichten Wirklichkeit des Kunstwerks?! Nun, für den augenblicklichen Augenblick war Herr Andree weit davon entfernt, die ungeheuerliche Entfernung feststellen zu wollen oder zu können, die derzeit – und gesetzt, er würde auch weiter so sich betragen, wie er jetzt sich beträgt – zwischen dem Bilde herrscht, das er zu malen beabsichtigte, und einem Maler, der in der laienhaftesten Ferialität, in dem, was die Choribanten des Lebens, bald flüsternd, bald dröhnend, immer aber vor Erregung naß bis auf die Gänsehaut, das Erleben nennen, sich bewegt. Und so lag (vielleicht) das Nichtmalen bereits in dieser unmöglichen Art des Malenwollens. Ein Bild kann wohl von einer zur Verfügung oder nicht zur Verfügung gestellten Wand abhängen, keinesfalls von dem Vorwand, der es selber ist.

Nun stand der Knabe vor ihm, den er seit dem Tag des Entschlusses, ihn zu malen, nicht nur nicht gesehen, sondern ihn früher zu sehen als verabredet, sich auch verboten hatte. Die Ausführung eines Entschlusses, der ein seltenes und seltsames, anrüchiges und den es Empfindenden zum Schütteln des

Kopfes zwingendes Vergnügen tarnt – für die Umwelt so gut wie vollkommen, für den eigenen inneren Blick gar nicht –, wird natürlich bis zum Vollaufen des nicht weniger denn auf dieses, auf Entleerung hin geschaffenen Gefäßes verzögert werden. Das verlangen die nach möglichst zerdehnter Vorwollust trachtende Wollust und der bessere Einsicht und Absage an den kuriosen Appetit erhoffende Verstand. Ein feindselig-geschwisterliches Verhalten, interessant genug für den, der aus dem blauen Himmel über ihm sein Schauplatz geworden! Und seit dem Fronleichnamstage war auch der Blick des Herrn Andree ein gespaltener, doppelter, zweideutiger. Kein Wunder, daß diesen Blick, wenn er besonders weit auseinanderspielte und so den beiden Verhaltensweisen in's Schwarze traf, Herr Andree mit den bei Monologisierenden üblichen Rufen, wie »Na ja!« oder »Ei, daß dich!« oder »Da soll doch das Donnerwetter dreinschlagen!«, begleitete. Daß er auch sich hatte einfallen lassen, der Prozession beizuwohnen! Er, der die Kirche nicht haßte (das überführte ihn ja einer der geradesten Beziehungen zu ihr; die Frommen könnten von den militanten Gottlosen lernen!), sondern ihr nur keine wirkliche Vorhandenheit zubilligte! Daran sind die verfluchten bretonischen Bilder schuld mit ihren Darstellungen des dort so genannten Pardon! Die Malart, noch so abstrahiert vom Gegenstande (das Fell vom Bären, die Brieftasche vom Bestohlenen), zieht doch das Sujet hinter sich her, einfach deswegen, weil dem *crimen* die Erinnys folgt und, was Gott verbunden hat, der Mensch nicht trennen soll. Aber man mache Künstlern begreiflich, daß der auf die gröbsten Sündenfälle (um jederzeit allgemeinverständlich zu sein) bezogene Dekalog auch in der feinsten Verfeinerung zu Farbstaub gilt! So zeugt die eine Aberration die andre! sagte mahnend und ein wenig schadenfroh die Vernunft. Aber das Gefühl, sehr weise auch die richtigste Überlegung hassend, weil sie von dem Philosophen oder gar dem Religiösen herstammt, die endgültig hinter sich oder uneinholbar vor sich haben, was den Künstler zu einem Künstler macht, wollte durchaus in dem unerforschten Gebiete (und das ist das verbotene; denn das erlaubte, wenn auch nie betreten, kennt man nur zu gut, nämlich *a priori*, aus der ewigen Vorzeit, die man als reiner Geist hingebracht hat) weiter wandern. Also blieb Herr Andree bei der, ihrem Inhalte nach, ihm unverständlichen Prozession und bei dem einzigen Inhalte, den sie dem Freigeist und Fleischesknecht zu bieten hatte, als ein auch für einen Teufel sehr undezenter Teufel, ihr das hieratische Kleid ein bißchen derangierend, in der einzig verständlichen Sprache gegebener Blößen zu dem Maler (dem fast unschuldigen Schulfall des sündigen Menschen) redete.

Andree biß wütend die sehr schlechten Zähne zusammen und ballte die linke Hand zur Faust. Mit der rechten nämlich hatte er kurz zuvor sein Handwerkszeug ergriffen. Diesem Griff zufolge war die Rhododendronhecke wieder auf ihre frühere Undurchdringlichkeit eingegangen. Zugleich auch das doch nur eingeklinkt gewesene Gartenpförtchen magnetisch versperrt worden. Eine im Schlachtplan des Schöpfers vorgesehene Niederlage findet beim geringsten ersten Druck wider die schwächste Stelle der Front theoretisch bereits auf der ganzen Linie statt. Andree erinnerte sich an Gespräche mit Genia, in denen sozusagen (wenn das kaum zu Sagende überhaupt zu sagen ist; aber es soll versucht werden!) ihrer beider abgrundtief verschiedene Bodenlosigkeit einen sie selber, Genia und Andree, wohl überzeugenden, doch gültig grammatisch nie zu formenden Ausdruck gewonnen hat, soferne natürlich das Nichts ein Gewinn ist, und das Haarspalten auf einer ratzekahlen Stelle nicht nur paradox, sondern von entscheidender Bedeutung für das feindselige Auseinandergehn zweier Geschöpfe desselben liebevollen Vaters; was wir, fest zu behaupten, nicht zögern. Als Andree den begreiflichen Zorn eines armen Fischers, dem ein fetter Fisch entschlüpft, niedergerungen hatte, sagte er mit der künstlich tiefen Stimme dessen, der so tief in die Vernunft sich zurückzieht (wie der Bogenschütze Oberkörper und rechten Ellenbogen), wo alles auf die Karte mit der Treffas am Stamm des unvernünftigen Baumes gesetzt wird, nur der Fehl- oder der Kernschuß erfolgen kann: »Wenn das Bild fertig ist, wirst du begreifen, warum ich es habe malen wollen.« Zugleich mit dem Fall des letzten Wortes erhob sich der Knabe. (Dagegen Genia, wie wir sehen werden, von der bestgezielten Kugel nie jemals getroffen worden war. Die Erklärung der artilleristischen Niete ist ebenso einfach für den objektiven Zaungast der Geschlechterkampfhandlungen, wie entmutigend für aktive Artilleristen: Das Ziel, nämlich das Weib, liegt zwar genau in der Richtung, nicht aber in der Portée des Geschützes.)

Der Knabe stieg langsam, im Storchenschritt, aus dem stiefelhohen Grase auf den geschlängelten Gartenweg, wo er drei Mal, und gar nicht so kurz, verweilte: einem immerhin großen Käfer zuzusehen, der, wahrscheinlich Physiker, den Versuch unternahm, durch das (objektiv sinnlose) Erklettern eines sehr rasch sich verjüngenden Halms den äußersten Grad der Tragfähigkeit desselben festzustellen; mit der Schuhspitze im Kies zu scharren und ein römisches Arenarund hellockerfarbener festgestampfter Erde (von Gladiatorenbeinen gestampfter) an den neuzeitlichen Tag treten zu lassen; und noch zu denken, in's Weite zu schauen, gen Alberting, ohne was zu denken oder was zu erblicken, nur eben vorübend künftiges Denken und künftiges Schauen, wie's alle Kinder machen, die ja für's erwachsene Leben exerzieren und wegen des bloßen Exerzierens schon für vernünftig gelten, aber es nicht sind, so wenig wie die Weiber, die zeitlebens nichts als das tun. Endlich trat er durch's wirklich nur verklinkt gewesene Gartentürchen auf die Straße. Während des dreimaligen Intermittierens (oder Rückfalles auf die Mondseite der Mutter, und zwar auf die ewig unbeleuchtete) der Knabenvernunft war der seiner selbst dauernd bewußte Andree vor der Rhododendronhecke, der botanischen Irrationalität, hin- und hergegangen, auch dreimal, mit dem bei Niemandem zu deponierenden beschämendem Wissen (dem Sack schmutziger Wäsche gleich, der bei keinem Wesen, das man achtet, auch nur für ein Viertelstündchen untergestellt werden darf), daß René die Macht hat, ihn warten zu lassen. Ein höhnisches Ha! entfuhr ihm, lauter als mit einem noch gesunden Kopfe zu vereinen.

»Warum lachst du?« fragte erschrocken René. Es war sein

erstes menschliches Wort heute zum Herrn Andree, und es klang – wie schön! – auch besorgt.

Der Maler gab keine Antwort, konnte, leider, keine geben, denn er hatte ja vor aller Zeit Ha! gesagt (nicht gelacht, o nein), damals nämlich zwischen Himmel und Erde, ewigem Vater- und sterblichem Mutterschoß, im Anblick der jämmerlichen Figur – eines Helden, der sich nicht eingestehen darf, daß er ein Feigling ist –, die er, geboren, wohlgeboren, hochwohlgeboren, gleichviel, zu spielen haben würde. Ein Anblick, der nicht vergessen werden kann.

Wir sagten vorhin: Andree malte. Aber er malte gar nicht mehr, seitdem das ehedem so erfolglose Malersein ihm als die Tarnhaut anhaftete, darunter das Ordinäre ebenso erfolgreich wie ungestraft sich treiben ließ. Bald nach dem Feste und den ersten Beilagern, die ihn mit bisher unbekannten Methoden zu lieben bekannt machten, erkannte er – mit einem gelinden Schrecken, der auf einen noch nicht völlig stumpfen Zahn des Gewissens hinzuweisen schien –, daß das Trojanische Pferd seiner Kunst ihn zwar in die Stadt des Priamos Mendelsinger geschmuggelt, aber um keinen Hufschritt höher getragen hatte. Es war nicht zum Pegasus geworden. Und Liebe soll doch beflügeln. Lag's nun an seinen alten Bildern, die das Auge des neuen Lebensumstands armselig fand (ohne zugleich die Mittel zu sehen), war's der widrige Geschmack des Verrates an der Großmutter und des Betruges am Retter Mendelsinger, der ihm die Sinne so sehr verzog, daß die einfachen bukolischen Gerichte der Malerei ihnen keinen Genuß mehr zu bereiten vermochten – es bringt ja die Malerei das Naturding taubenetzt, mit Schnecken gekrönt, von Erde geschwärzt, sozusagen ungekocht auf den Tisch –, kurz: er hätte eher die Küsten Amerikas mit Händen greifen können als seine Pinsel.

Eine Zeitlang machte er sich die Gelder zum Vorwurf, die er für Werke nahm, die er nicht schuf, wohl plante und dann auch nicht einmal mehr plante. Wie das ohnehin schon sehr magere Flüßchen im sommerlich versandeten Bett verlor sich sein Wille, zu sein, wofür er galt, in der Geltung, die, siehe da, auch ohne Dazutun eines Seins sich erhielt. Ein jeder Künstler, ob er nun als solcher oder als Mensch Erfolg hat, kennt diesen Zustand und seine Gefahren von ihrer Überwindung her, wie wir hoffen wollen. Man hängt da auf wunderbare Weise in der Luft. Weder der Pinsel noch der Fuß spüren bei ihrer Bewegung einen Widerstand. Jede Tür, die zur Werkstatt wie zum Salon, geht in geölten Angeln. Man ist in der Kunst wie im Leben ein Zauberer, scheint es. Und schnell verliert man die Zähne, das Brot zu kauen, die Hände, es zu formen, und das Feuer, es zu backen. Ganz zum Schluß tritt deutlich der Strick aus dem Äther, an dem das tölpelhafte Opfer seiner eigenen Magie hängt. Weil weder Genia noch Baruch, oder Berthold, wie er jetzt, getauft und geadelt, hieß, jemals nach den geförderten Werken fragten, sondern das Malen des Malers als eine ebenso selbstverständliche wie diskrete Funktion oder Sekretion zu betrachten schienen, von der man weiß, aber nicht spricht, dauerte es, bei geringer sittlicher Substanz und schwächlichem Schöpferwillen, nicht lange, und Andree machte sich eine nur durch Schweigen bekundete Anschauung zu eigen. Er lebte als Mann von der etwas anstrengenden Liebe, die er spendete, und in dem Glauben, das Künstlertum decke das Cicisbeat; als Künstler auf einen Kredit, den er für eingeräumt hielt, weil er ihm nicht verweigert worden war. Nun ist es eine der hervorstechendsten Eigentümlichkeiten der illegalen Existenzen, daß sie eine beträchtliche Weile (bis das in den Magen geboxte Gesetz wieder zu Atem kommt) durchaus natürlich, rosig, notwendig, vorgesehen im Schöpfungsplane erscheinen; nicht nur ihnen selber, sondern auch den andern. Sie nehmen's an Gesundheit mit den Gesündesten, an Ehrlichkeit mit den Ehrlichsten, an Zartheit mit den Zartesten auf. Ja, in Ausnahmefällen beschämen sie sogar den besten Gatten, den strengsten Richter und die ätherischste Mimose. Es ist auch schon vorgekommen, daß sie in religiösen Dingen päpstlicher als der Papst gewesen sind. Dieser Wettstreit der Unordnung mit der Ordnung, unter dem täuschenden Anschein der Gleichberechtigung und um den Preis der tiefsinnigeren Interpretation des Gesetzes, dauert, gemessen an der historischen Unendlichkeit, allerdings nur wenige Augenblicke. Aber es sind jene spannenden Augenblicke, während welcher in der Spitze des Feldes die zwei kräftigsten Pferde Nase an Nase liegen und mit keiner Anstrengung auch nur um Haaresbreite ihr verhextes Zwillingsverhältnis zu lockern vermögen. Wenn man jetzt das Rennen stoppte, so bliebe es in alle Ewigkeit bei jenem Gleichgewichte des Guten und des Bösen, das, wie gewisse Gnostiker glauben, Gott und der Teufel einander halten. Aber das hier gemeinte Rennen geht so gut weiter, wie alles weitergeht, und der übersinnliche Mächtekampf auch, und dem besseren Rosse neigt sich der Sieg, was, in unserem Falle, soviel heißen will, als jenem Agonisten, der, so klein sein sittlicher Fonds sein mag, zur Ordnung, gleichgültig auf welchem Bewußtseinsgrad sie einmal bejaht worden, die größere Affinität hat. Denn das, was wir die Ordnung nennen, das Gute, die Legitimität, die Legalität, wird nicht zufällig und gelegentlich belohnt und wieder an die Herrschaft gebracht von einem, man könnte nicht sagen wie, in die Natur gekommenen Ethos oder gar vom persönlich sich bemühenden lieben Gott – wie's dem kurzen Menschenleben scheint, das auf dem langen historischen Wege von Ursache zu Wirkung in der Regel stirbt –, sondern nach einem ebenso einfachen wie bedächtig und unbestechlich sich verbreitenden biologischen Gesetz, das sagt, daß jedem Wesen, teils von vornherein, teils durch eigenen Erwerb, entweder eine Neigung zum Segen oder zum Fluche innewohne. Diese in der Generation wie in dem Individuum gleichmäßig herrschende und unwiderstehliche Neigung, bald stärker, bald schwächer, führt je nachdem, früher oder später, entweder schon den Sohn oder erst den Enkel auf einen, wenn er nur will, durch die Jahrhunderte ragenden Gipfel der Gesundheit oder in die rasch dichter werdende Nacht der Décadence. Eine vollendeten Frieden vortäuschende lange Weile also lagen Andree und Genia Nase an Nase, während, ihnen unbewußt, ihre inneren Gliedmaßen wie rasend galoppierten, um das Auseinanderkommen zu bewerkstelligen, das von Anfang an in ihrem Zueinanderkommen gewesen ist. Eines Tages schäumte aus dem unteren Tumulte ein Brecher bis zu der starren Gleichzeitigkeit oben auf. Und die eine Nase rückte um den Rand eines sauberen Nagels über die andere hinaus. Es war – selbstverständlich! – die Genias. Man kann gegen die Frau von Mendelsinger sehr vieles vorbringen, was in der angeblich so duldsamen liberalen Welt vollauf hinreichen würde, sie zu verurteilen. Eines aber, das vermöge seiner geheimen Virulenz Kapitalschäden nicht aufkommen läßt, übersieht diese Welt: daß die des Andree gewiß würdige Genia durch das nun einmal empfangene Sakrament der Ehe von vorneherein auf die Seite der Lämmer, der Gesegneten gestellt worden war. Der unaustilgbare Charakter des Sakraments reicht natürlich nicht aus, eine Seele wider ihren freien Willen zu retten, und über der Bankiersfrau ewiges Heil sind gewiß einige Zweifel am Platze, allerdings nicht in Anbetracht der unbekannt wie großen Barmherzigkeit Gottes. Aber einen, ins Unausrechenbare sich verlierenden Vorteil hatte sie vor jenen voraus, die sich nicht – ob nun aus entschuldbarer Unwissenheit oder aus militantem Unglauben, gleichviel – unter die Traufe solchen Segens, oder des *opus operatum*, wie die Theologen sagen würden, begeben haben. Die großen Linien wenigstens des Ordnungsbildes hält ein solches Geschöpf ein, beziehungsweise fällt es in dessen Umrisse wieder zurück, wenn es sie überschritten haben sollte. Die göttliche Zensur, unheimlich duldsam gegen alle Umtriebe auf dem konzedierten Tummelplatze, streicht unnachsichtig alle Angriffe auf den überpersönlichen Segen aus dem Konzept der unwiderruflich gesegneten Person und auch des ihr gemäßesten Liebhabers. Eines Tages, der nur in der Übernatur, nicht in der Naturgeschichte des Tiers mit den zwei Köpfen ein Datum hat, also eines ganz beliebigen Tages – der beste Laubfrosch von Psycholog' hätte den Wolken- und Verhältnisbruch nicht für heut' und jetzt prophezeien können –, machte das nie beachtete Sakrament seine Rechte geltend, aus einem so unerwarteten Advokatenwinkel und so offenkundig wider den bewußten Willen seiner Empfängerin, daß der niedergewetterte Galan dieser keine herzlose Absicht zu unterschieben vermochte, und sie einen reinen Eid abzulegen imstande gewesen wäre, sie hätte keine gehabt. Eine Blase platzt, ein loser Felsblock löst sich ganz und poltert zu Tal, eines meisterlichen Seiltänzers Seil reißt. Das durch Krankheit, Romantik, Kunst komplizierte Leben fährt im Nu – dieses Nu ist das Katastrophale. Wenn einem Zeit gegönnt wäre, könnte man die rettende Arche baun – auf seine Einfachheit zurück. Ja, es fährt sogar noch drüber hinaus. Ins Biblische. In die einfachste Einfachheit, in die sakrale. Wo Gott mit Abraham sich unterhält. Wo zwei mal zwei noch nicht vier ist, wohl auch nicht mehr und nicht weniger, aber erst in der Knospe.

Eines Tages also gab es aus einer geringfügigen Ursache Streit. (In der Geringfügigkeit der Ursachen drückt sich eine ironische Verachtung der an den Felsen der Kausalität geschmiedeten Welt für den Adler des Zeus aus.) Was lange, sehr lange hintanzuhalten ist, zuerst mühelos, wie man etwa auch das Altern um gut zehn Jahre zu prellen vermag, wenn man nur ja keine bewußten Anstrengungen zum Jungsein macht, dann immer mühevoller und unter immer schärferer Artikulation der Willensbekundung, es um jeden Preis hintanzuhalten, das geht plötzlich, auf ein Kommando der Zensur hin, deren Empfindsamkeit niemand abtasten kann, zur Offensive über, erstürmt und sprengt den Mund, läßt die Zunge giftig herausflattern und schickt eine solche Fülle des stinkendsten Schlammes nach, daß ein unsichtbarer Zeuge der jetzt und der früher gespielten Szenen sich an den Kopf würde greifen müssen bei der Frage, wo denn, zum Teufel, diese Fuhre von Dreck gesteckt hätte, und warum man so gar keinen Wind aus den wandelnden Jauchegruben bekommen habe. Ja, die Wahrheit ist in einem das Leben erst ermöglichenden System von Fiktionen eben ein Fremdkörper und schwärt unbedingt einmal aus dem Fleische: wo und wann weiß man allerdings nicht. Es ist mit ihr wie mit den Furunkeln. Sie nannte ihn einen Maler, der nicht male, und von dem, was er nur angeblich sei und bestimmt nicht tue, auskömmlich lebe. Aber der Tag nahe, der Gerichtstag, an dem man zu sehen wünschen werde, was er geschaffen habe. Ja, und er sei schon da. Sie warf sich auf das Lager, wo sie einander geliebt hatten, schleuderte die Capricepölster zur Zimmerdecke, wie ein Vulkan seine Bimssteine gen

Himmel, und imitierte das unterirdische Grollen trefflich mit trommelnden Fäusten auf der gut gefederten und gespannten Ottomane. Es war ein lächerlicher Ausbruch der Dame in der Dirne; aber in der lächerlichen Dame manifestierte sich, so gut er's eben vermochte, der Engel. Nicht alles, was lächerlich ist, ist nur das. Heute noch werde der Gatte im Atelier erscheinen und Rechenschaft fordern. Ob er denn glaube, der bezahle ihn, daß er seine Frau beschäle? Ah, so einfach sei die Welt nicht, und sie, Genia, nicht die geduldige Wirtin für einen Parasiten. Ihr Geld wolle er, nur ihr Geld! Sie war rasend eifersüchtig auf das unnahbare, siegreiche, von ihr selber angebetete Geld und schluchzte in der nach dem Grundriß des *circulus vitiosus* gebauten Mausefalle zum Erbarmen. Aber er hatte keins mit ihr. Denn so sehr er diese Frau liebte, haßte er jetzt die absichtsvolle Dummheit der Frauen, in die sie sich zurückziehn, um mit einem Liebhaber brechen zu können. Welch' intelligente Zerstörung der Intelligenz ist doch die Dummheit! Und ebenfalls heute noch werde sie Mendelsingern alles gestehn (sie wußte sehr wohl, daß er alles wußte, ja ihr sogar verhältnismäßig dankbar war, daß der Maler den Liebhaber bagatellisierte, welche Wirkung ein Herrenreiter oder Tennisspieler nicht gehabt hätte), und auch auf die Gefahr hin, wieder auf die Straße geworfen zu werden. Nur Ordnung – nun gebrauchte sie wirklich das Wort und ganz in unserem Sinne – und Einfachheit (aha!) müßten wieder herrschen, und die Wahrheit! – der Fremdkörper durchbricht also die Haut – müsse endlich ausgesprochen werden! Im ethischen Sinn war das alles gelogen. Es war ordinärste Psychologie. Aber der Wächter des Sakraments muß seinen hohen Zweck mit genau den Mitteln erreichen, die ihm ein Schweinekoben oder ein Kloster zur Verfügung stellen. Er tut kein Wunder. Er ist nicht der Engel der Gnade. Der Leser sieht bereits voraus, auf welcher Höhe der wahrheitskernigen Gemeinheit nun der Maler seine Kanonen abprotzen und abfeuern wird. Denn auch ihn muß ja der als Teufel verkleidete englische Wächter reiten, damit auch von dieser Seite das fromme Werk (doch nicht aus frommen Gründen) vollzogen werde. Er nannte sie eine Bettlerin – die sie wirklich gewesen, wie wir wissen –, die als *hors d'œuvre* Streichhölzer und als Hauptgang sich selbst verkauft – was sie wirklich getan hat – und ihre germanische Großmutter an einen Juden verraten habe – in den Augen Andrees das weitaus abscheulichere Verbrechen. Er stritt ihr jedes Recht ab, nach seinen Bildern zu fragen, denn sie selber sei ja mit dem Nichtmaler im Komplott gewesen. Wann übrigens bei dem anstrengenden Liebesdienste hätte er sie schaffen sollen? (Wie wahr!) Nun begann die Vorwurfsschlacht. Sie rissen die ältesten Gedächtniszellen auf und warfen einander die, siehe da!, frischesten Erinnerungen an verstandene, verziehene, auch an nie zur Sprache gekommene, böse Stunden an den Kopf. Die ganze Vergangenheit schien eine einzige Folterung der widerspenstigsten Körper auf dem amourösen Bette gewesen zu sein. Das ist natürlich übertrieben, sagen die vernünftigen Leute. Nein, es verhält sich wirklich so, behaupten wir. Denn das Schöne ist nicht schön, das Gute nicht gut, das Wahre nicht wahr, wenn der Kosmos dieses an sich gewiß Schönen, Guten und Wahren in der Sphäre der grundsätzlichen Ablehnung durch das Sakrament sich entwickelt, unter dem Wasserspiegel gleichsam, der die höheren Lungenatmer von den niederen Kiemenatmern scheidet. Was soll das Evangelium bei den Räubern? Ist es ein unverpflichtend literarisches Werk? Ist der Dekalog ein jüdischer Spazierstock und seine eigentliche Bestimmung, in's Wasser gesteckt zu werden und dadrin interessant geknickt zu erscheinen? Wir brauchen das weitere Hin und Her der in Papageiengekreisch und Hundegekläff herunterkonvertierten Szene wohl nicht zu schildern. Der verständige Leser ruft bereits: Genug! Er kennt das Bild, das die beiden Leute notwendig bieten. Er weiß: man geht eines Morgens, um zu lustwandeln, aus dem vertrauten Hause, und – ei, potztausend! – vor dem Tore liegt ein Haufen von Ziegeln, Steinen und Mörtelbrocken, die überlebensgroßen Karyatiden, so den Balkon des Hausherrn getragen haben, nebst dem Balkone. Bis zu dieser Stunde hat der rechnerische Geist des Baumeisters die künstliche, Gegenstand und Gestalt hervorbringende Spannung bei ihr selbst zu halten vermocht wider der Materie stete

Tendenz, zum alten, sinnlosen Chaos zusammenzuschießen. Heute aber (warum gerade heute, weiß nur der Weltgeist!) läutete im Universum die geheime Sturmglocke der Freiheit, und irgendein Teil des Stoffes erhob sich aus der Sklaverei der Fiktionen wieder zu sich selbst. Das ledige Pferd sprengt querfeldein, der abgeworfene Reiter kämpft sich dahin auf dem ungewohnt schweren Erdboden mit kraftlosen Tonnenbeinen. Das heißt: Genia schlüpfte in's Badezimmer und machte eine Stunde später bereits Besorgungen in der Stadt. Sie war ja die jedenfalls Gesegnete und fand daher, wenn auch nicht zu Gott, o nein!, so doch leicht in seinen Frieden für Ungläubige, in den Alltag zurück. Andree hingegen, der Nichtgesegnete, blieb an die einmal geschwitzte Spur geheftet und brachte es ihretwegen ebensowenig zu einem aufrechten Gange wie der Hund. Er war nichts als Nase, voll des gewohnten Geruchs, obwohl das entronnene Wild ihn schon ganz woanders erzeugte und nicht mehr für diesen Hund. Er glaubte, tangential ausgebrochen zu sein, und ging doch im Kreise, weil er von der Sehnsucht nach dem alten Zustande durchrüttelt wurde, auf den er das Gewohnheitsrecht hatte. Er saß in einem nahen Park neben Arbeitslosen und floh, als er sich als einen der Ihren erkannte. Er blickte in den grünen Bottich eines öffentlichen Brunnens mit Kindern, die ihre Papierschiffchen in ihm trieben, und konnte seinen Durst nach dem Frieden der Kleinen nicht daraus löschen, denn das seichte, eng gefaßte Wasser parodierte dem Vorstadttantalus das weite südliche Meer, an dessen kosmopolitischen Stränden er so oft mit Genia gelegen war. Die Gerüche der Salben, des Puders und Parfums, in eine ewige Erinnerung aufgesogen unter dem monumentalen Druck der Schäferstunden, hatten ihn verdorben für die unbetonten, zufällig gedächtnisfreien Düfte des Jasmins oder der Linden. Der blaue Himmel, die grünen Wiesen, die weißen Wolken erlaubten ihm keine unsittlichen Beziehungen zu ihnen, und so blieben sie ihm stumpf, blaß, tot, ja feindlich, als liebten sie ihn ausdrücklich nicht. Und die Büsche und Bäume waren ebenfalls keine Frauen, sondern Liebende unbekannten, unzugänglichen Geschlechts. Die Menschen, wenn sie glücklich schienen, Besitzer eines Mittelpunkts in der ihm auseinandergeflogenen Welt, erregten seinen bösesten Haß; die er für unglücklich hielt, seinen unedelsten Zorn: Durch sie nämlich kam sein Elend um den einzigen Trost, der es nicht nur erträglich, nein, überaus kostbar hätte machen können, um die Originalität. Es war eben die Hölle, in der er sich bewegte, der unaussprechlich fürchterliche Ort, wo das Leiden verdienstlos ist, die Reue vergeblich, der unaustilgbare Personencharakter nur mehr Grundbedingung der Qual. Und der schon ermüdete Blick auf eine öffentliche Uhr lehrte ihn, daß die Ewigkeit seines Ausgestoßenseins erst eine Viertelstunde dauerte. Fünf Minuten später – er brauchte die Richtung nicht zu ändern und keinen Entschluß zu fassen, denn die Erniedrigung vollzieht sich von selbst, und die Strafe ist kein Aufbau, sondern ein Abwickeln – stand er in Mendelsingers Kontor. Warum gerade dort, wohin ihn, wie der Leser glaubt, zehntausend Pferde nicht gebracht haben würden? Was, in drei Teufels Namen, konnte denn dort jetzt noch gewollt werden? Nun, von einem Wollen ist in der Hölle natürlich gar keine Rede; weder des Guten, noch – obwohl es da zu Hause – des Bösen; weder des Vernünftigen, noch des Unvernünftigen. Alle diese Alternativen liegen, von solchem Jenseits aus gesehen, diesseits. Man fährt in engstem Raume auf einer Grottenbahn, wiederholt immer wieder das Panorama seiner Paradiesessünde, von Versuchung bis Verfluchung, und von Verfluchung zurück zu Versuchung, und kann aus keiner eigenen Kraft den Zug verlassen, dessen Lokomotive von der nutzlosen Energie des Irrsinns dampft. Jetzt war er also wieder da, von wo er vor einer größeren Viertelstunde ausgegangen. Wohl bei Berthold, und nicht bei Genia Mendelsinger; doch ist dies kein Einwand gegen die behauptete Identität von Anfang und Ende. Der Engel des Sakraments unterrichtet nämlich uns und den Sträfling, anläßlich seiner ersten Wiederkehr auf der Kreisspur, über die Einwesigkeit der Gatten, über die Irrelevanz ihrer zwo Gesichter und über die absolute Gleichgültigkeit der an wem von beiden angebrachten Geschlechtsmerkmale.

Herr von Mendelsinger hatte, weil mit des Malers Auftreten

im Kontor ein einseitiges Geldgeschäft stets verbunden zu sein pflegte, die Hand bereits in der tiefen Lade (rechts vom Knie), darin die rindszungenlangen Scheckhefte lagen. Er zog sie auf die verzweifelt anständig abwehrende Handbewegung Andrees nicht zurück, und bemerkenswerterweise auch nicht – um zur Hundepeitsche oder zum Revolver zu greifen –, während des als Geständnis schamlosen, als Erpressungsversuch (in solcher Situation) ingeniösen Geständnisses des bilderlosen Malers, mädchenlosen Zuhälters, geldlosen Verwöhnten. Erstens hatte Andree die ihm von der Verzweiflung abgerungne Großartigkeit, vorauszusetzen, daß Herr von Mendelsinger alles wisse und als depossedierter Gatte von einst den depossedierten Liebhaber von jetzt verstünde. Weil sie an dem gleichen Menschen die gleichen Erfahrungen gemacht hätten, besäßen sie ein original und rational Verbindendes, das stärker sei als das konventionell und affektiv Trennende. (Der Sophist und Sünder vergaß natürlich des auf der anderen Seite empfangenen Sakraments, das einen schönen Strich durch die schönste psychologische Rechnung zieht.) Zweitens behauptete er – allerdings nicht mit diesen deutlichen und dürren Worten, wir drücken ja nur den Sinn aus dem emphysematischen Sprachschwamm –, daß er im Hause Mendelsinger sich einen rostigen Nagel in den Fuß getreten habe und nun bis zu Berufsunfähigkeit an dem Unfalle litte. Herr von Mendelsinger senkte den Kopf. Nicht um heimlich zu erröten oder um einen vor so sublimer Gemeinheit unzuständigen edlen Zorn zu unterdrükken, sondern um zu lernen. Ja, um zu lernen. Als Kaufmann, als Mann, als Pilger durch das Purgatorium des Lebens. Ja, man könne die Sache auch so sehen! Eine neue Art von Verantwortung des Gatten für die Frau tauchte im orientalisch-patriarchalischen Segmente seines Geistes auf, das – wie wir schon einmal gesehen haben – immer dann sich durchblutete, wenn grundsätzliche Entscheidungen gefällt werden sollen. Er versank in ein ziemlich zeitloses Nachdenken, wiederum, ohne die Hand aus der Geldlade zu ziehen, auf welche Hand Andrees Aug', weil das Mendelsingers zu Boden geschlagen war, nun mit unmöglich mehr zu verhüllender Angst sich richtete;

einzig und allein auf diese Hand. Es stand ja jetzt zur Frage, ob diese Hand an der Entrücktheit des weltlichen Ekstatikers teilnahm und in der Lade nur vergessen worden war oder ob das Bewußtsein der westlichen Geisteshälfte in ihr weiterlebte mit der vorübergehend wohl suspendierten, nicht aber endgültig aufgegebenen Absicht, die beim Eintritt des Günstlings sich so unverkennbar geregt hatte. Es war eine Frage nach Leben und Tod, und sie mußte ihre Beantwortung in wenigen Augenblicken gefunden haben. Doch nicht nur wegen des fürchterlichen Schwebens zwischen Leben und Tod – man könnte doch auch ruhigen Gewissens und gottergeben schwebend zappeln – sträubten sich dem bilderlosen Maler die Haare und brach ihm ein Holzhackerschweiß aus, während er jene Hand, die sein Urteil sozusagen versiegelt enthielt, bestierte, sondern auch aus einem anderen Grunde: Er war, ohne dahin sich geäußert zu haben, in Richtung Geldlade so verstanden worden, wie er verstanden zu werden zugleich hoffte und fürchtete. Es gibt also eine innere Sprache, die der äußeren widerspricht und, obwohl lautlos, jene übertönt. Es gibt also einen inneren Verräter, der die verhüllenden Worte so setzt, daß sie alles enthüllen. Und eine Menschenart, die das zu Erhoffende fürchtet und das Gefürchtete erhofft. Sie ist nicht durchaus feig' oder durchaus gemein, sie ist alles, was man sein kann, halb und alles Halbe immer zusammen. Sie steht nicht zu ihrem Wort und will es doch dann ausgesprochen haben, wenn den besseren Erfolg Klarheit und Wahrheit versprechen, und will es nicht so gemeint haben, wenn sie den Partner nicht in der Laune sieht für das ihm heimlich zugemutete Geschäft. Sie geht auf Katzenpfoten zwischen den Regentropfen hindurch und ist eigentlich laut und plump und fällt in die Pfützen und wechselt beständig den Anzug, um den wirklich Geschickten oder Begnadeten stets trocken und rein zu erscheinen. Während also Herr von Mendelsinger das Neue lernte, erkannte Herr Andree sich selbst. Eine merkwürdige, der Neuheit ebenfalls nicht entbehrende Situation, darin ein Gatte und ein Cicisbeo sich befinden! Wir müssen aber nun auch etwas zur Verteidigung des Letzteren tun, denn die Selbsterkenntnis ist nicht objektiv, und wir sind nicht Partei. Will eine Figur, entweder im Guten oder im Bösen, gleichviel, aus ihrer Welt, aus unserem Buche nämlich, heraus, so muß ihr gleich auf den Kopf geschlagen werden, daß sie wieder schön in's Relative eintauche, das, weil wir nicht Gottes Endgewißheit besitzen, die dem Menschen einzig gemäße Zuständlichkeit ist. Wir sagten weiter oben, Andree ging im Kreise. Aber auch: er brauchte seine Richtung nicht zu ändern. Wie paßt das zu dem? Hat ein Kreisbogen eine Richtung? Ja, wäre die Sache einfach, müßten wir nicht zurückschweifen. Gibt es denn nicht eine Eigenbewegung der Planeten auf der ihnen vorgeschriebenen Bahn? Ein bewußtes Leben im Überbewußtsein der Bestimmung? Nun, während der innere Andree seine verzweifelt aussichtslosen Kreise zog – ohne etwas anderes zu denken als: ich denke, und ohne etwas anderes zu fühlen als: mir fällt trotzdem nicht das Geringste ein –, flog der äußere, in selten vorbildlicher, sonst nur an wirklichen Planeten zu beobachtender Unabhängigkeit von der Eigenbewegung, die jetzt, unter so günstig-ungünstigen Umständen, als vorbestimmt sich erweisende Bahn. Und: diese Bahn deckte sich beinahe mit der Luftlinie zwischen Königinstraße achtzig und Erzherzog-Ludwig-Viktor-Platz zwölf. Die charakterfesten Herren mit einem sicheren Einkommen von beträchtlicher Höhe und einem (wie sie glauben) uneinnehmbar befestigten Ehehafen werden jetzt, der feinen Unterscheidungen überdrüssig, auf den Tisch hauen und rufen: »Da haben wir's ja! Der Bursche will natürlich bloß der in's Ehrbare entfesselten Furie von Genia zuvorkommen und, ehe der unterrichtete Berthold die Geldquelle drosselt, den letzten Kübel daraus schöpfen, und möglichst plattvoll. Und deswegen schlägt er die Luftlinie ein. Oh, meine Herren, wie simpel doch die groben Worte die Welt darstellen! Und wenn diese eure groben Worte die Wahrheit wirklich vollständig erfaßten (welcher Meinung Sie ohne Zweifel sind), wozu dann diese Plejaden von Schriftstellern, die im Schweiße ihrer Angesichter jene Haare spalten, die ohne Vorwissen nicht vom Haupte des Menschen fallen? Nein, so einfach ist die Sache nicht! Auch ein okzidentaler Kopf hat seine

Kompliziertheit. Nein, der berühmte Hund liegt auch da weit tiefer begraben, als die blassen Engerlinge glauben, allerdings – und das verführte Sie, meine Herren, zu dem groben Kurzschluß – dicht neben der Mendelsingerschen Geldlade. Andree bewegte sich als ein aus seinem Muttersystem geschleudertes Stück Materie ganz selbstverständlich in der Richtung des geringsten Widerstandes, was in's Psychologische übersetzt soviel heißt wie: Mit auf sich selbst gestellter Eigenschwere und bei sekündlich, in einem wahren Höllentempo abnehmender Gesamtgesetzlichkeit muß auf dem kürzesten Wege das noch möglichst größte Minimum eines anderen geordneten Zustandes, gleichgültig in welchem Winkel des Seelenalls er herrscht, erreicht werden. In diesem Sinne glücklich zu preisen sind zum Beispiel jene Meteore, die nicht schlankweg vergasen oder als vereiste Splitter sinnlos um einen unnahbaren Gravitationsherd kreisen, sondern zur Erde, auf die Tundra etwa, fallen und sich tief in unsere gesicherte Ordnung eingraben. Nun aber bewegt man sich in der Richtung des geringsten Widerstandes immer mit seinem schwächsten Organe. Unbewußt, automatisch. Und nun ist, wie wir wissen, an dem ganzen Andree kein Organ schwächer als seine Börse. Wenn wir jetzt noch auf jene besondere Art des eigensinnig, ja fast idiotisch für sich selbst artikulierenden Unterbewußtseins hinweisen – in welches wir das jeweils schwächste Organ uns wie in sein glucksendes Fruchtwasser gebettet denken müssen –, das absolut unbeeinflußbar durch ein Ingenium der bewußten Person die Sachen so zeigt, wie sie sind, auf Heller und Pfennig ausgerechnet unsere Schulden, in den schreienden Farben des Entsetzens die Fälligkeitstage, in ihrer ganzen gefährlichen Geladenheit das annoch erst bekümmerte Gesicht des Schneiders, das schon catonische der zinsheischenden Hausfrau, das bedenklich dem puren *nihil* sich nähernde des kreditierenden Delikatessenhändlers, die schrecklichen Ausfallserscheinungen nach dem strafweisen Entzuge der betäubenden Vergnügungen und aufpeitschenden Gifte, die im kritischen Alter zwischen fünfundvierzig und fünfzig fast sichere Verlassenheit eines Erkrankten ohne gesellschaftlichen Rang, ohne Amt, ohne

Freunde und ohne Geld in jener trübseligsten aller Situationen, da statt des sich entkleidenden holden Geschöpfs eine in abgelegte Kleider gemummte mürrische Bedienerin am Bettrande steht; wenn wir ferner noch die uralte Erfahrungstatsache heranziehen, daß dieses wie beschriebene Unterbewußtsein die Fülle seiner Schrecken immer in dem Augenblick loszulassen pflegt, der den armen Sünder mit dem einen genügenden Schrecken einer eben zusammenbrechenden Spezialwelt ohnehin voll beschäftigt zeigt, so voll, daß etliche apokalyptische Harpyien, die nach der Sintflut noch über das Wasser sausen, gar nicht mehr bemerkt werden; wenn wir also das Bild einer Mechanik geben, die, als solche unerbittlich, den Maler gar nicht woandershin bewegen konnte, denn zu der schon aufgezogenen Mendelsingerschen Geldlade, so glauben wir, alles zur Ehrenrettung eines gewiß nicht Ehrenmann zu Nennenden getan zu haben und alles auch zu seiner Einordnung in die Naturgeschichte. Wir sind nämlich der Meinung, daß nichts auf dem Schreibtische eines Schriftstellers einen widerlicheren Anblick bietet als ein Haufen unverarbeiteter, nicht wieder aufgelöster moralischer Urteile.

Es bleibt nur noch zu sagen, daß – worauf beinahe zu wetten war – die Andreesche Physik und Mechanik sich sehr glücklich mit der Mendelsingerschen trafen. Schließlich tanzten ja beide mit beinahe denselben kabbalistischen Verrenkungen um den Hexenkessel eines Weibes, und das Dieb und Bestohlenem gemeinsame Erlebnis des Diebstahls – die höchst ungleich verteilten Rollen bedeuten für einen tiefer schürfenden Geist nicht viel – hat tatsächlich etwas Verbindendes. Auch die nach Hautfarbe und politischer Meinung unterschiedlichsten Studenten der Medizin sind einig vor Begriff und konkretem Detail der Medizin. Dem ehelichen Leben allerdings ist der Charakter einer Disziplin nur recht selten verliehen worden. In der Regel hält man es entweder für genießbar oder für ungenießbar. Während des Essens essen zu lernen fällt wenigen ein. Zum Glück für Andree ließ Herr von Mendelsinger den Bissen ungekaut und betrachtete ihn aus Zähnen und Schleimhäuten eingehend. Genau wie damals auf der Marienbrücke zog er sich vor der ihm ungemäßen Dramatik des Westlers zurück. Und wie die Mizzi Staracek nur diesem hierorts seltenen Vorgang dankt, zur Gattin und nicht zur Geliebten gemacht worden zu sein, so jetzt der Maler, daß er nicht beschimpft, nicht geohrfeigt und nicht hinausgeworfen wurde. Und noch viel mehr: er empfing nämlich das gefürchteterhoffte Geld einige Augenblicke später, während einer taumelnden Absenz seines Geistes, die ihn des schwierigen Errötens sowohl aus Beschämung wie aus Freude gleichermaßen überhob, eine beträchtliche und runde Summe, doch schon aus einem anderen Beweggrunde. Es wird zwar seltsam, ja unglaublich klingen in den Ohren von solchen, die auf der Straße nach einem Stück Brot irren, aber – sie kennen eben keinen Bankier, und wenn sie das Glück haben sollten, einen zu kennen, sind sie nicht so richtig mechanisch an sein System geschlossen wie der Schlauch an den Hydranten. Der arme Maler hätte also gar keine Angst zu haben brauchen. Der dauernde Besitz und Gebrauch des Geldes, dieses außerordentlich abkürzenden und bündigen Mittels, läßt nämlich sowohl die groben wie die feinen Abfertigungsarten, mit denen die Armen oder die weniger wohlhabenden Leute das Auslangen finden müssen, verkümmern. Ferner: wenn man das Wort kennt, womit man Geld macht, darf man – bei Strafe des Vergessens oder verhängnisvoll Sichversprechens – nie etwas anderes murmeln als den zauberischen Spruch und – um nicht aus der Übung zu kommen – nie einen anderen Handgriff machen als den magischen. Man muß (o tiefe östliche Weisheit, die im Christentum so transparent wurde, daß ihr Urquell, die Gottheit, endlich durchschimmern konnte!) eher helfen, geben, begünstigen, fördern (selbst da, wo man schießen sollte wie jetzt) als verweigern, zusammenbrechen lassen, intrigieren und schaden, weil – nun, sagen wir's zum Entsetzen der gewissen Frommen, die sich so viel auf ihre irdische Unbelohnbarkeit zugute tun, nur frei heraus! – *à la longue* auch eines Millionärlebens nur das Gute Zinsen trägt und gerade das Böse sich nicht rentiert. Und nun wird niemanden mehr wundernehmen, daß Herr von Mendelsinger an diesem letzten Abend genauso charmant war, wie er's an jenem ersten gewesen, und daß über die peinliche Sache von jetzt so wenig ein Wort fiel, wie einst über den leeren Stuhl von damals gefallen ist. Anfang und Ende fielen zusammen und gingen in nichts auf. Ja, man kann – der Antwort ziemlich gewiß – sogar fragen, ob, was die drei Personen während der fünf Jahre ihres liberalen Bundes erlebt haben, wirklich erlebt worden ist? Was uns anlangt, so sehen wir da, nicht ohne eine gewisse Erschütterung, die horoskopisch außerordentlich reinen Figuren Mendelsinger und Andree fast die falsche Ewigkeit und die falsche Überwindergröße der Wachsfiguren des Panoptikums erreichen, wo der Große Fritz und die Kaiserin Maria Theresia gut nebeneinanderstehen können, ohne den Siebenjährigen Krieg miteinander zu beginnen. Denn bei all ihrer erschrecklichen Natürlichkeit befinden sie sich in keinem erlebnisfähigen Zustande. Das Äußerste, das sie mit Hilfe eines komplizierten Mechanismus in Richtung ihrer Geschichte zu tun vermöchten, wäre vielleicht: daß der böse Preuße bellend seinen Degen lockert und die österreichische Gluckhenne ihre Küchlein auffordert, unter ihrem landesmütterlichen Gefieder Schutz zu suchen. Dieselben zwei äußerst möglichen Gebärden vollführten die ebenfalls halbstarren Herren Mendelsinger und Andree. Der eine gab Geld, und der andere nahm Geld. In jedem Automatismus liegt die unendliche Wiederholbarkeit. So schöpfen die Danaiden still in ihr Faß, wälzt Sisyphus seinen Stein hinan, beugt Tantalus sich dem sinkenden Wasserspiegel nach. Kein christliches Höllengeschrei erfüllt diesen heidnisch grauen Ort, der eigentlich eine unterirdische Schulstube ist, wo ehrgeizige und eigensinnige Kinder taube Problemnüsse knacken und nie endende Aufsätze abschreiben.

Jetzt also wissen wir, woher die wohlgefüllte Brieftasche stammt, die den Wirten zur »Kaiserkrone« so sehr über den einsilbigen Gast beruhigt hat, aber auch, von wo der Sprung oder Mauerriß in dem Andreeschen Gesichte sich herschreibt, der dessen eine Längshälfte deutlich gegen die andere absinken und die obere Partie über die untere rutschen läßt. Der nämlichen Katastrophe dürften auch die Zähne ihre pulvergeschwärzte Ruinenhaftigkeit verdanken. Eine heimliche Karies natürlich vorausgesetzt, wird diese beim Blitzschlag des Geldempfangs den schädlichen Prozeß im Nu vollendet haben. Das gleiche muß dann wohl auch vom Haar gelten, das zwischen ratzekahl gebrannten Stellen und angekohltem Gestrüppe schwankt. Für das, was in den Kleidern steckt, haben wir jetzt keine Blickgelegenheit. Doch werden gewiß auch an dem nackten Fleische Wurmstiche und Sengspuren festzustellen sein. Der Blick nach der schönen und grausamen Magd, als nach einer das Beuschel herausreißenden Heilquelle oder nach einer fetten Ratte bei Hungersnot, sagt allerlei.

Am dritten Tage seines Hausens in der »Kaiserkrone«, die er bisher nicht verlassen hatte, nicht einmal, um die Gnadenkirche aufzusuchen, deren feierliches Läuten, sooft eine Prozession das Dorf betrat, ihn angenehm durchschauerte, warf er den Selbstmörderstrick in die eine Ecke und die *ultima ratio et Thule* einer Robinsoninsel in die andere. Die einzig richtige Art des Abscheidens von einer Welt, die uns nichts mehr angeht, nämlich quicklebendigen Leibes und die Augen auf eine gerichtet, die uns wieder was angeht, war ihm eingefallen. Aus Bosheit, deren die Gnade als Vehikel sich bediente? Weil die schöne Magd als Führerin sich anzubieten schien durch ein blutiges, aber lehrreiches Labyrinth? Weil das heißdumpfe Leben noch kräftiger und farbiger Völkerscharen vorbildlich durch die schon recht anämische Ader einer hiesigen Dorfstraße pulste? Genug der Gründe, die alle eine gewisse Stichhaltigkeit besitzen, aber alle zusammen keine absolute: Ihm war das alte *hic et nunc* eingefallen. Es wird immer dann entdeckt, wenn man, bis zu einem Brief an sich selbst abgemagert, aus Zeit und Raum wie aus einer trüben Flasche blickt, die gut verstöpselt im Ozean taumelt. Dem fragilen und durchsichtig gewordenen Wesen, das im Innen nichts als ein annoch unzustellbares Schreiben und im Außen nichts als die zwei weichen Urelemente, Wasser und Luft, wahrnimmt, erscheint auch ein harter Felsen, an dem es zerschellt und wenigstens auf solche Art der unerträglichen Spannung und Neugierde nach sich selber ledig wird, als ein Erlöser. Der (verhältnismäßig) reiche Maler ging auf dem lockeren Lattenboden seines kleinen Zimmers, der wie die Schuhsohle eines Riesen knarrte und bald den Waschtisch, bald die Kommode hob, in der physiognomischen Verfassung eines planenden Mörders hin und her. Denn auch dann, wenn man gegen sich selber einen Anschlag ausbrütet, hat man dasselbe objektiv böse Gesicht. Es ist von diesem nicht abzulesen, ob sein Träger eine ihm unangenehme Tugend oder ein ihn peinigendes Laster fortschaffen will, ob er derzeit des Rauchens sich entwöhnt oder den Entschluß faßt, Opiumesser zu werden. Die Energie, worauf immer gerichtet, hat keinen anderen Ausdruck als einen bösen. So gering sind unsere physiognomischen Möglichkeiten. Ein Späher (durch das ausgewerkelte Schlüsselloch) hätte fast beschwören können, der seltsame Gast mit den deutlich einander nachhinkenden Gesichtshälften, der zwischen zwei polternden Gängen unheimlich still und starr auf die Gasse blickte – nicht geradezu, sondern gedeckt vom grobluftlöchrigen Muster eines weißen, steifgestärkten Vorhangs –, erharre nur den günstigsten Augenblick für ein Attentat auf die in der Höhe des ersten Stockwerks leicht greifbare Kirchenfahne, gegen den tiefer unten schwitzenden Kaplan und wetze das unsichtbare Messer des Religionshasses wider das Mastfleisch der eil- und bußfertig trabenden frommen Gänseherde. Nicht weniger scharfe Blicke (immer aus nur einem Auge; das jeweils andere blieb dann geschlossen) schoß er auch nach dem, von uns voraussichtig beschriebenen, Grasfleck – der mit einem coulissenhaft abgeschnittenen Ahorn noch zu seinem Fensterpanorama gehörte –, als wollte er genau auf demselben die paradigmatische Schlachtung vollziehn. Und so sehr erregte ihn, schien es, dieser schauerliche Gedanke, zu dem die mit dem bluttriefenden Huhn über den stinkenden Hof kreuzende Magd Modell gestanden haben mochte, daß er dröhnender (beinah auch umfänglicher, weil schon behangen mit dem Mühlstein der Schuld) durch das Zimmer stürmte, bald ein Ha! ausstoßend wie zischenden Dampf, bald ein Lachen wie einen grellen Lokomotivenpfiff, begleitet rechts und links von dem humpelnden Gewoge der Kommode und des Waschtisches und der in ihnen durcheinanderraffelnden Holzmusik der losen Laden, der unbenützten Kleiderbügel und Stiefelhölzer, während draußen die vollkommen glatte unschuldige See eines wolkenlos schönen dörflichen Tages stand. Sein Gesicht zeigte – mit Hilfe der hiezu trefflich geeigneten verschieblichen Hälften – eine ingrimmige Befriedigung, als er gleich nach der höchstmöglichen Gipfelung des Gepolters, das einige ängstliche oder nur sehr neugierige Passagiere bereits die Treppe hatte erklimmen lassen, den Gasthof verließ. Er brauchte nicht weit zu gehen, um den Grund zur Ausführung seines verruchten Planes zu legen. Die bedurfte Person, der Bürgermeister, wohnte so ziemlich nebenan und war im Hause, weil er umbaute und neu einrichtete; er wollte nämlich ebenfalls einen Gasthof eröffnen. Dieser Umstand begünstigte das Vorhaben des Malers. Die Leute sind aufgeknöpfter, wenn der architektonische Eros sie gepackt hat. Bereits vergossenes Blut und bereits gewagte Gelder heben leicht und reihenweise Hemmungen auf, die sonst mühevoll erstürmt werden müßten, und fördern das Verständnis für das Tier oder den Narren im Nebenmenschen. Überdies ging Andree, die große und dicke Brieftasche (die noch dazu rot war) schon vor sich hertragend, in die Amtsstube. Ja, er war, seitdem er sich hatte abfertigen lassen, also den tiefsten Punkt der Erniedrigung erreicht hatte, ein Menschenkenner geworden. Eine halbe Stunde später verließen Gnadenspender und Bittsteller das Lokal mit einem hochroten und einem tiefblassen Kopf. Bei ihrem so deutlich zwiefarbenen Erscheinen bekamen wir's mit der Angst zu tun, der beseitigte Liebhaber (dem der blasse Kopf gehörte) habe am Ende gar, in einem nur zu begreiflichen Anfall von Reinlichkeit, sein ganzes schmutziges Geld den Ortsarmen vermacht und deswegen kurz zuvor so ingrimmig befriedigt ausgesehen. Dem war, Gott sei Dank, nicht so. Denn er besaß, wie wir gleich darauf bemerkten, noch genügend viele Banknoten, um mit einem großartigen Aplomb (merkwürdig, daß die Leute oft erst dann ihre Würde gewinnen, wenn sie sie verloren haben!) Thoms Krämerei zu betreten, wo ihm – die

Götter waren heute dem Unglücklichen sichtlich hold – ein umfangreicher Gelegenheitskauf glückte. Jedenfalls schleppte der Bub des Kaufmanns eine in schwarzes Tuch gehüllte Sache von der Größe, der Schwere und der beiläufigen Struktur eines archaischen Zeuskopfs mit einknickenden Beinen, doch verehrungsvoll in die »Kaiserkrone«, wo alles hoffte, den plötzlich in Schuß gekommenen Gast nun auch gesprächiger zu finden. An seinem früheren Schweigen gemessen, war er allerdings geradezu beredt. Allein die wenigen und nicht wiederzugebenden Worte prellten die in's Reden gesetzten Erwartungen wiederum auf eine andere und noch weit empfindlichere Weise. Ehe die guten Leute aus dem Bann sich zu lösen vermochten (merkwürdig, daß heutigen Tags nur die gemeinen Verbalformen eine magische Wirkung üben!), hatte der aus einem Mauerriß Dampf Fauchende und auf zwei Gesichtshälften Hinkende bereits eine neue Unbegreiflichkeit in Angriff genommen. Er war mit drei gewaltigen Sätzen – wer hätte in dem gelenkten Satyr von jetzt den dereinst so faul und feig' auf dem befleckten Diwan Herumlungernden erkannt? – in der Ahorn- und Tannenhalle verschwunden. Er hatte es also heute mit dem Aus- und Spazierengehen. Selbst die schöne Magd fühlte sich, obwohl noch nicht besessen, doch schon verlassen. Während sie wieder in den vertrauten Keller stieg, kam ihr (sehr verschwommen natürlich) die Ahnung, sie sei, bei all ihrer Unbedeutung oder Bedeutung, dem verrückten Stadtherrn nur eine Stufe zu Höherem gewesen, das er erreicht hätte, ohne diese zu betreten. So gehört die Pause notwendig zur Musik und tönt doch nicht. So gibt es Liebschaften, die, obwohl sie nicht zu sich selber erwachen, kaum über's Fötusalter hinausgediehen, doch den Jüngling zum Mann, die Jungfrau zum Weibe machen, die also an welchen, die gar nichts davon merken, wahre Engelsdienste verrichten. Ein rechter Materialist, wer da glaubt, es müsse erst Küsse regnen und im Bett zu krachenden Junigewittern kommen, daß der Herbst gesegnet sei. Meistens entsteht gerade aus der vollen Dramatik gar nichts und kommen nur Orkus und Latrine zum Zug.

Ja, und was Eigentliches tat nun unser Mann und Maler,

der wie betrunken – die Ungleichheit der Gesichtshälften hatte sich auch auf die Beine übertragen – erst durch die Ahorn- und Tannenhalle schwankte, dann einen mehrfach gekrümmten Haken in den nicht sehr ausgedehnten, aber sehr dichten Buschbestand schlug, der die Allee säumte, und schließlich (doch nicht endlich, denn die Bockssprünge nahmen keine nennenswerte Zeit in Anspruch) in's weglose Freie hinausplatzte, auf die adelseherischen Wiesen nämlich, wo hundert Falter, die wie er torkelten, ihn verspotteten? Ja, was tat er? Da er doch unter den stämmigsten Ästen hinging, ohne an einem von ihnen sich zu erhängen? Und in den Ozean der Weite blickte und keine Spur eines menschenleeren Atolls entdeckte? Nun, er oblag einer der interessantesten Beschäftigungen, die es gibt. Er befand sich zu sich selbst im Gegensatz. Er jubelte mit den Augen, die im besten Zustand von der Welt waren, und knirschte mit den wenigen hierzu noch geeigneten Zähnen. Und in der Tat: nicht nur, wenn man zum erstenmal die Dunkelkammer der »Kaiserkrone« verläßt, nein, auch bei der täglichen Gewohnheit, gleich links von der Straße ab und durch den täuschend großen Parkwald in's Freie zu brechen (wie wir sie haben, nebst der, im dortigen hohen Grase, auf lebendigste Art begraben, zu ruhn, mit einem Buche in der Hand, das, einen Viertelschritt von unserer Nase entfernt, schon in Halme, sie bekletternde Ameisen und Käfer, in Wolken, Himmelsbläue, tauglitzernde Spinnennetze und frei ziehende Fäden sich auflöst, samt dem, was darin geschrieben steht, als ob die Natur den ihr so mühevoll abgerungenen und unvorsichtig jetzt so nahe gebrachten Geist gierig ergriffe, mühelos in seine Bestandteile zerlegte und Stück für Stück wieder einzöge) – auch dann bleibt die Aussicht, die da sich bietet und die Till von seinen Fahrten in der Kiste oder auf dem Heuwagen so gut kennt, daß er ihrer nicht mehr achtet, überraschend. Nicht, daß sie was Absonderliches zeigte! Nein! Sowohl in klassischer wie in romantischer Richtung bleibt unsere Landschaft einfach alles schuldig. Es sei denn, man nähme ein Fernrohr und rücke sich die quer durch den Osten laufende, niedere zerbröckelnde Mauer von der Farbe einer geschwellten

Beinader an's Auge. Dann hat man das vielleicht schmerzlich vermißte Gebirge. In seemannshäutigen Schründen bewahrt auch noch der Hochsommer einige Faden Schnee, und so manchen einst wohl feurig gewesenen Gipfel erblickt man im Eise des ihm aufgesetzten Löschhütchens. Aber die natürliche Sehkraft – und nur für diese sind die Verhältnisse einer jeden Landschaft gedacht – wird nicht mehr bemerken als einen am Horizont gerefft liegenden Segelstoff von der erwähnten Tönung. Was ist nun das Überraschende, davon wir geredet haben? Sollte es gar das Enguerrandsche Schloß sein, das, vom Waldrand aus gesehen, auf halbem Weg in die Unendlichkeit steht? Insoferne nämlich hinter ihm und seiner Sofalehne, dem federbuschigen Sklavenmarkte, so gut wie nichts mehr kommt? Die schieferblauen Spitzen seiner vier Ecktürme bilden gewissermaßen die Säulen des Herkules unserer kleinen Welt. Nun, das Vorhandensein eines so mächtigen Baus – der damals noch bei besserer Gesundheit sich befunden hat – in einer so gottverlassenen Gegend wirkt wirklich überraschend, und auch ein bißchen phantasmagorisch. (Dagegen der graue Steinzahn des Grafen Heinrich weit mehr Wirklichkeit und Gewöhnlichkeit besitzt.) Deswegen ist in Ansicht des Schlosses noch jedermann – ob er's nun hat aussprechen können oder nicht – an ein Schicksal gemahnt worden, das tieferen und reicheren Jahrhunderten recht geläufig gewesen: an das Verzaubertsein. Bezeichnenderweise können die meisten Bauern, die man auf ihren Feldern anredet, nicht sicher sagen, ob das Schloß noch bewirtschaftet wird, und schon gar nicht, wem eigentlich es gehört. Um das überraschende und augenfällige Bauwerk ist also ein Kreis von stumpfer Unwissenheit gezogen, während im Mittelpunkt desselben – der doch nur wenig von allen Punkten der Peripherie abliegt – der erst etwa fünfzigjährige Herr von Enguerrand (wenn er nicht gerade sitzt und qualvoll rechnet oder einen sorgenschweren Schlaf schläft) dauernd treppauf, treppab läuft, scheuer-keller-wiesenwaldwärts (oft auch auch auf den Dachboden, um die krabbelnde Mahlzeit einzufangen), da was herauszieht, dort was hineinsteckt, die immer selbe, leise sich abnützende Substanz auswechselnd nach den gebieterischen Forderungen der jeweils bedrohtesten Stellen –, denn Geld, auch nur einen neuen Besen zu kaufen oder ein Dutzend Wandhaken, ist nie vorhanden gewesen, von Anfang an nicht, dafür jenes erfinderische, echte Herreningenium, auch ohne Geld Pflichten auf's Genaueste zu erfüllen und Rechte ungeschmälert zu erhalten, in ausgiebigster Weise – und alle diese Besorgungen mit so viel Lärm, Gestöhn und Gefluch macht, daß die Blind- und Taubheit der Nachbarn das natürliche Maß entweder noch überstiegen, oder auf einem mirakulösen Grunde geruht haben muß. Wahrhaftig, so wenig wie aus Strafanstalten, die genau so umfänglich, vielfenstrig und reglos in einer gleichfalls recht abgelegenen Landschaft als raumgewordene Fastenzeiten dastehn, drang auch aus dem Schlosse kein Laut mehr, denn drei Meter weit. In so geringer Entfernung schon stieß er an dicke Luft und fiel senkrecht zu Boden. Es scheint, daß restlos in sich selber eingegangen zu sein, genügt, um der Welt abhanden zu kommen. Ja, in dem leeren Blicke des lieben Nächsten rührt sich keins der sturen Pünktchen von ihrem Platze, obwohl wir wie andere Menschen (nur seltener) ausgehn, ausfahren, in Recklingen, in Alberting, in Elixhausen, in Amorreuth zu tun haben, kurz: unser leibliches Dasein zur Schau tragen. Wir bleiben ihm ein Geist, dessen Wehen die Nerven wohl spüren könnten, wenn welche vorhanden wären, dessen Gestalt aber keine Netzhaut aufnimmt. Bestenfalls verschwimmen wir ihm wie die Landstörtzer gleich wieder mit dem regennassen oder gelb geborstenen trockenen Straßengraben. Und wir haben doch rote Wangen, eine kräftige Stimme, stapfen in Röhrenstiefeln und knallen mit der Peitsche und sind überdies, zum Donnerwetter!, der Herr Baron von Enguerrand. Vergeblich! Es kommt nämlich nur darauf an, wer in dem rustikalen Schuhwerk steckt und an wem die auch pfündigsten Eigenschaften hängen. Die Leute haben, obwohl keine Nerven, doch ein verdammt feines Gefühl für den Inhalt und fallen auf die Emballage nicht herein, wenn es sich – und das ist die Voraussetzung für so beispielmäßige Taub- und Blindheit – um einen Geist und um eines Geistes Verkleidung handelt. Die Schuster, Schneider und

Hutmacher mögen da auftrumpfen und bramarbasieren, soviel sie wollen: die Leute sind, doch nur in einem solchen Falle, durch kein Äußeres bestechbar. Der betreffende Mann ist und bleibt ihnen Luft. Anders als mit dem Schloßbesitzer, aber nicht grundsätzlich verschieden, nur physikalischer und klarer verhält es sich mit dem Schlosse! Dieses wird nämlich wirklich, das heißt, sichtlich, unsichtbar, und zwar zu einer bestimmten, ganz genau bekannten Tagesstunde. Großmutter und Enkel kennen das Phänomen. (Trotzdem – und hier bestätigt sich die Ähnlichkeit des Herrn mit seinem Hause – trägt es nicht das Geringste zu einer Berühmtheit des Schlosses und zu einer Konkretisierung des Barons bei.) Und sollte der eine oder der andere die merkwürdige Erscheinung vielleicht nicht selbst gesehen haben, wird er doch von ihr so sicher sprechen wie der Pfarrer über den lieben Gott und den Ortsfremden sicher zu der Stelle weisen, von wo aus sie Punkt Uhr am besten zu beobachten ist, und wo nun auch Herr Andree im Grase liegt. Es ist also durchaus nicht nur sein freier Wille, endlich auszugehen, gewesen, der ihn gleich links durch die Ahorn- und Tannenhalle in's Freie hat brechen lassen. Die gestaute und nun entfesselte Energie trieb in die Richtung eines während seiner dreitägigen Haft einmal empfangenen Impulses, und die Füße stürmten blindlings durch einen von vielen Vorgängern gebildeten Schlupf zwischen Mauern und Blättern, der ziemlich gerade auf die erwähnte Blöße hinausführt. Das Wunder ereignet sich vom Beginn des Frühjahrs bis in den späten Herbst (wenn er warm und heiter ist) je nach dem Sonnenstand um etwa halb zwölf und dauert bis gegen halb eins. Kurz vor seiner Verzauberung stemmt sich das Schloß noch sehr deutlich halbleibs aus dem Parke. Die Turmhüte und das Dach heben sich im schönsten, da und dort mit einer Tafel glitzernden Schieferblau scharf ab von dem gläsernen Grün der Birken, dem eingesprengten Schwarz und Rot der Buchen und von den anderen Farben der botanischen Völker des hochgestapelten Sklavenmarkts. Plötzlich umzieht sich's, von rechts und von links, von oben und von unten her (wie eine Wunde sich schließt), gleichmäßig mit dem grauen Stare. Man glaubt, zu träumen, schlecht zu sehen; wischt das Auge, reißt es noch weiter auf – vergeblich: es verhält sich wie bemerkt und beschrieben. Nicht in uns, außer uns geht das Beirrende vor. Eine Minute später ist von dem Schlosse nichts mehr zu sehn. Oder nicht mehr (für den, der das Phänomen bereits gut kennt) als eine dichter brauende neben einer leichter getrübten Masse. In der letzteren, wie in einer Wolke sehr feinen Sandes, stehen als goldgeränderte Scherenschnitte aus ockrigem Papier die Bäume. Es ist uns unmöglich, eine zulängliche Erklärung des täglich so pünktlich und örtlich so beschränkt auftretenden diesigen Wetters zu geben. Die über diesem Landstrich recht häufig niedergehenden Regengüsse, deren rasch wieder hinwegrauschende Schleppe im letzten Augenblick doch noch an den Boden genagelt wird von einem Speerhagel der stechendsten Sonne, die trotz des reichlich gespendeten Wassers unglaublich schnell versiegende Biber, die vielen dunstenden Fischteiche, der immer feuchte Urwald hinter dem »Taler« und der feuchte »Taler« selber: all das wird gewiß auch mitwirken – die andern und vielleicht ausschlaggebenden Ursachen sind uns unbekannt –, das dem Herrn von Enguerrand so verderbliche Phänomen zu Stande zu bringen. Jawohl: verderblich. Wir möchten nun natürlich gerne wissen, ob dem Betroffenen die allbekannte Erscheinung ebenfalls bekannt und ihr ihm abträglicher Charakter bewußt gewesen ist? Die Frage ist nicht so absurd, wie sie klingt. Wir wollen ihre Vernünftigkeit durch die Beantwortung erweisen. In dem Testamente, der einzigen auf uns gekommenen schriftlichen Äußerung des Barons, findet sich nicht der geringste Hinweis auf den atmosphärischen Schabernack, auch nicht in den unveröffentlichten Teilen. Das bräuchte bei einem stumpfen Kopf nicht wundernehmen. Er hält die Sache eben für unwichtig und ist deswegen nie auf ihre tiefere Bedeutung gestoßen. Ein Mann wie der Baron aber würde sie – und sei es auch nur, um an noch einem Umstande zu zeigen, wie man unschuldig zum Narren gemacht werden kann – sicher erwähnt haben. Daß es nicht geschehen ist, läßt schon jetzt seine unglaubliche Unkenntnis glaublich erscheinen. Obwohl der Leser schon sehr überzeugt dreinschaut und uns flehentlich bittet, wenigstens diesmal in der Hauptsache fortzufahren, wollen wir die zur Genüge gesicherte Behauptung doch noch mit einem weiteren Argumente unterfangen. Es ist das schönste, das wir als *advocatus diaboli* aufbringen. Wer, der selber die mächtigste Stütze eines baufälligen Hauses, wird gerade zwischen halb zwölf und halb eins, zu einer Zeit also, wo man in die Küche sehen muß, daß wenigstens die Andern was Richtiges zu beißen kriegen, wenn man schon selber mit einem Taubenschenkelchen von gestern vorliebnimmt, wer wird da, sagen wir, vom Schlosse sich entfernen, eine Stunde schattenlosen Weges durch die uninteressanten Adelseherschen Wiesen wahrhaftig in's Nichts pulvern, die Vorwürfe des Gewissens darob erdulden, dann sich in's Gras werfen und der gemächlichen Betrachtung des symbolischen Vorgangs sich hingeben? Der arme Leser!! Arm, weil ihm seine Überzeugtheit wieder geraubt werden wird. Denn: von einem so tiefschürfenden Geiste wie dem Enguerrandschen muß wohl als selbstverständlich angenommen werden, daß er die verdächtige Erscheinung am besten gekannt, in ihrer ganzen Bedeutung ermessen und auf's Schmerzlichste gewürdigt hat. Sein Schweigen gerade hierüber erklärt sich ganz natürlich aus der widersprüchlich tiefen Erschütterung eines sich gewöhnlich glaubenden Menschen, der, die Fackel der Erinnys in der Hand, den Ungewöhnlichen und Gezeichneten, den Lieblingen der Tyche und der Musen, den Lunarins nämlich nachjagt, um sie zu stellen, zu überwältigen, der düsteren Ananke zu überliefern, der Tränenkelter des Verzichts, der Folterbank der graden Wege, den Daumenschrauben der Pflichten, und der eines Tages merkt, daß auch auf ihn, den grimmigen Büttel einer hausbackenen Weltordnung, der ausnahmehafte Strahl gerichtet ist. Er verfolgte also unwissentlich, aber eigentlich, sich selbst und ist zur Strafe für seine Verfolgung des Genius in eben einen solchen verwandelt worden. Der Nebelfleck, in welchem einer, der nicht ausgeht, von halb zwölf bis halb eins sich befindet (immer schon sich befunden hat, wie das Schwarze in der Scheibe, da zog er noch, ahnungslos, seinen prächtigsten Groll gegen die interessanten Leute groß), das ist der echt Enguerrandsche Schandfleck, den, aus einem unvermuteten Hinterhalt des Universums, der Pfeil des pythischen Gotts ihm angeheftet hat. Von des nämlichen Gotts Orakel her kam ja auch dem Sokrates der friedliches Leben und mäßige Bildwerke zerschlagende Spruch. Auch Sokrates war (oder wollte sein) ein gewöhnlicher Mensch und bezahlte seine hybride Bescheidenheit teuer. Daß man über ein der absichtsvollen Gewöhnlichkeit so tiefsinnig gestelltes Bein schweigt – wenn man nicht wie der gescheiteste Athener in's Reden gerät –: wer, wiewohl er's innerlich mißbilligt, könnte es unbegreiflich finden? Hat nicht jeder von uns heimlich eine entscheidende Niederlage im Herzen, die ihn zur sofortigen Waffenstreckung auf allen Gebieten berechtigte, auch auf dem, wo er nicht besiegt worden ist, oder aller Voraussicht nach nie besiegt werden wird? Gibt es nicht Augenblicke höchster Einsicht, die uns den Freitod weit natürlicher erscheinen lassen als den natürlichen Tod? Und doch beziehen wir jeden Tag, das Schlangenhaar der Verzweiflung schlicht zurückgekämmt, im vorschriftsmäßig geschmirgelten Harnisch der Pflichten und im Stechschritt unsern Posten. Sind wir deswegen Lügner, schlechte Denker, schwache Charaktere? Wahrhaftig, man muß es machen wie Enguerrand: Man darf in der Verfolgung des Ausnahmehaften auch dann nicht sich beirren lassen, wenn einem selber der Grad der Ausnahme verliehen worden. Was ist denn diese Auszeichnung wirklich? Ein Bestechungsversuch!

Von all dem wußte der rätselhaft planende Gast der »Kaiserkrone« nichts. Sollte ihm dennoch einmal eine Mitteilung zukommen, so wird er sie, da sie in kein Fach seiner Seele einzuordnen ist, irgendwo herumliegen lassen und beim nächsten Großreinemachen in den Müllzuber gründlichen Vergessens werfen. Daran ist der Standpunkt eines Malers schuld. Man kann sich keinen unduldsameren und unbelehrbareren denken. Was ficht einen Pinsel, der von der Farbe einer Landschaft trieft, die Geschichte dieser Landschaft an? Was ihr augenblicklicher Gesundheitszustand? Was ihr gesellschaftlicher Aufbau? Ihre verwaltungsrechtliche Zugehörigkeit? Hat jemals ein Maler (ausgenommen ein problematischer, der nach dem Schriftsteller schielt und hier nicht gemeint ist) die Freuden und Leiden, die

Absichten und Möglichkeiten, die Stammes- und Familieneigentümlichkeiten derer in ernste Erwägung gezogen, die in dem Stück Landschaft, das er nach den undramatischen Gesetzen seiner Kunst aufführt, die spärliche Komparserie machen? Kann denn ein Maler bei der fast absoluten Domination durch den Farbeneindruck jene Seelentönung überhaupt wahrnehmen, die über der Epidermis liegt wie ein diesiges Wetter, wie der Geruch über einer Schweineherde? Wird er mit brüderlich tiefem Blick, und auf den ersten, erkennen, wo sie siedeln? Im Trockenen, im Feuchten, am einsam schwatzenden Bach, an einer das Aug' blendenden Felswand, unter der lautlosen Glocke des Heidehimmels, die das Selbst aus der inneren Kirche nie herausruft, unter den maurisch durchbrochenen Kuppeln mächtiger Bäume, die alles mäßigen, das Licht, den Regen, den Wind, den Schnee, die Leidenschaften, und so jene gemischten, einander im Wege stehenden Gefühle vorbereiten, die das komplexe (und deswegen von vorneherein zur Reflexion bestimmte) Leben des späteren Städters bedingen? Wird der von einer Mappe geschützte und mit einem spitzen Bleistift bewaffnete Maler je von den Schicksalskristallen verwundet werden können, die aus dem Aug' des Dorfkinds starren, das den Fremdling angafft? Wird er in dem Hunde, den sein forscher Schritt aus vorgeschichtlichem Schlafe stört, doch nicht zu bellen, nur sich zu recken anreizt, mehr sehen als eine entspannt aufgehende Spirale und einen Schnörkel in seiner nächsten Komposition? Kommt ihm zu Sinn, daß der so verschiedene Zuschnitt der Wiesen, Felder und Waldlisieren, der zur Struktur des Bildes und zur Befriedigung der ornamentalen Bedürfnisse beiträgt, von sehr persönlicher, oft sehr leidenschaftlicher, fast immer aktenmäßig niedergelegter Herkunft ist? Gedenkt er der Testamente, Kaufverträge, Wegerechtstreite? Hat man, fragen wir jetzt zusammenfassend, je gehört, einem Pinsel seien die erwähnten Umstände als das zuerst Sichtbare erschienen? Ein Autor, ja, ein Autor kann, ob nun ein Malwetter herrscht oder nicht, ob man die Pappeln einer auf dem Horizont laufenden Allee zu zählen vermag, oder im Nebel die Hand vor dem Aug' nicht sieht – dieses tut der inneren Sehkraft nicht den mindesten Eintrag, jenes legt ihr keinen Grad zu –, keinen Schritt machen, ohne einen blätterrauschenden Bodensatz von Losen aufzuwühlen, menschlichen, tierischen, pflanzlichen, mineralischen, der seinen nächsten Schritt bereits hemmt. Da steht er, kaum ausgegangen, schon festgefahren im mächtigen Scherbenberg des hier (wie überall und jederzeit) abgehaltenen göttlichen Ostrakismos und beugt sich über das erstbeste Täfelchen – eine Wahl bei solcher Auswahl wäre unsinnig! –, um die tiefeingekritzelten Keile zu entziffern, die jegliches Wesen erhalten hat. Sonnen- oder Mondenschein, des Malers beiden einzigen Aspekte derselben Sache und zugleich die ein und selbe und eigentliche Materie, daraus die Sache geformt wird, bleiben für den ganz außer Betracht, der wie Homer symbolisch blind ist, oder im absolut finstern Labyrinth der eigenen Brust sich bewegt, wo ihm das gedrängteste aller Orientierungsmittel, der Ariadnefaden, zwischen den Fingern gleitet; koloriert er hie und da seine Berichte aus der Unterwelt der Beweggründe – was man dem schwachgesichtigen Molch gar nicht zutrauen sollte –, so geschieht das entweder nach der allgemeinen menschlichen Neigung zu sinnlichen Exzessen (und dann kann man über das nichts weiter bedeutende Metapherngekleckse ruhig hinweggehn), oder aber deswegen (und da spielt, was dem andern Ziel höchster Anstrengungen, das Malerische ebenfalls keine Rolle), weil einer Farbe, einer Linie, einem atmosphärischen Zustand schicksalhafte Bedeutung zukommt.

Grundsätzlich anders liegen die Dinge bei einem Maler. Und somit bei unserm Andree, der, wie er halbleibs aus dem Grase ragt, so auch halbwegs mit dem Geiste bereits aus dem obenerwähnten und ihm ganz ungemäßen Labyrinthe sich gebuddelt hat, um in der weit begrenzteren Welt zwischen Recklingen und Alberting den ersten Atemzug einer unendlichen Freiheit zu tun. Jetzt sind Stelle und Zeit gegeben, zu sagen – dem Wiedergeburtsakte des älteren und überdies schiffbrüchigen Herrn muß ja das rechte Verständnis bereitet werden –, daß die Malereien dieses Malers sehr schwarz, bestenfalls braun gewesen sind, eine Tatsache, die ihm, wenn auch nicht ausschließlich, das Mäzenatentum des Herrn von

Mendelsinger eingetragen hat. Reiche Bürger, hohe Aristokraten und besonders Leute vom Börsenfach schätzen und kaufen neue Bilder nur dann, wenn zum gängigen Sujet der berühmte Galerieton sich geschlagen hat. Dieser gilt den geistig Armen als ein sicheres Unterpfand von Wert. Ein merkwürdiger, aber unausrottbarer Laienirrtum hält die Vergilbt- und Verrußtheit, die Verglasung durch den Firnis und das Gesprungensein der Farbpaste für eine – gleichgültig ob dem Urheber oder der dahingegangenen Zeit zuzuschreibende – dritte echte Dimension neben den zwei einzig echten, Zeichnung und Kolorit. Ferner sind diese Kunstliebhaber in ihrem Henidenwust einmal und zu ihrem Unheil auf einen richtigen Gedanken gestoßen. (Die Wahrheit schadet nämlich nur dann nicht, wenn sie mit anderen Wahrheiten verbunden ist.) Sie haben entdeckt, daß die erhabene Dramatizität des Urkampfes zwischen Licht und Finsternis – wie etwa Rembrandt sie interpretiert hat – am besten durch eine visionäre Mondbeleuchtung oder mit dem Sonnenstrahl, der durch einen Spalt in der Wand oder durch ein halbblindes Fensterchen in einen mulmigen Raum fällt, ausgedrückt wird. Daher haben sie ihre intransigente Neigung zu ganz wenigen, auf ein Häuflein gedrängten, Farben, denen die überwiegende Menge des Grau oder des Asphalts eine wahrhafte Edelsteinfassung gibt. Diese, von gewissen Meistern gefundene Formel für ein mittleres Stadium des Urkampfes zwischen Hell und Dunkel wird den Epigonen, wie unserm Andree, von Invaliden jenes Urkampfs, von den ordensgeschmückten Akademiefeldwebeln als ein Kniff gelehrt, so leicht wie erfolgreich zu malen, und mit dem für ein geistiges Aug' recht komischen Nebeneffekt, daß, was zwischen dem belagerten Modell und dem belagernden Maler sich zuträgt, so aussieht, als spielten geschlechtslose Kinder Trojanischen Krieg, der doch, wie allbekannt, wegen eines läufigen Weibes aus Europa und eines asiatisch reich dotierten Liebhabers geführt worden ist. Es sind also die Epigonen mit einer Formel ausgerüstet, die sie in das titanische Erleben, daraus sie gezogen worden, nicht aufzulösen vermögen. Sie würgen den Bissen Farbe, den nur, nach hohem Beispiele, sie sich gönnen dürfen, ziemlich planlos auf und nieder und hängen das Lämpchen göttlichen Lichtes, dawider die finstere Hyle anstürmt, zweifel- und mieselsüchtig wie unbegabte Architekten bald in diese, bald in jene Ecke des Bilds; am liebsten hätten sie es ganz draußen.

So also stand es um die Kunst des Herrn Andree, der er, wie bekannt, schon lange nicht oblegen ist. Wir haben ihn auch mehr wegen seines schlampigen Atelierlebens, wegen seiner zu jedem nährenden Verrate bereiten Unterernährtheit, wegen seines unsauberen Hirns, kurz, wegen des gewissen Künstlern eigentümlichen Schicksals, vorbildlich undeziert zu fühlen und zu denken, einen Maler genannt. Wir werden ihm, wie der Leser bereits ahnt, bald einen neuen Titel geben müssen. Denn: der alte ist und bleibt (wenigstens für die von uns behandelte Zeit) mit einer arbeitsscheuen und betrügerischen Spezies von Menschen verbunden, die eine krisenhafte Ausscheidung des sich gesund erhalten wollenden Kleinbürgertums und Proletariates darstellt. Sie wird – wie man ehdem uneheliche Kinder in die diskrete Lade des Findelhauses hat gleiten lassen – vor den Türen des Adels und der Hochfinanz abgesetzt. Mitleidige Pharaonentöchter nehmen dann das Unheil aus dem Binsenkörbchen. Warum nun der Gast der »Kaiserkrone« (wir behelfen uns inzwischen mit dieser nichtssagenden Titulatur, um die bedeutungsvolle an der geeigneten Stelle mit desto größerem Nachdruck verleihen zu können) gerade hier zur Welt des Auges kam, wo außer Spinat in allen Größen und in allen Stufungen von Grün nicht viel sonst zu sehen ist; auch kein architektonischer Gedanke der Natur oder des Menschen Anstalt macht, durch Schoppung, Gruppierung, Überschneidung, Steigerung der zwar bescheiden, aber doch vorhandenen Dekorationsobjekte einen monumentalen, idyllischen, geometrischen Sinn aus der Landschaft zu holen; und warum eine knappe Stunde nach dem entscheidend gewesenen Transporte des archaischen Zeuskopfs von Thoms Laden in Hinzingers Gasthaus –: das läßt auf eine rechte Bosheit der Götter oder auf einen echten Finger Gottes schließen. Wir wollen darüber mit uns zu Rate gehn. Der Entzug der Geliebten und des gewohnten Giftes der Selbsttäuschung, das plötzlich entlaubte Stehn in einem heimlich längst schon herrschenden Herbste, der mit den Blättern auch die Maske hat fallen lassen, der auf den wehen Zahn des Gewissens fühlende Anblick der seit fünf Jahren leeren Scheuern, die Verzweiflung eines Menschen ohne deutlichen Charakter über das Fehlen eines scharf geprägten, der als Auswandererstab oder Selbstvernichtungsinstrument hätte dienen können, und schließlich, doch nicht zuletzt, der alle Abwege zusammenfassende Weg zu Mendelsingers Geldlade: Ist es nicht fast ein Wunder zu nennen – wenn man den von der Lauge der Verrätereien zerfressenen Faden des Personencontinuums kopfschüttelnd in zwei Händen hält –, daß der moralisch Enthauptete, Gevierteilte und Gespießte mit seinem kümmerlichen Hausrat, mit dem gründlich befleckten Wappen seiner Palette, mit den geknickten Pinseln seiner Ehre bis nach Alberting, und gerade dahin, und ohne unterwegs von den Wölfen des Gewissens bis zur Unkenntlichkeit zerfleischt worden zu sein, gekommen ist? Allerdings: der gewiß nicht hoch, aber flüssig gewesenen Sprache war er beraubt worden; einiger Zähne und all' ihrer Schönheit ist er verlustig gegangen; dem ersten Angriff des zwischen Vierzig und Fünfzig stets auf der Lauer liegenden Alters war er schmählich erlegen. Die jedes Menschenantlitz tragisch oder komisch zeichnende Verschiedenheit der Gesichtshälften hatte sich zu einem physiognomischen Hinken vergröbert. Und was das Ärgste war: Die schöne Magd, die reichlich Blut und auf grausame Weise vergoß, gemahnte ihn, statt einfach abzustoßen, an die im Bett einer kapriziösen Dame verleugnete Natur, und er wäre ihr nur allzugerne in den Keller nachgestiegen, um auf tiefster Stufe wieder anzufangen zu lernen. Aber er fühlte, statt sittlicher Skrupel (wie sich's gehört hätte), eine unüberwindliche Scheu davor, seinen beschmutzten Körper in ein so reines Element zu tauchen. Das einzige ihm zuständige Mittel war das Sterben. So gut wie ein Bub, der die Schule schwänzt, wußte er nun seine Pflicht. Und wirklich ist während der drei Tage Haft – obwohl beim ungewohnten Anblick der Prozessionen der Schatten des lang' vernachlässigten Bleistifts schon wieder sich geregt hat zwischen seinen Fingern

– der Strick über seinem Haupte gehangen (neben der schwachen Möglichkeit, zu Deportation begnadigt zu werden). Ja, der Mensch kennt auf's Genaueste sein Urteil. Manche handeln den Gütern des Lebens gegenüber wie Sträflinge, die entbehren müssen, manche wie Freigesprochene, die schlemmen dürfen. Jene wie diese handeln nicht im Mindesten willkürlich. Sie verhalten sich buchstabengetreu nach der selbstrichterlichen Erkenntnis. Nun, nach dem rettenden Ausbruch in und aus der »Kaiserkrone«, liegt der Schuldige, natürlich noch durch und durch rekonvaleszent und noch vollständig gesichtslos wie der erste mit Zeugungskraft begabte Schleim auf dem Anorganischen, dem er sich entrungen hat, im Gras der Aussicht. Noch einmal müssen wir auf jene schon früher erwähnte Eigentümlichkeit des hiesigen Bodens, die Zünglein der Waagen zum Ausschlagen zu bringen, hinweisen. Wir erinnern an den Fall des Grafen Heinrich und den der Benedikta Spellinger. Wir vertreten nämlich als unsere These, daß die dichte Hülle eignen Seelendunstes, in welcher das Individuum dahinwallt und geschützt gedacht werden muß vor den großen, von außen kommenden Versuchungen zur Dezision – die kleinen, qualitätslosen produziert es aus sich selber und führt siegreiche Scheingefechte wider sie auf –, hie und da, unter dem Einflusse sich überstürzender Strahlen reißen oder platzen kann und daher ihre Aufgabe, den Personenkern zu schützen, nicht mehr zu erfüllen vermag. Die vereinte Wucht des Universums wirkt dann auf das bloßgelegte, schneckenweiche Individuum. Sicher in Folge einer solchen Katastrophe ist auch der Herr Baron von Enguerrand, der im trotzigen Selbstgefühl, ein gewöhnlicher Mensch zu sein, dahingegangen, zu dem ungewöhnlichen geworden, als den wir ihn kennengelernt haben. In einer anderen Landschaft, so lautet unsere Behauptung, wäre den Genannten ihr ganz spezielles Unheil nicht widerfahren. Wir können sie natürlich nicht beweisen. Wir können sie nur mit einem neuen Fall, dem des Herrn Andree, so gut wie möglich stützen.

Es kam der Gast der »Kaiserkrone«, der in keiner Absicht weniger, als in der, das Phänomen zu schauen, ausgebrochen war, gerade zurecht zu seinem Vollzug. Dieser Zufall würde sich vergeblich gemüht haben, bedeutsam zu sein, wenn der Gast nur ein Zaungast, und nicht der vor ihm wirklich einzig zuständige, ein Maler, gewesen wäre. (Wir müssen Herrn Andree noch einmal einen alten, fünf Jahre lang mißbrauchten und vor einer Stunde abgelegten Titel geben). Es sind von den Dingen und Vorgängen wohl immer alle Menschen gemeint – ihre Bild- und Sinnkraft sprudelt, wenn auch unbedankt, freundlichst und unerschöpflich, aus dem lauterstem Idealismus –, aber nur wenige erweisen sich als ansprechbar. Der Frühling einer ganzen Provinz kann von Glück reden, wenn er, von März bis Mai, ein einziges Gedächtnis findet, das gerade ihn nie mehr vergessen wird. Auch die steteste Wiederholung seufzt darnach, wenigstens eine ihrer Phasen einmal einmalig empfunden zu fühlen. Nun, zeit ihres Bestandes haben Schloß und Phänomen noch niemals Gelegenheit gehabt, ihr Stück vor einem Kenner zu spielen. Sie nahmen daher, befeuert von der Sonne, die aus einem wolkenlosen Himmel niederbrannte, ihr Geschäft mit einem Eifer wahr, der der ausgegebenen Parole »Heute oder nie!« vollkommen entsprach. Schon nach fünf Minuten kaum merklicher Vorbereitungen auf der offenen Bühne merkte der seinen steinernen Zeuskopf wälzende, aber doch maleräugige Sisyphus irgendwas. Er rieb sich die Augen früher, als alle seine hiesigen Vorgänger sie sich gerieben hatten. Aber die weitaufgerissenen sahen nicht, was den bis auf einen schmalen Schlitz zugekniffenen bereits mitgeteilt worden war. Die gesunde Sehkraft ist eben stumpfer als die kränkliche oder künstlich veränderte. Noch blitzten schmerzend wie Seewellchen etliche Tafeln des blauen Dachschiefers. Das ein bißchen schräg zum Horizonte stehende Gebäude rückte beinahe unangenehm räumlich von dem Sklavenmarkte ab. Man konnte die Breite der Schlucht zwischen Hinterwand des Schlosses und Fuß des Hügels ziemlich genau angeben: etwa acht Meter. Auch den Grad der Steigung der trapezoiden Rasenfläche vom Gittertor des Parks zum Tor des Schlosses: etwa vierzig Grad. Die Auffahrt, welche gleich von der Straße weg nach rechts und nach links ausschwenkte und die voneinander sich entfernenden Halbbögen im, weder von oben noch von der Seite einzusehenden, Laube zog, trat genau auf der Kehre in's Licht und lief von da an immer querer über den Rasen auf sich selber zu und unter dem säulengetragenen Balkone des Festsaals in sich zusammen; so scharf begrenzt, als wäre sie heute ausgeharkt worden. Wenige Armlängen von den Säulen entfernt lag auf der Schiefe des Rasens, wie ein mächtiger Kranz, den vom Balkone hinabzuschleudern mindestens zehn Männer nötig gewesen wären, ein kreisrundes Blumenbeet, dessen innere gärtnerische Anordnung der Kreisidee bewußt widersprach. Denn auch nicht auf den ersten Blick konnte man den Widerspruch für hervorgerufen halten von tobenden jungen Wolfshunden oder ausgebrochenen Schweinen. Dem stand eine Geometrie entgegen, die sich klar über die zufällige eines Kaleidoskops erhob. Die Anordnung war nicht Unordnung, sondern Unsinn, von einem Sinn bewerkstelligt. Ein Maler ist gewohnt, Formen zu lesen, wie der dezidierte Nichtmaler Wörter. Er ist der gebildetste Analphabet. Also erkannte Herr Andree, ohne gegrübelt zu haben, in dem auf dem Abhang vor dem Schlosse mit Zirkel und Lineal und doch nicht euklidisch tätig gewesenen Gärtner einen Heraldiker. Der dem runden Beet eingeschriebene, zwischen Ornament und Gaunerzinke schwankende Inhalt war ein Wappen. Ein etwa von rechts oben nach links unten gelegter Balken aus weißen Blumen trennte ein gelbes Feld von einem violetten. Aus dem gelben flogen sechs blaue Lerchen oder Tauben – Vögel sind's, aber Adler nicht –, wie zum Braten an einen schiefen Spieß gesteckt, dem feuerroten Rand entgegen. Im violetten drängten die Embleme, rosa- und chromfarben, einander zu sehr, um einzeln verstanden werden zu können. Es handelte sich bei dem Wappen – wie kaum nötig, dem Leser zu sagen – um das Enguerrandsche und, wie selbstverständlich, auch um das Lunarinsche, das mit jenem ja auf Tod und Leben verwirkt war wie die Venus mit dem Ares im Netz. Man sah also, wenn man Bescheid wußte – aber die Leute und der Gast wußten davon noch weniger als von der leiblichen Existenz des heimtückischen Geniefeinds –, tief in die Absichten des Barons, wenigstens jetzt, während der unnatürlichen Klarheit dicht vor dem Phänomen, das auf's Peinlichste an die

Euphorie vor dem Tode erinnert. Die Deutlichkeit, womit das über eine gute Wegstunde entfernte Beet auftrat und unserm letzten Galeriebesucher noch sich verständlich machte, als trüge es eine vergrößernde tragische Maske, nahm jenen wohl wunder, aber nicht genug. Optische Signale – und das Beet gehörte zu dieser Gattung – fallen wegen ihrer technischen Natur notwendig aus der natürlichen. Sie sagen dem Matrosen was und dem Marineschwärmer, nicht aber dem Maler als Maler. Ganz anders, besorgniserregend plastisch wie die bis zum Riß geschwellten Muskeln und bis zum Platzen gefüllten Adern eines ringenden Freunds, wirkten die Bäume auf den ersten einzig zuständigen Beobachter dieses neuen Kampfes, der mit dem alten, dem Urkampfe, nur noch etliche Mittel, nicht mehr das Problem teilte. Die Lebensluft, der Schlummer, der atmosphärische Druck, unter welchem wir und die Dinge stehen müssen, auf daß die inneren Organe im Leibe bleiben und die äußere Gestalt den ihr von der Schönheit immer sehr karg zugemessenen Raum nicht überschreite, war ihnen bis auf den letzten Atemzug abgepumpt worden. An der sich wölbenden Wand des Sklavenmarktgemäldes konnte der grüne Mörtel nicht mehr zusammenhängend ruhn; er sprang zu größeren und kleineren Landkartenflecken auseinander, deren willkürlich zerrissene Küsten von schwarzer Tinte umflossen wurden. Man atmet eben bis zur weitesten Weite des Brustkorbs das Restchen Odem ein. Dann stülpt sich die Lunge um und läuft der entlaufenen Luft nach; vergeblich. Im nächsten Augenblick standen die Bäume mit vorgetriebenen Bäuchen, heraushängender Fischblase und Quellaugen da. Nun der Schleier des Lebens, der immer ein malerischer ist, von den Erstickten gezogen war, sah man, was man sonst nicht sieht: den anatomischen Befund. Laub ist Laub, denkt für gewöhnlich der Maler, und nimmt's mit dem botanischen Charakter nicht genau. Nur grad' zwischen Nadel und Blatt unterscheidet er. Der Pinsel ist kein wissenschaftlicher Zeichenstift. Jetzt aber gab's statt der üblichen, von Kopf bis Fuß in längs- und querfaltiges Grün, Gelb, Braun gehüllten Bäume etliche Stockwerke hohe, aus klein- oder großporigen Badeschwämmen, aus fein- oder dickstengeligen Pilzen, aus gespreiteten Papageienfittichen, aus prall gestopften Samtnadelkissen zusammengesetzte Gebilde. Der Mangel eines gemeinsamen Lufttons ließ ihre Eigenfarben unversöhnlich voneinander abstarren. Man hätte eine Holzintarsia nach ihnen machen können, nie ein Gemälde. Da und dort, wie auf dem Schieferdache, wühlten kleine Wirbel von unerträglichen Glanzstellen. Herr Andree folgte dem Luftloswerden des Motivs und seiner Verdammung zum bemalten harten Holze einer Krippenlandschaft mit der ununterdrückbaren Berufsneugierde eines, der nun einmal vom Auge bestimmt wird. (Ob ein solcher vom Übergewicht des einen Organs über das andere Kenntnis hat oder nicht, ob die Hand sich zu Nachbildung hebt oder nicht, das macht die Bestimmung nicht stärker noch schwächer. Das Schicksal kümmert sich nicht darum, wie der Geschickte sich zu ihm verhält. Es arbeitet blind und gleichmäßig drauflos im Sehenden und im Nichtsehenden.) Aber zu mehr als zu einem Kopfschütteln über die Sorgen, die er vor Zeiten wegen des unmalbaren Zustands sich gemacht hätte, brachte er es trotzdem nicht. Ja, er fühlte solcher Sorgen für immer sogar sich enthoben. Wäre er in den heiligen Worten belesen gewesen, würde die Variation der eben jetzt passenden so gelautet haben: Landschaft, wo ist dein Stachel (vordem oft empfunden)? Pinsel, wo ist dein Sieg (der so oft meine Niederlage gewesen ist)? Da – ja da, auf die Sekunde des unzulässigen, nicht durch Tun, sondern durch Nichttun zustande gekommenen Triumphes – griff das Phänomen mit Meisterhand in die nüchtern und umsonst modellstehende Natur ein. Vor allem einmal brach es der Stümperei die Spitze dadurch ab, daß es die grelle Deutlichkeit mit einer etwas trüben Lasur überzog; schneller als man's sagen kann. Nur ein Maler (ein welcher Herr Andree trotzdem war) vermochte, dem Blitz der Veränderung zu folgen und den sehr feinen Grad der Veränderung als bereits entscheidend zu empfinden. Er erschrak. Er hatte in den fünf verflossenen Jahren fast nicht gemalt, in den fünfzehn, jenen vorausgegangenen schwarz oder braun, und vor einer Stunde den Stein des Zeuskopfs in Gedanken an alle seine Bilder gehängt, um sie sicher in die tiefste Tiefe des Vergessens zu senken. Und nun, nachdem er aus dem und jenem Grunde den Stab über sie gebrochen hatte, erwies sich die Apperzeptionsapparatur als vollkommen unschuldig an den Mißgriffen der malenden und an der Unlust der nichtmalenden Person und als vollkommen intakt und somit zu einem neuen hoffnungsvollen Beginn durchaus befähigt. Da muß man wohl erschrecken und einen leichten Schweißausbruch spüren. Eine für voll ausgemessen gehaltene und des geringen Umfangs wegen Anlaß zu Resignation gewordene Fähigkeit, das Sehen des Maleraug's, zeigt, boshafterweise *post festum*, daß sie den höchsten Ansprüchen genügt haben würde, wenn solche an sie gestellt worden wären. So erscheint dem Träumenden die im Wachen verlassene, betrogene und für immer verlorene Frau als die einzige, die er wirklich geliebt hat. Er bricht vom Bett aus auf, sie zu suchen in der ganzen Welt, und bleibt mit nackten Beinen eine Stunde am Rande sitzen: In die Ewigkeit des Unwiederbringlichen ist es doch zu weit. Da kommt die Müdigkeit vor dem Gehn. Das Gewissen eines rechtschaffenen Künstlers befindet sich natürlich immer auf der Höhe der wider die Sinne ausgeübten Reize. Das des Herrn Andree jedoch mußte erst eine lang' und gut gepflegte Lähmung überwinden. Nun, nach den Andeutungen, die wir über den Zeuskopf gemacht haben, hätte Herr Andree es bei der Lähmung eigentlich bewenden lassen können. Wer feiert den auf weltfernem Eilande noch einmal das Feuer erfindenden Robinson als zweiten Prometheus? Was nützt dem lebenslänglich Gefangenen der vergrabene Schatz? Wie kann einer, der entmannt worden, je die Braut heimführen? Und doch! Es gibt einen Eros, der, des Organs der Zustimmung beraubt und in die Wüste verbannt, gerade aus der Vergeblichkeit seines Rasens den Geist gewinnt, den die Erfüllung ihm versagt hat. Absolute Unerfüllbarkeit irdischer Wünsche, ob nach Ruhm, Liebe oder Gold gierend, ist oft die Bedingung für das endliche Hervortreten der tiefsten und feinsten Empfindungen, die vor dem Zweisamen sich keusch verbergen. Der wahrhaft Arme träumt nicht von den groben Wonnen der Verschwendung, sondern von den sublimen des Geizes. Soviel und nicht mehr für jetzt zu dem widersprüchlichen Anteil (einem ferialen und beruflichen), den der Gast aus der »Kaiserkrone« an dem Phänomen nimmt, das wir mit seinen Augen sehen und mit unseren Worten beschreiben.

Die erwähnte Lasur bewirkte, daß die mit ihr überzogenen Dinge, Schloß, Park und engste Umgebung, in gemäßigter Eile sich zusammenschraubten, in der Art etwa, wie die Fühlhörner des Schnecks sich zurückziehn, während der Schneck gleich groß und auf der Stelle bleibt. Damit schwand den Farben, die im Sonnenofen sich geworfen hatten, die holzplastische Blähung unter dem Rücken weg, und sie streckten sich schön versöhnt wie Gefallene aller Parteien zwischen zwei Fließpapieren zum blumenhaften Getrocknetwerden aus. Und somit war auch der rasende Zug der Perspektive zum Stillstand gekommen. Die bei dauernder und scharfer Bewegung nach einem fernen Hintergrunde sich selbst betonenden Formen sanken demütig ein unter der gehorsam wieder übernommenen Aufgabe, das Kreuz der Farben zu tragen. Zwischen Rampe und Prospekt des Bildes, zwischen Gittertor und letztem Wipfel des Sklavenmarktes, lief nun nicht mehr die nacktgefegte, von spalierbildenden Massen leicht überquollene *via triumphalis* des Raums auf die im Unendlichen zum Fluchtpunkt verkümmerte Siegessäule zu, sondern stockte ein moosiger Tümpel, den der Sprung eines kräftigen Frosches überbrücken kann. Nun, nach dem harten Lärm der im Geometersinne wahren Maße und Verhältnisse, herrschte eine optische Märchenstille. Es wurde klar – klar wie dem Poeten die verzwickteste Metapher ist –, daß Froschsprung, bestenfalls Speerwurf, die äußerste Entfernung auszirkeln, so von Vordergrund zu Hintergrund sich dehnen darf; weit genug, um die räumliche Natur nicht in die zwei Dimensionen eines Teppichs zurückfallen zu lassen, und nah genug, um das in der Kunst unkünstlerisch wirkende Nichteuklidische bis zum unumgänglich Notwendigen zu dämpfen. Ein zarter Seufzer, jenem ersten ähnlich, den der auferstehende Mensch, ob gut, ob bös', am Jüngsten Tage tun wird, entschlüpfte Andrees Mund. Nein, er bestand nicht mehr auf den sogenannten wahren Verhältnissen. Nicht nur, weil die große Lehrmeisterin Natur sie vor seinen Augen beispielmäßig aufhob –

man hätte ja einwenden können, daß aus einem Sonderfalle keine Regel abgeleitet werden dürfe –, sondern weil er, Andree, vom Wissen zum Glauben übergetreten war und im Sonderfall die Offenbarung und in der Regel den allgemeinen Zustand der Unerleuchtetheit erkannt hatte. Sogleich fühlte er Kopf und Brust befreit von dem Alpe der doch nie zu bewältigenden Aufgabe der bloßen Naturtreue, die, so gut es geht, gelöst, mit Augenmaß und Lineal, immer nur die niedere Vorarbeit geleistet haben wird für die dazutretende, eigentliche, ziemlich frei mit jener schaltende Arbeit des Genius. Auf der höheren Ebene seines jetzigen Schauens verwandelte sich ihm das malerische Motiv in ein gemütvolles. Aus sonst streng abgeschalteter oder wegen Unbegabung nicht zu erreichender Zone drang die Vergleichskraft ein. Die schöne Kupplerin Als-Ob verband das scheinbar Auseinanderliegendste zu einer im Himmel der Poesie geschlossenen Ehe: Der Parkschopf auf dem Hügel hinter dem Schlosse zeigte sich als dampfende Badegrotte aus verschieden gefärbtem Tuff. Würde aber ein Maler bei so poetisiertem Zustande einer Natur verweilen, ihn für den höchsten Charakter halten, den er zu verleihen vermag – während er doch nur der notwendig überleitende vom Gewöhnlichen zum Außergewöhnlichen, von der Nüchternheit zur Ekstasis, wohl mit Mitteln des Dichters, nicht aber zum Ziel des Dichtens –, so bekäme er es zwangsläufig mit Nymphen und Satyrn, Elfen und Gnomen, Nickelmännern und Waldschratten zu tun, und er stellte symbolisch dar, was er empfände, statt unsymbolisch darzustellen, was er mit Hilfe dieser Empfindung sähe. Nun, diese Klippe, an der so viele fleißige, moralische und malerische Maler gescheitert sind, umschiffte unser Faulpelz und Zuhälter aus der Gnade, die dem Sünder leuchtet. Er hielt, Realist, Verräter, Prolet, der er war, sich nicht auf bei den Strohhalmen, die einer in Gemüt ersaufenden Phantasie sich anbieten, bei den Gestalt gewordenen Heniden eines unscharfen Malerdenkens, welches auf geformtem Nebel als auf einer wirklichen Gestalt besteht, sondern drang sicher – wie zu Mendelsingers Geldlade – bis zur Sache selber vor, die eben nur dem Verzweifelten sich ergibt, den in seiner Lage mehr oder weniger Zufriedenen aber auf halbem Wege schon mit den täuschenden Sagenfiguren abfindet. Die Sache war diese: Durch die einfache und aufrichtige Aufgabe der sogenannten wahren Verhältnisse hatte Herrn Andrees Fühlen und Schauen jenen noch nicht urteilenden und noch nicht gestaltbildenden (den echten Landschafter auszeichnenden) vormoralischen und vorgeschichtlichen Zustand erreicht, der ihn ebenso einfach zum Elementargenossen des Nichtsprachbegabten machte, der Lichtstrahlen und Schatten, Wolken und Regengüsse, der Pflanzen und Gesteine, Wasser und Wässerlein, der Spiegelung und des Sichspiegelnden, der Tiere, sofern sie episch sind, wie das Rind, das Pferd, der große Hund, und solcher Menschen, die entweder dank ihrer Nacktheit oder ihrer ewigen Art von Kleidung, wie Bauer, Mönch und Nonne, Kinder bis zu vier Jahren etwa und das alte Weib, der Psychologie keinen Anlaß bieten und mit der um eine Elle noch nackteren und noch ewigeren Natur unauffällig sich verweben lassen. Er gedachte auch der Wallfahrtgänseherde, die, sich einschleiernd in den Staub der Straße, erst durch diesen malbar wird. Und er erkannte mit einem kleinen Philosophenjauchzen, daß Malbarsein eine hohe Qualität des Lebens ist. Nun saß er schon kerzengerade wie der Jäger auf dem Anstand mit dem Gewehr im Schoße. Die Ohrläppchen begannen ihm zu glühen. Es war nämlich gar nicht leicht, aus der gemachten Wahrnehmung eine Praktik zu ziehn. Was dem Erkennen ein für alle Mal feststeht, ist nicht ohne Weiteres anwendbar. Hat man das Ziel gefunden, muß der Weg erfunden werden. Aber mit Hilfe der Grottenvorstellung gelang die Übersetzung des vom Aug' festgestellten Satzes in die Sprache der Hand. (Den Künstler konstituiert die glückliche Wahl der Fiktionen). Hell und Dunkel sind jetzt nicht mehr die dramatischen Gegensätze des Urkampfes – er ist in der bei Aeonenaufgaben üblichen Weise zu Ende gegangen, nämlich nicht ausgetragen, sondern vergessen worden. Der Weltschlaf hat die Ritter in ihren letzten Positionen erstarren lassen. Sie sind die vollkommen unsymbolischen, nichts als sich selbst bedeutenden Funktionen oder Folgen der groben Unebenheiten der Grottenwand, ihrer Körner und Knoten! In die übermäßige Rauheit der zu Tage tretenden Weltenleinwand, deren simpler Struktur einzige Abwechslung Häufung oder Streuung der Körner und Knoten, wurde der Farbstoff mit einem gewaltigen Malerdaumen eingerieben. Dieser Farbstoff lichtet sich auf der höchsten Wölbung der raumhaltigen Punkte, doch nicht zu sehr, und dunkelt an ihren Abhängen und an ihren Basen, doch nicht zu schwer. Deswegen füllte die Sprünge zwischen Farbfleck und Farbfleck nicht mehr das tintenschwarze Grundwasser des Raums. Die Sprünge waren nicht Tatsachen, sondern das Illusionswerk anderer, auf derselben unebenen Ebene aufgetragener Farben. In den geworfenen Schatten leuchtete es edelsteinkühl mineralblau und chromoxydgrün, in den eigenen Tiefen brodelte es krapprot. Das heißt: wenn der gewisse tote Punkt dieser wie jeder Farbskala, hier also das Krapprot, zu überwinden wäre, ging's von dem ab wieder aufwärts auf der Skala. Das heißt weiter: die sonorste Farbe berührt so wenig jemals den ihr adäquaten physikalischen Wirklichkeitsgrad, wie unter den Instrumenten einer Pastoralsymphonie eine echte Kuh, die muht, und ein echter Vogel, der zwitschert, sich befinden werden. Die Metaphorik läßt das verglichene Ding liegen, wo es liegt, also tief unten, und sucht, ihrer pneumatischen Natur folgend, sofort wieder die höheren Luftschichten auf. Das heißt theoretisch: hinter dem Motive, und sei es auch praktisch undurchdringlich, ist es nicht finster (wie hinter dem Bild, das dann an der Wand hängt), sondern es strahlt da wieder ein blauer Himmel und brennt wieder die Sonne. Das muß wider den Augenschein festgehalten werden auf der Leinwand. Wer das nicht kann, ist einer Erkenntnis untreu geworden oder hat sie nie gehabt. Auch der wahrhaft religiöse Mensch handelt wider das bestechend Natürliche.

Andree zog die Beine ein, hockte wie ein Türke. Dann ist ja, schloß er und legte den Zeigefinger an den Mund – ein Bussard stach eben aus der Ahorn- und Tannenhalle und nahm den Gedankenfaden mit in die Höhe, wo er ihn um sein Kreisen wickelte (Andree hatte heute für alles Augen) –, jede wirklich malbare Erscheinung immer zwischen zwei Lichtquellen aufgehängt, wie zum Klopfen ein Teppich, den vorne die Vormittagssonne und hinten die Nachmittagssonne bescheint. Soviel ihrer Eigendunkelheit eine etwa zwei Finger dicke Wollmaterie noch behalten kann bei solcher Umzingelung durch das Licht, so viel und nicht mehr Tinte (krapprote oder mineralblaue) darf in dem Bilde sein. Dann also ist die Entdeckung oder, weniger aufgeregt gesprochen, die Annahme einer zweiten Sonne hinter dem Motiv der eigentliche Schöpfungsakt des Malers, das heißt, eingeschränkt, des heutigen Malers, der mit dem Urkampf keinen Sinn mehr verbindet, weder den religiösen des *et lux in tenebris lucet et tenebrae eam non comprehenderunt*, noch den physikalisch-historischen des Rembrandtschen Mühlenbretterwandspalts, durch den ein schmaler Strahl auf einen Haufen Getreidegold fällt. Unter den jetzigen Umständen also (über deren Würdigkeit sich streiten läßt; aber wer wollte dies vor Ablauf wenigstens eines Jahrhunderts tun?) heißt Malerei, dem auf der Folterbank des Raums ausgestreckten Motiv seine natürliche Stellung wiedergeben; es so behandeln, wie der gute Bildhauer den Körper behandelt: möglichst geschlossen, möglichst extremitätenlos, möglichst torsohaft. Ein Punkt, der nicht Linie, ein Augenblick, der nicht Zeit, ein Zustand, der nie ein anderer Zustand wird: das ist das neue Bild. Und das neue Bild hat ganz notwendig eine neue Farbigkeit. Herr Andree sprang auf die Füße. Herr Andree eilte vor dem Phänomen hin und her, mit erklärenden Handbewegungen, ohne es anzusehn, denn er hatte es ja im Kopfe, wie der Lehrer vor der mit zauberischen Kreidezeichen bedeckten Schultafel. Eine neue Farbigkeit! Ah! das sagt sich leicht! Besonders der unzufriedene Dilettant gebraucht gern das gewaltige Wort, wie der Schwächling die großen Gesten liebt, weil sie ihm den Besitz großer Gefühle vortäuschen. Wer wirklich bewegt wird, wünscht, die erregende Bewegung definieren zu können, und würde sie in der Definition auch so still und starr wie das Göttliche auf den Ikonen. Wie also ist die neue Farbigkeit in der Praktik? Auge und Hand, Pinsel und Palette, redet!! Nun: weniger grell (grell wie falscher, protziger Schmuck) als die alte, aber heller dank der zweiten, rückwärtigen Lichtquelle (und nicht durch verstärktes Licht von vorne). Heller heißt hier also so viel wie zarter. Zarter heißt nuancenreicher. Nuancenreicher heißt weniger deutlich (für das Durchschnittsaug'). Weniger deutlich heißt sonach weniger sichtbar. Weniger sichtbar heißt flächiger, teppichhafter. (Sonst könnte man auf einem Teppich nicht herumtreten!) Punkt! Der gemeine Laienverstand findet also in solchen Bildern an Stelle der räumlich bestimmten eine atmosphärisch bestimmte Welt; unbedingt gesprochen findet er so gut wie nichts vor, das er mit seinen Grunderfahrungen in Einklang zu bringen vermöchte. Denn in den nicht-euklidischen Köpfen regnet es nie, herrscht nie diesiges Wetter, wird nichts durch was vernebelt. Ein unerträglich genaues Wissen um die Distanzen brennt in diesen den wahren Maßen und Verhältnissen sklavisch untertanen Wesen.

Andree stampfte hin und her. Noch nie ist das Gras der Aussicht so zertreten worden. Aber es war ja eigentlich der Bodensamt seines Studierzimmers. Er verwuchs mit dem Fleck, weil da sein Gedanke Wurzel geschlagen hatte. Erst vor drei Tagen in Alberting angekommen, lebte er mindestens schon ebenso viele Jahre in Alberting. Das ist die beheimatende Macht des Geistes. Wo der Mensch Entscheidendes denkt, entsteht ihm Vaterland. Die gar nicht so dichte Ahorn- und Tannenhalle, eine altbekannte, oft dankbar angeschaute Wand (und doch sah er sie heut' zum ersten Male), schied ihn undurchdringlich wachsam von dem tiefvertrauten Dorfe. Bis in das Gasthofzimmer ging die das bereits Geliebte einholende Welle. Das krachende Bett, der wackelnde Tisch, die von den lockern Brettern gehobene Kommode, das ausgescheuerte Handtuch, dessen Fäden seines schwarzen Anzugs dauernde Ungebürstetheit verrieten, der süßliche Uringeruch des Nachtkästchens, der verquollene Kerzenstummel, die vertrocknete Tinte in dem einen, der stoppelbärtige Streusandrest in dem anderen Töpfchen des Schreibzeugs, die fliegenbeschmutzte Lampenglocke, der Öldruck über dem Bette, der den ländlichen Schutzengel bei seiner Hauptbeschäftigung zeigt, das blumenpflückende Kind vor dem Sturz in den Abgrund zu bewahren: all das war von dem empfindsamen Sekret seiner besitzergreifenden Person bereits überzogen worden; der Person selber kam's nur erst jetzt zu Bewußtsein. So gut wie der Bauer auf dem eignen Grunde hatte Andree das Recht, hier kräftig auszuschreiten und jeden Störenfried zu vertreiben, das war alles Nichthier, war die allzu frische Vergangenheit, waren Genia und Berthold Mendelsinger, die über den Bäumen, hinter dem Schlosse auftauchen wollten (gehoben von Andrees Tritten auf dem unebenen Grasboden wie Waschtisch und Kommode von den lockeren Brettern) und wieder hinabgedrückt wurden von seinen Fortschritten im Problem. Wider die unselige Liebe und ihre Ausfallserscheinungen stand ihr Urfeind, die Arbeit, auf. Und so, kann man sagen, schnob und pfiff und fuhr im Kreise Andree wie eine alte Lokomotive um die erstaunten Mechaniker, die sie abzuwracken gekommen waren. Er schaltete mit höchster Präzision die Hebel seines Problems aus und ein. Nach so vielen beruhigenden Feststellungen mußte wieder aufregend-gefährlich gefragt werden. Also!, wie, aus welcher Mischung, wenn nicht aus dem Mehl der zermahlenen Räumlichkeit – das ist aber nur ein Vorstellungsbehelf, kein Fingerzeig auf das gesuchte technische Verfahren –, entsteht diese gedämpfte und selber dämpfende Farbigkeit? Wo, an der Seite des motivlichen Mechanismus, ist das gerillte Knöpfchen, dessen Gedrehtwerden die kleine Taschenuhr aufzieht? Andree befiel die furchtbare Angst vor der Weite des Malerwegs von Aug' bis Hand. Mit dem, was auf demselben verlorengeht, hätte alle Kunst bis zum Jüngsten Tage längst geschaffen werden können. Schau in das Phänomen, Andree! wisperte distelig die innere Stimme, die gewissermaßen unparteiisch in uns sitzt. Schau! Denk jetzt nicht! Eine Minute lang denk nicht! Bring das Opfer des Denkens! Jeder bringt's, aber nur der Gescheute bringt's im entscheidenden Augenblick. Und Andree schaute mit umrollenden Augen wie ein Löwenkopf, der hinter den Ohren zwischen zwei Stäben seines Käfigs feststeckt.

Das Phänomen arbeitete gleich einer Schiffsschraube unter Volldampf. (In Recklingen läutete es Zwölf.) Aus alchimistischen Küchen hinter der vom Parkeck an der Straße zum Fuß des Sklavenmarktes hügelan laufenden Mauer stiegen rasch zergehende Kugelwolken vom Quecksilberglanze des Kartoffelfeuerrauchs. Zwischen je zwei Bäumen oder Sträuchern wurde, als sollten sie verpackt und versendet werden, mit Wattebäuschen hantiert. Der schiefe Rasen und sein Wappen waren von einem in der Botanik nicht sehr festen Reblausfeind mit Vitriol besprengt worden. Das früher gelblich grüne Gras schaute nun tief veilchenblau aus der darübergezogenen giftigen Spitze. Die ohnehin schon schräg stehende Front des Schlosses begann von rechts nach links und von oben nach unten sich zu verschieben, als wollte sie aus ihrer Zwangslage, und machte deswegen ihre Steine oder Ziegel zu Teig. Es war sehr seltsam, ein Gebäude zu sehn, das es der organischen Natur gleichtat. Es verbog die strengen Fensterquadrate, und weil die Rache an der Geometrie sehr süß, ließ es sie auch aus der Reihe hinauf- oder hinunterrutschen. Zugleich verwandelte sich das Schwarz der Fensterhöhlen in das behauchte Braunrot der Pflaume. Jetzt hatte das Schloß keine Zimmer und Säle mehr, sondern war zu einem Potemkinschen geworden. Herr Andree klatschte in die Hände und sprang auf dem Flecke dreimal hoch. Der Pinsel brauchte es nun nicht mehr mit dem außermalerischen Respekte vor menschlichen Wohnstätten zu behandeln, sondern konnte sich wild an ihm delektieren wie etwa an einem Felsen, der, wenn man will, ein Gesicht hat, aber nicht von seinem Schöpfer her eine logische Gestalt. Die Turmhüte und das Dach waren zu feuchter Pappe verquollen und unterschieden sich von der Verquollenheit der Laubmassen nur noch leicht durch die Farbe, ein staubiges Lila. Man konnte also weder das Lineal benützen noch das Augenmaß. Es gab keine Gerade mehr – auch die aufsteigende Gartenmauer hatte teils sich geworfen, teils sich verflüchtigt – und keine, auch nur beiläufig, richtig anzugebende Distanz von einem Vordergrund zu einem Hintergrund. Der Raum war so gut wie verschwunden, aber einer neuen Art von Phantasie der größte Spielraum gegeben. Die nicht sichere Wahrnehmung von Distanzen erlaubte auch dem rigorosen Gewissen – und das hat ein akademischer Maler; nur hätte er im Besitze eines solchen Richter, Lehrer oder Beichtvater werden sollen – erstens die sinnentbundenen Zusammenhänge der Farben zu sehen, zweitens das von ihnen nunmehr gebildete Ornament. Wie nämlich der Grundriß eines Hauses erst nach Abtragung des Hauses sichtbar wird, so kommt die der Unverständlichkeit eines Teppichs nah verwandte Schönheit der Natur erst dann zur vollen Geltung, wenn der Architekt, der Botaniker, der Zoologe, der Agronom und der Ingenieur aus ihr entfernt worden sind. Andree rieb sich die Hände. Er belobte sich selbst, auf eine hämische Art, als hätte er dem Motiv einen bösen Streich gespielt. Dann stach er mit dem rechten Zeigefinger in die weißliche Luft über dem Sklavenmarkte, wo bereits Gipsmodelle von Bäumen standen, und rief: Durch Zuguß von Silber wird das Phänomen bewirkt! Aber die Entdeckerfreude währte nur kurz. Wie macht man Silber auf der Palette? Indem man zu allen Farben reichlich Weiß gibt? Das ist Unsinn! Man ändert kein Tonstück grundsätzlich dadurch, daß man es eine Oktave höher spielt. Nein, von außen her geht's nicht. Die Ebene, auf der man malt, muß gewechselt werden. Schon in der Wurzel, die sie in uns hat, muß die Natur gefärbt werden. Man selber muß das Silber sein!! Also fort mit allen Methoden, die fix und fertig wie die Pülverlein in den Apotheken auf die Kranken warten! Nicht das Aug', die Anschauung muß malen, wenigstens zuerst und so lange, bis die Anschauung wieder Aug' geworden ist. Er tanzte im Kreise, als prasselte in dessen Mittelpunkt das Feuerchen des eben erfundenen Feuers. Zwei Kinder, die ungebahnten Wegs durch die Ahorn- und Tannenhalle gekommen waren, teilten an der Stelle ihres Ausbruchs in's Freie einen Haselbusch und bestarrten den ortsfremden Narren. Der hinwiederum starrte in die Kinder, ohne aber sie zu sehn. Er war weder Porträt- noch Genremaler, und schon gar nicht im gegenwärtigen Momente. Sein mit absoluter Landschaft gefüllter Blick lief in der vollen Fülle zweier hübsch gruppierter menschlicher Wesen vollkommen leer. Plötzlich ergriff ihn ein furchtbarer Zweifel, und er versank vor seinem kleinen Publikum ganz in sich selbst. Die Insassen der Haselbuschloge hatten noch nie einen Monologisten gesehn, der, obwohl stumm, so beredt war. Sie fürchteten sich dermaßen, daß sie nicht fortzulaufen wagten. Wahrscheinlich würden sie nicht einmal unter dem Messer eines irrsinnigen Andree zu schreien gewagt haben.

Teufel! sagte der, wie wir gesehen haben, bei bestem Verstand sich Befindende, Teufel! sagte er in der Mundhöhle und zugleich mit allen losgelassenen Muskeln, Falten und hinkenden Halbscheiten des Gesichts, das Phänomen, an dem ich für die ganze Malerei lerne, ereignet sich doch nur hier! Das Phänomen ist ja nur eine Eigenschaft dieses Motivs! Ich darf um Himmels willen daraus nichts Verbindliches für die ungeheure Mehrzahl jener Motive ziehn, die ohne Phänomen auskommen müssen. Ja, ich könnte wohl ein Bild nach dem Schlosse malen, aber ein Bild ist kein Bild, wenn es sich um eine Doktrin handelt. Die muß in sich so eierweich sein wie ein Fischrogen. Er grübelte so verzweifelt, daß er einmal das eine, einmal das andere Bein fast bis zum Kinn hob, während das Gesicht in der es stützenden Hand sich drehte wie ein Globus auf seinem Gestell. Die Kinder, nur den Anblick der sinnvollen Bauernarbeit gewohnt, staunten offnen Munds über einen sichtlich schwer Ringenden, der mit nichts Sichtbarem rang. Halt! rief der Ringende und sprang von sich selber ab wie gespaltenes Holz und das Motiv wieder an. Weil vor ihm ein armdickes Birkenbäumchen stand und er vielleicht sonst auf die Stirn gefallen wäre, fuhr er mit einem Knie auf ihm fest und umklammerte, wie ein Läutender den Glockenstrick, hoch oben den Stamm, der sich dem Schloß entgegenbog. Es war die Stellung der einen Zweig imitierenden Gottesanbeterin, den Kindern die eines schrecklichen, schwarzen Affen, der sein Nest erklettert. (Der Leser, der ebenfalls noch nie einen Denker bei seiner verzweifelten Arbeit gesehen hat – denn, wenn er wieder zu sehen ist, denkt er nicht mehr –, möge nicht glauben, wir übertrieben.) Halt! rief also Herr Andree sich selber zu, merkst du denn nicht, Schwachkopf, daß du dich wiederum in jener, nur mit äußerstem Mute zum Absurden als Gefahr erkennbaren Gefahr befindest, der Natur der Naturwissenschaften hereinzufallen? Bist du Physiker, Botaniker, Agronom, Meteorolog' oder – Maler? Was kümmern dich Pflanzenklassen, Stempel, Staubgefäße, Blätterstand, klimatische Bedingungen, Bodenverhältnisse? Was allgemeingültige Gesetze und die Ausnahmen von denselben? Wo jene herrschen und diese zufallen? Bist du denn, wenn du malst, in der Ruhe des Gelehrten oder des Gutsbesitzers, die das Privat- von dem Berufsleben trennen und mit Hilfe dieser Trennung den Begriff und die Tatsache einer objektiven Welt gewinnen? Ist dein Sieg, im Mannigfaltigen das Gemeinsame zu erkennen, den Hund und die Katze, die dem Psychologen wie dem Maler so grundverschieden sich vorstellen, in die gleiche Klasse der Säugetiere zu sperren? Von der Täuschung des Aug's durch die mit keiner andern verbundene Einzelheit abzusehn und mit dem Aug' des Verstandes die Gattung zu schauen, die eine Idee und deswegen nicht malbar, oder nur für Allegoriker und Symbolisten, der Teufel soll sie holen, diese metaphysischen Verwesungswürmer im nichts als irdisch prallen Fleisch der Malerei? Ist nicht vielmehr deine einzige Aufgabe, der großen und rühmlichen Versuchung, alle Erscheinungen auf etliche nicht mehr weiter ableitbare Prinzipien zurückzuführen, stark wie ein Märtyrer zu widerstehn und die Unanschaulichkeit auch dort noch zu bekämpfen, wo sie für alle andern, nur nicht für dich, den Maler, einen zweifellosen Sieg des Geistes über die Materie bedeutet, ja zu bekämpfen auch auf die Gefahr hin, für das Religiöse unansprechbar zu werden, das ja von Prinzip zu Prinzip bis zum höchsten Prinzip sich vortastet? Nein, du bist, wenn du Künstler bist, nicht eines der vielen Subjekte, die solche im Hinblick auf ein jeweilig Objektives sind, sondern das Subjekt schlechthin, für das es ein Objektives überhaupt nicht gibt! Die Sonne leuchtet, aber weiß nicht, daß sie beleuchtet!! Also darf man nicht wissen, daß man sieht – denn in diesem nüchternen Falle lägen notwendig die wissenschaftlichen und religiösen Aspekte in der Elongatur des Gesichtsfelds –, sondern man muß glauben, was man sieht. Ich frage also nicht mehr, ob das Phänomen nur hier oder auch anderswo statthaben kann, denn ich habe eine Ebene, auf welcher die Erscheinungen ihre Malbarkeit vom Polizeikommissariate des allgemein Gültigen einholen, bereits verlassen. Das Phänomen und ich sind nicht Passanten, die einander begegnen, sondern Liebende, die einander gefunden haben. Von ihrem Bunde geht das Gesetz für alle aus, nicht von den Allen das Gesetz für ihn. Ich, ich selbst bin das Phänomen!!! Er stieß, wie einen Kahn vom Ufer, sich von dem Bäumchen ab und stürzte rücklings in's Gras.

Der Haselbusch schlug jach zusammen, die Kinder glitten schlangenschnell und lautlos durch das Gras und durch's nähere Strauchwerk, brachen wild und splitternd durch die Ahorn- und Tannenhalle und stürmten schreiend auf die Straße, als läge eine große, neuigkeitshungrige Stadt, der sie die noch feuchten Zeitungsblätter entgegenschwenkten, an derselben. Sie erzählten eine schaurige Geschichte von einem zu seinem eignen Begräbnis bereits schwarz gekleideten Manne, der nach einigen vergeblichen Versuchen, ausweichend verrückt zu werden, dann doch plötzlich tot umgefallen sei. Einer jener, von der Lüge ebenso weit wie von der Wahrheit entfernten, durchaus richtigen Berichte! Hätten die Kinder noch zwei, drei Minuten zugewartet – wozu sie als legendenbildende Geschöpfe aber nicht im Stande gewesen waren –, so würden sie folgendes gesehen haben: Der vom philosophischen Hammer willkürlich wie weißglühendes Eisen Zurechtgeschmiedete lag als ein veilchengrau abgekühlter Faulpelz im Grase. Er rupfte Halme, sog an ihnen, quirlte sie, schlug bald dieses, bald jenes Bein über's andere, wippte mit einem Fuße, krabbelte mit den Zehen im Schuh. Undankbar wie der Mensch nun einmal ist nach dem Exzesse gegen den Partner im Exzesse, würdigte er das Phänomen keines Blicks. Ja, welch eine andere Geschichte wäre zu lesen, wenn die Historiographen nicht immer unmittelbar nach dem dramatischen Höhepunkte davonlaufen würden! Des Gastes Gesicht, das wir, wenn uns recht ist, ein häßliches genannt haben und das während der zweieinhalb Tage unserer verschärften Beobachtung seiner auf dem besten Wege gewesen, es dem des Notars gleichzutun, richtiger gesagt, vorzumachen, konnte jetzt geradezu als schön gelten, vorausgesetzt allerdings, daß wir als die echte, ihrer Idee schon nahekommende, Schönheit den christlichen Frieden empfinden, den eine siegreiche Seele mit einem unterworfenen Leibe schließt. Das Aug' war des stechenden Blicks entwaffnet. Die Böses witternde und Böses wider die Welt schnaubende Nase rauchlos aufgerichtet wie ein Fabrikschornstein am Sonntag; den versiegtem Lebenswasser nachklaffenden Brunnenmund zum Zeichen der Unaussprechlichkeit des erlösenden Worts fest geschlossen; das antithetische Locken der Gesichtshälften, von dem die falsche Lebendigkeit eines zerhackten Regenwurmes ausgegangen ist, gestillt. Nachdem er eine Weile des zeitlosen Glücks der Rekonvaleszenz genossen hatte, erklärte er sich für gesund. Er erhob sich von fünfjährigem Liegen, straffte sich soldatisch – was bei einem Künstler in der Regel soviel wie einen Bruch mit seinem Stande bedeutet –, setzte den breitkrempigen Hut sehr sorgfältig auf (statt ihn in die Stirn zu drücken oder wie einen Südwester zu tragen) und wandelte den Weg seiner Bockssprünge so bedächtig zurück, daß man nicht einmal sagen konnte, er negiere jetzt ihn ausdrücklich; nein, er hatte seines doch noch recht frischen früheren Gehabens bereits gründlich vergessen.

Der Nachmittag, der Abend, ein Teil der Nacht und der nächste Vormittag waren, wie begreiflich nach einem solchen an die Schöpferkraft appellierenden Erlebnis, mit Zeichnen ausgefüllt. Unbegreiflich allerdings, daß auf den zahlreichen Blättern und Zetteln statt Landschaften, verschleierten oder unverschleierten, geometrische Gebilde sich entwickelten, Dreiecke, Quadrate, Polygone, Kegel, jedoch so wild drunter und drüber, als ob ein neuer Archimedes den Schutt der eingestürzten Konkretionen auseinandergeräumt hätte, um da und dort einen konstruktiven Sparren des göttlichen Weltgebäudes, geknickt wohl und zerschlissen, wieder hervorzuziehn. Das Einzige, was – bei größter Duldsamkeit *in artibus* – auf einen Maler hinwies, waren an den Rand gekritzelte Weibsbilder, dicke, mit Säulenbeinen, Zwiebelbrüsten, Polsterbäuchen und fast gar keinem Kopf, in tolpatschigen oder träg fruchtbaren Stellungen, jenen Idealfiguren ziemlich ähnlich, die von pissenden Mannsbildern an die Wände der Bedürfnisanstalten gezeichnet zu werden pflegen. Aber der nüchternen wie der gefühlvollen Beschäftigung oblag er mit derselben neuangeflogenen Ausdauer und mit der nämlichen Duldermiene, die er zugleich mit dem Hute aufgesetzt hatte. Ob die hehre Geistesabwesenheit von den äußeren Dingen ihre Ursache in dem beseligenden Anschaun der inneren Siegesglorie hat oder einfach die Schrecklähmung darstellt, mit der ein Dschingis-Khan erobertes Gebiet überzieht, das läßt sich jetzt nicht näher untersuchen, weil es klopft und, ohne das einladende Wort abgewartet zu haben, ein Mann von etwa dreißig Jahren eintritt, der, wiewohl stumm, artig genug zu sein glaubt, wenn er die Kappe sogleich auf den Stuhl legt, der zufällig dicht bei der Tür steht. Er trug einen blauen verschmuddelten Mechanikeranzug und als zweite Kopfbedeckung einen mächtigen, steifen, gekrausten Haarschopf. Seine glänzend politurbraunen kleinen Augen lagen sehr weit von einer Nase, die schon beim Sprung aus der Wurzel auf ihre künftige Größe und Länge Bedacht genommen zu haben schien, und blickten aus sehr ovalen Schlitzen wie abgenützten Knopflöchern entschlüpfte Knöpfe. Man könnte beinahe sagen: er hätte nach der Morgentoilette den schamhaften Teil seiner Kleider nicht ganz in Ordnung gebracht. Der Mund war lang wie die Wartebank im Amtszimmer oder wie der Spalt des Postkastens, und wie diese beiden ohne jeden Schwung. Der Handstreich mit der Kappe auf die fremde Atmosphäre und die dezidierte Unterlassung jeden Versuchs, sein Erscheinen mit der sicher erfolgten Aufforderung, zu erscheinen, in den gewöhnlichen Zusammenhang zu bringen – als ob er nur träumte, hier zu sein, wachend, aber nicht dran denken würde, Zimmer fünf der »Kaiserkrone« zu betreten –, ließen fürchten, daß er mit einer vorgefaßten negativen Meinung gekommen sei. Und so verhielt es sich auch. Herr Andree, der ohne die Duldermiene in die geringste Unordnung zu bringen, höflich sich erhoben und, um des Besuchers offenbaren Mangel an Zeit und Interesse zu berücksichtigen, und wenn möglich zu überwinden, sofort auf die ausgebreiteten Zeichnungen hingewiesen hatte, mochte diese erklären, wie er wollte, das Ganze durch die Einzelheit, die Einzelheit mit dem Ganzen, einfach, schwierig, in der Sprache der Gebildeten, in der des Volks – umsonst. Der Mann hörte gar nicht zu. Ja, der Mann stand sogar besorgniserregend schief im Raum, wie der pisanische Turm, als Fußknöchel deutlich weggeneigt von dem Demonstrator, den er nicht ansah, und von den Demonstrationsobjekten, denen ein übler Geruch zu entsteigen schien. Die beleidigend defensive Haltung des doch gar nicht angegriffenen Besuchers hatte keinen mindernden Einfluß auf Höflichkeit und Beredtsamkeit des Besuchten. Es zeigte sich bereits eine der wohltätigen Wirkungen der Duldermiene. Wenn Nerven und Muskeln fest entschlossen sind, nicht zu reagieren, laufen die ausdruckssüchtigen Affekte vergeblich Sturm. Als er mit einer schöpferischen Handbewegung über das Chaos der Papiere wie mit einem selbstbewußten Schnörkel unter einem dezidierten Briefe geendet hatte, erst dann kehrte der Weggeblasene in die Windstille der Geraden zurück. Ein einziges kleines Stückchen Lebenssüßigkeit löste sich vergeblich auf in dem essigsauren Gesichte. Es ist außerordentlich schwer, aus dem eigenen Nesselgarten der Ressentiments auch nur einen einzigen guten Blick auf die Rosen des Nachbarn zu werfen. Nun enthüllte sich der weder schöne noch bequeme Haarschopf als die einer zu kurz geratenen Seele höchst nötige Anstückelung. Des Mannes (von kleiner Statur) wahre Größe erfüllte jetzt – Andree glaubte den Vorgang zu sehen – das zugelegte Maß bis zur letzten Spitze. Ein Greinen rann aus dem Postkartenspalt. Er hätte sich das alles anders, ganz anders vorgestellt! Die glänzend braun polierten Knöpfe, zu sehr hartes Bein, um je schwärmerisch durchfeuchtet werden zu können, und dieses ihres Unvermögens sich wohl bewußt, hingen deswegen an dem Adelseherschen Dachfirst als an dem fernstmöglichen Ersatz für den ihnen unschaubaren Fluchtpunkt im Unendlichen. Also wenn nicht so, wie dann hätte man das alles sich vorgestellt, wurde sanft gefragt. Die Finger der auf den Tisch gestützten Hand trommelten nicht. Wie? Als einen blendend weißen Würfel! Glatt verputzt oder verschlemmt? Nein, mit Marmorplatten belegt! Oh! Mit einem griechischen Tempeldach! Ei! Beinahe im zwanzigsten Jahrhundert? In Alberting? warf man schüchtern ein. Warum nicht? krähte es aus dem verfilzten Haarnetz. Im Norden? sagte mild besorgt um diesen Norden Andree. Neben spitzen, ziegelroten, schieferblauen und strohgelben Dächern? Unter nieder hängenden Wolken und bortenbreiten Schneelasten? Der Handwerker schüttelte die zeit- und ortgerechten Einwände gegen den in ihm ewig blauenden südlichen Ansichtskartenhimmel ärgerlich ab. Welch ein Banause ist doch der Mensch da, der zwischen einem Gebäude und einem Gedicht unterscheidet! Und zwei Säulen sollen das Giebelfeld tragen! stieß er hervor. Bei Gelegenheit dieser Worte streifte er zum ersten Male mit einem vergeblich flüchtigen, in Wahrheit aber scharfen, ausgiebigen Blick sein Gegenüber (das demütig gesenkten Profils und geschlossenen Aug's dastand), um zu erkunden, wie weit er noch gehen dürfe, ohne ein Geschäft zu gefährden, oder ob der Zugereiste vielleicht gar jenes langersehnte Opfer sei, das er seinem Ideale schlachten könne, auch unter Opferung des Geschäfts. Eine solche Schicksalsfrage hat man natürlich an die eigne innere Stimme zu richten und nicht an den Menschen, der sie erregt. Und wenn derselbe überdies noch ein Schafsgesicht macht, das auch den erfahrensten psychologischen Metzger zu täuschen vermocht hätte, so ist man der rechte Esel zwischen den Heubündeln. In diesem Zwickmühlenfalle bleibt nichts anderes übrig, als aus der Haut zu fahren, sich zu demaskieren, zum soundsovielten Male, und vielleicht wieder vergeblich, wie ein liebebedürftiges, aber häßliches Mädchen. Das tat auch unser Handwerker. Noch besser: Karyatiden!! Karyatiden sollen das Dach tragen!! Nun kam der Haarschopf zur Geltung. Er wurde erst gereckt, dann zurückgeworfen: Das Gesicht lag parallel zur Zimmerdecke. Noch niemals hat ein Zeichner die Hybris oder den Stolz, oder den Galimathias aus Klein und Groß, aus Verrückt und Nüchtern, auf die Formel einer solchen Gestalt gebracht. Wenn die Duldermiene, und was dahinter beschlossen worden war, Andree erlaubt hätten, zum Bleistift zu greifen, er würde einen Luzifer entworfen haben, der noch im Sturz zur Hölle den Himmel nicht aus den Augen läßt. An der bis zum Bersten gebogenen Kehle hatte sich, als Ersatz für die hinweggeschwundene Stirn, aus dem Adamsapfel beinahe ein Denkerkopf gebildet. Eine Weile herrschte die peinlichste Stille. Das Teufelsmodell fand beängstigend lang' nicht aus seiner genickbrecherischen Pose zurück – weil es wirklich an ihre Glaubwürdigkeit glaubte, oder an einer echten kleinen *absentia mentis* litt – und Andree unter den vielen Worten, die die Verblüffung umtanzen, wie die

Sterne das Aug' nach dem Faustschlag, nicht das rechte. Einesteils ist es gefährlich, einen Narren einen Narren zu nennen, andernteils kann die Möglichkeit nicht von der Hand gewiesen werden, daß statt Auftraggeber und -nehmer zwei Künstler einander gegenüberstehen, von denen einer auf dem Platze bleiben muß, oder es kommt nicht zum Bau. Nun kann nur das diplomatische Geschick helfen, dem allerdings die undurchdringliche Miene bereits die beste Mauer von der Welt macht. Herr Andree fühlte, daß er wider eine Partei Partei nahm, der er noch vor kurzem selber angehört hatte. Ob er jetzt nur den gesunden Menschenverstand vertrat oder bereits einen neuen Standpunkt innerhalb dessen, was in den neunziger Jahren dieses Landes Kunst hieß, das vermochte er in dem geschilderten Augenblick natürlich nicht zu entscheiden. Auch die Fragestellung formulierte sich ihm nicht so, wie fünfzig Jahre später wir sie hören, das Krachen der Problemnuß zwischen den Backen der Zange deutlich im Ohr. Im übrigen hatte er, wie er glaubte, ethische und nicht ästhetische Absichten. »Lieber Herr Strümpf!« sagte er. Die mit der sanften Miene angenommene sanfte Stimme verhinderte ebenfalls einen Schluß auf das eigentlich Gemeinte. »Ihr Plan gefällt mir gut. Je länger ich ihn bedenke, um so besser. Man muß erst über die eigene Gewöhnlichkeit hinwegfinden. Und das geht nicht so schnell.« Die schmeichelhaften Worte lösten Herrn Strümpfs Krampf und sein Gesicht von Zimmer- und Himmelsdecke. Wieder richtig auf dem Halse sitzend, nickte es, aber mehr um im verschobnen Kragen den alten Platz zu suchen, als um der Befriedigung Ausdruck zu geben. Diese war auch nicht annähernd eine vollständige. Noch hing das Spinnennetz des Mißtrauens unzerrissen von dem Gesichte. Nur der Mund klaffte schon wie der Muschelmund im nahrungheranschwemmenden Wasser. Er hatte jahrelangen und unbegreiflichen (als Maurermeister in Recklingen) Hunger nach Ruhm. Das fühlte Andree als der Arzt, den ja nicht die kompakte Masse des medizinischen Wissens, sondern die durch tausend Grenzbestimmungen ihm bewußt und umschreibbar gewordene Gesundheit zum Maß der Krankheit macht. »Besonders Ihre Mädchen von Kariae haben es mir angetan.«

Strümpf blickte blind wie Blei aus dem Bildungsloche. »Sie wissen ja«, fuhr Andree mit der milden Bosheit des leider besser Unterrichteten fort, der, indem er das Kreuz der Bildung vortrefflich trägt, es den andern dreifach spüren läßt, »daß jene Karyatiden genannten Denkmäler die einzigen sind, so von der sehr herrenhaften Griechen Sklavinnen errichtet wurden, und noch dazu lydischen, also semitischen, allerdings, wie ich annehme, um sie in ihrer Bestrafung zu zeigen.« Herr Strümpf äußerte ein verschnupftes Hm, Hm. Ihn ärgerte die Zubilligung eines Wissens, das er nicht besaß. Zugleich aber schwante ihm auch die Verwandlung der zu wenig (nur von den Protzenfassaden der neueren Großstadtpaläste) gekannten Karyatiden in die viel bekannteren Erinnyen. Es gibt einen Weg, den Holzweg, den man sofort merkt, und zwar an einem jachen Dünnerwerden der (dann zulässig gewesenen) Euphorie. Nichts mehr von dem exaltierten Übergipfler des ohnehin nicht geringen Selbstgefühls war in dem Herrn Strümpf. »Den Zwiespalt darzustellen«, folgerte Herr Andree aus diesem nur einmaligen Verhalten der Griechen, »der, bei echt plastischer Ruhe der Gestalten, doch sie zerreißt, die Ehrung für das heroische Tragen der Männer aus der übergebenen Stadt, ausgedrückt in der Entehrung durch das sklavische Tragen fremden Gebälks, das muß den Bildhauer reizen. Und Sie, Herr Strümpf, sind ja wohl, wie ich nicht nur hörte, sondern auch spüre, neben dem Baumeister, nein, nicht neben ihm, vor ihm, Künstler, Skulptor.« Herr Strümpf wand sich unter dem unerwartet-erwarteten Lobe, als hätten eben die ersten Hiebe von fünfundzwanzig zudiktierten ihn getroffen. Er wollte das Schmeichelwort annehmen, er wollte es ablehnen; er wollte nur die Hälfte davon genießen, die andre Hälfte bescheiden auf dem Teller lassen; aber Begierde und Entsagung, gleich stark, hielten einander die Waage, und die gerechte Teilung des Lebensbrotes scheiterte an dem unausrechenbaren Dezimalbruch der Krümelchen. Es kam nur zu einer noch größeren Öffnung des Postkastenspalts. »Aber die kolossalischen Ausmaße der Figuren!« rief Herr Andree mit der hohlen Stimme eines auf der Probe nur markierenden Schauspielers. »Da haben wir's schon. Oder wollen Sie Nippesfiguren hinstellen?« Nun wand sich Herr Strümpf nicht mehr wie unter Prügeln, sondern wie ein Fisch im Netz. Das obstspalierartige System der Andreeschen Ausführungen, an dem Strümpf hochzuklettern geglaubt hatte, befand sich in deutlicher Wandlung zu einem Gegitter, das ihn gefangensetzte. »Sie überschätzen mein Barvermögen«, sagte der Bauherr jetzt mit seiner gewöhnlichen Stimme. »Es ist leider weit kleiner als mein Verständnis für Ihre herrliche Idee.« Der Teufel soll eine Idee holen, fluchte in der Sackgasse Herr Strümpf, die auf heimtückische Weise immer größer ist als der Geldbeutel, dem sie begegnet! Er bewegte sich als ein Mann, dem die Jacke zu eng ist und der sie bald ausziehen wird. »Haben Sie auch bedacht, werter Herr Strümpf, daß wir mit der Errichtung eines heidnischen Heiligtums schlecht abschneiden würden bei den Albertingern, die sehr gut, wie ich sehe, von einem christlichen leben?« Der Sophist, wohlwissend, daß er einer war, wurde immer besser gelaunt. Der Geist, auch wenn er die Lüge glaubhaft macht, ist immer Geist, und selbst dann noch das Gegenteil der Lüge, die sich für Wahrheit hält. »Und: was würden die hochwürdigen Herren Kartäuser sagen, die eigentlich nichts sonst sagen sollten als: *memento mori?* Und, doch nicht zuletzt, die eigentlichen Hauptpersonen: die frommen und deswegen sehr reizbaren Wallfahrer?« Der Leser wird bemerken, daß Herr Andree gegen ein nie Behauptetes mit dem Erfolge argumentierte, Herrn Strümpf glauben zu machen, er hätte das zu Boden Argumentierte behauptet. Nun, der Gebildete – Herr Andree war da und dort gründlich belesen – kann den Halbgebildeten – Herr Strümpf hatte Angeflogenes weder weggewischt noch eingesogen, sondern im Ästhetischen, als eine gelehrte Färbung der Haut, belassen – viel leichter an der Nase herumführen als den Ungebildeten, der sozusagen keine Nase, also keine Handhabe, bietet. Herr Strümpf glich jetzt einem schon recht schlaffen Ballon, der etliche Meter hoch über einer Wiese hinschleift und sich bald auf einem Busch zur Ruhe setzen wird. »Nein, nein, Herr Strümpf, weder Sie noch ich dürfen es uns mit unseren Kunden verderben. Andernfalls ich hier gar nicht anzufangen bräuchte! Sind Sie, sind Sie bereit, gleich nach Enthüllung der Karyatiden ihr Bündel zu schnüren und nach Griechenland auszuwandern, wo Sie, fürchte ich, gerade auf die Wellblechbauperiode stoßen werden? Sie, der Sie in Recklingen eine, wie man mir sagt, gutgehende Werkstatt haben, vielleicht Frau und Kind, und noch eine alte Mutter?« Wenn man nach Hause kommt und die Wohnung ausgeplündert findet bis auf den letzten Nagel an der Wand, so tobt man nicht, wie man toben würde, wenn einem etwa nur die Brieftasche gestohlen worden wäre (gesetzt auch, ihr Inhalt genügte, drei Wohnungen auf's Prächtigste neu einzurichten), sondern möchte sich hinsetzen und leise flennen; aber gerade das ist unmöglich: Es ist ja nicht das Bein eines Stuhles da. Man leidet also nicht unter der Tücke des vorhandenen, sondern unter der Tücke des abhandenen Objekts, und das macht den Fall hoffnungslos. Die Sprache hat nämlich einen solchen nicht vorgesehn. Ewig unvollendbare Wortfragmente segeln im Kopfe des Betroffenen durcheinander. Ein abschlägig beschiedener Bittsteller schaut so durch's Mikroskop der mundtoten Verzweiflung den schrecklich vergrößerten Nornenfaden an, aus dem er nun einmal gesponnen ist, wie jetzt Herr Strümpf vor sich hinschaute. Der Blick sagte so deutlich, daß Herr Andree die Worte zu hören glaubte: Es ist wieder nichts. Zum soundsovielten Male nichts. Wann immer ich, Strümpf, einen Dummkopf oder Mäzen (jener ist die Vorstufe dieses) gefunden zu haben wähnte, war's keiner von beiden, sondern der gesunde Menschenverstand selber, der, überall sonst getreten, mich traf. Das ist nicht gewöhnliches Pech, auch nicht gelegentliche Belehrung eines Bessern, die ja jedermann, auch der Glückspilz, erhält, sondern das monotone Signal einer tragischen Verfassung, das man vernimmt, wenn man alle Lebensgeräusche abstellt, wie in der ländlichen Stille das Ticken des Morseapparats aus dem verschlafenen Bahnhof. »Trösten Sie sich, Herr Strümpf«, sagte Andree (zu seiner eigenen Verwunderung. Woher plötzlich solche Einsicht?) »mit folgendem: Die besten Bilder werden nie gemalt.« (Hätte er, Andree, je gute gemalt?) »Und«, dabei wandte er sich seinen Plänen zu und sprach eigentlich *a parte*, »selbst die höchste Kunst ist viel weniger Kunst, als die Leute glauben.« Man kann jemanden mit einem einzigen Satze zurechtrichten, vorausgesetzt, der Satz überschreite nicht in beleidigender Weise das Fassungsvermögen des Betreffenden und entspringe einem Consensus, der bis zu dem unverständlichen Punkte seine guten Dienste geleistet hat. Fährt der Meister gen Himmel, so kann der Jünger und Zeuge jetzt nicht einfach auf die Naturgesetze sich berufen, die überall sonst und wann immer dieses Ereignis unmöglich machen. Er ist ihm zu lang' gefolgt und muß ihm nun, ob er will oder nicht, auch in's Unwahrscheinliche nach. So ging es Herrn Strümpf. Er fühlte sich an einem Henkel gefaßt, den er plötzlich besaß, und weggestellt von einer Kraft, die er schon des längern anerkannt hatte. Daß nichts in dem Strümpfschen Kruge war, nämlich kein Verständnis, verhinderte nicht die sichere Wahrnehmung, zusamt der Leere einen entscheidenden Platzwechsel erlitten zu haben. Der Diener, und hätte er soeben, Herr zu sein, geträumt, wird Diener, wenn der Herr ihn anbrüllt. Andree hatte nur für sich eine, übrigens streng logisch aus der unmittelbar früheren Stufe entwickelte Erkenntnis ausgesprochen, aber in einem so anderen Tone, daß die auch andere Ebene, die von ihm betreten worden war, nun ihrerseits in Erscheinung trat und auf Herrn Strümpf von der Höhe etwa der Zimmerdecke herabsah. Die bis zum Augeneindruck getriebene Vorstellung entschied den Rangstreit. Er war in keiner Zelle seines Leibes mehr Bau-, sondern in allen nur Maurermeister. Er war wie der Epileptiker nach dem Anfall wieder gesund bis zum nächsten Anfall. Er folgte, gehorsamst hie und da ein streng gewerbliches Besserwissen äußernd, dem Andreeschen Finger, der auf den Plänen umherfuhr. Er hütete sich auch, einem bauherrlichen Vorschlag, der dem seinen, die Karyatiden betreffenden, gleichkam (wenn er an Sinnlosigkeit ihn nicht überflügelte), zuzustimmen. Die Erinnerung an den Anfall war noch zu frisch. Aber nicht weniger hütete er sich vor der großen Versuchung, die nun ihm sich anbietende Retourkutsche des gesunden Menschenverstandes zu besteigen und den verrückten Bauherrn niederzufahren. Um aus Liebe zum Rechten so Böses zu tun, war er dem Schiefen wieder viel zu sehr verbunden. Ja, er stellte nicht einmal eine Frage. Dieses taktvolle Verhalten (ohne Zweifel aus Gleichtakt hervorgehend) bewog Herrn Andree, den von ihm in den gebührenden Abstand gerückten Strümpf zur mystischeren Würde eines Komplizen zu erheben. Eine fest gegründete rationale Ordnung ist die Voraussetzung für die originalen Schöpfungen des freien Willens. Das Seil des Seiltänzers muß an beiden Enden sicher verklemmt sein, oder das siegreiche Spiel mit der Gefahr wird unkünstlerischer Ernst. Ehe die Herren voneinander schieden, traten sie zwillingshaft an's Fenster. Andree blinzte zum Himmel.

»Wird das Wetter durchhalten?«

»Unbedingt!« sagte Strümpf mit einer Sicherheit, die dem Wetter gegenüber nicht am Platze ist. Er gab damit gewissermaßen sein Ehrenwort für die Unverläßlichkeit selber. Nun mußte diese zusehn, daß es nicht gebrochen werde. Auf diesem Trick beruht die geheimste Hoffnung aller Beschwörer und Propheten. Gleich darauf fiel ihm ein vernünftiger Grund ein. »Wir haben ja morgen Vollmond!«

»Ah, das trifft sich ausgezeichnet«, sagte Andree.

»Warum?« fragte, plötzlich wieder mißtrauisch, Strümpf. Eines Hundes Nase konnte nicht faltenreicher schnüffeln. »Wegen – der bessern Sicht?«

»Ja«, sagte Andree und merkte, daß der Hund Strümpf auf der von ihm gelegten Fährte war. »Bringen Sie aber doch Laternen mit!«

»Fackeln!« rief Strümpf und stieß den rechten Arm in die Höhe. »Ich bringe Fackeln mit!« Es drohte also wieder ein Anfall. Und zwar wollte der Kranke diesmal, wie es schien, sich auf einem romantischen Boden hinwerfen.

»Nein, nein, Phidias«, sagte Andree ruhig und drückte den pathetischen Arm sanft herab. »Bedenken Sie: die Adelseherschen Scheuern, das Stroh, das Heu, den Windzug und den Funken.« Ha, das war er wieder: der gesunde Menschenverstand, der das Wasser naß und das Feuer feurig nennt! Des Menschen Vernunft ist leicht gefährdet, dem der Gemeinplatz als Medizin erscheint. Herr Strümpf schluckte sie. Es blieb aber der Mondschein, der, unbegreiflich warum, nebst Laternen bestellte Mondschein als einziger Lichtpunkt auf allen dunklen, gottverlassenen Gemeinplätzen. Richtiger gesagt: es blieb ein lockender dunkler Fleck im langweilig gleißenden Licht des gesunden Menschenverstandes.

Als Strümpf am Adelseherschen Anwesen vorüberging, das mit höherem Haupt- und niedererem Nebengebäude, genau quadratischem Hofe, festhallengroßer Scheuer und zwei zierlichen Sommerhäuschen, das eine im Küchen-, das andere im Obstgarten, raumverschwendend und klösterlich sauber – auch die herumliegenden und stehenden Geräte, ein Schaff, die Schaufelstiele, ein Leiterwagen, sahen wie frisch geholzt aus –, bohrte er einen lang zurückgehaltenen boshaften Blick durch dieses Beweisstück soliden Gottessegens. Dann sprang er, als hätte er ein gutes Werk getan, erleichtert nach Recklingen hinunter.

Am Abend des nächsten Tages – doch halt! Der Zuruf gilt natürlich nicht dem eiligen Leser, der alles, was bis zum nächsten Halt! geschrieben steht, ruhig überschlagen kann. Es wird ihm nichts für den Fortgang der Geschichte Wesentliches entgehn. Wir aber und der etwa fünfzigjährige Mann (am winterlichen Ofen), der uns eben sein Herz geöffnet hat wie dem in den Rachen guckenden Hausarzt die zahnlose Mundhöhle, um uns die tiefen Wundlöcher zu zeigen, aus denen ihm der Reihe nach alle Liebsten herausgestorben sind, und der nun ihr Wiederauftauchen am Horizonte dieses Buches erhofft – nur deswegen liest er! Nur deswegen beschwört er den Beschwörer! Es könnte ja auch einer seiner Toten unter den heraufgequollenen Schatten sein! Solches Nekromantenkunststück erwartet er von uns! –, wir wollen uns besinnen: Es ist ein feierlicher Augenblick! Worauf zu wir mühselig gewandert sind, vom grauen Grafen Heinrich über die rosige Benedikta Spellinger zum gehrockschwarzen Andree, den mohammedanischen Harem, die katholische Gottesmutter und das Malerelend streifend, Christen wie Juden durchhechelnd, das sollen wir nun endlich erstehen sehn. Ein Haus bauen, von welcher Form immer, und im Andreeschen Alter, ist fast dasselbe wie eine Gruft bestellen. Ja, solange man noch wie Antaios über dem Boden schwebte, war man unsterblich, voll göttlicher Kraft. Kaum hat man Wurzeln geschlagen, schon schleicht der Tod auf's Feld. Das Ja! zur Erde ist sein Signal. Die betreffenden Leute glauben natürlich, nun erst hebe das Aufsteigen richtig an. Und sie hören nicht, wie kraß sie sich selber widersprechen, wenn sie endlich soweit sind, eine Hütte oder einen Palast ihr eigen zu nennen, aber jene wie diesen sogleich mit möglichst viel Vergänglichem ausstopfen: mit Weib und Kind, Hund und Katz', und mit allem, was sonst noch aus Hauslosigkeit, Finsternis und Kälte der Liebe und ihrem Herdfeuer zuläuft, aber nicht so wie das gesamte Getier der sie rettenden Arche, sondern wie die Maus der Falle, kurz vor ihrem morgendlichen Ausgenommenwerden durch die Magd, sie also nicht nur den eigenen Tod sterben, sondern viele und viel schmerzlichere Tode noch dazu. Ein Handlungsreisender, der bald in dem, bald in jenem schlechten Gasthof nächtigt, wirkt neben diesen Armen, die sich reich wähnen, wie der Genius der Freiheit. In seinem geschmacklosen Musterköfferchen führt er das notwendige Quantum Ambrosia immer mit sich. Ein feierlicher Augenblick! sagten wir und gedachten auch des langen Adventes, während welchem der Turm schon immer auf dem Wege gewesen ist, wie auf dem seinen zur Erde das fernste Sternenlicht. Nicht um zu erzählen, sondern um durch Erzählen (unser einziges Mittel!) die große Dauer zu versinnbilden, die bis zum anschaulichen Erscheinen einer nichtsdestoweniger bereits gewirkten Erscheinung verstreicht, mußten wir bis zum Grafen Heinrich zurückgehen. Nun steht der Turm, den wir schon gekannt haben, als er noch eine winzige Idee gewesen ist, dicht vor seinem Eintritt in die erwachsene Wirklichkeit und hat für den Leser zwar die frischeste Mörteljugend, für uns jedoch schon einen langen Moosbart. Aus diesem unseren vertrauten Umgang also mit dem werdenden und dem abschiednehmenden Geleiten seiner bis in's hohe Alter der Konkretion stammt die funebre Feierlichkeit, womit alles Neue auftritt. Die Unendlichkeit legt Trauer an, denn ein Teil von ihr ist raschwelkende Zeit geworden. Die Leute allerdings singen und tanzen bei Geburt, Hochzeit oder Richtfest. Leider hat diese Freude keinen zureichenden, sondern einen dezidiert unzureichenden Grund, nämlich: die natürliche Unfähigkeit des Menschen, das ungeheure Spannungsfeld zwischen der ersten Ursache und ihrem späten augenfälligen Effekt zu übersehn. Der Mensch ist eben nicht im Stande – und eben deswegen ist er Mensch und nicht Monstrum –, sein eigenes System präsent zu halten. Uns ist auch schon das dem gemächlichen Zustandekommen genau entgegengesetzte Phänomen bekanntgeworden: das der fast unmerklichen Auflösung eines raumzeitlichen Knotens, des Enguerrandschen Schlosses. In diesem turbulenten Gehäuse ist trotz der Tüchtigkeit seines Mechanikers, des Barons, ja vielleicht schon vor dessen Geburt, die jeder Erscheinung eingebaute Uhr abgelaufen und hat mit ihrem schaffenden Geticke den wahren Lebensumlauf nicht mehr bewirkt. Daraufhin haben die Moleküle und Atome des Schlosses wie Arbeiter am Feierabend ihre Balken und Ziegel hingelegt und sind auseinandergegangen. Einzig und allein bei solchem Anlasse sollte getanzt und gesungen werden! Ist doch wieder ein Ding zu seiner Idee auferstanden! Aber statt so frommem Jubel sich hinzugeben, runzeln die Leute ihre Stirnen gegen Gott, weil er die Uhr nicht wieder aufgezogen, und gegen den armen Baron, weil er nicht Wunder getan hat, und sind steif und fest der Meinung, sowohl des Schöpfers wie des Geschöpfes wesentliche Aufgabe – die beide grob vernachlässigt hätten – sei, möglichst lange, womöglich immer, auf dem einen Bein des einen Zustands zu stehn wie die gemalten Störche auf den Geschäftstafeln der Hebammen. Auch diese unerschütterliche Meinung fußt auf der nämlichen, als höchst natürlich bezeichneten menschlichen Unfähigkeit, die vielleicht äonenferne Ursache der jetzigen Wirkung zu erspähn. Das Auge des Verstandes jedenfalls langt nicht zu und kann nicht zulangen, denn des Weltteppichknüpfers Finger schlingen die Schicksalsfäden ja auf der Rückseite des Prunkstücks. Bloß einige wenige, für seltsam oder närrisch geltende Haltungen des Menschen in der Entscheidungsstunde, beziehungsweise gewisse Begleiterscheinungen des entscheidenden Tuns erbringen den Beweis, daß hie und da das rechte Handeln sich wider die natürliche Unfähigkeit doch durchsetzt, was dann allerdings weder einen Erkenntniswert besitzt noch einen sittlichen, ebensowenig wie das stets rechte Handeln des

Tiers. Die erstaunliche Euphorie, in welcher der alte und sterbenskranke Herr von Enguerrand bei der Übergabe seines Besitzes an den ahnungslosen Erben sich befunden hat, ist nichts weiter als das aus purer Psychologie gewobene hochzeitliche Kleid – viel bessere Christen (solche wenigstens nach ihrer eignen Meinung) legen nicht einmal dieses an, wenn sie gezwungen werden, dem himmlischen Bräutigam entgegenzueilen – und der makabre Reiz, den bei der Aushebung des Grunds für den Turm im Mondlicht klirrende Totengräberspaten und um die finstre Grube gestellte Laternen ausüben –, doch halt! (das »Halt!« gilt diesmal uns!): da sind wir ja schon beim Abend des nächsten Tages.

Im Adelseherschen Hause (wie überall im Dorfe, die Gasthöfe ausgenommen) schlief man bereits zu dieser für Städter noch sehr frühen Stunde; doch nicht ganz, nein, sondern nur zu drei Vierteln, wie wir soeben bemerken, denn an einem Fenster des musealen Stockwerks stand, in dem vollen Mondlichte so gut sichtbar wie in einem großen leeren Saal, ein einziger Mensch, unter der Eisbärenhaube seines noch jugendlich üppigen Haars, den spitzgezwirbelten, ebenfalls schlohweißen Soldatenschnurrbart waagrecht ausgezogen, so daß er wie durch einen kreidenen Bruchstrich in eine militärische und in eine civile Hälfte geteilt erschien –, Vater Joseph Adelseher, und glomm bei jedem Pfeifensog auf wie ein schwaches Lichtsignal. Da stand er also in der Stammloge, bei den Geistern seiner Vorfahren, sofern dieselben von dem oder jenem geliebten Geräte noch nicht gelassen haben mochten, und hatte, entweder aus Gutmütigkeit dem nicht bös' Gemeinten, auch wenn es stört, zustimmend, oder in Kenntnis des nun ein wenig kurios sich verwirklichenden Vorhabens, vom anfänglichsten Anfang an alles mit angesehn, wie ein reichlich verfrühter Besucher des Theaters das Herablassen des Kronleuchters und des eisernen Vorhangs, das Schlüpfen der Billeteure in ihre Lakaientracht und das Verzehrtwerden des letzten Wurstzipfels durch die Garderobenfrauen, nämlich: das Auftreten des Malers in der gewölbten Einfahrt der »Kaiserkrone« und sein nicht weniger bedeutendes als beschwingtes Überqueren der wie vereisten

Straße im italienischen Radmantel (weil hier auch im ersten Herbste die Nächte schon sehr kalt sind) und das pünktlich zur selben Sekunde Heraufkommen des Strümpf von Recklingen, der eine der besprochenen Laternen in der gereckten Hand hielt (als durchstöberte er das Ölbergdunkel nach dem gewißlich vorhandenen Heiland) und eine Rotte von Legionären des dasigen Pontius Pilatus anführte. Wirklich sahen die Arbeiter in dem panzerblauen Mondlichte, unter dem Gewaffenblitzen ihrer Krampen und Schaufeln sehr antik und sehr kriegerisch aus. Rasch umzog Herr Strümpf – die schon gestern irgendwann einmal eingeschlagenen Holzpflöckchen erlaubten ihm, die letzte Hand sozusagen spielend anzulegen – den Grasfleck mit einem spagatenen Sechseck, und die Römer besetzten die Seiten desselben in ziemlich haarscharfer Ausrichtung. Es schien, als sollte dies Stück Natur, das als solches bis jetzt sich tapfer gehalten hatte, mit militärischen Ehren bestattet werden. Und beinah so war es auch. Die Idee durchgriff so stark die Ausführung, daß über den symbolischen Sinn und über ihren Urheber, Herrn Strümpf, kein Zweifel herrschen konnte. Der Karyatidenliebhaber kommandierte mit schneidiger Offiziersstimme »Los!«, und das Exekutionspeloton fiel auch wirklich wie ein Mann über den schon stark Verblichenen her. Nach wenigen Minuten war der Grasfleck transsubstanziiert. Ein erdschwarzer Bauch, in ihm viel unverdaute Kieselsteine, blickte gen Himmel. Andree rieb sich die Hände – ob vor Kälte, aus strümpfähnlicher Bosheit oder in guter Freude über die solenne Grablegung seiner Vergangenheit kann wegen der undurchdringlichen Trauermaske nicht bestimmt werden –, und Strümpf umsprang die von der Tuchfühlung zu Einzelverrichtungen abfallenden Arbeiter noch eine gute Weile reichlich sinnlos. (Der Schnörkel einer Idee überdauert in Kunstgewerblern eben lange die Idee selber.) Die bestellten Laternen bildeten auf einem nahen Maulwurfshügel eine erleuchtete, wacklige, kleine Bergstadt. Dem erstaunlichen Gast waren aus der heute mittelpunkthaften »Kaiserkrone« – die anderen Herbergen hüllten sich, obwohl innen noch wach, in ein beleidigtes Dunkel – der Wirt und die Wirtin, nebst Köchin, Geschirrmädchen und Hausknecht (doch nicht die schöne Magd; die ging unbeirrt ihrer uralten, labyrinthischen Wege und kam auch nicht zufällig jetzt in die Neuzeit), etliche der da nächtigenden Passanten und alle Trinker nachgequollen, die Letzteren nur bis zur Biergrenze, das ist jene feine, Nüchternen unsichtbare Linie, innerhalb welcher ein Torkelnder die stützende Mauer noch mit der Hand erreichen kann, die Ersteren ein wenig weiter, so weit nämlich, wie man mit verschränkten Armen geht, um Neuvermählte zu begaffen oder sonst ein gleichgültiges Unglück, einen überfahrenen Hund etwa. So erwiesen sie dem wacker zahlenden Hausgenossen die geschuldete Neugierde, drückten aber zugleich ihren vernünftigen Abstand von dem unvernünftigen Schauspiele aus. Von Ellbogenstößen abgesehen enthielten sie sich jeglicher Kritik.

Viel natürlicher wirkte das rücksichtslos fleißige Schaffen zu friedlicher Stunde auf das unmittelbar betroffene Haus ein, auf das Adelsehersche. Die Großmutter, eine noch recht rüstige, weil cholerische Frau, war aus dem Bette gesprungen, hatte das Fenster aufgestoßen und schimpfte nun, genau unterhalb der schweigend schmauchenden Gestalt, mit schallender Hartnäckigkeit in den Küchengarten hinein; dessen Sonnenblumen bewahrten die Arbeiter vor dem Anblick der Furie. Am Nebenfenster zeigte sich, langbehemdet, ein Kind und sog sich mit Froschfingern und Stumpfnäschen an den Scheiben fest. Und weil ein Treppenlämpchen wegweisend gilbte, fand Herrn Joseph Adelsehers Gattin Mathilde schnell in's museale Stockwerk, um die Ursache des Lärms zu sehen, den selbst sie nicht hörte und von dem sie nur gehört hatte, weil ihre Mutter so schrie. Wie alle Schwerhörigen redete sie bald zu leise, bald zu laut. Für gewöhnlich zu laut während des Gottesdienstes und beim Besprechen der Nachbarsünden. So auch jetzt. Weiß Gott, welch ein feines Gehör den armen Schwerhörigen sagt, wann sie sich in die Nesseln setzen können! Dank diesem Umstande empfing ihre scharf aufpasserische Mutter, zwar aus zweiter Hand, aber als Erste im Dorfe, eine ziemlich genaue Kenntnis von der eigentlichen Natur der Störung und eine neuerliche Bestätigung ihrer schon lange festsitzenden Meinung, daß der weißhaarige Schwiegersohn viel zu spät die viel jüngere und auch viel nüchternere Frau geheiratet hätte. Am besten, wagte sie zu denken, würden alle Beteiligten gefahren sein, und so auch ihr Enkel Till – weil es ihn dann nicht gegeben hätte –, wenn der studierte Herr Joseph statt Vater Pater geworden wäre, wie dies ja sein Jugendwunsch gewesen ist.

»Ja, was ist denn da drüben los?« fragte Frau Mathilde laut, mit schon stark verholzter Stimme und einem strengen Blick auf ihren Gatten, dessen Hauptfehler, eine so ziemlich uferlose Gutmütigkeit (nicht aufgehoben, nur unterbrochen durch Jähzornanfälle), sie ahnungsvoll in Zusammenhang brachte mit der die schlafende Oberwelt belästigenden Gruppe aus dem Tartarus. Einer sintflutähnlichen Katastrophe Vorgefühl, verursacht von der gemütvollen Handlungsscheu des nun einmal sazerdotalen Mannes, kribbelte stets in ihren Finger- und Zehenspitzen und zog an ihren Haaren.

»Warum arbeiten die in der Nacht?«

»Das zu erfahren, steh' ich ja da!« rief er ihr in's Ohr. Nachdem er Atem geholt hatte, paffte er stark, und der aufglühende Tabak zeigte der nach trauriger Gewohnheit in seinem Gesichte Lesenden, daß er scharf hinunteräugte. Sie rang die Hände vor der Brust.

»Joseph! Joseph!« klagte sie. Sie war immer nahe am Weinen über die Lautruinen, als welche ihr alle Sätze erschienen. Und zu dem physischen Übel kam noch ein geistiges: eine gewisse Unverständlichkeit des Mannes selber. Bald begriff sie ihn nicht, was sie schmerzte, bald fürchtete sie, ihn nicht zu begreifen, was sie ärgerte. Jetzt aber war sie so glücklich-unglücklich, einen sehr bestimmten Verdacht gefaßt zu haben, und die vielen feinen Krähenfüße um die mißtrauischen Augen einer Halbtauben ließen den Schatz nicht los.

»Das ist wieder ein Streich von dir! Weißt du wenigstens noch, wem du das Grundstück verkauft hast? Und wenn ja, was der damit machen will?«

»Ich habe es nicht verkauft!« schrie er, aber ohne die Aufregung eines Schreiers. »Denn ich hab' es nie besessen.« Herr Adelseher freute sich, so eindeutig antworten zu können, denn in die angenehme Lage, schlicht ja oder nein zu sagen, kam er nur selten. Auf der peinlichen Strecke, der längern, schwieg er, ohne ein Schweiger zu sein, und die scheinbare Ausnahme von der Regel bildete eine militärische Kurzangebundenheit, die nichts sagte, nur den lästigen Frager zurückstieß. Nicht aber hatte er Beschämendes zu verbergen. Schweigsamkeit und Grobheit gehörten nicht von vorneherein, wie Pranke und Gebrüll zum Löwen, zu seinem Charakter, sondern waren spät und mühevoll erworbene Künste, die über den tiefen und demütig machenden Blick hinwegtäuschen sollten, den ein Mann, der als solcher für einfach und grad gelten muß, in ein verwirrtes oder kompliziertes Innere getan hat.

»Was aber der Mann damit anfangen will...«, sagte er mehr für sich selbst, weil in der Gewißheit, den Satz, auch als überlaut gesprochenen, nicht vollenden zu werden. Er hatte, wie immer, wenn er im Neinfall dachte, recht.

»Wie? Der Grund gehört nicht dir? Unsere Aussicht gehört nicht uns?« rief Frau Mathilde.

Die Großmutter, die beim ersten Wort des Disputes ihr Schimpfen abgebrochen hatte, lauschte nun so senkrecht empor wie eines weggestellten Spazierstockes hartgeschnitzter Hundekopf.

»Ja, das wird jetzt offenbar!« meinte ihr Schwiegersohn; aber nicht kleinlaut, wie sich's eigentlich gebührt hätte, sondern recht behaglich und tiefbefriedigt. Denn es öffnete sich dem Museumsbesitzer über den Küchengarten und über den bearbeiteten Grasfleck hinweg und in die Ahorn- und Tannenhalle hinein eine lange Sphinxallee von interessanten Fragen. Wie zum Beispiel es kommt, daß man einen erwartet, mit dem man sich gar nicht verabredet hat? Wohl so: der Wunsch, ihn zu sehen, kann eine Stärke erreichen, der die mechanischen Zurüstungen zu seiner Verwirklichung, welche als solche ein Mindestmaß wenigstens von Vernünftigkeit voraussetzen, nicht gewachsen sind. Wie die sturmgepeitschten Gräser an den Boden, so drücken sich die betreffenden Glieder der Kausalkette an die Wände des Gehirns und sind so gut wie nicht vorhanden. So scharf dachte er den Vorgang natürlich nicht – obwohl er als (wenn auch mißglückter) klerischer Mensch eine beträchtliche Schlagseite zum Definieren zeigte –, und als Henidendenker kam er schnell vom Hundertsten in's Tausendste. Deswegen war es gut, daß die Gattin auf dem trockenen Schulfall, wie er nun einmal sich ereignet hatte, bestand.

»Joseph, es ist doch nie die Rede davon gewesen«, jammerte sie eindringlich, »daß der Entenweg und die Aussicht nicht uns gehören?« Ihr Gesicht, nicht gescheit, aber sehr fein, auch ein wenig unterlebensgroß, mit der Feder geschrieben, nicht mit dem Spatel gestrichen, war dicht am Verschwinden in die völlige Ratlosigkeit. Wie kann man nur lügen, ohne zu lügen? In ihren Augen blinkte das anklägerische Tränenlicht eines mit Problemnüssen bombardierten armen Verstandes.

»Ja, davon ist wirklich nie die Rede gewesen«, gab der Mann zu und vertiefte sich mit noch größerer Behaglichkeit in's Studium des Zustandekommens von so subtilen Irrtümern. Er nahm die Pfeife aus dem Munde und versetzte mit ihrem Rohre der schalknärrischen Erscheinungswelt einen leichten Schlag der Bewunderung.

»Joseph!« quengelte sie, »ich habe dich geheiratet, und das –« sie pochte in der Luft auf die Aussicht – »war dabei.«

»Ja, in deinen Gedanken!« rief er belustigt.

»In unsern!«

»In den meinen auch. Ich will's zugeben. Gewiß. Aber nicht im Grundbuch! Nicht im Grundbuch!«

»Und Till glaubt es ebenfalls!« Für jenen einen besondern Augenblick, in welchem die Metaphern Wirklichkeit werden, der Vergleich das Verglichene verdeckt, sträubte sie das Gefieder und öffnete sie die Krallen des Adlerweibchens gegen den bösen Kletterer nach seinem Horste.

Daß das Söhnchen den Unsinn ebenfalls glaubte, war allerdings ein pfundschweres Argument für den Sinn. Was der logische Vaterkopf belächelt, das Phantasiebesitzrecht an Entenweg und Aussicht, nimmt das metalogische Vaterherz ernst. Er brachte die Pfeife nicht mehr zum Munde. Er schämte sich als König für seine schwächliche Ausdehnungspolitik.

»Ich hätte ihn doch kaufen sollen, den Grasfleck!« meinte er bis in's Grasgrüne verärgert. Sie verstand ihn schlecht.

»Du hast ihn also kaufen wollen?« Mit langem Untersuchungsrichterfinger bohrte sie den Armen an dem mißhörten Geständnisse fest. Zur Verdeutlichung des fundamentalen Gegensatzes zwischen zwei tauben und zwei hellen Ohren (er besteht; da kann man ihn, soviel man will, auf christliche Weise überbrücken, auf stoische seiner nicht Wort haben: Er trennt, wenn auch nicht die Seelen, so doch die Leiber) erreichte gerade jetzt das eifrige Picken, Scharren und Schürfen einen Höhepunkt, der aber anhielt, ja gewissermaßen zur Hochebene sich verbreitete, und so lange sich verbreitete, bis plötzlich – doch so weit sind wir noch nicht! der mühevolle Dialog, der augenblicklich die Melodie des im näheren Umkreis tätigen Geschehens führt, hatte aus sich noch nicht jene gleiche Höhe erreicht, von der auf die andere Höhe bequem (für den Autor und den Leser) hinübergestiegen werden kann.

»Ich habe ihn eigentlich immer schon gekauft gehabt!« schrie er, wütend über die verhängnisvolle Selbsttäuschung. »Nur – den Vertrag hab ich nicht gemacht.«

»Nur!« rief Frau Mathilde bitter.

»Nur!« lachte höhnisch die Großmutter.

»Und so kam dir ein Anderer zuvor und guckt uns nun in die Töpfe!« schalt die Frau und trat, um schon jetzt die Adelsehersche Blöße, so lange nur Gott und der frischen Luft ausgesetzt, schamhaft zu verdecken, in's ganz Dunkle des Museums.

»Ha!« rief der Mann und sprang ihr mit einem Satze, wie einen solchen oft die Spaßmacher auf dem Theater tun (um die Schwerelosigkeit des Humors auszudrücken oder das Fürchterliche zu parodieren), nach in den Engpaß, den ein gotischer Schrank und ein Mariatheresienkasten miteinander bildeten.

»Das kann er nicht!«

»Warum nicht?« wimmerte Frau Mathilde so jämmerlich, als wollte er ihr an's Leben. Sie verstand weder die leiblichen noch die geistigen Sprünge ihres Gatten. Wenn ihre ängstlich dicht gegliederte Kausalkette riß, stürzte sie sofort in den tiefsten nächtigsten Keller, wo natürlich der Griff nach ihrem Halse das Nächstzuerwartende war.

»Weil –«, rief Herr Joseph und hielt eine in das Schwert des

Damokles verwandelte entsetzlich lange Pause mit zwei Fingern hoch über ihren Kopf, »– weil er keine Fenster macht.«

»Maria und Joseph!« wehklagte sie. »Nein, nein! Es ist nicht mehr auszuhalten mit dir! Ein Haus ohne Fenster!« Sie begann zu schluchzen, »Oh, ein Haus ohne Fenster!«

»Mathilde, Mathilde!« rief er. Immer zärtlicher und immer angstvoller »Mathilde«, als entschwände sie ihm zur Strafe (was in der Idee auch geschah), und er umarmte sie so heiß und vollständig, wie Siegellack einen Knoten überrinnt. Ei, er wußte doch, daß ihr mehr als schlichtes Gemüt seine umwegig-hinterlistige Darstellung auch des Einfachsten nicht vertrug! Und regelmäßig kurz vor dem selbstverständlich beabsichtigten Einlenken in die allgemeinverständliche Straße – da hatte aber der Folterer den schärfsten Grad bereits angewendet – kam es zu tiefer Kränkung, ja auch heftigem Streit.

»Aber, Mathilde, er baut ja gar kein Haus.« Er beklopfte gütig ihren Rücken und küßte ihr Näschen.

»Was baut er denn?« fragte sie hastig.

»Er baut...«

Da scholl ein Schrei. Einer abgestochenen Sau Schrei. Ein Schrei, den auch Frau Mathilde als solchen hörte.

»Um Gottes willen!« riefen beide und stürzten an's Fenster.

»Ja, was hat er denn, der Strümpf?« sagte dann die Frau allein. Es ist also der Strümpf gewesen, der so geschrien hatte. Den absteigenden Ast seines Tigersprungs in die schon halb mannstiefe Grube sahen sie noch. Es war ein höchst ernsthafter Sprung gewesen (zum Unterschied von den stets nur bildlich gemeinten und daher ihr unverständlichen Sprüngen des Gatten). Er belächelte ihn, natürlich, und sie hing, ebenso natürlich, an den weiteren Taten eines solchen Schreiers und Springers, wie ein Zeitungsleser an der Romanfortsetzung hängt. Strümpf sank in die Knie. Er war entweder ein schlechter Turner oder ein echter Theatraliker oder ein wirklich Ergriffener. Wir glauben: keiner von diesen ganz; nicht einmal ein schlechter Turner, und nicht unergriffen. Was die Halbheit übertreiben heißt. Er umarmte, oder versuchte zu bewegen (seine eigentliche Absicht konnte nicht klar erkannt werden, denn das Kalkweiß und das Pechschwarz der Mondmalerei amputierten Strümpf, je nach seinen Haltungen, von denen er gut dreißig in einer halben Minute einnahm, bald den einen Arm und zerspellten den andern in ein Bündel flirrender Stäbe, bald umgekehrt) einen ziemlich großen, wahrscheinlich dreieckigen Stein; die entscheidende Hypothenuse stak nämlich fest in der Erde.

»Der Tempel!« schrie er, »der Tempel!« Und kreischend, als sei er am Verschüttetwerden durch die äußerste Finsternis: »Licht! Hieher! Licht!«

Vor solcher Not rannten die durch das anbefohlene scharfe und nächtliche Exerzieren ihrer sonst so zivil-gemächlichen Beschäftigung ohnehin schon ein wenig geistesgestörten Arbeiter fast kopfüber zu ihren Laternen, gleich auch wieder zurück und auf der Kimme des sechseckigen Schutts zusammen, von wo aus sie als Rippen einer noch nicht geschlossenen Kuppel, so gekrümmt, ohne das letzte Gleichgewicht zu verlieren, sie die nackte Konstruktion nur darzustellen vermochten, eine funzelgesäumte Öffnung pantheonisch-apotheotisch über dieses mondbeglänzten Luftschlosses Baumeister hielten.

»Sie haben was gefunden!« entdeckte Mutter Mathilde. Sie wabberte im Fenster hin und her, denn die Leute aus der »Kaiserkrone« waren herübergelaufen und verwimmelten pünktlich im selben Augenblick den im selben Augenblick noch geöffnet wahrgenommenen einzigen Sehschlitz.

»Was haben sie gefunden?« rief die Großmutter, die nicht einmal sah, daß sie nichts gesehen hätte, auch wenn sie gesehen haben würde. Die Frage krümmte ihr Ohrmuschelzeichen vergeblich vor Mathildens Schwerhörigkeit, und Herr Adelseher, der in der Regel, gutmütig, wie er war, und cholerisch, wie er nicht weniger war, zwischen der Frau und den Leuten, ausdauernd aber wütend, mit den Klafflauten eines Foxterriers und dem Zischen einer Schlange vermittelte, vermochte jetzt nicht, eine Frage überhaupt, und eine so einfache besonders, zu beantworten. Wenn die *disjecta membra* eines an der Lufthülle des Individuums eben geplatzten Einfalls noch nicht weit genug voneinander entfernt sind, wenn sie also zwischen ihrer alten und ihrer neuen Stellung im Kaleidoskop gerade die fatale Mitte der völligsten Gedankenlosigkeit einnehmen, horcht der Mensch durch den allerlängsten Gedankengang nach innen und sieht dem tiefsten aller Denker zum Verwechseln ähnlich. Und er ist auch wohl gerade in dieser gefährlichsten Verlassenheit ein solcher. Denn nun obliegt ihm ja die schwierigste Aufgabe: das »Es denkt« so zu ordnen, daß ein »Ich denke« daraus wird. Jetzt muß die Henide erbarmungslos aus dem ihr so angenehmen vorgestaltlichen Bodensatz des Hirns gerissen und unserer übelsten Neigung, bei traumhaften Zusammenhängen uns zu beruhigen, widerstanden werden. So paradox auch klingen mag – zu unserer Schande, die sich als die der antinomischen Zerrissenheit erweist –, was Unterbewußtsein und Bewußtsein da zusammenbrauen: wir müssen uns und den Galimathias konfrontieren, weil nur durch das immanente Gericht hindurch, es mag freisprechen oder verurteilen, der Weg zu uns selbst weiterführt. Der klare Gedanke, gleichgültig ob auf Böses oder Gutes gerichtet, ist also sozusagen der in die erwachsene Zeit fortetablierte Mutterschoß, der uns, auch unser materielles Sein, dauernd neu gebiert. Es muß ja der Mensch, wenn er, so klar wie ihm möglich, gedacht, das heißt, die gemeinte Konfrontation vollzogen hat, alle seine Eigenschaften wiederbekommen wie ein entwaffneter Ritter seine Waffen, Herr Adelseher also seine schöpferische Verschwommenheit hinsichtlich seines Besitzrechtes am Grasfleck und seine wesentlich auf dieser gegründete Cholerik.

Der Erfolg des beschriebenen Nachdenkens war, daß man auf einem Grunde, der nicht den Adelsehers gehört, wohl ein Haus bauen könne, nicht aber (auf einem Grunde, den Herr Adelseher immer schon hatte kaufen wollen und den die Familie als schon erworben immer betrachtet hatte) einen Schatz finden dürfe und – das Finden möchte noch hingehn! –, mir nichts, dir nichts, in's Eigentum überführen. Dem Recht sein Recht! Um keinen Halm und keinen Stein soll der neue und echte Besitzer gekränkt werden! Aber: gehört das Eckstück vom Giebelfeld eines römischen Tempels – daß es höchstwahrscheinlich ein solches war, bestätigten auch in der Nähe gefundene ähnliche, doch kleinere Trümmer (die nun das Museum zierten) zu der von den Vertragschließenden stillschweigend gemeinten ein und selben Materie, die mit Erde, Schotter, Knöchlein, Scherben und vielleicht einer Quelle vollkommen umschrieben ist? Der Zorn stieg in ihm über die Befassung gerade seiner Person mit der aussichtslosen Verteidigung eines ungeschriebenen Gesetzes – aber die Daumenschrauben des Antinomischen kamen ja nur scheinbar von außen, in Wirklichkeit aus seiner eigenen vertrackten Gesetzlichkeit – und über den Urheber des kommenden Rechtsstreits, Strümpf, der zur Bosheit eine echt schöpferische Beziehung besaß und in der engeren Gegend der Einzige war, der den tückischen Fund und das nötige Aufsehen damit hatte machen können. Fast durchschaute der zu Anfang und zu Ende – nur die Mitte war etwas kompliziert – einfache ländliche Mann das System, nach dem der *genius loci* vorging. Begreiflich bei der sichern Führung durch die wesensbegründete Abneigung gegen diesen Herrn Strümpf, der aus Notdurft des Leibes und Notdurft des Geistes auf's Unappetitlichste zusammengesetzt war.

»Ja, sie haben was gefunden!« rief er und faßte die ganz unschuldige Frau in einen recht bösen Blick, »der Zugereiste und dein Strümpf, der immer alle Ziegel auf meinem Dache zählt, wenn's ihn vorübertreibt, der Neidhammel, der Giftschippel, der Grantscherben, der Rattenkopf! Einen Schatz haben sie gefunden!« krisch er der Armen in's Ohr, um sie für die Vorstellung zu bestrafen, die sie auch sofort hatte, nämlich von Dukatenfässern, Kisten voll aufatmendem Perleneingeweide und silberbeschlagenen Filibusterwaffen. (In aller Stille stellt eine gewisse Lektüre die Konfektionsware unserer späteren Reaktionen her. Der Teufel hole die Bücher, die einer versteht!)

»Einen Schatz?« rief die unglückliche Gattin eines geborenen Opferpriesters und Messerwetzers, aber zu dessen Unglück, in höchster Freude. »Und auf unserm Grund?«

»Oh, du Loch von einem Gedächtnis!« brüllte er und schmetterte die Faust auf's Fensterbrett. Gleich darauf packte er die schwache, schlanke Frau bei den Achseln, beugte sie zurück, wie man einen Drehspiegel halb schief legt, und hielt sie in dieser Prüfungsstellung eines Bildes einen recht unbehaglichen

Augenblick lang fest. Dauert die Befragung des natürlichen Orakels, das Zusammensetzen der durch den geringsten Vernunftakt schon verstümmelten tieferen oder höheren Botschaften auf eines ihrer ahnungslosen Weibes Gesicht – dieser Blick ist am nächsten verwandt dem der Liebeszündung, der ein überhängendes Schicksal zu Schriftzeichen zersprengt und zu einem begnadenden oder verurteilenden Satze nur uns verständlich zusammensetzt – auch nur kurz, so doch lang' genug in der Idealität, um uns zu gestatten, einen Blick auf den Bauherrn zu werfen, den weder Strümpfens Schrei noch was jener auf und um den Bauplatz verursachte, in der doch zu erwarten gewesenen Weise bewegte. Er stand schon von Anfang an ziemlich weit abseits und trat auch jetzt keinen Schritt näher. Jene feine Grenze, die in derselben Gesellschaft den Büßenden vom Makellosen wie vom Unbußfertigen trennt (die unter dem Teppich, auf dem sie gemeinsam stehn, den Schandfleck dauernd umzirkelt), schien in dem Schauspiel, das hier gegeben wurde, als schnurgrad' trennende Rampe sichtbar geworden zu sein. Liebende, die solche seit einigen Tagen nicht mehr sind, noch aber Träger versperrter Ketten, halten mit der nämlichen Geometergenauigkeit den infektionssicheren Abstand, den sie nun eigentlich nicht mehr nötig haben, starr symbolisch ein. Hinter dieser Grenze allerdings, hinter dem Minuszeichen, bewegte sich der Herr im Radmantel wieder völlig frei, wie sich ja von selbst versteht bei dem Ozean von Freiheit, der einem aus der Ungemäßheit Entlassenen, durch die legitime Gewalt Entbundenen ironisch geschenkt wird. Er ging, dank dem Radmantel, wallend hin und her auf bleiernen, schwer stapfenden Füßen, unter dem Tuche die Flügelstumpfbewegung des Kückens machend. Er versuchte also, sich in die Lüfte zu erheben, äußerlich schon zu vollziehn, was innerlich aber eben erst geboren worden war. Die kleinste Besserung beginnt gleich mit dem grandiosen Versuch zum Besten. Er war, wie man merkt, noch nicht so weit, wie er dachte, zu sein; daher das Pathetische und zugleich Komische des Schauspielergehabens (Schuld jener feinen Grenze!) eines Nichtschauspielers. Die ehmals so süße Liebesschwere, als sie noch steil wie ein Krug auf dem Kopf getragen wurde, lastet nun, von einem geknickten Arme hängend, doppelt schwer zum Mittelpunkt der nicht mehr wohlgesinnten Erde. Des Liebhabers Brust, magnetisch hinaus und in die Ferne gezogen von dem für immer verlorenen Geschöpf, stand offen wie eine leere Lade: daher der, im Umkreis von einem Meter etwa, sich selbst hemmende Körper. Die Luft war noch dünn, ungeeignet für die Lunge eines Mannes, der schon eine Stunde nach verlaufener Sintflut aus der Arche will. Das eine Mal stand er mit verschränkten Armen, über's abgekämpfte Schlachtfeld blickend, das andere Mal warf er weit nach hinten den Kopf zurück vor einer vor seinen Füßen aufschießenden Feuergarbe. Der Eindrang des Neuen, der Gegendruck des Alten rangen in ihm miteinander. Der wiederkehrende Stolz auf die Gotteskindschaft des Menschen suchte den Gedemütigten, den Bettelnden um dämonisches Rauschgift, zu erobern, und der Sklave schlug den Angriff mit der Peitsche, die ihn geschlagen hat, ab. Trotzdem wußte er den Sieg bereits errungen: Denn der Segen, der von einer freien Willensentscheidung zu Buße und Besserung ausgeht, eilt den erst zu setzenden Gedanken ja weit voraus. Deswegen stand Herr Andree schon hier und nicht mehr vor dem Strick oder vor der Deportation nach einer Koralleninsel, obwohl es in ihm noch beträchtlich rumorte. Was wir jetzt sind, sind wir nicht mehr, und was wir demnächst sein werden, sind wir noch nicht; daher die stete Unmöglichkeit zu sagen: ich bin (der oder jener ganz). Den Augenblick seiner Selbsteinholung erlebt Keiner. Deswegen die Ausstattung der *ratio* mit der gnadenhaften Fähigkeit, die Brücken der Fiktionen schlagen zu können über die bodenlose Kluft zwischen dem, der wir gestern nicht gewesen sind, und dem, der wir morgen nicht sein werden. Die Fiktion des Herrn Andree – daß sie zugleich auch Tatsache war, hinderte sie nicht im Mindesten an der Ausübung ihres Hauptberufes, Fiktion zu sein, so wenig wie den echten Liebenden in seiner Liebe hindert, daß er die Geliebte geheiratet hat –, die Fiktion also des Herrn Andree war: hier wird gegraben, wie ich's befohlen, hier wird gebaut nach meinen Plänen; hier wird gegraben und gebaut für mich! Nun aber verfolgen wir neben dem einfachen Ziele, das die Welt sieht, noch andere, wenig oder gar nicht einzusehende Zwecke. Bei jeder gelungenen Konkretion gibt es prachtvolle Späne; einen immerhin nennenswerten Wegfall an nicht verarbeiteter Idee. Dieser ermöglicht der Innerlichkeit, schon längst gewünschte Extratouren zu machen oder *ad hoc* sich bietende glänzende Gelegenheiten kühn zu benützen, völlig kostenlos, wenn man von dem Grundkapital absieht, das so oder so aufgebraucht wird. Zum Beispiel: das neue fünfstöckige Haus an der Ecke dient zwar dem gesteigerten Wohnbedürfnis der Stadt, aber – und nicht zuletzt – auch dazu, der kalten Spröden von *vis à vis* zu bedeuten, daß sie töricht gewesen sei, die Hand des Bauherrn abzulehnen. Wie nutzlos für die Volkswirtschaft und wie ruinös für Beutel und Ruf des verschmähten Liebhabers wäre eine ideale Rache gewesen. Ein ehemaliger Maler – was Herr Andree jetzt ist, beziehungsweise werden will, wird sehr bald, und zwar von ihm selbst, und auf dem genau rechten Zeitpunkte ausposaunt werden –, ein ehemaliger schlechter Maler, der für ein unscharfes Künstlerauge ein scharfes Büßerauge bekommen hat und zur Strafe für seine Schwäche im Positiven einen im Negativen ganz großartig raffinierten Gewissensstachel, ein solcher mit Heimtücke gegen sich selbst geladener Überwinder verfolgt Nebenabsichten, die, wegen ihrer Kompliziertheit, kaum jemand hinter der schlichten Hauptabsicht vermuten würde. Er will, zum Beispiel, jetzt, wo es zu spät ist – und dieses Zuspät eben reizt die überwinderische Bosheit heraus –, jene Schönheiten studieren, die ihm in fernen Akademikertagen von häßlichen Professoren auf häßliche Weise, polemisierend nämlich gegen die Verächter der Rezepte und Verfechter der Behauptung, im Ringen mit den Fluten der Erscheinungen, vorausgesetzt natürlich, sie wogten wirklich lebensgefährlich, biete sich die Arche des Ausdrucks von selber an, gelehrt worden sind. Etwa die Schönheit des Mondlichts. (Das Mendelsingersche wahrhaft große Modellgeld hatte ihm ja erlaubt, für diesen einzigartigen Versuch Himmel und Erde auf das Podium zu setzen!) Wir alle haben sie geschaut: auf dem Heimweg von der »Buschenschenke«; die Mädchen im Arm; paarweise unter'm gleichen Joch gehen Pechschwarz und Eisweiß, und nach dem Beispiel so wunderbarer Vereinfachung der Welt verschmelzen auch die Gegensätze der Geschlechter, als Letzter im Zug klimpert einer armselig auf der Laute, als kränzte er sich mit Besenreisern. Oder: hinauslehnend aus dem einsamen Fenster Segen oder Fluch murmelnd über die Schläfer in den silbernen Sarkophagen. Auf den Bildern alter Meister haben wir es gesehen, das Mondlicht, kämpfend mit dem pelzigen Teufel Sfumato, bleckend wie eine angestrahlte Barbierschüssel in finsterer italienischer Gasse, oder vielinselig verworren sitzend über untergegangener Komposition. Was eben noch das Pferdezahngelb eines Totenschädels gewesen, ist der Fettglanz des Schenkels einer gefesselten Andromeda; der schrille Hieb, der im entscheidenden Augenblick den befreienden Perseus in sein Brustbild und in sein Rumpfpostament zerlegt, eine von dem scharfen geisterhaften Schein geätzte Wölbung des Panzers. Aber: wir haben das Mondlicht nicht für diese Nacht, nicht für diese Stunde erwartet; wir haben weder diese noch jene seiner optischen Wirkungen – nebst anderen Genüssen – auf dem vorausschauenden Programm gehabt, wir haben sein Auftreten nicht bestellt, ihm sein Tun und Lassen nicht vorgeschrieben durch unser Arrangement der Szene. Diese einmalige – jedenfalls haben wir von keiner zweiten vernommen –, den Zufall beim Schopf eines Sinns packende Zusammenstellung von Vollmond und Aushebung des Grunds für einen Turm zum Zwecke des Studiums malerischer Gesetze durch einen Maler, der kein Maler mehr ist, was eine großartige selbstlose Bitterkeit und einen ebensolchen wissenschaftlichen Ernst in das Beginnen mischt –, diese Rekapitulation aller mondnächtlichen Heimwege, alles Hinausschwellens durch die geistige Öffnung eines Fensters (die Tür gehört dem Leib, dem groben Vollzug); alle in den Höhlen der Museen je abgespiegelt geschaute Monddramatik mußten wir notwendig dem Herrn im Radmantel überlassen, notwendig ihm, weil nur der Gescheiterte, von Gott und Weib Verlassene – wenn er nicht gleich zugrunde geht, sondern die drei saturnalischen Tage überlebt – aus den gerenkten Sparren, den verhedderten Drähten, den Mauertrümmern und Dachziegelsplittern seines früheren Lebens, und nur aus diesen – denn nur sie tragen die in's fruchtbare Gegenteil zu verkehrenden Rauchspuren des vernichtenden Brandes, die Wundmale der exekutierenden Spitzhaue, die Gaunerzinken, die warnenden Wandschriften, kurz, die Fingerabdrücke der Moira – sein neues Leben aufbaut.

In's Dreieck komponiert stiegen die Grundausheber, einander mit Schatten teerend, über Strümpf hinaus, welcher unter dem verrenkten Gitter der auf ihn fallenden Schwärzen die Armbewegungen eines Masseurs oder Wäschers machte. Das durch die Risse der menschlichen Kuppel einfallende Mondlicht höhte kreidig wechselnde Teile der ohnehin schon kühn genug konstruierten Träger und zerstörte so die platte zeichnerische Verständlichkeit. Das Bild wurde zum Vexierbild. Es ist fast unmöglich zu sagen, wessen Bein wem gehört, ob ein fehlender Arm bloß im Schatten liegt oder ob der Schatten auch der Arm ist, welchem Kopf, dem links oder dem rechts, eine Gesichtshälfte fehlt, und wie unten in den absoluten Tinten der Eigentümer eines halbwegs wahrnehmbaren Oberkörpers aussieht. Die Auflösung des Nach- und Nebeneinanders in ein Durcheinanderflirren, die Verwandlung des Sehaktes in eine Blickstörung war beinahe vollkommen. Mit durstiger Aufmerksamkeit, doch ohne sie merken zu lassen durch allzu offenkundig fasziniertes Stehenbleiben, sondern im gleichmütig wallenden Hin- und Hergehen und bei bagatellisierendem Zigarettenrauchen, nach je einer kleinen Pause wieder einen Bienenstachelblick abschießend – also nicht wie ein ängstlich am Modell klebender Anfänger, sondern wie ein von der unbewußt posierenden Welt nur nippender, extraktverwöhnter alter Routinier –, studierte Herr Andree die von ihm bestellte und bezahlte Natur. Rund um die Grube lagen, weggeworfen beim Schrei des Strümpf und von einem Meister der Symbolik (auch von einem auf's kleinste Detail Versessenen), die Krampen und Schaufeln. Deutlicher als in Händen, wiesen sie allein auf das Werk hin. Nicht zu nah, nicht zu fern demselben, ausgeschleudert von diesem, und wieder in es zurückzufallen bestimmt, zeigten sie den an sich schlichten Text peinlichst akzentuiert und genau erläutert wie einen schwerverständlichen, ein welcher ja schließlich auch der einfachste ist, und als einen solchen zu erweisen die eigentliche Aufgabe der Kunst. Herr Andree schnippte, ingrimmig erfreut, mit den Fingern. Was man doch alles erfährt, wenn einem das Denken widerfährt! Davon haben die, deren Geschäft oder Liebhaberei das Denken ist, in der Regel keine Ahnung. Recht so, daß einem das eigene Hirn von außen an den Kopf geschmissen wird und man die Sterne sieht infolge eines Schlags auf's Auge! Auch die Liebe schmerzt, wenn sie groß ist. Sie kann nebstbei die glücklichste von der Welt sein. Und nun weiter! Es zeichneten sich auch die sechs neugierigen Personen, die von der »Kaiserkrone« herübergekommen waren, durch genau das aus, was jede Menge oder Komparsenschaft, freiwillig zusammengelaufen, gegen Entgelt und nach Gesichtspunkten zusammengestellt, immer unter der leiblichen und geistigen Beweglichkeit eines einzigen Exemplares – das *nolens volens* herkulisch mit dem jeweiligen Ereignisse ringt – bleiben läßt: daß sie nämlich, so nahe der erregenden Aktion, doch nur schwach von ihr durchblutet und mitgestaltet wird. Aus diesem Grunde, der hinwiederum seinen Grund in dem Charakter der modernen Menge hat, boten die sechs Abgesandten der übrigen Menschheit dem Mondlichte keine Handhabe zu dramatischer Zergliederung. Nein, die Antike kannte keine anarchische Masse. Weder der hellenistische Mosaist der Alexanderschlacht noch ihr spätmittelalterlicher Maler Altdorfer konnte die Millionenzahl des unvorhergesehenen Falles denken und den so gut alles wie nichts sagenden Farbklecks setzen. Ihrer Anschaulichkeit war die Unanschaulichkeit der Unzahl fremd. Ihre hippodamischen oder gotischen Straßen endeten wirklich mit dem letzten Haus. Sie liefen nicht in Gedanken weiter und um die ganze Erde wie die Avenuen von Paris. Die Füchse sagten bald und dezidiert Gute Nacht und wurden unterschlagen vom Schlafwagenpassagier, dessen Ohr bestenfalls für das Eisenstimmengewirr unter ihm und für die Unterbrechung desselben durch die geschäftige Stille der wenigen großen, taghell erleuchteten Bahnhofshallen ansprechbar ist. Die heute bekannten und der heutigen Unanschaulichkeit entsprechenden astronomischen Zahlen – gleichgültig, ob gewußt oder nicht von Hinz und Kunz; die Trillionen Lichtjahre liegen ihnen im verdünnten Blute; ihre Anämie erlaubt ihnen, die Vorstellung eines von etlichen Sandkörnern durchrasten Vacuums unendlichen Ausmaßes zu vollziehn – machen das Gewissen der Leute unempfindlich für die Schuld an der Unzahl und ihre Fingerspitze taub für den Baustein der einen Zahl. Die Legion aber hörte auch im hintersten Gliede nicht auf, aus einzelnen, bestimmten Soldaten zu bestehn. Weil dem antikischen Menschen nichts an der Menschheit lag, nur an Griechen und Barbaren, nur an Unterschieden, nicht an Gemeinsamkeiten, wurde auch nicht, wie später, schon bei der ersten Gelegenheit, die die Weltanschauung der astronomischen Maße und Masse dem lauernden Pinsel bot, das Individuum ertränkt in einer optisch gewordenen Sintflut von Ziffern, die zu Recht über Geschöpfe hereinbricht, die ihre Einzigkeit für das Linsengericht der *securitas* verkauft haben. Dieses Individuum wurde am Rande der euklidischen Ereignisse nur käfer- oder mückenklein, gemessen nämlich am unveränderlich großen und deswegen immer ein bißchen überlebensgroßen Menschen, dem Maß aller Dinge, das mit deutlichster Gestalt gewaffnet vor dem feindlich unendlichen Himmel stand, bewachend die trauliche Höhle der Anschaulichkeit. Es verlor auch in der Ferne nicht – was jene Kinder Ferne nannten! die noch polisnahe Ferne!! – das Gesicht der Nähe, dies unverlierbare Besitztum einer theologisch bestimmten Welt, das überall aufgerichtete Bundeszeichen des Verschriebenseins der Person an ihren höchstpersönlichen Schöpfer. Bis zu der modernen Frage, wie die wenig durchwirkbare Masse doch dem in spasmatischer Spannung knackenden und knisternden Bilde einzuverleiben wäre (vielleicht in der Art Guardis, dessen bestenfalls dreistimmig untermaltes »Konzert« von feingliedernden Blitzen eines deckweißgeladenen spitzen Pinsels zuckt wie der Spiegel des grünbraunen Tümpels unter den diamantenen Schnitten der auf ihm huschenden Wasserläufer), oder ob die Schande stuffer Materie nicht besser ganz aus dem Bild zu lassen wäre als eine der Kunst vom Teufel gestellte Scheinaufgabe, des geheimen Sinns, durch ein millionenfüßig tastendes, verschwimmendes, in keiner Bewegung sich wirklich bewegendes Modell die Malerei von ihr selbst abzubringen – bis zu dieser verzweifelt modernen Frage kam der komplexe Bauherr, als ... Doch hier muß nochmals betont werden (um theaterverdorbene Leser einer unrichtigen Vorstellung zu benehmen, der nämlich, das Innerliche sei auch ein Äußerliches, wie eben bei der Schauspielerei, die als solche in sich unwahr ist, so wahr ihre jedesmalige Leistung. Denn der Schauspieler ist der einzige Mensch, den es, obwohl er lebt, nicht gibt), es muß also nochmals betont werden, daß Herr Andree alle seine Feststellungen, die so übel nicht sind (was Maler zugeben, Kunsthistoriker leugnen werden), ihrem hochexplosiven Charakter zum Trotz und obwohl der Radmantel öfters wallte, die Hände einen Guckkasten bildeten um die obere Gesichtshälfte oder triumphal in die Hüfte gestemmt wurden – je nachdem die Rekapitulation sozusagen hoch zu Pferde oder abgesessen hinter einem hohen Gebüsch glücklicher Beobachtungen geschah (auch den Boden stampfen sah man ihn zweimal) –, mit genau derselben lammfrommen, genesend müden, ja unbeteiligten Miene machte, die er beim Verlassen der entscheidenden Aussicht angenommen hatte. Bis zu dieser Frage also war der Bauherr gekommen, als das Leben, das den Ausnahmezustand der Rekapitulation nicht liebt, ihn schüttelte als das gewöhnliche Mischgetränk, das der Mensch nun einmal zu sein hat, und hart auf die Theke setzte in Hand- und Mundreichweite der schon recht aktionsdurstigen anderen Gäste. Der von uns so reichlich ausgenützte Augenblick der Adelseherschen Betrachtung seines Weibes und Orakels war nämlich um.

»Halt!« rief die doppelt gewichtige Stimme des reichsten Mannes und eines der robustesten Männer am Ort. Wenn der wollte, überbrüllte sie einen Ochsenchor. Und jetzt wollte er. Alle Welt sah den Adelseherschen Hemdärmel aus dem Fenster fahren. Die Passagiere der »Kaiserkrone« traten etwas näher – ihre Exterritorialität erlaubte ihnen just das Gegenteil der zu erwartenden Wirkung –, aber die bodenständigen Arbeiter sprangen, ihre Laternen unwillkürlich höher schwingend, flohschnell von den Schutthaufen und in den Schatten, den eine Scheune recklingenwärts erstreckte. Strümpf, der auf einem Beine kniete, wandte, wie ein pissender Hund, seine Unterseite dem verhaßten Hause zu und zählte wieder einmal ingrimmig die Dachziegel. Seine regenwurmlangen und vollgesogenen Lippen ringelten sich unter der Ferse der neuerdings wider ihn ausgeübten Argumentation. Der Einzige, der in dem vorherigen Zustande verharrte, war Herr Andree. Er hatte eben einen Zeigefinger um das Kinn gebogen.

»Herr... Herr... Sie da! Herr...«, scholl's markig aus dem Fenster. Die Luft schoppte sich zu Wellen, auf ihnen ritt der silberhaarige und weißarmige Triton mit dem schmetternden Horn, und Herr Andree fühlte sich, obwohl der Sturm nichts an ihm bog, doch deutlich als die angeblasene Küste. Er sah auch da wie dort die mächtige Wirkung dieser Stimme, die noch heute morgen recht freundlich zu ihm gesprochen hatte, wohl ein bißchen gönnerhaft –, aber mit viel mehr Verständnis (in der Potentialität; denn es war nichts Skrupulöses zwischen ihnen zu verhandeln gewesen), als je aus der seiner einstigen Mäzene (Mendelsinger eingeschlossen) und Kritiker wirklich getönt hatte. Doch spürte er keine Neugierde nach dem, was sie, sagen zu wollen, so posaunisch ankündigte. Den Blick nur auf sich selbst gerichtet, wunderte er sich, während rings Wirkung erzielt wurde, wie fest in so kurzer Zeit die Maske des Gleichmuts mit dem erregbaren Fleische habe verwachsen können.

»Der Mann ist über'n Tag taub geworden!« rief Herr Adelseher wütend seiner tauben Frau zu.

»Wie?« fragte die Arme, die Hand hinter'm Ohr: »Der Mann will uns den Schatz rauben?«

»Himmelherrgottsakrament!« schrie der Unglückliche und schüttelte hoch über dem Kopf die Fäuste, »daß ich's mit Schwerhörigen und Narren zu tun habe!« Dann stieß er die Frau, allerdings nur leicht, in die Seite und brüllte durch's Fenster: »Ich komme hinunter!« Im selben Augenblick warf die Großmutter ihr Fenster zu. ›Nun setzt es was!‹ dachte sie, kroch schuldbewußt in's Bett und legte sich das Capricepölsterchen auf das eine Ohr.

Auf dem Bauplatz und halbrund um ihn erwartete man das angedrohte Erscheinen des Cholerikers starr in den zuletzt eingenommenen Stellungen. Die ganze Aufmerksamkeit lag nackt da, wie samstags gescheuerte Gegenstände auf dem Fensterbrett liegen. Umgestülpten Ohrgewindes hörten die Leute nichts sonst als Herrn Adelsehers Poltern über die Holztreppe, das Rasseln des Schlüsselbundes, das Knarren des Tors, das dumpfe Umschreiten zweier Hauswände, das rasche Knirschen der schweren Schuhe auf dem Kies des Küchengartens und – weil eine gewisse Mittellage der Angst auch Dezimalgeräusche wahrnimmt und wertet – das Eidechsengeschlüpf des Nachtwinds unter den Schuppen der Bäume. Herrn Andree war zu Mute, als wäre er, zwar wider Willen, aber nicht wider Vermögen, was man dereinst einen Ritter genannt hat, und die Stunde des Kampfs mit dem unbewußt schon lang' herausgeforderten Drachen hätte plötzlich geschlagen. Er lächelte hinter'm Visier der Maske über's doch immer unverhoffte Kommen der Entscheidung, obwohl er nicht wußte, worüber sie entscheiden solle.

Und Strümpf? Der so mutig allein und wie beschrieben, schamlose Skulptur im Feld des Tempelgiebels, auf dessen eines Stück er sich mit einer Vorderpfote stützte, in der Grube lag? Nun, Herr Strümpf war wie immer völlig unschuldig an dem, was um ihn und nie ihm geschah, dem aus Beruf oder Schicksal stets falschen Mittelpunkt jeder Welt, in der er sich bewegte, weswegen er sich dauernd, und jetzt sogar sehr, wenigstens nach dem Fußtritt sehnte, als nach einer wohl etwas kuriosen, aber doch so zu deutenden Bestätigung seines nur ihm selbst bekannten Werts. Es gibt auch Pfeile, die danebengehn. Von ihnen getroffen zu werden, leben die Strümpfs, die immer dicht danebenstehn und auf ein Zittern der Hand des Schützen rechnen.

Da drang Herr Adelseher, weißschäumend vom Scheitel bis Gürtel, aus dem Küchengarten, knallte das Türchen hinter sich zu und ging gesenkten Kopfs schnurstracks Herrn Andree an. Nun, und wo blieb der Fußtritt? Er blieb aus. Das war der verletzendste Fußtritt, der jemals Herrn Strümpf erteilt worden.

»Herr... Herr...«, ratterte wieder das schlechte Namensgedächtnis, begleitet von einer siebenden Handbewegung.

»Andree«, sagte sanft der Radmantel und verbeugte sich, soweit die angenommene Steifheit dies erlaubte, etwa wie ein sehr hoher Tannenwipfel schwankt.

Aber Herr Adelseher fuhr über den Namen hinweg, als wär' der soeben überflüssig geworden und als müßte das seinem Träger gezeigt werden.

»Und kurz und gut: hier wird nicht gebaut! Hier nicht! Vor meiner Nase. Daß Sie's wissen, ein für allemal, Herr...«, der neue Name blieb, der windigen Sache wegen, die er deckte, weiter vergessen. Jetzt darf von Strümpf mit einem sonst gemiedenen Ausdruck gesagt werden: Strümpf war platt. Und er wäre platt geblieben, wenn nicht eine überschwängliche Schadenfreude ihn wieder aufgefüllt hätte. Im Adelseherschen Oberstübchen rumort es! dachte er. Endlich! Endlich! Fein! Und er scharrte vor Vergnügen mit den schräg rückwärts gestemmten Hinterpfoten den Boden.

»Bauen Sie Ihren Turm, wohin Sie wollen!« schrie Herr Adelseher. Herr Andree lächelte verbindlich wie einer, der gar nichts, oder wie einer, der alles versteht. Wenn wer einen Fausthieb erwartet und es legen sich ihm die Fäden des Altweibersommers über's Gesicht, die wutschnaubende Nase kitzelnd, das wütende Aug' zu täppischem Geblinzle zwingend, so kann er, komisch geworden, nur zorniger werden und noch komischer, oder er fällt, die Mahnung begreifend, in eine gemäßigtere Gangart. Herr Adelseher, der ja klare Zwecke verfolgte, wenn sie auch voll närrischen Gewölles waren, tat das letztere.

»Ich zeige Ihnen gleich zehn Plätze – kein schlechter unter ihnen, einige sogar viel besser –, wo Sie bauen können, und sofort. Fünfe gehören sogar mir. Ich könnte sie teuer verkaufen. Aber ich will mit mir reden lassen. (Hätten Sie lieber gleich mit mir geredet! Und nicht mit dem Klaus.) Sie werden mehr als zufrieden sein. Sie werden mir noch danken. Doch hier – das wollen Sie, bitte, zur Kenntnis nehmen –, hier bauen Sie nicht!«

Ach, ein aussichtsloser Rechtsstreit des Rechthabers! dachte, ein bißchen von der Langeweile allzu bekannter Wege angeweht, wo man abenteuerliche erwartet hätte, Herr Strümpf und fiel in eine behaglichere Stellung.

»Ich baue hier!« sagte Andree. Keine Mantelfalte rührte sich. Die artikulierenden Lippen bewegten nur einen Fingerbreit ihrer Umgebung. Und eigentlich redete nicht er selber, sondern aus ihm wie aus einem Souffleurkasten sprach eine fremde Stimme einen bekannten Text. Strümpf, wieder in die Spannung zurückgerissen, rieb sich die Hände im Seifenglanz des Mondlichts.

»Machen Sie keine Schwierigkeiten!« fuhr Herr Adelseher den aufreizend Empfindungslosen an und fegte mit der rechten Hand eine Bagatelle aus der Welt. Man muß wissen, daß Herr Adelseher sehr viel breiter als groß war, daß er, ohne sich bücken zu müssen, unter ein Ochsenjoch hätte gehen können, aber nur schwer in einen mittleren Kasten. Die zufälligen Hemdsärmel waren – das sah jetzt jeder – zum Aufkrempeln da.

»Echt! Echt!« zischte der etwas klapprige Strümpf. Herr Andree schwieg, nicht mit eigner Stimme, sondern wie eine Gegend ohne Echo. Der geärgerte Rufer probierte es noch einmal und lauter.

»Pochen Sie nicht auf Ihr Recht, Herr! Das ersitzt man sich in einer kleinen Gemeinde. Oder: Sie werden hier nie heimisch!« »Erpresser!« fauchte Strümpf. Herr Andree war bemalter Gips. Aber sein außerordentlich waches, wenn auch sehr ruhig arbeitendes Innere hob und senkte wägend dies Argument und fand es überzeugend. Trotzdem blieb er stumm und von jener wächsernen Glätte, die dicht vor dem Bersten ist und nicht birst, was der Panoptikumfiguren übergroße und deshalb gespenstische Lebendigkeit begründet. Es gibt eben Augenblicke – und es sind die entscheidenden –, in denen man auf die Mahnung zur Vernünftigkeit nicht hören darf. Gott, um dem freien Willen Raum zu geben, verläßt für einen Moment das Logische, und der Teufel bezieht es und blickt übertrieben ehrbar aus dem an sich ja recht ordentlichen Haus. Da muß man Reißaus nehmen, sich in die Wälder des Vegetativen schlagen, zu den henidären Quellen, zu den Räubern, Huren und Narren, und so lange im Exil bleiben, bis das Bild einer falschen Rationalität von selber aus dem Fensterrahmen fällt.

Während Herr Andree die Versuchung von Seiten der Vernunft durch einen Akt geminderter Intelligenz – was ein recht gescheiter, nicht aber der wahre ist – abwehrte, war auch Herr Adelseher so klug (oft kommen die Gegner auf dieselbe Art Angriff und auf dieselbe Art Verteidigung, in Folge welcher dann die Schlacht zu stehen scheint), die scharfe Waffe wegzuwerfen und zu einem bloß betäubenden Mittel zu greifen, wie's immer geschieht, in Krieg und Frieden, wenn der Andere über's Maß hinaus obstinat bleibt. Der Fliehende und der Verfolger fanden einander also auf einem neuen Platz.

»Verstehn Sie mich nicht falsch, Herr Andree!« Plötzlich wußte er den Namen. Er trat rasch zwei Schritte näher. Wenn man die Verführung beginnt, tritt man unwillkürlich näher, ja zu nahe heran, denn das Erste, was erzeugt werden muß, ist eine falsche Intimität. Obwohl es jetzt erst wirklich spannend wurde, wagte der Kreis der Gäste und Arbeiter nicht, sich enger zu ziehn. Herr Andree war also mit dem, wie er merkte, unberechenbaren Drachen allein. Nicht ganz. Strümpfs Hundeohrenschärfe reichte noch hinein in das Halblaute.

»Mein Vorschlag ist so kleinlich nicht, wie Sie vielleicht denken. Oder halten Sie dafür, daß ich so dumm bin, zu glauben, ich könnte Sie aus Ihrem verbrieften Rechte jagen? Wohl, ich habe meinen Vorteil im Auge – wie denn auch nicht?! Sie ahnen nur nicht, worin er besteht –, zugleich aber auch, es trifft sich so glücklich, den Ihren. Nennen Sie einen Preis für diesen Platz! (Ich weiß nicht, wieviel Sie für ihn gezahlt haben.) Nennen Sie einen guten Preis!«

Andree schwieg.

»Den doppelten! Den dreifachen meinetwegen. Mir kommt's auf's Geld nicht an.«

»Protz!« spuckte Strümpf.

Herr Andree schwieg, obwohl er wußte, daß er die Grenze der Höflichkeit jetzt überschritt. Aber er überschritt sie als ein Tauber, und auf Filzsohlen noch dazu. Herrn Adelseher schwollen die Stirnadern bei dem Ringen mit einem, den er nicht am Leibe packen konnte.

»Und außerdem trage ich den Verlust, den Sie durch das Aufschieben des Baus erleiden«, sagte er schon etwas heftiger.

»Das ist selbstverständlich nicht mehr als billig«, setzte er, gut vier Töne tiefer, gleich hinzu. Seine wahre Meinung war natürlich die genau entgegengesetzte. Aber die Selbstbeherrschung darf man sich schon eine dicke Lüge kosten lassen. Er sollte sofort die Erfahrung machen, daß, wer einmal zu bestechen angefangen, in eine wahre Wollust des Entwertens der eigenen Gaben gerät.

Es regnet Gold! dachte Andree. Und es wird noch mehr regnen! fühlte er ganz richtig. Und ich habe den besten Regenschirm von der Welt! Der Teufel soll ihn holen! Und all mein früherer Jammer ist doch aus der Armut gekommen! Weil er um jeden Preis, den irgendwer bieten mochte, den verflixten Regenschirm halten mußte (der stärker war als er), wider die Vernunft gegen einen trockenen Guß, ohne noch, über den bloßen Starrsinn hinaus, aussprechen zu können, warum, blieb er weiter unbeweglich und stumm. Jetzt kann nur zugeschlagen oder weiter geboten werden. So sieht das Entweder–Oder in der materiellen Welt aus: Es ist eigentlich gar keins. Beide Arme solchen Kreuzwegs weisen zuletzt in's nämliche Ephemere.

Mit fast physischer Überwinderkraft, in der es von Zähnen knirscht und von Hebebäumen kracht, sagte Herr Adelseher, so leise (wegen des Zorngebrülles, das er drosseln mußte), daß Strümpf die Worte nur in der äußersten Spitze des enorm verlängerten Ohres wie Käfer in einer Tüte krabbeln hörte: »Ich ersetze Ihnen auch die Kosten, die das Ausheben des Grundes verursacht hat.«

Nichts rührte sich. Der Folterer hinter den nächsten Büschen – so nah muß ein Gott in der materiellen Welt gedacht werden – zog die Daumenschrauben um einen Gang enger.

»Ich halte auch die Arbeiter in dem ausgemachten Solde, bis Sie einen geeigneten Platz gefunden haben.« Kann man noch weitertanzen auf dem ohnehin schon bis zum Reißen gespannten Seile zwischen Leistung und Gegenleistung, oder muß man jetzt auch von dem Anschein, vernünftig zu handeln, abstehn und – bares Geld zu schenken anfangen, vor allen Leuten und (was noch ärger) vor sich selbst, wodurch, um mit den Chinesen zu reden, das Gesicht verloren wird? Ja, es gab noch einen

Fußbreit Bodens in der Felswand, von dem aus zu des wunderbaren Vogels Nest hinüberzulangen vielleicht möglich.

»Und ich zahle den Gasthof bis zu Ihrer Übersiedlung!«

Es ist jammerschade, daß die Welt nicht zu sehn vermag, wie sublim Herr Strümpf jetzt den Kopf schüttelt, denn: erstens, hatte niemand seiner acht, zweitens war die Grube doch schon recht tief, und drittens lag die von Strümpf eingenommene Stelle wegen des viel schneller als wir fortschreitenden Mondes bereits im Schatten. Es war ein ärgerlich-mitleidiges Schütteln des Kopfes über einen, der den seinen, statt ihn sich abschlagen zu lassen, verliert. Der ob seiner Vorzüge Gehaßte fällt aus der Idealität und kann sogar in die gar nicht angestrebte Nächstenliebe einbezogen werden; er wird also im Haushalt des Feinds zu einem sinnlosen Stück, wenn er, sagen wir, statt ein mutiges Herz das eines Feiglings zeigt – was das kannibalische Sicheinverleiben desselben unnütz macht – oder, wie hier, das Gegenbeispiel jener dauernden Pfennigfuchserei gibt, aus welcher, nach Strümpfs Meinung, der Reichtum in jedem Augenblick neu entsteht.

Wenn man Strümpfs jetzige Enttäuschung mit jener damaligen vergleicht, die ihm hinsichtlich seines Karyatidenvorschlags von Herrn Andree bereitet worden ist, wird man finden, daß sie denselben Grund haben, und zwar im Grund- und Bodenlosen des Phantastischen, das gewisse Leute so emsig kultivieren wie andere Leute ihr reales Grundstück. Unser in unausrechenbare Dezimalen verlaufender Handwerker (die Ludolfsche Zahl in Person) ist natürlich außer Stande – auch wenn man's ihm unter Todesstrafe geböte –, das Erechtheion noch einmal zu errichten oder einen Großbauern wie Adelseher zu ruinieren, aber er geht mit keinen andern Plänen als diesen und ähnlichen um, weswegen das, was er nie und nimmer zu tun vermöchte, das bestimmt, was er tun kann und tut. Diese Tat oder dieses Werk sind dann kraft der schattenhaften Vaterschaft des Unmöglichen um einige recht spürbare Grade höher als das Gewöhnliche und doch um unzählbar viele niedriger als das Außergewöhnliche. Er hat wohl einen Vorsprung, aber nicht auf der Ebene, auf der das konkurrenzierte Gespann jagt.

Dieser Exkurs über Herrn Strümpf, der in ein anhängendes Wörterbuch zu gehören scheint, steht hier doch an seinem Platze, weil er dazu dient, das Schweigen ausmessen zu lassen, das Herr Andree auch dem letzten Adelseherschen Angebot entgegensetzte. Ein Dialog, der ein Monolog ist, geht nicht mit rechten Dingen zu, dachten die Leute, die auch von dem Monologe nichts gehört, nur gesehen hatten, daß der Andreesche Mund dauernd geschlossen geblieben war. Immerhin mußte die von dem Redenden in den Schweigenden irgendwie hineinpraktizierte Ladung jetzt und jetzt explodieren, entweder als Anklage oder als Verteidigung. Und umgekehrt wie beim Böllerschießen rückten sie ganz nahe heran. Nun ist es unmöglich für einen, der sich schon in Entscheidungen geübt hat – man gedenke doch ihrer bisherigen Früchte: des Auftauchens eines bei der Welt in Ungnade Gefallenen an dem Gnadenorte; des Ankaufs eines Bauplatzes zu einem Gebäu noch dunklen Zwecks und eines ebenfalls verhüllten Zeuskopfs; der Entdeckung malerischer Gesetze durch einen Pinsel, der kurz vorher sich selber und endgültig weggeworfen hatte –, nicht zu merken, wann von den noch so ernsten Fingerübungen am Gewehr zum todernsten Gebrauch desselben übergegangen werden muß. Es gibt da, wie bei der echten geschlechtlichen Begierde, ein untrügliches Kennzeichen: Nicht in uns, sondern außer uns und tragischen Falls auch ohne uns west die Versuchung. So evident ist ihre objektive Vorhandenheit, daß die Reflexion, sogar die über die bereits bejahte Einwilligung, zwar nicht theoretisch, wohl aber praktisch im Nu ein Ende erreicht. Nicht das Denken, sondern das Nichtmehrdenken, und zwar als ein vom selben Denken knapp vor seinem *exitus* vollzogener Akt, bestimmt, anläßlich des schicksalhaften Versagens der ganzen rettend zusammengefaßten Phantasie und aller Manöverwaffen der Reflexion, was derzeit wirklich und wie tief das Wirkliche in die Innerlichkeit eingebrochen ist. Der Hirsch, umstellt von kläffenden Hunden, der Sterbende von den weinenden Verwandten, dem Priester und dem Arzt, das Tier wie der Mensch, jedes und jeder auf seine Art werden fühlen, daß die Wirklichkeit jetzt ihre Körper und den Raum ihrer Situation prall ausfüllt, daß kein Gran als ein archimedisches Hebelpünktchen draußen geblieben ist, daß das Draußen restlos das Drinnen geworden. Gewiß, wenn man allein auf der Welt wäre, könnte man, trotz längst gefällter Entscheidung, in alle Unendlichkeit schweigen, und das Schweigen hypostasiert ja dieses Allein- und Einzigsein; das wissen die ganz Demütigen und die ganz Hochmütigen, ob bewußt oder unbewußt, sehr gut. Eingebaut jedoch in den Mechanismus Menschheit, erhält die eben nur durch Schweigen ausdrückbare tiefe Wahrheit von der Einzigkeit und Alleinheit des Menschen früher oder später notwendig den Charakter einer fundamentalen Störung des groben, aber doch irritierbaren und endlich stillestehenden Apparats. Ein Deckel wird aufgeklappt, das dem Innen fremde und feindliche materielle Licht des Universums dringt in dieses Innre, Mechanikerhände schrauben herum und schrauben ab, tasten sich näher, nach der strengen Logik eines Gerinnsels auf einer schiefen Ebene immer näher heran an das Herz des Fehlers, der mit zusammengebissenen Zähnchen, starr wie tot, verstaubt wie schon zu Staub geworden, unerkennbar, wie er glaubt, durch Mimikry, und nicht glaubend an die blinde Treffsicherheit der Logik in dem allgemeinen Stillstand daliegt –: Nie ist das Leben mehr Leben als in dem Augenblick, wo es aus der Traube in die Kufe, aus der Kufe in's Faß, aus dem Faß in die Flasche, aus der Flasche in's Glas, aus dem Glas in den Mund des Trinkers soll; wenn es an die Geselligkeit, die sein zuständliches Sein hervorgerufen und so lang' geduldet hat, den, wie ihm dünkt, ungerechten Tribut der Bewegung zollen muß. Die Adelseherschen Angebote können nicht mehr überboten werden; das Näherrücken der Gäste und Arbeiter macht die zwischen den zwei Hauptpersonen schwebende private Angelegenheit zu einer öffentlichen; das Ende des Redens bereitet dem Schweigen ein Ende – denn ein Schweigen, das nicht Antwort, ist bloßer Stumpfsinn –; die bisher voll Sinn, wenn auch ohne Ergebnis fortschreitende Nacht würde wie eine Uhr in leerer Stube ticken. Strümpf, der noch immer mit unwissenden Pfoten das Stück des Giebelfeldes eines römischen Tempels niederdrückt, in irgendeinem Bein den Krampf bekommen, und zwar einen für die ganze Situation symbolischen, die Großmutter unter ihrem Capricepölsterchen (das sie allerdings schon längst ein wenig gelüftet hat, um die ungewöhnlich lange Dauer einer Adelseherschen Unterhaltung zu überleben) ersticken, und Mutter Mathilde, die, weil sie nichts sieht, nun schon gar nichts hört, am offenen Fenster sich erkälten, kurz: es ist äußerlich höchste Zeit, daß das entscheidende Wort fällt, oder besser gesagt: Das Äußere hat die Wucht des Innern erreicht, das Wasser steht im Hause so hoch wie außer dem Hause, und der unbedachter Weise sich verschworen hat, nicht durch eine Tür ein- oder auszutreten, sondern in einem Kahn durch's Fenster zu fahren, muß nun fahren.

»Ich baue hier, und nirgendwo anders!« sagte Andree sanft (was nicht dasselbe ist wie leise, denn alle verstanden ihn), so echt oder ehern sanft, daß nach Schließung der Andreeschen Lippen alle weiter an diesen hängenblieben. Herr Andree hatte auch fürwahr nicht nötig, stärker aufzutreten. Nur unsichere Behaupter schreien. Wer nicht anders kann, als er tut oder redet, ist ein willenlos Leidender unter seinem eigenen übermäßigen Willen und gleicht eher einem Kranken mit einer Kompresse auf dem Kopf. Es ist auch das gelegentliche Krachen im Kasten nicht die schmetternde Stimme des eigentlich athletisch zu denkenden Holzwurms. Der Holzwurm ist stumm und weich. Und überdies: wer nach langem Hungern endlich wieder ißt, nimmt sein Maul nur mit Speise voll. Der arme Maler, der nach allen Seiten hin sich konziliant hatte verhalten müssen, der auch in der horizontalen Lage eines Liebenden sozusagen nur gebückt hat stehen dürfen, erhebt sich zu aufrechtem Gang, und wagt zum ersten Male – gestützt natürlich, wie wir gern zugeben, auf den Mendelsingerschen Geldsack – eine freibeschlossene Bindung an das eigene Wort.

»Der Platz erfüllt vollkommen alle Bedingungen, die ich als Bauherr an ihn stelle!« Die er, Herr Andree, der dauernd selber bedingt gewesen ist, stellt! Wunderbar! Ob wahr, ob falsch, was er behauptet: Wollen und Können passen zum erstenmal so fugenlos ineinander, daß ihrer beider Entsprechungen, die zwei Lippen, die ehedem so ausgewerkelten, kaum sich öffnen und wie von oben herab zu einem Herrn Adelseher reden.

Nicht so zufrieden, wie wir mit Herrn Andree sind, den wir ja hoffnungslos mißglückt geboren zu haben glaubten und nun aus seiner eignen Kraft uns ein Schnippchen schlagen sehn, ist Herr Strümpf, der immer zwei Fliegen auf einen Schlag treffen möchte und findet, daß Herr Andree, soviel der auch für sich tut (was der Hineinkriecher in fremde Löcher sehr wohl empfindet), doch auch noch etwas in der puren äußeren, in der sozusagen theatralischen Welt leisten könnte, und ohne neue Kräfte zuzusetzen. Man sieht: der verhinderte Schöpfer von Albertingschen Karyatiden hätte auch Dramen schaffen können, die borniert Welten sind, deren Geschöpfe blind jene Mühlen treiben, von denen sie dann zermahlen werden. (Ein Schauspiel für Götter! Gewiß!) Aber ein menschliches Publikum ist da fehl am Ort und gleicht einem Ochsen, der in das blutige Schaufenster eines Fleischhauers guckt, ohne die gräßliche Anzüglichkeit wahrzunehmen.

Herr Strümpf fand: Nur lauter sollte er reden, der Andree! Dem Protzen, dem Adelseher, es nicht so stille geben! Wenn Gericht, dann unter der Eiche! Vor allem Volk!

Herr Adelseher hatte nichts erwidert. Der Genius der Situation wartete mit der Uhr in der Hand zehn Sekunden, zwanzig, eine halbe Minute und noch etwas drüber – da merkte Herr Andree, daß er noch eine Elle bis zu dem Abgrunde, wo einem dann vor sich selber schwindelt, zu gehen hätte, daß zum Notwendigen noch das Peinliche zu fügen wäre, kurz: daß Strümpf, mit dem ihn jene geheime Leitung verband, von der später ausdrücklich die Rede sein wird, recht hat. Er sagte in die vollkommene Lautlosigkeit hinein und nun ziemlich vernehmlich: »Drängen Sie nicht weiter!« Und hielt dem Herrn so ziemlich aller Wege hier eine Tafel von Hand entgegen, darauf geschrieben stand: »Betreten verboten!«

Großartig! Der jeden, dem er Geld angerochen, gedrängt hatte, ihm ein Bild abzukaufen, einen getragenen Anzug zu schenken, oder wenigstens ein Viertel Wein zu zahlen, will nun nicht gedrängt werden! Ist das jetzt die Frechheit eines, den der Hafer sticht? Nein, es ist bei allem Anschein von Überheblichkeit nur die gedrängte Reintegration des einst aufgegebenen

Selbstbewußtseins. Das gleich Folgende beweist, daß es sich um ein reines Offizium, nicht um einen spontanen Akt gehandelt hat. Den Ritter begründet die physische Unerbittlichkeit in der verteidigten Sache und die metaphysische Gleichgültigkeit gegen die bekämpfte Person. Höflich sein heißt nämlich, auf eine überaus warme Art kalt sein.

»Ich bedaure aufrichtig«, sagte der Bauherr, indem er sich leicht verbeugte, »Ihnen den ersten nachbarlichen Dienst, den Sie allerdings gefordert, nicht erbeten haben – aber das tut nichts zur Sache –, und dessen Erfüllung mich um Ihre werte Nachbarschaft gebracht haben würde, nicht leisten zu können.« Der wohlkadenzierte Satz stellte die Lage der Dinge genau fest. Die Zuhörer knackten vor Spannung wie Packpapier, das nach seiner Zerknüllung sich wiederaufrichten will. Nun wird der Adelseher losbrechen, über alles Recht hinweg, aus der Omnipotenz, die sie, viel ärmere Leute, ihm heimlich zugeschrieben haben. Diese abscheuliche Zuschreibung, ihr eigenes Rechttun durchstreichend als von nicht unbedingter Herkunft, kam nun an Tag. Sie gaben keinen Heller für des Andree ferneres Leben in Alberting.

Da sagte Herr Adelseher ruhig und sanft, ja lieb und gut, und vor sich hin: »Da kann man nichts machen.« Dann richtete er einen leeren Blick auf den Mann im Radmantel und wiederholte, offenbar gedankenlos, was schon des längeren, wenn auch nicht für ihn, festgestanden hatte. »Sie bauen, wo Sie bauen. Es ist Ihr Platz.«

In den Zuhörern, die gewissermaßen auf den Bänken des blutrünstigen Circus ihrer eigenen Kämpfe sich schon erhoben hatten, um den unvermeidlichen Todesstoß zu sehn, brach eine Welt von roher Gewalt zusammen. Aber sie bejubelten diesen Zusammenbruch nicht. Im Gegenteil: sie waren enttäuscht und dem Adelseher bitterböse. Sie hätten alle lieber, statt getreten zu werden, selber getreten. Nun zeigten sie dem denaturierten Wolfen die (ihnen fehlenden) Zähne.

Der Einzige – mit Ausnahme des nur mit sich beschäftigten Bauherrn seines neuen Seins –, der nicht an den Schafspelz glaubte, den der Wolf an lyrischen Saiten scheuerte, war

Strümpf. Er faltete die Stirn, öffnete einen Mundwinkel (was wie das Platzen einer Sumpfblase aussah), verschob den entsprechenden Nasenflügel und kniff das darüberliegende Auge zusammen. Der üble Geruch selber hätte nicht besser dargestellt werden können. Nein, Herrn Strümpf fing man nicht mit dem lieben, guten Ton, mit dem angeblich leeren Blick, mit der, natürlich nur künstlich erzeugten, Gedankenlosigkeit. Man kennt seinen ärgsten Feind so gut wie sich selbst, oder er ist nicht der ärgste. Nein, ob er lärmend jagte oder still fischte, der Adelseher – ihm, Strümpfen, verundeutlichte sich niemals dessen ein für alle Mal erkannter Wesenskern: die Gier nach Beute. Geht's nicht Hü!, geht's Hott! Herr Strümpf war, weil leider kein Meister, so ein vergrämter Kenner der Ambivalenz. Gern hätte er dem Radmantel, der, aller gezeigten Energie zum Trotz, doch nicht sehr von dieser Welt schien (weswegen er auch kostümlich von ihr abstach), einen Wink zu höchster Vorsicht gegeben. Aber es versuche einer, den gerade seinen Stein bergaufwälzenden Sisyphus in dem verdammten Geschäfte bei aller Gewißheit, es diesmal zu schaffen, zu stören! In der tragischen Benommenheit (bei dem Versuch, die Quadratur des Zirkels zu finden oder ein Weib durch das Besitzen desselben sich wirklich anzueignen) steht man dem besten Freunde weltenfern.

»Entschuldigen Sie mein Drängen, Herr... Herr...«, sagte Adelseher so beiläufig, als wäre er in einem Gedränge jemandem auf den Fuß getreten. Zu diesem beiläufigen Tone standen in schroffem Gegensatz die Tubenstöße, unter denen er, noch vor wenigen Minuten, auf dem unerwünschten Nachbarn herumgetrampelt hatte. Strümpf ermaß peinlich genau (mit dem feinen Zirkel, den der dauernd Gekränkte für die gehäuften Fälle von übermäßigen Quinten bei sich trägt) die verdächtige Spanne. Wohin wohl wird der ingeniöse Kopf die Dissonanz modulieren? Um das Adelsehersche schlechte Gedächtnis – das in dem Augenblicke gar nicht so schlecht war – nicht noch einmal bloßzustellen, unterließ Herr Andree, der bei Gelegenheit dieses Schwelgens in bisher unbekannten, oder ihm nicht erlaubt gewesenen, Haltungen und Empfindungen in Höflichkeit schwelgte, die neuerliche Nennung seines Namens.

»Es war auch wegen des Kronprinzen Traum«, meinte, doch mehr für sich selbst, wie es schien, jetzt Herr Adelseher. Wegen des bloßen Murmelns, ohne die geringste Neugierde zu spüren, aus bloßer Zartheit trat Herr Andree näher. Das war Herrn Strümpf nicht recht. Er schnippte mit den Fingern wie der Lehrer über einen ärgerlichen grammatikalischen Fehler.

»Ich hätte ihn gerne verwirklicht bei der Gelegenheit«, brummte Herr Adelseher. Herr Andree bedauerte, wieder mit einer leichten Verbeugung – wie gern und majestätisch schwankt die Cypresse, wie verzweifelt dreht sich der arbeitsame, gepeinigte Ölbaum! –, nicht zu verstehn.

»Ich bin kein Kaufmann, Herr!« beteuerte plötzlich viel lauter, fast polternd, Herr Adelseher. Das klang sowohl falsch als auch protzig. Ein Gestank nach (scheinbar gar nicht gemeintem) Eigenlob erhob sich für Strümpfs außerordentlich scharf analysierende Nase. »Das werden Sie wohl schon bemerkt haben!« Herr Andree hatte nichts bemerkt. Er riß ein bißchen die Augen seiner Maske auf und setzte damit auch die Stirne in Bewegung. Jetzt begriff er, natürlich, daß neben einem Wagen, der in grader Linie auf ein Ziel zufährt, das mit jedem Hufschlag sozusagen erst entsteht, auch Hunde kläffen könnten; jedoch, der sich selbst und Wagen und Pferde erzeugende Reisende hört sie nicht im dicken Steckkissen solch neuen Lebensanfangs.

»Sie hätten ein gutes Geschäft gemacht«, beharrte Herr Adelseher auf dem, noch nicht abzusehn wohin führenden, Geleise. »Ja, Sie wären weit besser gefahren, als Sie nun fahren werden!« (Seltsam, dachte Andree, der Mann da hat dieselbe Vorstellung, die ich eben hatte.) Aber Herrn Andree interessierte nur das Fahren, nicht das Wie des Fahrens, und so blickte er Herrn Adelseher weiter aus leeren, höflich großen Augen an. »Ja, das wären Sie«, wiederholte der an das ihm zugeneigte Ohr eines Schwerhörigen glaubende und gewöhnte Herr Adelseher. Auch Strümpf ließ sich täuschen: Er beißt an, er beißt an, der Andree! Schon sah er ihn hinfallen und in's Haus geschleppt werden zur Unterzeichnung der Kapitulation. Herrn Andrees Vorgeneigtheit war wirklich beängstigend.

»Aber Ihr Recht ist Ihnen lieber. Bitte!« Er erlaubte dem

Verweigerer eines opulenten Mahls, den mitgebrachten Knochen abzunagen, und tat so, als ob er selber auf Knochen scharf wäre. »Ich begreife die Starrköpfe. Bin selber einer.« Der windet sich wie eine Schlange, bauchauswärts, baucheinwärts, um die Bestimmung des Zieles zu erschweren, das er genau auf dem Korn des Giftzahns hatte, erkannte der ebenfalls giftige, aber weniger bewegliche Strümpf. Das Ziel, soviel er auch mit dem Verstande blinzelte, konnte er nicht ausnehmen.

Während Strümpfens vergeblicher Bemühungen auf der Ebene der Schlange hatte Herr Adelseher schon wieder eine andere Gestalt in der Entwicklungsreihe angenommen. Er hatte sich gewissermaßen zum aufrecht gehenden Tier erhoben, und zwar zu einem freundlichen Tanzbären, der Herrn Andree die Pranke auf die Schulter legte. Da lag sie nun, wie über einer Schlucht ein Baumstamm liegt, wie Piratenschiff und geenterte Prise der Laufsteg verbindet. Die Kluft des heutigen Abends war überbrückt. Jetzt kommt's drauf an, ob man nach der Einsicht in die eine, einzige Wahrheit, daß man nämlich durch scharfe Distinktionen zwangsläufig sich immer mehr verfeindet, die Scheinversöhnung durch eine geschickte Handgreiflichkeit wird gelten lassen. Strümpfs geringer Trost, aber immerhin Trost, war, daß der Radmantel auch jetzt gänzlich unbeweglich blieb, sowohl unter der physischen Schwere wie unter der moralischen Bedeutung dieses Arms. Er natürlich hätte ihn wütend abgeschüttelt, wäre beiseite gesprungen und würde dort pfauchend einen Katzenbuckel gemacht haben.

»Doch wird's Ihnen nichts ausmachen, Herr…«, sagte Herr Adelseher, »…bestimmt wird's Ihnen nichts ausmachen, Herr… Herr Andree… Hören Sie, nun ist mir Ihr Name wieder eingefallen! Ein gutes Zeichen! Wir werden einander verstehn! Es wird Ihnen, sag' ich, bestimmt nichts ausmachen, wenn Sie da…«, seine wie gebrochen gebeutelte andere Hand verbeiläufigte die Grube, das Giebelstück des römischen Tempels und natürlich auch Herrn Strümpf, der immer noch mit den Vorderpfoten auf diesem stand wie ein seine Beute verbellender Hund, »…wenn Sie da ein wenig weiter und tiefer graben, als Ihr Zweck es fordert. Wir werden – ich sage Wir, denn es ist sodann ein gemeinschaftliches Werk: Sie geben die hiezu nötige Erlaubnis, und ich trage die Mehrkosten – durch die Einstellung von noch zwei oder drei Arbeitern die mit dem Ausheben des zusätzlichen Grundes und mit dem Wiederauffüllen desselben verlorengehende Zeit hereinbringen, und auf den Tag, den Sie errechnet haben, ja«, jetzt nahm er die schwere Hand von Andrees Schulter und zeigte gen Himmel, »auf die Stunde, wenn Sie eine solche festgesetzt hätten, wird Ihr Turm dastehn.« Die Sorge, noch nicht genug überredet zu haben, verführte ihn zur Übertreibung (denn nur die Gnadenkirche kam wettstreitend in Betracht). »Das neue Wahrzeichen von Alberting!« Seine Stimme schwang breit aus wie auf dem heroischen Theater. Die Augen, die Schneeborde über ihnen, das Eishaar, der quergetragene feine Eiszapfen unter der Nase, die Spitze der sehr spitzen Nase, die freundlichen Bäckchen, die genießerische Wölbung des Kinns: alles blitzte, mit Hilfe des Mondlichts, von elektrischer Bonhomie.

»Und wenn Golkondas Schätze darunter lägen!« rief Herr Andree, so laut und stark, wie die wie klebender Verband an der bewegten Haut zerrende Maske es erlaubte. »Es wird nur so tief gegraben und so weit, wie für den Bau nötig. Man muß, zum Teufel, mit fünfzig Jahren wissen, ob man Schatzgräber werden will oder Photograph!«

Nun: das eine hätte das andere nicht ausgeschlossen. Mit einiger Liebenswürdigkeit von Andrees Seite wäre in der vorgesehenen Zeit der Turm entstanden. Es war also recht unnötig, Herrn Adelseher vor den Kopf zu stoßen und um eine Bereicherung seines musealen ersten Stocks zu bringen, um das Bescheidenste wohl, was einer, der so viele und gleichschöne Bauplätze generös zur Verfügung stellt, in Gewißheit der Gewährung erbitten darf.

Nicht so ganz, lieber Menschenfreund, der Sie ohne Zweifel stets auf dem schmalen Pfad der Tugend, dem nur gedachten, nur in der Geometrie existenten, unter voller Schonung der Inhalte eines Dreiecks, eines Quadrats *et cetera et cetera*, gewandelt sind und alle Sonn- und Feiertage daher leicht Charmeur haben sein können. Bei einem Manne jedoch, der aus dem Nichts kommt, der nur eine vage Vorstellung vom Etwas hat (weshalb er bald dieses, bald jenes für ein solches hält); der weder Instinkt noch Willen besitzt, nur grade die allgemeinsten Bedürfnisse, deren gelegentliche und zufällige Befriedigung ihm *post festum* als die bewußt erstrebte und schicksalshaft gemußte erscheint; bei dem liegen Ihre Verhältnisse, werter Bonhomme, genau umgekehrt. Er hat sich alle Tage wie ein schwankes Rohr gebogen, unter jedem Wind und jedem Windchen, die er für die magnetischen Ströme der eisernen Bestimmung gehalten, und ist die ganze graue Woche seines Lebens in dem nämlichen Sinne ein entgegenkommender Mann gewesen, wie einer, dem zwei Stockzahngeschwülste die beiden Wangen und mit ihnen die Mundwinkel auseinandertreiben, als ein selten pausbäckiger Lächler angesehen werden kann. Wenn nun einem solchen armen Teufel, der bislang vom Nachgeben gelebt hat wie ein Luftpolster, ja geradezu vom Nichtleben gelebt hat, endlich die Sonntagskirchenuhr schlägt, so werden Sie ihn auftrumpfen hören, wie eben jetzt Herrn Andree. Was soll auch einer, zur Feier seiner selbst, anders als strammstehen und den Prügel der Grobheit präsentieren? Einer, der eine biegsame Gerte gewesen ist, mit welcher Gerte die Gewissensdämonen ihn dauernd gezüchtigt haben? Wer durch die notgedrungene Liebenswürdigkeit des Bettlers gesündigt hat, darf einmal auch der Härte sich erfreun, und der Pflicht der Güte sich entziehn an einem beispielmäßigen Tage. Wem die seltene Gelegenheit geboten wird, er selbst zu werden, der kann nicht zugleich ein vorbildlicher Nachbar sein.

Nun müßte eigentlich in unserer Abschweifung rasch weitergeschweift werden, denn kein notwendig zu berichtendes Vorkommnis steht dem erlösenden Satz entgegen: Und so wurde das lemurische Bauwerk im nächsten Frühjahr vollendet. Jedoch, wir sind nicht des Lesers Bedürfnissen hörig, sondern dem Leben verantwortlich. Und wenn dieses unmittelbar nach einer Bekehrungs- und Bußszene eine nachtdunkle, schwerduftende Rose in das fast entmöblierte Marterzimmer wirft (wo die Abstraktionen Tisch und Sessel spielen), so wird die mysteriöse

Huldigung ihre rationalen Gründe haben. Wir folgen also dem von seiner Bewährungsstelle schnurgerade wegmarschierenden, neugebackenen Photographen in den Gasthof, wo es seinetwegen noch sehr still ist. Schank und Extrazimmer hell, aber leer, im Hofe eine Funzel, die kurze, steile, einmal scharf sich biegende Treppe stockfinster. Er hatte drei Stufen schon genommen, als folgendes geschah: So was wie ein Strohsack, frisch gestopft, denn er war ziemlich hart, aber doch schon benützt, denn er war recht warm, verengte den ohnehin sehr schmalen Mauerhals. Gleich drauf kamen eine Wirrnis von Haar, das er, in Übereinstimmung mit der Finsternis, sich schwarz vorstellte, und eine weiche heiße Haut über ihn, als wäre er Mitgefangener einer Maus in einer feindrahtigen Falle. Ein Mund, der ihn suchte, ihn nicht traf, dann traf, etwas flüsterte, vielleicht »Liebster« oder »Komm!«, und eine Hand, die rauh und mit so viel Schwellungen, als hingen alle Venusberge kopfüber in's All hinunter, die seine mit Schnappschloßschall umfing, waren die nächsten Tatsachen, begleitet von einem Sichringeln und Sichwerfen des Strohsacks, als wäre versehentlich ein Schlangenmensch mithineingestopft worden, der nun herauswill. Sie bogen und wanden sich auf der pechschwarzen Treppe, sie auf einer höheren, er auf einer niedereren Stufe – weiß Gott, wie man das macht, ohne sich das Genick zu brechen! Wahrscheinlich hat man in einer solchen Situation sechsunddreißig Hände, um nach jedem Geifertropfen zu haschen, und eine siebenunddreißigste, sich festzuhalten. Wenn Andree überhaupt hätte reden können – aber eher spritzte ein abgedrehter Gartenschlauch! –, so wär's nur in der Frageform geschehn. Warum? Warum das mir? Und warum gerade jetzt? Aber auch das dickste Buch voll der ausführlichsten Philosopheme über die Liebe vermöchte gerade über das Zustandekommen des Untersuchungsgegenstandes nichts auszusagen. Und die schöne Magd hatte auch gar keine Zeit, den möglichen Erfolg gelehrter Bestrebungen abzuwarten. Königin der Nacht, die sie war, übernahm sie, aus dem Recht der Souveränität, die Führung durch ihr Element, unter genauester Beobachtung des Rituals. Obwohl sich noch niemand im Hause befand, trat er, trotz seiner schweren Schuhe, doch so leise in ihre bloßfüßigen Tapfen, als hätte er im Verein mit der Buhlerin den Wirten ermordet. In ihrer Stube, wo das Lämpchen blakte – sie mußte ihm schon lang' da oben aufgelauert haben –, warf sie sich mit solcher Kraft auf ihn, daß er über den Tisch fiel und mit ihm gegen die Wand rutschte. Sie fuhr zwischen seinen Beinen mit wie der Tiger auf dem Ochsen. Es gibt weniger lärmende und anstrengende Einleitungen zum Geschäft der Liebe, und sollen diese die gebräuchlichsten sein. Warum man in der »Kaiserkrone« so weit von der Regel abging, und nicht nur von ihr, sondern auch von der dem weiblichen Geschlechte sonst wesenseigentümlichen passiven Haltung, warum man den Überfall, die Vergewaltigung, das Holterdipolter, die Gefahr des Knochenbruchs und des Aufgespießtwerdens von mindestens drei großen, scharfen Messern wählte, die zum Necessaire der ländlichen Dame gehörten und bläulich böse nach Unfug lechzten, warum man auch nicht im Mindesten fürchtete, der also traktierte Liebhaber könnte mit andern als zärtlich gemeinten Fußtritten erwidern, das muß neben dem Urgrunde, der die schöne Magd selber war, einen ebenbürtig zweiten in einem nur selten nach Alberting sich verirrenden, genau entsprechenden Partner haben. In einem hier heimischen Sinn kann man, was den beiden Menschen eben jetzt widerfuhr, und nicht ohne ein langes heimliches Noviziat darauf hin, recht gut ein Wunder nennen. Die schöne, unheilige Magd wird wie eine Heilige sich kasteit haben, um des ersehnten amazonischen Gemetzels willen, das sie, in so späte patriarchalische Zeit verschlagen, zu erleben, nur wenig Hoffnung hatte nähren dürfen, die aufgezwungen keuschen Jahre hinbringend mit Vergießen tierischen Blutes und unter'm grausam strengen Glanz der Schlachtbeile und Waidmesser ihrer sagenhaften Vormütter. Unser Maler, das Gegenteil eines Asketen der Wollust wegen, in Ehebruch und Unzucht verkommen mit einem Weibe, das zu wenig ein solches, oder mit einer Dame, die zuviel Dirne war, als Mannsbild so tief geschändet, daß auch zu vorübergehender Linderung der Schmach durch den kühlen Lorbeer der selbstwerterhöhenden Seitensprünge Lust und Organ fehlten, als Künstler so arg wider die Kunst versündigt, daß nur Degradation zum Photographen einige Aussicht auf Tilgung der ungeheuren Schuld zu bieten schien, unser Maler also, der von der Stunde an seines Absteigens bei der »Kaiserkrone« der schönen Magd nachgeschlichen ist, kaum hinsehend und gar nicht willens, in ihr das *arcanum* zu suchen, und doch ganz auf die Spur gedrückte Hundenase und unwiderruflich verdammt zu der schmählichen ausgehungerten, geifervertropften Inkarnation, empfing, unter'm Blitz der in den Lattenfußboden sich spießenden Messer und unter'm Donner des durcheinandergestürzten Wohngerümpels, in der Stunde des Siegs über seinen Ungeist auch die Heilung für das mißhandelte Fleisch. Sie rangen miteinander auf dem Fußboden, was den Zweck hatte, einander die Kleider vom Leibe zu reißen. Nur Leute, die weder wilde Amazonen noch ebenso wilde Büßer in Eros sind, entkleiden sich, erstens selber, zweitens stehend, drittens ohne athletische Anstrengungen. Die Beiden gaben, trotz ihrer erbitterten Rauferei, keinen Laut von sich, denn im Hofe, wohinaus ein allerdings mit einem Sacke verhängtes Fenster ging, schlich einer, und an der Türe schnob horchend ein andrer. Als sie nackt waren, um den Preis eines teuren Anzugs und eines billigen Kittels, und das übliche Ende hätte gemacht werden können oder eines der vielen Enden einer solchen Nacht, schlug die Liebende dem Geliebten die Faust in's Gesicht, während ihre Beine ihn nicht weniger hart umklammerten als die Schereisen den Fuchs. Sie kämpft wirklich! fuhr es ihm durch den Kopf, in dem ein Bewußtseinsgemisch hin und her wallte wie in einem Schwenkbecher ein hochalkoholisches Getränk. Aber was heißt wirklich? Es ist es selbst. Mehr läßt sich nicht sagen. Unter'm Schmerze des Faustschlags entstand ein geschwollenes Lächeln, ein heitres, ja komisches Lächeln — wenn er sich selber hätte sehen können — über die plötzlich erkennbare Phantomhaftigkeit aller Frauen wie Genia, die tänzerisch leicht sich beugen wie der Sitz eines Schmetterlings, ein letztes Häutchen Hemd wegziehn, wie der Chirurg den Starschleier vom Aug', und sich hingeben wie unser Spiegelbild, nur anderen Geschlechts.

Mit nur einem Auge — weil das zweite tränt und in Sternen wirbelt — erblickt man eine eindeutige Sache am richtigsten.

Abgerichtet, zu verehren und in unmännlicher Geduld des unvorherzusehenden Winks zum Beischlaf zu harren, an diesen Beischlaf zu schreiten, ja zu schreiten wie der Operateur an die Operation, unter größter Schonung des bereitwillig hingestreckten Patienten und unter Aufwendung aller Mittel der Antiseptik, hatte er vergessen, daß das Zusammentreffen zweier Körper, sowohl in den Träumen wie in der Wirklichkeit, im Makrokosmos wie im Mikrokosmos, wegen der Vehemenz, womit durch das weltweite Vacuum gestürzt wird, Flammen ausspritzt und Trümmer verschleudert; daß den guten Sitten Hohn zu sprechen, die Zartheit mit Füßen zu treten, die Unschuld aus ihren letzten Schlupfwinkeln zu treiben, die Liebe selber bis zum Hasse zu entwürdigen zum Ritual der Paarung gehört; daß die wechselseitige Vernichtung zwar nicht das Ziel der Liebenden, wohl aber der einzig erlaubte Weg zum eigentlich Unerlaubten ist, auf dem alle Halb- oder Ganzbewußtheit, die da, wo es nichts als die Katastrophe gilt und den völligen Verlust, noch etwas erhalten, einiges mildern möchte, zur Sünde der Lüsternheit wird. Der feurige Strom, der ihm sonst nur ein Glied straffte, schwellte nun auch Arme und Beine, machte den Kopf hart wie eine Kegelkugel, die Backenknochen zu streng verklinkten Scharnieren eines Helms und den schon mager knarrenden, nur in Teilstücken noch präsenten Leib zu einem, von schmiegsamstem Mantel umfaßten, mit leuchtendem Gas erfüllten, unendlich leicht nach da- und nach dorthin lenkbaren Geschoß: Es hätte aus dem gewundensten Waldhorn abgefeuert werden können. Es war ein Element, in das er schlug. Überall traf er Fleisch, und wo er es nicht traf, war es eben nicht da, denn es wollte ja getroffen werden, und so war es auf die geschickteste Weise überall oder nur dort, wo Hiebe fielen, und also ein Element. Er prügelte sie, sie prügelte ihn, die eine Person oft mit mehr Erfolg als die andre, keine gab einen Laut von sich, weder einen der Wollust noch einen des Schmerzes – denn wenn der Mensch ganz er selbst ist, ist er auf die natürlichste Weise auch diskret –, und beiden war, wenigstens während etlicher Minuten, als wären sie ganz allein im Hagelwetter oder, wie ein phantasievoller Physiker sagen würde, im faust- bis fußgroßen Atombombenregen der Materie selber. Weil ihre Kräfte fast gleich waren, schwand schnell auch der letzte Rest jener unsauberen Über- oder Unterlegenheit des einen oder des anderen Geschlechts, die von vorneherein den Ausgang des Kampfes festlegt und die dramatische Gespanntheit des Paars auf das Orakel zu einem Scheingefecht herabsetzt, aus den Ringenden, und es war wirklich das spontane Ergebnis der Entscheidung des agonalen Gotts und nicht die Folge eines in dieses Stadion mitgebrachten Charakters, daß die Magd das Weib wurde und der Maler der Mann.

Im Einverständnis mit dem idealen Leser, der ebensowenig wie wir irgendwo verweilen will, weder auf dem weichen Pfühl der Liebe noch auf dem schmerzlichen Nagelbrett des Büßers (obwohl die Welt meint, man müsse unbedingt für das eine oder für das andre sich entscheiden), sondern bestrebt ist, mit Hilfe dauernder Unruhe, das der erahnten Komplettheit von Leben gemäße Fiebern, Schillern, Ineinanderfließen der Heterogenitäten hervorzubringen und, je nachdem, zu erleiden oder zu genießen – was aber in der Länge auf's Selbe hinausläuft –, brechen wir jetzt eine Beschreibung, die eigentlich keine, sondern der Kommentar einer solchen, ab, um einen Sprung über neun Monate auszuführen. Neun Monate deshalb, weil erst nach ihrem gänzlichen Verlaufe die innere Geschichte wieder an die Oberfläche treten wird: Mitte August nämlich tauchen die ersten Wallfahrerzüge auf. Inzwischen ist zur Freude des gar nicht nachträgerischen Herrn Adelseher (er hatte allerdings die Arbeiter bestochen und war in den Besitz einiger römischer Trümmer gelangt) der Turm vollendet und schon vierzehn Tage später von Herrn Andree bezogen worden, sehr zum Mißvergnügen seines Erbauers, des Herrn Strümpf, der über die unbedingt gebotene und notwendige Ehrlichkeit hinaus Mein und Dein nicht mehr deutlich zu unterscheiden vermochte. Geld pflegte er pünktlichst, Bücher selten, Ideen nie zurückzustellen. Selber kein Urheber, sondern ein Dilettant, ein betrunkenes Wasser oder ein staubtrockener Rausch, nahm er – es beobachte darauf hin doch jeder die Amateure in seiner Umgebung! – als eine Regel ohne Ausnahme das illegitime Zustandekommen der Gedanken an. Eine höhere (natürlich nie genau vorgestellte) Art von Windstößen oder Insekten besorge, dachte er, nach dem in der Pflanzenwelt gängigen Vorbilde, die Befruchtung der Gehirne. Würde diese Ansicht bloße Ansicht geblieben sein wie bei neunundneunzig von hundert Halbgebildeten und Viertelkünstlern, deren fortgesetzte Diebstähle das zwittrige Fundament des Kultur genannten straflosen Hehlertums legen, so wäre über sie nichts weiter zu sagen. Aber eine nur Strümpfen eigene Kühnheit – und sie hebt ihn so sichtlich aus dem Durchschnitt, daß wir ihn beinahe (allerdings nur beinahe) lieben und beinahe uns zurechnen – bestand darin, daß er, wie der, ohne abzustürzen, vom Bett auf's Dach findende Somnambule, in dem für Herrn Andree erbauten Hause, bloß weil es ihm gefiel, sich einrichtete, ohne von der Frage nach dem Besitzverhältnis im Mindesten gestört zu werden, ja so, als ob es weder ihm noch irgendwem, sondern niemandem gehörte, was wohl eine der seltsamsten Machtergreifungen der Phantasie ist. Ein gewisses Narrentum lag also klar am Tag. Man sitzt nicht in den gemütlichsten Pantoffeln an einem fremden Tische, über eigenen Plänen und Geschäftsbüchern, neben Teetasse und Tabakstopf, und fordert den Herrn dieser vier Wände nicht ernsthaft auf, sich hier wie zu Hause zu fühlen, ohne einen verquetschten, ausgerenkten, sozusagen polygonen Verstand zu verraten; immerhin noch zu geometrisch, um einen Irrenarzt nötig, aber doch so weit gestört, um einen ungestörten rasend zu machen. Merkwürdig, daß nach dem Hinauswurfe Herr Strümpf nicht wie ein Beleidigter, sondern als ein Befreiter sich betrug und von den etwas unklaren Danksagungen eines heimlichen Patienten an einen ebenso heimlichen Jünger des Aeskulap eine heiße Litanei versprudelte. Herr Andree, selber erst geheilt und darum sehr hoch von Prügeln denkend, war so taktvoll, diese Danksagungen auf den nun erledigten Auftrag zu beziehen, der dem, wie jetzt begreiflich, nicht sehr beliebten und deswegen recht wenig beschäftigten Baumeister ein schon lang entbehrtes großes Stück Brot eingetragen hatte. Ehe wir aber zum August übergehen und neu anheben können – was wie nebenbei und hoffentlich unvermerkt sich vollziehen soll –, muß noch ein Nachtrag besorgt werden, der, wenn er unbesorgt bliebe, unser Gewissen beunruhigte. Zwar, für die Geschichte selber ist er ohne Belang; aber da sieht man wieder, wie belanglos eigentlich die Geschichte ist. Doch, zur Sache!

Der oder jener könnte nämlich glauben, die oben geschilderte schöne Szene sei natürlich nur die erste von ähnlichen gewesen, die entweder in der Magdkammer oder im weit bequemeren Turm sich abgespielt hätten, zwar nicht täglich, aber gelegentlich, wie das eben Brauch wird bei zueinander passenden Leuten. Wir hingegen behaupten, daß in der Szene ein Element liegt, das eine Wiederholung grundsätzlich ausschließt. Um unsere Behauptung mit einem Beispiel zu illustrieren, das wir allerdings nicht aus der abgehandelten Sphäre nehmen: Man kann auch die Jünglings- oder Jungfernschaft nur einmal verlieren. Wir zwar waren von vorneherein überzeugt, daß die turbulente Nacht keine Fortsetzung finden werde, freuten uns aber doch sehr über die gleich am Morgen einsetzende und bis zum endgültigen Abgang des Herrn Andree anhaltende, bündige Beweisführung. Ja, wenn sie widereinander geschmollt, oder wenn sie einander gar gehaßt hätten; wenn das Weib die gedeckte Henne und der Mann der geblähte Hahn auf dem Mist gewesen wäre; ja, wenn auch nur die geringste Regung entweder von verneinter oder von bejahrter Beziehung auf ihren Gesichtern oder in ihrem Gehaben — es gab gut ein halbes Dutzend Begegnungen je Tag — sich gezeigt haben würde: ja, dann müßte man dem Fall die ihm imputierte Reinheit wieder absprechen. Ob es zu was oder zu nichts kommt, ob man sich ver- oder entlobt, ob man heiratet oder sich scheiden läßt: all das verliert jede diskutable Bedeutung sofort und sinkt zum Infusorienleben im Wassertropfen, wenn die für das Unternehmen vorgebrachten Gründe, so tiefsinnig sie auf den ersten Blick scheinen mögen, die psychologische Kategorie nicht überschreiten, das heißt, so lange die freieste Entscheidung eines Ich als immer noch von einem Du, und sei es auch schon längst begraben, gelenkt sich erweist und in der anderen Person nicht nur die Idee oder die Sache gemeint wird. Das Amtshandeln verpflichtet weder den Beamten noch die Partei zum einander

Wiedererkennen und Grüßen auf der Straße; und weil es, wie jedermann weiß, nicht nur nicht dazu verpflichtet, sondern, aus Würde und Materie seiner Tätigkeit, zum geraden Gegenteil, so entsteht, auf die organischste Weise, keine Vertraulichkeit, oder eine einseitige, zu raschem Absterben verurteilte, und mit der Bekanntschaft zum Zweck eines Offiziums beginnt die Entfremdung. Der eine hat seinen Steuerbeamten schon vergessen, da tritt er eben aus seiner Kanzlei, dem andern schwebt das Bild des Faszikelkyklopen, je nach Erfolg oder Mißerfolg bei demselben, etwas länger vor Augen. Aber auch der Letztere muß und wird vergessen. So will es ein geistiges Gesetz, das dem des Staates erst zu seinem wahren Ansehn verhilft. Dasselbe Gesetz nun tritt zu gewissen Zeiten und unter gewissen Umständen auch zwischen Weib und Mann. Sie wagen noch voneinander zu träumen: Es ist umsonst; die Nacht bewegt nicht mehr den Tag. Es kann der eine den andern auf den Knien anflehen, die eindeutige Beziehung fortzusetzen: vergeblich. Sie ist ja eine zweideutige gewesen. Es mag die Verführte den Verführer in der ganzen Welt auf's Peinlichste suchen: verschwendete Müh'! Der Verführer hat ja nur ein Schicksal vollzogen – zufällig er; der wesensgleiche Kollege war nicht zur Stelle oder hatte gerade woanders das Nämliche zu tun – und ist nach Erledigung des Auftrags sich oder dem Ideale so unähnlich geworden wie ein Wachtmeister in Pension demselben Wachtmeister in Uniform. Kurz: die schöne Magd zog sich, als wäre nichts, oder als wäre das Wesentliche geschehn (was beides oft auf's Gleiche hinausläuft), wieder in ihren blutigen Tempel und auf ihre Vestalinnenwürde zurück, und der das Kreuz der Photographie tragende Malerbüßer erblickte sie in der Torhalle, im Hof, von einem Gangfenster seines interimistischen Klosters mit beinahe derselben Ehrfurcht, die man dem Priester entgegenbringt, der uns die Sünden vergeben hat. Er war auf die schuldvollste Art schuldlos, und durch eben das, was andere bindet, frei geworden. Doch nun zum August!

Am Sechzehnten des Monats, gegen vier Uhr nachmittags, und unter Blitz und Donner, hielt Andree seinen Einzug in den

Turm. Zur selben Zeit wollte eine Wallfahrerherde dasselbe in Hinblick auf Alberting tun. Sie hatte sich hinter den letzten Stämmen der Ahorn- und Tannenhalle leiblich und geistig gesammelt und trat eben mit ihrer symbolischen und autoritären Spitze, dem Fahnenträger, der erst in Ansicht des Heiligtums das gold- und seidenschwere Bildblatt hißte, und dem Pfarrer, der das Chorhemd über den Kopf hielt, um es jetzt anzuziehn, in's Freie – rechts steht nun das neue lemurische Bauwerk, links empfängt schon des längern der schattige Garten der »Kaiserkrone« weltlich trostreich die heilsdurstigen Seelen –, als ein gewaltiger Windstoß auf der Straße daherfuhr. In den Lüften pfiff's wie um gestraffte Seile, und im Walde schwoll's, wie bei noch geschlossenem Munde, von Empörung. Dicht vor den Wallfahrern (und knapp nach Andrees schleunigem Einzug; er vermochte aber das Törchen nicht mehr zu schließen; der winzige Flur stak schon voll Widerstand) hob die Sturmschlange den Staubbauch, schoß an der Blätterwand empor, schlug den Weibern die Röcke über dem Haupt zusammen, daß sie torkelten wie ungeheure Tulpen, entriß dem Pfarrer das Hemd, ließ es in ziemlicher Höhe gespenstisch turnerische Bewegungen eines menschlichen Oberkörpers ausführen, wickelte es schnell und gänzlich um einen unerreichbaren Ast, der plötzlich wie ein verletzter, verbundener Finger aussah, und klatschte die Fahne gut um den halben Turm, wo sie, unter ihrer Fläche brodelnd, mit ihren Quasten zuckend und sterbend wie eine schlecht zertretene Spinne, festsaß, obwohl ihre Verbindung mit dem sie Haltenden, die kunstvoll geschnitzte Stange, geborsten war. Während dieses, man kann wohl sagen, in einem Nu geschah, hatten in noch kürzerer Zeit die weißgelben Wolken der ausgetrockneten Erde, wie barocke Säulen mit ihrer Kuppel, mit den blauschwarzen, zum Platzen vollen Wasserbeulen des Himmels sich verbunden, die, ohne kurz vorher dagewesen zu sein, nach Aufstrich eines nur der Natur bekannten Firnisses im Malgrunde des Zenites erschienen waren. Gleich darauf goß es aus tausend zertrümmerten Fässern, deren Reifen glühend durch die Luft sprangen und deren Dauben krachend auf alles Harte und kistendumpf in alles Weiche fielen. In's Rauschen prasselte der Hagel – nun bewährten sich die über den Kopf geschlagenen Röcke –, Bäche stürzten von der Straßenwölbung und schwemmten als blasigen Schaum die Erde bis auf den Schotter weg, aus den Hosen und Stiefeln der Männer sprudelte das Wasser, die nackten Beine der Weiber peitschte es krebsrot, es regnete gebrochene Zweige, Dachziegelscherben von der »Kaiserkrone«, neue Schindeln vom Turm, und die so unfreundlich empfangenen armen Leute drehten sich einige Augenblicke lang auf dem Flecke wie Brummkreisel. Aber so nah schon menschlichen Wohnstätten, hält man einer Wetterkatastrophe nicht mehr so heldisch stand wie im freien Felde, und es lockert sich der festeste Bund. Die auch im Zuge erste Gruppe, die männliche mit dem Pfarrer als Kern, stürmte in der dichten Form der *testudo* die »Kaiserkrone«, die zweite der Gattinnen, Mütter und Kinder in regelloser Flucht das stattliche, besten Schutz versprechende Adelseherische Haus, und die dritte, an Tuchfühlung und Corpsgeist der ersten nicht nachstehende, der ledigen Weiber (zwischen zwanzig und vierzehn) den Turm. Ein unfehlbarer Instinkt – denn zu Überlegung waren weder Fähigkeit noch Zeit vorhanden – hatte sie alle das Richtige tun lassen. Der Fahnenträger, das eine Maststück unter dem einen, das andere mit dem gerefften Segel unter dem andern Arm, folgte in großen Sprüngen und ebenfalls blindlings der natur- und gottgewollten Scheidung nach Geschlechtern und Ständen. Mit einem Male also, während Blitz und Donner, Rauschen und Prasseln nicht aufhörten, die Eindringlinge zu entschuldigen, waren der winzige Flur und das schmale, gewundene Eisentreppchen des Turms gestopft voll kreischenden Fleisches, und dem immer höher und höher gedrängten, hier selber noch fremden Hausherrn blieb nichts anderes übrig, als oben bei sich einzutreten und da die allen Sprachen gleich verständliche Gebärde großzügigster Gastlichkeit zu machen. Er konnte den so unverhofft Zusprechenden ja nur den ganzen Turm, sonst nichts zur Verfügung stellen. Die bis in's Atelier hinaufgeschoben worden waren – die ersten zuerst und unter den letzten die Flinksten und Schlanksten –, stauten sich enger als nötig an den Wänden, weil scheu zu sein in ihrer Natur lag, aber auch zu

449

ihrer natürlichen Koketterie gehörte, und weil die große optische Kanone mit dem einen schwarzverschalten Auge, die auf einem fast mannshohen eichenen Dreifuß in der Mitte stand, ehrfürchtigen Schrecken verbreitete. Sie hatten alle noch nie einen photographischen Apparat gesehn. Die sich Gedanken machten, glaubten sich bei einem Doktor oder Zauberer. Allerdings kam diesem Glauben ihr von dem elementarischen Wüten ernannter Wirt auf halbem Wege entgegen. Der schwarze Drogistenmantel, in dem er für den mißbrauchten weißen des Malers büßte, verlieh ihm akademische oder magische Würde, und der Bart, den er über den weichen und bleichen Liebhaber Genias hatte wachsen lassen – einen zum Kräuseln geneigten, kurz gestutzten, bärbeißigen, der mit dem gleichfalls noch schwarzen Kopfhaar ein nun gebräuntes Antlitz rahmte –, entrückte ihn in's Oströmische, wo er gut aus einem Goldgrund hätte starren können. Er sah auf den ersten ruhigen Blick, sobald ein solcher sich hatte tun lassen, daß er einen großen Eindruck übte und daß schon die erste Position, die er in seinem neuen Hause und Leben einnahm, eine ausnahmehaft glückliche war. Als ein durch und durch männliches Wesen (dank der schönen Magd) und als ein höheres (dank seiner Orts- und Berufswahl) stand er in einer Arena voll von Frauen seines wahren Geschmacks und seines wirklichen Machtbereichs, nicht wie der arme spanische Stier, sondern wie der mythische des minoischen Labyrinths, die Nüstern voll Jungfrauengeruch – der nur für Nichtliebhaber desselben kein angenehmer ist und jetzt mit dem von tausend nassen Hunden versetzt war – überrauscht, umblitzt und bedonnert von *Jupiter Pluvius* und *Tonans*, wie der abergläubischste und eitelste Held, wenn er erlösend und selbst erlöst die Bretter des fünften Akts betritt, sich's nicht besser wünschen kann, und zur rechten Hand, wo einst die verschmierte Pfanne des Hungerkünstlers, die Palette, und die kornlose Garbe der Pinsel gelegen, harrte ein müheloses, vom aufsteigenden Ruhm des Technischen umfangenes Instrument der Faszination: die Kamera.

Plötzlich, und alle auf einmal, machten sich's die Weiber doch bequem mit einem trotz des Grollens hörbaren Plumps und saßen fürder unter den ausgebreiteten vielen weißen Rökken da wie eine Kette von Schwänen, die zu dem Landungssteg aufgucken, wo einer steht, der sie zu füttern Anstalten macht. So saßen sie auch an den Markttagen auf dem steppenweiten Platz des slawischen Städtchens, das Körbchen Eier vor dem Knie, die in Kürbisblätter geschlagene Butter, den Ballen Hauswebe oder Holzteller, Kochlöffel und Kinderspielzeug, von den Männern daheim verfertigt. Der Photograph war als Maler entzückt oder als Verdammter vom Himmel begeistert. Er betastete seinen Kopf, ihn befragend, wo er denn all die Jahre gewesen sei. Wenn wirklich Schuppen von den Augen fallen können – was entweder ein unappetitlicher Vergleich ist oder eine unheimlich großartige Erinnerung an den prähistorischen Durchbruch der Sehkraft bei einem finster lurchenen Wesen –, so fielen sie ihm jetzt. Das waren sie ja, seine Modelle, die ihm vor zwanzig Jahren hätten erscheinen sollen; die nie erträumten, nie erblickten, von keinem Vorgefühl noch im Schoß der Zukunft entjungferten, und eben deswegen mit dem überwältigenden Aplomb der reinsten Unschuld und neuesten Neuheit daseienden Modelle! Man wird einem Laien, einem Manne also, der sich fortpflanzen will, nicht aber – wie Platon das nennt – im Schönen zeugen, nur sehr schwer, wenn überhaupt, begreiflich machen können, was ein Maler oder ein Bildhauer empfindet, der jenen Körper entdeckt, der der tauglichste Träger von Farbe ist oder der geeignetste Gegenstand, um bewegte Ruhe auszudrücken. Was Statue werden oder sich in's Fell der Farben hüllen will, muß dem Lehmkloß, aber eh' ihm die Seele eingehaucht worden, noch sehr nahe sein und in Schwere und Leichtigkeit mehr einem Tiere als einem Menschen gleichen. In praktischer Kürze: man zeichne ein schönes Oval und setze, wie das Kücken im Ei sitzt, ein nacktes Weib hinein; stehend, hockend, tanzend, gleichviel. Erfüllt es in jeder Stellung den Begriff des Ovalen (wobei die Breite des Beckens und die ihm entsprechende Auswölbung der Schenkel die Hauptrollen, nicht zu lange, dafür aber kräftige und wenig modellierte Arme und Beine die sehr wesentlichen Nebenrollen spielen), so hat es seine Probe auf die Idealität eines Körpers bestanden. Der Laie schüttelt den Kopf. Er zieht schlanke Frauen mit zarten Gelenken, dünnem Halse und einem kleinen Popo vor. Wohl bekommen sie ihm im Bett! Aber mit dem Pinsel in der Hand wird er finden, daß sie den schönen Produkten seines Farbenhändlers keine Flächen bieten oder nur solche, die, kaum da, schon wieder um die Taille sich davonmachen. Mit farbentriefender, den Boden bekleckernder Hundezunge muß er die große Jagd auf- und in der Miniatur klein beigeben. Ein Blinder sieht, daß den neugebackenen Photographen nach dem altbackenen Maler lüsterte. Zu spät! wie wir, *frustra!* wie die Lateiner, Krah – Krah! wie die Winterraben sagen. Oder wie die spanische Heilige Therese schreibt: Wenn Buße, dann Buße, wenn Rebhuhn, dann Rebhuhn. Und nun war eben die Erste an der Reihe, und die Letzteren lagen ein für alle Mal jenseits der Kauwerkzeuge. Wozu sonst der Turm, der Chaldäermantel, der mystische Bart und die das altmodische Malen niederkartätschende optische Kanone? Wozu die schmerzliche Genesung an der Roßkur der schönen Magd, wenn man die eben erst überwundene Krankheit sich wieder zuziehen will durch einen neuerlichen Beischlaf mit der sie verursachenden Malerei? Nein! Ferner: an der Dringlichkeit der Versuchung wächst das Verdienst der Kasteiung. Man ist um so mehr Künstler, je weniger man es sein darf. Ein um so glühenderer Liebhaber, je platonischer man liebt. Hinter der Askese türmen sich wieder die dicksten und wärmsten Federbetten der Lust, und es ist ein ironisches Vergnügen, den Gewohnheitspinseln unbekannt, die schönsten Bilder nicht zu malen, sondern in der Galerie der Ideen, deren einziger Besucher der liebe Gott, hängen zu lassen.

In einem von dem früheren Lebensberufe grundverschiedenen neuen die ersten Hantierungen vornehmen, mit noch verwöhnten Fingern, die das nicht zu leugnende grobe Werkzeug ungläubig abtasten, auf Füßen, die noch eine hohe Bleisandale vom Boden der Wirklichkeit trennt, den gleich einem offenen Fenster zur Flucht verlockenden Rücken angefüllt mit dem Windzug, dem ungedrosselten armdicken Gefühl und dem sorglos südlichen Lärm der gestrigen Freiheit, während die zur grauen Wand gekehrte Vorderseite bereits am ersten Weidenkorb des Züchtlings flicht und, wie gesagt, unfähig ist, dies und das schon eindeutig Wort zu haben (denn eben jetzt, dicht vor dem entscheidenden Augenblicke, da die zwo Scherben des vom Schicksalsschlag zertrümmerten Verstandes für immer zusammenfinden werden, bietet das Loch im Denktopf der Hoffnung, daß man nur träume, den einzigen und größten Spielraum): all dies gehobene Unglück des Antrittstages einer Strafe versetzt den armen Betroffenen in die der Gehobenheit entsprechende Sphäre, nur ohne jeden Vernunftgrund zur Gehobenheit, aus welch' fehlendem Grunde zwar seine Meinung, er träume, gerechtfertigt erscheint, leider aber nicht, was er träumt. Er ist auf eine dem sanften Irrsinn nahverwandte Weise um genau den halben Globus der Totalität beraubt worden. Er nimmt also nur die Hälfte von dem wahr, was wahrgenommen werden könnte und sollte, demzufolge ihm für die andere Hälfte, die er wahrnimmt, das volle Verständnis fehlt: Denn wie ein halbes Labyrinth hat er auch nur einen halben Ariadnefaden. Ein so zu kurz Gekommener beträgt und fühlt sich in seiner grundlosen fiebrigen Gehobenheit wie einer, den es ohne den Eros in die Hochzeitsnacht verschlagen hat. Er erlebt nicht ihre taub machenden Reize, sondern ihre lautlosen Schrecknisse – das allzu nahe Wesen fremden Geschlechts, den zu einem nicht erwünschten Tun geöffneten Pfühl, die zum Löschen, nicht zum Lesen bestimmte Lampe, das vom Ärmel des schamhaften Engels weggewischte Zifferblatt der Uhr –, und auch sie nicht so, wie's ihre furchtbare Würde geböte, bis zum Angstschweiß nämlich (hiezu bedürfte es des ganzen Ariadnefadens, des ungeteilten Menschen), sondern mit der ethischen Unansprechbarkeit des Abenteurers und der Neugierde fast eines Schriftstellers.

Das Gewitter hatte Herrn Andree am Tage seines Einzugs auch gleich die erste Kundschaft in's Haus geworfen; nicht jeder Geschäftsneuling ist so glücklich. Verstand er aber den Zufall so und richtig, konnte er nicht umhin, auch den mächtigen Finger zu sehn, der auf den Apparat und auf die bereits Posierenden wies und *hic et nunc* gebot. Malerei hin, Malerei her, gute, schlechte, eine bessere, ja vielleicht die einzig wahre –: die reichlich gegönnte Zeit ist abgelaufen, eben jetzt, der Höhepunkt ist der Tiefpunkt, der gespiegelte Berggipfel wird nicht erstiegen, sondern ertrunken, und der echte Verdammte stürzt gerade in dem Augenblick zur Hölle, da er den Himmel berührt! Wäre sonst die Strafe begriffsvoll? Nein! Den Tantalus hungert und dürstet nicht wie einen hungernden und dürstenden Lumpenkerl auf dem kochenden Asphalt der Millionenstadt nach dem Abfall einer Garküche und dem Schluck aus einem Pferdeeimer, sondern nach der absoluten Reinheit, die nur dem Wasser mitgeteilt wurde, und nach dem Paradiesesgeschmack, den nur die Früchte enthalten. Er schmachtet als Kenner der Tafelfreuden des geistigen Lebens in einer ungeistigen Welt, der Unterwelt, wo solche Kennerschaft ewig verdienstlos bleibt und zu nichts nutz ist. Auf der Oberwelt sagt man Ei! oder Autsch!, fühlt sich, statt getreten, betreten und statt unglücklich, komisch. Die Halbheit erlaubt, wie sich von selbst versteht, keine Ganzheit, und das bis auf die letzte Dezimalstelle ausgerechnete Unvollkommene ist eben das Komische. Es wäre um Herrn Andree, und so auch um uns, weit besser, das heißt, ernster bestellt, wenn wir die selbstzudiktierte Verwandlung auch zur selbstgewählten Stunde vornehmen dürften, gegen welch' Begehren ein vernünftiger Einwand, scheint es, nicht erhoben werden kann. Wir gehen doch auch, nachdem sich um etwa zehn Uhr der Hunger geregt hat, Punkt zwölf zum Essen, und kein Zauberer serviert uns das Mahl *ex abrupto* schon um halb elf. Im Sittlichen ist es anders. Das ordentliche Hintereinander von geistlichem Hunger und geistlicher Sättigung ginge wider die Freiheit Gottes. Unser Entschluß, zu büßen, würde, wenn wir ihn nach eigenem Ermessen und zu dem uns genehmen Zeitpunkte durchzuführen vermöchten, den Schöpfer einem Entschlusse des Geschöpfs unterworfen zeigen. Der Herr nun verhindert auch den bloßen Anschein, es könnte sich so verhalten, dadurch, daß er wie ein Dieb in der Nacht kommt, was uns unserer dauernden und wesentlichen Unvorbereitetheit auf sein Erscheinen gründlichst innewerden läßt. Trotzdem dringt er, in den inspirierten Schriften, auf unsere Vorbereitetheit, als wäre sie möglich. Das soll uns nicht irremachen. Der Schöpfer ist auch der

Schöpfer der heuristischen Prinzipien. Woraus denn sonst – weil niemand sich von vornherein, aus dem bloßen Grunde unverdienten Existierens, lächerlich findet –, wenn nicht aus der erwerbbaren tiefen Einsicht, das einzige, überall und jederzeit von der Gottheit düpierte Wesen zu sein, sollte jene heilsame Komik entspringen, kraft welcher wir mit der absoluten Abhängigkeit und Unfähigkeit der eigenen Person ironischen Ernst machen?

Herr Andree sprang übertrieben viel hin und her; aber übertrieben viel nur für den verehrten Leser, der die Ruhe selber ist, wenn er die ihm gemäße Kamera auf die ihr ebenfalls gemäße Umwelt richtet. Sie verstehen einander im Zeichen der Technik; und das beruhigt beide bis in die Zahnwurzeln. Jedermann sieht jedermann auf der Höhe der Zeit. Der Photographierende imponiert durch eine Überlegenheit, die keine Kunstübung und kein Glaubensverhalten zu gewähren vermögen, und der Photographierte stellt eine echte, vierundzwanzigkarätige Zufriedenheit zur Schau, die er besser am Jüngsten Tage hätte, wenn ihm die zwölf Milliarden Momentaufnahmen seines Lebens vorgelegt werden. Warum also Herrn Andrees marionettenhaft schnelles und hohes Gehüpfe? Nur um die Plattenkassetten zu holen? (Obwohl eingeräumt werden muß, daß das Gepeitsche der Blitze und des Donners Schmeißen mit Blechgeschirr- und Granitwürfelkisten Beine machen!) Warum das Maulwurfgewühle unter dem schwarzen Tuche? Das gut zwanzigmalige Abwerfen und Wiederüberwerfen desselben? Das stets hierauf folgende Heben, Senken und Schwenken des schwerfälligen Apparats, als könnte ihm die Genauigkeit des bloßen Auges schließlich doch beigebracht werden, und als wäre von allen möglichen Sichten der Linse eine die unsterbliche? Die Wahrheit ist: einzig und allein der möglichst größte Aufwand an spannenden Vorkehrungen und rätselhaften Handgriffen vermag, dem zum Lichtbildner verurteilten bildenden Künstler über die ersten bitteren Augenblicke seiner recht primitiven neuen Autorschaft ein wenig hinwegzuhelfen.

Als Herr Andree endlich so weit war – vor allem innerlich! –, seine erste Aufnahme zu machen und damit seinen Abstieg vor

Gott und vor menschlichen Zeugen zu dokumentieren (Gesundheit Leibes und der Seele, nach schwerem Leiden an irgendeiner Eigenbedeutung, wird nur durch einen bindenden Akt der Resignation erkauft), hob das Unwetter den Akzent von der entscheidenden halben Stunde. Die Naturvorgänge stehen zum jeweilig gegenwärtigen Handeln der Leute nur mehr in einer deutenden Beziehung. Nicht sie machen uns, wie beschrieben, reagieren, sondern wir lassen sie erscheinen. Die Sintflut zum Beispiel erklärt nur, ebenso verständlich wie epigrammatisch, einen schon lange währenden allgemeinen Zustand der Verderbnis. Daß diese Erklärung vergebliche Schwimmbewegungen hervorruft und das Meer mit Wasserleichen pflastert, gehört nicht wesentlich zum Manifestwerden von Irgendwas, sondern unter den viel engeren Begriff der Katastrophe. Die Manifestation kann auch milde abgehn, ja bei positivem Vorzeichen, wie soeben. Der Regen warf die Schlegel weg, mit denen er seinen befeuernden Wirbel auf das Glasdach geschlagen hatte, und begnügte sich, mit den Fingern zu trommeln, deren aber immer weniger wurden. Die Blitze zuckten nur mehr matt wie sterbende Kohlweißlinge, und der Donner grollte schon mit sehr fernen Lauten, was eine unschuldige, Bösen wie Guten gleich eigentümliche Schadenfreude erregte. Im nächsten Dorfe saß vor Urzeiten ja auch der nächste Feind, und die primitiven Exzesse der Natur erwecken die primitiven Erinnerungen zu so blühendem Gefühlsleben, daß man sieht – wenn auch nie scharf genug –, wie sehr der zwischen damals und heute liegende Unsinn einer abstrakten Politik für die Katz' gewesen ist. Jedenfalls atmeten alle auf: die frommen Weiber, weil von ihrem irdisch prallen Fleische das Spirituelle der Todesdrohung zog wie das Räuchlein des stellvertretenden Widders und Gottseidank nicht des Isaac selber, ihr Meister, der ehemalige Maler, weil es nun, nach der sturmzerfetzten Verwandlung auf dem einsamen Gipfel der Schuld, schnell und fast lustig talwärts ging. Es ist sicherlich bemerkenswert, daß im zweiten Stadium eines Büßerlebens, es werde im Kerker oder in der Thebais zugebracht, fast immer der Eros wieder auftritt und, was die Züchtigung bezweckt, zu nichte macht, ohne natürlich an die

Haltung zu rühren – diese bleibt heilig als gewählte Form! –, aber mit dem Erkenntniseffekte, daß es tausend Weisen zu leben gibt und die Verwandlung in was immer, auch in den Überwinder des Lebens, nur eine unter ihnen, weswegen es keineswegs aus sich selber herausfällt, und möchte es dess' noch so gerne wahrhaben. Man soll sich also nicht auf eine einzige Weise versteifen wie die Selbstmörder, die eigentlich an galoppierender Geistesarmut sterben, insoferne nämlich sie zu wenig schuldig geworden und zu wenig unschuldig geblieben sind, um die lebensrettende Entscheidung für oder wider das Ethische treffen zu können.

Kurz und gut: am Abend nach der Lichterprozession, die von der Gnadenkirche aus-, bis zur Ahorn- und Tannenhalle und wieder zurück zur Kirche geht, fand unser bereits endgültiger Photograph, der zu dieser unpassenden Stunde hinter dem Turme Kleinholz gemacht hatte für den Morgenkaffee, auf der Spindeltreppe eine dralle Person, die ihre Fäuste gegen den *mons Veneris* preßte, als wollte derselbe, einer schon allzulangen Ruhe satt, gerade heute und jetzt sich vulkanisch erbrechen und sei nur mit Brachialgewalt noch ein Kurzes zu halten. Ein Anblick, der, wie man uns sagt, sehr viele Männer, statt erotisch, sittlich erregt! Nicht so Herrn Andree. Herr Andree hatte ja bereits den Kerkerboden geküßt, den letzten Boden, den man vor dem Sturze in's Bodenlose noch unter die Füße bekommt (wenn man sich so richtig verhält wie der ehemalige Maler!), und sah infolge dieses umfassenden Demutaktes keinen Unterschied mehr zwischen den Gottesgeschenken. Ob Schlange oder Spinne, Rose, Morgenwölklein, Himmelsblau: die Träne der gerührten Dankbarkeit perlt bei einem gesunden Mannsbild immer und für alles aus der Lende. Er klebte der prächtigen Stute einen Kavalleristenklaps an die Hinterbacke, sie sprang ehrgeizig vor ihm her, empor mit heftig wedelnden Röcken, die Beschälung war in Gedanken bereits geschehn, da – nein, nein, keine Angst, ihr kommt schon nicht um der beiden Genuß, nur einige Augenblicke später erst dazu (aber: drei Augenblicke dicht vor Schuß und Koit entscheiden oft über Leben und Tod, und das wissen die zum Füsiliertwerden Bestimmten und die zur Begattung Willigen nur allzutief)! –, da gab es ein, den zuständigen Göttern sei Dank, entzückendes Hindernis. In dem Atelier befand sich bereits ein anderes Weib. Es war vierzehn, höchstens sechzehn Jahre alt, lieblich wie ein Birkenstämmchen, und erwartete außer jedem Zweifel das Nämliche wie die Klatschrose von der Treppe, nur in krasser Unkenntnis der Einzelheiten, wenn auch bei richtiger Erahnung des Ganzen. So pünktlich ohne Uhr und Rendezvous und doch zu rechter Zeit und am Schicksalsorte stellt sich nur ein, was fallen muß. So, ohne gesehen zu werden, schlüpfen, wenn es draußen wintert, die Feldmäuse in's Haus. Herr Andree, den bereits fingernden Arm um die eine geschlungen, die wie ein Brillant an der Hand eines Zuschlagenden funkelte – nicht weil sie böse, sondern weil es bei ihr schon eine Viertelstunde über Sommer war –, betrachtete stolz die andere, aber nicht, weil sie im Aug' der andern ihn erhob, oder ihm die Gelegenheit bot, die eine gegen die andere zu erwägen, was eine Wüstlingsgelegenheit ist, sondern als ein reicher Bauer gleichsam, der aus dem pausenlosen Nacheinandereintreffen seiner Erntewagen das Bewußtsein und die genaue Summe seiner Gottgesegnetheit zieht. Der Gute wird deswegen nun nicht zweimal mittags zu Mittag essen, aber er wird jeden Tag des Jahrs profund zu essen haben. Das ununterbrochene Continuum: das ist der Segen! Eines Ehemanns regelmäßige Wonnen, nur bei regelmäßig wechselndem Weibe, wie in der Schießbude vor demselben Schützen das eben getroffene Huhn oder Ei gleich wieder hochgeht, unverletzt und erneut kraft des Gnadenzustands, der in einer solchen Bude nun einmal herrscht. Es war daher von seiten eines so Gesegneten nichts zu tun, das, was verteufelt nach einer sogenannten Situation aussah, zu lösen. Es befanden sich ja alle drei Personen – das Mannsbild durch die Gnade, die Weibsbilder dank diesem Mannsbilde – in vollkommener Ordnung; in einer bösen allerdings, wie der Herr Pfarrer bemerken müßte, wegen des sündhaften Zieles; und in einer um so strengeren, wie wir hinzusetzen, weil gerade dieses Ziel überaus anschaulich, durchaus erreichbar und eminent vernünftig ist (im Gegensatz zur Übervernünftigkeit des asketischen) und die es anstrebenden Personen gar keine andere Ansicht über seine drei Eigenschaften haben können als dieselbe, was eine Orgie weit selbstverständlicher erscheinen läßt als eine Prozession. Der eben vollzogenen Bestimmung zu Folge hat auch nur die hier in Rede stehende Sünde die seltene Eigentümlichkeit, einsichtig bis zu den Grenzen der wahren Weisheit und gütig bis zur Verwechslung mit der wahren Güte zu sein. Eine weibliche Person, die nur sich selbst setzen will, wenn nicht heut' so morgen, wenn nicht mit dem, so mit jenem Manne, und wenn, doch lieber mit dem Stärksten, dann auch um den Preis, nicht die Einzige in seiner Gunst zu sein, weder am nämlichen Tage noch überhaupt, entwickelt die allein ihr gemäße Tugendhaftigkeit und hebt, was bei dem geringsten abweichenden Verhalten Sünde wäre, auf. Wir sprechen – wie wir ausdrücklich erklären wollen, um nicht für Anwälte indiskutabler Begierden oder überspitzter Gefühle gehalten zu werden – weder von Lasterhaften noch von Liebenden, sondern von Naturgeschöpfen, die ihre atmosphärischen Störungen und Reinigungen erleiden wie ihre große Mutter auch und wohl als Christen sündigen, nicht aber als Menschen. Daher die reibungslose Mechanik, mit der unsere Puppen – denn mehr sind sie nicht in diesem ihrem Zustande der physikalischen Draht- und Gleisgebundenheit – aus der nur scheinbaren Verwirrung fanden. Jede handelte nur für sich, und das erklärt vielleicht ein wenig das glückhafte Wegsteuern vom verschlingenden Wirbel einer sogenannten Situation. Der Photograph fuhr der Klatschrose in's Hemd, die, wie ein Bildhauer beim Transport seiner Blöcke aus dem Atelier, ernsthaft nachhalf (nur die Lüsternheit würde sich schämen, mit Hand anzulegen), eine milchstarrende linke Brust dem Birkenstämmchen in die Augen springen zu lassen. Das heißt natürlich: diese Augen waren für sie, die jetzt kulminierte, gar nicht da. Ja, nicht einmal sie selbst war da: bestenfalls so weit da, daß sie mit einem Fingerspitzenrest von Person und wie blind eine weiblich geformte Schale abtastete, die äußerste Sphärenhaut ihres Kosmos leicht durchblutend, von seiner endlichen Unendlichkeit eine Ahnung erfuhr. Denn auf den klar zu erkennenden Organen steht ja mit mächtigem Dreifuß der von einer phallischen Kerze in Flammen gesetzte Julbaum des Triebs und lodert zur Decke. Wunderbares Einverständnis der Jungfrau und des Weibes, wenn das gemeinsam gemeinte Unreine nur rein gemeint wird! Eine kleine Nonne kann nach abgewiesenem unschuldigen Wunsche sich nicht demütiger von der eiskalten Äbtissin entfernen, als die sechzehnjährige Natur an den zwei Entbrannten vorüberging (nicht huschte!), die bereits von Stellung zu Stellung verglühender Scheite sich wanden. Aber auch kein Hund gesonnener sein, zu dem vergrabenen Knochen zurückzukehren. Es genügt zu sagen – und eigentlich sollten wir Schriftsteller dem Ephemeren, das den Nichtschriftstellern so wichtig scheint, nicht mehr Raum geben, als eine Nadelspitze zu bieten hat; weil aber die Moralisten nur diese Spitze bieten, übertreiben wir Schönheit und Weichheit des Hinterteils, das auf ihr Platz nehmen soll, und kommen so, bloß durch eine logische Opposition in einen, keinesfalls angestrebten, schwülen Geruch –, es genügt also zu sagen, daß, als der Mond die wenigen Schindeln auf dem Turmdach zählte (den weitaus größeren Teil desselben nahm die Oberlichte ein), die Kleine an das Türchen kratzte, nur kratzte; aber das Kratzen reichte hin für das Ohr des Wachtpostens bei einem Turm jahrelang nicht verschossenen Pulvers, und die ganz ungelernte Verschwörerin wußte, daß es hinreiche. Da pochen Gläubiger ungehört mit den Fäusten: Wir sind mit ihnen eben nicht in einer Verfassung. Da tobt ein Krieg, reißt uns selber vor's Maschinengewehr, plündert uns aus bis auf's Hemd und vermag doch nicht die Zahngrenze einer gähnenden Langeweile zu überschreiten. Nun: so verlief der erste Tag des neugebackenen Photographen, und der zweite, langsamsten Falles der dritte, hätte dartun müssen, daß an jenem nur der Zufall schuld gewesen. Manchmal steht schon mit der Morgenröte das Glück im Zimmer; Stunde für Stunde treffen die besten Nachrichten ein; der Tisch des Hauses trägt bereits eine Wolkenkratzerstadt von Geschenken: plötzlich wird die überaus höfliche Verbindung als eine irrtümliche abgeschaltet. Man hat die barsche Anweisung des Freudenpostoberoffizials beinahe gehört, und schon reitet der gewohnte traurige Zug der Hiobsboten hinkend wieder in den Hof. Jetzt aber war's nicht so. Hier war der Aufgerufene auch der Gemeinte.

Das Glück bei Weibern blieb ihm treu, selbst da, wo es ihm untreu geworden zu sein schien. In dem einen Falle nämlich war es auf das einzige Hindernis gestoßen, dem mit gesenktem Degen auch der Don konsentiert haben würde – in dem andern hatte es, ohne sich selber aufzuheben, jene seltene Veränderung durchgemacht, die wir am besten schöpferische Entwicklung nennen: Das Kind des Zufalls und der Kurzlebigkeit wird über einen unerforschlichen Ratschluß Gottes vom Gesetz und von der Dauer ergriffen und sieht sich, zu seiner Überraschung und auch Enttäuschung, in eine Sphäre emporgetragen, wo die Geschlechtsehre nicht mehr gilt und die Liebe doch nimmer aufhöret. Der eine betraf die kleine Bohumila, der andere die athletische schöne Magd.

Das böhmische Mädchen hatte noch nie ein Atelier gesehn und also auch noch nie den vom Himmel in ein Zimmer blikkenden, wie ein Bild ohne Gegenstände verglasten Himmel. Die anderen Böhminnen, Slowakinnen, Polinnen auch nicht. Aber sie besaßen auch nicht die wunderbare Gabe, die Allgegenwart Gottes sinnlich zu empfinden und sich ihrer Seelennacktheit verhängnisvoll zu schämen. Als Bohumila über die Ottomane geworfen war und schon halbgeschlachtet klaffte, wurde sie in einem Augenblick von dem wahrhaft schrecklichen, das Natürliche zum Anstößigen machenden Gedanken wieder zugenäht, sie läge, um mit jedem Fältchen der Vagina abgebildet zu werden für das Buch des Gerichts, unmittelbar unter dem wimpernlosen Auge Gottes. Sie lokalisierte den Allgegenwärtigen und dachte also (in Heniden natürlich) häretisch, weil sie am falschen Orte etwas Richtiges dachte. Unter einer blinden Zimmerdecke würde sie die eine Sünde haben meiden und die andere haben begehen können. Sie weinte zum Herzzerbrechen über beide: über die ihr unbekannte und über die ihr entgangene. Selten sind Tränen antinomischer geflossen.

Es war einer jener wundermilden fernsichtigen Spätherbsttage, an einem welchen von ihnen die Welt einmal untergehen wird. Der Himmel ist bis zur äußersten Dünne einer silbernen

Schale in's All hinausgehämmert, jetzt und jetzt muß das auf sie drückende Jüngste Gericht durchbrechen. Der Herr hat zum allerletzten Male seinen Zorn überwunden und läßt für wenige, höchst verdächtig schöne, Stunden die Sonne, wie einst und wie nie mehr wieder, aber ihr abgewandt – er will sozusagen ihre Falschheit nicht sehn –, einlullend über Gerechte und Ungerechte scheinen. Herr Andree hatte nichts zu tun, weder als Photograph noch als Liebhaber, noch als beide zugleich. Hochzeiter, Täuflinge, Erstkommunikanten, Militärurlauber, Sommerfrischler waren zur Zeit nicht und nicht mehr vorhanden, die wenigen einheimischen Mädchen, denen er auf ihren Weg verholfen, schon verlobt – woran man sieht, wieviel ein sachlicher Lehrmeister wert ist und wie wichtig für die Hauptsache die Nebensache, was die Integralisten der Liebe bedenken sollten – und die frommen Wallfahrerinnen in ihre Winterquartiere befriedigt zurückgekehrt. Herr Andree machte also einen Spaziergang; einen seiner abrupten Spaziergänge. Andere überlegen zu Hause oder noch schnell an der Haustüre, wohin sie ihre Schritte lenken sollen. Der Körper des Photographen aber war nur das Pferd, dem der fahrende Ritter vom Verstande überläßt, wohin es ihn heute tragen will, und der in dem nicht im Mindesten vernünftigen Entschlusse des Tieres das übervernünftige, reine Gottesurteil sieht. Der dezidierte Nichtentschluß, der dem Abschnurren einer Mechanik voraufgeht, wählt nicht den kürzesten oder den längsten, den schönsten oder den bequemsten Weg, er wählt, wie sich von selbst versteht, überhaupt nicht, sondern nimmt den einer von einem Blinden abgefeuerten Kugel. Ob sie die Bahn frei findet oder gleich in eine Mauer fährt: sie saust begrenzt unsterblich dahin oder verbohrt sich kurzlebig, beides in vollkommener Unkenntnis der Welt, eines Zieles in ihr und ihrer selbst. Was sie ausrichtet, Treffliches, Verfehltes, Nützliches, Schädliches, kann also tatsächlich Gottes Willen gewesen sein, weil sie ja einen eigenen Willen, der sie hinderte, jenen zu erfüllen, nicht besitzt.

Herr Andree überquerte auf der kürzesten Linie die Dorfstraße, rauschte mitten durch den schon ausgeräumten, von rostigen Kastanienblättern bedeckten Gastgarten der »Kaiserkrone«, schnitt scharf das hinter der »Kaiserkrone« vorbeiziehende Regenwurmstück eines Sträßleins, das nur zu den Feldern des Wirtes führte, und stach, von keinem Grunde bewogen, sondern auf einem tiefergegründeten Gleise schnurgerade dahingezogen, gleich in die zwischen Alberting und Amorreuth rollende Hügelsee; ein Glück, daß sie nicht das wirkliche Meer war: er wäre auch in die erste Brandungswoge gedrungen und in ihr ersoffen. So sehen wir ihn denn gerettet auf der ersten glattgeschornen Walze stehn, im Wellental verschwinden, trocken auf der zweiten Kimme erscheinen und so fort, immer aber als ein Punkt seiner eigenen Geraden, nicht um Haaresbreite von sich entfernt. Auf diesem Wege nun, den der Kontemplierende kennt, nach vielem Nachdenken einschlägt und wenigstens zu Anfang bewußt geht, auf diesem Wege, behaupten wir, mußte Herr Andree zu dem Ziele kommen, das (nicht er sich gesetzt hatte, sondern) ihm schon in allen Ewigkeiten gesetzt worden war. Da saß sie auch, am ersten sanften Abfall der, sagen wir, sechsunddreißigsten Walze, nicht früher zu sehen als in dem Augenblicke auch schon des Fußtritts auf ihren Kopf, mit bequem gespreizten, gewissermaßen ausgehängten Beinen, in ihrem gewöhnlichen blauen Kittel, darunter kein Hemd, kupferrot glühend alles Nackte an ihr (auf einer Grundlage von schwarzer Kohle) von der untergehend übergehenden Sonne und einen Kranz von Herbstzeitlosen, nach Kinderart gesteckt, im Schoße, in dem auch, das Innre nach Oben, gedankenvoll-gedankenlos, die Hände lagen wie Füllen, die sich auf dem Rücken gewälzt haben und erstarrt sind, die schöne Magd. So genau einander im Unendlichen treffend, als hätten sie, wo es keine Zeit gibt, die Zeit verabredet, und wo keinen Ort, den Ort; und so fern den Menschen, die, unsere Feigheit und unsere Falschheit (in der Idee, in der Einsamkeit uns fremd) auf den Plan rufend, ein Trotzdemauseinander- oder Aneinandervorbeigehn unmöglich machen: würden sie einander gar nicht haben vermeiden können, wenn dies auch in ihrem Sinn gelegen gewesen wäre. Aber es lag gar nicht in ihrem Sinn. Vielmehr war dieser Sinn von allem Anfang an, zwar mit keinem einzigen entschiedenen Willensakte oder – um es getreuer zu sagen – mit einer ununterbrochenen Reihe von solchen Willensakten, die über den Begriff der Gattung den des Individuellen, und so, was sie eigentlich wollen, verloren haben, auf diese Begegnung gerichtet gewesen, weswegen sie die unbewußt zurückgelegte lange Strecke jetzt, am unverhofften Ziel, im Lichte des Bewußtseins erblickten, und über das beinahe Scherzhafte einer also tiefen Führung lächelten. Vom Standpunkt stets bereiter Beischläfer war die Gelegenheit überaus günstig. Der Abhang im denkbar sanftesten Winkel geneigt – die schiefe Ebene der Moral in ihrer vollkommensten sinnlichen Erscheinung –, weit und breit kein Mensch oder einer auftretenden Falls sofort zu erblicken, vom Weib, das nach Westen, vom Mann, der nach Osten über die Kimme äugt, der Abend nahe, und die Entspannung des Geschöpfs also im Einklang mit der Natur. Verstärkt wurde die günstige Gelegenheit noch durch den Charakter der Ferialität. Als höhlenbewohnender Maler und Photograph werkte Herr Andree am natürlichsten zu Hause, und zur schönen Magd gehörten das den (finstern und schmutzigen) Verdauungstrakt der Gäste symbolisierende Labyrinth der Schweine-, Hühner- und Kaninchenställe und die sackverhüllte Exemptheit ihrer Abdecker- und Scharfrichterstube. Eine Leprosenknarre, ein gelber Fleck, oder eine schwarze Halbmaske wären ihr, je nachdem, ebenfalls angestanden, ohne allerdings das Dunkel des Mythischen, Pestilenzischen oder Unnahbaren ihr noch wesenseigentümlicher machen zu können. Und nun lagen sie fern ihrem *genius loci* auf einem *tertium comparationis*, das Liebende – und solche waren sie, wenn auch nicht welche dauernden Betriebes – zu den höchsten Leistungen und ingeniösesten Erfindungen anzuregen pflegt, wie die heimlichen Stelldicheins, die Entführungen und die gefahrgeladenen Schäferstunden der Ehebrecher dartun. Daß die schöpferische Situation sie unfruchtbar gefunden hätte, wenn sie noch von ihrer Ebene gewesen wären, davon kann keine Rede sein. Im ersten Augenblick waren wohl das Gewöhnliche und das Gewohnte stärker. Das stets bereite Weib und der jetzt dauernd stierisch gereizte Mann würden, wenn nicht ein subtilerer Eros den Finger verneinend bewegt hätte und eine seltene mechanische Unfähigkeit sie nicht haben zu sich selber kommen lassen, über das feine Hindernis hinweggefahren sein. Sie merkten aber gleich die ausnahmehafte Unzuständigkeit der Routine, und zwar an einer überaus süßen, wohl noch geschlechtlichen, aber schon, widersprüchlicher Weise, wehmütigen, erinnerungswärts, nicht auf die einen anderen Tempus gar nicht denkenkönnende Gegenwart gerichteten Regung. Das erstaunte die zwei gesundesten Menschen, nicht nur der engeren Gegend, sondern vielleicht der ganzen, mit den Rebschnüren ihrer Unaufrichtigkeit gefesselten Zeit, sehr. Sie rangen eine Minute lang – während sie das Entzücken, aufeinander gestoßen zu sein, wie eine Maske abnahmen und in dem Maße immer höher hielten, wie sie immer tiefer in die Enttäuschung einsanken – mit der Beleidigtheit und der Entfremdung. Es wird ja bei jedem Übergang von einem alten in einen neuen Zustand der Punkt erreicht – er liegt genau in der Mitte –, auf welchem das zu Verwandelnde genau so wenig weiter will wie das Kalb vor dem Metzgerladen, und um jeden Preis in die bereits bekannten Begriffe und, lieber als über die Klinge des Neuen zu springen, in die abgestandenste Physik zurück. Weil du mich nicht liebst, tust du dies oder jenes nicht. Du hättest dies oder jenes getan, wenn du mich geliebt haben würdest. Das sind Schulübungssätze, verfertigt in einem Alter, und lehrreich für ein Alter, das, und weil es, das von diesen Sätzen abgewandelte Erlebnis nicht kennt. Aber es ist begreiflich, wenn auch nicht verzeihlich, daß die Mehrzahl der Menschen (und was in uns selber der Mehrzahl anhängt) in ihrer panischen Angst vor dem Unbekannten sich von der Glockenstube ihrer allzu himmelnahen Erwachsenheit in die Schulstube der Kinderzeit hinunterstürzt, wo sie des wunderbaren Tatbestandes belehrt worden, daß gerade am vollkommen ausgetrockneten Bach des Lebens die logische Mühle auf's Schönste klappert, demnach auch auf's Vortrefflichste funktioniert. Es dauerte also die Versuchung zu Apperzeptionsverweigerung nur eine Minute, und nur deshalb so kurz, weil sie im ganzen Bereich des Leibes und der Seele beider, trotz geschäftigsten Hin- und Herfahrens, keinen Defekt fand, auf dem, als auf einem unbewußt mittönenden *basso continuo*, sie die völlig substanzlosen Figurationen des Wassertretens hätte aufbauen können. Und so blieb die Schlange inmitten des Weges von ihrer alten zu ihrer neuen Haut liegen und verreckte an ihrer spielend leicht festzustellenden Nacktheit. In der ersten Sekunde schon der nächsten Minute hatten sie das Wunder des bei voller Größe Schlüpfens durch ein Nadelöhr in einen neuen Raum, so weit und so schön wie der alte, vollzogen. So, wie sie einander jetzt ansahen, befreit, aber von nichts Unliebem, beseligt von einer Überwindung, die aber nichts Unseliges überwunden hatte, tanzt der Korken auf dem Ozean, schifft das Faß auf dem Niagaraflusse dahin, das in dessen Katarakt nicht zerschellt ist. Fast schämten sie sich voreinander, weil sie nicht mehr zu tun vermochten, wessen sie sich hätten schämen können, wenn sie vor dem Natürlichen Scham besessen haben würden. Es ist peinlich, nackt und geschlechtslos zu sein, und es dauert eine verlegene Weile, bis der Geist seine ganze Schleppe von Urteilen und Vorurteilen für immer auf der höheren Ebene zusammengerollt hat. Und für eben diese Weile – während die Umordnung des Hauses statthat und die Bewohner nicht in das Haus können – macht man die sinnvollen Gebärden von früher sinnlos weiter und verzweifelt über den Mangel einer richtigen Bewegung, weil der Geist noch immer nicht eingesehen hat, daß es ab nun überhaupt keine Bewegung mehr gibt, ebensowenig wie ein Korrespondieren zweier Universen. Man fährt einander über's fremd gewordene Haar, man preßt Körper an Körper, ohne ihm die Ehre der vollen Erregung geben zu können, man tauscht Küsse mit Lippen, in denen der ungewollte Widerstand eigenwillig bis zur Härte von Leder anschwillt, man möchte sich lösen aus dem Umklammertwerden von Händen, die die Schriftstelle, auf der sie liegen, nicht mehr deuten, nur noch drücken, und für die Augen des künftigen Nächsten, der sie wieder deuten wird, verdecken, und schlägt sich im selben Augenblick dieselben Hände, voll Reue über solches Fühlen und Denken, noch tiefer in's Fleisch. Ja, der Abschied vom Fleische ist nicht leicht, selbst dann nicht, wenn er, wie hier, nur von dem eines einzigen Wesens, nicht von dem aller Menschen des anderen Geschlechts genommen wird. Aber, weil sauber und aufrichtig bei der einen bestimmten Person geblieben wurde von beiden Personen, die einander zur genau selben Zeit nicht mehr verstanden – was das Verständnis für das Nichtverständnis sofort wieder etablierte –, senkte sich nicht jene fürchterliche ideologische Nacht über die beiden und über die ganze Schöpfung wie über jenen Teil des Meeres, in welchem ein Tintenfisch seine ganze Tinte abzublasen für gut befunden hat, sondern nach der nur kurzen Verdunkelung durch den tragisch dazwischentretenden Mond strahlte die Sonne wieder mit der alten vollen Macht, allerdings über ein gründlich umgestürztes, kielobentreibendes, zum gewöhnlichen Gebrauche untauglich gewordenes Leben. Als der Rest der noch von früher her, aus echten Situationen, vorhandenen Triebkräfte erschöpft war, wälzten sie sich für immer auseinander, nicht wie Enttäuschte oder Beleidigte, sondern wie gespaltenes Holz auseinander fällt, mechanisch, nicht willentlich, in jedem Scheite Holz vom selben Holze, getrennt, nicht geschieden. Sie hatten jetzt auch die Verwunderung überwunden und lagen Hand in Hand statt Fleisch in Fleisch, milde rekonvaleszent nach der gelungenen lebensgefährlichen Operation ihrer Zwillingsschaft.

Nun kommt der Winter, der erste und letzte, den wir in diesem überaus langen Kapitel erleben, denn mit Ende desselben, und des nächsten Jahres, liegt die Kartause so verlassen da, wie wir sie eingangs geschildert haben, und ist das lemurische Bauwerk in die traurige Gesellschaft der Wahrzeichen und ausgeräucherten Wespennester eingetreten. Es ist jetzt also an der Zeit, die keinen Augenblick unterbrochen gewesene Hingeordnetheit unserer Personen, auch jener, die bis jetzt nur wenig oder gar nicht gezeichnet worden sind, auf dieses Ziel, in ihrer katastrophalen Phase, zu zeigen. Gehen wir nach ihrer Bedeutung für unsere Geschichte, mit der unbedeutendsten (nicht für die Geschichte, sondern als Person, was ihr wieder Bedeutung gibt) beginnend, vor!

Schon ihre erste Begegnung hat ahnen lassen, daß der Maurermeister, Anstreicher und Tischler, Architekt und Buchbinder,

Töpfer und Kupferschmied Strümpf (das alles nämlich ist er; und weil er *ab initio* so vieles ist, kann er – natürlich nur horizontal wuchernd, nicht vertikal organisch wachsend – noch alles Mögliche werden), daß der Realschüler nach Vorbildung und Gesinnung, der Philhellene als Flüchtling vor der eigenen Zerrissenheit in eine fremde angebliche Harmonie sich mit Herrn Andree in ein ebenso tiefes wie mißverständliches Einverständnis begeben werden wird. Diese Ahnung ist Tatsache geworden durch sein Verhalten bei der Grundaushebung, das ihn im Ausdeuten gar nicht geäußerter Wünsche oder im ernsten Ausführen nur ironisch gemeinter so original gezeigt hat einerseits – denn im Nichts ein Etwas zu setzen, ist aller Schöpfung Anfang –, andrerseits so hündisch beflissen, einem nicht gepfiffnen Pfiff zu folgen, daß ab dem kein Zweifel mehr darüber herrschen kann, daß, zwar nicht der Freund den Freund, die schwergeschriebne Seele den Entzifferer, wohl aber ein suggestibles Wesen einen Suggestor gefunden hat, welche Findung außerhalb der Liebe und der Freundschaft eine dritte nicht vorgesehene, rein dämonische Position hervorbringt. Eine solche Leistung bindet; allerdings nur das auf den eigenen Geschmack gekommene Gericht an seinen Koch: Es wünscht, immer neu zubereitet zu werden, suggeriert dem Suggestor immer kompliziertere Gewürzphantasien und würde, wenn es nicht eben Medium wäre und seine tiefste Befriedigung nicht eben darin fände, eines zu sein, bald eine richtige Meisterhand an sich selber gelegt haben.

So sehen wir denn Herrn Strümpf in der Zeit von damals bis heute oft und oft, in anfänglich nur wie regelmäßig scheinenden, später schon auf den Tag zu errechnenden Abständen, die vom Hin und Her des Sympathie- und des Antipathiestoßes, der erste kurz und heftig, der zweite lang und in Deltabreite versumpfend, gebildet wurden, bei Herrn Andree auftauchen, unerwünscht, auch wenn er weder die photographische noch die erotische Arbeit störte, und doch mit jener Macht, empfangen zu werden, ausgestattet, die Menschen, deren heimliche Schuldner wir sind, über uns besitzen. Ihn zog's zum Meister; und indem er durch seine defektuöse Empfänglichkeit diesen reizte, ihn zu befruchten, zeugte er in diesem ein schlechtes Gewissen. Man sieht nun klar das Dämonische jener dritten Position, der bloßen Domination, und ahnt was vom höllischen Liebesakte, der, soweit ihn die menschliche, grundsätzlich auf's Gute gerichtete Sprache faßt, aus unwiderstehlichem gemeinsamen Ekel für einander geschieht. Beinahe ebensooft aber, wie er ungescheut sich vermaß, den Turm zu betreten – wenn das Törchen nicht versperrt war; war es dies, so beleidigte ihn der Umstand weder, noch ärgerte er ihn, sondern erfüllte ihn mit köstlichem, fruchtbarem Neide (in der Mathematik eines solchen Wesens bedeuten alle Vorzeichen ihr genaues Gegenteil) –, begnügte er sich, den Turm, der außer einem Stiegen- und einem Küchenfenster keine Fenster besaß, ungeniert zu beäugen, abzuschnüffeln wie der Hund einen saftigen Eckstein, ausführlich zu betasten wie eine gekaufte Frau. (Dieselbe methodische und hintergründliche Unappetitlichkeit veranlaßte Herrn Adelseher, zu sagen, daß der Neidhammel, der Giftschippel, der Grantscherben, der Rattenkopf immer alle Ziegel auf einem Dache zähle, sooft es ihn drunten vorübertreibe.) Nicht daß er, ausgesperrt, wenigstens einen Zipfel der Vorgänge im Turminnern, bei ihrem Hinein- oder Hinauswehen, zu erhaschen getrachtet hätte! O nein, von der zeitlich erst später sich dokumentierenden Mullmannschen Neugierde war keine Spur in ihm. Die Neugierde ist ein echt rationales und eigentlich recht mühseliges Mittel, zu erfahren, wessen wir zum Zwecke unserer Fortbildung oder eines ruhigen Schlummers bedürfen. Herr Strümpf brauchte nicht das Geringste von den (immer nur zufälligen) Emanationen des Turms weder zu sehen noch zu hören, denn er kannte auf's Genaueste, und zwar aus der noch unter's Feigenblatt der Scham blickenden Sklavenperspektive, seinen Besitzer oder das, was nur dieser, und nur wenn der Suggestible ihn reizte, produzierte, absonderte, Henidäres, Ephemeres, blutig noch vom ersten Losriß aus der Stofflichkeit des Hirns und virulent wie eben vergossener Samen, und so kannte er den in eine Nußschale gehenden Geist, der den Turm ersonnen hat, der ihn dauernd penetriert, handelnd nicht stärker als nicht handelnd, und so genügte ihm gelegentlich, den puren Turm auf sich wirken zu lassen, wie der zur Meditation Entschlossene den konzentrierenden Punkt an der Wand, um dem Erkenntnisgegenstande gleichgestimmt und von analogen Fähigkeiten zu werden. Wir brauchen eigentlich nicht ausdrücklich zu sagen, daß der Tausendsassa weder in Fragen noch in Blicken zudringlich war. Das hatte er bei dem Riesenorgan von Empfänglichkeit nicht nötig. Er war als Ganzes zudringlich. Er befand sich also, wenn auch als das viel kleinere und primitivere Fahrzeug und natürlich nur in der ihm zustehenden bescheiden großen seitlichen Entfernung, immer auf der Höhe mit dem Meister vermöge seiner unbewußt virtuosen Handhabung des nervlichen Teleskops. Mit welchen Ideen er von dem phallischen Turme geschwängert wurde, soll man sogleich an einer derselben erfahren.

Es war sehr sinnig von Strümpf – zum Zynismus fehlte ihm eine scharfe, übersäuerte Ichdefinition; und so blieb es bei einer zweideutigen Sinnigkeit –, die in ein trostloses Provinzjenseits von wenigstens fünfmonatiger Dauer schon ergebenen Recklinger während ihres Allerseelenganges zum und vom Friedhof durch an die Wand geschlagne und in die Hand gedrückte himbeerfarbene Zettel überraschen zu lassen. Die Flamme des Lebens züngelte wieder. Witwen und Waisen freuten sich, den teuren Toten überlebt zu haben. Und Viele, die noch Wen hatten, den sie lieben konnten, dachten ein bißchen liebloser an ihn. Wessen Elixieres Erfinder war nun Herr Strümpf? Was stand auf den Zetteln? Daß die Truppe des Direktors Merviola ihr sensationelles Gastspiel am sechsten November, welcher ein Samstag war, im Festsaale der »Blauen Gans« zu beginnen die Ehre haben werde. Und jetzt – nachdem die Vaterschaft des Turms außer Zweifel und als solche auch nicht weiter zu bewundern – bewundere man, in welch' kurzer Zeit und unter welch' kompressen Schmerzen die Strümpfsche Suggestibilität ihr Kind ausgetragen und zur Welt gebracht hat! (Die Frage, warum gerade ein Theaterkind, wird schon wenige Zeilen später sich von selbst beantworten.) Die Stadtväter, deren einer er selber, zu überzeugen, kostete nur eine Sitzung: Strümpfens Beredsamkeit war die sichere Mausefalle seines Publikums. Er sprach kein Wort von dem Vergnügen, das sie an dem Spektakel finden würden, sondern nur von der sittlichen Pflicht, dem lieben Nächsten ein solches zu bereiten. Er ließ sie Recklingen mit Athen verwechseln, das Schicksal seines Einfalls mit dem Schicksal der Kunst. Als der Plan die vollkommenste ideologische Verschwommenheit erreicht hatte, wurde seine Ausführung beschlossen. Ein ihrer Lippen- und Mienensprache nicht kundiger Zuhörer von Rede und Debatte hätte allerdings glauben müssen, dem Begräbnis des Vorschlags beizuwohnen: in einem solch' strömenden Regen herabgezogener Mund- und Augenwinkel fand die Verhandlung statt. Wie aus dem After der Kuh schwunglos senkrecht der Mist fällt, rollte durch Strümpfs Postkastenschlitz ein langer, monotoner, auf Closettpapier geschriebener Brief ab und zu Boden. Es schien ein krampfloses Sichübergeben ausgeleierten Hirns. (Wie der eigentliche Vorgang der Familien-, Stammtisch- und Zerstreuungsstättengespräche sich beschreiben ließe.) Es war aber eines Suggestiblen meisterhafte Anwendung des Sprichworts: Im Hause des Gehenkten spricht man nicht vom Strick. Nicht so schnell ließ die »Blaue Gans« sich fangen. Die Widerstände eines handfesten Wirts gegen einen andern Segen Gottes als den gewohnten über dem Zuspruch von Bauern, Fuhrleuten und Dämmerschoppenbürgern sind die des profunden Spezialisten gegen den Universalisten, der einer Zeit ohne *analogia entis* natürlich ein Windbeutel erscheint. Warum, wenn man Bier und Würste mühelos direkt verkauft, die Einschaltung vermittelnder Komödianten? Heißt das nicht, der ohnehin kräftig zupackenden Vorsehung wie einer schwächlichen unter die Arme greifen? Man sieht: mit der ideologischen Falschspielerei, die den Verlogenen strenge Geheimhaltung und ungestörte Nutznießung ihrer Verlogenheit garantiert, war dem ehrsamen, in der Henide wenigstens noch echt religiös denkenden Volksmanne nicht beizukommen. Der Suggestible mußte rohe Gewalt anwenden: den Narren spielen, der er ja auch war, in der Verkleidung eines Theaternarren, den er nur im Dienste einer andern Narrheit spielte. Nun: so abscheulich uns gelernten Zuschauern ein Kranker ist, der vor seinem Krankheitsbilde die verzückten Erklärerverrenkungen dessen Schöpfers macht, so erfolgreich wirkte das Doppeldrama auf den Wirten. Wie einem Trunkenen spaltete sich ihm der Blick: Er sah in dem Suggestiblen zugleich die höchste und die widerlichste Form des Menschen. Offenen Munds bestaunte er Strümpfens Fähigkeit, für eine geheime Leidenschaft überzeugend zu werben, dadurch, daß er sie schamlos verriet, und mit zusammengebissenen Zähnen verachtete er im nächsten Augenblick diese Leidenschaft und diese Fähigkeit. Dennoch: zwischen gesträubtem Haar und sich erhebendem *fascinum* gibt es nur eine Wahl. Der Sog nach unten ist mächtiger. Aber: der Storchinger, so für Strümpfs Vorschlag gewonnen, ging Strümpfen für immer verloren. Denn: wer den Bürger dazu bringt, ihn zu verstehn, den streicht der aus der Liste der Bürger. Als sie den schon von jeher so genannten Theatersaal feldherrisch betraten – er hatte nur zu Tanzunterhaltungen gedient, das blind vorausschauende Podium der aufspielenden Kapelle –, stand in der einen Hälfte des Wirten bereits der Entschluß fest, dem Universalisten nie mehr einen Anbau oder einen Kasten in Auftrag zu geben. Ja, er begriff nicht, daß er ihm je hatte einen erteilen können! Der Mann war ja windig durch und durch, und ist's natürlich schon immer gewesen. Wohl, seine Ställe, Scheuern und Möbel standen wie anderer Hervorbringungen auch. Aber ihre Trefflichkeit war ab jetzt nur Schein. Hat man nicht schon oft einen dürren Zweig für eine Schlange gehalten? Und nachts oder bei Nebel ein behäbiges Bäumchen für einen bemäntelten Laurer? Nein, nicht der materialgerechte Holzwurm nagt an den Strümpfschen Meisterstücken, sondern ein viel profunderer Schädling, ein geistiger, der Zweifel nämlich am Meister selber, welch' primärer Zweifel über kurz oder lang allerdings zum richtigen Holzwurm werden muß, oder zu feuchtem Holze, das sich wirft, obwohl trockenes verwendet worden. Auf welche Weise jedoch die Materie das heimlich gefällte Urteil des Geistes vollstreckt, das frage man nicht uns, die wir zwar schon des öftern solchen Hinrichtungen, auch der eigenen – doch allzu heftig vor den abgeschlagenen Kopf gestoßen, um was denken zu können –, beigewohnt haben, sondern die weiße, in Teufels Namen, auch die schwarze Magie, oder noch besser, wenn man Geduld hat und zehn Jahre warten kann, die Psychochemie, eine erst aufkommende Disziplin, der wir gerade mit diesem Kapitel besonders zu dienen glauben. Wir begnügen uns also für jetzt, zu behaupten, daß der ganze Weltbau dauernd wie eine Folterbank knarrt und wie ein Schafott bebt und staubt, und halten uns weiter als an das einzig Sichere an den unwissenden Delinquenten des abgehandelten Prozesses. Der vom phallischen Turm – nun erst enträtseln sich uns die anfänglich so harmlosen Formen einer holländischen Windmühle, eines deutschen Baumkuchens und einer chinesischen Pagode zum polyglotten *fascinum* – faszinierte Strümpf ahnte, wie begreiflich, nicht im Mindesten, daß er seinen vollen Sieg als Kunstfreund mit seiner totalen Niederlage als Handwerker erkauft hatte und sein Leben lang für die Freude dieser Stunde würde leiden müssen. Ja, er glaubte sogar, den Rang eines Architekten, unter Beibehaltung des goldenen Bodens eines Handwerkers, endlich erworben zu haben – glücklicher in der »Blauen Gans« als mit den polychromen heroischen Gänsen aus Kariae damals in der »Kaiserkrone« –, weil der Storchinger, mit der nach unten ausschweifenden Handbewegung eines Feldherrn, daraus die Erlaubnis zu plündern in die Köterregion des uniformierten Gesindels gleitet, ihm den ganzen Saal zu beliebiger Adaption preisgab. Es soll nur der endlich an Tag gekommene Unernst des Mannes, eh' er wohlverdienter- und unerwarteter Weise in den Ernst des Bettelstabes verwandelt werden wird, an den ihm zutiefst entsprechenden luftigen, nichtigen Bauten eines Theaters sich erweisen! Der Ruhm wird sein Ruin sein! Niemand wird als Lorbeer einen biederen Tisch, einen soliden Sessel von ihm erwarten! So also erwarb sich unser Strümpf nicht einen Feind, das war der Storchinger gar nicht, sondern seinen strengsten Richter, und auch als einen solchen hätte der gute Wirt sich nie und nimmer begriffen. Aber was tut's, ob einer weiß, was er tut, und ob er ausdrücklich denkt, was er denkt! Das eine macht schlimmsten Falls zum Büttel, das andre besten Falls zum Philosophen. Und schafft, was sich nun einmal vollziehen muß, weder diesen noch jenen, so vollzieht sich's doch. Wozu sonst hätten wir ein Unter- oder

Unbewußtsein? Es wäre schlecht bestellt um die Gerechtigkeit, wenn sie immer auf die gelernte Justiz wartete, und um die lebensnotwendige dialektische Spannung, wenn sie erst Wort des Denkers werden müßte! Nein, so wie sie jetzt durch den fröstelnden, grüngestrichenen Saal schritten, der nach feuchter Wand und saurem Wein, nach faulendem Laub und gedüngter Erde, ein bißchen nach Äpfeln, ein bißchen nach Zwiebeln roch, die in zwei Ecken aufgeschüttet waren und einander die gedachten Logen zeigten, die Schemen der Sesselreihen, die Schlucht des Orchesters, den darüber halb aufgegangenen Mond des Souffleurkastens, den herabgelassenen Vorhang und seine Bemalung, die jeder, nur jeder anders und, wie er fest glaubte, genau wahrnahm, und endlich die offene Bühne, den weit aufgerissenen, von ihnen selber, durch den Druck des gesteigerten Denkens auf den Knopf der Illusionsmechanik aufgerissenen Rachen der inneren Unterwelt, die, wunderbarer Weise hinausgeklappt, nun wieder reintegriert werden muß, schienen sie beide von derselben Leidenschaft ergriffen. Und doch meinte keiner das Theater selber! Der Storchinger arbeitete am Desavouieren des Strümpf, Strümpf daran, Herrn Andree auszustechen, in beiden arbeitete das Schicksal, und im Schicksal arbeitete die göttliche Providenz. Und da glauben gewisse Leute noch, die sogenannten Idealisten, irgend etwas würde um seiner selbst willen angezielt, was doch so kurzwegig und also gar nicht idealistisch wäre, wie es etwa der Hörnerstoß des Bullen in den Bauch seines Treibers ist! Nein, der echte Idealismus geht über die resignierte Einsicht in die Unmöglichkeit und Lächerlichkeit geradezu einer Komplexheit von immer unendlicheren Ausmaßen entgegen. Ihre Zahl ist eine beliebige astronomische. Wir können hier ja immer nur jeweils einen jener gekrümmt verlaufenen Umwege des providentiellen Strahls zeigen, der das mit dem verbindet, doch glauben wir, gleich mit einem wahren Schulbeispiel für die höhere und einzig richtige Fruchtbarkeit der Parabel – das uns des statistischen Nachweises der Wald- und Wiesenfälle überhebt – aufwarten zu können.

Von einem nüchternen Leser wird schon des längeren bemerkt worden sein, daß der Suggestible das Pferd beim Schwanz aufzäumt; eine Torheit, die dem jüngsten Stallpagen bei Pegasus nicht zuzutrauen ist. Herr Strümpf hatte die Finanzierung des Spektakels sichergestellt, den Ort, wo es toben konnte, sich selbst bereits mit zusätzlicher, unbezahlter Arbeit belastet, die *prima conditio* aber, die alle seine zweckmäßigen Vorkehrungen erst auf einen Sinn fädelt, hatte er noch nicht erfüllt: Zur reichlich späten Stunde, da er mit magnetisierenden Strichen den trostlosen Saal so erfolgreich behandelte, stand weder die Truppe des Direktors Merviola noch sonst eine in Aussicht, ja – wenn man Recklingens und Strümpfs Entfernung von solcher Welt richtig, das heißt in der hier einzig anwendbaren Sprache, ausdrückt – nicht einmal noch in den Kinderschuhen der Gasförmigkeit. Trotz echter Geburtswehen und angestrengter Mithilfe des Kreißenden handelte es sich um eine lächerliche Scheinschwangerschaft. Wirklich? Für so verrückt halten Sie unsern Strümpf, dessen abwegige Wege doch mehr Gescheitheit verbrauchen, wenn auch nutzlos, als Ihre geraden? Oder uns – wenn er nicht verrückt ist – für Erzähler von Geschichten, deren Unglaubwürdigkeit auf den ersten Blick nach außen springt, wie aus dem schönen Hexenmund die häßliche Maus? Sollte die seltsame Unbesorgtheit Strümpfens bezüglich des Wichtigsten, dessen unbegreifliches Gelassenwerden auf Zuletzt, bei welchem – um ein gelindes Wort zu brauchen – Leichtsinn uns der Atem stockt und wir die fiebrig tickende Uhr ziehn, das seiner schon überfälligen Ankunft noch völlig ahnungslose Ding herbeizubeschleunigen, nicht doch einen zureichenden Grund haben? Ist es vielleicht das Vertrauen in die göttliche Führung, die, wenn der Mensch nur genügend denkt, ihn lenkt? Nein, zu Strümpfs Projekt hat Gott nichts zu fügen, und Strümpf ist, auch ohne bewußte Dezision dawider, nicht von der Partei Gottes. Naturen wie Strümpf sind in einer Weise selbständig, wie etwa Nieren- oder Gallensteine, die jede Hilfe durch den Organismus, in dem parasitiert wird, ausschließt. Der Tod des Wirts oder das Messer des Chirurgen ändern nichts am Wesen der unvorhergesehenen Fremdkörper, erlösen sie nicht von einem ihnen Unorganischen und ordnen sie nicht endlich in eine ihnen gemäße Welt ein. Diese Welt gibt es gar nicht. Sie sind bestimmt, zu sein, aber ohne jede Welt. Nein, es gab da einen, nicht Gott, nicht Halbgott, nicht Zauberer, noch von der Polizei, sondern einen ein bißchen ölbeschmutzten, ein bißchen kohlengeschwärzten Hantierer am rein mechanischen Teil des Raumschiffs Erde, den wir ferialen Deckpassagiere nie näher kennenlernen, nur hie und da sehen, wenn er völlig gesellschaftsunfähig, nämlich halbnackt, struppigen Haars und schweißüberronnen sich bis zur Brustwarze aus der Bodenluke hebt, um frische Luft zu schnappen, welcher Erscheinung wir mit einem leicht schuldbewußten Erstaunen erwidern: Denn eigentlich – Hand auf's Herz! – haben wir geglaubt, das luxuriöse Fahrzeug bewege sich durch die unerschütterliche Frechheit und Zuversicht der Lloydagenten und durch die mammonistische Magie des Billettkaufs. Der in der Idee also beschriebene Mann hieß Brombeer, Isidor Brombeer, und hielt am oberen Ortsende, wo die Recklinger Straße, ehe sie die freie Landschaft und dieselbe Ebene mit der Kartause gewinnt, beträchtlich ansteigt, einen Antiquitätenladen. Die in der Regel sonntags kommenden Equipagen finden ihn geschlossen, und von den Einheimischen, fast durchwegs vermögenden oder doch gutsituierten Leuten (unter ihnen unser Herr Hund Strümpf, der jedem erklärt, er lebe nur von Knochen, und um die müsse er raufen) kann man, ohne viel fehlzugehen, sagen, daß sie ihr silbernes Bonbonkörbchen oder ihre goldene Firmungsuhr nicht zum Trödler zu tragen pflegen. Aber vielleicht muß man wenigstens ein einziges wirkliches Geschäft haben, um viele unwirkliche Geschäfte, das heißt, solche, die das nichtkanalisierte Leben einherschwemmt, machen zu können. Und sicher ist ein Antiquitätenladen, mit seiner Ware heterogenster Stile, Anwendungsmöglichkeiten, Stoffe und Preise, die der ehrbaren Strenge und Enge des Spezialgeschäftes phantasievoll spottet, ein treffliches Symbol für das wahre, das ultramikroskopische, vor Scheuklappenaugen unwirkliche Handelsleben und der natürliche Rendezvousort der einander widersprechendsten Transaktionen. Die Leute sahen sich also genötigt, einen Mitbürger – damals scheute man sich noch nicht, einen solchen in ihm zu sehn –, der von einem Laden lebt, von dem man nicht leben kann, was so gut verdächtig ist wie rätselhaft, entweder nach dem gemeinsamen Gesetze zu verurteilen oder über dasselbe zu erhöhen. Ganz im Sinne der von uns geschilderten Zeit, die das Irrationale noch nicht restlos aufgeben, sondern noch eine Weile, aber auf der Erde, haben wollte, entschied man sich für die zweite Möglichkeit und somit für den wohl bescheidensten Kompromiß, der zwischen dem Metaphysischen und dem Unmetaphysischen geschlossen werden kann. Stillschweigend erklärten die Leute Herrn Brombeer also zu einem höheren oder tieferen Wesen in dieser ihrer mit fast religiöser Inbrunst flach gedachten Welt. Ihm räumten sie den Hinterkopf ein, den sie selber nicht besaßen (oder nicht zu besitzen glaubten oder wegen der aus einem solchen entstehenden Verpflichtungen zu Geist nicht besitzen wollten), eine Vindikation, welche die Herren Brombeer später also bitter büßen sollten, als hätten sie dieselbe gierig sich erschlichen, und als wären sie nicht – das ist die scheinbar unbekannte Wahrheit in dem windungsreichen, nie endenden Prozesse – immer zuerst die Lieblinge und immer dann die Opfer der jeweils säkularisierten *religio*. Herr Brombeer war (für jene gesagt, die noch nichts gemerkt haben sollten) nämlich Jude. Nun möge aber keiner glauben, er hätte wie einer aus dem antisemitischen Hetzblatt ausgesehn, oder, dummerweise, sich, so gut es gehen mochte, zu einem Ureinwohner des Landes entstellt. Nein, er gehörte zu jenen bäurischen oder metzgerischen Juden, die dartun, daß die Formkräfte eines ausgesprochenen Standes gelegentlich stärker sind als die der Rasse, wenigstens im Fleische. Das ist nun natürlich nicht eine Vergeistigung der Physis – wie man meinen könnte, wenn man die platonische Idee des betreffenden Standes bei der Bildung von Muskeln und beim Wölben eines Brustkorbs antrifft –, sondern der vollkommene Rückzug des Geistes auf die Rasse, welche dank ihm dann aufhört, eine eigene, bald jedem Gassenbuben geläufige Physiognomie hervorzubringen, von welchen pseudophysiognomischen Hervorbringungen die unheilvollen Verallgemeinerungen leben wie der Franzose, der Engländer, der Italiener, und so auch der Jude. Herr Brombeer war also nicht das bloß stark scheinende Produkt einer Schwäche (wir sind viel zu sehr Thomisten, um hinter dem von Gott geschaffenen Augenschein ein diesem Widersprechendes, aber es zugleich Hervorbringendes denken zu wollen, beziehungsweise denken zu können), sondern die ganz gewöhnliche Stärke selbst, die als solche eben andere, ernsthaftere Geschäfte hat als das Erzeugen von faustdicken Schriftzeichen *ad usum* von Blinden in der Physiognomik, welchem Erzeugen nur der endgültig aus der Spannung Gefallene in ferialer Ruhe obliegt, wie etwa unsere heutigen Aristokraten, die komödiantisch beflissen sind, einer nicht mehr eingenommenen inneren Haltung das ungefähr entsprechende Antlitz aufzusetzen, mit dem Mißerfolge des Malers, der nach einer Photographie ein Porträt malt. Der oberflächlichen Betrachtung, wie jener, die mit einem gesunden Auge Sehkraft nur vortäuscht – ja, solche Mühe gibt sich die Trägheit, um den eigentlich viel leichteren, weil erfreulicheren Mühen des Distinguierens zu entgehn! –, zeigt Herr Brombeer also keine verdächtigen Überhöhungen der dasigen Natur. Die arischen Vögel des Apelles würden seinem Bilde auf die Schulter zu fliegen versuchen, so vertraut von Feld und Flur mutet es sie an. Uns aber, deren Geschäft es ist, auf der unendlichen Vielfältigkeit der Schöpfung zu bestehn und – ohne jede böse Absicht! – Tarnkappen, eigene und fremde, zu lüften, uns sind Anzug und Hut ein bißchen zu grün, ersterer, trotz des recht gedrungenen Körpers, der darin steckt, doch etwas zu weit, letzterer mit einem zu buschigen Gamsbart geschmückt, die Schuhe zu derb für die ohne Zweifel schwächlichen Füße – denn irgendwo muß doch, entweder die nicht ganz unterdrückbare Feinheit der Rasse oder ihre Degeneration heraus! –, die goldene Uhrkette zu dick für einen an Antiquitäten geschulten Geschmack, und der Stock zu wuchtig für jemanden, der nicht Kälber und Ochsen zu Markt treibt, kurz: uns verraten diese kleinen Übertreibungen, Herrn Brombeer sicher gar nicht bewußt, die in ihrer so gut wie möglich bewirkten Verkapselung doch dauernd fortklopfende Unsicherheit eines von seinem Stamm und seinen echten Lebensbedingungen abgetrennten Wesens. Ferner bemerken wir – aber nur wir, die wir mikroskopisch sehen, unter die Haut und hinter die Maske, die einer für seine Haut hält – rechts und links vom Munde, der auch einer Araberin der Uled Nail gehören könnte, so vollippig ist er und so gekerbt wie zahngefurchtes Fruchtfleisch, die zwei nur haarfeinen Zirkelbögen der alles, was ist, getan und gedacht werden kann, unentrinnbar umschreibenden Ironie, in welcher allerdings ein solcher Ironiker selber gefangen sitzt und aus allzu purer Intelligenz die größte Gefahr läuft, wieder in die tiefste Dummheit abzustürzen; ein Schuß Trübe, ein hauchdünnes Schleierchen Befangenheit, ein Gran von Dummheit würde ihn vor der pfündigen retten. Ein Idiot merkte an einer gewissen Art Geplätscher, ob es das vertraute Plaudern des ungeschwollnen Flusses mit dem Ufer ist oder der Sintflut Rennen auf ersten, niedrigsten Wellenrücken durch den Forst. Nur der Jude, wegen seiner radikalen Unverbundenheit mit dem ungeheuren Vorrat an Unbewußtem, der zu den ausgegebenen Portionen Bewußtheit in gar keinem Verhältnisse steht – welche Unverbundenheit er als *seine* Form der Askese, als *seinen* Versuch, statt Umfang Enge der *ratio* zu bestimmen, unbedingt vor Gottes Richterstuhl gebracht und da gekrönt wissen will –, versteht die Sprache der neunhundertneunundneunzig anderen Zungen des Heiligen Geistes nicht. (Ehre seinem wahrhaft prometheischen Versuch! Aber uns wäre lieber, und der Welt diente besser, er wäre nicht das stets zur Hand seiende stellvertretende Opfer an Zeus, sondern einigte sich mit uns Söhnen Apolls auf die unendlich vielen Saiten der Lyra, statt auf einer einzigen, mit höchster Kunst, das ganze Gedicht der Schöpfung zusammenzudrängen, wogegen von Zeit zu Zeit – es sind das dann die Zeiten der Pogrome – diese ganze Schöpfung rebelliert, um wenigstens hie und da das unterdrückte und blasphemisierte Unbewußte zu Wort und, natürlicher Weise dann, zu grausamem Wort, kommen zu lassen!) Und überdies läßt uns, aber wieder nur uns, ein Auge, das aus der Ferne von drei Schritten schwarz wirkt, in der Nähe tiefbraun ist wie schönste, wärmste, spiegelndste Politur, und trotzdem eisig kalt wie das des Raubvogels, des hoch im Äther konzentrierten totalen Sehvermögens auf den winzigen Hasen der Ebene tief unten, läßt uns, sagen wir, ein solcher Inbegriff von einem Aug', jenem Auge erschreckend ähnlich, das, in einem Dreieck sitzend, Gottes Aug' heißt, plötzlich erkennen, daß es nicht nur diesem Manne gehört, sondern auch einem andern, einem fremden, weder guten noch bösen, einem hier ganz unbeteiligten, außerplanetarischen Manne, ja, nicht einmal einem zweiten einzelnen Manne, sondern einer Vielheit von gleichen, im Gänsemarsch aufgereihten, dauernd wachen und wachsamen, durch Schaden überaus klug und in Verfolgungen überaus hart gewordenen, von Gott verlassenen und auf sich, in den kargen Raum der puren Physik gestellten Männern, die einzeln wie als Gattung nichts so kategorisch abgelehnt haben wie den Selbstmord, den noch jeder und jedes Volk begangen hat, der und das aus der Geschichte gestrichen worden, welches Auge nur als ein allzu blanker, fast unmenschlich blanker Ehrenschild, trotz der gelegentlich tiefen Beschmutztheit seines Trägers, mit erzstarrer religiöser Verachtung auf Leute blickt, für die es Umstände gibt, unter denen sie nicht zu leben vermögen, oder – was entscheidender – unter denen sie das Leben nicht mehr ertragen zu dürfen glauben.

Diesen Mann nun, dem man überall begegnete, im Walde und auf den Wegen durch die Felder, in Alberting, Amorreuth, und wie alle die Dörfer und Weiler, die seichten, sonnigen, abgelegenen Laichplätze des einsiedlerischen, immer trächtigen Fisches sonst hießen, am seltensten in Recklingen oder gar in seinem Laden, wo der Staub so alt zu sein schien wie die Altertümer, und die Fußspur einer Elfe in ihm sich hätte abdrücken müssen, diesen Mann nun hatte Strümpf von Anfang an im Auge wie der Starkandidat das schwarze Pünktchen. Es wird der heutigen Welt nur schwer begreiflich zu machen sein, daß es für die damalige gleich nach und oft noch vor Gott und den Heiligen einen Wundertäter und Nothelfer gab, dem sie sich, jenseits aller theologischen Bedenken, auf dem bequemsten aller Wege, dem des geringsten Widerstandes, mit dem gestirnbedingten Automatismus der Sonnenblume zuwandte. So vollkommen war dieser pflanzliche Automatismus in das doch unendlich höhere Menschenwesen eingebaut, so tief, wie der Caisson beim Brückenbau in den Grundsand des Flusses, in's Unbewußte versenkt, daß gewisse Tor- oder Kühnheiten überhaupt nur begangen und gewagt werden konnten, weil die *ultima ratio*, nämlich die Zuflucht bei den Herren Brombeer, schon als *prima ratio* heimlich gesetzt gewesen ist. Es ist, sagen wir, fast unmöglich, einem heutigen Publico, das an nichts mehr glaubt, also auch nicht mehr an den Juden, der in einem gerade noch geistigen Systeme wenigstens die Bedeutung des Gradzeichens für den niedrigsten Stand des Metaphysischen hat, aber immerhin des Metaphysischen, das Strümpfsche Vertrauen auf den *deus ex machina* seines Welt- und seines besonderen Theaters begreiflich zu machen. Genug also an obigen Versuchen, des Planetoiden Strümpf und des Planeten Brombeer Stellung zueinander, und daß sie einander bedingten, zu zeigen! Bestaunen wir lieber, ohne weitere Erklärungen *a parte*, die Größe dieses Strümpfschen Vertrauens in ein so wenig vertrauenswürdiges Wesen, wie der Mensch ein welches ist, gleichgültig, ob getauft oder ungetauft, oder das Vertrauen des echten Mechanikers in Mechanik, das ja (wir wissen's wohl, aber hier sollte es einmal an einem Schulbeispiel erwiesen werden) aus dem säkularisierten Vertrauen in den säkularisierten Schöpfer aller Mechanik lebt; woraus denn sonst? Ein Anderer einer anderen Zeit (vor oder nach dem Liberalismus) hätte unmöglich so ruhig (wenigstens nicht innerlich) bei den Sägewerksbesitzern der Umgebung, bei den zwei Leinenhändlern und in dem einen Farbenladen von Recklingen sich umtun können, sondern wäre, nach Vorsorge des gerade Nötigsten an Raum und Gerät für die Komödiantentruppe, entweder zu einem Theateragenten der Residenz gefahren, dem allerdings kein mechanisches Wunder, nur ein durch und durch rationales Geschäft gelungen sein würde, oder, da nun einmal – oh vertrackte Zeit eines vertrackten, weil tief herabgekommenen Glaubens! – nur über das erste das zweite erreicht werden soll, spornstreichs zu Herrn Brombeer gelaufen. Aber auch das letztere geschah nicht! Wie soll man nun, bei dem Hochstand der Uhr und bei der so nahen Nähe des Retters aus der unablässig dick auflaufenden Verlegenheit – Herr Strümpf und Herr Brombeer wohnten in derselben Straße, der eine hinter seiner Werkstatt, der andere hinter seinem Laden –, befriedigend erklären, warum der Notleidende die drei Schritte zum Arzt nicht tat? Es wird schwerfallen, muß aber versucht werden! Die kürzeste Verbindung zwischen zwei Punkten, die gerade Linie, ist niemals die organische. Wer glaubt, sie sei es, wird im intransigentesten Rigorismus enden, zu seiner Verzweiflung und zu der seiner Mitmenschen. Der Verstand lebt herrlich, durchaus da zuständig in der Geometrie wie der Kopf des Photographen unter dem schwarzen Tuche, wo er seinen künstlerischen Blick auf's Weiteste ausschraubt und zugleich auf die Bahn eines Projektils verengt und völlig unbehindert atmet, aber der übrige Mensch, beziehungsweise der ganze, kann weder in jene eingehn, noch braucht er unter dieses kriechen, um dort auch seine andern Geschäfte zu besorgen, wie Essen und Trinken, Kinderzeugen und Sterben. Nun verrieten wir vorhin, wo Herr Brombeer am sichersten zu treffen sei, nämlich unterwegs, und wo am wenigsten, nämlich daheim. Das klingt Leuten aus der Geometrie paradox (dieses Klingen oder, genauer gesagt, bleierne Scheppern, auch bleidumpfe, resonanzlose Auffallen auf dem Ladentische ist der verdächtige Laut der falschen Münze des Rigorismus!). Wie, um einen Mann zu treffen, der in Triest wohnt, soll ich auf dem Äquator kreuzen? Nun, wenn der Mann ein begeisterter Kapitän ist oder zum Hauptberufe eine wahre Leidenschaft für die Meere hat, empfiehlt sich nichts besser. Es würde mehr Zufälle geben, und die Zufälle würden den Nichtzufällen beinahe den Rang ablaufen und das schon gefährlich ausgedehnte Reich des Rigorismus auf das Geviert eines Narrenhauses einschränken, wenn die Leute nur organischer lebten. Nun wird der Leser, so wenig Sympathie er für Herrn Strümpf auch empfinden mag, nicht umhin können, diesem eine außerordentlich organische Verhaltensweise zuzubilligen. Bringt er auch nur nach Schwefel oder Dung riechende Blüten zuwege, so ist doch der Verkehr der Säfte von Wurzel zu Knospe derselbe wie in einem Rosenstock. Unbeirrbar wie die den Stimmungen, die sie hervorruft, selber nicht unterworfene Natur sah er zum Beispiel in der Tatsache des plötzlich hereingebrochenen Winters kein Hindernis für die zwar unbedingt notwendige und doch nur rechtens von der Hand des Zufalls zu bewerkstelligende Begegnung mit Herrn Brombeer.

Es hatte einen Tag und eine Nacht dicht geschneit. Fast einen Meter hoch lag der Vorwand zum Nichtausgehn auf Bahn und Ungebahntem. Nun mußte es sich zeigen, ob es auch im Unbewußten geschneit hatte, das, wenn dies der Fall wäre, nie ein solches gewesen ist. Vielleicht, ja sicher, bedeutet in der idealen Welt Schlechtwetter gutes Wetter; denn man darf sich wohl nicht die ideale Welt als eine, so hoch es geht, gesteigerte konkrete vorstellen. Sie muß vielmehr als eine grundsätzlich andere gedacht werden, und wenn dabei auch das Kernstück des Platonismus draufgeht. Wir gewinnen dafür ja den mit eigner Hand, ohne alle Hypostasen schaffenden Gott. (Gäbe es sonst, bei der geringsten Ähnlichkeit beider, jene ingrimmige Dialektik zwischen der umwegigen providentiellen Führung und der Kurzschlüssigkeit des menschlichen Willens?) Kurz und gut: just am Morgen nach dem großen Schneefall mahnte Herrn Strümpfs Gewissen eine Fuhre Bretter ein für das neue Klassenzimmer in der Volksschule. Man sieht: mit dem viel dringenderen Theater hat das gar nichts zu tun; aber man ahnt bereits, daß hier auf der schamhaft tief verborgenen Wurzel des Entschlusses statt des mit Versäumnissen wie über und über mit Taubenkalk bedeckten Musentempels die vordergründlich so harmlose Volksschule steht, die dafür innerlich von versäumten oder richtiger, regelrecht geschwänzten Unterrichtsstunden wimmelt. Glücklicherweise lag die schuldende Sägemühle nicht weit ab. Der Weg dahin war gewissermaßen nur der lobenswerte Versuch Abrahams, das Messer wider seinen Sohn Isaac zu erheben. Die Gottheit des Organischen, die das Unmögliche zwar verlangt, aber, wenn sie blinden Gehorsam findet, diesem Unmöglichen gut den halben Weg entgegenkommt – zum Unterschied vom *diabolus* des Rigorismus, der auf der Durchquerung der Sahara ohne Wasserflasche und Sonnenschirm besteht –, erklärte sich für befriedigt, als Herr Strümpf, noch immer nicht das Verrückte seines Vorhabens erkennend (begreiflich, er hätte ja sonst den Musentempel durch die Volksschule schimmern sehn, den Widder durch den Isaac, die Bretter, die die Welt bedeuten, durch die Bretter für das neue Klassenzimmer!), halbleibs im Schnee vor dem Drahtgitter der sommers so übelriechenden

Piatnikschen Truthahnfarm stand, die er zu erreichen, statt fünf Minuten wie bei trocknem Wetter, dreißig gebraucht hatte. Jenseits eines von Tannen gebildeten Tunnels zeigten sich bereits die wie auf offener Lore und Strecke und grad in der Kurve steckengebliebenen Baumstämme, rundum eingewattet, des Lagerplatzes der Sägemühle. Da –!, wie oft schon in diesem unseren Berichte haben wir »da! –« gesagt, zur Verzweiflung eines nüchternen Lesers, der an ein stets so glückliches Koinzidieren von Vorgefühl und Eingetroffenheit, von postulierter und bereiteter Überraschung nicht glauben kann!! Der geehrte Leser vergißt (Verwöhnung macht blind), daß unser Bericht, oder die Art unseres Berichtens, vom ersten Worte an keinen Augenblick die Ebene der Spannung verlassen hat, es also das eigentliche Wunder wäre, wenn er da, wo gleich Kakteenkindern nur geballte Fäustchen wachsen, das hier unzuständige Blatt einer flachen Hand entrollter Ründe nachsähe, wenn nicht jederzeit die kleinen Tumuli zu einem Leviathan von Tumulus zusammenschießen könnten. Während also Herr Strümpf durch das Einnehmen der hilflosesten Stellung gerade die letzte Bedingung der Gnade erfüllte, tauchte vor der jenseitigen Öffnung des Tunnels, leicht und schnell, als entführe dem angestrebten Orte soeben sein Genius, Herr Brombeer auf. Er tauchte auch gleich wieder unter; doch nur, um im nächsten Augenblick wieder und viel größer und viel schiefer zu erscheinen, zwei Stöcke nach hinten schwingend. Drei Augenblicke später überstäubten zwei jach und quer gebremste Brettlein Herrn Strümpf mit Schnee. Von unten her gesehen, aus dem Zustand der Erschöpfung und der nunmehr beginnenden Einsicht in die Sinnlosigkeit des bisherigen Tuns, war der gesund gerötete, gymnastisch erfrischte, in kurzem Pelzrock und dicker Pelzmütze doppelt stämmige und eines damals hiezulande noch so unbekannten Beförderungsmittels sich bedienende Herr Brombeer wirklich der *deus* aus der *machina*. Es sei noch darauf hingewiesen, daß Herrn Strümpfs Gesicht und Herrn Brombeers Knie sich einander gegenüber befanden. Wie oft im alten Heidentum wird das Gebet oder das Schutzflehn genau denselben Grad an dem Standbild des Gottes oder an dem Großherrn auf dem

Thron erreicht haben! Jetzt und hier, in einer viel unanschaulicheren Zeit und Welt, konnte nur dem von uns beschriebenen Organischen ein so eindeutiger, sinn- und kniefälliger Ausdruck der wahren Verhältnisse gelingen. (Schade, daß wir ihn nicht zum Gemälde perennieren, nicht zur Illustrierung unseres Textes neben diesen drucken können!) Überdies bildete diese, für Nichtreligiöse so lächerliche Situation genau die metaphysische Ebene ab, auf der Gnadenschätze, wenn vorhanden, beziehungsweise zubestimmt, vom Angebeteten zum Anbeter rutschen können. Nach einigen Scherzen oder Witzen, die beider Diskretion über den eigentlichen Sinn ihrer Stellungen bewiesen, brachte Strümpf, ohne während des Redens seine Lage in's Bequemere zu verändern, was dann soviel geheißen hätte, als aus der Gespanntheit auf den ganzen Umfang der Gottheit in die rationale Beschwörung einer ihrer Eigenschaften gefallen zu sein, seine Frage, nein, seinen Wunsch vor; denn er zweifelte weder an der Vorhandenheit der Gabe im unendlich großen Magazin Brombeers, noch, daß er sie empfangen würde. (Viel höher gerichtete Fromme könnten sich diesen an einen Weihnachtsmann der Physik Glaubenden zum Beispiel nehmen!) Herr Brombeer drehte einige Sekunden lang den inneren Bilderschirm. Zum Verkauf stehende Villen, überschuldete Gehöfte, Verlassenschaften, Pferde, Ölgemälde, Grundstücke, Jagden, vermögende Damen bemakelten Rufs oder mit einem zu kurzen Bein, die heiraten wollten, leichtsinnige Barone, die zum selben entschlossen waren, eine Spielbank, ein Tingeltangel und ein Freudenhaus, in welchen Unternehmungen er beträchtliche Summen stecken hatte, und viele andere Objekte noch aus der Physik, wo sie am dichtesten, zogen hinter einem Gesichte vorbei, das streng aussah, als läse es, um im Aug' des Nächsten einen Splitter zu finden, in der Bibel. Er durchstöberte auch den Papierkorb nach unbeantworteten Jammerbriefen und warf einen Blick in die Selchkammer seines Gehörs auf die leckern Ochsenzungen der Gerüchte. Denn ein Mann wie Brombeer kontrolliert, auch wenn er bis zur Taubheit mit der Erledigung der dringlichsten Post beschäftigt scheint, durch ein Loch in der Schläfe, durch ein drittes Ohr, peinlichst das dauernde Geklopfe des Morseapparats und behält auch die bloß durchlaufenden Depeschen im Kopfe. Wäre er im Geringsten vom Spezialistentum, von einer falschen Auffassung des *tua res agitur* angekränkelt gewesen, so würde die vorsintflutlich große Flügelspannweite, die wir diesem schlicht verkleideten Urreptil auch heute noch zuschreiben, eine leere, romanhafte Behauptung sein. Es ist also für die Anschaulichkeit eines bestimmten Geschäfts ohne Belang, ob es von Herrn Brombeer, oder von einem anderen Universalisten, oder zur Zeit gar nicht getätigt wird. Wie für den Panerotiker jedes Weib jeder Zeit horizontal in der Potentialität des Besessenwerdens liegt, in diesem Zustande die Sinnlichkeit nicht weniger befriedigend als durch den gelegentlichen Koit, der nur ausspricht, was ist, nicht aber, wie bei den kümmerlichen, zum irdischen Hochzeitsmahl eigentlich nicht geladenen Geschöpfen, punktartig entstehen läßt, was zuvor nicht gewesen und nachher nie wieder zu sein braucht, so erleidet in der idealen Handelsperson die volle Pracht und Greifbarkeit des einzig wichtigen Umstandes, daß nämlich gehandelt wird, beziehungsweise gehandelt werden könnte, dadurch keinen Abbruch, daß sie selber diesmal nicht zum Schuß kommt. So, nur so erklärt sich auf vernünftige Weise die gleichmäßige Präsenz aller Bilder von Stapelplätzen, dinglicher oder menschlicher Ware, ob im Zustande des eben Verhökertwerdens oder nicht. Nach Drehung des Bilderschirms um hundertachtzig Grad zeigte sich im Ausschnitt folgende Szene (komponiert wahrscheinlich unter Benützung der vom Psalm *super flumina Babylonis* erregten Vorstellungen): Am Ufer eines Flusses hockten oder wandelten so viele Leute, wie sie etwa auf einen ohnehin schon überfüllten Omnibus oder Ausflugsdampfer zu warten pflegen, weniger Männer und mehr Frauen. Jene hatten die Hände auf dem Rücken verknotet und rangen verzweifelt in den Wellenfurchen ihrer Stirnen, diese, auch jetzt nicht zu denken gesonnen, rupften wie das liebe Vieh Gras, zwar mit den Händen, oder sogen, doch einigermaßen tierisch, an einem Halm. Hinter nahen Weidenbüschen haschten einander sichtlich zu den Hadesbewohnern gehörende Kinder und stießen, statt der erhofften Dampferpfiffe oder Kutscherhührufe, unbesorgte schrille Vogelschreie aus. Zu bemerken ist noch, daß die Männer Bratenröcke trugen, mit einem Stich in's Grün alter Soutanen, die Frauen Kleider, die des künstlichen Lichts entbehrten. Auf den Hintergrund hatte Herr Brombeer die böse Stadt Fürstenfeld gemalt, durchaus naturgetreu, denn man kam von Recklingen in zwei Stunden Wagenfahrt leicht dahin. In diesem Fürstenfeld hatte die Truppe des Direktors Merviola – sie ist es, die wir da am Ufer unsres Tigris oder Euphrat, entzaubert und schon halb aufgelöst, verzweifeln und verblöden sehn – vor genau drei Tagen Schiffbruch erlitten. (Bei hochsommerlicher Temperatur, während es in Alberting demnächst dick zu schneien beginnt! Aber –: in der Phantasie des hier so gut akklimatisierten Hebräers herrscht wie eh und je die Wärme des Orients!!! Daher der jahreszeitliche Anachronismus!) Und am gestrigen Morgen schon war, dank der magnetischen Anziehung, die Herr Brombeer auf alle Nachrichten übte, in denen eine echte Hiobsbotschaft steckt, die Kunde bei ihm eingetroffen. Als eine Hostie hielt er sie mit pretiösen Fingern über den Kelch seines Papierkorbs und speiste mit ihr den gläubigen Herrn Strümpf, der den Kniefall des Kommunikanten vermöge der Gnade des Organischen ja schon getan hatte.

Nun denke man sich die Welt unseres Dorfes zuerst zugeregnet, dann zugeschneit, den südlichen Eros in Puppenstarre liegend neben alten Schuhen, unter Spinnennetzen, und das von ihm sonst bewohnte Fleisch so verlassen, wie nur reine Natur verlassen sein kann, etwa eine von den Brandungswogen ausgenagte Felshöhle bei Ebbe. Die immer unschuldige, seelenlose Physik hat ihre Gezeiten; jetzt pulst sie vom mächtigsten Leben, einen Weltenaugenblick später ist sie tot und begraben. Nur das zu seinem Heil wie zu seinem Unheil *ab initio* über den Takt des Kosmos mehr oder minder hinausgehobene beseelte Menschenwesen zeichnet sich durch den Besitz eines ziemlich gleichmäßig ablaufenden, dafür aber auch viel dünneren Lebensfadens aus. Auch bei schwachem Kaminfeuer und bei der traurigen Öllampe begattet es oder läßt sich begatten. Die hiezu nötige Sonne brennt ihm in der Erinnerung, und die günstigen Umstände liefert die Phantasie. Infolge des Abhandenseins beider (seit seiner wunderbaren Genesung) war Herr Andree kein solches Wesen. Er hatte keine Seele, nur etwas wie Seele Scheinendes, dank dem unbewußten Nachahmungstriebe; wie ja die meisten einen Gegenstand der Liebe nur aus dem Grunde des unwiderstehlichen, verheerenden Beispiels haben, das die wenigen, die wirklich lieben, geben. Kurz und gut: als der Alltag hätte einsetzen sollen, jener oft mit der Kalenderwoche identische Lebensabschnitt, in welchem das Feuer zwar recht gemindert, aber doch, als ein griechisches unter dem grauen Wasser, weiterbrennt, sah der doch nicht im Mindesten ungewöhnliche Herr Andree, daß er einen solchen nicht mehr besaß. Nichts von dem, was sommers und herbstens gelodert hatte, zeigte auch nur ein glühendes Bröcklein. Alles war kalte Asche, selbst die Buße, deren Symbol nur die Asche, war zu wirklicher Asche geworden. Die verwelkende Rose, obwohl sie noch am Stamme hängt, ist tot, weil sie sich nicht als verwelkende anzusprechen vermag. Das pure Sein kann Vergänglichkeit nicht erkennen, weil ihm die Bewußtheit seiner schwindet, wenn die kleinste Minderung des vollen Seins begonnen hat. Nur der Mensch, auch der bloß physische, vermag von sich zu sagen – und dieses Vermögen konstituiert erst den Menschen, eignet sowohl der Seele wie der Pseudoseele –, er sei jetzt weniger denn vorher oder er sei gar nichts. Ja, nur das Nichts in Menschenform vermag von sich zu sagen, es sei ein Nichts. Ein Wunder! Herr Andree sagte sich das eine, ohne das andere auch zu sagen. Er war eben – und das wollten wir demonstrieren – zu sehr Physik, um die Bahn, statt sie gehorsamst zu befahren, gebührend zu bestaunen. Es begann jetzt eine leere Zeit. Diese Leere war, wie begreiflich bei einer puren Physik, außermoralischer Natur in jeder Hinsicht, das heißt, weder die Folge gehäufter Ausschweifungen noch der Anfang einer neuen Jungfräulichkeit. Nicht pochte das Gewissen an die entleerte Pandorabüchse, nicht wies es in die Zukunft auf die blutstillende Leier des Orpheus. Gut und Böse hielten einander (mit äußerster Anstrengung) die Waage oder ihre Namen in ihrem Maul und Munde zurück –, denn: während der Mensch nach höherer Erkenntnis dürstet, verschließt sich ihm mit der nämlichen Intensität die Natur. Wir möchten die Sprache der Vögel verstehn, die Vögel unter keinen Umständen die unsre. Denn: die Grammatik ist eine moralische Institution. Die Gesetze der Physik sind dezidiert, aber keine Dezisionen – und so entstand in Andrees Innerm jene zweite uneigentliche, aber sinnenfällige und häufigste Unschuld (die Konstanz des *genus*, der Katze, des Baums, des Postoberoffizials beruht auf ihr), die wir die Unschuld der totalen Unansprechbarkeit nennen wollen. Wie man ohne die dauernd entscheidende innere Stimme, und flüsterte sie auch durch viele Schleier oder tickte sie wie die kleinste aller Taschenuhren, zu leben vermag, oder erst dann aus voller Brust zu leben vermag, das frage man (aber: man wird keine Antwort erhalten, denn die dezidierte Nichtgrammatik hat die Grammatik der Dezisionen ein für alle Mal zu einer chinesischen erklärt) den Massenmenschen und – den Maler! Doch – Herr Andree ist ja Photograph?! Haben Sie, bitte, noch etwa dreißig Minuten Geduld.

Der weinende Herbst, der herzlose Winter und die oben beschriebene Verfassung ergeben eine Summe von Nullen. Man ist der Schatten des Man selbst. Was tut nun ein Schatten? Er fällt schief und schwach über die Dinge an die Wand. Der ihn wirft, steht wohl gerade und atmet, ist aber so gut wie tot. Sein geringes überlebendes Leben kribbelt auf diesem Schatten wie die Laus im Pelz des Verstorbenen. Herr Andree war also nicht er, sondern sein Schatten. Sehr scharf gerissen, aber von ebensowenig Durchmesser wie eine Staubschicht. Was tut nun eine Staubschicht? Streng genommen nichts. Es wird vielmehr mit ihr getan. Sie wird gelegentlich da aufgewirbelt und läßt sich dort wieder nieder. Sie bezieht ihre wechselnde Form vom Willen der reinemachenden Hausfrau. Wer ist nun, wenn Herr Andree ganz und gar sein Schatten, der, der ihn wirft? Wer bewegt ihn von da nach dort, wenn der Bewegende bewegungslos? Die Henide!! Das Glimmerlicht, von dem man nicht sagen kann, ob es das der Laterne, die sucht, oder das des Ziels, das gesucht wird! Im Dunkel des Nichts verlieren sich auch die Mutmaßungen über das Etwasfünkchen in's Nichts. Es bleibt also wieder nur das Erzählen. Auf daß die Sache, die ihre Einzelheiten nicht hergeben will, wenigstens die Spitze des Zirkels spüre und vielleicht auch den feinen Kreis, der sie gegen das noch viel Unklarere abgrenzt.

Just an dem Tag, oder genauer, am Abend dieses Tages der Speisung des Herrn Strümpf aus dem unerschöpflichen Kelch des Herrn Brombeer, stand Herr Andree, wie schon an mehreren aufeinanderfolgenden Abenden, am Schanktisch der »Kaiserkrone«, immer mit dem Rücken zum zapfenden Hausknecht und Angesicht zu Angesicht der wohlgefüllten, durchwegs hockenden Stube, eine punkt Sieben zwischen zwei vertrauten Niederungen sich erhebende, den Verkehr schon merklich störende Wasserscheide, und goß durch das Mundloch des Schattens, der er war, ein Glas Glühwein nach dem andern, der aber wegen seiner gediegenen Dreidimensionalität an der windigen Zweidimensionalität des neumodischen Tantalus nicht griff. Allen äußeren Erscheinungen zum Trotz, dem geröteten, stieren Aug', der daneben greifenden Hand, der *libatio* in den eigenen Halbgottbart, war er nüchtern. Die seelische Leere, unendlich groß und den überwinderischen Anstrengungen der sie doch umraumenden Person daher entzogen, schlägt, wie um dies *ad oculos* zu demonstrieren, manchmal in einen zwar begrenzten, und doch nicht ausfüllbaren Raum um. Wer je sein Unglück zu ersäufen oder zu zerdenken gesucht hat, kennt die erstaunliche Widerstandskraft sonst so gefügiger Apparaturen wie des Magens und des Hirns. Der pure Wille Gottes, der endlich wieder zu Wort kommen will, suspendiert da, scheint es, bei gleichzeitiger Veranstaltung des haltgebietenden Phänomens, die Maskenscherze der freien Willensübung, um nach so vielem, gewiß nicht unnütz gewesenen Schwelgenlassen des Individuums in Arabeske und Metaphorie das Urbild seiner Entschlüsse wieder auf die inzwischen schon etwas verrosteten Räder und grasverwachsenen Gleise der strengen Determination zu setzen. Während an der Hinterseite des wie geschilderten Außen geschah, was wir nur mit dem in bösen Bubenzeiten getriebenen heimtückischen Lösen von Schürzen- und Zopfbändern vergleichen können, demzufolge das arme Mädchen plötzlich ohne

Fürtuch und von seinem vollen Haare umwallt dastand, auf welche Verwandlung in seine ursprüngliche, eigentlich nackte Gestalt wir es ja abgesehen hatten, war es auf der gemeinen Küchenuhr des Schankzimmers neun Uhr geworden, also höchste Zeit, zu Bett zu gehn. Denn: nicht nur das sinnreiche Tun, auch das vergebliche Nichtstun findet sein Ende in einer ebenso wohlverdienten Ermüdung. Herr Andree fühlte sich auch eindeutig gesonnen, den bereits Aufgebrochenen zu folgen – denn was noch hockte, lallte schon oder schlief über dem Tisch, befand sich also in einer der seinen schroff widersprechenden Verfassung, ließ ihn in der nur scheinbar gemeinsamen Trinkerhölle als den einzig echten Verdammten allein –, jedoch, er bedurfte wegen seiner tiefen Abolie, um sich selber gehorsamen zu können, eines äußeren Zeichens: er bedurfte wie der wirklich Besoffene des Wirts, der zu dieser Stunde das Verlassen des Lokals zu fordern pflegte. So eingeboren ist denen, die eine objektive Welt nicht oder noch nicht auszuatmen vermögen, die Sehnsucht nach einer solchen, daß sie, um dahin gelenkt zu werden, gern auch den dreckigsten Zügel in's Maul nehmen. Aber der notwendige Lenker war heute, zu eben dieser seiner Stunde, nicht da. Er hatte woanders und was anderes zu lenken. Nämlich von der Recklinger Bahnstation zu seinem Hause einen Schlitten, in welchem die ersten und auch einzigen Gäste dieses Winters saßen, zwei Frauen, Herrin und Dienerin, wie sogleich zu erkennen war. Nicht nur hielt die eine auf ihrem Schoße zwei Handtaschen fest, in denen der Schmuck, das Geld, Bonbons, Obst, eine Parfum- und eine Eau de Cologne-Flasche, Seife, Handtuch und Reiselektüre stecken mochten, sie trug auch einen grauen Lodenmantel, einen grauen Filzhut mit Gamsbart und – nicht unapart – rote Wollhandschuhe. Wahrscheinlich – weil nicht zu sehen wegen der Pferdedecke – auch rote Strümpfe. Ein schwarzumlocktes Spitzbübinnengesicht (die Entsprechung alles Manns bis Feldwebel jeden Standes) zeigte ihr untergeordnetes Wesen an und ihr nicht unbedeutendes Rollenfach: die Schadenfreude, mitzubewirken und zu spielen über jede nicht gezogene Konsequenz und über den schließlichen Fall des Höheren in die doch gemeinsame Kotlache. Ihr

Dasein, Hüfte an Hüfte mit der Dame unter derselben Pferdedecke, ließ die echte innere Verzwillingung nur als eine zufällige, durch den Ausflug in's Patriarchalische erzwungene erscheinen. Das Äußere der Dame bekräftigte diesen Umstand. In dem dicken braunen Pelz, dessen Kragen über die ebenfalls braune Pelzkappe noch hinausragte, saß sie, neben der vom Markt in die Kirche gelaufenen knapp gekleideten Dienerin wie in einem der ellenbogenweiten Abteile des vielgefälteten Chorgestühles, doch noch schmächtiger als dieses, aber größer als die schlichtere Schwester in Christo (oder in Eros). So ist die gemeinte gleichzeitige Verbundenheit und Getrenntheit wohl am sinnfälligsten ausgedrückt. Jedoch der schon genügend klargelegte Unterschied zwischen den oberen Partien der beiden Frauen (bei fest angenommenem nebeligen Verfließen beider ineinander ab Nabel) wurde noch einmal gleichsam mit dumpfem Trommelwirbel kundgetan durch einen tiefrindenbraunen, aus einem Meter Entfernung nicht mehr zu durchschauenden Schleier, der leichtgeschreckte Leute, wie wir solche sind, vermuten macht, daß die so offenbare Dame weder schön sei im außergewöhnlichen noch häßlich im gewöhnlichen Sinne, sondern einfachhin den Aussatz hätte. Ein Strauß echter Veilchen (jetzt mitten im Dezember), vor die weder als üppig noch als flach erkennbare Brust an den Pelz geheftet, konnte, bei der Höhe unseres fast polizeilichen Mißtrauens gegen alles, was Dame ist oder sein will, leicht als das stets getragene Abzeichen der Parteinahme für eine Sache oder Person gedeutet werden. Diese Beobachtungen ermöglichte das freundliche Gaslicht des zwar noch einsamen (denn Recklingen lag eine gute Viertelstunde weit im Dunkel hinter Krautäckern), aber schon für ein späteres städtisches Leben hergerichteten Bahnhofsplatzes. In der schneefreien Jahreszeit sah man hier eine mit vier Schnitten gerecht zerlegte, stets mehr gelbe als grüne Grastorte.

Wenn eine große Dame ein Haus betritt, schon gar ein Gasthaus, und noch dazu auf dem Lande, wo die Abgründe zwischen den Ständen tiefer klaffen als in der Stadt (wo zum Klaffen weniger Platz ist); die Dienenden also zur Proskynesis neigen, die Hochfahrenden noch ein gutes Stück über sich hinausfahren, so läuft im Geiste der Dame alles, was den Rücken krümmen kann, zusammen und nimmt ihr mehr Geschäfte ab, als sie in diesem einen Augenblick zu haben vermochte. Keinesfalls erwarten reisende Königinnen eine noch überstürztere Beflissenheit: und Damen sind ja die letzten Epigonistinnen der weiblichen Majestäten in einer schon reichlich thronlosen Welt. Wenn nun in Wirklichkeit nichts dergleichen geschieht, weil der Wirt den dampfenden Pferden, ehe er sie ausspannt, erst eine Decke überwerfen muß, die Einfahrt, zum Zeichen der toten Saison, in einem schwarzen Zylinderhute steckt, die Küche bei blakender Lampe über dem erloschenen Herde schläft und laue Atemwellen fettigen Abwaschwassers verhaucht, an der Treppenwand zum ersten Stock ein Schein lehnt, dem man ansieht, daß seine Ursache auf einer niederen Stufe steht (dort hat das Zimmermädchen, wenn es eines gibt, seine Kerze hingestellt), verwandelt sich die hochmütig ausgestreckte Erwartung in den starren Schaum gesträubten Gefieders. Die sanfteste Stimme wird zu Pfauenschrei, und das schönste Gesicht, dieser Spiegel einer sonst liebenswerten Seele, zeigt das Medusenhaupt des *crimen laesae majestatis*. Jetzt wird die Dame, die gar nicht weiß, daß sie für Thron und Altar kämpft – und eben dieses Nichtwissen macht sie ja zur Dame, zur reichlich verspäteten Interpretin eines auf dem Mist zerfetzt liegenden Gesetzbuches! –, an irgendeinem Unschuldigen, an einem Untertan, der der ihre nicht ist, ein Exempel statuieren. Wer kann, gehe dem von einer herabgekommenen Idee soutenierten Restaurationsversuch aus dem Wege!

Ja, wenn unser Andree hätte gehen können! Hiezu nicht der Hülfe des Wirten bedurft haben würde! Und wenn überhaupt ein logisches Mannsbild auch nur zu ahnen vermöchte, daß und wo der schon lang' gehäufte Zündstoff des weder zeit- noch ortsbedingten Assoziierens explodieren wird!!

»Heda! Sie!« rief die Dame, hinter welcher ihre zweite billigere Ausgabe, das dienende Geschöpf, hervorlugte – beide also Karten gleichend, die eines Spielers Daumen nur wenig auseinanderschraubt –, den offenbaren Nichtsnutz an. »Nehmen Sie das Gepäck und schaffen Sie's auf unsere Zimmer!«

Die Erniedrigung, in der ein Tiefdeprimierter sich befindet, macht ihn im Handumdrehen – es muß die Hand nur dasein – zu einem solchen, der sich in der Erniedrigung befindet, ohne deprimiert zu sein. (Weil Vater oder Großvater bereits in derselben sich befunden, das soziale Sinken also schon früher und für ihn vorgenommen haben; weswegen das bloß generell gedrückte Individuum individuell so lustig sein kann wie nur möglich; wovon ein wegschauender Blick auf die sogenannten Vergnügungen der echten Proleten hinlänglich überzeugt. Wenn man das Kainsmal an der eigenen Stirn trägt, sieht man's selber nicht. Es ist die teuflische Bosheit des Demagogen, es dem damit Gezeichneten im politischen Spiegel zu zeigen.)

Vielleicht empfand Andree das Ansinnen spaßig und hielt das Eingehen auf dasselbe für den schlagfertigen Gegenspaß. Am Rand eines vernebelten Gehirns und um die Kontur eines erschlafften Charakters schleichen ja immer Motive zweiten, dritten und noch niederieren Ranges, die um so gieriger sind, eine Ersatzhandlung zu verursachen, als sie zu der originalen weder fähig wären, noch – bei Sonnenhöchststand der Person – gelassen würden. Es sieht dann, was er tut, für den Agierenden wie ein Ironisches aus, das nur er allein versteht, was eine ihren Begriff nicht erfüllende, also keine Ironie ist; denn der blitzgleich aufflammende Entwurf zu einer so subversiven Offensive muß vom Geschützdonner des Getroffenen unbedingt sofort gegengezeichnet werden. (Nur der Heilige bedarf nicht des Echos aus der Erscheinungswelt; handelt er doch allzeit *in conspectu creatoris mundi et sui*. Anders sich betragend würde er nicht im Besitze der vollen Anschaulichkeit eines allwissenden und allgegenwärtigen Gottes sich erweisen und also kein Heiliger sein.) Aber: dieser feinen – man könnte ebensogut sagen: derb fundamentalen – Unterscheidung sich bewußt zu werden im entscheidenden Momente des drohenden Fehlgangs der Charaktergeraden, ist der Deprimierte außer Stande. Wenn er nicht ressentimental ausschlägt (was die Regel), fällt er noch unter's Zulässige von Demut und somit in die Kompetenz des Psychiaters.

Das mag nun bei dem Herrn Andree so wie vermutet, es mag

auch anders sich verhalten –: unsere augenblickliche Aufgabe ist nur, das selbständige Denken des Lesers in Gang zu setzen, sehr entgegen der landläufigen Absicht, es mit Hilfe behaupteter Gewißheiten unmündig zu machen. Jedenfalls sehen wir den auf seinem Stativ schwankenden Photographen (dessen Okular die unerbittliche Schärfe für des Apparates dunkles Innere trotzdem bewahrte) wie irgendeinen echten Herumlungerer dem schneidenden Damenrufe des Gewissens folgen und das Gepäck der sichtlich abschwellenden Erinnyen aufnehmen, zum nicht kleinen Erstaunen des eben eintretenden Wirts, dessen Erstaunen allerdings einen anderen Grund hat als das unsere, denn: der über den einst rätselhaften Gast nun bestens Unterrichtete glaubte, einfachhin, der Bock fange zur Abwechslung diesmal eben von unten an zu knabbern und, statt an ländlichem Blattwerk, an städtischen Treibhauspflanzen. Ja, so stark bläst die Fama den Rauch von den falschen Motiven über die echten!

Nun: ein gesundes Mannsbild wird niemals – wie der Wirt beweist – wider ein anderes gesundes, das, wenn es sich auch (für den Nichteingeweihten) etwas überzwerch beträgt, moralisch sich ereifern; im Gegenteil: als ein Liebhaber solch' phallischer Komödien folgte er der wandernden Truppe in den ersten Stock, erstens natürlich als der höfliche Hausherr, zweitens, aber weit natürlicher, um keine weitere Szene zu versäumen. Jedoch die nächste schon, mit der auch das Stück jäh endete, wirkte wie ein echter Sturm in einem Theater.

Die Dame gab dem Träger eine Krone, der durchaus unbefugte Träger nahm sie, zog seine Mütze, setzte sie noch im Zimmer wieder auf und polterte die Treppe hinab wie ein befugter.

Der offene Mund des Wirten würde dem offenen Portemonnaie geglichen haben, wenn die Dame gleich dem Manne sprachlos geworden wäre und es noch in der Hand gehalten hätte.

Am nächsten Morgen, etwas spät, etwa neun Uhr, trat Herr Andree mit einer Schaufel in der Hand – es hatte über Nacht tüchtig geschneit, jetzt brannte eine wolkenlose Sonne – aus dem Pförtchen. Nicht, als ob er wen erwartet hätte. Oh nein!

Er fühlte nur zu Tätigkeit sich aufgelegt. Dies Gefühl war, wie die Ursonne aus dem Nichts, mit einem Knall entstanden.

An einem weißen Pfahl hängt eine blaue Schlange: Unter diesem Symbol sprang ihm der Tag ins Aug'. Das Instrumentarium des Geistes lag also wieder blankgeputzt auf dem Polster des Hirns und verbrauchte sich fast von selbst – wie obige Metapher bezeugt; sonst zeugt sie so gut wie für nichts – zu einer sinnvollen Handlung.

Hochgestimmt als Entdecker eines neuen Gefühls, bemerkt man ungern, daß man nicht allein ist. Die Innerlichkeit hat, auf dem Vehikel der Ekstasis, zu weit in die Aura sich hinausbegeben, einem mißgeschickten Teleskope gleich, das auf die allernächste Nähe prallt, um vor der gründlichen Blamage noch zurückgezogen werden zu können, und nichts erwartet ein Columbus, der eben sein Amerika betritt, weniger als, genau gerechnet, drei Namensvettern und eine Base, die im selben Augenblick dasselbe tun.

Von der »Kaiserkrone« her, in nicht zu leugnender Richtung auf den Turm, arbeiteten sich drei Personen durch den Schnee, zwei Männer und ein Weib, das Weib an der Spitze: die schöne Magd. Gerade diese jedoch beunruhigte Herrn Andree nicht. Je näher sie kam, in desto größere Fernen schwand sie. Was auf die beschriebene Weise zu Ende gebracht worden, läßt das Weiterleben an solchem Friedensschluß beteiligt gewesener Personen zu einer Tatsache zweiten Ranges sinken, und diese Tatsache ist vielleicht der einzig gewichtige Einwand gegen das Lösen von Problemen und gegen Friedensschlüsse überhaupt. Die Dame, das Gepäck und das Trinkgeld hatte er vergessen. Sie gehörten zur Depression und waren durch den über Nacht mächtig angewachsenen optimistischen Druck restlos aus dem Leibe befördert worden. (Das große Verdienst des Glühweins, die Intensität der Wahrnehmung beträchtlich vermindert zu haben, wollen wir nicht unterschätzen.) Aber: vom Adelseherschen Hofe kam sein Herr, zwar ohne Schaufel, doch in Schaftstiefeln, ein von dem Türmer gern gesehener, leider seltener, doch immer bedeutungsvoller Gast. Es gibt Leute, die immer dann auftreten, wenn etwas Entscheidendes mit uns geschehen soll. Sie sind nicht unsere intimen Freunde, sollten es eigentlich sein, aber werden es nie. Sie zählen zu jenen Werken, die wir nie geschrieben haben und die unsere besten geworden wären. Wahrscheinlich müssen wir den Zoll der menschlichen Unvollkommenheit gerade vor der Brücke entrichten, die Frau Vollkommenheit zu passieren pflegt, nie natürlich, wenn wir darübergehen. Wo das Kreatürliche mit einem Jahrmarktsschweinchenseufzer endet, gibt es die Zufälle nicht mehr. Sie leben nur in unreiner Luft von unseren Sünden, begangenen und noch zu begehenden, und machen sich aus dem Staube, der wir sind, wenn der eiserne Besen kommt, den die Notwendigkeit führt. Es bestand kein Zweifel, daß der entscheidende Nachbar, der ein solcher ja gleich bei der Grundaushebung geworden, mit ihm sprechen oder ihn feierlich, wie es seine Art, besonders seine Sonntagsart war (richtig! heut' ist ja Sonntag!!), begrüßen wollte. Herr Andree vollführte einige entgegenkommende Schneewürfe mit der Schaufel, Herr Adelseher wies überlegen auf seine Schaftstiefel. Nachdem sie einander herzlich die Hände geschüttelt hatten, wie intelligente Grenzer, die aus tiefster Einsicht in das Da- und Dortgeborensein ihr Hüben und Drüben respektieren, dies zu tun gewohnt sind, pries Herr Adelseher auf seine emphatische Weise den herrlichen Tag, blickte aber angestrengt nach den Türmchen der Kartause, die wirklich schwer als diese zu erkennen waren, denn der Schnee auf der Kimme der Straße setzte ganz ähnliche Türmchen zwischen diese und jene. In aller Unschuld seiner puren Physik, auch als Asphalttreter und hinterkopfloser Maler, und gar als der nunmehrige Techniker, vermochte er die Anspielerei des sonntäglichen Blicks nicht zu verstehn. In dem Glauben, den wir haben, überragt die Verehrung die Liebe, wie der Eifer für das Haus Gottes das Haus. Und weil Er an Sein Unbekanntsein gebunden ist wie der Cavalier an die Diskretion, muß es Seelen geben, die ihre größte Aufmerksamkeit darauf richten, daß des Allerhöchsten höchste Tugend nicht Ursache des Lasters der Gottlosigkeit werde. Für den erhaben Schweigenden müssen die redenkönnenden Geschöpfe eintreten, die nicht den unbegreiflichen Eid abgelegt haben, das Sein des Wahren zu verheimlichen. Vielmehr haben sie einen Eid auf die Sprache abgelegt. Und unter diesem Eide, dem Logik und Grammatik zu Hilfe eilen, sagen sie aus, daß der lebt, der nicht zu existieren scheint. Für Andree befand sich dort keine Kirche, sondern eine Weltgegend. Wären doch die Vielen, die einen Dom, von dem sie nie geträumt, den sie im Wachen nie apperzipiert und daher nicht einmal verdrängt haben, bewundern, ebenso aufrichtig! Die Kunst- und Kulturgeschichten, von solchen Leuten dann für solche Leute geschrieben, würden anders aussehen: überaus armselig zwar, aber überaus glaubwürdig. Aber zu dieser Glaubwürdigkeit wird es nie kommen.

Soweit, so gut, wie der Notar zu sagen pflegte, und: Atelier bleibt Atelier. Und daher kann wieder zurückgetauscht werden, wie wir im Vorspruch bereits angedeutet haben.
Wenn Gott findet, daß genug gelitten worden ist, läßt er vor der »Kaiserkrone«, wo ehedem die Post gewesen – jetzt kehrt, für einen Trunk, nur der Bote zu –, den draußen abgestellten Postwagen zusammenbrechen, ein uraltes Gefährte, das bis zu diesem Augenblicke noch zusammengehalten hat, und in eben diesem Augenblicke den ehemaligen Maler dazukommen, damit dem nun kund werde, daß die Zeit der Strafe abgelaufen und seine vor zwanzig Jahren nur schlechten Malereien jetzt in Frankreich die große Mode geworden seien. Himmelkreuzteufelwolkenbruch und Blitz und Donner!! Das hat er in dem verdammten Flecken, wohin nur das Recklingensche Wochenblättchen kommt, natürlich nicht erfahren können, daß er beim bloßen Fehltritt vom akademischen Wege den Ozean überquert und einen neuen Kontinent entdeckt hat!! Da muß erst – zufällig – ein Postwagen zusammenfallen und neben Briefen und Paketen – wieder zufällig – einen Bund Zeitschriften ältesten Datums ausspeien, halb zerrissen, fehlgeschickt, vielleicht schon zurückgeschickt – das wäre hierorts kein Wunder! –, um, ohne jede Entschuldigung, ihm bekannt zu machen, daß er gebüßt hat, wofür ihm Lorbeer gebührt hätte! Da lag er auf dem Bauche, neben den ebenfalls auf dem Bauche liegenden Rädern und sog und sog, gleichsam aus einem Höhrrohr unter'm

Boden, was Paris zu ihm sprach. Die Leute liefen auf die Gasse, um den (vielleicht tödlich) Getroffenen noch halb lebend anzutreffen, auch der Postbote eilte herbei, allerdings im oberen Stock erwägend, wer an wem schuld sei, der Andree am Wagen oder der Wagen am Andree. Nur das Pferd fraß ruhig den Hafer weiter. Ein Standpunkt, den auch wir einnehmen. Das halbe Dorf geleitete den von seinem Kreuze Abgenommenen – woran er unschuldig so viele Jahre gehangen hatte – nach Hause. Als sie aber den Turm verließen, geschah ein ungeheurer Krach. Und sie flohen in ihre verständlichen Heime. (Bis zur Auferstehung des Herrn Jesus Christus gehen ja auch fast alle mit. Nur nachher wird's brenzlig.) Der Herr Andree hatte seine photographischen Apparate kurz und klein geschlagen!! Drei Tage später war er verreist. Unbekannt wohin. Nur Vater Till, dem er den Turm verkauft hat, lächelte wissend, die Pfeife vor dem Munde. Aber ehe sie ausging, steckte er sie wieder hinein. Wir vermuten, daß er nach Frankreich sich gewendet hat, um dort sein Erstlingsrecht einzuklagen. Ob ihm das, unter lauter Nachahmern, denen gar kein Original vorhergegangen,
gelungen ist?

DAS DUELL
oder
VII. KAPITEL

in welchem wiederum, doch diesmal hauptsächlich von einem Satelliten namens Mullmann die Rede ist und wie diesen die Begegnung mit dem verwundeten Grafen Lunarin, dem Vater des jüngeren Lunarin, in eine neue Bahn drängte.

Auch die größten Baumeister haben als Kinder auf und mit Sand gebaut. Und nichts an ihren allerorten gleich geformten und gleich vergänglichen Werken hat vermuten lassen, daß sie als Männer fest gegründete und etliche Jahrhunderte überdauernde Häuser errichten werden. Und in nur ihnen eigentümlichen Stilen.

Wie den Eltern, Geschwistern oder Spielkameraden künftiger Genies ist es uns mit einem bereits erwachsenen Menschen ergangen, mit einem gewissen Herrn Mullmann, dessen Bekanntschaft wir gemacht haben, als er eben erst geboren worden war: während des Brandes nämlich der Oper; gleich dem Salamander im Feuer. Weswegen unmöglich schon damals ein neues Etwas an einem, seinem alten Nichts noch so nahe Stehenden, auf den Geschäftsträger der Atriden von der Königinstraße, der er heute ist, hatte hinweisen können. Ein sogenanntes Wunder braucht eine geraume Zeit, die übersprungene natürliche Entwicklung nachzuholen. Was aber ist die Ururschache der Verwandlung einer Tratschbase in eine Pythia, eines Schlüssellochguckers in einen Seher, eines Horchers an der Wand in einen Hörer sonst unhörbarer unterschwelliger Gespräche? Denn der Brand der Oper, anscheinend mit sich selbst beginnend und in sich selber endend wie jede gewaltige Katastrophe, in deren Zentrum man sich befindet, ist, von außen besehn, doch nur ein Glied in einer Kette von Wirkungen gewesen. Und: ein Subalternbeamter kann bis zu einem bestimmten Dienstgrad avancieren. Eine subalterne Person aber, kann jemals sie eine superiore werden? Kann *quantitas* in *qualitas* umschlagen? Diese Frage zu bejahen, verbietet uns der Philosoph. Sie nicht zu verneinen, gebietet uns die Gerechtigkeit.

Nun: für Herrn Mullmanns wunderbar anmutende Überschreitung des Niemandslandes zwischen seiner einstigen und seiner jetzigen Person besitzen wir eine, wie wir glauben, vernünftige, wenn auch von ziemlich hoch hergeholte Erklärung.

Wie der aus dem luftleeren, dann luftärmeren Raum kommende Meteorit die später schon dichtere Atmosphäre aufleuchten läßt und – sofern er in dieser nicht sich auflöst – die Erde bestürzt und die um seinen Kniefall herumwohnenden Leute, also handelt und ursacht auch ein Bruchstück Geistes, gleichgültig ob guten ob bösen, das, aus einer kosmischen Vorratskiste gekollert, ohne heimtückische Absicht, nur der Freiheit sich freuend, schnurgrad, bums, in irgendeine der denkfriedlich daliegenden Landschaften hineinfährt. Ha! zu welch prasselndem Galoppieren doch dieses alle Sicherheiten erschütternde Ereignis die spatlahmen oder an Maulfäule leidenden Gemüter bewegt! Und in welche Tiefen, die durch eignes Bohren sie nie erreicht hätten, die Gehirne gelangen dank eines solchen Hammerschlags auf's Schädeldach! Keine Zweifel, daß wir jenes einzigartige Zeugnis des plötzlich Begabtseinkönnens eines unbegabten Menschen, Enguerrands Testament, dem Erscheinen des Grafen Lunarin verdanken! Und daß es nur mit einer Feder geschrieben sein konnte, die der über seinen Neffen und Erben bis zu dunkelstem Smaragdgrün sich ärgernde Baron dem Pegasus selber entrissen hat, als dieser einmal zu nah am Schloß vorbeigeflattert ist!

Noch im ersten Viertel dieses Jahrhunderts hat das Finanzamt der Residenz von jedem zu Markt fahrenden Bauern oder Händler, auch von jeder fußgängerischen Person, die eine Butte voll Gurken oder einen Sack Erdäpfel trug, oder mehr als eine Gans stadtwärts trieb, eine Steuer eingehoben, Verzehrungssteuer genannt. Als ob die Bewohner der Häuserwüste genug an ihren Heuschrecken zu haben hätten, daher schon einen Krautkopf oder ein Salathäuptel zu den Luxusgegenständen zählen müßten! Jene bloß gedachte Linie, die der schon längst zugeschütteten Gräben und geschleiften Wälle Stelle vertrat und Verzehrungssteuerlinie hieß, wurde sichtbar und handgreiflich dort, wo dieselbe lehmige Straße in eine Land- und in eine Stadtstraße sich gabelte, was noch ziemlich weit draußen geschah, in dörflicher oder so gut wie gar keiner Gegend. Wie zum Beispiel die eine war, welcher Neunzehnhundertzwo und eines wolkenlosen, sehr kalten Vorfrühlingsabends der Akzessist Mullmann seine dienstliche Aufmerksamkeit widmete. Er lehnte am hochgezogenen Schlagbaum, die Füße unter'm Knie, die Hände hinter dem Kopfe gekreuzt, sehr ähnlich einem während des Absprungs vom Boden plötzlich erstarrten kosakischen Tänzer. Leute, die mit den verlogenen Harmlosigkeiten derer, die das Verdachtschöpfen der Verdächtigen zu verhindern trachten müssen, nicht vertraut sind, hätten glauben können, er schliefe; zwar sehr schön, aber reichlich unbequem. Wohl, er übertrieb ein bißchen die polizeiliche Verstellungskunst. Weil er noch neu beim Geschäft war, jung, ehrgeizig, und sich selber beobachtet fühlte, vom Vorgesetzten, der Anfängern mißtraute wie ein geborener Katholik einem Konvertiten, und von den dienstältern Kameraden, die der Vermehrung ihrer bereits verschworenen Gemeinschaft erst nach vielen Stichproben in den Aufnahme begehrenden Kandidaten zuzustimmen vermögen. Begreiflicher Weise! Müssen sie doch auch im pensionierten Zustande mit den im aktiven gemachten Bekanntschaften das Auslangen finden!

Die Gegend nun, die weder für einen Maler noch für einen sich erholen wollenden Städter eine ist, wäre, hinsichtlich des Vorkommens eines Verzehrungssteuerpflichtigen in ihr, mit einem einzigen, sogar flüchtigen Blick, auch durch eins der nicht wenigen Fenster des während der wärmeren Monate mit wildem Wein beschuppten, jetzt mit seinen nackten Stöcken und

Ästen fest verschnürten Amtsgebäudes gründlich zu überschauen gewesen. Sie zeigte dem gegenwärtigen Menschen das Bild der Erde nach dem Abfluß der Sintflut. Eines Meerbodens, der noch deutlich das Meer vermissen ließ. Kamelhöckrig und kamelgelb, baumlos, nur da und dort mit einem Milchbart von Gras schon eine gewisse Dauer des nachsintflutlichen Zustandes bekundend, dehnte sie sich als unebene Ebene linker Hand bis zum Horizont, und endete rechter Hand etwas früher, aber noch ferne genug, vor einer Kette sommers fast giftgrüner, herbstens gelb, rot und violett gesprenkelter Hügel, zwischen denen, wenn's dämmert und bis spät in die Nacht hinein, jenen Laternen gleich, die dem Wanderer ein Stück aufgegrabener Straße zu bedenken geben, Ortschaften hängen, berühmt für ihren Wein, noch berühmter für die gewaltigen Trinker desselben, die zu Wagen kommen, um wieder nach Hause kommen zu können. Hinter den fröhlichen Hügeln erheben sich mäßig große, dunkel bewaldete Berge, nur sonntäglich überlaufen und dann nicht unbeträchtlich gelichtet vom städtischen Fußvolk. Die ärmsten Vandalen tragen Holz für den Winter heim, die weniger armen springbrunnhohe und marktweibdicke Sträuße von Haselbuschzweigen, Glockenblumen, Disteln und Farren für ihre Wasserkrüge und Einsiedegläser.

Um den ersten Eindruck, den die Gegend weckt, nicht durch den an letzter Stelle empfangenen zu schwächen, haben wir unterlassen zu sagen, daß auch sie bereits die Merk- oder Wundmale der Ausbeutung trägt. Das absichtlich Versäumte wird jetzt nachgeholt, weil keine Gefahr mehr besteht, es könnte jemand das dienstliche Gesichtsfeld eines Betreuers der Verzehrungssteuerlinie mit dem außerdienstlichen verwechseln, auf welches alles gehört, was nicht des Kochtopfes. Zum Beispiel: der Lehm. Der Lehm nämlich ist das Gold der armen Gegend. Aus Lehm macht man Ziegel, aus Ziegeln Häuser, aus Häusern Geld: Dinge, von denen nur der Staat ein tüchtig Stück abbeißen darf. Weswegen sie für einen städtischen und auf den Lebensmittelbezirk beschränkten Beamten nicht existieren. Ein klarer Fall von behördlich gebilligter Apperzeptionsverweigerung! Das Nichtwahrhabenwollen, zum Beispiel, der, wie allerdings man zugeben muß, nur schwer wahrzunehmenden, weil gleich Milben auf altem Käse sich bewegenden Arbeiter und Arbeiterinnen, die den Lehm stechen, mit einem dunklen Vergnügen an seinem nackten Klatschen ihn in die Scheibtruhe hauen und dann Öfen zuknarren, die vom nämlichen Lehm also verschmiert sind, daß nur bei höchster Durchsichtigkeit der Luft sie die Ähnlichkeit mit den benachbarten Kamelhöckern verlieren – ein Umstand, der die Apperzeptionsverweigerung zusätzlich erleichtert!

Es gibt aber auch zweideutige Fälle! Fälle, die schwankend zwischen den zwei Gesichtsfeldern daherkommen. Wie jener vornehme, glänzend schwarz lackierte, geschlossene Fiaker, der, am Abend dieses für den Akzessisten Mullmann so denkwürdig werden sollenden Tages, mit größter Schnelligkeit, lautlos auf seinen Gummirädern, vorangemeldet nur durch das Geklopfe der acht Pferdehufe an die noch ein wenig gefrorene Straße, vom Lande kommend der Verzehrungssteuerlinie sich näherte, ohne Zweifel in der Absicht, sie zu überrollen, ehe der Schlagbaum niedergelassen werden konnte.

So rasch wie der Soldat Mullmann, wenn Tagwache geblasen worden, in die Unterhosen gefahren ist, so rasch fuhr der Akzessist Mullmann aus dem täuschend echten Schläfchen, das angesichts eines gar nicht sich tarnenden Verbrechers seinen feinen Sinn natürlich nicht mehr hatte, entschlossen – weil zum Niederziehen des Schrankens keine Zeit mehr war –, sich vor den noblen Wagen zu werfen, der eine diesem entsprechende Konterbande führen mußte, wohl die Strecke einer Jagd, Hasen, Rehe, vielleicht auch einen kapitalen Hirschen, hochherrschaftliche Lebensmittel, auf die ein ebenso hoher Zoll gesetzt ist. Schon sah er sich unter den Pferdehufen, aber auch mit einer belobenden Anerkennung, mit einer Medaille, ja sogar mit einer Rangerhöhung ausgezeichnet, für ein über's gebotene Verhalten weit hinausgehendes, freiwilliges, lebensgefährliches, nicht unähnlich jenem, das ein künftiger Mariatheresienritter an seinen Schicksalstag legen wird, als das Schlachtglück eine unvorherzusehende Wendung nahm und sowohl den schmerzlichen wie den erfreulichen Vorstellungen ein Ende bereitete.

Nur noch etwa zehn Meter entfernt von der den Pferden bereits in die Zügel greifenden Hand, brach, ohne anzuhalten, fast rechtwinklig, der Fiaker nach links aus der Schußlinie der Verzehrungssteuerlinie, überholperte, ohne umzuschmeißen – was seine vorzügliche Federung bewies –, ein gutes Dutzend der ungleich hohen und ungleich breiten Bodenschwellen und gelangte, ehe unser Mullmann, obwohl laufend auf der Geradesten, die jemals zwei Punkte miteinander verbunden hat, ihn erreichte, zu einem halbwegs ebenen Stück der unebenen Ebene. Dort aber, statt die eigentlich sinnlose Flucht fortzusetzen – befand er sich doch noch immer auf zollfreiem Gebiete, und ist er dem Begehen des Delikts der Steuerhinterziehung sogar unter Gefahr des Radbruchs ausgewichen –, hielt er jach inne. Gleich einem Verfolgten, der seinem Verfolger entgegentreten will. Gleich einem Raufbold, der mit geballten Fäusten wartet, ob einer wagen wird, ihn anzugreifen. Nur ein wenig später wurde der linke Wagenschlag geöffnet, ohne den ihn Öffnenden aber sehen zu lassen. Sofort stand für den Herrn Mullmann fest, es sei die unliebenswürdige Einladung, näherzutreten, um den tödlichen Schuß zu empfangen. Er drückte die Augen zusammen und riß sie, gewissermaßen nach hinten, auf, denn: an einem der mißtrauisch umbuschten Fenster des Verzehrungssteuerlinienamtes befanden sich ja die den Anfänger beobachtenden Vorgesetzten, denen die Lebensgefahr, in der dieser jetzt schwebte, natürlich unbekannt war. Mit welch' ihn belobendem Entsetzen würden sie seinem Heldentod oder bestenfalls seiner schweren Verletzung beiwohnen! Vom inwärts gereichten Lorbeer dicht beschattet und für den nächsten Augenblick blind gemacht – wie Daphne desselben Baumes Blätter hervorbringt, um dem werbenden Apoll zu entschwinden –, setzte er einen Fuß auf's Trittbrett, und trat er auf einen andern.

»Mein Herr!« sagte eine strenge Stimme, die durch ihre optischen Begleitumstände vollkommen bewahrheitet wurde – einen breiten Biberkragen, einen viereckig geschnittenen Vollbart, in dem mehr ein Masken- als ein Menschenmund steckte, scharfe Brillengläser und einen Zylinderhut –, »dieser Wagen führt weder Fleisch noch Butter, sondern einen Kranken«. Niemand hätte dem Akzessisten zu vermelden brauchen, daß der Mann ein Arzt sei. Es gab damals noch ein Standesbewußtsein, das die verschiedenen Einzelnen wesentlich vereinfachte. Erst in unserer spezialisierten Zeit sehen die Doktoren wie Handlungsreisende aus, die Handlungsreisenden wie erfolgreiche Buchverfasser und wird die Zahl der Leute wirklich unendlich. Der Arzt also beugte sich, etwas widerwillig, zurück und gab den Blick frei auf einen in der Ecke Lehnenden, dessen Oberkörper zu Weiß und ein bißchen Schwarz zerfallen war. Im Weißen bemerkte der Beamte große Tintenflecke.

»Warum sagen Sie nicht die Wahrheit, Professor, wenn man diese Wahrheit bereits sieht?« Und der wegen rasch einfallender Dunkelheit nur dem Umriß nach Kenntliche hob das blutgetränkte Tuch. »Diese Ehre wurde mir in einem Duelle erwiesen, das vor etwa einer halben Stunde und in dem schönen Tribuswinkel, welchen Sie, junger Mann, wohl von anderen Vergnügungen her kennen – es ist der einzige Ort hier, der für Liebende noch dichte Bäume bereitstellt –, stattgefunden hat. Und daß Sie wissen, mit wem Sie reden, obwohl Sie noch kein einziges Wort geäußert haben: Ich bin Graf Lunarin und wohne in der Königinstraße Numero zwo, in einem prächtigen Hause, das von dem berühmtesten Baumeister des siebzehnten Jahrhunderts errichtet worden ist. Ich besitze auch noch andere Titel. Für den berücksichtigungswürdigsten im gegenwärtigen Moment habe ich den eines Kammerherrn Seiner Allergnädigsten Majestät gehalten.« Der Professor lüftete den Hut. Der Akzessist vergaß bereits zu salutieren. »Sobald wir zu Hause sind, werde ich Ihnen das Insignum der hohen Auszeichnung zeigen. Es ist ein Schlüssel aus purem Golde, sehr zierlich gearbeitet, den man unter dem Frack an der rechten Hüfte trägt. Ich bin, wie Sie nach dem Gesagten glauben werden, über die Ansichten Seiner Majestät, die Er von den edelmännischen Schlägereien hegt, genau unterrichtet. Ich müßte daher, wenn Sie nach meinem Geständnisse die Anzeige erstatteten, wozu Sie, obwohl nicht zuständig, doch verpflichtet sind – auch die leichteste Beschädigung des Gesetzes zwingt den guten Bürger zu Hilfeleistung –, ihr zuvorkommen. Was Allerhöchst Selbst zum angeblich freiwilligen Bekenntnisse meiner Schuld sagen werden, weiß ich nicht. Aber das Eine weiß ich: daß dies jetzt eine Anlegenheit zwischen uns beiden ist, die der ausgiebigsten Besprechung bedarf. Ich darf Sie also höflichst einladen, weil im Coupé kein Platz ist, den Sitz neben dem Kutscher einzunehmen, und Sie bitten, als glücklich Wissenden um Weg und Steg, wo keine vorhanden sind, den Wagen heimwärts zu leiten.«

»Sie haben für einen Schwerblessierten genug geredet«, sagte grob der Arzt, mit einem bösen Seitenblick auf den ebenso harmlosen wie nun zu einer gewissen Gefahr erhobenen Menschen, den ein bloßes Anschrein zum schleunigen Rückzug gedrängt haben würde.

Gleich darauf fiel der Graf in Ohnmacht. Oder tat so, als ob er aus begreiflicher Schwäche in tiefen Schlaf verfallen wäre! Bei den Lunarins nämlich kann man kaum jemals zwischen der oberflächlichen Wahrheit und einer noch tiefer darunterliegenden unterscheiden. (Das könnte nur ein von ihnen verstoßenes Weib. Sein vom Eis des Mannes verhärteter Blick durchschlüge spielend den doppelten Boden.) Er hatte auch nicht nötig, weiterzureden. Wenn einer trotz schwerer Verwundung die Sätze so wohlgefügt wie bei bester Gesundheit errichtet, trotz täglicher Übung des Trennens von Geist und Leib auch diese härteste Probe besteht, die Klarheit der Todesstunde vorwegnimmt und noch mitten im Sterben ein Problem sieht, das er nach dem aufregenden Erleben seines Begräbnisses behandeln wird, so hat er jede Art von Ruhe verdient. *Ultra posse nemo tenetur.*

Auch in unserer Zeit, so ferne sie der im Evangelium geschilderten liegt, gilt das Wort: Folge mir nach, und lasse die Toten ihre Toten begraben. Allerdings erscheint der Herr – nach vollbrachter Erlösung, die den vorbildlichsten Menschen gezeigt hat – in den wunderlichsten Gestalten. Als unbekannter Bettler oder als Graf mit einem berühmten Namen. Beide stoßen ab oder ziehen an nur die gewöhnlichen Leute. Die mit einem tieferen Auge ausgestatteten halten sich wenig oder gar nicht beim Verkleidetsein dieser Botschafter auf, sondern sagen: Macht mir nichts vor, sondern legt mir die himmlische Forderung dar. Ich höre!

Leider oder glücklicherweise – wir werden die Folgen später sehn – besaß der Herr Mullmann jenes merkwürdige Auge. Es ist wie beim verliebten Zustand, der unmittelbar über den Arglosen hereinbricht und ihn die Welt vollkommen verkehrt sehen läßt. Das Rot wird Grün, das Gelb wird Violett, ein süßer Blick goldeswert, ein entzogenes Händchen zur Selbstmordursache. Alle nicht verliebten klugen Erwägungen zwischen Ja und Nein sind hinweggeräumt. Entweder nur die Sonne oder nur das Nichts! Dieses hatte mit seiner beispielmäßigen Rede – man merkt deutlich, wie sehr es zur rechten Stunde auf das rechte Wort ankommt – der Graf bewirkt. Er konnte also, nach der wahrlich unnötigen Ermahnung des Professors, in Ohnmacht fallen oder in Schlaf versinken oder eins von den zweien vortäuschen, weil er mit der Sicherheit eines Erlösers wußte, daß ein Fischer nach Gesetzesbrechern, der seine schwere Angel in fremde Gewässer tunkt, in die weitaus feinere des ihm offerierten Dilemmas – um sich selber vor Strafe zu bewahren – beißen wird. Am Rande des Wunders der gräflichen Intelligenz, die soeben eine ihr ähnliche gezeugt hat – natürlich mit der Respektsdistanz zwischen Vater und illegitimem Kind –, versteht sich von selbst, wir brauchen den Umstand eigentlich gar nicht zu erwähnen, daß der Herr Mullmann, im Säuglingszustand auf der höheren Ebene, seine Väter auf der rationalen Ebene, die ihn beobachtenden Vorgesetzten, völlig vergessen hatte. Auch was aus ihm und seiner Mutter, die von einer winzigen Rente und dem kargen Einkommen ihres Sohnes lebt, werden würde, wenn er ohne Berichterstattung vom überdies fehlerhaften Anhalten eines herrschaftlichen Fiakers gerade in diesem das Weite suchte – ein für die Obern unerklärliches Benehmen, welches Disziplinaruntersuchung und, ungünstigsten Falles, sofortige Entlassung nach sich ziehen wird –, kam ihm ebenfalls nicht zu Sinn. Der Sinn war verstopft durch das senkrechte Fallen des Grafen in des Mullmanns auf's Allernächste gerichtete Begriffsvermögen, auch ließ das Schwergewicht ein denkerisches Atemholen der üblichen Art nicht mehr zu.

Nun folgen die Gliedmaßen sowohl den Anregungen zur Sünde wie denen zur Tugend (bei Nichtasketen, die keiner dogmatischen Begründung bedürfen), ohne einen besondern Willen zu jener wie zu dieser merken zu lassen. Was man gemeinhin einen besondern Willen nennt, ist nur das Sichbiegen der Baumäste im jeweiligen Wind. Sie werden auch wie die Bäume selbst gefällt und verbrannt. Um die Hölle zu heizen! Ein untergeordneter Dienst der nunmehrigen Verdammten!! Herr Mullmann hatte gar keinen eigenen Willen. Er hatte an Stelle dessen jetzt den des Grafen. Er war sonach unschuldig an seiner Schuld, wie das Neugeborene an seinem Dasein. Was die Ahnenkette, die mit einem etwa früheren Existieren verbindet – wir wollen sie nicht leugnen und nicht behaupten –, entzweisägt. Er wußte auch nicht, wie er auf den Bock gelangt war. Die Füße, glaubte er fest, hatte er nicht benützt. Er war auch neben einen durchaus fremden Menschen zu sitzen gekommen. So fremd, wie Eva dem Adam erschienen sein mag, die Gott eben erst aus dessen Rippe geformt hatte.

Um den tiefsinnigen Irrtum einigermaßen zurechtzubiegen, sei auf die Tatsache hingewiesen, daß der Kutscher halblaut, zwischen Zähnen und Lippen, eine unverständliche Sprache hervorstieß. Etwas wie *diable!* oder *sacrebleu!* Er war nämlich Franzose. Und unser Akzessist hatte nur mit Müh' und Not die sogenannte Bürgerschule absolviert, ein zur Fortbildung in Unbildung begründetes Institut, doch genau den Katechismus erlernt. Hiefür haben die fromme Mutter, ein befreundeter Geistlicher und das von keinem weltlichen Wissen belastete Hirn gesorgt. Daher er sogleich zum Anfang der Menschheitsgeschichte hinuntergefahren ist. Besser nun diese blitzschnelle Reise als das nur langsam zu erwerbende Verständnis einer nach der babylonischen Verwirrung entstandenen Sprache! Als strikter Beweis für die Unzulänglichkeit sogar des flinken Parlierens in einer derselben kann der Umstand gelten, daß, selbst bei Kenntnis des französischen Idioms, der Herr Mullmann keines Falls – wenigstens derzeit nicht – bis zur eigentlichen Ursache des polyglotten Lunarinschen Haushaltes hätte vorzudringen vermögen.

Der Professor rief durch's offene Coupéfenster dem Kutscher ein energisches *Allons!* zu, der Kutscher setzte den Ruf in ein kräftiges Peitschenknallen um, wies die ohnehin nur schüchtern deutenden Handbewegungen des uniformierten Wesens mit Nichtbeachtung zurück und fuhr, Franzose, der er war, nach immer noch gegenwärtiger Geschichte sich auskennend in Schlacht-, Lehm-, russischen Schnee- und afrikanischen Sandfeldern (er stammte aus Algier), etliche hohe Kamelhöcker überrundend – der Herr Mullmann mußte am Bock, und sogar an der durchaus fremden Person sich halten, die hochmütig wie ein gewiegter Stromschnellenbootfahrer zu dem Ungeschickten herablächelte – der Graf fiel jetzt wirklich in Ohnmacht, der Arzt ordinierte im Dunkel des Wagens –, ziemlich gerade der Straße entgegen, deren erleuchtete Fenster, es war inzwischen Nacht geworden, ihm die rechte Richtung wiesen.

Die Sterne standen schon knopfdicht am Himmel, als der Fiaker, den die unebene Ebene zu einem schwerfälligen Lastwagen herabgesetzt hatte, in die erste städtische Gasse einbog. Auf dem würfelförmig zugehauenen Pflaster rollten – für es und seine scharfen Abgrenzungen geschaffen – die Gummiräder mit einer berufsmäßig zarten Erschütterung, dem ihnen ebensowenig wie dem Herrn Mullmann bekannten Ziele entgegen, aber trotzdem in möglichster Eile. Daß zufällig die Umgebung zum Geburtsbezirk des nunmehr gewesenen Beamten gehörte, ja, daß genau so zufällig, weil der Kutscher eine Abkürzung nahm – und hier nähert sich, durch das Insistieren auf sich selbst, der Zufall dem Gesetze –, das vornehme Gefährte unter dem Fenster der armen Mullmannschen Mutter dahinjagte –: dieser mehr als zufällige Umstand würde einen andern gleichfalls grundlos Flüchtenden von seinem Dienstplatze, dessen Pflichten und auch Rechte kurz zuvor ihn begeisterten, mit einem verkrümmten Finger (die Alte litt an der Gicht, der Sohn wusch abends das Geschirr, besorgte die Reinigung des Haushalts) zur immer noch rechtzeitigen Besinnung gestoßen haben. Über diese Straße war nämlich die fadenfeine Grenze gespannt. Ein Halt, dem Kutscher zugerufen, oder (sollte der ihn nicht verstehn) ein reichlich verspäteter Griff in die Zügel, und der Wagen muß halten. Was aus dem Schwerblessierten wird? Das ist ganz und gar unwesentlich. Mag er sterben, mag er weiterleben! Man greift sich an den vom gichtigen Finger erschütterten Kopf, man springt, noch innerhalb der geistig vorgezeichneten Linie (der Verzehrungssteuerlinie) vom Bock, man eilt statt vorwärts zurück – das Versäumnis von etwa eineinhalb Stunden läßt sich entschuldigen –, und Wagen nebst Insassen sind wie im Erdboden verschwunden. Bei solcher Sachlage kann kein Mensch einem allein sich Rettenden nachjagen!

Jedoch: der Wagen fuhr mit unverminderter Eile weiter. Das hemmende Wort ward nicht gesprochen, jener allgemeinverständliche Handgriff nicht getan, ein auch kurzer Blick zum mahnenden Fenster hinauf nicht gesendet. Bis vor kurzem konnte man den vom Willen des Grafen Entführten noch halbwegs begreifen. Ab jetzt aber wird's – anscheinend – rätselhaft. Wenn die Geschichte des guten Sohnes aus dieser Mauer bricht, wie ein Steinsturz diese Gasse vermurt: wie hat er heil durch ihn zu kommen vermocht? (Unter den Trümmern der Geschichte lag auch, zu Tausenden von Splittern entseelt, die Gestalt der sie hervorbringenden Mutter!)

Es wird so gewesen sein: Der Glaubende glaubt – vor allen zweitrangigen Glaubensdingen – an sich selbst. Dieser Glaube überwuchert sein Ohr, daß er viel stärker das innere als das äußere Wort vernimmt, und umgibt wie dichter Epheu sein Auge, daß es nur durch den winzigen Spalt zwischen zwei Blättern, was jenseits und diesseits vorhanden, wahrnimmt. Die enge Begrenztheit der hör- und sichtbaren Welt gestattet ihm, das so ziemlich Nächste undeutlich zu erblicken.

Die Straßen wurden breiter, die Häuser höher, die Plätze weiter, die Denkmäler häufiger, die Fernsichten, sowohl in die Fahrtrichtung wie nach rechts und links, dahingestreckter. Hier dehnte die Stadt von Innen her sich aus und drückte die Vororte zusammen. In einem dieser war, wie schon gesagt, Herr Mullmann beheimatet. Aber dem sanft Reitenden auf dem Bocke einer gummirädrigen Kalesche, neben einem galonierten Kutscher, der trotz inniger Nachbarschaft (wie Frankreich und Deutschland benachbart sind) das gemischtsprachige Grenzgebiet unter seiner einsichtigen Oberhoheit hielt – er hatte noch immer kein Wort, auch kein unverständliches, geredet –, erschien der gewöhnliche Boden in einem gehobeneren Zustande. Über diesen gehobeneren Zustand fuhr, einem höheren Ort entgegen, der ungetreue Beamte.

Als der Wagenlenker um ein Achtel vom Ganzen des Hinterns sich erhob – den Pferden gewissermaßen nachzulaufen, die, bei schlaffen Zügeln, jetzt dauernd ihm voraus waren –, auf seiner Wange ein energischer Kampf (um die Brücke von Lodi etwa) entbrannte, wußte der geduldete Mitfahrer, daß er diesem höheren Ort sich näherte, woselbst über warme Einladung und kalte Verabschiedung – je nachdem der Graf bei Besinnung ist, oder noch in Ohnmacht sich befindet: der Professor ließ keine Zeugenschaft erwarten – entschieden werden würde.

Wer niemals nächtens und pressiert auf dem hohen Kutschbock eines heute schon sehr altertümlichen Fiakers gesessen ist, weiß nicht, wie nahe man daselbst den Sternen; näher als auf dem Dache eines Hauses oder im Rohre einer Sternwarte. Der Stelzengang, das Reiten und diese Art Fahren sind die äußersten noch menschlichen mechanischen Fortbewegungsweisen, die deswegen auch noch mit der Natur der Natur zusammenfallen. Der Radfahrer krankt an Kleinheit und Lächerlichkeit, der Luftschiffer an einer nicht mehr apperzipierbaren Überlegenheit über den Erdboden und die Schwerkraft, und der Automobilist, weil seine rasende Eile dem *otium cum dignitate* widerspricht, dem er, der Wohlhabende, zu obliegen vermöchte, ist die monströse Schildkröte des Blechzeitalters. Wer das Urmaß verloren hat, befindet sich im Maßlosen. Was er dort wahrnimmt, nimmt er nicht mehr wahr als ein von Gott geschaffenes Organ, sondern als ein vom Mitgeschöpf erklügeltes Instrument. Er ist ein künstlicher Arm, ein künstliches Bein, ein Original, das auf die Stufe des Ersatzes – so ingeniös seine Erfindung – zurückgesunken ist. Kein Ding der unverbildeten Natur benützt etwa ein Taschentuch, um seine Nase zu putzen. Herrn Mullmanns Amtskappe streifte also nahe unter dem tiefblau samtenen Nadelkissen hin, das eine unsichtbare Hand, die für heute das Nähen aufgibt, immer dichter bestickte. Der viel höhere Zylinderhut des kutschierenden Bedienten war dauernd in Gefahr, seinem Träger in den Nacken geschoben zu werden.

Gewiß: Herr Mullmann ist schon des öfteren in solcher Haltung gefahren; auf Leiter-, Last- und Arrestantenwagen; aber einen zu Recht (vom Gottesurteil des Duells) wie zu Unrecht (weil Duelle verboten) verwundeten Grafen und Kammerherrn hinter sich, dem unter sträflicher Vernachlässigung des Dienstes er einen Dienst leistete, und das Haus Numero zwo der Königinstraße vor sich, wo ihm ein Schlüssel gezeigt werden sollte, der eine andere Tür als die zu einer schönern Zukunft unmöglich öffnen konnte, hatte er noch nie eingenommen.

Diesen Umständen zu Folge fuhr er, obwohl unter freiem Himmel, durch einen engen Tunnel zwischen zwei Aussichten – auf etwas Erfreuliches und auf etwas Unerfreuliches –, und weil nun einmal seine Neugeburt im Zuge war, erlebte er achtundzwanzig Jahre nach dem ersten unbewußt erlebten Akte, wohlfühlend diesmal, wenn auch nicht wohlwissend, wie er wieder aus einem Muttermund sich preßte und quälte. Ein seltener, ein außerordentlicher Akt, der die Welt gründlich zu verändern scheint. In Wahrheit stellt er nur ihre ursprüngliche Verfassung her. Kraft dieser sieht man sie dann ohne die Gerüste, Fadenkreuze, Wegweiser, Längen- und Breitengrade der in wissenschaftlicher Ruhe sich befindenden Vernunft. So wie auch jeder Liebende sie sieht. Der Liebende nämlich – obwohl er kein Aufhebens von dem Wunder der Leidenschaft macht, hält er doch die Zauberlampe, bei der er die göttliche Offenbarung liest, für das Licht, das allen leuchtet – schafft der Natur den Zustand des Tags zurück, aus dem sie geworden und aus dem die sündhafte Gewöhnlichkeit der Leute sie dauernd reißt. Nach dem Maß seiner kleinen Mietswohnung, deren Wände, Fenster, Türen und Einrichtungsgegenstände, Gerüche, Farben und Geräusche, Ordnungen und Unordnungen nur von ihm und für ihn Sinn haben, erkennt er pfingstgeistlichen Geistes die *in integro* restaurierte Natur als seine größere und eigene, weil sie von zahllosen Hinterstimmen wie von Millionen von Fingern starrt, die alle auf ihn deuten, und vor deren Spitzen, in engstem Raume, frei, aber auch gefangen, er schwebt.

Und nicht zu vergessen: es war Frühling, Frühling in einer Stadt, die wie keine andere von der Welt zu dieser Jahreszeit das genaue Wider-Bild ihres ursprünglichen Bildes auf die Staffelei der sanften Hügel stellt, die gleich Tumuli, unter denen Barbaren und Römer schlafen, die Häuser der recht blutgemischten Enkel umgeben in einem weiten Halbkreis. Wie nicht anders zu erwarten gewesen bei der für ihre Zeit einzigartigen und viele spätere Zeiten daher noch durchdauernden militärischen Durchschlagskraft der Soldaten Latiums, die wie jeden Ziegel, den sie zum Bau ihrer *castra* buken, so auch jedem einheimischen Weibe das Zeichen ihrer *legio* einbrannten, hatten die Nachfahren wahrhaft erobernder Väter und wahrhaft eroberter Mütter ihre Stadt, als sie Weltstadt geworden, von italienischen Meistern errichten lassen. Unter dem reichlich anfallenden Erbgut der weiblichen Linie, dem Schnee auf den pantheonischen Kuppeln und den attikagekrönten Dächern, mit den Eiszapfen an den korinthischen Kapitellen und den gebeugten Häuptern der balkontragenden Titanen glich sie einer zur sonderbarsten aller Hadesstrafen verurteilten Abtrünnigen vom allromanischen Bunde.

In dieser Verfassung wurden ihre Tugenden zu Lastern, ihre lichten Seiten zu ihren dunkelsten, ihre Eumeniden zu Erinnyen. Der Erdboden und die Lage des Erdbodens kamen für fünf lange Monate zu ihrem matriarchalischen Rechte, das für sieben wesentlich kürzere der noch immer unüberwindliche patriarchalische Sieger wieder nahm: nordische Kälte während jenen, Steppenhitze und schädliche Dürre während diesen machten die prächtige Stadt, die von etwas überfloß, das sie nicht besaß, zu einem im südlichen Stil erbauten Potemkinschen Dorfe und den Großteil ihrer von heißem Blut aus kühlem Schoß Gezeugten zu Haderern mit einem, wie man frierend und oft auch hungernd sah, nicht landeseigentümlichen Gotte, und mit einem Staate, der Rom sein wollte, ohne das Getreide Siziliens zu haben, die Sklavenheere aller Farben und eine meerbeherrschende Flotte.

Kaum aber war das Frühjahr angebrochen, wendete der Städter sein Mäntelchen nach dem Winde, der aus Italien blies.

Einen Tag lang trug er's offen und erkältete er sich in religiösem Übereifer, den nackten Olympischen zu opfern – indes man die Chthonischen erst abziehen sah, ihre Habe alle in Schneeballen auf dem Rücken, über die pannonische Ebene –, am nächsten schon warf er's weg, so dem Helios zu Ehren, und daß er, statt bloß zu wärmen, senge. Ja, hierin war er groß, man darf sogar sagen, kühn, im Wegschauen nämlich von dem, was er gestern noch nicht aus dem Auge hatte lassen können, sein Glück oder sein Unglück, sein Wohl- oder sein Übelbefinden, seinen Gott oder seinen Götzen. Heute, und wirklich über Nacht, liebte er etwas gründlich Anderes, erkannte er die melancholische Freundin seiner nordischen Nächte nicht wieder, die ebenfalls ihn nicht wiedererkannte, denn beide zogen sie ja neue Bahnen um eine neue Sonne und hätten sie nur in ihrer plötzlichen Blindheit füreinander einander finden können, aber: der schöne Zufall solch frisch entzündenden Zusammenstoßes ist in dem fast leeren All der Liebe kaum möglich. Auf einer Schwelle geboren, zwischen zwei Völkern, zwischen zwei Zeiten, konnten die Residenzler hierhin, konnten sie dorthin springen, hinaus, hinein, ohne dem Drinnen oder dem Draußen eine Treue zu brechen. Sie waren die Angeln, die wohlgeölten, in denen leicht und lautlos die Türe sich bewegt, die nicht von selbst sich bewegt, sondern von einer Hand oder einem Luftzug bewegt wird, von was Drittem also, und – wie fern liegt ein Drittes einem Ersten! Diesem Mechanismus zu Folge, den sie sowohl verkörperten als bedienten, schienen sie verräterisch, unbeständig, bestechlich, oberflächlich, weder einer unverzehrbaren Liebe noch eines unauslöschlichen Hasses fähig, nur zu den zweifelhaften Tugenden des geringsten Widerstandes geschickt, der Gemütlichkeit und der Höflichkeit, und für eine einzige Kunst nur begabt, für die des Leierschlagens, der unverbindlichsten und unsaubersten aller Künste, wenn sie von Wegschauenden hervorgebracht und zum Weghören vom Wesentlichen benützt wird.

Nun, wer zwei Seelen hat, kann bald die eine verlieren, bald die andere, wer eine barbarische Mutter und einen römischen Vater, einmal jener, einmal diesem zum Schreien, wie man sagt, ähnliches Kind sein, ohne je seelen-, vater- oder mutterlos zu werden. Ein seltsames Glück, das Glück des Mischlings oder der Zwillinge in einer Person! Er ist nicht nur zwei Wesen, sondern ein drittes noch dazu, das die beiden andern Zusammenhaltende nämlich, welchem, wenn auch nur hypostasierten, zusammenhaltenden Wesen wie einem dehn-, aber nicht zerreißbaren Bande, mehr Kraft zugeschrieben werden muß als den immer auseinanderstrebenden Blumen eines Straußes, sie mögen so schön oder so gewöhnlich sein, so stark oder so wenig duften: ihre Anstrengungen sind auf einem anderen Gebiete siegreich, begeistern einen Maler oder entzücken eine Geliebte. Ferner genießt er einer unerhörten Freiheit (der Sklave des Paares, das er an der Kette führt, der er ist), und zwar dank der Wiederkehr nicht immer derselben Sonne! Welch' ein Tag, jeder zweite, in blauem Licht, wenn der erste rot gewesen, und in rotem, war der gestrige blau. Wie anders die nämlichen Dinge unter dem anderen Lichte! Wie neu die alten Gottesgeschenke! Die Kunst herbeizurufen, wie wir, um der ewig einen Seite mehrere abzugewinnen. Die Wahl wird für ihn getroffen, und jedes seiner Lose ist zum Gezogenwerden bestimmt. Er braucht auch nicht nach Abwechslung zu lechzen, weil sie ihn überkommt, ehe er nach ihr lechzt, und verläßt, ehe er ihrer überdrüssig worden. Jedoch: die Mühelosigkeit, womit er die ihm vorgeflüsterte Entscheidung nachspricht, vermindert nicht die Völle und Klarheit ihres Vollzugs. Sein Sichentscheiden ist gleich dem Einfall des Künstlers in seiner schöpferischen Stunde. Wohl ist auch er schmerzlich erlitten worden, aber auf einer Ebene, wo weder gemalt noch gedichtet wird, wo der Genius dümmer als ein Idiot und als Mannsbild unfähiger als ein Verschnittener. Da lernt das Obere das Untere kennen und das Untere das Obere. Da werden Erfahrungen an Örtern gemacht, die diesen Örtern nicht eigentümlich sind. Da tanzt man, obwohl alle andern beten, betet man, wo nur Blasphemien zu hören sind, trinkt man Nektar als Fusel, Fusel als Nektar, wird man in Reinheit gebadet und geht schmutziger aus ihr hervor, wälzt man sich im Kote und bleibt man rein, lebt man doppelt und hoch im Geklirr der tödlichen Klingen und stirbt man an einem Fliegenstich, den abzuwehren keine Armee von Insektenpulververschießenden hinreichte. Das ist, was dieser Stadt Historiker, die wie die meisten Gelehrten weit dümmer sind als das von ihnen so gescheit Beschriebene, ihren »barocken Charakter« nennen.

Wir brauchen uns aber nicht weiter über denselben auszulassen, weil erstens der Leser keine Abhandlung dieses Themas hier erwartet, zweitens, weil wir das Personifizierte mit uns im Wagen führen: den Grafen Lunarin.

Das Granitpflaster, auf dem die schweren Fuhrwerke wie dicht vor dem Zerfallen in ihre groben Bestandteile lärmen und die schon etwas altmodische Kavallerie noch so herrlich prasselt, für einen Verwundeten jedoch ein allzu gesunder Bodenbelag ist, haben wir bereits überwunden und gleiten nun auf dem hölzernen, das während seiner sommerlichen Erneuerung kräftig chemisch nach Teer stinkt, winters Möglichkeit und Gefahren eines zugefrorenen Dorfteiches bietet, dahin, besser, sanft hinan, denn die Königinstraße, zum südlichen Ende der alten Stadt strebend, an welchem das heute unbrauchbare Arsenal steht, eine ziegelrote, weitläufige Burg, dem kurzsichtigsten Feinde sichtbar, ist einstens nur der Feldweg zu einer schönen Sicht, Belvedere genannt, über das furchtsame Aneinandergedränge des gotischen Gemeinwesens im damals unbegriffenen Luxus einer vor nichts als Bauplätzen platzenden Ebene gewesen.

Linker Hand von dieser Straße greifen das auf beiden Seiten die Scheuklappen hoher Gebäude zu tragen gewohnte Großstädterauge und das mit dem Alpdruck der hohen Mietzinse, die da bezahlt werden, beladene Gemüt in die angenehme Leere des Fürstlich Schwarzenbergschen Parks, dessen Mauer, nur einmal unterbrochen, und zwar von einem Gärtnerpförtchen für jene Damen, die das adelige Bett nicht über die Haupttreppe verlassen können oder wollen, sich bis zu der erwähnten Anhöhe hinzieht.

Rechter Hand haben italienische Urenkel babylonischer Architekten, das, was auf der anderen Seite gänzlich fehlt, also errichtet, daß man mit vielem Recht sagen kann, jenes Nichtexistierende da drüben sei von dem Existierenden hier hüben weit übertroffen worden, eine Behauptung, die, im Hinblick zum Beispiel auf den flachen Ozean und eine steil zu ihm abfallende Felsenküste geäußert, niemandes Protest hervorrufen wird. Dies letzte Landstück, an sich betrachtet oder in's Landinnere versetzt und dort mit anderen Erhebungen verglichen, mag so hoch und so steil gar nicht sein oder wirken; aber einmal in die Rolle des vorgeschobensten Postens gedrängt, wächst ihm die entsprechende, großartig in's Leere blickende Maske einfach zu, wie die Patina dem Kupferdach, das mit Glas gedeckt, ordinär rot bliebe. Noch zutreffender könnte man die eine Häuserreihe, aus der die Königinstraße besteht, eine versteinerte Brandung nennen, den in apotheotischer Aufgewirbeltheit verbliebenen Saum eines prächtigen Gewandes. Durch solche Benennungen nämlich käme das jache Anhalten und Verewigen des einst formlos flüssig gewesenen und in abertausend flüchtige Formen gegossenen bei einer einzigen seiner ephemeren Gestalten am besten zum Ausdruck. Denn nichts anderes als eben das nachdrückliche Verweilen eines willkürlichen, aber auch hochpoetischen Wählers auf irgendeiner Phase unter den einander gleichwertigen Phasen einer zweckvollen Bewegung macht das Barock barock. Kein vernünftiger Mensch wird jemals die immer noch zu wenigen Giganten begreifen, die das Gewölbe einer mächtigen Torhalle etwa, nebst den an ihre Decke gemalten Olymp, tragen und denen, wie man deutlich sieht, die gleich überspannten Spiralen zusammengerollten Muskeln, wenn nicht jetzt, so in der nächsten Minute aus dem Leib schnellen werden. Man kann zur Not, und der Lehre des Lessingschen Laokoon nicht achtend, Samson wohl darstellen, wie er den Philistertempel an den Säulen einreißt, um sich, seine Qual und seine Quäler unter den Trümmern desselben zu begraben, nicht aber als die Personifikation der Tragkräfte des Gebäudes. Die leidende Miene des gebeugten Hauptes wie – und vor allem – die Kürze oder Endlichkeit jedes einzelnen Menschenlebens widersprechen, grell dissonierend, den jenseits von den notwendig ablaufenden Affekten, edelsten, übelsten, sich vollziehenden Bewegungen des Baumeisters und der, wenn diese richtig sind, unendlichen Dauer seines Werkes. Es kann eben nie jemals die Negation zum Ausdruck der Position dienen. Kein Vernünftiger wird also, wie schon gesagt, Mannsbilder begreifen, die schlechthin Unerträgliches ertragen oder so tun, als ob sie's ertrügen. Und er soll es auch gar nicht begreifen! Er soll, wie von Religion, auch von der Kunst eine tüchtige Portion Inkommensurables in Kauf nehmen, ein Ding, das zu keinem Gebrauche nütz, in eine Hand bekommen, deren jeder andere Griff praktisch ist. Es ist zwar sehr heilsam, mit der Vernunft zu fühlen, daß auch die Vernunft ein Ende hat. Wer die Kunst sich erhalten will, diese Vertrösterin auf einen zu jeweils ihrer Zeit noch nicht entdeckten Sinn des Lebens, muß sich hüten, zu sehen, wie sie zustande kommt, wie das Zeugende in's Empfangende dringt, das Metaphysische aus dem Physischen entspringt, das Wunderliche aus dem Natürlichen hervorgeht, *qualitas* aus etwas Unqualifizierbarem, und wie die Bruchstelle am logischen Schließen, von keinem Medicus der philosophischen Fakultät zu heilen, das Strömen des Stromes von hier nach drüben doch nicht unterbricht. Er würde, allzu neugierig oder wissensdurstig, mit jedem Glauben auch den Verstand verlieren; denn auch eine so durch und durch verständige Sache wie der Verstand beruht als auf seinem letzten Grunde auf dem Glauben an ihn. Das auf den ersten Blick Unzusammenhängende hängt auf den zweiten und tieferen doch zusammen. Diese Lehre verkündet der barocke Unsinn, zu dessen hoch und weit gequaderten Füßen wir eben dahinfahren.

Nicht zum ersten Male sah Herr Mullmann die Königinstraße. Wohl aber zum ersten Male so, wie sie wirklich ist. Wie etwas wirklich ist, sieht man nur von einem Wendepunkt aus, sitzend zwischen zwei Stühlen, in der Verfassung des Verliebt- oder Betrogenseins – Höhe und Tiefe sind im Nichts ein und dasselbe –, wenn der Exekutor im Zimmer steht oder der teure Schläfer als Leiche im Bett liegt. In allen übrigen Verfassungen sieht man wie die photographische Linse: genau, aber flach. Es fehlt eine wichtige Dimension; es fehlen die geisterhaften Quadrate auf den Seiten des Dreiecks. Man muß also, um den unsichtbaren Bau zu sehen, der den sichtbaren erst vollendet

519

und erklärt, entweder der Pythagoras selbst sein oder einem Vermittler seines Lehrsatzes begegnen. Dieses Glück widerfuhr Herrn Mullmann auf dem Blachfelde. Herrn Mullmanns Intelligenz ist deswegen nicht größer geworden. An den fundamentalen *dona dei* ändert sich nicht das Geringste durch einen Glücks- oder Unglücksfall. Der Charakter bleibt der nämliche. Er hat nur eine Hochebene erklommen, die eine andere Sicht gewährt, wie etwa einem Gelehrten die Ebene der Gelehrsamkeit. Der Gelehrte weiß mehr als der Ungelehrte, aber er weiß in diesem Augenblick keinen Deut mehr, als er in diesem Augenblick weiß. Sein Maß ist die Unwissenheit, die eigene in dauernder Hebung begriffen, die fremde dem Fasse der Danaiden gleichend, und nicht die potentielle Allwissenheit des Genius, auch des ungebildeten. Deswegen sind seine weitesten Sprünge errechnete und errechenbare, von ihm, von andern, zum gründlichen Unterschiede von den Sprüngen des Genius, auf die niemand kommt, weder vorher, noch nachher, weder ahnender noch forschender Weise. Sie springen wie die Blitze aus Dunkelheit in Dunkelheit, sogar des Verstandes und der Seele. Von ähnlichen Blitzen durchleuchtet war der, wie wir wissen, ungebildete Mullmann.

Natürlich gibt es Einsager, die zufällig neben dem schwachen oder faulen Schüler stehen und ihn in den Besitz der nicht erarbeiteten Sache setzen; denn aus sich selber weiß ein richtiges Glückskind nichts. Den Mond zum Beispiel. Und wenn aus vollem Borne eingegossen wird: den Vollmond. Mit dessen Kugel auch ein schlechter Schütze in's Schwarze trifft, wie die Liebesgeschichten und -gedichte der Stümper beweisen. Dieser Mond, dieser Vollmond also, der schon über dem Blachfelde aufgegangen war und nun, wesentlich kleiner wegen des Zusammenballens aller seiner Schwebekräfte, eben von den höchsten Wipfeln des fürstlichen Parks sich trennte, begoß die eine Front der Königinstraße, die schon ob ihrer Einzahl etwas Künstliches oder wie eine Ruine etwas unbegründet Übriggebliebenes hatte, mit einer eisigen Glasur, die, nur auf Vorsprüngen haftend, das eigentliche Gebäude ein wenig zurückweichen machte von dem ihm jetzt erst mit Schrecken bewußt werdenden Uneigentlichen, von den Gesimsen, Balkonen, nichts tragenden Säulen und Karyatiden, steinernen oder gipsernen Ornamenten. Die falschen Zähne und Haare, die nächtens außerhalb eines ältlichen Weibes ruhen, wohl in Reichweite der Hand, doch einer Schlafenden, nah wie Erbschaft dem Erblasser, nur durch ein bißchen Tod für ewig voneinander geschieden, spielen in einem andern, barocken Stück die nämlichen Rollen. Im dumpfen Zimmer wie auf der luftigen Straße wird, bei plötzlich eingeschaltetem elektrischen Licht, oder bei nicht weniger künstlichem mondenen, die Kluft sichtbar zwischen dem, was einst gewesen, und was jetzt ist, eine erst vom Zwang, historisch zu denken, geschaffene, dann aber wie eine wirkliche, unter allen Gefahren und Empfindungen des Seiltänzers überquerte Kluft. Das Gleichgewicht formt aus dem Lehm eines Spaziergängers den, der's vorbildlich bewahrt, und aus dem Nichts der Mängel und aus der Hohlheit der Attrappen das, davor ihn schwindelt. Ein so beim Schopf Gepackter und von gewöhnlichem Fleck weg *in medias rerum* Gerissener braucht nichts von Baukunst zu verstehen. Sie versteht sich durch ihn und teilt ihm *nolens* ihr Wesentliches mit. Der Spiegel, an dem sonst nichts haftet, wird für einen Augenblick zu Leinwand und behält für zwei, drei weitere Augenblicke das Erkenntnisgemälde. Kurz: Herr Mullmann fühlte oder sah (in den allwissenden Traumbildern eines genügend tief, bis zu seinen Eingeweiden, hinabgedrungenen Unwissenden), wie anläßlich der Notwendigkeit, zu bilden, ohne aber ein Abbildungswürdiges bereits zu besitzen, die stärkere Neigung eines Urenkels der Römer das Nachahmen der landesgemäßeren Gotik verwirft – vor etwa drei Minuten erst hatte ihm der unentwegt aufrecht stehende Tannenzapfen von St. Stephan nicht den mindesten Beifall abgenötigt – und für die Neubelebung des viel fremderen klassischen Altertums sich entscheidet. Welcher Entscheidung unser humanistisch nicht gebildeter Mullmann aus den besten unbekannten Gründen begeistert zustimmte.

Es war, wie gesagt, Frühling. Und der Frühling schärft oft auch den stumpfen Geist bis zu dem Grad des chirurgischen Messers, das dann – zufällig natürlich nur, und verdienstlos –

dem immer bereitwilligst wie tot auf dem Sezierbrett liegenden Natur- oder Kunstding einige wissenschaftlich wohlgelungene Schnitte beibringt. Es mochte aber auch, wie ebenfalls schon vermutet worden, der Graf Lunarin sein, der den nur taschenlampengroßen Mullmannschen Verstand zu jenem bereits in Tätigkeit gezeigten Scheinwerfergleißen befähigte, das die vom Mond gewöhnlich schwarz-weiß vorgrundierten Fassaden der Königinstraße noch in Überhell und Stockdunkel, genau nach Art der Manieristen, von denen sie errichtet worden, hatte auseinanderfallen lassen. Uns wundert das gar nicht. Haben wir doch schon vor und in und durch Enguerrands Schloß die verschiedensten Personen den ihnen gemeinsamen hausbackenen Verstand vereinzelnen gesehen und jene einsamen Gedankenwege betreten, die uns nicht zu Rattenkönigswürden bestimmten Menschen wesenseigentümlich sind. Uns wundert also auch gar nicht, daß ein Akzessist plötzlich weiß, was er in der Regel weder weiß, noch zu wissen braucht. Wir würden das Reden in Zungen bis zum zungenfertigen Reden des alles und nichts wissenden Journalisten herabwürdigen, wenn wir den Erguß des zwar nicht Erlernten, aber Erlernbaren in die leere Mullmannsche Schultasche nicht auf eine rationale Ursache zurückführten, sondern im Wunderbaren oder Wunderlichen schweben ließen, wie gewisse Schriftsteller tun, die ihren Figuren Worte in den Mund legen, die unmöglich aus demselben kommen können. Der Herr im engen Wagen trug, wie sein Gewand, wie unter'm Gewand das Hemd, wie unter dem Hemde die Haut, und, wie über all dem Physischen die Aura, so auch die Räume mit sich, die er mit mehr Schritten, als ein niedrig Geborener zu seinem häuslichen Ziele zurücklegt, durchmessen kann und muß. Bei jedem dieser verschwenderischen Schritte bricht immer wieder ein Saal in's spiegelnde Knie des Parketts, weicht er demütig in tiefe Fensternischen zurück, dienernd zu fernen Flügeltüren hin, und flieht er in die Himmelsmalerei der Decke wie vor einem Riesen oder Halbgott, die beide den ihnen gebührenden Platz sich zu schaffen vermöchten, wenn er ihnen nicht freiwillig geschaffen würde. Nie jedoch wird von einem wirklichen Herrn, obwohl der, was ist, nicht anders wahrnimmt als wir, daran gezweifelt, daß der ungewöhnliche Anblick der ordentliche, und daß, dem Augenschein entgegen, der knappste Aus- oder Abdruck des gar nicht monströsen aristokratischen Leibes die monströse Halle sei. Und ein so großer Widerspruch in der Welt der Objekte bei so vollkommenem Harmonieren dieser Objekte miteinander in der innern Welt sollte unbemerkt und ungefühlt bleiben von einem, der in einem viel engeren Gevierte steckt? Das ist unmöglich, wie schon die Ressentimentalen und die Revolutionären zeigen, die auf den hier gemeinten Sachverhalt prompt und sauer reagieren! Wenn was aus den Fugen geht, aber dadurch erst in's rechte Gleis fällt, dieser überraschende, das Leben eigentlich fortpflanzende Vorgang, der Urzeugung nämlich von Adel, Liebe und Genie, sollte keine gründliche Veränderung hervorrufen in einem wie immer beschaffenen Hirn, das zufälliger-, glücklicher- oder unglücklicherweise dem Ort der schöpferischen Explosion zu nahe gekommen ist, die mit der Frucht einer neuen Sonne den alten Namen Zerstörung abwirft? Das ist nicht weniger unmöglich! Ohne Materie kein Geist! Ohne Katastrophen im Atom keine Gedichte! Aber auch ohne Musik kein Ohr!

Die Pferde griffen stärker aus, weil sie den Stall witterten – obwohl sie am Duellorte reichlich gefuttert hatten –, und immer stärker, weil der Kutscher schnalzend und peitschenknallend ihr Bestreben förderte, nicht natürlich, um den armen Herrn noch schneller in's Bett zu bringen, sondern um im prachtvollsten Laufe jäh anzuhalten, genau vor dem Tore, oder im schärfsten Tempo und in kühnster Kurve einzufahren in die Torhalle. Auch das Orchester lärmt im Finale aus allen Kräften, damit der eitle Dirigent die Möglichkeit habe, es mit einem einzigen Schlag seines lächerlichen Stäbchens mausetot zu machen. Der Berufsehrgeiz kann mit dem Berufssinn zusammentreffen, muß es aber nicht, wie die Ärzte beweisen, die manchmal sogar heilen. Man war also da! Was von Herrn Mullmann nicht nur richtig vermutet, sondern ihm vom Kutscher auch bestätigt wurde. Und zwar dadurch, daß der, über die Schulter weg und gerade auf dem höchsten Punkt der Kurve und trotz des Geklappers der Hufe auf den Fliesen des Gehsteigs, seinem Nachbarn mehr sagte als zurief: »Glauben Sie, ohne Sie hätte ich nicht hergefunden?« Mit diesen rüden Worten zerriß der in seiner Alleinherrschaft gekränkte langjährige Diener des gräflichen Hauses jenen Schleier der Befangenheit, der des Akzessisten Überflüssigkeit sowohl auf dem Blachfelde wie unterwegs und wie jetzt hier dem Akzessisten verhüllt hatte. Durch den Riß dämmerte der unerlaubt und für nichts, das heißt für das bloße Beschauen eines goldenen Schlüssels, verlassene epheuumsponnene Dienstort wie die Ruine eines einst bleckenden Gebisses.

Soviel während des Einfahrens sich bemerken ließ, standen rechts und links vom Tore je drei Säulen, gebündelt und oben gequert von einer mächtigen steinernen Welle, aus der ein Neptun oder ein Nereus tauchte, um eine Meerschildkröte auf die Passanten zu werfen. Ein gegen russische Winter vermummter Portier, dessen Pelz sein Bart oder dessen Bart sein Pelz war, lüftete im diesmal sichtlich zu engen Bezirk des Majestätischen den Zweispitz, aber einem Glasgehäuse entsprang, wie der Zimmerhund, dieweil der Hofhund an der Kette liegt, gefolgt von etwas kleineren, weißhäutigen Lakaien, ein echter Mohr in der schon lange nicht mehr echten Tracht der Kinderbilderbüchermohren, einen turbanumwundenen Fes auf dem augenrollenden Kopfe, große Menschenfresserringe an den Ohren, in blauer, zu kurzer, doch breit goldgeränderter Jacke, roter, wallender Zuavenhose, gelben Pantoffeln und gegürtet mit einem beträchtlichen Vorhangrest. Der Mohr riß – man kann's kaum besser sagen – das Türchen des Wagens weg. Als er seinen halbweißen und im Weiß auch rostfarbenen Herrn erblickte, schrie er, wie in Afrika hie und da vielleicht noch geschrien wird. Das heißt, er tat das stundenlange schmerzlichste Schluchzen in einem einzigen Augenblicke ab. Gleich einem aus geschlossenen Augen tränenden Haupte stak es auf einer jach und hoch emporschießenden Stange. Dieser Schrei, die natürlichste Alarmglocke von der Welt, durchgellte ohne Zweifel das ganze Gebäude. Statt zu erschrecken, wie sich's für einen Europäer gehört hätte, fühlte sich Herr Mullmann auf der brüllenden Landzunge des schwarzen Erdteiles zu Hause. Er erstaunte zwar darüber, aber nicht mehr als über das Davonschwimmen eines alten Strohhutes, der ohnehin demnächst in den Mülleimer geflogen wäre. Der Mohr – das sah Herr Mullmann, der noch immer überflüssig (gut Ding braucht eben Weile) auf dem Bocke geblieben war, wie der Kutscher auch, der, als wär's in einem lebenden Bilde, Zügel und Peitsche präsentierte und seinen Dienst jetzt durch profilstarres Wegschauen von einem nun nicht mehr ihm unterstehenden Vorgange ausübte –, der Mohr war also nicht nur willens, sondern auch im Stande, den schwerlädierten Herrn auf seine Arme zu nehmen und in's Bett zu tragen, hinan die gut zwei, wenn nicht drei Stockwerke hohe, wie aus einem Gletscherfluß gehauene breite Treppe, um die herum als ein Naturwunder der Palast oder das Museum erbaut worden zu sein schien. Aber der Doktor winkte ab. Der Graf hätte vielleicht nichts dagegen gehabt und Herr Mullmann gewiß nichts selbstverständlicher gefunden.

Wahrscheinlich auch trennte eine unüberwindbare Distanz die Dienerschaft von dem Herrn, den sie – ohne Zweifel! ihr sofortiges Hervorkommen bewies es – seit etwa einer halben Stunde, mit einer untergeordneten Sehnsucht, erwartet hatte. Auch der Kutscher saß, wie beschrieben, fest auf dem Bocke. Obwohl die schwere Verwundung des Grafen, deren Zeuge durch das dichte Astwerk er geworden war, ihm ein rasches Abspringen nahegelegt hätte. Einem solchen Verhalten entgegen starrte nun sein siegreich ebenes Gesicht schnurgrad' nach vorne. In der rechten Hand steckte senkrecht und unbeweglich die Peitsche. Die Ewigkeit hatte für einen Augenblick auf das meisterlich entworfene Bild einer bereits vergangenen Zeit sich niedergelassen. (Man sieht – einen vorläufigen Einblick gewährend in das Lunarinsche Hauswesen –, daß nur die Kolonien, die südlichen Meeresgegenden, das türkische Reich und der Kaukasus noch Menschen hergeben – wir umschreiben genau den terrestrischen Umkreis der hiesigen Domestiken –, die, ihrer barbarischen Veranlagung nach, den bereits sinkenden monarchischen Stern eine kurze Weile lang – sie werden bald von der demokratischen Umwelt zerfressen werden, *gutta cavat lapidem* – am Himmel Europas halten können.) Der Herr

Mullmann befand sich in heftigem Zweifel, ob er absteigen solle oder bei dem Beispiele bleiben, das der Kutscher ihm vorexerzierte. Das Erstere verlangte die Klärungsbedürftigkeit der Lage, das Zweitere gebot eine zum ersten Male gehörte Stimme: bis zum echten Schicksalsruf in der ungeklärten zu verharren. Während die plötzliche Zweiteilung seiner bis nun höchst einfachen Natur ihm noch die Füße lähmte, entschied bereits der Herr Graf über ihre künftigen Wege.

»Der Herr Akzessist«, lauteten die deutsch, weil für Herrn Mullmann, gesprochenen Worte, »ist mein Gast. Man geleite ihn auf Zimmer vierunddreißig. Man lasse ihm nichts abgehn, auch das Überflüssige nicht, sofern er das geringste Bedürfnis nach demselben äußern sollte, und erfrage mehrmals am Tag seine Wünsche.«

Der Graf war ohne Mithilfe des Professors, und auch ohne die der Diener, wie ein Kerngesunder, aus dem Coupé gesprungen. Das Arztgesicht dicht hinter ihm maß dem offensichtlich wirklich schwer Blessierten äußersten Falles eine Minute zwecks klagloser Aufrechterhaltung der Täuschung zu. Es irrte: Sie dauerte drei.

So lange währte das nicht im Mindesten schwankende Durchschreiten des Grafen der, von übermäßig angestrengten, Titanen getragenen, bis zum zweiten Stockwerk reichenden Halle, unter'm jetzt strahlenden elektrischen Lichte, das aus vielen verborgenen Nischen kam, jeden Schatten wegputzte und die genaueste Beobachtung ermöglichte. Das wahrhaft elastische Ersteigen der breiten, zweibogigen Treppe, die zu den herrschaftlichen Gemächern führte – er wäre gerne zugleich auch drüben gegangen; er vermißte schmerzlich den Doppelgänger –; das Verweilen vor einer Agave, deren je vier auf jeder Seite, in bildhauerisch geprägten Töpfen, standen. Mit der unverwundeten Hand, als wäre sie die eines frommen Heiden, der dem Frühling selber begegnet, berührte er andächtig die eben erst sprossende Blüte. Es war ein großartiges Theater der äußersten Innerlichkeit. Der Professor, plötzlich ergriffen von dem Stegreifschauspiel, folgte dem auf wunderbare, keineswegs auf medizinale Weise Gesundeten in immer größerer Entfernung.

Als er allein, oder fast allein, im Zuschauerraum sich sah, entsann er sich seiner Pflichten. Zu der, nun dritten, Minute verschwand der Graf durch die mittlere Türe.

Die erwähnten Diener, in geschlossener Front vor der Portierloge aufgestellt, wie gedrängte Stehplatzbesucher beim Pferderennen, hatten den edlen Wettlauf mit der – pfui – gewöhnlichen Ohnmacht aus winzigen Augenschlitzen, die jedes andere Bemerkenkönnen zwischen sich zerdrückten – auch des inzwischen abgestiegenen Herrn Mullmann –, bis zum siegreichen *finish* des Grafen verfolgt. Sicherlich waren sie der gelegentlichen Vorführung solcher Heldenstücke, oder des Vernehmens der oben im ersten Stock oder auswärts stattgefundenen, gewohnt. Und ohne Zweifel kam das Ergebensein dem Herrn von diesen nicht nachzuahmenden Beispielen her. Wenn nämlich der König königlich sich benimmt, das heißt, die dem allgemeinen Menschen gesetzte Grenze halbgöttlich überschreitet, sieht das Volk zwanglos die ihre ein.

Der Herr Mullmann hatte bisher, mit Ausnahme der Militärjahre, bei der Mutter gewohnt, einer halbtauben Frau, mit der er nur schreiend sich verständigen konnte.

Nun ist, wie bekannt, unmöglich, schon ein wenig tiefere Gedanken schallend zu sagen. Fast unbekannt dagegen ist, daß zwischen Mund und Gehör ein echtes Schicksalsmißverhältnis besteht: je banaler die Worte, desto offener das Ohr. (Diese Tatsache allein begründet die Wirkung der Schlagworte, im Handel und – noch mehr – in der Politik.) Durch den steten Gebrauch nur laut zu äußernder Mitteilungen war der ohnehin bescheidene Vokabelvorrat des Herrn Mullmann zur Hälfte geschrumpft, und hat das anfänglich notgedrungene Beisichverbergen des bloß mit leiser Stimme Sagbaren schließlich zum Nichtmehrdenkenkönnen auch nur eines oberflächlichen Gedankens geführt. Verstummt befand er sich – im fünfundzwanzigsten Lebensjahr – weit hinter seiner, wie jedes, Zukunft, die ja auf einen gründlichen Dialog zwischen den zwei Geschlechtern erpicht ist. Wenn nicht demnächst ein Wunder sich ereignet, bewirkt von einem weiblichen Wesen, das, engelsgleich, in die

Düsternis niederfährt, dort den vergessenen Sprachschatz entdeckt, eitel Wortgold dem Überraschten vor die Füße rollt und er, unbezaubert von den zu erblickenden Möglichkeiten, das eine arme Liebesgefühl durch die verschiedensten Weisen auszudrücken – wie's Dichtern gelingt, die mehr Münzen zur Hand haben, als in ihren Köpfen Käufliches vorhanden ist –, wird er ein Banause bleiben.

Die wahre Errettung fällt wie der Blitz aus dem blauesten Himmel. Niemals aus Wolkengebirgen. Um den irrationalen Grund des Fallens deutlich sehen zu lassen. Im höchsten Sinne ist es gleichgültig, ob Mann, ob Frau die Errettung verursachen. Im niedersten sprechen einige unwichtige Bedenken – aber als Erzähler müssen wir sie für wichtige halten – gegen diese und für jenen. Der Herr Mullmann war klein und dicklich. Der gespannte Uniformgürtel bekundete das Bäuchlein eines schon jetzt zur Ruhe Gesetzten. Das Gesicht glich einem Suppenkloß auf dem Walkbrett mit den Handspuren der Köchin. Ob das Gesicht nach dem Wallen im leidenschaftlich erregten Wasser sich sehnte, um genießbar zu werden, oder mit dem gegenwärtigen Befunde sich zufriedengab, hätte nur sein Träger wissen können, und der wußte es nicht. Zum Wissen würde es eines scharfen Gedankens bedurft haben, der wie ein Schiffskiel den glatten Ozean in zwei Teile teilt. Er besaß weder einen solchen, noch überhaupt einen. Wie bereits oben behauptet wurde.

Was nun die Mädchen anlangt – das seinem Alter zunächst Liegende –, so nahm er sie wohl wahr, aber ohne sie wirklich zu begehren. Jedoch: die wirkliche Wirklichkeit hat keinen wirklichen Gegensatz. Sie ist wesentlich wahr, oder ein Nichts. (Begreiflicher kann man die Schöpfung aus Nichts nicht machen!) Er schwebte daher – in der winzigen Wohnung, die das häusliche Minimum für zwei, und als der Vater noch lebte, für drei Personen dargestellt hat –, dicht über dem unteren Rande des Etwas. Er, der den Katechismus auswendig gelernt hat, hätte als Theologisierender bündig eingesehen, daß das Sichverlieben, das einander Heiraten und das miteinander Kinderkriegen Kunststücke des göttlichen Taschenspielers sind, der dem nach wie vor leeren Zylinderhute des Alls die denkmöglichsten

Situationen und die sie erleben müssenden Gestalten entlockt. Vom Schein zum Sein wäre nur ein Schritt gewesen. Er konnte ihn natürlich nicht tun – dazwischen lag hindernd die schwerhörige Mutter –, und so plagte er sich denn im Stillen mit Versuchungen ab, die sehr schwer zu bekriegen waren, weil sie nicht die ihm gemäßen waren. Zur Erprobung derselben an irgendwelchen Weibern kam's, sehr begreiflicher Weise, nicht. Ihre Distanz nämlich zu ihm war größer als die seine zu ihnen. (Ein mathematisch unbeweisbarer Satz, aber psychologisch leider ein wahrer!) Schon nach der ersten Begegnung ließen sie ihn sitzen. Sie grüßten ihn auch nicht mehr, schnitten ihm höhnische Fratzen oder warfen die Tür zu, durch die sie eben auf den Gang hatten treten wollen. Und die Erzeuger der Töchter wurden von ihrer entfesselten Mißgunst angesteckt und betrugen sich ähnlich. Was war geschehen? Er hatte, in aller Unschuld seiner Schuld, an den Weibern etwas Ungeheuerliches getan. Ein echt Unsittliches, das nur vermöge der äußeren Form, die schwächlich war, von der rohen Vergewaltigung sich unterschied: Er meinte den Spalt im Schoße, und nicht was darüber und darunter ist. Es wollen aber die Damen jeden Standes, und mit vollem Rechte, als Ganzes genommen werden, wenn sie auch auf jenes eigentliche Zentrum ihrer für eine Persönlichkeit sich haltenden Person einen besonderen Wert legen.

Entgegen diesem von der kümmerlichsten Phantasie noch zu bewerkstelligenden Greifen nach den Weibern gibt es eine Zuordnung zu Männern, die nicht im Mindesten auf einem geschlechtlichen Abusus beruht. Wie jene zum Priester- oder Mönchsberuf. Auch dort siegt das Wort – was denn sonst? –, und zwar in ehrlichem Kampfe, nach wohlerwogenem Dafür- und Dagegensprechen, über die Sinnlichkeit. Nur sollen, in der Regel wenigstens, einige Voraussetzungen vorhanden sein. Eine gewisse Neigung zu Askese oder zum Dochbehagen in der ärmlichsten Umwelt. Als der Vater gestorben war, bezog der Sohn das Sterbebett. Während einiger Nächte, durch Liegen bald auf der rechten, bald auf der linken Matratzenseite, drückte er die tiefe Mulde des lange Krankgewesenen halbwegs gerade. Etwas Wohlhabendere hätten beide Seiten zum Umkrempeln geschickt und wären um den Preis etwa eines Guldens um die Pietätlosigkeit, sofern sie von ihnen geübt werden sollte, herumgekommen. Er aber war arm. Er konnte daher nur in die schmerzliche Erinnerung sich schmiegen oder, um besser, das heißt gewissenlos zu ruhn, sie gleichwalzen wie eine eroberte ausgeplünderte, verbrannte Stadt.

Er hatte ehedem auf dem Diwan im Gassenzimmer geschlafen (ein abends herangerückter Stuhl, dessen ziemlich durchgesessenes Stroh der Kerze keinen ruhigen Aufenthaltsort gestattete, diente als Nachttisch), das, mit einigen guten Einrichtungsgegenständen, von Mutters Mitgift her und später erworbenen, auch jetzt noch einen anständig kleinbürgerlichen Eindruck machte.

Zwei mit wenig Farbe und viel Schwarz gemalte Ölbilder, die Eltern der alten Frau darstellend, reichten aus dem vorigen Jahrhundert in dieses das sichere Existierthaben eines allerdings nicht signierenden Künstlers photographierende herein. Die von ehrlichen, aber neben der gültigen Mode lebenden Handwerkern erbaute mächtige Kredenz nahm aus der Renaissance die den unteren Teil angeblich tragenden Figuren, aus dem Rokoko das zierliche Säulchenpaar, auf die der obere sich stützte, und von gar keinem Stile her die je drei äußeren Etagen, welche, weil sie nun einmal da sind, von der das Unnütze hassenden und das billige Schöne liebenden Mutter mit Andenken an Wallfahrtsorte und einst besuchte Sommerfrischen geschmückt worden waren. Wenn der Sohn die Milchglasflügeltüre (im oberen Teile) öffnete, durchzog der fein zuckrige Duft längst gegessenen Backwerks – bloß zu Weihnachten und zu Ostern ward's erneuert – seine Nase. Dann gab's noch einen verdrechselten Schreibtisch, an den man aber nicht zum Schreiben sich setzen konnte, denn die mannigfaltigsten Auswüchse der Holzfüße verursachten schon beim Hinsehn Schmerzen in den menschlichen. Ein großer, sehr klarer Spiegel hing zwischen den zwei Fenstern in der Gassenfront, und unter demselben stand eine Kommode, daran nichts zu verderben gewesen war, weil die Kistenform ewig ist. Auf ihr befand sich ein Schmuckkästchen, das aber nur die verschiedensten Knöpfe, messingene

Busennadeln, mit blitzendem Glas versehene Ohrringe enthielt – der wenige echte Schmuck, zum Beispiel ein Armband, das seiner Großmutter Portrait getreu nachgebildet zeigte, lag verborgen von einem Haufen Wäsche im versperrten Wandschrank – und eine Handschuhschatulle, immer schief – nach dem noch heute üblichen Brauch der Bedienerinnen –, gegen einen den Mittelpunkt verortenden, sonach bedeutenderen Gegenstand gerichtet, hier zum Beispiel eine Uhr.

In solcher Umgebung faßte er vor dem Einschlummern, und nachdem er die ihm nicht gemäßen Versuchungen abgewehrt hatte, bei den Henidenfüßen den Gedanken – bald hernach stieg er zu seiner Nabelhöhe empor –, daß es keinen Sinn hätte, ja, daß vollendeter Unsinn wäre, nur um bequem der bleiben zu können, der man zu sein scheint, die letzten Ausläufer einer einst innegehabten Bürgerlichkeit noch festzuhalten. Wenn man nicht Aristokrat ist, wozu soll dies der Prolet tun? Kann der im Zustande der Gesunkenheit noch volle Person sein? Allerorten und in jeder Lage? Wird er nicht nach den Gütern trachten, die das Fatum, mit Recht, ihm vorenthalten hat? Und hat er schon die Herrschaft über sie erlangt, wird er Gott nicht die vorige Ungerechtigkeit anlasten? Und diese als den vollendeten Beweis für sein Nichtexistieren erachten? Da ist doch besser, auf den noch verbliebenen Besitz verzichten und mit dem Nötigsten sich begnügen, der für den möglichen Räuber des Nächsten Gutes nicht den mindesten Reiz besitzt. Besser denn selber zu sündigen, ist, dem Andern keinen Anlaß zum Sündigen zu geben. (Das Letztere allerdings verursacht im selben Augenblick das Erstere!)

Ohne Berufung zum geistlichen Stande war er auf dem natürlichen Wege des Betrachtens der Ölgemälde, der Kredenz, des Schreibtisches, des Spiegels und der Kommode, die das Oberste vom Untersten (im langsamen Falle vom Höchsten zum Niedersten) ihm versinnbildete, zu dem nämlichen Ergebnisse gelangt, das auch ein Eremitenleben bestimmt.

Im Unterschied zu der genußfreudigen Menschheit überkam den Herrn Mullmann anläßlich des Besitzergreifens vom Kabinette eine satte Befriedigung vermöge des nun vollendeten

Fastens. Wir wollen die Gegenstände, die sein Gemüt beruhigten – welches, zusammen mit den unnahbaren Weibern, auch den übrigen Werten sich zu entschlagen gesonnen war –, jetzt der Reihe nach aufzählen.

Die beiden Betten. Das eine für dauernd geschlossen. Aus jugendlich bleibender Schamhaftigkeit hatte die Mutter den Diwan bezogen. (Ihre Photos auf dem Simse des Diwans zeigten eine pompöse Dame.) Der Waschtisch. Eine Zimmerruine. Zu dieser Gestalt gebracht durch den morgendlichen Tropfenfall dreier sich reinigender Generationen. Die zwei porzellanenen Krüge – nebst einem nie gründlich gereinigten, ebenfalls porzellanenen Becken –, der eine mit Draht überzogen, der andere henkellos. Dieser Krug war stillschweigend den kräftigeren Händen des Sohnes zugeordnet worden. Denn das Wasser mußte von dem Gange geholt werden, wo auch der Abort seinen Unort hat, und die erwünschten, später nicht mehr erwünschten Begegnungen mit Jung und Älter der im gleichen Stockwerk Behausten stattgefunden haben. Ferner: das einbeinige Toilettentischchen, vor dem die alte Frau das recht schüttere Haar an die immer wieder durchschauende Kopfhaut zu legen getrachtet hat. Ein Sessel, der nämliche, der an's Lager im Gassenzimmer gerückt wurde. Ein in Krankheitsfällen benützter Leibstuhl. Und ein geflochtener Reisekorb für's längere Aufbewahren der Schmutzwäsche.

Zum Überfluß an Mangel – wie der Herr Mullmann mit ingrimmiger Wollust empfand – war das Kabinett fast dreieckig und nur eine Stunde des Tages einigermaßen hell. Das letztere ereignete sich, sobald die Sonne um die Mittagszeit in den nur einundhalb Meter breiten Lichthof zu schauen und auf der schwarzen Fensterscheibe der gegenüber liegenden Wohnung ihren Werdegang zu erzählen begann. Zuerst war's ein der präexistenten Ewigkeit entrollender, noch in Selbstgefälligkeit strahlender Punkt, der das Nichts nicht erleuchtete, bloß als tatsächlich sich vorhanden erwies. Wenige Augenblicke später wurde ihm, an verschiedenen Stellen, bekannt, daß er auch eine Aufgabe hätte. Ihr gehorsamend schoß er von diesen Stellen, zugleich sich vergrößernd, Protuberanzen gegen die dicke Finsternis ab, dank welch' uranfänglich artilleristischer Leistung jene wolkigen Gebilde entstanden, die, mit dem Auswurf getroffener Erde vergleichbar, das geringste Etwas bildeten. Begeistert von dem Erfolge, morgendliche Bewegung in dem bisher tief schlafenden Stockdunkel erregt zu haben, dehnte er unverzüglich sich weiter aus, um noch mehr Leben zu wecken. Er war jetzt, auf dem unzerbrechlichen Fenster, ein breitgeschlagener Kristall, der seine abgehauenen Ecken als Sondersonnen setzte und bei Gelegenheit des parthenogenetischen Sichfortpflanzens – wie's Liebenden geschieht, die mehr sich ausdehnen, als ihnen guttut – seine innerste, durch's Zeugen geschwächte, Struktur entblößte: ein siedend wallender Knäuel blitzender Linien, der das zwischen ihnen noch immer liegende Nichts als ein schlechthin unverdauliches bald entblößte, bald verschlang. Diese Erscheinung dauerte etwa zehn Minuten, wurde durch das bucklige Glas hervorgerufen und ähnelte der im schärfsten Fernrohr wahrzunehmenden tatsächlichen.

Schon diese wenigen Beispiele bekunden, daß, ohne den Entschluß zum Führen eines klösterlichen Lebens, welches die Welt wie ein mit Rosen über und über beladenes Kreuz auf sich nimmt – die Rosen nicht brechend, um die Dornen nicht zu zeigen –, dem zwar richtigen Gedanken, allem Vergänglichen zu entsagen, nur ein unrichtiges Beschränken der fünf Sinne folgen kann.

Als der Herr Mullmann das Lunarinsche Paradies betreten hatte und Zeuge geworden war, daß die gewohnte Erde hier umgekehrt sich dreht – denn ein Schwerverwundeter kann unmöglich wie ein Leichtfuß eilen –, empfing er die Taufe auf den Überwinderglauben, zu dem der Graf, noch ohne einen Beweis für diesen geliefert zu haben, vor etwa eineinhalb Stunden ihn bekehrt hatte. Und mit jener besser Frechheit zu nennenden Ungeduld, die niedrig geborenen Neophyten eignet, verlangte er, noch ehe die Diener ihre Beobachtung vollendet hatten, schon das vom Grafen versprochene Taufgeschenk. Im nächsten Augenblick ward's überreicht. Der orientalisch gekleidete Neger löste sich von seinen Gefährten, die offenbar ein untergeordnetes Amt bekleideten, verbeugte sich aus respektvoller Entfernung tief vor dem Herrn Mullmann – ein Geruch von wilden Tieren, an den zoologischen Garten erinnernd, drang trotzdem herüber – und sprach, auf eine einzige Handbewegung den ganzen Palast ladend, auf gut deutsch: »Euer Gnaden gestatten, daß ich Sie zu Ihren Gemächern führe.« Die Rangerhöhung vom Akzessisten, der ein elendes Kabinett bewohnt, zum gnädigen Herrn, dem Gemächer angeboten werden, glich der (damals noch außergewöhnlichen) Liftfahrt vom Erdboden zum obersten Stockwerk. Und wie beim Besteigen des Kutschbocks die Füße nicht als Gehwerkzeug benützt worden sind, doch jetzt bis Kniehöhe den dicken Teppich spürten, mit dem die Stufen bedeckt waren – das noble Empfinden des nur steinerne und ausgetretene Erkletternden vernichtete das ordinäre –, schwebte er zum zweiten Male, in klarsichtiger Ohnmacht, ein eben Verstorbener, der, nur Atem, sich selber durch das Zwischenreich haucht, empor zur ersten, dann zur zweiten Etage und dort nach links, wo nach mehreren Türen – dem Verewigten schienen es zahllose zu sein – der Diener bei einer anhielt und zuvorkommend sie öffnete. »Belieben Euer Gnaden«, sagte er, abermals sich verneigend vor dem Herrn Mullmann, mit der liebreichen Stimme eines grausam sphinxischen Wesens, das ein unlösbares Rätsel aufgibt, »das elektrische Licht zu benützen, oder befehlen, die Kerzen anzuzünden?« Genauso hätte man in einer verschneiten Winternacht ihn auch fragen können, ob er die südlichste Sonne oder einen nördlich wolkenlosen Mond am Himmelszelte haben wolle. Bitte zu wählen! Beide stehen zur Verfügung! Weil keine Antwort erfolgte – die übrigens Kenntnis der hiesigen und der zugereisten Herrschaften vorausgesetzt hätte, welche Kenntnis er später sich erwarb und, noch viel später, zum einzig richtigen Ansatzpunkte seines kritischen Zirkels gemacht hat (er wurde ein Hauspsychologe von hoch oben oder weit hinten her; jedenfalls mit größter Gespanntheit seines kleinen Bogens) –, glaubte der Diener, die Entscheidung auf sich nehmen zu sollen, und verschwand, um die ihm vertrautere elektrische Beleuchtung einzuschalten, für etwa vier Sekunden in den dunklen Eingang.

Was dann geschah, muß man mit wenigen Worten sagen. Die Vielen würden die in Rede stehende Sache zu einer jener philosophischen Abhandlungen verdunkeln, aus denen mehr das Unvermögen ihres Autors, klar sich auszudrücken, als jene hervortritt. Kurz: das nunmehr auf den Gang sich ergießende Licht war der Beginn einer glanzvollen Enthüllung nicht und nicht – während längerer Zeit – bezeichenbarer Gegenstände.

So rächt der prächtige Wohnort die absichtliche Verkümmerung des sprachlichen Vermögens durch einen armseligen Wohnort!

Wir sind nun in der Lage, nicht schildern zu dürfen, was der Herr Mullmann nicht schildern kann. Das wäre ja kein Naturalismus, wenn wir hinter dem vor den Kopf geschlagenen den unsern heilen, zum Publikum gewendet, aufsetzten! Wir lassen ihn daher, der Wirklichkeit getreu, eintreten, die Augen voll des Unbeschreiblichen, den Mund vollkommen leer. In diesem Zustand gedachte er, sehr begreiflicher Weise, seiner Mutter, einer der wesentlichsten Ursachen des geschrumpften Vokabelschatzes, die zur selben Stunde die Tür einen Spalt weit öffnet, um den Heimkehrenden, dessen Läuten sie nicht hört – beide besitzen nur einen einzigen Schlüssel –, persönlich zu empfangen. Und schon einige Male hat er die alte Frau, über die Zeitung gebeugt, schlafend am Tisch gefunden. Könnte nicht, im starken Gegensatz zum heute ihm zugestoßenen Glücksfalle, ihr ein ebensolcher Unglücksfall zustoßen? Muß nicht notwendig einmal, und vielleicht gerade jetzt, das Zusammentreffen von Taubheit und Erwartung dem Dieb oder gar dem Mörder die günstige Gelegenheit bieten? Ein heftiger Schrecken beförderte ihn in die Gumpendorferstraße, wo er vor der nur angelehnten Türe statt des fehlenden Wachhundes die Haare sträubte, das Maul aufriß und dem Übeltäter die fürchterlichsten Zähne zeigte. Als zweigeteilte Person, dort verteidigend, hier Hilfe suchend, erblickte er in dem Diener, trotz negerischer Haut, den Nächsten. Ein derzeit noch nicht würdigbarer Fortschritt! (Sein künftiger Erfolg wird auf dem Durchbrechen der Schallmauer beruhen, die das Wahrreden der Seelen von dem –

gleichgültig, ob richtigen, ob falschen – grammatischen Lärmen ihrer Leiber trennt.)

»Ich muß meine Mutter schnellstens benachrichtigen, wo ich mich befinde!« Er wandte den Kopf von oben nach unten, von rechts nach links, ein hier Geblendeter vom ungewohnten Lichte, daher einen Schlupf durch es suchend zum wohltätigeren Dunkel draußen, wo die Tafel hängen mußte mit Straßenbezeichnung und Hausnummer. Sie hing aber nicht in seinem Gedächtnis. Er hatte, um den wichtigeren Schicksalsruf zu vernehmen, vergessen, sie zu lesen.

»Euer Gnaden befinden sich Königinstraße Numero zwo!« meinte mit unverhohlenem Erstaunen der Diener. Er wußte nicht, daß dieser Gast, vor eineinhalb Stunden von dem Herrn Grafen mit der wissenden Hand eines das Los angeblich unwissend ziehenden Waisenknaben aus der Unbekanntheit gegriffen, während des nur kurzen Halts auf der unebenen Ebene im noch kürzeren Nu bekehrt, der traurigen Heimat – bis auf die Mutter – gründlich entfremdet und in's Palais entführt worden war, zwecks Nachbehandlung, dogmatischer und ethischer, des etwa noch schwankenden Konvertiten. Er wird allerdings sehr bald wissen. Und zwar dank dem langjährigen Geübtsein der Domestikenschaft in Ahnungen hinsichtlich der auf dem üblichen Verstandeswege nicht zu durchdringenden Unverständlichkeit ihres Herrn.

»Wo kann ich schreiben?« fragte, von der Mutter bedrängt und deswegen sehr zudringlich, den nach einer Minute schon uralten Freund der ungewöhnlich-gewöhnliche Fremde.

»Der Schreibtisch harrt hinter Euer Gnaden seiner gefälligen Benützung«, sagte umständlich höfisch der Diener und wies mit einer knapp oberhalb des Knies verbleibenden Hand auf den verlangten Gegenstand hin. So, bei gleichem Hinweis, nur unter anderer Titulatur, wird der Hofmeister zum durchlauchtigen Lausbuben, dem Kronprinzen, sprechen, der seine Aufgaben nicht machen will. Der Herr Mullmann hingegen wollte sie machen. Er kehrte sofort sich um. Was er aber an der gegebenen Stelle erblickte, war nicht zuerst, sondern zuletzt der Ort zum Verfassen des dringenden Briefleins. Dort nämlich hob sich der Nebel, der zur Strafe für des Herrn Mullmann Nichtwahrhaben des Ein-bißchen-Bessern das auf's Luxuriöseste eingerichtete Gemach beschlagen hat. Er zerging in der Mitte, wo das Auftauchen eines Untergründigen zur Oberfläche bemerkbar wurde wie dünner Bierschaum, und verfestigte sich, wegen begreiflicher Schwäche des Betrachters, das Verschwinden des Hindernisses weiter auszudehnen, zu einem überschwenglich barocken Rahmen. Das ihm entsprechende Bild kam von hinten nach vorne, und als es sich eingefügt hatte, ließ es die täuschende Malerei fahren. Es stand als ein von Natur aus mächtiger ovaler Schreibtisch da, mit Streifen Golds an der Kante und an den beträchtlich voneinander entfernten krummen Beinen, mit vielen Kästchen oben, mit zwei seitlichen Schubladen unten, mit einer Löschwiege, groß wie ein Hobel, einem Papiermesser, das sichtlich ein Bajonett gewesen war, und einem turmartigen porzellanenen Bau um's Tintenfaß, in dem die blaue Feder eines Wundervogels steckte. Man kann, was der Herr Mullmann durch seine Augen zu sehen glaubte, wahrheitsgemäßer durch sein Ohr ausdrücken: Er hörte die ersten dezidierten Worte, die sein bisheriges sprachliches Unvermögen hervorbrachte. (Die Beschreibung des Phänomens hätte von ihm stammen können.)

Er nahm Platz an einem zum ersten Male bejahten kostbaren Möbel, ergriff, nicht ungeschickt, die große Feder, welche eben wegen ihrer unhandlichen Größe das Gleichgewicht zwischen Sagen und Verschweigen herstellen wird, und schrieb, vor jedem Satze das Wenige auf das Zuviel hin wägend, Folgendes:

»Ich bin derzeit Königinstraße Numero zwei, in dem Palais des Kammerherrn Seiner Majestät, des Herrn Grafen Lunarin (Vornamen weiß ich nicht), den ich nach hier begleitet habe, weil er schwer verwundet ist. Und bleibe ich bis auf Weiteres zu seiner Verfügung. Bitte, erschrick nicht, wenn an Stelle meiner Person der Überbringer Dieses, der Leibkutscher des Herrn Grafen, oder ein anderer Diener, bei Dir eintritt. Die Tür ist ja gewohnheitsmäßig offen. Schließe sie dann zu, denn heute komme ich nicht mehr. Morgen werde ich Dir alles erklären. Wenn Du ausgehst, hinterlege den Schlüssel bei der Hausmeisterin. Sollte, ehe ich komme, die Verzehrungssteuerlinie anfragen, was mit mir los sei, weißt Du von nichts.« Diesen Satz strich er auf's Unleserlichste durch. »Es geht mir sehr gut, und ich wünsche Dir eine gute Nacht.«

Er hüllte die immerhin staatsmännische Botschaft (weil vom Eigentlichen überhaupt nichts erwähnt worden ist) in eins der bereitliegenden gräflichen Couverts, versah es mit der Anschrift, erhob sich sicherer, als er sich hingesetzt hatte, und bemerkte mit einem zufälligen Seitenblick, daß der Nebel bis auf ein Pünktchen im Augeneck, wie's beim Erwachen vom Schlaf auch vorhanden sein kann, zerflossen war. Sofort unterzogen die wertvollen Einrichtungsgegenstände den Besitzlosen einer strengen Prüfung: ob er sie ablehnen werde – nur dieser Augenblick, kein späterer ist entscheidend – oder sie willig empfangen. Er bestand die Prüfung. Wodurch? Mittels eines jähen und gänzlichen Umsturzes seiner Meinungen. Daraufhin drückte der Diener auf den Klingelknopf. Als hätte der unbelehrbar Begeisterte vom Gesamt des Hauses das selbstverständliche Ja erwartet! Gleich erschienen zwei Bediente. (Sie hatten am Eck des Korridors neugierig gelauert). Stumm, von der augenscheinlichen Stummheit der Fremdsprachigen, aber mit den eleganten Windungen der zwischen Befehl und Befehl unangefochten hindurchwollenden Körper, Griechen, Türken oder noch östlicher Geborene, halb verschlagenen, halb treuen Gesichts; je nachdem. Die sehen tiefer denn mein von hier wohl unabkömmlicher Negerfreund, dachte, leicht erschreckt, kaum daß er ihrer ansichtig geworden war, der Herr Mullmann. Doch werden sie mit der Mutter nicht reden können, tröstete er sich. Und der Stein des Anstoßes wird ebenfalls stumm wie eben ein Stein bleiben. Trotz Wahrscheinlichkeit des Verlaufs gab er ihnen (oder einem von beiden) die strengsten Regeln für das Betragen in der Gumpendorferstraße. Er gab sie, zum bereits weniger Vertrauten gewendet, mit einer kunstvoll gleichgültigen, der Noblesse des noblen Gemaches angenäherten Stimme, die er noch nie aus sich vernommen hatte.

»Die Türe ist angelehnt, weil die Frau Mama zu genau dieser Stunde, ohne mir Mühe mit dem Läuten zu machen, die

Güte hat, mich einzulassen. Man gehe daher kühn durch das etwa unerleuchtete Vorzimmer – aus der guten Stube fällt dann Licht in jenes –, reiche den Brief der alten Dame oder lege ihn auf den Tisch, wenn sie eingeschlafen sein sollte, und verlasse nach dieser alleinigen Verrichtung die Wohnung, nicht ohne die Türe zu schließen, soferne sie es nicht selber tun würde. Ein Gespräch zu führen ist unmöglich, weil die Frau Mama wegen Taubheit nur mit den Augen versteht. Das für sie Vernehmbare enthält der Brief. Ich bitte Sie, genau zu übersetzen.«

Das geschah auch, in einem konsonantenreichen Idiome, welches an das ungarische gemahnte, das durch den Dienst am östlichen Stadtrand vom Hören ihm bekannt war – die überaus geflügelreiche Ebene läßt die Aufgabe der dortigen Verzehrungssteuerlinie in's Ungemäße wachsen –, und bestätigte die mit Sicherheit aufgestellte Behauptung, daß die gerade hier ihren Beruf Ausübenden des Deutschen nicht mächtig seien. Ein überraschend schneller, allerdings noch lange nicht auf den wahren Grund gelangender Einblick – nach dem ersten und zweiten, den der kutschierende Franzose und der wenigstens drei Sprachen beherrschende Neger verschafft haben – in die fast vollkommene Polyglottheit des Lunarinschen Hauses! Jetzt muß unbedingt gesagt werden, daß er so rasch lernt, wie er sich bekehrt hat. Und daß jene anfängliche Verblüffung, die den Nebel erzeugt hat, der kurze Widerstand des durch mißbrauchte Askese träge gewordenen Leibes gegen die beginnende Beseelung gewesen ist.

Nach dem Verschwinden der Bedienten, das mittels der Bewegungen zweier einander verfolgender Aale vollzogen wurde, schloß ihr Oberhaupt und wohl auch der übrigen Domestikenschaft die Gangtür und den Herrn Mullmann ein in sein neues Heim. Dann schritt der erste der Diener an den zwiefach Beruhigten – der noch geliebten Mutter wegen und des bereits sie verleugnenden Glücks, hier bleiben zu dürfen – vorüber und auf die zweite Tür des Gemachs zu. Er öffnete sie, machte Licht, trat zurück, um dem Gast den Vortritt zu lassen, und sagte mit rücksichtsvoll leisester Stimme, als schliefe der schon im Bette: »Das Schlafzimmer.«

Die absolut fehlende Verwandtschaft mit dem Kabinette verhinderte jegliches Vergleichen. Der ärmliche Stuhl, der an's improvisierte Lager gerückt wird, und der immer vollbusige Fauteuil, der zur Gewöhnung an's Üppige hier steht, haben nicht die mindeste Ähnlichkeit miteinander. Man kann zwar auf beiden sitzen. Unmöglich aber kann man den Hintern als ihren Annäherungspunkt nach vorne bringen. Das ginge gegen die Sprache und führte geradenwegs zum Furzen. Das einzige, was nicht zu sagen, aber zu tun bleibt, ist: jenen erheben und diesen zertrümmern. Er war jedoch, trotz asketischer Vorgeschichte, nichts weniger denn Revolutionär, ein welcher von Anfang bis Ende durch die unsprachliche, das Gebrüll wilder Tiere zurückholende Handlungsweise unwiderrufbar bestimmt wird. Das hätte ihm einen zweiten *character indelebilis* verliehen! Dem war – Gott sei Dank – nicht so. Ihn bezauberte – vorläufig –, die Begründungen wird er später finden –, ein Eigentum, das seinen Begriff voll erfüllt. (Das schmächtige der Mutter ließ den berechtigten Zweifel zu, ob er erhalten bleiben oder zum Trödler wandern solle.)

Aus seinen vernünftigen Träumen – die wie die unvernünftigen ebenfalls ohne Uhrzeit und im unmeßbaren Raum stattfinden – weckte ihn die Stimme des Dieners.

»Euer Gnaden gestatten, daß ich das Bad einlasse!« Das war zuviel für den Herrn Mullmann, der nur dreimal während seines Lebens im Dampfbad gewesen ist. Das kurze Auf- und Untertauchen über's Kommando des Feldwebels, im sofort schmutzig werdenden Wasser der Schwimmschule – schon harrten an ihrem trockenen Rande die nächsten Züge der Kompagnie –, kam, zwecks Reinigung, nicht in Frage. Jetzt mußte er, dem Zwange des generösen Hauses folgend, allein und ausgiebig ein Badezimmer benützen. Die Beschämung darob, daß er vom Existieren eines solchen nichts gewußt hat, erlitt er wie ein hochgestimmter Passant, den man auf einen schwerwiegenden Toilettefehler aufmerksam macht. Er fuhr mit der rechten Hand zu der unrichtigen Stelle. Sie war in tadelloser Ordnung. Der Diener bemerkte nicht die falsche Verortung der Verlegenheit, weil er, seinem eigenen Befehle gemäß, die nächste Tür zu öffnen hatte. Diese war mit einem selbsttätigen Lichtanschlusse versehen, wohl wegen Trunkenheit oder Verschlafensein der vornehmen Gäste. Eine morgendlich noch blinde Bläue, verursacht von den blauen Kacheln, die das Badezimmer zu einer Unendlichkeit zerdehnten, erschien, gleich einem jenseitigen Schauplatze, wo man nackt vor Gott steht – das luxuriöse Baden und das noch luxuriösere Auferstehen von den Toten verschwammen ineinander –, vor dem Katechismuskenner Mullmann. Als dieser das drohende Schweigen obiger Gedanken zu einer unsinnigen, auch für Häretiker lächerlichen Ehe glücklich verhindert hatte – was bei der begreiflichen Verwirrung des noch nicht erstarkten Geistes einiger Zeit bedurfte –, drehte der Diener den Hahn auf und verstreute aus einem Fläschchen leicht rosa Körniges über das Wasser. Eine Wolke Wohldufts hob den Herrn Mullmann, der an's Verwenden nur nach Seife riechender Seife gewohnt war (wie sie auch zum Wäschewaschen gebraucht wird), ein wenig, doch hoch genug vom Erdboden, um die Füße eine höhere Ebene betreten zu lassen. Morgen komme ich parfümiert zur Mutter! lachte er in seinem noch hohlen Inneren. Doch dicht unter dem Scherze lag schon der Ernst des fundamentalen Unterschiedes, den er setzen wird zwischen ihr, der nach Küche und Halbgewaschenheit Riechenden, und ihm, dem täglich von Kopf bis Fuß Gereinigten und dank solchem Grunde gar nicht Riechenden.

Nun hat ein Diener, der den Gast in sein neues Heim einweist, immer etwas anderes zu tun, als Freundschaft mit ihm zu schließen, und wenn der's noch so gerne wollte. Zum Beispiel jetzt: mit zwei keuschen, obwohl schwarzbraunen Fingern einen langen weißwollenen Talar, der an einem vielzahnigen Rechen hing, zu ergreifen und dem Herrn Mullmann nahe zu bringen: »Der Bademantel«. Die rechte Hand unter eine blauweiß gestreifte Hose zu schieben, um sie ein bißchen von der Wand zu entfernen: »Das Pyjama«. Der Herr Mullmann hatte diesen Namen noch nie gehört, und ein solches Kleidungsstück noch nie gesehen. Er war aber sofort entschlossen, Hose und gleichgestreiften Rock, deren eigentliche Zweckbestimmung (in ihnen zu schlafen) er nicht kannte, nach dem Gebadethaben anzuziehen; nicht über's höfliche Empfehlen des Kundigen hiesiger Bräuche, sondern nach einem Satze, der hieroglyphisch ihm in's Hirn gemalt wurde und zu Wort gebracht hieße: Die höhere Lebensform liegt bereit, der niedere Inhalt, sofern er die Frechheit besitzt, in sie einzugehn, wird notwendig ihr sich anpassen. (Man sieht, daß das magische Sichverwandeln auf der wahrhaft unwissenden Verwendung der für die Meisten nichts als selbstverständlichen Dinge beruht.)

Des Dieners Obliegenheiten hatten nunmehr die ihnen gezogene enge Grenze erreicht. Und jenseits derselben dehnte sich das von der strengen Hausordnung oder vom sicheren Takt des Untergebenen vorbildlich verwüstete Niemandsland, durch welches, wie der Herr Mullmann jetzt für gut und sein Bedürfen nach dem wahllos gewählten Nächsten für falsch erkannte, kein Weg führte. Er empfand auch, in diesem Augenblicke, daß Gesicht und Gestalt nun einen winzigen, aber bedeutungsvollen Grad eingegangen waren: Die weit über ihre Räume hinausschweifenden Fleischstücke sind gleichsam am Zügel genommen worden, und ein Herr – er selber – lenkte sie.

»Ich danke!« sagte er kurz. Und »Mein Gepäck kommt morgen«, fügte er gelassen hinzu. Er log nicht. (Nur die Gelassenheit entsprach nicht ganz der Wahrheit.) Er wird die vornehmen Gewänder mit den Sparpfennigen erwerben, welche die weiterschauenden Weiber – irrtümlich böse genannt – ihm gelassen haben. Der Neger verbeugte sich tiefer, langsamer, orientalischer denn vorher. Als er wieder sich aufgerichtet hatte, sagte er: »Wenn Euer Gnaden, nach dem Bade, die Güte hätten, dreimal zu läuten, würde das Abendessen serviert werden.«

Des Herrn Mullmann Alleinsein hatte nur drei Sekunden gedauert. (Die angestrengte Gelassenheit nur zwei.) Zur vierten sprang er, im militärisch geübten Bogen, tadellos unter- und auftauchend, die eben geschlossene Türe an, lauschte dort, wie gepreßt zwischen zwei Seiten eines Buches, dem Fortgehen des zu einem Aufseher verwandelten Dieners und Freundes, öffnete sie, als die Stille vollkommen war, einen einbrecherischen Spalt weit, zog den draußen steckenden Schlüssel ab – die tätige Hand gloste im fahlen Lichte eines beabsichtigten Verbrechens –, steckte ihn in's drinnere Loch und sperrte zweimal zu. Eine öftere Umdrehung verweigerte das Schloß. Zur achten oder zehnten Sekunde riß er sich den Rock vom Leibe. Da lag er, der Rock, gekreuzigt an den spiegelnden Boden des Salons, das gemeine Futter zeigend, und unter den Ärmeln die Halbmonde der dienstlichen Schweißausbrüche. Eine jetzt nicht zu beschreibende Verachtung für dieses ordinäre Kleidungsstück zog das Gesicht des Herrn Mullmann zu einem mächtigen Niesenwollen zusammen, das aber nicht oben, sondern am Fuße losbrach: Und mit einem genau rechtwinkeligen Tritt, wie beim beginnenden Parademarsch, schleuderte er jenes in die entfernteste Ecke. Während des sofortigen Weitereilens entknöpfte er die Hose, und im Schlafzimmer entstieg er aus den schon gerollten Röhren. Dann stand er in unsauberer Leibwäsche vor der blauen Öffnung des Badezimmers. Ein kurzer Schrei, wie man ihn von Frauen hört, wenn sie den Höhepunkt des männlichen Zusammenseins erreichen, entfuhr hermaphroditisch seiner immerhin männlichen Kehle. Der ungewohnte Duft, vermischt mit der Farbe des frühsommerlichen Morgens; die ungewöhnliche Wärme, von gutverborgenen Heizkörpern verursacht; das bis zum reinen Grunde durchsichtige Wasser (nicht wie jenes daheim vom schmutzigen Lavoir getrübt); die Reinigungsgegenstände – in solcher Zahl noch nie gesehen und in einer Mulde hintereinander angeordnet –, drei Seifen, die eine elfenbeingelb, die nächste rosa, die letzte schwarz, jede wahrscheinlich von verschiedener Bestimmung; zwei Bürsten, die eine klein und rechteckig, die andere rund und breiter, an einem langen und schwach gebogenen Stile befestigt; ein großer Schwamm und gar kein Waschlappen: diese Umstände und Gegenstände, alle den sagenhaften höheren weiblichen Wesen zugehörend, beraubten ihn der Sinne oder erfüllten die leergehungerten bis zu den Mündern, was auf's Selbe hinausläuft. Daher er nackt sein wollte, gleich einem Ehemann in der Hochzeitsnacht, um den Inbegriff sämtlicher Frauen in der seinen, nur zufälligen, Frau zu spüren. Das dem maßlosen Zweck entsprechende Sichentledigen der Wäsche geschah in gar keinem Augenblick. Oder genauer gesagt: der Augenblick hatte ein Ende, aber keinen

Anfang. Hemd, lange Unterhose und löcherige Strümpfe waren zwar jetzt außerhalb des Herrn Mullmann. Er würde sich jedoch nicht erinnert haben – wenn er später diese Absicht gefaßt hätte –, mit welchen Mitteln (Arme, Beine?) sie dahin gelangt waren. Im nächsten Augenblick stürzte er sich über's andersgeschlechtliche Wasser. Das, wie eine eben angetraute Gattin in ihrem nur zwei Hände hohen, weil in den Boden eingelassenen, Wannenbette lag. Dieser Vergleich wäre für einen Schriftsteller ziemlich vollkommen, für den Herrn Mullmann war er es ganz. Er zitterte eine gute Weile ob der die Nerven angreifenden Aufregungen des einseitigen Beischlafs. Erst als er wahrzunehmen begann, daß die zart bebenden Wellen von ihm bewirkt wurden, kehrt der Verstand zurück, aber nur um auf die entgegengesetzte Seite zu fallen: Aus dem Sünder wurde plötzlich ein Täufling. Was bei Katholiken, die eigentlich zeitlebens im Katechumenenstande verbleiben und von den heidnischen Lastern zu den christlichen Tugenden hinüber- und wieder zurückschwanken, nicht selten vorkommt. Sie meiden nämlich, in berechtigter Scheu, das spätere Sakrament der Buße und wollen das allererste, nur einmal zu empfangende, immer wieder empfangen. In einer ähnlichen – bei Gott, nicht in der gleichen – Verfassung befand sich der Herr Mullmann. Auch er wollte gründlichst sich reinigen. Doch griff er, um sein unsterbliches Teil blitzblank zu putzen – von der richtigen Vorsehung ein bißchen unrichtig geleitet –, nach Seife, Bürste und Schwamm. Glücklicherweise war sein Leib so schmutzig wie seine Seele und ermöglichte infolgedessen die Vertauschung des unsichtbaren Drecks mit dem sichtbaren. Zwiefach gereinigt entstieg er dem Bade, mit den langsamen Bewegungen von Storchenbeinen, um ein Gefühl hoher Moralität, welches ihm bisher unbekannt gewesen war, ohne die geringste Beschädigung auf's Trockene zu tragen. Dort schlüpfte er in die bereitstehenden Pantoffel, wie in die eigenen, zog den Pyjama an, wie von jeher gewohnt, hüllte sich nach altem Brauche in den noch nie getragenen weißen Mantel und schritt, artikulierend, was er noch nicht auszudrücken vermochte, ein junger Römer, der auf die *rostra* sich vorbereitet, in's Schlafzimmer, wo er, mit etwas zusammengekniffenen kritischen Augen, den vollbusigen Fauteuil für besonders geeignet fand, seine tief innen noch unvollständige Rede (wider das Proletentum) durch einige Worte beiläufig zu skizzieren. Den Kopf einmal nach links, einmal nach rechts an die nachgiebigen Brüste drückend – es fehlte nur, daß er Milch des auch in ihnen anwesenden Lunarin gesogen hätte –, rief der bis zur letzten Konsequenz nun Bekehrte (sooft er den Mund frei bekam): »Nie mehr zurück!« Nämlich in die Gumpendorferstraße.

DER EINZUG INS SCHLOSS

oder

VIII. KAPITEL

Immerhin befreundeten sich, schon während des Frühstücks im »Taler«, die vom ausgebliebenen Meister berufenen Jünger mit dem Ersatzmann, der ihnen auch viel näherstand, als das Original je hätte stehen können; was sie nur noch nicht zuzugeben wagten. Als habituelle Monarchisten nämlich – wie solche die vortrefflichen Diener nun einmal sind, und stets sein werden – waren sie unfähig, ihr Mäntelchen sofort nach dem Wind zu hängen, der aus dem demokratischen Loche zu pfeifen begonnen hatte, auf den Glanz zu verzichten, der von alters her mit der obersten Obrigkeit verbunden ist. Sie glaubten daher, sich zu begnügen, obwohl sie bereits im vollen Maße empfingen. Und dem war gut so. Denn dem gräflichen Erlöser hätten sie den desolaten Zustand des verheißenen Paradieses nie und nimmer verziehn. Ja, es wäre wahrscheinlich zur Revolution gekommen. Diese verhinderte oder konnte nur verhindern einer, der, offenkundig unschuldig an jenem Zustande, ihn so verbesserte, als ob er selbst ihn verursacht hätte. Was ja die eigentliche Nächstenliebe! (Gesinnung und Tun des Präsidenten eines Republik gewordenen, autokratisch ruinierten Staates werden noch lapidarer kaum zu beschreiben sein.) Nicht nur versorgte der Herr Adelseher – unsern nur oberflächlich restaurierenden Notar schon auf den ersten Anhieb weit übertreffend – die jetzt seinen sechs Personen dadurch mit Speis' und Trank, daß er den beim ersten Zugriff zerfallenden Herd zusammenmauerte – wenn jemand jemandem demütig die

Füße waschen will, wird er's allein tun! –, die erforderlichen Lebensmittel eigenhändig vom »Taler« auf's Schloß schleppte, er ließ vom Adelseherschen Hofe auch Möbel herschaffen, um sechs verwahrloste Zimmer bewohnbar zu machen, desgleichen Leintücher, Polster und Decken, sogar Nachtgeschirre, denn die Anstandsorte waren weit von der bescheidensten Anständigkeit entfernt. Kurz: der kommissarische Verwalter für drei Tage schwelgte geradezu, sowohl aus der Fülle seiner Börse, wie aus dem Reichtum seines Gemütes, in Guttun. Und, nebenbei oder außerdem: wann hat man schon eine schönere, platonischere Gelegenheit, das blindlings in uns gesetzte Vertrauen, so begründet es für Sehende ist, zu bewähren! Er hat sie, darf man sagen, weidlich genützt! Als aber nach den drei Tagen einer wahrhaft vorbildlich landesväterlichen Herrschaft und eines wirklich übermäßigen Wohltuns – mein Gott, wer berauscht sich nicht gerne dann und wann? – weder der legitime Herrscher selbst, noch ein Bote, noch ein Brief eintrafen, fiel der schon ein bißchen ernüchterte Blick des allzu getreuen Knechts – wie der des befriedigten Quartalssäufers in's nun länger wieder leer bleibende Glas – auf sein bisheriges Verhalten. Er sah zwar gleich wieder weg, weil keinen zwingenden Grund, es zu ändern. Denn: kommt der Graf heut' nicht, kommt er morgen. Und wie heute, müssen die Dienstleute auch morgen essen. Und – nicht zuletzt – den Beschäftigungen obliegen, die er, der Besitzer gründlicher wirtschaftlicher Kenntnisse, ihnen zugewiesen hatte. Ob dem abwesenden Herrn zu Nutz, oder dem unsichtbaren Gott zuliebe: was macht das schon aus?! Der Lohn gilt ja nicht der Arbeit, sondern der Gesinnung, in der sie verrichtet wird. So denkend, trieb er's noch eine Weile fort. Bekräftigt in seiner Meinung, recht zu denken, auch von der Domestikenschar, die, je weiter der Graf in's Unbegreifliche sich entfernte, desto näher dem ohnehin ihr viel näherstehenden Stellvertreter rückte. Man sieht schon jetzt – erlauben wir uns nebenbei zu bemerken –, daß die Demokratie nicht um ihrer selbst willen, nicht parthenogenetisch geboren, wie Pallas Athene, aus dem Haupte des Zeus nämlich, in Erscheinung tritt – für den gegenteiligen Glauben sterben die Barri-

kadenkämpfer –, sondern nur das Erlöschen des Königsgedankens im König anzeigt. Und, weil Regieren und Regiertwerden nun einmal notwendig sind, die stolzen Bürger zwingt, Maurer zu werden, in die Hände zu spucken und auszurufen: So wollen wir denn von unten her schaffen, was von oben her unvollendet bleiben würde! Einen Ziegelhaufen! Wie dieses Schloß auch! Das, nach vier Wochen Wartens auf den Grafen, und schon nicht mehr ruinenhaften Charakters – also wider den letzten Willen des Barons behandelt –, zum Schauplatz des Gewissenskonfliktes geworden ist, in den ein sein Amt in Richtung Herr überschreitender Verwalter hatte geraten müssen. Der Notar, an den der Herr Adelseher sich wandte, Rat zu holen, schlug natürlich die Hände zusammen, als er vom jetzigen Stand der Dinge auf dem Schlosse hörte, deren Erhaltung in ihrem früheren ihn nicht wenig Geld gekostet hat. Immerhin freute er sich – boshaft und einsam wie er war –, einen Leidensgenossen, wenn auch ganz anderer Artung, bekommen zu haben, rechnete aber, um zu erfahren, wie lange der sich würde ruinieren können, sofort nach, ob die zu Liebhaberei ausgeartete Verwalterei das Adelsehersche Vermögen, welches er, genauer Kenner der schicksalhaften Gegend, hoch einschätzte, höher als das seine, aufzehren würde oder nicht. Und kam zu dem bemerkenswert hellseherischen Schlusse, daß der unbezweifelbare Narr da einer vernünftigen inneren Stimme folge. Wie die Nase des sich verlaufen habenden Hundes der Herrscherspur: daß also, wenn die zu sehen Berufenen den Dekalog nicht mehr lesen können, die Blindgeborenen ihn mit den Fingern ihres Herzens ertasten werden. Rat sonach empfing er keinen vom Notar, der sich zu wohl in der zweideutigen Rolle des Orakels fühlte, doch einen kameradschaftlichen Schlag auf die Schulter. Als Jurist nämlich konnte der Doktor Hoffingott eine utopische, rechtsprachlich unformulierbare Meinung zu dem Adelseherschen Dilemma nicht gut äußern. Als Menschen jedoch hinderte ihn nichts, sie unter der Sprachschwelle – wie die schöne Magd im Keller – zu haben. Diese Meinung war: daß die neue, die königlose Zeit, analog zu dem von ihr vollzogenen Unterbruch der Thronfolge, vielleicht versuchen werde, auch die Erbfolge weniger nach der Rechtmäßigkeit als nach der Tüchtigkeit des Erben zu ordnen. Und einen solchen Versuch scheine die politische Natur, im Interesse des größeren Gemeinwohls, mit dem Herrn Adelseher (und mit dem Herrn Grafen) anzustellen. Man werde ja sehen, dachte der Notar, dessen Bosheit den Charakter der wissenschaftlichen Neugierde angenommen hatte, ob zwischen dem gott- und rücksichtslosen Expropriieren der Expropriateure und dem laissez faire, laissez aller auf dem angeblich heiligen Gebiete des Privateigentums es einen Weg gäbe, der weder des Räubers noch des lieber Verhungernden als Nahrung Fordernden Weg ist. Kurz: der erzkonservative Notar ahnte mehr, als die hochrotangelaufene Demokratie zu wissen wagte.

Sie waren noch nie in ein so leeres Haus gezogen. Und weil es leer war, möblierte jeder jedes Zimmer aus dem Gedächtnisschatz der gewohnten Erinnerungen. Die Frauen betraten es mit einem Bierkrug voll Blumen – jener vom »Taler« entliehen, diese dem wildwachsenden Park entrupft –; die Männer mit den Photographien ihrer Lieben: ehelicher und unehelicher Ordnung. Faul auf dem nicht vorhandenen Bette liegend kann man sie sicher treffen. Wie die Stubenfliegen mit der Kinderschleuder.

Man schwirrte aus den Zimmern auf den Gang, vom Gang in die Zimmer, ein Bienenschwarm, der einen Korb entdeckt und sogleich sein natürliches Geschäft gefunden hat: Draußen und Drinnen durch ein Geweb' von Honigfäden zu verbinden. An allen Türen steckten die Schlüssel. An welcher keiner stak, die war ebenfalls unversperrt. Man sah das heimtückische Entgegenkommen des verstorbenen Enguerrand dem lebendigen Grafen gegenüber, wie man Moschus riecht, eh' man die erste Hure zu Gesicht bekommt.

Unter den Zimmern, deren Türen Till selber öffnete – man ließ ihm da und dort den Vortritt (weniger dem neuen Herrn als dem höheren Neugierigen) –, befand sich auch die Löwengrube. In ihr würde das herabgekommene königliche Tier der Salons, bei noch tieferer Herablassung, einigermaßen sich wohl gefühlt haben. Sie vereinigte ja die Stille der Kartäuserzelle mit der Möglichkeit des Sündigens.

Das scharfe Licht, sechsmal geteilt durch die schlechtschließenden Brettlein – trotz gelegentlicher Fleißaufgaben des Doktor Hoffingott fehlte noch immer das Fenster –, streifte einen roten Teppich und den Parkettboden; die blaue Decke eines für zwei Personen, natürlich verschiedenen Geschlechts, bestimmten Bettes; die drübere Wand, nebst zwei Bildern von Vorfahren (vielleicht des Grafen, vielleicht des Barons), die hinter blendenden Gittern unschuldigerweise die Strafe tiefster Dunkelheit erlitten; und ein nichts als grünes Kanapee, das wider Willen ein Muster erhielt. An der rechten Wand lehnte ein für den niederen Raum ungemäß großer Spiegel – wahrscheinlich um dem wandernden Grafen sein nunmehr dauerndes Hiersein zu Gemüte zu führen –, und im finstersten Eck stand, in der Haltung eines auf altertümliche Weise Photographierenden, Kopf und Glieder, Stativ und Beine verhüllt von einem schwarzen Überwurf, das nie gespielte Klavier; denn der Baron war, wegen einseitiger Liebe zur Dialektik und der bewußten Ablehnung des unbeschreiblich Beschreibbaren, unmusikalisch. Und doch mußte das Herschaffen desselben, wie auch des Spiegels, einen bedeutenden Grund besitzen! Möglicherweise ist's der folgende: Wenn Frauen, die immer den Grafen begleiten, die Tasten zum Hinwegzaubern eines augenblicklichen Befundes erregen und, wenn die männliche morgenländisch braune Hand aus dem Tennisanzug sich erhebt, um das Aug', tränend oder trocken, zu beschatten –: wer weiß, ob den Baron dies übliche Beispiel des Ergriffenseins nicht bewogen haben würde, die erfundene klaftertiefe Trennung von dem Wahlerben – weil er nicht platonisch lieben konnte, durfte er platonisch hassen – mit einem für niemanden aufgesparten Gefühle jäh zu überspringen? Daß er zu dem Gefühle nicht gekommen ist, sagt nichts gegen diese Behauptung: Es gibt eine Art Unsterblichkeit der richtigen Konsequenzen. Von den einen werden sie beabsichtigt, von irgendwelchen andern werden sie durchgeführt. So fügt's die Sparsamkeit der Natur, die von dem Begriff Person keinen Begriff hat.

INTERLUDIUM

oder

IX. KAPITEL

welches auf alles bisher Berichtete unerwartet politische Akzente setzt.

Da war ein heruntergekommener Graf, der ein heruntergewirtschaftetes Schloß geerbt hat. Besser als nichts, sagte der Habenichts und machte sich auf die Reise. Aber seinen endlich geraden Weg sperrte, o Verhängnis, die Sphinx und gab ihm das Rätsel zu lösen, warum er sie verlassen habe. Ehe er antworten konnte, hatte er wieder sich in sie verliebt, oder richtiger: verliebte er sich in sie, um nicht antworten zu müssen. Und nun sage uns einer, wo die schöne Frau lebt, die, vorausgesetzt, der verstummte Mann ist ein Mann, noch weiter gefragt hätte. Kurz: sie tat, was auch die antike Sphinx getan haben würde, wenn statt des Ödipus ein Achilleus des Wegs gekommen wäre: Sie stürzte sich mit dem Grafen in den Abgrund.

Das arme Schloß jedoch stand auf einem Hügel und wartete. Und wartet noch heute. Auf seinen rechtmäßigen Besitzer. Denn es hat nur einen Verwalter erhalten. Allerdings einen, der sich für den Grafen ruiniert, während der Graf nur sich selbst ruiniert. Folgendermaßen ist unser Pechvogel auf den Leim gegangen, den der gräfliche Windbeutel an den Ast geschmiert hat. In dem nämlichen Wirtshaus, wo das vornehme Weib und der vornehme Mann einander gefunden oder gefangen haben – ob das, ob jenes, und wer wen zuerst, kann bei der immer rechtzeitig verübten Tintenfischschwärzung des venusischen Elements nicht und niemals festgestellt werden –, ist zum Abendschoppen und *inter pares* auch ein junger, reicher Bauer gesessen. Er war nur auf ein Krüglein Bier gekommen, aber in Begleitung seiner Ziehharmonika, denn: er hatte eine schöne Stimme und hörte sich gerne singen. Das ist nun gewiß eine recht harmlose Eitelkeit! Sie genügt jedoch, die mit ihr behaftete Person vor ein Peloton kismetischer Scharfschützen zu stellen, wenn um Gottes willen hätte geschwiegen werden sollen. Hat denn der unschuldigste Mensch eine Ahnung, was im augenblicklichen Augenblick im Universum bei strengster Strafe verboten ist? Wir alle fallen, zum Beispiel, immer dann auf die Weiber herein, und so tief, daß wir nie wieder das Licht der Überwelt erblicken, wenn gerade der Cölibat kulminiert, wir also, wenn wir die Fleischessünde begehen, die Sünde gegen den Heiligen Geist gleich mitbegehen. Kurz: der heruntergekommene Graf, der seit Begegnung mit der Dame woanders hinwollte als nach dem pflichtgeladenen Schlosse – dahin schon für morgen die Dienstleute bestellt worden waren –, sah die Schlüssel zum Schloß in seiner Tasche phosphoreszieren. Trotzdem dachte er nicht hin und her, wie er der lästigen Mahner also sich entledigte, daß sie weder vergeblich gemahnt haben würden, noch mit vollem Erfolge. Kommt Zeit, kommt Rat! sagte der geniale Erfinder einer dritten Hälfte des Apfels. Und in der Tat: ein außerordentlich unordentlicher Rat liegt dem hohen Herrn über die Zufälle immer am Ohr. Eben jetzt öffnet er wieder seine orientalisch üppigen Liebedienerlippen. Es hatte ja der Ersatzträger der Erbenrolle die Wirtshausbühne bereits betreten! Ein Mann, der, weil auf eigenem reichen Boden stehend, mit fremdem Eigentum uneigennütziger verfahren wird als der Eigentümer! Und auf das bessere Verfahren, womit immer, und nicht auf das billigere Recht, wie immer zu verfahren, kommt es doch an, sollte man glauben, nicht wahr?

Ferner war unser begabter Mann ein sehr hübscher junger Mann. Ein Mann, dem die Weiber des ihnen natürlichen Nachlaufens wegen nachliefen, sozusagen mit geschlossenen Augen, aber weit geöffneten Nüstern. Dieser glückliche Umstand gestattete ihm während einer ziemlich langen Zeit, sich als das kostbare Wild zu fühlen, und in der Kunst des den Jägerinnen Entkommens immer mehr sich zu vervollkommnen. Die langsameren Beine erliegen dem schnelleren Triebe. Die Mannsbilder werden grölen, die Weibsbilder kichern, wenn wir, der Wahrheit gemäß, jetzt sagen, daß er auch ein reiner junger Mann war, einer, der lieben muß, um lieben zu können, einer, dessen Begehr nicht sucht, daß sie fände, sondern der ohne unzüchtige Träume tief schläft und geweckt wird nur von der Nachtbotschaft eines Eilboten. Wen also wird der Wirt dem Grafen zum Stellvertreter vorschlagen? Gewißlich diesen jungen Mann da, Till Adelseher mit Namen, der bis nun nur still für sich die Genossen überragt hat, wie in der tiefsten Meerestiefe ein Berggipfel die andern Gipfel überragt, ohne aber, dank der brüderlichen Stockfinsternis, die dort unten herrscht, als der höchste auch zu erscheinen. Trotzdem muß, was Da- und Sosein hat, früher oder später in die Aufnahmebereitschaft eines erkennenden Verstandes fallen. Es mögen also die den Genannten zum Empfehlungswürdigsten machenden Vorzüge eine Sekunde vor der Empfehlung dem Wirten noch so wenig gegenwärtig gewesen sein –: jetzt, weil der rechte Lichtträger sie anleuchtet, stehen sie kreideweiß im Bewußtsein des Wirten. Und weil ein Wirt nun einmal das vorlauteste Mundstück des *consensus omnium*, sprechen ganz Recklingen und Umgebung aus dem Wirt. Es ist ja nur an Tag gekommen, was schon immer am Tag gelegen ist, aber seiner Unbrauchbarkeit wegen zu gewöhnlichem Gebrauche nicht beachtet worden war. Plötzlich jedoch bedurfte ein großer Eindringling in diese kleine Welt der Tugenden jener ferialen Unbedingtheiten, die neben der beruflichen, den drastischen Schweiß auspressenden, Arbeit des Schließens von Kompromissen, so gut wie nicht zählen, oder nur so viel wie etwa die Kunstwerkereien, von denen ebenfalls kaum gewußt wird, warum sie geübt werden. Plötzlich, wie Signallichter an den genialsten Erfindungsstellen des allgemeinen Mechanismus, blitzen die Tugenden auf, erweisen sich die Tugenden als die aus dem Boden schießenden Stützmauern des eben von oben herabschwebenden Daches: Ohne sie würde es nicht es selbst sein. Dieser Till nun hat die erwähnte Prüfung bestanden. Seine

Verfassung ist eine lobenswürdige gewesen. Möge die nämliche uns in *articulo mortis* auszeichnen! Weil er aber zum Sterben geschmückt weitergelebt hat, ist er im Gegenstande: Leben, der ein hohes Maß natürlicher Ununterrichtetheit voraussetzt – durchgefallen. Denn: wer für eine Idee zu sterben fähig ist, also im dauernden Sterbenkönnen für eine Idee lebt, zieht sich die begreifliche Abneigung jener zu, die – um überhaupt leben zu können – der Integrierung des Todes in das Leben – unter welch' edlem Vorwand sie immer stattfindet – sich widersetzen müssen. Diese Jenen sind die robusten Schwächlinge, deren Zittern um das bißchen Dasein die Erde revolutionär erbeben macht.

Das Zusammenprallen der von verschiedenen Müttern geborenen Zwillingsbrüder, die durch eine antizipierte Erbschaftsteilung, nach der wuchtigen Lösungsweise gordischer Knoten, gezwungen worden waren, des einen Vaters weithin glänzende Laster und schwerer wahrzunehmende Tugenden aus dem heroenzeitmäßigen Verbund zu lösen und bis zum jetztzeitgemäßen Haltepunkt der vollendeten Gegensätzlichkeit auseinander zu tragen – auf je zwei Schultern die je ganz andere eine Last –, geschah – als der Beweis für doch die Möglichkeit des Aufeinandertreffens zweier Tennisbälle in einer Hohlkugel von Erdengröße – in der Wirtsstube unter dem Explosionsleuchten einer sogenannten Nova. Bei diesem überhellen Leuchten erkannten einander die einander eben noch unbekannt Gewesenen, wie Bullauge an Bullauge das Piratenschiff den geenterten Kauffahrer, der Kauffahrer das Piratenschiff durchschaut bis in den letzten Winkel der moralisch so grundverschiedenen Kajüten. Eine solche Situation ist die wohl deutlichste aller verschwommensten Situationen! Ist der auf den Kopf gestellte Krieg oder der auf den Kopf gestellte Frieden; gleichgültig wer: so gestellt, fällt aus beider Hosentaschen notwendig das je andere Extrem. Begreiflich auch, daß sie sofort einander unvergeßlich geworden sind, zusamt dem Schlosse, das der Erbe noch gar nicht, der künftige Verwalter schon unzählige Male gesehen hat; schaut's doch über viele Adelseherische Felder hin. Allerdings hat er's nur wahrgenommen, nicht in sich aufgenommen. Jetzt aber ist's in beiden da. In dem einen wegen nicht bewirkter Anschaulichkeit als ein Brandmarkungsgefühl, in dem andern als das aus der flachen Wirklichkeit endlich herausumarmte Bild: mit allen Zimmern, Vorsprüngen, Ecken und Türmchen liegt es ihm, ein nicht mehr euklidisches, hart an der Brust. In diesem, vom Konzentrate Liebe, von der Liebe auf den ersten Blick erfüllten und zugleich zum Fernrohr verengten Augenblick ist nämlich Enguerrands Schloß jener Punkt im Unendlichen geworden, wo die Elongaturen der, nach eigentümlicher Gabe so verschiedenen, nach Begabung, die des andern zu verwesen, so gleichen, Brüder einander treffen, oder, schmerzlicher gesagt, einander schneiden werden. Zufall wird – mit einem Wort, das die Sache nur zudeckt, nicht mit der Sache sich deckt – die irdische Parallele zu einem astrischen Neuschöpfungsvorgang genannt. Wie im Makrokosmos dieser das sonst sich erschöpfende Leben wieder auf die hohe Umdrehungszahl des Uranfanges bringt, so jener im Mikrokosmos. Ist nun die von Aeon zu Aeon, von Unzeit zu Unzeit, notwendig werdende Vollbeschleunigung des Daseinsrades geschehen, tritt wieder der lange Sabbat der Kausalität ein. Wieder dehnt sich zwischen Prämisse und Conclusion spiegelglatt schiffbar das Meer des Logischen. Aus sehr weiter Entfernung schon kann all das Mögliche, auch was überraschen oder erschüttern wird, erkannt werden. Der klarste Herbsthimmel überwölbt die abgemähten Felder. Die Parzen spinnen ihre Altweibersommerfäden zu Ende. Es beginnt eine Zeit, die nichts als Zeit ist. Von der Unendlichkeit und Ewigkeit sich zurückgezogen haben. Ein Paradies für Uhren. Deswegen darf man, ohne fürchten zu müssen, viel zu irren – weil ja wieder gerechnet werden kann –, sagen, daß ab nun sowohl der gräfliche Schloß- wie der bäuerliche Großgrundbesitzer genau die Wege gehen werden, die nicht die ihren sind, die höchst ihren aber zu werden vermögen, sollte beiden Herren, oder einem von ihnen, das Verschmelzen der nicht eigenen Angeleuchtetheit mit der eigenen Person gelingen. Am Gelingen des Grafen brauchen wir nicht zu zweifeln. Obwohl er seinen brüderlichen Widerpart erst heute kennengelernt hat – und zwar im Fluge, der allumfassend sieht, im Gegensatz zur sichtbeschränkten Einbahnfahrt auch der längsten Freundschaft –, bedarf er doch nicht – wenigstens *theoretice* nicht – einer Belehrung über sich selbst von seiten seiner plötzlich abgesprungenen Hälfte, unseres Agronomen, oder nicht annähernd so sehr wie dieser der Belehrung durch ihn. Es erfährt wohl der gräfliche Bruder jetzt zum ersten Mal, wer er nicht ist – weil sein Gegensatz auf's Anschaulichste vor ihm steht –, nicht aber zum ersten Mal, wer er ist. Das hat er schon unzählige Male erfahren. Till jedoch, der jetzt erst erfährt, wer er ist, hat daher auch noch nie erfahren, wer er nicht ist. Er muß demnach zuerst einmal mit der, begreiflicher Weise, ihn hoch erstaunenden Tatsache seines Mitsichselberunbekanntgewesenseins fertig werden – eine Arbeit, die keiner andern Arbeit Zeit läßt –, und sodann eine Methode aushecken, wie er mit Tugenden die Leute ebenso durcheinanderwirbelt, wie der Graf sie mit Lastern durcheinanderwirbelt. Um ihm beim Finden einer solchen zu helfen, wollen wir laut von der vielleicht nicht allgemein bekannten, von der Methode seines feinen Bruders reden.

Was, rufen wir rhetorisch, gelingt nicht nebenbei, wenn nur die Hauptsache gründlich vernachlässigt wird (wie soeben das Schloß)! Da eilt doch alles, nicht wahr?, was um einen Kopf oder um mehrere Köpfe kleiner ist als das Größte, herbei, damit es ja zurecht unter die herabsinkende Krone komme! Da will doch alles teilnehmen an der Tendenz zum Falle! Am Aufatmen einer druckbefreiten Riesenbrust! Da blähen die schlanksten Säulen einen barocken Schmerbauch, um zu zeigen, welch' schweres Gebälk sie bis jetzt getragen haben, und wie unschön ihre natürliche Gestalt ist, wenn man sie nur natürlich sein läßt! Da würgt man die Schönheit ab sowohl des Sprechens wie des Sichgehabens, weil sie, so wenig Wahrheit auch ihr gegenwärtig innewohnen möge, doch auf ein Wahr hinweist, und irgendeinen bewegen könnte, mit ihr, die geradezu verzweifelt Spaß macht, wieder harmonischen Ernst zu machen; den Genius nämlich, den die herrliche Form ob ihrer Leere dauert. Und der verfluchte Kerl, mit dem noch jedes Jahrhundert sein Kreuz gehabt hat, wäre vielleicht auch heute noch im Stande, armen Leuten die Wollust beim säkularen Fallen, den Genuß am Entblättern der Weltrose, die Feierabendfreude ob des endlich anhebenden Verdämmerns der Gottessonne, so durch den schon reichlich dünngewetzten Stoff geschienen, und den Stolz auf einen, vom Geschöpf geschaffenen, allen untersten Belangen Rechnung tragenden, siebenten Tag zu verkümmern! Drum lieber gleich fort mit ihm! Also herbei, Athener, Vollbürger und Metöken, zum feierlichen Begehen des Ostrakismos! Denn: die vielen wirkungssicheren Stammeleien, vom Volkslied, das mit dem Urnebel in jedermanns Hirn konspiriert, bis zur lakonischen Liebeserklärung, in der das Nichtdenken seine höchste Klarheit erreicht, kann es ja nur geben, wenn das definierende Reden wie das Feuer gescheut wird! Wenn ein hochverräterischer Prodromus aus dem vollen Bewußtsein seiner quergestreiften Sendung zu fürchten beginnt, es werde der Weg des dezidierten Ausdrucks in der Thebais enden, bei der vollkommenen Sprache, aber ohne Hörer. Daher die Friedensschlüsse mit den Gesellung fordernden und Gesellung ermöglichenden Ungenauigkeiten, die von einer Ausnahme, die nicht allzuweit von der Regel sich entfernen will, leicht, sogar sträflich leicht – mißbrauchbares Talent vorausgesetzt – bis zum Rätselbild, und bis zum orphisch unverständlichen Gedichte, gehäuft und obendrein noch übertrieben werden können, welch' einzig wirklich künstliche Werke dann dank der Entrüstung, die sie erregen, oder dank dem Gelächter, das ihnen entgegenschallt, doch gemeinschaftsbezogen bleiben; also den Ruhm wenigstens des Geächtetseins verschaffen, der je nach Er- oder Einträglichkeit beibehalten oder abgeworfen wird: zwo Willkürakte, unmöglich zu verüben an dem echten Ruhme, dem Ruhm der würdig erworbenen Achtung, der mit sich selbst verwachsen ist, wie Fell und Körper des Löwen! Daher das allüberall beobachtbare willige Einsinken bis zum Halse in den Müll der vernachlässigten Denkhaushalte, in den reichen Wegwurf an Unausgesprochenem, in die verbrauchten An-der-Sache-Vorbeieredereien, in einem Wuste schon als Fetzen geborener Gesprächsfetzen, lose miteinander verbunden durch gedankenlose Gedankenstriche, und das schlußendliche Sinken oder Sickern zu den Trümmern der unter den Eselhuftritten zusammengebrochenen Eselsbrükken! Daher das uns rätselhaft wie konstruierte, aber immer richtige Einanderverstehen der Leute auf einen Wink, auf ein Blinzeln, auf ein Blöken hin, auf ein Lachen ohne vorausgegangenen Scherz, auf einen Urschrei, auf einen Pfiff, auf ein Wackeln mit dem Steiße, auf ein Wedeln mit der Nase! In einem Jenseits also vom Diesseits des zu Wahrsage neigenden grammatischen Sagens hat man sich's olympisch gemütlich gemacht! Mit Halb- und Vierteltönen, der überdies noch verstimmten Seelenleier entrupft, haben die aus der Harmonie der Sphären auf gepanzerte Hintere Gefallene eine nur Eingeweihten verständliche, und trotzdem banale, Programmusik komponiert! Die Banalität als das eleusinische Mysterium dieser Zeit! Aus Denk- und Druckfehlern, deren Unkorrigierbarkeit die rechte Lesart garantiert, eine Bibel des Unglaubens zusammengesetzt! Und: wer ist nicht eingeweiht?! Oder: wer strebt nicht nach Einweihung?! Und: wer von den anonymen Verfassern will schon richtig gelesen werden? Keiner! So ist denn hinter dem Gaumenzäpfchen eine Sprache entstanden, die in die der Lippen ebensowenig übersetzt werden kann wie Hundegebell in Vogelgezwitscher. Es gibt also statt des einen babylonischen Turms, dessen bis zum Himmel reichender Hochmut strafweise zu den unverständlichsten Sprachen zerfällt worden ist, eine Unzahl von babylonischen Türmchen, deren bescheidene, genauer gesagt, inferiore Größe nicht im entferntesten zum Erzürnenmachen der Gottheit hinreicht. Die tückische Demut, mit der vom damals gebrannten heidnischen Kinde heute Ehrenstellen im Feuer der christlichen Hölle zurückgewiesen werden, läßt sie nicht in die Gefahrenstratosphäre hineinwachsen. Dieser weltlichsten Klugheit zufolge gibt es in den als Sprachen anerkannten Sprachen eine ebenfalls anerkannte Sprachenverwirrung, gibt es ein Labyrinth mit Wegweisern und Fremdenführern, Fackel- und Erfrischungsverkäufern, das heißt, mit bestallten Verführern, hochgebildeten und hochloyalen Leuten, die sogar fähig sind, zu definieren – welch' ihr Fähigsein sie unter Beweis stellen, wenn irgendeinem Fleische vom Geist her beigekommen werden muß –, aber lieber doch das unmittelbar anschauliche Geschäft des üblichen Verführens besorgen.

Zu diesen heimlich ausgezeichneten Leuten, die nur dann und wann den prächtig schlichten Mantel lüften, um den ihnen gnadenweise von einer korrupten Regierung verliehenen Ordensstern zu zeigen, der dem Gedächtnis tiefer sich einprägt als ein ehrlich verdienter, gehört auch unser Lunarin. Soviel über den Grafen, genauer gesagt, über den einen Grafen aus den mehreren Grafen, die im Gesamtgrafen, einander ablösend, kulminieren. Wo in der nämlichen Person, wenn nicht gar außerhalb derselben – wie die unheiligen Chimären am Heiligtum –, die absteigenden sich aufhalten, weiß nur Gott. Das einzige, was wir wissen – weil wir noch bei jeder Erwägung des jeweils kulminierenden Grafen diesen als zu leicht befunden haben, wie etwa einen eben auf's Pferd sich schwingenden Reiter, der unserer nachhelfenden Stallburschenhand eher entgegenkommt, als ihrer bedarf –, ist: daß alle Teilgrafen zusammengesetzt einen ganzen Grafen nicht ergeben würden. Allen diesen Teilen fehlt zum vollen Teil ein Teilchen. Und den schieben sie dauernd einander zu, wie die Ballspieler einander den Ball zuspielen, der sowohl während des Spieles wie vorher und nachher keinem eignet. Er stellt ja die jedem Spiele notwendig fehlende Notwendigkeit dar. So wenig also über den Grafen. Desto mehr und auch Gewisseres über den gewöhnlichen Herrn Till Adelseher. Diesem Landmann oder geborenen Bewohner des festen Landes wird niemals der Gedanke kommen, er könnte im Einbaum seiner Seele den Ozean der Zufälle durchschiffen und die Tropeninsel des poetischen Ausnahmezustandes erreichen, um dortselbst seinem nicht einmal janusgesichtigen Haupte den nach allen Seiten wippenden Palmenschopf der interessanten Vieldeutigkeit wachsen zu lassen. Es ist ihm unmöglich, zu denken, daß es neben den einfachen Situationen, deren jede nur zwei Ausgänge hat, einen glücklichen, einen unglücklichen, noch die vollkommene Situation gibt, jene, in der alles Mögliche zugleich möglich ist und die Wahl der Lose nicht von den Waisenknaben der Sterne vorgenommen wird, sondern von der Hand des Menschen, der da über sich und über die Nächsten wie der Künstler über die Mittel seiner Kunst verfügt. Gleich unserem Lunarin. Der, großer Staatsmann eines utopischen Staates, unter den Unzufriedenen mit ihrer gegenwärtigen Verfassung für eine künftige bessere wirbt, die, so endgültig sie herschaut, den zeitlichen dämonischen Pferdefuß hat, daß, kaum verwirklicht, sie, einer schon wieder künftigeren zuliebe, sich außer Kraft setzen muß. Er zeigt also denen, die mit den Geschäften ihrer Stufe nicht fertig werden, einen *gradus ad parnassum*, der zu steigen nicht aufhört, und das heißt: durch sein Vorspiegeln einer Unzahl von Stufen zum flüchtigen Überwinden der jeweils erreichten wenigen und daher wirklich erreichbar gewesenen verlockt. Es ist daher nur zu begreiflich, daß die fortschrittseligen Erkletterer einer fingierten Jakobsleiter eine um so größere Last Unvollkommenheit auf den Rücken gepackt bekommen, je vollkommener bereits sie sich dünken. Leichter erzählbar als die Geschichte des Lunarin, die eigentlich unerzählbar, weil sie nicht abläuft, sondern auf dem Platze tritt, wenn auch immer neu gewandet, ist die Tills, des Besitzers nur eines und immer schon alt gewesenen Rocks, des evangelisch Armen von Natur aus, eines laiischen Menschen, den es zum Befolgen der evangelischen Räte zieht, doch nicht in's Kloster; denn dort hätte er gar keine Geschichte; gerade das nicht, was vorbildlich zu haben, er in die Welt gesandt worden: Licht der Verirrten auf demselben Irrweg zu sein, Genosse der Sünder, um durch ein Beispiel der Bekehrung während des Zechens sie des Schreckens vor der Bekehrung zu benehmen, ein Cölibatär nach innen, bei jauchzendem Bechern mit dem Äußersten des Äußersten: den schäumenden Frauenbrüsten. Weltlichkeit und Geistlichkeit, der Unsinn des Föhns und die *ratio* des Nords brausen in der nur einen, einfachen Gestalt Tills zusammen und zeugen miteinander, noch einmal – *post Christum natum*, also ohne den Grund der Gründe, bloß naturgesetzlich, wie es scheint – den Seelenzustand des Advent, den vom Herrn dereinst so gewollten, daß er Ihm ermögliche, im Trüben zu fischen und den Fischen, an eine Angel zu beißen, die sie nicht sehen. Denn: die Offenbarung des Geheimnisses muß geheimnisvoll vorbereitet und die Vorbereitung als eine geheimnisvolle respektiert werden. Nur wer fühlt, daß er nicht begreifen darf, obwohl er begreifen könnte, nur wer das Opfer des Verstehens bringt, weil Gott Vater das Opfer seines Gott Sohnes bringen will, kann am Hervorbringen des Messias wirken. Opfer gegen Opfer. Nur in derselben Währung wird gewechselt.

Man kennt des Abraham Gehorsam, der – und auf des Opfermessers Schneide müssen wir jetzt unsern Finger legen – des Isaac Ermordung hätte zur Folge haben können; denn: Abraham war bereit, den Isaac zu schlachten; war bereit, für gut zu finden, was böse ist, weil dem Gotte, vor dem als dem Anfanglosen weder Gut noch Böse gewesen sind, ob seines Erhabenseins über alle Gesetze seiner Schöpfung, jetzt beliebe, die Akzente zu vertauschen.

Man sieht: der Gott Abrahms hat noch Züge des Gottes Baal. Ist ein Gewaltherrscher, der, wenn er die Tötung des Isaac geschehen ließe, die ihm wesenseigentümliche Freiheit nur gebrauchen, nicht mißbrauchen würde, denn: das Maßlose hat ja kein Maß, das Übervernünftige keine vernünftige Grenze. In diesen finsteren, höchsten Orts zugelassenen, Irrglauben gehüllt, der gegen das fehlerlose Licht des echten Glaubens abschirmt, wie der Burnus gegen die Strahlen der Wüstensonne, geht Abraham, den Isaac an der Hand, dem Berge Moira zu.

Man begreift: was dem Paulus der Pfahl im Fleische, das ist im Verstande des von Gott zu vorbildlichem Gehorchen Befohlenen das Unverständliche oder Nochnichtverständliche. Denn: dem Gehorsamenden stellt jede Stunde und jedes Jahrhundert eine andere Denkaufgabe, die immer anders nicht bewältigt werden darf. Und wenn einem solchen Versuchstierchen Gottes auch der Engel der Theologie erschiene, so würde doch dieser von jenem gebeten werden, zu schweigen. Mächtiger Geist, würde in einem solchen Falle Abraham gerufen haben, mache mein Gehorchen nicht unvollkommen durch Mitteilen vollkommenen Wissens! Tritt nicht zwischen mich und das mögliche Wunder der Umbeseelung: daß nämlich der rechte Weg sich des irrenden Blinden erbarme! Was der Weg, als er des Bergs Moira Gipfel erreicht hatte, auch getan hat.

Aber: der gute Ausgang des Wanderns mit dem Menschenopfer an der einen Hand und dem Mördermesser in der andern lag nicht schon eingangs des Wanderns. Dieses vielmehr war durch und durch abscheulich. Und hätte der ihm einwohnenden Logik nach auf's Abscheulichste enden müssen. Der Widder ist in die dunkle Geschichte gekommen wie der Pontius in's Credo, wie das Sprengstück eines Sternes auf die Erde, wie der erste Brotersatz in die erste Hungersnot, wie das nachempfundene Haupt zu einer kopflosen Griechenstatue. Man erkennt: der Ausgang, den das rechte Gehorchen nimmt, ob einen guten oder einen bösen, sagt über das Gehorchen nichts aus. Denn: das Ende wirkt nicht auf den Anfang zurück, sondern der Anfang wirkt das Ende. Wenn ihm nicht in den Arm gefallen wird! Wenn es nicht früher, als es natürlicher Weise enden würde, beendet wird. Wenn es nicht abgebrochen wird als ein Versuch, dessen erstes Stadium schon das Gelingen außer Zweifel setzt! Im Falle des mit Abraham angestellten Versuches verliert sich das, einer weiteren Erprobung nicht bedürfende, Resultat in die unerforschbare Tiefe der experimentierenden Gottheit, woselbst es, wie alles für sicher Gewußte, aber noch nicht Anwendbare, der rechten Zeit entgegenharrt. Der Widder bräuchte eigentlich nicht mehr geopfert zu werden. Denn das Opfer aller Opfer, das dem Stammvater angesonnen – nicht, daß er's vollzöge, nur, daß er's zu vollziehen wagte –, ist durch die Gedankensünde der Schlachtung des Isaac ja dargebracht worden. Und der himmlische Vater weiß nun, daß er dem Ungeheuer Mensch, dem bis in Seine Unbegreiflichkeit Ihm gehorsam folgenden, das ungeheuerliche, aber allein die Katharsis bewirkende Schauspiel der Hinschlachtung des Gottsohnes zumuten könne. Der Widder ist nur das bildhafte Siegel auf einem Briefe unbekannten Inhalts, gerichtet an eine künftige Generation, an die Generation der Erlösertat, und hat den Abraham abzuhalten, ihn zu öffnen, daß er den Dienst des Alten Bundes, das Vorbereitende wie ein Endgültiges zu tun, in aller Unbefangenheit verrichte.

Was wir zu wissen begehrt haben, wissen wir nun: Zum rechten Gehorsamen, ob nun des Abraham der Gottheit, des Knechten dem Herrn, des Schülers dem Meister, oder des ratbedürfenden Freundes dem ratgebenden Freunde, gehören –

damit eine Erdspalte zum Orakel werde, die Vorsehung des Einzelnen sich bedienen könne zu Zwecken, die im derzeitig oder künftig Allgemeinen liegen – nicht nur das Nichterblicken des echten Gehorsamzieles während der Befolgung des Befehles, sondern auch das des Zielersatzes, sofern ein solcher gnädig untergeschoben wird. Denn: niemand gehorcht in Wahrheit, der der Wahrheit gehorcht. Der tut dann nicht, was fremde Einsicht ihm zu tun gebietet, und sei's auch das Unrechte, sondern aus eigener Einsicht das Rechte. Er gehorcht nicht, er folgt. Zum Hündchen erniedrigt von der Zugkraft der logischen Leine. Hingegen der *homo absconditus* im blind Gehorchenden, den allerwürdigsten Gebrauch von der Willensfreiheit machend, aus dem Munde des Orakels den *deus absconditus* zu hören sich vermißt und auf die urdunkle Verwandtschaft ihrer beider Unbekanntheiten hin, es wagt, dem Bekannten als einer nur unadeligen Leuten eignenden Gabe zu entsagen und das über den bodenlosen Abgrund der fehlenden Zwischenglieder gespannte Seil ohne die Balancierstange des Guten und Bösen zu beschreiten.

Dank also dem Beispiel des Abrahm, dem höchsten Beispiele von Gehorchen, das ein Mensch geben kann, erfahren wir – was wir ohne dasselbe wohl kaum erfahren hätten –, daß jedes Befehlen nur deswegen Gehorchen zur Folge haben kann, weil es die innere Lautstärke seines Sinnes oder Unsinns (gleichgültig wessen, denn: wo befohlen und gehorcht wird, bezieht sich nicht Verstand auf Verstand, nicht der größere auf den kleineren, um den kleineren größer zu machen) von jenem Worte hernimmt, mit welchem die Welt geschaffen worden ist. Ja, wenn die dem entscheidenden Augenblicke des Anschaffens notwendig voll zugewandte Geistesgegenwart des ebenso notwendig sich souverän setzenden Befehlshabers das Appellieren an eine noch höhere Instanz nicht ausschlösse, würden wir, was wir zu Begründung des unverständlichen Gehorchens dem Beispiel des Abrahm so mühevoll haben abhorchen müssen, nämlich das in ihm wieder erschallende, wie von Felswänden echoweise zurückschallende, Urwort auf jedem Guts- oder Kasernenhofe – um den anders nur zu erzwingenden Gehorsam aus der Einsicht des Gehorchenden in den ersten und letzten Beweggrund alles Gehorchens zu empfangen – zitieren hören.

Das Befehlen ist sonach die vom vernünftigen Geschöpf wohl ziel-, aber nicht herkunftbewußte Wiederholung des Uranstoßes zu seinem Sein, wie auch zum Sein der unvernünftigen Wesen und der vernunftlosen Dinge. Ein nachschaffendes Zittern geht aus von der längst schon sabbatlich ruhenden Hand, mit der Er zu Anfang der Zeit an das plötzlich funkensprühende Nichts geschlagen hat, und geht durch die Welt bis zum Ende der Welt, sie also erschütternd, daß durch jede Mauer ein Sprung läuft, jedes Eine in zwei zu spalten dauernd sich anschickt, Selbstgespräch zu Gesprächen zerfällt, die Wahrheit in die Wahrheiten der Künste und Wissenschaften, die Familien in Völker und Staaten zerfallen, diese weiter zerfallen in Klassen, Religionsgemeinschaften, magische Nationen, welch' unaufhörliches Zerfallen zu Folge hat, daß auch der ebenste Seelenspiegel von Splittern übersät ist und daher, statt genau die oberflächliche Ganzheit des vor ihm stehenden Gegenstandes zu zeigen, dessen und seine innerste Zerbrochenheit zeigt. Dies aber ist nicht moralische Schuld des Gegenstandes und des ihn Spiegelnden, sondern geheimnisvoller Effekt des immerwährend erfahrenen Stoßes. Nichts anderes nun – wenn obige Hypothese angenommen wird – als die willen- und einsichtslose Bereitschaft des Chaos, über's Wort des Herrn sich zu ordnen, und der vorgeordneten Materie, sich also ausformen zu lassen, wie dem Herrn in Seiner unendlich weit reichenden Sicht beliebt, kann das Gehorchen sein. Die zweite, doch nicht kleinere Wirkung des einen Stoßes! Ein Erinnern aus allen Gliedern des Leibes, eigentlich aus dem Lehm, von welchem kurz zuvor sie noch gewesen sind, und dessen etliche Brocken sie noch unverwandelt enthalten, der dereinstigen Begabung mit Sein! Auf beide Weisen also wird das eine Wort wiederholt, und bleibt dasselbe eine, wie das gescheitelte Holz von der Natur des ungescheitelten bleibt. Höchsten Orts besteht kein Unterschied zwischen den beiden Weisen. Und auf ebendiesem keinem Unterschiede beruht die Möglichkeit ihres einander Entsprechens, genauer, ihres miteinander Kommunizierens, gleich dem Fließen des nämlichen Wassers in die eine und in die andere Schale. So glaubt denn der Eine zum Herrschen berufen, der Andere zum Dienen verdammt zu sein, weil beide nicht erkennen und auch nicht erkennen dürfen, daß auf dem Throne zu sitzen oder auf dessen unterster Stufe zu knien, sie nur aus dem nicht weiter begründbaren Grunde der verschiededenen Lagen gekommen sind, die nach dem erschütternden Stoße von ihnen, den uniformen Ziegeln der zusammengestürzten Mauer eingenommen wurden. Würde der Grund der Teilung des Worts in zwei Hälften im Worte selbst liegen – was einen Gott denken hieße, der nicht sein Sein ist – und nicht, wie recht zu denken, im Geschöpfe, das eben nur als ein dialogisch-dialektisch aufgespaltenes wenigstens dumpf es zu vernehmen, und als den Anruf zu Mitfortsetzung der Schöpfung, der *creatio continua*, zu empfinden vermag – welchem Anrufe Befehlende und Gehorchende gleich gehorsamen, und gleich wahr oder ranggleich wie Thesis und Antithesis, um vereint, aber nicht vermischt, das höhere Dritte hervorzubringen, die neue wieder einheitliche Setzung, in der sie selber überhaupt nicht mehr oder nicht mehr auf der nämlichen Seite vorhanden sein werden –, müßten sowohl eine ununterbrochene Dynastie von schrankenlosen Gebietern wie eine ebenso ununterbrochene Geschlechterreihe von rechtlosen Untertanen bestehen, und dürften Zwischenwesen nicht existieren. Die sogenannt legitimen Herrscher verstehen zwar immer wieder, den seiner göttlichen Herkommenschaft nach willkürlich durch die Welt verlaufenden Uranstoß mit Hilfe des Gewaltgesetzes der Erbfolge ihres Fleisches und Blutes geradezubiegen – zu schweigen von den Tyrannen, die, was jene im Vertrauen auf eine gewisse Eigenmacht der Dauer tun, aus der annoch unnatürlichen Macht des perennierten Augenblicks zu tun versuchen, aus der Macht nämlich des blasphemisch vorweggenommenen überzeitlichen Jüngsten Tages –, aber: die immer wieder sich ereignenden Entthronungen, die Stürze der so laut Befehlgebenden in die Mundtotheit der Gehorchenden und das Greifen der bis nun lautlos Gewesenen zur dröhnenden Posaune beweisen, daß zum Wesen des die Schöpfung aufspaltenden Dialogs das Ausgewechseltwerden der Dialogisierenden gehört. Wer heute gefragt wird, wird morgen nicht mehr gefragt. Seine Antwort kommt für die morgige Art der Wahrheitsfindung nicht mehr in Frage, denn der erschütternde Gedankensprung läuft morgen nicht mehr mitten durch ihn. Und wer heute nach seiner Antwort sucht im Munde eines bestimmten Andern, wird morgen einem ganz andern Andern die von diesem gesuchte Antwort geben müssen, denn: morgen liegt er auf der Befehlsseite des Sprungs, und was er gestern jenseits desselben gesucht hatte und vielleicht auch gefunden hätte, wenn er nicht zum Fallen in die neue Lage gestoßen worden wäre, das findet er hier drüben ebensowenig wie eine Orchidee auf den Polen.

Was für das Befehlen und für das Gehorchen gilt – daß sie die auseinandergebrochenen, zum Zwecke der Fortpflanzung des Uranstoßes und des dialektischen Zerfallens mit scheinbarer Rangverschiedenheit versehenen ranggleichen Hälften eines Einen sind, wie Mann und Weib auch, die Ersatzzerfallenen –, dasselbe gilt, allerdings nicht mehr unbedingter Weise – weil die Gebirge der Determinanten an den Horizont rücken und die Entscheidungen auf der jetzt weit sich entrollenden Ebene der Willensfreiheit einem gewissen Zwang nur vom Schattenwurfe jener erfahren können – vom Raten und vom Ratfolgen und von der verführerischsten Form des Befehls, der Bitte. Nun ist wohl, seitdem die Welt steht, neben dem Hauptsprung, der sie durchläuft, auf den sozusagen bronchialen Zweigen, die der Stoß in alle Entfernungen des Angestoßenen sprengt, geraten und Rat befolgt oder nicht befolgt worden. Auch ist gebeten und gefleht worden. In den Pausen zwischen Befehl und Gehorchen. Wenn mit der wie eine Katastrophe über den weder oben noch unten verorteten Einzelnen hereinbrechenden Willensfreiheit die Ratlosigkeit und die Armut wachsen und schließlich zu eigenständigen Situationen sich erheben, gleichend dann den von ganz Rom beklebten Wänden des Colosseums, das ein Christ nur tot verläßt. Trotzdem – und wenn Scharen von seelisch Hilflosen zu einem zauberkräftigen Mönche oder zu den wundertätigen Bildern wallfahren und Bettlermassen die Häuser der wenigen Reichen belagern –

bleibt, was neben der Ordnung geschieht, genügend ferne der diesmaligen Richtung des Lebens, untreffbar von den Steinen der Mauer, die den Vorzug hatte, dem erschütternden Nachzittern des Schöpferworts im Wege zu stehen und zu wirklicher Geschichte zerfallen zu dürfen, Schicksal bloß der je einen Person. Begreiflich! Denn: in ihr intermittiert ja die Dialektik. Sie kann derzeit nicht zerfallen, die eine einheitliche Person. Sie steht gleichsam – natürlich nur gleichsam – von Gott verlassen da. Und das ist die furchtbare Nebenwirkung des dieses Hier und dieses Jetzt nicht durchlaufenden Sprunges. Was also in gewissen von säkularisierten Ketzereien erfüllten Zeitläuften den Autoritäten an patriarchalischer Gewalt fehlt, das ersetzt der durch die Illegalität mannigfach verkleidet sich schlagende unentwegte Wiedererrichter des schon so oft demolierten hierarchischen Baus mit Gaben aus dem Not- und Kriegsschatz der Faszination, daß doch auch jetzt es zur Dachgleiche des Einalls komme. Es ist daher für diese Art Erreichung des unter der Himmelsdecke schwebenden Endziels ohne Belang, ob eine Bitte erhört oder ein Befehl befolgt wird. Im entscheidenden Augenblicke distinguiert nicht das Ohr, sondern das Nabelgefühl. Erst später, ungewiß wann, aber immer kurz vor dem Zusammentreten des Femegerichts zur Bestrafung der subversiven Unternehmungen gegen die Eindeutigkeit der Welt, wird man darob sich verwundern, daß dem selben Gewollten zwei so verschiedene Tonfälle hatten eignen können. Im nämlichen Augenblick öffnet sich der sonst, und zu Recht, gesperrte Laienweg. Der scharfe Blick, der bereits das eine Haar in zwei Haare gespalten gesehen hat, sieht dann neben dem unfehlbaren Lehrstuhl der Kirche den ebenfalls unfehlbaren Lehrstuhl Gottes, zugleich aber auch den abgrundtiefen Unterschied zwischen beiden: wegen des Vorrangs der Wahrheit vor dem wahr Aussagen, und ob der Überfülle an orthodoxem Licht, die das Widerlegen häretischer Meinungen unnötig macht, kann dem vollkommen Irrtumlosen das nur auf ein einziges Nichtirrenkönnen sich beziehende Epitheton Unfehlbar nicht verliehen werden. Was das einzige Ihm zukommende Wort betrifft, ist die Sprache allerdings bei ihren Säulen des Herakles angelangt.

Wir begreifen nun dank der glücklichen Fiktion von dem Nebeneinander eines transzendierenden und eines transzendenten Lehrstuhls, daß die Vorsehung zur Verwirklichung ihrer fernsten Ziele nicht allein des mönchischen Gehorsams sich bedient, der in dem Oberen jene selbst sieht, sondern auch des weltlichen Blitzes, der trifft, ohne gezielt zu haben, der also nicht – scheint es – der berechnenden Providenz enteilt, sondern dem unberechenbaren Jupiter. Es gibt also jenseits der Heerstraße, auf der die Weltgeschichte marschiert, in der vom jeweiligen Rom am weitesten entfernten Provinz, in einem Kaff der Judenheit, auf einer Insel der Kykladen, das johanneische Ergriffenwerden beim Schopfe.

Habakuk, Landwirt von Beruf und nebenamtlich Prophet, wird halben Wegs zu den Schnittern, die des Muses harren, das er ihnen bereitet hat, vom Engel des Herrn angefallen und im Blitzzug nach Babylon gefahren, des hungernden Daniel wegen. Womit selben Mittags die Hungernden auf dem nahen Felde gelabt worden sind, wird nicht berichtet. Es bleibt uns überlassen, die mögliche Gedächtnislücke des biblischen Geschichtsschreibers zu füllen oder die ebenso möglich absichtliche Weglassung der vom sozialen Gewissen gestellten Frage zu deuten. Angenommen nun, die ehrlichen, ihres Lohnes werten, müden und verschwitzten Arbeiter hätten hier, wo nur die Bekanntschaft mit Habakuk fest und sogar unter Vertrag steht, für den unbekannten Daniel dort, heute fasten müssen. Ist dann nicht über jeden Zweifel erhaben, daß ihr Dienstgeber seine natürliche Pflicht vernachlässigt hat? Allerdings – muß man gleich hinzusetzen –, um einer übernatürlichen nachzukommen! Aber: kann auch aus dem größten Verstande sie als eine solche erwiesen werden? Vielleicht, doch nur vielleicht, von und für Theologen! Nicht für bescheidene Leute, die, vor ebenso lautrem wie lautem Pochen auf ihr verbrieftes Recht, das pünktliche Ergreifen der Sichel mit dem pünktlichen Rufen zu Tisch vergolten zu bekommen, den Einspruch des ungeschriebenen und unschreibbaren höheren Rechts gegen die Dauergeltung des niederen nicht hören. Darf man vom Verstand des lieben Nächsten ein Mehr erhoffen, wenn man selber keines aufbringt, das die Methode, nach welcher von oben mit uns umgegangen wird, begriffe? Und: könnte Habakuk, auch wenn er Zeit hätte, seine ausnahmhafte Handlungsweise seinen Knechten erklären? Nein! Und doch wird er versuchen, sie zu erklären. Später. Nach Wiederkehr der Gewöhnlichkeit. Fortwährend gereizt von einem inoperablen Stachel. Und vergeblich. Wie der bis auf's Blut sich Kratzende das aus dem Blute stammende Jucken nicht verscheucht. Es muß also das Erklärenwollen des an sich Unerklärbaren zum Grunde einen solchen haben, der nicht im Verstande, sondern außerhalb desselben liegt, und nicht ruht wie das Ende, sondern bewegt wie der nach allem, was noch nicht ist, dürstende Anfang. Es muß einen noch tieferen Grund geben für selbst das tiefsinnigste Schwatzen *coram publico*, als ein welches das theologische und philosophische – sofern es seinen Namen verdient – zu verstehen ist.

Wahrscheinlich hat der in den Habakukschen Körper gefahrene englische Fremdkörper – wir versuchen, was neben Raum und Zeit, gleichsam im lichtlosen Hinterzimmer der Potentialität, geschehen ist, also in der nämlichen Wohnung, nicht außerhalb derselben, gassenseitig zu sagen – ihn so hoch aufschießen und so weit sich ausdehnen lassen, bis zum Himmel und bis Babylon, daß durch dieses stille, nicht zerstörende, nur verwandelnde Explodieren des unsterblichen Keims in einem vergänglichen Menschen alle ihm nächsten Menschen dem Erdboden fast gleichgemacht oder bis zu Silhouettendünne an die Wände geklatscht worden sind. Ebenso wahrscheinlich werden die an's Unterste und an's Äußerste gepreßten armen oder lieben Nächsten, wenn sie wieder sich erheben und sich lösen, Vergeltung fordern für ein ihnen angetanes Übel, das für Daniel ein Gut gewesen ist. Und zwar von einem, der jetzt, nach abgeschwollener Blähung, nach erfülltem unsinnigen Auftrag, mit ihnen über ihr verletztes Recht nur eines Sinnes sein kann. Und zur Entschuldigung dieser Verletzung mit keinem irdischen Finger auf den schuldtragenden unirdischen Fremdkörper hinzuweisen vermag. Wer auch glaubte der leer zurückgebliebenen Form den geflüchteten Inhalt?

Es ist eine der gefährlichsten, weil vom Geist dem Geiste

bereiteten Versuchungen, die an einen Gottesmann oder Gottesstaatsmann, nach dem ihm Entzogenwordensein der kommissarischen Vollmacht, nach Verlorenhaben der Seelenleibfülle und nach dem Wiedereingehen in die frühere Enge, herantreten können, wenn die materielle Welt, in der er lebt, um gegen sie zu leben – aber dieses nicht vermöchte, ohne jedes zu tun –, beginnt, für den Demiurgen, wie für auch ihren Herrn, dem ebenfalls Gehorsam geschuldet wird, zu argumentieren. Und in der Tat: trotz peinlichstem Gehorchen der übernatürlichen Stimme – deren Ertönen- und Gehörtwerdendürfen im nacherbsündlichen Friedensschlusse zwischen Gottheit und Dämon seine wahrhaft völkerrechtliche Wurzel hat – bleibt auf das Nichtgehorchen der natürlichen Stimme die übliche Strafe gesetzt. Die Ausnahme bestätigt nur die Regel. Das heißt: sich selber kann sie nicht exculpieren. Auch der zum Höchsten emporgeworfene Stein muß wieder in die Tiefe fallen, der er entnommen worden ist.

Begreiflich, wenn auch nicht verzeihlich, daß der zwischen zwo Gewalten oder Lehrstühlen auf flachstem Boden, auf dem Grundriß eingeebneten Gipfels Sitzende sehr beredt wird über die neue, so neckische wie beschämende Lage. Er also das Gesicht zu wahren sucht vor den zufälligen Zeugen seines Unfalls, Nächstenhilfe verlangt von unzuständigen Hörern und schließlich sogar den bis nun noch nie angerufenen Gerichtshof der Zeitgenossen anruft, den nur der gewöhnliche Mensch in einer außergewöhnlichen Situation anrufen darf, nicht aber der außergewöhnliche in der für ihn ungewöhnlichen gewöhnlichen. Denn: worin er vorübergehend, wie im Auslande, sich befindet, darin befinden sich die andern von Geburt auf, zusamt den demselben Schoße entstammenden Autoritäten. Fällt nun einer vom Himmel auf die Erde, aus seinem System in das ihre, so wird die bis nun verborgen gewesene Blutsbrüderschaft der dasigen Ankläger und Angeklagten beiden Teilen mit einem Schlage bewußt. Und weil ein Bettler mit dem Huf des Trojanischen Pferdes an ihr Tor pocht, erklären sie den Notstand, schließen sie die nur in Friedenszeiten offenen Theater der fingierten Gegensätze und treten sie im Panzer ihrer wieder ursprünglichen Einheit ihrem ursprünglichen Gegensatz entgegen. Diese neue juridische Person beugt aber nicht – wie man glauben könnte – das Recht, nach welchem einen Augenblick früher sie sowohl geurteilt hat, wie verurteilt worden ist, sondern urteilt nach einem ungeschriebenen Rechte, nach jenem uncodifizierbaren, das unter Zulassung Gottes, ihres Schöpfers, die ob Verlassenwordenseins tief gekränkte Materie praktizieren darf, damit auch dem Reiche der Ungerechtigkeit Gerechtigkeit widerfahre.

Und so kommt es, wie es kommen muß: Der unvorsichtige Appellant an eine Instanz, die dieses Appellieren nur – und sehr richtig – als das plumpe Fallen ihres Todfeindes in die schon längst ihm gegrabene Grube hören kann; der, wie ein dürstender Wassertrinker, wo es kein Wasser gibt, wenigstens nach Schnaps, so nach einem Spruch Lechzende in seiner *causa*: Ergriffenwordener gegen Ergreifenden, empfängt natürlich keine Entscheidung über die aus der ganzen Sache ausgeklammerten Teilsachen – welche Naivität, zu wähnen, auch ein Femegericht verrenne sich in Einzelfragen und vertage bis zur Beantwortung derselben den Prozeß! –, sondern wird von der falschen Hand bei der rechten gefaßt, obwohl Kläger, verhaftet und, unter Nichtansehung seiner augenblicklichen Gewöhnlichkeit, des Verbrechens seiner ungewöhnlichen Gesamtexistenz angeklagt. Er erleidet somit das Urschicksal des herabgekommenen, doch nicht weniger schmerzlichen Schicksals, das den Passanten ereilt, der zeitunglesend einen verkehrsreichen Platz quert und überfahren wird! Genau diesen Unfall erwartet der Platz. Den Fall des heilen Davonkommens der andern Passanten erwartet er nicht. Kann man denn erwarten, was die Regel ist, was im vernünftigen Einverständnis mit der Absicht des Regelnden geschieht? Nein, der dem üblichen Geistesverkehr dienende Gemeinplatz erwartet die Ausnahme des Fehltritts, erwartet das Opfer, das ihn zum Altar des Demiurgen erhöht. Ab dem Fehltritte auf der Altarplatte aus Granit, Marmor, Asphalt oder Ackererde, und infolge der Erschütterung durch den Fall, gibt es in dem einen Kopfe zwei Gehirne, die gründlich verschieden denken und das so verschieden Gedachte einander entgegen-

und vorhalten. Der Engel zum Beispiel, dessen Faust man noch um den Schopf spürt, ist dem Gerichtshof im Gewissen der bekannte große Unbekannte, von dem der immer unschuldige Dieb mit fremdem Gute beschenkt worden sein will, welch' fadenscheinige Behauptung die Kenner qualitätvoller Lügengewebe lächeln macht. Aber nicht genug an der milden Ablehnung des regelmäßigen Zufalls! Dieses den empirischen Wissenschaften eigentümliche Lächeln – das ressentimentale Lächeln eines armen Teufels, der zum Millionär avanciert ist und es nun gewendet anwendet – hat eine verflucht ansteckende Wirkung. Es überzeugt auch den schuldlosesten Angeklagten von der Notwendigkeit, seine Unschuld mit Beweisen zu untermauern, die den Ziegelwerken der Gerichtsherren entstammen. Es muß einer schon alle Begabungen des Märtyrers besitzen – die gewalttätige Ironie, mit der ein Sokrates seine dummen, und wahrscheinlich auch bestechlichen, Richter zu seinen nicht mehr bestechbaren Justizmördern macht, oder die Frechheit des Heiligen Stephanus, das Synedrion bis zur Weißglut des alttestamentlichen Zornes zu erhitzen –, um auf der zeitgemäß sanften Folter des Bezweifelns seines Verstandes doch Protestschreie auszustoßen und den grausamen Herrn Gott, der ihn in die gestreckte Lage gebracht hat, nicht zu verleugnen. Weil aber der Mann, von dem wir hier reden, kein Held ist, was hinwiederum ihn zu unserm Helden macht, zu einem vom Kreuzweg zerrissenen Gekreuzigten, kann das Gericht sich erlauben, den schwerer Geisteskrankheit Beschuldigten zu fragen, mit beleidigender Zartheit zu fragen: Sie wollen also in Babylon gewesen sein? Wirklich in der wirklichen Stadt Babylon? Und auf eine höchst unwirkliche Weise? Und statt mit einer Reisetasche mit einem Eßkorb? Und in ganz Babylon – möchten Sie uns einreden – hätte es unter den fünf Gerechten, die in jedem Lasterpfuhle unbeschmutzt leben, nicht einen gegeben, der mit Ihrem Geschäfte zu beauftragen gewesen wäre? Aus Israel mußte ein Bauer geholt werden? Während mit also verstandeslichten Fingern die Wunderblume zerzupft wird, bildet sich in dem gequälten Angeklagten das begreifliche Verlangen, selber nach dieser schmerzstillenden Methode vorzugehen. Wird nicht dadurch, daß man Blatt von Blatt löst, die zwischen den Blättern herrschende Dunkelheit aufgehoben? Wenn man so lange dissoziiert, bis man zum Kahlkopf des *nucleus* kommt, auf dem kein einzig' Haar mehr zu spalten ist, wird dann nicht die große Ruhe der zu Ende verzweifelten Verzweiflung eintreten? Des alle befragt und alles versucht habenden Menschen volle Erschöpftheit? Wird dann nicht jenes Minimum an Etwas und an Nichts, an notwendiger Hybris und notwendiger Demut erreicht sein, aus dem heraus gerade noch gesprossen, geblüht und gefruchtet werden kann, daß zwar Leben sei, aber nicht mehr Leben, das seinem kümmerlichen Begriffe entspricht?

Also beginnt der anklagende Angeklagte – der ob seiner Süchtigkeit nach überhaupt einem Verfahren die Unrechtmäßigkeit dieses Verfahrens ebensowenig merkt oder in Betracht ziehen will wie der leidenschaftliche Schwätzer, wes Geistes Kind sein Hörer – zwischen Wirklichkeit und Wirklichkeit, zwischen höherer und niederer, als gäbe es die nur eine auf zwei Weisen, zu distinguieren. Die Richter sehen natürlich – haben sie doch schon aberhundert Male die ansteckende Wirkung des sogenannt gesunden Menschenverstandes beobachtet – das Schwanken eines von der ungewohnten Nüchternheit Berauschten am Rande des fingierten Abgrundes und spannen unten in der seichten Tiefe jenes bekannte, den komischen Fehltritt eines Torkelnden zu einem ernsthaften Sturz machende Sprungtuch. Sie fragen nämlich auf bestrickend menschenfreundliche Weise, mit der schönen Stimme der Paradiesesschlange, die überall dort, wo die *humanitas* ihr notwendig einsames Lied singt, schon nach den ersten Takten zum Duette herantritt: Verehrter Herr Habakuk, oder Herr Till, haben Sie vielleicht doch nur geträumt?

Nun weiß zwar jeder, den nicht gerade ein Sokrates beim Rockknopf packt und diesen nur noch an einem Faden hängend findet, ob er zur Stunde seines Alibis geschlafen oder gewacht hat. Denn unbelästigt von einem solchen, die Antwort schon *ab ovo* in der Tasche habenden Frager, ist jeder sich selber Zeuge genug. In der Freiheit vom andern – vom lieben Nächsten oder vom lieben Gott – gibt es keinen Zwang zu Wahrheit, welche

Wahrheit zugleich mit der Ordnung aufkommt, also das Kriterium der Ordnung ist, und mit der Anarchie ebenso natürlich wieder verschwindet. Aber unter Eid befragt über den Zustand, in dem man hinsichtlich eines höchst Ungewissen, ja Unglaublichen Gewißheit erlangt haben wolle, wird, der Wahrheit zuliebe, die Wahrheit, statt an den Tag zu kommen, Gegenstand des Zweifels. Was soviel heißt wie: diese sicherste Methode der Wahrheitsfindung führt, paradoxerweise, immer weiter vom Ziele ab, nicht wegen Suchens nach einem noch unbekannten Wege, sondern wegen Verlassens des Urbekannten; nicht ob Gehens in die falsche Richtung auf gemeinsamer Ebene, sondern ob Sturzes vom Dach durch die fremdesten Wohnungen in den Keller. Dortselbst auffallend glaubt der Gehirnerschütterte, richtig zu erkennen, daß zwischen Wachen und Träumen, zwischen Bewußt und Unbewußt der bislang gemeinte abgründliche Unterschied nicht herrsche, daß die beiden nur wie ein vages Weniger und ein vages Mehr einander gegenüberstünden; und daß sie dauernd die Beziehungen bald des Beraubens, bald des Bereicherns pflögen; wofür ja ihr immer wechselndes Volumen spräche. Dem allen zufolge also würde Einer, der *sub specie aeterni* der beiden Wesen und Unwesen zu betrachten vermöchte, feststellen müssen, daß sie fortwährend ineinander verschwämmen wie auch die Klassen in der Demokratie. Ferner entdeckte er, daß der Schlaf, den er bisher nur verschlafen hat – aber einmal von der herbstlichen Vergnügungssucht ergriffen, entblättert man die schönsten und ältesten Bäume, den Baum der Erkenntnis des Guten und Bösen miteingeschlossen, trägt man sein neues Licht auch unter die Erde, unter die Lebensschwelle, zu den lebendig Toten, den Wurzeln, und schreckt sie aus dem gottgewollten Gegensatz zu diesem Lichte, aus der Dunkelheit des Mutterschoßes –, daß also der Schlaf um ein Gemach, und zwar um ein geheimnisvolles und gruseliges, reicher ist als die Wachheit. Um eines, dessen Verborgenheit im tiefsinnigen Reimverhältnis zur Geborgenheit steht! Um einen Ort, wo die Sprache selbst spricht, weil der undeutliche Sprecher endlich ruht und schweigt. Der Schlaf nämlich hat hinter seiner mit herabgelassenen Lidern geschmückten Fassade einen halbwachen, halblichten, halbfinstern – je nachdem, welchen von den zwei Elementen man die farbengebende Hälfte zuschreibt – Gerümpelraum, worinnen man alles abstellt bis auf morgen oder *ad kalendas graecas*, was von der heute strahlenden Sonne der Vernunft mit Nichtbestrahltwerden als derzeit unbrauchbar oder für längere Zeit noch zweifelhaft bezeichnet wird. Da drinnen ruht denn auch das Wunderbare – und sollte es nie sich ereignen! – in der Möglichkeit, zu sein. Es kann daher nicht bewiesen, und es kann aus dem nämlichen Daher auch nicht geleugnet werden. Die Pferde zweier Unmöglichkeiten zerren vergeblich an den Magdeburger Halbkugeln der einen Möglichkeit. Dieser halbe Glauben und dieser halbe Unglauben, festgesogen aneinander, beruhigen tief, tiefer als der ganze Eine oder der ganze Andere zu beruhigen vermag. Sie verleihen die Ruhe eines nie endenden, weil unaufhörlich gelingenden Experiments. Es ist dies die Ruhe, die trügerische Ruhe, die unmittelbar, ohne Zuhilfenahme guter Werke, dem *character indelebilis* entströmt, der uns durch die Taufe aufgeprägt wird. Die Himmelstür ist nicht zugeworfen worden, nur der Himmel selbst ist fragwürdig geworden.

Nun wir ein Weniges die Methode beschrieben haben, nach der die überall tagenden unordentlichen Gerichte gegen die zweien Ordnungen – entweder zugleich oder abwechselnd – vorgehen, wollen wir uns zum Prozesse begeben, der unserm Helden gemacht wird. Wir kommen gerade zurecht. Soeben beginnt der Staatsanwalt, die Anklage zu erheben.

Sie, Herr Till Adelseher, reichster Bauer am Ort – oder sollen wir nobler sagen: Agronom, akademischer Landwirt? –; durch und durch wohlgeboren; echt goldblond; auch Sonntagskind, wie wir lesen, guter Sohn eines Mangels jeglicher Bosheit, und daher auch Überwindungskraft, gutmütigen Vaters, nicht Stieres, sondern – Verzeihung! – Ochsen; und einer etwas schwierigen, galligen Mutter, die Kreuzträgerin wie alle vorbezeichneten Mütter, das bißchen von der Ihnen zugemuteten Lichtbahn Abwegige auf sich genommen hat, um es für Sie zu tun und zu büßen; mehrfach ausgezeichneter Soldat des Weltkriegs; trefflicher Wirtschafter; strenger und liebevoller Hausherr; ledig, doch ohne Gebrauch zu machen von der Ledigenfreiheit; vielmehr auf Hochzeit hin geordnet; somit wahrscheinlich – wie unsere Weiblichkeit nun einmal liegt, die zwar geheiratet werden will, nicht aber von einem biblischen Patriarchen, der sie noch als Adams Rippe sieht – zum cölibatären Leben eines versehentlich zum Priester geweihten amorischen Mannes verurteilt; fünfunddreißig Jahre alt, heute, seit etwa fünfundzwanzig Jahren also ein Gewohnheitsbetätiger von Vernunftschlüssen; Sie, gerade Sie – ja, wenn auf ihrem Stuhle in der »Blauen Gans« ein heimlicher Lump, ein Quartalssäufer oder ein Verfasser von lyrischen Gedichten gesessen wäre, der sowohl wie jene von einem überlebbaren Aussetzen des moralischen oder logischen Herzschlags lebt! –, Sie wollen uns glauben machen, daß ein Fünfminutengespräch – länger als fünf Minuten kann's unmöglich gedauert haben, denn oben im Extrazimmer wartete eine große Dame (Dame! – sagt alles. Ein sogenanntes Weib hätte man warten lassen können. Ein Weib wartet gerne auf den immer einzigen Mann, soviel Männer auch kommen und gehen) –, daß also das Fünfminutengespräch zwischen Ihnen und einem Ihnen vollkommen fremden Herrn, der vorgab, ein Graf Lunarin zu sein und – schlüsselrasselnd – der Erbe des Enguerrandschen Schlosses, Sie um den Verstand gebracht hat? Sie schütteln den Kopf? Sie protestieren? Sie wollen sagen, dies hätten Sie nie behauptet? Es stehen aber auch nicht Worte vor Gericht, damals oder später gesprochene, sondern Zustände, vorsprachliche Tatsachen, welche unter andern zum Beispiel die Gerüchte sind, *facta* für Nasen, nicht für Ohren. Und auf den Boden ebensolcher Tatsachen haben wir Übersetzer lippenloser Vorwürfe, Wollustseufzer, Schmerzensschreie Sie gestellt. Zeihen Sie uns nun nicht der ungenauen Übersetzung oder gar der Fälschung! Das könnten Sie ja nur, wenn auf derselben Ebene, die unsere Übertragung trägt, auch, und aus der gleichen Materie geformt, der Urtext läge, was, wie Sie hoffentlich einsehen, nicht der Fall ist. Sie werden zwar trotzdem noch eine gute Weile Ihren bereits abgestorbenen Fuß auf der logischen Oberwelt ruhen lassen, woselbst das, was einer sagt, das, was er ist, camoufliert, so ein konkretes Dominospielen ermöglichend ohne das Sichtbarwerden der Spielerhände, und – denn so rasch gewöhnt man sich nicht an den Hades, an seine einbodige Wahrheit! – zum Erweise dessen, daß Sie den Verstand nicht schon damals verloren haben – als ob der Nu, in dem alles auf einmal geschieht, ein Früher oder Später kennte –, sich auf die dem Grafen eigentümliche Zeiteinheit, auf seine berühmten drei Tage berufen, unter welchen seine Potenz nicht bleibt, und über welche sie nicht hinausgeht. Selbstverständlich konnte damals in der Wirtsstube Ihnen nicht bekannt sein und während der drei Kalendertage auch noch nicht bekannt werden, daß des Grafen drei Tage nicht genau dreimal zwölf Stunden haben, sondern nur das arithmetische Convenu sind für die bald länger, bald kürzer geratenen drei Stadien seines Begehrens nach irgendwas – in der Regel nach einem Weibe: Aufklang, Zusammenklang, Abklang – und Zählbarkeit daher nicht besitzen, ebensowenig wie die kleinen Zeitteile der sieben großen Schöpfungstage. Und doch – nicht wahr? – hält alle Welt, zwischen zeitlicher Dauer und ewiger in Mitten stehend, wie Buridans Esel zwischen den zwei Heubündeln, nach beiden hungernd und für keines entscheidungsfähig, an der Zählbarkeit auch symbolischer Tage fest. Das Zählen sitzt zu tief. Wahrscheinlich ist es die vernünftige Abwehrhandlung *par excellence* des begrenzten Körpers gegen den unaufhörlichen Ein- und Andrang des Unbegrenzten, des Körperlosen. Es ist der prinzipielle Protest des Lotes – das sich nicht aufgeben will, und auch nicht darf – gegen unauslotbare Tiefen. Wir verstehen also das Sichverrammeln der Wissenschaft in ihrer festesten Burg, der Mathematik. Aus dem nämlichen Verständnis heraus sprechen wir Sie hinsichtlich jener drei Tage vom Vergehen gegen das eigene Eigentum frei. Denn: nicht zum Schutze fremden Eigentums – diesen besorgt die Polizei –, und nicht zu Verurteilung eindeutiger Diebe – solch' Geschäft obliegt dem Amtsgericht – sind wir bestellt. Wir vielmehr haben's mit denen zu tun, die sich selbst bestehlen, die von ihrem Marke leben, von dem *donum*, dessen kleinstes Krümelchen seinen geheimen, nur Gott bekannten, Namen trägt, und dieses Deliktes sich nicht anklagen können, weil sie es für keines halten. Wenn nämlich der Mensch am Menschen handelt, wie seine Gutheit oder das Sittengesetz ihm gebieten, verbindet er mit diesem Handeln zwangsläufig – der Altruismus verlangt Totalität – das möglichst vollkommene Absehen von seinem Selbst. Das also, was ungewiß, formlos, durch- und nichtsscheinend wird, wenn ja zu ihm gesagt werden will, das Ich wird zu einer Sache schärfstens konturierten Umfangs, bei allerdings gleichbleibender Unbekanntheit des Inhalts, wenn nein zu ihm gesagt wird. Und so setzt man denn das Gefühl befreienden Verlustes für das bedrückende des Nichtwissens davon, was eigentlich verloren worden ist. Nur dieses verzeihlichen Nichtwissens wegen sprechen wir Sie für die Dauer wirklicher dreier Tage – auf das arithmetische Convenu des Grafen können Sie sich ja nicht berufen – frei. Privat sind wir wohl der Meinung, daß bereits während des straffreien Zeitraums Sie die Grenze der anteillosen Liebenswürdigkeit überschritten haben. Und zwar aus einem Grunde, der – noch immer *a parte* gesprochen – Ihnen Ehre macht: Der Graf soll sehen, daß er, in's Blaue schießend, den Rechten getroffen hat; und die Welt, daß, was ihr als Zufall erschienen, in der Ordnung gewesen ist. Jedoch: eine Behauptung von solcher Kühnheit – bedenken Sie, welch' hohe Moralität Sie mit ihr sich zuschreiben – bedarf der dauernden, der lebenslangen Beweisführung durch den Behauptenden. Ist er ja Thesis und Stütze der Thesis in einer Person. Nicht wie der Logiker auf dem Papiere kann er, ohne ein Wort streichen zu müssen, fern dem Papiere unlogisch sich benehmen. Nein, nur solange er tut, was er sagt, wird ein Moralist Ihres Ranges das Bruchstück einer zerstörenden anderen Ordnung, den Zufall, mit dem strengen Nexus hier verschmolzen halten.

Weil nun wir Sie als einen Moralisten kennen und von den Moralisten wissen, daß sie auf's Schulbeispielgeben so versessen sind wie die Dichter auf's hieb- und stichfesteste Vergleichen, sehen wir Sie schon im Geburtsmomente des leckeren Problems mit dem Schneidern der Hosen beschäftigt, die Sie jenem dereinst anziehen werden, und mit dem Erbauen der meubliertesten Luftschlösser für es, das noch nicht einmal eine Wiege hat.

Sie haben also schon damals begonnen, sich selbst zuvorzukommen, um sich selbst einholen zu können. Ein in's ziemlich Unendliche, wenn nicht gar bis auf's Sterben hinausgeschobenes Vergnügen, sehr ähnlich jenem, das, nach Suspendierung der nur für die Zeitlichkeit gültigen cölibatären Verfassung, die Asketen zu genießen hoffen! Zum Praktizieren dieser sublimsten Lasterhaftigkeit gehören allerdings eine derbe Gesundheit des Leibes und eine an unbefriedigbarem Ehrgeiz erkrankte Seele, Athletismus und Tuberkulose, Nahgier und Fernsucht. Sie besitzen, leider, beide und beides. Sind pralles Pulverfaß und dünne Zündschnur, lassen sie aber nicht zusammenkommen, lieben die Explosion nur platonisch. Sie sind daher geboren zum Wettlaufen, parallel womit immer, es fahre nur ebenfalls tangentiell aus der Peripherie des gewöhnlich Guten und Schönen. Deswegen bekämpfen Sie nicht den Feind – ihn bekämpfend, würden Sie dem Bösen, dem Häßlichen ja Existenz zubilligen, außerhalb Ihrer Welt, der apollinischen, noch eine Welt setzen –, sondern ringen Sie mit dem Freunde, dem Gleichstrebenden, dem einzig Anderen, den neben Ihnen in derselben Wirklichkeit es noch gibt und der den nämlichen agonalen Bedingungen sich unterworfen hat – irrtümlicher Weise glauben Sie auch vom Weibe, es habe einen Teilnehmer an den olympischen Spielen Ihres Geistes in sich –, um den idealen Lorbeer, um genau den Sieg, der, schnurgerade entgegen jenem, den die Materialisten gewinnen oder verlieren, an den tatsächlichen Verhältnissen nicht das Mindeste ändert. Das ist, oder sollte sein, der wahre Effekt von Religion. Denn die Gottheit, eifersüchtig wachend über ihre Allmacht, erkennt nur ein schmales Niemandsland als die Stätte, darauf der Mensch, und bloß zu festlichen Zeiten, ihren Schicksalswurf nachahmen darf! Das wissen, hinter dem Nabel, Sie und Ihresgleichen gut. Deswegen suchen Sie und Ihre Parallelläufer mit unbeirrbaren Jagdhundnasen, vorbei an den fettesten, aber formlosen Ländereien, jenes dürre, staubige, aber scharfumrissene Niemandsland, wo Sieg und Niederlage nur für den kleinen edlen Kreis der Ethossportbegeisterten gelten, wo es um eine Seelennasenlänge geht, nicht um Leben und Tod des ordinären Fleisches.

Sie sind ein vermögender Mann. Auch nach städtischen Begriffen. Ihr Bauerntum ist kein einfaches, eindeutiges, wie das Jener, mit deren mißbrauchter unschuldiger Hilfe Sie, in der »Blauen Gans«, es auf ein solches herabbringen, sondern die nur Ihnen natürliche Gelegenheit, der edlen *discretio* zu pflegen. Ist die anschaulich gewordene Tugend der Bescheidenheit, von der allerdings Sie mit dem Stolze eines Meisters der Figuren auf seine Demut zurücktreten, mit der er – *ferialiter* – zu einer bloßen Landschaft sich herabgebeugt hat. Sie leben gut – ein Blick in Ihre fast herrschaftliche Küche hat uns dessen belehrt! – und lassen gern gut leben. Ja, die Brosamen, die von Ihrem Tische fallen, sind oft größer als das auf ihm liegende Brot. Ihre Fähigkeit nämlich, Tugenden zu übertreiben, kann dann und wann sogar die Kausalität umkehren. So würde uns auch nicht wundern zu hören, Sie hätten aus Mädchen, die das Entscheidende schon hinter sich haben, wieder Jungfrauen gemacht. Sie besitzen ferner einen unerschütterlichen Glauben an die ewige Gutheit des Menschen, auch des moralisch letzten, und wechseln mit jedem durch das Fenster der Religion die während des uranfänglichen Zusammenseins Aller mit Allen erfundenen nächstenliebenden Worte. (Keine der späteren Zeiten wäre fähig gewesen, sie zu erfinden.) Sie haben eben die Höflichkeit, für die Sie weiterum bekannt sind, nicht aus dem hohlen Negativ der Lümmeleien geschöpft wie die das sittlich vorbildliche Bildwerk abformenden Gipsgießer, sondern am Hofe Gottes erlernt, wo der gute Ton allein herrscht. Sie erwidern daher mit allem, was sie tun und sagen, dem Adelsbrief – gelesenen oder ungelesenen; gleichgültig, ob ja, ob nein –, der auch im schlechtesten Rocke steckt. Sie sehen sogar noch den Schöpfer schaffen, wenn Sie den Schuster Ihres Dorfes Schuhe machen sehen. Und wie dieser sein Handwerk, betreiben Sie Ihr Wirtschaften: auf der gleichen geraden Fortsetzungslinie, die beim Hervorbringen der Welt aus dem Nichts ein für alle Mal gezogen worden ist wie eine Pappelallee durch kein schon bestehendes Hier und nach keinem schon erblickbaren Wohin. Als die zweite Ursache, die die erste noch erinnert, werden Sie niemals, wie die ab der dritten bereits erinnerungslos Weiterverursachenden, zu meinen vermögen – mit dem billigen Recht der Gewohnheitssäufer von Lebensfeuerwasser –, die Welt und Sie selbst hätten sich selbst erschaffen: der kühnste Gedanke eines solennen Daseinsrausches. Nüchtern, von Milch und Honig lebend, der Sterblichen Nektar und Ambrosia, kann man ihn gar nicht denken. Die Nervenruhe ist zu gewaltig. Die Stille des siebenten Tages, die Sabbatstille – nach dem elementarischen Lärm des Himmel- und Erdezimmerns – dem Ohr noch zu neu und zu nah. Wie könnte in es das kleine, das kindische Lärmen der von der Urbeschäftigung abgeleiteten Beschäftigungen dringen? Wegen der nur zu begreiflichen Verweigerung des Wahrnehmens ihrer bleiben Sie im Zeitalter der Patriarchen stecken, in dem der wenigen mächtigen Personen angesichts einer Masse von so gut wie gar keinen Personen, die zwar sich abrackern, aber doch eigentlich nichts tun – gleich den unermüdlich und vergeblich wasserschöpfenden Danaiden –, und daher sich keinen Namen zu machen vermögen. Auf den Besitz eines Namens jedoch ist damals, als die Sprachbegabten noch gemeint, was sie gesagt, und mit jedem Gedankenschritte eine Dezision gesetzt haben, der – zum Unterschiede von heute – eine Geschichte auf der Ferse folgte, alles angekommen. Existenz war noch nicht jedem zugesprochen worden – soweit ist die Urhumanitas nicht gegangen –, sondern einigen wenigen vorbehalten gewesen als die erste, noch auf lange hinaus einzige, von ihrem Eigner auch nicht abzulösende, allgemein verteilt noch nicht zu denkende Eigenschaft. Existenz selber war das Entscheidende, nicht, wie später und jetzt, ihr Sichfügen oder Nichtsichfügen in den gesetzlichen Rahmen, der um die amtlich anerkannten Ebenbilder Gottes zu passen hat. Existenz heute ist keine Ausnahme mehr, nicht mehr das erstige *donum Dei*, ein welches allerdings es heimlich bleibt und in gewissen Menschen sitzt wie die Hostie in der goldenen und edelsteingeschmückten Monstranz, aber bei gesperrter Kirche, um dem Pöbel zu wehren, der grölend einherzieht, das heilige Brot mit dem täglichen gleichzusetzen. Damals jedoch wandelte es in seiner wahren Gestalt, in der nämlich noch mit dem Wortsinn sich deckenden, von der ungestalteten deutlich geschiedenen Gestalt durch die Felder, gleichsam prozessionierend, und die dieser Zeit genossischen Proleten zogen den Hut und beugten das Knie. Der Glanz des erst unlängst verliehenen Seins, das auch sein Wesen ist, strahlte noch ungemindert aus den Archetypen und auf die Kerzenstümpfe der Dutzendwesen nieder, welche Wesen trotzdem fromm am unendlich größeren Leuchten sich freuten; eine von uns hypothetischen Demokraten nur sehr schwer vollziehbare Vorstellung von Religiosität. Sie aber, Herr Adelseher, haben sie noch vollziehen können. Dieses Vermögens wegen, dank oder schuld Ihrer archaischen Verfassung, besitzen Sie nicht das schwächste Gedankenbild von einer anonymen Fabrik der Dinge, das zugleich, oder nur wenig später, mit den untermenschlichen Maschinen und den übermenschlichen Anstrengungen, die Erfindung des grauen Alltags als die fortschrittlichste zu popularisieren, geschaffen worden ist, und das sowohl den Arbeitnehmern wie den Arbeitgebern, den Ausgebeuteten wie den Ausbeutern, beiden, so gut gefällt – weil es, jenseits von schön und häßlich, dem zwischen Bejahung und Verneinung nun einmal festgeklemmten Denken, mehr als ein *tertium comparationis*, nämlich eine dritte Art Anschauungs- und Entscheidungsmöglichkeit verspricht –, daß ob der geringsten Meinungsverschiedenheit beim Interpretieren desselben sie, wie die Religionskrieger ehedem, bereit sind, einander, dem neuesten Seelenunheil zuliebe, die Schädel einzuschlagen. Und da soll man noch sagen, daß die Kunst des Philosophierens – die an ihrem Lieblingsbuche, der Bibel, gar keinen Anteil hat – nur von den Bewohnern elfenbeinerner Türme geübt und geschätzt werde, bei den Periöken und Metöken aber weder im Schwange noch bekannt sei!! Sie, die mit der rohen Materie, so fein sie diese auch aufgliederten, den ursprünglichsten Umgang pflegen, würden der ihnen zunächst liegenden Anschaulichkeit ja gar keine Beachtung geschenkt haben – was ebenso unmöglich ist, wie, wenn überhaupt möglich, unsittlich gewesen wäre –, wenn sie nicht in den Fakten dächten, von denen sie, ihre Hervorbringer, zugleich hervorgebracht werden, und wenn sie die aus ihnen gezogenen Schlüsse nicht wiederum als Faktum setzten. Es gibt also neben, oder nach, dem theoretischen Philosophieren ein tätiges Philosophieren! Ein Philosophieren, dessen Gedanken die sie Denkenden nicht verlassen, sondern in ihnen, gleichsam aufgestaut, verbleiben, um zu gegebener Zeit, zu ihrer historischen Stunde, mit der ganzen Urmacht des Unartikulierten, auf der Basis sozusagen des Gebrülls der Donner und der Löwen, als eine neue Sintflut – menschlich so ungerecht, wie göttlich gerecht die alte gewesen ist – über alles bis nun Artikulierte herzufallen. Anders, nämlich gewaltlos, missionierend in der Sprache der unterworfenen Völker, würden nie jemals Barbaren ihr von der Ananke gesetztes Ziel erreicht haben: daß zugleich mit ihnen auch die restliche Welt von vorne anfange, das heißt, die barbarischen Dinge mit den barbarischen Worten bezeichnen lernen, und das heißt weiter, das Wiederzudeckunggekommensein von Sache und Wort, zwar fremder Sache und fremden Wortes, als die erste der Lebensfrüchte erkennen, auf die der allgemeine Tod hinausgewollt hat. Es gibt also ein Philosophieren, zu dem man nicht begabt, zu dem man verurteilt sein muß! Die Verurteilung steht da – in der großen Stunde Null – für die Begabung, die ja nur ein Derivat aeonenlangen Friedens ist, ein bei keiner Not nirgendwo gebrauchter Überfluß, der die Krüge, so einer Füllung bedürfen, selber töpfern muß. In jedem Anfang aber ist das Kainsmal das umgekehrte Geniuszeichen. Ohne kapitale Untat kein Fortschritt! Ohne schlechtes Gewissen, ob Nichttuns des standardisierten Guten und ob Tuns des außermoralisch Notwendigen, keine Flucht in eine besser einzurichtende Zukunft!

Sieht man jetzt – ruft der Ankläger in's Auditorium, eine Frage beantwortend, die dasselbe nie hätte stellen können –, was in Wahrheit es mit den Verdammten dieser Erde auf sich hat? Wessen Rolle im bürgerkriegerischen Stück der annoch besitzenden Klasse zugeschoben wird? Welches Urteil eigentlich die besitzlose Klasse anficht? Merkt man jetzt, daß es gar nicht um die augenblicklich gerechteste Verteilung der irdischen Güter geht – obwohl gerade um diese es zu gehen scheint! –, sondern um was ganz anderes Hintergründiges, das dem Vordergründigen nur die Mauer macht, um die Ausrottung nämlich des weitverbreiteten Glaubens, eine jenseitige Bourgeoisie, das Urbild der diesseitigen, verteile nach ebenfalls als gerecht angenommenen Grundsätzen ewige Seligkeit und ewige Unseligkeit? Daß die Verdammten dieser Erde auch für die Verdammten in der Hölle revoltieren? Daß ihre gewalttätige Nächstenliebe auf die nicht mehr lebenden Nächsten übergreift, um sie den Klauen einer trotz Unglaubens geglaubten Hölle zu entreißen? Daß sie auch das letzte geistliche Gut, das bis nun unsäkularisiert geblieben ist, säkularisieren, die Vorstellung von einem Jüngsten Gerichte, um sie zu realisieren, es *hic et nunc* stattfinden zu lassen, und zwar nach Grundsätzen, die jedermann also bekannt sind, daß Urteil des Gewissens und Urteil des Tribunals schon vor Verlautbarung des letzteren einander decken.

Das Zustandekommen aber einer Selbstkritik, die zugleich Kritik Aller am Einzelnen, und so die Wahrheit in Person, in jeder Person ist, in so vielen Personen eben, wie den Wahrheit realisierenden Staat ausmachen, der als solcher Grenzen natürlich nur mit noch bestehenden Unwahrheiten, nicht mehr mit Staaten haben kann – diese sind ideologisch bereits annulliert –, bedarf des Voraufgangs der Freiheitsberaubung jedes durch jeden, damit, erstens, kraft des ausnahmslos gemeinsamen Setzens von Unrecht, und zwar des fundamentalen Unrechts, dieses die Erregereigenschaft schlechten Gewissens ein für alle Mal verlöre, zweitens, der Umfang des Unberechenbaren, der mit dem der individualistischen bürgerlichen Gesellschaft beinahe identisch ist, auf den des unvermeidlichen Minimums einschrumpfe, auf den zu neglegierenden Fehler auch der präzisesten Mechanik, und so die Richtigkeit des Rechnens der Allgemeinheit mit der Besonderheit, des Ganzen mit seinen Teilen, und jedes Teils mit dem Ganzen, den höchstmöglichen Grad erreiche. Man nehme also dem Menschen die Freiheit, Zwängen zu erliegen oder nicht, und gebe ihm hiefür eine einzige Notwendigkeit, aber auch die Mittel, sie zu manifestieren und zu dokumentieren, in so reichem Maße, daß die Aufgaben ihr Ende nicht absehen, das Realisieren die Realisierungsmöglichkeiten nie verbraucht, das beste Können dauernd und weit hinter dem Sollen zurückbleibt, und man hat einen Hades geschaffen, in welchem die Danaiden, obwohl so verdammt wie immer, nicht mehr in ein bodenloses Faß schöpfen, einen Hades, der befreit vom Druck seines Gegensatzes, des Elysiums, zur Oberwelt emporsteigen kann, und nach Liquidierung ihrer ideologisch untüchtigeren Bewohner, sich als die nun endgültig rechtmäßige Oberwelt etablieren wird.

Von allen diesen unheimlichen Vorgängen hinter Wänden, die bereits wie Pappe oder Leinwand sich wellen, jener gleich auf dem Theater, die Hamlet durchsticht, um Polonius zu erstechen, wissen Sie, Herr Adelseher, nichts. Wir haben sie auch nur dargestellt, um Ihnen, rückständiger Landbewohner, unschuldiger Nachahmer der immer gleichen Natur, mehr Objekt als Subjekt, mehr Acker als Pflüger, durch unser Malen Ihrer Figur auf einen gewitterschwarzen Grund Gelegenheit zu geben, sich selbst deutlicher zu sehen und der großen Verantwortung innezuwerden, die ein Lichtträger trägt. Wer dunkel ist, wird weniger wahrgenommen und, wenn wahrgenommen, ziemlich rasch für das erkannt, was er kann, beziehungsweise nicht kann. Falsche Wege wird er wohl führen, nicht aber vermögen, sie als wahr erscheinen zu lassen, weil ihm das Synonym der Wahrheit fehlt, das zwar abgeleitete, doch wie ein ursprüngliches geleitende Licht: Dies nun, daß – oh, *crimen* ohne *dolus!* – Licht in einer vom Kopf her unwissenden, vom Herz her unschuldigen Hand auch die falschen und an sich finsteren Wege bis zur natürlichen Helligkeit der rechten erheben kann: das ist die Schuldgefahr, so ein Lichtträger läuft, der mit seiner Geborenheit als ein solcher sich begnügt. Und daß man in einem Lichte, das man selber verstrahlt, sich viel weniger (wenn überhaupt) zu erkennen vermag als in dem, das ein anderer auf uns wirft: Das erfährt ein Luzifer tragischer Weise erst während seines Erlöschens, wenn nämlich die flackernden Schatten sein Bild verzerren, das nur dank dieser auffälligen Verzerrung er endlich erblickt. Unser Verfahren wird an Tag bringen, ob Sie und die andern Ihrer Gefahr entgangen sind. Das bisher durchgeführte hat, kurioser Weise, nur ein für Sie sprechendes Faktum ergeben. Noch könnten Sie fragen – später wird es vielleicht zu spät sein! –, warum man Sie anklagt. Ja, geradezu des postumen Wegs der Religionsstifter schickt, die auf diesem erst zu ihrem wirklichen Kreuze kommen, an dem sie für die Historiker sterben und dank dem sie für die Mythologen auferstehen. So nämlich rächt das schwächere Auge sein Geblendetwordensein durch das viel stärkere Licht; so das mühevoll aufrecht gehende Menschengeschlecht sein Torkeln in der übermäßigen Helle; so sein Stolpern und Stürzen über feinste Kreidestriche; so, durch das Fallen in die außergewöhnliche Sünde gegen den Heiligen Geist, das verwehrte Fallen in die ordinären Sünden! Das sei nebenbei bemerkt. An den Rand Ihrer Aura geschrieben. Nun bitten wir die Zeugen, sich zu erheben. Es erheben sich, leuchtenden – noch leuchtenden – Angesichts, die sechs Personen und strecken Strahlenfinger zum Schwur. Diese bündelnd und in der Faust dann, wie in einer Vase ohne Boden, dem Angeklagten gleichsam unter die Nase haltend, fährt der Staatsanwalt fort. Ihr Schweben über Gerechten und Ungerechten, Herr Adelseher, Ihr christlicher Asozialismus, Ihre der Welt zugewandte Weltabgewandtheit, die zwischen Verbrennung und Vereisung die genaue mittlere Entfernung zu allem, was lebt, einnimmt, und das eben dank dem Einander-die-Waage-Halten des Zuviel und Zuwenig lebt, dank also einer in der wüstesten Himmelswüste errichteten Menschenfreundlichkeit, die, von solch' unwiderrufbarer Exiliertheit gehindert wird, aus der Idealität zu fallen und durch Verwirklichung sich selbst *ad absurdum* zu führen, –: All das drängt sich den Sinnen, die kraft profunder Enttäuschungen und nicht befriedigter Sehnsüchte, aus Fülle an Leere, und aus Mangel an Fülle, im Gelegenheitsverhältnisse zum poetischen Vergleichen stehen, dermaßen auf, daß am wolkenlos strahlenden Morgen des denkwürdigen siebenundzwanzigsten July sechs Personen, die vor dem verrosteten Gittertor eines verwilderten barönlichen Parks und Schlosses einen zähmenden Grafen erwarten, vollkommen folgerichtig, den Hals eines jungen Bauern – welcher Bauer bloß behelfsmäßig erscheint, und, wie dem subalternen Umstande entspricht, in einer Mistkarre, gezogen von einer wahren Mähre –, statt mit Ihrem hübschen Kopf, Herr Adelseher, mit der lodernden Sonne geschmückt zu sehen glauben.

So weit, so gut! Wie der Herr Notar, der Doktor Hoffingott, zu sagen pflegt, wenn er den Entwurf eines Ehekontraktes oder eines Testamentes bis zu dem Punkte gelesen hat, ab welchem die Heirats- oder Todeskandidaten ihre eigentlichen, zumeist hintertückischen, Absichten endlich werden bekennen müssen. Dabei blickt der Herr Notar als Privatperson über die amtliche Mauer der Brille dem unbeobachtet sich meinenden Nachbarn in die Töpfe voll kochender Greuel und Scheuel.

Wie aber ist es nach den drei Tagen, Herr?! Nach den symbolischen, mythischen, gewissensfreien Tagen? Ehe wir die schwierige Frage beantworten, wollen wir dem Auditorium und vorzüglich Ihnen berichten, was Sie während derselben wirklich getan haben. Im hergebrachten Sinne natürlich nur Gutes! Doch nicht eben dieses, sondern jener steht heute zur Debatte! Ein Neuerer – und ein solcher sind Sie, oder hätten Sie sein sollen – darf nicht sich wundern, wenn man ihn auf's Verwenden noch so edler alter Stoffe hin beobachtet, und ungerecht sich behandelt fühlen, wenn der kritische Beobachter Gut und Neu nicht gleichsetzt. Einer, dem voran, und das heißt, immer genossenloser fortzuschreiten, zur peinlichen Pflicht gemacht worden, ist im innersten Gewissen – und sei es nach der Moral von gestern das schlechteste – gehalten, den Weg auch des geringsten der geringen Widerstände zu meiden! Neu ist nur dann eine *qualitas*, wenn bis auf den unvermeidlichen *error* alt neu ist. Jetzt erst werden der an der Sache unmittelbar Beteiligte und die an ihr nur mittelbar Beteiligten uns recht verstehen.

Angeklagter! Sie haben die Dienstleute des Grafen, der außer Schlüsseln, aufschlußreichen Gedanken über das weibliche Geschlecht und einem faszinierenden Eindruck nichts hinterlassen hat, kein Geld und keine Maßregeln, nicht auf Ihrem eigenen Besitze, dem prächtigen und mit allem Nötigen und Unnötigen versehenen Adelseherschen Hofe, wo der Satz hätte gelten können: *locus regit actum*, sondern in dem fremden und ungastlichen Schlosse gastfrei gehalten, in einem zwar ebenfalls begrenzten, von Haus und Gartenmauern nämlich, moralisch aber unbegrenzten, nämlich niemandsländischen Raume, der diesem zweiten Umstande zufolge unfähig gewesen sein würde, Ihr Tun und Ihr Lassen zu bestimmen, wenn Ihnen am Bestimmtwerden – man sieht für gewöhnlich ja auch tagsüber nach den Sternen – gelegen gewesen wäre. Es war Ihnen aber nicht das Mindeste daran gelegen. Begreiflich! Sie glichen damals einem Manne – und gleichen ihm wahrscheinlich noch heute –, der ein nur in seinem Kopf erst vorhandenes Haus mit einem bereits vorhandenen Hausrate ausstattet: unter freiem Himmel, auf dem künftigen Bauplatze, annoch Wiese etwa, entlang den hypothetischen Wänden, sehr zum Kopfschütteln der Nachbarn, Bezweiflern Ihres Verstandes, die das von Ihnen gedachte Haus natürlich nicht mitzudenken vermögen. Da nun feststeht, daß der reiche Adelseher keiner Verwalterstelle bedurft hat, und schon gar nicht der bescheidene Till eines Schlosses, Sie jedoch als dieser wie als jener Fakten gesetzt haben, die beiden Eigenschaften, wenn wir sie nicht in Ihnen verwurzelt wüßten, schnurgerade widersprechen würden, so können Sie nur *in mente*, das heißt, mögeständlich, nach der Weise des Künstlers, der, ohne selbst zu zeugen, die Zeugungsfähigkeit von Fiktionen erprobt, dadurch, daß er sich zu einem Schoße macht, sowohl von der Stelle wie von dem Schlosse Besitz ergriffen haben. Auf die nämliche Weise verhält sich's ja auch – wie Sie, Herr Adelseher, nur zu gut wissen – mit dem rechten Sichverlieben: Es nimmt das Einfügen des begehrten Weibsbilds in den immer bereit liegenden Rahmen der Ehe – ob er später zu tatsächlicher Verwendung kommt oder nicht – vorweg.

Sie sind, wie wir schon bemerkt haben, ein generöser Mann. Das einzige Lob, nicht wahr, das ohne Einschränkung gezollt wird! Sparsamkeit ist nur die pseudotugendliche Form des lasterhaften Geizes. Klugheit die nur ein wenig schönere Schwester der Schläue. Aber: Generosität? Welch' niedrige Eigenschaft sollte wohl sie dissimulieren?! Jedoch: aus der Sprache des Sichberuhigers bei dem, wie was ist oder zu sein scheint, in die der ihr voraufgehenden gedanklichen Gefahrenzone übertragen, verzweideutigt sich auch der Eindeutige. Sie, Herr Adelseher, sind als ein Großgrundbesitzer, der hinter demselben als ein Bauer zurückbleibt, daraus also, daß er gar kein Wesen aus jenem macht, zwei Wesen macht, einen Zöllner, der keiner ist, und einen Pharisäer, dem er nicht gleichen will – welche zwo Figuren der Bescheidenheit zum Betrieb ihrer dialektischen Spiele dienen –, mit so vielen zusätzlichen Gütern begabt, daß sie auch zu einem, den verkleideten Edelmann verratenden, Verschwenden hinreichen und – weil das Maßhalten bei getarntem Maße schwerer fällt als bei offenkundigem (weswegen die Aristokraten den Gulden ebenso oft umdrehen wie die Krämer den Kreuzer) – bis zum Sichvergreifen am eigenen Eigentum führen können. Welches Sichvergreifen, das nicht das Mindeste mit dem ordinären Sichzugrunderichten zu tun hat, unter Umständen von der Feinheit der *minutiae* des Philosophierens, zum nämlichen Delikte aufschwillt wie unter gar nicht feinen das Sichvergreifen an fremdem Eigentum.

Sie staunen? Sie glauben, der Mensch darf mit seinem Lohne oder mit seinem Vermögen tun, was er will, sofern das Wollen nur nicht in Konflikt gerät mit den derben Zehn Geboten? Sie glauben also nicht an eine Linie von Haardünne, die in uns selber Mein und Dein trennt? Die Summe, die wir dem Schöpfer, von der Summe, die wir den Mitgeschöpfen schulden? Jene, die Er nur für uns, von der, die er uns für nur die andern gegeben hat? Und die beide nur der ihnen einwohnenden Bestimmung zugeführt werden dürfen? Woraus sonst, wenn nicht aus dem unter- oder übersprachlichen Wissen um die zwei verschieden bestimmten, in jedem Einen aber vereinten Gaben, hätte der lebenerhaltende Begriff des Maßes geschöpft werden können? Muß unser Herr und Vater, der dem Einen die Vielen, die Vielen dem Einen zuordnet und so, auf den ersten Blick hin, eine verwirrende Janusköpfigkeit hervorbringt, die das eine Mal Mein und Dein gleichsetzt und durch ausschließliches Nächstenlieben den Liebenden ruiniert, das andere Mal den Einen in allen Andern nur sich selbst erblicken läßt, was zur Folge hat, daß die Brüder zu Sklaven gemacht, das heißt, auf den niederen Rang von bloßen Gliedmaßen, Willensvollstreckern des einen einzig wirklichen Körpers im Gesellschaftsraume herabgedrückt werden, muß der Herr, fragen wir, nicht für ein Mittel Vorsorge getroffen haben, das so gut der einen Sucht, uns mit Allen zu identifizieren, wie der andern Sucht, über Alle uns zu erheben, abhilft? Dieses nachgetragene Mittel, das der vorausgesehenen Unzuträglichkeiten Herr wird oder Herr werden kann, ist das Maß. Ihm, beziehungsweise dem Vermögen, den zwo Gaben auch ihre grundsätzliche Verschiedenheit abzusehen, verdankt der Mensch, daß er nach seiner Loslösung von der Gattung ihr weder wieder anheimfällt, noch als politischer Kannibale über sie herfällt, um seinen Tyrannenbauch mit ganzen Völkern zu füllen. Alles gewöhnliche Messen, Zählen, Eingrenzen hat seine erstige Ursache in diesem außergewöhnlichen Messen, Zählen und Eingrenzen. Und das heißt: alles Empirische folgt aus dem Transzendenten. Ohne Geist kein Stoff. Sie begreifen, verehrter Angeklagter, wie sehr uns not tut oder wie sehr wir uns genötigt fühlen sollten – weil wir ja freien Willens sind –, zurück bis zu dieser erstigen Ursache vorzudringen. Denn es ist nicht nur Glaubenssatz, sondern auch Erfahrungstatsache, daß jeder sich selbst nur zu einem Teile gehört – den er dann und wann, mühevoll und ohne auf es einen Eid schwören zu können, als das Ich behauptet – und jedem das Seine nur bis zu einem gewiß ungewissen Grade eignet. Wenn nicht ein fundamentales Bewußtsein vorhanden wäre, würde Geben, ohne zugleich zu nehmen, unmöglich sein. Ein Felsbrocken muß locker im Gesteine sitzen, um unter Bergsteigers Tritt talwärts rollen zu können. Deswegen hat ein jeder, wenn das Allgemeine oder das Besondere, die vielen anderen oder der eine andere, fordernd, bittend oder bettelnd an ihn herantreten, ehedem er gibt – gleichgültig, ob reichlich, ob spärlich: nicht als ein welches der Empfangende das Empfangene empfindet, entscheidet über dieses –, so scharf als möglich zu distinguieren, von welchem Teil er nimmt, von dem, der ihm allein eignet und bei der geringsten Minderung schon nicht mehr hinreicht, den Besitzer die Pflichten gegen ihn selber erfüllen zu lassen, oder von dem, der dem Nächsten zusteht und von dem Geber, sei's geistiger, sei's materieller Güter, nur kommissarisch verwaltet wird. Wir wollen jetzt nicht untersuchen – weil, was etwa für bestimmt wir herausfänden, das nach den gewissen drei Tagen Geschehene weder verzeihlicher noch sträflicher machte –, ob Sie die erwähnte haardünne

Grenze zwischen den zwei Teilen schon am ersten Tage bloß *in mente* oder bereits *de facto* überschritten haben. Ob in den sechs Bettstätten (nebst Zubehör), die vor Abend des ersten Tages Sie haben auf das Schloß schaffen lassen –, zwei sogar dem musealen Stock entnommen, zur begreiflichen Empörung des Küchen- und Stallpersonals, das an der Vollständigkeit Ihres ererbten Hauses mehr hängt, als Sie hängen (wie der Meßner mehr an der Kirche als am Evangel) – um die vom Grafen auch als Domestiken schlecht behandelten Domestiken als Ihre lieben, lieben Gäste zu behandeln; ob in Ihren Feldern und Wäldern, in Ihren Häusern und Scheuern, in Ihren Kühen, Ochsen, Pferden, Schweinen, in Ihren Hühnern, Enten und Gänsen, ja sogar in Ihren Hunden und in den Schwalben, so unter der Decke der Einfahrt nisten, ein dem augenblicklich nächsten Nächsten tatsächlich – wenn auch auf höherer Ebene – Geschuldetes gesteckt ist, wie in des Habakuk Korb das für die Knechte zubereitete, aber dem Daniel zubestimmte Mus, oder nicht gesteckt ist. Dieselbe Frage könnte auch hinsichtlich Speis' und Trank gestellt werden, von denen wir wissen, daß der »Taler« sie in unübertrefflicher Sonntagsgüte geliefert hat. Nicht aber nur in Befolgung Ihres auch diesbezüglichen Auftrags – so genau nämlich haben Sie sich gar nicht ausgedrückt –, der hinwiederum nicht nur die Folge eines Mangels einer brauchbaren Schloßküche und der Leere des Schloßkellers gewesen ist. (Keine einzige Flasche hatte der Onkel Enguerrand dem Neffen Lunarin hinterlassen wollen.) O nein! So logisch gerade geht's weder bei Ihnen zu, der Sie die ärmlichste Gelegenheit zu Überschwänglichkeit ebenso gegen alle Vernunft ergreifen wie der bekannte Ertrinkende den sprichwörtlichen Strohhalm – allerdings mit dem Erfolge, daß unter Ihrer Hand er zum Baumstamme aufschwillt –, noch bei Ihrer Freundin Babette, die Ihnen nichts lieber gesagt hätte, und zwar auf französisch, als: ich liebe dich!, was im tiefsten Deutschland den Reiz des Ehebruchs um den eines subtilen Hochverrats vermehrt haben würde. Wenn Sie des kleinsten Pelion ansichtig werden, müssen Sie alsogleich was Ossaähnliches auf ihn türmen; wenn ein Bettler Sie um einen Kreuzer bittet, ihm eine Krone schenken; wenn eine Frau, die Sie zu lieben glauben, Ihnen so weit entgegenkommt, wie ein Mann nur wünschen kann, sie mit der Unnahbarkeit einer Göttin ausstatten, um auf dem Umweg über den Himmel einen Menschen aus ihr zu machen, ein dem *amor carnalis* gründlich zuwideres Wesen. Im geistlichen Stande, als Folgeerscheinung der evangelischen Räte, würden Ihr Türmen des jeweiligen Maximums auf das jeweilige Minimum, Ihr verschwenderisches Sichentäußern des Ihnen selbst Notwendigen, Ihr vom höchsten Schönheitssinn leidenschaftlich erregtes Wiedervervollkommnenwollen der erbsündlich demolierten Menschenfiguren weder ein herkulisches Tun sein, das die Gaffer anlockt, die mit der Uhr im boshaften Kopf zuwarten, wie lang's wohl der Artist treibt, noch ein verdächtiges irgendwas überkompensierendes, das den Psychologen reizt. In einem weltlichen jedoch ist es an jedem Ort fehl am Ort und nimmt jeden Bewohner desselben wunder. Er sieht Sie nämlich, statt auf dem kürzesten Wege fortschreiten, der natürlich nur zum nächsten Ziel führt – was die wahre Bescheidenheit, ja auch die wahre Askese ist, das gebärdelose Abwehren versucherisch zugemuteter Größe –, fortwährend zum erstigen Ursprung des Schrittes zurückspringen, in die Fülle, daraus er zu kommen hätte und auch kommen würde, wenn wir noch im Paradiese lebten oder wenigstens wie die Engel zu leben versuchten. Deswegen stehen Sie, der Sie immer mehr geben, als verlangt wird, schließlich mit leeren Händen da, denn: durch den Panzer, hinter dem das unendliche Vermögen liegt, kann der ungeistliche Mensch nicht greifen, und sein endliches, mit unendlichem Maße ausgeschöpft, verzichtet wie der Wassertropfen auf glühender Herdplatte. Ihr Betragen, Herr Adelseher, verscheucht zwar die Löwinnen, denen Sie die Vorzüge fleischloser Kost mundgerecht zu machen pflegen, zieht aber opferwillige Lämmer an, die nur zu gern, knusprig gebraten, auf Ihrem Tische erschienen. Wie die arme Babette! Die, um Ihnen nahe, näher, am nächsten zu kommen, gerade das Ihnen Eigentümlichste imitiert, was Sie am weitesten von ihr entfernt! In der Übertreibung hofft sie, Ihnen zu begegnen, sie, die einfache Zahl, der von Natur aus zum geisterhaften Cubus erhobenen Ihren. Ja, wenn Gleiches sich zu Gleichem findet! Wenn echte Doppelgänger verschiedenen Geschlechts nach dem ersten wiedersehensfreudigen Vertauschen von Ich und Ich und dem begreiflich gierigen Auskosten der es begleitenden neuartigen Vergnügungen, die denen der gleichgeschlechtlichen Liebe verdammt ähnlich sehen, plötzlich sich gemahnt fühlen, die alte und ewige Ordnung des Ich und Du wiederherzustellen, das entartete, nur noch so heißende Zeugungsgeschäft auf seine Natur zurückzuführen und so dem Miteinanderidentischsein zweier Personen, als einer diabolischen Imagination, ein apokalyptisches Ende zu bereiten, wenn es also zu jenem sagenhaften titanischen Kampfe kommt, in dem es darum geht, welches der beiden selben Ich – gleichgültig, ob das wahre, ob das falsche, ob das weibliche, ob das männliche – fürderhin den nur einen Raum einnehmen darf, den ja ein Ding nur einnehmen kann, und welches als dann unverortbar und daher überflüssig in's Nichts hinausgeworfen werden wird, allwo das heimliche Heulen und Zähneknirschen der Entmachteten herrscht, von dem die posttitanische, die patriarchale Familie tönt wie die Muschel vom Meere!! Ja, und das Einandernahsein der Ringer um Tod oder Leben, um das Oben- oder Untenliegen, ist wirkliche Nähe! Alles übrige liebevolle Bemühen, bei schon feststehender Rangverschiedenheit, bei gar keiner Gefahr demnach des Totgeschlagenwerdens oder des Totschlagens, nur feriale Turnerei! Diese betrieb Babette in Küche und Keller. Stemmte die beladensten Servierbretter und die schwersten Weinkörbe auf's Schloß. Nahm, weil Sie, der geliebte Herr Till, von Ihrem Eigentum nahmen, von dem des ungeliebten Mannes, des Herrn Ganswohl. Warf es, statt jenes überflüssigen Ichs in's metaphysische Nichts, in's reale der Bäuche des Dienstpersonals.

Wie schon gesagt, wollen wir uns mit der Zeit, die Sie auf dem Niemandslande mythisch frei schweifend, Spielgefährte der noch ebenfalls jugendlichen Gottheit, zugebracht haben, nicht beschäftigen. Erst die historischen Zeiten stehen vor Gericht. Wer im Mythischen reich wird oder verarmt, tut dies noch als ein an beiden Umständen schuldloses Stück der Natur, als Urwald oder als Wüste, nicht als Mensch. Menschlich, und das heißt verantwortungsreif, werden Reichwerden und Verarmen erst dann, wenn das gefängnisgittrige Coordinatennetz der Beziehungen zu Nächsten und Fernsten Eisenhärte erreicht und den, ab diesem Grade für ungewiß wie lang', hinter demselben Sitzenden – gewiß aber bis zur Endkatastrophe seines Aeons, bis zur Entfesselung wieder einer Prähistorie –, von der qualitätslosen Freiheit, so fensternah sie bleibt, trennt. Besteht einer trotz engstem Zellenraum weiter auf autarkem Benehmen, nun, so betreibt er der augenblicklichen Weltstunde gegenüber Apperzeptionsverweigerung und ist viel mehr ihretwegen strafbar als wegen ihrer bloßen Metastase, der kriminellen Tat. Der Mensch, einmal Mensch geworden – ein Verhängnis für leider nicht wenige, ein Faktum, mit dem alle sich abfinden müssen wie mit den Axiomen des Denkens auch –, hat Mensch zu sein, und lüsterte ihn noch so sehr, als angeschwollener Strom besiedelte Gebiete zu überschwemmen, oder als Vulkan sich selber auszuspeien. Er muß unter dem Joch des Maßes gehen, es als dieses bestimmen, es als solches bewähren, bewahrheiten, und scheuerte es ihm den Nacken durch. Geschieht's, ist nicht das Joch zu hart, sondern der Nacken zu weich gewesen und muß ein festerer her. Sie verstehen jetzt vielleicht, verehrter Angeklagter, warum unsere Haarspaltereien wie Axthiebe hallen in einem Walde, dessen Stämme zu Mastbäumen taugen, oder wie in einer Bildhauerwerkstatt die Meißelhiebe, die den steinernen Polster von der auf ihm schlafenden Gestalt wegschlagen. Wir stehen ja erst am Anfang unseres neuen, allerneuesten Geschlechts und wissen nicht, oder nur höchst ungenau, welche Rolle zu spielen ihm zubestimmt ist. Daher das Suchen mit einer vergrößerungsglasverschalten Laterne und das Übertreiben des kleinsten glücklichen Fundes! Daher das Fragen mit Löwengebrüll und das Hören mit einem Elefantenohr! Daher auch, und nur daher, das vor der Zeitenwende undenkbar und unerblickbar gewesene Verhängnis, das deutlich jetzt über Ihrer ortsbekannten Unschuld schwebt: einem Gerichtshof Rede und Antwort stehen zu müssen, der des Glaubens ist, daß hienieden es Unschuld so wenig gibt wie absolute Gesundheit, und zugleich der Meinung, daß die Adelsehersche so leuchtend weiß, daß man das winzigste Staubkorn an ihr sehen wird. Und auf dieses kommt's uns an! Eben dies Mißverhältnis zwischen so vielem Licht und so wenig Schatten, welches Mißverhältnis auf den Schatten ein Licht wirft, das sein unnötiges Vorhandensein, beziehungsweise sein auch Ganzwegbleibenkönnen, begründet durch seine mikroskopische Kleinheit, grell beleuchtet, müssen wir anklagen. Ja, wenn es sich um eine fundamentale Sünde handelte. Um eine totale, oder wenigstens partielle Sonnenfinsternis! Die Verdammung oder die Verzweiflung, kundgetan durch das Emporrichten oder Zubodensenken des einfachen Imperatorendaumens, würde da, wie bei den Gladiatorenspielen, ein Problem erledigen, das keines ist. Sie aber, Herr Adelseher, verdanken Ihr Pech Ihren Vorzügen! Und das ist ein echtes Problem! Ein unlösbares! Ein angeborenes Dilemma! Sie sind erschüttert? Sie greifen nach einem Stuhl? Sie gedenken Melittens? Sie erkennen endlich, daß Ihr Unglück aus Fortunas Füllhorn stammt? Daß man auf dem edlen Pfade der Ideen wandelnd früher oder später notwendig eine ihrer schönsten Konkretionen mit Füßen tritt? Daß ohne Hilfe von Seiten der Ideen schon beim ersten Schritt in's Nichts gesunken worden wäre, die wunderbare Rettung aber mit dem Verlust des irdischen Himmels bezahlt worden ist? Diesen Verlust als Gewinn zu buchen, fällt natürlich schwer! Sie krümmen sich unter dem Gewicht Ihrer Aufgabe? Hören Sie uns sitzend zu! Mit Bedacht haben wir Sie einen generösen Mann genannt, das heißt: einen Verschwender im Rahmen seines Vermögens. Keine andere Ihrer Eigenschaften hätte das Publikum mehr für Sie einnehmen können. Blicken Sie doch umher! Und sehen Sie, welch' üppige Sympathieblumen Ihr Zuviel an Licht in der nordischen Kühle aller Egoismen hat sprießen lassen! Wenn wir Sie jetzt dem Publikum überlieferten, würden Sie im Triumph davongetragen, zu seiner obersten Erscheinung gemacht werden (in der auch die Niedersten sich zu erkennen glauben), denn: Sie haben für alle, die zu wenig oder gar nichts getan haben, genug getan, genug im doppelten Sinn des einen Wortes; sowohl aus Ihrer Tasche, wie an Ihrem Kreuze. Wir aber nun wissen, daß es eine nur dem Erlöser vorbehaltene, vom Erlösten ihm nachgetragene, nachgeworfene, Uninteressantheit gibt (anders der Glaube keine Gnade wäre, sondern eine dem vergeßlichen Menschen von oben geschuldete Droge, dank welcher er die Erinnerung an das einmalige Koindizieren der vollkommensten Herzensleere und der liebevollsten Fülle der Zeit wachzuhalten vermöchte), eine nur auf ihn anwendbare Art des Vergessens, ein Vergessen, das im Gegensatz zum eigentlichen Vergessen, dem unmerklich Geschehenden, unaufhörlich in Tätigkeit ist, dauernd auf dem Wege zu seinem Ziele, und zwar öffentlich, wortreich, gelehrt, kritisch, geistvoll, polemisch, eins also, das, statt zu vergessen, Methoden des Vergessens erfindet und erprobt und so den Gegenstand des Vergessenwollens genau zwischen Sein und Nichtsein verortet, weder leben noch sterben läßt, wohl nicht um seinen berühmten Namen bringt, aber – was viel ärger, nämlich diabolisch – um seine Anschaubarkeit. Vor diesem Schicksal des Entmanntwerdens bewahren wir Sie dadurch, daß wir Sie gefangennehmen, dem Publikum entziehen und anklagen; daß wir Fehler in Ihnen suchen und finden – hiezu dienen das winzigste Staubkorn, der Schatten einer Mücke –, daß wir Ihren Lebenswandel von Künstlerhand aufzeichnen lassen, kurz, alles nur Mögliche tun, Ihr geschichtliches Existieren zu erhärten, Ihr Idealisiert-, Ihr Transsubstanziiert-, Ihr Mythologisiertwerden zu verhindern. Sie, gerade Sie, der Sie mit den Flügeln der Idee auf dem Rücken jederzeit aus dem Grabe des Körpers auferstehen könnten, sollen Mensch bleiben, sollen niemandes Halbgott oder Held werden, damit das Gut, das Sie sich selbst entwenden, das Unrecht, das Sie wider sich selbst begehen, den nur zu gern schwächlichen Gemütern und allzu weiten Gewissen nicht Anlaß gebe, es bis zum Hochstand der unnachahmlichen herakleischen Tat zu heben, und das Ihnen geschuldete Nachfolgen in der billigeren Münze des Kults, sonntagsratenweise, abzustatten. Um Sie also bei dieser Menschlichkeit zu halten, wie das Vögelchen in der hohlen Hand, und wenn noch so sehr es wider sie wühlte, ist es notwendig, den Ihrer wie jeder Menschlichkeit integralen Fehler zu entdecken. Und weil Sie uns keinen Sündenbock bieten, müssen wir, zum Zwecke der *haruspicina*, eines Ihrer Lämmchen schlachten. Aus seinen Eingeweiden lesen wir, daß Ihre Generosität – wie jede, die nicht bis zum evangelischen Ruin fortschreitet – ein über den augenblicklichen Bedarf gewisser Menschen an Almosen, der nur im genau rechten Verhältnis zum nächsten Zweck befriedigt werden darf –, weit in die Zukunft hinausgehendes, und eben wegen der nicht sofortigen Absehbarkeit des Zieles sehr fragwürdiges Beschenken ist. Bei bösen Kerlen würde man, ohne fürchten zu müssen, ihnen ihr bißchen Ehre abzuschneiden, von Bestechenwollen reden und daher von der Nichtabsehbarkeit des Zieles absehen können; ist es doch ob seiner ein für alle Mal feststehenden Unlauterkeit nur noch moralisch ferne, optisch aber so nah wie der Mond im Fernrohr. Das Ziel des Guten, der über das *hic et nunc* des Guttuns weit, sehr weit hinausgeht, ist nicht so leicht auszumachen. Da vernebelt nämlich die Verklärung den Tatbestand. Die Leute, glücklich, endlich ein Beispiel zu sehen, dem sie nicht zu folgen brauchen, weil über das Mein und Dein im eigenen Eigentum keine bindenden Vorschriften existieren, sind rasch mit einem billigen Heiligenschein zur Hand, ihn dem zu geben, der es gibt. Diesen billigen Schein müssen wir Ihnen nehmen, um so für die Seltenheit des teuren zu demonstrieren, der auch kein Schein mehr ist. Sie, Herr Adelseher, sind trotz Ihrer starken Neigung zum Theologisieren – oder vielleicht gerade deswegen – weltlicher Mensch von Berufung. (Die unberufenen Weltmenschen haben diese Neigung nicht. Sie fallen daher, wenn sie fallen, tiefer, nicht höher. Sie unterschreiten sich, statt sich zu überschreiten. Sünde aber ist jenes wie dieses.) Ein weltlicher Mensch nun soll alle Tugenden nur *modice* üben; in keiner besonders glänzen wollen; weder in der Keuschheit noch in der Demut, weder in der Armut noch im Gehorsam, und auch nicht in der Nächstenliebe. Seine Aufgabe ist, das Gleichgewicht zwischen Natur und Übernatur, wenn gestört, herzustellen, wenn gnadenvoller Weise ungestört, zu erhalten. Ein Atlas soll er sein, der die Erdkugel sowohl trägt, wie auf ihr lebt, jenes unter Ächzen, dieses mit Freude. Das Auseinanderliegende soll er vereinen, ohne es zu vermischen, das Kreuz tragen, ohne an es geschlagen zu werden, ja, ängstlich darauf bedacht sein, den Kelch nicht zu trinken, den die Engel, die nur die Vollkommenheit kennen, jedem anbieten. Aufschwingen vielmehr soll er sich zu der nur ihm möglichen und daher nur von ihm eingeforderten Vollkommenheit: zur Vollkommenheit seiner Unvollkommenheit, zum bewußten, dezidierten Nichttun des letzten Schritts, des letzten Pinselstrichs, des letzten Meißelhiebs, durch ein welches, eigentlich unbegreifliches, Handeln am, wie allgemein geglaubt, vollendbaren Ebenbild der Gottheit, und so dicht vor der Vollendung, die nur noch ganz gering erscheinende Distanz zwischen Geschöpf und Schöpfer, zwischen dem ewigen Schüler und dem ewigen Meister, auf die wohl anschaulichste Weise wieder zu ihrer wahren unermeßlichen Größe ausgedehnt wird. Des Nichtdenkens also einer Theologia des weltlichen Menschen – der, wie Sie jetzt gehört haben, seiner Geschöpflichkeit sich zu brüsten hat, seiner Unvollendetheit, seiner Vergänglichkeit, seines Nichts, als ebenfalls Setzungen der unerforschlichen Ratschlüsse des Allerhöchsten – klagen wir Sie an. Das sei keine echte Schuld, meinen Sie. Und wenn ja, müßten wir ihrer unendlich Viele anklagen. Sie irren, Herr! Erstens wird Schuld nur durch einen Täter in Existenz gerufen und ist dann durch ihr Sein echt, und nicht kraft ihrer Bedeutung als Schuld, denn: ontisch geht vor logisch. Zweitens ist die Tatfähigkeit erstiger als der Täter, obwohl dieser zeitlich früher sein muß, damit jene sich verwirklichen könne. Auf die Tatfähigkeit also kommt es an. Stellen Sie doch, bitte, einen der vielen, die Sie zu Mitschuldigen haben möchten, in Ihre dreitägige Situation, und sehen Sie zu, wie ungeschickt der Arme, sitzend auf geborgtem Schemel zu Füßen des vorgegebenen Modells, den Pinsel handhabt: wie einen Pfahl oder wie ein Stümpfchen Blei. Von einer Farbenscheu besessen, die an der ursprünglichen Beziehung dieses Instruments zur Malerei zweifeln läßt, und mit der radikalen Unfähigkeit ausgestattet, eine schließlich und endlich richtig gezogene Linie durch musische Beflügelung vom bloßen Boden der einfachen Tatbestandaufnahme zum Quadrat der Kunst zu erheben. Dank dieser Imagination gelangen Sie – nicht wahr? – zu der Überzeugung, daß nur Sie das höhere Rechenkunststück kennen und daher können, weit und breit keine Genossen haben und zurecht allein – trotz Unglück, welch ein Glück! Das unpersönliche Glück der Persönlichkeit! – vor Gericht stehen.

Nun Sie mit einer nobilitierten Schuld sich beladen fühlen, das Gold durch den Sack schimmern sehen und doch lieber unter ihm stöhnen, als mit den von ihm Unbeschwerten singen, möchten Sie gerne wissen, wie denn, oder genauer, wann denn – weil ja in der Zeitlichkeit jeder Zeitpunkt der wiederholte Punkt des Zeituranfangs ist und demnach die Wurzel all' dessen, was eben jetzt beginnt oder zu irgendeinem Damals begonnen hat, enthalten muß – aus dem Schreiten auf dem rechten Wege, ohne ihn verlassen zu haben, ein Überschreiten desselben geworden. Nichts ist leichter, nichts ist schwerer zu erklären; je nach Vorhanden- oder Nichtvorhandensein eines metaphysischen Hinterkopfs am Frager.

Gibt man nämlich mehr, als worum gebeten worden, verliert der nicht notwendig gebrauchte Teil der Gabe, obwohl verbraucht, doch nicht den Charakter des Überflüssigen; das heißt: die für Weltbedarf auf Heller und Pfennig errechnete Summe auch der zusätzlich zu verleihenden Energien legitimiert natürlich nicht den aus dem illegitimen Blauen sie anfallenden überzusätzlichen Teil, sondern stößt ihn ab und läßt ihn vor den immer schon geschlossen gewesenen Toren der Stadt, die ihre Einwohnerzahl nicht verändert, vergeblich zugangsuchend oder ebenso vergeblich eine andere Heimstätte, irren, jammern, zürnen, flehen, poltern, kurz: weder leben noch sterben, wie solches nun einmal Schicksal der Idee des Überflüssigen ist. Begreiflich, daß von der heillosen Unruhe der entkörperten und zu keiner Wiederverkörperung gelangen könnenden Idee dauernd Stöße ausgehen, die das an diesem ihrem Schicksal schuldtragende Individuum zum ebenfalls dauernden Weitergeben derselben zwingen, zum pausenlosen Wiederholen des Urstoßes, der, je öfter er wiederholt wird, immer mittelpunktlicher in's Schwarze des Individuums zurücktrifft, in's ihm bereits fremd gewordene eigenste Eigentum. Haben Sie nicht die kostbarsten Möbel des musealen ersten Stockes dem Juden verkaufen wollen? Haben Sie nicht bei dem Kammerdiener Murmelsteeg eine Anleihe aufgenommen? Haben Sie nicht gründlich Ihren Hof vernachlässigt, um das Schloß des Herrn Lunarin herauszuputzen? Haben Sie nicht sogar Ihr altes, taubes und schon etwas blödes Mütterlein wegen Sammeln dürren Holzes im verwilderten Park des verwilderten Grafen beinahe des Diebstahls bezichtigt?

Sie sehen jetzt wohl selber das Loch, klein wie ein Flötenloch, durch welches jener Wind pfeift, der die Banknoten auf Ihrem Tische also übereinanderwirbelt, daß das Dein das Mein deckt, und umgekehrt – denn Sie haben auch Anfälle von Geiz, sparen mit Zündhölzern, um den Fackelzug der dankbaren Obdachlosgewesenen sich leisten zu können – was wem gehört, wirklich nicht mehr festzustellen ist. Dieses Loch haben Sie in Ihren Geldschrank gebohrt. Welch tiefsinniger Unsinn! Der Besitzer als Einbrecher! Einen kriminellen Haken schlagend um sein Eigentum, und dann pfeilgrad' auf es zustoßend wie ein Raubvogel! Der Gute, der das Gute hinterrücks verübt, als ob es sich um einen meuchlerischen Dolchstoß handelte! Ja, wenn der Vergleich nicht in der Möglichkeit des Verglichenen läge! Das unähnlichste Abbild nicht doch ein Urbild hätte! Das von der eigensüchtigen Welt als das Uneigennützigste von der Welt Gepriesene nicht doch auf einen Eigennutz hinzielte? Von welcher Art der Ihre, werden wir Ihnen gleich sagen.

Über wen immer Sie Ihre maßlose Liebenswürdigkeit, Höflichkeit, Dienstbereitschaft, Fürsorglichkeit erstrecken, der fällt früher oder später – die Geliebte ausgenommen, der diese Eigenschaften als die bereits fix und fertig vorliegenden kümmerlichen Ersätze für künftig unterbleibende Beischläfe entweder schon bekannt oder, wenn noch nicht bekannt, höchst verdächtig sind – Ihnen anheim, wie der von etlichen Reiskörnern lebende chinesische Kuli dem, reiche Traummahlzeiten auftischenden, Opium. Immer größer als des Phantasiearmen größtmögliches Phantasma ist das rauschgiftgeladene Füllhorn einer Fortuna, die an einen unreif vom Stammbaum des Aeons gebrockten Jüngsten Tage als die längst geschuldete Gerechtigkeit endlich erscheint. Das Verständlichste vom Verständlichen, Herr, daß die von der ausbeuterischen Erde herkommenden Leute in's fingierte Himmelreich wie in's versprochene echte taumeln! Und dem Erzengel Adelseher, der die Pforte zum Enguerrandschen Paradiese, das des Lunarin Hölle hätte werden sollen, statt geschlossen zu halten, ihnen, den vom Brotessen unter Tränen und vom schmerzlichen Gebären immer neuer unzulänglicher Gesellschaftsordnung vollkommen unvervollkommnet zurückkehrenden Adams und Even, unseren sechs Domestiken, geöffnet hat, zinspflichtig geworden sind. Ja, wahrhaftig zinspflichtig, und für immer! Denn das von Ihnen in diese investierte Kapital ist, weil ohne kaufmännische Berechnung vergeben, auch nicht errechenbar. Die Dankbarkeit der also eigentlich Beschenkten, und überreich Beschenkten, geht demnach theoretisch – und auf's Theoretische kommt's in diesem Prozeß an – in's Unendliche. Und auf's Unendliche hatten Sie's – gefährlicher Platoniker – abgesehn! (Sofern man von einem Ziele, das nicht nur im Unendlichen liegt, sondern auch dieses Unendliche selbst ist, als von einem absehbaren reden kann.) Das beweist Ihr Benehmen schon in der ersten Stunde, Morgenstunde, nach Ablauf der berühmten drei Tage.

Jeder, dessen Gutheit einaktig ist – wie sich's gehört –, also nicht fortsetzbar, nur wiederholbar – und ob dieser grundsätzlichen Eigentümlichkeit dem altmodischen Gewehre gleicht, das nur einen Schuß tun kann, und deswegen zu einem zweiten frisch geladen werden muß –, würde nach Ausgebliebensein des Grafen, und nach Draufgabe vielleicht noch einer Gnadenfrist von zwölf bis vierundzwanzig Stunden – zeiträumig genug, einer Zug- oder Briefverspätung Platz zu bieten – den Dienstleuten, nebst dem guten Rate, den vertragbrüchigen Grafen zu verklagen, die Retourbillette und einen Zehrpfennig gegeben haben. In Anbetracht von sechs Personen, die nicht das Mindeste ihn angehen und schon drei oder gar vier Tage lang trefflich bequartiert und ernährt worden sind, ein von Menschenfreundlichkeit überschäumendes und doch die Grenze der Mäßigung respektierendes Verhalten! Der gedachte Mann würde auch, weil auf dem eigenen Hofe viel pflichtiger verortet als auf dem ihm nur zusätzlich angepflichteten Schlosse, die ersten Minuten seiner legalen Entpflichtung durch den illegal sich betragenden Grafen benutzt haben, die Stellvertreterstelle niederzulegen, entweder beim Herrn Hoffingott oder beim

Herrn Gott, denn bei irgendwem hätte ja die nun angebrochene Ungültigkeit des gegebenen und treulich erfüllten Versprechens zwecks Gegenzeichnung deponiert werden müssen. Die Schlüssel wären der Babette anzuvertrauen gewesen. Wer sonst, wenn nicht der nach Gästen gierige und berufsmäßig neugierige »Taler« hätte den wider Erwarten doch gekommenen und ausgesperrten Grafen zuerst erblicken sollen?!

Nichts von all dem haben Sie getan! Sie haben natürlich viel mehr, Sie haben unendlich mehr getan! Und wenn Sie noch mehr getan hätten: es würde dasselbe ethische Nichts wie das Wenigere gewesen sein! Warum Sie das Notwendige nicht, das Überflüssige ja getan haben, werden wir Ihnen, dem Uneigennützigsten der Uneigennützigen, gleich sagen. Weil Ihre Angst, das dem Schloßpersonal, und mit ihm auch dem Schlosse, untergeschobene Seelenkapital auf einen Schlag, auf den Abschiedshandschlag – dessen konventionelle Beiläufigkeit im rechten diskreten Mißverhältnisse zur rechten Entscheidung sich befunden hätte –, zu verlieren, doch noch größer gewesen ist als Ihre gewiß große Großzügigkeit, die für sich betrachtet, aus dem Rahmen der Umstände genommen, einen Wechsel, ausgestellt auf Ihr ganzes Vermögen, darstellt, den Sie im Glücksspiel um die Macht auf den Tisch des möglicherweise herrenlos bleibenden Schlosses geworfen haben. Ja, um die Macht! Gütiger, friedfertiger, besonders in der Tugend der Bescheidenheit glänzender Herr Adelseher! Sie verwahren sich gegen die Behauptung einer Psychologie, die jener, welche das Objekt des Psychologen betreibt, widerspricht?! Glauben Sie denn wirklich, Herr, daß der Sichselbsterkennende sich besser sieht als der ihn erkennende liebe oder unliebe Nächste?

Wenn dem so wäre, würden die Sterne nicht des Astronomen bedürfen. Sie hätten vielmehr schon vor Urzeiten, was sie von sich wissen, uns mitgeteilt. Könnte es Wissenschaft geben, wenn es nicht das Auch-anders-kommen-als-man-denkt gäbe? Nicht die unerforschlichen Ratschlüsse Gottes, so das Individuum aus dem Blauen anfallen, es schütteln wie einen Mischbecher und schließlich auf den Kopf stellen? Und dann solle es mit Beinen denken, und mit Zehen sich an die Stirne tippen?

Weil dem nicht so ist, muß es, und wird es auch immer, Leute geben, die zufällig den Kopf noch oben haben – was weder ein Verdienst, noch eine Gnade, nur das Gewöhnlichste vom Gewöhnlichen, also ein hoher Grad von Nichtauszeichnung – und kraft dieser wahrhaft abgründigen Banalität ihres Soseins in jener angeblich normalen Lage sich befinden, die ihnen ermöglicht, das angeblich abnormale Liegen der andern Leute als ein ebensolches festzustellen.

Was für die Gelehrten gilt, gilt auch für uns Richter. Wir sind nicht der Anzuklagenden wegen da, sondern dank ihnen; dank jenem ihnen eigenen Mehr, um genau welches wir weniger haben. Was sie besitzen, sehen wir als das, was uns fehlt – ob Gott sei Dank oder leider kommt hier nicht in Betracht – und empfinden den Mangel im Verhältnismaße von Hungern und Sattsein. Daher unser nicht aus Selbsterfahrung, sondern aus der beinahe absoluten Unfähigkeit zum Machen gerade dieser Erfahrung stammendes Wissen um ein Delikt, das nicht begangen zu haben, Sie, besten Gewissens, glauben. Ein seltsamer Prozeß! Nicht wahr? Einer, in dem Unschuld gegen Unschuld steht! Die des Entdeckers gegen die des Entdeckten! Eine Prozeßführung, die, durch das Konfrontieren der einen mit der andern Unschuld, die Schuld, die zur Rechtsprechung benötigt wird, erst erzeugt. Sie fühlen, Herr Adelseher: es geht um Ihren Kopf! Ballen Sie ihn zur Denkerfaust, daß er auf einem starken Arm von Hals sitzen bleibe. Wir fahren fort, ihn formend anzugreifen.

Auch ein sonnenscheinhafter, fröhlicher, alles Lebende, und wie immer es lebe, leben lassender, in den vorgefundenen Chor, ob wohl-, ob mißtönenden, schallend einstimmender Geselle kann einmal den düsteren Gesellen, die allein der Anwartschaft auf noch besetzte Throne für verdächtig gehalten werden, den Vorrang ablaufen wollen. Ja, warum soll nicht einmal mit guten Eigenschaften nach einem bösen Ziel geworfen werden? Wissen wir denn, wenn wir Gutes tun, auch immer sicher, daß dieses Gute nur diesen augenblicklichen Notstand meint? Kennen denn auch die Guten ihre Hintergedanken? Errechnen auch sie, wie die schlechten Kerle, die Weite ihres Wurfs? Kann über ein Eines, das keine Grenzen hat – wenigstens nicht auf der volkstümlichen Landkarte des Moralischen –, hinausgeschritten werden? Und wenn ja, wann dann hat man die unsichtbare Grenze unter den Füßen?!

Sie wissen bereits, daß wir Ihre nächstenliebende Verschwendungssucht für keine einheitliche halten, sondern für ein Konglomerat aus Nichtrechnenkönnen und Berechnung. Daß wir nur ein Stück derselben, und zwar das kleinste, unter dem Namen des Ganzen hingehn lassen können, das viel größere hingegen der fragwürdigsten und bekanntesten aller Zusammensetzungen bezichtigen müssen. Aus edlen und unedlen Metallen nämlich, und sehr kunstvoll, bildet seine Tarnkappe und seinen Sturzhelm jener subtile und komplexe, der niederen Erscheinungsform des jedermännischen Egoismus längst entsprungene Egozentrismus, der in den Siebenmeilenstiefeln des aufrichtigen Abscheus vor sich selber so weit von sich wegeilt – bis in's Kloster oder auf die verantwortungsvollsten Ehrenstellen – und in den Pantoffeln der schließlichen Resignation zum alten schäbigen Adam so langsam wiederzurückschleicht – eine, natürlich gestohlene, Demut unter dem Mantel –, daß nur wir, die wir Fernrohraugen und eine fast unendliche Zeit haben, seine beispielhaft sittliche Flucht verfolgen und seine beispiellos jämmerliche Heimkehr erwarten können. Sie sehen jetzt – nicht wahr? – ein, lieber Herr Adelseher, daß nur kraft des Ihnen nicht zustehenden, und so auch nicht zumutbaren Mutes, nach der Krone des Schloßherrn zu greifen, Sie zu feige gewesen sind (die auf dem falschen Schlachtfeld erworbene Tapferkeitsmedaille zeigt später diese Kehrseite), den sechs Personen, die Ihnen geschwürartig an's Herz gewachsen waren, im Morgengrauen des vierten Tages das eingetretene Ende der nun einmal mit drei Lunarinschen Leidenstagen festgesetzten Liebeleierkrankung zu verkünden. Um die in jedem Sinne teuren Zeugen Ihrer freiwillig überbürdeten Eselsgeduld, Ihrer anderswo – auf der »Laetitia« – ungewürdigt gebliebenen Herzinnigkeit, und eines geradezu klassischen Anfalls von Samaritanität – Folge der Infektion durch biblische Geschichten, irrtümlich für *imitatio* gehalten – nicht zu verlieren – Ihre noch unsichere

Christlichkeit bedarf ja solcher, Sie selbst erstaunender Beweise –, haben Sie, obwohl bereits genesen, den an akutem Altruismus Erkrankten trefflich gespielt, und weitergespielt bis heute, und mit immer größerem Erfolge auf der falschen Bühne und vor dem falschen Publikum. Während an Ihrer rechten Seite die Geliebte welkt, die mögliche Mutter Ihrer möglichen Kinder, erblüht zu Ihrer linken, ganz gegen seine Bestimmung zu Unfruchtbarkeit, zum endlich endgültigen Ruinieren des unglaublich zähen Lunarin, das Enguerrandsche Schloß. Durfte, fragen wir jetzt aus der Werkstätte des Alls heraus, wo vorgeformte Bestandteile nun uneinpaßbar herumliegen, Ihr schon mit Apothekerfingern dosierendes Gewissen, durfte, fragen wir, dem Willen des Testators entgegengehandelt werden? Hätten Sie nicht schon beim ersten Gerüchte von dem Fluche, mit welchem der sterbende Eigentümer des Schlosses dieses so außen wie innen vorbildlich verunreinigt hat, Besen und Waschlappen in die Ecke werfen und mit derselben mathematischen Genauigkeit, die den Erbauer eines Hauses beseelt, die Baufälligkeit des bereits bestehenden wiederherstellen sollen? Das wäre – zum Unterschied von einer das Häßliche verschönern wollenden Tätigkeit, die eine echt spießbürgerliche – eine beinahe künstlerische gewesen, ähnlich der des Landschaftsmalers, die kein Gräslein um seine gottgeschaffene Gestalt und Farbe bringt. Sie aber haben verbessert, was ein höheres, weiseres Können schlecht gemacht hat, und verschlechtert, was das Können des Allerhöchsten gut gemacht hat. Und weil man da wegnehmen muß, was man dort drangeben will, senkt sich der Wasserspiegel in dem einen Behälter und steigt er in dem andern. Und die eigenmächtige Veränderung des doch prästabilisierten Volumens der beiden Inhalte, des *bonum* und des *malum*, des weltkernhaft Guten und des bloß zugelassenen Übels, wirkt wie ein im Gedräng' der Sachen weitergegebener Stoß, der schließlich und endlich auch die festesten Häuser in Kartenhäuser verwandelt und alle nächsten Menschen den nämlichen Gleichgewichtsverlust erleiden läßt, den der genial unglückliche Entdecker einer scheinbar gerechteren Inhalt- oder Güterverteilung verursacht und als erster erlitten hat. Wenn Melitta sich von Ihnen entfernt, so ist es Ihre Entfernung, in die sie sich begibt. Ist es Ihre Unnatur, in der sie, wie in einer Eishöhle der Alpen, den vergessenen Süden der Natur wieder erlernt, sich Aphroditens Meer, des Dionysos Weinstöcke und des Pan Stierhornblasen im Mittagshitzegeriesel aus ältestem Weiberschoße erinnert? Ist es Ihr Gleichgewichtsverlust, der sie mänadischer macht, als ihr anfänglich um's nordische Herz gewesen? Aus dem Leibe reißt sie's, schleudert's zu Boden, tritt darauf, klappert dazu mit den Kastagnetten der zu purer Wollust skelettierten Liebe, rollt das Bäuchlein der Bauchtänzerinnen, verschaut sich in den Geifer der Mannsbildmundwinkel und würde, wenn's möglich wäre, in mehrere Betten zugleich fallen. Wie ein wütender Pfaffe von Seelenrettungsgier, also erfüllt ist sie von der Mission der Babylonischen Hure. In's Mystische hinein reichen ihre Hände, wenn sie einem Burschen die Hose aufknöpft. Des lockenden Guten enthält sie sich, wie der Asket der Nahrung. Von einer besonderen und sonderbaren Sorte Religion besoffen, taumelt sie durch die Menge der Freigeister und Gottlosen, deren einfache Sprache sie so doppelsinnig spricht, daß dann und wann doch einer den außer Rand und Band gebrachten Logos – aber Logos immerhin – hört und inmitten des Sündigens plötzlich keinen Grund mehr zu Sünde sieht, denn sie ist bereits in ihr Gegenteil übergegangen.

Sie sehen an dem Beispiel, zu dem wir Sie, wie den Hasen bei den Löffeln – daß er das Hasische am Kreuze hängend darstelle – erhoben haben, welche Ungeheuerlichkeiten, nämlich nicht vorgeplante, aus keiner *materia signata* geformten Erscheinungen, dem Überschreiten einer klaren Situation, nach rechts oder nach links, nach oben oder nach unten, auf dem Ödipusfuße folgen. Wer den der Kindesweglegung schuldig gewordenen Vater Laios erschlägt, muß die Mutter Jokaste heiraten. Und würde seine unnatürliche Tochter schänden, wenn mit dem Alter nicht die Begierde erlöschte, und mit der Blendung nicht das Schauen phantasmagorischer Gebilde endete. Ein Staat, der an die Waffen appelliert, hat irgendwann einmal einen Denkfehler begangen, der, vom Kopfe längst vergessen, außerhalb desselben – weil begrenzt unsterblich, wie alles Gedachte – zu jener ungezeugten, der Pallas Athene ähnlichen, nirgendwo beheimateten, und daher für jede Partei gleich musterhaft kämpfenden Gestalt aufgewachsen ist, die wir als die Gestalt des Helden verehren, und die immer dann an die Fenster der geheimen Kabinette klopft, wenn vor denen da drinnen wieder das Loch des *lapsus intellectus* sich öffnet, dem sie entstiegen ist, und zu dessen provisorischer Ausfüllung sie jetzt sich anbietet. Die stählerne Unwirklichkeit, genauer, der pseudoeschatologische Charakter der Kriegshandlungen wird durch den weichen Frieden erhärtet, genauer, durch die Rückkehr zu dem uns angeborenen und gemäßen Dilettantismus in allen Lebenslagen nach dem stillschweigenden Verzicht auf das uns ungemäße Entwerfen gewaltiger Gemälde von der Endzeit. Und eben den Versuch eines solchen Entwurfes werfen wir Ihnen vor. Sie haben die Ihnen vom Zufall gebotene Gelegenheit, Ihre Idealität zu erreichen, so ergriffen, als ob unter dem Zwange, der zu werden, der Sie sind, Sie sich befunden hätten, vor jener einzigen Bedingung, die alle sonst zu beobachtenden Rücksichten auf den lieben Nächsten, ja sogar auf den lieben Gott, abschrankt. Und dieses Ihr Sich-zu-Ihnen-Bekennen ohne unbehebbare Not, das ist Ihr Hereinnehmen des Endzeitlichen in's Zeitliche gewesen. Wo, sagen Sie uns doch, waren die Löwen des neronischen Zirkus? Wer war der Pilatus Ihrer Tage, dessen Wahrheitsfrage Sie mit allen Aussagen auf einmal – beinahe mit Ihrer Person selbst, wie mit der seinen unser Herr Jesus Christus – zu beantworten hatten? Und für eine welche hielten Sie die so spontan aus Ihrer, anderswo, auf der »Laetitia« abgelehnten, Exaltation entsprungene *religio*, daß Sie die Verfolgung derselben antizipierten? Denn Sie werden zugeben, daß Sie mit dieser Ehre gerechnet haben! Wenn man nicht das Glück der Lockenköpfigen erreichen kann, will man doch wenigstens den Lorbeer des Tragöden um den kahlen Schädel spüren. Aber auch der ist Ihnen nicht verliehen worden. Und wird Ihnen auch künftig nicht verliehen werden. Das sagt uns das feine Fingerspitzengefühl des Rekonvaleszenten für die noch nicht ganz eingeebnete Blindenschrift der unbestellt gelassenen Todesbotschaft auf der Bettdecke. So lesen wir denn mit den noch überaus empfindsamen Fingern von Ihrer falschen Denkerstirn den Erfolg. Den Erfolg, der nur an den falschen Gedankenwegen blüht. Die rechten führen durch die Wüste. Die bedurfte Vegetation ist im Wanderer. Ihnen kommt sie von außen zu. Überall stehen die fremdesten Leute Spalier, mit jenen Blumen in den Händen, die Flora, Melitta Ihnen weigern. Das Versagen nämlich an der Nähe, die Ungeduld zur Miniatur, das undemütig ehrgeizliche Zürnen einer kaum sichtbaren Meisterschaft, das eigentlich Unbewältigbare der kleinen Größe, die Abgrundangst vor den in's Unendliche sich fortsetzenden Subtilitäten – und welche Ursachen sonst noch das Flüchten aus dem privaten in's öffentliche Leben bewirken –: all diese menschlichen Ohnmächtigkeiten haben, in dämonische Fähigkeiten verwandelt, auf's Entfernte sich gestürzt und mit den natürlich viel übersichtlicheren Blöcken eine natürlich auch viel einfachere Welt geschaffen.

In dieser viel einfacheren Welt eröffnet die, für arme sterbliche Weiber zu teure, ewige Liebe den gutgehenden Gassenladen der billigeren Nächstenliebe, sinkt das unerwiderbare Guttun bis zur Selbstvernichtung auf das Wohltun wie du mir, so ich dir herab und wird an den Platz des nie je vollendbaren Bildes der verehrten Dame – weil sie ja täglich zu neuen Zügen ansetzt, und der auch schnellste Pinsel immer hinter dem auch langsamsten Knospen zurückbleibt – und bevor noch das Original gänzlich vergriffen, das, kaum angefangen, schon vollendete Kolossalgemälde der Ersätze gehängt: Bereits während der Hochzeitsnacht wird die Klosterglocke der Askese gezogen, um das sicher und bald Eintreten des Nichtinteresses am Geschlechtlichen auf die landläufigste Weise zu heiligen, bei noch Glauben an den nur einen Gott ein Götze gebildet, damit, wenn Gott gestorben, doch Religion nicht aussterbe, und mit dem letzten Ja, das in der Kehle, der Staat bejaht, der dann allein noch das Zusammenhalten der einander aus den Armen gefallenen Menschen besorgen kann. Und so ist denn am ersten Tage in Enguerrands Schloß – nein, was sagen wir –, beim ersten Wort des Lunarin, der ja allen, die mit ihm zu tun bekommen, die Augen für Luftschlösser öffnet und für feste Gebäude schließt – weswegen er von den Mühseligen und Beladenen, Männern wie Weibern, als der Erlöser *hic et nunc* empfunden wird –, Ihr Ersatzgemälde fix und fertig gewesen. Grad wie die Kugel aus dem Laufe schoß Ihnen der Gedanke durch den Kopf, daß – in diesem einzigen Falle, dem jenes glücklichen Kurzschlusses, der die Wirklichkeit, ehe sie wirklich schwierig wird, in Dunkelheit stürzt –, er, der Kopf, so die Kugel wie das Ziel sei, und Sie gar nicht anders könnten, denn blindlings treffen. Einen mit den Praktiken der Dämonen Vertrauten hätte dies unterste, heimliche und unheimliche Vorwissen ohne Zweifel mißtrauisch gemacht – zuviel des Guten ist immer schlecht – und gewiß bewogen, nach dem dreitägigen Probeschießen in's Schwarze das sichtlich verzauberte Gewehr wieder hinzulegen. Aber: Sie sind bereits vom Bezaubern bezaubert gewesen! Vom spielend leichten Verbinden zweier weltraumweit voneinander und von Ihnen entfernter Punkte durch die gerade Linie, die wahrscheinlich früheste und bedeutendste Erfindung des abstrahierenden Denkens, dank welcher wir in Beziehung zu Welten treten können, die es nicht gibt, oder zu solchen, die, wenn es sie gibt, nicht auf uns hingeordnet sind, doch über das von uns an sie gelegte Lineal her zu spazieren scheinen, wie wir zu ihnen hin zu spazieren glauben. Und dies meisterhafte Schlafwandeln von Leuten, die mit dem Zwirnsfaden nicht in's Nadelöhr zu finden vermögen, auf einem imaginären Seil, sollte Ihren schwerfälligen lieben Nächsten verborgen bleiben? Nicht sollten die Nachbarsnasen schließlich herausriechen, wer die reine Luft, die sonst sie atmen, mit dem Geruche immerhin noch eines Königs quert? Und nicht sollte das Fräulein von Rudigier merken, daß der Herr Adelseher neben ihr im Bette den warmen Platz nur provisorisch einnimmt, weil es ihn nach jenen kalten Gegenden zieht, wo die pythagoreischen Eisquadrate auf den Seiten des erotischen Dreiecks ruhn? In die Kristallhöhle des Venusberges, wo das, was durch Sie erst zu reiner Form hätte schießen sollen, diese schon hat? Und Sie wundert, Herr Adelseher, wenn die in Ihre Umarmung nicht mehr wirklich eingeschlossene Entfernung von Ihnen, um Sie wenigstens noch ein Etwas wahrnehmen zu können, eine Donnerstimme fordert?!

Diesen echt verzweifelten Forderungen eines Wesens, das nur ein Leben hat, also auch in größter Daseinsnot kein zweites zücken kann, sind Sie mit der verzweifelten Höflichkeit dessen, den eine Beimischung von Nektar und Ambrosia hindert, die Gefühle der Sterblichen ganz zu fühlen, nachgekommen, eine Zeitlang, bis zu Heiserkeit und bis zu Auflösung Ihres einprofiligen Gesichts zum physiognomischen Brei des schauspielerischen. Dem Schwalbenei Ihres Hausverstandes haben Sie einen Kuckuck von Intelligenz entbrütet. An dem Ihnen nicht gemäßen Objekt sind Sie ein anderes Subjekt geworden. Und so mußten Sie schließlich auch den Schauplatz wechseln, den Adelseherschen Hof verlassen, wo Stier und Kühe, Hengst und Stuten, Hahn und Hennen, Gänserich und Gänse, zu schweigen von den Knechten und Mägden, Ihres Platonismus gelacht hätten, und nach dem Enguerrandschen Schloß übersiedeln, wo man nicht zeugt, sondern adoptiert.

Weil Sie also dem Guten nicht in der ihm gemäßen und recht gewöhnlichen Weise, nämlich von Fall zu Fall, aber jedesmal vollkommen, und natürlich ohne den Standort zu wechseln und die Bedürftigen – jener bedingt diese, und diese bedingen jenen, und schließen so die einem anderswo Zugeordneten aus –, sondern auf einmal, beispielhaft, in außergewöhnlicher Weise haben genugtun wollen, hat Ihnen auch nicht genügen können – und nun fassen wir, wie der Operateur die zu öffnende Eiterbeule, die falsche *decisio*, schuld welcher Sie aus dem Bedingten in's Unbedingte gelangt sind, nämlich in's unbedingt zu Tuende (hier widerspricht sich die Sprache und läßt zwei Deutungen zu, auf Freiheit und auf Zwang hin) –, hat Ihnen, wiederholen wir, auch nicht genügen können, ein braver Statthalter zu sein, ein reinhändiger Verwalter fremden Eigentums, des ehemals Enguerrandschen, nun Lunarinschen. Sie hatten vielmehr den Ehrgeiz – oder haben ihn als das dem miasmengeschwängerten Gebiet der öffentlichen Angelegenheiten eigentümliche Fieber notwendig acquiriert –, ein augenblicklich zwar nicht *de jure*, wohl aber *de facto* herrenloses Gut auf eine Art zu verwalten – und vor Leuten, die zwischen Mein und Dein, wenn es zu hoch liegt, über ihrem alltäglichen Gieren nach

Haus, Weib, Kuh, Kalb und Esel des Nächsten, nicht genau zu unterscheiden vermögen, dort das Staatsvolk, hier die es abgekürzt darstellenden sechs Dienstleute –, die den wahren Herrn, ob schon gestorben, oder noch nicht geboren, freiwillig oder unfreiwillig im Exil, so *post mortem* wie *ante natum*, wie in Nichtansehung seines Schwebezustandes, überflüssig erscheinen und das, was erst ihn zum wahren Herrn macht, die Legitimität, unwesentlich erscheinen läßt. Und zwar dadurch, daß Sie weit besser regieren, unter der Kontrolle des vieläugigen Demos, als jener, dem auch Majestät obliegt, ein Dienst, der erhabene Verborgenheit fordert, mystisches Dunkel und somit ein zusätzliches Vernachlässigen der ohnehin nie voll pflegbaren Gerechtigkeit, je hatte regieren können, jetzt regieren könnte und in aller Zukunft regieren können würde.

Sie haben also bereits am ersten entscheidenden Tage nach den drei Probetagen, an dem feierlichen Tage der falschen *decisio*, aber *decisio* immerhin, den Standpunkt vertreten – allerdings noch nicht mit dem Kopfe, nur mit den Füßen des von gedachten Grenzen nicht zu hindernden barbarischen Usurpators –, daß es einen legitimen, dauernd befugten, auch bei unmäßigem Mißbrauch der Herrschaft, der ja vom mäßigen, die *majestas* verdeutlichenden dependiert, unentthronbaren Herrn nicht zu geben braucht, wenn – und das ist die im Exempelzustand lauernde Gefahr – ein mit zeitlich beschränkter, an sich unbeschränkter Gewalt ausgestatteter Diener – und sei er ein Herr bis auf das ihm fehlende Geborenwordensein als ein solcher, wie Sie, Herr Adelseher – die Herrscherpflichten vollkommener erfüllt.

Den eigentlichen Grund aber, warum er sie leicht, oder wenigstens leichter, vollkommener erfüllen kann als der durch ihn meisterlich diskreditierte wahre Herr, übersehen seine Panegyriker entweder geflissentlich, aus angeborener Feindseligkeit gegen metaphysische Hinterköpfe, auch ungekrönter Personen, oder, verzeihlicher Weise, wegen der schlechten Augen des Proleten, die alles, was sie sehen, undeutlich und so auch gleichrangig sehen. Weil er nämlich von dem, den Untertanen, theoretisch, ganz geschuldeten Wohle praktisch nichts, gar nichts, für das Wohl der *majestas*, für den Fortbestand des *symbolon* in einem aus sich selbst nichts hervorbringenden Bezirke abzweigen muß. Er also auch die Götterspeise den hungernden Sterblichen vorsetzen darf. Auf diesem unrechten Bereichern von arm und reich mit säkularisiertem Tempelgute steht mit einem Fuße fest der Diener- oder Laienstaat. Mit dem andern kann er ruhig auf der überlieferten bürgerlichen Ordnung stehen bleiben. Denn die unvermeidlichen Ungerechtigkeiten werden besser, die da und dort leider nicht vermiedenen mit weniger Groll ertragen, wenn eine abgerundete, um die Spitze der *analogia entis* gebrachte Verfassung dem Dulder versichert, daß nun nicht mehr auch nur ein Tropfen seines dauernd für's Vaterland vergossenen Blutes durch ein mystisches Loch in die Ewigkeit sickert.

Bekräftigt, auch für skrupulöse Gewissen, hellere Gehirne und religiösere Gemüter, wird diese, vornehmlich den latenten Atheisten unter den Nichtdenkenden zugemeinte Versicherung durch ein lobenswürdiges Verhalten, das nur Personen an den Tag zu legen vermögen, die – wie Sie – weder in ihnen noch außerhalb ihrer jemals das alchimistische Sichverwandeln von Macht in Recht, von Blutschuld in Unschuld, von barbarischer Gemeinheit in Adel erlebt haben, das – wie wir Sie zu glauben bitten – ohne Entgegenkommen von oben und ohne den mächtigen dialektischen Sprung von tief unten auf's vorher nicht vorhanden gewesene höhere Dritte niemals gelungen sein würde, ganz abgesehen davon, daß es niemals versucht worden wäre.

Wie nämlich Sie, Herr Adelseher, ohne Diebstahl oder gar Raub, nein, auf die anständigste Weise von der Welt, im korrektesten Wettkampf um die Palme des besten Statthalters, durch bloß fortwährend friedliches Siegen über den, gleichgültig aus welchen Gründen, begreiflichen oder nichtbegreiflichen, abwesenden Herrn, zu welchem, wie die *majestas*, die Sie nichts kostet, auch der Krieg gehört, dessen Kosten Sie sichtbar, und hörbar mit ihnen klimpernd, ersparen, fremdes Eigentum langsam, aber sicher zu dem Ihren machen, das ist ein Schauspiel – zum Unterschied von dem oben erwähnten, nicht in der mathematischen Zeit ablaufenden, ein verfolgbares –, das in den begeistert applaudiert habenden Händen eine Lehre zurückläßt, der kaum jemand – ausgenommen Kritiker von Profession, Rückschrittler um des Rückschritts willen und Heilige, für die es irgend einen Fortschritt ja nicht gibt, weil sie am Ziel der Ziele sind – sich entziehen wird.

Sie haben gelehrt, wie man, auf die möglich subtilste Weise unethisch handelnd, die höchste Moralität erreicht. Haben sich als Befreier der Menschen vom Druck des Gebotes zum Ziehensollen der letzten Konsequenzen etabliert. Der Dank des *demos* brandet Ihnen entgegen. Und wie Demosthenes das Rauschen der Meereswogen lernen Sie die des Volkes übertönend reden. Jetzt findet die von der vergötterten Entfernung dereinst geforderte Donnerstimme unaufgefordert das Ohr der gemeinen Nähe, ernten Mimik und Gestik des südländischen Rhetors den Beifall der Nördlinge. Während der König, ob anwesend, ob abwesend, in der Hieroglyphensprache des Tempels schweigt. Denn nicht braucht er, wie der niedrig geborene Sophist, sich selbst zu überzeugen. Die hohe Geburt hat ihn überzeugt. Und sein Sein ist überzeugend. Oder nicht. Dann nicht, wenn der Wert des Soseins sinkt, und die Taufscheine des bloßen Daseins steigen.

Wozu, fragen Sie, Sophist, der Antwort der Ihnen zujubelnden Sophisten schon gewiß – denn auf dem Zuvordasein der Antwort beruht ja das rhetorische Fragen des Demagogen, der nur gemeinsam Gewußtes manifest machen, nicht neues Wissen erfahren will –, wozu, fragen Sie, soll es auch noch fürderhin terminierte Ausnahmezustände geben, und somit auch einen, der sie erklären darf, wenn ohne Not, dank bloß dem glücklichen Zufall der qualitätlosen Abwesenheit des legitimen Herrn, hier des Herrn Grafen Lunarin, die einem getreuen Verweser Gelegenheit geboten hat, diesen Herrn sachlich weit zu übertreffen, der Nachweis erbracht worden ist, daß die einzelnen *leges*, um deren strikteste Befolgung es geht, kraft allein des Sichidentifizierens des Gesetzgebers mit der gesetzlosen Masse – ein Herabsteigen, das zum Emporsteigen verlockt und für die Demokratie zu sprechen scheint –, eine Anschaulichkeit gewinnen, die sie vor der Diktatur, auch einer so friedlichen, wie die Ihre ist – aber der verurteilende Akzent liegt auf dem feinen Unrecht, nicht auf der rohen Gewalt, einer, zu jenem nicht treten müssenden Begleiterscheinung –, nicht gehabt haben und nach der Diktatur wieder nicht haben werden.

Was also – denn vom Wer ist nichts mehr, oder noch immer nichts zu sehen – hindert, fragten Sie Ihre Untertanen, mit denen noch vor kurzem Sie selbst Untertan gewesen sind, das Perennieren des gewaltlosen, humanen, friedlichen Ausnahmezustands? (Aber doch Ausnahmezustand! Der Akzent liegt weiterhin auf dem freudlosen Charakter der, wenn auch vielleicht geduldeten, vielleicht sogar gebilligten Aneignung!) Hat – argumentierten Sie *ad hominem* – ein Mann, der eine so profunde Kenntnis von dem besitzt, was unten ist, und eine so lebhafte Vorstellung von dem, was oben sein sollte, nicht geradezu die Pflicht, aus dem von ihm erschlossenen Reservoir frischen Blutes die verblaßte Gestalt des Herrn wieder zu röten, weil ohne Herrn ja doch nicht gewirtschaftet werden kann? Entsteht nicht durch das glücklich-unglückliche Zusammentreffen des Gemußten und des Gesollten in einem Kopfe – oder um leichter verstehbar zu sprechen: eines Talentes mit dem Genie, wodurch jenes, das eine private Annehmlichkeit, zu einem stellvertretenden Leiden erhoben wird – der Begriff der Mission, des Amtes, des zusätzlich Aufgegebenen, das viel größer und schwerer ist als das gegen die Physik es dennoch dann tragenden Suppositum, der gewissenhafte Buchhalter oder der rechtmäßige Besitzer eines bäuerlichen Gutshofes, namens Adelseher? Muß nicht allen Buchhaltern, die ein fehlender Groschen zurück durch die Zahlenkolonnen jagt, großen und kleinen Gutsbesitzern, die von ihren Gütern besessen sind, allen Taglöhnern, die aus ihrer Unzufriedenheit mit dem geringen Lohn bisher kein Kapital zu schlagen gewußt haben, muß ihnen nicht luftig, erlösungsluftig, um's Herz werden, wenn einem Standesgenossen endlich einmal gelingt, gegen den guten Rat: Schuster bleib' bei deinem Leisten, erfolgreich zu handeln? Muß der, gleich dem echten Gedichte, ungesucht gefundene hohe Begriff der Mission, des Amtes, des zusätzlich Aufgegebenen, wider sein Zugeordnetsein den Außergewöhnlichen, populär, den ungenau

Denkenden zu einer lieben Denkgewöhnlichkeit geworden, nicht das auf Geborenheit zu einem Geschäfte – die Voraussetzung auch des Geborenseins zum König – beruhende soziale Gefüge erschüttern? Insofern nämlich dank diesem Begriffe, dem Teil des Ganzen, die Arbeit am Ganzen wichtiger erscheinen darf als seine Arbeit als Teil, die, wenn sie verrichtet war, auch in sich selbst geendet und so den wirklichen Feierabend, den wirklichen Sabbat, ermöglicht hat. Von jenem wie diesem ist nun nicht mehr die Rede. In jedem Alltag steckt ein Stück Sonntag, das auf eine vorbildlich moralische Weise geheiligt, aber auf die unterste unethische Weise entheiligt wird. Man legt sein Handwerkszeug hin, das, wenn es bis zu ehrlichem Ermüdetsein geschwungen worden wäre, den Händen zuvorkommend, sie verlassen hätte, und ergreift, seltsam ausgeruht, eins der Ruder der Gemeinschaft – die ehedem vom Kapitän selbst bewegt wurden –, um, der frischentdeckten Lust am Umwerten der Werte frönend, den Galeerensklavendienst durch die Freiwilligkeit des ihn Verrichtens in eine staatsmännische Leistung zu verwandeln.

Wenn wir beim Lichte obiger Sätze Ihren Fall, Ihr Emporfallen, betrachten, so müssen wir zugeben, daß Sie kaum hätten anders können, als werden, was Sie seit gut einem Jahr – seit dem rätselhaften Verschwinden und Verschwundenbleiben des Grafen, das vielleicht die nobelste Art der Todeserklärung ist – geworden sind: zwar nicht der eigentliche, wohl aber der wirkliche Besitzer des ehemals Enguerrandschen Schlosses. Würden Sie gleich anfangs zwischen dem Besitzen *de jure* und dem *de facto* unterschieden haben, dann, ja dann wäre Ihnen das Problem nur dieser Zeit nicht vor die Füße gerollt. Der Baum der Erkenntnis des jetzt Guten und des jetzt Bösen hätte den rotbäckigen Reichsapfel der Demokratie nicht abgeschüttelt. Weil Sie aber, erstens, die dreitägige Probe in begreiflicher Unkenntnis ihres nichtarithmetischen Charakters, und das heißt, in vollkommener Nichtahnung des Umstandes, daß Messias und König immer im Kommen sind, und wegen eines Kommens von ewig her über die längste Zeit hinaus noch mehr als Zeit brauchen, nicht bestanden haben, zweitens, nicht gemerkt haben, daß Sie sie nicht bestanden haben, drittens, die Fehlleistung für die Leistung gehalten haben, hatte die stets Rat wissende, die fadenscheinigsten eisernen Brücken schlagende Logik es natürlich leicht, Sie zu bewegen, die ohnmächtigen Flügel, mit denen, wenn ihrer mächtig, Sie über jede Dauer von mathematischer Zeit hätten hinwegsetzen können, gleichsam als Füße zu gebrauchen, auf Stelzen von Konstruktionen zu erwandern, was in einem Jenseits des Diesseits liegt – wie auch die für's Auge unsichtbaren infraroten und ultravioletten, und doch materiellen, Strahlen –, und das distincte Unterscheiden zwischen *de jure* und *de facto* Eigentum *ad kalendas graecas* zu verschieben. So, wie die Sachen standen, waren Sie also sowohl gezwungen wie gesonnen – das seltene Zusammentreffen von Gemußt und Gesollt, von Willensfreiheit und Determination, zeugte den ersten Mischling, der seine auseinanderstrebenden Hälften mit einer bewundernswürdigen, doch für keinen Einheitlichen vorbildlichen, Gewalt beieinander hält, also auf dem Platze tretend dauernd das Gehen erfindet –, den vollkommenen Stellvertreter darzustellen, einen, der unendlich vertritt, demnach die personifizierte *contradictio in adjecto* ist. Was soviel heißt, wie: den Stellvertreter zur Regel erheben, und das Kommen des Herrn, Wiederkommen des legitimen, oder Kommen eines neuen aus dem Himmelsblau – Blitze, die treffen, beweisen einen Werfer, den Zeus, der ein Etwas, das kurz zuvor nicht gewesen, zu Sein bestimmt, und ein Etwas, das eben noch gewesen, zum Nichts – zu einer bloß theoretisch möglichen Ausnahme zu erniedrigen. Zur selben, die zu sein eine konziliantere Naturwissenschaft dem lieben Gott gerade noch gestattet. Welch' kalte Höflichkeit so *in politicis* wie *in religiosis* zu Folge hat – weil die erwärmenden Riten fehlen, die Aufhalter der Seeleneiszeit –, daß beide Herren, der Allerhöchste wie der nach Ihm Höchste, langsam, aber sicher, aus beider Untertanen Gedächtnis verschwinden.

Und nun: Herr Till Adelseher! Bauer und Bürger! Nicht hochgeboren, und wenn auch Ihr Streben die höchste Krone, die Märtyrerkrone, erringen sollte! (Die Überwindung der Natur ändert nichts an der Natur. Und wenn sie was änderte, vergriffe sie sich an ihr mit gefalteten Händen.) Guter Christ! (Wie leicht doch ist nach dem pseudoheroischen Verzicht auf das Verwalten eigenen Guts das vorbildliche Verwalten fremden Guts! Ist man durch diesen Verzicht nicht für das eigentlich Unmögliche frei geworden? Anfällig für jeden Satz der Bergpredigt? Für alle evangelischen Räte? In welcher Tugend kann man nicht glänzen, wenn man der schwachen Augen des lieben Nächsten wegen das Erkenntnislicht nicht mehr auf das gerade noch erträgliche Fünzchen herabschrauben muß? Also gegen sein Vermögen, zu geben, dem Vermögen des Nächsten, zu nehmen, nicht mehr sich anpassen muß?) Katholischer Christ! (Einer, der den rechten Weg, den er verfehlt oder verfehlen könnte, kennt. Einer, der bei vollem Licht irrt. Einer, dem die Orthodoxie die Abgründe der Häresie also erhellt, daß er sich aufgefordert glaubt, forschend in sie hinunterzusteigen!) Liebevollster Sohn einer Mutter! (Von der in aller Liebe Sie sich entfernen. Die Sie als ein Beispiel verehren, das nur Ihnen allein nicht gilt. Wie ein Meisterbild im Museum, so – nicht wahr? – lebt das Vorbild. Ab und zu kommt ein Bewunderer, kommt ein Herr Adelseher, stöhnt Ah und Oh, verdreht vor ihm die Augen, statt zu sehen, was er sehen sollte, ist von ihm berauscht, statt durch es von sich ernüchtert, und bringt's schließlich nicht einmal bis zu einem aufrichtigen Pharisäer, der, den Tempel der Kunst verlassend, sagen würde: ich danke Dir, Gott, daß ich nicht bin wie jener. Soviel über die Sohnesliebe.) Ja, wir gehen hart mit Ihnen in's Gericht! Doch: es wird noch härter zugehn! Hätten Sie die für alle Grenzen paradigmatische Grenze nur nicht so paradigmatisch überschritten!! Wir würden dann von Ihren menschlichen Schwächen kein Aufhebens zu machen gebraucht haben. Aber: wer irgendwo irgendeiner Vollkommenheit sich unterfängt, der des Regierens oder der des Malens, der muß sofort und vor allen Leuten – damit nicht, entweder in der ressentimentalen Einsamkeit des verkannten Genies, oder vom Ruhm als der leidigen Hauptsache zu einer neglegierbaren Nebensache gemacht, das Übel des Mißverhältnisses weiterwachse, und sogar dem Kranken selber verborgen bleibe – gefragt werden, wie er einen kostbaren Ring am Finger und eine schmutzige Hand zu vereinen vermöge? Wie er's wohl angestellt habe, ein einzelnes Rechtes so scharf zu sehen und alle sonst noch der Zurechtrückung harrenden Dinge gar nicht? Ferner: wie man leben könne mit dem Ebenmaß im Kopfe und mit niemals nach diesem Maß gemessenen Gliedern? Zündet man denn eine Lampe an, allein zu dem Zwecke, nicht bei derselben zu lesen?! Ei ja, auch das! Aber nur dann, wenn man ihr prometheischer Erfinder ist und bloß sehen will, daß man sieht!! Und so haben Sie denn Enguerrands Schloß zu einem Schauplatz gemacht, auf dem Ihr Auge weidet, gemaltes Gras frißt wie die gemalte Kuh der holländischen Landschaft, in eine für immer feststehende Weite blickt, unter nie wechselnder Beleuchtung – Sie mußten ja den Augenblick der falschen oder der gar keinen Dezision perennieren, damit ein nächster Augenblick jene nicht korrigieren oder eine bindende und bündige fordern könne –; durch ein kleines Erheben über den Boden der Tatsachen zu einer Bühne gemacht, auf der man anders sich beträgt, geometrischer, richtiger, zirkelründer, linealgezogener, als im Zuschauerraum, zu dem im Nu, bei Eröffnung solchen Theaters, der ungeheuer große Rest der Welt wird, der nach Euklid noch immer wie vor Euklid sich beträgt, nämlich zufallgeschüttelt, da überfließend, dort ausgepfändet, doch der anschaulichsten Fülle und Leere zum Trotz um einen feinen Grad weniger notwendig existierend als die Abstraktionen – Sie mußten ja alle platonischen Ideen mobilisieren, um mit Hilfe einer so glänzenden Heerschau Ungeborener die Leute gegen das Konkretieren einer einzigen Idee, der des Königtums, einzunehmen. Der bloße Schatten Ihrer Verkörperung würde die auf die demokratische Schultafel niedergedachte fleisch- und blutlose Schöpfung auslöschen! Geborener Ehemann! Aber verhinderter Hochzeiter! Wie viele Unterbrechungen der geraden Linie von jenem zu diesem müssen Sie nicht verschuldet haben! Durch das Perennieren eines Augenblicks! Wie auf dem Schlosse! Durch Ihr tangentiales Ausfahren vom Lebensrad! Durch Ihr monumentales Stillstehn in der Bewegung! Durch Ihre Edelsteinschleiferei an der Minute und darob Versäumens der rechten Stunde! Eben durch Ihr Hereinziehenwollen des endzeitlichen Vollendetseins in die nur kraft dauernden Hinterlassens von Fragmenten dem unverwirklichbaren Meisterwerk dauernd entgegengetriebene und also notwendig dauernd mit sich unzufriedene Zeit! Sie aber wollen die Zufriedenheit Gottes kosten, von Dem es heißt: und Er sah, daß es gut war! Erkennen Sie jetzt, Herr Adelseher, welch einer Größe Sie durch Ihre scheinbar so bescheidenen Kleinmalereien, durch Ihr Übersetzen gewaltiger und fast unleserlicher Schriftzüge in die allgemeinverständliche Kalligraphie, sich erkühnt haben? Weswegen eigentlich Sie vom Herrn auf Ihrem Hofe zu einem bloßen, aber vorbildlichen, Stellvertreter eines andern Herrn herabgesunken sind. Richtiger: herabgesunken hatten scheinen wollen! Um auf die edelste Weise den Edlen zu desavouieren! Um den angeborenen Stolz, den burgundischen *orgueil*, überflüssig zu machen durch eine von jedem leicht herzustellende Mischung aus Laienbruderdemut und Kardinalsehrgeiz! Gesolltes Haupt einer großen Familie! Und was ist aus ihm geworden? Ein Vater adoptierter Kinder! Ein Vater des Vaterlandes! Auf Regierungszeit kastriert zur Verhütung der gefährlichen Erbfolge! Ein Präsident also! Einer, der seinen Beschneidern vorsitzt! Und so vorsitzt, als hätten sie ihm nichts getan! Ja, der sogar mit ihnen eines Sinnes ist! Wie Sie's mit Ihren sechs Dienstleuten sind, von denen eigentlich Sie die Schlüssel des Schlosses erhalten haben! Sie springen auf? Sie stürmen die Barre? Sie rufen empört, daß wir doch wohl wissen, wer der Überträger der Schlüsselgewalt gewesen sei? Aber, verehrter Herr Angeklagter, merken Sie denn nicht, daß wir uns bereits auf einer höheren Untersuchungsebene befinden? Von der aus wir auch die Vorstadien Ihres Deliktes erblicken, einen langen wüsten Pilgerzug von Determinanten, auf deren unendlich vielen Schultern Ihre Schuldenlast zum fast Nichts der Unschuld verteilt ruht? Einer Unschuld allerdings, die das Delikt selbst nicht entschuldigt. Sie hätten ja das große Kreuzzeichen der Willensfreiheit über die Spukgestalten des Zwangs machen sollen! Weil aber Sie's nicht gemacht haben, sind Sie dem Generalangriff der ganzen Vorgeschichte erlegen! Sind Sie trotz des ordnungsmäßigen, neunmonatigen Aufenthaltes im Mutterschoße als noch

619

Kaulquappe geboren worden! Das kommt vom Mythologisieren! Vom Unbewußten natürlich! Vom Ungelehrtenhaften! Von der aus ihrem Begriff plötzlich herausplatzenden und ohne Ansehen der Person irgendeine Person überschüttenden Bildung! Von der Bildung als Katastrophe! Vom dauernden Denkgewohnheit gewordenen Zurückführen der vielen Individuen auf die wenigen Archetypen, um jene an diesen messen und zu klein finden zu können. Die große Tröstung des vor den Individuen Versagenden! So ist Ihnen die geliebte Melitta bald nicht Weib, bald nicht Göttin genug, je nach der Idealität, von der Sie gerade entzückt sind. Statt von der Geliebten, wie immer sie eben ist, entzückt zu sein. Das kommt davon, wenn man sieht und schaut zugleich, mit dem Leibes- und mit dem Geistesauge, optisch und visionär, das Ding und seine Idee in der monströsen Miteinanderverwachsenheit der siamesischen Zwillinge. Deswegen konnten Sie von einer Bewegung ergriffen werden, die keinen sonstigen Jemand hätte bewegen können, weil mit ihr verglichen auch die spiegelglatteste Ruhe eines Waldteichs noch ein sturmgepeitschtes Meer gewesen wäre. Deswegen sind Sie Mitakteur einer *restauratio in integrum* geworden, die vor vielen Jahrtausenden stattgefunden hat. Haben Sie das erste Schauspiel dieser Art in unsere Lippen- und Gebärdensprache zu übersetzen vermocht! Nicht ohne die Mithilfe – wie wir noch einmal erwähnen müssen – Ihres Bruders im selben Geiste, des Herrn Grafen Lunarin, der, wie Sie den Primitiven paradigmatisch darstellen, den Dekadenten paradigmatisch mimt. So daß man sagen darf, ihr beiden ersten Protagonisten habt einander, zahnradgenau, in die Hände gearbeitet. Der seltene, außermechanische Glücksfall des unterirdisch bereits geschlossenen Einverständnisses zweier prinzipieller Gegner bei oben noch eine Weile lang – für die Dummen im Land – festgehaltener Kampfstellung.

Denn in dem Augenblicke der Abdankung des Herrn Grafen Lunarin – die trotz des ganz anderen Wortlautes, der fast gotteslästerlichen Unfeierlichkeit und des profanen Ortes, des Wirtshauses zur »Blauen Gans«, eine solche gewesen war, wie ohne Zweifel später einmal auch rechtlich dargetan wird – ist –

weil der Verzicht eines Gegensatzes auf das Gegensatzsein die Begriffswelt in Unordnung bringt und so zwingt, das Ordnen wieder von vorne zu beginnen – die von Ahnenblut gerötete Hälfte des durchschnittlichen Bands der Bänder, des Lunarinisch-geschichtlichen Continuums, in den moralisch dunklen, raubritterlichen, mordenden, sengenden, plündernden Uranfang des Adels, in's Mythische zurückgeschnellt, um dort eingerollt die Zeit der Unzeitgemäßheit zu überdauern, und sind – dank der Nichtzeit, die ein zu denken Mögliches braucht, um Gedanke zu werden –, sofort – am frühen Morgen des siebenundzwanzigsten July – deputativ abgekürzt vor dem Gittertor des nun endgültig verwaisten Enguerrandschen Schlosses die Entmachteten von dereinst erschienen, die sechs Dienstleute, um von Ihnen, dem gleichfalls Archetypischen, dem reinen Verweser nämlich, beziehungsweise durch ihn, den von beispielloser Uneigennützigkeit befugten Einwechsler außer Kurs geratenen Geldes in das jetzt gültige, ihr altes, urältestes Eigentum wieder zu empfangen. So friedlich ist noch niemals enteignet worden! Nicht einer der Dienstleute hat eine dahingehende Forderung erhoben. Und hätte sie auch gar nicht erheben können! Es wußten ja die in der gegenwärtigsten Anschaulichkeit eines Dienstvermittlungsbüros scheinbar wahllos aufgenommenen Leute – wir sehen dort den genialen Lunarin die nüchterne Gründlichkeit, höherer Pflicht gemäß, vernachlässigen und das Richtige treffen – so wenig von ihrer gesollten Gestalt, des zum freien Spartaner sich emporkämpfenden Heloten, wie der Stein weiß, welche Gestalt der Bildhauer eben ihm entschlägt. Sie aber, Herr Adelseher, der Sie auch anderswo, auf Ihrem Hofe, auf der »Laetitia«, auf dem Schlosse, vor der eigentlichen Arbeit, dem Formen und Entbinden der jeweils Ihnen zugemuteten Gestalt, als eine welche immer sie wird herauskommen wollen – das bewußt und gern gelaufene Risiko des wahrhaft mit den Menschen verbundenen Menschen, des begeisterten Vermehrers der Ludolfschen Zahl um noch einige Dezimalstellen! –, sich drücken, haben Ihren Stein – die noch im reinen Mögestande sich befindende Masse der Enterbten – statt neun Monate lang sein Kreißen zu erwarten, oder, wenn es bereits überfällig wäre, dann mit einigen rücksichtslosen Meißelhieben zu beschleunigen, allzu tiefäugig durchschaut, und was – natürlicher Weise! – erblickt? Die allegorische Figur der Revolution, wie eine ihr ähnliche, unter dem Namen Marseillaise, weder erst kommend noch bereits gegangen – denn die ihre Mutter verleugnende Demokratie hat sie zu den Museumsehren der Antike erhoben –, an einer Pariser Brücke hängt. Der bloße Anblick einer unfertigen Wirklichkeit hat genügt, Sie auf alle nur möglichen Beine zu bringen und so zu befähigen, den künftigen realen Forderungen der schrecklichen Figur, solange dieselbe noch in der archaisch lächelnden Idealität sich aufhält, schnellstens zuvorzukommen. Der Effekt dieses Pflückens unreifer Leibesfrucht – wir bitten um Billigung des schiefen Vergleichs, weil er gerader als der geradeste in den mythischen Nebel hineinfährt – war und ist noch immer: daß Hungernde, die nicht einmal eine grüne Pflaume zu erhoffen gewagt haben, den Herrn Adelseher als ihren Ernährer preisen konnten. Daß ferner die aus Urgestern auf's weiteste vorgeschobenen, bereits in's Morgen einrückenden, heute aber noch bürgerlich gekleideten Sansculotten oder Descamisados, die sechs Dienstleute, ohne das Schloß gestürmt und seinen Besitzer erschossen zu haben, jenes besetzt und diesen liquidiert haben – theoretisch ganz, praktisch nur halb, denn sie selbst sind ja halb, nämlich erst halb wirklich –, also zugleich des Freiseins von Blutschuld sich erfreuen dürfen, wie der eine solche voraussetzenden neuen Freiheit. Die möglich gewordene Unmöglichkeit eines anständig unanständigen Geschäfts! Die Schuld im Zustand der Unschuld! Das gewaltige Zusammentreffen des schwärzesten und des weißesten Begriffs ohne Blitz und Donner! Die Aufhebung der Causalität im Zentrum, bei großzügigem Fortbestehenlassen peripherer Ursachen und Wirkungen! Von denen das übliche Geschehen ausgeht, das den Eindruck erweckt und auch erwecken soll, es sei nichts Bedeutendes geschehen! Das ab Entmannung Kronions vorbildlich alltägliche Leben auf dem Olymp!

Und nun fragen wir Sie, den Zweiturheber des allzu vorbildlichen – um unverdächtig zu sein – Alltags auf dem Schlosse

(der erste ist der Graf, die Ferialität in Person, eine Arbeitslust
zu Nichtstun verströmend, die alle festen Bauten wegschwemmt
und die Trümmer zu phantastischen aufhäuft): Hätte nicht gerade die Leichtigkeit, mit der Sie mitten im Conservativismus –
Seine Majestät der Kaiser ist doch erst vor kurzem gestorben,
und der Pfeil der Todesnachricht hat entgegen seiner qualitätlos
postalischen Schnelligkeit noch lange nicht jeden der vielen
Untertanen durchbohrt –, ohne ein sozialistisches Wort zu
reden (das übrigens Ihnen sprachfremd), ohne ein christliches
urchristlich zu deuten (Sie lesen ja keine ketzerischen Schriftsteller), und ohne an dem rechtmäßigen Besitzen Ihres eigenen
Eigentums den geringsten Zweifel zu hegen, die nach wie vor
habituell kapitalhörigen Dienstleute zu überzeugen vermocht
haben, daß sie und Sie, in diesem einzigen Falle, dem Enguerrand-Lunarinschen, dem zur Wirklichkeit exempten Schulfalle,
so wie sie handeln, euklidisch-geometrisch, recht handeln, Ihr
Mißtrauen erwecken, Ihnen sagen sollen, daß Sie in ein Schattenreich eingetreten sind? Seit wann, Herr, stiehlt man mit
Geisterhänden und zeigt dem Bestohlenen die natürlich sauber
gebliebenen Hände? Muß der Bestohlene – sofern er kein Lunarin ist, kein Graf oder König, der mit dem ihn Entthronenden in der Klopfsprache der Zuchthauszellennachbarn verkehrt
– nicht irre werden am untrüglichen Augenschein? Muß
schließlich nicht auch er, auf nichts als saubere Hände und reine
Westen starrend, sich zu dem Glauben bekennen, der Expropriateur expropriiere zu Recht? Raube nicht, sondern verteile
neu? Sei nicht Einbruchswerkzeug, sondern Werkzeug Gottes?
Nicht furchtbarer Mensch, nein, furchtbarer Engel endzeitlichen
Strafgerichts, und als solcher über's höchste irdische Gericht erhaben? Wird er nicht, zum Beichtkind auf dem Aussterbebette
herabgewürdigt, beginnen, das Gewissen seiner privaten Person
nach Sünden zu durchforschen, die er seiner öffentlichen Person
anlasten könnte, um mit ihnen seine Depossedierung zu begründen? Und diese Art von Buße noch mild, human, echt
demokratisch finden? Wird er nicht, er, der einzig befugte Versöhner der schwersten Last mit den leichten Schultern, für
ewig vielleicht verdammt, für Lebenszeit geheiligt, der in Gold

gefaßte unfaßbare Widerspruch, verführt, die doch bloß vordergründlich so feierliche, hochamtliche, nur liturgisch so schwierige Gleichmacherei der ohnehin nämlich miteinander Gleichen und in sich armselig Einheitlichen – welch' hintergründiger Umstand der sowohl geborenen wie auch für das unbedeutende Verschiedensein des einen gemeinen Mannes vom andern blindgeborenen Edelheit notwendig entgeht –, und bezaubert von der neuesten Mode der reinen Westen, die das Tragen des umfangreichen, Widerspruch und Bruch im Widerspruch verhüllenden, aber reichlich unbequemen Königsmantels überflüssig erscheinen läßt, wird er nicht, wiederholen wir, zu guter Letzt, auch er, die hohe Person mit der niederen, die private mit der öffentlichen gleichsetzen, die Spannung zwischen den beiden, die auszuhalten ihm aufgegeben gewesen war, unter Berufung auf das naturalistische gemeinsame Menschsein, aufheben, und so, unwissend, daß sie erst jetzt und dadurch geschieht, die eigentliche, die für Weltzeit gültige Abdankung vollziehen? Denn nur dies sträfliche Nichtwissen davon, wo und wann er entscheidend abgedankt hat, nur dieses ihm unterlaufene Versäumen – kein anderes! – des metaphysischen Moments, und dies schlafend Queren des jenem entsprechenden Orts – welcher Fehler zeigt, mit wie vielen er, der auch im Fehlen einzigartig Gesollte, ihn teilt – zieht den wirklichen, dauernden Verlust der Krone nach sich. Jetzt erst, der trotz offizieller Entmachtung eigentlich noch immer regierende Herr, jetzt erst, weil er nur selbst sich entthronen kann, ist er entthront. Jetzt nimmt man ihm auch im Himmel das Reich und gibt ihm – mit enigmatischer Miene –, was er vor dem nicht hatte besitzen dürfen, ein Vaterland. Jetzt packt die Völkerfamilie, auf deren Nichtverwandtschaft mit ihr sein Amt, Oberhaupt ohne Unterleib zu sein, beruht hat, ihn bei diesem, um ihn erfahren zu lassen, daß auch er einen habe. Jetzt erst wird das Exil, sofern er in einem solchen schon sich befände, als eines Touristen Verweilen jenseits der Heimatgrenzen offenbar, weil es ja nicht mehr mit dem Sprengstoff der Rückkehr geladen ist.

Sehen Sie, Herr Adelseher, nun endlich ein – und hoffentlich mit Schrecken! –, wohin Ihre, der wahren Leidenschaft, für den

Einzelfall nämlich, stürmisch aus dem schwierigeren Wege eilende Leidenschaft für die Ideen, für das gleichsam mutterlos Zur-Welt-kommen derselben, Sie geführt hat, und wohin weitergeführt haben würde, wenn Ihnen nicht das sittlichste Erwerben eines zweifelsfrei beeigentümerten Schlosses, sondern das ebenso geartete Besteigen eines noch besetzten Thrones im untersten Sinne gelegen gewesen wäre? Sehen Sie jetzt vielleicht auch ein, wie so gar nicht Sie, der gute Christ, das Beispiel verstanden haben, das unser Herr Jesus Christus allen jenen vernunftbegabten Wesen gegeben hat, die auf der geradesten Linie durch die gekrümmte Welt kommen wollen? Er nämlich – wenn wir von Ihm wie vom feinsten Dialektiker sprechen dürfen – fand dem ungeschaffenen Geiste nicht geziemend, als ein geschaffener Geist zu erscheinen – die Ähnlichkeit der beiden miteinander für das so hoch nicht mehr distinguieren könnende Menschenaug' hätte ihre grundsätzliche Verschiedenheit verwischt –, und wählte, um ein unmißverstehbares Sein zu empfangen – Er, der Unverstehbare, der Gott – das auch Toren als das ganz Andere, das Ungöttliche, Ungeistige, als bloßes Fleisch und Blut Bekannte, den Schoß eines Weibes. Würden Sie doch auf Ihrer Ebene ebenso gedacht haben! Leider aber distinguieren Sie nicht zwischen Geist und Geist! Nein! Sie wollten nicht distinguieren! Zwischen jenem, den man in der Kirche der Idealität nur anbeten kann, und dem, der als Schutzengel die Konkretionen durch's Leben geleitet und streng darauf achtet, daß sie weder in den reinen Gedanken zurückfallen, noch gedankenlos vorwärtsgehen. Der Schauplatz Ihres Weder-Noch wäre das Schloß gewesen! Was haben Sie aus ihm gemacht? Aus der engen Zelle, in der überdies noch ein Seil gespannt war, auf dem Sie den kleinen Raum, von einer größeren Schildkröte leicht auf dem Rücken zu tragen, zum unendlichen des kleinsten Vogels erweiternd, hätten queren sollen? Ein Theater! Ein *theatrum mundi!* In dem nicht dieses und jenes Stück, mit diesem und jenem fröhlichen, traurigen Ausgang, unter einem auf alles passenden Titel, nämlich: Jedem das Seine, gespielt wird, sondern die Dramatizität selbst, die alle Einzeldramen ersetzende, unter dem nur ihr adäquaten Titel:

Jedem alles! Da liegt also neben dem Füllhorn Fortunens die Büchse Pandorens. Auf sonst leerer Szene, aber sie doch erfüllend! Die allegorische Abkürzung des Glücks! Die allegorische Abkürzung des Unglücks! Wer die schmerzstillende Droge dem Entwurzeln des Zahns vorzieht, das schnelle Gift dem langsamen Sterben, den Wundertäter dem barmherzigen Samaritaner, das Aufeinmal dem Nacheinander, wird zugreifen. Und Sie griffen zu! Und haben, weil Sie ein guter Mensch sind, in's Füllhorn Fortunens gegriffen. Weil Sie aber nur ein guter Mensch sind – einer also, dem das geeichte Maß fehlt, das nur ein böser besitzt, zum Messen dessen, was er nicht gibt, somit die Intelligenz besitzt, die Ihnen fehlt, wie ihm die Fähigkeit fehlt, sie positiv zu gebrauchen –, hielten Sie, mußten Sie halten, das Gute, weil es gut ist, für jedermann und für alle Zeit gut, für einen gefundenen Schatz, der nie einen Eigentümer gehabt hat, und demnach auch nie ein dem oder jenem wirklichen Erben oder bloßen Legatare Zubestimmtsein. Ein Denkfehler, Herr, der sowohl die sinnloseste Verschwendung verursacht – ob ihrer Einfachheit verzeihlich – wie das unverzeihlich doppelsinnige Hochbringen eines absichtlich heruntergewirtschafteten Schlosses, welches dann wegen dieser seiner gründlichen Zweckentfremdetheit vom geistigen Auge dessen, der auf ein verfallendes und über ihm zusammenbrechendes so notwendig hingeordnet war und hingeordnet bleibt wie die Maus auf den Speck in der Falle, nicht mehr wiedererkannt wird. Und so fällt denn das Schloß – weil der einzige Erbe erklärt, nicht der wahre zu sein, und der wahre so lange nicht auftreten kann, wie die Hinterlassenschaft fortfährt, dermaßen sich zu verändern, daß schon jetzt statt der vermachten alten Mähre ein junger Elefant dasteht: ein Umstand, der die Erberklärung, wenn sie doch erfolgt wäre, wegen der Nichtidentität der Erbmasse, wie sie faktisch ist, mit der, wie sie sein sollte, nichtig machen würde –, und so fällt es denn in den Naturzustand der Herrenlosigkeit zurück und einem der vielen Räuber, Lumpensammler und Veruntreuer, die ja immer dort herumlungern, in den Schoß. Das ist das vorgeschichtliche Herkommen des (fast) vollkommenen Staates, an dessen Errichtung in der Geschichte auf dem Schlosse Sie arbeiten. Und zum Baustoffe dient Ihnen das gesamte Gut an Gut, das *totum* des *bonum*, der gefundene, wie fest geglaubt, herren- und bestimmungslose Schatz, den Sie als Löhnung vor der Leistung – um die Leistung zu einem Wert an sich, von ihrem Zwecke unabhängigen, zu erheben – und auf einmal – um so ein für alle Mal, weil's ja so rein als möglich geschieht, die Idealität zu konkretisieren, und wenigstens dieses Werkstück dem Nacheinander aus den Pfuscherhänden zu nehmen – über Ihre Mitarbeiter ausschütten. Bezeichnender Weise haben die mythologisierenden Alten nicht bis zu dem Bilde eines Halbgotts sich verstiegen – Prometheus hat nur Feuerzeuge gestohlen, um die Eiszeit ein wenig wärmer zu machen –, der den Olymp plündert, und die Enterbten dieser Erde nicht nur mit den fettesten Opferhammeln nährt – die man besser gleich ihnen, als so lange den Göttern hätte darbringen sollen –, sondern auch noch mit Nektar und Ambrosia bereichert, denn die Alten hatten andere, wichtigere Fragen zu beantworten als die soziale Frage. Diese zu stellen, und ohne das geringste mythische Vorwissen zu beantworten, ist unserer Zeit vorbehalten geblieben. Und somit jenen Halbgott hervorzubringen, den die dichtenden Alten noch nicht zu erfinden vermocht haben, und der, nun erfunden, nachholen muß, was sie, die auf's Gottsuchen Beschränkten, hatten versäumen müssen, und auch hatten versäumen dürfen, denn in jeglicher Not klagte der damalige Mensch nicht den Menschen, sondern den Himmel an. Das Schicksal hieß noch die Moira und noch nicht die Gesellschaft. Kam wie der Blitz von oben, und nicht wie das beißende Ungeziefer oder wie das tödliche Gas aus der Nachbarwohnung. Deswegen mußte der neue Halbgott einen neuen Mythos erfinden, richtiger gesagt: Frage und Antwort als schon im Mythischen gestellt und beantwortet behaupten – wie Sie getan haben, überwältigt vom Schauen des delegierten Charakters der sechs Dienstleute am denkwürdigen Morgen jenes eigentlich gar nicht datierbaren Tages, des siebenundzwanzigsten July – und in der geschichtlichen Zeit so handeln, als gäbe es noch nicht eine solche Zeit. Kein wunderbares Finden, Herr, eines poetischen Vergleichs durch prosaische Menschen, sondern das erste Schauen der ersten höheren Tatsache mit dem eben sich öffnenden Kyklopen- oder Nabelauge, daß die eines gräflichen Herrn harrenden Dienstleute auf dem Halse eines Bauern statt dem Kopf die lodernde Sonne sitzen gesehen haben! Und jetzt müssen wir erweitert wiederholen, was wir vorhin gesagt haben: Ihr natürliches Schweben über Gerechten und Ungerechten, das bis nun nur ein bequemes Nichturteilenwollen gewesen war, jetzt aber zugleich mit dem Sicherheben des vorbildlichen Tagesgestirns aus dem undezidierten Dämmern zum Nichturteilensollen sich erhob – auf dem Sinaihügel zwischen Ihren Feldern und Enguerrands Schloß, Ihr christlicher Asozialismus, der den Menschen das Gute streut wie den Hühnern das Futter –, mögen die Armen selbst mit dem Reichtum fertig werden! Was kümmert den Hervorbringer eines Werks, welchen Gebrauch man von demselben macht! Was den jubilierenden Fürsten, in welche Taschen die aus den Palastfenstern geworfenen Goldstücke verschwinden! – Ihre, der Welt zugewandte, Weltabgewandtheit, die zwischen Versengen und Vereisen die genau mittlere Entfernung zu allem, was lebt, einhält, Ihre, in der Wüste des Himmels errichtete Objektivität, an der Ihre Menschenfreundlichkeit wie an einem erlöserischen Kreuze hängt: alle diese, nur wenig voneinander verschiedenen Aspekte der einen Sache und des einen Wesens, die sonst im Nacheinander einander zu interpretieren pflegen, auf ein Mal, ein Strahlenbündel, sind damals der deputativ erschienenen Vorwelt in's archaisch leere Aug' geschleudert worden, das dann nicht hatte anders können, als mit dem Helios selber sich zu füllen! Und alle diese Beischaften scheinen ebensoviele Verdienste zu sein! Sie fühlen sich, nicht wahr, hoch geehrt? Würdig der Rolle, die wir Ihnen zugeschrieben haben? Angeklagt nur, um glänzend rehabilitiert zu werden?

Wir müssen Sie enttäuschen! Steigen Sie jetzt mit uns vom hypothetischen Hügel des Aufeinmal in die Niederungen des Nacheinander, in die leidige Wirklichkeit hinab, die als gerichtete Bewegung sekündlich mit dem Entgegenkommen des Ziels zusammenprallt, daher dieses, um es *legitime* zu erreichen, schrittweis', aber dauernd in die Zukunft zurückdrängt – welch' zusätzliche Mühe auch zusätzlicher Kräfte bedarf –, und schauen Sie, bitte, recht tief in die Bottiche. Sind sie nicht leer? Vollkommen leer? Das wundert Sie? Uns nicht. Denn wir haben ja vorausgewußt – und nur wegen dieses unseres Vorwissens, recht gewöhnlichem, verdienstlosem, von dem Ihr Unwissen geradezu genialisch absticht, sitzen wir als Richter da (nicht weil wir über Ihnen, sondern weil wir unter Ihnen stehen, Ihre Gefahr nicht zu laufen vermögen, also aus Ohnmacht zu Unrecht, nicht ob schließlichen Resignierens zu Recht) –, daß, was Sie auf einmal verschüttet haben, mit den schwach entwickelten Händen eines starken Herzens, auf den vielen Orten, die an einem langen Wege liegen, und zu den unzähligen Stunden, kleiner, großer Nöte, die zwischen Zeitanfang und Zeitende schlagen, fehlen wird. Mit den auf's Schloß geschafften Bettstatten, Leintüchern, Polstern, Tuchenten, mit den Festbraten aus Babettens Küche – was alles zwar noch von geringem Werte war, aber von unheimlich hoher Bedeutung für später, wie der Hagelsturm für die Erde – hat's begonnen, mit dem Aufnehmen einer Anleihe beim Herrn Murmelsteeg, der nüchternen Zustands nicht einen der gestohlenen Groschen hergegeben haben würde, also nur bezaubert worden sein konnte von Ihrer, auch echt Unehrliche begeisterndem Überehrlichkeit – welcher Umstand für ein geheimes miteinander Kommunizieren der gewöhnlichen Schuld und einer solch' außergewöhnlichen Unschuld spricht –, ist's fortgesetzt worden, und bei den Verhandlungen mit dem Juden Brombeer und dem Germanen Wissendrum, den Verkauf des musealen Stocks betreffend, stehen wir nun. Niemals, behaupten wir, würden Sie als Funke in den Konfliktstoff zu fallen vermocht haben, der zwischen den zwei einzig uranfänglichen und bis zuletzt abgründig verschieden bleibenden Rassen, oder eigentlicher: Konfessionen (denn sie kämpfen eine jede mit der ganzen Wahrheit wider das eine der beiden Gesichter des doch nur einsichtig sein könnenden Gottes, und Religionskrieger, einmal losgelassen, kennen kein Erbarmen), dauernd gehäuft liegt, wenn es nicht auch in dieser, vordergründlich so gleichgültigen, Angelegenheit – wie viele verkaufen, doch ohne das schwächste Nachpoltern von bedrohlicher

Bedeutung zu verursachen, ihre Ahnen um ein Linsengericht Gegenwart, oder tragen Mutters Ehering, vom erkalteten Finger gezogen, aber noch warm von Liebe, zum nächsten Pfändler! – hintergründig um das, dann für immer geltende, Ja oder Nein gegangen wäre. Sie besitzen nun einmal die verdammte Geschicklichkeit, auf einen Schlag alle Fliegen zu treffen und so eine Hungersnot unter den Schwalben hervorzurufen, mit jedem Sprunge Rhodos aus dem Boden zu stampfen, und so unter Ihren Leuten eine Dezisionsepidemie anzustiften, gegen deren Erreger kein Kraut gewachsen ist – weil er den Kranken mit ungewöhnlichen Euphorien über das ihm Nicht-Zukommen des furchtbarsten sittlichen Ernstes täuscht und die bittere Medizin des demütigen Sichabfindens mit seiner Gewöhnlichkeit und mit dem kompromißlich alltäglichen Ernste verabscheuen läßt, weswegen gerade die pessimistischen, säuerlichen, die unglücklichen Gemüter, Murmelsteeg, Strümpf, Babette, besonders anfällig für ihn sind –, ja, Sie haben sogar – wie man sieht – die Fähigkeit, weithinaus in die Atmosphäre, hinein in die unsichtbare Gestirnwelt der Abstraktionen, zu greifen und *synagoge* und *ecclesia* widereinander aufzubringen, die dann hoch über dem ephemeren Geschäfte mit Schofarblasen und Glockengeläute sich in die älteste Schlacht stürzen. Niemals, behaupten wir ferner, würde die schon oft zerbrochene, doch immer wieder geklebte Ehe der Murmelsteegs – die meisten Ehen laufen ihr Lebtag lang mit alten oder frischen Schmissen umher wie die allzu deutschen Studenten – endgültig in die Brüche gegangen sein (der würdig-unwürdige Anlaß, das andere Weib, der andere Mann, war ja nicht vorhanden), wenn dem ehemaligen Butler nicht zur rechten Zeit und am rechten Ort das unrechtlich erworbene Geld gefehlt hätte! Glauben Sie denn, Herr Adelseher, er würde dem heißen Flehen der Frau und dem eisigen Schweigen der Tochter – die beide, jede auf ihrem Hitze- beziehungsweise Kältegrad sitzend, wie auf ihrem wichtigsten Gepäckstück, über den Kanal gekommen waren – haben widerstehen können, womit man für wieder eine Zeit, für einen Zeitteil des Nacheinander, von lästigen Mahnern sich loskauft? Sich in's allerfeinste Gewissen zurückgezogen haben, das, Gott sei Dank, viel Zeit braucht, um seine Erkenntnis in der bei ihm anhängig gemachten Sache veröffentlichungsreif zu machen, wenn das gewöhnlich grobe ihm nicht gleich gesagt hätte, daß er ein Schuft ist? Und man mit höheren Angelegenheiten so lange nicht sich abgeben dürfe, so lange die niederen noch nach Ordnung schreien? Nun: und wer hat das zur Hälfte wenigstens Murmelsteegs Frau und Tochter gehörende Geld? Sie! Oder genauer – denn Sie sind ja nur der korrekte Wechsler guter Münze in ein dubioses Papier – das Schloß! Und was gaben Sie, außer den Zinsen, dem Herrn Murmelsteeg? Oh, sehr viel! Erstens, immer neue Regungsmöglichkeiten jenes allerfeinsten Gewissens, das aus einem Dieb einen Philosophen macht, der mit dem Problem des Stehlens alle Welt beschäftigt, die Reichen bis in die Sohlen hinunter zweifeln läßt, ob sie zu Recht auf eigenem Grund und Boden stehen, den Besitzlosen die Ohren öffnet für das dialektische Nagen der in die Paläste und Bürgerhäuser eingeschmuggelten urchristlich armen Kirchenmaus, um – wie kaum noch nötig, zu sagen – den erstaunlichen Fortschritt des Jetzt vom ersten Fehltritt her im Vormals zu datieren, und so rückwirkend die dunkle Vergangenheit zu verklären. Zweitens, die Gewißheit, daß ein Stellvertreter – auch einer, der ein luscher Butler gewesen ist – besser – nicht ebensogut! das wäre ja kein Fortschritt – herrschen kann, als der beste Herr je hätte herrschen können, welche Gewißheit den Herrn, oder vielmehr sein Drum und Dran, den metaphysischen Hinterkopf nebst allen Kulten der Distanz, überflüssig erscheinen läßt. Es sei denn, er, der Herr, hätte nicht bloß wörtlich, sondern auch faktisch zum ersten Diener des Staates – aber immerhin Diener! – sich degradiert, um den Malkontenten zuvorzukommen und durch solch' kluge Eile zu beweisen, daß er ein wirklicher Herr nicht gewesen ist. Kurz: wo immer man den Thron demokratisch anpackt, wird er zu einem Sessel! Drittens, dem eigentlichen Gottlosen einen Gott, der durch Knalleffekte von Bekehrungen zum Bessern des Guten – als ob das Gute einen Komparativ und einen Superlativ besäße – so allgemeinverständlich für sein Existieren argumentiert, daß er der wahre Gott nicht, sondern nur der human gewordene Demiurg sein kann, eben nur der liebe Gott des Hausgebrauchs, mit dessen Heinzelmännchenhilfe man jenen verlorenen Schlüssel findet, der in's Schloß jeder Problemkiste paßt. Auch diese Wiedereinführung des Schöpfers der Welt in die Welt, aber durch die kleine Hintertür, vor der er seine unfaßbare Größe zurücklassen muß – um, zum Beispiel, den christlichen Staat, der ein Widerspruch mit sich selber, nicht zu sprengen –, auch das, Herr Adelseher, Wirkung Ihres Aufeinmal! Wirkung des von Ihnen mißverstandenen Begriffs der Dezision! Des *hic et nunc!* Des allein gesollten Springens vom Standort und Zeitpunkt in die Höhe, um nie mehr von derselben herabzukommen, als eines den Bewohnern der Ebene zu gebenden Beispiels, wie jene, ohne diese zu verlassen, doch ein Weniges gen Himmel sich erheben könnten. Sie haben also mit den veruntreuten Kräften – die zu Ihrer Heiligung hingereicht hätten – die gewöhnlichen Sünden ordinärer Leute ein bißchen spiritualisiert!

So weit, so gut! Wie der Herr Notar Hoffingott zu sagen pflegt, gleichgültig, ob die ihm erzählte Geschichte wohl riecht oder stinkt. Er ist immer glücklich, den Treppenabsatz, auf dem die vorsprechende Partei wohnt und sich für die wichtigste oder sauberste des ganzen Hauses hält, erreicht zu haben. Er hat die Tatbestandsaufnahme vollendet, reibt sich die Polizistenhände und greift zur Feder des Juristen, um das Urteil zu formeln. Nun, bis zu diesem Punkt sind auch wir gekommen. Aber unser Endpunkt ist er nicht. Wir haben ja fast unsere ganze Aufmerksamkeit nur auf Sie gerichtet, Sie allein belastet, Ihnen weder Entschuldigungsgründe zugebilligt, noch eine tiefere, wahrscheinlich sogar tief unbewußte Absicht, so zu handeln, wie Sie gehandelt haben, die, wenn wir sie jetzt richtig zur Sprache bringen können, und wenn unvorherzusehende Belastungsmomente uns nicht in die Verteidigungsarme fallen, Ihr Freigesprochenwerden möglich erscheinen lassen. Gehört denn nicht auch der Herr Graf Lunarin – dessen Taufnamen wir noch immer nicht kennen! Vielleicht hat er keinen, wie die Gnomen und Elfen, die einzig überlebenden Heiden? – vor unser Gericht gerufen? Sowohl als Mitschuldiger wie als Entlastungszeuge? Wegen des Zusammentreffens also zweier Eigenschaften, die, wenn an Gewicht einander gleich, einander aufheben und so nicht nur Ihre Unschuld dartun, sondern über diese erfreuliche Tatsache hinaus Sie noch mit einer hohen Verdienstlichkeit schmücken würden? Haben Sie nämlich nur den geheimen, den geheimsten Willen des Herrn Grafen vollzogen, wie dann können Sie an der Hauptstrafsache, die ja nicht die Ihre gewesen war, sondern die seine gewesen ist und bleibt, schuldig sein, und wie je an dem schuldig werden, was Gutes Sie nach dem getreu ausgeführten Schlechten des sich selbst ungetreuen Herrn – also nach Rückkehr zu Ihrem eigenen Wesen – tun? Wie könnte Tugend der Tugend widersprechen? Das blinde Gehorsamen der gottgesetzten Obrigkeit (wir sprechen mit Paulus) dem vom selben Gott befohlenen Sehen der Nächstennot? Es wohnt wohl dem Verwesertum ob seiner künstlichen, vom politischen Denken in Staatslebensgefahr erfundenen Begrifflichkeit die Tendenz inne, in seine zwo, von verschiedenen Ganzen hergenommenen und nur behelfsmäßig zusammengefügten Hälften, die ein wirkliches Ganzes daher nie bilden können, zu zerfallen – welches Zerfallen der Staatsstreich und die Ausrufung der Tyrannis manifest machen –; das allgemeine Bestreben aber, für das Sie als ein gutes Beispiel stehen, geht doch dahin, die einander so ungleichen Hälften wider ihre natürliche Tendenz, auseinanderzufliegen, mit beinahe der Kraft eines Heros beisammenzuhalten. In Ihrem Falle, dem Adelsehersch-Lunarinschen, wird dieses lobenswerte Bestreben gefördert, erleichtert, ja als das einzig zeitgemäße begründet durch jene drei Lunarinschen Tage, die, weil sie keine Uhrstunden haben, auch die Stunde der Rückkehr des Herrn aus dem Exil nicht haben. Sie sind also, müssen wir laut bekennen, nicht nur unschuldig an dem, was legal nicht ist, sondern sogar im Recht auf das, was illegal ist. Denn Ihre Unschuld wurzelt in der Schuld des legitimen Herrn, und Ihr Recht beruht – weil die Übervernunft mehr mutwillig als unfreiwillig sich in's Exil der Unzeitgemäßheit begeben hat – auf der puren Vernunft, die allgemeinverständlich gebietet, daß auch ohne die echte, von oben her gesetzte Legalität, *leges* zu herrschen haben, und zwar, wie sie gleich hinzufügt, bessere, solche also, die alles denkbar Gute zu tun erlauben und alles Denken mit dem metaphysischen Hinterkopf verbieten.

Seit wann aber, fragen wir jetzt – und dieses Jetzt ist kein Augenblick, sondern eine schon lange währende Gegenwart mit bereits einer Geschichte, mit der Geschichte allerdings, die man dereinst vom Unterbrechen des geschichtlichen Continuums erzählen wird –, seit wann stehen legitimer Herrscher und Usurpator, Edelmann und Bauer, der Herr Graf Lunarin und der Ökonom Adelseher, einander so nahe, daß jener zur Ackerkrume werden kann, dieser zum Weizen, der aus ihr sprießt? Seit wann hält die Schuld jenes den Nachweis der Unschuld dieses bereit, um mit dem prompten Erbringen desselben ein, trotz Schlucken demokratischer Beruhigungspillen, noch immer beunruhigtes Bürgergemüt zu beruhigen? Und wann, fragen wir – und nicht nur die Söhne, auch die Väter, weil ja das Heute vom Gestern zugelassen wird, und sogar das Naturgesetzliche nicht geschieht (wie wir glauben), ohne ein, allerdings nur rein formales, Respektieren der Willensfreiheit von Seiten des Naturgesetzgebers –, wann ist das Unmögliche möglich geworden: das Konspirieren nämlich des Exilarchen mit dem Usurpator, um ihm das fakirische Stehn auf dem Gewissensstachel zu erleichtern, und des Usurpators dankbares Drücken der hilfreichen Fürstenhand unter der Bank? Wie, fragen wir, hat es zwischen so natürlichen Gegnern zu solch unnatürlichen Liebeleien kommen können? Wie zum Konstruieren und dann Besetzen einer Position jenseits von Recht und Unrecht, vergleichbar einem Planetoiden zwischen Mond und Erde, der sein seiltänzerisch sicheres Schweben über zwo Abgründen dem Einanderaufheben zweier Anziehungskräfte verdankt? Muß man nicht annehmen, daß Recht und Unrecht, ihrer bis fast auf Null eingegangenen Unanschaulichkeit, ihres bloß theoretischen Existierens satt, sich personifiziert haben, um den zu einem Schattenkampf gewordenen Urstreit in drei Dimensionen und auf agonale Weise auszutragen, also mit gleichen Waffen, bei peinlichster Ausschaltung zufälliger Vor- und Nachteile, Aug' in Aug', nicht Aug' in Bibel oder Gesetzbuch, und daß sie eben deswegen – ob allzu lauterer Gründe, deren Stammen von wieder einer Theorie her vor Überfluß an Erleuchtung nicht gesehen wird – einer anderen Verunreinigung zum Opfer gefallen sind: des mit jeder totalen Anschaulichkeit verbundenen Sicherkennens des Ich im Du?! Des Subjekts im Objekt? Demzufolge, wie aus dem Boden gewachsen, plötzlich der Satz dasteht: Es gibt gar kein Objekt! Adelseher ist Lunarin, und Lunarin ist Adelseher! Nur scheinbar zwei Personen! In Wahrheit aber die zwei Funktionen einer einzigen Person! Das an sich erhabene Fallen in die Anschaulichkeit hat sie zu Zweien gemacht! Die Zweiheit ist also nicht wahr wie ein Axiom, sondern nur wahr wie die Wand, durch die man mit dem Kopf nicht kann! Und mit diesem Wahr, das nur Dickschädel und Maurer für das Letzte halten, haben wir so wenig zu tun, wie ein von hier nach Paris etwa Reisender mit den Zwischenstationen, denen er, weil ihnen die Hauptbedeutung des Endziels fehlt, auch keine Nebenbedeutung gibt. So sind nun einmal Reisende! Ein ohne Zweifel ungerechtes Behandeln an sich schöner oder gemeinnütziger Orte, und nicht einmal aus dem noch verzeihlichen Grunde gesunder, lebensnotwendiger Vorurteile, sondern aus dem indiskutablen der mit der ferngezielten Fahrkarte erworbenen Befugnis zum Nichtunterbrechen eines genau terminierten Apperzeptionsverweigerns! Wir spalten, werden Sie sagen, die Gleichgültigkeit hinter dem Coupéfenster gegen das, was vor dem Coupéfenster ist, in eine unbetonte natürliche, die aber es nicht geben soll, und in eine betonte, eigentlich unnatürliche, die allein es geben soll. Gewiß tun wir das! antworten wir. Aber eben nur dank dem Haarspalten auf dem denkenden Kopfe haben wir mit diesem die Wand des Augenscheins, Sie und der Graf seien wirklich zwei Personen, zu durchdringen vermocht. Hätten wir entgegen jenem, mit dem Erwerben des Billetts verbundenen Entbundensein vom schöpferischen Bemerken all dessen, was mit berechtigtem Anspruch auf Beachtung am fußgängerischen Wege liegt, doch jedem im Reigen seiner Tauben draußen sich vorüberdrehenden Kirchturm die Hauptbedeutung, die er für die engere Umwohnerschaft bereits besitzt, noch einmal geschenkt – was Gleiches wir, aber, Gott sei Dank, vollkommen folgenlos mit den Bildern in den Museen tun, die in diesen prinzipiell unbewohnbaren Häusern hängen, weil Überbewertung sie aus dem von Preis und Nachfrage regulierten Leben und in die schaurige Unsterblichkeit der aufgespießten Schmetterlinge gedrängt hat –, wir würden erschöpft durch das Erheben der vielen Orte zu der ihnen gewiß gebührenden, aber ebenso gewiß nicht von uns zu bewirkenden Anschaulichkeit, auf der Strecke, auf der Bahnstrecke geblieben sein. Wir würden an einem, noch weit vom Endpunkt unserer Reise entfernten Punkte, am Romanpunkte, ausgestiegen und sehr bald des Glaubens geworden sein, nicht jenen, sondern diesen haben eigentlich wir erreichen wollen.

Wie Sie nun seit bald zwei Stunden hören, sind wir dem unwillentlichen Bestreben Ihrer und des Grafen Person, über die der wirklichen Wirklichkeit nach nur eine Person hinwegzutäuschen, nicht erlegen. Und weil dem so ist, sind wir Richter in der Lage, Ihnen ein Alibi anzubieten, das der geschickteste Advokat von der Romanschreiberseite nie und nimmer so glaubhaft hätte konstruieren oder gar hinter dem Rücken eines guten, aber vergeßlichen Gedächtnisses hätte finden können. Kein menschlicher Polizeihund vermag die Spur der nach Setzung des konkretisierenden Delikts enteilten Idee zu verbellen! Wir aber haben Sie bei einem Zipfel Ihres Gespensterhemds erwischt und stellen es jetzt als das Ihnen gehörende vor. Sie sowohl, Herr Adelseher, Moses des kleinen auserwählten Volkes (der sechs Dienstleute), wie das diesen Saal füllende große Publikum der Demokratie werden hoch ob der Einfachheit eines Mechanismus erstaunen, der, aus der schwarzen Tiefe des Unbewußtseins gehoben, jetzt, im Vernunfttageslicht, sein rätselhaftes Können, Recht und Unrecht, bei Gleichgewicht zu halten, enträtselt zeigt.

Sie haben nämlich die mit drei wirklichen Tagen eingezeitete kleine geschichtliche Situation nur deswegen in Richtung Unendlich, also ideenwärts überschritten, nur deswegen den Verwalter, Verweser, Kommissar an die Stelle des denkbar bestregierenden legitimen Herrn gesetzt, um mit jedem Spatenwurf gräflicher Erde auch etliche glühende Kohlen auf das schuldhaft abwesende Haupt des Grafen zu häufen, ein aus Wohl- und

Wehtun zu genau gleichen Teilen gemischtes Handeln, das als ein solches – wie jedermann weiß – nur ein geliebtes Haupt, Kindeshaupt, Gattinnenhaupt, Freundeshaupt, und zuletzt, doch nicht als letztes, sondern als höchstes, platonisches, ein Staatshaupt zu seinem Tatorte wählt. Sie lieben also – das steht jetzt fest!, wenn Sie noch so heftig daran rütteln! Ihr Tun ist eben Ihrer Einsicht zuvorgekommen! Und eben dies Sichselbstzuvorkommen, um dann ein Leben lang es einzuholen, heißt ja Lieben! –, Sie lieben also den interessanten, allzeit von was Weiblichem geliebten, großartig Schloß und Pflicht vergessenden, einen Heller wie hundert Gulden verschwendenden, die reine Gebärde viel höher als die angewandte schätzenden Grafen Lunarin, der, weil er weder Ihr Kind, noch Ihr Onkel, noch Vetter ist, nur Ihr Bruder sein kann, und, weil nicht niedrig geboren wie Sie, sondern hochgeboren, aber doch gezeugt von auch Ihrem Vater, dem Sie beide die höhere, das Trennende dialektisch zusammenklammernde, Gemeinsamkeit verdanken, auch Ihr Über- oder Oberhaupt sein muß, jenes, das Sie auf den Schultern des Staats zurechtsetzen wollen.

Ihr Auge leuchtet! Wie das eines Strafgefangenen, der eben begnadigt wird und einen Herzschlag lang glaubt, mit der Freiheit, derer die Schuldlosen schon immer sich erfreut haben, sei ihm auch die Unschuld zurückgegeben worden. Das übliche, begreifliche Mißverstehen der Erlösung! Als ob mit der Schuld auch die Geschichte der Schuld getilgt würde! Das vermag sogar der Allmächtige nicht! Diesem Vermögen steht Seine Allwissenheit entgegen! Er verzeiht, aber vergißt nicht! Das Fatale bleibt heilig! Die Geschichte bleibt bei ihrem Begriff!

Sie sehen jetzt, was wir sehen! Aber mit unseren Augen! Sie greifen nach unserer Interpretation! Aber sie weicht vor Ihnen zurück wie das Wasser vor dem dürstenden Tantalus! Als die gegen Veränderung oder Minderung sich wehrende Vergangenheit! Jetzt wissen Sie natürlich, was Sie unwissentlich getan haben! Aber die lange Dauer Ihres Unwissens von Ihrer innersten Absicht, als mahnendes Beispiel in's Exil des verlorenen Sohnes gemeinsamen Vaters hinaus zu wirken, hat einen Zustand geschaffen, in welchem der jenem Fernen zugemeinte

Pfeil, statt auf der Luftlinie zu gehen, wie eben ein Pfeil, und um zu treffen, von Hand zu Hand geht wie ein aus dem Nest gefallenes Vögelchen, an dem man das Mitleid mit allem, was lebt, lernt, vorzüglich aber das mit sich selbst, und zwar so gründlich, daß das bis nun getragene Kreuz als eine gewöhnliche Last genau bestimmbaren Gewichtes angesehen, der himmlische Lohn in einen Stundenlohn verwandelt werden kann und die nur zu erbittende Hilfe von oben in eine an die menschliche Gesellschaft zu richtende Forderung. Wirkung, Herr Adelseher, des unterlassenen Aufhebens Ihres vordergründigen Sichbeschäftigens mit dem Lunarinschen Schlosse oder Staate durch die eigentlich Ihnen gebotene, wohl als solche empfundene, aber nicht gedachte, hintergründige Beschäftigung. Der Stachel des schönen Ehrgeizes durchbohrte den uneigennützigen Geist, der Sporn stach das Pferd tot, der Eilbote, weil er zu Fuß weitermußte, verwickelte sich mit jedem Gedankenschritte mehr in den Widerspruch der aufgezwungenen Langsamkeit zur benötigten Schnelligkeit, des Fatalen zum Gesollten; und daß wenigstens zur befohlenen Zeit geschähe, was, des Unfalls wegen, am Befehlszielorte nun nicht geschehen könne, richtete der zum historischen Augenblick des Andern unschuldig zu spät Kommende, der bloße Bote, der geschichtlose Bauer, der Till Adelseher, aus der Edelheit, die zufällig er vertritt, verwaltet, also aus fremdem Vermögen, den geschichtlichen Auftrag an sich selbst. Ab nun weiß man, wer die höchste Form der Demokratie hervorbringt. Ein blinder Töpfer, aber mit sehenden Fingerspitzen! Ein Handwerker, dem mit der subversiven Hilfe allerneuester Muse ein Kunstwerk gelingt! Das mit den schönsten sozialen Reizen über das unterbrochene Continuum hinwegtäuscht! Ein Sänger, der nur einen, allerdings prachtvollen Ton singen, ihn aber so lange strömen lassen kann, bis der vergeßliche Partner endlich die Szene betritt! Der barmherzige Samaritan des Partners! Der beste Freund des Partners! Der Bruder des Partners! Wenn das Publikum von diesem Umstand wüßte! Aber es weiß ja nie, was noch, was nicht mehr zum Stück gehört! Ja, die Rampe! Die Rampe! Die sichtbare vor der Bühne, die unsichtbare vor der Macht! Auch vor der eigenen!

Kein Zuschauer, kein Untertan überspringt sie, denn ihre Setzung ist die Voraussetzung des Spielens, des Herrschens. Ein jeder trägt wie einen metaphysischen Bauch – die Vordererscheinung des metaphysischen Hinterkopfs – eine bald größere, bald kleinere Distanz vor sich her, mit der er, durch das Verdrängen aller Zwischenstufen von Untalent zu Talent, von Dienstbotentugend zu Herrentugend, erst hervorbringt, wovon er sich distanziert. So entstehen jenseits der Verdrängungsgrenze, der Rampe, der Rampe vor der Bühne, vor der Macht, über welche Grenze hinweg wie auf einen Kehrichtplatz alle Unfähigkeiten zu Schönerem, Besserem, Böserem geworfen werden, aus den edlen, aus den unedlen Stoffen, der Nichtkünstler und Nichtherr oder Zuwenigkünstler und Zuwenigherr, jene dezidierten Gestalten der Kunst, der Herrschaft, eigentlich Nebel- und Mistgeburten, und ist es vielmehr der alchimische Verwandlungsprozeß als sein Ergebnis, der die Lieferanten ihnen nicht gemäßen Materials, die Gründlinge des Parterres, die Bürger des Staates, den Abgrund, der sie von oben trennt, als mystischen empfinden läßt, auch dann, wenn er laut Verfassung gar nicht existiert.

Ab nun also wissen wir – allerdings nur wir –, mit welchem Inhalte die von Ihren bis auf die sehenden Fingerspitzen blinden Händen gebildete reine, reinste Form der Demokratie sich deckt. Mit dem Pulver, das sie sprengen wird. Mit jenem einzigen Inhalte, der, eben einsgeworden mit der Form, auch schon enteilt. Den vernichtet, was alle anderen Inhalte verewigt. Auf den das Zur-Deckung-Kommen mit der Form wirkt wie der Funken auf's Dynamit: eine gewaltige Potentialität entfesselnd, die *in actu* vollkommen sich erschöpft. Wir sehen demnach Ihre bestgemeinte Demokratie von zwei Bewegungen bewegt: vom dürstenden Sichöffnen der Lippen des Tantalus und von dem Zurückweichen des stygischen Wassers vor diesen Lippen. Wir sehen die stets genau gleich groß bleibende Entfernung zwischen Begehr und Begehrtem, die unnatürliche Unterbrechung der natürlichen Bezogenheit der beiden aufeinander und den Jammer der beiden darüber, daß sie den perennierten Augenblick lang so sich verhalten müssen, wie sie sich verhalten, der eine Teil, um zu büssen, der andere Teil, um zu strafen. Wir sehen Sie selbst, den Urheber dieses Zustands, als einen sehr schiefen Turm, der zwischen Nochstehen und Schonfallen ein physikalisch unmögliches Verbleiben in einer dritten Situation möglich macht, oder richtiger, möglich erscheinen läßt; denn sie ist ja nur eine phantasmagorische, eine erzauberte aus Leiden an mangelnder Natur, ein Seiltanzen auf bereits weggezogenem Seil, ein Wunder der Einbildung, der fixen Idee, des Wahns.

Jetzt erst begreifen wir, warum die humane Demokratie gerade uns, ihr Gutes so überaus deutlich Sehende, des gewöhnlichen Herrn Adelsehers selbstloses Emporwirtschaften eines gleich von zwei adeligen Herren ungewöhnlich selbstisch vernachlässigten Schlosses, auf eine wahre Folter der Erwartung spannt. Weil, was sonst sofort geschieht, nicht geschieht. Der Funke das Pulver nicht entzündet. Der fallende Turm nicht fällt. Weil die Geschichte den Atem an- und so die Gegensätze aufhält, einander in der *complexio oppositorum* zu umarmen. Die zwei Brüder nämlich, jene eine Person zu werden, die eigentlich sie sind. Weil neben der ägyptischen Dauer, die nach echten Tagen oder Jahrhunderten zählt – nicht nach Lunarinschen –, die stundenlose Dauer des perennierten Augenblicks sich etabliert. Weil die gerichtete Zeit aus den Ufern tritt und den Raum mit Zeit überschwemmt. Die Uhren fassen die Fülle nicht und sprudeln sie einander zu wie Brunnenschalen den Brunnenschalen das römische Wasser aus Tritonenmund. Und sie rauscht fort und fort, Tag und Nacht, und in menschenleerer Morgenstille, aus unerschöpflich scheinender Quelle. Denn: das Delikt der Unterschlagung, das ein geborener Diener (oder Bauer) setzt, wenn er, einer immer zweifelhaften inneren Stimme gehorchend, den an einen geborenen Herrn ergangenen Befehl an sich richtet – war aber nicht das Zuspätkommen desselben von der unerforschlichen Vorsehung vorgesehen? –, verlangt von diesem Diener ein dauerndes Überbieten dieses für bestregierend angenommenen Herrn. Mit Ihrem allbekannten Verhalten, Herr Adelseher, überbieten Sie demnach das sowohl Ihnen wie den von Ihnen Regierten unbekannte Verhalten des entschwundenen Herrn Grafen als regierender Herr. Sie überspringen so hoch und so weit eine nicht vorhandene Hürde, das diese von jenen, die an Ihrem prachtvollen Sprung sich freuen wollen – und wer wollte es nicht?! –, als der Maßstab, der nicht zulangt, als das notwendig niederere Hindernis Ihres siegreichen Hindernisrennens, unwillkürlich mitgedacht wird. Und so macht Ihr großes Beispiel den, dem Sie's geben, klein vor sich selber und auch vor den Augen derer, die nur den eben Anwesenden in Lebensgröße sehen und diese oder eine noch größere einem zufällig oder notwendig Abwesenden, König oder Gott, nicht zubilligen können.

ABERMALIGE ABSCHWEIFUNG
oder
X. KAPITEL

wo der Lichtkegel des unablässig sich drehenden Leuchtfeuers auf die Familie des Herrn Murmelsteeg fällt, dessen Charakter sich als höchst erfreulich erwiesen.

Die Bekehrung des Notars – kraft, selbstverständlich, nur des Lichts, das die, von dem Helios geformte, Adelseherche Person verstrahlte (was die schönsten Worte, wären solche ihr schon zu eigen gewesen, nebensächlich, ja überflüssig gemacht hätte) – ist nicht die einzige geblieben. Die zweite folgte etliche Monate später. Ohne der geringsten Nachhilfe bedurft zu haben. Und im rechten Augenblick.

Zum Häuflein der ausgesperrten Dienstleute hat auch ein Mann gehört, dem der auf einen Bauern herabgekommene Graf sogleich tief zuwider gewesen war. Mir das – dürfen wir ihn rufen hören –, der ich Kerle, wie der einer ist, dutzendweise meinen Herrschaften aus dem Wege gejagt habe, wenn ich, statt hinter ihnen zu gehen, vor ihnen habe gehen müssen, um sie vor der Belästigung durch jene zu schützen! Als ob er im Dienste östlicher Despoten gestanden wäre! Und war doch von westlichstem Berufe: Butler! Von Art allerdings ein Gauner! Dank den Ratschlägen nicht einmal ihm ebenbürtiger Gäste seiner adeligen Herren, reicher Juden, die, angesoffen, zu dem hochgewachsenen blonden Lümmel, Holländer von Geburt, aufzusehen und ihn um seine Vorhaut zu beneiden begannen, hatte er gute Börsengeschäfte gemacht. Auch gekuppelt, und von beiden Seiten beträchtliche Gebühren ein-

gehoben. *Auch Staatsgeheimnisse und geheim zu haltende Skandale – erlauscht zwischen der dreißigsten und hundertsten Flasche Champagner – den Journalen verkauft. Kurz: er war ein Schuft, zu fein und zu flink für das weitmaschige Strafgesetz. Als er aber im Vermittlungsbüro den Grafen Lunarin erblickte, der hoch oben zu sein schien, was man nur tief unten wirklich sein kann, denn: zwecks Fallenlassens in's Kriminelle entscheiden die Akzidentien über die Substanz, die schiefen Gelegenheiten über den urangelegten geraden Wuchs – setzte er, zum ersten Male in seinem Leben, aber zu seinem Seelenheil, auf die falsche Karte.*

Obwohl Herr Murmelsteeg – so hieß der Butler – von der Güte des Frühstücks im »Taler« und, nicht zuletzt, von der Mitteilung der schönen Wirtin, daß der Gastgeber ein sehr vermöglicher Mann sei, schon freundlicher gestimmt worden war, hielt er's doch für richtiger – nur eben innerhalb einer als ganzes falschen Rechnung, wie bald sich zeigen wird –, dem Befehl des ungemein liebenswürdigen Kommissars, nun auf's Schloß zu rücken, nicht zu gehorchen, sondern die drei Tage des Interregnums außerhalb desselben zuzubringen. Seine oberflächliche Begründung war: daß ohne Herzog, Fürsten, Grafen, Baron oder wenigstens Millionär das Butlertum keinen Sinn habe. Wem sollte er das Hemd, die Hose spreiten? Dem Herrn Adelseher? Hinter wessen Stuhl stehen in weißen Handschuhen, die Kette des Sommelier über Schulter und Brust, und des kürzesten Winks eines vornehmen Fingers gewärtig? Hinter dem eines reichen Bauern? Eigentlicher wollte er den adeligen Komplizen erwarten. Noch eigentlicher erwartete er sein wahres Selbst. Und daß bis zu dessen Ankunft er durchhalten könnte, hatte Gott ihn viel Geld ergaunern lassen.

O felix culpa! Denn wir entnehmen – um in usum delphini zu wirken – die Beispiele für paradoxe Behauptungen ja dem ordinären Leben jedermanns! Herr Murmelsteeg blieb also im »Taler« und wurde, weil er sonst nichts zu tun hatte und ob Nichtkommens des Grafen auch beruflich unnötig geworden war, zum genauen Beobachter der Geschehnisse auf dem Schlosse. Er ging nur aus, um dort, ein zweiter Notar, nach dem Rechten zu sehn – von Herrn Adelseher, der ob begreiflicher Unsicherheit in dem noch vorbildlosen neuen Tun dringend eines Zustimmenden bedurfte, mit dem lautesten Hallo empfangen –, und kehrte immer befriedigter zurück. Es gibt also einen, meißelte er in seinen Schädel – einem Bildhauer gleich, der die auf dem Sinai gegebenen Gesetzestafeln kopiert, um die Zehn Gebote besser zu behalten –, der sein Geld nicht in Weibern anlegt, nicht im Spiel auf's Spiel setzt, nicht zum Herausputzen von Wohnung, Weib und Kind verwendet, auch nicht einem verschuldeten Neffen in den unfüllbaren Rachen wirft, oder, weil ohne Phantasie im Guten, den schon bestehenden Wohltätigkeitsinstituten noch ein ähnliches beifügt, sondern in den gewagten Versuch investiert, die von allen Frommen als endgültige angenommenen Grenzen der Nächstenliebe zu erweitern!

Als er während eines seiner Besuche auf dem Schlosse bemerkt, daß die schon gestern notwendig gewesenen Arbeiten auch heute noch nicht verrichtet sind, und nach der Ursache des Stillstandes fragend – gründlich und streng, wie nur der rechtmäßige Eigentümer hätte fragen dürfen, aber so sehr lag, nur unbewußt, bereits auch ihm das Gelingen des Versuchs am Herzen –, vermuten hört, die Ursache werde wohl der Bargeldmangel sein, weiß er den Augenblick gekommen, auf den allein die immer geglückten Gaunereien gezielt haben. Man kann natürlich des Herrn Murmelsteegs Interpretieren seiner alten Sünden mit dem Wenden eines alten Rocks vergleichen. Auch das Wort bewährt finden: junge Hure, alte Betschwester! Würde aber mit der Hilfe jedem zuhandener Metaphern und glatter Wahrheiten ein außergewöhnlicher Vorgang nicht auf die Ebene des leider Gewöhnlichen gestellt, was Neues auf dem Schlosse geschieht, nicht aus einer alten Ordnung erklärt, die willkürlich sich verschenkende Gnade nicht an eine Verkehrsvorschrift gebunden werden? Nein! Wenn ein so berechnender Herr wie der Herr Murmelsteeg gut die Hälfte seines Vermögens behebt und einem Narren von Verwalter zur Verfügung stellt, unter heftiger Zurückweisung des vernünftigen Anerbietens, aus der freiwilligen Gabe eine Schuld zu machen

– *hypothekenfreie adelsehersche Dächer hätt' es genug gegeben* –, *kann der Beweggrund zu solch' unvernünftigem Handeln dann noch innerhalb der üblichen Hilfeleisterei gesucht werden? Muß man nicht annehmen, dem bekehrten Sünder sei weniger um's Teilhabenwollen am erhofften Sieg als um's Teilhabendürfen an der möglichen, aber höchst ehrenvollen, Niederlage zu tun gewesen? Die Kirche, verehrt sie nicht – stillschweigend – mehr den Mätyrer als den zu friedlicher Zeit im Bett gestorbenen Heiligen? Und: wen ein Beispiel von Selbstlosigkeit begeistert, wird der hingehn und ein Haus kaufen?*

Herr Murmelsteeg ist der Sohn eines Holländers aus Wassenaar und einer Deutschen aus Aachen, Katholiken beide, wenn auch nicht praktizierend, und auch von Haut und Haaren dunkel. Eine Bierbrauererscheinung, die bei Gelegenheit höherer Reize in einen cholerischen Pfarrer, noblen Benediktiner, schwierigen Prälaten hinüberoszilliert, der dann den ganzen Mann gefährlicher, dezidierter, gebildeter erscheinen läßt, als er ist. Man würde ihn interessant haben nennen können, wenn er nicht doch auf zu gesunden Beinen gestanden wäre. Aus demselben Grunde merkt man ihm auch nicht an, daß er auf Java geboren worden und bis zu seinem zwanzigsten Jahre dort gelebt hat. Er spricht kaum von diesem Lande, und wenn ja, weder gut noch böse, nur so, wie eine verblaßte Photographie von unbekannten Leuten redet, die vor dem Objektive umsonst bedeutend posiert haben. Er scheint dem Eingeborenenlande gegenüber – warum, werden wir nie erfahren; er weiß es selber nicht – ein obstinater Apperzeptionsverweigerer gewesen zu sein, wie der Römer einer war und der Engländer einer ist. So hat ihn denn Europa eines schönen Tages einfach heimgeholt, wie die Hölle den auf die Erde delegierten Teufel, der Diktator den kommissarischen Verwalter, der lange Rechen des Croupiers unsern letzten Einsatz. Man hat nun einmal irgendeiner transzendenten, politischen, vergnüglichen Spielregel sich unterworfen und muß, weil man A gesagt hat, auch B sagen. Niemand verweigert ungestraft oder unbelohnt Apperzeption. Auf einer Ansichtskarte teilte er seinen Eltern mit, daß er in dem und dem Hafen, auf dem und dem Dampfer, Bestimmung: Rotterdam, sich einschiffe. Der einzige Steward des Frachters war plötzlich gestorben, und von den drei Weißen unter'm Palmblättervordach der Maatschappykantine, mit denen der Erste Offizier den Todesfall besprach, war nur einer, dem die Berufung zum Nachfolger des Verewigten vom Gesichte, von den Achseln, von den Hüften, von den Händen strahlte, besser, spritzte, wie ein plötzlicher Guß Licht: unser Murmelsteeg. Und nur einer, der in diesem Lichte sah, was es beleuchtete, und erkannte, warum jetzt gerade das: unser Offizier. Mehr läßt sich über die Begegnung, wie über jede erste Begegnung, die entscheidend gewirkt hat, nicht sagen. Nur *a parte* sagen, daß die rationale Ursache, warum es so und nicht anders gekommen, erst eine Sekunde später startet, und daher die voraufgegangene Wirkung niemals einholt. Im geistigen Leben ist der Knall eben schneller als die Kugel, und trifft diese nur einen schon Getroffenen. Der alte Murmelsteeg rügte weder das Benehmen des Burschen, noch bekundete er Schmerz über den ohne Abschied und wohl für immer – wie folgerte er richtig! – verlorenen Sohn. Er tat die Ansichtskarte hinter Glas und in einen Rahmen und hängte das schwache Abbild eines großen Geschehens in der Eßnische, seinem gewohnten Sitze gegenüber, an die Wand. Der Mutter Mund, schon von klein auf ziemlich lippenlos, wurde und blieb ein Messerschnitt. Wäre geweint, viel und ergriffen geredet worden, so würde an dem Geernteten nicht erkannt worden sein, was gesäet worden. Die Mehrzahl der Eltern glaubt, in einem Staate, in einer bestimmten Kultur, auf einem Kontinente nur zur Miete zu leben, und ist empört, wenn das Eigentumsrecht, das an ihrem natürlichen Grund und Boden sie nicht geltend machen, von diesem an ihnen geltend gemacht wird. In den Fällen von Mißregierung, Wirtschaftskrise, Krieg erheben dann die unverpflichtet sich geglaubt habenden Nutznießer ein, wie sie hoffen, Gott erschütterndes Geschrei über eine ihnen angeblich zu Unrecht präsentierte Rechnung. Sittlichkeit und Humanität werden, obwohl es nur um einen Zivilprozeß sich handelt, vor's Schwurgericht zitiert, um wie für ein tödlich verletztes

Grundrecht, für das dauernde Verharrendürfen in dem undezidierten Schwebezustande zwischen Hausherr, was die Vorteile anlangt, die einem solchen erwachsen, und Vagabund, was die Nachteile anbetrifft, denen dieser leicht sich entziehen kann, Zeugenschaft abzulegen. Herr und Frau Murmelsteeg jedoch – als Holländer und Deutsche – besaßen noch jenes natürliche Rechtsempfinden, das die Freizügigkeit der Person, bis auf jederzeitigen Widerruf, eingebaut weiß in die Freiheit des Kollektivs, zu unternehmen, was ihr im Interesse dieses *sub specie aeternitatis* notwendig dünkt und, weil notwendig, ebenso sittlich wie dem *individuo* sein Kampf gegen den latenten Ausnahmezustand. Soviel – und wie wir glauben, genug – über Herkunft und ersten selbständigen Schritt, der aber der erste unselbständige gewesen ist, des jungen Murmelsteeg, der ab diesem einzigen entscheidenden Schritte genau so wurde, wie er auch auf Java oder sonstwo geworden wäre. Der Eingriff höherer Mächte zu ihnen oder Gott bekannten Zielen ändert nur die Positionen der Schachfiguren, die wir sind, nicht unsere auf Lebensdauer geschnitzten Charaktere. Ein Wunder vermag bestenfalls manifest zu machen, wer eigentlich wir sind. Der Saulus von früher ist nur ein Mißverständnis des Paulus von später, und das Mirakel einer Bekehrung ist nur die Aufdeckung einer erstaunlichen Möglichkeit, wie lange man, ohne man selbst zu sein, hat leben können!

Der emeritierte Butler, Gast, aber auch Beherrscher des »Talers«, zu einem welchen die unglücklichen Umstände Tills, Babettens, Müllmanns, des Herrn Notars, des Herrn von Jaxtal und aller Nebenpersonen, die von den Hauptpersonen infiziert worden sind, und nicht zuletzt die seiner Familie ihn gemacht haben – Erfolg beruht auf Mißerfolg; auf Verwandlung von Millionen Kilogramm Schwäche in ein Kilogramm Kraft –, sitzt in seinem bretternen Zimmer (weil er keine Nachbarn hat, besser: duldet, braucht's kein gemauertes zu sein) und schreibt; nicht Briefe, denn er ist unabhängig von Freunden und Protektoren, also wirklich frei; nicht Gedichte, die gibt's für ihn nur bei den Hyperboreern, von denen er nicht einmal diesen ihren Namen weiß; sondern an einer Gewissenserforschung. Immerhin: er schreibt. Das heißt: er bedient sich des genauesten Mitteilungsmittels; und wir werden sehen, um wieviel besser als sogenannte Dichter, die, für das eigentliche Poetische die Ungenauigkeit haltend, was sie vielleicht zu sagen hätten, in ein Solches verwandeln, das, ob wahr, ob unwahr, so, wie gesagt, nicht gesagt werden darf, weil das Wie der Aussage das Was der Aussage um jede Glaubwürdigkeit bringt. Herrn Murmelsteeg aber kommt es auf die Glaubwürdigkeit an, denn er selbst ist sowohl das Subjekt wie das Objekt des Glaubens; und bei solcher Ein- und Selbheit von Person und Sache muß – die unvermeidlichen *errores* schon eingerechnet – der Annäherungswert zwischen dieser und jener der möglichst vollkommenste in unserer prästabilierten Unvollkommenheit sein. Herr Murmelsteeg hat, wie *ab initio* jeder Mensch, das vortrefflichste Gedächtnis besessen. Krethis und Plethis schärfste Erinnerungen an ihre früheste Kindheit – wo eben sie noch Genien gewesen sind – beweisen den ursprünglichen Allgemeinbesitz. Nun hat Herr Murmelsteeg in seinem späteren Leben (wie so ziemlich jedermann) so viel Übles und Halbes getan, so viel Gutes und Ganzes unterlassen, daß er dieses an sich vortreffliche Gedächtnis, sofern es dem privatesten Gebrauche diente, beziehungsweise zu gut diente, mit Bedacht hatte ruinieren müssen, wollte er nicht in einem Glashause wohnen, dessen Fenster überdies sich nicht schließen lassen und das an einem Strome liegt, der dauernd Vorwürfe empormurmelt. Nun, nach gar nicht geringen Mühen, erfreute sich Herr Murmelsteeg endlich eines genügend schlechten. Und die Jahre vervollkommneten immer mehr seine Unvollkommenheit. Da geschieht, plötzlich, diese Bekehrung zum Schlosse (zu dieser Landschaft, zu einem engbegrenzten Fleck dieser Landschaft, dank vielleicht einem Kniff derselben: weil etwa eines Schlosses Front in Widerspruch steht zu einer vorhandenen Mauer oder zu einer bloß gedachten Linie, in keinem so krassen, der Bürger ihre gewöhnlichen Köpfe schütteln ließe, sondern in einem so feinen, daß nur zum *credere quia absurdum* bereits disponierte Naturen dem dialektisch beschäftigten *genius loci* erliegen), da geschieht also diese Bekehrung, die –

wenn wir Pauli Sturz vom Pferd und ähnlich barocke Akzidenzien des überraschenden Falls in die eigene Hirnschale von dem Akte abziehen wie etliche Zwiebelhäute, er also in psychologischer Nacktheit vor uns und vor Gott steht – als schöpferische Fiktion vorläufig nichts weiter zuwege bringen will und kann, denn die lückenlose Wiederherstellung des so oft durchbrochenen Continuums der Murmelsteegschen Person, wohl zum Endzwecke ihrer heilen Rückgabe an den Schöpfer (wie sie aus seinen Händen empfangen worden), doch nicht mit Gnadenmitteln, sondern mit den bloß physisch saubern des Vorsatzes, ab nun weder nach rechts noch nach links vom schmalen Wege zu brechen. Die erste Bedingung des Dauerns einer Bekehrung ist also das Ausfüllen der Gruben und Löcher des Vergangenen mit dem seinerzeit ausgehobenen Materiale, denn: um jemals zu dächern, muß man vor allem einmal gründen. Das sieht Herr Murmelsteeg, der schon so viel eingesehen hat, zum Beispiel, daß der arme Diener, der's in einem reichen Haus zu etwas bringen will, was mitgehn lassen muß, ein. Er sieht auch – und das macht seinem Blick Ehre –, daß das eigentliche Ziel ein sehr hohes ist, ja das höchste, und ihm zuliebe das Sortieren von Lumpen und Gerümpel nicht gescheut werden darf. Es stürmt, draußen, wo die stärksten Enguerrandschen Bäume sich biegen wie alte Tänzerinnen, die vor dem Spiegel schöne Erinnerungen beschwören; drinnen im Kamin, durch den und hinunter in die offene Feuerstelle der Ganswohlschen Küche die Ziegelbrocken poltern; Blätter regnet's und Wasser; zu vielen Rillen zerrinnt die durchsichtige Rinde des Fensterglases; es ist wütender Herbst; es schneit und friert; der Eisenofen, dem die in den Pelz verblichener Hauskatzen gehüllte Babette Holz und Kohlen zuschleppt, bullert zum vergnügten Händereiben, das warme Drinnen wird behagliches, wie gemaltes, Draußen, etwa eine Barbierstube darstellend, wo vor Enguerrands Schloßbild an der eisengrauen Wand die eingeseiften Bäume sitzen mit weißen Tüchern um den Hals; es ist steifster Winter; aber Herr Murmelsteeg hebt kaum den Kopf, weder um das Wandertheater der Jahreszeiten anzusehn, noch die mit Mäuschendiskretion sich bemerkbar machende Frau, für die er, wenn er wollte, eine Schwäche hätte. Wenn er zum Speisen in's Gastzimmer hinuntersteigt (wo für ihn allein auch die zwei andern Tische gedeckt sind, um seine, sonst allzu paradigmatische Einsamkeit zu dissimulieren; welch' echt französische Zartheit!), scheint er die gespannte Feder noch immer in der Hand zu halten, und ist sein, ein bißchen Basedowscher Kugelblick stets so leer wie der Wartesaal bei voll abfahrendem Zuge. Nun ja: er schreibt eben. Er ist wohl kein Schriftsteller, er schreibt nicht für einen gedachten lieben Nächsten, er macht nicht Toilette für den Schreibtisch, auch nicht dieses gewisse unternehmerische Gesicht, das die heimlichen Dummköpfe aufstecken, wenn sie an ihr offizielles Geschäft, den andern Dummköpfen zu imponieren, schreiten; er rekonstruiert ja nur das vielleicht vernachlässigte Haushaltsbuch seiner unmoralischen Ausgaben und Einnahmen. Trotzdem unterläuft ihm die Erkenntnis, daß man nicht aufzählen kann, ohne die aufgezählten Einheiten miteinander zu verbinden, zwangsläufig; die Art des Rechnungsvorgangs spielt keine Rolle; ist er doch nur nutzbar gemachter psychischer Effekt. Wenn wir fest stehen, scheinen wir nur fest zu stehen; in Wahrheit befinden wir uns auch dann im Flusse und, wenn wir einsam wie die Klausner der Thebais sind, doch im Gravitationsfeld der Menschheit. Ausdruck dieser Wahrnehmung ist, bei einer Zahl und einer Funktion, der schnurgerade Satz, bei größerer Ziffernsumme und entsprechend gehäuften Funktionen, die pagodische Periode. Man kommt ja zum Schreiben nicht durch's Schreibenwollen, sondern durch einen bedauerlichen Fehltritt, den man einmal von innen nach außen getan hat und der, weil unvorhergesehen, Ursache einer ebenfalls unvorhergesehenen und nie wieder rückgängig zu machenden Kausalreihe geworden ist. Hol' der Teufel den Strick, sagt ein Verzweifelter, dem der Mut fehlt, sich zu erhängen, und trudeln wir denn, in Gottes Namen, auf der schiefen Ebene weiter! Dieses Aufgeben des Gesollten und dieses Sichergeben in's Gemußte, ist, kurz und hart gesagt, der unrühmliche Anfang aller echten, also amateurischen Schriftstellerei. Herr Murmelsteeg erinnert sich. Nicht auch Angenehmes wie die Memoiristen, und das Unangenehme nicht in der Absicht eines, der die *exercitia spiritualia* des Heiligen Ignatius durchübt. Er biographiert sich nicht mit der schamlosen Neutralität des Künstlers und schlägt sich nicht an einen von sündhafter Komplexheit auf totale Reue eingegangenen Busen mit einer Faust, der des doppelten oder vielfachen Sehens Griffel längst entfahren oder nie eigen gewesen ist. Was er getan und was er unterlassen hat, beklagt er nicht als Kränkungen des liebenden, für dieses Menschen Heil bangenden Schöpfers, nicht also in bezug auf einen dritten, der den Dieb und den Bestohlenen so hoch überragt, daß das *peccatum* eine zu vernachlässigende Größe wird, von der im Hinblick auf die unendlich große Gnade und in schaudernder Ansehung des Liebesabgrunds gar nicht geredet werden dürfte, oder nur als von dem beglückenden Anlasse, einer sonst unerlebbaren Verzeihung teilhaftig geworden zu sein, sondern als ein materielles Zuviel und Zuwenig, das, wenn er's nicht auswiegen würde, ihn hinderte, auf dem dünnen Seile von seiner Dachkammer zu seinem Schloß zu gehn. Vor allem aber verändert die ihm noch immer etwas wunderliche Tatsache, daß er, der fraudulöser Weise (wenn auch mäßig) sich bereichert hat, den übelriechenden Reichtum nun auf Treu und Glauben hingibt, die Objektwelt. Darf es doch in dieser ab nun nicht mehr so zugehn, wie es bisher in der Subjektwelt zugegangen ist! Kurz: weil es in jener keine Murmelsteegs mehr geben darf (wohin kämen sonst Kapital und Zinsen?), muß in dieser, was Murmelsteeg gewesen untergehn!

Soweit unsere Abschweifung, mit der wir den aufmerksamen Leser auf nichts weniger als eine abermalige Abschweifung vorbereiten wollten.

Joe war ein sommersprossiger Bub' von zehn Jahren, der zu Matrosenanzug und karottenrotem Haar natürlich nichts anderes tragen konnte als einen kanariengelben Strohhut, der Hitze oder der Frechheit wegen auf dem Hinterkopf. Ginger, vierzehnjährig, würde das Abbild einer archaischen Griechin gewesen sein, wenn es wie das Urbild nur stumm in die gegenwärtige Welt geragt hätte. Sie sprach aber viel, und in geradem Gegensatze zu ihrem frühgeschichtlichen Lächeln im Stile der Karfreitagslamentationen. Versehentlich war eine christliche Seele in einen heidnischen Leib gesteckt worden. Dieser rieb sich an jener, und jene rieb sich an diesem. Weil weder zu groß noch zu klein, hätten die Kinder dem Normalmaß, das irgendwo seine Elle hat stehenlassen, zu vollgültigem Ersatze dienen können. Ohne Zweifel ein Verdienst des derzeit noch unbekannten Vaters! Denn May, die Mutter, würde mit ihrer Gestalt nicht auszuhelfen vermocht haben. Vorn und hinten flach wie eine Latte, in die ein Kunsttischler von Schöpfer eine teils menschliche, teils insektische Figur gesägt hat – Ober- und Unterleib sind nur durch die Saugröhre einer Wespe verbunden –, schwankte sie wegen des schwierig zu bewahrenden Gleichgewichts bald sehr nach links, bald sehr nach rechts, gelegentlich auch seismographisch fein wie im Anzeigen eines fernen Bebens begriffen. Die drei so gründlich verschiedenen und doch innig miteinander zusammenhängenden Personen glichen einer neuen Laokoongruppe, die, vergeblich sich wehrend gegen die Schlange der Liebe, von unsichtbaren Frächtern aus dem einen Museum in ein anderes befördert wird.

Zwei Stunden Fahrt in einem jener alten, gendarmgrünen, nach frischlackierten Holzbänken, Braunkohlenrauch, Lampenöl und Radschmiere riechenden Waggons, so auf den Lokalstrecken ihr Pensionistendasein vollenden, hatten die Familie, gepreßt in eines der kleinen Fenster – obwohl alle anderen leer waren –, gründlich, wie sie glaubte, über die Landschaft unterrichtet. Die Familie kam aus England. Auch dort gibt es bemerkenswerte und nicht bemerkenswerte Gegenden, aber: sie sprechen englisch. Bäume, Häuser, Gras und Äcker. Hier sprechen sie deutsch. Es fehlt also das unter der Sprachschwelle liegende, die stärksten Gegensätze doch halbwegs versöhnende Medium. Infolgedessen Ginger sehr richtig die Gegend im – vollkommen ungerechtfertigten – Ausruf zusammenfaßte: »Armer Papa!« May und Joe nickten mit vom Halse welkenden Köpfen.

Die Dörfer, beträchtlich weit von der Bahn entfernt – nur

die verschiedenfarbigen Felder erstreckten sich bis zum Damm auf einer vom langsamen Zug gedrehten Palette –, bekundeten ihre Vorhandenheit bloß durch eine Kirchturmzwiebel oder ein Stück frischrot gedeckten Gehöfts. Den kleineren oder größeren Rest verundeutlichten mit ihren wilden Kritzeleien Apfelbäume. An den Haltestellen stieg niemand aus oder ein. Die Kratzspuren eines wahrscheinlich wöchentlich bloß einmal kehrenden Besens waren vor und in den bretternen Häuschen deutlich und unverwischt zu sehen. An diesen Haltestellen fuhr das Züglein sozusagen im Anhalten vorbei. Der Schaffner stand mit einem Fuße auf dem Trittbrett, den anderen ließ er über den Boden schleifen. Seitlich der Fahrtrichtung lag, wie ein nachlässig hingeworfener Mantel, ein kleiner Gebirgszug, in dessen Falten das Ziel der Reise sich barg. Das konnte die Familie nicht wissen. Noch weniger konnte sie wissen, daß dreiviertel Stunden Gehens ostwärts der gesuchte Gatte und Vater, glücklich über sein Fortschreiten auf dem Weg zur Nächstenliebe, in einem Zimmer unter'm Dach des »Talers« sitzt – das Uneigennützigkeit posierende Schloß vor Augen, die getreulich sie nachzeichnende Feder in der Hand – er schrieb die Bekehrungsgeschichte eines Gauners –, und zwischen den Zeilen – es naht die Mittagsstunde – dem Gong entgegenharrend, den Frau Babette für ihren vornehmen Dauergast zu erwerben nötig gefunden hatte, gegen den Widerspruch des sparsamen Herrn Ganswohl. Des ehelichen Schicksals, das ihn treffen soll, war er unwissend wie ein Passant, dem alsbald ein Ziegelstein auf den Kopf fallen wird. Denn: hinsichtlich seiner nächsten Angehörigen hatte Herr Murmelsteeg ein unbegreiflich gutes Gewissen. Er sandte nämlich an jedem Monatsersten Geld nach Folkestone, wo seine Frau eine bescheidene Pension betrieb, und hatte fünfzehn Tage nach der alten Sendung und fünfzehn vor der neuen ein erhebendes moralisches Gefühl. Das ist natürlich so gut wie nichts zwischen verheirateten Leuten: Man kann die Zuneigung der zwo Geschlechter, wenn sie endgültig geschwunden, nicht durch eine christliche Übung, die ja ungeschlechtlichen Ursprungs – auch wenn sie im weltlichen Gesetz verankert ist –, ersetzen.

Die Menschenleerheit der Landschaft – es war zufällig Sonntag – mußte Gingers Gemüt, das in gewissen leidigen Augenblicken nur die einander feindlichen Riesen der Extreme enthielt, hoch mit Schnee bedeckt haben: plötzlich befanden sich frierende Tatsachen in der Julyhitze. Ihre Augen verschwanden zur Hälfte im oberen Lide. Ihr Mund bildete den delphischen Spalt nach, dem die benebelnden Dämpfe der Assoziationen entsteigen. Und ihr Reden erhob sich zur flachen Hochebene der Litaneien.

»Mit wem wird Mister Archie jetzt Schach spielen? Die langen Abende! Wo wird er sie zubringen?«

»Sind nur im Winter lang. Und jetzt, im Sommer, spielen wir ja nicht Schach«, sagte May. Flugs schmolz der Schnee, und Mister Archie saß, wie wir hören, zur selben Stunde, zwar mutterseelenallein, aber mit einer hübschen Dame plaudernd – Gingers Einfälle traten einander die Füße ab –, auf einer Bank der Seepromenade.

»Die sieht ihn doch gar nicht an!« rief empört der kleine Mann Joe. Und schon empfing sein Schienbein einen überaus schmerzenden Stöckelhieb Mays. Sie konnte ausfetzen wie der tückischste Esel. Sofort floh Mister Archie die Versucherin und lief in Mamas Pension.

»Mit gesträubten Haaren!« entsetzte sich Ginger.

»Er hat keine mehr auf dem Kopf«, verteidigte Joe, noch wimmernd, die reine Wahrheit.

»Die Gäste werfen die Stühle um, der Reverend Wholey zieht das Tischtuch mit und zerschlägt einen Obstteller, die Katze springt auf den Glaskasten...«

»Ginger!«

»...und starrt mit mühlradgroßen Augen...« Mama legte ihr die Hand fest auf den Mund und spürte wie immer, wenn sie das tat – und sie tat es oft –, eine Weile noch das Weiterartikulieren der Lippen. Es war wie das Ersticken von neuem Leben gleich nach der Geburt. Als Weib hatte sie eine organische Beziehung zu Kindsmord.

»Nun, wenn Papa heimkommt, wird Mister Archie mit wem andern Schach spielen müssen.« Wenn's ein Erwachsener gesagt hätte, wär's zweideutig gewesen. May hörte als Erwachsene. So schnell, um der Ohrfeige zu entgehen, konnte der diesmal unschuldige Joe gar nicht sich ducken. Das leere Abteil erlaubte die strichlose Ausführung von Familienszenen.

Die einzigen, die in Recklingen ausstiegen, waren sie. Ginger las den Stationsnamen des Ortes, in dem, wie der Wurm im Apfel, ihr Vater wohnt, mit englisch verquetschtem Munde und mit den Händen eines das Evangel lesenden Priesters. Joe stieß das Handköfferchen in ihre Kniekehle. Sie knickte jedoch nicht ein. Vertraut mit den abwegigen Gewohnheiten der Schwester, erkannte er, daß sie noch immer fern dem ordinären Gesetze von Ursache und Wirkung sich befände, und verzichtete auf weitere brüderliche Vertraulichkeiten.

Dann gingen sie, vom Buschen zum Büschel verengt, die größte Blume mit dem dünnsten Stengel, May, als Sturmfahne tragend, schon im Bahnhof über zum Angriff auf die Stadt. Aber durch die Glasscheibe des Ausgangs sahen sie keine Stadt; nur eine gerade, in die Ebene laufende Landstraße, die ein gleichmäßiges Kartoffelfeld in vier gleichmäßige Teile zerlegte. Und was Enguerrands Schloß anlangt, so würde es, wenn von hier aus sichtbar, zu ebendieser Stunde unsichtbar sein.

Gott sei Dank sprach May ein wenig deutsch. Sie war in jungen Jahren Sprachlehrerin gewesen – den polyglotten Bekanntschaften verdankte sie auch einen Holländer, den Herrn Murmelsteeg – und hatte von ihren Schülern gelernt. Sie vermochte daher den hier wohl einzigen Beamten, der alles in einem zu sein schien (Vorstand und Gepäckträger), nach dem Weg zu jenem Schloß zu fragen. Ja, dieses Schloß gäbe es wirklich, sagte der Mann, doch mit einer so hauchdünnen Stimme, als spräche die konturlose Göttin der Erinnerung selber durch viele morgenländische Schleier von einem im längst verlassenen Abendlande noch immer vorhandenen rätselhaften Gebäude. Der Ton der Antwort war nichts weniger als ermutigend.

Der Beamte nun, ein sehr freundlicher Herr, den die Ankömmlinge ob ihrer Fremdheit und des sonderbaren Verlangens wegen, nach dem sagenhaften Schlosse gewiesen zu werden, zu doppelter Hilfsbereitschaft verpflichteten – sonntags stand kein Mietwagen draußen, der sie hätte hinbringen können –, holte aus dem Gepäckraum, leer wie ein Hühnerstall nach der Hühnerpest, einen Frachtschein und einen dicken Bleistift, um die Laien auf zeichnerische Weise zu unterrichten. Das hätte gerade er nicht tun sollen. Der Neigung, ein außersprachliches Mittel zu gebrauchen, um dem Wortmangel abzuhelfen, hätte unbedingt widerstanden werden müssen. Nur der dezidiert Redenkönnende darf sich erlauben, anstelle des Worts den stummen Stift zu ergreifen. Wer auf zwei Beinen geht, kann, der Abwechslung halber, auch auf einem hopsen. Nur der fingierte Defekt ist zauberkräftig (wie der große Schauspieler beweist), hingegen der wirkliche bloß Mitleid erregt.

Der Beamte legte den Schein auf das hohe Tischchen vor dem geschlossenen Schalter, hob unter sichtlichen Anstrengungen den Blei und ließ ihn, gleich einem Gesteinsbohrer, auf's Papier fallen. Darin wühlte er eine Weile, um Kraft und Schwäche des zum neuen Zwecke noch ungewohnten Materials kennenzulernen. (Man sieht, er war dabei, den Effekt des Defekts kennenzulernen: wie ein Anfänger im Gehn mit einer Prothese.) May nahm nur Anteil an der kommenden Erklärung. Joe nahm überhaupt keinen Anteil. Und Ginger posierte ihr Profil für die Neuprägung einer uralten griechischen Münze. Trotz abgewandter Haltung stak im rechten Augenwinkel das Aug'. Als lugte es durch einen Theatervorhang.

Inzwischen hatte der brave Mann mit dem Schaffen begonnen. Zuerst schoß er über's ganze Blatt einen vielfach geknickten Pfeil ab, der schließlich doch in's Ziel treffen wird. Dann deutete er flüchtig die möglichen Abwege an und strich sie kräftig durch. Dann unterstrich er dreifach die etwaigen Abkürzungen des Schlangenwegs und ringelte die entscheidensten Orientierungsmerkmale wenigstens fünfmal ein. Bis jetzt hatte er allgemeinverständlicher Zeichen sich bedient. Und schon empfand er ein Mißbehagen beim Gebrauch der graphischen Umgangssprache. Diese mußte, wollte er das Städtchen Recklingen darstellen – er hätte es ruhig in seiner Schlucht liegenlassen können, weil für die Auskunft bedeutungslos, aber bedeutend für das beabsichtigte Überwinden jener –, aufgegeben werden. Als künftiger Strom entdeckte er sein Inundationsgebiet: die Perspektive. Er grub in's flache Papier mit immer schrägeren Schatten eine langgestreckte künstliche Tiefe, krönte ihren oberen Rand mit galoppierenden Ballen – kühne Bilder der dort wurzelnden, windzerzausten Bäume – und machte den unteren zu einem Gleise, auf dem, wie abgestellte Waggons eines Güterzuges, die Häuser standen. Er war, zwar noch auf primitive Weise, zur Anschaulichkeit vorgestoßen. Ein Vorstoß, der nicht mehr rückzuführen ist! Wer einmal das Wunder erlebt hat, knapp vor dem Ertrinken im Ozean der Natur durch einen einzigen getreulich geschilderten Grashalm gerettet worden zu sein, wird es immer wieder erleben wollen. Heißhungrig stürzte er sich auf den nächsten Gegenstand, der, weil er sichtbar neben dem bereits gewiesenen Pfad lag, keiner besonderen Schilderung bedurft hätte: auf die Kartause. Aber wie nur zu begreiflich lockten die Zuckerhüte einen werdenden Realisten. Jedoch, ein Häkchen viele Male an's Papier zu heften, war kein Fortschritt. Zu seinem Unglück – wir betrachten das Künstlertum als die dickste Pechsträhne von der Welt – hatte er einen Einfall, dem man Genialität nicht absprechen kann: einen dreizehnten Turm zu errichten, dem er, mit den kindlichen vier Punkten, einen Kopf einschrieb, der dann die Spitze als Kapuze trug. Zwei Fliegen waren mit einem Schlag getroffen: den Fremden mitgeteilt, daß es um ein Kloster sich handle, und sich bewiesen, daß er einen Gegenstand, ohne seine äußere Form zu verändern, in seine Metapher verwandelt habe. (Ob May vom Vergleich auf's Verglichene geschlossen hat, ist zweifelhaft. Ginger hingegen wurde aus einem Späher durch's Schlüsselloch zu einem zweiäugigen Seher.) Er schrieb eilends den Namen Alberting hin. Denn der Begierde, hinter diesem Orte, den die Reisenden jetzt sicher erreichen werden, am sagenhaften Schlosse sich zu delektieren, vermochte er nicht mehr zu widerstehen. Ihm ging's wie dem begeisterten Maler, der über die bestellte Arbeit den Besteller vergißt, oder wie dem leidenschaftlichen Ruderer, der in einem kurzfristig geliehenen Boote eine langjährige Weltreise antritt. Rasch, im fahrigen Duktus des außer Rand und Band geratenen Skizzisten, verfertigte er zum geplanten Bilde den gefühlsmäßig richtigen barocken Rahmen: die Ahorn- und Tannenhalle. Gleich nachher begann er das Schloß zu zeichnen: so schief, wie es wirklich dasteht, mit allen Einzelheiten, sogar dem verwilderten Park – er hatte ihn vor zwei Jahren gesehen und wußte nichts vom neuen Besitzer – und auch dem Himmel darüber, mit einigen wirklichen Wölklein, die nur sein unterbewußtes Barometer ihm eingegeben haben konnte.

Die Wanderer waren unterrichtet. May dankte herzlichst, soweit's ihr Deutsch zuließ, und Joe, bereits bei der Türe, stieß, in Ermangelung einer empfindsamen Schwester, den Handkoffer gegen das unempfindliche Holz. Ginger trennte sich schwer von dem Manne. Sie gab ihm sogar die Hand und begleitete diese Geste der Freundschaft mit einem tiefen Blick ihres zeitlosen Aug's. Wenn sie um einige Jahre älter gewesen wäre, hätte man sagen dürfen, sie habe sich verliebt. Dem war aber nicht so. Es war viel weniger. Gingers ganze Abneigung gehörte dem Inzeste mit allen Menschen, männlichen, weiblichen, und ihre ganze Neigung der hoffnungslos platonischen Liebe, die ja ohne Geschlecht ist, wie, nach ihrer (wohlbegründeten) Meinung, der Künstler auch.

Als die Familie den Bahnhof verließ, verließ ihn der Beamte ebenfalls: gleiswärts, den Frachtzettel in steifer Hand, als trüge er ein gewichtiges Tablett mit randvoll gefüllten Gläsern. Er war wohl schon bei sich, aber noch rekonvaleszent nach dem Blutverlust an Gewöhnlichkeit. Da ist dann jeder Schritt auf dem alten Boden ein Neuwiedergehenlernen und ein Entdecken von Feinheiten, die der Automatismus des Sichfortbewegens nicht hat merken lassen. Und wenn einer beim Staunen hierüber nicht haltmacht, sondern zur tätigen Erkenntnis fortschreitet, daß die Originalsprache der Schöpfung nach dem Sündenfall, unter peinlichster Vermeidung ihrer niedersten Ebene, in die eigene Sprache übertragen werden kann – es gibt allerdings Weise, die bewußt nicht Dichter, Maler oder Musiker werden wollen, und die sind sehr groß –, der ist für's brutale Verfolgen des Zweckmittels zu einem nichtigen Endzweck verloren. Er schwebt über den Dingen, um die Dinge nicht zu verletzen. Um das Urbild nicht zu beschädigen, wird ja das Abbild geschaffen. Jetzt sah er, in verändertem Zustand, seine alltägliche Umgebung: die vormals flache Wand der Apfelbäume, die jenseits des Bahnkörpers diesem eine Weile folgte, hatte das Tapetenmuster gesprengt und überflutete mit höchst persönlichen Blättern den ihr bisher vorenthaltenen Raum. Der Schotter zwischen den Schienen war zu versteintem Gedärm geworden; die Telegraphenstangen aus grauem, rissigem Holze schlossen zusammen mit Draht und Erde malbare Ansichten ein. Er war im Bilde, von Bildern umzingelt.

Vor dem Bahnhof stand eine Schar Kinder. Unmöglich konnte sie, weil vertraut mit dem sonntäglichen Leerlauf der Bahn, Fremde erwarten. Wahrscheinlich war von höherer Gewalt sie herbeigerufen worden. Und wenn nicht jetzt ein hochnotpeinlicher Fall ihr Tribunal beschäftigt hätte, würde es ohne Amtshandlung wieder auseinander gelaufen sein. Aber pünktlich zur Schicksalssekunde erschienen – die Delinquenten. Sofort verwandelten sich die kleinen Nichtstuer in einen fleißigen Schmeißfliegenschwarm. Zur Begründung der Verwandlung in diese lästige Insektenart sei – ohne volle Gewähr für die Richtigkeit der Annahme – der Umstand erwähnt, daß heute abend in Recklingen ein Wanderzirkus gastiert. Infolgedessen konnten die gewiß nicht bösartigen Kinder die Fremdlinge für Schausteller halten. Und in der Tat: die voneinander gründlich verschiedenen Erscheinungen der Wanderer ließen nicht an eine Familie denken, sondern an eine Programmnummer, deren Erfolg beim Publikum, neben der artistischen Leistung, wesentlich auf ihrer komischen Zusammensetzung beruht. Gut die Hälfte des Schwarms stürzte sich auf May. Ihre Taille war auch für Erwachsene eine Sehenswürdigkeit. Diese allerdings drehten sich nur um, nach gewaltsam diskretem Vorübergehn, geschüttelten Kopfs und offenen Mundes. Die Kinder jedoch, nackte Empiriker bis zu etwa vierzehn Jahren, wollten sie mit Händen ermessen. Es war sonach ein wildes Gelaufe und Gehüpfe, begleitend einen Zug gezähmter Elefanten und von der Zivilisation ermüdeter Kamele. Einige, die Größeren, versuchten, die von Mays Hut herabwippenden Blumen zu knicken, die

Kleineren, viel erfolgreicher, weil sachlicher, Mays Überrock von Mays Unterrock zu trennen, um zum vermuteten Skelette vorzustoßen.

Als die handgreifliche Verehrung der für circensische Berühmtheiten Gehaltenen bis zu diesem Höhe- und Tiefpunkt gediehen war, entsann sich May eines der dreifach unterstrichenen Abkürzungswege, eines Saumpfades zwischen Rübenfeldern. Sie unterschätzte aber die Begeisterungsfähigkeit der hiesigen Jugend: Sie trat den Rüben das Blut aus dem Leibe und wurde nur noch anfälliger für die Gier nach menschlichem Blut.

Es ist überaus weise vom Herrn Gott, auf der Landkarte unserer Beziehungen zu den Nächsten und Fernsten unerforschbare weiße Flecken zu lassen! Wie auch würden wir, wenn wir alles voneinander wüßten, in Gemeinschaften leben können? Es geschah also gewiß nach Seinem Befehle, daß weder May noch Joe sahen, was Ginger, die den Gänsemarsch beschloß, gelang: das Gesicht auf dem Hinterkopf zu haben, und, während sie vorwärtsschritt, die Zehen gegen die Störenfriede zu richten. Aus dem tragischen Maskenmunde hing, als schreckliche Draufgabe, eine Gehenktenzunge gleich einem gefrorenen Blutsturz.

Leider war kein Mythologe zugegen. Und er ist ja nie zugegen, wenn sich ereignet, was – wie er lächelnden Ernstes sagt – nie sich ereignet hat. Er vermag daher nicht festzustellen, daß, zum Beispiel, das Auftauchen der Hekate aus dem thessalischen Rübenfelde eines Recklingenschen Bauern oder die Krönung des Nackens eines Mädchens von heute mit der Vorderseite des abgeschlagenen Medusenhaupts keine so seltenen Vorgänge sind. Was, wenn er doch einmal zugegen wäre, würde dann aus der Wissenschaftlichkeit der Wissenschaft werden? Und würde ihm seine Sprache gehorchen, die auf's bloß Vernünftige dieser reichlich unvernünftigen Welt gedrillt ist?

Da gab es aber – den längst verstorbenen Olympischen sei Dank – die Kinder! Angesprochen in der ihnen gemeinsamen Muttersprache des noch nicht folgerichtigen Denken- und Redenkönnens, begriffen sie sofort die eindringliche Mahnung. Zu einem schildkrötenförmigen Wesen geballt, die entwaffneten Händchen brav wie um die Schulhefte gelegt, zogen sie sich zurück. Als Joe sich umwandte, um die plötzlich ausgebrochene Ruhe zu erforschen, erblickt er das Gesicht Gingers wieder an der rechten Stelle.

So geht es auch dem Philosophen. Wenn er nach der Ursache einer Störung im All sich umsieht, ist alles wieder in Ordnung. Die Logik träufelt Mohnsaft in's Aug' der Merkwürdigkeiten.

Dank Gingers Griff in die unterste Lade des Unterbewußtseins, wo die vergessenen Religionen ruhen, so bestenfalls zu schrecklichem Mummenschanz verwendet werden können – wie obiges Beispiel zeigt –, kam die kleine Gesellschaft rasch vorwärts.

May, weniger von den Füßen, als von den Propellerflügeln ihrer Arme über den Boden befördert, erreichte schneller, denn der angehende Künstler seine Skrupel überwunden hat, jene fünfmal eingeringelte Allee – hier wurde der geknickte Pfeil zum geraden –, die gen Alberting führt. Sie ist auf einem gemächlich zu ersteigenden, dann ebenen Höhenzug angelegt und von einem, annoch unbekannten, Gärtner, der den gewöhnlichen Beruf in einen ungewöhnlichen zu verwandeln bestrebt gewesen ist, umgeschaffen worden. Der hatte nach Beschneidung der zwo Innenseiten in die obere eine Kuppel geschoren, also dünn, daß sie das Sonnenlicht durchließ und das nächst dunklere Grün zur Farbe feurigen Smaragds erhob. Als ob er die göttliche Gnade, die über der Welt schwebt, hätte fühlen machen und die Wenigen, die sie bereits empfangen haben, darstellen wollen! Unter Zuhilfenahme der ihr günstigsten Interpretation glich die Allee beinahe einer romanischen Kirche aus Laub. Zur notwendigen Ergänzung des wahrscheinlich beabsichtigten Eindruckes hatte der mysteriöse Mann in die der Ebene zugekehrte Wand Fenster gesägt, breite, um einer Bank Platz zu bieten, oben gerundete, daß sie den sakralen Charakter des Raums nach außen bekundeten. In diesem Außen stand die Kartause, wie ein von Mann und Maus verlassenes, mit zwölf Geschütztürmen ausgestattetes Kriegsschiff auf dem zu harmlosem Sand eingegangenen Meer des totalen Friedens.

May war bereits im Begriff, am dritten Fenster vorbeizufegen, wie am ersten und zweiten, ohne das in sie Gerahmte zu bemerken. Jetzt, dank einem Blicke, der vom Blick auf den Gatten abwich – vielleicht einer heranbrausenden Hummel wegen, die das Wegwenden des Gesichts erforderte – solche Automatismen erregen gelegentlich das Denken – man kann zum Beispiel eine Feder nicht ansehn, ohne einen Gedanken niederzuschreiben, der zugleich mit dem Ansehn entstanden ist–, nahm sie das Kloster wahr, aber, im Gegensatze zum protestantischen Bekenntnisse, nach katholischer Weise. Daher empfing sie sofort von den Behausungen der gelübdemäßig ehelosen Leute den festen Entschluß zum eiligsten Neubeginn ihrer lang unterbrochen gewesenen und durch Freundschaft mit Mister Archie schwer beschädigten Ehe. Man sieht: Gottes Wege sind wunderbar. Er bedient sich der einander widersprechenden Meinungen, um die in Unordnung geratene Ordnung wiederherzustellen.

Von Joe, dem einzig Vernünftigen, verglichen mit den nächsten Verwandten und der Überzahl der Nichtverwandten, ist kein Einfluß, den die Umgebung übt, zu erwähnen. Er wandelte weder andächtig durch eine halbe Kirche, noch erblickte er durch die geistlichen Fenster sehnsuchtsvoll die Welt, noch ging er durch eine gemeine Allee, die seinem Tatsachensinn als solche hätte erscheinen müssen. Der Hunger nach den dicken Frühstücksbroten, die im weit ausgeschwungenen Handköfferchen rumpelten, verschlang, mangels anderer Nahrung, die feineren Unterschiede und den simplen Eindruck. Also trachtete er danach – mit fast militärisch geschleuderten Schritten –, May einzuholen, die ja den Schlüssel zum Köfferchen besaß. Allein: der zu bewältigende Weg blieb unbewältigt. Das erstaunte sogar Joe. Ohne ihn zu hindern, das Doch-Bewältigen fortzusetzen. Denn der hintergründige Umstand, daß zwei Personen im selben Raume sich bewegen, aber auf verschiedenen Ebenen, die ein Zusammentreffen unmöglich machen, kann weder vom kindlichen noch vom erwachsenen bloßen Verstand begriffen werden. Es kommt sonach weniger auf die Füße an als mehr auf die Vorstellungen, die sie beflügeln oder belasten. Um's noch kürzer zu sagen: auf ein kleines Plus an Ideen und auf ein volles Minus an allen.

Jetzt fügen wir einen leeren Fleck in den Bericht, der einesteils Joe's vergebliche Mühe, May zu erreichen, ausdrückt, anderntteils uns die Gelegenheit bietet, neue Kraft zu schöpfen, um Gingers wieder bedenklichen Zustand und des an ihm unschuldig Mitschuldigen gründlich zu beschreiben.

Wer konnte nämlich voraussagen, daß neben den gewöhnlichen Sommergästen, die gegen profan und sakral gleicherweise immun sind (wegen des großstädtisch dichten Beieinanderstehens von Dom und Nachtlokal), ein überaus empfindsames junges Mädchen, das dem Jenseits des Ärmelkanals entstammt und nicht nur dank Unkenntnis der diesseitigen Landessprache für's Lesen der überall selben Urworte begabt ist, hier spazieren und in die vom noch unbekannten Gärtner unabsichtlich gelegte Falle gehen würde?

Diese Allee wurde von Gingers heidnischer Seele, welche der Nachtseite des Mondes glich, aber von einer zweiten Sonne irrtümlich beleuchtet war, in eine belaubte Ruine der Vorzeit verwandelt: Sie besaß eine dünne Decke, die demnächst mit Steingepolter herabfallen wird, fensterähnliche Öffnungen, aus denen die Flammen der Eroberer geschlagen haben, und rauchgeschwärzte Mauern, die im seitlichen Grün verborgen sind.

Es ist – wie der eben geschilderte Vorgang überzeugend dartut – das leidige Schicksal der Hervorbringer mehrdeutiger Werke, nur Anregungen für andere Anregungen zu bieten. Wirkungen gehen wohl von ihnen aus, kehren jedoch niemals zurück und bleiben in den sie auch aufnehmenden Köpfen unnachweisbar. Der unbekannte Gärtner steigt eine Leiter hinan, um im leichtesten Materiale einen schwerwiegenden Gedanken auszudrücken, ohne den Gegensatz dieses zu jenem – wegen Fehlens des höheren Denkens, das die Spannung zwischen den beiden erfassen würde – wahrzunehmen. Vom Fehlen dort oben machte Ginger hier unten reichlich Gebrauch. Und wenn der Irrsinn, ermüdet vom Vernichten fremder Intellekte, erholungsbedürftig an Gingers Schulter sich lehnt und unwillkürlich, nicht willentlich, ein Etwas seines Wesens in das ihre sickern läßt, trifft die Zusammenstellung des unmenschlichen und menschlichen Stillebens so ziemlich das Richtige. Man kann daher von keiner Geistesstörung reden, sondern nur von einem, allerdings pfündigen, Vergleiche, der in ein prinzipiell nichtschreibendes Mädchen fällt und dann – wie selbstverständlich – auf die stets vakante Stelle des Verglichenen zu liegen kommt.

Die Begegnung der Sache mit der Person fand am Beginn der Allee statt und minderte deren drei Dimensionen um eine. Daher die Allee zu einem Gemälde ward, dessen meisterhafte Perspektive von der ausnahmsweise malenden Natur stammt. Es hat also das schwächliche Beispiel des unschuldig Mitschuldigen eine es weit überholende Nachfolgerin erhalten. Während er, kaum wissend, was er tat, den inneren Umriß einer beiläufigen Kirche zu formen suchte, beschenkte Ginger sie mit dem notwendig gewordenen Hochaltarbilde, das, wie üblich, den Kultraum beendet. Und weil ein Fortschreiten in ihm für Ginger nicht möglich war, stand Ginger still.

Einen Augenblick später wurzelten ihre Füße im Boden. Den Leib empor stieg die schwarze Säule des Inneren der Bäume. Die Arme, zum Bewundern des Bilds erhoben, wurden ab Achsel zu Ästen und verjüngten sich in Schläfengegend zu saftigen Zweigen. Die Ohren hörten das zarte Knirschen von keimenden Blättern. Ein schriller Schrei beschloß wie ein glitzerndes Dach den vielstöckigen, stockdunklen Bau ihrer Gefühle.

Wir erlauben uns nun – mit einem Fingerzeig auf den wieder nicht anwesenden Mythologen –, an Daphnen zu erinnern.

Auch die Nymphe hat keinen anderen Ausweg gewußt, den unerwünschten Versuchungen des Gotts und Manns zu entrinnen, denn ihr reizendes Sein in das einer alten Olive zu verändern, die, statt Küsse zu tauschen, heiliges Salböl spendet. Ein Grauen dem nur bettlüsternen Apoll! So versteht sich von selbst, daß Ginger, abhold beiden Geschlechtern, Zuflucht zur Pflanzenwelt genommen hat, in der die frommen Bienen das Geschäft des Befruchtens besorgen und die Schlafzimmerheimlichkeit, wo Zwei allein sein wollen, als noch nicht erfunden bestätigen. Dem, bis zu diesem Schöpfungsaugenblicke, keuschen Himmel sei Dank!

Der Schrei warf Joe, gleich einem Kugelschleuderer, mehrere Male im Kreis herum. Dann erwischte er eine ausfahrende Tangente und lief auf ihr zur Schwester. May jedoch war viel schneller als er. Das kam von dem zumindest dreifachen Luftverdrängen der Arme, von den kaum durchschaubaren Wirbeln der Füße, die den ruhigen Sommerstaub zu kniehohen Wolken erregten, vor allem aber von der Schlange der Liebe, die, ohne Rücksicht auf Nah und Fern, mit ihrer größeren Ausgedehntheit die Zeit zusammendrückt. Jedenfalls trafen die länger rennende May und der kürzer rennende Joe im selben Augenblick bei Ginger ein.

Die dem Schrecken folgende Überraschung zu schildern, läßt die Kürze der Episode nicht zu. Ein Schriftsteller fährt auf Gleisen zu einem im Voraus bestimmten Ziele und kann sie nicht nach Belieben wie einen Gehweg queren. Wir müßten sonst die Aufmerksamkeit des Lesers auf die bereits erwähnte Tatsache zurück lenken, daß Ginger ihre sogenannten Visionen nur während der Geistesabwesenheit der leiblich anwesenden Zeugen erleidet – mit Ausnahme der bloß leiblich anwesenden dörflichen Kinder, die die eigenen grausamen Scherze, wie die ihnen angetanen, sofort vergessen, daher nicht zu Mythenbildnern erwachsen werden, deren Gedächtnis ja bis zum Anfang der Welt reicht.

Ginger lächelte nämlich. Trotz des Hindernisses, das der Mund ihr bereitete, der ein winziges Oval formte, dem ein noch winzigeres Ei entschlüpfen könnte. Seit etwa einem Jahr war des Mädchens Gewohnheit, eine von außen wahrzunehmende Empfindung gewissermaßen zum Quadrat zu erheben: durch eine feierliche Gebärde, wie beim Buchstabieren des Stationsnamens, oder durch eine komische Entstellung des schönen Gesichts wie jetzt. Diesen Umstand kannten die Nächsten gut; die Pensionsgäste nicht, weil die gewöhnlichen Gespräche keinen Aufschwung zum Cubus erforderten; und die mit Dienstleistungen Beschäftigten, Köchin, Zimmerbesorgerin, Hausdiener, kaum; obwohl die uferlose Tratschsucht, an den Ort des begrenzten Wissens tretend, die unglaublichsten Gründe für ihn sie aus dem Unwissen ziehen lassen würde. Auf der Reise aber hatten beide, weil deutlicher als die ihnen verständliche Sprache, die englische, ein Gekicher gehört und gleicher Weise unschuldigen wie schlechten Gewissens zu Ginger hingeblickt, die es nicht merkte wegen des begeisterten Umarmens irgendeiner aus ihrer Kraft erhöhten Zahl. In jenen peinlichen Augenblicken hat May vermutet, daß in der Jungfrau das Weib zu herrschen begonnen habe: arbeitend an der Zerstörung des unfruchtbaren Schoßes, werfe es die zum Bau des fruchtbaren unnötigen Bestandteile auf den Misthaufen der Hände und des Gesichtes. (Dem später die schwülen Pflänzchen der Mannsverführung entsprießen werden.) Eine Erklärung ebenso abwegig wie das erklärte Objekt! Ob May sie aus ihrer ebenfalls abwegigen Gestalt gesogen hat oder aus einer Metapher ohne Dichter, die, verzweifelt nach einem solchen suchend, auch die gewöhnlichen Hirne durchstöbert, diese Fragen müssen unbeantwortet bleiben, weil Leib und Geist der Frauen von Anfang an bestimmt sind, voreinander davonzulaufen und nur am jenseitigen Orte der Hellsichtigkeit wieder zusammenzukommen, welch ein Fall von glücklicher Vereinigung beider hier aber noch nicht in Rede steht.

Als die auf's Angenehmste enttäuschten Helfer das lächelnde Mädchen unter die Arme nahmen, um es zur nächst geeigneten Stelle zu geleiten, wo May hoffte, Auskunft über den beunruhigenden Schrei zu erhalten – diese Stelle lag unterhalb des dritten Fensters; in ihrer Mitte stand, zufälliger- oder von Ewigkeit her vorausgesehener Weise, die einzige Bank der halben Kirche –, fühlten sie, daß ihre durch liebevolle Schonung gemilderten Kräfte nicht hinreichten, ein Gewicht zu bewegen, welches kaum das des zarten Geschöpfs sein konnte. (Begreiflich: Gingers Inneres war ja noch von der schweren Masse der Bäume erfüllt.) Erst nach Zusatz von einiger Gewalt gelang es ihnen, den, unbekannt warum, gelähmten Füßen ein bescheidenes Gehen beizubringen. (Sie dem Boden zu entreißen, in dem sie bereits Wurzeln geschlagen haben.) Zugleich mit den anfängerischen Schritten erlosch das Lächeln, verschwand das Oval, das übrige Fleisch wurde leichter. Der entzückende Traum war zu Ende! Die traurige Wirklichkeit, die Ginger nur im Einton der Litaneien reden ließ, begann von Neuem!

Eng aneinander gedrückt, ein Körper mit drei Köpfen, die gemeinsam des Gatten und Vaters vergessen haben, strebten sie, öfters fehltretend auf die langsameren Beine Gingers, nach der Bank, scharf entzweigeschnitten von Licht und Schatten, denn es war bereits ein Uhr.

Zu ebendieser Stunde donnert leise – wohl um den einfachen Herrn Ganswohl nicht zu erregen – im Vorraum des »Talers« der Gong, Herr Murmelsteeg wäscht die durch das Schreiben der Beichte immer unschuldiger werdenden Hände und geht, anläßlich der Mahlzeiten schwarz gekleidet, die nur eine Treppe hinab. Während des Rauchens der Zigarre und des Hörens von Babettens täglichem Bericht über die Neuigkeiten im Schlosse, die ein wenig später das Binsenrauschen der Bibergegend verursachen und jetzt wie Schüsse aus einem Maschinengewehr einander folgen, wird in den Tabakswölklein die in England geglaubte und, für einen aussetzenden Herzschlag lang, geisterhafte Familie erscheinen.

Ihre noch recht wirklichen Mitglieder erreichten schließlich die Bank. May und Joe setzten Ginger, die vom bloßen Begriffe der Dauer wie alle Nichtphilosophen leicht angeschläfert war – ihr fehlten nämlich jene umflorten Tatsachen, welche erst das wörtliche Klagen ermöglichen –, auf die rechte Seite; May setzte sich knapp daneben, um zwischen brennender Frage und sie löschender Antwort keine Zeit vergehen zu lassen; Joe, der mit der Schnelligkeit eines Zauberers oder auch eines Taschendiebs (das *crimen* ist bei ihnen dasselbe: dem Publikum wird das Wahrnehmenkönnen des entscheidenden Augenblicks entwendet oder dem Einzelnen die Brieftasche) den Schlüssel aus Mutters Ridikül gezogen hat, setzte sich vor beiden auf den heißen Boden, das schon geöffnete Küßerchen im hypothenusenlosen Dreieck der gespreizten Beine.

Da geschah im linken Baume, und nahe der Gott einschließenden Rundung, das als sichere Zweiheit von Tun und Täter sofort empfundene Knicken eines Zweigs. Joe's Hände erstarrten einen Zentimeter hoch über den heiß begehrten Brötchen, und Mays Atem blies, nach einem gestockten, mit einem stürmischeren die dringliche Frage weg. Kurz danach brach ein Ast, auf dem, ohne Zweifel, jemand gesessen war. Dem Brechen folgte ein senkrechtes Abwärtsrutschen der Blätter, und in der geweihten Luft erschien ein kleiner Mann, dessen zappelnde Füße die Ansicht der gut erhaltenen Kartause bis zu ihrem Grunde zerstörten. Der hing mit einem, begreiflicher Weise, reichlich verlängerten Arme an dem untersten, dank Gärtner, halb abgesägten Aste und bedachte, anscheinend oder gewißlich, auf welche Stelle des bereits dicht besetzten, winzigen Platzes er seinen Körper fallen lassen soll. Dieser fiel, nach einer unvollendeten Drehung, und wahrscheinlich auch der Absichten, sehr richtig in Joes Köfferchen. Aus dem entsetzten Geschrei, das die so hilfreich Schweigenden jetzt erhoben, und sich selbst von den Sitzen, wie von der Schlange der Liebe gebissen, – nur Ginger blieb unbeweglich und stumm –, war leider nicht die Sprache hervorzuholen, derer sie zu einer etwas ruhigeren Meinungsäußerung sich bedienen werden. Derwegen sagte der Abgestürzte, ohne den Ort zu verändern, denn er war weich: das Gesäß zerquetschte die dick mit Wurst belegten Semmeln, mit schmerzverzerrtem Gesicht den verrenkten Arm massierend, trotzdem aber sehr freundlich, auf deutsch »Guten Tag« und zog den fehlenden Hut – er ist im Baum geblieben, oder zu Hause, oder trägt er gar keinen – in der Linie eines geschweiften chinesischen Dachs vom Kopfe. Man sieht: der Mann hat eine vortreffliche Erziehung genossen. Sie überzeugte die Schreienden von der Grundlosigkeit ihres Schreiens.

Während es in die Kehlen zurückfloß, kamen von tief her Laute ihm entgegen, die, unverbunden mit Wörtern, unverkennbar englische Laute waren. Nun hätte, wie vordem ein Mythologe, jetzt auch ein Photograph zugegen sein sollen. Das Abbild würde bewiesen haben, daß die Ohren des nur von einer Begleiterscheinung des Redenwollens und doch wie von vollendeten Sätzen Angesprochenen um etwa ein Achtel sich vergrößerten. Wer selber ein fremdes Idiom spricht, und fast so gut wie das angeborene, dann dank eigenem Nachahmen das untere Hervorbringen der oben vernünftigen Äußerungen kennt, wird, in einer Umgebung lebend, die keine Anwendung des zwiefach gelernten ermöglicht, die freudige Erregung des Abgestürzten leicht begreifen.

Ehe noch May die in solchem Augenblicke selbstverständliche Frage zum Munde, einem halbwegs deutschen, emporzubringen vermochte, welche dahin gelautet hätte, wie der kleine und sichtlich ältere Herr, ohne Hilfe eines lieben Nächsten oder ohne Leiter, den glatten Stamm, vom rätselhaften Gärtner der niedersten Äste erst unlängst beraubt, würde erklettert haben können, warum er bis zur Krone vorgedrungen sei und was er von dort oben geschaut habe, erhob sich der doch ziemlich bequem Sitzende, einem Springquell ähnlich, der in Joes Köfferchen entsprungen ist, händelos wie jener, bloß mit den Wadenmuskeln, die durch dauerndes Wandern und Ersteigen der Recklingenschen Felsen ihre Jugendlichkeit bewahrt hatten. Als er bis zur Höhe einer etwas herabgebrannten Osterkerze hinaufgeschnellt war, legte er den Kopf, der zwischen Mittagssonne und Laubschatten plätscherte, an den rückwärtigen Rand des Rockkragens und sagte mit schrägen Lippen, aber laut, deutlich und fröhlich: »*I am a spy!*«

Die Wirkung der Selbstbezichtigung würde ein sie Berichtender, wenn er nicht zufällig Schriftsteller wäre, eine unbeschreibbare nennen. Hier wird sie für den Säuglingsmund des Verstandes vorgekaut.

Sofort nach Vernehmen der von niemandem erfragten Antwort schüttelte Joe den Inhalt des Köfferchens zwischen Baumstamm und Erde, weil ein Engländer, gleichgültig welchen Berufes, oder gerade wegen des ihn ehrenden, darauf gesessen hat. Der Patriotismus des Knaben ist somit klar, nur der ihn erregende Anlaß bleibt freilich unklar. Jedenfalls opferte ein Hungriger das immerhin noch Eßbare dem unsterblichen Geist seines Vaterlandes.

Einer noch gründlicheren Erklärung bedarf der Anfall Gingers. Und Anfall muß eine Bewegung geheißen werden, die ohne Durchlaufen von Zwischenstufen aus Starrheit und

Stummheit mächtig hervorbricht. Der Leser vereine also sein Ohr mit dem unsern und höre in Gingers Innerm eine wilde Tanzmusik, die das schamlose Betragen des Körpers verursacht, es aber auch rechtfertigt, hingegen nach Ende des verzaubernden Tönens Äußerungen, die während des Schweigens zum bloßen Partner gemacht worden sind, nicht gerechtfertigt werden, weil sie nicht ihm, sondern dem abwesenden Geliebten gegolten haben. Nun ist ein Geliebter weder jetzt noch künftig zu erwarten, weil Gingers ungewöhnlicher Zustand, der ihr gewöhnlicher war, einen solchen ausschloß. Trotzdem kehrte sie mit den Händen einer Dame, die schon des öftern mit verschiedenen Herren zu Bett gegangen ist, das Haupt des kleinen Mannes sich zu und drückte einen Kuß – bloß formal einen Kuß, denn sie ermangelte, gleich einem irdischen Engel, den es nur im Krankheitsfalle gibt, der Leidenschaft – auf seine Lippen.

Man hätte ihn ebensogut mitten im heißen Sommer mit eiskaltem Wasser überschütten können. Das Ergebnis des aus einem Kübel gegossenen reinen Gegensatzes wäre dasselbe gewesen, wie die täuschend echte Verliebtheit des gleichfalls eiskalten Wesens es jetzt zeitigte. Er stürzte daher noch einmal ab, vom Gipfel der Begeisterung, erstiegen mit den Kräften der englischen Sprache, hinunter zum nüchternen Erkennen der durch ihn angerichteten Verwirrung und kam gerade zurecht, Mays Hand zu ergreifen, die, wie er glaubte, bereits von Ohrfeigen knospete. Ob May willens gewesen, diese der Tochter zu widmen, oder ob sie Sprößlinge wären des besänftigenden Streichelns, ist wegen Fülle des Augenblicks nicht bündig zu sehen. So wird auch ein Mord durch die Dazwischenkunft eines Unbeteiligten verhindert. Er erscheint als das trefflich verkleidete Sittengesetz.

Nach Erreichen des wirklichen Bodens – er hatte nur unterhalb desselben gehockt und nur über ihm gestanden, durch welches Außerachtlassen er der fußgängerischen Ebene ermangelte, die, neben andern Sachen, auch den Tritt des Verstandes regelt – gab er May, den rechten Schuh vor den linken setzend, und so einen echten Maßstab an den eignen wie an ihren Körper legend, der trotz insektischen Schnitts das menschliche Begreifen zu besitzen schien, eine Erklärung der eigentlichen Ursache des Sturzes – der immerhin kräftige Ast war der großen Erregung des kleinen Manns nicht gewachsen – und des wahren Sinns der die jungen Patrioten irreführenden Worte. Auf der Höhe der Sprache, sagte er, vereinen sich, bei gründlichem Vergessen der Gegensätze, die allgemeine Tatsache und der besondere Ausdruck. Was dieser Umstand hervorbringt, ist eine Mißgeburt, gezeugt von einem Hammel mit einer Löwin. Und er erhob das verneinende Urteil durch ein zufriedenes Lächeln zu einem bejahenden. Ein nicht zu leugnender Vater legte den üppigsten Kranz auf's Grab des entarteten Kindes. Aber Mays Gesicht verschwand hinter einer Null, in die ein Dilettant, plötzlich abberufen von seinem wesentlichen Geschäfte, bloß Augenöffnungen ohne Augen zu zeichnen vermocht hat.

Der möglicherweise von außergewöhnlichen Gesprächspartnern Verwöhnte, oder wahrscheinlich für sich selbst Redende, vielleicht auch Angestrengte ob des mühevollen Verwandelns des Monologs in den Dialog, merkte nach einer Weile, prall gefüllt von Schweigen, schuldvollem bei ihm, bis zu krankhafter Stummheit gehendem bei May, den fehlenden Eindruck der mehr geschriebenen als gesprochenen Sätze. Er suchte daher die gewöhnlichen, bloß von den Lippen geformten, und fand sie im Lokalreporter, der, ohne die grammatikalischen Feinheiten zu berücksichtigen, das kurz vorher Gesehene gleich danach dem Fräulein in die Maschine diktiert. Allerdings würde er nur allmählich Meister des Lehrlingsstils werden.

»Was die verehrte Dame natürlich nicht wissen kann«, und er verneigte sich, den einen Fuß militärisch zum andern ziehend, »ich bin ein berufsmäßiger Beobachter. Wie ich wohl nicht hinzuzufügen brauche: kein bezahlter. Der nämlich erlangt die höchste seelische Befriedigung kraft Leistung der Fleißaufgabe, im eigenen Land und ausschließlich für dieses zu spionieren. Er bewegt sich gewissermaßen im leeren, von keinen notwendigen Besorgungen genützten, Raum und hat auch seinen Absturz vor niemandem denn vor sich selber zu verantworten. Sie verstehen jetzt vielleicht besser mein Gebrauchen des zweideutigen Worts.«

Ohne das Ja oder Nein der Dame abzuwarten, warf er einen scharfen Blick auf Joe – dem das Symbol der Frechheit, trotz heftiger Bewegung beim Opfern, noch immer am Hinterkopf saß –, um den Halbwüchsigen zum erwachsenen Berichter eines Tramwayunglücks etwa zu erhöhen, der über die mysteriöse Tiefe der Oberflächlichkeit ihn unterrichten wird, und einen nebensächlichen auf Ginger. Jener ergab nicht im Mindesten die gewollte Vorstellung, dieser bestätigte den schon während des schwülen Ereignisses aus allen Nerven zusammengeronnenen Verdacht. Der den leiblichen Vater suchende Knabe bewunderte bereits seinen Wahlvater – ein Betragen, das nur solche Kinder zeigen, die ihrer geschlechtlichen Abstammung feindlich gesinnt sind –, und der Mann fand sohin keinen Grund, die spannende Erzählung zu entspannen. Ginger hatte ihren Bankplatz wieder eingenommen und behorchte, das Haupt bis zu den Knien gebeugt – der Gehörgang in Person –, den Heilungsprozeß des Eisbruchs. Er steckte die Weiber in eine Seitentasche des Gedächtnisses, woselbst sie bis auf weiteres mit dem Vergessenwerden sich befreunden müssen, ergriff Joes Arm, führte den ohne Zeugung erworbenen Sohn zu dem Baum, sagte nach oben weisend »da!« – der von Sonne bestrahlte Ast glich einer zersplitterten Lanze, die mit einem verbliebenen Rest von Angriffslust noch etliche Häuflein unteren Laubs durchbohrte –, und, als Beweis seiner geschickten Drehung, den Abgrund zeigend »dort!« Nach etwa zwei Alleemetern fiel dieser gut fünf ziemlich senkrecht hinunter. Der schon mehrmals erwähnte Gärtner hätte an dieser gefährlichen Stelle einen Zaun errichten sollen. Aber: ein Künstler in Säge und Schere bedenkt zwar das Entfernteste und der Gemäldeordnung Gemäßeste – die durch den Sturz zerstörte und neu errichtete Kartause würde auf den Spitzen des Notgeländers bestimmt sich unwohl gefühlt haben –, doch nicht die Sicherheit des Passanten. Wenn die Unsicherheit so zunimmt wie hier, könnte dann auch ein Maler die leibliche Gestalt des von ihm Porträtierten straflos mit Farbe beschmieren. Der Erweiterung seiner Palette wäre, möchten wir meinen, keine nähere Grenze gesetzt.

Der wortlos bleibende Gedankengang versicherte den Mann von neuem des Eingehenkönnens in so ziemlich jede menschliche Situation — ein Umstand, der neben anderen Wirkungen, wie etwa dem Hervorrufen der absoluten Indiskretion (um den endlosen Waldweg des diskreten Verschweigens radikal abzukürzen), besonders zum platonischen Spion befähigt — und tröstete ihn über die Versuchung, seine Ausdrucksweise dem Besitzer von bloß fünfzig Vokabeln anzupassen, welcher Fall, wie man hört, auch beim gott- und freundverlassenen Genius vorkommen soll. Innerlich also aufgerichtet — die äußere Kleinheit hatte nach oben und unten ihr feststehendes Maß —, erstattete er den Bericht des Gesehenhabens.

»Als ich den Ast entlang kroch, der die botanische Verkleidung meiner Person war und, was noch wichtiger, ihre notwendige Verlängerung erlaubte, denn von hier aus, wo wir stehen«, es vor künftigen Gefahren schützend, drückte er das Wahlkind an sich, »hätte ich nichts von dem Kriege inmitten des Friedens bemerkt und die erstaunlichen Laute Sommerfrischlern zugeordnet, welche zum ersten Male eine von den Jahrhunderten unzerstörte Kartause erblicken — fehlte eine halbe Minute auf eins. So besiegte meine hier unbekannte Pünktlichkeit — ich komme nämlich meistens früher denn der vermutete Täter, was die eigentliche Pünktlichkeit ist — die kein heimliches Unternehmen verdeckende, und deswegen ortsbekannte, eines jungen und reichen Herrn, der zu dieser Stunde, nebst den ihm hörigen Mannen, die politische Ferialität mißbrauchend, ausrücken wollte, Angriff und Verteidigung der beabsichtigten Revolte zu üben, indes ich bereits den wirklichen Kampf wider das Schwanken des Astes und für mein Gleichgewicht durchfocht.« Ein Wellchen Stolz rötete sein falsches Jedermannsgesicht, das zwar hautüberzogen und die dem Alter entsprechenden Runen zeigte, aber mit dem dicken Klebestoff der allen gewidmeten Freundlichkeit an das fast unerkennbare echte geheftet war. Bloß die Kranawettreiser, Beherbergerin des Mannes, kannte es gründlich: als einen ihr erwiesenen unfreundlichen Beweis des höchsten Vertrauens, als widersprüchliches Bekennen inniger Liebe ohne sinnliches Begehren: wie wenn beim Akt der Wandlung während der Heiligen Messe in der Sakristei auf einen Knopf gedrückt wird, der die Klingel des unbeteiligten Ministranten schüttelt und zum Läuten bringt! »Das Auftreten des jungen Herrn galt offensichtlich dem Nachahmen eines Zirkusvergnügens.« Das sagte er, weil er die ungleiche Familie für gar keine hielt, sondern für eine Programmnummer, die heute abend in der Manege erscheinen wird, wie die vorhin abgetretenen Schmeißfliegen sie ebenfalls für eine solche gehalten hatten. Was er ferner gesehen hatte, war: mit einem schmalen Schwimmhöschen bekleidet, brauste der junge Herr, in einem mit drei struppigen Pferden bespannten zweirädrigen Wagen stehend, entfernt dem der alten Römer ähnlich, die das Innere ihrer Arenen umjagen, über die bucklichte Wiese. Vor dem Ende der Fahrt beschrieb er einen gefährlichen Halbbogen, streifend die nicht vorhandene Rückwand der Wiese, das von ihm schon begeisterte Publikum noch mehr zu begeistern mit einem der Fassungskraft desselben entsprechenden Kunststück. Auf der Sehne des Bogens rannten sichtlich angestrengt zwölf Bauern – sie turnen ja nicht wie jener junge Herr, der allmorgendlich, schnaubend und polternd, den verschlafenen Körper zum ideal wachen macht, was sich anhört, als rängen mindestens zweie miteinander – und wünschten dem, nach ihrem Meinen Kühnsten der Kühnen Heil und Sieg. Halb in der Luft und halb am Boden bildeten Rosse und Gefährt ein gegrätschtes Dreieck, den absichtlich vermiedenen Unfall bezeugend, denn dicht neben den Hufen lag der grasbedeckte Stein des Anstoßes. Die Niederen präsentierten dem Höheren die Gewehre, derbe Stöcke an Riemen hängend, während des Laufens geschultert getragen, und der Abgestiegene rief den nämlichen kurzen Satz, nur weniger laut und mäßig gehobenen Grußarms, wie's dem Führer erlaubt ist, der durch dauerndes Begrüßen das Recht des nachlässigen Erwiderns erwirbt.

Da geschah das Brechen des Astes, bewirkt von der sparsamen Vorsehung, die einen beamteten Beobachter der Gefahr, bloß parteienhaft neugierig zu werden, hat entgehen lassen. Der hatte, für einen solchen, genug gesehen: Die Übung war schon des öftern abgehalten worden; wie die in Gewehre verwandelten Stöcke, die parademäßige Ausrichtung der rufenden Mannsbilder, das grelle Unschuldigsein der weißen Strümpfe an künftigen Weisungen des obersten Führers und die zu verschiedenstem Braun verfärbten Hemden-Fabriken, die sie in der einzig befugten Tönung herstellen, gab es damals noch nicht – eindeutig bewiesen. Keiner jedoch der unbeteiligten Nachbarn, denen zumindest das letzterwähnte, gar nicht übliche Kleidungsstück hätte auffallen müssen, hat der Behörde eine Anzeige wegen gemutmaßter Staatsgefährlichkeit zugehen lassen. Sonntags, nach dem Essen, stehn sie ja, sofern sie nicht schlafen, vor ihren Türen, pfeiferauchend und über die schmale Zeile hinweg miteinander sich unterhaltend. Bei solch ferialer Gelegenheit würde, zum Beispiel, ein recht saftiges Gerücht sicherer denn die trockenen Neuigkeiten, die meist aus gutmütigen Lauten bestehen, das drübere Ohr erreichen. Nichts derartiges ist geäußert worden. Wenn man nun das unzweifelhafte Gemerkthaben des Tatbestandes und das Fehlen jeder Vermutung, wie dieser hat zustande kommen können, zusammenzuschaun versucht – was vergebliches Mühen bedeutet, weil alles und nichts addiert die Endsumme nicht vermehrt –, so erscheint als beruhigender Begriff der des einfachen Nichtbegreifens. Der Mann aber wies den vorzeitig Beendenden rücksichtslos ab, und nach einem nur sekundenlang dauernden Denkakte, der heimtückischer Weise hinter denselben trat, um mit einem kräftigen Stoß in's Gesäß, ihn in's Licht der Vernunft zu befördern, fand er den obigen Umstand sehr begreiflich. Sein Gesicht zog sich ein wenig nach innen, wahrscheinlich zu dem Zwecke, einen reichlich tief liegenden Gedanken zu umfassen und unbeschädigt emporzubringen. Er sagte sodann mit scharfer Betonung jedes Wortes das Folgende: »Eine sich ereignen sollende Geschichte, ob sie nun später wirklich sich ereignet oder schon im Keime verwelkt, ähnelt dem ungeborenen Kinde, das vom Innersten der Mutter sich ernährt. Es besitzt keine Anschauungen und daher auch keine

Sprache. Und wenn wir jenes mit den Leuten vergleichen, die ebenfalls noch keine Anschauungen und noch keine Sprache haben, sehen wir vollkommen ihr Unvermögen ein, das im Außen Befindliche und das im Innern Wohnende zu vereinen.«
Erregt von dem Gedankengang, der ein allgemein bekanntes Wissen und eine der entferntesten Folgerungen aus demselben unmittelbar miteinander verbunden hat, preßte er den Knaben noch viel enger denn früher an sich. Der öffnete weit den Mund, um trotz Druck der Arme atmen zu können, der Mann hingegen glaubte, er habe die Absicht, den auch für die meisten Erwachsenen unverständlichen drei Sätzen begeistert zuzustimmen. Ja, eine ziemlich maßlose Entfernung hat immer eine andere zur Folge: Das Kind wird zum Weisen, die kleine Mücke zum menschengelenkten größten Flugzeug! Jählings aber fiel er von der Höhe des rechten Denkens und des falschen Meinens auf den Boden der gewöhnlichen zweifelfreien Tatsachen, wie vom Ast in Mamas Köfferchen; nur war jener nicht so weich wie dieses. Am Ende nämlich der Allee, das den kirchlich genannten Raum mit noch unbeschnittenen Bäumen beschloß, erschien eine ebenfalls männliche Gestalt, welche die Spitzen der über den Weg schießenden Zweige als ein tadelnswürdiges Benehmen zurecht- und zurückwies. Hiezu bediente sie sich der linken hin- und hergeschleuderten Hand, die ungefähr der heftig arbeitenden Schraube eines gegen die Strömung fahrenden Flußdampfers glich. Die rechte Hand umfaßte, steif, wie vom Schlage getroffen, die mittelste einer nur fünf Sprossen enthaltenden Leiter. Wenn man nun die Unduldsamkeit wider das freie Wachstum des Waldes, und vor allem die Leiter, in Betracht zieht – die große, bis zum Laubplafond reichende, steht in unserer Vorstellung bereits an ihn gelehnt da –, so kann es bei dieser Gestalt um keine andere sich handeln als um jene des Herrn Strümpf.

Aller Augen, die Joes inbegriffen – von der Umarmung plötzlich befreit, durfte er sehn, wohin er wollte –, waren auf den Kommenden gerichtet, ohne im Augenblick eigentlich zu wissen, warum; obwohl das Getragenwerden einer Leiter und das vorzeitige Abstürzen des Beobachters in einem Zusammenhang stehn müssen. Beide selbständigen Stücke waren ein Ereignis in dem Manne. Er beschaute daher den doch rechtzeitig Erschienenen – »Länger denn ein Viertelstündchen«, hatte er gesagt, »werde ich den luftigen Stuhl nicht ›besitzen‹«, und dieses Viertelstündchen ist eben abgelaufen – durch das Fernrohr der Ironie, das nicht wie das astronomische den zu erforschenden Gegenstand näher rückt, sondern kleiner macht, als er je sein kann, um – zum Beispiel – die Jämmerlichkeit einer Person, welche ja nur einem ihrer schwächsten Teile entstammt, über die ganze Person zu verbreiten. Welcher Falschmünzerei mit echtem Blech die professionellen Satiriker sich befleißigen. Als der Herr Strümpf den Halbkreis der Familie berührte und hinter demselben einen wohlbekannten Jemand erblickte, den er oben, zwischen den Ästen, gewähnt hatte und der heil hier unten stand, entglitt ihm ob maßlosen Staunens die Leiter. Sie lehnte sich sanft an's glattgeschorene Rund des Baums, das der Anlaß zu jenem Unglück gewesen ist. Noch geräuschloser und an keinem andern Ort würde sie ihre jetzige Unnötigkeit nicht haben dartun können. Tote Dinge, aber nur in unserer nächsten Umgebung, drücken durch tiefes Schweigen – zu verlegter Brille – oder durch einen winzigen Laut, der als letzter den Mund des Sterbenden verläßt – wegen Hinsinkens des Hilfsinstruments –, das menschliche Versagen aus. Der bis auf's Verrenken des Arms Gesunde wollte dem höchstwahrscheinlich vollkommen gesunden Herrn Strümpf – unter'm weißen Haar, das schon vor zwanzig Jahren diese Farbe angenommen hatte und von den Leuten als außerordentlich praktische Voreiligkeit empfunden wurde, war das ganze Übrige jung geblieben – noch seine Meinung vom Begriffe der Zeit mitteilen. Sie hinge nämlich wesentlich von den Gefühlen ab, die den mit ihr zugleich Verlaufenden bewegen. Wenn ein Freund in Gefahr geriete, und das sei vorhin der Fall gewesen, würde der andere Freund, von Ahnungen gestachelt, trotz festgelegter Viertelstunde, nicht früher herbeieilen? Zu den schon geschehenen, ein bißchen absonderlichen Äußerungen hätte die neue gut gepaßt. Er fand's jedoch besser, sein hypokritisches Meinen ungeäußert zu lassen, das neben der Erschwerung des alten Bekanntseins mit Herrn Strümpf den fast harmlosen Sturz zu dem des Ikaros vergrößert hätte. Er stieg also vom Denkhimmel zur gedankenlosen Erde herab. Die nunmehrige Sprache bestätigte jenes Prädikat. »Wir werden jetzt ein Gläschen Wein im nahen ›Taler‹ trinken.« Und weil er bereits die Absicht gefaßt hatte, von der Familie sich zu trennen, übersetzte er die Einladung mit Nennung des Gasthaustitels in's Englische.

»Dorthin wollen wir ja!« rief die Familie.

»Warum wohnen Sie so weit vom Circus?«

»Was geht uns Ihr Circus an!« schrie May mit ihrer schrillsten Stimme. »Ich suche meinen Mann!«

»Wir suchen unsern Vater!« schrien die Kinder.

»Seit einem halben Jahr hält er dort sich auf!« schrie noch schriller May.

»Dann muß ich ihn kennen! Wie ist sein Name?«

»Murmelsteeg!« Die Tränen rannen über ihre Wangen, und sie rang die außerordentlich mageren Hände.

»Dann gehen wir zusammen!« sagte sehr ernst der gewesene Wahlvater.

»Und Strümpf geht natürlich mit«, sagte er zu deutsch.

»Es ist sehr lieb von Ihnen, Herr Regierungsrat, daß Sie die Einladung nicht verschieben.«

Der Regierungsrat legte die Arme auf die Schultern Gingers und Joes und befahl: *Go on!*

HERRN MULLMANNS BEOBACHTUNGEN
oder
XI. KAPITEL

in welchem der Lichtkegel unseres Leuchtfeuers, ehe er auf neue dramatische Ereignisse fällt, über den mittlerweile arrivierten Herrn Mullmann, ferner über die prae- und postpotenten Lebensgewohnheiten der Wissensdrums streift.

Eine dritte Bekehrung ist nicht geglückt. Leider! Weil sie eine Person betroffen haben würde, die des Adelsehers anscheinend unvernünftiges Experimentieren mit der Enguerrandschen Hinterlassenschaft aus dem anscheinend ebenso unvernünftigen Verhalten des Erben zu derselben vernünftig hätte erklären können – diese nämlich als die eigentliche Ursache jenes, so die paradoxale These bewahrheitend: zwei Narren, zusammengeschmolzen, ergeben einen Weisen –, die eines Herrn Ariovist von Wissendrum, bedeutenden Schriftstellers und meisterlichen Bogenschützen, blinden für die nächsten Ziele, scharfsichtigsten für die fernsten. Der Mann wohnte zwar unweit vom Schlosse, hatte aber, wie die Kunst des Nichtsehens der jetzt um ihn herum sprossenden Ereignisse, auch die Kunst des Nichthörens dessen, was die Leute zu dem unzeitgemäßen Frühling murmeln, so weit getrieben, daß unter sein erhabenes oder hochmütiges Verachten des wirklich oder angeblich Ephemeren auch das Schloß gefallen war. Man soll also, lehrt eindringlich das Ariovistsche Beispiel, weder der Kunst zuliebe, noch – wie das Adelseherische lehren wird – eines zugereisten Weibes wegen, das vor jedermanns Aug' Liegende vernachlässigen – kann dieses ja nur dann anders gesehen werden, wenn der

Andere als das Maß des eignen Übermaßes noch in ihm steckt – und den angestammten Ort verlassen, der allein den an sich unmöglichen Consensus der zwo Geschlechter ein wenig wenigstens ermöglicht. Denn: außerhalb des allerengsten Kreises beginnt schon die schrankenlose Herrschaft des Unanschaulichen. Besteigen die Worte den Thron der Sachen, geht's nur noch nach der grammatikalischen Logik zu. Werden Sätze Fakten. Und nimmt deren Leugnung dann die Stelle der Gottesleugnung ein. Kurz: es kommt, statt zum Denken ob bisherigen Nichtgedachthabens – wie man vom Pfeil zur Bombe kommt, um dem jeweils drohenden Feinde zu begegnen –, zum politischen Denken, das, einmal inauguriert, einer nochmaligen Nötigung nicht mehr bedarf, sondern automatisch weiterdenkt. Es ist also die Bekehrung des Herrn von Wissendrum nicht geglückt, weil – und nun gedenke ein etwa automobilfahrender Leser (damit er nicht im Maße sich vergriffe) der lächerlich kleinen Mücke, die ihm in's Aug' fliegen und den Wagen am nächsten Baum zerschellen machen kann – in der Gegend ein Jude haust, Trödler von Beruf, Brombeer geheißen, und im ersten Stock des Adelseherhofes es eine prächtige Sammlung immer neuerer Altertümer gibt, die der neueste Besitzer derselben, der Narr Till, dem ihm nicht eignenden Schloß zuliebe verkaufen will.

Nun aber dankt die Sammlung ihr Zustandekommen nicht einigen wenigen Adelseherschen Liebhabern von Antiquitäten, sondern der allen Adelsehern gemeinsamen, außergewöhnlich ungewöhnlichen Abneigung oder frommen Scheu, des Hausrats der Ahnen sich zu bedienen. Und eingebrannt in den noch älteren, aschgrauen Torbalken steht die Zahl 1516. Seit damals also sitzt das Geschlecht der Adelseher auf dem Hof. Schafft der jeweils an die Herrschaft gelangte Nachfahr das des unmittelbaren Vorfahren zuhanden gewesene Gut von unten, wo all sein Lebtag er zu wohnen haben wird, nach oben, in den ersten Stock, wo die Abgeschiedenen, weder lebend noch tot, auf einer Zwischenstufe von Unsterblichkeit hocken, wie ausgestopfte Vöglein auf einem eisernen Ast.

Nur zu begreiflich – wenn man das, neunzehnhundert-

dreißig, schon gewaltige Rumoren im Staatsuntergrunde noch hört, oder vielleicht sogar selber, mit dem Glühen der Zündschnur, die zum Pulverfaß des Jahres dreiunddreißig führt, Schritt gehalten hat –, daß im nahen Elixhausen der Herr von Wissendrum, als er von des Herrn Adelseher Absicht vernommen – und ihm verschworene Zuträger besitzt er fast überall –, die Relicta seiner vierhundertjährigen rein germanischen Vergangenheit ausgerechnet einem Juden zu verkaufen, wie von der Natter des kürzesten Denkkurzschlusses gebissen auf- und in die Röhrenstiefel gefahren ist, die immer neben dem Schreibtisch stehn, fast hätten wir gesagt: neben dem Tintenfaß!!

Die Brombeerschen Lastwagen waren eben erst an ihr Ziel gelangt, als schon in einer, das Pinselfurioso daheimgebliebener Schlachtenmaler bewahrheitenden Staubwolke – es hatte lange nicht geregnet, und dem Gedröhne nach wurden Ackergäule geritten – gut zwanzig Burschen, dem Herrn von Wissendrum oder seinem bessern Pferde den Vorausgalopp lassend, auf's Adelsehersche Haus zupreschten. Den Brombeerschen Möbelpackern sperrte die nicht absitzende Eskadron den Weg zu den Altertümern, und der Herr von Wissendrum befahl den Adelseherschen Knechten, die bereits herabgebrachten Schätze wieder hinaufzubringen. Es war – nur mit umgekehrtem Vorzeichen – wie zu Raubritters Zeiten. Man maßt sich das Besitzrecht an fremdem Eigentum an: aber nur, um's dem Eigentümer zu erhalten! Man begeht das leichtere Delikt des Hausfriedensbruches: aber nur, um ein in baldiger Zukunft schwereres zu verhüten. Da standen dann im faustrechtlich besetzten Adelseherschen Hofe zwei verschiedengradige Idealisten einander gegenüber: unser Till, der keine Theorie seiner Praktik hatte und auch nicht zu haben brauchte – weil ja das anschauliche Tun der Schützenhilfe des unanschaulichen Denkens nicht bedarf: siehe die Tiere, die Liebenden, den Genius! –, und unser Ariovist, der nichts als eine bestechende Theorie besaß und aus ebendem Grunde dieses Danaergeschenks des Intellekts, hinsichtlich Konkretisierung seiner Theorie, auf einen dumpfen Gewalttäter, der kommen oder nicht kommen kann, angewiesen war. Ein Angewiesensein auf den ganz Andern, für *welches der Atelierbrauch spezialisierter Künstler ein – natürlich harmloses – Beispiel gibt: je nach eigenem Unvermögen, dies oder jenes, entweder die Staffage oder die Landschaft, von in diesen Bereichen heimischen Malern malen zu lassen!*

Jeder Sonntagsausflügler kennt die Brühl. Sie liegt nicht nur südlich der Residenz, sie ist auch ein Stück Süden. Während im Westen Laubwald und Feuchtigkeit herrschen, an schönen Tagen der Boden die Nachgiebigkeit eines nicht allzu fest gestopften Strohsacks hat, herrschen hier Nadelhölzer und Trockenheit, und der nur ein wenig scharrende Fuß entblößt schon den körnig steinernen Grund der romantischen Gegend.

Sie ist ein Tal, das zwischen Felsen sich windet, die fast alle auf ihrer Spitze eine schiefe Föhre oder Kiefer tragen, eines gelegentlich reißenden Luftzugs untrüglichstes Zeichen. Den Anfang nimmt es in einer das Längenfeld genannten, von Fabriken chemisch entfärbten und von Abwässerkanälen durchzogenen Ebene, die den Städter reich gemacht, doch seinen Schönheitssinn verletzt hat – weswegen der Undankbare sie meidet –, und führt, bald ein wenig sich verbreiternd, um einzeiligen Siedlungen Platz zu bieten, bald bedeutend sich verengend, um einen Bach schäumen und ein Mühlenrad klappern zu lassen, immer tiefer in's Gebirge, aber auch in die Vergangenheit, wo wie Pilze nach Regen die vielen Burgen stehn und auf dem höchsten Gipfel, dem bereits alpenkahlen, die gelblich weiße, säulengefächerte Morchel eines griechischen Tempels leuchtet, den Manen jener Husaren geweiht, die Achtzehnhundertundneun gegen den Korsen gefallen sind.

In vorgeschichtlicher Zeit, sagen die Gelehrten, sei die Brühl das Bett eines wilden, Gletschertrümmer wälzenden Stromes gewesen. Also unterrichtet, kann man von der gebliebenen Form leicht auf den verschwundenen Inhalt schließen. In den schwach ovalen, heute versandeten Buchten des wenige Meter weiter draußen vorüberstürzenden, mit Eis- und Steinblöcken polternden Wassers werden die Einbäume der ersten Bewältiger der noch rohen Natur geschaukelt haben, in den geschützten, weil höher gelegenen Seitentälern, wo heute die Landhäuser der reichen oder berühmten Leute sich befinden, ihre wohl den Sennhütten gleichenden Heimstätten gestanden haben. Das Sonntagsvolk allerdings eilt, starr vorausblickend, Profil neben Profil, so gut an der Urgeschichte wie an der Gegenwart vorbei. Es will ja nur in die Hinterhalte der Wirte fallen, in die Meiereien da dieser, dort jener Seitentäler, die zu lieblichen, parkähnlichen Landschaften geleiten, wo Kind und Erwachsener in nie geschorenen Wiesen waten dürfen.

In einem solchen Seitentale, das nach einer zugrunde gegangenen Kuranstalt, nun Ruine, Amalienbad heißt – noch sieht man die abgeblätterten Wände der ehemals heißen Kammern und zwischen Büscheln Unkrauts Stücke verrosteter Röhren –, wohnen während der Sommermonate die Wissendrums, eine große, sehr große Familie. Von ihrem Oberhaupt und – weil es geadelt worden – auch Ahnherrn hat ein Spötter einmal gesagt, er überrage sich selbst um Haupteslänge. Seitdem steckt das gefiederte Wort im Schwarzen des Mannes. Begreiflich, daß einer, der so gut getroffen worden ist, ohne einem Maler gesessen zu haben, sich beeilt, die vorgegebene Ähnlichkeit einzuholen. Und in der Tat! Dem Achtzigjährigen fehlen die üblichen und daher nicht wirklich bemitleidenswürdigen Hinfälligkeiten des hohen Alters also vollkommen, daß jeder, der ihn thronen gesehen hat, ohne die eigentliche Ursache des königlichen Betragens schon zu kennen, nach Erfahrenhaben derselben ausruft: Der Herr ist ja nur gelähmt! Bis man's aber dahin bringt, die Folgen eines Schlaganfalls zu einer Nebensache zu machen, welche die Hauptsache überstrahlt, und sogar zum Rechtsgrund einer Gewaltherrschaft, um durch Verbreitung von Schrecken einzufordern, was beim geringsten Schwächezeichen verweigert werden würde – oh, er kannte seine Brut, der Herr von Wissendrum –: wie oft muß da in die dubiose Tiefe der Staatslenkkunst getaucht und mit blutigen Händen wieder aufgetaucht worden sein! Denn erst muß man morden lernen, um später gerechte Kriege führen zu können! Und so regierte denn unumschränkt, weil selbst beschränkt, Pankration vom Rollstuhl aus das Haus!

Es sei, behaupten auch kritische Freunde der Familie, die

wohl anschaulichste Mahnung, gerichtet an die Übertreter des vierten Gebotes und an die Dulder der Übertretung, gewesen, wenn der Vaterhalbgott, braunhäutig sommers wie winters, barhäuptig geblieben wie geboren und schwarzlockig bis zum Ende, auf der Sedia des Schicksalsschlages, inmitten einer langen Prozession von Kindern und Kindeskindern, Neffen und Nichten, Schwiegersöhnen und Schwiegertöchtern, durch die Zimmerfluchten der Stadt- oder Landwohnung oder durch den weiträumigen buckligen, mit Schöpfen von Wäldchen gezierten Garten gefahren wurde, dessen Kieswege allein das Knirschen der Untertanen verlauten lassen durften, den von groß und klein gefürchteten Stock immer zwischen den Füßen, um mit ihm das Parkett zu betrommeln oder einen anderen hallkräftigen Gegenstand zu treffen, dann und wann auch ein Schienbein.

Einen so einheitlichen Eindruck die Familie macht, wo immer sie auftritt – und man sieht sie viel öfter vollzählig als zerstreut –, einen so zwiespältigen macht ihr Amalienbader Haus, wenn man seine Hinterseite mit seiner Vorderseite vergleicht, was unwillkürlich jeder tut, der von der Brühl kommt oder nach der Brühl geht. Während die Vorderseite einen Architekten bekundet, der mit den Massen wie ein Kyklop hantiert hat, mit den Maßen wie ein Zeremonienmeister, welcher das Erscheinen Ihrer Majestät vorbereitet, zeigt die Hinterseite, wie etwa ein Marmor- oder Porphyrlager aussehen möchte, das die Werkleute bis zum nächst niederen Material abgebaut haben; gleich Schnupftabak in Nasenlöchern, steckt in den Sprenglöchern der Humus.

Zahlreiche kleine Fenster – auf den ersten Blick sogar unzählige, gleich den Wanzen an der Wand eines nie gereinigten Zimmers –, unverkennbar Abortfenster, die, je nach Stand der obskuren Verrichtung, entweder schon weit offen stehn, oder eben geöffnet werden von einem aus der Unterwelt allein emporgesandten Händchen, und nicht wenige Klopfbalkone, deren engbrüstige Käfige ein Reisstrohbesen, ein Unratkübel, einige zum Trocknen verurteilte Geschirrtücher und der gewisse Bettvorleger – warum gerade er? eine Frage, die nie beantwortet werden wird! – miteinander teilen, lassen den früh aufgestandenen Wanderer, der aus der oben beschriebenen urgeschichtlichen Gegend in die neumodische Amalienbads tritt – die Wissendrums, nicht Langschläfer, sondern Nachtschwärmer, erheben sich erst gegen Mittag –, glauben, er erblicke hier, auf dem Lande, und in ihrer ganzen Schamlosigkeit, die in der raumbedrängten Stadt nur vor einem Lichthof oder einem Nebengäßchen exhibitionieren könnende *partie honteuse* eines gewaltigen Fremdenbeherbergungsbetriebs. Obwohl kein solcher, wie der zweite Blick lehrt, getan auf die noble, das Vorhandensein ordinärer Innereien strikt leugnende Front, sind doch alle Zimmer besetzt, auch die Badezimmer, und nicht nur von den in ihnen gerade Badenden.

»Ist es denn gar so gastfreundlich, das Wissendrumsche Haus?« fragt der schon besser, aber nicht gut genug unterrichtete Wanderer über einen hochergrauten Zaun hinweg den nächsten Nachbarn der in der Regel unsichtbaren, wenn ausnahmsweise sichtbaren, unnahbaren Familie, einen seinen Salat stechenden Siedler oder, sofern er das Glück hat, zufällig in den Quell des Wissens zu stapfen, einen der herrschaftlichen Diener, die den Verkehr mit der Außenwelt besorgen, als hätten sie den strengen Auftrag, sich dabei ja nicht schmutzig zu machen. Nun, an den beiden Antworten kann unser Wanderer die ganze Wissendrumsche Geschichte, wie an seinen Henkeln einen Krug, ergreifen und, ohne einen Tropfen des aus Eros und Porneia gemischten Tranks mundwinkelabwärts zu verlieren, sich einverleiben.

Die Ursache nämlich der Übervölkerung des Gebäudes sind die außergewöhnliche Zeugungslust der männlichen und die durch nichts herabzustimmende Gebärfreudigkeit der weiblichen Wissendrums. Nicht zuletzt – vielmehr auf's Innigste mit ihnen verbunden, wie Substanz und Akzidenz – auch die Neugier des schnell hochgekommenen und daher von sich sehr eingenommenen Geschlechts, was denn wohl wieder Großartiges oder noch Großartigeres aus dem sichtlich bevorzugten Samen werden würde! Das beste, allerdings unschuldigste Beispiel für dieses Gesellschaftsspiel ist das hierzulande gemeinschaftlich geübte Suchen der gut versteckten Ostereier. Um nur einen Beweis für die Richtigkeit unseres anscheinend gewagten Vergleichs zu erwähnen, kann nach dem üppigen Mittagessen, das mit Kaffee- und Liqueurtrinken und mit dem Erzählen bedenklicher Witze bis gegen vier Uhr sich hinzuziehen pflegt, der gewisse ältere, korpulente Herr unmöglich seinen Verdauungsspaziergang machen, ohne jetzt aus diesem, zehn Schritte weiter aus jenem der weniger umfangreichen als festungsmauerdicken Gebüsche das Blutschlürfen eines Wissendrumschen Löwen und den letzten Seufzer einer Wissendrumschen Gazelle zu hören. Ist er prüde, wird er seine Empörung durch stampfendes Schreiten und tief in den Kies Stoßen des Spazierstocks kundtun, wenn eigentlich einverstanden mit dem ein bißchen allzu natürlichen Benehmen der Natur, sich auf den Zehenspitzen davonmachen.

Zu gleicher Zeit, und wenn die Sonne besonders südlich brennt, was sie hier öfter als anderswo tut, findet man im selben Garten anständige Fortsetzungen der ursprünglich unanständigen Geschichten. Unter fast jeder der nicht wenigen breitblättrigen, wie aus Blech geschnittenen und mit grünem Lack bestrichenen, exotischen Pflanzen, deren Hauptzweck wohl das Verbreiten höherer botanischer Kenntnisse sein wird, liegt quäkend, greinend, strampelnd oder schlummernd, wie eben hingelegt vom Storch, ein windelentlöstes Baby. Und in den Schattenkapellen, wo die Ahnen aller Bäume stehn, des Zeus orakelnde Eichen, und junge Göttergestalten, von alten Bildhauern aus Sandstein gekratzt, mit staubgefüllten Bechern verschämten Nymphen zuprosten oder mit einer längst abgebrochenen Hand die Leyer spielen – wo also Homer oder Hesiod gelesen werden sollten –, sitzen auf ebenfalls sandsteinernen Bänken die rotröckigen, puffärmeligen, weißbestrumpften böhmischen Ammen, böhmische Lieder oder nur blöde singend, mehr durch die Nase als mit dem Munde, und leicht ächzende Kinderwagen schaukelnd. In einem ziemlich weiten Umkreis riecht es nach Milch. Im Hause, das seinen tiefen Nachmittagsschlaf offenen Auges schläft, schleicht immer wer die Gänge lang, horcht und klopft wer an Türen, beschwört wer wen durch's Türholz, zischt wer durch den Türspalt, huscht wer aus dem Zimmer links in das Zimmer rechts, noch bekleidet oder bereits ein Stück derangierter Toilette an Busen oder Bauch pressend, kurz: auch hier herrscht, nur diskreter, der Betrieb des Triebs.

Was nun die der Hinterseite sozusagen in's Gesäss tretende Vorderseite des Wissendrumschen Massenquartiers anlangt, so steht sie nicht nur ohne Nebenbuhlerinnen da – denn die drei, vier Hütten der dauernd hier wohnenden Leute liegen tief unter Null aller Vergleichsmöglichkeiten –, sie schaut auch über nie geschlagene Wälder und auf kaum je begangene Höhenzüge hin, die, wie der Salatstecher uns verraten hat – sichtlich befriedigt von dem das Wissendrumsche Alleinherrschaftsgefühl ein wenig erschütternden Umstand –, zu eines noch reicheren Mannes eifersüchtig gesperrtem und forstwirtschaftlich vernachlässigtem Jagdgebiete gehören. Wen eigentlich also meinen – weil schlussendlich ja doch der eine für den andern baut, das Weib für den Mann sich schmückt, der Entsagende des zu Entsagenden bedarf – in dieser gegensatzlosen Gegend die französischen Fenster mit dem Steckkamm von Geländer, über den hinweg ein Dreikäsehoch sich zu Tode stürzen kann? Wen die mit allzu verschlungenen Monogrammen und sehr deutlichen Freiherrnkronen durchwobenen weissen Vorhänge? Wen die hinter ihnen hängenden rotdamastenen? Wen die einander quetschenden Putten und mit durcheinandergeworfenen Musikinstrumenten gefüllten Giebel? Wen die erst im ersten Stock beginnenden, in jedem nächsten Stock in einem korinthischen Kapitell endenden und sogleich wieder aus ihm sich erhebenden halbrunden Säulen, die aber nach so häufigem Sichaufschwingen zur herkulischen Leistung des Dachtragens kein Dach vorfinden? Nicht einmal eine Attika! Nur eine Fläche! Eine peinlich ebene Sandfläche! Inmitten einer trotz Wärme doch nordischen Natur brüstet sich das Haus – als ob es mit dem es positiv Auszeichnenden noch nicht genug hätte – auch mit einem dem Süden eigentümlichen Mangel! Was wohl hat den Baumeister – den Pankration selber, Professor, Doktor und Ehrendoktor dreier technischer Hochschulen – bewogen, sein üppiges Werk plötzlich mit einem Wüstenstrich abzuschließen? Als ob ihm das Geld ausgegangen wäre – wovon keine Rede sein kann – oder die Geduld zum architektonisch-logischen Weiterdenken – wider welche Annahme spricht, daß er bis zum gegenwärtigen Augenblicke jedermanns Kausalkette, und natürlich auch die seine, Glied nach Glied – wie Kugel nach Kugel des einsinnigen Rosenkranzes – jederzeit abrollen zu lassen vermag, rückwärts, vorwärts, begründend, was eben geschieht, voraussagend, was diesem Geschehen zu Folge geschehen wird. Wir sehen also, wenn wir das zu Recht ein Dach verlangende Haus betrachten und dank unserer Einbildungskraft auch das Dach erblicken, nicht – wie der gesunde Menschenverstand erwartet hat – den sofort überzeugenden Beweis für eine beispiellose baumeisterliche Inkonsequenz, sondern im ideellen Blau ein zur Hagelwolke sich türmendes Phänomen.

Obigen Fragen stellte, nicht zum ersten Male, aber heute zum letzten Male – weil sie beantwortet werden sollen –, ein städtisch gekleideter Herr, vielleicht Mittelschullehrer, vielleicht Beamter, gewißlich Ausflügler, der schon frühmorgens – die Kiefern- und Föhrenschlucht hatte noch im eigenen Schatten gelegen, gezeichnet mit verdünnter Tusche, und nach feuchtem Holzkeller gerochen – vor dem Wissendrumschen Hause angetreten war. Da stand er nun seit gut zwei Stunden, nicht zu nah dem Gebäude, auch nicht zu fern, in der delikaten Distanz des Malers zu seinem Motiv. Und wie dieser zu längerer Bleibe. Er hatte an Stelle der ihm nicht gegnadeten Staffelei den ihm gemäßen Regenschirm in die hier sehr weiche und schwarze Erde gerammt, statt der Leinwand den Strohhut auf den Staffeleiersatz gehängt und den Hut mit dem Lorbeer dunkelgrüner Handschuhe bekränzt. Der gründliche Betrachter der Palastfassade, nun selber gründlich betrachtet, ist ohne Zweifel Junggeselle. Der gestärkte Kragen (jetzt im Sommer) nicht mehr ganz rein! Auch zu hoch und zu weit! Die Kravatte, mehr Strick (einem mit ihm Erwürgten vom Halse gezogen) als Kravatte! Das unmodische Sacco (lang genug für einen Buben, zu kurz für einen Mann) um ein Knopfloch zu reich und um einen Knopf zu arm! Der dick schwarz geränderte Kneifer für eine kurzsichtige Eule gerade der rechte, für ein auch bei Tag sehendes Wesen der schnurgrad' falsche! Und die gleichfalls schwarze Kneiferschnur noch viel öfter verknotet als das gerissenste Schuhband! Man bemerkt, wie das Fehlen des Dachs, so das Fehlen des Weibs.

Mit diesem Herrn, der, wie wir richtig gesehen haben, Beamter und Junggeselle, beides allerdings im Ruhestande, mit dem Herrn Regierungsrat Mullmann also – den der Leser bereits kennt, richtiger gesagt, zu kennen glaubt –, denn bei so voller äußerer und innerer Porträtähnlichkeit war er sogar von uns noch nie betroffen worden – hat es eine nicht leicht zu erklärende Bewandtnis. Um die Sache kurz und ein Etwas verständlicher zu machen, als es ist, sei auf die von jedem Berufstätigen zu hörende Meinung hingewiesen, das Leben beginne erst nach Geschäfts- oder Büroschluß. Und erschöpfe sich, natürlicher Weise, in den (nur vom ungenauen Sprechen so genannten) Vergnügungen und Liebhabereien. In Wahrheit, gegen den heiteren Augenschein, arbeiten sie – noch dilettantisch, weil ja bloß feierabendlich – ernsthaft an ihrem Selbst. Wenn dem so ist, darf man folgern, daß nach Eintreten in's Pensionistenalter, dessen Überflutung durch's Wesentliche – dank Dammbruch des Unwesentlichen – kein Aktiver groß genug sich vorstellen kann, meisterlich gearbeitet werden wird! Sollten nun, ausnahmsweise, Dienstzeit und Freizeit, Hauptberuf und Nebenberuf, Arbeit und Bastelei schon während der Beamtung einander gedeckt haben – wie dies bei jenen Polizisten der Fall gewesen ist, die später Privatdetektive geworden sind –, für welch' zweite Möglichkeit Herr Mullmann ein Schulbeispiel – siehe des Akzessisten zukunftwärts gerichtetes Überschreiten seiner Kompetenz, das ihn, den geborenen Fußgänger, vom Boden erhoben und zur blaublütigsten Gesellschaft hat aufschweben lassen! –, gleich gut, gleich schlimm: die feriale Tätigkeit eines echten Beamten behält oder erhält sofort wieder amtlichen Charakter. Sie wird nur viel exakter oder abstrakter ausgeübt.

Somit ist, soweit wir sehen können, unser Regierungsrat der einzige Beamte, der das, was allein einen Menschen zum

Staatsdiener macht, zum Diener aller, und daher unfähig, sich selbst zu dienen, die, theoretisch, vollkommene innere Leere, nämlich (die auch seine Lebensgeschichte ausgähnte, wenn er eine solche verfaßt hätte), beispielhaft praktiziert. Es muß daher unser Mullmann mit der asketischen Neigung zum Wegschauen von den Anschaulichkeiten der sogenannten Parteien, der Vorgesetzten und der Untergebenen, schon zur Welt gekommen sein. Entfernter Verwandter des nabelbetrachtenden Buddha, muß er eine Nebelahnung wenigstens haben von dem ersten, weder zu beweisenden, noch zu leugnenden, Umstand: daß das Etwas auf dem fundamentalen Nichts ruht. Von solchen Determinanten begünstigt oder benachteiligt – die Frage, ob jenes oder dieses, ist unbeantwortbar –, hat der Regierungsrat nicht umhin können – und die Zwangsläufigkeit scheidet den Beamten, der wirklich einer, auch wenn er denkt, grundsätzlich vom Denker, der wirklich einer, ein Oktroi ist auf das Nichtdenken, kein Verbesserer des Ungenaudenkens, kein Ausfüller eines Berufs und schon gar nicht eines Archetypus –, die gesinnungshaft revolutionäre Negation in die gesinnungsfrei antirevolutionäre Negation zu verwandeln. Ein seelischer Prozeß alchimischen Charakters! Dessen *modi* die folgenden: zuerst findet, bei mäßigem Diensteiferfeuer das Reinigen der im Keim vorhandenen guten Eigenschaften des Beamten von den bloß gleich guten Vorsätzen des Beamten, ihrer sich zu bedienen, statt. Sodann geschieht, selbstverständlich, auch das Ausscheiden der bald mehr, bald weniger – weil untereinander sehr verschieden – zur Übung der Tugenden verlockenden Gelegenheiten, damit jene ohne diese – wie sich's gehört – in Erscheinung träten. Und schlußendlich werden die nackten und gründlich geschrubbten Eigenschaften, Selbstlosigkeit, Unbestechlichkeit, Sachlichkeit oder Objektivität und der sie alle, die nüchternen, in's Musische hinüberzuwenden bestimmte Patriotismus, durch die Weißgluthölle getrieben und so lange darin festgehalten, bis sie auf ihren Kern, ihre Idee, auf ihr Ansich herabgeschmolzen sind. Nun wird jeder, der den eben nachgezeichneten Entwicklungsweg einer Beamtenseele für den einzig richtigen hält und zugleich voraussetzt, daß er beschritten wird, glauben, und aus dem vollen Recht – Naturrecht könnte man fast sagen – der gepeinigten Partei, es müsse doch – beim infernalischen Ziegenbock! – die aktive Dienstzeit des Beamten auch jene sein, innerhalb welcher, früher oder später, die Prozeßresultate zur Anwendung gelangen. (Wozu sonst, wenn nicht zum Heil der bittstellerischen und beschwerdeführenden Staatsbürger, das Sichquälen des Staatsdieners durch die Retorte?) Dem ist aber nicht so, und kann nicht so sein! Und zwar deswegen nicht, weil, erstens, das oben beschriebene, theoretisch unendliche Werken des Abstrahierens an einem Dickschädel voll von Konkretionen praktisch mindestens so lange dauert, wie die aktive Dienstzeit des Beamten dauert – und, ob erfolgreich oder erfolglos, in der Regel, von der unser Mullmann die Ausnahme darstellt, keinen Augenblick länger –, woraus schon zur Genüge die pure Idealität dieser Bildungsmethode erhellt; zweitens, weil der Beamte, solange er atmet, nicht mit platonischen Fällen sich befaßt, oder nur nebenbei (was nicht dasselbe wie *ferialiter*) und dann unerlaubter Weise, sondern mit wirklichen befaßt wird. Es leidet daher der Beamte unter dem vom selben Dienste, der das Abgeschlossensein des Prozesses voraussetzt, anscheinend boshafter Weise, bewerkstelligten Hinausschieben des Prozeßendes *ad kalendas graecas* tiefer, wortloser – wegen der Unaussprechlichkeit des Widerspruchs –, ernster – mit dem ganzen Ernst des Unheilbaren –, als die unter ihm leidenden Parteien leiden, die öffentlich, laut und wortreich, überall Verständnis findend, ja sogar mit Galgenhumor leiden können. Sie leiden wie Dürstende, die wissen, daß sie nur noch etwa drei Stunden bis zum nächsten Wirtshaus brauchen. Er aber leidet wie Tantalus, vor dem schon beim leichtesten Neigen des Hauptes das lippennahe Wasser zurückweicht.

Zum Vergleich nehme man einen Kalligraphen. Der Kalligraph schreibt, um schön zu schreiben. Aber: um seine Kunst zu pflegen, braucht er (eigentlich) so wenig lesen zu können wie ein Landschaftsmaler. Der bildet das vorgegebene Wort, jener den vorgegebenen Baum. Man sieht: trotz einer gewissen Familienähnlichkeit der beiden Tätigkeiten besteht doch ein ganz gewaltiger Unterschied zwischen ihnen: Die eine dient dem Wohl des Staates, die andere – wie die Philosophie – zu nichts. Sie ist die Ferialität selbst, und als diese exempt zu jedem Zweck. Jetzt wird der Leser, weil er erfahren hat, daß seine durch und durch kausalierte vermeinte Welt auch zwecklose Bereiche besitze, wie den zum Beispiel, wo einer einsam auf der Flöte bläst oder auf ein Papier niederdichtet, das, kaum ist die Tinte trocken, schon in den Ofen fliegt – und uns soll der Teufel holen, wenn nicht aus Schuld eines solchen Meisterwerks von Selbstkritik wirkliche Meisterwerke nie das Licht der Druckpresse erblicken! –, leichter, als vor Minuten noch ihm möglich gewesen wäre, die Sprache verstehn, von der wir Gebrauch machen müssen, um des Regierungsrates außerordentlich ungewöhnliche Liebhaberei schildern zu können.

Diese ist – man erinnere sich noch einmal des über die Maßen zudringlichen Akzessisten Zusammenstoß mit dem ihm, und gar nicht dem Zollschranken, ausweichen wollenden Fiaker (ein schon damals, lang' vor der heute herrschenden Klassenvermischung vergeblich gewesenes Bemühen) –, das fünfte Rad an jedem Wagen zu sein, in dem eine interessante Persönlichkeit, ein großes Fragezeichen auf dem Kopf, durch's Leben fährt: also nie den Wagen bewegend, immer nur von ihm bewegt. Wem jetzt des Mullmann Verwandtschaft mit dem reinen Philosophen nicht auffällt, dem ist nicht zu helfen! Ob Schritt, Trab, Galopp, ob Stillstehen der müden Pferde, Rasen der scheu gewordenen, ob Deichselbruch oder gar Umschmiß: das fünfte Rad wird wohl wie die vier notwendigen sich verhalten, aber, weil unnotwendig, weder sich heißlaufen, noch den kapitalen Schaden nehmen. Es bleibt ganz und kalt. Wie der reine Philosoph auch; Parasit auf allem, was sich dreht. Und: ist der eine Wirt tot, sucht er einen andern. Im gegenwärtigen Augenblick befindet sich der Mitesser Mullmann auf der Familie Wissendrum. Hat er denn gar keinen Haushalt, Ihr Regierungsrat? fragt der Leser. Nein! antworten wir. Wenn nein, hat er nie einen gehabt oder eines Tages ihn aufgelöst? Ihre Neugierde soll befriedigt werden! Schreiben Sie aber nicht uns, sondern Ihnen selbst die etwas weitschweifige Erklärung zu.

Im allgemeinen wird's so zugegangen sein, wie's beim ersten unwillkürlich adeligen Handeln zugeht: Plötzlich, aus dem Blauen herab, empfängt man den Ritterschlag. Wuchtig genug, die wortärmste Sprache zu zwingen, um jene Bezeichnungen wie Häuptling, Herzog, König sich zu bereichern, oder, wenn er einem Saulus versetzt wird, diesen kopfüber in den Paulus zu stürzen. Im besondern ist's natürlich nicht so urbiblisch oder urgeschichtlich zugegangen. Denn: der Regierungsrat war bis zu dem entscheidenden Augenblicke weder roher Germane unter rohen Germanen gewesen noch unter bloß Andersgläubigen zusätzlich Christenverfolger. Nicht einmal Schürzenjäger. Daher er als Büßer nicht den geringsten Staat mit seinen Verfehlungen hätte machen können. Um nämlich fromme Nachbarn ahnen zu lassen, wie blutig oder schmutzig die Wäsche gewesen ist, muß man sehr viel Wäsche besitzen. Ein Hemd, eine Unterhose und ein Paar Socken an der Leine zeugen in unserer mammonistischen Welt nicht für's Reinlichkeitsbedürfnis – und möchte man's noch so gern gerühmt wissen –, sondern nur für einen armen Mann. Die metaphorische Seite des Zurschaustellens wird einfach nicht wahrgenommen. Weswegen das Zurschaustellen sich erübrigt. Diese Einsicht bewog unsern Regierungsrat, den großen Sünder, als den vermeinen zu müssen, er sich geglaubt hatte, sein bloß hausgärtchenkleines Gewissen zu entwurzeln und auf den Haufen schon gejäteten Unkrauts zu werfen.

Die das Mißverhältnis zweier Innerlichkeiten, einer gesollten und einer vorhandenen, wieder zurechtbiegende Tat geschah während der Osterwoche und nach dem eitlen Blick in den Beichtspiegel, der jedermanns Seelenantlitz mit den prächtigsten Geschwüren ausgestattet zeigt. Um dem von einem Michelangelo der Kasuistik gemalten Bildnisse, das er uns entgegenhält, zu gleichen, schmücken wir uns mit den edelsten Steinen des Anstoßes, daß wir schlußendlich glänzen wie die dickberingte Hand eines Fleischers. Als der Regierungsrat auf diesen Geheimmechanismus im Gewissensboden getreten war, der ein bis nun unbemerkt gebliebenes Hintertürchen öffnet, das in ein Schlaraffenland von Sünden hinausführt, hatte er die nicht gewöhnliche Kraft, der Verlockung zu jenem Prasserleben, dem ob Überfüllung des Magens dann im Beichtstuhl übel wird, zu widerstehn und weiterhin mit den zwei, drei Gängen vorliebzunehmen, die sein nur bescheidenes Schuldgefühl ihm zu servieren vermag. Wenn man des üppigen Speisezettels gedenkt, den Moses vom Sinai herabgebracht hat, als die Menschheit, eben aus Ägypten gekommen, noch voll des dort herrschenden Götzendienstes und der mit diesem verbundenen Greuel gewesen war, und dann einen Regierungsrat sich vorstellt, an den Fragen gerichtet werden, wie: Hast du noch andere Götter neben mir gehabt? Hast du getötet (deinen Bruder Abel)? Unkeuschheit getrieben (mit Kanaaniterinnen)? Deines Nächsten Weib, Kuh, Kalb, Esel begehrt?, wird man kaum ernst bleiben können. Zu offenkundig nämlich würde sein, daß der Richter, ob der eigenen Größe blind für alles Kleine, den Falschen verhörte.

Was dem Entschlusse folgte, war das Losgehen einer logischen Lawine nach dem Herabrollen schon des ersten Gedankenschneebällchens. Hat nämlich der Junggeselle mit dem Aufräumen seiner verlotterten Wohnung begonnen, arbeitet er wie drei leidenschaftliche Bedienerinnen und fegt er – wenn er konsequent ist, und der Regierungsrat war konsequent –, schlußendlich sich selbst – als den Urheber des Unrats – aus dem Zimmer. Dann liegt er, ein Häuflein Mist, vor der eigenen Tür, die in solcher Verfassung er noch nie von außen gesehen hat, erblickt aber auch, dank des Verzaubertwordenseins in so gut wie gar kein Subjekt, die Objektwelt wieder im ungetrübten Glanz der Schöpfungswoche. Das Ich verstellt ihm nicht mehr das Licht des Gesamt.

Begreiflich, daß der Beichtspiegel, ob des Regierungsrates Eingehens auf fast Null der eigenen Personsbedeutung seiner wichtigsten Funktion beraubt – die Schäden nämlich, so die sündigenden Menschen sich selbst zufügen, zu Beleidigungen Gottes aufzublähen, das geschöpfliche Nichts als ein Etwas wenigstens im Bösen erscheinen zu lassen –, vergrämt erblindete und mit den übrigen invaliden oder unnötigen Haushaltsgegenständen zum Trödler geschafft wurde. Der Satz klingt häretisch. Und würde ein häretischer auch sein, wenn so bestechend vernünftig die heimliche Absicht ihn geformt hätte, dem gebotenen Eilen in's gewiß nicht angenehme Seelenbad ein selbstgeschaffenes und doch denksauberes Hindernis entgegenzusetzen. Der Regierungsrat aber gehörte nicht zu den zahllosen Stiftern jenes faulen Friedens, in welchem, unter dauerndem Opfern ihrer letzten Schlüsse, Glauben und Unglauben miteinander leben und vor lauter Rücksichtnahmen aufeinander bis zu Lauheit auskühlen. Weswegen bereits jetzt feststeht, daß der Regierungsrat – als wäre nichts geschehen (und was geschieht schon wirklich in der totalen Ferialität, sie heiße Kunst oder Philosophie?) – seiner Osterpflicht nachkommen wird. Denn: was hat das Gebrauchen des Verstandes, auch das genaueste, mit dem Empfang eines Sakramentes zu tun?

Es war erstaunlich – vielleicht auch nicht erstaunlich, wenn man die ohne Verlust gewonnene Erkenntnis bedenkt (während die Freigeister doch verlieren müssen, um zu gewinnen!) –, welch' große Schritte der sehr kleine Regierungsrat in den Zimmerboden zu stampfen vermochte; wahre Elefantentapfen. Man sieht, wozu eine Idee einen Körper befähigt, und sei der noch so unbegabt – wie etwa die Hand des Evangelisten zum Schreiben –, aus dem sie sich verständlich machen will. Ein Gassenbub', hingerissen vom Parademarschbeispiel zweimannshoher Leibgardisten, wird das Nachahmen desselben bald aufgeben. Weil die Füße vom Kopf, der den Begriff »soldatische Disziplin« noch nicht gedacht hat, keine Unterstützung erhalten. Die des Regierungsrates aber hatten sie erhalten.

Auf einer Woge von Euphorie, wie das Kleinkind mit Hilfe eines Stuhls den Apfel vom Kastenbord, erwischte er die ihm zubestimmte Gedankenfrucht: daß nämlich, wer nur sich beobachtet, sei's der Laster, sei's der Tugenden wegen, nicht mehr sieht als die züngelnde Korona seiner von seiner Person total verdunkelten Person. Es ist sonach das Nichtsehenkönnen des unendlich größeren Restes die notwendige Folge des zum falschen Objekt gewordenen Subjekts. Die echte Objektlichkeit, und also auch die eigentliche Erforschbarkeit, besitzen die Nächsten. Die Fernsten. Der Freund, der Feind und der Sternenhimmel, nach dem Maß des vom Beobachteten dauernd kontrollierten Verstandes. Auf zwei ist eben mehr Verlaß als auf einen. Einer, der fest glaubt, er sei der größte Sünder, sagte sich Mullmann, wird, weil er eifersüchtig wacht über die Einzigartigkeit solchen Ruhmes, hellsichtig werden für alle Ringer um den nämlichen höllischen Lorbeer und wird ihnen, sofern die die kleineren Sünder sind, vom Gesichte – wie von der Quecksilbersäule die noch nicht erreichte Wärmehöhe des Badewassers – die Lauheit sowohl ihrer Fehler wie ihrer Reue ablesen. Der Abscheu, den diese und jene ihm erregen, ist randgleich dem Abscheu des Meisters in einer Kunst, vor denen, die in derselben dilettieren. Denn wie *in aestheticis*, so auch *in religiosis* kommt, was die wunderbare Direktheit zu haben scheint, auf den natürlichsten Umwegen zustande. Irgendeine menschliche Unzulänglichkeit wird nicht mit den übrigen Unzulänglichkeiten aufgehoben, sondern verwandelt in eine schöpferische Fiktion; die Eitelkeit etwa auf die beweisbare äußere Schönheit in die Eitelkeit auf eine unbeweisbare innere Häßlichkeit, die, wie begreiflich, nur durch den ebenfalls unbeweisbaren Eingriff der Gnade in innere Schönheit weiterverwandelt werden kann. Und dieser Art von Prozessen ist dann kein Ende. Sie verlieren sich in's Unendliche, und wenn auch es ein Ende nimmt, in's Ewige und Engelhafte.

Wir ergänzen nun den Bericht vom geistigen Herkommen des Mannes durch das leibliche Herkommen. Er wohnte nicht in oder bei Amalienbad, sondern in dem ziemlich weit abgelegenen Recklingen. War hier weder erschienen, um gute Luft zu schnappen, wie der verräucherte Städter – dieselbe gute hatte er vor seinem Fenster –, noch um die nobel schlafende Wissendrumsche Fassade zu betrachten; denn die kannte er zu Genüge, und nicht nur von außen, wie die das Kapitel einleitende Schilderung der Wissendrumschen Intimitäten beweist. Eben schlug's blechern acht Uhr. Herrschaftliche Häuser haben leibeigene Uhren. (Wahrscheinlich eine Erinnerung an die, ach so billige Sklaverei!) Aber die rotdamastenen Vorhänge zeigten nicht den kleinsten Schlitz. Ja, so gewissenhaft, bis auf das letzte Tröpfchen Mohnsaft wurde hinter ihnen geschlummert.

Und überdies haben die vorbereiteten Handlungen — wie etwa das tiefe Einpflanzen des Regenschirms — fast zweifelsfrei dargetan, daß es zu einer Haupthandlung kommen werde. Wie bei einer noch so umständlich levitierten Messe zum unvermeidlichen Canon.

Er stand in einer natürlichen Laubnische, gegen Feindeinsicht gedeckt von herabhängenden und querschießenden Zweigen, die das ungestörte Belauern der zu einem Schicksal sich zusammenziehenden Parzenfäden erlaubten, und nah genug dem Webstuhl, um mit einem einzigen Kennersprung das eben vollendete Bild zu erreichen, aus dem Rahmen zu schneiden, einzurollen und unter den Arm zu nehmen, zu dem Zweck, es vor gescheiteren Dummköpfen aufzurollen. Hinter ihm, griffbereit, lehnte das fünfte Rad, das er immer bei sich führte, wie die Heilige Katherina das ihre. Auf daß, sobald eine ihrem Bruch entgegenstürzende Equipage in Sicht käme, er es als das an ihrem Unglück unbeteiligte Maß desselben den vier leider beteiligten Rädern in vollem Fluge zugesellen vermöchte. Merkwürdig war nur, daß so vernünftige Handlungen einem Kopfe entsprangen, der gar keine ihnen entsprechende Eruptionsspuren aufwies. Ein Beobachter dieses Beobachters hätte unmöglich sagen können, ob Schadenfreude, Neugierde oder ihr Gegensatz, Bereitschaft zu Hilfeleistung, den Mann bewegten. Sein Gesicht war eine rundplastische und weiche Null, in die ein Jemand den sogenannten Mann im Mond geknetet hatte. Eine menschliche Physiognomie, wenn man will. Bloße Fingerspuren, wenn man nicht will.

Schon gestern im Besitze eines ausdrücklich gar nichts ausdrückenden Gesichts hatte er zu seiner Hauswirtin, der Witwe Kranawettreiser, einer nicht unhübschen Frau gefährlichen Alters, doch vom festgenagelten Entgegenkommen einer Galionsfigur, die den einzigen Passagier ihres Schiffes wie eine auf dem Meer nicht zuständige Zimmerpflanze pflegte — mit welchem Vergleich die platonische Liebe wohl trefflich verglichen ist –, gesagt – während er mit der linken Hand in ungefähr Schläfenhöhe klimperte und mit der rechten das Thermometer beklopfte –: »Es liegt was in der Luft.«

»Ach, Sie mit Ihren Ahnungen!« rief die Witwe Kranawettreiser, bog wogengehoben sich zurück und bedeckte ihre Ohren, an denen große dalmatinische Gehänge baumelten, Geschenke der Frau von Rudigier, als ob sie nicht hören wollte, obwohl sie nicht genug hören konnte, wenn er einmal die Gnade hatte, zu reden. Aber der Genosse ihrer Träume war ihr in seinem jetzigen Zustande unheimlich. Was soll man auch mit einem Mann anfangen, der das vertraute Alltagsantlitz, bis auf einige unverschluckbare Trümmer, in sich hineingesogen hat? Die Augen, zum Beispiel, lagen also tief in den Höhlen wie der verlorene Knopf zwischen Bett und Wand. Und die Stimme, zum Beispiel, schallte nur anscheinend aus dem Munde, in Wirklichkeit aus einem metallenen Trichter.

»Was, Ahnungen!« wetterte der Regierungsrat – schallend, wie bemerkt –: »Bin ich ein Laubfrosch? Ein Kaffeesatzwahrsager? Ein Kartenschläger? Ein Föhnwindbeutel?«

Die Kranawettreiser verwahrte sich entsetzt gegen die, Gott sei Dank, nicht von ihr ausgesprochenen Titeleien.

»Ich verabscheue die dumpfen Gefühle! So richtig sie auch gelegentlich sein mögen. Ich jedenfalls lasse mich nicht von ihnen beherrschen!«

»Ich weiß! Ich weiß!« rief schmerzlich die Kranawettreiser.

Seiner totalen Verneinung der Gefühle entgegen fühlte der Regierungsrat sich gedrängt, obwohl er die Hörerin als nicht verständnisfähig wußte – er glich jetzt einem Missionar, der einem tiefschwarzen Neger oder einem fahlgelben Chinesen das bleichgesichtige Christentum beibringen will –, seinen Standpunkt darzulegen. (Wir sind nicht Philosoph, und er ist auch keiner. Wir müssen uns also an den Wortlaut halten.)

»Sagen Sie, verehrte Frau Kranawettreiser, wozu wir wohl im Laufe der Jahrmillionen einen größeren Verstand bekommen haben? Um ihn bei der ersten Denkschwierigkeit beiseite zu lassen, wie wegen ihres kleineren, und zu Recht, die mythenbildenden Völker?« Die Frau war überfragt. »Glauben Sie, wir hätten die erhabensten Legenden, wenn unsere Vorfahren nicht so dumm gewesen wären?« (Wir haben noch niemals einen so ganz und gar aufgeklärten Rationalisten gehört!)

»Versuchen Sie doch, unserer schon helleren Zeit eine noch als gegenwärtig empfindbare Vorgeschichte anzudichten!« (Die Kranawettreiser versuchte gar nicht, im Meer dieser Gedanken zu schwimmen, sondern ging lautlos darin unter.)

»Sie werden's bloß zu Literatur bringen! Und auch die wird in Kürze aussterben.« (Jener Umstand ließ die schon ertrunkene Dame natürlich kalt, wie sie ja bereits war. Aber der an diesen geknüpften Voraussage schließen wir Lebenden uns bedenkenlos an.)

»Was folgt daraus?« rief der Regierungsrat und trat in der schrecklichen Gestalt etwa eines Lehrers der höheren Mathematik an die unwissende Elementarschülerin – auch in der Elementarschule war sie durchgefallen – heran.

»Daß, dreiviertel zwölf vor der endlich vollkommenen Menschwerdung, wir den bequemen Rückgriff auf die frühgeschichtlichen Morgenstunden – das klassische Beispiel für das Gehen auf der Linie des geringsten Widerstands – uns einfach nicht mehr erlauben dürfen! Daß wir auch den zartesten Gefühlen und den gewissesten Vorahnungen den Krieg erklären müssen. In der bestimmten Hoffnung auf den Sieg des Verstandes! Folgern, bis nicht mehr gefolgert werden kann, und so resolut schließen, bis endlich gar nichts mehr zu erschließen ist: so hat unsere Parole zu lauten!« Nun aber raffte sich die Kranawettreiser zu ihrer, vom Regierungsrat wohl vorausgewußten, immer wieder aber als einmalig empfundenen Verständnislosigkeit auf.

»Aber warum? Warum?« schluchzte sie und rang die Hände, wie das Ziel, wenn es welche hätte, sie dem nachringen würde, der weit über es hinausgeschossen ist. »Sie könnten ein so ruhiges Leben haben! Sie haben Ihre Pension! Und Sie haben doch mich, der von Ihren Socken bis zu Ihrem Arm, den Sie sich ausgerenkt haben, als Sie von jenem Baum in diese englische Familie gefallen sind . . . .«

»Ein dienstlicher Unfall!« sagte, ihn neglegierend (halb schlechten Gewissens, weil undankbar), der Regierungsrat. Aber die Kranawettreiser war in ihrem Verständnis für ihre Problematik nicht mehr aufzuhalten.

»... alles an Ihnen flicke und einrenke, ohne, – bitte – Ihre Frau oder Ihre Magd zu sein!« Und weil sie schon an die *res* rührte, ging sie gleich *in medias*. »Kann man denn jemanden wie ein Paket raschverderblichen Inhalts –« sie fand für ihre fünfzig Jahre den wohl passendsten Ausdruck – »ohne Anschrift im Postamt liegen lassen, während ringsum gestempelt und verfrachtet wird, daß es nur so eine Art hat?«

»Ich verehre Sie doch!« rief verzweifelt der Regierungsrat und trat noch einen Schritt, einen furchtbaren, das Beste hoffen lassenden, näher, wie der Fleischer an's Kalb, aber leider ohne Messer. Das wußte die Kranawettreiser. »Ja«, sagte sie verbittert, »wie die Heiden ihre steinernen Götter! Doch reden wir nicht weiter von Ihrer merkwürdigen Religiosität!«

Herr Mullmann war, wie wir noch sehen werden, Historiker: natürlich nicht Historiker von Beruf, sondern von Bestimmung. Nicht gemächlicher Erforscher der Vergangenheit, sondern plötzlicher Entdecker der Gegenwart. Wie man durch eine morsche Zimmerdecke vom zweiten Stockwerk in das erste fällt und, wenn das ganze Haus baufällig, bis in den Keller. Voraussetzung solcher, dem gleichzeitig Geschehenden widersprechender Tiefenerkenntnis ist ein der Rasse angehörendes Mißgeschick. Jemand zum Beispiel lehnt sich, vielleicht sogar in heroischer Haltung, an eine trefflich als fugenlose Wand getarnte Tür und stürzt, weil er ihren Öffnungsmechanismus betätigt hat, in einen geheimen Gang zu geheimnisvollen Zimmern und gelangt auf eine solche, nicht vorauszusehende Weise in den Besitz eines Schlüssels, der kein Schlüssel, und eines Wissens, das nicht, oder nicht bewußt, angestrebt worden. Der originale Zustand des Erkennenden – von den Berufsphilosophen bis zur Unkenntlichkeit verdorben – ist wiederhergestellt. Man könnte auch sagen: wie Offenbarung zu geschehen pflegt, wird von einem komischen Zufall im Verein mit einem zufälligen Komiker imitiert und *in usum* der Gründlinge des Parterres kommentiert. Der ebenfalls dort unten sitzende Weltgeist lacht sich in's Fäustchen, denn er ist über den ihn viel mehr hindernden als fördernden Menschen hinweg doch an's nächste Ziel seiner Ziele gekommen. Auf einen zu kleinen Mann wird die Last des Genies gelegt, also versehentlich – das ist das eine Komische –, und sein Leben lang streckt sich dieser kleine Mann, um die solcher Bürde und Würde entsprechende Größe zu erreichen, natürlich vergeblich – und das ist das andere Komische. Deswegen lächelt jedermann, wenn er des Regierungsrates, der immer soeben den Rat der Götter verlassen zu haben glaubt, ansichtig wird, und verliert auch bei voller Ernsthaftigkeit eines von diesem Archäologen der Gegenwart vorgewiesenen Fundes niemand das zum Waten durch's Possengelächter Geschürzte der Lippen. Deswegen auch häuft Mullmann Einzelheit auf Einzelheit, und zwar mit der Akribie des Miniaturisten.

Von dieser gelehrten Gründlichkeit hofft unser in sich unmöglicher Historiker, daß sie den Makel der komischen Geburt seiner Erforschungsergebnisse unwahrnehmbar machen werde. Aus Verzweiflung also über sein mißgeschicktes Auftreten in der Ernsthaftigkeit wird er zum Künstler, ohne aber die Andern und auch sich je von der Echtheit seiner Künstlerschaft überzeugen zu können. Er lärmt mit dem Pferdefuß, während er wie eine Elfe tanzt.

Es hatte, wie oben vermeldet, soeben acht Uhr geschlagen, als auf dem südländischen Dache ein silbriger Streifen sich erhob, der gleich einem Uhrzeiger ohne Uhr schließlich die Mittagsstunde anzeigte. Im nächsten Augenblick aber fiel er mit einem dumpfen Krach jach morgenwärts. Soviel auch der Beobachter von dem beobachteten Hause wußte, wußte er doch nichts von einem Aufzug. Sei's, daß der aus unerklärlichen Gründen vor Fremden verheimlicht wurde, sei's – was wahrscheinlicher –, daß er dem gelähmten Herrn von Wissendrum vorbehalten ist, damit dieser in jedem Stockwerk ohne Beihilfe und jederzeit seine notwendige Tyrannis auszuüben vermöchte. Auch um auf's Dach zu fahren und, gottähnlich, umgeben vom puren Nichts, aus dem er doch seine Welt geschaffen hat, allein zu sein. Der gewissenhafte Ausspäher innerster Gewohnheiten der ihm zugeordneten Menschen hatte nicht einmal das zu demselben führende Türchen entdeckt! Und das ärgerte ihn, der im

Palais der Lunarins bloß mit der Schulter und nicht nach anstrengender Kopfarbeit den hier wie dort wohl gleich gut verborgenen Mechanismus hat betätigen können. Ein Ärger, der tief blicken läßt. Nämlich in ein, noch unter der ultimativen Forderung, nur folgern und schließen zu sollen, wieder recht vages Gewißsein einer wunderbaren Führung! Schade, daß die Kranawettreiser nicht beim Sichärgernden anwesend war. Sie hätte wieder Hoffnung geschöpft.

Doch das Unbehagen schwand sofort, ja, machte sogar einem geradezu apotheotischen Glanze Platz, als der – wie die Kranawettreiser sagen würde – Geahnte –, wie der Regierungsrat behauptete – strikt Gefolgerte –, ebenso langsam, wie der altmodische Lift die Endstation erreichte, auf dem Dache erschien. Zuerst der schütter behaarte Kopf –, abgescheuert vom dauernden Dawiderhandeln –; blond – die anderen Wissendrums sind schwarz, entlegensten Fallens vom Stammbaum kastanienbraun –; dann, unter fast keinem Halse, ein um die Dicke eines lexikalen Bandes vermehrter Rücken, welcher mit rasch zunehmender Schmäle auf die Taille einer unwahrscheinlich schlanken Dame zuging; und schlußendlich der nur mit einer Badehose bekleidete ganze Herr Ariovist von Wissendrum. In der rechten Hand hielt er – auf den ersten Blick – eine Lanze. Auf den zweiten eine Feder für Riesen, deren Spitze jetzt golden funkelte. Mit einem elastischen Sprung – vom Stand aus, wie nur ein Floh hüpfen kann – überwand er nochmals die schon erreichte Höhe. Er war, wie der Regierungsrat wußte, ein hervorragender Turner, sprang noch da, wo kein gewöhnlicher Mensch mehr gesprungen wäre, liebte es, den Überschuß seiner Kräfte auch sich selber zu beweisen, und schrieb, ehe er schrieb – wie der Regierungsrat gleichfalls wußte – woher, gehört nicht hierher –, die arabischsten Arabesken in die Luft. Wozu aber die gigantische Feder? Wenn er, der korrekte Regierungsrat, schon von der krassen Ungehörigkeit, halb nackt vor den Vater zu treten – es sei denn ein dem gründlich belesenen Burschen schon zuzutrauendes Imitieren der nudistischen Vermählung des Heiligen Franz mit der Frau Armut –, absehen wolle! Es steht ja diesmal nicht – wie nur der Regierungsrat und der alte

Herr von Wissendrum wissen – der Schriftsteller vor Gericht, auf dem doppeldeutig flachen, musenfeindlichen Dache, sondern – – doch das setzt, ehe wir in dieser Geschichte fortfahren, das Erzählen einer anderen voraus.

Durch das Übernehmen des unbezahlten Verwalterpostens auf dem gründlich vernachlässigten Enguerrandschen Besitze – von welchen Tatsachen, und zu Recht, er den ehrenamtlichen Charakter seiner Dienste ableitete –, war der Herr Adelseher in schwere Sorgen gestürzt worden. Ab dem vierten Tage, der den Wortbruch des Grafen hat bereits ahnen lassen. Deutlich sah er die Möglichkeit, seiner Aufgabe weiter zu obliegen, von einem tiefen Griff in sein Eigentum abhängen. Die fünf Dienstleute nämlich – der Herr Murmelsteeg, weil er Mitarbeit verweigert, verpflegt sich selber im »Taler« – wollen und sollen auch fürderhin gut essen. Er kann ja nicht, ohne die mühevoll errungene Autorität beträchtlich zu mindern, sie schon jetzt auf Schmalkost setzen. Später, wenn sie im ersten Diener des Staates – einen solchen, sein Schicksal um viele Meilen überholend, nannte er sich, stolz und doch bescheiden; er war ein Demokrat von oben her – den Menschen sehen, werden sie auch ihren Gürtel enger schnallen. Von einem solchen Erfolge war aber gar keine Rede. Sie waren noch durch und durch Hörige – mit Ausnahme des Herrn Murmelsteeg, auf den er ein inneres Aug' geworfen hat – und keine Herren oder Damen, die etwa zehn Stunden am Tag freiwillig sich unter die Botmäßigkeit eines mit ihnen Gleichen stellen. Ferner zahlte er ihre Gehälter, die der Graf, wie immer in Eile, zwecks Abkürzung des lästigen Handels nicht unbedeutend erhöht hatte – weswegen die Glücklichen vom Erscheinen eines Bauern als Vertreters eines so generösen Herrn jählings enttäuscht worden waren –, ohne Seufzen und daran geknüpfte kritische Bemerkungen, was ein gewisses Bewundern des ihnen, nach Begriff und Wort, unbekannten Stoizismus erregte. Denn sie wußten schon, daß er diese aus der eigenen Tasche bestritt. Doch damit noch lange nicht genug des sich selber Plünderns! Jeden Tag, den er auf dem Schlosse verbrachte – und es wurden immer mehr der Tage, auch der Nächte, wenn, zum Beispiel, eine dringende Arbeit schon vor Morgengrauen begonnen oder fortgesetzt werden sollte –, mußte er doch, in Anbetracht der städtischen, ländlichen Beschäftigungen abholden oder unkundigen Dienerschaft, ziemlich gleichzeitig, wenigstens anfänglich, hinter allen Personen her sein – jeden Tag also überstürzten ihn mit fast immer berechtigten Forderungen nach Anschaffung dieser und jener Geräte die Leute. So sehr den Mann ihre stetig wachsende Anteilnahme an den ungewohnten Tätigkeiten freute – in erhabenen Augenblicken hielt er sich sogar für einen gottgesandten Bekehrer zur natürlichen Lebensweise und zelebrierte dann die im Alltäglichen vor den Augen der Laien mit hochämtlicher Ausführlichkeit –, bekümmerte ihn nachher tief das Aufbringen der Beträge. Bargeld ist in einem florierenden Gute, und damit eben es floriere, immer nur ein Weniges vorhanden. Wenn welches eingeht, nach Ernte, Vieh- und Holzverkauf, wird es zu mehr als Dreivierteln in's Verbessern der Wirtschaft oder in's Erweitern des Besitzes gesteckt. Als gar keines mehr da war, oder nur eines, das er seinem Hofe hätte entziehen müssen – wovon seine Rechtlichkeit, nicht sein Egoismus ihn abhielt –, begab er sich in den Turm, setzte sich an das vor kurzem erst, über Anordnung Melittens, vom Herrn Strümpf, dem Alleskönner, durch's Mauerwerk gebrochene Fenster und sah, die sehr schiefe Wange aufgestützt, daran das sonst dauernde Nachdenken jetzt aus beiden Schläfen gleich einem sanften Regen herabrann, aufgestützt, ohne was wahrzunehmen – wie's bloß den Wehmütigen gelingt –, in die Richtung zum Adelseherschen Hause. Ein vor vielen Jahren nach Amerika Ausgewanderter hätte nicht undeutlicher die ihm doch so nah gebliebene Heimat sehen können!

Langsam aber machte das Gegenüber doch sich bemerkbar. Und zwar mit einem gleichfalls geöffneten Fenster. Und mit einem des musealen Stockwerks. Ohne das frisch gemauerte des Turms, der ja nur ein Oberlicht gehabt hat und noch hat, würde er jenes nicht im günstigsten Augenblick erblickt haben. Rettende oder glückliche Einfälle sind nicht ausschließlich auf einen verzweifelten oder gescheiten Kopf zurückzuführen. Es gäbe sonst nicht die verkannten Genies, deren Gedanken wahrscheinlich ebenso trefflich sind wie die der erkannten, aber nach kurzem Leuchten sich in die Nacht verlieren. Auch sie hätten nur der vorausgelegten Geleise bedurft, um zum selben Ziel zu kommen. Leider waren sie nicht, oder nicht rechtzeitig, vorhanden, und so ist denn ihr altmodischer Pferdewagen im Morast steckengeblieben. Dank Melitten waren die Gleise gelegt. Ohne Zweifel hatte sich die Dame das Vermögen der germanischen Frauen, wahrzusagen – sowohl in direkten Worten wie, im Falle des Malers Obdeturkis, mit vermittelnden Handlungen –, entgegen allen Eingriffen der substanzfressenden Zeitlichkeit, getreulich bewahrt.

Als der Herr Adelseher aus seinem Fenster in sein Fenster schaute – besser hätte das Fatum die jetzt in's akute Stadium tretende Zwiepersonenhaftigkeit des Betrachters gar nicht auszudrücken vermocht –, in den bis zur Decke reichenden Engpaß, gebildet von der Möbelhinterlassenschaft vieler Generationen – fünfzehnhundertsechzehn stand als das Jahr der Hofgründung mit glühendem Eisen geschrieben auf dem hochergrauten Torbalken –, empfand er die Empfindungen eines Halbverhungerten, der, in einem Abfallkübel stöbernd, ein frischgebratenes Huhn herauszieht. Wie jenes in diesen kommt, läßt natürlich nur schwer sich erklären. Aber der Arme hat keine Zeit zum Bestaunen eines Wunders – die nur der Reiche hat, siehe die hunderttausend Bände theologischer Literatur! –, sondern schlägt seine Zähne sofort in's nahrhafte Fleisch. (Sowohl des Huhns wie der Religion.) Dieser Arme ist im Zustand des maßlosen Appetits allein auf der Welt. Er kann nicht denken, was die Satten über ihn denken. Daß ihnen, wenn sie ihn schlingen sehen und schmatzen hören, vielleicht die Mahlzeit hochkommt. Und sie mit einem geradezu sittlichen Nachdruck auf den vollen Magen das Ausspeien der Gottesgabe zu verhindern trachten müssen. Von einem solchen Denken und einem solchen nur gewissermaßen sittlich zu nennenden Widerstand war der Herr Adelseher weit entfernt und wird es auch bleiben. Eine höhere Sittlichkeit ging von dem Schlosse aus, zog ihn an und immer öfter zurück, wie der höchst mysteriöse

Duft einer höchst einfältigen Blume, deren widersprüchliches Verhalten er noch immer nicht zu ergründen vermocht hat. Begreiflich zu machen ist die *visio* der Nase bei der augenfälligen Gewöhnlichkeit ihrer Erregerin nicht. Versuchte man doch, das auf verschiedenen Ebenen Liegende zusammenzubringen, würde im selben Augenblicke das Ewige verschwinden und das Zeitliche auf die rationale Erde fallen gleich einem flügellahmen Engel und daselbst in einen durchaus verständlichen Ehrgeizling sich verwandeln. Mit dem Wandeln auf der Luftlinie zu einer Idee wäre es zu Ende. Auf dieser Luftlinie – nämlich über das Erbe so vieler Generationen hinweg – ging der Herr Adelseher nach Recklingen zu einem Herrn Brombeer, der in der einzigen Straße einen bescheidenen, aber tief- oder hintergründigen Laden hatte. Das ist nun leichter gesagt, als es getan werden konnte. Auch in der Luft gibt es Schwierigkeiten, die eben in dieser Luft liegen. Noch niemals hat ein Adelseher, so wenig wie irgendein angestammter Bewohner von Alberting und Umgebung, weder in der Vor- noch in der Nachzeit – lieber erhängt er sich auf dem Dachboden seines schwer verschuldeten Hauses –, den Weg zum Juden angetreten. Anders handeln die Habenichtse in den Städten. Die dort ziemlich beträchtliche Zahl der Juden, das Nebeneinanderwohnen und nicht zuletzt das begreifliche Assimilationsbedürfnis jener ermöglichen und erleichtern – obwohl das Aus- und Einatmen doch ein bißchen kürzer gehalten wird – das schachernde Verweilen in einer grundsätzlich fremden Atmosphäre. Auf dem Lande jedoch steht zwischen dem Einheimischen und dem Juden – in Recklingen gibt's nur einen – jene halbe Welt, die dieser seit Jahrhunderten durchwandert, ohne weder hier, obwohl hier geboren, noch sonstwo im indogermanischen Bereiche wirklich anzukommen. Sein Ziel ist ja Zion, und die weitesten Umwege beugen sich, früher oder später, dahin zurück.

Zu dem eigentlich nicht existenten Manne ging der Herr Adelseher, weil der Monatserste vor der Tür stand oder nur wenige Tage ihn von dem Eingeständnis seines Bankrotts trennten. Zu diesem aber durfte es weder jetzt noch jemals kommen. Erscheint der Graf doch noch (die kleinere Hoffnung!), wird ihm natürlich die Rechnung präsentiert. Allerdings mit der Gewißheit, daß die außergewöhnlichen Beweggründe des unbezahlten Verwalters zum Vorschießen der schon stattlichen Beträge zahlenmäßig in ihr gar nicht enthalten sein können, also – um's in der Philosophensprache zu sagen – annihiliert sind. Und gegen die Vernichtung der Absicht eines Tuns – wie das Wesen des Tuns ist: *operatio sequitur esse*, lehrt Thomas – wehrte er sich, halb bewußt, halb unbewußt. Gegen das Durchschneiden des dünnen Fadens, mit dem man an einer Idee hängt! Erscheint er nicht (die große und heimliche Hoffnung!) – er zitterte jedesmal beim Erscheinen des Briefträgers: Hat er den Pfeil einer Nachricht vom Grafen im Köcher, der wesentlich amorische Bote? –, nun, dann ist es endlich so weit, daß ein Christenmensch nur noch auf Gott vertrauen kann, was, solange materielle Abhilfemittel sich anbieten – wie die mehr als vier Jahrhunderte umfassende Möbelsammlung im ersten Stock –, er nicht darf. Und er wird nicht vergeblich vertrauen. Denn sein Fall ist, wie wir bereits wissen, ein paradigmatischer. Und um die Aufrechtselben – das überläßt er dem freien Willen – ist der Himmel bemüht. Schon schreibt der Herr Murmelsteeg in der Clausur des »Taler«, wohl noch nicht bekehrt, erst nur literarisch interessiert an der Selbstlosigkeit des Herrn Adelseher, mit noch reichlich ungelenker Hand – die an Stelle der geschickten getreten war – die Geschichte eines Gauners, der zu seiner Überraschung ihm immer ähnlicher wird. Ja ja, die Feder! Wenn das Talent die Feder führt, sind Wahrheit und Lüge gleich wahr. (Auf dieser Gleichsetzung beruht die Kunst.) Ergreift sie aber, statt den Beichtspiegel, ein Unbegabter, kann er mit ihr nur naturalistisch beschreiben; selbstverständlich nicht auch andere, sondern nur sich selbst. Daher lassen gerade die genauesten Autobiographen auf's Deutlichste jenes erzählerische Meisterwerk vermissen, das alles oder vieles in ihrem Leben entschuldigt haben würde; vom Leben des Heiligen Augustinus an bis zu dem des unheiligen Murmelsteeg. Solchen Leuten bleibt schlußendlich nur übrig, sich zu bekehren. Wodurch die vielleicht doch noch mögliche Kunst mit Stumpf und Stiel ausgerottet wird.

Ferner gibt es den Doktor Hoffingott, der mit seinem schlauen Verzögern des endgültigen Verfalls von Schloß und Wirtschaft den Bogen des Enguerrandschen Testaments bei dauernder Gespanntheit der Sehne erhalten hat, um – wie auch geschehen, sowohl aus tiefer Freundschaft für den Baron, wie aus noch tieferer Bosheit – im Augenblick des Erscheinens des Grafen den vergifteten Pfeil gegen ihn abschießen zu können. Unmöglich aber war – das müssen wir dem Notar zubilligen – vorauszusehen gewesen, daß durch das (instinktiv sehr richtige) Beiseitespringen des Schuldigen ein Unschuldiger getroffen worden ist. Das machte er, obwohl es bereits auf Konto des Grafen geht, sich zum Vorwurf und erwog den Schaden, den er dem Adelseher zugefügt hatte.

Das Geschäft mit dem Herrn Brombeer, der nie gedacht hatte, eines mit einem Einheimischen zu tätigen, wurde zwischen zwei großen barocken Engeln, die, in Ermangelung Mariae, einander die Verkündigung verkündeten – der Antiquar hatte den Laden zwar hier, doch die Kunden in aller Welt (siehe die Automobilisten) –, sehr schnell beschlossen. Zur Bekräftigung desselben begab man sich, nach landesüblichem Brauche, in die »Blaue Gans«. Mit einigem Bedenken der Händler, großzügig wie immer das Zunächstliegende übersehend, der Herr Adelseher. Denn was kümmern schon einen auf der kürzesten Linie zwischen zwei Punkten, der Luftlinie, Eilenden die unten zwecks Erreichung eines ähnlichen oder gar gleichen Ziels angestellten mühseligen Gehversuche der Politiker, denen notwendig und nicht absichtlich ein natürlich sich betragendes Bein gestellt wird, das dann, ebenso natürlich, als ein unnatürlich feindseliges gebrandmarkt wird!

Leider aber hatte der Herr Ariovist von Wissendrum eine Vorliebe für das Unnatürliche, oder, milder gesagt, Abwegige, oder, noch milder, Groteske. Wie die Feder als Lanze und die innere Aufrichtigkeit als äußere Nacktheit zeigen! Mit welchen Übertreibungen *in usum* der Schwachsinnigen und Schwachsichtigen er den nicht kleinen Verstand des alten Herrn von Wissendrum, ohne es gewollt zu haben, gründlich mißachten und bis zur Weißglut aufbringen wird. Und noch einmal, leider, hatte er mit diesen den größten Erfolg. Dank einer von ihm, doch nicht von ihm allein, sondern aller Orten von ihm Ähnlichen angezettelten Verschwörung, deren vordergründig beinahe vernünftigen Charakter – um die halbwegs Verständigen anzulocken – und deren hintergründig ganz und gar unvernünftigen – der dann die ausgiebigste Rache am Rationalen erlaubt – wir im gleich folgenden Berichte, der die beiden Charaktere noch vermischt enthält, anziehend und abstoßend kennenlernen werden. Nur soviel sei noch gesagt, daß wohl etliche Verschwörer beim Frühschoppen in der »Blauen Gans« gesessen sein müssen, denen das freundliche Einander-Zutrinken des Juden und des (damals noch Christ genannten) Germanen wahrscheinlich als ein solenner Akt der Gegenverschwörung erschienen ist, auf deren Spur zu kommen sie sofort sich bemüht haben. Von wem denn sonst, wenn nicht von ihnen, weil die Kontrahenten nichts haben verlauten lassen, hätte ihr Häuptling, der Herr Ariovist, die gotteslästerliche Veräußerung des heiligen Erbes erfahren können?

Am Morgen des nächsten Tages hielten zwei geräumige Lastwagen, knirschend und mit Motorpiffpaff, vor dem Adelseherschen Hofe. Dem ersten entstieg der Herr Brombeer. Auf der Ladefläche des zweiten harrten Lastträger der Befehle.

Empfangen wurde der Händler von dem Nocheigentümer, der jetzt, in Ansehung einiger Zeugen, jener Knechte und Mägde nämlich, die über seine gestrige Anordnung heute mit Hausarbeiten beschäftigt waren und nun neugierig zusammenliefen, ein leicht schlechtes Gewissen hatte. Man kann nicht an alles denken! dachte er. Und: besser, sie erfahren's gleich! Und schließlich: bin ich nicht der Gebieter? Kann ich nicht tun, was mir beliebt?

Die Preise zu bestimmen, begaben sich die beiden Herren in's museale Stockwerk. Unten setzten die nicht interessierten Träger die sehr interessierten Knechte und Mägde von der bevorstehenden Transaktion in Kenntnis. Wenn man Brausepulver in Limonade schüttet und umrührt, entsteht ein nichtiger, aber gewaltiger Schaum. Das Umrühren besorgten die Dienstleute. Mein und Dein vermischten sich im Aufschäumen, und als die eigentlich Leidtragenden am Verlust der Altertümer quollen sie selbst über den Rand. Wenig fehlte – das Wenige war der Nichtbesitz derselben –, und Fäuste wären nach oben geballt worden. (Wenn solches am beteiligten Volke zu geschehen droht, was erst wird am unbeteiligten, aber von Ideologen aufgehetzten geschehen?)

Als die Schätzung vollendet, der Herr Brombeer überzeugt war, im Begriffe zu sein, ein gutes Geschäft zu machen, fragte er, halb abgewendet vom Adelseher und die Ecke eines Möbels streichelnd: »Wollen Sie die Sachen wirklich verkaufen?«

»Hätte ich sonst den Gang zu Ihnen getan?« sagte nach einer kleinen Pause, möglichst leise, um die beleidigende Wahrheit, die in der Gegenfrage lag, nicht merken zu lassen, der Herr Adelseher. Aber der Herr Brombeer hatte feine, auch auf's Überhören – wie begreiflich aus seiner langen Leidensgeschichte – eingeübte Ohren, und vor allem ein genaues Wissen vom Vermögenszustand der Umwohnenden. Sein Beruf, wenn auch ein hier unnötiger, verlangte es.

»Würde nicht ein Darlehen genügen? Zu bescheidenen Bedingungen? Mit der Rückzahlung hätte es keine Eile. Pfänder sind ja genug da und können ruhig bei Ihnen bleiben.«

Weil keine Antwort erfolgte – was kann ein Narr schon einem Vernünftigen erwidern? –, mußte der Herr Brombeer diese vom Adelseherschen Gesichte ablesen. Er sah, oder glaubte zu sehen, daß des Gegenüber klare Augen sich getrübt hatten. Ziemlich sicher war's des Herrn Brombeer eigenes Gerührtsein von dem außergewöhnlichen Anerbieten, das außer ihm hat erblicken lassen, was in ihm sich geregt hat. Gleichgültig, ob außen, ob innen geschaut: der Herr Brombeer hatte nun einmal, und zum ersten Male, das von wohlbegründeter Vorsicht angelegte Niemandsland zwischen potentiellem Opfer und potentiellem Schlächter überschritten. Er ergriff die herabhängenden Adelseherschen Hände, hob sie, drückte sie an seine Brust und sagte, ebenfalls sehr leise – wie ein gütiger Beichtvater nach einer vergessenen oder verschwiegenen Sünde forscht –: »Wollen Sie sich tatsächlich von Ihren kostbaren Erbstücken trennen? Wenn Sie's nötig hätten – aber ich weiß, daß Sie's nicht nötig haben –, stünde ich Ihnen gerne zu Diensten. Oder«, sagte er noch leiser – vielleicht in geheimem Kontakte mit der Erregung unten oder, rationaler, weil des Adelsehers verrücktes Unternehmen schon das Dorfgespräch geworden war – »ist's des Schlosses wegen?«

Statt die Vermutung zu bestätigen oder gar sie zu rechtfertigen – Letzteres würde ein doch Abhängen von der Meinung eines Zweiten bedeutet haben –, drückte der Herr Adelseher die Hände des Herrn Brombeer an seine Brust. Jetzt trübte sich sein Auge wirklich. Auch das des Herrn Brombeer trübte sich wirklich. Dank dem verschwommenen Zustand ihrer sonst scharfumrissenen Bilder erkannte der eine im andern den Nächsten. Es war nur ein Augenblick. Aber voll großer Geschichte. Der die kleinen Geschichten, mit denen Politiker sich die leere Zeit bis zu ihrem Tode vertreiben, in's Nichts versenkt. Später allerdings kommen sie wieder hoch. Mit ausgerissenen Giftzähnen. Oder nicht mehr gefährlich den Freunden.

Der Herr Brombeer, von seinem Laden her gewohnt, einen Schlupf zu finden zwischen Altertümern, die, der Jahrhunderte nicht eingedenk, die sie voneinander trennen, eng nebeneinander stehn – wie er und der Herr Adelseher nebeneinander gestanden sind –, fand einen Pfad, dem er, so weit der in ihn Eingedrungene noch zu sehen war, mit fast knochenloser Gelenkigkeit, sich entlangwand.

Was will er? fragte sich der Adelseher. Er wußte nicht und sollte auch nicht wissen, daß der Freund dem Entschlusse des Freundes, jenen so zu dem eigenen machend, vorauszueilen die ebenfalls unaussprechbare Absicht hatte, ja sogar mit der Stimme des Freundes – wenn solches möglich wäre; in der Idee aber ist's! – den Lastträgern durch eines der gassenseitigen Fenster zuzurufen, daß ihre Arbeit jetzt beginnen könne.

Er kam wohl zu einem Fenster, aber es kam nicht zum Rufen nach unten. Was er hörte, dumpfes Dröhnen vieler Pferdehufe, und gleich darauf sah, einen Trupp, oder richtiger, eine Truppe Bauernburschen auf schweren Ackergäulen, die sichtlich mühevoll zum Einhalten eines möglichst geraden Frontverlaufes gezwungen wurden, und den Zug nicht uniformierter Kavallerie, militärisch angeführt vom Herrn Ariovist von Wissendrum, der auf's Ziel der Attacke, den Adelseherschen Hof, deutete – mit dem Arm eines Feldherrndenkmals –, ließ nur einen Ruf nach hinten zu.

Während der Adelseher hilfsbereit, aber mit weit weniger Geschicklichkeit sich durch den Engpaß arbeitete, war, sehr begreiflicher Weise, der Herr Brombeer vom Fenster zurückgetreten. Wenn nämlich, wie es den Anschein hatte, die Reiterschar plante – das plötzliche Angehaltenwerden, das Zusammendrängen und das erhöhte Getrappel der Pferde auf einem Platze, der kurz zuvor nur für eines Platz gehabt hat, berechtigten zu dem Verdachte –, einen Halbkreis zu bilden vor der Haustür, würden, wegen der Niedrigkeit des Hauses, der Jude im ersten Stock und der Germane auf dem hohen Rosse, einander genau in's Gesicht schaun, Angeklagter und Beschuldigter auf der zufällig und vorzeitig erstiegenen eschatologischen Hochebene einander gegenüberstehen.

Als der Adelseher im Fenster erschien, hatte der Halbkreis, mit noch einigem Scharren der üppig bezotteten Hufe, bereits sich gebildet, unter Einschluß der Dienstleute, die nicht wußten, zu wem sie sich bekennen sollten, zum jetzigen oder zum künftigen Herrn, und ihr schon Neigen zum künftigen hinter fast kunstvoll dämlichen Gesichtern verborgen, unter Ausschluß aber der Möbelpacker, denen eine feindselige Gesinnung zugemutet werden muß. Die Reiter begrüßten ihn mit einem Wald von Armschäften. Stumm wie Träger von Plakaten, die alles Nötige sagen. Nur der Herr von Wissendrum war abgesessen. Er stand, in Stiefeln, schwarzen Hosen, weißem Hemde, neben seinem edleren Pferde, das wohl gleich ihm den Adelseher besuchen wollte, dicht vor der Haustür und sandte freundlichst ein Grüß Gott hinauf. Diplomaten verhandeln noch in vollkommener Urbanität, wenn die Militärs schon mit den Zähnen knirschen.

In diesem Augenblick – dem unwichtigsten von der Welt, dem wichtigsten von der Überwelt – zerrte der Adelseher den Brombeer, wie der Verfasser den Mitverfasser eines Theaterstücks, um Beifall wie Mißfallen mit ihm zu teilen, auf die

Bühne, so an's Fenster. Dortselbst stellten die beiden die unbiblische Geschichte dar, von einem besseren Pilatus und einem kleineren Christus. Trotzdem wurde diese Ecce-homo-Szene bibelgetreu interpretiert. Denn das *crucifige!* folgte sogleich. Zwar nicht wörtlich, aber in einem *unisono* angestimmten Brummton, der an der raubtierischen Absicht, das dies- und auch jeweilige Sühneopfer zu zerfleischen, keinen Zweifel ließ. Nach dem gewiß provokatorischen Benehmen des Adelsehers war das weitere Dissimilieren – der bloßen Höflichkeit wegen – des nun schon am Tag liegenden Sinns des Aufmarsches überflüssig geworden. Ohne die Erlaubnis einzutreten, abzuwarten, verschwand der Herr Ariovist in das für bereits erobert angenommene Haus. Ein einander Treffen auf etwa der halben Treppe war unvermeidlich.

Jetzt muß kurz der Charakter eines Schriftstellers, wie Ariovist damals einer gewesen war, geschildert werden.

In dem denkenden Kopf jenes steckt, wie im Haarknoten der spanischen Dame, die einem Stierkampf beiwohnt, ein hoher Kamm, so ein ebenfalls sehr hoher ideologischer Kamm, sehr ähnlich dem in ein industriell verwertetes Flüßchen versenkten engmaschigen Gitter, das die mittreibenden Gegenstände, Baumäste oder tote Katzen, vom Stören eines Räderwerks abhält. Nun gehören gerade diese zur natürlich belassenen Natur und zeigt der ihr aufgezwungene, sie säubernde Zweck, statt ihren vielen Zwecken nur einen. Denselben zeigt der Besitz einer Ideologie, gleichgültig welcher. Wem, unglückseliger Weise, eine solche eignet, läßt seine dreidimensionale Person in der einen Ecke stehn und begibt sich, reiner Geist, in die andere, wo er faktisch zwar im selben Zimmer, aber auf dem Orion sich glaubend, seine explosionsartige Notdurft befriedigt. Das Gesicht ist demgemäß bis zum Nochmöglichen eingeschrumpft, der Blick, wie beim Einfädeln, starr auf das einzige Öhr der Idee gerichtet und der Mund ein Strich durch alle übrigen falschen Rechnungen.

Herr von Wissendrum, wann immer angetroffen und womit immer berührt, läßt sofort einen dichten und disziplinierten

Reigen von außerordentlich richtigen, oft auch sehr schönen Gedanken auftanzen, zu dem der Tschinellenklang seiner Stimme die erregende barbarische Musik macht. Nach dieser Musik schwingt er seinen häßlichen Körper wie den Schellenbaum hin und her, hebt er ihn bis zum Luftsprung, senkt er ihn bis in die tiefe Kniebeuge, während die harten, dozierenden Finger Fußnoten, Randbemerkungen, Gedankenstriche, Ausrufungszeichen, unter dem charakteristischen Lärm von Explosionen, in die Atmosphäre schleudern. Umkreist von Planetoiden wie die Wagenburgen der alten Landnehmer von den heulenden indianischen Reitern, warnt er jeden, seiner geschoßdurchkreuzten Aura nahe zu kommen. Dem Mann ist es wirklich Ernst mit dem Ernste, er ist wirklich ergriffen, allerdings – und das ist der Pferdefuß seiner Metaphysik – von sich selbst. Man merkt nämlich sehr bald, daß der Geistesblütenaufwand des Reigens um keinen objektiven Mittelpunkt, um keinen, einem bestimmten Kulte geweihten Altar, um keine Person von überbetonter Bedeutung – gleichgültig ob zu Recht oder zu Unrecht überbetont – geschlungen wird. Wir vermissen schmerzlich (weil der gleich zu erwähnende Mangel uns noch einsamer, monströser zeigt, noch schmerzzerrissener macht, als wir ohnehin schon sind) hinter allen seinen gewiß ritterlichen Waffen- und Gedankengängen das alles Denken und besonders das bis zu echter Indiskretion gesteigerte laute Denken allein nur legalisierende *movens:* den Trieb zur Rechtfertigung, und zwar zur Rechtfertigung eben nicht vor sich selber (denn: wer ist man, wenn man nicht Anbeter oder Angeklagter ist, kurz: wenn man nicht von wem dependiert? Niemand! Nichts!!), sondern vor einem zweiten, der überdies notwendig abwesend sein muß, er sei die Gottheit, das Weib, ein verlorener Sohn, ein Genius, ein Götze, irgendein Mensch sonst, dem entweder Unrecht angetan oder zuviel Recht eingeräumt worden, beides natürlich aus Leidenschaftlichkeit, aus einer Verschuldung also, die anjetzt gemindert oder vergrößert werden soll, und durchaus *pro domo,* wessen so gerne man sich versichern würde, denn, um bei einer neutralen Wahrheitsfindung der von dem einen Fuß auf den andern tretende

Zaungast zu sein, hat man Herrn von Wissendrum nicht angesprochen, ist jede Stunde, auch die häßlichste, des Lebens viel zu schön, trotz ihrer nur sechzig Minuten zu komplex unendlich, und liegen überdies *die* Kirche wie *eine* Kirche, *ecclesia* oder *parochia*, viel zu nah und bequem. In ihnen beiden kann die ganze Wahrheit frisch und armdick vom Spundloch getrunken werden, und zu solchen Rekreationsörtern zu gelangen, bedarf es nicht der Überwindung psychologischer Straßensperren (nur der leicht selbst vorzunehmenden Auflösung bereist allzu fester Begriffe). Nichts füllt so sehr jeden Raum aus, überhaupt, zusätzlich oder trotzdem, den eines Zimmers, da mögen noch so viele Leute es bis zum Bersten der Wände angefüllt zu haben scheinen, den der unendlichen Natur, es hätte unser Einsamsein in ihr auch das kleinste Plätzchen mit den Sternmarken der schauerlichsten Entfernungen besetzt, wie der abwesende Zweite, wir müssen ihn nur als die Erstgeburt unserer Frömmigkeit gesetzt haben. Dann sind unsere Melancholien Gebete der archaischen *materia*, unsere Verzweiflungen liturgische Handlungen des Advent, dann sitzen unsere wenigen Freuden als Seelenvögel am Rande der Felsengruft des Auferstandenen und schauen hinunter in eine beglückende Leere. Kurz: der abwesende Zweite, und hätte er uns auch für immer verlassen, lohnt uns mit Rettung zeitlichen und ewigen Lebens, daß wir ergeben von ihm dependieren.

Der Adelseher hingegen trug seine Person bald wie einen vollen Fruchtkorb auf dem Haupte, beglückt von der reichen Ernte, bald wie der Atlas seine Last auf dem kummergebeugten Rücken. Deswegen geriet er auch nicht in Zorn. (Zu dem Hilfsmittel hätte ein weniger sicherer Personsbesitzer gegriffen.) Er empfand nur eine fast wissenschaftliche Neugierde nach dem Wie – das Was war ihm ja bekannt – der Ariovistschen Begründung des Hausfriedensbruchs. Jetzt war *er* der Schriftsteller. Man sieht, daß die Begabungen – nah verwandt den bald da, bald dort sich ereignenden Gnaden den dann zufälligen Inhaber ihrer wechseln können. Daß der Beruf nicht die Berufung bestimmt. Daß die Vorsehung auch unter Verzicht auf die mit jenem notwendig, wie man glaubt, verbundenen Tätigkeiten diese verleiht. Wie könnte Geschichte zustande kommen, wenn die friedlichen Beschäftigungen nicht anscheinend irrtümlicher Weise kriegerischen Naturen zugeordnet werden? In der Mitte der Treppe trafen sie einander. Der Ariovist auf einen ideenträchtigen Punkt in der abstrakten Wand schauend, der Adelseher dem Ariovist in's vom Wegdenken der Wirklichkeit verwischte Gesicht sehend.

»Sie dürfen Ihre Möbel nicht dem Juden verkaufen.«
»Wer verbietet's mir?«
»Ihr Gewissen!«
»Es ist ein gutes.«
»Dann sind wir da, es zu einem schlechten zu machen.«
»Durch eine gesetzwidrige Handlung?«
»Gewalt gegen Gewalt!«
»Worin, um Gottes willen, sehen Sie meinerseits das Ausüben von Gewalt?« fragte lächelnd der Adelseher.
»In dem Beispiel, das Sie geben, sofern uns nicht gelingt, es zu verhindern.« Der Adelseher wurde ernst:
»Das wird Ihnen nicht gelingen. Nötigenfalls gibt's die Gendarmerie. Und auf eine Straßenschlacht werden Sie es wohl kaum ankommen lassen.«
»Noch nicht!« sagte der Ariovist und schoß einen (nur theoretisch gemeinten) tückischen Blick durch die schmalen Schießscharten seiner Augen auf den Adelseher ab.
»Ich kenne Ihre Hoffnungen! Aber bis zu ihrer Erfüllung kann ich mit meinem Eigentum tun, was ich will.«
»Ja, mit Ihren Wiesen, Äckern und Wäldern, mit Ihren Ziegen, Kühen, Ochsen und Schweinen. Aber nicht mit den Schätzen da oben«, er wies hinauf zum Stockwerk, »diese sind nicht Ihr Eigentum!«
»Wem gehören sie denn?«
»Ihren Ahnen! Und Ihnen nur dann, wenn Sie ebenfalls tot sind. Und keinen Gebrauch mehr von den Hinterlassenschaften machen können. Also ergibt sich, daß Sie, annoch lebend, keinen von ihnen machen *dürfen*!« Der erwähnte Punkt hatte die Idee geboren. Sie war unabweislich, aber unbeweisbar. Jenes fühlte, dieses wußte der Adelseher. Obwohl

tiefbetroffen von des Ariovist Interpretation eines Besitzes, der, wie etwa die Bilder eines Museums, eigentlich keinen Besitzer hatte, schlug er sich doch auf die Seite der Unbeweisbarkeit. (Man kann nämlich unserer nur sehr schwachen Fähigkeit, zu glauben, nicht viel zumuten. Welcher Überzeugung die Kirchenväter gewesen waren, die mit ihren absichtlich phantasiearmen Federn gegen den überbordenden Glanz der Gnosis ausgerückt sind.)

»Haben Sie so auch zu Ihren Burschen geredet?«

»Sie hätten mich nicht verstanden!«

»Doch den Juden haben Sie verstanden!«

»Man ergreift ein Anschauliches, das der Zufall bietet, um ein leider Unanschauliches wenigstens halbwegs auszudrücken.«

»Wenn ich nun die Altertümer einem Christen verkauft hätte?«

»Auch dieser Umstand würde meine Meinung über die Unrechtmäßigkeit Ihres Handelns nicht geändert haben.«

»Sie sehen, ich bin nicht die Ursache Ihrer Belästigung durch diesen Herren!« sagte, schmerzhaft heiter, der Herr Brombeer, als er den Mauervorsprung, der ihn verborgen hatte, verließ. »Er hat«, fuhr er fort, »dank höherer Bildung ausgesprochen, was ich wohl gedacht habe, aber nie hätte aussprechen können.« Wie ein Einsager, der ein vergessenes wichtiges Wort den Spielern zuruft, wollte er wieder in's Kastendunkel zurückkehren.

»Halt!« rief der Adelseher, »bleiben Sie da! Und wenn's Ihrer Bescheidenheit noch so unangenehm wäre! Wissen Sie, Herr Ariovist, daß er mir ein Darlehen angeboten hat? Wenn ich vom Verkauf zurücktrete? Zu bescheidenen Bedingungen? Und mit der Rückzahlung hätte es keine Eile? Und die Pfänder, hat er gesagt, können hier im Hause bleiben? Wie stehen nun Sie da? Und Ihre Burschen? Mit nichts denn Heilrufen in ihren Händen? Und mit nichts im Munde als Verwünschungen für diesen Juden?«

Der Ariovist schwieg. Sein Gesicht fiel noch mehr nach innen. Die beiden andern hörten das laute Ticken der ewigen Uhr aus der guten Stube.

Dann stieg Ariovist an Adelseher, ohne ihn anzusehen, vorbei, die drei, oder auch fünf, Stufen der Treppe hinan, verbeugte sich, die Absätze seiner Stiefel zusammenschlagend – allerdings nur halblaut –, kurz vor dem Herrn Brombeer und sagte – allerdings sehr laut –: »Ich danke Ihnen für den unerwarteten Vorschlag, den Sie dem Herrn Adelseher gemacht haben. Ich bitte ihn, denselben dringendst anzunehmen. Keine Widerrede, lieber Freund! Er ist die einzige Lösung! Durch dieses Fenster«, er zeigte auf's doppelscheibige, sommers wie winters fest verschlossene des kurzen Stiegenhauses, in welchem man etliche Hinterteile von Pferden, etliche Schenkel und Hemden der Reitenden, lautlos bewegt, erblickte, »dringt kein Laut herein. Es dringt auch kein Laut hinaus! Wir sind in einem Gefängnis. In diesem Gefängnis befinden sich zwei Hauptschuldige, der Herr Adelseher und der Herr von Wissendrum« – im Schlafe noch, bei der Zehe gepackt, würde er vor dem Namen den Adel geflüstert haben – »und, wenn man seine Rasse bedenkt, ein Unschuldiger, der Herr Brombeer. Dieser hat den Schlüssel, oder den Dietrich, oder sonst was Öffnendes. Wir können also hinausgehen, ohne eine neue Schuld auf die alte gehäuft zu haben! Wir können somit den Burschen draußen sagen: Es ist alles in Ordnung!«

Er machte militärisch kehrt und stapfte die Treppe hinab. Das Zuschmettern der Haustüre, die offen gestanden, war das endgültige Trennen von Drinnen und Draußen. Der Adelseher kam gerade zurecht, den Erfolg des zweideutigen Worts zu sehen. Er hatte mit einiger Mühe, doch schnell, die verrosteten Scharniere des Fensters gelöst. Ein Lachen erschütterte die Burschen, und auch die Pferde. Mit der linken Hand ergriffen sie die Zügel, mit der rechten feuerten sie den Gruß zum Himmel. Drei Augenblicke lang geschah das Demolieren eines stillgestandenen Carrousels: Staub und Holz, Hemden und Hosen fuhren durcheinander, dann waren die Kerle dahin.

»Nun?« fragte der Herr Brombeer freundlichsten Gesichts.

»Ja«, sagte sehr leise der Herr Adelseher.

»Sie können heimfahren!« rief der Herr Brombeer durch's nämliche Fenster den Lastträgern zu. »Es ist nicht mehr nötig!«

»So weit, so gut!« wie der Notar sagt, wenn er einen Akt hinter sich gebracht hat.

Kurz nacheinander – weil der altmodische Aufzug jeweils nur je eine Person befördern kann – waren zu der einen Person viere gekommen; Brüder und Schwestern des Lanzentragenden. Der Regierungsrat wartete etwa fünf Minuten. Es kam keine Fünfte. Wo sind, fragte er streng, die übrigen Geschwister? Wo die Diakone und Subdiakone, die Akolythen, Exorzisten und Ostiarier? Und die frommen Frauen, die am Wege knien, wenn der fruchtbare Bock vorübergetragen wird? Das wäre ja noch schöner, wenn die ehrwürdige *ecclesia* dieser Familie wie eine junge Dame sich benähme, die ihre Heimlichkeiten hat? Daß das Celebrieren der Haupthandlung diesmal ohne die übliche Assistenz geschähe. Wo bleibt die Prozession?

Er hatte die berechtigte Forderung laut auf das Dach hinaufgesendet. (Er ist der Spielleiter, der das Stück besser kennt, denn die in diesem beschäftigten Schauspieler.)

Als ob sie den gebieterischen Ruf aus dem Parkette vernommen hätten, beendeten die angeblich pflichtvergessenen Komödianten jach ihr einseitiges *a parte* Gespräch mit dem unbeweglich dastehenden Ariovist und eilten, wohl ihre eigentlichen Stellungen einzunehmen, zum Aufzug zurück, der, nach Knurren, Knarren und Quietschen zu schließen – was sogar der Regierungsrat hörte –, einige gewichtige Teilnehmer zur schließlich doch statthabenden Prozession bringen wird. Die wenigen Frühaufsteher neigten ihre Köpfe zusammen, unter Berücksichtigung freilich der Gefahr, in den Schacht zu stürzen. Während ihre Beine die bedenklichste Schiefheit zeigten, umschlangen ihre Arme innig geschwisterlich die Rücken der Nächsten. Nun besitzt der Aufzug, wie vorhin versäumt wurde zu erwähnen, eine vom Fehlen des üblichen Dachstuhls bedingte Konstruktion. Er wird nicht von oben, was die Regel ist, sondern vom Erdgeschosse her betrieben. Plötzlich erhebt er sich, den silber- oder blechbeschlagenen Hosenlatz beiseiteschleudernd, gleich einem Phallus über die bisher so keusche Ebene. Ein gewißlich nicht vorbedachtes, wahrscheinlich vom

Zusammenwirken der Wissendrumschen Architektur mit der Wissendrumschen Fruchtbarkeit unwillkürlich hervorgebrachtes Symbol des Schamlosen! (Daß die vom irdischen Glück überhäufte Familie der gespenstischen Doppelgängerei von obszöner Sache und doch sittlich vermeinter Person nicht achtet – Gott oder der geistliche Weltgeist kann nicht deutlicher werden –, läßt ihre künftige Verdammnis ziemlich sicher erscheinen, wenn nicht vor dem Absterben ein Wunder geschieht! Was bei dem denkerisch unmöglichen Gotte immerhin möglich ist!!)

Einige Sekunden später erscheint der Aufzug in der angegebenen, von niemandem bemerkten Gestalt, unter'm Krachen einer Faust an eine andere Kinnlade. Der Regierungsrat, bereits auf den Zehen stehend, um durch zusätzliche Größe die Richtigkeit seines Schließens einen Augenblick früher wahrzunehmen, fällt auf die platten Sohlen zurück. Ja, er taumelt sogar bis zur Wand der Laubnische, an die er das Rad der Heiligen Katherina gelehnt hat. Es ist spurlos verschwunden. Doch nicht genug am katastrophalen Fehlen desselben! Es sinkt noch ein Vorhang über des vorauswissenden Beobachters Gesicht, dessen scharfe Züge er zu nichts verwischt. Wie man die dörfliche Kerze vor dem Schlafengehn mit dem Daumen und Zeigefinger ausdrückt. Und in das Ohr des Junggesellen hallt das nun hoffnungsvolle Triumphgeschrei der Kranawettreiser über das endliche Dochausgleiten eines bisher unbesiegten Kunstläufers auf dem Eise der Logik.

Was ist geschehen? Der alte Herr von Wissendrum ist gekommen. Und zwar ohne die übliche Begleitung. Was macht das schon aus? sagt ein lustiger Jemand. Gerade diese Frage, erwidern wir ernsthaft, kann man an den Regierungsrat nicht richten, weil der in einer für gewöhnliche Menschen außergewöhnlichen Situation sich befindet. Bedenken Sie, daß seine zweite Person eine Hypothek auf seine erste darstellt und ihm jetzt ihre Kündigung angedroht wird. Dann könnte er endlich die so heißhungrige Witwe heiraten, ruft der Witzbold und klatscht in die Hände. Wenn ein Mann merkt, fährt er fort, daß sein Ich sich nicht selber genugtut, also ein Einzeldasein nicht notwendig begründet, sucht und findet er bestimmt ein weibliches Wesen, das, seiner natürlichen Unfähigkeit wegen, eine Hypothek auf sich zu nehmen, eine zweite große auf sich nimmt. Man kann sonach die Liebe definieren als ein mehr oder weniger dramatisches Fallen hinunter zum Noch-weniger-als-Alleinsein: zum Zweisein. Die Stelle, auf welcher der Regierungsrat das Beschämtwerden ob seines Fehlschließens erlitt, lag hart an der Kante eines steilen, mit Serpentinenwegen versehenen Hügels: Außerhalb eines der spitzen Winkel derselben befand sich der Beobachtungsposten; der Garten war ganz, das Dach zum größeren Teil zu übersehen. Der kleinere Teil, von der Fügung unbespielbar gelassen – ein Zufall, der den Schmerz des ausgeglittenen Logikers um ein Etwas milderte –, wurde von dicht belaubten Bäumen bedeckt, deren einige Wurzeln aus dem jachen Abgrund sich an den Tag gearbeitet haben. Dort fehlzutreten, hätte einen gefährlichen Sturz bedeutet. So stand denn der Regierungsrat bei seinen freiwilligen Leistungen – er wußte es nur nicht – immer zwischen Leben und Tod. Wie ein Erforscher kannibalischer Stämme. Noch einmal erinnern wir uns des Fallens des, ob Fülle des Geschehenen, den Ast überlastenden Spähers in's halbwegs Weiche von Knabe und Mädchen der englischen Familie. Was aber gestern abend sich ereignet hat, hätte auch ausgehen können wie Hamlets Degenstich durch die Tapete! Unser Polonius nämlich wollte sich vergewissern, daß des Burschen Abmarsch zum Gerichte auch stattfinden werde. Ein bißchen Zweifel am Sichersten ist erlaubt, ja sogar geboten. Der Regierungsrat machte daher zu seiner angenehmen Fleißaufgabe – wie der Gläubige ausnahmsweise um eine Kirche herumgeht, weil er gerade jetzt sich verpflichtet fühlt, die dauernde Nähe zu Gott durch die unermeßliche Distanz zu Ihm zu ersetzen –, vor dem Ariovistschen Sommerhäuschen, einem recht kargen Geschenk des unermeßlich reichen Vaters, und im äußersten Schatten eines entfernten Waldes gleich einem weitschwingenden Perpendikel, hin und her zu wandeln. Als es dunkelte und ein ärmliches Mondlicht, die übliche Petroleumlampe, das mittlere der nur drei Fensterchen zu erhellen begann – der Kopf des

Schreibenden war nun zu sehen, empor- und niedertauchend, eines heftig Rudernden um den Preis der Zimmergymnastik –, schritt der ziemlich unsichtbar gewordene Regierungsrat mit vorsichtigem Storchenschritt über's gemähte Gras der Wiese einem Heuhaufen entgegen, den er von Anfang an zu seinem nächsten Blickpunkt erkoren hatte.

Jetzt muß ein Exempel statuiert werden! Das anteillose Beobachten eines in sein oder in eines anderen Unglück Fahrenden, wie der Regierungsrat es betreibt, steht im dauernden Gegensatz zum Gebot der Nächstenliebe, das unendlich geduldig und fast immer schweigend die einander feindlichen Hände zusammenzufügen strebt. Manchmal aber schreit es auf. Wenn man nur seinem kleinen Finger widerstrebt, wie jetzt! Und in einer der friedlichsten Landschaften, wie hier! Er hörte Ariovisten ein Fenster öffnen. »Aha, jetzt geht er!« sagte er, randgefüllt mit dem durch bloßes Spazierengehen (und wechselndes Verhalten zu Gott) allerdings leicht errungenen Beweise. Da peitschten zwei Schüsse, ohne Zweifel auf ihn gezielt, durch die allernächste Luft, warfen ihn zu Boden, hinter den Heuhaufen, in's stachelige Gras, das mit hundert Spitzen den Regierungsrat vor einer Fortsetzung seines Weges warnte. Der Schreck war bodenlos. Die Warnung war vergeblich. Dem Leib nach zitternd, dem Geist nach unerschüttert – als wäre der nicht ebenfalls hingeschleudert worden (wie's beim gewöhnlichen Menschen natürlich), sondern stünde in jeder Lage des Körpers aufrecht –, rappelte er sich hoch, bis zur unbeweglichen Größe desselben, denn er vernahm, was diesen allein anging: das Zuschlagen der Haustüre, das Knirschen des Schlüssels, ein lautes, doch unverständliches Selbstgespräch – wahrscheinlich das über's Papier hinaus Weiterlaufen des Romans – und ein viermaliges Stoßen der ätherischen Musenbeine in's wesentlich Bedrückendere der irdischen Schuhe. Sofort auch begriff er, und zwar mit Hilfe dieses gleich einem Pegel im Wasser steckenden Geistes (unbeeinflußbar von Flachheit oder Tiefe des Elements), daß jene zwo Schüsse nicht ihm gegolten hatten, sondern als Freudenschüsse abgefeuert würden, um der erfolgreich stillen Arbeit dröhnenden Ausdruck zu verleihen.

Da saß er denn, der Erzeuger des ihm ähnlichsten Sohnes (daher jene Auseinandersetzungen, wie sie, zum Totschlag führend, auch zwischen Zeus und Kronion stattgefunden haben!), im offenen Aufzugkasten, der zum übelsten Wetterhäuschen geworden war, noch schwärzer vor Wut als die bereits Versammelten über Ariovistens recht mangelhafte Bekleidung, und übte seine ganze Macht auf den Rollstuhl – dem Regierungsrat bebte die mithelfende Hand –, um mit gut dreifacher Gewalt ihn gegen den doppelt Schuldigen abschnellen zu können.

Die Hand flog vom Wagen, und der Wagen flog dahin. Und wie's bei zwar vorhergesehenen, und doch unterschätzten Ereignissen zu geschehen pflegt, trat der Regierungsrat noch einen Schritt zurück und gerade zwischen zwei Speichen des Rads der Heiligen Katharina. Es war wieder da! Sofort verschraubte der Regierungsrat das heilige Rad einem der zwei profanen Räder des Rollstuhls und hörte dieser Tätigkeit zufolge, was auf dem Dache geschrien wurde.

Nun ist, eh' wir von dem wörtlichen Handgemenge berichten, unbedingt ein Satz von Nöten, der die im Leser vielleicht entstandene Vermutung, es habe im Regierungsrat ein mysteriöser Vorgang stattgefunden, welcher ihm erlaubt hat, seine immerhin bedeutende Ferne zum Standort der Streitenden geisterhaft zu überbrücken, zunichte macht.

An den begreiflichen Fehlleistungen des katholischen Aug's – und für andere schreiben wir nicht – sind die Kirchenmaler schuld. Verbreiten sie doch die optische Meinung, die Märtyrer hätten schon von Kind auf mit den Hinrichtungsgegenständen, wie Schwert, Rad, Rost, gespielt, ohne ihres späteren furchtbaren Ernstes zu gedenken. Ja, wir sind sogar der Ansicht, daß der ketzerische Ikonoklasmus im tiefsten Grunde gegen die Vermengung der himmlischen Glorie mit dem zeitlich durchaus rechtmäßigen Prozeßwege sich gerichtet hat; einesteils für das vernünftig Erfaßbare, andernteils für das Übervernünftige, welches er aber durch ein unüberschreitbares Niemandsland von jenem getrennt wissen wollte. Der Versuch einer so reinlichen Scheidung ist, wie bekannt, mißlungen. Weit weniger oder gar nicht bekannt dürfte sein, daß den biederen Leuten die vom malerischen Handwerk erzeugten unterschwelligen, von keiner Zensur behelligten Halbgedanken weit lieber gewesen waren als das klare Wahrnehmen der wie ein kleiner Stern (wegen der geringen Offenbarungsmöglichkeiten) aus dem Unendlichen herabschimmernden Ganzheit des Glaubens.

Von ebendiesen Halbgedanken war jetzt beim Regierungsrat keine Rede. Und konnte nicht die Rede sein, weil er, nach einiger Blödheit, verursacht vom Umstoßen des Zeremoniells, den genauen Inhalt seiner, an den alten Herrn von Wissendrum gerichteten – nun sei die im Wörterbuch einzig zutreffende, trotzdem aber unrichtige Bezeichnung hergesetzt – Denunziation wieder im Kopfe hatte. Wir sagten, gezwungener Weise: Denunziation. Mit demselben Recht dürfte man eines Erzählers Akribie, wenn's um die unmögliche (laut Sankt Thomas) Definition irgendeines Menschen geht, eine Denunziation, und zwar unmittelbar vor Gott, nennen. Über diese kitzlige Frage ein anderes Mal! Fest steht jedoch in der Tatsachenwelt, mit der allein wir's zu tun haben, daß der Regierungsrat, hinsichtlich einer strafbaren oder bedenklichen Handlung (und nur hinsichtlich dieser), ein ausgezeichneter Schriftsteller war; was, in der Intention, auch den reinen Ikonoklasten grundsätzlich vom bloß Frommen trennt. Er hat nicht nur die Gründe, die der alte Herr jetzt ausschleudern wird, auf's Überzeugendste detailliert – so daß dem gar nichts anderes übriggeblieben ist, als die Erleuchtung vom Erleuchteten zu nehmen –, sondern auch Ariovistens Gegengründe mit derselben Überzeugtheit in dasselbe Licht gestellt. Er war also so gut der *advocatus dei* wie der des *diaboli*. Und somit die Ursache des ausweglosen Streites.

DES OBDETURKIS REISE ZU MELITTA

oder

XII. KAPITEL

Als Tick bezeichnet man nicht etwa jemandes Marotte, vielmehr, wie der geneigte Leser sich diskret im medizinischen Lexikon überzeugen mag, jenes nervöse Liderzucken, das ihn auf dem rechten, vielleicht auch dem linken, ärgstenfalls auf beiden Augenlidern belästigen kann. Im letzteren Falle versinkt die Welt alle Augenblicke in Dunkelheit. Horribile dictu ward unser Leuchtfeuer von einer ähnlichen technischen Störung befallen just den Moment, da wir über die bereits im I. und III. Kapitel eingeführte Melitta von Rudigier soviel wie möglich erfahren wollen.

Melitta hätte Schauspielerin werden wollen. Aber auch zum Ergreifen dieses Berufes sei sie zu faul gewesen! sagte sie später. Und gefiel sich und ihrem Publikum sehr in der Rolle der sich Anklagenden. Begreiflich! Denn: wenn der Komödiant behauptet, keiner zu sein, befindet sich er und befinden wir uns der Wahrheit, ohne Zweifel, am nächsten. Wer sollte besser als der Lügner über die Wahrheit Bescheid wissen? Und wer wird nicht dem Nein eher glauben als dem Ja? Wimmelt doch die Welt von Roßvertauschern, weil sie, die Welt, nun einmal in's kentaurische Bild vom Genius vergafft ist, trotzdem aber gerne jede Gelegenheit ergreift, ihre Verliebtheit in es als einen Selbstbetrug zu entlarven. Wir wollen nur kurz untersuchen – kurz nur, weil das Ergebnis schon feststeht –, welche Rolle Melittens Aufrichtigkeit in Melittens unkomödiantischem Leben spielt. Ist, fragen wir zuerst, das Nein zu der Begabung, die sie besitzt oder zu besitzen glaubt, nicht dem Wrackstück vergleichbar, das einen Schiffbrüchigen doch an Land bringt? Weil aber an den Strand eines vom Reiseziel bis zum antipodischen Gegensatze gleich weit entfernten, nach heilem Überleben der unbürgerlichsten Abenteuer viel größeres Aufsehen erregt haben würde als die Ankunft mit intaktem Schiffe, sei's oben im Norden oder unten im Süden? Wird dem glücklich verlaufenen Schiffbruch zufolge, Melitta nicht auch im Publikum noch ein Publikum finden und zu ihm wie eine außerhalb desselben Stehende sich verhalten können? Zerlegt sie dank diesem jenseits von Kunst und unter dem Bewußtsein angewandten Kunstgriff das von der gleichen Unbegabtheit aller seiner Teile zur letztmöglichen gesellschaftlichen Einheit zusammengeschlossene Publikum nicht doch wieder in zwei Teile? In einen, der spielt, ohne als Spielender von einer Bühne gebrandmarkt zu sein, und in einen, der zuschaut, ohne zu wissen, daß er immer schon zugeschaut hat? In einen, Melitta heißenden, dem mehr daran liegt, verstanden, als besessen zu werden, und in einen andern, von Melittens Verehrern gebildeten, dem weniger am Zugreifen liegt als am Begreifen? Welch' beide Teile also ab nun ebensowenig des wirklichen Theaters bedürfen wie der wirklichen Liebe? Ebensowenig der Philosophie wie der Religion? Weder jener halben, von der Rampe zerschiedenen Ganzheit, noch dieser unscheidbaren ganzen, nach der zu verlangen sie früher nur unfähig gewesen, jetzt aber deutlich nichtwillens sind? Und zwar deswegen jetzt so deutlichen, renegatenhaften Unwillens, weil die Freude der bisher allerletzten Einheit, des einzelnen Anonymus im anonymen Publikum, über der neuesten Forschung Resultat, nicht mehr der allerletzte oder urerste Baustein zu sein, sondern auf noch kleinere und unzählige Fortsetzer des Unendlichen blicken zu können, in einen Mögestand von ungeheuren Ausmaßen, größer ist als jene darüber, Begrenztes zu beginnen oder zu beenden und den Lohn für getreues Dienen, lang' vor Auszahlung, aber schon auf Heller und Pfennig berechnet, in der Tasche zu haben.

Nun pocht niemand unter unsern Bekannten auf sein gutes Recht, frei zu sein, das er dahin versteht – und nicht schlecht, doch nur so weit eben die verstandesmäßige Hälfte desselben reicht –, den lieben Nächsten genausowenig berücksichtigen zu müssen, wie dieser ihn berücksichtigen muß, wenn er die nämliche Freiheit, die er heute mit der einen Person geteilt hat, ab morgen mit einer andern zu teilen wünschen sollte, wie Melitta, und wird niemand besseren Gewissens und heftiger wider die Beschuldigung auftreten, böse zu sein, denn sie. Und wirklich ist auch nie jemals gehört worden, daß bei einer ihr schon gebotenen Gelegenheit als Willenssouverän zu amten, sie einen gekündigten Liebhaber hätte Selbstmord begehen lassen. Und auch keinem Liebhaber hat sie je an Hab und Gut geschadet. Im Gegenteil! Jede ihr entgegengebrachte Neigung bagatellisierend, und zwar aus dem glücklich-natürlichen Grunde des nur gelegentlichen Bedürfens jener Neigungen zum Zwecke körperlichen Wohlbefindens, nicht aber zur Bestätigung ihres Existierens, betreut sie – ohne das Gebot der Nächstenliebe wirklich vernommen zu haben – auch den derzeit Ungeliebten (ebenso anfallsweise selbstverständlich, wie sie den derzeit Geliebten liebt) auf's Herzlichste, denn: ihr Herz gehört der Sache, nicht den Gefühlen, in der Liebe so gut wie in der Nächstenliebe. Dank dem langen Intermittieren ihrer Begehrlichkeit (das zu Nachdenken Gelegenheit bietet) und der nur kurz-anfallartigen Stillung derselben (die gar keinem Denken Raum gibt), welch' beide, weil so weit voneinander abliegenden Zuständlichkeiten, das Wunder der sogenannten großen Liebe nicht sich ereignen lassen – weiß sie in ihren Eingeweiden, daß zwischen ihr und dem verstoßenen Amoroso wenn auch viel Negatives, doch kein endgültiges Nein steht. Das wissen auch die pensionierten Amorosos und erwarten das immerhin Mögliche in Melittens mit schönen Ahnungsbildern reich geschmücktem Vorzimmer. Auf diese einfachste Weise von der Welt werden sie von der Untreue abgehalten, wiewohl diese Göttin ihres Treuekultus ein Beispiel der Untreue nach dem andern gibt. Eben nicht durch das Beispiel, das man mit Augen sehen kann, sondern durch was weit Tieferes und

Innenwendigeres, das man nicht mit Augen sehen kann, wird man belehrt und befähigt, gegen den Strom der Tatsachen zu schwimmen. Wenn dem nicht so wäre, wie hätten die Griechen bei dem unmoralischen Schauspiele, das ihre Götter ihnen boten, trotzdem sie verehren, ja, wie hätten sie geradezu die Erfinder der Tugenden werden können? Die Treue ist in der Regel mit wenig Reiz verbunden, und sehr oft nur die letzte, überdies noch vom Sakrament verbarrikadierte Zuflucht der Schwächlinge. Aber die Untreue, ausgestattet mit allen Reizen, bewegt uns, es einmal mit der Treue zu versuchen. Die Kehrseite der Medaille zwingt uns, auch diese zu betrachten. Handelt und ursacht die vielgeschmähte Melitta also nicht wie die Natur selbst? Welche Natur ebensowenig auf geraden Gleisen dem zueilt, was auf dem flachen Papier unserer Logik wir als ihr Ziel errechnen, etwa den Tod des ohne ärztlichen Eingriff sicher hinsterbenden Patienten. Dank vielmehr der charakterlosen Beweglichkeit oder unsittlichen Ziellosigkeit dessen, was als Gleis und drauf Fahrendes uns den nur in festen Bahnen Denkenkönnenden erscheint, gehorsamt sie ebensogerne dem blinden Dämon der Zerstörung wie dem helläugigen Heilgott; ja, bringt sie so gut jenen hervor wie diesen und stattet beide mit den gleichen Sohnesrechten aus. Unsere Sache ist dann, für den einen oder den anderen Sprößling desselben Schoßes uns zu entscheiden, und unser Schicksal ist, für welchen wir uns entschieden haben. Daß aber überhaupt wir uns entscheiden dürfen und können: dies Vermögen übertrifft offensichtlich so weit das unserer Mutter, der Natur, gegebene und ist so zweifelsfrei die alleinige Ursache des Zerfalls der ehedem unteilbar gewesenen Materie in Materie und Geist, daß wir im selben Augenblick auch der Gnade zu denken fähig geworden sind, ob wir sie nun so nennen oder nicht, ob wir sie mit einer spendenden Person in Verbindung bringen oder nicht. Jeden Liebhaber Melittens wird also ihre naturzuständliche Person, die auf's Gramm genausoviel Verzweiflung verursacht, wie Hoffnung erweckt, vor dem Verlust des Gleichgewichtes bewahren: Jeder Liebhaber wird früher oder später erkennen müssen, daß diese geliebte naturzuständliche Person mit ihrem Handeln, es sei ein ihn erhebendes oder niederschmetterndes, kein Urteilen verbindet, er demnach auf ein scheinbar glänzendes nicht bauen und gegen ein wirklich ungerechtes sich nicht berufen könne. Er weiß – und wenn er's nicht weiß, kennt er die Frau nicht, liebt er sie nicht, hat er mit dem amorischen Pfeile an ihrem Wesenskern vorbeigeschossen und ist als schlechter Schütze kein Preisrichter über die vom Schwarzen im Ziel getroffenen Meisterschützen –, daß Melittens bloß wie Vollzug von Urteil wirkendes Handeln ihn nur zum Hilfsziel einer ganz anderen Beurteilung ge- oder mißbraucht, der nämlich ihrer eigenen Lage im Raum. Es ist daher das Recht, nach dem sie judiziert, ein Sachenrecht, für das sie selbst die strittige Sache darstellt, dramatisch begleitet, wenn auch nicht behindert, von den stürmischen Protesten der im Zuschauer- oder Opferraum auf glühendem Rost sitzenden männlichen Logik wider eine so ungeheuerliche Verkehrung des Sachbegriffs. Dieser wahrlich um den Kopf kämpfenden männlichen Logik entgegnet mit schneidender Schärfe die weibliche, bei gleichzeitigem Aus-dem-Busen-ziehen der von niemandem in ihrem Besitz geglaubten Magna Charta der Christlichkeit: daß sie, Melitta, eben das paradoxe *novum* einer beseelten Sache sei, halb *mancipium* (als Weib), halb *domina* (als Mensch), und daß, im gründlichen Unterschiede zu einer unbeseelten Sache, die durch Kauf oder Raub erworben werde, die beseelte ihren Eigentümer erwürbe, und zwar durch Faszination, jene aus der Freiheit eines Christenmenschen eben frisch geborene dritte Erwerbsart. Diese auf keinem Rechtstitel fußende und auch keinen solchen begründende Erwerbsart – unmittelbar der Freiheit entspringend, die als solche sich und ihre Scheinschöpfungen jederzeit annullieren kann – bestimmt weder den, der sie praktiziert, noch den, an dem sie praktiziert wird, denn: Zauberei geht nicht mit rechten Dingen zu, hebt die Sterne nicht auf, sondern desorientiert nur das Auge – muß trotz ihrer eigenen Unverbindlichkeit doch eine als verbindlich unbedingt anzuerkennende Weise voraussetzen, es ist die, den früheren Eigentümer der beseelten Sache mit dem Mindestwert der Sache, der Freundschaft, abzufinden.

Ein Maler, namens Obdeturkis, mit dem Melitta ein schon zwei Jahre dauerndes Verhältnis hatte, schrieb ihr – immer wieder beunruhigt durch ihr gewöhnliches Nichtschreiben –, daß er kommen wolle. (Um nach dem Rechten zu sehn!) Das schrieb er natürlich nicht. Sie schrieb ihm: Komme nicht! Sonst schrieb sie nichts. Und das schrieb sie mit Bleistift. Ziemlich unleserlich. Ohne Zweifel in Eile. Und war doch auf dem Lande, auf der »Laetitia«.

Er fragte postwendend: Hast du einen andern? Sie antwortete – nach acht Tagen! oh, nach welchen acht Tagen!! –: Nein. Komme aber trotzdem nicht!

Mehr als vierundzwanzig Stunden – vielleicht waren es auch achtundvierzig! (Wenn man der vielen Jahrhunderte gedenkt, die all ihren Scharfsinn solange an ein Bibelwort gewendet haben, bis es enträtselt, aber auch entseelt, in die Arme der Theologen gesunken ist, sind auch tausend Stunden nur Splitterchen vom Splitter eines Augenblicks) – lag der Brief mit den nur fünf Worten, entfaltet, um von jeder Seite her gelesen und nach jeder hin gedeutet werden zu können, auf dem großen Tisch inmitten des Ateliers. Einer also dauernden Beobachtung ausgesetzt, die weder bei Herstellung des Papiers noch bei Beschreiben desselben in Rechnung gezogen worden war, mußte er notwendig verwittern, und das unter einer einzigen Zeile sich Verbergende endlich preisgeben. Es war das Folgende: Die Schreiberin sagt die Wahrheit, was einen bestimmten Andern anlangt. Die Wahrheit der Wahrheit aber sagt sie nicht: daß ein noch unbestimmter bereits auf dem Wege ist. Mit einem Gedankensprung, den kaum ein Liebender ihm nachtun wird, kam er vom mehr oder minder schon konkreten Nebenbuhler zu dem abstrakten Satze, daß im Menschen das Nichtmehrdasein das Dasein unausgesetzt zu überwiegen drohe. Wer dann das Gleichgewicht verlöre, liefe Gefahr, zu sterben oder – wenigstens – überwunden zu werden. Er ballte die Hände zu vielpfundschwerem Ballast, um sein Fahren gen Himmel zu verhindern. Oh, stünde ich doch, sagte er – er pflegte, was er zu sich selber sprach, laut, gewissermaßen in ein Skizzenbuch zu sprechen –, noch in Knabenhosen vor dem Bilde einer fast nackten Tänzerin und sehnte mich nach dem Unerreichbaren, weil es, Gott sei Dank, unerreichbar ist! Dann setzte er sich an einen kleineren Tisch und schrieb der Geliebten, die unerreichbar zu werden begonnen hatte, von seiner heißen Liebe für sie, mit der kalten Leidenschaft eines Schriftstellers für die Göttin der Grammatik. Nun ist für jede irdische Dame – sehr begreiflicher Weise, denn: das Weib ist von mehr Fleisch umgeben – wenn man auch nur ein Geringes wahrnimmt – als der dickste Mann – ein solch' kunstvoll zwielichtiger Brief eine Kristallhöhle, in der man weder sitzen, noch sich aufrichten, noch sich umdrehn kann, ohne mit dem Kopfe oder mit dem Hintern oder mit dem Ellenbogen an einen Vielkant zu stoßen. Dergleichen Geschreibe kauft man beim Buchhändler gedruckt. Als Handschrift läßt man's nicht in's Haus kommen. Sie las die schönen Briefe gar nicht zu Ende. Bravo! Das zeugt von einem also beispielmäßigen jungfräulichen Reinhalten der Kategorien, daß, gegen es gehalten, die größten Dichter, wenn sie aus dem Tempel des Indirekten treten und direkt auf den profanen Leser zugehn, wie exhibitionistische Schmutzfinken wirken. So standen die Sachen in der Stadt und auf dem Lande am Tage Mariae Himmelfahrt.

Der junge Mann erhob sich, als die ersten Pulverwölklein des unter dem Horizonte abgefeuerten Lichts in's Bleiblaugrau der Augustluft stiegen. Die ahnungsweit geöffneten Fenster zeigten ihm einen in die Kuppel der Welt gemalten Himmel, den schon im nächsten Augenblick die sichtbar gewordenen Gestalten der Unsichtbaren hätten bevölkern können, nach dem Beispiel, das die Barockmeister gegeben haben, deren größte Sorge dem Erhalten eines olympischen Continuums, gleichgültig welche Gottheiten, Heroen oder Heilige es fortsetzen, gegolten hat. Also klang ihm auch sein Sichwaschen in der großen, blechernen, weißen, emaillierten Schüssel bedeutend, wie dem Frühaufsteher das plätschernde Wasserspeien der Tritonen auf noch menschenleerem römischem Platze. Nah dem Artikulieren, nie es erreichend, läßt es alle Sprachen, alle Worte zu. Der einsame Hörer kann hören, welche er will, und sie auslegen, wie er will. Der junge Mann, zum Beispiel, fühlte, sah ein, nahm optimistischer Weise an, daß die gute Hälfte aller zu fürchtenden Möglichkeiten unmöglich ist. Er war ja erst fünfunddreißig Jahre alt. Schon fünfunddreißig? ruft da jemand und guckt in einen Topf voll garer Speise. Bedenken Sie, sagen wir, daß der Mann Maler ist und Maler lang' jung bleiben, weil sie aus einem ordentlichen Unterleibe leben, wie die alten Griechen und Römer, die eine Göttin der Unkeuschheit gehabt haben und so die notwendig religiöse Distanz zu dem, was ihnen am nächsten gelegen ist. Ferner erlauben wir uns, Sie auf die bekannte Tatsache hinzuweisen, daß Maler von ihrem Verstande nur einen sehr mäßigen Gebrauch zu machen pflegen, um – was weniger bekannt – besser zu verstehn, was Apoll in ihnen denkt. Auch dieses Sichzurückhalten von den denkerischen Genüssen – gut vergleichbar mit dem asketischen Leersein der Pythien für's richtige Empfangen der Orakel – erhält jung. Es zehren ja die Maler nicht wie die Philosophen von der eigenen Substanz, sondern vom Brote, das der Rabe des Elias bringt. Doch genügt das bisher Vorgebrachte nicht, um des Obdeturkis Verbleiben im ungefähr zwanzigsten Jahre vollkommen zu erklären. Wir müssen seine Bilder betrachten. Diese, die Wirklichkeit in mikroskopischer Vergrößerung, also übergetreu, statt naturgetreu, wiedergebenden Bilder. Schon auf den ersten Blick begreift man, daß das, ohne Zweifel, außerordentlich mühevolle Hervorbringen solcher Bilder die übliche Eile der Zeit beträchtlich gemäßigt haben muß und daß, diesem Umstande zufolge, auch das Altern des Hervorbringers nur langsam hatte fortschreiten können. Mit der gewöhnlichen wie mit der ungewöhnlichen Malerei hat des Obdeturkis Art des Malens sehr wenig gemein, viel mehr mit dem alchimistischen Erzeugenwollen des Lebenselixiers. Die Ewigkeit, sagt Obdeturkis, ist nebenan. Wo die Finger- und die Zehenspitzen aufhören, dort beginnt sie. Man greift hinter den Vorhang und zieht einen Horcher an's Licht, man sticht durch die Tapete und trifft den Polonius. Was eigentlich geschieht, geschieht jenseits des Bildrandes. Von dort strahlt jene, den Pleinairisten unbekannte Sonne, deren durchdringender Schein die vom Dunkel der schönen Oberfläche bedeckt gewesenen innersten oder untersten Schichten der Dinge an den Tag bringt. Es ist die Sonne des Gedankens, daß, wie es ein erstes Troja in der Erde gibt, so auch eine letzte, nicht weiter rückführbare, Gültigkeit in der Kunst geben müsse. Um die Richtigkeit des Gedankens zu erweisen – und schon sieht man ein Ungetüm von malendem Philosophen –, hat unser Obdeturkis als eine Arbeitshypothese angenommen, daß die letzte Entdeckung des Maleraug's nicht gemacht worden sei: die nämlich von der fast gänzlichen Unbedeutendheit des posierenden Gegenstandes und der ausschließlichen Bedeutung der gar nicht posierenden Atmosphäre. Dank dieser Fiktion konnte er tun, was schuld jener Entdeckung kein Zeitgenosse zu tun wagt. Wie die gelegentlich kommende Bedienerin den wirklichen Staub von den wirklichen Gegenständen wischt, so wischt er den atmosphärischen von den gemalten, daß sie in ihrem reinen Ansich sich präsentieren können.

Wer nämlich den Obdeturkis heute beim Malen antrifft und gestern noch philosophisch Holz spalten gesehen hat – zu haardünnen Spänen, mit einem Beil von Taschenmessergröße –, wird nicht hoch genug die Veränderung bestaunen können, die der Gebrauch des Pinsels hervorbringt; eines Instruments, das man nicht wie jedes Instrumentchen bei sich führt, sondern – und das scheint von noch nicht recht begriffener Bedeutung – wie fremdes Gut sich aneignen muß. Des Obdeturkis Gesicht, gestern eine zur Faust geballte Hand, ist heute eine geöffnete und auch vollkommen leere, nur ein bißchen noch besudelt von der, wohl schon vor Stunden, herabgeronnenen Physiognomie, deren letzte Tropfen eben zwischen den Fingern versickern. Ein jämmerlicher Anblick: dieser ausgeweidete, eingefallene Gedankenschoß! Das schönste Farbkind, hängend an der Ammenbrust der Staffelei, kann die spontan erworbene Überzeugung nicht erschüttern, ein also beschädigbarer Leib hätte nie gebären sollen. Welch' Mißverhältnis: der erschöpfte Schöpfer und das pralle Geschöpf! Darf so geschaffen werden? Gegen den Strich? Gegen die je einem Menschen zugeordnete Einseitigkeit? Gegen den bekannten Abscheu der Natur vor Chimären, Hermaphroditen, Sodomiten, Rattenkönigen und ähnlich komplexen Gebilden? Nein! Und noch einmal Nein!! Warum aber trotzdem übernimmt sich unser Obdeturkis? Und er übernimmt sich gewaltig! Das sehen ein Zwerg und ein Kyklop. Will er etwa, der Denker von gestern, auf undenkerischen Pfaden heute, der Baumeister als Ziegelschupfer verkleidet, der Geistspieler in der Rolle des Stoffes, uns, aber vor allem sich, weismachen, daß die sämtlichen Künste die ein und selbe Kunst sind? (Müßte er dann nicht auch Musik treiben und seine Gestalten in Stein hauen?) Doch angenommen, die herumfliegenden Splitter der sich zerschlagenden einsinnigen Person fügten sich über den, für gewöhnlich sauber voneinander getrennten Fachgebieten kuppelartig zu dem außergewöhnlichen, zugleich ein- und vielpersonigen Kollektiv der Alleskönnerei zusammen: wen bewegte er mit dem gelungenen Beweise? Die Gelehrten? Sie haben die theoretische Einheit der Künste nie bezweifelt. Immer aber jenen Künstler, der sie praktiziert, mit dem geheimen Mißtrauen betrachtet, das nun einmal der platonische Liebhaber gegen den ordinären hegt, der wie sein Verwandter, der Weltverbesserer, die Idee – ihre Neigung, sich zu verwirklichen, kennend – so lange in die Vorspiegelung einer auch irdischen Möglichkeit, zu existieren, blicken läßt, bis sie der Versuchung nachgibt und fällt. Die Ungelehrten? Von denen wir wissen, daß sie das Schwarz nicht zu lieben vermögen, wenn sie in's Weiß vergafft sind? Nach deren bloß einbeinigem Denken dieser Obdeturkis da, wenn er an's Malen geht, notwendig mit dem Versfuße hinken müsse? Und gesetzt nun, dem malenden Dichter oder dem dichtenden Maler gelänge, sich sowohl wie die nächsten Freunde von der ein und selben Meisterschaft zu überzeugen, die heute aus dem Pinsel, morgen aus der Feder flösse: Zeugt nicht viel deutlicher seine gleich einem kräftig ausgewundenen Reibtuch verkrüppelte Person von der Unnatur der an ihr vorgenommenen Tätigkeit? Was kann ein Beweis gelten, der nicht eingeht wie ein Pfeil, sondern am Kopf rumort wie ein Mauerbrecher? Und hat er sein Dochzustandekommen nur der gründlich mißbrauchten Willensfreiheit zu verdanken? Wenn ja: kann ein nicht vorhergesehener Sieg ohne nachträgliche Niederlage bleiben? Ungestraft geschehen das Herabziehen einer bloß philosophischen Gewißheit aus ihrer heurismatischen Glorie an wirklichen Beinen auf den Markt, wo statt der ahnungsvollen Fragezeichen, die bei halb offen gelassener Denktür wie tanzende Odalisken flackern, die Täfelchen mit den täglich wechselnden Preisen aber fest wie Grabkreuze in den Fruchthaufen und Fleischtrümmern stecken? Eben nein! Darauf hin schaut euch einmal den Obdeturkis an. *Sine ira et studio.* Weder als Kollegen noch als Kunstfreunde. Während des Malens, und insbesondere nach dem Malen! Sieht so ein Mensch aus, der seiner Amtspflicht genugtut oder freizeitlich sich erlustiert hat? Der Märtyrer auf dem glühenden Rost wird immer noch mehr Koch als Beefsteak sein, denn dieser Maler ein Opfer der Malerei. Ebenso deutlich wie er – obwohl wir auf den Zehenspitzen stehen wie die Dorfkinder vor den Löchern der Circusleinwand – spüren wir im Gesäße die Disteln, – nein – die Kakteenstacheln des schlechten Gewissens, mit denen das Polsterchen gefüllt ist, das ihn vom viel weicheren Stuhle trennt. Er sitzt sehr nahe dem Fenster, zu nahe, unerlaubt nahe, des Tageslichts wegen, des ebenfalls von außen hereingeholten, fremdem Gute gleichenden – gefundener Uhr, zugewehter Banknote –, parasitierend also auf dem allen, nur nicht ihm, wenigstens jetzt nicht ihm, Gehörenden, denn: wenn er schreibt – und seine Schreibenszeit ist ja der Vormittag, dessen Verlustgang vernehmbar geworden wie das Tropfen undichten Wasserhahns –, wirft er den alten roten Teppich, nun Vorhang, über das Fenster und dreht die Höhlenlampe an. Schreibend nämlich stimmt er dem Satze zu, daß nicht alles Gemeingut allen zugeordnet ist. Der Eule nicht die Sonne. Der Eintagsfliege nicht die Finsternis. Ihm nicht der bei Tag sichtbare Gegenstand, dessen Bild keine Metapher. Denn malend vergleicht er den Gegenstand mit dem Gegenstand. Ist das nicht ein Treten auf dem Platze? Ein Krabbeln in der Spitze des Bockshorns? Ein Schöpfen in ein volles Faß, das trotzdem nicht übergeht?

O Malerei! Flachste und tiefste Kunst! Die du adelige Werke hervorbringst, aber ihre eigentlichen Hervorbringer nicht aus dem Dienerstande entlässest! Zugleich im Wipfel und bei den

Wurzeln lebest! Blühender Baum bist und gescheiteltes Brennholz! Zugleich im Walde stehest und auf dem Markte liegest! Frei und versklavt! O unheilbarer Bruch zwischen Schön und Nützlich, zwischen Erhaben und Gemein! O unglückliches Bindeglied, Maler, dessen helferisches Hin- und Herrennen zwischen den Extremen niemand sieht! Denn wie der Blutkreislauf oder der Pflanzensaft im Dunkel der Adern ist er bestimmt, sein Wesen zu treiben. Hier aber soll ein Licht in dieses Dunkel geworfen werden! Ein geraubtes zwar, ein verratenes Licht! Ja, ein ungemäßes Licht! Das gleich der Lampe des Bergmanns Schatten in die ewige Nacht des Erdinnern wirft, Kleingeld in eine Goldgrube, Eulenbilder an die Wand einer Eulenhöhle. Man nimmt ein bißchen Farbe auf den Pinsel und zugleich ein Stück des zu malenden Dings. Und auf der Leinwand berührt das eine das andere wie des Bräutigams Wange die Wange der Braut. Und Staub zärtlichster Erschütterung schleiert von den liebesstillen Hängen! Kann auf eine keuschere Weise der Mensch sich mit der Natur vermählen? So groß aber muß in dem Zimmer, wo durch das Bild hindurch nach dem Urbild gegriffen wird mit einem beliebig zu verlängernden Geisterarm, die Stille sein, daß der diesseitig sitzende Maler – der geflügelte Mensch, aber gefesselt an den Stuhl der stummen Genauigkeit – das jenseitige Getapse und Gepicke seines, unter dem Tisch der Götter, futtersuchenden Pinsels deutlich zu vernehmen vermag. Das Vorspringen der Simse, das Zerspringen des Felsens, das Aufspringen der Blume, das Gerundetwerden der Orange auf der Töpferscheibe des Tellers, das weiße Wasserfallrauschen des Tischtuchs, das Knirschen der Lichtkristalle in den Gläsern, die monotone Erzählerstimme der Tapete, den schwarzen Blitzeinschlag des Zeigers in das schreckensbleiche Gesicht der Uhr. Erst dann, wenn er die dem einstigen Entstehen der jetzt so fertigen Dinge entsprechenden Laute hört, die Geräusche des Raumknospens, die vor dem Ohre dagewesen sind und nach dem letzten Ohre noch immer dasein werden, erst dann darf er sicher sein, das sonst unbezweifelbare primordiale Reden und Schreiben gültig überwunden oder wenigstens zu den Seiten des Rahmens gedrängt zu haben, wie der Engel des Herren das Rote Meer aufgetürmt hat zur Rechten und Linken der Juden, und kann er leibhaftig inmitten des Bildraums stehen, des nun nicht mehr imaginären, ein Homer, der den Trojanischen Krieg mitstreitet. Was er setzt durch den gelungenen Hinübersprung in die jedem Nichtmaler nur trefflich fingiert erscheinende Wirklichkeit, das ist jene einzige aller sittlichen Leistungen, die nicht entgegen, sondern mit der störenden Hilfe des sittlich stets neutralen Talents zustande kommt; ein der Regel unbekannter Ausnahmefall und ein von der Ausnahme nicht zu beschreibender, denn ihr Verzicht auf wörtlichen Ausdruck folgt einem unbekannten evangelischen Rate, wie der auf Besitz einem bekannten. Unbeneidet – wie Sisyphos ob seiner Stärke – mögen die athletischen Rhetoren die mächtige Kugel ihrer Gedanken bergan gen den Gipfel der Wahrheit wälzen! Notwendig rollt sie immer wieder zu Tal. Denn: was nützte die Wahrheit, wenn sie jetzt, wenn sie morgen, wenn sie übermorgen gefunden werden würde? Deswegen lassen vor dem Ziel die Kräfte nach! Deswegen erheben sich immer wieder neue Ideen wider die alten, und könnte doch – theoretisch! – jede Idee das Wahrheitsziel erreichen! Deswegen die unendliche Fruchtbarkeit des Menschengeistes! Weil alle Genien getrennt und doch gemeinsam am Werke sind, die Wahrheitsfindung auf's Ende aller Tage zu verschieben!! Der Maler aber lebt nicht in dem einen Leibe mit den vielen Denkerköpfen, die miteinander um den Sinn des Kämpfens kämpfen und wohl wissen – seht doch ihre von Einzelwahrheiten blitzenden Augen! –, welch' großen Sieg sie solcherart verzögern. Der Maler, in seiner Urzelle von Zelle, der jeweils einzige seiner Art, der vom Gesamtgange der Menschheit zur Seite Getretene, sucht die Wahrheit im Abbild. Im getreuen Abbild hat er die Wahrheit, wie man ein Sinnending hat, wie man die Geliebte in den Armen hat. Kannst du leugnen, daß sie bei dir ist? Kannst du leugnen, daß du eben geliebt wirst? Brauchst du Leute, dir's zu beweisen? Sich selbst genug ist die Malerei. Keines Verstehers bedarf sie. Und soll auch keines bedürfen. Wenn sie nämlich seiner bedürfte, würde ja das Urbild nicht im Abbild sein, die bezweifelbare Wirklichkeit nicht in ihrem unbezweifelbaren Konterfei, die Wahrheit nicht im genauen Anschein von Wahrheit, wodrinnen allein sie wahr ist. Fest verschlossen also bleibt die Tür zum Innern der Malerei. Und vor derselben steht noch der Engel der Diskretion. Und abends, wenn er ausgeht, der Maler, wenn die Strahlen der untergehenden Sonne wie gereinigte goldene Pinsel in der blaßblauen Himmelsvase stecken, begleitet ihn der Genius des Dissimulierens: weil niemand bemerken darf, daß er tagsüber mit der Natur geschlafen hat. Deswegen muß der Maler, auch der geschickteste, Gassenhauer singen, Wirtshaustische belümmeln, die feinen Damen meiden und die gelehrten Herren – oder pöbelhaft mit ihnen reden –, muß er die Hand von den Büchern lassen und auf den Hintern einer prallen Dienstmagd legen (damit ja die gefährlichen Prinzessinnen, die Sphinxe, die sein Rätsel erraten könnten, empört sich abwenden), muß er, der zu Hause streng gescheitelt steht, zerraufte Haare haben, die Halbmaske eines dummen Bartes tragen und überhaupt in allen Lagen eine möglichst schiefe Haltung einnehmen. Und was die Religion anlangt, so muß sein unerbittliches Malerauge der Gottheit vorwerfen, daß sie nicht anschaulich sei!! Hätte sie ihn anders gewollt, muß er sagen, hätte sie ihn anders gemacht! Aber seit Pinsel bewegt werden, sind sie wie vor dem Ewigen niedergeschlagene Augen. Mit den Wimpern kehren sie den kostbaren Erdenstaub zusammen, und aus halbgeöffneter Schatulle, auf dem Samtkissen des Blickes zeigen sie den geschaffenen Dingen den ihnen gebührenden Schmuck wie eine ihnen widerrechtlich vorenthaltene Sache.

Doch nun genug von einem Geschäfte, das, weil es seinen Mann, obwohl kümmerlich, doch nährt, den einzig vernünftigen Entschluß, es aufzugeben und ein erfolgversprechendes anzufangen, nicht und nicht reifen läßt.

Als rechtmäßiger Bewohner des Hauses Vorgartenstraße einhundertzwoundvierzig, einer jener komfortableren Klassenkämpferkasernen, errichtet von den demokratischen Stadtvätern zum Zwecke friedlichen Eroberns bürgerlicher und feudaler Bezirke, gerade in diesen hätte er das Recht gehabt –

wie wochentags die Arbeiter –, zwischen fünf und sieben Uhr morgens, die Treppe gewichtig hinabzustapfen. Er aber schlich. Und wollte doch polizeilich nach dem Rechten sehn! Wenn er ein nicht gleich zu deutendes Geräusch vernahm, spähte er nach unten, spähte er nach oben, fühlte er bei einem zwielichternen Tun sich betreten. Und hörte er gar durch eine Tür das Kreuzweggespräch zwischen Baß und Diskant, in das als die *ultima ratio* bedrohter Ehe ein plärrendes Kind sich mengt, übersprang er mindestens zwei Stufen.

Im Hofe stand, trotz früher Stunde und feiertags, und wie ein schlechter Saturn am Himmel, die Hausmeisterin. Noch ungewaschen, noch unfrisiert, bekleidet mit den Tüchern eines noch nicht enthüllten, wahrscheinlich vielfigurigen Denkmals, und schöpfte Luft oder Verdacht. Möglicherweise schlief ein nicht hier wohnendes Mannsbild bei einem hier wohnenden Weibsbild. Was sowohl gegen die Hausordnung verstößt wie gegen das sechste oder gar neunte Gebot. Des Malers freundlichen Gruß erwiderte sie nicht. Dieser Mieter nämlich schuldete für schon eineinhalb Monate den Zins. Jedenfalls war sie vorzüglich mit der ihrem Stande eigentümlichen Aufgabe beschäftigt, den Splitter im Auge des Nächsten zu sehn. Der Maler machte sich so dünn wie möglich, um ungetroffen an der augenblicklich penetranten Ähnlichkeit seiner künstlerischen Absicht mit der hausmeisterlich moralischen vorbeizukommen. Das gelang mit Hilfe einer vollkommenen *absentia mentis*. Erst ziemlich weit vom Tore nahm er wieder zu an Geist und auch an Leib.

Er trug einen schwarzen Anzug. Mitte August? Und zu einem Besuch auf dem Lande? Nun: er hatte keinen andern, der öffentlich sich hätte sehen lassen können. Und auch der nur aus einer Entfernung von etwa drei Schritten. Aus der Nähe betrachtet zeigte er ebenso deutlich die untersten Schichten seines Stoffes, wie die obenerwähnten Bilder die der Gegenstände zeigten. Man kann wohl sagen, daß der abwegige Gebrauch des Pinsels den ordentlichen der Bürste, das monatelange Bemalen eines handtellergroßen Flecks das jahrelange Schonen des einzigen halbwegs guten Anzugs zur Folge gehabt haben. Wie denn überhaupt in dem Obdeturkis die entlegensten Gebiete auf's Innigste miteinander zusammenhängen! Wie aber wird der Fadenscheinige, und auch nicht anfänglich von Qualität Gewesene, erstens eine Schiffsreise von zehn Stunden, zweitens eine Fußreise von etwa fünf, drittens den empörten Blick einer geschmackvollen Dame auf das zum Hochsommerhimmel schreiende Schwarz, und viertens, doch nicht zuletzt, die zweifellos zu erwartenden Aufregungen des mit ihm Bekleideten überstehn?

Ehe wir diese Frage beantworten – was einige Seiten später geschehen wird –, müssen wir eine andere stellen. Warum will er zehn Stunden mit dem Dampfer fahren und fünf zu Fuß gehn, wenn von der Residenz nach Recklingen die Eisenbahn nur zwei braucht und vor dem Bahnhof ein Postwagen steht, der die Schicksalsgegend umrundet, den Passagier, je nach Bedarf, auf der Recklinger oder auf der Albertingschen Seite des Höhenzugs, den die »Laetitia« krönt, absetzt? Etwa acht Minuten mäßigen Steigens, und er ist oben. Kann man schneller nach dem Rechten sehn? Mit dem Geldmangel allein, an dem er natürlich leidet, wird er uns das billigere Stromaufwärtsschiffen nicht begreiflicher machen. Auch nicht das Fußwandern. Es kostet ja Schuhe. Und er hat nur ein Paar! Und was den kostbaren Anzug anlangt, so überrennt der Jahrtausende alte Landstraßenstaub das jahrelange Bürsten im Nu, und kann dieses den Vorsprung jenes nie mehr einholen. Was bewegt also einen, der größte Eile hat, den umwegigsten Haken zu schlagen?

Des gelegentlich auch heidnisch gesinnten Obdeturkis Absicht nämlich war, das Ziel seiner Reise, eine inmitten der Christenheit noch stehende Diana der Epheser, nach Art der Wallfahrer zu erreichen. Das Bewältigen der Entfernung mit den Füßen – behauptete er – sei auf der höheren Ebene das selbe Vorgehn wie auf der niederen das Nützen der Wasserkraft zur Gewinnung des elektrischen Stromes. Durch das mühselige Pilgern lade sich der Verehrer der Göttin mit Macht über ihr heiliges Bild und bringe es dazu – oder könne es dazu bringen –, seine hieratische Starrheit zu überwinden, ein menschlich gütiges Auge aufzuschlagen und den Gebrechlichen zu heilen.

So recht nun jene Frommen denken und handeln, die, festen Glaubens, einem altmodischen, ästhetisch belanglosen, aber trotzdem, oder eben deswegen, wundertätigen Bilde entgegenwanken, so unrichtig dachte und handelte der nur vom irdisch und auch ästhetisch Schönen ergriffene Obdeturkis. Man kann den herrlichsten Menschen unserer Zeit, weil er noch wandelbar, unmöglich unter die wandellosen Götter versetzen, die ihren Anbeter so nackt sehen, wie sie selber sind, also weder den Staub auf seinen Schuhen, noch das verschwitzte Hemd, noch den Stoppelbart. Und gar einem Weibe, das ja ausschließlich mit der Kontrolle der fleischlichen Befangenheit – was Betragen und Bekleidung anlangt – beschäftigt ist, Göttlichkeit zubilligen, heißt, einem geschworenen Soldaten Desertion zumuten, oder einem Künstler, der mit dem Hammer modelliert, daß er das Klotzigste mit dem feinsten Haarpinsel sage. Wer liebt – obwohl er auch nicht hätte zu lieben brauchen – gegen welchen Zauber gibt es kein Mittel? –, der muß das Glück der Liebe – vielleicht gegen seine persönliche Bescheidenheit – als eine protzige Auszeichnung tragen und das Unglück als ein schweres Kreuz, auch auf die Gefahr hin, mit einem echten *imitator Christi* verwechselt zu werden. Nichts jedoch hat er ängstlicher zu meiden als das Anähneln der irdischen Liebe der himmlischen. Denn das Einen dieser und jener wäre sowohl gegen die Natur wie gegen die Übernatur, und hätte der unsaubere Friedensstifter gleich zwei empörte Sphären wider sich. Meister aber der vertracktesten Mischungen war unser Obdeturkis.

Nun ist die Dame – die er mit der Ephesischen Diana vergleichen wird – zu betrachten. Und zwar so, wie wir seine Bilder betrachtet haben. Die vom End' her ihren Anfang nehmen, und wegen ihres dann unaufhaltbaren Sichwölbens nach vorne gleich wie mit mächtigen Brüsten noch weit über's ohnehin schon tiefe Decolleté des Rahmens hinaushängen. Diese Beschreibung gilt auch für die Dame. Sie war, trotz Kleid, von paradiesischer Nacktheit. Und hätte zum Zwecke des Sichhingebens nicht weiter noch sich zu enthüllen brauchen. Ihre üppigen Formen verneinen natürlich das Gesicht. Aber das Gesicht wiederum verneinte die üppigen Formen. Wenn man an diesen sich weidet und dann zu jenem aufblickt, fährt einem der Stahl, der ein Wesen in zweie teilt, mitten durch die Seele. Die den ersten Kentauren erblickt haben, werden denselben Schmerz, den die ewig unbeantwortbare Frage verursacht, erlitten haben: Ist er mehr Pferd oder mehr Mensch? Soll man dem Roßleib Hafer streun, oder dem menschlichen gekochte Speise reichen? In diesem Zweifelsfalle hatte lange Zeit Obdeturkis sich befunden und nur durch ein dauerndes Hin- und Herrennen zwischen Krippe und Tisch – gewissermaßen durch servile Anstrengungen dort wie da – ihn aus ihrem und seinem Bewußtsein verdrängen können. Jetzt waren sie schon sichtlich ermüdet. Sie vom Merken der Anstrengungen, er von ihnen.

Eh' sie auf's Land zog, genauer gesagt, vor den eigentlich bereits hier zu ziehenden Konsequenzen in die für jeden illegitimen Mann gesperrte »Laetitia« sich zurückzog – wie ohne Beruf in ein Kloster, bloß um die Entscheidung für oder gegen den augenblicklichen Repräsentanten der bösen Welt, von einem würdigen Standpunkt aus, noch aufzuschieben –, nahm die vorsichtigerweise – man kann ja nicht wissen, ob man nicht doch zu ihm zurückkehren wird – ordentlichen Abschied von dem Geliebten, doch immerhin so, daß der Abschied, den sie nahm, ebensogut der hätte sein können, den sie gab. Sie füllte daher ihre letzte Stunde in der Stadt, und das vielleicht letzte Stündchen des Obdeturkis in ihrem Herzen, mit aus der Vergangenheit geschöpften Vorwürfen und mit Forderungen, deren Erfüllung viel Zukunft nötig hat. Man haut also jemandem den Kopf ab und verlangt, daß er sich einen neuen Leib zulege. Und der Delinquent schwankt – wie beabsichtigt von der schönen Henkerin – zwischen der vernünftig wohlbegründeten Tödlichkeit der kapitalen Operation und der irrsinnigen Hoffnung auf die wunderbare Wiedererweckung zum Leben.

»Du mußt«, rief sie, während sie das Atelier durcheilte, ihre Schenkel schlug, daß es wie im Fleischerladen schallte, wenn ein Stück Ochs auf den Hackstock niedergeklatscht wird, mit beiden Händen, das Lockengeröll bis zu Furienschlangenhaar erhob, so die sonst unsichtbaren Ohren entblößend – peinliche Erlauscher von abgründigster Gedächtniskraft –, »du mußt dir endlich eine sichere, eine ausreichende Existenz schaffen! Oder willst du warten, bis, zu ihrer eigenen Ehre, die Akademie der bildenden Künste an deine Türe pocht und du noch mühselig zu öffnen vermagst? Und dein und mein Leben dahin sind? Was soll ich mit einem Mann anfangen, der dann kein Mann mehr ist? In diesem schönen Augenblick könnten wir reisen, wenn du bezahlte Ferien hättest, nach Venedig oder nach den Balearen.« Und das Gesicht wurde von innen her von der Sonne dort bestrahlt. »Aber du hörst mir ja gar nicht zu!« Das sagte sie immer, wenn sie ihm Vorwürfe machte. »Doch, doch!« sagte er, wie immer, sehr höflich. Doch hörte er die gewohnten Vorwürfe nur wie etwa aus einer Telephonmuschel, die man des Zartgefühls wegen für den Sprechenden nicht weglegt.

Zum ersten Mal empörte sie die Höflichkeit, ein oft von ihr gerühmter Vorzug des Obdeturkis.

»Ich halte dein Leben nicht mehr aus!« schrie die Dame und fuhr wie eine große Fliege mehrere Male um den Tisch, der in der Mitte des Ateliers stand, leider aber nichts Nahrhaftes trug. (Er wird, einen Monat später, ihren einsilbigen Brief tragen).

»Du führst es ja nicht!« entgegnete er, unwillkürlich schärfer denn üblich, der einen Wahrheit gemäß. »So!« schrie die Dame, noch stärker, und zwar der andern Wahrheit gemäß, »mit wem lebe ich denn?«, und sie schoß auf ihn zu und stieß ihn in's Nichtvorhandene. Auch das war er gewohnt.

Nun wolle einer, der liebt, diese Behauptung widerlegen! Er kann es so wenig tun, wie ein Dürstender in der Wüste auf den nur einen Schluck Wasser verzichten, den ein bereits versiegender Quell hergibt. Er muß dankbar sein, daß Fortgehen und Zuschlagen der Tür noch einmal unterbleiben.

Um dem jagdlustigen Weibe ein ruhiges Ziel zu bieten – einen geduldigen Menschen an Stelle des wahrscheinlich zu Unrecht ihm verbellenden Köters –, setzte er sich auf den Divan, zugleich auch Bett, der gestern ein Bein verloren und eine Prothese von Bierfilzen erhalten hatte. Er war so glücklich gewesen, sie beim Stöbern in den Resten des früheren Mieters – die sechs Jahre im tiefsten Dunkel – hinter dem Vorhang des Closetts – gelegen sind –, gefunden zu haben; zum nunmehr dringend notwendigen Gebrauche. (Tischler verlangen Geld. Und er hatte jetzt keines.) So ermöglichte er sich selber – eine Asketik für arme Weltleute – das Bewahren der Ruhe. Das Gleichgewicht des kunstvoll getürmten Säulchens ja nicht zu erschüttern, nahm seine Miene in logischer Folge den überzeugenden Ausdruck eines bereuenden Sünders an. Diese auch unter andern Umständen ihres Hervorgebrachtwerdens wirkungsvolle Miene befriedete die Dame.

»Du willst«, sagte sie gelassen, »daß wir heiraten. Das ist nett von dir!« Er schüttelte leicht den Kopf. »Mehr nicht als nett!« wehrte sie das Schütteln des Kopfes ab. »Es ist nur eine deiner Liebenswürdigkeiten, mit denen du den allzu anstrengenden Leistungsweg zum Herzen des Nächsten zu verkürzen, im Balettänzerfluge zurückzulegen trachtest.« Er blickte bewundernd zu ihr auf, sie blickte bewundernd zu ihm hinunter. Keine Rede war von einer falschen oder einer richtigen Behauptung. Das schönere Wort verschlang die Ansichbedeutung der Worte. »Oh, ich habe von dir gelernt, mich genau auszudrücken! Und nun, denkst du«, fuhr sie heiter fort, »wendet sie meine Waffen gegen mich!« Sie hatte unversehens, und nur für einen Augenblick, den Gipfel der Obdeturkisschen Dialektik erstiegen: eine nicht gefühlte Aussage wider den sie Aussagenden zu kehren.

Er jedoch lächelte glücklich über den Wahr und Falsch vernachlässigenden Nachweis, und sie lächelte glücklich über das unverhoffte Gelingen desselben. Man sieht deutlich, daß sie nicht Liebender und Geliebte sind, sondern Lehrer und Schülerin in der Kunst der Erfindung (die nichts mit Lüge zu tun hat).

»Hab' aber keine Angst!« fuhr sie noch heiterer fort. Aber ihr Lächeln verwandelte sich in das Lächeln archaischer Griechinnen, die wahrscheinlich beim Zerzupfen eines lebenden Maikäfers porträtiert worden sind. »Ich sage nicht Ja. Könntest du mir, zum Beispiel, heute, und nicht morgen, das entzückende Hütchen kaufen, das ich im Hergehen bei der Dorette gesehen habe? Also red' nicht von Heiraten! Nicht, solange ich den blöden Hut selber kaufen muß. Ich habe ihn nämlich gekauft. Obwohl ich weiß, daß du keine drei Kreuzer in der Tasche hast. Grausam, nicht wahr? Oberflächlich, wie die Frauen nun einmal sind!« »Nein, nur selbstverständlich!« sagte er, wiederum sehr höflich. Die nur theoretisch angenommene Heirat – wir blieben auch künftig zwei von einander unabhängige Menschen, meinte er im innersten Innern – ließ eine ausführlichere Antwort nicht zu. Sie aber hatte plötzlich ein heftiges Gefallen an ihrer Fiktion gefunden.

»Du hast doch so viele Fähigkeiten!« klagte sie und rang über ihm die Hände. Die ergreifende Bewegung zerlöste die gemeinte Gewißheit wieder zu Nichts. (Der Erfinder fiel auf die Erfinderin hinein.)

»Du bist, wie ich von meinem Vater gehört habe, ein bekannter Schauspieler gewesen. Ich war damals erst fünfzehn Jahre alt und durfte noch nicht in's Theater gehn.« Ihm schmeichelte das Echo aus der Historie. »Warum hast du es verlassen? Auf dem, wie ich dich kenne, du ein einziger würdest geblieben sein?« Und sie dachte den Satz: Jetzt könnten wir heiraten.

»Ja, ein einziger wohl. Aber nur von Abend zu Abend! Von Vorstellung zu Vorstellung! Und wenn die Rampenlichter erlöschen, beginnt die schreckliche Leere der Desillusion! Dann schminkt man sein Werk ab. Als ob ein gemaltes Meisterstück Hände bekäme und sich selber bis auf die nackte Leinwand fortwischte. Ein gräßlicher Traum! Ich erwachte und wusch mich, um ihn zu vergessen, im Lethe meiner Schriften.«

»Ach, deine Schriften!« rief sie aufrichtig schmerzlich und wies ihm jach ihre Rückseite, deren Bestandteile jener paradiesischen Schlange sehr ähnlich waren, die am Lebensbaume gehangen ist. Im Adam des Obdeturkis zeugten sie erfreuliche Nachbildungen. »Die Kritiker nannten sie hervorragende. Aber Leser haben sie keine geworben! Auch ich – verzeih! – habe sie nicht lesen können.«

»Das war und ist nicht nötig. Du kennst ja ihren Urheber!«

Sie überhörte den ebenso falschen wie höflichen Einwand. »Und auch von den Büchern kann man nicht leben!« rief sie. Und begann von Neuem den stürmischen Lauf durch das große, nur mit den notwendigsten Möbeln versehene Atelier und rannte trotzdem — auch die Haare wieder hebend, als suchte sie Anschluß nach oben (an einen größeren Verstand) —, an Tisch und Sessel, deren wirkliche Wirklichkeit ihr wohltat nach der Beschäftigung mit einem Manne, der bloß einen Schatten, keinen Leib, der ihn wirft, zu haben schien.

In diesem unglückseligsten Augenblicke, der die prächtige Dame — sie stellte, in rascher Abwechslung, ihm Vorder- und Rückseite, gleich begehrenswert, vor — mit dem Ringen um ein höheres Verstehen (sofern es statthatte; was wir bezweifeln) beschäftigt zeigte, glaubte der nunmehrige Maler — aber wie lange wird er's bleiben? —, ihr die wenigstens gegenwärtige Begründung seiner so vielen Fähigkeiten, wie sie genannt worden sind, zumuten zu dürfen.

»Ohne zu malen, kann ich nicht schreiben. Und ohne zu schreiben, kann ich nicht malen. Und wenn ich kein Komödiant wäre, könnte ich auch die Wahrheit nicht sagen. In einer Gesellschaft von Krüppeln sind die noch vorhandenen Gliedmaßen gemeinsames Eigentum. Man greift mit der Hand des einen Nächsten und geht mit dem Fuß des andern Nächsten.« Der Sprecher solcher Worte sitzt auf einem also hochgeschraubten Drehstuhl, daß er, gewissermaßen, beim Dach heraus- und in eine ganz fremde Gegend hineinguckt. Unten wieder angelangt und noch nicht recht zu sich gekommen, sieht er die gewohnte Dame in einer für seine jetzige Situation ungewöhnlichen Situation. Eh' er die Jahre, die er von ihr entfernt gewesen ist — solche Worte sind des Zeitablaufs überhoben —, wieder auf den gegenwärtigen Punkt gehäuft hat, steht schon die Dame vor ihm. Er weiß nicht, welche Überlegungen sie einhergeschnellt haben. Ihre Brüste ragen rechts und links über seinen Kopf hinaus wie die der üppigsten Karyatiden unter einem Balkone, und getreu nachgebildet vom schamlosen Stoff des Sommerkleides hängt der Halbmond des Schoßes dicht vor seinem Munde.

»Nimm mich! Nimm mich!« Und sie rüttelte ihn, nicht wie einen Menschen, sondern etwa wie die Statue eines Priap, die das steinerne Versprechen der Wollust nun plötzlich mit Fleisch erfüllen soll. Da neigte sich der Divan, die einzige Liegestatt, und er rutschte, gleich einem Inhalt aus der Verpackung, aus ihrer Umarmung auf den Boden. »Das ist eine unerwartete Lösung!« sagte er sich, in dieser lächerlichsten Lage, die ein eben noch begehrter Mann bieten kann.

Fröhlichen Schritts, sogenannten Stechschritts, ging er über den weiten Platz, dem sein Haus gegenüberlag, letztes vor dem Flusse. Aber ein Lied hat er nicht gepfiffen. Wie's den frank und frei Wandernden, der täglichen Sorgen Ledigen, von den Lippen kommt. Denn: unten und oben haben keinen Zusammenhang. An einem endlos langen Durchmesser befestigt drehten sich die Empfindungen um den Obdeturkis. Daher sein anfallsweises Malen und Schreiben, Lieben und Nichtliebenkönnen, grammatisches Reden und agrammatisches Lallen! Sie schlossen den Zufall aus. Man muß bis zu des Mannes Herabkunft hinuntergreifen: Er war in einer Winternacht geboren worden. Die unter dem Horizont sich befindende Sonne vermochte nicht, die damals noch armselige Haushaltung ein Etwas zu mildern. Unter dem Bette der Mutter stand, von Spiritus umgeben, ein im sechsten Monat verlorenes Kind. Und der Vater fand diese abscheuliche Pietät in Ordnung. Sie gehört zu den Erfahrungen in der Welt, die er zum ersten Male betreten hat. Keine auf früher zurückzulangenden Reflexionen behelligten jene. Er war ein kleiner Mann, dessen Kleinheit eben die ihm von Gott gegebene Aufgabe gewesen ist. Nun vergleiche man die Dame, zu der er auf dem Wege war, mit seinem Urheber, der in ihm fortwirkt. Allerdings gestört durch den Genius, einen wirklichen, und von grundverschiedenen Arten. Weswegen er's weder da noch dort zu was gebracht hat. Und die Ermahnungen der Freundin, bei einer Leistung zu bleiben, im Gedränge der Leistungen, verhallten. Die Freundin war von Adel und hatte ihre Leistungen seit mehreren Generationen hinter sich. Jetzt werden die gemeinen Leute, lachend, fragen, was denn ihre Arbeit an der Arbeit der Ahnen sei? Auf der Höhe derselben zu bleiben! antworten wir. Jene kontrollieren auf's Strengste das Sein des Enkels, und ihr zürnender Blick ist Jovis Blitz, der das jenem verbotene Unterbewußtsein taghell erleuchtet. Oft und oft hat die Dame den Geliebten, wenn er in die Denkgewohnheiten des Elternhauses verfallen war – siehe die von ihm unabhängigen Empfindungen –, zur Besinnung der ihren gerufen und seine niederen mit Verachtung gestraft. Er versuchte dann wohl, den Olymp zu ersteigen. Doch nur mit den intelligenteren Füßen. Sein Kopf blieb bei den zwei Vorfahren, die er bloß besaß. Sobald aber ihn der Genius überwältigte, erhob er sie zur Göttin. Um dem unzulänglichen Verstande mit einem unglaublichen Glauben aufzuhelfen.

An der Kirche, die rechter Hand den weiten Platz beendete, einer neuen Backsteinkirche romanischen Stiles, ging er, ohne durch Hutabnehmen sie zu grüßen – was das Gegenteil seiner sonstigen Übung war –, vorüber. Und die Menschen, die zur Dampfschiffstation eilten und gleichfalls nicht grüßten, ernannte er ehrenhalber zu Heiden.

Zu beiden Seiten des oberen Endes der Landetreppe hatten die Musikanten sich aufgestellt und empfingen die ihnen Unbekannten mit einem mehr als entgegenkommenden Grinsen. Sie kannten in der aufwärtsdrängenden Masse jeden, ohne irgendeines Namen zu kennen: Sie waren ja er, und er war sie. In den Händen und auf dem Bauche hielten sie den gemeinverständlichen Auszug ihrer selbst: Geigen, Gitarre und Harmonika. An dem Obdeturkis sahen sie vorbei. Er paßte nicht in den Rahmen ihres Menschenbildes, und also nahmen sie ihn nicht wahr. Wie die meisten ihn nicht wahrnahmen. Wäre er nicht wie alles Fleisch gewesen – man sieht, welch' eigentlich geringe Bedeutung, eine nicht metaphysische, das Fleisch hat –, würden sie durch ihn geschritten sein. Er fand auch keinen Sitzplatz. Sooft er einen leeren erspähte, kam, um Sekundenschnelle, ihm ein Pärchen zuvor, das mit Zustimmung der bereits Seßhaften den einen noch teilte. Der am weitesten Reisende war demnach, gleich vielen andern, meist älteren Leuten, zum Stehen verurteilt. Er sah aber nicht diese, ob sie etwa mißvergnügt waren oder nicht. Er sah nur die überschoppte Girlande der Jugend, die das Deck bekränzte, und unter dem Blattwerk der Kleider, das schon vor dem Sündenfall sie bedeckte, die Frucht, halb verborgen, halb deutlich, die in den Stromauen gegessen werden wird. Er neidete den Jünglingen und Mädchen – weder Bräutigam noch Braut, die meisten hatten erst jetzt einander sich gesellt – das vom unbestimmten Pfeil sicher getroffene Ziel. Wie stand er da vor ihnen! Nach dem allzu tiefen Komplimente, das er, ohne dessen Bewahrheitung folgen zu lassen, dem Fräulein von Rudigier gemacht hat! Es scheint – mit einiger Gewißheit –, daß die Liebe nur in seinem Haupte war. Mit allen erhabenen und fruchtbaren Folgen des Gedachtseins, die so wenig, wie die Bilder des Malers den Käufer, die Geliebte rühren. Die übrigen Gemächer des unnötigerweise vielstockhohen Obdeturkis waren entweder leer oder mit geliehenen Möbeln, über die er keine rechtmäßige Gewalt hat – siehe den Divan! – notdürftig eingerichtet.

Er verließ daher den von natürlichen Siegern und ebenso natürlichen Opfern überfüllten Kampfplatz, auf dem er seines schwarzen Anzuges und des Gesichtes wegen eine mißtrauisch beobachtete Figur dargestellt hatte, und begab sich, weniger um eine Sitzgelegenheit zu finden, als um den gerechten Prüfern zu entgehen, die ihn sehr schnell hätten durchfallen lassen, unter Deck. Dort befanden sich, glücklicher Weise, ältere Leute, neben Gepäckstücken und Kindern auch feinere, so wahrscheinlich ihrer Sommerfrische entgegenreisten, in Geschäftspapieren blätternde Handlungsreisende und jüngere Ehepaare, die das obere Lärmen schon vor einem oder zwei Jahren durchgemacht hatten. Hand in Hand saßen sie da, der stilleren Leidenschaft sich erfreuend.

Unterdessen war, nach dreimaligem mächtigem Tuten, der Dampfer vom sicheren Land abgestoßen und in's Unsichere hinausgeschwommen, welches Hinausschwimmen ob der mit diesem innig verbundenen Amoralität von den Sechzehn- bis Achtzehnjährigen mit einem gewaltigen Jubelgeschrei begleitet wurde. Sogleich begann die Musik, die Begeisterten weiter zu begeistern. Tritte und Hopser der Tanzenden schienen, für's Ohr, den Plafond bedeutend durchzubiegen. Die älteren Leute, weil sie unvermählt geblieben waren oder jetzt eine Begleitperson vermißten, ärgerten sich; die Kinder wollten, um zehn Jahre zu früh, auf's Deck; die Eltern hielten sie im letzten Augenblick noch zurück; die Ehepaare lächelten verständnisvoll; und die Agenten, an ganz andere Störungen gewöhnt – wie etwa an den Hinauswurf –, blätterten weiter. Das war also die Umgebung, in welcher unser Maler die lange Fahrt zu bestehen haben wird. Warum auch hat er gerade am Mariä-Himmelfahrtsfeste sein Unternehmen, nach dem Rechten zu sehn, begonnen? Hätt' er's nicht schon vorgestern tun oder auf morgen verschieben können? Fünf weitere, verkehrsärmere Tage stünden dann bevor!

Wir wollen nun, zur Beantwortung dieser Frage – weil keine andere Antwort denkbar –, uns in die etwas verwickelte Seele des Obdeturkis hinunterlassen, allwo wir bemerken, daß die Gottesmutter und die Göttin Diana von Ephesus auf dem so gut katholischen wie heidnischen Weg zu demselben Altare, dem sie einwohnen werden, um die nämlichen Gnaden auszuschütten, einander begegnen, einander verehren und vor den Angriffen der Nurchristen und der Nurheiden, die ihre eigene Vergangenheit leugnen, wie ihre eigene Zukunft verneinen, einander beschützen. Hand in Hand, wie jene Ehepaare sitzen, gehen sie zu ihren, von der Zeit bedingten, Anbetungsorten und trennen sich erst vor den Tempel- oder Kirchenstufen mit einem wehen Zucken ihrer Mundwinkel.

Hier unten wurde er nicht bemerkt. Oder nur mit einem flüchtigen Blick, der sofort wieder sich in sich zurückzog. Er führe wohl zu einem Begräbnisse, zu einer Hochzeit, als Vorgeladener zu einem Amte. Die Anwesenden hatten nichts, gar nichts, mit diesen Besorgungen zu tun. Er ward sonach wegen seiner begreiflichen Abneigung gegen die auf einem anderen Stern Tanzenden in ihre Gesellschaft aufgenommen, aber wegen seiner feierlichen Kleidung – er hatte auch eine schwarze Kravatte umgebunden – respektvoll an ihren Rand gestellt. Und weil er neben einer ebenfalls schwarz gekleideten Frau sich niederließ, galt er kurzer Hand für ihren Gatten.

Den Abend und die Nacht verbrachte er als einziger Gast in dem nur einige Schritte vom wackeligen Landungssteg entfernten Gasthaus, das »Zum Blitzschlag« hieß und diesen Titel von drei gespaltenen Bäumen genommen hat, in die jener gefahren ist. Es hatte den wenig einladenden Namen wohl zwecks Ausdruck der dauernden Dankbarkeit für das Nichtgetroffenwordensein der Wirtsfamilie erhalten.

Da stand er jetzt, etwa zehn Uhr vormittags, nach fünfstündigem Pilgern, verschwitzt, bestaubt und hungrig – ein schwarzer Kaffee ohne Gebäck ist keine Nahrung eines Reisenden von so gut wie gar keiner Barschaft – vor dem Tempel der Ephesischen Diana, vor der »Laetitia«. Mit dem Kopfe des schon ein bißchen angegrauten Antinoos, nach welchem die Weiber sehen, und mit dem überanstrengten Leibe eines Tagelöhners, von dem die Weiber wegsehn. Kurz: oben war er noch feurig, unten bereits müde. Nun würde jeder andere, der so liebte wie er und einen so astronomisch langen Weg zu einem Punkte im Unendlichen zurückgelegt hat, die Glocke ziehen und der, ob angenehm, ob unangenehm überraschten Geliebten seine desaströse Erscheinung entgegenwerfen. Wer, der vor dem Auge der Liebe auftritt, das weniger zum Sehen als zum Übersehen geschaffen ist, rechnet mit der Wirkung des bloßen Augenscheins? Wer, der an die Liebe glaubt, wird nicht auch glauben, daß sie von nirgendwoher die schönsten Berge auf die ödeste Ebene versetzen kann? Man gedenke hier des interessanten Grafen, dem sie ohne Zuhilfenahme eines Bügeleisens den verdrückten weißen Anzug plättet und ohne Brennschere das entspannte Haar lockt.

Der Maler bemerkte, daß am drüberen Straßenrand vor einem frisch ausgenommenen Graben – wie beim Friseur Haarbüschel, so lagen auf seinen beiden Seiten Grasbüschel – ein ziemlich erhabener Meilenstein sich befand. Auf ihn setzte sich der Maler, wie eben ein Maler, der was skizzieren will. Man sieht, daß auch die Stellungen vorgeschrieben sind. Daß man sie einnimmt, wenn man auch nur im geringsten, bewußt oder unbewußt, vom theoretischen Weg der Luftlinie abweicht. Hier also wird der unerwünschte Besucher warten.

Er wartete noch nicht lange – zwei torkelnde Kohlweißlinge hatten einander noch nicht erhascht –, da breiteten sich schon in halber Höhe der »Laetitia«, zugleich mit dem Fortwerfen einiger Papierstücklein (vielleicht seines Briefes!), zwei Schallflügel aus.

»Hojotoho!« rief eine tiefe weibliche Stimme. Dann hörte er, nicht vom Hause her, sondern aus sich selber, das wohlbekannte Geklapper hoher Absätze auf der nur gedachten Treppe. Er war also entdeckt worden! Zufällig? Ja, zufällig! Er, der auf lückenlos logischen Lauf Erpichte! Er, der sehnsüchtig hätte erwartet werden wollen! Dem sie aber geschrieben hatte: Komme nicht!, und der doch gekommen war, nach dem Rechten zu sehen, und das Rechte, ihn beschämend, vorgefunden hat. Zwei Gegensätze rangen miteinander.

Da kam sie schon, durch sie querende Zweige und sie bekreuzende Gitterdrähte, unter'm Fuß das rasche Knirschen des Kieses und in einem weißen, weiten, freudig wallenden Kleide, eine menschliche Lilie in den chromgelben Schuhen der Staubgefäße. Während er Melittens Bild, das mehr seinem Ingenium als ihrem zu danken war, mit dem Malerdaumen in seine Seele einrieb, um es unvergeßbar zu machen – ein höchst unzeitiges Beginnen, wenn die flüchtige Zeit, um Herberge bettelnd, an die Türe klopft –, erhob er sich, leider, wie zwar begreiflich, doch nicht verzeihlich, mit dem Gesicht des Schöpfers, statt dem Geschöpf das des Geschöpfs zu zeigen. Sie reichten einander die Hände, die sehr bald die häßlichen Bewegungen des Kampfes zeigen werden, über einen bereits entstehenden Abgrund hinweg. Und in Melittens Antlitz erlosch das Liebeslicht wie das elektrische in den Straßen der Stadt.

DAS GESPRÄCH AUF DER »LAETITIA«

oder

XIII. KAPITEL

in welchem *Herr Oberst von Rudigier, Herr von Wissendrum und Herr Regierungsrat Mullmann uns endlich ihre volle und reife Vorderseite zuwenden.*

> »Wenn weniger gelacht würde,
> wäre die Welt heiterer!«
> Ein Theorem des Herrn Mullmann

Der Herr Oberst von Rudigier ist weder so gutmütig noch so martialisch, wie sein Schnurrbart ihn erscheinen läßt, der, einem mitten entzweigebrochenen, etwas zu dunkelblond geratenen Hörnchen gleicht, das, die Spitzen nach oben, ein sonst gar nicht spaßiger Mann zum Spaß sich unter die Nase hält.

Bei Barttrachten muß man immer bedenken, daß, an Dünne oder Fülle, Klassizität oder Barockheit, sie mit der jeweiligen Mode ab- oder zunehmen, daß ferner sie mehr einem bestimmten Stande als einer bestimmten Person eigentümlich sind, beziehungsweise einer höheren Person zugehören, die kraft des von ihr verwalteten Gnadenschatzes das äußere Bild der niederen, also mit etwas noch belehnbaren Personen gestaltet; in der Regel auch ihr Inneres.

Im Rudigierschen Falle, dem militärischen, war die ihn verursachende die des Thronfolgers, von der alle Welt wußte, daß ihre eine Hälfte sich schwarz-gelb, kaiserlich und päpstlich zugleich, also organisch so und nicht anders ligiert war, die andere hingegen, dem im politischen Bewußtsein der Zeit vorherrschenden Farbenklang entsprechend, eine nur oberflächliche Schwarz-Weißbemalung zeigte. Der nämliche Farbenbruch ging auch durch unseren Oberst.

Von Figur kein fritzischer Hopfenstecken, sondern ein feister Gambrinus, wie ihn, das Bierkrügel schwingend, die Gasthausschilder des flachen Landes abbilden, hätte er, unter einem nachlässig umgeschlungenen Leintuch auf der *sella*, schwellend wie ein Krapfenteig in der Ofenwärme, am Ende des einen Prügelarms das Wachstäfelchen hängen habend, an dem des andern den Griffel, und so monumental über die Campagna getragen wie die Historiker über's Schlachtfeld, doch nicht, um in dem schrecklichen Bilde zu sein, das er nicht gemalt hat, wie dieser, sondern zu dem Zwecke nur des endlich einmal genauen Aufzeichnens von *fundum* und *mancipium*, weit besser ausgesehen, als er in seinem blauen Waffenrock, dem des vierundachtzigsten Infanterieregimentes, aussah, der, ohne wirklich zu eng zu sein – weil er ja immer rechtzeitig erweitert wurde –, doch in allen Nähten krachte, wenn der Herr Oberst eine seiner unbeherrschten zivilistischen Bewegungen ausführte, nach dem Weinglas zum Beispiel, nach der Zigarettendose, nach einem der kleinen Törtchen, die man, um nicht gähnen zu müssen, verschlingt, obwohl alle die und die übrigen einem Gespräch zu Hilfe kommenden Dinge mit so gut wie gar keiner Anstrengung herbeizulangen gewesen wären. Der erwähnte Bauch jedoch ließ das kürzeste Verbinden zwischen zwei Punkten nicht zu und bestand positiverseits auf der dauernden Benützung des militärischen Kleidungsstückes; denn ohne dasselbe hätte er nicht zur Darstellung kommen können. Schon mit diesem einen Zuge glauben wir ein genügend anschauliches Gemälde von der Dilemmatik gegeben zu haben, zwischen deren Mühlsteinen der Wesenskern des Herrn von Rudigier immerfort gerieben wurde. Ohne Zweifel ist die unaufhörliche Friktion die auf steter Lauer nach den entsprechenden Wirkungen liegende Ursache sowohl des bekannten Rudigierschen Jähzorns wie der schon fast sprichwörtlich gewordenen Rudigierschen Sanftmut, des gelegentlich Blitzgescheit- wie Erzdummseins des Obersten und seines schrecklich anfallartigen Liebens und Hassens, kurz, der Tatsache, daß er in keinem Augenblick seine ganze Person beisammen hat und er den derzeit gerade nicht einbegreifbaren Teil derselben entweder wie einen Simulanten von Rekruten beschimpfen muß oder, mit einem melancholischen Blicke, ihm folgen wie einer auf Abwegen traumwandelnden Geliebten. Deswegen, und eigentlich nur deswegen – denn die Liebe ist ein Faktum, das, so gründlich es sich erklärt, selber einer Erklärung dringend bedarf, eine Frucht, und zwar der verschiedensten Bäume von hohem, ja höchstem, bis in's erste Würzelchen hinunterreichendem Alter – bedurfte dieser Mann dieses Weibes, Laetitiens, das schon von Geburt auf jene Einheit besaß, wenn auch nur in fraulicher Torsohaftigkeit, zu der er's niemals gebracht hat und niemals bringen wird. Ja, Laetitia stellt ihm das verlorene Paradies dar und vor, in das er, für immer aus demselben verjagt, durch die blankste Glasscheibe, die es gibt, die Liebe, wenigstens starren kann.

Der Oberst entstammte einer Familie, die ebenso kinderreich wie wohlhabend war: zwei Eigenschaften oder Umstände, die eigentlich ein und dasselbe sagen, und wenn sie unglücklicherweise nicht koinzidieren, hier das proletarische Elend hervorbringen, dort den mit Geld und Samen geizenden Ausbeuter. Die Rudigiersche Familie jedoch sagte noch die selbstverständliche, gottgewollte Tautologie. Sie hatte auch nach Achtzehnhundertachtundvierzig ihr Adelsdiplom stillschweigend unter einen bürgerlichen Tisch fallen lassen, ohne deswegen von der adeligen Übung abzukommen, zumindest einen Sohn in die Armee zu entsenden. Wir verstehen heute nicht mehr, daß damals die Nobilitierung durch ein selbsterworbenes Vermögen jene durch den Kaiser wohl nicht an Glanz, doch an sittlichem Wert bereits zu überflügeln begonnen hat. Daß Arbeit adelt, ist eine Entdeckung der Bourgeoisie. Erst als diese Bourgeoisie schneller, denn man hatte ahnen können, wieder herabgekommen war, haben die wirklichen Arbeiter Amerika noch einmal entdeckt. Wir werden ja bald sehen, was Segensreiches, wenn überhaupt dergleichen, sie mit dem alten Fluche des Paradieses auf diesem neuen Kontinente auszurichten gewußt haben!

In die entgegengesetzte Richtung, und gut zwanzig Jahre später – als Bürgerstolz vor Königskronen ebensowenig zeitgemäß war wie Adelshochmut vor den schon weit protzigeren Palästen der Bürger –, und auf einer von einem der ihren erbauten Eisenbahn fuhren die Wissendrums. Den Wissendrums nämlich, Besitzern von Forsten, Sägewerken, Steinbrüchen, Lehmgruben, Ziegeleien, natürlich auch von Ingenieurtiteln, die feinen Nasen nach Edelrost und Schmieröl riechen, roch das Geld auch weiterhin schlecht, begreiflich: Auf der materiellen Ebene erworben und in dieselbe wieder investiert – wo und wie hätte es da transzendieren können?

Kurz – und anders als kurz ist das bloß Logische gar nicht zu sagen –: eines gewiß sehr schönen Tages ließ der Wissendrumsche Häuptling, der, aus cholerischer Natur und um von seinen gelähmten Beinen einen diabolischen Vorteil zu haben, das ganze mit seiner Schuld beladene und sie abzutragen dauernd hin- und herlaufende Haus laut und still tyrannisierte, die verdächtig dick gewordene Brieftasche mit einem gekrönten Monogramm verzieren. Ab dem Tag war man adeliger als der älteste Adel! Eigentlich sehr richtig: denn ein Orleans oder ein Habsburger sind heute nur Enkel, der erste von Wissendrum aber ist ein Ahne! Merkwürdig nun, daß dieselbe Sache, die Akkumulation von Kapital, in wenigen Händen zwei so grundverschiedene Haltungen verursachen kann. Den Rudigiers zum Beispiel roch ihr Geld erst gut, seitdem sie's nicht mehr aus der persönlichen Bewirtschaftung von Landgütern zogen, sondern in's Anonymat der Industrie und des Handels eingebracht hatten.

Es gibt also ein gutes Standesgewissen – vollkommen unabhängig von dem mehr oder minder schlechten der einzelnen Standesperson –, das von dem spontanen Akt der Zustimmung zum eben morgenden Zeitgeist sich herschreibt. Dieser im rechten Moment vollzogene Akt – wenn nämlich der historische Akzent sich anschickt zu fallen, zu fallen auch ohne die gleichzeitige Zustimmung zu ihm, dann allerdings unter Verweigerung jenes guten Gewissens, der schönen Befangenheit des rechten Tuns im Unrecht – hat dereinst die Macht der

Wenigen (die alle leicht mit einem Knüppel zu erschlagen gewesen wären) begründet und befestigt und begründet und befestigt im gegenwärtigen Augenblick die Herrschaft der Vielen, die doch nur auseinanderzulaufen bräuchten, um den sofortigen Eintritt des Autokraten zu verursachen; aber eben jenes gute Kollektivgewissen, das *nolens volens* auch von ihren Gegnern geteilt wird, hält sie beisammen. Die merkwürdige Tatsache nun, daß für eine gewisse Dauer die Unterdrückten mit den Unterdrückern eines tieferen Sinnes, also auch Geistes sind – anders kein Regime, das schlechteste nicht und nicht das beste, einen Tag lang sich halten würde –, läßt bezweifeln, daß sie nach einem rationalen Überlegen in die Welt gesetzt worden ist. Sie muß vielmehr, dünkt uns, jenseits auch der glänzendsten intellektuellen Fähigkeiten gezeugt, empfangen und geboren worden sein, aus und in einem sozusagen pythischen Vorwissen um die künftig zu inaugurierende Ordnung. Nicht also aus einem, im Allgemeinen richtigen, im Besonderen fehlerhaften, gewöhnlich-außergewöhnlichen Vorwissen, zu dem's auch die Laubfrösche, die Unheilsraben, die Rheumatiker der Nationalökonomie, die Kartenaufschlägerinnen in den Hausmeisterlogen und die Sterndeuter auf den hohen Warten der Redaktionen bringen, sondern aus einem solchen, das, ohne aufzuhören, ein Ganzes zu sein, doch so viele und genaue Einzelheiten enthält, daß die Intelligenz des besten Kopfs von längstem Leben nicht hinreicht, sie alle abzusehen, abzutasten, zu wägen und zu klassifizieren. Verständlich, daß nach einem wahren Bergsturz von Anschaulichkeiten und bei der Unmöglichkeit, den Perserschutt aller bis vor kurzem gethront habender Akropolen aufzuräumen, das Individuum zu dem alten Kunstgriff Zuflucht nimmt, die Fülle der Gesichte durch einen pauschalen Glauben, also auch an jene, die das Fassungsvermögen überhaupt oder das zeitbedingt größte weit überschreiten, als echte Offenbarung zu beschwören, zu einem Faktum der Geschichte zu machen, kurz: bewältigte Dämonie in Energie zu verwandeln.

Die durch den so beschriebenen Akt der Zustimmung hinsichtlich ihres früheren Standes revolutionär, also bürgerlich

gewordenen Rudigiers wohnten mit Großmüttern und Enkeln
– langlebig und zeugungskräftig, wie sie waren – ländlich
patriarchalisch gehäuft neben- und übereinander in einem villenartigen Hause der Neudeggergasse, obwohl sie auf ein solides
herrschaftliches nahe der kaiserlichen Burg oder den Gesandtschaften berechtigten Anspruch gehabt hätten. Natürlich war
auf dieses ebensowenig ausdrücklich verzichtet worden wie
auf das adelnde Prädikat. Der doch gebührende Palast lag – gut
sichtbar im Rudigierschen Reflektor – eben nur auf dem Monde,
das Diplom aber griffbereit in einer Schreibtischlade: zwei
phosphoreszierende Örtlichkeiten in einem nicht sehr tiefen
Unterbewußtsein. Man könnte sie auch zwei Notpfennigschatzkammern nennen, deren niemand Erwähnung tat, jedermann
fortwährend gedachte. Und so war's in der Ordnung: Die eigentlichen Gründe des Selbstbewußtseins sollten ja verborgen bleiben. Das erst macht die Chevalerie echt und die Eleganz
unauffällig. So richtig verhielten sich die Wissendrums nicht.
Die Wissendrums, seit sie zu dem vielen Geld und – im
Unterschied zu den Rudigiers und ihrem neuen guten Gewissen – zu einem ebenso neuen Schuldgefühl gekommen
waren, zu dem Kains, der seinen Bruder erschlagen hat und in
ihm den väterlichen Feudalismus, konnten keinen Ausbeuterschritt tun, ohne den Stab der ritterlichen Ideologie hart auf
den Boden zu setzen. Dieses hinterrücks nun wieder EinesSinnes-Werden oder Werdenwollen mit dem Vater, dessen
Tyrannei in dem andern reinern und deswegen schwächern
Sohne sie getroffen hatten, das ist der *nucleus* der sogenannten
reaktionären Gesinnung, die gerade von jenen schamlos geäußert zu werden pflegt, die am besten daran tun würden, über
das wehe und tiefe Problem des verlorenen Glaubens und der
sinkenden Fürstenhoheit, welches Problem sie mit ihrem aufreizenden Gerede dem Pöbel zu diskutieren, wenn nicht gar
zu lösen geben, zu schweigen. Die Wissendrums, erst kürzlich
geadelt, und zwar – ein nicht zu vernachlässigender Umstand –
von der schon sichtlich zu Ende welkenden kaiserlichen Macht,
sahen sich hinsichtlich derselben, die eigentlich unter den
Händen der Materialisten starb, die als Ärzte um ihr Bett sich

drängten, zu einem übertriebenen Idealismus gezwungen, zu einem dauernden und ostentativen Waschen in Unschuld ihrer jeder Hilfsmittel baren Hände, um durch ein so vorbildliches Beschäftigtsein (mit dem auch der Pontius in's Credo gekommen ist) ihr Abgehaltenwerden von einer rettenden Tat zu rechtfertigen.

In den Wissendrumschen Häusern – man zählte so viele, wie es Wissendrumsche Familien gab –, die, gesellschaftlich autark, geschäftlich voneinander abhängig, aber auch einander begaunernd waren – lag nie jemals ein Wissendrum angesichts eines zweiten über einem Kontoauszug oder über dem Börsenbericht der Presse, und fiel nie jemals ein Wort über die Wissendrumschen Unternehmungen. Das war, wiederum zum Unterschied von den Rudigiers, ihrer Vornehmheit zu danken, an der sie mit zusammengebissenen Zähnen festhielten, und dieser zufolge das Maul fest verschlossen voll von niederträchtigen Wahrheiten über den nächst anderen Wissendrum. Natürlich gab es Unschuldslämmer – und solche lieferte der Stall in Rudeln –, die das gewaltsam diskrete Schweigen einer Räuberbande, welches Schweigen die konfiszierten Gesichter zu kühnen formt, die von Piraten zu denen von Seehelden, für das mühelos selbstverständliche des wahren Adels nahmen!

Nun könnte einer fragen, worüber, wenn nicht über das, wovon und wofür sie alle lebten – und wie! wie gut, wie kräftig, wie ausschließlich! – wurde denn gesprochen? Die Frage trifft gleich einem scharfen Lichtstrahl in's Tintenschwarze. Unsere Antwort ist: über genau das, wovon sie nicht lebten! Wer also für die größtmögliche Entfernung, die zwischen einer traktierbaren Sache und dem sie Traktierenden zu bestehen vermag, ein Maß sucht, sei auf jene hingewiesen, die in der Wissendrumschen Gesellschaft zwischen dem einzelnen und dem Gegenstand herrscht, den er mit verdächtiger Vorliebe behandelt. Dieser Gegenstand wird – was gilt die Wette? – die Kunst oder die Religion sein, oder ein drittes von ähnlicher Nebelhaftigkeit, wie etwa der geoffenbarte Staat. Je abgelegener vom Tatort Ort und Art der ferialen Beschäftigung, für desto stichfester hält der Expropriateur sein Alibi. Lange genug haben wir geglaubt, daß die Bildung, insonderheit die humanistische, den Totalitätsansprüchen der Technik zum Trotz, beziehungsweise aus begreiflichem Ungenügen an ihr, von den Wissendrums gepflegt worden sei. Den offensichtlichen Mangel vergleichend mit dem Reichtum, den er hervorbrachte, das stinkende Bett mit dem Duft der ihm entsprießenden Gewächse, haben wir, wohl kopfschüttelnd, aber doch, die Leere und das Widrige für die *conditio sine qua non* der Entstehung von Fülle und des Angenehmen gehalten. Das Urwunder der Schöpfung aus dem Nichts wiederholbar denkend und die sogar dauernde Wiederholung desselben als die Grundfunktion der sogenannten guten Gesellschaft, das dialektische Spiel der Gottheit mit Thesis und Antithesis auch den Spielern mit gezinkten Karten zuschreibend, verwechselnd also Gaunerkunststück und echte Zauberei, nahmen wir keinen Abstand, zu lehren, daß man einem geschenkten Gaul nicht in's Maul schauen dürfe, daß Natur Übernatur nun einmal nicht anders zu Wege bringe als durch Unnatur, kurz: daß Bildung, wenn man sie haben wolle, man nur über's Mittel von Wissendrumschen Existenzen haben könne. Dieses anders nicht zu erringenden Vorteils wegen seien jene Existenzen notwendig, zu dulden und, wenn's zum Kampfe kommen sollte wider sie, zu verteidigen. Die Logik des konsequent falschen Denkens ist ebenso zwingend wie die des rechten. Und diesem Zwange entwindet sich nur, wer die Frage erhebt – in welcher Frage, wie im Vexierbild das unverhexte Bild, die Antwort bereits enthalten ist –, warum eigentlich der Besitz von Bildung ethisch sei, ob ein auf unethische Weise erworbener Wert, und ob, an einem gewissen Zeit- und Wendepunkte, der Name wahrer Bildung nicht auf die ehrliche Unbildung überzugehen hätte?

Nun wird wohl schon jedermann darauf vorbereitet sein, zu hören, daß in den Wissendrumschen Häusern, diesen trefflich getarnten Geschäftshäusern, immer, wie als von den alltäglichsten Dingen, von Gott und dem Kaiser gesprochen wurde. Die glücklichste Folge dieser glücklichen Themenwahl war, daß die wirklichen Alltäglichkeiten (Geburt, Tod, Liebes- und Eheaffären, Geduld oder Aufmucken der schlechtbezahlten und mit kostenloser Leutseligkeit niedergehaltenen Dienerschaft), ausgerichtet oder zurechtgelegt nach der dem feudalen Mittelalter entlehnten *analogia entis*, in einer den Himmel spiegelnden Lache von tiefer Bedeutung schwammen. Sicherer und billiger – dank dem Zusammenwirken von Technik und Gaunerei – konnte man, bei Gott!, nicht in den Ruf eines intransigenten Katholiken, eines Adeligen von ältestem Schnitt und trotzdem originellen Kopfes kommen!

Wenn wir nun bedenken – und wir sollten es recht gut bedenken! –, daß Griechisch und Lateinisch gelernt, Plato, Aristoteles, Augustinus und Thomas der Cusaner und sogar Dionysius der Areopagite gelesen, daß die monumentalste Vorstellung der Scholastik aufgeboten wurde, die von einer pyramidenförmig in die Spitze Gott zusammenlaufenden Welt gekrönt ist, der leibhaftigen *coincidentia oppositorum* also, so werden wir jetzt und fürderhin die Bildung mit den Augen eines, der doppelt sieht, aber ohne getrunken zu haben, ansehen, und jeden Gebildeten, ehe wir ihm über den Weg trauen, wie einen der Räuberei Verdächtigen erst dazu verhalten, seine Taschen zu leeren und die moralischen Rechtstitel auf sein Wissen vorzuweisen.

Die von ihren zwei Gegenständen nie ermüdeten Wissendrumschen Unterhaltungen ließen so manche Teilnehmer an denselben glauben, gerade mit dem frischen Adel, dem nicht sonderlich geschätzten, beabsichtige die immer paradoxe Providenz, den ältesten zu retten; wie denn ja auch überall sonst, zur Beschämung der Befugten, das Geringe erwählt würde, um das Gewaltige zu verrichten. So mußte sogar ein Apostelwort dazu dienen, in einem nichts als luftigen Gebäude den einzigen steinernen Stein abzugeben. Andere hingegen, die materialistischer dachten, ohne aber zum Materialismus sich zu bekennen – weswegen sie Historiker waren, das heißt Untersucher der Fundamente der Vergangenheit, nicht Gründer der Zukunft –, unterbauten ihre ähnlich gute Meinung mit dem robusten Verdachte, die Wissendrums verdankten die vertrackte Mischung von burgundischem *orgueil* und deutscher Tüchtigkeit dem gesegneten Beischlaf eines Erzherzogs mit einer Wirtshaustochter – eine solche Vorfahrin hatten die Wissendrums – und den kleinen Adel der späten Einsicht eines ahnungslos Ahne gewordenen Vaters. Die Pläne zu diesem Unterbau staken in ihrem Schulranzen und besaßen das Gewicht nicht von Papier, sondern von Tatsachen: daß der gleiche Vorgang, des Zeugens nämlich des Gottes mit der Sterblichen, auf dem erhöhten und erhöhenden Podium zwischen Mythos und Geschichte so ziemlich alle damaligen Tage stattgefunden, und von den bekannteren Herrschaften Caesar etwa das Geschlecht der Julier auf einen Fehltritt Aphroditens zurückgeführt hat. Der Julier, mit dem wir es zu tun haben, Ariovist von Wissendrum, war der tiefste Erleider und konsequenteste Durchdenker des Vorwurfs, des nicht so unberechtigten: frisch geadelt zu sein. Denn Adel ist einer seiner wesentlichsten Bestimmungen nach alt. Wie also kann man erst jetzt erhalten, was man, daß es sei, was es sein soll, schon besessen haben muß?! Mit dieser Frage, die ihre delphische Antwort im Bauche hatte, legte er nun wirklich die von den Naserümpfern über ein eben erfundenes Wappen vergeblich gesuchte Axt an die Wurzel eines Stammbaumes, der noch kaum zwei Zoll hoch war. Wollte er in der dialektischen Sackgasse nicht feststecken und aus allen Fenstern derselben den verdienten Spott empfangen, wie ein randalierender Nachtschwärmer den Inhalt der Nachttöpfe, blieb auch dem spätesten Enkel Ariovist kein anderer Weg übrig als der, den in einer ähnlichen Lage schon unser größter Vorfahr, Prometheus, beschritten hat, nämlich frisch hinweg über die Dächer des gewöhnlichen Verstandes und querfeldein dann über das zu jenes Urzeit noch Niemandsland gewesene Land zwischen Sakrileg und unabweisbarer Notwendigkeit zu gehen, auf daß gewirklichet würde, was wohl im Mögestande vorhanden war, aber von den Göttern nie gewirklicht worden wäre. Der unglückliche Prometheus mußte also, um den zündenden Blitz, der den Charakter der Strafe wie der Wohltat zugleich hat – oh, unbegreifliches Gekoppeltsein! –, aus dem gebärunwilligen Wolkenschoße zu lösen, das erste *crimen laesae majestatis* in die Welt setzen. Durch diese erste aller Sünden und in ihrem ersten Zorn ließen die bis dahin des

Begriffs wie der Sache unwissenden und engelsanften Unsterblichen sich hinreißen, das Kind mit dem Bade auszugießen, das heißt, den Himmel auf die Erde zu schütten.

Nach dem unbewußt in uns weiterwirkenden Beispiel des Halbgottes ist, während der mythischen Jahre, Ariovist von Wissendrum oft und oft vor dem Spiegel gestanden, um seinem Gesichte, das einer heftig grünen, zu früh gepflückten Zitrone glich und noch heute gleicht, einen Tropfen Ähnlichkeit mit einem der personifizierten Reichsäpfel oder mit sonst einem Früchtchen – wie der Volksmund die danebengeratenen Söhne nennt – des Erzhauses zu erpressen. Schon am Rande dieses, den Versuchen der Danaiden, des Tantalus, des Sisyphos wahrhaftig verdammt ähnlich sehenden Versuches, zwei miteinander unvereinbare Physiognomien doch zusammenzubringen, versteht sich, daß von dem einen solchen Anstellenden die an allem schuldige Mutter mit Blicken betrachtet werden mußte, die – dem Widerspruche gemäß, der titanisch verkörpert werden sollte – nur abscheuliche und ehrenvolle zugleich sein konnten. Abscheuliche wegen des polizeilichen Wühlens im Schoße, der uns getragen, nach den näheren Umständen des Aktes, dem wir das Leben dankten (und sollten Vater und Mutter doch die Säulen des Herkules sein, über die hinaus ein frommer Grieche nicht segelt), ehrenvolle in Ansehung des Gotts, der als Schwan oder Stier, als Wolke, Goldregen oder Erzherzog auf eine Sterbliche sich herabzulassen geruht hat. Man sieht, in welch' eine heillose Verwirrung die Vermengung des vom Dekalog codifizierten allgemein Sittlichen und der davon abwegigen besonderen, auf eigene Faust dieses Sittliche suchenden heidnischen Vorstellungen des Sowohl wie des Alsauch, des schiefen christlichen Blickens auf das Geschlechtliche und des graden kuhäugigen, einen Promethiden zu stürzen vermögen! Und welch' eine große Schuld die humanistische Bildung, wenn sie zu einem unhumanen Zeitpunkt und Zwecke virulent wird – ein seltener Fall, in der Regel, zum Glück der Gebildeten und der Ungebildeten, bleibt sie tot –, auf dem Gewissen hat! Die des Wie ihres Betrachtetwerdens ahnungslose Mutter war eine kugelrunde, unter weitabstehenden Röcken auf Füßchen von der Schattendünne des Pilzgefächers flink dahineilende und innerhalb der Grenzen der Wissendrumschen Möglichkeit gutmütige Frau. Sie hatte ein großes Vermögen in die Ehe, zwei kräftige Buben, drei tüchtige Töchter zur Welt gebracht und weder vor noch nach dem rechtmäßigen Manne einen andern erkannt und auch diesen nur wie das Vieh den Schlächter. Daß es von der blutigen Gilde unendlich viele gibt, so viele eben, wie erlitten werden können, kommt einem unschuldigen Schaf nicht zu Sinn. Für ein schlichtes Frauengemüt besitzt die Prozedur des Getötetwerdens noch den Charakter der Einmaligkeit. Erst die Messalinen haben die Schlachthäuser in Freudenhäuser verwandelt und die patriarchalischen Metzger in jene matriarchalischen Cicisbeos, die ihre begeistert freiwilligen Opfer zum Schein vivisezieren, aber mit wirklichen Instrumenten. Als unser Ariovist endlich zu der Einsicht gekommen war, daß sein in der allgemeinen Natur des Weibes rational durchaus begründeter Versuch an diesem besonderen Weibe – besonders dumm oder besonders rein – von Anfang an zum Scheitern bestimmt gewesen sei (ein Schiffbruch jedoch, der keinen Columbus abhalten wird, an Bord einer anderen Caravelle zu gehen), betrachtete er die arme Mutter eine beträchtlich lange Zeit noch mit dem Blick eines Kaufmanns, den bei der gewaltigsten Transaktion seines Lebens der natürliche Compagnon schmählich hintergangen hat durch Vorspiegelung bester Beziehungen zu höchsten Stellen.

Nun wäre Ariovist nicht Ariovist gewesen, nämlich ein mit Titanenschritten über's Niemandsland zwischen zwei Klassen Eilender, und doch, wie die stets gleichbleibende Entfernung von da zu dort ihm zeigte, ein auf dem Platze Tretender – eine neue, unserer Zeit vorbehaltene Höllenstrafe –, wenn er die in der Objektwelt unknackbare Problemnuß nicht den viel kräftigeren Kiefern der Innerlichkeit zugerollt hätte. Einmal auf der schiefen Bahn des um jeden Preis – auch um den fürchterlichen der ewigen Verdammnis – Ausgezeichnetwerdenwollens, kommt man, wider Willen und doch willens, auch das Ungesuchte zu finden, zu der verblüffend einfachen Erkenntnis, daß wir zwar alle Kinder Gottes seien oder zu sein vermöchten, daß aber zu unserem Glück nur die wenigsten Anspruch auf diesen Rang erheben, wir also die allerhöchste Auszeichnung am billigsten erstehen können, wenn wir an ihr Vorhandensein glauben und möglichst viele an sie nicht glauben. Ist man auf diese unerlaubte, nüchtern-berauschte, das Bestehen schließlich wieder vor der Welt und nicht jenseits derselben, vor Gott, zum Ziele habenden Weise des Fortschreitens von Fleisch zu Geist, die diesen zum Verteidiger jenes herabwürdigt, tief genug in die Innerlichkeit gesunken, in die scheinbare Tiefe der bloßen Spiegelbilder gesunken, wo die Umkehr nur Umkehrung ist, wie die Jungfrau zur Dirne, der ehrliche Kassier zum Defraudanten, so wird man da unten natürlich auch einen allerhöchsten Berg finden, leicht wie ein Korken von der viel schwereren Woge dahingehoben, wie man ebenso natürlich den Allmächtigen – wen denn sonst? – anzubeten meint. In Wahrheit jedoch betet man sich selbst an, gewiß nicht zu Recht, wohl aber notwendiger Weise, weil nämlich als den einzigen, der dort wirklich vorhanden ist, wo, dem folgerichtigsten Denken nach, nur Er hätte sein sollen. Nun kann und darf aber, wegen und rücksichtlich seiner vollkommenen Ichbezogenheit, ein Mann wie Ariovist die Vertauschung der beiden unvertauschbaren Größen nicht merken. Andererseits ist nichts in der Welt imstande, uns nicht bemerken zu lassen, daß er sie vertauscht hat. Es würden sonst – wenn nämlich der unüberwindliche Eindruck, den wir haben, nicht der genaue Ausdruck dessen wäre, der ihn macht – weder Beobachtung noch Beschreibung möglich sein. So bietet er uns, den Freunden, die wir ihn lieben, ohne seine stockfinstere Befangenheit zu teilen, die makabre Gelegenheit, fast mit Augen zu sehen, wie auf dem schmerzlich citronensauren Antlitz und in der entsprechend verkrampften Seele die das All umschlingende Schlange des Anthropomorphismus sich in den Schwanz beißt. Ein seltenes Schauspiel, dessen letzter Akt, die Gottsucherei darstellend, den reinen Egoisten als starken Egologen erweist! Begeben wir uns nun, Nacherlebens halber, in seinen Gedankengang, so wird auch für uns kein Schluß von der Idealität auf die Materialität und umgekehrt zwingender sein als der, daß wohl alle berufen sind, die allerwenigsten jedoch ihre Auserwählung wirken. Dieses Obwohl und dieses Dochnicht sind die zwei Backen der logischen Zange für die Problemnuß unseres Ariovist. Wie nun, sagt er sich (rhetorisch und mit dem Auge des Auguren zwinkernd), wenn man mit allen Seelenkräften und Flügeln, weil die eine Welt an unserm geliebten Fleische weder einen saftigen Rechtsirrtum begehen, noch eine pfündige Wahrheit exemplifizieren will, in die andere sich emporschwänge, wo man schon wegen des Stehens vor dem letzten Richter – als Angeklagter und als unbestechlicher Zeuge zugleich – heroisch allein stehen muß, und wenn man dann diese einzige Gelegenheit der größten Einsamkeit, der furchtbarsten Verlassenheit dazu nützte, seinen Solipsismus zu krönen, das heißt, im himmlischen Jerusalem der erste zu werden, statt im irdischen Rom der zweite zu bleiben?! Eine Frage, die jeder, der sie stellt, bevor er sie stellt, bereits beantwortet hat!

Bemerkenswert ist ferner, daß sogar ein sehr befreundeter Besucher der Wissendrums diese, männliche wie weibliche, junge wie alte, denen bei ihrer zahlreichen Dienerschaft doch unmöglich die Milch auf ihrem Herde überlaufen kann, stets in einer solchen Beschäftigung stört, die sie für eine beträchtliche Weile unabkömmlich macht. Da sitzt man denn mit dem jäh gebremsten, nur langsam zerfallenden Elan eines Schnelläufers in einem Wartezimmer am Ende der Welt. Eine überhelle Langeweile – auch an düsteren Tagen –, die von einer strohgelben Seidentapete ausgeht, deren verblaßte Ornamente man vergeblich sowohl mit dem Aug' als auch mit dem Finger nachzuzeichnen sucht, hindert wie Schlaflosigkeit plus Müdigkeit das Denken eines Gedankens und läßt die also zustande gebrachte vollkommene Zerstreutheit in breiter Rückzugsfront gegen die in einem großen Glasschrank zur Schau gestellten Dinge prallen, die hier, wo sie nicht wie beim Trödler die Hoffnung haben, doch einmal verkauft zu werden, einer versteinernden Verzweiflung obliegen: goldberänderte und belandschaftete Schokoladetassen, Armbänder, gediegene wie Schlagringe, Rosse und Reiter aus Wiener Porzellan, chinesische aus chinesischem, Tanagrafigürchen, an denen noch echt altgriechische Erde klebt, Majolikateller, auf denen barock geschwollene Darstellungen serviert werden, indianische Töpfe in vollem barbarischem Kriegsschmuck und viele Miniaturen, elfenbeinerne, pergamentene, viereckig, oval, gerahmt, ungerahmt, stehend, liegend, lehnend, unschuldige Kinder darstellend, die keine Fliege, ohne ihr ein Leid zuzufügen, sehen können, würdige Männer mit einem Kropf von Bedeutung hinter der gewaltigen Halsbinde, die rechte Hand, die nicht weiß, was die linke tut, napoleonisch zwischen zwei Knöpfen der Weste, überaus jugendliche Frauen mit mehr Locken, als je sie Haare hätten besitzen können, und die zwo Bälle ihrer ehelichen Kinderspiele hoch, fast bis unter's Kinn gegürtet: ohne Zweifel Bildnisse Wissendrumscher Persönlichkeiten oder solcher, die von der vor kurzem erst eingetretenen Notwendigkeit, anschauliche Ahnen zu besitzen, beim Antiquar adoptiert worden sind. Während so das Auge durch die von der Langeweile erzwungene Anteilnahme an Gegenständen von geringer oder gar keiner Teilnahmswürdigkeit um alle seine Scharfgeschliffenheit gebracht wird und das Denkvermögen einen Verlust nach dem andern erleidet – wie das Vermögen jener, die mit den Wissendrums in geschäftliche Beziehungen treten –, füllt sich das harmlos offene und daher noch voll aufnahmefähige Ohr mehr und mehr mit Geräuschen, von denen man, wenn sie endlich bis zu unserm Bewußtsein vorgedrungen sind, nicht sagen kann, welche Handlungen sie zur Ursache haben, und mit deutlich artikulierten Lauten, wohl einer menschlichen, aber national nicht bestimmbaren Sprache. Aller Wahrscheinlichkeit nach der deutschen. Aber wir wollen nicht eine Erfahrung aussprechen, ehdenn sie gemacht ist. Was die Geräusche anlangt, so können wir sie bereits näher umschreiben. Sie scheinen von Leuten zu stammen, die auf eine außerordentlich schwerfällige Art Tischtennis spielen, oder eben zu viert, zu fünft, zu acht das Belegen des Fußbodens mit einem unhandlich dicken und großen Teppich vornehmen. Man trippelt, stampft, schlurft, stürzt in die Knie, daß die Scheiben des Schrankes klirren, erhebt sich, und zwar mit Hilfe eines Gegenstandes, der eine Sekunde später umfällt, läuft davon, trifft im Laufen mit einem ebenfalls Laufenden zusammen, erzeugt einen dumpfen Krach etwa eineinhalb Meter über dem Parkett und trägt die so entstandene Beule an der Stirn wie einen noch schwereren Gegenstand, aber diesmal allein, durch den Raum. Wenn eilends, weil ein Brand ausgebrochen, ein echtes Zimmer abgewrackt, oder ein Potemkinsches eingerichtet wird, weil ein Tölpel balbiert werden soll, müssen die nämlichen Hörbilder aus dem bereits glimmenden Rahmen platzen oder in die komödiantisch beweglichen sich begeben. Das Aufflattern und Niedersitzen der unübersetzbaren Stimmen erinnert in dem gespannt Wartenden – und daß er gespannt warte, das heißt, mit einer Beschäftigung sich durchdringe, die keine ist, des Ephemeren seiner Existenz bewußt würde, die Grenze des Vermögens, logisch zu schließen, erreiche, scheint ja die Absicht der also rumorenden Wissendrums zu sein – an das Aufflattern und Niedersitzen von Raben oder Geiern, die nur vier kleine, träge Flügelschläge weit sich verscheuchen lassen und mit zwei schnellen, breiten wieder zum Aas zurückkehren. Hat man nun nach der psychologischen Uhr, die hier zu Rate gezogen wird, lange genug gewartet, und hat der Lärm seinen Höhepunkt erreicht, so tritt, wie im Fortissimo einer aus allen Backen blasenden Musik, jäh eine prachtvolle Stille und im nächsten Augenblick der gewünschte Wissendrum ein. Nein, bricht herein, wie die Wahrheit mit der Tür in's Haus fällt, als ob sein vorausgeworfener Schatten ein zu Boden klatschendes Brett wäre. Ehe er uns, die wir vielleicht am Fenster stehen und die Pflastersteine des Trottoirs zählen, voll zu erblicken vermag, schreit er bereits auf vor Herzlichkeit. Der Schrei klingt wie der eines brünstigen Tiers von menschenähnlicher Gestalt, eines Orangs etwa, und gilt einem Exemplar derselben Gattung, nicht einem bestimmten Einzelwesen, dem andern, der man selbst ist oder zu sein glaubt, dem Spiegelersatz. Der betreffende Wissendrum sieht auch wie schweißüberströmt aus, bis auf Höcker und Höhle abgemagert von der Herkulesarbeit, die er und die blutsverwandten Helfershelfer hinter der strohgelben Tapete geleistet haben, und sagt uns in dieser physiognomischen Sprache, daß wir mit unserm Warten gar nichts geleistet haben. Ein meisterliches Strategem! Ebenso meisterlich wie der markerschütternde Schrei! Denn jetzt sind nicht wir aus dem schweren Kerker des Wartezimmers, sondern ist er aus dem viel schwereren seines Arbeitszimmers befreit worden.

Wie die Sachen nun stehen, wäre es – nicht wahr? – außerordentlich unfreundlich, ja fast unmenschlich, wenn wir, obwohl gekommen, Leid zu klagen, Rats zu erholen oder bloß die schiefe Lage der Unzeitgemäßen innerhalb der Zeitgemäßen zu erörtern – das Thema aller Themen, der natürliche Gesprächsstoff in der Stoffwelt! –, wenn wir also gegen den Redestrom schwämmen, den unser Freund, weil er die Rolle des Befreiten an sich gerissen hat und gut ein Jahr Zuchthaus sich von der Seele reden will, entfesselt. Haben wir uns irgend wann einmal zu einer schwachen Stunde in das ab Grundirrtum sehr logisch weiterklappernde Werk eines sich absolut setzenden Individuums begeben – sei es, weil wir den Besitzer oder die Besitzerin desselben lieben und daher Verstandesopfer bringen, sei es, daß wir den Feind in den beiden zu spät erkennen, um die mittlerweile legitim gewordene Freund- oder Liebschaft noch aufkünden zu können –, so bleibt uns nichts anderes übrig, als auch fürderhin oder wenigstens bis zum nächsten Mutanfall hinter unser Ich zurückzutreten und – wie die Goldfische tun und die Asketen – die fremde Welt durch eine dicke Glasscheibe zu betrachten, das heißt, zu kapitulieren, ehe noch die Schlacht begonnen hat, die von dem unsere Visitenkarte überbringenden Stubenmädchen den Wissendrums, diesen Raubrittern unter den Rittern, angesagt worden ist. Denn: ohne Zweifel zu dem Zwecke der Zermürbung des unschuldigen Belagerers eines nur scheinbar gut befestigten schlechten Gewissens ist in der Burg die rätselhafte Polterei begonnen und ist zugleich mit dem endlichen Ausfall die Umkehrung des Sachverhaltes vorgenommen worden. Sehr richtig erst dann, wenn unsere Person nicht erst in eine gewisse Nichtvorhandenheit hincingeschwätzt werden muß – welchen Schwätzens Erfolg keineswegs von Anfang an feststeht –, sondern in dieser sich bereits befindet, dank der künstlich herbeigeführten psychischen Schwäche, kann, ohne Rücksicht auf die Trefflichkeit der Argumente, die Wissendrumsche Person die Disputation mit einem sonst nicht ungefährlichen Gegner beginnen. Der also geschickt Entmannte ist auf »Ja!« oder »Ei freilich!«, »Selbstverständlich!«, »Gewiß!« und auf »Was Sie nicht sagen!« gesetzt.

Das interessante Monologisieren geschieht mit schallenden Hammerschlägen von Stimme auf fast jedes Wort. Auch auf ein Und oder ein Ist. Durch diese wahrhaft nachdrückliche Behandlung werden die schon an sich kostbaren, aber bei leisem oder ungenauem Sprechen nicht zur verdienten Geltung kommenden Worte jene Goldblättchen, mit denen man den Hintergrund eines uns mit seiner ganzen Heiligkeit anstarrenden Gemäldes auslegt. Bereits nach wenigen Minuten eifrigen und, wie man glaubt, hunderthändigen Hämmerns dunkelt und glänzt es nun, das Wissendrumsche Halbgottbild, tief und hoch byzantinisch. Zugleich aber fühlt man sich, obwohl zu zweit, so einsam wie an einem Sonntag. Dieses armselige Gefühl nun ist nicht beabsichtigt worden. Es fließt über den Rand unseres Herzens, das jenes Danaidenfaß eben nicht ist, für welches der unermüdlich schöpfende Wissendrum es hält oder halten muß. Weiters wird, wie von einem unterdrückten Schluchzen, unsere zum Schweigen verurteilte Kehle von Mitleid mit dem gescheiten Manne zerfleischt, der da vor uns einen Narrenturm ersteigt, nur um zu zeigen, daß sein Gehirn Wadenmuskeln von Stahl hat und die Beine einen Kopf ersetzen, der gar keines Ersatzes bedürfte. Natürlich, um so gescheit zu sein, wie er seiner Intelligenz nach sein sollte, weise also, fehlt ihm die zaubrische Leichtigkeit, mit der der geborene Artist die schwierigsten Arbeiten verrichtet. Sein Denken ist nämlich noch so baß verblüfft vom Denkenkönnen, daß es über die virtuosen Übungen auf jedem Klaviere, das man ihm unter die Finger schiebt, nicht hinauskommt. Nun aber haben Etüden keinen Schluß in sich selber. Sie sind ja die in Töne gesetzte Unendlichkeit und finden ein Ende, ein undeziertes, nur an der früher oder später doch gewiß eintretenden Müdigkeit des sie Exekutierenden.

Weil wir unserm Freunde wie einem lieben Kranken wohlwollen, geben wir ihm ein vollgerüttelt Maß der immer ersehnten und nie nicht genützten Gelegenheit zum egologischen

Exzesse. Jedoch: nach einer Stunde etwa müssen wir unsere freiwillig geräumte Position wiedergewinnen. Wir erreichen dies Ziel auf dem Schleichweg über die schon oft gemachte Probe darauf, daß wir ihm auch heute nicht mehr gewesen sind als eben jene Gelegenheit. Sie gelingt, wenn wir uns brüsk zum Gehen anschicken. Sofort verstummt das dröhnende Sprachrohr, der begonnene Satz wird nicht vollendet. Er braucht auch nicht vollendet zu werden. Die unstörbare innere Stimme spricht ihn ja weiter, und der Freund verliert nur einen lieben Zuhörer, nicht den liebsten: sich selbst. Wir berauben ihn, wie den Dramatiker, dessen Stück wir nicht spielen, bloß des allerdings großen Vergnügens, aus unserer Ohrmuschel das Rauschen seines Meeres zu vernehmen, nicht im geringsten aber des Glaubens, Poseidon zu sein. Ein entschiedener Monologist wie Ariovist gleicht der Quelle, die in den Trog sprudelt, ob eine Kuh daraus trinkt oder nicht. Er ist die leibhaftige Widerlegung der idealistischen Irrlehre, daß die Welt unser Wahngebilde und mit dem sie wähnenden *cerebrum* stürbe. Er ist viel mehr die Welt selbst als der in ihr Lebende und beweist so auf eine vertrackte dialektische Weise die Unabhängigkeit jener von diesem.

Was nun die ziemlich sichere Ununterbrechbarkeit und natürlich auch Vorratfülle seines inneren Sprechens anlangt – welches Sprechen, wenn es vernehmlich wird, alle Eigenschaften einer fehlerlos in's Reine geschriebenen gelehrten Abhandlung zeigt –, so erklären diese beiden Bestimmungen uns zwischen Fernesein und Erschöpfung Schwankenden aus der Bildung, die wir empfangen haben, in die Unbildung, die uns angeboren ist, fast sehnsüchtig Schauenden, vollkommen das Geheimnis der vielbewunderten dauernden Konzentriertheit unseres Freundes, und zwar auf die Abstracta, auf den Diamantkern der Konkretionen, und seiner sonst unerklärlichen Vorliebe für von ihm gefundene Theorien wie seiner unbarmherzigen Verachtung aller nicht von ihm verursachten Schmerzen des Nächsten: Er will nichts anderes – und er kann nicht anders –, als überwach sein oder mit offenen Augen schlafen wie der Hase, dem, unter allen Tieren, er am wenigsten gleicht.

Wenn wir auf einem kleinen Landbahnhofe, dessen Vorstand sowohl Fahrkarten verabfolgt wie Geleise verstellt oder Gepäckstücke annimmt und abgibt, also gleich drei Hilfskräften, die fehlen, vorsteht und deswegen öfter außerhalb seines eigentlichen Dienstraumes zu tun hat als in demselben, in diesen hineinblicken, so werden wir dort auf einem Tischchen eine gespenstische Tätigkeit bemerken, gleichsam Messer und Gabel bewegt sehen ohne Speise und Esser, den Telegraphen, der, sich selbst überlassen, unter vergeblichem Klopfen gen die harte Klasse einen unendlich langen und sehr dünnen Streifen Papiers hat ausblähen müssen und ihn auch weiterhin ausbläht. Diese Apparatur ist eine echt Wissendrumsche.

Das Gesicht Ariovistens nun – von dem wir bisher gar nichts geredet haben – bringt den oben mit dürren Worten geschilderten und soeben durch die Papierblume des Telegraphen ausgesagten Vorgang, dem es die Mauer zu machen glaubt, zu anschaulichster Darstellung. Es befindet sich nämlich dank einem Knöpfchen von Nase in einem Zustand dauernden Verschwindens, und zwar eines trägen und deshalb leicht merkbaren, wie etwa ein mittelgroßes, verwelktes Kohlblatt, das, in dickem Spülwasser schwimmend, durch einen immer mehr und mehr sich verstopfenden Abfluß soll.

Es wird wohl bei niemandem ein Zweifel darüber herrschen, daß so, wie wir das Beschreiben des Herrn von Wissendrum anheben, nie jemals das Beschreiben eines schönen Menschen angehoben hat. Und in der Tat lag unserer Beschreibung, der jetzigen wie der früheren, von Anfang an das Konzept der Häßlichkeit zu Grunde. Wenn wir nämlich die Wissendrums durch das Auge der Rudigiers betrachten wie die Erde vom Mond, also aus der großen Entfernung, aber auch Nähe, die zwischen zwei Planeten, ohne vorläufige Gefahr, einander zu entschwinden oder zu zertrümmern, zu herrschen vermögen, so sind die Wissendrums sehr häßlich: doch – und das ist sowohl das Selbstverständliche wie das Wunderliche – nur für die Nichtwissendrums. Die Wissendrums selber finden sich und einander sehr schön. Jetzt gilt es scharf zu distinguieren!

Es gibt Menschen, deren größere oder geringere Häßlichkeit

von einer Schönheit dependiert, die von ihnen als solche und einzige anerkannt wird. Diese Schönheit haben sie *ante* oder *post natum* sich als das Maß gesetzt, unter dem sie dauernd bleiben. Ob mit ergebener Einsicht in ihr (vielleicht nicht so ungewolltes) Mißgeschick oder dawider sich empörend, ändert nichts an ihrer Bestimmung, dorthin zu gehören, wohin sie, dem Augenschein nach, nicht gehören. Wir sprechen von den häßlichen Kindern schöner Eltern oder Völker. (Die Frage nach der Gültigkeit eines ästhetischen Urteils auch *sub specie aeterni* darf nicht gestellt werden, weil eine unbeantwortbare Frage unsinnig ist. Bewahren wir nur unsere Befangenheit, worin immer – die im Bösen ausgenommen –, vor dem Schicksal der Seifenblase, und ertragen wir die oft niederdrückende Bürde einer gewissen Blindheit und Unansprechbarkeit als eines unserer Kreuze, und gerade als das Kreuz, unter dem allein wir Persönlichkeit sind!) Die Wissendrums jedoch dependieren nicht von jenem Schönheitsbegriffe, den wir *nolens volens* aus uns hinausdenken und für den allgemeingültigen halten. Ihre Unabhängigkeit von demselben (wie ihre Abhängigkeit von einem anderen, den wir aber nicht zu konzipieren vermögen) beweisen die Wissendrums durch zwei Tatsachen: daß sie, erstens, keine Augen haben, also der bildenden Kunst, wie dem, was an Modell, lebendem, totem, mit ihr zusammenhängt, ferne, der Musik, dem Troste, Schilde und auch tückischen Hinterhalte aller Defektösen, nahestehen, zweitens, daß noch nie, soweit wir wissen, irgendein Wissendrum zu einem schönen Menschen entartet ist. Ihre Häßlichkeit ist vielmehr einstimmig. Kein Mißton von Schönheit stört die Harmonie unter dem Nullpunkt von Harmonie. Unser Auge weilt auf den Wissendrums wie auf Hottentotten oder Pygmäen, ohne mehr wahrzunehmen als die fugenlose Totalität ihres Andersseins. Die Wissendrums sind also nicht eine durch Häßlichkeit ausgezeichnete Familie neben durch Schönheit ausgezeichneten Familien, verbunden mit diesen durch die Selbigkeit des Stammes, entfernt von diesem durch die besondere Länge des Astes, auf dessen äußerstem Ende sie ihr Nest haben, sondern, trotz ihrer geringen Kopfzahl, eine eigene Rasse, die das als schön empfinden muß, was wir und Angehörige anderer Rassen für häßlich halten müssen. Man sieht, wenn man genau sieht, daß es die gottgewollten Befangenheiten sind, in denen und aus denen wir leben, die das zeitweilige Einanderbekämpfen der Völker und Hautfarben verursachen. Der nichts als friedliche Mensch, dieses Lamm im Fell vom Lamme Gottes, ist ein Gedankending, eine Konstruktion des denkmüde gewordenen Denkens, aber auch – und so arbeitet die Dekadenz der Bestialität in die Schlächterhände – die Hungertraumfigur der reißenden Wölfe. *Si vis pacem, para bellum.* Mit diesem Konditionalsatze macht der Wolf den Lämmern, deren sogar ihn bereits bedrohende Überzahl sich (vorläufig noch nur) in humanitären Forderungen manifestiert, die äußerste Konzession. Er schließt offiziell den Janustempel und bricht für die ausgesperrten Anbeter des Unmenschlichen statt der nun verfemten Lanze eine Hintertür.

So viel und nicht mehr für heute über die beiden in der Residenz residierenden Familien, deren hervorragendste Vertreter hier, in dieser abgelegenen und daher zu einem ritterlichen Treffen besonders geeigneten Gegend, einander die nicht von ihren persönlichen Entschlüssen, sondern von der Moira abhängige Entscheidungsschlacht bald liefern werden.

So viel und nicht mehr, denn vor etwa einer Viertelstunde war Herr Mullmann, dem eigentlich dieses Kapitel gilt, auf die »Laetitia« gekommen, wie immer überraschend und doch zurecht (der Fortuna gleich, die ebenfalls immer von der höchsten Wölbung ihrer Kugel abspringt, um zu Fuß auf einen Glücklichen zuzueilen), und hatte seine schwarze, wie gestern gekauft schön glänzende, aber schon zehn Jahre in seinem Besitz befindliche Ledermappe, die nie was enthielt und auch gar nichts enthalten sollte – weil sie nur als *symbolon* diente für jenes gewisse Päckchen Nachrichten, das er von Natur, und von der Elongatur dieser Natur weit in's Erstaunliche hineingezwungen, überbringen mußte –, mit der Zärtlichkeit eines Gerichtsvollziehers auf das Tischchen (unter dem Spiegel) im Vorzimmer gelegt, um schon dort, wo andere erst an ihrer Weste zupfen, ihre Kravatte enger ziehen, sich durch's

Haar fahren, die Hände frei zu haben, und zwar sehr lange und feinfingrige – verwunderlich bei einem Manne, der aus so gut wie keiner Familie stammt –, zum präzisen Zerlegen, beziehungsweise bedeutungsvollen Celebrieren der von ihm beim entschlüpfenden Schwanz erwischten und aus dem krebsenen Dunkel unter dem Stein des Anstoßes gezogenen Ereignisse. Er erinnerte in jedem, bei dem er so schicksalhaft eintrat, unweigerlich an einen leidenschaftlichen Operateur, der mit hemdentblößten Unterarmen und mit vor Antiseptik starrenden Fingern auf das eingeschläferte Opfer zustrebt, um es heilsam zu zerfleischen. Er unterließ daher – in der Regel – das private und demokratische Schütteln von Händen. Er war ja in Berufsausübung begriffen und in einer von sehr hoch her autorisierten. Dieses sichtliche Nichtangesprochenwerdenkönnen von Seiten der sogenannten Partei, diese überaus plastisch an die Gesichtshaut sich drückende Befangenheit in seinem Amte, die ihn schon als einfachen Zöllner und später, und noch viel mehr im Staatsdienste ausgezeichnet hatte, erhöhte natürlich beträchtlich die Glaubwürdigkeit seiner Berichte. Ohne andere Umstände zu machen als die zu seiner Vorwärtsbewegung unbedingt nötigen – damit dem Polizisten gleichend, der auf dem geradesten Wege seines Auftrages, in's Herz des Hauses und der Dinge zu dringen, sich entledigt –, schob Herr Mullmann den türkischen Vorhang zur Seite, der, und keine Türe, das lichtlose Vorzimmer vom ebenfalls türkischen Rauchzimmer trennte – Einrichtungsstück und Örtlichkeit, wider welch' beide auch Laetitia, und zwar als Gattin, nichts vermochte, nämlich eines Offiziers, der während des ziemlich friedlichen Annektierens einer Provinz der Hohen Pforte von gewissen mohammedanischen Gewohnheiten besetzt worden war und diese zäher verteidigte, als der Sultan jene verteidigt hatte –, und ging sofort in die Mitte des behaglichen Raums und seiner interessanten Ausführungen, in welche Mitte der Herr Oberst von Rudigier sowohl leiblich wie seelisch gleich nach dem nicht zu verkennenden Mullmannschen Klingeln sich begeben hatte, wie eine zum logischen Schließen befähigte Maus in die Falle, um dort den noch fehlenden Speck für bestimmt zu erwarten.

Ja, so trefflich hatte Herr Mullmann die kleine Schar jener erzogen, die bei ihm, dem einzigen Brunnen in dem Wüstenstrich der ungeordneten Ereignisse, das Wasser der Sinngebung holten, daß sie mit ihren Krügen schon vor dem Schöpfer standen (nicht des Trankes, wohl aber seiner Durchsichtigkeit), da warf der den Eimer erst in die Tiefe.

Das heutige Päckchen enthielt die folgende Nachricht: der alte Wissendrum war gestorben, das wohl häßlichste Haupt der häßlichen Hydra.

Der Oberst, den diese Nachricht weniger berührte, als er von einer Wissendrumschen berührt zu werden gewohnt war, fuhr trotzdem – weil Höflichkeit und Gebrauch dies erforderten – zurück, betrachtete aber aus der Entfernung weniger das funebre Ereignis als den Hiobsboten, der so gar keine Trauer zur Schau trug. Im Gegenteil: er schmunzelte. Als wäre nicht bloß wer gestorben, sondern auch schön braun gebraten worden. Die eigentliche Mahlzeit, dachte der hungrige Oberst, werde also erst kommen und als Hauptgang derselben der große Tote feierlich serviert werden. Hinsichtlich dieses ahnte er richtig. Er ahnte aber nicht, durch wie viele Vorspeisen er sich würde essen müssen.

»Er muß, er muß«, sagte Herr Mullmann, indem er die Schöße seines langen schwarzen Rockes scheitelte, um auf die karierte Hose sich zu setzen, wo sie, der spannenden Wölbung wegen am kariertesten war, »der selige Herr von Wissendrum, mit einem häßlichen Akte abgeschieden sein!«

»Nein, nein!« meinte, nun ernstlich erschrocken, der Oberst. Er wollte *de mortuis nil nisi bene* hören und an die alle früheren schlechten Augenblicke gut machende Macht des letzten Augenblickes glauben. Er befand sich nämlich heute, und besonders jetzt, drei Uhr nachmittags, in seinem dummen Zustand. Das ist jener, in dem Erziehung und angeborene Vorurteile, die nächste Umgebung, das Wetter und der Bauch die wohl stets das gleiche Volumen habende Kugel des Intellektes mit trüben Hauchen beschlagen. Herr Mullmann dagegen – nicht zufällig, sondern gesetzmäßig, denn er amtierte – in seinem gescheitesten. Er war daher nicht in der freundlichen Lage, dem nur sich zu nähren Bestrebten das geringste Detail der Nahrungszubereitung zu ersparen. Niemand ist grausamer, als wer sich bei Geist fühlt. Eine gewaltige Potenz reizt zu Notzuchtakten.

Herr Mullmann überging den konventionellen Protest mit nachsichtigem Schweigen.

»Warum muß er?« wagte der Oberst aufzumucken. Im dummen Zustand ist man – wie die politische und Kriegsgeschichte zeigen – mutiger als im gescheiten. Kein Kampf wird erbitterter geführt als der um den Besitz einer behaglichen Unklarheit über unbehagliche Wahrheiten.

»Weil die Katze das Mausen nicht lassen kann!« sagte mehr trocken als scharf der Regierungsrat.

»Weiß das die Katze?« fragte der Oberst sehr fein. Mit dieser Frage hatte er bereits den ersten Stock des Mullmannschen Gedankenbaues erstiegen. Der Eigentümer desselben lächelte, wie ein Lehrer lächelt, sowohl erfreut über die gute Antwort eines Schülers als trotzdem diesem berghoch überlegen.

»Wir schließen aus dem Wesen eines Wesens auf dessen Verhalten und aus dem Verhalten auf sein Wesen. Und weil wir das eine nicht ohne das andere zu tun vermögen – wiewohl das Machen von Erfahrung dem Ziehn des Schlusses daraus voraufzugehen scheint, aber eben nur scheint, denn: das Huhn liegt schon im Ei, auch im noch nicht gelegten« (Herr Mullmann ist, wie man hört, Idealist) –, »so kontrolliert die Kontrolle auch den Kontrollierenden, und ein Irrtum ist nahezu ausgeschlossen«, sagte weit bescheidener, als der pompöse Wortlaut im Ohr des stillen Lesers geklungen haben dürfte, der Regierungsrat.

»Sie studieren Philosophie!« sagte vernehmlich und sichtlich sich weigernd, den zweiten Stock zu ersteigen, obwohl ihn die Beine leicht dahinauf getragen hätten, der Oberst.

»Ich studiere weder jetzt Philosophie, noch habe ich je einen Philosophen gelesen«, erwiderte, statt hoch zu erröten wie eine auf der Straße angesprochene schöne Jungfrau, tief und leise – obwohl deutlich, klang's dem verlegenen Gemurmel eines Geehrten ähnlich, der die ersehnte Ehre zugleich zurückweist und nicht losläßt – der geborene Philosoph. »Ich bin, wie Sie wissen, ungebildet.«

»Sie sind's!« replizierte brutal der Soldat und Kenner der Mullmannschen Vorgeschichte. Ist das nun nicht das Heiter-Versöhnliche an dieser zu Unrecht als ungerecht verschrienen Welt, daß über den Päckchenträger ein an Größe allen zusammengenommenen Päckchen zumindest entsprechendes Päckchen existierte, lastend, ihm selber unsichtbar auf seinem Rücken, wie ein voller Postsack oder, besser, wie eine monströse und glühende Glühbirne, dieweil er die viel kleineren Helligkeitskörper als von bedeutenderem Gewichte und weißestem Glanze im immanenten Bewußtsein der schwarzen Tasche trug?

»Aber Sie sind's«, fuhr der Oberst fort, »mit dem nämlichen Stolze, den die gebildeten Leute auf ihre Bildung setzen. Wenn Sie nur erlauben, mich Ihrer abstrahierenden Ausdrucksweise zu bedienen, möchte ich dann sagen, daß ein und derselbe Effekt nicht von zwei verschiedenen Sachen bewirkt werden kann. Was Sie Ihre Unbildung nennen, ist ebenfalls Bildung; nur anders als üblich zustande gekommen.«

»Im Grund ist sie Eitelkeit!« sagte so plötzlich, wie ein Artist vom Seil fällt, ohne aber auch nur einen Knochen sich zu brechen, der Regierungsrat. (*In religiosis* ist dieser der Physik hohnsprechende Unfall das Wunder der Demut. Sie stürzt, bekanntlich, in die Erniedrigung wie in eine Kiste voll Goldstaub.) Die in jedem Zimmer, wo so wie säbelgefochten gesprochen wird, zwischen zwei Schlägen gleich einem körperlichen Ding vorhandene Stille erglänzte silbern, wie ein aus dem Wasser kurz über's Wasser springender Fisch.

»Die höchste!« behauptete nach dem Verschwinden des Phänomens der Oberst.

Der Regierungsrat blickte zerknirscht-glücklich, unter Tränen lächelnd, wie man zu sagen pflegt, zur Tischdecke nieder, die, trotz Ergriffenheit, er als das Schwesterstück jener erkannte, erkennen mußte – denn er amtierte immer, auch dann, wenn er sich selbst erkannte, verliebt war oder betete –, auf welcher eine ebenfalls orientalisch möblierte Sterndeuterin ihm einmal die Ephemeriden ausgerechnet hatte.

Der Oberst, nicht wie Herr Mullmann, der Prophet des Vergangenen, aus orphischer Verschwommenheit und definitorischer Schärfe auf's Zweckmäßigste zusammengesetzt, sondern etwas altmodisch einfach oder eingleisig angelegt, und daher genötigt, erst den einen Zug seines Wesens abzufertigen, ehe er drangehen durfte, die Einfahrt des andern zu bewerkstelligen, machte eine seiner unbeherrschten Bewegungen. Er stieß den rechten Arm über den Tisch und drückte Mullmanns rechte Hand herzlichst. Dieser genoß den Druck doppelt: als der bedeutende Mensch, den er sich fühlte, und als der subalterne, den er sich wußte.

Mit der unerwarteten, unmöglich vorherzusehen gewesenen Setzung dieses Aktes echter Freundschaft war jedoch nicht – wie der sentimentale Leser vielleicht gehofft, der sachliche vielleicht gefürchtet hat – das Thema in's Wasser gefallen. O nein! Der Regierungsrat war ja gekommen, um zu operieren, und der Oberst in's Ordinations- oder Rauchzimmer geeilt, um sich den Star stechen zu lassen. Der Sinn des geschilderten Vorgangs und des mitgeteilten Gesprächs war nur ein Nebensinn. Dieser Nebensinn diente dazu, die eingangs der Unterhaltung sehr verschieden graduiert gewesene Intelligenz der beiden Herren durch Schütten von einem Gefäß in's andere und umgekehrt, und so weiter, schließlich auf ein ungefähr gleiches Maß zu bringen; eine Tätigkeit, die oft den halben platonischen Dialog ausfüllt. Nun, das sokratische Ziel war auch hier und jetzt erreicht worden. Die Einsicht, die Zerknirschung, das Glücksgefühl, die gut als Schmeichelei mißzuverstehende Beschuldigung und der nicht mißzuverstehende Händedruck sind Erscheinungen gewesen vom Range, dem gewiß hohen, des leichten, lauen Winds, des schleiernden Staubs, der inbrünstigen Lindendüfte, des Bienengesumms und der Kuhglocken, die alle aber einer schön gemalten Landschaft fehlen dürfen, ohne sie einer unbedingt notwendigen Dimension beraubt zu haben. Was also in der bildenden Kunst die ruhig zu neglegierenden Gehör- und Geruchseindrücke, das sind in der unsern die Aufwallungen und Handlungen des Herzens. Wenn dem nicht so wäre – und es ist so, obwohl die ganze Welt und neunund-

neunzig von hundert Schriftstellern ihm widersprechen und uns mit uns selbst widerlegen werden –, hätte der Regierungsrat, der eine komplexe Träne (der Demut und des Stolzes) zerdrückte, unmöglich zur selben Zeit an den Oberst die wie durch den Plafond in's Zimmer platzende Frage richten können:
»Kennen Sie die Hauptthese der neuen Gesellschaftslehre, der materialistisch oder sozialistisch genannten?«
Die Frage war, erstens, wegen des strengen Prüfertons, den der doch Ungebildete zu blasen sich erlaubte, zweitens in Ansehung des Examinanden, der genau das wußte, was der Professor wußte, eine höchst absurde. Beide Herren nämlich bezogen, nach der üblichen Sitte des Jahrhunderts, die Kenntnis des beregten Gegenstandes (und noch manch' anderer Gegenstände) aus der Zeitung. Zwar nicht aus derselben, aber eben doch aus einer. Und jede dieser dauernd das Papier eines gewissenlosen Unternehmers sprudelnden Quellen entspringt demselben Unwissen oder oberflächlichen Wissen, dessen angeblichen Durst nach gründlichem sie ebenso angeblich stillt. Der Oberst antwortete daher, sehr richtig, folgendermaßen:
»Ich habe geglaubt, sie zu kennen. Aber nun, nach Ihrer Frage, scheint mir, daß ich sie nicht kenne.«
»Es ist auch gleichgültig, ob Sie sie kennen oder nicht kennen. Wichtig ist nur, daß ich die Notwendigkeit fühle, sie Ihnen auseinanderzusetzen.« Ja, so war der Herr Mullmann. Die gesündeste Stelle erkrankte, wenn er den ärztlichen Finger darauf legte.
»Tun Sie sich keinen Zwang an, wenn Sie sich schon einen Zwang antun müssen!« sagte der Oberst und machte sich's recht bequem in dem großgeblümten Ohrenfauteuil, welches Möbel so wenig in das Rauchzimmer paßte, daß der von Türken annektierte Annektierer das Unpassende desselben bei jeder herzlichen Ingebrauchnahme so deutlich spürte wie die Prinzessin die Erbse. Trotz dieses Knöllchens unter dem Leintuch des einheitlich guten oder schlechten Geschmacks widerstand aber, wie schon erwähnt, der Oberst seiner Laetitia, die mit einem Strich darüber es geglättet haben würde. So also war der Oberst. Gelegentlich stockdumm und unansprechbar, doch nur,

um die leicht verfließenden Grenzen seiner Person wieder scharf nachzuziehen. Ein Verhalten, das man bei Beurteilung der *stultitia* als mildernden Umstand in Betracht ziehen sollte.

»Zuvor aber gestatten Sie auch mir eine Frage!« rief bereits lümmelnd er mit der Dringlichkeit des Vergeßlichen, der Unterlassenes eilends nachholt. »Was hat die leider lebendigste aller heutigen Theorien mit dem toten Wissendrum zu tun?« Der gelehrige Oberst nämlich hatte plötzlich und noch rechtzeitig der Verpflichtung eines Teilnehmers an einem Ballspiel sich besonnen, den Ball dauernd hin und her zu werfen. Denn der tiefere Sinn des an sich lächerlichen Gehabens, sowohl zweier Ball- wie zweier Wortewerfer, besteht in dem vorbildlich abstoßenden Verhalten, das die Herren gegen den ihnen zugeflogenen Ball oder Gedanken an den Tag des *gymnasion* legen, kurz: gegen das Eigentum in seiner symbolisch konzentrierten Gestalt. Kaum einen Augenblick lang dürfen sie es in ihren kapitalistischen Händen thesaurieren. Spätestens im nächsten schon müssen sie es, ebenfalls symbolisch, der Allgemeinheit, die vom Partner dargestellt wird, zurückgeben. Man kann also für bestimmt erklären, daß es die Absicht des Schöpfers, nicht nur dieses Spieles mit Bällen oder Worten, sondern auch der Spieler auf den Börsen und auf dem *rostrum*, in Arenen und Ehebetten gewesen ist, den Zustand des Verarmtseins mit dem Reiz des Reichwerdenkönnens zu würzen und den schon schal gewordenen Besitz des Mammons durch das Wagen seines Verlustganges.

Weil also der Oberst so einsichtig gewesen ist, den Ballen oder *nucleus* des Dialogs, den toten Wissendrum, wieder — man entschuldige das makabre, monströs athletische Bild — zurückzuwerfen, ist kein Hindernis mehr für das rasche Ablaufen der Sterbegeschichte des häßlichen Alten wahrzunehmen!

Zuerst allerdings muß Herr Mullmann, der, obwohl nicht Conceptsbeamter, doch jedes, auch das privateste Referat als einen Ministerialakt stilisiert, uns mit dem Grundgrundsatz oder der schöpferischen Fiktion der neuen Soziologie bekannt machen. Er muß! Ebenso muß er, wie der alte Wissendrum mit Gestank hat abscheiden müssen! Der Zwang zwingt auch den, der ihn ausübt. Die Erfinder einer Therapie leiden im höchsten Maße, nur impotenter Weise, an der Krankheit, die sie kurieren wollen. Unfähig, persönlich zu rauben, verbieten gewisse Räuber den Raub oder verstaatlichen ihn. Zu stimmlos, um mit den Wölfen zu heulen, inaugurieren sie ein asketisches Schweigen, der faszinierende Blick des Goldenen Kalbes schafft den Schlächter, der es schlachtet. Es sind unsere Laster, nach denen wir unsere Tugenden konstruieren.

Der Herr Mullmann beugte sich weit über den Tisch und akzentuierte dem Oberst in's Gesicht:

»Der Mensch ist das Produkt seiner Umstände. Daraus folgt, daß, solange diese nicht verändert werden, und zwar gründlich, zum Besseren, zum Schlechteren, auch der Mensch unverändert bleibt. Es herrscht moralische Windstille! Kein Schiff kommt vom Fleck!«

»Möglich, nein, nicht nur möglich, gewiß – denn nichts, das nicht vollkommen tot, entbehrt irgendeines Zeichens von Leben –, daß im Bauche der Schiffe sich Veränderungen zugetragen, aber: bedingt durch die Flaute, unter verlassenem Deck, sozusagen unter Null.«

Der Oberst wurde immer aufmerksamer. Worauf, ist nicht zu bestimmen. Vielleicht hatte er in Herrn Mullmanns Erklärungen eine den Erklärer anleuchtende Erklärung gefunden, vielleicht aus dem Garten – das Fenster steht offen – oder aus dem Vorzimmer – der Vorhang ist nicht wieder dicht zusammengefallen – Schritte gehört. Die Laetitias hört er, der ein wenig Schwerhörige, auch durch Regenrauschen.

»Sie zum Beispiel, Herr Oberst, und ich sind festgefahren. Auf eine Weise festgefahren, die des sonst sehr beunruhigenden Bewußtseins, festgefahren zu sein, uns vollkommen benimmt und der Ruhe, der wir uns erfreuen, den Charakter der Ruhe eines guten Gewissens verleiht; wie dem stilliegenden Leben den eines mehr oder minder bewegten.«

Allem Anschein nach war der Oberst in die Tiefe des gut genannten, vielleicht aber doch schlecht zu nennenden Gewissens gestiegen, denn die Augen standen oben auf der Kellerschwelle wie ausgezogene Schuhe.

»Dem nun ist so, weil die anderen Leute, die fernsten so gut wie die nächsten, ebenfalls stilliegen, Schiffsleib hinter Schiffsleib, auf der Glätte des verglasten Ozeans ihres Könnens und Sollens, und deswegen stilliegen, weil der erste dieser einem entarteten Baumwanzenzug gleichenden Bevölkerungsdichte – der auch einer aus ihrer Mitte sein kann, denn auf einer Kugeloberfläche gibt es nicht Anfang noch End', nicht zu früh oder zu spät, gibt es sozusagen keine Ausrede – zu jenem ersten Stoße nicht sich zu ermannen vermag, der wie mit Dampfkraft statt mit dem altmodischen und zufälligen Wind die unendlich lange und träge Reihe wieder in jene Bewegung versetzte, vorwärts zugleich und innerwärts, keine größere und keine kleinere, die der erhabene Schöpfer dieser so primitiv und unhandbar anmutenden Maschine: menschliche Gesellschaft, von ihr ausgeführt wissen will.«

Der Oberst schüttelte den Kopf. Das alles war nicht in den Journalen zu lesen gewesen oder war als ein philosophisches Basiliskenei zwischen den Zeilen derselben gelegen und von Herrn Mullmann ausgebrütet worden.

Herr Mullmann hob nun die Stimme, wahrscheinlich zum Abgesang, und pochte die Bedeutung seiner Worte (nicht in die dicke Tischdecke, die keinen Laut von sich gegeben hätte, sondern) in den ihm zunächst stehenden billigen orientalischen Aschenbecher.

»Es ist uns während des langen Friedens, den wir unter dem Kaiser genossen haben, und jetzt, nach diesem Kriege, in einer Republik, die den gestörten imperialen Schlaf auf der andern, der demokratischen Seite fortsetzt, wunderbarer und bedauerlicher Weise wieder genießen, jede Anschaulichkeit von echtem Tun und Lassen, von Arbeit und Nichtarbeit, von Sinnvoll und Nutzlos, von Vor- und Rückschritt, von Veränderung und Verwandlung, vom Leben, und also auch vom Sterben, zu schweigen vom Auferstehen von den Toten, also von Religion, verlorengegangen.«

Der feiste Oberst machte sich an der Lehne des Fauteuils so flach wie möglich. Er war entweder so entsetzt vom eben Gehörten, daß er am liebsten bis zur Zimmerwand zurückgewichen wäre, oder so wenig im Bilde, daß er nicht einmal aus dem Rahmen desselben fallen konnte. Erschrecken und Nichtverstehen erzeugen, wenn der Schock nur stark genug gewesen ist, den nämlichen Habitus und weisen mit den so eng verwandten Effekten in die Tiefe hinunter auf die gemeinsame Wurzel. Aber das monströse Ende, welches der Kopf ist der im Krebsgang an uns sich heranwindenden Schlange von Schlüssen, kam erst jetzt aus dem Munde des heute so fürchterlichen Mullmann. Ein Glück für den Oberst, daß Pallas Athene das Haupt der Gorgo bereits an der Brust trägt! Daß am Weibe alles scheitert, das Gute wie das Böse; von der infamen Lanze, die man wider es schleudert, die Spitze bricht wie Glas, und das Maul des Propheten, der mit den Gerichten Gottes es erschüttern will, sich als zahnlos offenbart! Laetitia nämlich hatte den lautlosen Teppich zur Seite geschoben und stand, größer, scheint uns, geworden, aber auch schmaler, zu einer Säule ihrer sechzig übereinandergestellten Jahre – gut zwanzig haben wir sie nicht gesehen – weiß von Kapitell, doch noch von denselben jugendlich strengen Kannelüren im weißen Gewande, wie das Horchen selber nach verklungenen archaischen Gesängen, in dem dreieckigen Spalt von Vorzimmerschwärze. Der Oberst schwoll wieder auf.

»Wir könnten«, sagte Herr Mullmann, der, ansonst ernüchternd vernünftig, jetzt einen irren Blick hatte oder einen solchen, wie er eben zu dem etwas orphischen Texte paßte, produzierte – man weiß bei Herrn Mullmann nie für gewiß, was die Deutlichkeit der Sache selbst und was die Unterstreichung dieser Deutlichkeit ist, es geht uns mit Herrn Mullmann wie mit dem Komödianten, der die Kunst zu einer Kunst macht, aus der Notwendigkeit das Überflüssige und aus dem Überfluß das einzig Notwendige –, »wir könnten«, sagte also Herr Mullmann, »das Leben, das wir heute führen und als Volk schon mehr als hundert Jahre lang führen, ebensogut wie in unseren Ämtern, Geschäften und Betten, auch aus Büchern kennen und führen lernen. Wir bedürften eigentlich gar keiner persönlichen Erfahrung; wir könnten nämlich mit genau dem gleichen Erfolg oder Mißerfolg der Erfahrungen der Vorväter uns bedienen, und täten wahrhaft gut daran, weil wir ja – das allerdings müßten wir erst, und gründlich, einsehen – gar nicht imstande sind, ursprüngliche, den Effekt der höchsten Anschaulichkeit unmittelbar bewirkende Erfahrungen zu machen!«

»Ich bin verwundert«, rief der Oberst, »ich bin erstaunt, Herr Mullmann«, (er sagte Mullmann) »Sie so reden zu hören! Damit Sie aber meine peinliche Verwunderung, mein tiefes Erstaunen wohl begreifen –: Sie wollten mir doch, nicht wahr?, bloß einen Punkt, gut, den Hauptpunkt des ohnehin allbekannten Umsturzprogrammes erklären. Erklären, bitte ! ! !« er umfaßte mit beiden Händen die Armstützen seines Fauteuils. »Statt dessen aber predigen Sie ihn!«

»Ungebildet, wie ich bin«, fuhr ihn Herr Mullmann an, »kann ich nur erklären, was mir so klar geworden ist, wie die Behauptung, daß zwei mal zwei vier gibt. Deswegen aber bin ich noch nicht Mathematiker von Beruf!«

»Und ich, lieber Freund«, sagte Laetitia, die jetzt energisch das Zimmer betrat und dem sehr mageren Regierungsrat ihre volle Hand auf die Schulter legte (was wie der sanfte Zusammenstoß zweier Welten aussah, den es nur zwischen Menschen, nicht unter Sternen gibt), »bin erstaunt, und nicht betrübt, daß Sie so arm sind.« Bei diesen Worten sah sie ihren Mann an, als hätte sie ihn seit mindestens sechs Monden nicht gesehen.

»Sie befinden sich im Irrtum hinsichtlich meiner«, sagte Mullmann und erhob sich, ob höflich, wegen des Eintrittes der Dame, oder empört über ihre Ansicht, vermöchten nicht einmal die Zuhörer zu sagen. Vielleicht benützte er die Gelegenheit seiner Empörung, höflich zu sein, vielleicht die Höflichkeit, um auf noch höfliche Weise, seiner Empörung Luft zu machen. »Ich bin reich! Sehr reich! Nicht allerdings an jenen Dingen, die Sie besitzen, oder zu besitzen glauben. Mann, Frau, Kinder, Liebe, Achtung, Haus, Vermögen, Adel, Bildung!«

»Aber Herr Regierungsrat!« protestierte der Oberst. Mit einer ärgerlichen Handbewegung löschte Mullmann den Protest von der Schultafel in der Luft.

»Von welchem Besitzen eben ich fürchte, daß es mehr Aussage als Tatsache ist.«

»Sie wagen zu bezweifeln«, rief aufspringend der Oberst, »daß . . .« Aber er vollendete einen Satz nicht, den keiner, der Takt hat, vollenden kann.

»Max! Max! Ruhe!« gebot Laetitia dem Gatten und Ritter, den, wenn er nur jener, nicht auch dieser gewesen wäre, sie mit ihrem sofortigen Verlassen des Zimmers, oder gar Hauses, bestraft haben würde. »Du mißverstehst den Herrn Regierungsrat. Der Herr Regierungsrat spricht im Allgemeinen. Er meint nicht uns.«

»Ich spreche immer im Allgemeinen«, bestätigte kategorisch Herr Mullmann Laetitiens wahrscheinlich nur vermittelnd gemeinte Worte. »Und doch«, blies er den Friedensengel gleich wieder hinweg, »fühlt ein jeder persönlich sich getroffen! Das aber ist nicht meine Schuld. Das kommt von dem schlechten Gesamtgewissen der Epoche, an dem auch das jeweils gute Einzelgewissen teilhat!« Der Oberst begann hin- und herzuschreiten, schnell und ein bißchen klirrend, als hätte er Kavalierssporen an den Zugstiefeletten. Es waren zarte Weingläser auf einer Etagere, die das ferne Glockenspiel einer Nonnenklosterkirche ausführten. »Sagen Sie die Zehn Gebote her, und zeigen Sie mir einen, der nicht, in Gedanken oder in Werken, gegen alle sich schon einmal verfehlt hätte! Die Gebote Gottes schilderten nicht auf meisterhafte Weise die menschliche Natur, wenn auch nur eines von den zehn seltener verletzt werden würde als jedes der neun übrigen!« Der Oberst verzichtete darauf, sie herzusagen. »Ich bezweifle nicht im Mindesten«, fuhr der unbeirrbare Mullmann fort, die bereits herrschende Gespanntheit noch straffer zu ziehen, »daß Sie beide des besten Glaubens sind, einander auf's Innigste zu lieben, die vollkommenste Ehe zu führen, zu wissen, was ein vollkommener Apfel ist und ein vollkommens Kunstwerk, und daß ein englisches Beefsteak Alexander dem Großen oder Julius Caesarn nicht anders geschmeckt hat, als es Ihnen schmeckt, und nie jemals jemandem anders schmecken wird. Aber eben nur des Glaubens! Dem Jahrhundert nach, in dem wir leben, kann das gar nicht so sein!! Denn mit demselben ist eine solche Minderung, nicht des Inhalts – der strömt stets armdick aus Gottes Hand –, aber des Ausdrucks der Wesen und Dinge aufgetreten, ihrer Fähigkeiten, sich so uns mitzuteilen, wie sie sind, wie sie sein möchten und wie sie sein sollen, daß das, was wir von ihnen mit den nämlichen Worten aussagen wie die vollblütigen Jahrhunderte, die nämliche Sache so gut wie nicht mehr meint!«

Der Regierungsrat holte tief Atem. Er war engbrüstig und etwas asthmatisch und betrieb unbewußt, aber mit der Gewissenhaftigkeit eines ängstlichen Patienten, die Heilgymnastik der langen Sätze und kunstvollen Perioden. Oft geschah, daß die Kerngesunden in Lunge und Hirn mit ihm nicht mehr Schritt halten konnten, und er über sie hinaus noch einen Gipfel erstieg, weil der Arzt in ihm es so wollte. Wie eben jetzt. »Und wenn manchmal Leute, wie ich, ihr Haupt aus den Nebeln des Wahns heben und die unveränderten Sterne wieder sehen, für einen Augenblick nur, der aber genügt, das Bild eines Maßstabes, der aus dem Ewigen herabragt, und eines zeitlichen Zwerges, der unwillentlich an ihm sich mißt, ihnen für immer in's Gedächtnis zu prägen, so haben's diese unangenehmen Leute dann mit so lieben Träumern, wie Sie beide sind, zu tun, die, weil sie einander nicht noch inniger zu lieben vermögen, glauben, sie hätten das zu allen Zeiten gleiche Höchstmaß der Liebe erreicht.«

Der Oberst geleitete, ohne ein Wort zu äußern, Laetitien zu ihren Gemächern, weil er die, eigentlich Selbstgespräche zu nennenden, Reden des Regierungsrates wegen Nicht-antworten-Könnens oder -Dürfens für unangemessen hielt sowohl für die Ohren wie für den Mund einer Frau, die über den Grund des bleibenden Zusammenseins von Mann und Weib nie den Kopf sich zerbrochen hat. Als er zurückkam und den Regierungsrat schweigend vorfand, beschloß er die schwierige Unterhaltung durch die immerhin leichtere Frage:

»Woran ist der alte Wissendrum gestorben?«

»An seinem jüngsten Sohn«, sagte kalt der Regierungsrat.

»Das hätten Sie richtiger von seiner Mutter behaupten können«, meinte der Oberst.

Der Regierungsrat überging den etwas boshaften Scherz, weil er ebenfalls jetzt den dringenden Wunsch hatte, die Geseligkeit zu verlassen, um wieder allein zu sein, beziehungsweise bei der dummen Kranawettreiser sich zu erholen: »Beide befanden sich in einem schon von Anfang an heftigen Streit, ob nach Entthronung des Kaisers die Diktatur eines ihm entsprechenden Führers besser sei oder das, weiß Gott wie lange, Warten auf die Zurückkunft des Ersteren. Weil sie aber, wie nur zu sehr begreiflich, nicht sich einigen konnten, fuhr der wütende Vater mit seinem Rollwägelchen auf den ebenfalls wütenden Sohn zu. Ob nun die gelähmten Beine plötzlich heil geworden sind oder sonstiges Mißgeschick in die drei Räder eingegriffen hat, kurz: er fuhr in einer ganz andern Richtung über's flache Dach und stürzte in die Tiefe.«

»Da liegt er nun«, sagte der Oberst mit umflorter Stimme, »der Allmächtige sei auch seiner« – der des alten Ekels, aber das dachte er nur »Seele gnädig.«

TILL, MELITTA UND DIE ANDERN

oder

XIV. KAPITEL

welches die Bedeutung des Turmes erneut beweist und das Licht des Leuchtturms abermals auf Till und auf sein wahres Verhältnis zu Melitten fallen läßt.

Wir haben im VI. Kapitel den Turm, und was in ihm sich zugetragen hat, so genau beschrieben, weil, erstens, man an ihm vorbeigehen muß, wenn man die Ahorn- und Tannenhalle durchschreiten will, zweitens, weil er wieder besiedelt werden wird, und drittens, weil keine zehn Schritte weit, unter'm Laub- und Nadeldach, zwei einander feindlich gesinnte Leute miteinander in ein Handgemenge geraten sind. Ein Mann und ein Weib. Er etwas kleiner und sichtlich älter, sie größer und viel gelenkiger. Auch wütender. Man sah deutlich, daß sie den Zugang zu ihrem Körper verteidigte. Ob wieder einmal, ob noch Jungfrau, war – leider – nicht zu bemerken. Jedenfalls nicht für den Herrn Till, dem jedes Weib – auf dieser Höhe des Gefechts – Persephone war und jeder Mann ein Drache. Und ohne zu sehen, schlug er sich auf die Seite der Frau.

In dem Augenblick, als die sechs Hände beisammen waren, lösten sich die des älteren Mannes von den vier andern Händen, und Till nahm zu seinem Schrecken wahr, daß er nur die der Dame ergriffen hatte.

Eine kurze Weile standen sie einander im Reigentanze gegenüber. Aber sie genügte, um während einer Sekunde die Umdrehung der ganzen Erde zu vollziehen.

Mit einem tiefen Seufzer der Erleichterung sagte der Mann zu der Frau: »Da ist er, der lang' gesuchte Nebenbuhler!« Und verbeugte sich tief vor der Dame, und leicht vor dem Herrn, als wäre der Thronwechsel bereits eine beschlossene Sache und kein weiteres Wort darüber zu verlieren. Er kehrte (sichtlich ungelenk) militärisch um, und, weil er vor dem Wäldchen stand, marschierte er durch das Wäldchen. Die gerade Linie des Abschiednehmens für immer, war das Äußerste, was er noch vollbrachte. Dann sank er zusammen.

Noch ehe er niedersank, setzten sich die beiden auf eine Bank – vom Sommerfrischenverein errichtet – und strahlten einander an wie zwei Sonnen: Sie hätten wahrscheinlich auch ohne eine Bank gesessen! Und der andere ging ruhmlos unter. In einer Abendröte sondergleichen. Nur von niemandem bemerkt. (Und Till hatte zu seiner Mutter gehen wollen! Er würde nicht einmal zum Leichenbegängnisse seiner Mutter gegangen sein!! Soweit war's schon.)

Da fiel ihm ein – wegen Mangels an Gesprächsstoff, aber aus der Fülle des annoch Unsagbaren – auf dem's dann weiter geht, auf einem Hochplateau, bis zum Absturz –, ihr sein Haus zu zeigen. Sie machte ein halbes Kreuzzeichen. Sehr schmerzlich war es, von den obern Sphären – oder auch von den untern Sphären – Abschied zu nehmen. Der Mann war nackt, und sie war nackt: Man kann's nie mehr so wiedersehen!

Als sie das Haus besichtigt hatte – ein vortreffliches Haus: nie aber würde sie da wohnen können! –, sagte sie plötzlich viel lebhafter: »Was ist das für ein lemurisches Bauwerk?« Eine starke Mahnung an das Atelier des Malers, des verstoßenen Geliebten (des älteren Mannes) – aber unter Ausschluß seiner Person –, ergriff sie. »Warum wohnt er nicht hier?« Und als sie hörte, daß vor zwanzig Jahren es ein wirkliches Atelier gewesen sei, erwürgte sie mit diesem Faden der Erinnerung kurzerhand den Wehrlosen.

Vergessen wir nicht: In der »Laetitia« steht immer der neue Handkoffer, allerneuesten Modells, aus mattem, weichen, kaffeebraunen Leder, der zu dem ebenfalls neuen Kleid, *maron foncé*, paßt, gepackt, voll schönen Unsinns für Tag und Nacht,

Morgen-, Tee- und Abendstunde, bar jedoch eines Briefpapiers und einer Feder, absichtlich bar, absichtlich voll des Übergewichts der Sinnenwelt und der großen, obwohl es nur nach einem Alpendorf geht; steht auch schon gesperrt, daß keine aus dem scharfzielenden Profil fahrende Inkonsequenz doch noch was hineintun könnte, das, wenn auch nur schwach, zu Schreiben, Gedenken, Treue, verfrühter Rückkehr verpflichtete; das Faltboot in dem man indianisch nackt sitzt, um, wenn's möglich wäre, auch ohne das entsprechend nackte, wilde, bockelnde Manns- und Inbild des Urwalds, überzugehn in Luft, Laub, Wasser, geilgelben Moosfleck unter der Kuppel des vielstämmigen Sonnenstrahls, das Faltboot reist bereits voraus, und sie selbst, Melitta, ist nur dem Geiste nach noch da – zum Unterschiede von uns, die wir im selben Falle nur noch dem Leibe nach da wären –, ist also so gut wie gar nicht da, und hat deswegen auch, wie Leute, denen speiübel, eine undurchblutete Haut, an der Wange statt des sonst tiefglühenden Samtrots eine Art von lebergelber Farbprobe, wie Zimmermaler sie hinstreichen, einen Blick wie ein hängender Tannenzapfen, der ja auch nur ein bißchen Rachendunkel und ein paar Körnchen Schnupftabak unter der Schuppe zeigt, und die gewissen schlaffen, von ein wenig Ekel leicht umgestülpten Lippen eines, der was Scheues, Keusches, Entscheidendes, das weit besser ungesagt geblieben wäre, leider hatte zerreden müssen. Und doch sind sie, Melitta und Till, eine gute Stunde wortlos nebeneinander gegangen, wenn man einen gelegentlichen flachen Schlag ihres energisch wandernden Schenkels an das Tuch des Kleids und das von Tills derbem Schuh aufgestöberte und geschleuderte und ein wie hürnern wiederklingendes Kohlrübenblatt treffendes Steinchen nicht für Worte gelten lassen will, die sie ja nun wirklich nicht sind, für welche aber sie stehn, wenn die Atmosphäre mit Sprache geladen ist, einer deutlicheren, als aus Menschenmund je eine kommen kann, doch unübersetzbaren. Das macht nun in diesem Falle nichts, denn in diesem Falle leben wir alle vor der babylonischen Verwirrung. Sie sind also eine halbe Stunde lang zur Kartause gegangen, ohne sie angezielt und erreicht zu haben, und dieselbe halbe Stunde zurück zur »Laetitia«, die auf eine andre Weise nicht da war, wie auf eine zweite andere Melitta. Die Seele eines Orts, eines Gebäudes ist das Ziel, daß ein Jemand in ihnen sieht. Und Melitta ist's gewesen, die, vor dem nach Amorreuth abzweigenden Weg, den Weg zur Kartause plötzlich abgebrochen hat, ja abgebrochen, grausam, wie einen noch gesunden Ast vom Baum. Ohne auf die kleine Uhr am Handgelenk gesehn zu haben. Eine größere Zeit ist eben umgewesen. In solchen, auf Hin- und Rückweg allzu gerecht verteilten sechzig Minuten, deren fünf erste ankündigen, wie die restlichen, unnützen fünfundfünfzig verlaufen werden, nämlich genauso oder, bei steigender Kälte, mit quantensprunghaft zunehmender Bosheit, still, wie ein Gewitter seinen porzellanweißen Hagelturm aufbaut aus eben noch blauestem Blau – man weiß gar nicht, wie das zugeht –, erlebt der oder die Liebende (wer im Kartenspiel des Schicksals um ein Kartenhaus gerade dran ist, zu geben oder zu nehmen) vorbildlich, also deutlicher, denn später abbildlich, was eintreten wird und, ob man's hinauszögert mit Kunst oder Gewalt, durch Gebete und verzehnfachte Liebe, eintreten muß. Jetzt, weil es noch nicht soweit ist – auch schlecht' Ding braucht Weile, die letzte Stunde schlägt nicht früher als die erste, die unfruchtbare Geduld währt so lange wie die fruchtbare Ungeduld –, empört ihn, Till, ihr erloschenes Gesicht (das er innerlich doch so innig bestrahlt! Was macht sie, zum Teufel, mit dem verschwendeten Licht? Verschenkt sie's auf eine unbekannte physikalische Weise?), beleidigt ihn ihr Schweigen, das Gedankenlosigkeit heuchelt (obwohl es wahrscheinlich, nein, sicher, von bösen Gedanken überschwillt), reizt ihn bis zu unmöglicher, ordinärer Anklage vor einem Richter, vor Eros, der solcher mit Armenrecht klagenden Partei nur unbarmherzig lächelt, ihre heutige Kälte, die ihn der Gewißheit beraubt, ein Mann zu sein, Melittens Mann, gestern erworben im knackenden Röhricht des dritten Fischteichs, wo sie den Einfall gehabt hatte, überraschte Nymphe des phaiakischen Strandes mit dem eben an denselben aus Poseidons tödlicher Umklammerung watenden Odysseus zu spielen (nur etwa zwanzig Minuten vom Turm entfernt, wo das bequemste trockene Lager geharrt hat; weil sie aber immer jäh überfallen wird vom Trieb, braucht sie auch den Überfall und fordert sie ihn als ihr gutes Recht und fordert sie ihn heraus): Dort also sind sie eine Zeit ohne Zeit zusammengehangen wie zwei Libellen in der Luft. Begreiflich, bei so echter Verwandlung in gedächtnislose Natur, bei so geschickt herbeigeführter glücklicher Tierheit unter Tieren bleibt keine Erinnerung. Der Instinkt hat keine nötig. Er ist die dauernd betätigte Erinnerung dessen, was nicht vergessen werden kann, weil es dauernd gegenwärtig. Nun geht sie mit dem gelegentlichen Segelklatsch (bei Wendung des Boots) ihres Kleids an den Mast ihres Beins neben ihm, der eingehüllt in Geschichte geht, in Tang und Schlamm von Continuum, und die Salzspur über den Sand verträuft, geht sie in Wahrheit auf dem Monde, dem abgestorbensten Planeten, und die Gravitationskräfte des Mannes da vermögen nicht, sie herabzuholen. Der fühlt sich dumm gemacht, und ist's auch gemacht worden. Aber keine Intelligenz, die stärkste nicht, kann diesen sträflichen Tatbestand in die Sprache des Rechts bringen.

Vor der »Laetitia« angekommen, legte Melitta ihre rechte Hand sogleich auf die Klinke des Gartentürchens. Eine Verfolgte (wer hat sie verfolgt?) ergreift den Bronzeklöppel der Tempelpforte, und der demselben Kult ergebene Verfolger (aber: hat er sie denn verfolgt?) gibt seine Sache verloren. In dieser Sache, über welche kein Richter sitzt, ausgenommen jener oben Erwähnte, der aber auf Tod erkennt, wenn man Ursach' hat, ihn anzurufen, und Leben spendet, das vollste, wenn man ihn gar nicht kennt und nennt (seinen Namen ausgesprochen zu haben, heißt schon aus der Trance gefallen sein, auch wenn die Glieder, die deinen ihr, und die ihren dir, noch ungebrochen gehorchen; sie sind schon gebrochen; erfahren wirst du's erst nach Wochen oder Jahren!), in dieser Sache also stehen die Dinge dauernd auf dem Kopf. Am besten ist's, man versucht gar nicht, dieses Wasserspiegelbild auf ein Urbild, das doch am Ufer stehen und in den Spiegel hineinschauen sollte, zurückzuführen, und läßt das Ungrade grad' sein. Die Folge allerdings dieses *laissez faire* ist eine Betäubung von der Wirkungsart nicht gern genossenen Weins im nüchternen Magen. Man billigt nicht ungestraft ein um hundertachtzig Grad verdrehtes Zimmer, in dem Tisch nebst Sesseln von der Decke hängen und die Deckenlampe aus dem Boden wächst. Je nach Konstitution, wird einem dann leicht oder schwer übel, und wenn's, ohne den endgültigen Krach schon jetzt hinabzupoltern (drei Stufen auf einmal), möglich wäre, liefe man *stante pede* einer Geliebten, die mit solchem Schierlingssaft vergiftet, davon, um im einsamen Daheim, das nach unserer vertrauten Person riecht, diesen so gar nicht berauschenden Rausch auszuschlafen.

Gut drei Schritte von Melitten entfernt – vielleicht, um ihr so leicht nicht an die Gurgel fahren zu können, vielleicht, um der Entfremdung die gebührende eisige Reverenz zu erweisen – hat Till, den ungewohnten Hut an die Brust gepreßt, wie ein Bettler bei seiner Vorsprache (die wohl gehört, aber nicht angenommen worden), oder wie ein Bauer, der er ja ist, in der Kirche (und gar vor Melitten, die er anbetet), Halt gemacht und ein, auch Melitten überzeugendes, Bis-hierher-und-nicht-weiter gesetzt. Bei Gelegenheit eines wortlosen, also subtiler, hieroglyphischer Ausdrucksmittel sich bedienenden Disputs, den zwei für einander inkommensurable Größen wider einander abführen, zeigen diese mit wahren End- oder Eckpfeilern von Leib, nicht einmal vorwurfsvoll, nein, nur nüchtern, die zwischen ihnen herrschende Distanz, und daß die Liebe, die sie überwinden würde (wenigstens heute), nicht da sei.

Nachdem sie, eine genügend aufschlußreiche Weile lang, hoch zu Trotz (wie hoch zu Pferd) die Parade der Wüste abgenommen hatten – aus Melittens Schuld eine Wüste, wie Till gewiß war; aus der Tills, wie Melitta glaubte, fest, allzu fest; denn: würde ich fortfahren, denkt sie, wenn ich bei ihm bleiben wollte? Warum, wenn er mich liebt, verursacht er meine Untreue? (O Logik der Logik! Selbstaufhebung des zweifellos Richtigen durch allzu große Richtigkeit!) –, bemerkt Till, der sichtlich Erschöpftere, mit dem nur mehr geärgerten Erschrekken der Vielgeprüften, daß als Nebeneffekt der aufreibenden Arbeit an diesem bösen Stelldichein der Abend emporgewunden war wie aus der Cisterne das tiefe Wasser mit quiekend quengelnder Kurbel. Eine schlaflose Nacht wird die Folge sein.

In der Lohe des hinter der Kartause verbrennenden Gestirns erglühen ihm das linke Ohr und die linke Wange ungesund. Eine Ameise drängt tiefer zwischen Hemdkragen und Nacken. Auch Melitta wird an ihrem Platze von der quälenden Sonne glasiert bis zu stechenden Glanzlichtern an Stirn, Nase und Kinn und grell bemalt wie eine Südländerin. Wenn jetzt in dieser Apotheose der Unnatur auch nur einer ein gutes Wort zu reden vermöchte! Aber: das gute Wort wäre ja – die Erlösung!! Und, um das Wort beim Wort zu nehmen: auf eine andre Erlösung durch das Wort hat ja die Menschheit einen labyrinthisch langen Advent gewartet. Und etwas jener Ähnliches, und sei's auch das Unähnlichst-Ähnliche, sollte *hic et nunc* gelingen? Lächerlich!

Etwas von dieser Lächerlichkeit überzuckert jetzt Melittens tragisches Maskengesicht. Die zwei Schnörkel ihrer Mundwinkel kriechen wie Würmer aus dem geplatzten Feigenspalt der Lippen den Apfel der Wange hinan. Und Till verdreht vor diesem gorgonischen Schauspiel die Augen, wie ein bei den Füßen zusammengebundenes Zicklein die Luft scharrt.

Nun, Till wußte nicht recht – sein Erinnern war durch den Stoß des noch nie empfundenen Gefühls verwirrt –, ob er die Hände Melittens umklammert hatte, die des Obdeturkis oder zwei herabhängende Äste. Die Ahorn- und Tannenhalle, lebendiger als je ein lebender Mensch, ließ alle Möglichkeiten zu. Erst nach Entfernung der Erregung aus der geschwollenen Gedächtnisbacke – sofern ein Seelenarzt den tobenden Zahn zöge – könnte die geblähte Sache auf ihre richtige Magerkeit hinabgebracht werden. Das aber wußte er für bestimmt: der Mann ist kein Gegner gewesen. Die alte Liebe des andern war deutlich zu Ende gegangen (das Nachher brauchte eigentlich nicht erlebt zu werden, sowenig wie ein Trauermarsch vor dem eigenen Tode), und die junge Liebe des einen entbrannte zur selben Person, der Flamme gleich, die, ohne des Eigentümers der lodernden Liegenschaft zu achten, ihr Werk verrichtet. Es waren eine nur kurze Zeit und gar keine Beziehungen zwischen ihnen, wie zwischen einem zufällig daherkommenden und einem zufällig dahingehenden Wanderer auf der einsamen Landstraße. Aber das Weib ist geblieben! Auch der Bildhauer gedenkt nicht mehr des schlichten Steines, in den er die vielfaltige Statue gemeißelt hat: Die Unsterblichkeit dieser bestätigt das Gestorbensein jenes.

Während der Nacht – er durchwachte die halbe, vergeblich, um Ordnung in die Unordnung zu bringen – träumte er einen unlauteren Traum: In der Haltung eines senkrecht Stürzenden, die Füße in der Decke wurzelnd, Oberleib, Kopf und Arme mit Frauenröcken verhangen, den Unterleib bis zur Hüfte entblößt, stellte er seinen schlüpfrigen Inhalt dar: viele Brüste, gleich Kuppeln einer morgenländischen Stadt, die bald höher, bald niederer wogten über messerscharf eingeschnittenen kreisrunden Gassen, deren Enge nur der gewaltsam in sie Hinunterdringende zu erweitern vermöchte; ihr Atmen, betrieben von einem sich selbst verschlingenden Magma, hungernd nach luftiger Nahrung, umsonst eine vulkanische Öffnung sucht und die ohnehin mächtige Spannung der Haut bis dicht vor's Zerplatzen dehnt; gekrönt der Mittelpunkt der Wölbungen von kleinen Kinderschnullern.

Till hatte noch zwei Träume, schwerer deutbare und desto hintergründigere.

Zurückgehalten von einem herabgelassenen Schranken, der einen finstern Wald mit kurzen, aber umfangreichen Stämmen zweiteilte, die hüben wie drüben Laubfäuste wider ihn erhoben, erlebte er das künftige Wunder der Bahn. Es kam ein Zug, der nicht auf Gleisen fuhr – solche waren nicht vorhanden, er besaß auch keine Räder, und die Strecke war nur säuberlich entholzt –, sondern einen Meter hoch von der Erde entfernt, in weiträumigen Notensprüngen und orgelnd aus dem Fußboden, auf einer das Herz erschütternden Melodie. Die noch nicht zur Welt gebrachten Reisenden lehnten ihre unvollendeten Köpfe an die schief ihnen entgegenstehenden Fensterscheiben, wie Matrosen, die gegen den Wind, der das Schiff bedeutend neigt, das zum Festland gehörende Gleichgewicht bewahren.

Im selben Augenblick befand er sich auf dem Nordpol, der an einem längeren See liegt, welcher im tiefen Süden endet. Die Kajüte des Dampfers, die er bewohnte, ahmte das einfache Meublement der anscheinend unwirtlichen Gegend auch innen nach: Eisblöcke bildeten Tisch, Stuhl und Schrank. Die Luft war hier so warm wie dort unten, und ein winzig feiner Schneefall, durchsichtiger denn Tabakrauch, kühlte sie. Der weiße Bärenpelz, in den gehüllt er saß, hatte zum Grunde dünnstes Papier: Der meisterhafte Pinsel des Traumes gab genau die haarige Architektur und die Dicke der tierischen Gewandung wieder.

Ausgesandt von Kameraden – die aber am Rande der Wahrnehmung verblieben, als abgebrochene Gesteine etwa rund um den lichten Eingang einer dunklen Höhle –, Dinge einzuhandeln, so man nur in reichbewohnten Ländern findet, flog er, in gar keiner Zeit, aus seinem Stand dem nächsten zu und setzte die Füße auf eine von jeher vertraute Küste, obwohl er noch nie auf ihr gewesen war. Er wohnte in Hotels, deren Fassaden wie Fahnentücher flatterten, ging als Herr unter Herren und Damen zu den großen Seglern, die das Netz der Lagunen durcheilten, befördert von einem Winde, der nichts an ihnen, nichts im Wasser und kein Blatt der turmhohen Platanen bewegte. Er hatte seinen Auftrag vergessen, seinen Paß und den früheren Namen. Infolge dieser Umstände war er ein neuer Mensch geworden.

Bei geöffneten Fenstern – die Nacht war kuhwarm, mondlos, voll ausgestirnt gewesen –, nackt am Bettrand sitzend, das Kinn auf die zurückgebogene Hand gestützt, Modell für einen Künstler, der den gründlichsten aller Denker schaffen will, brauchte er fast eine Minute, um seines Namens sich zu entsinnen; eine weitere, um seines Berufs sich zu erinnern; Ökonom (lies: Bauer) stand im Passe, statt Grundbesitzer, welche Standesbezeichnung ihm jetzt lieber gewesen wäre.

Ein roter Punkt in der blaßgrünen und blaßblauen Scheibe kündete den Anbruch des Morgens. Der hiesige Hahn, pünktlicher denn die andern, krähte, der zweite, von der »Kaiserkrone«, tat dasselbe, nur etwas später, wohl um den Schlaf der heute zu schlachtenden Hühner barmherzig zu verlängern. Über den groben Kies des Küchengartens holperte die zweirädrige Gießkanne und erfrischte mit dem sanft rauschenden Betrommeln der hochgeschossenen Kräuter auch ihn. Als er endlich sich erhob, spürte er im innersten Innern die Geliebte. Wie die werdende Mutter das keimende Kind spürt. Der Vergleich gilt, merkwürdiger Weise, von einem Manne, aber: pflanzt sich die Urzelle, die weder Mann noch Weib ist, nicht durch Teilung fort? Nun: er war in diesem Augenblicke die Urzelle! (Ob es bei jener Dame ebenso sich verhält?)

Sowohl Tills Mutter wie Till selbst haben stets die Neigung gehabt, hier und nicht hier zu sein, und haben ihr nachgegeben, jene, als sie in's Ausgedinge gegangen war, dieser, als er Herr auf dem Hofe geworden. (Nur der Vater ist ein eindeutiger Sitzer gewesen.) Tills Mutter ist in immerhin noch jungen Jahren schon eine sehr strenge Person gewesen. Und eine solche wahrscheinlich deswegen geworden, weil erstens, ihre Schönheit das sowohl äußere wie innere Maß nur einer Miniatur gehabt hat, die, zur Größe des lebendigen Modells ausgezogen, dem teuern Viertelchen Wein gleicht, das ein hundsarmer Trinker so lange wässert, bis in der nämlichen Qualität und literweise es auch vom Dorfbrunnen hätte bezogen werden können. Zweitens, weil der Mann, den auf die übliche Art sie bekommen wie den Schnupfen des lieben Nächsten oder zu Weihnachten das neue Kleid, die eheliche Pflicht bloß schlecht und recht, und das will sagen, also deutlich als die schwere seine erfüllte, daß das gute Herz von Weib es schließlich nicht mehr über dieses brachte, den unter'm Minimum des Verlangens bereits Zusammenbrechenden noch mit Ausnahmen von der bescheidenen Regel zu belasten. Die Folgen solch' monatelangen karwöchigen Fastens waren die Strenge der Miene und die Strenge der Moral. Die zu Bedeckkung des ganzen Fleisches nicht hinreichende bloß hübsche Haut mußte nämlich, um doch auszureichen, auf die Folter des Knochengerüstes gespannt werden, welch' notständliches Tun die in die üppigen Polster einer schönen Person unentdeckbar tief versenkte Seele, das sogenannt Charakteristische, bis zur

Höhe eines Reliefs freilegt. Weiters mußte die an das unlöslich mit dem katholischen Weib verbundene katholische Mannsbild gerichtete Forderung, so unerfüllt geblieben ist und bleiben wird, auf die Suche geschickt werden nach einer außersündhaften Befriedigung von einiger Handfestigkeit. Sie wurde gefunden im hypokritischen Verhalten zu den kunstvollen oder dilettantischen Eiertänzen der ehrbaren Leute zwischen den erlaubten und den verbotenen Gelegenheiten in einem stillschweigend ausgegrenzten und respektierten Niemandslande. Es gibt eben – und das wissen die Leute gewissermaßen *a parte* des Schwarz-Weiß zeichnenden Katechismus – Untugenden, die nicht die geringste Aussicht haben, jemals Laster zu werden. Verhaltensweisen, die inmitten zwischen Gut und Böse – um die Ellbogennähe zu beiden ja nicht zu verlieren – unbewegbar steckenbleiben. Diese sind es, die den feinen Genuß der hinausgeschobenen Dezision gewähren, welchen Genuß zum Beispiel eine Keuschheit gewährt, die ihr Gegenteil zwar möchte, aber nicht will. So wird wegen des Bemerkenmüssens der Fehler in den Schreibheften das Auge des Lehrers schließlich nur diese bemerken und, für immer begriffen im Erjagen nur des Falschen und Nichtigen – das die notwendig vernachlässigte Echtheit und Etwasheit ebenso notwendig bis fast zur Nichtvorhandenheit einschrumpfen macht –, nach überallhin jene aufspießenden Blicke versenden, an denen das rote Tintenblut nie trocknet. Ein harmlos grausames Vergnügen, dem gleich, das als unschuldige Kinder wir beim Köpfen der Disteln empfunden haben! Alt und dreiviertel taub, schwierig im Umgang und sowohl deswegen wie zusätzlich überflüssig, weil auch überflügelt worden von geschickteren, das heißt, weniger leicht als Custoden und Castigatoren erkennbaren Lehrkräften, den Freunden oder gar Freundinnen des nun erwachsenen Sohnes, hat die ausgediente Mutter in's letzte Bollwerk wider die leider nicht mehr nachdrängende Welt sich zurückgezogen, in's militante Mißtrauen allen und jedem. Der vom obersten Gerichtshof Natur zur Verlassenheit Verurteilte simuliert, um dem sinnlosen Leiden den Sinn des ungerechten zu geben, den Verfolgten. Und diese Selbsttäuschung, obwohl als solche männiglich bekannt, gelingt doch immer über Erwarten gut. Sogar sehr hohe Intelligenzen nehmen oft keinen Anstand, ein weises Leben, bloß deswegen, weil auch es zu Ende geht, mit dem Taschenspielerkunststück des Verwandelns von wirklicher Ohnmacht in fingierte Macht zu beschließen. Jene, denen die sich verjüngende Natur gebietet, uns Ältere zu vergessen, werden für dies Vergessen persönlich haftbar gemacht und treten kraft dieser Unterstellung in das Verhältnis des Angeklagten zu seinem Richter. Und so gibt es, Gott sei Dank, einen aufregenden Prozeß, dessen Dauer – die Dauer der hinausgeschobenen Dezision – wir allein bestimmen. Der Tempel der nachgetragenen und nachträgerischen Gerechtigkeit, in dem der Mutter sich selbst setzende Unvergeßbarkeit herrscht und vom Altar herab die fehlenden Beter zählt, deren so viele sind, daß der leere Tag überfüllt von Zahlen unter Null hingeht und der Feierabend eine ehrlich Ermüdete sehen läßt – etwas steif, auch wegen der Gicht, auf dem Divan mit den zwei gesprungenen Federn, die ihm eine hervorragende, keinem andern Divan ähnelnde Persönlichkeit verleihen, ein frisches, weißes Taschentuch zur rechten Hand, den leeren Blick der kurzsichtigen Augen in's ebenfalls Leere gerichtet, ganz Dame, die zwischen Einschlafen und heldischem Sich-wachhalten von einem peinlich genauen Maler porträtiert wird –, ist ein, nach dem langsamen Taktschlag des Tropfens aus undichtem Hahne zerfallendes Häuschen, einzig selbständig gebliebenes auf ringsum Adelseherscher Flur, das von Vater Joseph, dem es ein Dorn im Aug' gewesen, erst hatte erworben werden können, als sein weib- und kinderloser, aber dreifach störrischer Besitzer endlich gestorben war. Eine kleine Gehstunde weit von Alberting stand's unbewohnt und auch zu nichts sonst gebraucht, bis zu der Witwe Mathilde ein bißchen boshaftem Einzug. (Was wird die Welt über den Rücken sagen, den ich ihr zukehre?!) Dort, auf dem äußersten Punkt also des Nichtentgegenkommens, bei aber inbrünstiger Erwartung des doch Gelocktwerdens aus dem Schlechtwetterhäuschen vom obwohl verschmähten Sonnenstrahl, empfängt sie in der oben beschriebenen Haltung, nach Veilchenseife und peruvianischem

Haarbalsam duftend, den ebenfalls feierabendlich aufgeräumten Sohn, der oft kommt – in der Kiste mit der Mähre davor –, ja, öfter, als seine Geschäfte eigentlich erlauben (sie jedoch will, daß er täglich komme), und nie ohne Geschenke kommt, die sie unbeachtet läßt, solange er da ist. Er bringt auch immer Blumen, Bauernblumen, von den nämlichen Familien, die, nur wild durcheinander, in ihrem Gärtchen stehn und am Stiel verblühen. Er weiß, daß nur die seinen in den Krug gesteckt werden. So erklären sie einander ihre Liebe: sie, die nicht reden will, weil durch Reden sie ihre letzte Position verlöre, dem fingierten Feinde die Schlüssel ihrer Burg übergäbe; er, der sonst nicht unberedt, gerade hier nicht reden kann, weil der natürliche Respekt vor einer scheinbar unnatürlichen Situation – das also, was die alten Heiden unter Frömmigkeit verstanden haben – ihm die Zunge lähmt. Wohl der glückhafteste Zustand, in dem die zwei nächsten Nächsten miteinander sich befinden können! Radikalstes Negieren der Sprache wegen ihrer vernünftigen Fehlschlüsse und trotz ihrer Anfälligkeit für Offenbarungen! Des geschöpflichen Wesens strikteste Zurückweisung seiner Gemischtheit aus Wirklichkeit und Vermöglichkeit, aus Stoff und Form, aus Sosein und Dasein! »Daß du endlich wieder da bist!« sagt sie mit der Stimme einer eingemauerten Asketin durch das Sprachrohr des Luft- und Speisespaltes (obwohl er erst gestern dagewesen ist!), und nach einem schiefen, fehlersuchenden Blick auf sein Gesicht, das so rein ist wie der Mond in der Waschschüssel in der Bodenkammer, und auf seine ordentliche städtische Kleidung, denn er haßt wie sie, die immer bürgerlich sich trug, die Tracht der Unansprechbarkeit, die bäuerliche, wie auch jene, die ihrer sich bedienen, um hinter der Zeit zurückbleiben zu dürfen. Unerlaubt, ja sträflich, nennt er – wenn auch nicht mit Worten – dieses malerische Sichanbiedern an die Überzahl der Armen im Geiste. Und überdies: sind die Adelsehers nicht sehr reiche Leute? Und: warum soll Reichtum, nur, weil nicht in Fabriken erzeugt, dissimuliert werden? Ist das unmittelbare Hervorbringen der Lebensmittel eine antiquierte Art von Produktion, die den, der ihrer noch sich befleißigt, zu sicht- und hörbarem Eingeständnis seiner Rückständigkeit verpflichtet? Und: vor wem soll er durch Tragen eines Fastnachtkostümes und Gebrauch des wortarmen Dialekts zum Idiotentum sich bekennen? Vor den Herrschaften in den Automobilen? Man könnte selber solche Wagen haben, wenn sie nicht zu einer andern Welt gehörten, zu einer Welt, auf die man als echter Landmann nur herabkommen kann, wie etwa – wenn ein solcher Sturz möglich wäre – der aus seinem Wesen heraus beflügelte Engel auf das von außen her geflügelte Rad! Es gibt also den Bauernstand auch ohne den üblichen Bauern. Er ist ein Stand, in dem eine gewisse und gezählte Art von Seelen sich befindet, die nur in ihm, mit ihm und durch ihn gerechtfertigt werden können! Dieser so denkende, wenn auch nicht so sprechende, Sohn ist jener Mutter Halbgott. Aber um's Verrecken nicht würde sie's zugeben. Das schlüge ja eine klaffende Herzenswunde in den Festungswall ihres Mißtrauens. So verbeißt sie sich denn diese glücklichste Liebe als eine unglückliche Liebe, weidet sich an Qualen, die umgekehrte Wonnen sind, macht sie mit einem aus vielen Intelligenzkristallen zusammengesetzten Unverstand ihre Burg zu einem die Augen schmerzenden Blendwerk. Der Sohn versteht natürlich der Mutter Unverständlichkeiten. Anders er ja nicht des gealterten selben Phänomens verjüngte Wiederholung wäre; das die immer gleiche Dämmerung durchbrechende immer gleiche Morgenlicht; der dem sich verkürzenden Verstande auf dem Fuße folgende sich verlängernde Teil des mit der nämlichen Lunge aus- und einatmenden Gesamts. So erkennt er denn – sublim – diese Unverständlichkeiten als die Vorbehalte, unter denen allein ein alter Mensch mit Liebe, auch mit Mutterliebe – die ja nicht exempt zum großen Eros dasteht – sich befassen darf. Er erkennt, daß der Mutter Sichwerfen in eine uneinnehmbare Burg, die ein Kartenhaus, vor Verfolgern, deren weit und breit keiner zu sehen, der ersten frühjugendlichen Schamhaftigkeit letzte, gerontische Metastase ist. Und Verklärung auch; eine makabre allerdings, wie das Sprießen der Gebeine aus der Erde eine sein wird nach dem Getöse der Auferstehungsposaunen, aber: dem gekrümmten Rücken, dem schon halb offen stehenden zahnlosen Munde, dem Wanken mit verbrauchten Beinen, dem Schlurfen in zu weit gewordenen Pantoffeln durch ein Zimmer, das, so wie es ist – endgültig möbliert seit Jahren und ab dem Tage des Übergreifens der Unlust auf erlaubte Dinge, und peinlich sauber gehalten von der Magd in der Herrin, von der berufsmäßigen Nichteigentümerin alles Irdischen –, beim jederzeit möglichen Zurückruf in die Leihanstalt der Ewigkeit gefrachtet werden kann, entspricht ein ebenso verzeichnetes Urbild, wie ein akademisch richtiges den olympischen Kämpfern. (Der Begriff der Krankheit kann nicht gesund herschauen, und der Begriff des Abwegigen nicht gerad' gewachsen sein.) Verflucht die Hand, die es zu korrigieren wagte, die nicht die genaueste Feder hinlegte, um es bei Unbeschreiblichkeit zu lassen! Weil also zwischen Mutter und Sohn gar nichts von Bedeutung geschehen kann – oder sie sind nicht bei ihren Begriffen –, alles in *nuce* der neun Monate geschehen ist, von Anfang an Erbe, trotz Geschichte, Gegenwart, vorgezählt, nachgezählt, für richtig befunden, thesauriert ist, und vom Heiligenschein des Schlußpunktes Tag und Nacht angestrahlt wird, der unlautern Wegnehmer und der überflüssigen Dazugeber wegen, erübrigt sich sogar, wenigstens *theoretice*, jedes Gespräch. Welch' besondere Gnade, wenn dem immerhin möglichen Schwach- und Wortwerden die von beiden so tief bedauerte Taubheit des Einen entgegentritt! Und so kommt es denn nach langer, eine stille Messe lang dauernder Schonung (durch den ministrierenden Sohn) der von der Mutter zelebrierten Entfremdung – während sie auf dieselbe innere Uhr blicken, das heißt, trotz entzweiter Körper die Zeit gemein haben wie das exakt marschierende Militär – zum Übersetzen der teils erzwungenen, teils gewollten Wortlosigkeit in die unendlich verdienstvollere Sprache des Tuns, von der wir glauben, daß sie allein der in's Buch des Lebens schreibende Engel hört. Sie sitzen steif nebeneinander, Profil hinter Profil wie die Duumvirn auf den Münzen, entweder am Tisch unter der Familienlampenglocke oder auf dem Divan in den Gruben zwischen den gesprungenen Federn. Und während oben im Lichte nichts geschieht, umgreift er im Kniehalbdunkel ihre gichtknotigen Finger. Das würde wenig, würde fast nichts sein bei anderen Leuten, zum Beispiel bei den Liebesleuten, ist hier aber, unter den beschriebenen Umständen, alles, was über das All, aus dem heraus, und bis in seine uranfängliche Explosionswolke hinein, wir leben, wenn wir recht leben, gesagt, durch Tun gesagt werden kann. Dank einer solchen Aussage nur, die gleichsam mit versiegeltem Munde in die tiefste Tiefe eines bis zum Rand mit Ewigkeit gefüllten Fingerhutes taucht, in die auf's Engste eingegrenzte Unendlichkeit (als eine welche dem Aug' des Geistes der menschliche Leib sich darstellt), ist man selig und wird man selig. Die sichtbaren Weisen dieses vorweggenommenen Seligseins sind: Sie sitzen bis zur Unmündigkeit klein oder blöd geworden auf der Divanschulbank des Schreiben- und Lesenlernens und malen – während die Stubenfliege das Dröhnen des später einmal zu erfindenden Flugzeugs im Äther vorausahnt – mit jener höchsten Aufmerksamkeit, die als die absolute Gedankenlosigkeit erscheint – das noch ganz nackte Denken hält sozusagen die Hand vor die *pudenda* – die großen Fibelbuchstaben des göttlichen Gesetzes nach.

Man besteigt einen Hügel, von dem aus man die engere und die engste Heimat, das Dorf und das Geburtshaus zu einem schildkrötenartigen Wesen zusammengefaßt sieht, dessen nur ein wenig vorgeschobene Beine die einigen Obstbäume sind. Auf diese bequeme Weise verdichtet, vereinfacht, liegt der Ort nun auf derselben Ebene mit dem Ich, das, wenn es nicht auch einmal außerhalb seiner zu stehen vermocht hätte, sich selbst nicht konzipiert haben würde, ist er handbar geworden, für den Erkennenden wie für den Maler, die beide das Einheitsmaß für Distanz besitzen, unterhalb welcher fast nichts zu sehen ist, weil zuviel gesehen wird, ist er leichter zu lieben, leichter zu verwerfen, weil als Gegenstand der Philosophie herausgelöst aus der planen Verflochtenheit von Subjekt und Objekt. Till hat seine Fremde, sein Anderswosein, sein Italien oder Griechenland, kurz, sein Land der vielen archimedischen Punkte – jenseits der Grenze taugt jeder zum Darüberlegen des Hebels – im Turm errichtet, praktisch nur zehn Schritte weit vom Adelseherschen Hofe, theoretisch viele Tagereisen – das Bevorzugen der theoretischen Entfernung ist ein Symptom eines Platonismus –; Mutter Mathilde das ihre in dem heruntergewirtschafteten und dann billig erworbenen Bauernhause, wo sie nun lebt, die reiche Frau, wie eine Keuschlerin, in eingebildeter Not, in gewollter Verlassenheit, geizend mit dem Wenigen, statt mit dem Vielen, das sie hätte behalten können, dumpfer natürlich als der Sohn, auch hohen Alters wegen, doch nicht weniger gehorsam dem ersten Gebot des Geistes, das da heißt: Überschreite schon in diesem Leben eine der metaphorischen Schwellen zwischen hüben und drüben. Wenn nun Melitta das ehemals Andreesche Atelier, von Till wie vorgefunden belassen, nach ihrem Geschmack – der beste, an dem guten der Zeit gemessen – einrichtet, also erst wohnlich macht, das heißt, des Charakters einer Ausweichstelle, einer Jägerkanzel, eines Beobachtungspostens entkleidet, so rückt sie es sehr weit von der ihm zu Grunde liegenden Idee ab, die ja mit einem Minimum an Verwirklichung auszukommen hat und die daher – um sich noch genauer auszudrücken – sogar die Vernachlässigung der Ordnung vorzieht. Till, der Melitten liebt, bringt's natürlich nicht über's Herz, sie zu hindern, ihn, den Geliebten, in der für sie einzigen Welt so weich wie möglich zu betten, begleitet aber ihre schöne Tätigkeit mit einem unterirdisch protestierenden Grollen. Er fühlt nämlich – nur kann er, was er fühlt, nicht sagen, und würde es nicht zu sagen wagen, wenn er's könnte –, daß sein schlechter Geschmack der Idee, die ihn zum Geburtshelfer gewählt hat, viel näher steht als Melittens guter.

Sie kam fast täglich. Wenn sie nicht kam, wagte er nicht, einen Stuhl zu verrücken, weil er sicher nicht zu dem Tische passen würde, den sie beim Tischler bestellt hatte, oder zu den Vorhängen, die sie aus der Stadt zu bringen pflegte. Und endlich war wieder wohnlich – für sie – der Turm. Da die äußeren Umstände zu den inneren Zuständen paßten, gab sie sich hin.

Von der Zeit an hatte Till eine zwiefache Idee: Zur einen Hälfte war sie noch immer die ursprüngliche, zur andern Hälfte war sie diese Frau. Er schielte bald nach dieser, bald nach jener: Zu vereinen waren sie jedoch nicht.

Melitta, bleibt uns nachzutragen, wenn wir – und was täten wir lieber? – verhindern wollen, daß der Leser ein Opfer voreiliger Schlüsse werde, die Ausreißerin, die Faltbootfahrerin, die, wie der Arzt die Erstehilfetasche, so das Köfferchen mit dem für drei Tage Notwendigen stets bereit hält – ein Umstand, der mit dem sicheren Zustandekommen anderer Umstände rechnet und eine sehr sachliche Behandlung des jeweiligen amorischen Krankheitsfalles erwarten läßt –, will natürlich auch Till zur Flucht in's gemeinsame Inkognito bewegen, wo, was man tut, zwar eine gesteigerte Wirklichkeit hat, gleich der des Kunstwerkes, aber auch die herbstliche Unfruchtbarkeit eines gemalten Frühlings. Die beste Weise nämlich, die uns über den Kopf zu wachsen bestimmte Empfindung von Liebe im Keim zu ersticken, ist ihre Verabenteuerlichung. Man pflückt eine Rose, steckt sie in's Knopfloch oder in's Wasserglas und kann ihres vorzeitigen Verwelkens gewiß sein. Nichts nämlich fürchtet Melitta mehr als das Beherrschtwerden von der Liebesleidenschaft. In Hinsicht auf diese – allerdings nicht auch in Hinsicht auf die Mittel, sie zu bekämpfen – ist Melitta eines Sinnes mit den Asketen. So wird sie denn von jener halben Überlegenheit über das Fleisch ausgezeichnet, die unsittlicher ist als gar keine, doch der Welt für die erotische Meisterschaft gilt. Der Dilettant und die Dilettantin des Faches bleiben an dem Orte, wo sie gebissen worden sind, und lassen das Gift in sich wirken, statt den rettenden Sanktveitstanz aufzuführen. Sie gehen daher ein unvorsichtiges Ewigkeitsverhältnis mit dem Schauplatz des beseligenden Augenblicks ein und können es dann nicht verändern, ohne Geschichte zu fälschen, und es nicht lösen, ohne sich selber zu nichts aufzulösen. Diese überall auf Zwangsbewohner lauernden leeren Räume, deren klinkenlose Türen hinter uns in's Schloß fallen, betritt eine Frau wie Melitta nie. Als Tiefseebewohnerin kennt sie das als Felsloch getarnte offene Rochenmaul. Sie fürchtet, sich in Geschichte zu verstricken und dann fortlaufend Historietten gebären zu müssen, Kinder mit rückgewandtem Gesicht, Wiederholungen, Folgeerscheinungen, und schließlich nur noch Erinnerungen. Diese zu erwerben, fürchtet sie am meisten. Es ist, als fühlte sie bis in's Jetzt voraus die künftige Schmerzhaftigkeit der erst vom Erkalten des Stempels verursachten Brandmarkungsmale.

Wenn Melitta dem neuen Geliebten, Till, ein Licht aufsteckt, dessen einen Augenblick zuvor sie selbst noch dringend bedurft hätte, so hat sie dieses, wie sich der Leser denken kann, in der Schule des Obdeturkis, der einzigen, in die sie gern, des Lehrers wegen, nicht um zu lernen, gegangen ist, erhalten, allerdings, wie der untersten Bildungsstufe entspricht – nur als Mögeständliches, in den zwo, auf Wirklichung hin noch nicht zusammengetretenen Gestalten, Streichholz und Kerze, die, so lange Tag ist, das heißt, die Sonne des Naturverstandes scheint, theoretisch kalt nebeneinander liegen. Denn: ohne Not darf man der Bildung nicht sich bedienen. Den Vorgriff nach ihr verbieten die Grundbedingungen olympiadischer Eristik: das gleiche Gerüstetsein und das gleichzeitige Starten, auf welche hin die noch nicht in die zwo Geschlechter zerfallenen Liebenden vereidigt sind. Erst nach Einbruch der leidenschaftlichen Finsternis ist das bei Licht Unerlaubte erlaubt. Denn nun geht der Kampf nicht mehr um den platonischen Lorbeer, sondern auf Tod und Leben. Und da entflammt das kurz brennende Streichholz die länger brennende Kerze! Wer aber von den beiden Ringern wird den vorerbsündlichen Zustand, in dem ihre verschiedene Geschlechtlichkeit und die jeder Person überdies noch eigene Zwiegeschlechtlichkeit sich befinden, zuerst als unvereinbar mit dem nacherbsündlichen erkennen, und in diesen als den leichter zu handhabenden, ja anscheinend sogar straffolgenlos zu mißbrauchenden – weil, was zwar auch weiterhin nicht gestattet ist, jetzt doch nicht ausdrücklich verboten ist – sich begeben? Wer das Streichholz, wer die Kerze spielen, wenn schon, wie Leidenschaft fest glauben macht, gespielt werden muß und das Stück des dämonischen Dichters nur diese zwei Rollen hat? Wer oben, wer unten liegen, wenn der plötzlich auf den Umfang nur eines Wesens – und sie werden ein Fleisch sein, heißt es – zusammengeschrumpfte Raum das jungfräuliche Nebeneinanderliegen nicht mehr erlaubt? Wer Mann, wer Weib sein, ungeachtet der äußeren Merkzeichen, wenn um jeden Preis – nur, daß *hic et nunc* geliebt werden könne – die unendlich vielen amorischen Situationen auf eine, und auf die einfachste von allen, herabgebracht werden müssen? Wird nicht in diesem Kampfe der Lust auf Leben und Tod, wie um ein Drittes, das zwei einander streitig machen, als befände es sich außerhalb ihrer, der androgyne Mensch entweder seinen männlichen oder seinen weiblichen Teil zwingen – und wenn auch nur für den rechten Augenblick der Lustergreifung –, vollmännlich oder vollweiblich sich zu gehaben? Also eine Wahl treffen, die trotz späterer und weniger Rückkehr des Teils zum Ganzen getroffen bleibt für's Ganze? Wie lange wird er nicht zu wissen brauchen, was er jetzt nur wie auf Vorrat weiß, daß er mit Falschgeld, als echtes gegeben und genommen, weil das echte entweder noch unbekannt oder nicht zur Hand ist, sowohl den Kunden wie sich betrügt, und daß eines häßlichen Tages das Geschlecht selbst, als eine nicht vom Menschen beherrschte, sondern den Menschen beherrschende Gewalt, durch alle Poren nach dem Rechten sehend, dem unreellen Geschäfte ein Ende bereiten muß? Was tun, wenn an jenem kleinen Jüngsten Tage der lügnerische Mund, plötzlich und erst nach voller Entleerung schließbar, die Wahrheit sagt? Und eine dem andern Geschlechte gestohlene Gebärde dem Dieb aus dem Leibe fährt und zum Eigentümer zurückfährt, der die ungeheure Größe des entwendeten Gutes, und daß es entwendet worden, erst jetzt, aber von Scheitel bis Sohle bebend unter einem Schlage, der für zwei hinreicht und auch zweien gilt, merkt, und zwar an der mirakulösen Ehrlichkeit des Gutes, das handelt, wie der Lump mit ihm hätte handeln sollen? Nichts ist zu tun, wenn ein Wunder von Urteil einen anscheinend sehr vernünftigen Prozeß beendet! Denn sofort tritt die Todesruhe der amorischen Beziehung ein. Dank dieser Ruhe, die dem Denken die zum Denken notwendige Ruhe wieder verschafft – und da sieht man, was hinter dem Philosophen liegt, oder liegen sollte: sein ganzes privates Leben! – erkennt man, immer zu spät für's Gutmachen, denn: was hat gut mit besser, besser mit bester zu tun, wenn gar kein Tun mehr möglich?, daß das jungfräuliche Nebeneinanderschlafen von Zündholz und Kerze und das dann leidenschaftliche Erwachen zueinander nicht so wie Hunger und Stillung des Hungers uranfanghaft aufeinander bezogen sind, sondern aus zwei verschiedenen Welten stammen, die nur in einer – leider – fingierbaren dritten, der des Sündenfalles, hier des besondern in die augenblicklich nützliche des Geschlechtervertauschens, zusammenkommen können, und auch dies nur so lange können, wie lange die schwerere Hummel an der leichteren Blüte, ohne mit ihr vom Zweig zu brechen, hängen kann. Schon beim ersten Hahnenschrei schnellen die opportunistischen Verleugner des größeren Teiles ihrer Naturen zur idealen Ganzheit derselben zurück, von der sie strafweise, als Danaidenarbeit, erhalten, was vor dem Schuldiggewordensein eine sinnvolle gewesen ist: die gefallene Jungfrau die intakte Unschuld, die nur mit einem Teil gefallene Geschlechtlichkeit eine sie noch übertreffende. Doch sei's, wie es wolle! Die Höflichkeit gebietet uns, unseren Exkurs über die Liebe oder, besser, über Melittens und Tills wahres Verhältnis hier abzubrechen und dem Leser den überraschenden Schluß unserer Geschichte nicht noch länger vorzuenthalten.

DIE RÜCKKEHR DES GRAFEN

oder

XV. KAPITEL

welches mit einer überraschenden Wendung das Buch beschließt.

Es kam denn so, daß die Arbeit auf dem Schlosse immer sinnvoller wurde, in immer größerem Gegensatze zur eigentlich sinnlosen Aufgabe der ersten Tage. Als Till es endlich merkte, war es bereits zu spät. Wie wenn ein König über das Wohl der Untertanen vergißt, daß er eine Nebenbeschäftigung zur Hauptbeschäftigung gemacht hat. (Anstatt in der eigenen Gloriole zu schweben – nächst Gott – und seine Sonne hoch über den Gerechten und Ungerechten, großartig unwissend von Nutzen und Schaden, scheinen zu lassen!) Dann ist er schon ein konstitutioneller König, und zur Republik wird es nicht mehr weit sein. Viel schneller, als er Rechte geben kann, wächst das Begehren nach Rechten. Wie eben das Unkraut aufschießt! Und könnte wohl gegen den logisch jätenden Gärtner auf das ontisch größere Recht des pflanzlichen Eigenwuchses sich berufen!

Mit einer gemeinsamen Faust, aus dem gemeinsamen Innersten erhoben, umgriffen sie beide das Schloß: der Mann, um es der Frau zu Füßen zu legen, die Frau, um triumphierend in es einzuziehen.

Wenn Till sich freut, fehlt ihm ein Gran, die Freude vollzumachen, wenn er der Verzweiflung sich hingibt, ein Gran Verzweiflung, daß er zum Stricke griffe. Und dies merkt, mit dem schärfsten Organe, das es als Ganzes ist, das Weib und nimmt, daß einer im Glück nicht glücklich ist und aus dem

Unglück einen Fluchtweg finden wird, tückisch *ad notam*, um später die scheinbar aus dem Blauen heruntergeholte Anklage damit zu stützen: Du hast mich nie geliebt! Und das hat er nun wirklich nicht, wenn's auf den einen Tropfen ankommt, der das Gefäß zum Überfließen bringt und mit dem allein, nicht mit den Millionen andern, die Männer den Weibern konsentieren, wie ein Spitzbub dem andern. Wir haben Till nicht zu Unrecht Phoibos Appollon genannt. Ein winzig' Körnchen Göttliches im Menschen genügt, den Menschen unvollendbar zu machen. Und diese Unvollendbarkeit ist vielleicht der überzeugendste Beweis von Beseelung. Kein Wunder, daß die Weiber, wenn sie rechte Weiber sind, von so durchglühter Wand die amphibisch kalten Hände lassen, wie gebrannte Kinder die ihren von dem Ofen. Auch in dem Mensch und Mann gewordenen Christus hat, um dem Gotte einen Platz zu lassen, etwas fehlen müssen. Der Eros ist's gewesen, der gefehlt hat! Und wahrlich: hätte im Heiland was anderes wichtiger fehlen können als der Eros?

Auch außergewöhnliche Situationen fallen, wenn sie allzu lange dauern, zu gewöhnlichen herab. Auch noch so edle Ideen, weil der Mensch nicht ohne Vorteil sein kann, und sei's für die ewige Seligkeit, verbinden sich mit dem Nutzen. Und wenn nun gar die Liebe hinzutritt, die bis zu einem liebsten Nächsten erweiterte Selbstliebe, erscheint möglich, was unmöglich, was unwahrscheinlich wahrscheinlich, was oben unerwünscht, ja verabscheut, tief unten erwünscht, ja ersehnt: der Tod etwa des Grafen Lunarin.

Aber eines Tages kam er daher. Wie ein Auferstandener. Um seine ungläubigen Jünger zu entsetzen. In dem gleichen weißen Anzug. Nur etwas verdrückt von dem Liegen im Grabe.

Als er in's Freie trat, jenseits der Ahorn- und Tannenhalle, unter welcher vor einem Jahr die Dienstleute den Grafen erwartet und mit einem Bauern vorliebgenommen hatten, ward ihm unzweifelhaft dargetan, daß entweder ein Etwas in seinem Kopfe nicht in Ordnung war, oder ein Etwas nicht in der Welt. Das Parktor stand – auch frisch gestrichen – weit offen, und ein Heuwagen schwankte herein; auf dem Haufen zwei fröhlich miteinander ringende Kinder. Bis zu ihm hinauf reichte das fahrende Denkmal einer außerhalb seiner ablaufenden Zeit. In der sanft zum Schlosse steigenden Wiese, von bekiesten Wegen gerahmt, lag im Schatten einer Ulme und in einem Streckstuhl, eine Dame, lesend in einem Buch. Das war, als ob er selber läse in einem Buche, das die spannende Darstellung des Lebenslaufes eines längst verstorbenen Grafen Lunarin enthält. Er faßte die linke mit der rechten Hand: Sie war warm. So entschloß er sich denn, hinab und hinter dem Heuwagen herzugehen, ängstlich vermeidend, die Dame zu sehn, die offensichtlich auf ihrem Besitze ruhte, obwohl er die das Gegenteil beweisenden Dokumente in der Tasche hatte. Was aber nützen Schriftstücke einem Lunarin? Weht sie nicht ein leichter Wind schon weg? Man kann wohl auch aus diesem Grunde leicht begreifen, daß er die schwächeren Papiere vor dem immer stärkeren weiblichen Geschlechte schützte! Als der Wagen angelangt war, fuhr er links ab und zog gleichsam den Vorhang mit. Er stand allein auf der Szene. Als Haupt- oder Nebendarsteller? Oder gar als sein eigener Geist?

»Der Graf!« schrie eine weibliche Stimme. Doch eh' er den Ort ausmachen konnte, war das Gesicht weg. Ein wenig später sah er einen Korb dreimal langsam über drei Stufen fallen und Äpfel bis zu seiner Fußspitze rollen.

Nun wird ja das Rätsel sich lösen, dachte er und spielte mit einem der Äpfel vorsichtig Fußball.

»Der Graf!« schallte im Schloß eine männliche Stimme. Im ersten Stock wurde schnell ein Fenster geöffnet, und noch schneller zugeschlagen. Und schrill wie ein Pfiff gellte eine dritte Stimme durch's Haus: »Der Graf!«

Ich verbreite anscheinend Schrecken. Noch immer nämlich lagen Ursach' und Wirkung weit auseinander. Bald griff er fehl nach jener, bald fehl nach dieser.

Als er aber die fünf Dienstleute, einander quetschend, aus dem Tore quellen sah, und hinter ihnen den Herrn Murmelsteeg gewichtig schreiten, die alle auf dem Dienstvermittlungsbüro vor ihm gestanden waren und nun hier standen wie nach dem Tode die Sünden, so von der Substanz des Sünders gelebt haben und prächtig gediehen sind; und schließlich sogar den Notar erblickte, der zufällig auf einer Inspektionsreise sich befand – um die Wirkung, natürlich auch praktizierter, Bekehrung auf das unjuristische Unternehmen des Adelseher zu konstatieren –, geschoben im Rollstuhl vom Herrn von Jaxtal, der wie der Teufel grinste, teilhabend am Triumph des Guten durch Verführung der ohnehin Schlechten, ward ihm offenbar, daß, vor der Endzeit, und über ihn allein, ein Jüngstes Gericht gehalten werden würde, und nicht nur über seine Fehler hierorts, sondern über seine sämtlichen Fehler, und von Kind auf, und an der Stelle seines, wie er nun selber glaubte, entscheidenden Versäumnisses.

Ehe Köchin, Kammerjungfer und Geschirrmädchen und die zwo Diener, denen in Ermangelung eines sie beschäftigenden Herrn das untergeordnete Amt eines Kutschers und Gärtners übertragen worden war – das aber um keinen Preis sie wieder vertauscht haben würden; sie waren nämlich bereits verlobt mit Bauerntöchtern und hatten, ihrer vom Adelseher entdeckten ländlichen Fähigkeiten wegen, sogar Aussicht auf die Höfe –: Ehe sie den Mund öffnen konnten, um ein richtig ordinäres Wort zu dem Herrn Grafen zu reden, rief Herr Murmelsteeg ihnen »Kusch!« zu (um ein feineres zu sprechen) und trat vor den Herrn Grafen hin, höchst respektvoll die Distanz wahrend, in Wahrheit aber wie der Bogenschütze sich zurückbeugend, daß desto sicherer er treffe.

»Der Herr Graf waren abgehalten zu kommen. Eine wohl dringlichere Angelegenheit! Das verstehen wir. Glücklicherweise aber haben der Herr Graf nicht vergessen, die Schlüssel zum Schloß einem Herrn Adelseher zu übergeben. Sonst stünden wir, wenn menschenmöglich – was jedoch unmöglich –, noch draußen vor dem Parktor. Und schon mehr als ein Jahr! Wir danken Ihnen auf's Herzlichste!« Der Herr Murmelsteeg verbeugte sich ernsthaft. Die Dienstleute taten's ihm nach, unter Kichern und ungeschickten Knicksen. »Sie haben aber, was Sie, Herr Graf, nicht und niemand hätte vorauswissen können, auch der Herr Adelseher nicht, diesen Herrn Adelseher zu ihrem Nachfolger gemacht. Einfach dadurch, daß er sich gezwungen gesehen hat, so zu handeln, wie Ihr Gewissen, Herr Graf, es Ihnen, dem Herrn Grafen, geboten hätte. Wenn Sie einen Menschen, der unter die Räuber gefallen ist, an die Stelle dieses (einst) verwahrlosten Schlosses setzten, würden Sie die Handlungsweise des Samariters – von der uns die Bibel erzählt – sicher sehr lobenswert finden. Wenn auch angenommen werden kann, daß Sie jedem Verwundeten alsdann weit aus dem Wege gehn! Ich wollt': es gäbe keine Bibel!, und die Herrschaften wären gezwungen – weil sie nicht auf ein Gesetz, das man ja umgehen kann, sich berufen können –, unmittelbar auf die Einflüsterungen Gottes zu hören! Sie sind – verzeihen Sie meine Aufrichtigkeit, Herr Graf – geradezu ein Schulbeispiel für dieses Verhalten. Ehe Sie aber die unwiderleglichen Dokumente zücken und unserm traumhaften Interregnum ein Ende bereiten, bitte ich, wenigstens zu begreifen« – der Graf glaubte, eine Träne in Murmelsteegs Auge zu erblicken, und sah wirklich seine Hände zu einer schüchternen Bitte sich falten, sah auch, daß die Leute es nicht sehen sollten –, »daß durch die Übergabe der Schlüssel, durch das Nichtrückfordern derselben während eines langen Jahres und dank einer wohl einmaligen Auslegung des Gleichnisses notwendig in diesem Manne die Erkenntnis hatte aufdämmern müssen – notwendig, sage ich, Herr Graf! –, er sei zum bedürftigen Schlosse der Nächste. Jeder andere und Nichtnächste würde nach den drei Tagen der Ihnen, Herrn Grafen, erwiesenen Liebenswürdigkeit, bestenfalls mit einem bedauerlichen Achselzucken, das Schloß wieder versperrt, die Dienstleute heimgeschickt und dem Herrn Notar weiterhin die Mühe aufgebürdet haben, es in dem gut getarnten, baufälligen Zustande zu erhalten.« Der Notar gestand vor aller Augen, daß er die Absicht gehabt hätte, vor der Bekehrung, aber sie nicht mehr habe, nach der Bekehrung. Er hob die Arme zum Zwecke der Kreuzigung, ließ sie wieder sinken, um gewissermaßen für den Unglücksfall eines Wunders sich zu entschuldigen.

Da sah der Graf, der bis jetzt wie eine Statue aus Gips dagestanden hatte, den Adelseher aus dem Schloßtore treten, zwischen zwei Knechten, die ihn vom nahen Felde geholt hatten und nun zu einer Einheit mit drei Köpfen auf fast einem Leibe zusammengerückt waren.

»Da ist er!« rief Herr Murmelsteeg und wich weit zurück und ließ die Dienstleute noch weiter zurückweichen. Dem Kommando folgte nach einem Wink des Notars auch der Herr von Jaxtal. Als würde nun geschossen werden.

Früher, denn eine Pistole abgefeuert wurde, traf die Kugel die Dame im Streckstuhl. Sie hatte schon unzählige Male erzählen gehört von dem verregneten weißen Anzug, daraus der Graf die unförmigen Schlüssel gezogen – das einzige, was von ihm geblieben war, wenn man vom Schlosse absieht –, um dann eilends mit einer anderen Dame zu verschwinden. Das Letztere hatte sie schon immer geärgert. Nun wußte sie, warum: für ein Weib gibt er ein Schloß hin! Und sie, Melitta, hat mit einem besitzerlosen Besitz sich begnügt! Den Teufelskerl muß ich sehn! Quer durch's Gras watete sie empor zum Schloß.

Oben waren nur zwei Laute zu hören: das weiche Wehen des Windes eines zu Ende gehenden, wolkenlosen Herbsttags – und die weichen Schritte der Tennisschuhe des Grafen, der begann, die Kampfbahn zu durchmessen. Durch's belaubte Gitter der Bäume blickte der Mond. Der Graf war, wie immer, zu spät gekommen.

Um so schneller, dachte die Versammlung, würde die Entscheidung fallen. Aber sie hatte, an Charaktere gewöhnt – oder was für welche gilt –, nicht mit dem ihr ja unbekannten Grafen gerechnet, der, wie bereits gesagt, gar keinen sogenannten Charakter hatte, sondern tat oder tun mußte, was die jeweils außerordentlichen Umstände – und sie waren immer außerordentliche – von ihm forderten. Und ein solcher Umstand war wieder da. Wie ein furchtbares Laster! Oder wie eine herrliche Tugend! (Er wagte zeitlebens nicht, sie so oder so zu nennen.)

In der Mitte des Wegs zum doch schon sicheren Urteil – das die Dienstleute veranlaßte, mit dem Kofferpacken sich zu beschäftigen, den Notar mit dem Bereun der Bekehrung, und den Herrn Adelseher (nicht mit den selber aufgewendeten Geldern und den Ehrenschulden, sondern) einzig und allein mit der Weise, wie sag' ich's meiner geliebten Melitta? – hielt er jach inne. Wie einer, der düstersten Willens gewesen ist, nach links zu gehn, und nun mit ebenfalls seinem ganzen Willen, jedoch überaus heiter, nach rechts geht. Es war eine seiner berühmten Verwandlungen, die ihm den Ruf eines Taugenichts eingebracht haben. Nur hier noch nicht dargestellt. Menschen, die mit der Asche nicht den ihr entsteigenden Phönix zu verbinden wissen, werden notwendig vor den mit Musterbeispielen von Konsequenz angefüllten Kopf sich gestoßen fühlen. Hier aber war dank Unglück eine glückliche Minderheit, denn: was hatten sie von der Konsequenz zu erwarten?

Noch hatte er kein Wort geredet. Doch sein vorausgeschicktes Tun war nicht mehr einzuholen. (Das wußte er selber.) Schon zur Idealität erhoben, schwebte es über dem Kreise und hob die gewöhnlichen Augen zum Ungewöhnlichen, ausnahmsweise natürlich! Es wird nicht wieder vorkommen! Sofern nicht ein Graf Lunarin dasteht und bester Laune ist! Warum er's ist, weiß man zwar immer noch nicht, aber: wenn der Wind die Grashalme biegt, daß sie, weit zurückgelehnt, lachen, wird man ihn nach dem Witz fragen, den er ihnen erzählt hat? Genauso war's hier! Jetzt war auch die Respektdistanz nicht mehr einzuhalten. Nicht durchbrochen war sie, sondern einfach vergessen! Nun umdrängten sie ihn, den kurz vorher sie fast verhöhnt hatten. Auch der Notar gab, für diesen Augenblick, seine Ungewöhnlichkeit auf – die ja bloß Zügellosigkeit war, weil er die zwei Füße nicht mehr gebrauchen konnte und daher mit mindestens vier Armen an die Pforte des Verständnisses poltern zu müssen glaubte – und ließ, von einer ganz gewöhnlichen Neugierde getrieben, sich an die Peripherie des lauschenden Kreises rollen. Nur der Herr Adelseher, um den's eigentlich ging, stand außerhalb der gräflichen Wirkungen. Er sah nämlich Melitten, die er heute ferne wähnte – in der Stadt oder in ihrem Hause – sie hatten gestern nichts miteinander verabredet – er war deswegen auch auf die Felder gegangen –, hier und jetzt, zum Greifen nahe, halbleibs über die Logenbrüstung des Grases ragen, als wäre sie im Theater, und die Vorstellung, die der Graf gab, fände ihretwegen statt, und auf ihren Beifall käme es schlußendlich an. Ein gewaltiger Anfall von Eifersucht machte ihn unfähig, was anderes wahrzunehmen. Er hörte daher auch nicht, was der Graf unweit von ihm sprach.

»Meine Damen und Herren!« Er wählte wirklich diese Anrede, »Sie hatten – nicht wahr? – schon für Ihre Ämter gefürchtet. Ich sage Ämter, und nicht Dienstposten, weil, was Sie geleistet haben, weit über die bloße Pflicht, die man zu Recht mit der Entlohnung vergleicht, hinausgegangen ist.« Und er wies auf den ordentlichen Zustand des Schlosses hin, das er in dem unordentlichen gar nicht gekannt hatte. »Allerdings nicht von Anfang an! Ich glaube, daß Sie auch noch die Wahrheit vertragen, nach der ehrenden Mahlzeit. Und so wage ich Ihnen zu sagen: Sie wollten damals nur sichergehn. Sie wollten nur essen, trinken und herbergen. Das baufällige Schloß war Ihnen lieber – der Spatz in der Hand – als ein festgebautes Haus, das Sie erst zu suchen hätten. Und nach den drei Tagen wird man schon sehen! Aber: wie an der glühenden Kohle die andern sich entzünden, so ergriff Sie allmählich das Beispiel dieses Herrn. Sie arbeiteten mehr, als billigerweise von Ihnen verlangt werden durfte, unbewußt: um ihm zu danken, daß er die Arbeit von dem Fluch befreit hat, unmöglich mehr tun zu können, als man tun kann, bewußt: um dem gewissenlosen Grafen, wenn er je kommen sollte, eins ausgewischt zu haben!«

»So war's! So ist's gewesen!« riefen sie begeistert. Ja, ja, die Dienstboten! sagte still der Graf zum Grafen. Sie stehen wie die Sonnenblumen zur Sonne! Ob auf-, ob untergehend: sie haben keine Ahnung von der Physik! »Nun aber wollen wir sehen, was weiter zu geschehen hat. Denn: rückwärts zu schreiten, hat doch keinen Sinn«, meinte verfänglich der Graf.

»Nein! Nein!« schrien sie durcheinander, ohne zu wissen, was sie ablehnten, oder welchem sie zustimmten.

Ihr Geschrei beendete brüsk den Ausflug des Herrn Adelseher in's Private. Es überkam ihn wieder – wie zuvor auf dem Felde – die entscheidende Bedeutung des gräflichen Besuchs. An der gemessen, natürlich, das Erscheinen Melittens eine Nebensache war. (Wie irrt doch die Vernunft, wenn sie frisch gewaschen und geputzt aus dem doch noch unaufgeräumten Kämmerchen tritt!) Jetzt wollte er schnell gut machen, was über die gewiß unverzeihliche Hemmung er versäumt hatte: den Grafen begrüßen und mit ihm unter vier Augen die peinliche Angelegenheit besprechen. Aber die Rücken der vom Grafen Faszinierten waren so eng aneinandergefügt, und so abgewandt allem, was hinter denselben vorging, daß auch kein Auf-die-Schulter-Schlagen sie zu bewegen vermochte, den geringsten Raum zu geben. So stand denn der ehemalige Herr hinter den ebenfalls ehemaligen Untertanen: ein verarmter Nachbar blickte über den Zaun in des reichen Nachbars Garten. Da hörte er, daß von ihm die Rede war. Nicht – oder noch nicht – mit Namen. Aber von seiner Sache.

»Sie sind – das werden Sie, nach einem vollen Jahr, mir zugeben – bereits eines Herrn entwöhnt, zu dem Sie aufschauen können oder müssen wie zu einem König, oder nur«, sagte er lächelnd, »wie zu einem Grafen. Wann aber hat ein wirklicher Herr eine so begeisterte Zustimmung gefunden, wie ich bei Ihnen gefunden habe? Das kann nicht mit rechten Dingen zugehn, das heißt: nicht mit den altgewohnten. Der Jubel eines zur Thronbesteigung geladenen Volkes findet bekanntlich hinter einem Spaliere wohlbewaffneter Soldaten statt. Wo ist da ein Spalier? Wo sind die Soldaten? Stehen wir nicht gleich zu gleich? Das kann nur daran liegen, daß ich nicht aufgestiegen bin, sondern abgedankt habe.« Sie horchten atemlos, noch mit wenig Verständnis. Nur der Herr Notar und der Herr von Jaxtal tauschten bereits bedeutende Blicke. »Und daß Ihre Freude die annoch unbewußte Freude ist, oder war – denn jetzt wird sie erklärt –, daß der Besitzer dieses Schlosses nicht auf einen Rechtstitel sich stützt – wie hundert von hundert Erben dies tun und noch einige Zeit tun werden –, sondern Ihrem gründlich geänderten Verhältnisse zu diesem Besitze schon jetzt, weit vor der Revolution, zu der es sicher kommen wird, Rechnung trägt.« Es füllte seine Stimme mit einem prophetischen Klang. »Sie danken ihm also für die vielen Barrikadenopfer, die Sie ihm dann nicht zu bringen brauchen!« Der Notar wollte aufspringen. Zum ersten Male hatte er seine gelähmten Beine vergessen.

Der Graf breitete seine Arme aus, als wollte er noch ein Mal sein Schloß umfangen; sein nur beinahe weißer und ein Etwas verdrückter Anzug straffte sich wie von innen gebügelt (und auch gereinigt); sein Gesicht ward um gut fünfzehn Jahre jünger. »Ist das nicht ein edler Abschied«, rief er, »wenn man früher weiß, daß die Standesvorrechte demnächst abgeschafft werden? Daß man noch eine kurze Frist hat, eine wahrhaft adelige Tat zu setzen? Könige«, rief er noch lauter, als wollte er allerorten gehört werden, »die nach dieser Frist in's Exil gehen, hatten nicht verdient, zu Königen erhoben zu werden!« Da applaudierte Melitta in ihrer Loge frenetisch. Der Graf verbeugte sich ebenso tief wie tief befriedigt, Schauspieler, der er auch war, vor der schönen Dame, die, seit er sie erblickt hatte, und zwar schon vor Beginn der Rede an die Dienstleute, seine Einsagerin gewesen ist. Er übersetzte nur in die klare Sprache, was sie unter dem Nabel dachte. Man begreift, daß ihn die Frauen verstehen, weil sie endlich sich selbst zu verstehen glauben. (Die dunklen Irrwege des Schoßes im anscheinend vernünftigen Lichte des kundigen Interpreten sehen.) Nur wußte er nicht, daß dieselbe Dame, deren Strahlen zu vermeiden er im Schutze des Heuwagens gegangen war, ihm die Dokumente, die er eben aus der Tasche zog, um auch sie noch zu überraschen, schon längst entwendet hatte. Würde er ihr archaisches Lächeln gesehen haben – den Mund mit den ewigen Fragezeichen in den Winkeln und mit den augenlosen Augen der Moira –: wäre er auf der Stelle Eremit geworden. Aber er sah es nicht. Und wird es nie sehn.

Er wandte jäh sich um – während Melitta ebenso jäh ihre Loge verließ –, daß er ja keine Zeit verlöre, diese Dame endgültig zu erobern, den derzeit höchsten Preis für sie zu zahlen, bis zum nächsten Glücksfall wieder sich zu erinnern – allerdings auf eine die boshafte Enguerrandsche Absicht hoch überflügelnde Weise – und schleuderte – man kann's nicht gut anders sagen – dem Adelseher die frohe Botschaft in's Gesicht: »Und so schenke ich denn Schloß und Land meinem treuen Verwalter!«

Eine Weile lang waren alle still. Auch der Notar und der Herr von Jaxtal. Obwohl beide das Erwartete erwartet hatten: aber erst durch das Wort wird's wahr. Besonders für Juristen.

Dann schluchzten die weiblichen Dienstleute! Dann entarteten die männlichen zu tollpatschigen Tänzern! Dann fand eine allgemeine Verbrüderung ohne Rücksicht auf das Geschlecht statt – die trockenen Augen der Männer weinten fremde weibliche Tränen, und die Weiber hoben einen Bocksfuß –, und dann, als sie so gründlich durchgemischt waren, erschlugen sie fast den Adelseher, wie in einem chorischen Finale den Operettenhelden, mit ihren Gratulationen. »Heraus mit der Feder, Herr Notar!« rief noch viel lustiger der Graf und warf ihm in einem weiten Bogen, aber wohlgezielt, das Testament des Barons Enguerrand zu, wie er, vor einem Jahre, ebenso wohlgezielt, die seine Identität mit dem von Angesicht unbekannten Erben beweisenden Schriftstücke ihm auf den Schreibtisch geworfen hatte. »Weil Sie sichtlich ganz zufällig da sind! Um eilends – ich habe Eile!« – und er warf einen Blick auf die wohl schon eroberte Dame – »die nach einem noch ungeschriebenen Rechte rechtens vollzogene Schenkung zu bestätigen!« Der Notar zückte unverzüglich die Feder. Nur der Herr Adelseher wollte was Gewichtiges einwenden. Aber die aufgeregten Dienstleute und die Schwierigkeiten, die rechten Worte zu finden, ließen's nicht zu. Einen Augenblick lang hatte die Dame gehofft oder gefürchtet, er müßte oder könnte an Edelmut den Grafen noch übertreffen. Als das Gehoffte oder Gefürchtete nicht geschah – er ist ja doch ein Bauer, dachte die Dame –, ergriff sie die Hand des Grafen.

INHALT

Helmut Heißenbüttel
Zu Albert Paris Gütersloh
»Sonne und Mond«

I

Das Testament des Barons Enguerrand
oder I. Kapitel

7

Die Domestiken haben das Wort
oder II. Kapitel

62

Der junge Graf und Benita
oder III. Kapitel

69

Der Vertrag
oder IV. Kapitel

160

Das Domestikenfrühstück
oder V. Kapitel

184

Der Turm
oder VI. Kapitel

227

Das Duell
oder VII. Kapitel

500

*Der Einzug ins Schloß
oder VIII. Kapitel*

546

*Interludium
oder IX. Kapitel*

551

*Abermalige Abschweifung
oder X. Kapitel*

642

*Herrn Mullmanns Beobachtungen
oder XI. Kapitel*

679

*Des Obdeturkis Reise zu Melitta
oder XII. Kapitel*

725

*Das Gespräch auf der »Laetitia«
oder XIII. Kapitel*

753

*Till, Melitta und die andern
oder XIV. Kapitel*

789

*Die Rückkehr des Grafen
oder XV. Kapitel*

810